U0511447

欧洲文学简史

刘意青　陈大明　编著

商务印书馆
SINCE 1897
The Commercial Press

2018 年 · 北京

图书在版编目(CIP)数据

欧洲文学简史/刘意青,陈大明编著.—北京:商务
印书馆,2018
ISBN 978-7-100-15781-0

Ⅰ.①欧… Ⅱ.①刘…②陈… Ⅲ.①欧洲文学—文
学史 Ⅳ.①I500.9

中国版本图书馆 CIP 数据核字(2018)第 019048 号

欧洲文学简史

刘意青 陈大明 编著
_____

商 务 印 书 馆 出 版
(北京王府井大街 36 号 邮政编码 100710)
商 务 印 书 馆 发 行
北京通州皇家印刷厂印刷
ISBN 978-7-100-15781-0
_____

2018 年 5 月第 1 版 开本 880×1230 1/32
2018 年 5 月北京第 1 次印刷 印张 37½
定价:128.00 元

编者说明

————◀▶▶————

为了充分利用李赋宁先生主编的三卷四册《欧洲文学史》，商务印书馆多年来一直想在它的基础上做一部欧洲文学简史。因各种原因，直到2010年这个任务才启动。目前完成的《欧洲文学简史》基本是原文学史的缩节。但为了避免简化到像词典的词条而失去了文学史的意义，我们尽量保持了原版中的精华。而且，在文艺复兴和十七、十八、十九世纪章节中，一些重要的或改编者熟悉的作家和作品也有新的介绍和解读。改编中我们遵循了以下几个原则：

1）厚今薄古，尽量少些古代内容。这是因为大家比较熟悉古代，而且时间也太远。目前古希腊、古罗马变为一章，和中世纪一章合起来篇幅不到六万字。

2）主要流派及其作家、作品的特点尽量介绍到位，不是一带而过。除涵括评论和主要分析意见外，在篇幅允许下有的重写部分还有较到位的细读。在这点上此部简易文学史有与同类文学史很不一样的特色。不过，因篇幅限制及简易本的性质所决定，对大部分作家和作品只能是提供信息。

3）首先保证欧洲文化、文学大国的篇幅，小一些或次要些的国家的介绍就只能十分梗概，有时与欧洲其他地区或国家文学合成一章。

4）最后两章（20世纪二战前及二战后文学）节缩痕迹较突出。这是因为20世纪离我们近，经典作家和作品尚需经时间考验来定位，因此不敢任意删掉作家。在作家和作品数量极大又很难决定经典取舍时，比较可行的办法就是尽量保留所有原文学史中提到的作家，对他们的介绍进行压缩。由此造成了类似词条的现象，还请读者谅解。

5）从1999年《欧洲文学史》第一卷出版，到2001年第三卷出版，至今已有很长时间了，第三卷中的二战后作家不少又有新发展，甚至有人得了诺贝尔文学奖。但作为原著的简易本，我们认为续写非本部书的任务，所以没有添加此类内容。

最后编者想说，编写这样一部简史很难，容易吃力不讨好。但由于有版权方商务印书馆不断做我们的工作并授权，也为了不湮没这部许多学者加盟、用了近10年才完成的高质量文学史，我们最终同意了接受简编任务。凡是因我们简略而影响了全面理解所议内容的地方，只能请读者和使用者查看李赋宁先生主编的三卷四册《欧洲文学史》。简史中重写部分为陈大明教授撰写，而被改写和节缩部分的原编写者则因篇幅所限没有逐一注明，但可查看三卷四册《欧洲文学史》的编者名单。特此说明。

编写者
2015年冬

执笔分工

刘意青：第一章　古希腊、古罗马文学

第二章　中世纪文学

第七章　二十世纪二战前文学

第八章　二十世纪二战后文学

陈大明：第三章　文艺复兴时期文学

第四章　十七世纪文学

第五章　十八世纪文学

第六章　十九世纪文学

目 录

第一章

古希腊、古罗马文学①

第一节 古希腊文学

I 概述

古希腊文学范围不局限于希腊本土，它包括小亚细亚、爱琴海岛屿、意大利南部和西西里岛等地。到亚历山大里亚和东罗马帝国时期则扩大到西亚和北非。古希腊文学约从公元前 9 世纪流传的荷马史诗开始，公元 4 世纪达到最辉煌。但早在公元前 2000 年前青铜时期，爱琴海克里特奴隶制文化就曾非常繁荣，当时采用的线形文字与后来希腊文字关系密切。古希腊在建筑、科学、宗教、哲学等

---

① 此章是对李赋宁主编《欧洲文学史》第一卷《古代至十八世纪欧洲文学史》第一章"古希腊文学"和第二章"古罗马文学"的节缩和改写。

方面都有埃及、巴比伦等东方国家的影响，希腊字母也是在腓尼基字母基础上形成的。

神话是古希腊最初的文化成果，口头流传几百年后形成，讲神和英雄的传说。神的故事包括开天辟地、神的产生、谱系、天上的改朝换代、人类起源和神的日常活动等。熟悉的神有天后赫拉、太阳神阿波罗、爱神阿弗洛狄忒、智慧女神雅典娜、文艺女神缪斯等。众神居住在奥林匹斯山，宙斯为首。他们任性，爱享乐，虚荣、忌妒，复仇心很强，还不时下山和人间美貌男女偷情。但也有普罗米修斯这样造福人类的神，把天火盗到人间，使人类有了划时代的进步。希腊神话的英雄是神和人所生的后代，他们的传说体现了远古历史、社会生活和人与自然的斗争。英雄传说以家族为中心，主要有赫拉克勒斯的 12 件大功、忒修斯为民除害、伊阿宋取金羊毛和特洛伊战争等系统。神话中还包括生产知识的传说，如普罗米修斯教人造屋、航海和治病，还展现了希腊风俗、音乐、舞蹈及竞技活动。神话是古希腊文学的土壤，为此后诗歌、悲剧提供了丰富题材。

诗歌包括史诗、抒情诗歌、悲剧和喜剧。这里仅简介除史诗以外的其他类型诗歌。**传统诗**代表是**赫希俄德**（Hesiodos，前 8 世纪末至前 7 世纪初），代表作是教谕诗《农作与时日》和《神谱》。前者共 828 行六音步诗，使用史诗体裁，是道德格言集和农历书。该诗除劝谕弟弟改过从善，还咏唱农夫的年历，记载了古希腊宗教祭日和黄道吉日，风格清新自然，平易简洁，成为古罗马诗人维吉尔《农事诗》的范本。**抒情诗歌**分双行体诗、讽刺诗、琴歌及牧歌。双行体诗是古希腊抒情诗最早诗体，用高亢的双管伴唱，节奏缓慢、平和，通常称为碑铭诗体或哀歌诗体，也称"芦管诗体"。抒情诗主要诗人是西摩尼得斯（前 556—前 466）和菲勒塔斯（前 340？—？）。古希腊**讽刺诗**源于民间口头嘲讽，通常用短长格诗体，伴以双管或竖琴，节奏轻快、活泼，接近生活用语。讽刺诗人代表是阿耳喀罗科斯（前714？—前676？）。公元前 6 世纪后讽刺诗渐趋衰落。**琴歌**采用龟壳琴伴奏，分独唱琴歌与合唱琴歌两种。有三位著名独唱琴歌诗人。1）女诗人**萨福**（Sappho，前 612？—？）曾被迫流亡国外，后在故乡办音乐学校，教音乐和诗歌。她创作了九卷诗，留存下来的只有两首比较完整。萨福用各种不同体裁写诗，用过 50 种不同韵律。她的诗大都写缠绵爱情，辞句艳丽，情调感伤，如名作《致阿那克托里亚》。萨福许多诗于 1703 年在罗马和君士坦丁堡被公开焚毁，罪名是有伤风化。她被称为女荷马，后因失恋跳岩自杀。2）**阿尔凯奥斯**（Alkaios，前 620？—前 570？）卷入了米蒂利尼的贵族与僭主争权斗争，被逐出境，流浪埃及等地 15 年，最后获赦回国。他的作品大多是应酬答和诗、政治诗、战争诗、饮酒诗和情诗。他那著称的"轮唱体"后来为贺拉斯袭用。3）**阿那克里翁**（Anacreon，前 550？—前 465？）留下六卷诗，歌唱醇酒和爱情，独具一格，被称为"阿那克里翁体"。合唱琴歌最著名的作者是职业诗人**品达罗斯**（Pindaros，约前 518—前 442 或 438），即品达。他的诗大多歌颂神，歌颂奥林匹克运动会及泛希腊运动会上的竞技胜利者和他们的城邦。品达诗集 17 卷，其中 4 卷竞技胜利者颂（45 首）至今保存完整，成名作是《皮托竞技胜利者颂》第 10 首（前 498）。他的诗风富丽，辞藻华赡，形式完美。17 世纪古典主义时期被奉为"崇高的颂歌"典范，弥尔顿、歌德等都师承过他的风格。**牧歌**和**田园诗**出现在古希腊后期。公元前 4 世纪下半叶，马其顿征服了希腊，但亚历山大逝世（前323）后帝国分化为几个王国。此后二百多年间希腊各城邦保有一定程度独立，时常掀起反马其顿斗争，不断受马其顿打击。公元前146 年希腊为罗马所灭，文化和文学则以亚历山德里亚为中心。古希腊牧歌兴盛于此期，采用史诗体和双行体，大多取材于西西里岛的自然风光和牧人的欢乐生活。最有名的牧歌作者和田园诗代表是**忒奥克里托斯**（Theokritos，前 310？—前 250？）和**阿波罗尼俄斯**（Apollonios，前 295？—前 215？）。前者为首创者，现存署名田园诗有 30 首，短格言诗 24 首，但一些诗的真伪尚有争议。诗人注重技巧，诗风活泼、优美，被维吉尔效仿，受他影响大的诗人还有英国诗人斯宾塞。后者生于亚历山德里亚城，喜欢荷马风格的简朴长篇史诗。他现存的唯一作品是《阿耳戈号航海记》，写伊阿宋乘该船取金羊毛的故事，风格优美动人，但结构欠佳。维吉尔的《埃涅阿斯纪》利用过此诗的若干情节。

　　散文　公元前 5 世纪古希腊散文也取得了辉煌成就，包括演说、哲学和历史著作。**演说**的繁荣与雅典奴隶主民主制度关联很大。当时的政治家需在公民大会和议事会上慷慨陈词，多半能言善辩，用修辞技巧打动观众，修辞学应运而生。古希腊著名演说家可推**吕西阿斯**（Lysias，前 459—前 380？）、**伊索格拉底**（Isocrates，前 436—前 338？）、**狄摩西尼**（Demosthenes，前 384—前 322）等。**历史著作**都是优美的散文篇章，三位作家最有名。1）**希罗多德**（Herodotos，前 484？—前 425？）号称"历史之父"，曾遍游中东，公元前 445 年到雅典，晚年奋发著书。代表作《历史》（九卷）规模宏大，涉及古代吕底亚、波斯、亚述、埃及、米堤亚等地风土人情、传说、历史记载。书中把古希腊和波斯作为当时东西文化的中心，写这两大文明如何走向冲突。该书结构颇有气势、行文简洁，穿插奇闻逸事。2）**修昔底德**（Thucydides，前 460？—前 400？）赢得赞誉的历史名著《伯罗奔尼撒战争史》写该战事三大阶段，即雅典与斯巴达的冲突（前 431—前 421）、雅典人进军西西里及失利（前 415—前 413）和雅典与斯巴达重开战火（前 413—前 404）。此书未完稿，写至公元前 411 年。作者本人参与过所写的战争，描述重心是军事指挥，语言直截了当、开门见山。3）**色诺芬**（Xenophon，前430—前355？）曾从苏格拉底治学，公元前401年跟随希腊雇佣军深入波斯帮小居鲁士反对其兄大居鲁士皇帝。后来该军统帅遇刺，色诺芬被任命总指挥，率一万余人安全撤退到红海边，撤退达2414公里，历经五个月。代表作《远征记》（又名《万人进军》）叙述了这次撤退，备述艰难困苦。他还写了修昔底德的《伯罗奔尼撒战争史》续篇等。他的著作有亲斯巴达人的偏见，整体布局不太均衡，多说教，但文风坦诚平易，简朴雅致，思路清晰。

这里最后要提的是《**伊索寓言**》，相传是公元前6世纪上半叶伊索所作。传说伊索是古希腊忒雷斯人，做过奴隶。现在的伊索寓言大多是公元前4世纪到公元2世纪间收集整理的，约120余则，若干故事可能来源于亚非，亦有可能是后人托名之作。寓言通过动物言行寄寓道德教谕，如"狐狸和仙鹤""兔子和乌龟""披着羊皮的狼"，思想性强，表现了人民的智慧。其形式短小精悍，形象生动，世代流传。

II　荷马史诗

荷马史诗是欧洲文学史上最早、最伟大的作品，它包括《伊利亚特》和《奥德赛》。关于荷马的生活年代一般定在公元前10世纪至前8、9世纪间，有人考证他大概出身俘虏；另有人提出"荷马"是"组合"之意，暗示集体创作；也流行荷马是盲人的说法，因古希腊的卖唱者（行吟诗人）多半是盲人。其实，荷马史诗经历口头流传和文字流传两个时期。作为口头文学，它最初可能在公元前12至前9世纪形成。公元前6世纪左右僭主庇西特拉图命人把它记录下来，到公元前3至前2世纪由亚历山德里亚学者编订成书。荷马史诗集合了古代民歌、神话和英雄传说，经过历代学者、诗人、歌手补缀修剪，渐具规模。参与者中可能有位叫荷马的行吟歌手尤其出色，因此得名荷马史诗。

《**伊利亚特**》意思是"伊利昂纪"，产生早于《奥德赛》，共 24 卷，15693 行，故事来自希腊神话。阿喀琉斯的父母举行婚礼时忘记邀请不和女神厄里斯，厄里斯来到席间扔下一只写有"赠给最美女子"的金苹果，引起天后赫拉、智慧女神雅典娜和爱神阿弗洛狄忒的争执。仲裁者特洛伊王子帕里斯裁定爱神最美，作为回报她在帕里斯到斯巴达做客时帮他拐走了国王墨涅拉俄斯的妻子、绝世美人海伦，并带走大批金银财宝。希腊各部落闻讯后推举迈锡尼王阿伽门农为联军统帅，集十万大军，战船千余艘，跨海远征特洛伊。特洛伊人亦联合附近部落，以王子赫克托耳为统帅，拼死固守城池。奥林匹斯山上众神也分成两派，各助一方。战争进行到第十年时，双方皆损失惨重。这时，因阿伽门农夺走第一勇将阿喀琉斯宠爱的女俘，后者愤而不战，希腊方频频战败。《伊利亚特》即以此为楔子，写阿喀琉斯的愤怒及此后 51 天发生的事。面对特洛伊军的凌厉攻势，阿喀琉斯的好友帕忒洛克罗斯穿了阿喀琉斯的盔甲上阵，被赫克托耳刺死。阿喀琉斯悲痛不已，愤而再上疆场，挑战赫克托耳。赫克托耳不敌，绕城三匝，终为所杀。特洛伊老王普里阿摩斯冒险入阵，跪求归还儿子尸体，终获同意。特洛伊人为之隆重举哀，史诗到此结束。但据《奥德赛》的描写，后来希腊人采纳奥德修斯的"木马计"，佯败撤军，诱使特洛伊人出城，将内藏兵将的大木马拉入城内。入夜，希腊军突然返航，里应外合攻下特洛伊城。希腊人几乎杀死全部特洛伊人，夺回海伦，各携财宝凯旋还乡。

《**奥德赛**》意思是"奥德修斯纪"。故事发生在特洛伊战争后的十年，奥德修斯在归家途中冒犯海神波塞冬而遭海难，滞留异乡。

第十年他漂到斯刻里亚岛，岛上国王阿尔喀诺俄斯款待他，奥德修斯讲述了离开特洛伊后的遭遇。原来他们一行人曾被吹到忘忧果之乡，吃了该果的人都不愿回家。他和手下逃走后，又遇到独眼巨人库克罗普斯，他逐个吞食奥德修斯的手下。奥德修斯用酒把巨人灌醉，用尖木棍刺瞎他的独眼，逃回船上。接下来的航行中手下打开了风神送的袋子，放出各路大风，将船吹回爱奥利亚。他们后来又到了把人变猪的女巫的妖岛，游历了冥土，经过了塞壬妖女的岛屿。在经过太阳神的岛屿时，水手们不顾他警告，宰杀了岛上神牛。太阳神大怒，击沉了他们的船，只有他一人被风浪吹到神女卡吕浦索的岛上，被困该岛七年。在宙斯和雅典娜干预下，卡吕浦索被迫释放他回家。上路后，波塞冬掀起风浪再次摧毁他的小船。他最后流落到斯刻里亚岛。阿尔喀诺俄斯王为他的故事打动，送了他许多礼物，用船将他送回故乡。此时，一群求婚者正赖在他家向他妻子佩涅洛佩求婚，并挥霍他的家产。他化装为乞丐，将求婚者全部杀死，与分离多年、忠贞不贰的妻子团圆。

荷马史诗歌颂希腊民族光荣史迹，赞美勇敢、正义、无私、勤劳，讴歌克服一切困难的乐观主义精神，肯定人与生活的价值。但它又把人的命运归于神的意志，充满宿命论思想，人的斗争常是神之间斗争的缩影。以《伊利亚特》为例，史诗极为生动、丰富地展示了古希腊英雄们的战斗生活及种种历史性场面，反映了当时的政治、军事制度。它可说是百科全书，体现了古希腊人关于天文、地理、历史、宗教、社会、哲学、艺术和神话等方面的知识。其实，经济掠夺是特洛伊战争最主要的起因。古希腊时的特洛伊在小亚细亚西北岸，是黑海与地中海的交通要道，商业繁荣，文化发达，非常富庶，引起希腊诸王垂涎。《伊利亚特》对战争很少作正义与否的价值判断，它热情洋溢地赞美双方的英雄，是对人本身的歌颂。在艺术方面，史诗重点突出，繁简分明，只选了十年战争中关键的 51 天来写，重点写 4 天的战争场面和 21 天的葬礼，把阿喀琉斯与赫克托耳的对立又作为重点之重。其次，史诗开场写最勇敢的将领与最高统帅之间的冲突，极富戏剧性。它的语言以比喻和排比句著称，使用伊奥利亚和爱奥利亚两种方言，现实主义与浪漫主义交相辉映，为后世艺术家提供了楷模。

III　戏剧

古希腊戏剧公元前 6 至前 4 世纪最繁荣。此期内，地处海湾、交通方便的雅典工商业日益发达，工商业奴隶主崛起，与土地贵族进行了百余年权力斗争，终于建成奴隶主民主制。国家不设国王，最高权力机构是"五百人大会"，由公民抽签组成，由公民选举产生的"十将军"则组成公民大会决议的执行机构，有了更多民主。公元前 5 世纪初，希腊和波斯的经济政治矛盾引起希波战争，希腊人在马拉松之役和萨拉米之役中获胜。战后一些希腊城邦成立了雅典控制的提洛海上同盟，防御波斯侵略。此后雅典经济欣欣向荣，迎来其黄金时代和古希腊文学的黄金时代。奴隶主民主制全盛期大力提倡、鼓励戏剧创作和演出。雅典修筑了露天剧场，春秋两季举行盛大戏剧比赛。剧作家一旦获奖，立刻身价百倍。为了进行宣传教育，国家给公民发放看戏津贴，给演员一定的特权，极大地促进了戏剧繁荣。

古希腊悲剧源于祭祀酒神狄奥尼索斯的庆典，他是宙斯的儿子，罗马人称他巴库斯。他擅长种葡萄、酿酒和饮酒，漫游各地传授技术，被称为酒神，受到爱戴。每年春秋人们杀羊祭祀颂扬他，将羊皮披在身上，头戴羊角，模拟酒神侍从，围绕神坛唱酒神颂。这就是悲剧的最初形式，后来歌队的领队与其他人又产生了对话，戏剧因素进一步增强。

　　古希腊悲剧最初歌舞气氛浓厚，合唱歌队占重要地位，它渲染舞台气氛，活跃场面，充当角色，还交代剧情或评论。换幕时歌队在台前挡住观众视线，使演员能换面具，变角色。角色的作用也经历变化。最初的酒神颂由歌队提问题，作者临时作答，他也是演员。公元前534年忒斯庇斯首次用一个演员同歌队对话，使他扮演多个角色，戏剧雏形形成。后来埃斯库罗斯和索福克勒斯先后将演员增加到两三个，戏剧形式渐趋完备。

　　古希腊悲剧大都取材神话、英雄传说和史诗，主题和情调严肃。悲剧描写的冲突往往难以调和，反映人与命运、自然环境和社会及人与人的尖锐矛盾，构成惊心动魄、波澜壮阔的斗争场面。悲剧主人公具有坚强不屈的性格和英雄主义精神。他们虽在抗争中失败，但其精神不可战胜。这些悲剧具有人生哲理的困惑与恐惧，还有对人物遭受苦难的深刻同情。悲剧中还渗透了命运变幻莫测、不可抗拒和因果报应不爽的神秘主义。但悲剧主题毕竟多样，既反专制、侵略，也反迫害、邪恶，歌颂为自由和正义而斗争，有鲜明的爱国思想和民主色彩。

　　埃斯库罗斯（Aeschylus，前525—前456）生于雅典贵族之家，一生写了70—90个剧本，18次在戏剧比赛中获奖。死后雅典人宣布他的戏剧可重新参加节日竞赛，还4次颁奖给他，授予他"悲剧之父"称号。他对古希腊悲剧发展的一大贡献是引进了第二个演员，打破了一个演员和合唱队的传统模式，因此合唱队作用削弱，增加了戏剧情节，丰富了道白。他还第一个采用了三联剧形式，但只有《俄瑞斯忒斯》这部三联剧完整流传下来。此外，他还首先采用了画景、高底靴、定型面具和具有异域风格、令人恐惧的服装和面具，创造出非同寻常的舞台效果。他也亲自参加自己许多作品的演出。他的传世 7 部剧作是：《俄瑞斯忒斯》三联剧（《阿伽门农》、《奠酒人》和《复仇女神》）、《乞援人》、《波斯人》、《七将攻忒拜》和《普罗米修斯》。《七将攻忒拜》是三联剧《莱奥斯》的一部，《乞援人》是三联剧《埃及人》的一部，是他最早的剧作。《波斯人》原是三联剧《菲尼乌斯》的一部，写希腊卫国战争，是他现存剧作中唯一以现实为题材的悲剧。

《俄瑞斯忒斯》三联剧结构宏伟，语言颇具力度，人物形象鲜明生动。《阿伽门农》写希腊联军统帅阿伽门农从特洛伊胜利归来后，被妻子克吕泰墨斯特拉及其姘夫埃吉斯托斯合谋杀死。起因是阿伽门农率军远征特洛伊时遇海上逆风，无法开航，他忍痛杀了女儿祭献女猎神阿尔特弥斯，以获顺风。妻子杀死他是为女儿报仇；姘夫则因阿伽门农的父亲曾杀他的两个哥哥来款待他父亲提埃斯提斯。《奠酒人》轮到阿伽门农的儿子俄瑞斯忒斯为父复仇，杀死了生母和姘夫。《复仇女神》中，克吕泰墨斯特拉的亡魂找到复仇女神，求她杀死儿子。俄瑞斯忒斯被复仇女神追逐，就向雅典娜求援。雅典娜乃与 12 个雅典公民组成的陪审团审理此案。阿波罗神为俄瑞斯忒斯辩护说杀死他母亲本是主神宙斯之意。双方展开辩论，最后陪审团投票是 6 比 6，此时庭长雅典娜投了赦罪一票，救了俄瑞斯忒斯。该剧是古希腊悲剧中仅存的完整的三联剧，以高超的艺术表现了血族复仇这古老氏族习俗必须代之以法律。复仇女神依据古老氏族伦理，维护母权制；雅典娜则主张审讯，体现了民主精神，维护父权制，反映了人类社会向法治社会的演变。

《普罗米修斯》三联剧（《被缚的普罗米修斯》(前 479—前478)、《被释放的普罗米修斯》和《带火的普罗米修斯》）最著名也最有影响，后两部已失传。普罗米修斯曾是十二提坦神之一，他从天上盗取火种送给人类，引起宙斯震怒。宙斯命令用铁链将他锁在高加索山的悬崖上，海神俄刻阿诺斯的女儿们赶来安慰他，普罗米修斯讲述了自己得罪宙斯而遭苦难的原因。宙斯原是借助普罗米修斯的帮助推翻了自己的父亲而登上王位的，但夺得神权后他便想毁灭人类，所以严惩盗火拯救人类的普罗米修斯。海神劝普罗米修斯屈服认罪，被拒绝。被宙斯诱奸、又遭赫拉迫害而变成牛的伊娥跑来向普罗米修斯倾诉自己的苦难遭遇，普罗米修斯预言她会恢复人形，她的后代将解放他。普罗米修斯之所以敢对抗宙斯，除了大无畏的精神，还因他是永生的，加之他知道宙斯与某女神所生的后代将最后推翻宙斯。宙斯千方百计想知道谜底，但普罗米修斯拒绝透露。宙斯用老鹰每日啄食他的肝脏，用雷电将他打入地狱，但他为了人类而甘愿忍受巨大苦难。这部戏主题崇高，风格雄伟庄严。普罗米修斯与宙斯的冲突象征人权与神权及民主精神与专制暴力统治的冲突，并提升到关系人类命运的高度。全剧富于哲理、气氛肃穆，探讨了最高最美的道德规范。剧本热情颂扬了不畏强权、视死如归的精神，鞭挞了暴君宙斯恩将仇报、淫邪专横、残忍暴戾，影射了当时雅典僭主。

索福克勒斯（Sophocles，前496—前406）是雅典全盛期悲剧作家，生于雅典兵器作坊主之家，教育良好，擅长音乐、体育及舞蹈。他是温和的民主派，两次担任将军，曾被选为雅典十将军之一。27岁时他首次参加悲剧竞赛，战胜了埃斯库罗斯并保持荣誉20多年，共得过24次奖赏。他一生写过120—130部剧作，仅有7部完整流传下来。这七部悲剧中《安提戈涅》（前442？）、《俄狄浦斯王》（前430）和《俄狄浦斯在科罗诺斯》最著名。后者于公元前401年上演，赢得头奖。

《俄狄浦斯王》是他的代表作。忒拜国王拉伊俄斯从神谕得知他将被亲子所杀，就抛弃了自己的婴儿俄狄浦斯，婴儿被科任托斯国王收养。俄狄浦斯长大后得知将杀父娶母，于是逃离，以避免杀死错认为是生父的国王。途中他与路人发生争执，打死了为首的老者和卫士，这老人正是他生父。其后他来到忒拜，猜破了狮身人面兽斯芬克斯的谜语，解除了忒拜城灾难，被拥戴为王，并娶了前王后伊俄卡斯忒，即他的生母。几十年后，忒拜发生瘟疫，神谕说必须严惩杀死前王的凶手，瘟疫才能消除。为了民众，他设法查访，发现凶手就是自己，杀父娶母的预言应验了。伊俄卡斯忒自杀，俄狄浦斯刺瞎双目，自我放逐。索福克勒斯的悲剧往往被称为"命运悲剧"，写个人意志和行为与命运的冲突。俄狄浦斯聪明诚实、关心百姓幸福，有坚强意志，勇于承担责任，但命运之网却将他越缠越紧。剧作家时代的社会动乱、奴隶大规模逃亡与起义是该剧沉重悲剧气氛的思想基础和背景。这部戏故事错综复杂，但剧作家遵从"三一律"规则，把场景设在忒拜王宫前，用很短时间通过五个人陆续上场交代出关键情节：妻舅克瑞翁带来预言者，预言者指出凶手就是俄狄浦斯本人，伊俄卡斯忒劝慰国王时泄露老王被杀地点，科任托斯使者说明俄狄浦斯不是该王后亲生，最后老王仆人证明他曾把婴儿俄狄浦斯交给一个牧羊人，即眼前的科任托斯使者。全部矛盾从而蚕茧抽丝般揭开，显示出作者在题材剪裁与提炼上的深厚艺术功力。

《安提戈涅》故事发生在"七将攻忒拜"之后。安提戈涅的哥哥波吕涅克斯借岳父兵力回国和兄弟厄特俄克勒斯争王位，被杀死。克瑞翁以舅父资格继承王位，宣布波吕涅克斯为叛徒，不许埋葬他。按当时神律，埋葬亲人是必尽义务，因此安提戈涅不顾禁令埋葬了哥哥。克瑞翁被触怒，下令处死她，她在囚禁中自杀。克瑞翁的儿子，即安提戈涅的未婚夫，则以自杀抗议父亲的暴虐。剧作家生活在充满政治和经济矛盾的动荡时期。公元前431年雅典集团和斯巴达集团因经济和政治矛盾引发了内战，即伯罗奔尼撒战争。战争延续了27年，最终雅典挫败。剧作家肯定民主精神，反对僭主。安提戈涅反暴君，曲折地反映出作家崇尚英雄主义的精神。他进一步革新悲剧艺术，被称为"戏剧艺术的荷马"。他把合唱颂歌彻底变为戏剧，侧重写人，不再用三联剧形式，并把演员增至三人，更多地使用舞台布景。

欧里庇得斯（Euripides，前485？—前406？）出身土地贵族，从未任官职，但对政治经济、社会生活、家庭问题均有独到见解。他醉心哲学，受诡辩派哲学影响在悲剧里提出神性与人性、战争与和平、民主、妇女、家庭及奴隶等问题，被称为"舞台上的哲学家"。他是三大悲剧作家中反映现实最具体、最真实的。晚年他反侵略战争，反雅典对盟邦的暴政，对神怀疑，以致当局不容他。公元前409年他离开雅典，辗转马其顿宫廷，客死他乡。他25岁首次参加悲剧竞赛，39岁第一次获奖，一生写有92部剧，18部完整留下来，较熟悉的有《美狄亚》《希波吕托斯》和《特洛伊妇女》。伯罗奔尼撒战争爆发后各种矛盾日益尖锐，经济破产，平民贫困化，信仰危机，道德沉沦，雅典城走向灭亡。他的剧作体现了对政治现实的怀疑和否定。比如《特洛伊妇女》写特洛伊城攻破后女俘们的悲惨命运，在欧洲文学史上首次反映侵略战争的后果，将荷马史诗中充满英雄主义的特洛伊战争描述为残酷和野蛮的。剧中城被焚毁，男子被杀绝。赫克托耳的母亲、妻子和一个妹妹成了奴隶，另一个妹妹作为死人的祭品遭杀戮，他的幼子被扔下城墙摔死。诗人借神话传说影射所处的时代，用被摧残者的痛苦来谴责侵略战争。

他的另一主题是家庭和妇女问题。流传下来的剧本中12篇以妇女为主要人物，以《美狄亚》《特洛伊妇女》《希波吕托斯》的妇女塑造最成功。公元前6至前5世纪婚姻制度逐渐固定为一夫一妻，妇女开始被禁闭家中，不得参加公共活动，更没政治权力，地位接近奴隶。《美狄亚》表现了他对受压迫妇女的同情。美狄亚是个野蛮国家的公主，爱上伊阿宋，帮他取得金羊毛，背井离乡随他到希腊，同他结婚并生有两子。伊阿宋曾发誓要终生爱她；然而几年后他却要遗弃美狄亚，娶科任托斯国王的女儿，国王克瑞翁还要将美狄亚驱逐出境。她愤怒而生报复之念，让两个孩子把一件浸染毒药的新衣送给新娘，新娘着衣立即死去，国王克瑞翁也抱着女儿中毒身亡。为了惩罚伊阿宋，让他没有后嗣，她又在极度痛苦中杀死两个孩子，然后乘龙车逃往雅典。他在刻画美狄亚时没有简单化，她既柔又刚，既热情又残忍，既可爱又可怕，既温和又暴躁。她是个高傲倔强的被侮辱、被损害的女人，她的犯罪引起观众的恐惧和同情。故事由美狄亚的保姆在开场中交代，剧中动作都集中在她住所前面，限制在很短时间内，非常扼要。

埃斯库罗斯和索福克勒斯描写理想中的英雄，而欧里庇得斯尽管取材神话，却反映同时代生活。他信奉民主政治，认为法律面前人人平等，都有发言权，如《请愿的妇女》表现的。他憎恨富人贪婪残暴，同情贫苦人，对奴隶受压迫和虐待十分愤慨，在《伊翁》中借老家人的嘴说："奴隶身上只有一样东西不体面，这就是奴隶这名称。"他有两大贡献：写实手法和心理分析。心理描写和展示人物内心的斗争是他的前辈没尝试过的。另外，在他的悲剧里歌队已失去重要性。有的悲剧呈大团圆结局，有了喜剧成分；有的甚至带有浪漫情调与闹剧气氛，显示了希腊戏剧的新发展。他的语言自然流畅，但有时冗长。他不大注重戏剧结构，有时各场间缺乏紧密联系。尤有两点遭批评家指责：一是由一个剧中人先说明剧情的"开场白"，二是往往请出一位"解救天神"来解决剧终前的纠纷。他的戏剧对希腊化时期的新喜剧、罗马文学和后世欧洲文学都有很大影响。

　　古希腊喜剧起源于祭祀酒神的狂欢歌舞和民间滑稽戏。公元前487年雅典正式确定在春季酒神节庆中增加喜剧竞赛。希腊喜剧大半是政治和社会讽刺剧，产生于言论比较自由的民主政治繁荣期。这时喜剧称为**旧喜剧**，讽刺对象是社会名人，特别是当权人物。每剧有六部分：开场、进场、对驳场、评议场、插曲、退场，但不严格。主题表现在对驳场中，一方胜利后是些欢乐场面。旧喜剧形式轻松，但意图严肃。作家利用生活琐事和滑稽、偶然事件，夸大地表现生活本质，通过嘲笑起教育作用。公元前5世纪雅典三大喜剧诗人是克拉提诺斯、欧波利斯和阿里斯托芬。只有阿里斯托芬传下些完整作品。

　　阿里斯托芬（Aristophanes，前446—前385）被称为"喜剧之父"。他继承了父亲的土地，并得到一笔不大的收入。少年时代他生活在农村，熟谙农历和鸟类知识，作品表现对劳动和大自然的热爱、对民间语言的偏好。但他大部分时间在雅典度过，创作中运用了雅典生活的详细情节，增添了生活色彩。他通晓古希腊文学与艺术，特别喜爱荷马和赫希俄德的史诗、古老的宴会歌曲、流行的颂歌和最新悲剧。他生活在伯罗奔尼撒战争期间，雅典城邦逐渐衰落。对外，提洛同盟的建立（前478）使雅典成为上邦，拥有对盟邦的统治权。对内，公元前5世纪后半期新兴的城市富豪（主要是作坊主、商人及高利贷者）和大量增加的城市贫民形成两极。国内政治斗争激烈：地主倾向寡头政治，而工商界富人为主，实行激进民主政策。现实斗争、各种社会和道德问题都体现在他的喜剧中。

　　他一生写过44个剧本，完整流传下来11部，当时用别人的名字上演。《宴会者》（前427）曾获二等奖，攻击当时的高等教育。《巴比伦人》（前426）曾得头奖，成功地描写了一桩丑闻，讽刺以激进民主派领袖克勒翁为首的权势人物，因此被控以叛国罪，最终摆脱

了讼事。他多产，公元前 406 年欧里庇得斯之死激发他写出了《蛙》，
是以剧本形式作出的文学批评，夸张地表现了埃斯库罗斯和欧里庇
得斯的创作信条。《财神》是他现存的最后作品，不再以政治为主题，
是纯粹的社会风俗喜剧。

《阿卡奈人》（前 425）曾获头奖，矛头直指雅典主战派。在开
场中狄开俄波利斯在雅典公民大会上主张议和，他派个送信人替他
一家同斯巴达人议和，此人带回议和酒。受战祸最深的阿卡奈人（以
合唱队形式出现）指责他叛国，用石头追打他。对驳场中，狄开俄
波利斯揭露了伯罗奔尼撒战争的原因，赢得一半阿卡奈人支持，另
一半请来主战派拉马科斯，但狄开俄波利斯将他击败。该剧尽展作
者的创作才华，通过将雅典公民大会写成漫画式的滑稽闹剧，触及
了严肃的反战主题，主张各城邦团结友好，发扬马拉松精神。狄开
俄波利斯是典型的阿提卡农民，机智勇敢；而拉马科斯则是外强中
干的蠢人。

阿里斯托芬写过逃避现实苦恼生活的神话喜剧《鸟》（前 414），
它是古希腊现存的结构最完整的寓言喜剧，也是欧洲文学史上第一
部写理想社会的作品。

公元前 146 年罗马灭希腊，希腊文化中心由雅典移至埃及亚历
山德里亚城。那里科学、艺术、哲学相当发达，重视书籍整理，建
成规模空前的大图书馆和博物馆。希腊语变成这些地方的通用语，
因此被称为希腊化时期。古希腊文学到此已届尾声，较有成就的除
田园诗，就是**新喜剧**。此时剧场已成富人的娱乐场所。新喜剧不谈
政治，通过爱情故事和家庭关系来反映社会风俗，表现贵族青年男
女要求自由独立的愿望。新喜剧强调情节曲折和风格雅致，缺乏深
刻思想内容。剧中出现新的人物类型，如食客、兵士、艺伎和家奴，
奴隶常写得聪明机智。新喜剧讽刺生动，没天神，也没合唱队，分

五部分，中间穿插歌舞。著名新喜剧作家**米南德**（Menandros，前342？—前292）写过105部喜剧，8次得奖。他的一些剧本经罗马剧作家普劳图斯和泰伦斯改编后流传下来。获奖剧《恨世者》（前316）讲愤世嫉俗的老人不喜与世人交往，认为他们自私自利。但他不幸坠井时，救命恩人之一却是他妻子前夫之子，这改变了他的看法。《萨摩斯女子》剧中年轻人摩斯基昂与邻家女佛兰贡生下私生子。摩斯基昂的养父得墨阿斯的情妇克律西斯收养了孩子。得墨阿斯以为婴儿是摩斯基昂和克律西斯所生，把养子赶出门。佛兰贡的父亲透露出收养的孩子是他女儿所生，真相大白。双方家长为两个年轻人举行了婚礼。米南德剧本有较复杂的爱情情节，人物个性鲜明、风格雅致，深刻地影响了后世剧作家。

Ⅳ　哲学

古希腊哲学对后世影响深远，作为散文文学成就也很高。**德谟克利特**（Democritos，约前460—前370）是原子论哲学创始人，写过70余种著作，涉及学科颇广，但均失传。他认为原子流的射出产生事物的影像，心灵感知影像后激发出形象和思想。据此理论，他主张艺术模仿自然，强调文艺创作需凭职业道德感和热情。他把诗和文艺的美同善和功用结合，认为艺术寓于美和善的统一，强调只追求高尚的快乐。

苏格拉底（Socrates，前469—前390）是古希腊大哲学家，虽无著作，其思想却通过口授散见于门徒色诺芬和柏拉图等人著作中。他宣传神学目的论，认为世上一切由神安排，因此贵族奴隶主的统治是神的意志，这是君权神授思想。他后来被民主派政府处死，他对死亡的超然被柏拉图生动地描绘在《苏格拉底之死》一文中。他的文艺观来自他的神学目的论，主张美善合一的功用论，提出为目的服务得好的东西就是善和美的；服务不好，则是恶和丑的。他的功利文艺观为贵族奴隶主政治服务。柏拉图和普罗提诺继承和发展该思想，成为欧洲中世纪思想的核心。苏格拉底也肯定古希腊模仿说，并强调艺术家应以真实表现外部的形式来传达内在精神，首次在西方强调艺术形式和内容统一。

柏拉图（Plato，前427—前345）是西方客观唯心主义哲学创始人，曾师从苏格拉底，学了8年哲学，后在雅典创立学园，讲学41年。他有许多弟子，亚里士多德最著名。柏拉图著作多用对话体写成，代表作《理想国》描绘他理想的雅典城邦的政治、道德、军事及文艺。《伊安篇》谈诗和灵感，《裴德若篇》讨论文章的条件及灵感与迷狂，《大希庇阿斯篇》探讨美与善、美与丑的关系，《会饮篇》谈真、善、美的统一，《裴利布斯篇》讨论快感、痛感与悲剧等文艺审美概念。他认为世上存在永恒的、绝对的精神性"理式"（一译"理念"），它是宇宙存在的先天模式。宇宙一切事物都是这个理式的模仿或影子，因此它们不具永恒性、普遍性和真实性。这个无所不在的理式即神或上帝的代称。

柏拉图文艺理论主要观点如下：1）文艺是对现实的模仿，现实是对理式的模仿，公式就是理式→现实→文艺。因此，文艺只是模仿的模仿，离真理更远，更不可信，地位卑下。2）诗产生于从神那里获得的灵感，诗人是神的代言人。当获得神的灵感时他们会处于迷狂状态，有神附体。诗人若无神赋予的灵感，就写不出诗来。3）他承袭苏格拉底，认为效益和美是有机的统一，有益、有用的就美，是人性中最好的或理性的部分。4）理性和情感常矛盾，好的文艺应模仿人的理性部分，而不是情感。他反对诗人模仿人性中的低劣，如愤怒、恐惧、忧郁、哀伤、恋爱、妒忌、心怀恶意之类情感。他认为颂神的诗、宣扬人理性的诗才是好诗。理想国的诗人还必须首先赞美理想国的统治。5）悲剧和喜剧是无益的文艺形式，悲剧使观众以人物的灾祸来满足自己的哀怜癖，产生快感，这种快感啼笑皆非，非真正快感。何况看惯了悲剧的人，言行会朝悲剧性方向发展。喜剧的可笑言行是人们平时极力避免及引为羞耻的，却借戏剧形式使观众产生不应有的快感。他的观点后来受弟子亚里士多德批判。柏拉图强调文艺的功利性，鼓吹文艺为政治服务，在后来欧洲文论中很有市场。

亚里士多德（Aristotle，前384—前322）是与柏拉图齐名的哲学家和文艺理论家，受教柏拉图20多年，公元前335年开始在雅典授徒讲学，称为逍遥派。他通晓自然科学和哲学，著作流传下来的有《工具论》《形而上学》《物理学》《伦理学》《政治学》《诗学》《心灵论》等。他在若干重大问题上并不苟同老师的观点，批判柏拉图的理式（或理念）论。他认为一般不可能脱离个别而存在，形式寓于事物本质中，因此理性原则存在于感性中。针对柏拉图过分强调灵感的作用，他提出要重天才和理性、理智的统一。但他不敢否认神的存在，他提出的四因论（质料因、形式因、动力因和目的因）将形式因看作第一推动力量，从而假定了造物主或神的存在。

他首次把当时的科学观点较全面地用于文艺理论，取得空前未有的成就。这方面的代表作是《诗学》，继承并深化了前辈哲人关于艺术模仿自然的观点。他认为文艺只是对理式的影子的模仿，艺术则是对神的创造的模仿，即对现实世界的事物及其必然规律或内在本质的模仿。他还认为艺术模仿对现实具有变革和教育作用。因此，艺术的本质是创造，"弥补不足"，引起"异化"，而非机械模仿。这和柏拉图的观点针锋相对。他还强调艺术想象即创造性模仿，艺术家通过个别和偶然揭示出一般和必然，最终使"合情理的不可能"在艺术作品中变成合情理的可能，揭示了现实－想象－典型塑造的内在联系。

他还以诗人的天才与理智取代了柏拉图的灵感与迷狂说，认为诗不是疯狂人的艺术，而是天才的事业。他的悲剧理论最系统，把悲剧定义为"对一个严肃、完整、有一定长度的行动的模仿；模仿的媒介是语言"，"模仿的方式则借助人物的动作来表达"（《诗学》第六章）。他还区分了诗的真实和历史真实、艺术真实和生活真实。诗和艺术的真实可以高于生活真实，所以艺术并非柏拉图所言只是影子的影子。他在论述悲剧效果时，最著名的观点是悲剧的净化（陶冶）作用。他认为悲剧能引起怜悯和恐惧，那本是一种痛苦情绪，但借助悲剧引发的这种感情却是"特别的快感"，能使观众得到宣泄感情的满足。当然这种怜悯和恐惧应适度，应有益人的身心和道德修养。他认为文艺是救治心灵的药方，而非柏拉图所言是伤风败俗的。他还讨论了悲剧中情节、地点和时间的一致性，文艺复兴时期的卡斯特尔维特罗据此提出了影响深远的"三一律"，为17世纪古典主义戏剧创作树立了重要准则。他关于悲剧人物的"过失说"也很有名，认为怜悯来自一个人遭受不应遭受的厄运，恐惧来自这样遭厄运的人与我们那么相似。悲剧结局常由主人公自身的过失造成，其原因并不一定是传统的命运或因果报应。他的文艺理论在欧洲的影响无与伦比。

第二节　古罗马文学

I　概述

古罗马的发祥地是意大利半岛，相传特洛伊英雄埃涅阿斯后代中一对孪生兄弟罗慕路斯和勒莫斯被外祖父抛弃山中，由母狼乳养成人。二人长大后游至今天罗马所在地，建了一座城。罗慕路斯杀死弟弟，用自己的名字命名该城为罗马，古罗马的"王政时期"（前753—前510）便由此开始。但据史料记载，罗马在远古时代就有土著伊达拉里亚人居住。公元前510年罗马进入贵族共和政治期，史称"共和时期"（前510—前27）。公元前3世纪罗马征服意大利，进而扩大到希腊半岛。经过三次"布匿战争"、三次马其顿战争和叙利亚战争，罗马征服了地中海沿岸和巴尔干半岛大部，成为地跨欧、亚、非的奴隶制大国。公元前2至前1世纪，因兼并土地，小农经济破产，城市无业游民骤增。公元前74年至前71年爆发斯巴达克起义，沉重打击了奴隶主阶级。奴隶起义后大贵族图谋进行军事独裁，如凯撒（前102？—前44）就恃军功欲称帝，被共和派刺杀。然而他的甥孙兼养子屋大维征服了埃及、打垮了共和派军队，于公元前27年结束了共和政体，建立了罗马帝国。屋大维被元老院封为"奥古斯都"（意为"神圣者"）。他执政后，为缓和矛盾保留了一些共和形式，如选举制、元老院等。他还分给农民钱财和份地，修建娱乐场所，提倡文化，笼络文人。史称屋大维执政期（前27—公元14年）到公元193年为"罗马和平时期"，奴隶制进一步发展，帝国版图扩大。但从公元3世纪起帝国内忧外患，人民不断起义，外族频频入侵，395年最终分裂为二，东罗马帝国定都君士坦丁堡。公元476年西哥特人攻进罗马城，西罗马帝国灭亡。

古罗马文化是继承希腊文化发展的。希腊化时期罗马输入许多希腊作品，加以翻译和模仿。公元前146年罗马灭希腊后，将全部希腊神话、诗歌和戏剧据为己有，让从希腊俘虏来的奴隶做家庭教师，编剧作诗，并研究各种科学。这使得罗马文学染上浓厚的希腊色彩。如神话，许多罗马的神同希腊的神融在一起。如罗马的主神朱庇特等同希腊的宙斯，他的妻子朱诺等同赫拉，如此等等；太阳神阿波罗和文艺女神缪斯在罗马神话里连名字也没变。古罗马文学如此模仿希腊，以至罗马诗人贺拉斯说："罗马征服了希腊，但从另一种意义上说，是希腊征服了罗马。"当然，罗马文学毕竟是罗马社会的产物，语言是拉丁语，又称拉丁文学。古罗马有文人作家的历史始于公元前3世纪，约公元前280年至前204年希腊俘虏安德罗尼库斯首次将《奥德赛》译成拉丁文诗体，还编译了一些希腊的悲、喜剧。在此基础上罗马诗歌发展起来。共和国中期国势扩张，奴隶主、贵族和富商生活奢侈，需要娱乐享受，米南德式的喜剧便发达起来，代表作家是普劳图斯和泰伦斯。共和国末期和屋大维统治时期合称罗马文学史上的"黄金时代"，散文、诗歌和文艺理论都取得了较大成就。共和国末期贵族派和平民派激烈斗争，统治阶级的法律逐步形成，雄辩术获得高度发展。加图首开罗马演说文先河，政治家兼军事家凯撒也是杰出散文作家，西塞罗则把古代雄辩术推到高峰。所以，文学史上此期又称"西塞罗时期"，主要诗人是卢克莱修和卡图鲁斯。屋大维执政后，罗马暂时呈现和平稳定景象。他十分重视文化，试图利用古代宗教和道德培养公民责任感，宣传罗马的历史使命。他利用亲信麦凯纳斯组建"麦凯纳斯文学集团"，著名诗人维吉尔、贺拉斯、奥维德都属该集团。此外，代表贵族元老保守势力的梅萨拉也聚集了一批文人，但他们的创作使人消极，追求享乐。此阶段通称"奥古斯都时期"，它的文学肯定现存秩序带来的和平生活和强大国力。虽风格不及前一时期遒劲豪放，但技巧更成熟，追求形式完美。

屋大维死后的二百年史称罗马文学的"白银时代"，宫廷趣味日趋浓重，到2世纪前半叶达到高潮。贵族青年时兴朗诵空洞无物的诗歌，文学的颓废倾向明显。仍旧向往共和国时代的贵族作家言论自由受钳制，大多倾向斯多葛派的内心宁静和忍耐，有时悲观绝望，沉于宗教迷信。此时反映奴隶主下层思想的讽刺文学和反映旧共和派不满情绪的作品成就最大，重要作家有悲剧作家塞内加、寓言诗人菲德鲁斯、小说家阿普列尤斯、讽刺诗人马希尔和朱文纳尔，还有传记文学作家塔西佗和普鲁塔克、希腊语散文家琉善。此外，朗吉努斯著有重要文艺理论作品《论崇高》。帝国末期文学进一步衰落，主要诠释古代作品。同时宗教唯心哲学发展，宗教文学活跃，著名宗教作家有基洛尼姆斯（340？—420）和奥古斯丁等。帝国东迁后，综合希腊传统、基督教和亚洲文化，形成拜占庭文化。教会排挤世俗文化，4世纪焚毁了亚历山德里亚城的图书馆，在东罗马帝国首都君士坦丁堡研究古代文学的学者成批遭迫害，文学活动限于编写圣徒传、辞书和选辑古代作品。从四五世纪起，欧洲文学开始向中世纪过渡。

Ⅱ 戏剧

戏剧在古罗马发展最早，共和国中期繁荣后一度衰败，"白银时代"又有发展。喜剧以普劳图斯和泰伦斯为代表，塞内加是整个罗马文学中最重要的悲剧作家。

普劳图斯（Titus Maccius Plautus，前254？—前184）出身平民，早年到罗马城学拉丁文和希腊文，曾在剧场干杂活，后集资经商，暇时写剧本，上演后受欢迎，遂以为生，大约有21部喜剧。他主要改写希腊作家米南德的风俗喜剧，讽刺罗马社会的腐化，主要剧作有《孪生兄弟》《一坛金子》《吹牛的军人》《俘虏》《商人》《驴》《蝗虫》等。《吹牛的军人》写一个雅典青年结识的妓女被一军官霸占，青年的奴隶设计帮他重获妓女。聪敏机智、口齿伶俐的奴隶是主角，在剧中调兵遣将，军官受到奴隶的嘲讽和奚落，在莫里哀喜剧中能找到这个奴隶仆人的影子。《俘虏》写一个人冒险救主人，使得自己父子团圆，反映了当时大批战俘被卖为奴，常遭残酷处罚，讽刺了奴隶主的压迫行为。滑稽喜剧《孪生兄弟》通过自幼失散的孪生兄弟被错认，反映并嘲讽上层社会，塑造了为阔人帮腔帮闲的食客形象。莎士比亚《错误的喜剧》一般认为取材于此剧。《一坛金子》写一老头儿偶然发现一坛金子，藏来藏去，最后失而复得。因金子诱惑，他几乎变成吝啬鬼。莫里哀的《悭吝人》即取材于此剧。

他的剧针砭淫乱、贪婪、寄生等腐化风习，滑稽闹剧中隐藏民主倾向。作品语言俏皮、风格粗犷，生动地刻画了罗马社会各色人物。他还利用独白、旁白揭示人物内心活动，并用序幕或尾声解释题材来源、作者情况等，跟近代喜剧很接近。

泰伦斯（Publius Terentius Afer，前190—前159）生于迦太基，幼时做奴隶到罗马。主人见他聪颖，解除了他的奴隶身份并提供教育。他的喜剧大多由米南德作品翻译改编，通过家庭关系反映人之间的矛盾。同普劳图斯一样，他同情奴隶和受压迫者，嘲笑奢侈、吝啬而愚蠢的富人，主张宽容年轻人的不检行为。他的六部喜剧是《婆母》《两兄弟》《佛尔缪》《安德洛斯的妇女》《自责者》和《阉奴》。

泰伦斯喜剧结构严谨、语言文雅但欠生动，人物内心矛盾刻画细腻，形象自然，但不够滑稽有趣。法国的莫里哀、英国的斯梯尔和谢里丹都模仿过他的作品。《婆母》讲青年主人公生活荒唐，一度和妓女相好，后屈从父命结婚。婚后妻子生了儿子，他不能肯定婴儿是他的，由此引起家庭纠纷。最后在岳母、婆母的爱护下，在心地善良的妓女帮助下，他发现孩子是自己的，夫妻和好。该剧赞美家庭成员间彼此谅解、关怀，细致刻画孝母、爱妻、恋妓的矛盾造成的内心斗争。《两兄弟》中哥哥过继了弟弟的一个孩子，他们在孩子教育上有分歧，哥哥教子从宽而弟弟很严。哥哥过继来的儿子抢劫了奴隶贩子的女奴，结果发现他是帮弟弟那个管教很严的儿子抢的，最后弟弟悔悟。作者认为宽容可防止子女欺骗父母，而富人有钱，免不了干荒唐事，应原谅。《佛尔缪》讲奴隶和帮闲食客用巧计帮一对堂兄弟从吝啬的父亲手里挤钱，进而得到所爱女子。剧中的奴隶和帮闲穷人机智勇敢，冒险促成少主人们的婚姻。然而奴隶的回报是被打骂，帮闲者只得到一顿酒食。作者同情奴隶，深刻揭露贩奴者的欺骗与狡诈。

塞内加（Lucius Annaeus Seneca，前4—公元65）生于西班牙，受过良好教育，精于修辞学和哲学，做过元老。公元41年他因同情共和理想而被流放科西嘉岛八年，其间他致力于斯多葛哲学研究，后获赦回罗马做王子尼禄的教师。他宣扬斯多葛伦理，劝导用内心宁静克服生活中的痛苦，表现了帝国时期罗马贵族的柔弱与悲观。他还宣传同情、仁爱，主张奴隶也应得到平等。他的死因有两说：1）他反对尼禄专制，被令自杀；2）因贪财被赐死。他有9部悲剧和1部讽刺剧，悲剧素材多半取自希腊悲剧，宣传斯多葛伦理学，讨论生死、情欲、自由意志、罪与罚。讽刺剧《变瓜记》矛头直指克劳狄乌斯一世（41—54年在位），说他死后没升天堂，而是变成了南瓜。他的剧作用拉丁诗体写成，多道德教条和格言式语言，动作少，对话和人物缺乏真实感。他的悲剧充满悲怆的绝望和恐怖场面，注重表现人物内心的痛苦，常用鬼魂和巫术渲染气氛。

塞内加剧作中诗的格律严格，而且按"三一律"把剧情限于24小时，地点在一处，对后来英、法古典主义戏剧影响很大。代表作《特洛伊妇女》用诗体写成，不分幕，反映特洛伊覆灭后妇女的遭遇，刻画她们的悲剧心理。该剧虽系模仿欧里庇得斯的同名悲剧，但没有抗暴激情。剧中女俘成为胜利者的奴婢或肉欲牺牲品，对命运或哀恳，或忍辱。作者谴责希腊人残酷，肯定女俘忍辱，宣扬斯多葛哲学，把她们写成精神胜利者。

Ⅲ　诗歌和神话

诗歌　古罗马诗歌成就最高，主要有共和国末期哲理诗人卢克莱修和最有才华的古典诗人之一维吉尔。后者的史诗《埃涅阿斯纪》是罗马诗歌最高成就。白银时代的史诗要数伊泰利科斯（25—101）的鸿篇巨制《布匿战争》，它是拉丁文学中最长的史诗，共 17 卷，12000 行，写第二次布匿战争，带有希腊古典风格，戏剧性强。

卢克莱修（Titus Lucretius Carus，前 99—前 55）生平不详，可能患有间歇性精神病,后服毒自杀。唯一传世之作《物性论》共六卷，每卷千余行，原稿丢失，1473 年被意大利人发掘出来。该诗规模宏大，风格崇高，从唯物主义和无神论角度写万物和人类起源，提出宇宙由原子组成的唯物论观点，解释雷电、地震、瘟疫等自然现象，歌颂人类文明，也揭露奴隶主贵族的残酷暴虐。他善用新颖词语和生动比喻解释抽象概念和哲学思想。

维吉尔（Publius Vergilius Maro，前 70—前 19）生于意大利北部农村，父亲种田、养蜂。他小时候在那波里学过希腊语和伊壁鸠鲁派哲学，还在罗马学过修辞学。因体弱他曾隐居田庄，后遭兵事移居罗马城，结识麦凯纳斯，成为该文学团体成员。维吉尔 30 多岁发表第一部诗作《牧歌》，一举成名，进入奥古斯都周围的上层。公元前 26 年左右奥古斯都建议他写罗马史诗，他深感知遇之恩，旋即从事史诗《埃涅阿斯纪》的创作。

《埃涅阿斯纪》12 卷，近万行，写于诗人最后 11 年。初稿完成后，诗人为了熟悉埃涅阿斯漂泊过的地方，曾游历希腊和小亚细亚，但在对初稿加工前他便病故了。维吉尔对自己这部诗作并不满意，

留下遗嘱将诗稿焚毁，屋大维下令才保存下来。史诗写特洛伊王和
女神维纳斯之子埃涅阿斯到意大利建立新王朝的故事。据传说埃涅
阿斯乃茄利安族之始祖，而奥古斯都是茄利安族养子，因此该诗实
际上确认了罗马新统治者的出身，为"遵命文学"。特洛伊被希腊人
攻陷后，埃涅阿斯与妻子离散，携带老父、幼儿、随从和家族的神
在海上漂泊。史诗始于他在海上漂流的第七年，被暴风雨吹送到非
洲北岸，在迦太基登陆。迦太基女王狄多盛情款待他并请他讲述遭
遇。第二、三卷是他追述特洛伊陷落和在海上漂泊的悲惨经历。第
四卷写狄多钟情他，想留他做迦太基王，但天上诸神命他去神给他
指定建立王朝的新地。狄多只好送他上船，回去便自焚身亡。第五、
六卷写他抵达意大利西岸后为父亲举行葬礼，在女巫西比尔引导下
游历冥府，见到了特洛伊阵亡的英雄和狄多及亡父灵魂。亡父向他
预言罗马未来的奥古斯都盛世。前六卷的漂流经历与《奥德赛》相
似，后六卷描绘在意大利半岛登陆后同当地异族开战则与《伊利亚
特》雷同。埃涅阿斯离开西西里后来到台伯河口拉丁姆国土，国王
拉提努斯热情款待他，愿把女儿嫁给他。此事激怒了另一求婚国王，
引起战争。两军交战三年，各有胜负，天上诸神各帮一边。最后他
在决斗中杀死对手，全诗结束。史诗歌颂罗马，把埃涅阿斯的儿子
尤鲁斯写成是凯撒和屋大维的祖先，肯定了屋大维的"神统"。埃涅
阿斯经历艰辛，说明缔造帝国之不易。他虔诚、孝敬、勇敢、克制、
大度、仁爱，是理想的政治领袖。史诗也流露出诗人的哀伤，似乎
怀疑"罗马和平"和帝国光荣能否维持。

　　《埃涅阿斯纪》是世界文学史上第一部"文人史诗"，用流畅简
练、音节响亮的六音步英雄体写成，突出英雄的使命感、责任感。
诗中人物缺乏个性和生气，总体上平铺直叙，少奇巧，但也有独到
处，如首创梦幻、象征、暗示、讽刺等手法和重视人物心理刻画。

它对欧洲文艺复兴和古典主义文学影响巨大。但丁在《神曲》中让维吉尔作为地狱和炼狱向导。斯宾塞的《仙后》和弥尔顿的《失乐园》也都有模仿它的痕迹。

共和国末期部分贵族青年不满现实,沉湎于爱情,旧道德和家庭伦理濒于崩溃。此期**抒情诗**兴起和繁荣,代表是卡图鲁斯(前84?—前54),现存诗作116首。受希腊化时期诗歌影响,这些诗侧重内心感受、雕琢辞藻。到帝国初期,屋大维减免苛捐杂税,放宽土地政策,礼遇文人,重视文化艺术,罗马和平稳定。于是歌颂帝国光荣或追求"幸福"的抒情诗发展。此期主要抒情诗人有维吉尔、贺拉斯、奥维德等。

贺拉斯(Quintus Horatius Flaccus,前65—前8)生于南部获释奴隶家庭,其父做拍卖商,家境富裕。他幼年受过良好教育,通晓拉丁语和希腊语,还到雅典学过哲学。公元前39年维吉尔介绍他加入麦凯纳斯文学团体。公元前44年凯撒被刺后,他支持共和派,共和派失败后于大赦中回罗马,获麦凯纳斯赠的庄园,养尊处优,信守中庸。

贺拉斯是奥古斯都时期最主要的讽刺诗人、抒情诗人和文艺批评家,早期作品有《长短句集》一卷17首和六音步诗行写成的《闲谈集》(即《讽刺诗集》)两卷18首。前者反内战,期盼黄金时代;后者讽刺罗马社会恶习。后期的《歌集》(即《颂歌集》)和《诗简》使他享有盛名。《歌集》四卷百余首,《诗简》是诗体书信集,两卷23首,其中第二卷和第三封给皮索父子的信被后世称为《诗艺》。他改造了希腊抒情诗格律,构思巧妙,语言优美,以友谊、爱情、诗艺为题,熔哲理与感情于一炉。不少人竞相模仿,其仿作史称"贺拉斯体颂歌"。《颂歌集》一部分被称为"罗马颂歌",赞美帝国统治者提倡的坚毅、正直、尚武、虔诚,宣扬奴隶主爱国精神,颂扬屋大维。

这类庙堂文学代表作是《世纪之歌》。他的抒情诗多哲学议论,气魄大、意境深,把各种希腊抒情诗格律用于拉丁语诗歌,节奏音律完美。他歌颂自己的《纪念碑》一诗构思巧妙,为后人仿效。

维吉尔也是重要抒情诗人,他的田园抒情诗《牧歌》赢得奥古斯都赏识。《牧歌》十首约写于公元前42至前37年,采用牧羊人对歌和独歌形式,抒发牧人爱情,描绘田园风光,有的也直抒胸臆。第一和第九首中两个牧羊人对话,倾吐失去土地的悲伤和厌战思想。第一首把屋大维比作神明以感激元首,第四首歌颂屋大维"黄金时代"。诗人在《牧歌》中也流露出怀疑和伤感,担心和平不持久。《牧歌》发表后风靡一时,不少人竞相模仿。他的另一诗作《农事诗》共四卷,每卷五百余行,写于公元前37至前30年,据说是按奥古斯都的要求和麦凯纳斯的意愿、模仿赫希俄德的《农作与时日》而作。全诗分别写农业、园艺、畜牧和养蜂。诗人同情并肯定劳动,宣传和平与复兴,号召热爱农村生活与农业生产,歌颂古罗马丰饶的自然资源,表达了爱国情感。

奥维德(Publius Ovidius Naso,前43—公元18)曾去罗马学演说修辞,但对诗歌情有独钟,20岁左右开始写诗。其妻与奥古斯都家庭关系密切,使他得以出入上层社会。他与维吉尔、贺拉斯齐肩,并称罗马三大诗人。后因一首诗(一说是与奥古斯都孙女的宫闱秽事)的关系,奥古斯都将他放逐黑海之滨,客死异乡。

奥维德早期放荡不羁,创作了《爱情诗》《爱的艺术》和《古代名媛》,全用哀歌体写成。《爱情诗》三卷49首,设想各种情景,追求爱情和享乐;《爱的艺术》也是三卷,把求爱写成学问,反映奴隶主精神堕落颓废;《古代名媛》21首,设想古代传说中的女子如佩涅洛佩、狄多等写给丈夫或情人的书信,或表离恨,或责怪对方寡情。在放逐前他完成了代表作神话诗《变形记》,还写了哀歌体《罗马岁时记》六卷，从正月到六月记载天文现象、历史事件、宗教节日及风俗传说，抒发热爱乡土之情，肯定并歌颂罗马典章制度。流放期他用哀歌体写了《哀怨集》五卷、《黑海诗简》四卷，详述流放生活的痛苦。他诗文优美、想象丰富，以写爱情心理见长。莎士比亚在《爱的徒劳》中借人物之口高度评价奥维德的诗歌，普希金在《致奥维德》一书中也缅怀他。

奥古斯都去世后罗马文学步入"白银时代"。此期的**寓言诗**和**讽刺诗**发达。寓言诗人盖尤斯·尤利乌斯·菲德鲁斯（前15—公元50）的《寓言集》五卷以诗体模仿伊索寓言，对拉封丹和克雷洛夫影响很大。后期的主要讽刺诗人是马希尔和朱文纳尔。

马希尔（Marcus Valerius Martialis，40 ？—104 ？）生在西班牙，后到罗马寻求显贵庇护，寄人篱下，最后贫困而死。他著有《斗兽场表演记》一卷，《礼物铭文》二卷，主要诗作是《碑铭体诗集》12卷，1500余首。前者写斗兽场开幕式的血腥娱乐，歌颂提图斯皇帝（79—81年在位）"与民同乐"，阿谀奉承。《礼物铭文》可随同礼物赠人，价值不大。主要诗作《碑铭体诗集》（一译《警句诗集》）诗句优美、凝练、犀利、短小精悍，通过虚构人物，勾勒公元1世纪罗马图景，各行各业不同性格的人物都栩栩如生。字里行间透着尖刻嘲笑和辛辣讽刺。他也写生活艰难的小人物，寄予深切同情。

朱文纳尔（Decimus Junius Juvenalis，60 ？—127 ？）出生于意大利，父亲可能是获释奴隶。他五十多岁开始创作讽刺诗，因憎恨皇帝图密善（81—96年在位）和图拉真（98—117年在位）及讽刺朝臣而遭打击，八十高龄被流放埃及并死在那里。朱文纳尔留下5卷诗集共16首六音步诗。他长于借古喻今，诗风严峻尖锐，讽刺对象包括献媚皇帝的无耻文人和政客、为金钱或利益而歪曲现实的哲学家、附庸风雅的暴发商等，最有力的讽刺直接针对皇帝的淫威。

比如渔人打了一条六斤重大鱼，没人敢买，就献给皇帝，大臣们奉承说："这条大鱼是皇朝的祥瑞，它是自愿投入罗网的。"图密善实行残酷统治，堵塞言路，人民噤若寒蝉。图密善被刺后图拉真继位，一如既往。诗人愤慨万分，大胆揭露，写出"即使没有天才，愤怒出诗句"这样的名言。18世纪英国的斯威夫特就仿朱文纳尔作诗，席勒、海涅、雨果和别林斯基都高度评价他，称他"伟大的罗马人"。

神话　古罗马神话与希腊融为一体，但仍有自己的神话文学，奥维德的神话诗《变形记》就有"神话词典"之称。《变形记》是奥维德最重要的作品，用史诗体格律写成，共15卷，250多个故事，集希腊、罗马神话之大成。诗人按时间顺序安排故事，从最初的"变形"即开天辟地、创造人类开始，最后以凯撒变成星宿结束。诗人采用故事套故事，人物轮换讲故事，描写织品、器皿上的故事画，写完一个故事又写另一个性质相反的故事等方式将故事巧妙地串成有机整体，细节前后贯通，线索衔接自然，表现出高超叙事技巧。该作品流利的诗句、优美的音律、丰富的想象、深刻细腻的心理刻画、独具匠心的结构技巧，使古老神话和传说获得新生命。它还有强烈的戏剧性：或渲染故事的悲剧性，塑造伟大英雄形象；或风趣地勾勒滑稽的神的形象。《变形记》的哲理是卢克莱修"一切都在变"的唯物思想，但也夹杂毕达哥拉斯"灵魂转移"的唯心学说影响。故事中人物都变为动物、植物甚或顽石：阿拉克涅变成蜘蛛，凯撒变成天上星宿等。诗中对神的"天堂"和"等级"的描写是罗马各阶层写照。诗人剥去了神的尊严的外衣，朱庇特等诸神都残暴、任性、荒淫、奸诈、邪恶，借以揭发罗马上层的恶习弊端。他同情受侮辱和压迫的弱者，肯定纯真的爱情，歌颂凯撒、屋大维的功劳。但也有放纵情欲的描写和罪恶心理的刻画。《变形记》是希腊神话和罗马传说的宝库，为后世文学家提供了重要材料和创作灵感，在结构技巧上为后来的框架故事，如《十日谈》《坎特伯雷故事集》等开了先河。但丁、莎士比亚、蒙田、莫里哀、歌德的创作都受过它影响。

IV 散文、传记和小说

散文 古罗马散文发端于加图（前234—前149）的演说文。共和国末期和屋大维执政期散文繁荣，政治家热心雄辩术，散文迅速发展。最杰出的散文作家是西塞罗，凯撒的散文也有一席之地。最后一位重要的散文作家是琉善，是古代欧洲最后一位重要作家。

西塞罗（Marcus Tullius Cicero，前106—前43）年少时学过哲学和法律，最初做律师，后任西西里总督。内战期他随庞培反凯撒，阻止军事独裁。政治上他站在贵族元老派立场上提倡"贤人政治"，主张恢复共和政体；哲学上他综合希腊学园派、斯多葛派、伊壁鸠鲁派学说，并加以通俗化。希腊哲学思想在欧、亚、非的传播与他的贡献分不开。公元前44年8月在屋大维、安东尼、雷必达结成"后三头"同盟的斗争中他被刺杀。

他的主要散文成就是演说词和书信，书信保存下来900封。主要有《致阿提库斯书》16卷、《致友人书》16卷，反映共和国末期的社会生活，描绘各色政治人物，风格接近口语。其演说词流传至今有58篇，分法庭演说和政治演说，以反对民主派喀提林的4篇和模仿狄摩西尼而作的反对安东尼的（《菲力匹克》）14篇最著名。他的演说注重材料的程式组织，句法考究，词汇丰富，段落对称，音调铿锵，称为"西塞罗句法"。他还善于通过设问、驳对等手段调动感情、加强说服和鼓动力。但他也不惜诬蔑和歪曲事实，还多次在各政治党派间倒戈变节。他使拉丁散文成为表达思想感情有力而优美的工具，确立了拉丁文学语言"准确、流畅、清新、雄浑"的原则，成为欧洲诸民族散文的楷模。

凯撒（Gaius Julius Caesar，前 102 ?—前 44）是奥古斯都（即屋大维）的舅公兼养父，因图谋军事独裁，公元前 44 年被共和派布鲁托斯等刺杀。他是著名军事家、政治家，也是杰出的散文作家，著有《高卢战记》7 卷，记述罗马人征服高卢人和日耳曼人的过程。回忆他和庞培间战争的《内战记》3 卷是另一部史作。他语言简洁凝练、朴实无华。

琉善（Lucianus，125—200），即鲁齐阿努斯，生于叙利亚贫苦家庭，曾遍游小亚细亚、希腊和意大利，做过律师、修辞教师、官吏，著作约 80 篇。琉善处在奴隶社会崩溃瓦解期，作品讽刺此期各种宗教、哲学流派，还嘲笑古希腊诸神。他的作品用希腊语写成，讽刺性极强，主要有：《诸神的对话》，语言生动活泼，剥掉了神的尊严；《死者的对话》，讽刺虚荣、欺骗和贪婪；讽刺故事《伯列格林努斯之死》，写流氓用基督教信仰行骗；《一个真实的故事》，以荒诞的航海游记讽刺当时的历史、游记、诗歌、哲学及考据著作。他的散文风格轻快，机智，喜欢引用古希腊文学、历史、哲学词语，修辞略有雕琢。

传记　早在古希腊就颇发达，但传世甚少。古代历史学家把哲学家、文学家、军人、演说家的事迹书为传记；希腊化时期对古籍的整理和注释需要介绍作者的生平和著述，也形成一种传记；自传、回忆录则构成传记的又一种。罗马早期传记大部分失传，1、2 世纪塔西佗、普鲁塔克和苏埃托尼乌斯三位传记作家最有影响。

塔西佗（Publius Cornelius Tacitus，55 ?—118 ?）可能出生于高卢，家庭环境优裕。他曾师承一流雄辩大师，系统学过修辞学，是帝国时期著名的历史学家兼传记作家，主要著作是《历史》和《编年史》。公元 98 年发表的《阿古利可拉传》写罗马驻不列颠总督，也是作者岳父的阿古利可拉的一生，夹叙夹议地叙述岳父的活动（主要是军事活动），刻画他的性格，替他树碑立传。《历史》残存 4 卷余，写公元 69—96 年的事；《编年史》残存约 12 卷，写公元 14—68 年的事，文学性都很强，是帝国时期罗马政治生活生动的记载。作者把历史写成帝王将相的实录和传记，同时又从共和派贵族立场出发揭露帝国的专制暴政和对外侵略扩张。他特别注意人物性格刻画和气氛烘染，主要人物鲜明生动：克劳狄乌斯皇帝庸碌无能、听任皇后摆布，皇后麦莎丽娜则荒淫无耻；尼禄皇帝之母狠毒无比，想独揽大权；尼禄则是个残酷、懦弱的纨绔青年。他的叙述富戏剧性，思路清晰、文字简练、喜爱警句。

普鲁塔克（Plutarchus，46—120）生于希腊贵族家，公元 66—67 年在雅典学习逍遥派哲学和数学，曾数次在罗马讲授哲学，结识朋友，可能包括皇帝图拉真（98—117 年在位）和哈德良（117—138 年在位）。他一生著述 227 种，100 余种保存至今，最著名的是《希腊、罗马名人传》（英译本译为《比较列传》）50 篇，记载从半神话人物到 1 世纪的罗马皇帝生平。作品择希腊与罗马品行和事业相似者并列记述，并附有"合论"，加以对比，以折中的道德标准衡量他们，宣扬节制、人道及对神的恐惧。传存作品中加以对照的有 22 对，还有 4 篇独立传记，从传主的出身、青少年时期、性格、事迹写到去世，但着重细节逸事，说教明显。史实有不少失真，年代也有混乱和前后矛盾。因拉丁文水平不高，罗马部分逊色于希腊部分。另一部重要著作《道德论说文集》为对话和讽刺文，涉及题材十分广泛。作品行文清楚流畅，但有时冗长。他为歌德所喜爱，莎士比亚的历史悲剧（《裘力斯·凯撒》《安东尼和克莉奥佩特拉》和《科利奥兰纳斯》）全部取材于该名人传英译本。而法国的蒙田和英国的培根都曾受《道德论说文集》影响。

苏埃托尼乌斯（Gaius Suetonius Tranquillus，69？—140？）是

古罗马传记作家兼文物收藏家，出身骑士阶层，学过法律，曾谋得军事护民官职，还可能曾随小普林尼出使小亚细亚。小普林尼死后，他找到另一恩主克拉鲁斯。所著《罗马十二帝王传》便是题献给后者的。哈德良皇帝即位后他效力皇帝，同时兼任帝国图书馆档案守藏吏及皇帝的文牍秘书。122 年左右因对宫廷礼节疏忽而遭解职，此后从事文学研究。主要著作有《罗马十二帝王传》和《名人传》。前者记述罗马社会及自凯撒到图密善 12 个皇帝的概况，用了许多文献档案，格式与普鲁塔克的传记一样，均按专题（王室背景、登基前生涯、公务、私生活、仪表、人格及死亡）分写。作品多怪异、妖兆等迷信记载，但不提帝国的发展、行政和国防。该著作脍炙人口，描写简洁有力，用词形象准确，朴实流畅地叙述复杂的事情。《名人传》是罗马著名文学人物传记，包括贺拉斯、泰伦斯和维吉尔等的生平，现仅存残篇。

小说　古罗马小说成就超过了古希腊。**彼特隆纽斯**（Gaius Petronius Arbiter，?—65 ?）出身富裕家庭，做过比蒂尼亚省督和执政官，终生追求享乐，尼禄皇帝（54—68 年在位）曾授以"起居郎"之职。他同尼禄过从甚密，66 年被指控参与谋杀尼禄，自杀身亡。喜剧传奇式小说《萨蒂里卡》公认是他的作品，现存第 15、16 两章残片（全书约 20 章），散文里夹杂诗歌。小说通过主人公自述，广泛而详尽地记录 1 世纪意大利南部半希腊化城市的享乐生活。主人公是窃贼，同两个伙伴到处行窃，干荒唐勾当，比如到庸俗的暴发户、获释奴隶特里玛尔奇奥家参加的一次宴会。当时获释的奴隶数量日增，他们靠投机、放高利贷、买卖奴隶致富。作者站在贵族立场讽刺他们的庸俗趣味。特里玛尔奇奥的田地大得连乌鸦都飞不到头，奴隶多得分了 40 个等级，在他的田庄上一天出生 70 个小奴隶。小说穿插了民间传说故事和文学批评。语言符合方言特点，猥亵成分反映了当时的贵族堕落。小说文笔典雅，机智风趣。人们倾向于把它看作欧洲文学史上第一部流浪汉小说。

阿普列尤斯（Lucius Apuleius，124 ？—175 ？）生于北非官吏家庭，受过良好教育，漫游过希腊、小亚细亚、罗马及亚历山大城，研究过哲学、幻术及降神诸术，曾被控以妖术惑人，晚年在迦太基教修辞学。他精于散文创作，著有《讲演集》和《柏拉图学说论集》等。最著名的是小说《金驴记》（又称《变形记》），用自叙形式写成。青年鲁齐乌斯因事赴希腊北部巫术之邦帖萨利亚，留宿高利贷者米罗家中。米罗的妻子是女巫，青年看见她幻形为鸟，很羡慕，便偷了她的魔药敷在自己身上，不料却变成了驴子。婢女告诉他须食玫瑰始能恢复人形。他们把他关入马厩，遭马践踏，夜里被一群强盗偷去遭鞭打。后来他落到奴隶主庄园，先后被卖给磨坊主和菜农，又被军人劫去卖给贵族厨奴，还为一群牧师、强盗和商人驮运过货物，备受虐待。然而他却因而得以窥见各样人欺骗和掠夺的秘密。最后伊希斯女神用玫瑰喂他，使他恢复人形，皈依了伊希斯教。

《金驴记》通过主人公的遭遇忠实而广泛地展现了罗马外省的生活。贵族地主纵犬咬死小农三个儿子，强占土地；罗马军官强夺人民财产；富人豢养野兽，举办斗兽会等。小说还写了不少因贪图钱财、遗产，或因情欲而引起的凶杀。作者利用主人公变驴后的遭遇和感受，刻画穷人和奴隶受奴役和虐待的处境，也写了不少巫术和怪异，贯穿着埃及宗教的神秘。《金驴记》对后世文学影响很大，薄伽丘、塞万提斯等所受影响尤深。

V 文艺理论

古罗马文艺理论的主要贡献体现在贺拉斯的《诗简》，尤其是《诗艺》中，另外朗吉努斯的《论崇高》也是重要的文艺理论著作。西塞罗和昆体良对文艺理论也有贡献，前者的《布鲁图斯》和后者的《雄辩家的培训》卷十为普通的文艺批评提供了范例。

贺拉斯最优秀的文艺理论见于《讽刺诗集》卷一第四首和第十首、卷二第一首、"致弗洛鲁斯的信"（《诗简》卷二第二封）及"致奥古斯都的信"（《诗简》卷二第一封）。但在 18 世纪影响全欧洲的却是他"致皮索父子的信"（《诗简》卷二第三封），这便是众所周知的《诗艺》，它集中体现了贺拉斯的美学思想与文艺理论思想。

《诗艺》是他创作经验之谈，指出诗的本质是模仿生活，是天才的创造。他劝告作家到风俗中去寻找模型，吸取活的语言，认为诗应朴素、适当、完善，力求形式与内容统一，使平凡事物上升到辉煌。他还认为判断是开端和源泉，或遵循传统，或独创。他根据亚里士多德的美学原则把衡量诗歌的标准概括为：1）人物的性格要与年龄相符，写古代人物时要写人们熟知的性格特征；创造新人物时则需前后一致，不可自相矛盾；2）人物语言要符合各自的身份和处境；3）情节要虚实参差毫无破绽，虚构应巧妙，断不能让"羔羊同猛虎谈情"；4）对作品的评价要着眼整体，而整体效果的取得在于各细节协调一致；5）他提出了文艺的双重作用："既予读者快感，又使他受益良多"。《诗艺》在艺术上也极具特色，尤其是比喻生动和想象丰富，如把批评家比作磨刀石，可使钢刀更锋利。《诗艺》上承亚里士多德的《诗学》，下开文艺复兴时期文艺理论和古典主义理论之端，对 16 至 18 世纪西方文学影响巨大。

朗吉努斯（Longinus，生卒年月不详）创作时期据推断为 1 世纪初。《论崇高》被认为是文学批评方面的伟大创新，用书信体写成。《论崇高》是对西西里修辞学家凯基利乌斯的一篇作品的回答，其中有 17 章论述修辞格。论文一问世即引起评论家和诗人的注意，可惜

约三分之一的手稿已佚失。作者提出崇高的风格主要取决于庄严伟
大的思想和强烈激荡的感情，因而文学作品的伟大第一次被归为作
家的内在品质而非艺术造诣；作家若只注意修辞就等于诡辩或存心
欺骗；那些追逐财富、名誉和权势的人不可能具有伟大的灵魂，自
然也就创造不出伟大的作品。论文还强调作品应为广大读者接受，
反映了他的民主文艺观点。

第 二 章

中世纪文学 ①

第一节　概述

欧洲中世纪指公元 450 年左右罗马帝国衰亡到 15 世纪文艺复兴的一千年。自文艺复兴到 19 世纪，人们认为中世纪是辉煌的古希腊罗马时代和发端于意大利文艺复兴的现代文明间的低谷，经济停滞倒退，政治反动，蒙昧主义猖獗。虽 19 世纪早期浪漫派对中世纪文学给予了较多肯定，但直到 20 世纪学者们对中世纪才有了新认识。

中世纪分三阶段：1）早期：罗马帝国衰亡至公元 1000 年。2）盛期：1000—1300 年。3）晚期：1300 年—15 世纪。早期斯堪的纳维亚的日耳曼诸部反复南进，逐渐定居于现在的英、意、法、德等地；

---

① 此章是对李赋宁主编《欧洲文学史》第一卷《古代至十八世纪欧洲文学史》第三章"中世纪文学"的节缩和改写。

而此时亚洲的斯拉夫各部迁徙到西至奥德河、易北河，北起第聂伯河，南到匈牙利、巴尔干的地域；此外，7世纪伊斯兰势力崛起，地中海地区被分割为拜占庭、欧洲与伊斯兰三大区域。在古典传统、日耳曼传统及基督教的碰撞和相互作用下萌生了西欧文明。它在地域（西欧）、宗教（天主教）、语言（拉丁）、体制（封建采邑）等方面都明显有别于以君士坦丁堡为中心的拜占庭文明和伊斯兰文明。而散布在中、东欧的斯拉夫各部则皈依了罗马教会（如波兰）和拜占庭的东正教会（如基辅罗斯）。中世纪盛期欧洲摆脱了外来侵略，通过十字军东征恢复对外贸易，成为地中海东部强大势力。商贸复兴导致城镇及市民阶层诞生；法、英、德等君主国出现，并产生了代表贵族、教士及市民利益的议会。君主、贵族、教会及渐强的市民阶层的利益冲突和调整成为政治生活的主要内容。人们开始对古典文化产生兴趣，增进了解，为12世纪古典文艺复兴提供了重要条件。大学陆续设立，1300年意大利已有大学11所，法国5所，英国2所，西班牙5所。它们是教士培养地，也是异端思想滋生和传播场所。到中世纪晚期欧洲再次经历重重危机：英法长达百年的战争、土耳其攻陷拜占庭的君士坦丁堡并挺兵西进、瘟疫肆虐、教会内部争斗加剧等。但就在欧洲文明面临危机之时，意大利人文主义者已在复兴古典文化、改革教育。这就是与晚期中世纪并存的意大利文艺复兴。

　　基督教会此期非常重要。奥古斯丁、哲罗姆（342？—420）、安布罗斯（340？—397）、阿奎那等神学家奠定并发展了复杂、精致、艰深的神学体系，而教皇格列高利一世等教会领袖和克吕尼改革派则致力健全体制、整顿纲纪，使基督教既能迎合知识水平较高的人对思想和阐释经典的兴趣，又能凭借仪式及音乐、服装、建筑、画像等手段满足民众的宗教需要。在罗马帝国倾覆、世俗统治四分五裂时，教会把握传统与当代的学问和知识，维持了欧洲的统一信仰与价值。教会虽摧残古典文化，也为保存它作了贡献。

中世纪另一重要因素是封建领主制度。9世纪后期到14世纪法、英、德等国确立了以领主与封臣／扈从的关系为核心的封建制度。国王是最大领主，进行层层分封，武士为首领打仗，获得封地和保护。这种体制推崇骁勇、忠诚和宗教。教会认可这种等级制，把它解释成神意所授，并通过教规约束、规范该体制。10世纪北欧人停止南侵，封建公国疆界确定，贵族的军事作用削弱，骑士精神在法国南部得到提倡。这种新行为准则和价值后来流传到英国和欧洲其他地方，强调骁勇、忠诚。贵族、骑士不仅忠于自己的领主，还要忠于教会和所爱的贵妇，如十字军东征中骑士们声明捍卫教会、收复圣地。浪漫传奇中的骑士就是遵循教规、充满宗教热诚的圣斗士。

古希腊罗马文化、罗马法律、晚期独裁体制对基督教神学、教会及世俗权力体制建构有影响，也影响了中世纪欧洲各国及教会的法规。基督教产生于罗马帝国，使用拉丁语，希腊哲学始终是其神学的重要因素，如柏拉图的灵魂和肉体对立二元论就是神学的核心部分。斯多葛哲学则贯穿了《新约》，形成了保罗各书的重要线索，而神学家阿奎那则将亚里士多德的理性与基督教信仰统一于他的神学体系中。

中世纪文学有两个特点：1）纯粹的世俗文学作品数量有限，多数与宗教有关，或直接为之服务，或带有宗教色彩，也有些世俗作品出自教士之手；2）大量作品由拉丁文写就，民族语言的作品到中古晚期才获优势。中古拉丁语文学由古典拉丁文学传统演变而成，包括大量希腊语、阿拉伯语译著。拉丁语诗歌经历了三次勃兴：1）8—9世纪加洛林时期；2）12—13世纪；3）中古晚期。第二次勃兴成果最丰硕，影响最大，有埃塞克特的约瑟夫著《特洛伊》和夏特龙的沃特尔著《亚历山大》两篇史诗，还有放纵派行吟诗人（大学生、

教师、修士和教士）用诗歌嘲弄现存价值和秩序，歌唱青春、美酒、
爱情等尘世欢乐，并套用祷文、忏悔、圣经、教会法规和大学课本
形式和词句，其尖刻滑稽的戏仿直指教会制度和高层教士。第三次
复苏期拉丁语诗歌吸纳了古典精神，技巧完美，但已无法抗衡日趋
成熟的民族语诗歌。

拉丁文学中重要的散文作品有历代志、编年史等历史著作。较
早的编年史比较简略，地方色彩较重。历代志往往从创世写起，以
早期神学家的记载为蓝本。6 世纪法兰克人图尔的格列高利著《法
兰克人史》是日耳曼部族最全面的史料。重要教会史及记载教皇、
主教、国王生平的传记有 7—8 世纪盎格鲁 - 撒克逊教士比德的《英
格兰人教会史》（731），12 世纪英国蒙默思的杰弗里著《不列颠国
王史》（1136？）等。关于十字军的重要作品有叙利亚推罗的威廉所
著《耶路撒冷史》（1169—1184）。因早期古典教育十分简略，一批
概略、摘要和百科全书应运而生。如马提阿努斯·凯派拉著《论语
文学与水星之联姻》（约 400—439）以隐喻开端，继而提出以文法、
修辞、逻辑、几何、数学、天文及音乐这"七艺"为学校教育的七
门课程；而塞尔维亚的伊西多尔（约 560—636）的《语源学》实为
一部 20 卷的百科全书。这类书通常错误百出、迷信充斥。其中出类
拔萃的是 5—6 世纪罗马哲学家波义提乌（475？—525）的《哲学的
安慰》（523—525？）。

最后应提拉丁语译著。第一次翻译热潮出现在中世纪初，翻译
作品包括希腊神学家著作、旷野教父传略、波义提乌译亚里士多德
的《逻辑学》及圣哲罗姆译自希腊语与希伯来语的《圣经》。中古盛
期第二次翻译热潮成果更丰富。西欧人通过穆斯林控制的西班牙和
被穆斯林统治近二百年的西西里岛获得大量古希腊哲学、科学著作。
10—11 世纪伊斯兰世界文化昌盛，人才辈出，阿拔斯王朝在巴格达

创立"智慧之宫"，各路学者、翻译家云集，将柏拉图、亚里士多德及古典科学著作译成阿拉伯语。13世纪末亚里士多德的著作几乎都已译为拉丁语，其他还有希波克拉底、阿基米德、欧几里得、托勒密的作品。伟大的阿拉伯学者阿威罗厄斯、阿维森纳等的成就也被介绍给西欧。西欧接触到了古典哲学和科学及灿烂的阿拉伯文化。

中世纪文学还以各国英雄史诗、抒情诗歌和骑士传奇著称。1050年前以民族语言写的文学作品只有盎格鲁－撒克逊诗歌，如8世纪晚期写成的《贝奥武甫》。其他民族语言的英雄史诗都成文于11—13世纪，如冰岛史诗《旧埃达》、西班牙史诗《熙德之歌》、中古法语的《罗兰之歌》、古俄语写成的基辅罗斯英雄史诗《伊戈尔远征记》和中古高地德语的《尼伯龙根之歌》。用民族语言写的世俗文学的第二种重要形式是行吟诗人/歌手的抒情诗歌，与英雄史诗几乎同时出现。11世纪晚期到12世纪早期法国南部的阿基坦公爵，即威廉第九，写了歌颂妇女的诗歌，女人被理想化，成为可望而不可即的美人，骑士要努力赢得为她服务的荣耀。12世纪法国的安德鲁·德·夏普兰著有《论爱情及对策》，13世纪法国又有吉约姆·德·洛里和让·德·墨恩著喻体长诗《玫瑰传奇》，这两部书提供了实施典雅爱情的具体操作规则和要求。始于威廉第九的传统得到其孙女阿基坦的埃莱诺（1122—1204）及其女儿香槟伯爵夫人（1145—？）倡导、支持，从法国流传到西、意、德、英等国，到14世纪晚期该传统才告结束。

史诗和抒情诗汇合成浪漫传奇。传奇以英雄为主人公，通过诗体或散文体叙事，以娱乐读者为目的。重要的传奇作品有克里蒂安·德·特鲁瓦的《亚瑟王传奇》、玛丽·德·法朗士（创作旺期为12世纪晚期）的叙事诗、中古英语的《霍恩王》（约1225？）、《哈夫洛克》（约1290）、《亚瑟王与墨林》（13世纪下半叶）、《沃里克的盖依》（约 1290）、马洛里的《亚瑟王之死》、高特夫里特·封·斯特拉斯堡用中古德语写的《特里斯坦和伊索尔德》等。传奇虽是世俗文学，却散发出虔诚的宗教气味，道德说教不少。传奇的技巧、程式和价值对当时编年史、圣徒传、抒情诗有影响，是现代小说的源头之一。

这里还要提及叫"法布里奥"（fabliau）的粗俗滑稽故事。它源于 12 世纪法国，是现代短篇小说源头之一。这类故事不雅，无道德是非，大多涉及男女偷情，嘲笑娶少妻的老夫、纵情声色的教士等，在价值方面是颠覆。英国乔叟用这种形式写了《坎特伯雷故事集》中的"磨坊主的故事""管家的故事""水手的故事"等，是这种体裁的佳作。

第二节　宗教文学

中世纪宗教文学作品数量庞大、种类繁多。首先是《圣经》，还有基督教发展各阶段神学家的著作，其中圣奥古斯丁、阿贝拉尔、罗杰·培根、圣托马斯·阿奎那等的作品成为神学经典，也是哲学著作。晚期有抒情诗赞美圣母、基督，向其倾诉痛苦和热望，包含了普通人的焦虑、恐惧和对爱及永恒的渴求。西班牙中世纪教会文学这方面成就突出，如学士诗鼻祖贡萨洛·德·贝尔塞奥著《圣母显圣记》。流行时期最长的是各种圣徒传和古英语、古法语的圣徒故事，如 13 世纪末热那亚大主教沃拉吉那的雅各编写的《圣徒传》。旨在说教、普及宗教知识，但也是消遣读物。教会普及宗教知识、煽动宗教情绪更直观的形式是宗教剧，源于教堂礼拜仪式，在宗教节日演出。圣史剧、神迹剧和圣徒剧出现于加洛林时期及 11—12 世纪，逐渐用民族语取代拉丁语，并搬到教堂外，由手工业行会资助上演，到中古晚期成为大众娱乐项目。宗教剧是道德剧的先导，是文艺复兴戏剧的基础。

《圣经》由《旧约》和《新约》构成。《旧约》又名"希伯来圣经"，是希伯来民族，即以色列和犹大两个部落的古代文献汇编，由 39 卷（书）构成，包括公元前 14 世纪到前 4 世纪初民间流传的神话、寓言、史诗、战歌、爱情诗歌、历史、先知言行录、法律、宗教教条和戒规等，成为犹太教的经典，大部分用希伯来文写成，其后译成希腊文。《新约》成书于基督教兴起后的公元 1 世纪中叶至 2 世纪末，共 27 卷（书），包括有关耶稣言行的传说、耶稣使徒的传说和书信等，主要用希腊文（又称通俗希腊文）写成。基督教会把《旧约》和《新约》合一，称为《圣经》，宣传《圣经》是记录下来的上帝的话，交由教会保存和解释。《圣经》是从摩西到使徒约翰 1400 多年里不同的作者在不同地点和环境下记录整理而成的，"约"字指上帝与人立的盟约。《旧约》"创世记"以神话开始，讲述上帝造人和天地万物；亚当和夏娃偷食知识树上禁果，被逐出天堂乐园；后人类堕落，上帝用洪水灭了所有生灵，只剩挪亚一家人和他带到方舟上的每样一对物种；然后进入起源美索不达米亚和埃及之间的犹太民族发展史，描写游牧氏族社会的斗争。在"出埃及记"里摩西带领以色列人逃出苦难深重的埃及，行至西奈山耶和华（上帝）显圣，挑选以色列民族为选民，并通过摩西订了盟约，史称摩西十诫。此后一千多年以色列人不断违背十诫，上帝严厉惩罚他们，使他们尝尽家破国亡之苦。为拯救人类，上帝派儿子耶稣降临人世，同所有人订立新盟约。根据新约，耶稣被钉死在十字架上为人类赎罪。他死而复活后升入天堂，而他的信徒们继续在世上传播他的事迹，劝人行善追随上帝。当讲到耶稣及其信徒的故事时《圣经》就进入了《新约》，成为基督教的圣书，不再是犹太一个民族的历史和宗教文献。

最古老的《旧约》由犹太教士用古希伯来文抄在羊皮卷或莎草纸上，有"死海古卷"（即"库姆兰古卷"）、"拿西山抄本"、巴比伦《圣经》古卷等。公元 3 世纪埃及国王邀 72 位犹太教士和经学家把《摩西五经》翻成希腊文，称《七十贤士译本》。公元 382 年罗马主教委托经学家哲罗姆编译一部统一的拉丁文译本。他的《通俗拉丁文译本》公元 405 年问世，译文优雅，9 世纪初取代《古拉丁文译本》，16 世纪中叶被天主教会宣布为法定本《圣经》。《圣经》随基督教传入欧洲后，各国逐渐都有了民族语言译本。1611 年标准英译本《钦定本圣经》出版，成为后世《圣经》各种版本的依据。在德国，16 世纪初已有《通俗拉丁文译本》的 18 种德译本，错误很多。马丁·路德将埃拉斯慕斯修订的希腊文《新约》及希伯来文《旧约》译成德文，推动了宗教革命，而且使上萨克森的新高地德语成为德国文学语言。

除了圣经，中世纪的宗教哲学和文学也取得了成就。**圣奥古斯丁**（St. Augustine，354—430）是中世纪最有影响的教会领袖和神学家，他的学说成为基督教权力中心的一部分。他于罗马帝国末期出生在北非柏柏尔人家庭，受到良好的古典教育。当时基督教已是国教，但教会不统一。他年轻时信仰摩尼教，29 岁到罗马，在罗马和米兰研读新柏拉图主义和《圣经》，于 387 年皈依基督教，后返回故乡北非。自 391 年起他在希波（今阿尔及利亚北部）教区工作，任主教 34 年，从事宗教和著述活动，与异教邪说斗争，为基督教奠定了理论基础。他最重要的是自传性质的《忏悔录》（400？）与《论上帝之城》（413—427）。前者为信仰自白，后者阐述的重要思想包括：1）人需要理性，但理性的任务是阐明已被信仰定为神示的东西，即"我相信，故我能理解"。2）堕落的人需要天恩才能达到与上帝的和谐，但人同时享有一定自由，可选择接受或拒绝上帝恩宠。3）人类的历史是上帝之城与尘世或巴比伦间的冲突，前者由获得上帝恩宠的人组成，基督教会是其尘世的主要体现，而后者来自对现世转瞬即逝之物的迷恋。二者间的冲突最终将以上帝之城的胜利结束。这种看法摒弃了古典时代认为历史周而复始，肯定了古犹太教的线性观念，创立了历史朝天国前进的基督教历史观。他重视基督教个人的内在宗教体验，强调罗马式体制和律法，为教会建构和神学发展打下基础。这两部著作也是伟大的文学作品，作者运用拉丁语修辞手法得心应手，感情热烈，叙述简练明晰，分析犀利有力。《忏悔录》与现代自传不同，是作者与上帝的对话，通过自己的觉醒和得救来赞美上帝的真、善、美和天恩的伟大。

圣托马斯·阿奎那（St.Thomas Aquinas，1225—1274）生在意大利，父母都出身北方日耳曼贵族。他冲破家庭阻挠，进入多明各会，从事神学教学和写作直至去世。阿奎那生活在 13 世纪，其著作标志着基督教神学的顶峰。作为多明各派修士，他继承亚里士多德哲学，应用亚里士多德的科学和理性逻辑推导出奥古斯丁的大部分结论。他的著作繁多，代表作是《神学大全》（1267—1273）和《反异教大全》（1258—1260），论题属神学，内容和方法却属哲学。他对哲学的贡献包括：1）形而上学方面接过亚里士多德关于现实和潜能、质料与形式、本质与存在间的区分，用此解释灵魂与肉体、造物者上帝与创造物的关系和区别；2）宗教哲学方面分析了具体存在及潜能的关系、因果关系、永恒的自在与偶然存在的关系、事物完美的不同层次及宇宙的秩序和目的，并通过这五方面论证上帝的存在；3）在道德哲学方面用自然法则和关于良心的理论阐述人类的自由选择和行动，完善和发展了亚里士多德的学说。他成功地融合了亚里士多德哲学与基督教、理性与信仰，把经院哲学推到最高点。但他在世和去世后一段时期都被指责为观点偏激，受巴黎、牛津学者攻击。

1323 年教皇约翰二十二世封他为圣徒，要求天主教学者学习他的著作，但该指令于 1879 年才颁发，20 世纪天主教会将其学说定为天主教官方哲学。

中世纪供奉圣母马利亚之风极盛，有关圣母的作品众多，主要分叙事体、说教式、抒情体三类。这种作品情节简单，分三个过程：诱惑（由魔鬼来实现）、堕落（罪孽作祟的结果）、显圣（由圣母体现）。**贡萨洛·德·贝尔塞奥**（Gonzalo de Berceo，1195？—1247？）是传教士，学士诗鼻祖。他的诗歌采用四行同韵格律，共写了 9 部诗集，最突出的是《圣母显圣记》，还有以当地男女圣徒事迹为主题的多部传记和《耶稣受难日圣母守灵曲》。他文风简洁，模仿行吟诗人，能让百姓读懂。《圣母显圣记》收了 25 首诗和一个含喻义的前言，把圣母喻为一块可爱、静谧、繁茂的芳草地，接着写了一系列圣母显圣奇迹，表现她帮助崇尚她的信徒的中心思想。如《无知的修士》讲一个可怜的教士被主教认为无法造就，被迫退职。他求救于圣母马利亚，圣母显圣，吓坏了主教，便保留了他的职务，他死后升入了天堂。该作品在中世纪欧洲诸国广为流传，是拉丁文或罗曼语撰写的圣母赞歌力作。

第三节　英雄史诗

中古欧洲英雄史诗分两类：1）反映了蛮族各部落氏族社会末期的生活，如日耳曼人的《希尔德布兰特之歌》、盎格鲁－撒克逊人的《贝奥武甫》，以及冰岛的《埃达》和《萨迦》。它们歌颂部落英雄，描写神干预人的命运，人神纠葛，作者不可考稽。2）以历史人物、民间传说为基础的史诗，如《罗兰之歌》《熙德之歌》《尼伯龙根之歌》和《伊戈尔远征记》。它们是欧洲封建化后的产物，史诗中的英雄反映了人民要求国家统一的愿望，荣誉观已不限于部落复仇，具有国家观念，要求团结抵御外辱，封建君臣关系明显，多神教因素减少。在基督教影响下，爱国行为往往表现为反对异教徒的斗争。

《贝奥武甫》是最古老的英国史诗，也是中世纪最早用当时欧洲方言写的长诗。全诗 3182 行，分引子及长短不一的 34 个诗节。情节如下：贝奥武甫在其母舅耶特王慧阿拉克宫中成长为四海闻名的英雄。他得知丹麦王贺罗斯加的"鹿厅"长期遭妖魔格兰代尔骚扰后，立即挑选 12 名精壮武士漂洋过海赶到丹麦。贺罗斯加盛情款待他们的当晚，贝奥武甫在"鹿厅"重创格兰代尔，恶魔逃回居住的沼泽潭死去。为复仇，他的妖母肆虐"鹿厅"。于是贝奥武甫只身闯魔潭追杀她，经苦战斩除女妖，并将格兰代尔的头颅带回。贺罗斯加摆宴，对他大加犒赏，回国后他又受到慧阿拉克的赞扬。此后他参与了对瑞典人的征战。慧阿拉克战死后，他辅佐其子治国，后被拥戴为王。50 年后耶特国遭一条火龙攻击，贝奥武甫以老朽之躯去迎战，在部下威克拉夫奋力协助下杀死恶龙，他却受重伤死去。国民建起巨大墓冢，绕着火葬柴堆缓行，深切哀悼他们的英雄。史诗原为日耳曼族民间传说，随盎格鲁－撒克逊人入侵传入英国，经过几代说唱渐趋成熟。后经多位诗人之手约在 9—10 世纪被诺森伯兰或莫西亚的教士抄写成册。时值英国转变为基督教社会，它体现了异教的日耳曼文化和基督教文化两种传统。斯堪的纳维亚文化使早期英国热衷战争，崇尚勇敢与忠诚；而基督教文化教导人们遵从上帝，摒弃世俗傲慢。贝奥武甫是异教武士，但兼具基督教精神，符合那过渡时期王侯贵族的心理和审美趣味。

全诗分为两部分：1）从贺罗斯加身世写到贝奥武甫追杀妖母并凯旋。2）记述 50 年后贝奥武甫奋战火龙。但前者在情节上繁复多变，后者简洁单一；前者在气氛上热烈豪放，后者低迷哀沉。这种差异配合青年与老年的差异，揭示对命运无可奈何的心境。史诗无尾韵，以四拍头韵的古诗体成诗，体现了口头文学特点，并运用大量同义或近义词。全诗用了4000多不同词语，约三分之一是复合词，像"大海""太阳"各有50余种复合表达方式，像"鲸鱼之路"（海）、"世界的蜡烛"（太阳），充分描绘了场景和人物，充满了艺术魅力。

《希尔德布兰特之歌》是古高地德语文学中最古老的杰作，留存的仅有残稿两页，共68行，9世纪初被僧侣记录在一部拉丁文祈祷书首页和末页的空白处。该史诗流传于8世纪，讲欧洲民族大迁徙的故事。主人公是东哥特国王狄特里希的亲信，当国王与西罗马日耳曼雇佣兵领袖发生矛盾并受压迫时，他随主人投奔匈奴。30年后他重返家乡，在边界和一青年相遇，互报姓名，得知青年就是他儿子哈都布兰特，但儿子却认为他是"匈奴人"，拒绝其入境，向他挑战。希尔德布兰特被迫应战，故事中断在父子激战中。以后的故事有两种不同版本：1）他杀死了儿子，日耳曼战士的荣誉感战胜了父子情；2）父子大团圆。这首残诗写他追随国王长期流亡匈奴，反映了氏族制社会部落首领与部下的关系、战士荣誉与血缘关系的矛盾及勇敢与忠诚的至高地位。诗歌富有戏剧性，是仅有的用古德语写下的日耳曼英雄诗歌。

《尼伯龙根之歌》约产生于1200年，用中古高地德语写成，被称为德国的《伊利亚特》，其诗体后称尼伯龙根诗体。全书分《西格夫里特之死》和《克里姆希尔特的复仇》，共9516行，汇合了神话和历史传说。背景是民族大迁徙后期，涉及北方冰岛、挪威海岸、南方尼德兰、莱茵河畔及多瑙河畔的多地，主要讲妻忠于夫、臣忠于君、争夺财宝及报仇雪恨。尼德兰王子西格夫里特勇敢正直，乐于助人。他曾杀死怪龙并用龙血沐浴，因而全身刀枪不入，但沐浴时有片树叶落在肩上，这成为他的致命要害。他拥有尼伯龙根大量财宝及一把宝剑和一顶隐身帽。他倾心勃艮第国公主克里姆希尔特。勃艮第国王，公主的哥哥巩特尔想娶冰岛女王布伦希尔特，但求婚者必须和她比武三次，失败一次就要遭杀。巩特尔要西格夫里特帮他战胜女王，答应把妹妹嫁给他。于是西格夫里特戴上隐身帽帮他战胜了女王。新婚之夜女王把丈夫绑挂在墙上，西格夫里特又用隐身帽把女王制服，顺便偷了女王的戒指和腰带。十年后布伦希尔特说服丈夫巩特尔邀妹妹夫妇做客，两位王后见面竞相夸奖自己丈夫，为占上风克里姆希尔特说布伦希尔特是丈夫的情人，并拿出戒指和腰带为证。布伦希尔特决心报仇，让骑士哈根乘狩猎的西格夫里特不备之时用枪投向他肩头，将他杀死。西格夫里特去世后，他妻子把尼伯龙根财宝运到窝姆斯，哈根害怕她财大气粗，悄悄把宝物沉入莱茵河。克里姆希尔特寡居13年后，匈奴王埃采尔答应替她报仇，她嫁了他，说动匈奴王邀她哥哥来访，演成大规模杀戮。克里姆希尔特俘获了哥哥和哈根，在追逼财宝下落失败后杀死他们。勇士死于妇人之手令狄特里希的随从希尔德布兰特（即《希尔德布兰特之歌》的主人公）不能容忍，他又杀死克里姆希尔特。

该史诗多层面地刻画了12世纪封建社会上层的生活。婚丧喜事和比武狩猎描写细腻生动，反映了宫廷生活的豪华奢侈。全诗以争夺财富、报仇雪恨为主线塑造了各色人物。西格夫里特是英雄，他身上闪耀着12世纪勇敢、豪爽、急公好义的骑士精神。哈根既勇敢忠诚，也狡猾残忍。史诗通过君臣、夫妻的关系反映人们在财富、权势、道德方面的观念。作品对"异教"无歧视，歌颂宗教信仰自由，难能可贵。

13世纪初产生的《谷德仑》是另一部德国史诗，1817年被发现，作者不详。它以 9 世纪进入封建社会的诺曼人骚扰法国沿海和地中海一带为背景，人物却是古日耳曼英雄。全诗 6860 行，分三部分。1）爱尔兰王子哈根被怪鸟劫持到荒岛，遇见同样命运的公主希尔德。后来两人被路过的船搭救，回去后成婚。2）两人的女儿也叫希尔德，哈根拒绝所有向女儿求婚的人。丹麦国王黑特尔派侍从化装成商人，以歌声打动公主，诱她与丹麦王成婚。3）希尔德和黑特尔所生的女儿名叫谷德仑。向她求婚的西兰国王黑尔维希及诺曼底国王子哈尔姆特都遭拒绝。黑尔维希很愤怒，勇敢地与黑特尔交战，激起谷德仑的爱意。由她调解，黑特尔答应女儿与黑尔维希订婚，但哈尔姆特抢走了谷德仑。谷德仑到诺曼底后坚决不从，受到哈尔姆特母亲虐待，但他妹妹同情她。13 年后谷德仑的哥哥和黑尔维希攻打诺曼底，救出谷德仑和另一女俘希尔特堡。哈尔姆特和妹妹被俘。经谷德仑请求，饶恕了兄妹。最后谷德仑和未婚夫黑尔维希、谷德仑的哥哥和哈尔姆特的妹妹、哈尔姆特和希尔特堡三对人成婚。

　　史诗歌颂了忠诚。谷德仑 13 年受虐待一直不从婚，反映了封建时代对婚姻的忠贞。史诗没有《尼伯龙根之歌》的血腥复仇意识，一代比一代人理性，谷德仑已有"宽容"的品性。全诗充满异教精神。由于德国当时分裂，史诗不具备国家观念。体裁是"尼伯龙根诗体"，四行一节，每行中间有个停顿，第一与第二行是韵脚，第三与第四行同韵。

　　第二类中法国的《罗兰之歌》写于 1170 年左右，4002 行十音节诗句分 291 个长短不等的诗节，用盎格鲁－诺曼底方言写成。公元 778 年春查理大帝越过比利牛斯山，围困信奉伊斯兰教的萨拉戈萨国。后因穆斯林袭击和阿基坦地区的起义，查理放弃围困，在重越比利牛斯山返回法兰西时后卫军遭山民巴斯克人伏击，死伤无数，其中就有罗兰伯爵。三个世纪后的《罗兰之歌》对这历史事件作了改动，突出罗兰的功勋，构成英雄史诗。它写查理大帝派十字军出征西班牙，历时七年，征服了所有小国，只有萨拉戈萨国拒不称臣。该国王马尔西勒假装皈依基督教，派使者给查理送重礼和人质。罗兰向查理推荐他继父加纳隆出使该国，继父与罗兰不和，认为罗兰有意加害他，怀恨在心。他向敌军泄露军机，挑唆他们攻打后卫部队。罗兰率后卫军返程时遭萨拉戈萨骑兵的埋伏，全军覆灭。死前罗兰吹响军号通知查理大帝，查理消灭了敌军，惩罚了叛徒加纳隆。查理被写成年高 200 岁、仙髯飘逸，罗兰成了他的侄子，出兵西班牙变为圣战，法兰西后卫军覆灭被归咎于叛徒。这样就把一场普通战事变成了法兰西参加十字军圣战的史绩。

《罗兰之歌》体现了中世纪法兰西人对宗教的虔诚。查理大帝是圣徒化身，为传播基督教、拯救异教徒出兵远征。史诗表现了民族、家族和封建骑士三重荣誉感。罗兰和战友效忠查理，为君主出生入死，用民族荣誉感激励自己杀敌，临死还不忘法兰西。诗中的家族荣辱感也很明显，一人侍奉君主，后人便世代效劳；而加纳隆一人叛变，30 个亲戚都因他受惩罚。史诗结构简明，情节发展有序，浓笔重彩描绘了荣瑟伏决战，成功地塑造了个性鲜明的人物，用对比衬托人物的不同性格，丰满真实，难能可贵。史诗还运用了重叠叙事，如三次建议罗兰吹求援号角，三次被他拒绝，刻画了他的心理斗争。

西班牙英雄史诗《**熙德之歌**》是最早的战功歌，根据西班牙民族英雄罗德里戈·迪亚斯德比瓦尔的原型用卡斯蒂利亚语写成。"熙德"是敌人摩尔人送他的尊称，阿拉伯文意为"主人"。史诗写于1140 年左右，在熙德过世（1099）40 年后，大部分人物及战事有史可查。全诗分三章："流放""婚礼""橡树林的暴行"，共 3730 行。国王阿方索六世听信谗言将熙德流放，熙德将妻女托付给修道院后带着随从泣别领地比瓦尔。离开卡斯蒂利亚后，为生存他们南征北战，从摩尔人手中收复失地，最后攻占重镇巴伦西亚，周边的摩尔小国纷纷向他称臣纳贡，熙德威名远震伊比利亚半岛。他曾三次派人携战利品朝见国王阿方索，请求允许妻女与他团聚，国王欣然应允。贪财的卡里翁两公子向熙德的两个女儿求婚，国王从中撮合。君臣二人捐弃前嫌，国王宣布宽恕熙德。卡里翁两公子在战场上贪生怕死，他们的怯懦为熙德部下耻笑。两人恼羞成怒，借口偕妻子省亲，行至橡树林时便将各自妻子衣服剥光，绑在树上打得死去活来后扬长而去。名誉受到侮辱的熙德在阿方索国王御前陈述后，率部与卡里翁两公子决斗并获胜。最后熙德的两个女儿与纳瓦拉、阿拉贡两国的王子完婚。

史诗维护荣誉：从流放到御前胜诉，熙德的荣誉上升、下降、复而上升。史诗基于历史，对熙德描绘逼真、细腻。他战无不胜，热爱妻女。卡斯蒂利亚国王当时领导人民抵制异族入侵，是驱逐摩尔人、统一祖国的象征。但百姓深恶痛绝窃据高位、桀骜不驯的封建诸侯。作者讽刺了卡里翁两公子，赞扬熙德，反映了人民的爱憎。

第四节　骑士文学

骑士文学反映骑士阶层的生活理想。骑士来自中小领主，他们替大封建主打仗，获得土地和其他报酬，成小封建主，土地和头衔世袭。十字军东征提高了骑士的社会地位，骑士精神逐渐形成，其中爱情占主要地位，表现为对贵妇人爱慕和崇拜，为她们服务、冒险，以此作为骑士最高荣誉。骑士锄强扶弱，也为宗教信仰冒险，但不顾基督教禁欲主义，要求享受，并把东方文明带到仍相对落后的西欧。

骑士抒情诗在德法两国盛行。法国南部普洛旺斯在法兰克王国瓦解后繁荣起来，该地诗人叫"特鲁巴杜尔"，即行吟诗人，多是封建主和骑士，也有教士和市民。作品保存下来很少，用民间歌体创造，表达对贵妇的爱慕和崇拜，歌颂婚外情，有"明"和"暗"两派。前者主张诗要明朗易懂，后者提倡隐晦难解。13 世纪初南方"异端"运动遭镇压，许多普洛旺斯诗人逃亡国外，把抒情诗带到意大利，推动了文艺复兴抒情诗歌发展。

德国这时也出现了骑士阶层诗人，如**瓦尔特·封·德尔·福格威德**（Walther von der Vogelweide，约 1170—1230）。他出身贫穷贵族，曾在维也纳宫廷服务，后到全国漫游约 20 年，接触各阶层，体验他们的困苦，培植了爱国思想。在霍亨斯陶芬王朝和罗马教皇的尖锐矛盾中他抨击教皇，要求德国统一，写了大量富有民族意识和爱国思想的诗歌，是德国文学史上第一个爱国诗人。如《我坐在岩石上》提出必须有和平和正义，作品远远超出骑士抒情诗。他早期写了许多宫廷抒情诗，漫游时多写讽刺诗，抨击虚伪和强暴，要和平和正义。晚年他住在皇帝封地上写教育诗。他的作品语言生动，戏剧性强，善用民间格言诗体，简洁有力。他流传下来约 100 首格言诗及 70 首抒情诗，到 18、19 世纪才得到重视。

西班牙骑士抒情诗也很繁荣。因但丁的影响，15 世纪西班牙文学出现喻义手法热潮。喻义文学始于卡斯蒂利亚王朝的桑地亚纳侯爵和梅纳。侯爵原名**伊尼科·洛佩斯·德·门多萨**（Iñigo López de Mendoza，1398—1458），因屡立战功被封侯爵，在军务之余创作文学，喜爱意大利作家但丁和彼特拉克，深受他们人文主义思想影响。他的作品有以谚语、格言为题材的教诲诗歌和深受普洛旺斯诗歌影响的抒情诗，以牧歌《菲诺霍萨山歌》最著名。他的牧歌用六音节和八音节诗句，讲骑士向女山民求爱遭拒。诗里描述优美环境，女山民谈吐像贵妇。他还写讽喻诗，引入意大利十四行诗，并维护和继承 14 世纪辩论传统，如《巴伊阿斯反对命运的对话》哀叹人生荣华富贵瞬息即逝。**胡安·德·梅纳**（Juan de Mena，1411—1456）生于科尔多瓦，以人文主义思想著称。他先在萨拉曼卡和罗马学习，回国后曾任朝廷史官和拉丁文秘书。主要作品是讽喻叙事诗《命运的迷宫》，又以《三百节》著称，仿维吉尔和但丁。全诗 297 节，充满小故事，词义晦涩，但诗韵铿锵，讲诗人乘战神驾驶和巨龙牵引的战车到幸运之宫，上苍向他遥指人间一台三只轮子的机器。它那象征过去与未来的两个轮子停止不动，而象征今世的轮子转个不停。每个轮子分七块，由不同的神统管，从这些轮子里可看到各色人物和他们的行径，颂扬胡安二世和他的宠臣。

骑士文学另一位诗人**豪尔赫·曼里克**（Jorge Manrique，1440—1479）出身贵族，随父亲反胡安，捍卫天主教女王伊萨贝尔的合法王位继承权，参加过不少战役。1476 年父亲死后，他撰写挽歌《悼亡父》而著名。1479 年为保卫女王，他在与犯上作乱的维利亚纳公爵的军队作战时阵亡。他留下诗作 49 首，不足 2400 行，大多是爱情诗。《悼亡父》480 行，庄严肃穆，抒情气氛极浓，充满基督教哲理，但朴素无华，老幼皆懂。全诗 40 个诗段，每诗段 12 行，每六行为一个单元，称为六行诗。每个六行有独立韵脚，1、2、4 和 5 行必须是八个音节，而 3 和 6 行是四个音节，又称瘸脚格律，也称曼里克诗体。

骑士传奇是骑士文学的重要部分，英、法、德都有名篇，也是后来小说的渊源之一。骑士传奇可按题材分不同系统，如古代系统，像《亚历山大传奇》《特洛伊传奇》《埃涅阿斯传奇》等。它们写古希腊罗马故事，其中的英雄却具有中世纪骑士的爱情和荣誉观。又如不列颠系统，写古凯尔特王亚瑟和他的圆桌骑士们。法国诗人**克里蒂安·德·特鲁瓦**（Chrétien de Troyes，12 世纪）是这系

统的代表，作品有《朗斯洛或小车骑士》（1165？）、《依凡或狮骑士》
（1175？）、《帕齐伐尔或圣杯传奇》（1180？）。朗斯洛那篇是最典型
的骑士传奇，写亚瑟王的骑士朗斯洛和王后桂纳维尔的恋情。《圣杯
传奇》写骑士们寻找圣杯，充满神秘幻想。德国重要的骑士传奇有
埃森巴赫的《帕齐伐尔》及斯特拉斯堡的《特里斯坦和伊索尔德》，
也属亚瑟王传奇系列。

沃尔夫拉姆·封·埃森巴赫（Wolfram von Eschenbach，约
1170—1220）生于巴伐利亚下层贵族家，当过行吟诗人，后服务宫廷，
晚年退居故乡。他著有三部史诗，完整留下的是《帕齐伐尔》。故事
取自12世纪法国特鲁瓦的《圣杯传奇》，但思想深度和艺术形式都
高一筹。在欧洲传说中圣杯盛过耶稣钉十字架时流的血，被放在圣
杯堡，只有最纯洁的人能看到它。骑士之子帕齐伐尔与母亲隐居森林，
从一群骑士那里听到亚瑟王和圆桌骑士，就求母亲同意他外出闯荡。
他来到亚瑟王宫廷，因打死亚瑟的敌人而成圆桌骑士，后与他救了
的女贵族结婚。婚后他离家寻母，在圣杯堡投宿，但因言谈不慎被
逐出城堡。圣杯国王那做隐士的兄弟使他认识错误，达到"至善"，
使病伤的国王痊愈，继承了王位，承担了保卫圣杯的任务。作品歌
颂对崇高目标的不懈追求，指出人改正错误后才能达到"至善"。

高特夫里特·封·斯特拉斯堡（Gottfried von StraBburg，？—
1210）生平不详，创作约在13世纪前20年，留下传奇《特里斯坦
和伊索尔德》残篇，是在12世纪法国诗人托马的蓝本基础上写成的。
特里斯坦从小失去父母，因是克仑威尔国王外甥，被收养，接受骑
士教育。国王派他到爱尔兰替他向公主伊索尔德求婚。女方母亲答
允了婚事，并准备了魔汤，要女儿及女婿在结婚时喝下，永远相爱。
在归途船上特里斯坦和伊索尔德误喝魔汤，发生了强烈爱情。伊索
尔德和国王婚后，两人还不断私会，被发现后特里斯坦逃到诺曼底，

在那里遇到"玉手伊索尔德",又爱上了她,但并未忘记伊索尔德。作品到此中断。13世纪后半叶有人把它完成,写特里斯坦在战斗中负伤,只有伊索尔德能治疗。他派人去接伊索尔德,约定如果伊索尔德来了,船上就张起白帆,反之,就张黑帆。伊索尔德来了,可玉手伊索尔德却说船上挂了黑帆,他痛苦而死。伊索尔德到达后见他已死,随之去世。国王把他们葬在两座大理石墓里,坟上各自长出的玫瑰和葡萄枝叶交相覆盖。史诗肯定爱情的力量,面对爱情封建伦理丧失了作用。

拜占庭系统也是骑士文学的一大构成部分,取材拜占庭流传的古希腊晚期故事,如《奥迦生和尼哥雷特》(13世纪)写贵族子弟奥迦生爱上女奴尼哥雷特,为爱情而忘了抵抗外敌的骑士责任,说明从罗兰到奥迦生的二三百年中,骑士精神的内容发生了变化。

中世纪西班牙骑士文学也相当繁荣,但比英、德、法骑士文学迟到约一个世纪。因时间晚,西班牙骑士文学还受了但丁影响,形成独特风格,内容也更宽泛。西班牙宫廷骑士小说的前身是英国的骑士传奇和法国北部的英雄史诗,到16世纪已有约四个世纪的历史。著名的《阿马迪斯·德·高拉》(1508)是在修订古老手抄本、补充了新情节后出版的,一问世就受到极大欢迎。阿马迪斯是英国埃丽亚娜公主与高卢王佩里翁的私生子,出生后被母亲装在小箱子里投入河中,一位英格兰骑士捡到他,将他养育成人。他被封骑士后参加了许多战斗,无往不胜。他一直忠于年少时爱上的欧丽阿娜公主,通过了从未背叛过情人的人方能通过的"忠诚的恋人包围圈"。最后他被亲生父母承认,并与心上人成婚。主人翁身世坎坷,却保持骑士美德。其中西班牙民族自信心、十字军尚武精神和虔诚的宗教信念均有突出反映。

《亚瑟王之死》15世纪后期出版,是英国骑士文学代表作。中世纪后期英国大量翻译希腊神话和法国骑士传奇，但上层更希望读到本土传奇，要求写亚瑟王和圆桌骑士的呼声很高。《亚瑟王之死》的作者是托马斯·马洛里爵士（？—1471），该书于1470年完成，1485年出版。此书集亚瑟王故事大成，参阅了相关的法文版故事，包括八个故事。亚瑟王取得胜利后，妻子桂纳维尔和圆桌骑士朗斯洛有了私情，为此朗斯洛受上天惩罚，无法完成寻求圣杯的使命，该使命便落在青年骑士盖拉哈德身上。朗斯洛与王后的奸情腐蚀了整个朝廷，圆桌骑士们不满王后而离开亚瑟，并导致莫德莱德的叛乱和亚瑟王之死。全书以王后和朗斯洛忏悔、皈依宗教结束。这部传奇虽浪漫，但充满了对现实生活的影射。作者是玫瑰战争的兰开斯特派，亚瑟王朝骑士们互相残杀的内战就是玫瑰战争的写照，字里行间充满忧伤和沉重。全书文笔简洁、流畅，节奏如诗。19世纪英国桂冠诗人丁尼生曾以此为题材撰写了长诗。

第五节　城市文学

西欧从10世纪产生城市，有了工商业市民阶级。城市发展经历过三阶段：1）12、13世纪市民共同反抗封建主，建立公社；2）13、14世纪手工业主队伍壮大，进行"行会革命"；3）14世纪后城市平民（帮工、徒工、雇工等）反抗城市贵族和大行会。国王一向利用城市对割据封建贵族斗争。城市支持王权，因市民需要强大的中央集权政府。在乡村，农民反封建斗争逐渐浮出，加上黑死病造成人口锐减，大大削弱了封建领主实力，小封建主纷纷寻求国王保护。教会和国王虽有矛盾，但一直是封建制度最顽强的支柱。

12世纪城市打破了教会对教育的垄断，办起私立非教会学校，一些学者在学校任教和从事研究。法国经院学者皮埃尔·阿贝拉尔（1079—1142）提出"理解而后信仰"，遭教会迫害。英国学者罗杰·培根（1210？—1292）精通数学并设计制作科学仪器。他们对推进城市文化作用很大。西欧多国此时产生了"异端"运动，教会感到危险，设立宗教裁判所镇压。城市文学在与宗教的斗争中产生，适应市民对文化娱乐的要求，多数是民间创作，有强烈的现实性和乐观精神，歌颂市民或农民的机智聪敏，反映新阶级的精神。城市文学主要是讽刺，采用封建文学和教会文学的隐喻、寓言、梦境等手法，有时粗俗。

　　法国是城市发展最早的国家之一，城市文学最发达，"韵文故事"最流行，故事性和讽刺性很强，把骑士和僧侣的丑态揶揄尽致，也暴露市民的贪婪自私。《布吕南》揭露乡村教士想骗农民的牛，却赔了自己的牛。《以辩论征服天堂的农民》写农民死后想进天堂，遭圣徒阻拦，与他们讲理，驳倒圣徒。《农民医生》写农妇受丈夫殴打，于是捏造丈夫会治病，但一定要打他，他才承认是医生。农民挨了打，被迫当医生，但凭机智终于摆脱窘境。故事赞扬农民和市民的机智狡猾，下层妇女第一次在中世纪文学里占了重要地位。莫里哀用这情节写成喜剧《屈打成医》。这类文学在德、英也流行。法国城市文学对后世影响较大的作品是《列那狐传奇》和《玫瑰传奇》。

　　《**列那狐传奇**》主角是列那狐和伊桑格兰狼，12世纪它们的故事在西欧各国传播，经过众多诗人、歌手的补充润色，近一个世纪后成书。故事分27组，3万多行诗，以兽寓人，以动物世界寓人类社会。在这动物世界里最高统治者是狮子诺布勒，代表封建领主。伊桑格兰狼和布伦熊贪婪愚蠢，象征领主手下仗势欺人的臣仆。主教是头驴，呆头呆脑。这些动物组成上层社会，代表下层社会的是鸡、兔、羊、山雀等。列那狐在两个对立势力间，虽属上层社会，却因利益冲突不断与狼、熊等野兽争斗。它又经常欺骗掠夺小动物，既是反上层的英雄，又是欺压穷人的恶棍。这形象反映了市民认为可不择手段攫取利益。故事写成喜剧，有自嘲的态度，反映市民凭借智慧捍卫和扩充自己的利益。

列那狐家喻户晓，"列那"因而代替了法文原有的狐狸这词。欧洲多国都有《列那狐传奇》译本或仿作，拉伯雷小说中的巴汝日、莫里哀剧中的斯卡班、勒萨日作品中的杜卡莱都有列那狐的影子。歌德根据它写成叙事诗《列那狐》，由此改编的童话很受儿童欢迎。

《**玫瑰传奇**》的作者吉约姆·德·洛里（？—1238）写了约4700行诗就去世了，30多年后，让·德·墨恩（1250？—1345？）将它续完。全诗22817行，是法国第一部采用寓意的作品，将抽象概念和感情人格化。除诗人，人物还有典雅爱情、吝啬、嫉妒、羞耻心、理性、自然等。年轻贵族诗人梦中见到花园中央长着一株艳丽的玫瑰。他爱上了玫瑰，但玫瑰由忌妒率人把守，玫瑰对诗人也怀疑虑。典雅爱情、殷勤接待、直爽等从中撮合，而危险、羞耻心、恐惧等作梗。就在他接近玫瑰时，作为玫瑰化身的殷勤接待被困。洛里写到这里。在墨恩续写部分，诗人克服了障碍，摘到玫瑰，爱情圆满结局。作品虽称传奇，并无曲折情节，却有很浓的说教。第一部分宣扬骑士爱情观和爱情规则，思想来自奥维德的《爱的艺术》这类作品。第二部分嘲弄骑士，典雅爱情遭否定。作者借理性、自然、才能等人物之口颂扬天性，认为爱情该顺乎天性和自然，合于理性和道德，宣传自然是艺术美的源泉，前瞻了文艺复兴思想。

维庸（François Villon，1431？—1480？）是中世纪法国重要抒情诗人，父母早逝，由教士收养，在巴黎大学获文学学位。他放荡不羁，多次参与盗窃和斗殴，被监禁、流放，1463年前后被逐出巴黎，死于外地。维庸出身城市下层，备尝生活艰辛和社会不公，对悲惨遭遇激愤，不向社会秩序妥协。流传下来的作品是《歌集》（又称《小遗言集》，1456？）和《遗言集》（又称《大遗言集》，1461）。《歌集》包括40节八行诗，采用八音节体，是参与盗窃后逃离巴黎时写的。他在诗中说要赠送"财产"（爱、受伤的心等），受赠人大多伤害过他，"馈赠"实际是报复。他冷嘲热讽，发泄郁积的怨恨，嬉笑调侃背后是他年轻却已被撕碎的心。《遗言集》也用八音节八行诗体写成，2000多行，中间插入不同时期写的谣曲和回旋体诗，复杂、深沉、凝重，大胆暴露和解剖自我。此诗集里的愤怒不再针对某人，而是一生受歧视和迫害的悲鸣，震撼人心。《昔日贵妇谣曲》《昔日王公谣曲》脍炙人口。诗人冷眼审视包括自己在内的人世，《绞刑犯谣曲》是典型例证。

英国下级僧侣**威廉·兰格伦**（William Langland, 1332？—1400？）的长诗《农夫皮尔斯》是英国农民运动的产物，流传颇广。第一部分通过梦境和寓意形象（如"七大罪恶"），揭露封建社会特别是教会和僧侣的罪恶。梦中农民皮尔斯形象注入了作者理想，肯定劳动是社会的基础，反对剥削，提倡平等。第二部分写皮尔斯求真善的历程，多是经院式辩论。该诗以劳动者为主人公，在农民运动高涨期提出改革要求，但寄希望于国王，并受了很深的宗教影响，最后幻想人们团结在统一的教会旗帜下。

中世纪后期**谣曲**盛行于北欧、英国、苏格兰及西班牙，英国的《**罗宾汉谣曲**》（保存了约40首）最突出。罗宾汉据说生活在12世纪，出身自由农。他不堪封建压迫，成为"强盗"，和农民、手工业者结伙，出没绿林、城镇，专门抢劫财主和大僧侣，帮助受欺凌的穷人，并和追捕的官吏、地主、僧侣顽强斗争。他射得一手好箭，勇敢、机智、豪迈，对战胜敌人充满信心。他虽不愿给国王服务，并捕食树林中国王的鹿，却并不与国王为敌。谣曲故事性强，往往出现意外情节，对话多，富于抒情性。该谣曲 14、15 世纪流传很广，文艺复兴和 19 世纪经常为作家采用。类似传说许多国家都有，如挪威的艾吉尔传说、瑞士的威廉·退尔传说，都反映农民的抗暴斗争。以罗宾汉为主题的电影、戏剧到 20 世纪仍屡见不鲜。

　　西班牙谣曲的出现比英国晚很多，特点相同，广为流传，一直到美洲、意大利和佛兰德斯，而被逐出西班牙的犹太人和穆斯林又把谣曲带到小亚细亚，因此西班牙在 14、15 世纪有"谣曲之国"之称。西班牙谣曲从古代战功歌演变而来，由每行八音节押元音韵的诗行组成，诗行从 20 行至逾千行。谣曲从故事中间开始，到最有戏剧性的地方就戛然而止，造成悬念，神秘而抒情，如宣扬音乐魔力的《阿尔纳尔多斯伯爵》。古谣曲多是传统历史题材，如历史谣曲（摩尔人入侵西班牙、卡斯蒂利亚领地创始人费尔南·冈萨雷斯伯爵及熙德的故事），还有吟唱卡斯蒂利亚人与摩尔人交界地故事的边疆谣曲，关于法国查理大帝和英国圆桌骑士的骑士谣曲及诗人们杜撰故事的小说谣曲。反映忠贞爱情的冷泉曲和渴望自由的囚徒谣曲尤为脍炙人口。到 16、17 世纪洛佩·德·维加和贡戈拉以谣曲形式写的诗和民间谣曲的形式更完善、精巧，被称为艺术谣曲或新谣曲。

　　中世纪**戏剧领域**长期被教会占据。宗教戏剧有圣史剧、神迹剧和圣徒剧，情节取自《圣经》、圣母或圣徒传说。13 世纪市民思想进入宗教剧，日常生活进入神迹剧，但宗教色彩仍浓厚。14 世纪市民要求有娱乐和剧团，世俗戏剧出现。戏剧活动在欧洲各城市发展，法国最突出。巴黎有法院书记剧团和傻子剧团，编写独白剧、道德剧、傻子剧和笑剧。独白剧多讽刺，是一个演员的独白。道德剧用寓意宣扬宗教或世俗道德。傻子剧人物装疯卖傻来表示市民对封建贵族和教会的不满，讽刺性强，如皮埃尔·格兰高尔（1475？—1538？）的《傻王的把戏》（1512）影射法王路易十二和教会，教皇被称作"顽固人"。笑剧人物是市民，反映他们的生活和处世态度。最优秀的《巴特兰律师的笑剧》（1470）写布商想骗律师，却受骗。作者赞扬机智狡诈，表现了市民依靠机智和封建贵族斗争。

　　15世纪后半期西班牙戏剧达到欧洲最成熟水平。主要代表是西班牙戏剧之父胡安·德尔·恩西纳和罗哈斯的名剧《塞莱斯蒂娜》。**胡安·德尔·恩西纳**（Juan del Encina，1469—1529）是西班牙天主教男女王共统时期宫廷乐师，写过许多民间传统诗歌。他的巨大贡献是剧作，使西班牙戏剧从中世纪宗教故事的简陋形式转变为具有文艺复兴思想的情节复杂的戏剧。他生于萨拉曼卡鞋匠家庭，接受了高等教育，曾为阿尔巴公爵服务，并在他官邸演出自己的剧作。此后他去罗马，深受意大利文艺复兴影响，50岁出家修行并回国，继续写作直到去世。他的创作分两期：1）遵从中世纪戏剧传统，写圣诞节的奥托（短小的戏剧）、耶稣受难与复活及反映世俗生活的小剧（他把后者称为"牧歌"）。其奥托《剃秃瓢》中谈吐粗鲁的牧羊人开了西班牙戏剧中农民"丑角"的先河。2）受文艺复兴思潮影响，代表作《克里斯蒂诺和费维阿》讲牧羊人看破红尘出家修行，爱神维纳斯派仙女去征服了他，二人返回欢乐的尘世。该剧以爱情战胜宗教来宣传人性和人的情感，反映人文主义思想；农民和牧羊人登上舞台，取代了宗教题材。作者改进了戏剧结构和人物动作，剧情复杂，语言优雅。

　　《塞莱斯蒂娜》作者费尔南多·德·罗哈斯（1476？—1541）生于托莱多，曾在萨拉曼卡大学学法律并获学士学位，后当过律师。《塞莱斯蒂娜》是西方名著，西班牙文学史上一部奇特作品。该剧对话用散文写成，1502年从16幕扩为21幕。1519年前剧名曾叫《卡里斯托和梅丽贝娅的悲喜剧》。名门青年卡里斯托追逐猎鹰来到梅丽贝娅小姐家后花园，小伙子对她一见钟情，但小姐将他逐出。仆人便建议请老牙婆塞莱斯蒂娜帮忙，她善测人心，手腕狡黠，借口看望老邻居接近小姐，说服她与青年会面。感恩戴德的卡里斯托赠她一条金项链，而那两个仆人却向她索要赠品，被拒绝后杀死她。他们最终被抓获，处绞刑。后来卡里斯托在小姐家幽会时从高墙软梯上摔落身亡，小姐也跳楼殉情。该剧有多种对比：1）不同社会阶层的人物和生活对比：少爷和小姐为代表的贵族阶层生活在理想世界中，仅仅关心情爱；而塞莱斯蒂娜与仆人地位低下，道德沦丧，分赃不均而遭杀身之祸。2）语言个性化：贵族青年谈情说爱谈吐文雅，而塞莱斯蒂娜和仆人们用粗俗的民间话语。3）中世纪伦理道德与强调现世享受及具有文艺复兴色彩的炽热情感的对照。此剧难上演，从未搬上舞台，故可认为是对话体小说，老牙婆也成西班牙文学史上不朽的反面人物形象。作品 16 世纪在西、意出版了 80 余次，并被译为英、法、德、意、荷等国文字，出现争相模仿热潮，塞万提斯对它评价极高。

堂胡安·马努埃尔（Don Juan Manuel，1282—1349）是政治家和散文作家，精通武艺、勇敢善战，参与重要武装斗争与政治活动。他从东方寓言、古典作品及编年史中取材创作，有寓教于乐的《卢卡诺尔伯爵》《骑士和持盾侍从之书》和写给儿子的《训子书》等。

《卢卡诺尔伯爵》含 51 个故事，采用三段式框架：1）伯爵向顾问提出心中困惑，求解惑和建议。2）顾问讲个故事作为回答。3）根据所讲故事的寓意，作者以短诗形式的箴言作结论。这些箴言诗可视为座右铭，如某故事讲曾经很有钱的人最后落得靠白羽扁豆维持生计，正当他自怜时，忽然看到一个过去比他富有的人正从地上捡吃他丢的豆壳儿，他就不那么悲观了。最后的箴言诗是："别因贫困而气馁，贫中还有更贫人。"又如一个穷女人顶着一罐蜜去集市卖，途中盘算卖掉蜜后买鸡蛋孵小鸡，然后卖大鸡。这么买来卖去，自己就会变成全村最富的人。想到这里她高兴忘形，将蜜罐掉地摔碎。最后两句诗是："凡事均需脚踏实地，切忌遥望空中楼阁。"这部作品表现了西班牙中世纪风俗习惯，王公贵族、官员、商人及劳动者均有详尽又简洁的描绘。某些故事主人公是有人类美德或陋习的动物。作者反对中世纪的愚昧，抨击国王荒淫、愚蠢，揭露教会和修士的伪善，否定等级观念，主张平等博爱和世界大同。安徒生的《皇帝的新衣》就从《国王和三个自称织了一块奇异的呢绒的骗子的故事》中得到启迪，莎士比亚的《驯悍记》似与《一个男人与一个凶女人结婚的故事》有渊源关系。

杰弗里·乔叟（Geoffrey Chaucer，1343？—1400）生在英国葡萄酒商人家，少年进宫当侍从，青年时参加英法百年战争，后多次被派往法、意执行外交使命。他还担任过伦敦港出口关税总管、肯特郡保安官、王室林务官等，1386年选入议会。

他写作时中世纪体制衰落，新兴市民阶级生气勃勃，意大利已产生但丁、彼特拉克、薄伽丘，法国也拥有丰富的典雅爱情文学作品，而英国却没有可比拟的诗人和作品。乔叟用英语写作，创作出英国中世纪文学中最辉煌的篇章。他的作品分为法、意、英三个时期：第一期（1360—1372）将法国的《玫瑰传奇》部分翻成英文，主要写了《公爵夫人书》；第二期（1373—1386）他数次出使意大利，接触意大利语言和文学，翻译了罗马哲学家波义提乌的《哲学的安慰》，写了《声誉之宫》《百鸟议会》和《特洛勒斯与克丽西德》；第三期（1387—1400）他生活在英国，创作的《坎特伯雷故事集》是纯粹的英国文学作品。在《公爵夫人书》《声誉之宫》和《百鸟议会》等较早的作品中他采用了《玫瑰传奇》的梦境手法，用每节七行的君王诗体（ababbcc）。《特洛勒斯与克丽西德》（1385？）讲特洛伊国王的小儿子特洛勒斯爱上投奔希腊人的叛徒之女克丽西德，在费尽周折获得爱情后被情人抛弃，战死疆场。他的灵魂飞升上天，俯视人间，觉悟到情欲的渺小和徒劳。乔叟在诗中娴熟地运用典雅爱情文学的程式和技巧。但与对传统贵妇描写不同，克丽西德表达了陷于矛盾的中世纪贵妇心理，有英国第一部心理小说之称。

　　《坎特伯雷故事集》是乔叟最重要的作品，故事框架是：在伦敦泰晤士河南岸小旅店中聚集了 30 个朝圣者（包括诗人），要去肯特郡坎特伯雷朝觐圣徒托马斯·阿·贝克特的圣祠。店主建议在来去路上每人讲两个故事消磨时光，并决定同行充当裁判评选最好的故事。作品没写完，由一篇 800 余行的总序、24 个故事及穿插故事间的小插曲组成。它的成功表现在多方面：1）巧妙地用一个大框架组织许多故事。薄伽丘也采用过框架，但故事都讲仙女或贵族青年男女。而乔叟把不同阶层人物汇集一起，相互碰撞造成戏剧场面，而他们的不同形象、经历和讲的不同故事组成了中世纪社会的全景画面。2）"总序"展示了众香客绝妙的肖像，他们既是中世纪讽刺文学的一些固定形象，又有明确的个性和真实感。描写不同人物的技巧各异，避免了单调和重复，如相貌似阉人的卖赎罪券者、用假冒的圣徒遗物诈人钱财的恶棍、衣装绚丽的见习骑士、蛮横粗俗的磨坊主、反叛传统的富裕巴斯妇等。3）成功地运用了中世纪文学所有重要体裁，每个故事都得到恰当表现方式，也间接地塑造了讲故事者的形象。如第二个修女的圣徒故事是当时最流行的虔诚文学形式，磨坊主的故事是最粗俗的市民滑稽故事。故事集还用了四种不同诗体：a. 十音步英雄偶句，它是乔叟对英语诗体技巧的最大贡献；b. 比英雄偶句更能表达严肃沉思语气的每节七行君王诗体；c. 对中世纪英语传奇做滑稽模仿，用每节六行，韵脚为 aabaab 或 aabccb 的尾韵体；d. 用法语三节联韵体的变体，保持每节八行，韵脚为 ababbcbc；e. 带布道性质的故事则用散文写成。4）在重写中丰富各种"老故事"内容，拓宽原体裁表现手段。如磨坊主的滑稽故事不像过去年老有钱的丈夫戴绿帽子只为逗乐，缺乏道德关注。乔叟加了揭示性格的对话、人物的变化和发展以及较复杂的情节，有相当的道德启迪和社会意义。尽管故事各自独立，题材、体裁不尽相同，内容风格相去甚远，观点、视野、角度有时互补，有时互相冲突和否定，但却组成了一个有机整体，构成 14 世纪英国社会的全景图画。

中世纪城市文学还有马可·波罗的游记。**马可·波罗**（Marco Polo，1254—1324）出生于威尼斯商人家，17 岁随父亲和叔父前往中国经商，由威尼斯启程，经过地中海、巴格达、伊朗，翻越帕米尔高原，沿塔克拉玛干沙漠到和阗，再经敦煌、酒泉等地于 1275 年夏抵元朝上都，后到大都（今北京），元世祖忽必烈赐以官位。他很快掌握汉语，约 1277—1280 年间他从大都出发，由河北到山西，过黄河入关中，到成都，并经西藏，渡金沙江，到昆明。第二次出游取道运河南下，到南京、苏州、杭州、福建。此外他还奉使出访过印尼、菲律宾、缅甸、越南，于 1295 年返威尼斯。1298 年威尼斯与热那亚两城邦为争贸易权打仗，他出资购买战船并参战，受伤被俘入狱，结识了同狱的比萨编年史学者鲁思蒂科。在狱一年他口述在东方的经历和见闻，鲁思蒂科笔录成《世界见闻录》（中译本名《马可·波罗游记》），译成欧洲多种语言，意大利文本约 1307 年问世。

该游记描写来华途中见闻，元大都和各主要城市情况；记述他在东南亚各国的游历，还有蒙古诸汗国和俄罗斯情形。书中涉及国家、城市一百多个，描述了各国山川地貌、气候物产、经济贸易、宗教信仰、朝章国政、风俗习惯，乃至琐闻逸事。游记重点介绍中国无穷尽的财富、巨大的商业城市、完善的交通设施、华丽的宫殿建筑。元朝鼎盛期中国的政治经济及社会现实得到生动反映，是欧洲第一部介绍中国和东方的名著，在研究中世纪地理学史、亚洲历史、中西交通史和中意关系诸方面均有重要价值，并促进了欧洲航海业和东西方关系发展。

第六节　但丁和意大利诗歌

　　中世纪意大利诗歌产生了不同派别和伟大诗人但丁。13 世纪下半叶托斯卡尼诗派诞生在该地，大批文化发达的城市，如佛罗伦萨、比萨等取代西西里成为意大利世俗文化中心，出现了新的诗歌繁荣。"温柔的新体"诗代表该派最高成就，它逐渐摆脱贵族文化的浮华与虚空，增加细腻的心理刻画，反映城市公社初期的社会状况和市民精神面貌。"温柔的新体"诗创始人是博洛尼亚诗人圭多·圭尼泽利（Guido Guinizelli，1240—1276），而佛罗伦萨诗人圭多·卡瓦尔坎蒂（Guido Cavalcanti，1255—1300）是该诗派的中期代表。但丁早期也属此流派。该诗派仍然歌颂女性和爱情，但不写骑士和贵妇，而是歌颂真实情感和微妙心理变化。前者的代表作《高贵的心灵》是该派纲领性宣言，赞美被爱女子是美与善的代表，是传达上帝意旨的天使，并从道德角度阐发爱情本质。该诗进而宣传高贵并非天生，而在个人品格。这是新兴市民阶级向封建主世袭特权的挑战。后者继续发展"温柔的新体"诗，他的传世诗作约 50 首，富哲理而无宗教色彩。如《女性请我讲述》对爱情作了精辟完整的分析，把爱情的魔力、恋爱的痛苦和甜蜜、焦躁的期待和苦涩的相思写得淋漓尽致。"温柔的新体"诗在表现形式上一改普洛旺斯诗歌矫揉造作的浮华，摒弃陈旧的手法，朴素明快、流畅生动，奇妙的构思形成柔美清新风格，完善了抒情短歌和十四行诗形式，为文艺复兴诗歌奠定了基础。

　　但丁·阿利吉耶里（Dante Alighieri，1265—1321）出身佛罗伦

萨没落小贵族家庭，早年属于"温柔的新体"诗派，歌颂他爱的贝雅特丽齐。她死后，但丁把歌颂她的诗用散文串起来，即诗集《新生》（1292？），使用了梦幻、寓意、象征等手法。1300年他被选为佛罗伦萨市行政官，1302年被放逐，死于异乡。放逐期间他接触到社会各阶层，眼界扩大到全国和整个基督教世界。放逐初期他写了以下著作：1）用意大利文写的《飨宴》（1304—1307）借诠释自己的一些诗歌，通俗地介绍各方面知识作为精神食粮，故名《飨宴》。书中盛赞俗语，批判封建等级观念。2）用拉丁文写的《论俗语》（1304—1308）旨在引起对民族语言的注意，是最早讨论意大利语文体和诗律的著作。在放逐中他认识到和平与统一的重要，寄希望在罗马皇帝身上。3）用拉丁文写的《帝制论》（1310？）以经院哲学阐述他的政治观点，强调在皇帝治下才能实现和平、自由的局面；提出政教分离，反对教皇涉政。

《神曲》写作始于放逐初年（约1307），逝世前完成。放逐中他看到意大利和欧洲纷争混乱，忧虑祖国和人类命运。但他坚信会实现和平与统一，并揭露现实，唤醒人心，指出复兴道路。《神曲》用中世纪梦幻文学形式，写但丁在林中迷路，被豹、狮、狼挡住去路。危难之际，诗人维吉尔出现，他受贝雅特丽齐嘱托来救但丁，引他游地狱和炼狱，接着贝雅特丽齐又带他游历天堂。此即《地狱》《炼狱》和《天堂》三部曲，每部33歌，连同序幕的第一歌共100歌。这种匀称的结构建立在中世纪关于数字的神秘意义和象征性概念上。《神曲》充满寓意，表达新旧交替时代个人和人类怎样从迷惘和错误中到达真理和至善境地。象征理性和哲学的维吉尔引导他游地狱和炼狱，喻指人类凭理性认识罪恶和错误，从而悔过自新。象征信仰和神学的贝雅特丽齐引导他游天堂，标志人类通过信仰的途径和神学启发，认识最高真理，达到至善。这样的安排表现了基督教神学观，但他追求最高真理的精神和关怀人类命运的热情已超越了中世纪的时代局限。

《神曲》广泛地反映现实，艺术性地总结中世纪文化，显露出人文主义思想。他幻游中遇到历史上和死去不久的名人，与各种人谈话，探讨当时政治和社会状况、中世纪文化的成就和重大问题。维吉尔和贝雅特丽齐这两个向导还用答疑方式广泛地阐述当时哲学、科学和神学重要问题和理论。因此，《神曲》除政治倾向性强，还传播知识，有百科全书性质。但丁虽是正统天主教徒，但对教会的批评却和异端运动中人民反教会的情绪一致。诗中还描绘了佛罗伦萨从封建关系向资本主义过渡的社会和政治变化，但又把封建宗法时代的佛罗伦萨美化为平静纯朴的牧歌式社会，与动荡的现实形成对比。

《神曲》中的揭露者和被揭露者都是历史上或当代的名人，如法国卡佩王朝始祖揭露法国王室罪行，教皇尼古拉三世揭露自己和后继者的罪行。但丁对他们的态度是矛盾的。如他把法利那塔作为信奉异端的人放在地狱里，又赞扬他的英雄气概和爱国行为；书中屡次揭露在世教皇波尼法斯八世的罪行，宣布他一定要入地狱，但对他在阿维尼翁受的侮辱则非常愤慨。维吉尔作为异教徒被放在地狱外围的"悬狱"里，不能升天国，但丁却选他为向导，称他是"拉丁人的光荣""智慧的海洋"。诗人对一些问题的看法也矛盾，把现实生活看成永生的准备，却把代表禁欲主义和神秘主义的圣者放在天上。他借欧德利西的口讲荣誉的虚幻无常，但又借维吉尔的口肯定追求荣誉的必要，并称自己要借《神曲》永垂不朽。他让维吉尔讲理性的局限，却让尤利西斯说人类生来追求美德和知识。他渴望祖国和平统一，但把爱国理想寄托在神圣罗马帝国皇帝身上。这些矛盾都来自他作为时代交替的诗人在世界观上的矛盾。

《神曲》描写的地狱是现世情况，天堂是争取实现的理想，炼狱则是从现实到达理想必经的苦难历程。诗人的地狱、炼狱、天国构思明确，幻想地狱在北半球，是巨大的深渊，从地面通地心，像圆形剧院；炼狱是雄伟高山，耸立在南半球海洋中，山顶是地上乐园；天国由托勒密天文体系里的九重天和超越时空的净火天构成，九重天环绕大地旋转，净火天则永恒静止。三个境界细分为若干层，体现根据哲学、神学观点要阐明的道德意义。地狱是痛苦和绝望的，色调阴暗或浓淡不调；炼狱宁静，有希望，色调柔和爽目；天堂喜悦，色调光辉耀眼。

《神曲》中诗人对自己性格和精神面貌的描绘最细致入微。他常通过人物的行动和动机来刻画性格，只用寥寥数语。他还善用取材于现实生活和自然界的比喻，如形容鬼魂们注视他和维吉尔好像老裁缝穿针时凝视针眼，两队魂灵相遇时接吻致意好像蚂蚁碰头探询消息，禁食的魂灵瘦得两眼深陷，像宝石脱落的戒指。还特别用熟悉的事物比喻不平常的现象，如基督上升时光芒下射照耀着圣者们，像日光从云缝透出射在如锦的草坪上。全诗 14233 行，每段 3 行，每行 11 个抑扬格音节，用连锁押韵把各段衔接起来的三韵句写成，押韵格式为 aba，bcb，…… yzy，z。三韵句是他以意大利民间诗歌格律为基础创制的，解决了意大利的文学用语问题，促进了民族语言统一。

第七节　俄罗斯、东欧和北欧文学

俄罗斯文学　约 6 世纪起东斯拉夫人开始移居第聂伯河中游，后扩到奥卡河、顿河、伏尔加河上游，信奉多神教。约 9 世纪末以基辅为中心的封建国家形成，史称"基辅罗斯"。988 年基辅大公弗拉季米尔接受拜占庭的基督教为国教，拜占庭基督教典籍、史籍及科学和人文书籍传入。古斯拉夫基里尔文字也传进来，对古俄罗斯文字形成起了重要作用。1037 年修建的基辅圣索非亚教堂以其建筑、壁画和镶嵌图案闻名，诺夫哥罗德也成为繁荣的商贸城邦。但 11 世纪下半叶基辅罗斯诸侯割据、内讧频繁，并常遭南方游牧民族骚扰。1237—1480 年蒙古鞑靼大军入侵基辅罗斯，许多城邦和文物被毁。1480 年新兴的莫斯科公国联合诸侯，于乌格拉河畔击溃鞑靼军，结束了异族长达两个半世纪的统治。

　　俄罗斯民间口头创作的**壮士歌**始于 10—11 世纪基辅罗斯，可分基辅和诺夫哥罗德两大系列，是游吟艺人演唱的英雄传奇故事，流传下来百余篇。基辅系列中关于伊里亚、多布雷宁和阿廖沙三勇士的壮士歌最流行，如伊里亚壮士歌塑造了一个无私无畏、忠于祖国的古罗斯勇士形象。伊里亚是农家子弟，自幼瘫痪，喝了游方僧的蜜酒康复。他得到大地的力量、上天赐的永生、神仙赠的神剑，具有万夫不当之勇。他去基辅为民除害和抗击外敌，路经切尔尼戈夫城，正遇 12 万大军围攻该城。他挥起神剑，横扫千军。他又在密林中活捉独霸一方、杀人如麻的夜莺强盗。弗拉季米尔大公始终歧视他，欲杀死他。多年后在外族卡林皇帝率军入侵时，伊里亚以老迈之躯出征，打败敌人，保住基辅城。他的形象充满了对祖国的忠诚和献身精神，体现了民族正气和传统美德。

　　诺夫哥罗德系列最著名的壮士歌是《萨德阔》。萨德阔天性聪慧，自幼善歌，12 岁流浪到诺夫哥罗德城，卖唱为生。他在伊尔门湖岸弹唱忧郁的歌，惊动了海王。海王指点他以湖中有金翅鱼作赌注与商人打赌，成了大富翁，造了 30 艘大船，装满货物出海，赚了大量钱财。因很久没向海王纳贡，归途中海王掀起巨浪。船上众人掷签问卜后把他作祭品沉入海底。海王令他弹唱，并闻歌起舞，大海随

之翻腾咆哮。船民在危急中恳求护航神尼古拉，尼古拉指点他毁琴
罢唱，并在海王为他娶妻时不要与新娘同床，以免永留海底。萨德
阔言听计从，第二天醒来已躺在故乡的河边，他的船队正向岸边驶来。
从此他在家乡过幸福生活。该壮士歌浪漫抒情，曾被编为歌剧，并
搬上银幕。俄罗斯壮士歌常用三次重复的叙述和固定的形容语，节
奏感强，韵律自由，常用夸张。

　　在拜占庭史籍影响下，基辅罗斯诸城邦 11 世纪起撰写**编年史**。
最古老的编年史是 1113 年由基辅洞窟修道院修士编辑的《往年故事》
（又名《俄罗斯编年序史》）。它依据《圣经》叙述世界起源，古斯拉
夫诸民族的分布、迁移和生活习俗，接着按年代记述基辅罗斯历史，
既贯穿东正教思想，又吸收民间传说养分。其中若干故事十分生动。
"奥列格死于他的马的故事"讲 912 年基辅王公奥列格因魔法师预言
他会死于他的马，便不再骑它。他后来得知马已死，便去看其骸骨。
一条蛇从马的头颅骨中爬出，将他咬伤而亡。基于这篇故事普希金
写了《英明的奥列格之歌》（1822）。"奥尔伽王妃复仇记"讲基辅王
公伊戈尔被东斯拉夫德列夫梁人打死，王妃为替夫报仇，率重兵围
攻该地区，将火绒绑在鸽子和麻雀脚上点燃后放回，使每户起火而
攻占该地。《往年故事》文体简洁，有史家纯朴、平静和纵横评说的
风格。此外，使徒行传也是俄罗斯古老的文学体裁，如鲍里斯与格
列布的行传（11 世纪末、12 世纪）。

　　基辅罗斯文学的灿烂明珠《**伊戈尔远征记**》写于 12 世纪末，作
者不详，讲 1185 年诺夫哥罗德－谢威尔斯基王公伊戈尔联合近亲的
城邦，向入侵顿河的南方游牧民族波洛伏齐大军反攻，三天激战后
惨败，伊戈尔被俘，后逃回家园。作品除序诗外分三部分：1）写伊
戈尔出征和被俘，颂扬他及其兄弟的英勇精神，其中糅合评述，指
出诸侯内讧造成惨败。2）写伊戈尔惨败的消息传到基辅，基辅大公

指责伊戈尔兄弟独自出兵，哀叹诸侯团结的昔日荣光丧失殆尽。接着作者追述基辅罗斯光辉历史，呼唤团结一致迎敌。3）伊戈尔妻子雅罗斯拉夫娜一大早哭泣，向风神、河神和太阳神诉求。她是俄国文学中最早出现的、富于理智又充满柔情的妇女。那天晚上顿涅茨河龙卷风激起，上帝为伊戈尔指引回家之路。他泅水过河，跨上骏马返俄罗斯。这是部爱国主义民族史诗，用了民间歌谣的修辞语、象征、比喻和类比。

在蒙古鞑靼军入侵和统治俄罗斯时，基辅罗斯诸城邦的编年史最著名的是《拔都摧毁梁赞的故事》（13 世纪末、14 世纪初）和《顿河彼岸之战》（14 世纪末）。前者讲 1237 年拔都大军入侵，围攻梁赞公国并要求献上王子妃作媾和条件，王子严词拒绝，惨遭杀害，王子妃抱着幼儿从宫殿上跳下自尽。梁赞王公尤里率军出城迎战敌军，刚强英勇，但寡不敌众，全军覆没。拔都攻占梁赞后将全城夷为废墟。外出的贵族叶甫巴吉回到梁赞，看到惨景便聚集队伍追击敌人，为国捐躯。故事中编年史纪事和壮士歌手法交融，渗透着东正教观点，认为这都是上帝对人们罪孽的惩罚。后者作者是梁赞神甫索封尼，歌颂 1380 年莫斯科大公德米特利及兄弟联合诺夫哥罗德等地诸侯，于顿河上游原野战胜拔都金帐汗国军的业绩。虽伤亡惨重，伤亡将士的妻子在莫斯科哭泣，但俄军坚韧不拔。故事的结构和叙述都受《伊戈尔远征记》影响，但文字更激昂、铺张，喜用排比。

东欧文学　7—12 世纪东欧各族逐渐建国，进入早期封建社会并改信基督教。因东欧是欧洲的陆上通衢，它又成为强邻争夺的对象：北部屡遭俄、奥、普欺凌，南部诸国早期均受拜占庭统治。因此，东欧文学具有反抗压迫的特色与强烈的爱国主义精神。各国除了继承本民族古老传统，波兰、捷克、匈牙利受西欧文化艺术影响较深，保加利亚、塞尔维亚、罗马尼亚、阿尔巴尼亚的建筑、绘画等则带有拜占庭艺术色彩。各国最早是民间口头文学，讲本族起源、民族迁徙的传说和抵御外敌、战胜自然灾害的故事，还有世俗生活与民族风习的民歌、情歌、哀歌、婚礼歌等。在本民族文字出现前，各国僧侣、贵族和文人使用拉丁文（东欧北部诸国）或希腊文（东欧南部诸国）。此期特别要提 9 世纪中叶**康士坦丁·基里尔**（Константин Кирил，826—869）和**康士坦丁·麦托迪**（Константин Медоти，815—855）兄弟创造的古斯拉夫文字，在东欧多数国家得到推广，影响远及基辅罗斯。

　　用该文字写作和翻译的作品称古斯拉夫文学，形成了古斯拉夫文学时期，主要有七类文学作品：1）宗教文学。最初是拉丁文或希腊文宗教作品抄写本，后来出现古斯拉夫文或本民族文字翻译或独创的祈祷文、训诫文、颂诗、赞美诗、圣徒传及宗教剧。2）渗透世俗内容的宗教文学。如保、塞等国的基督教异端教派作品《秘密书》《圣母苦行记》，反映了农民反封建的要求。3）世俗文学。主要为编年史和纪传体文学，如 12—15 世纪的《波兰历史》、12 世纪的《捷克编年史》、9 世纪的《哲学家基里尔赞》《塞尔维亚开国始祖西麦翁·奈满尼传》、14—15 世纪的《里拉纪事》等。4）在模仿翻译作品基础上改写的模仿文学。如匈牙利加代帕尔模仿《伊索寓言》而写的《寓言百篇》。5）贵族文学。如 15 世纪波兰贵族文人写诗表现贵族至上，丑化和讥讽市民与农民。6）市民文学。主要是 14 世纪下半叶欧洲重要政治、经济和文化中心布拉格产生的反映城市下层喜怒哀乐的讽刺诗、抒情诗与世俗剧。7）爱国题材的作品。如 12 世纪的爱国颂诗《圣瓦茨拉夫，捷克大公啊！》一度成国歌，保加利亚 13 世纪的《歌手库克伦斯》、15 世纪的《埃夫蒂米赞》，描绘京城特尔诺沃被土耳其人围攻，大主教埃夫蒂米率众守城及京城失陷后居民的悲惨遭遇。15 世纪塞尔维亚的《斯特凡·拉扎雷维奇生平》，记述贝尔格莱德的建造与大公拉扎雷维奇的生平，还记载了塞土之间的科索沃大战。

北欧文学 北欧中世纪为 8—16 世纪。除芬兰语，其余四国，瑞典、丹麦、挪威和冰岛均属日耳曼语系。公元 3 世纪前北欧出现民间口头文学，3 世纪形成自己的文字，称为"鲁纳文字"，是 9—12 世纪间绘刻在石碑上的碑铭，用诗描写国王、海盗和战争。

英雄史诗在北欧中世纪文学中占重要地位。丹麦教士萨克索·格拉马蒂可斯（1150 ？—1222 ？）收集整理的编年史《丹麦人的业绩》保存了多首英雄史诗。全书 16 卷，前 9 卷讲史前古代丹麦，是异教传说和英雄史诗，其中一篇《哈姆莱特传奇》后由莎士比亚改写成悲剧《哈姆莱特》。后 7 卷中《皮雅盖马雷特》《英雄兹克瓦德特》和《哈格白特和西格纳》较著名。这部编年史包含丹麦两千年历史，显示了丹麦古老传统。基督教传入后北欧诸国出现宗教文学，以瑞典圣女比尔吉塔（1303 ？—1373）的《启示录》（1492）最著名，后译成拉丁文，全名《来自天上的启示》。

北欧中世纪具有世界意义的作品乃《埃达》《萨迦》和神话。"埃达"和"萨迦"是北欧语中故事的意思。《埃达》最早有韵律、可吟唱，后来才包括散文体；《萨迦》没韵律，是散文故事。公元 874 年挪威人移居冰岛，将"埃达"和"萨迦"带入冰岛，保存下来，还产生了自己的"埃达"和"萨迦"作家。**《埃达》**分《旧埃达》和《新埃达》。前者由塞梦恩德（1036—1133）收集整理，又叫《塞梦恩德埃达》或《诗体埃达》。《新埃达》由斯诺里·斯图拉松（1179—1241）著，又称《斯诺里埃达》或《散文埃达》。

《旧埃达》为 8—12 世纪流传于北欧的民间诗歌，分神话和英雄

传说。神话故事的序曲诗《沃卢斯帕》又名《女法师的预言》，讲巨
人国一老妇人描述宇宙创始到毁灭。还有一首《哈瓦玛尔》，意即《主
神奥丁箴言录》，讲做人的道德准则和社会习俗。几首关于奥丁长子，
雷神吐尔的故事较有名，如《特里姆之歌》写巨人特里姆偷走吐尔
的神槌，要求娶女神弗莱雅。吐尔变成该女神，大闹婚礼，杀死巨
人，夺回神槌。英雄诗中最主要的作品《沃尔松诗集》共 15 首，主
人公是沃尔松家族中的年轻人西古尔德，前半部类似《尼伯龙根之
歌》中西格夫里特杀死恶龙，占有本族宝物，帮巩特尔赢得漂亮妻子，
最后巩特尔在妻子唆使下杀死他。后半部与《尼伯龙根之歌》不同，
但也写复仇和残杀，讲宝物带来的灾难，充满悲剧气氛。

《新埃达》的作者斯诺里·斯图拉松生于冰岛西北部，在挪威王
室和塞梦恩德后裔家中长大，因同情国王的舅舅于 1241 年被杀害。
《新埃达》约写于 1220 年，分三部分：1）介绍古代北欧诸神和英雄，
比《旧埃达》故事更完善和生动。2）《诗人的艺术语言》论述吟唱
诗的诗词和语言。3）《韵律的列举》介绍 102 种不同的诗。

《萨迦》分"王室萨迦""家族萨迦"和"虚构萨迦"，后两类是
冰岛佚名作家根据口头故事记录的。"王室萨迦"以斯诺里·斯图拉
松的《挪威王列传》为代表，记载从史前到 12 世纪挪威君主业绩、
王室生活和社会情况，史料真实，是出色的文学作品和有价值的历
史著作。"家族萨迦"有长短 30 余篇，写历史上实有人物及人民的
生活、斗争、苦难和愿望，穿插人物对白，叙事简明，讲英雄人物
家谱，遭遇的厄运，最后得胜而归。"虚构萨迦"包括神话、志怪故
事或英雄传奇，主要作品《沃尔松萨迦》内容类似"埃达"中的《沃
尔松诗集》。19 世纪瑞典诗人泰格乃根据古代萨迦写了长诗《弗里
蒂奥夫萨迦》，19 世纪瑞典作家斯特林堡根据埃达写了名诗《洛奇
的嘲骂》。

芬兰史诗《卡勒瓦拉》（即《英雄国》）是中世纪欧洲著名史诗之一。7世纪末、8世纪初芬兰流传着本民族古代神话和传说的歌谣，12世纪瑞典引入基督教后又有添加。19世纪芬兰医生艾里阿斯·隆洛特（1802—1884）收集歌谣，编成史诗《卡勒瓦拉》，1835年出版。此后他继续收集补充，1849年出版最后定本，包括50支歌曲，22795行诗句。史诗写卡勒瓦拉的英雄们和北方黑暗国波赫尤拉争夺能自动制造谷物、盐和金币的神磨，反映了芬兰氏族制度瓦解时的社会生活、思想意识和氏族间斗争。史诗保留芬兰原有的多神教信仰，少数歌谣可见基督教影响。诗中有关于宇宙创造、铁的发明、天时气候、耕作酿造等传说和咒语，反映了芬兰人对自然的朴素认识和征服自然的斗争和愿望。诗中两个人民英雄和波赫尤拉凶暴贪婪的女族长斗争：老歌手万奈摩宁的歌能感动神、人、鸟兽，他能耕作善渔猎，懂各种咒语，无比智慧和勇敢，在战斗中建立了丰功；铁匠伊尔玛利宁埋头工作，锻造工具、武器和艺术品，那神磨就是他的创造。史诗歌颂了创造性劳动和英雄为人民进行的斗争。全诗采用四音步扬抑格头韵体，常用重复、夸张，有民间诗歌特点，推进了芬兰民族文学和语言。

北欧神话反映多神教信仰，是流传民间的口头文学，用埃达演唱或用萨迦讲述，后经学者整理成文字，可归纳为如下情节：女神盖芙恩将四个儿子点化为金牛，从瑞典犁出一块土地，成为丹麦，搬走土的地方成了瑞典的梅拉伦湖。瑞典国王尤尔弗十分恼火，来到天宫评理，天宫的三个神告诉他世界是由主神奥丁和他弟弟们杀死巨人并用巨人的躯体创造的。他们用树干做成一个女人和一个男人，让他们住在米德哥德，还给白天、黑夜、早晨和晚上定名并规定它们的职责。众神在天宫像人间一样相互拜访、戏耍，充满和平和欢乐。不久巨人国来了三个少女，宁静被打破，械斗厮杀、复仇和战争连绵不断。最后众神全部被诛，天宫、地界和宇宙都消亡，众神在另一个天国见面生活，人类也再次生育繁衍，宇宙获重生。国王向三位神打听盖芙恩女神，忽然一声霹雳，神和宫殿都不见了，国王意识到有些秘密是不能透露的。他回到瑞典，把从天宫听到的讲给大家，神话就流传下来。北欧神话告诫人们仇杀械斗、谋杀、破坏诺言、懦弱和退缩是最大罪恶，反映了氏族间的械斗规模和残酷以及道德规范。北欧神话对欧洲文学影响很大，英国古老史诗《贝奥武甫》就取材北欧神话。

第 三 章

文艺复兴时期文学 ①

第一节 概述

　　14—16 世纪欧洲许多国家发生的文艺复兴运动对西方文明产生了巨大的思想和文化影响。"复兴"首先指该时期人们对古代希腊和罗马文化的强烈兴趣，及着力发掘和崇尚古希腊罗马文化的新现象。但文艺复兴又不是简单地复古，它是从古希腊罗马文化中重新发现人的价值，激发人的潜能和乐观进取、追求现世幸福的人文主义思潮。在新文化感召下，有识之士抨击当时衰落的封建制度和宗教文化，为建立新文化和新社会制度营造舆论。此期涌现出许多知识渊博和多才多艺的杰出人物，他们的贡献促使文学、艺术、哲学、科学、宗教、政治等领域发生深刻变革，从此宣告欧洲摆脱了中世纪封建

---

① 此章除去注明的部分外，都为陈大明撰写。

宗教束缚，迎来了现代社会的新纪元。

　　中世纪西欧各国在与地中海东岸国家的长期冲突中接触到拜占庭文明和伊斯兰文明。虽伴随有系列战争的残酷，但双方的各种交往从未中断。地理上与东方最接近的意大利是近水楼台，北部热那亚、威尼斯等沿海城市占尽先机，逐渐成为东西方贸易中心，13—15世纪威尼斯已成国际大都市。从海路输入的货物要经由陆路分配，因此内陆交通中枢如佛罗伦萨和米兰也得以繁荣。商品经济迅速发展造就了早期资本家，他们在累积财富后转而重视对文学、绘画、雕刻、音乐、建筑等的投入。除了经济和商贸因素，14世纪信仰伊斯兰教的奥斯曼帝国开始不断侵入东罗马，迫使许多学者带着大批古希腊和罗马艺术珍品和文学、历史、哲学书籍逃往西欧避难。因此，欧洲最初的人文主义学者接触到尘封一千年的古希腊罗马文化和当时阿拉伯文化的成就。古希腊和罗马提倡的以人为本的思想契合了当时资本主义萌芽阶段社会阶层的精神追求，越多的学者要求恢复古希腊和罗马的文学艺术，文艺复兴运动之风便逐渐由意大利吹向整个西欧。到16世纪，这场欧洲文明史上的重大运动达到了顶峰。

　　人文主义是文艺复兴运动的核心思想，它主张以"人"为本，肯定现世生活，歌颂爱情和个性解放，反禁欲主义和来世思想；提倡理性和科学，认为人是理性动物，有追求知识和科学探索的权利，反对蒙昧和神秘主义，尤其反对教会对思想的束缚，反对作为神学和经院哲学基础的一切权威和传统教条。在政治上人文主义者拥护中央集权，反对封建割据；在宗教方面他们用研究古典文学的方法研究《圣经》，将《圣经》译成本民族语言，导致宗教改革运动。基于这样的精神，文艺复兴时期大多艺术、雕塑、建筑、音乐和文学作品旗帜鲜明地宣扬个性解放，推崇人体美，歌颂仁慈、博爱、友谊和个人品德，提倡积极探索和敢于冒险的精神。

在意大利，反映人文主义精神的著名文学代表是彼特拉克、薄伽丘、马基雅维利等。在法国，以龙萨和杜贝莱为代表的"七星诗社"主张模仿古人，古为今用，推行统一的民族语言，鼓励民族文学发展。拉伯雷是继薄伽丘之后杰出的人文主义作家。西班牙文艺复兴代表是塞万提斯和维加。英国文艺复兴出现较晚，但其代表莎士比亚是天才诗人和戏剧家，他的作品在思想和艺术上集中代表了欧洲文艺复兴文学的最高成就。

德国文艺复兴时期既沐浴了人文主义春风，又接受了宗教改革洗礼，其文学成就虽难以比肩意大利，但民间文学却得到繁荣发展。德国宗教改革首推维腾贝格的神学和哲学教授**马丁·路德**（Martin Luther，1483—1546）的宗教改革思想。面对教会的极端腐败，他提出反教皇的一系列改革，引起一场全民革命运动。他还将《圣经》译成德语，1534 年出版，促进了德语发展。1520 年他出版的《为改良基督教状况致德国基督教贵族书》和《论一个基督徒的自由》是重要的宗教改革文献和文学作品。鹿特丹的**埃拉斯慕斯**（Erasmus von Rotterdam，1467—1536）通过著述、翻译和编辑工作提倡基督教人文主义，用和谐、宽容、节制来反对路德的激进宗教改革。他推出了通俗希腊文《新约》（1516），其他主要作品有讽刺作品《愚蠢颂》（1509）和探讨日常话题的《对话录》（1518）。德国此期的民间故事《梯尔·欧仑史皮格尔》（1515）和传说《浮士德博士》（1587）也很重要。前者讲德国北部农民欧仑史皮格尔一生的逸事，把这一带的民间笑话都集中在他身上；后者深受欧洲各国欢迎，为歌德的《浮士德》提供了参照。①

———————

① 此段德国简述和以下关于俄罗斯和东欧的简述是李赋宁主编《欧洲文学史》第一卷《古代至十八世纪欧洲文学史》第四章相应章节的节缩。

　　俄罗斯和东欧一些国家不在文艺复兴运动中心，但从不同渠道也接触到拜占庭文化及古希腊和罗马的典籍，出现过一些有人文主义气息的作品。俄罗斯从蒙古鞑靼统治下解放后建立起中央集权的封建国家，伊凡雷帝（1533—1584年在位）自称沙皇，莫斯科修建了民族风格的克里姆林宫钟楼和瓦西里升天教堂，圣像绘画艺术达到高水平。编年史的收集和编纂兴盛，《教堂历书大集成》（16世纪中期）广泛收编圣徒传及其他体裁的供教堂月历用的读物，以振兴东正教文化传统。此期文学出现了带政治色彩的传说，如《弗拉季米尔诸大公的传说故事》（15世纪末、16世纪初），为巩固俄罗斯中央集权国家造舆论的政论文也有发展。另一方面北俄诸城邦，如诺夫哥罗德，保持同德国、瑞典的贸易，同拜占庭和南方斯拉夫诸国交往密切。俄国文学也显示了人文主义萌芽，如商人阿法纳西·尼基金的《三海游记》（15世纪中后期）、叶尔莫莱·叶拉季姆的《彼得和费芙洛妮娅的故事》（16世纪中期）。此期还有依据古希腊民间传说创作的《巴萨尔格和他的儿子鲍尔佐斯梅斯尔的故事》（15世纪末、16世纪初）。

　　东欧只有少数国家和地区受到文艺复兴运动影响，产生出具有人文主义精神的文学作品。如捷克14世纪末至15世纪初反天主教会的胡斯运动促进其文学向文艺复兴文学过渡。扬·胡斯（1369？—1415）积极宣传宗教改革，被教会指控为异端，处以火刑。他写了《信仰、十戒和主祷文释义》（1412）、《论教会》（1413）等著作，表达人民要求改革的强烈愿望。他死后捷克民族掀起了胡斯战争，广大群众创作了富于革命精神的诗歌。从1526年起捷克受奥地利哈布斯堡王朝统治，市民阶层在社会中居主导地位，受西欧文艺复兴思想影响出现了人文主义文学，如市民创作的短篇小说集《扬·帕莱切克兄弟的故事》。不少作者还翻译了西欧人文主义代表作，促进人文主义思潮在捷克传播。

此期文艺复兴运动在波兰得到最有力的传播，从 15 世纪末起波兰的统一得到巩固，1596 年同立陶宛合并，国势大盛，对外贸易活跃，城市兴起，文化蓬勃发展。不少中小贵族和富裕市民子弟到意、法求学，回国后宣扬人文主义思想。在此背景下波兰产生了科学巨人哥白尼、人文主义思想家热莫夫斯基和一批得风气之先的诗人，如别尔纳特（生卒年不详）最早用波兰文写诗，主要作品有《寓言诗》与长诗《伊索的一生》，散文作家乌卡什·古尔尼茨基（1527—1603），主要作品《波兰的宫廷侍从》根据意大利小说改写而成。但波兰 16 世纪最有才华的人文主义诗人是扬·科哈诺夫斯基（1530—1584）。他早期写情诗和颂诗，后写政治诗，如《团结一致》号召波兰各阶层团结起来捍卫国家利益，《致圣父》大胆揭露教皇、教士的贪财、好色、酗酒等卑劣行为，《沙梯尔，又名野蛮人》则鞭挞贵族的贪婪、奢侈、冷酷和怯懦。长诗《普鲁士的进贡》歌颂波兰与立陶宛合并及祖国的强盛。1570 年后他的创作进入高峰，主要作品有《圣约翰节前夕之歌》（1580）和诗剧《拒绝希腊使者》（1582）。

15—16 世纪土耳其奥斯曼帝国统治下的东欧南部诸国——罗马尼亚、保加利亚、塞尔维亚、马其顿、波斯尼亚、黑塞哥维那、阿尔巴尼亚——与西欧完全隔绝，文化生活与文学创作停滞，而南斯拉夫未被土耳其占领的达尔马提亚及斯洛文尼亚、克罗地亚部分地区受到西欧文艺复兴运动影响，呈现出一些思想活跃、文化与文学艺术繁荣的景象。

第二节　意大利文学

意大利是欧洲文艺复兴发源地。意大利文艺复兴约始于 14 世纪初，15 世纪晚期达全盛，并于该世纪末开始衰落。此期意大利文化发生了重大变化，在哲学、文学、绘画、雕塑、建筑、音乐等方面取得了令人瞩目的成就。文学领域出现彼特拉克、薄伽丘、马基雅维利等著名诗人、小说家和理论家。意大利文艺复兴的新思想扩散到欧洲其他地方，并开启了北方文艺复兴和英国文艺复兴。

中世纪后期，意大利是国内外各种政治势力盘踞和博弈的地方，教皇统治日衰，罗马等城市荒废贫穷。北部和中上部的城邦脱离神圣罗马帝国管辖，它们在此期和以后的一二百年里迅速扩展，日益繁荣，出现了米兰、佛罗伦萨、比萨、锡耶纳、热那亚和威尼斯几个强大城邦国。第四次十字军东征洗劫了北方城邦的贸易对手拜占庭帝国，强化了这些城邦的商贸地位。东方的香料、染料、丝织品进口到热那亚、比萨和威尼斯，然后转卖欧洲各地，法、德、低地国家的羊毛、小麦和贵重金属类物品又经这些北方城邦转卖到拜占庭帝国和阿拉伯国家。尤其是佛罗伦萨，它凭借强大的行会力量，充分利用北欧的羊毛和东方的染料，大力发展纺织业、皮毛业、医药业、律师业，一举成为北部最富的城邦国。它的银行业也迅猛发展，成为欧洲银行业中心，其佛罗令变成各国贸易的通用货币。经济和商贸发展催生出一代新贵族，他们利用积累的财富控制和掌握城邦的经济命脉和市政大权，建立具有初期资产阶级专政性质的城市共和国，抵制并逐步清除了封建势力的影响，促进了代表资产阶级利益的人文主义新思想兴起和蓬勃发展。

14 世纪封建社会的支柱罗马天主教教会衰竭，罗马教廷与欧洲各封建王国间的依存、较量和冲突长期存在。1305 年教廷被迫迁到法国西南普罗旺斯的阿维尼翁，教皇成为法国国王的政治附庸。这种流放异地的局面到 1378 年暂时结束，随后又陷入混乱僵局。另外，14 世纪中期意大利再次大规模爆发黑死病，天主教也不知所措，其威信在教民心中一落千丈。当时遭重创的意大利各城邦哀鸿遍野，人心惶惶，不少人玩世不恭，及时行乐，社会道德江河日下。一些神职人员也随波逐流，敛财贪色，遭社会的强烈讽刺和抨击。15 世纪中叶教廷逐步复苏，意大利文艺复兴走向鼎盛。此时，重新回到罗马的教廷已经受了以佛罗伦萨、米兰、威尼斯为代表的北部城邦的经济和人文主义思想的深厚影响。教皇尼古拉五世 1447 年即位后积极引入人文主义思想并发起庞大的罗马重建计划。他组织人力和大批学者把基督教、希腊，甚至异教的精华作品译成拉丁文，对文艺复兴运动产生巨大影响。教皇希克斯图斯四世继承前任提倡人文主义，下令建造了有著名绘画和雕塑的西斯廷教堂。

　　15 世纪中晚期，意大利城邦间出现相对和平和稳定的局面，资产阶级的财力和权力更集中和强大，代表其利益的人文主义思想更深入人心。新兴资产阶级反神学和教会，把兴趣转向古希腊和罗马文化，探索古人以人为本的精神追求，以抗衡中世纪的宗教神权和封建意识。作为地中海居民和古罗马人的"后裔"，意大利人承袭了古希腊和罗马文化传统。他们建立图书馆和博物馆，搜索古希腊和罗马艺术品，并积极组织翻译古希腊和罗马作品。拜占庭帝国的崩溃使大批学者携带希腊古典书籍和手稿到意大利避难，极大地推动了人文主义者对古希腊文化的研究。人文主义肯定人的价值，以人权反神权，以人道反神道。"人"的利益和追求是最高准则。针对中世纪来世观念和禁欲的虚伪性，人文主义肯定现世，颂扬尘世的欢乐和幸福，以及人的自然欲望和爱情。人文主义认为人生来平等，反对以出身和门第决定个人社会地位，并主张与命运抗争，通过劳动追求荣誉和财富。人文主义对自然也抱有浓厚兴趣，坚持从自然汲取灵感的古希腊罗马传统。

文艺复兴的思想和精神在意大利文学、绘画、雕塑、音乐等方面得到充分体现。文学方面的代表主要是彼特拉克、薄伽丘、马基雅维利、阿里奥斯托、塔索等人。意大利文艺复兴文学对后世欧美文化产生了深刻影响，彼特拉克的十四行诗引领欧洲诗风，成就了包括莎士比亚在内的十四行诗著名诗人。薄伽丘的《十日谈》成为后来许多诗人、剧作家和小说家的灵感和故事情节来源。马基雅维利的《君主论》虽然自出版起就受到大量非议，但它也影响了一大批思想家、政治家和文学家。

弗兰齐斯科·彼特拉克（Francesco Petrarca，1304—1374）被称"人文主义之父"，他的十四行诗当时风靡欧洲，对西方抒情诗产生了重大影响，后人尊他为"诗圣"。他出身佛罗伦萨名门，后曾随父流亡法国，侨居普罗旺斯阿维尼翁。父亲是公证人，父母去世后他在教廷谋差事，闲暇钻研文学。不久他用拉丁语写了叙事长诗《阿非利加》，声名鹊起，1341 年在罗马被授予桂冠诗人。他知识渊博，游历欧洲时广泛收集希腊和罗马古籍抄本，并发现了西塞罗等人失传的书信和著作。在各地演讲时他积极倡导人文主义，号召重新发掘古典智慧和诗歌内涵，认为诗歌和文学的价值永存。他的精湛学识赢得普遍尊重，在各地传播新思想，促进了欧洲文艺复兴的形成。

文艺复兴初期，欧洲的主导语言仍是拉丁语，但各国极力鼓励使用本国语言。彼特拉克用拉丁语陈述和宣传自己的人文思想，在当时思想界产生了巨大影响；同时他用母语写抒情诗，抒发真实情感。他擅长各种文类的写作，用拉丁语写了散文《秘密》、叙事长诗《阿非利加》、历史著作《名人列传》和《回忆录》、哲学著作《论孤

独的生活》《论宗教超脱》和《两种不同命运之道》。他的《书信集》
也用拉丁语，除了与当时的朋友、政治与宗教界人士的通信，还有
与荷马、西塞罗和维吉尔等古人的通信，甚至还写了"没有收信人
的信"和写给"未来人的信"。信中他与第二人称的"你"探讨各种
话题，如谈拉丁语与母语意大利语时指出前者"高贵"，早已成熟，
对此后人没太多作为；而母语却"方兴未艾"，有极大的改进和丰富
的空间。

他为后人熟知和推崇的是用意大利语写的《歌集》，有 366 首诗，
绝大部分是十四行诗，其余为杂体诗。《歌集》的创作源泉是他一生
眷恋的女子劳拉。1327 年 4 月他与结婚不久的 17 岁劳拉偶遇，一
见钟情，几十年来间断写诗表达对她的爱慕和思念。评论界一直怀
疑是否真有其人，因为他在书信中没有提及此人，在诗歌中对劳拉
的描述也较模糊。他有关爱情的十四行诗不仅盛行于当时欧洲，莎
士比亚等后来的大师都竞相仿效并不断创新。十四行诗源于 13 世纪
西西里诗人兰蒂尼，而彼特拉克使之完善并促使它成为欧洲最重要
的诗体之一。即使 20 世纪，诸如爱尔兰诗人叶芝、英国诗人奥登和
美国诗人弗罗斯特仍写十四行诗。该诗分意大利体（即彼特拉克体）
和英国体（即莎士比亚体）两大基本类型。意大利体分前八行和后
六行两部分，前八行韵律多为 abba abba，叙述或展开主题、提出疑
问和抒发感情；后六行韵律多变，如 cde cde 或 cde ced 或 cdc dee 等，
用来点明主题、回答疑问、分析情感、引出结论。另外彼特拉克在
自己的十四行诗中常突破单行限制，拓展了语义的延伸，丰富了思
想和情感的表达。

《歌集》与但丁的爱情诗有相似处，但吟诵可感知的爱情。《歌集》
中的"我"袒露内心，挖掘心灵深处的缠绵微妙，随爱情波动跌宕起伏，
充分反映了人文主义新思想。对恋人一见钟情的"我"不知所措，

慌乱无比,因为"你迷人的眼神已经俘虏了我"。沉浸在热恋中的"我"
不断呼唤恋人的名字,因为它与"赞美"同音。"我"还依恋她的眼神、
面纱、脸庞、金发,几乎被炽恋燃烧至死。当恋人如众星捧月出现
时,苦恋中的"我"如沐春风,心随她从,恰似飘升天堂,喜悦至极。
爱情无常,悲情唏嘘;而爱在心底发问:这样的痛苦不正是爱恋中
人的特权吗?即使恋人已离尘世,心灰意冷的"我"仍坚信看到她美
丽而温柔地注视着尘世,注视着"我"说:谁把我的知己与我分开?

　　《歌集》除歌颂爱情,还涉及政治、历史、宗教、诗歌、自然及
个人成长的苦恼。诗人认为上帝给了人巨大的心智和创造潜能,希
望人们去充分开发。如"我"在一首十四行诗的前八行和接着的三
行中,简述了一个历尽苦难的疲惫白发老人来到罗马,想看看上帝
在尘世的具象。但在最后三行,"我"突然笔锋一转,直面恋人,坦
承自己在芸芸众生中苦寻她的芳容。"我"如同虔诚老人寻上帝真容
一样寻恋人芳容,这样的暗喻是对传统的突破,暗示尘世追求与对
上帝的虔诚具有趋向一致的热情和炽烈度,虽然现世追求与基督教
禁欲主义矛盾,但在潜能发展意义上人与上帝的关系并非不可调和。

　　《歌集》暗喻丰富,涉及宗教,还化用了古希腊和罗马神话的内
容。如《爱情来得太突然》一诗中,"我"感叹自己突然成为爱情俘虏。
在最后三行,无奈却兴奋的"我"嘲讽地说"他"(丘比特)用"箭"
射中了对爱情没准备的"我",借用了丘比特爱情神箭之说。在另一
首诗里,"我"表达对恋人的无限尊崇,最后三行诗借阿波罗的口吻
对人超凡的语言表示惊讶。还有一首十四行诗谈诗歌、自然与上帝
的关系,认为上帝把人的才智由尘世提升到天堂,这才智不体现在
宫殿、剧院和讲学之地,而在激发诗歌的冷杉、松树、绿地、高山
等自然之中。该诗强调人的才智提升是高度神圣的过程,罗马神话
的主神朱庇特掀起的狂风暴雨也阻挡不了。这里的修辞隐含着基督

教与古罗马文化的某种冲突，但借用罗马神话来丰富诗歌表现力和歌颂人文主义思想显而易见。

乔万尼·薄伽丘（Giovanni Boccaccio，1313—1375）是作家和诗人，与彼特拉克并称"第一代文人"。他童年在佛罗伦萨，接触过但丁作品。1326年全家迁到那不勒斯，父亲主管那里巴尔迪家族商号分行。薄伽丘在该分行学经商，后学法律并对文学产生了浓厚兴趣。因与王室的业务往来，父亲把他带入该地贵族圈子，使他结识许多著名学者并刻苦研读古罗马维吉尔、奥维德、西塞罗等人作品。他曾钟情国王已婚的女儿玛利亚，将她化名写进自己许多作品中，最有名的是长篇小说《菲洛格罗》。那不勒斯地处地中海，是欧洲文化与拜占庭文化交汇处，给予了他多种文化影响和熏陶。因父亲经营状况恶化，他1340年返回佛罗伦萨，靠菲薄财产度日。在佛罗伦萨1342年共和派起义，推翻君主，恢复了共和体制。他目睹并参与了共和派运动，与市民共同生活丰富了他的阅历，磨炼了思想和意志。渊博的学识和知名作品使他享有很高威望，佛罗伦萨政府多次派他出使米兰、阿维尼翁等城邦。1350年他受命迎接彼特拉克访佛罗伦萨，并邀他住在自己家，成为终生好友。这一交往激励他继续研习古希腊和罗马文学，宣扬和传播人文主义。

薄伽丘创作题材广泛，体裁多样。第一部作品是叙事诗《菲洛斯特拉托》，还有英雄史诗《苔塞伊达》、牧歌《亚美托的仙女》、长诗《爱情幻影》、叙事诗《菲埃索拉的女神》及抒情短诗集《诗集》。小说有托斯卡尼方言的长篇《菲洛格罗》、爱情心理小说《菲亚美达夫人的哀歌》和讽刺短篇小说《大鸦》。他还用拉丁语写了15卷《诸神家谱》，协助一位希腊语教师将《伊利亚特》和《奥德赛》译成拉丁文，手抄但丁《神曲》并做详注，还用意大利语写《但丁传》。他最著名的是小说《十日谈》，但之前在他的诗歌中故事性非常强的叙事诗就占很大比例。他感兴趣的是现实生活和普通人，他赞美爱情、青春、历险和享乐，而非受苦受难和创立丰功伟绩。他的早期作品、他对现世的敏锐观察及积极参与，都为创作《十日谈》打下了扎实基础。

《十日谈》（1349—1352）是短篇故事集，由七名少女和三名少男讲述。他们为躲避佛罗伦萨的鼠疫逃到一所乡村别墅，以讲故事消遣。大家约定每人每日讲一个故事，十日共一百篇。故事开头前的"序曲"的叙述者也是位讲故事人。他交代了故事的缘起，对鼠疫描写充分，并夹杂议论。"序曲"介绍了出场人物、时间、地点及人物对讲故事的约定和安排。"序曲"显示故事的虚构性，比如叙述者直接介入，为七位少女取名，年纪最大的叫潘比妮亚，然后是菲亚美达、菲罗美娜、爱米莉亚、劳丽达、妮菲尔和爱莉莎；"序曲"也引入人物对话，潘比妮亚首先建议"我们不妨带着使女，让她们携着一切必需的东西，逃出城去"，"趁这大好的时光，好好地享受它一番"（方平、杨科译，下同）。她提出要设个制度，每天推选一个"领袖"，"专心筹划怎样让我们过得更欢乐些"，"到了晚祷的时分，就由他，或者她，指定第二天的继任人"。大家推举她做女王，建议通过讲故事来度过一天中最热的时候。总之，"序曲"是总框架，在这平台上搭建了一百个故事，叙述者和故事人物的叙介在随后故事中得到了丰富和发展。

"序曲"定下的"快乐"和"欢乐"的人性基调主要由爱情故事凸显，书中百分之七十的故事涉及情爱。如第一日菲亚美达讲了个宫廷爱情趣事。法兰西国王手下的蒙费拉特侯爵在外征战英勇无比，远近闻名。即将出征的国王听说侯爵夫人"论姿色、论品德，也同样压倒了其余的贵妇人"时，心生倾慕，决定绕道"探望"只身在家的侯爵夫人。机敏过人的夫人用母鸡做酒菜，加上几句俏皮话，打消了国王的邪念。第二日菲罗美娜讲了几个意大利大商贾就丈夫在外妻子忠贞与否打赌的故事。热那亚商人贝纳卜自豪地说他的妻子年轻漂亮，手巧能干，既有女性的贤惠，又有骑士和绅士的品德，还会骑马放鹰，能写会念，精通账目。他自信地说"走遍天下，再找不到比我的妻子更贤惠、更贞洁的女人了"。年轻商人安勃洛乔尖刻地说他信口开河，双方出金打赌，看安勃洛乔能否在三个月内让贝纳卜妻子失身。在经历了重重生死磨难后，贝纳卜妻子凭忍耐、勇气和机智最终证明了自己的清白，并让恶商得到应有的下场。书中情爱故事有的曲折动人，有的难脱俗气，这两者常取得一种平衡，前面两个故事就是很好的例子。

"序曲"叙述者在他的框架故事中还常让人物做评价，不同的价值取向、品位或风格因此得到平衡。例如，第三日"女王"吩咐爱米莉亚接着讲故事，但爱米莉亚首先评价前两位的故事。她说，"方才两位讲的都是别地方的事迹，现在我又要把话题收回到我们这个城市来了"。随后她讲了个本地人士怎样跟他情妇分手，又怎样重修旧好的故事。在她讲后，劳丽达按"女王"的示意接着讲故事。她对照爱米莉亚的故事和自己要讲的故事说她不虚构，要讲真人真事。另外"序曲"叙述者在每日故事开头的序中有时对全日故事主题定调来平衡，如他在第四日的序中说当天"讲的都是结局不幸的恋爱故事"。其中，莉莎贝达的遭遇催人泪下，后世名家曾用戏剧或诗歌形式对其进行创造性改写。第五日，叙述者在当日序中说他笔下的人物"讲的都是历尽艰难折磨，有情人终成眷属的故事"。因此，那天的故事结尾都皆大欢喜，与第四日故事结局形成鲜明对比。

《十日谈》辛辣地讽刺和鞭笞教会这一封建势力代表，评论界对此给予极高评价和赞赏。叙述者在第一日"序"中简述了当时欧洲黑死病的极度恐怖和人们的各种反应：有人以为唯有清心寡欲，过有节制的生活，才能逃过瘟疫；还有人以为唯有纵情欢乐和纵饮狂歌才能有效地对付瘟疫；也还有人为躲避瘟疫逃出城外，《十日谈》中讲故事的七女三男就属这类人。由此可见，黑死病不仅给人带来肉体上的极度痛苦，而且还对原社会制度和人们的思想与生活方式造成巨大冲击和摧毁。"序"中叙述者提到，"浩劫当前，这城里的法纪和圣规几乎全都荡然无存了；因为神父和执法的官员，也不能例外，都死的死了，病的病了，要不就是连一个手底下人也没有，无从执行他们的职务了；因此，简直每个人都可以为所欲为"。具讽刺意味的是，那些侍奉万能上帝的神职人员在黑死病肆虐时也难幸免，而牧师和修女男盗女娼的行为既是对该阶层以卫道士自称的讽刺，也是对那个"礼崩乐坏"时代最典型的反映。虽然《十日谈》确有放纵情欲之嫌，但总体上对待性问题采取了强调资产阶级价值观的自然的"人性"态度。第四日的序中讲了个"绿鹅"的故事。主人公腓力带着幼儿上山修行，儿子 18 岁时坚持要随父下山讨施舍，腓力暗忖道：让儿子到浮华世界走一遭，谅必不致迷失本性，于是带他下了山。他们在路上看到一群衣服华丽的漂亮姑娘，儿子问是什么。腓力怕引起儿子的肉欲便说是"绿鹅"，没见过女人的儿子却央求，"让我带一只绿鹅回去吧！"腓力才明白自然的力量比他的教诫强得多。这故事由"序曲"叙述者讲述，其主旨的重要性明显。

书中还有许多反封建、反神学并主张思想自由等带有民主色彩的故事。如第一日菲罗美娜讲了个三只戒指的故事。巴比伦的苏丹沙拉丁年年用兵，国库掏空，于是打起了犹太富翁麦启士德的主意。沙拉丁决定设个圈套让这嗜钱如命的犹太人把钱交出来。他把麦启士德请到宫里，先夸他博学，然后问他犹太教、伊斯兰教、天主教三者，哪个是正宗。富翁明白苏丹的意图，没正面回答，而是讲了个故事。他说，一个大富翁有三个儿子，传家宝是枚极名贵的戒指，得到这戒指的人是他的继承人。儿子都很有才德，也孝顺，个个为父亲疼爱。他暗地请人照这枚戒指打制了两枚，并将这三枚一模一样的戒指分别给儿子。他临终时，三个儿子为继承产业都把手中戒指拿出来，但谁也分不清哪枚是真的，成了永久悬案。讲完故事后他说，天父所赐三种信仰也如此，无从判断哪个是正宗。故事说明在宗教界明智的做法是搁置类似争论，提倡思想自由和民主权利。

书中有许多这类机智故事，如第六天所有故事都关乎"机智"这一古老又带有资产阶级价值观的主题。该日叙述者要每人讲一个富于机智的故事：或与别人针锋相对，或急中生智，为自己解围。这些故事有短有长，其中第七个讲菲莉芭犯有奸情，丈夫把她告到法庭，她承认了奸情，按法律应被活焚。但她"没有一丝儿畏缩的神情"，在辩词中说自己在生理上总是满足丈夫，但法律的制定必须得到奉行人同意，而且对男女必须平等。通奸女子必须活焚没有征求过女人同意，该条款对女人不公。她博得了听众和法官同情，最终胜诉，不近人情的法律当庭得到修改。这故事倡导法律面前人人平等，尊重女性，妇女应大胆参与社会事务和社会管理。

《十日谈》取材广泛，来源除法、意，还有印度、波斯、西班牙等国的历史事件、逸事趣闻、寓言传说、宫廷传闻、街谈巷议。但作者结合黑死病的背景，用框架结构和删除、剪辑、充实等手法使作品栩栩如生，极具时代感，独具一格。因是短篇小说集，人物性格没深度刻画，但人物众多，塑造了从国王到农夫、从僧侣到骑士等各阶层形象，体现了新兴市民阶层价值观，突显了人文主义思想，鲜明地抨击封建制度的腐朽和教会的虚伪。作品对后世影响极大，如英国作家乔叟等都汲取了其养分和灵感。

　　意大利文艺复兴文学还须提萨凯蒂（1330—1400）、梅迪契
（1449—1492）、波利齐亚诺（1454—1494）、甫尔契（1432—1484）、博亚
尔多（1441—1494）和桑纳扎罗（1456—1530）。萨凯蒂主要作品《故
事三百篇》（1385—1392，实为223篇）的风格受《十日谈》影响。
梅迪契是佛罗伦萨统治者，推行文艺保护政策，招募文学和艺术家。
他最成功的作品《巴尔贝里诺的南琪亚》（1479）近似民间情歌。波
利齐亚诺是出色诗人，用意大利文写八韵句叙事诗，主要有《比武
篇》（1475—1478），寄托人文主义对爱情、武功、荣誉的追求，以及
对自然和艺术美的热爱。甫尔契主要作品是传奇长诗《巨人摩尔干提》
（1483），博亚尔多成果为抒情诗《歌集》（1469—1471）和传奇叙事诗
《热恋的罗兰》（1483，即《热恋的奥兰多》），桑纳扎罗用拉丁文和
意大利文写诗，代表作《阿卡迪亚》（1504）包括12篇散文和12首
诗歌，盛赞田园牧歌式生活，对后世田园诗和小说影响很大。[1]

　　文艺复兴著名思想家、历史学家**尼克洛·马基雅维利**（Niccoló
Machiavelli，1469—1527）是西方政治学史上最具争议的人物之一。
他的《君主论》对西方政治、宗教、学术影响巨大。他生在佛罗伦萨，
当时意大利极度动荡，教皇与威尼斯、佛罗伦萨等主要城邦国年年
征战；外国势力如法、西、神圣罗马帝国，甚至瑞士，也在意大利
争斗来抢地盘扩势力。1494年佛罗伦萨恢复共和制，驱逐了统治该
城邦60年的梅迪契家族。马基雅维利在共和国政府任过书记官，并
受命组建佛罗伦萨国民军，还多次出使法、西、德、教廷和其他城
邦国。1509年他指挥国民军打败比萨，但1512年国民军败给梅迪
契家族。梅迪契王朝复辟后他遭逮捕和酷刑，后被逐出城，退隐乡间，

---

[1]　此段是李赋宁主编《欧洲文学史》第一卷《古代至十八世纪欧洲文学史》第四章相应
段落的节缩。

白天劳作，晚上著书立说。

　　他的写作涉及政治、历史、诗歌、戏剧等多个领域和文类，出版了《君主论》《罗马史论》《作战艺术》《佛罗伦萨史》《金驴记》《曼陀罗花》。他关注时政，尤其是祖国的统一。《君主论》（1513）较全面地反映了他的政治思想和统一的愿望。该论著完成后在朋友中传阅，他去世五年后出版，但被天主教会列入禁书，严厉清算。当时一些人文主义者如埃拉斯慕斯也批评该书，此后几百年也少有正面评价。但该书和它代表的马基雅维利主义对后世君王如英国的亨利八世等影响颇大，还有培根、弥尔顿、斯宾诺莎、卢梭、休姆、吉本、蒙田、笛卡尔、霍布斯、洛克、孟德斯鸠都深受其影响。《君主论》和他的其他著作倡导的共和制思想也直接或间接影响了美国开国领袖富兰克林、麦迪逊、杰斐逊。

　　《君主论》重点讨论动荡年代中"新君主"如何崛起。它指出强大的军事力量是国家统一和兴盛的前提，因此战争、军事制度和训练是君主的首要关注。书中强调军事是门专业，是统帅的唯一专业，"亡国的头一个原因就是忽视这种专业"（潘汉典译，下同）。他建议君主不仅应有自己的军队，还应由自己臣民或属民组成军队，而不是用见利忘义的雇佣军。《君主论》还讨论了君主如何考察和驾驭臣子，如何应对臣民、维护统治等。首先，君主必须悉心维护早已习惯的社会政治机构以巩固统治。新君必须关注稳定政权，以建立新型社会政治结构。君主还必须观察和考察臣子，如果大臣追求自己的利益，就不能信赖他。为使大臣忠贞不渝，君主必须关心和尊敬他，使他富贵，分享荣誉，分担责任。"他已有许多荣誉使他更无所求，他已有许多财富使他不想更有所得，而且他已负重任就害怕更迭。"君主必须表明自己珍爱才能，给予各行业中杰出人物荣誉。此外，他必须激励公民安心从事商业、农业及其他职业，"不致因害怕他的财产被拿走而不愿有所增益",也"不致因害怕赋税而不愿开办一项行业"。在君主、臣子和臣民的关系互动方面君主占据主动。"但是如果人民对他抱有敌意,怀着怨恨的话,他对任何一件事情,对任何一个人就必须提心吊胆。"

《君主论》的有些建议和忠告直白和露骨,引起后世猜忌、质问和批判。例如,在对待君主守信问题上,作者给出了不同于传统基督教宣扬的准则。他认为那些建立丰功伟绩的君主"懂得怎样使用诡计"。在讨论君主品质时,他似乎建议君主可以看起来仁慈、守信、人道,虔诚信神;但有时可逆向而行,因为"一些事情看来是恶行,但是照办了却会给他带来安全和福祉"。他的这些建议和忠告被归结为"目的总是证明手段正确",并招致大量谴责和批判,被称作欺骗、独裁、玩弄政治的"马基雅维利主义",但可以认为他是在教人们认清和防范君主们早已习之不疲的诡权之术。

《君主论》遭受褒贬不一的评论,主要在于作者采取了独特的态度和眼光区别对待政治生活中的"事实"与道德评价的"价值"。在讨论政治学诸多问题时,该书不再遵循中世纪天主教强调的道德理想主义,代之以注重个体需求,强调创新、勤奋、积极探讨因果关系并追求事物本质的政治现实主义。如在讨论美德和谨慎等君主品行时,他强调古希腊推崇的个体对荣誉和冒险精神的追求。谈到命运,它不宣扬天主教人生命定论,而是鼓励人们敢于冒险,去面对和接受挑战,主动掌握命运和未来。他使用了狮子和狐狸的比喻,狮子威猛但不能防止自己落入陷阱,狐狸狡猾但不能够抵御豺狼,"因此,君主必须是一头狐狸以便认识陷阱,又必须是一头狮子,以便使豺狼惊骇。"这样的比喻意味着君主不是一味追求教会宣扬的完美道德。同理,在讨论君主弄权之术时,他常做具体情形限定,强调"相机行事"。另外,君主为保持地位会做些"不良好的事情"。他也可不做这样的事，但后果就很难预料了。因此，君主没必要自责和不安，要区别政治中的"事实"与道德评价的"价值"。

《君主论》出版后几百年间遭无情非议和谴责，但随着岁月的砥砺，人们更倾向用学术眼光审视马基雅维利主义。有学者认为，他处在因国家主权与教权逐渐分离而急剧动荡的年代，理想主义的基督教伦理与民主雅典和罗马共和国时代的古代伦理互不相容。我们从这种对立中可看到近代价值多元化趋势。《君主论》用现实主义政治学分析政体、军队、君主，提出有利国家统一的切合实际的策略。同彼特拉克等人文主义者一样，作者是位"爱国主义先驱"，国家统一的利益高于一切。

马基雅维利同期和之后意大利的主要作家有 20 卷《意大利历史》（1533—1540）的作者圭恰尔迪尼（1483—1540）、短篇小说家班戴洛（1485—1561）、剧作家阿雷蒂诺（1492—1556）、诗人阿里奥斯托（1474—1533）和塔索（1544—1595）。阿雷蒂诺著有五部散文喜剧《宫廷女侍》（1526）、《达官贵人》（1527）、《达兰塔》（1534）、《伪君子》和《哲学家》，塑造从公子王孙到平民百姓的众生相，轻松幽默，还鞭挞奢靡荒淫，讽刺愚蠢专横，赞扬劳动民众的机智聪明。他的主要悲剧为《贺拉齐娅》（1545），来源罗马历史，写个人感情与国家利益的冲突，气势磅礴。阿里奥斯托早年写爱情抒情诗，最知名的作品是叙事诗《疯狂的罗兰》（即《疯狂的奥兰多》，1532年定稿），共 46 歌，4800 多行，是博亚尔多《热恋的罗兰》之续篇。它描述罗兰走遍天涯寻找心上人，在得知她嫁人后发疯。骑士阿斯托弗从月球上捡回罗兰的理智，使他恢复正常。塔索因父亲是诗人而常被称作小塔索，他的人文思想与基督教信仰尖锐冲突，导致1577 年精神失常，被关进疯人院。但他的才华最终得到承认，1595年罗马教廷决定授予他桂冠诗人，他在加冕仪式前去世。他一生写

了 2000 首抒情短诗，收在《诗集》里，代表作是叙事长诗《被解放
的耶路撒冷》（1570 年出版，1580 年出版诗人的修订本），歌颂十字
军战胜穆斯林的历史，唤起意大利人民抵制土耳其扩张的爱国精神。
他的其他主要作品有八韵句骑士叙事诗《利纳尔多》（1562）、田园
诗剧《阿明达》（1573）和悲剧《托里斯蒙多王》（1587）。[①]

第三节　法国文学

　　1494 年法国入侵意大利，开始了 15 世纪末的法国文艺复兴。
1515 年弗朗索瓦一世登基，他和继任者亨利二世统治法国 44 年，
此期为法国文艺复兴繁荣期。亨利二世去世后，文艺复兴运动在法
国衰减，最后随亨利四世 1610 年去世终结。在这一百多年间，人
文主义思潮在法国迅速传播，新技术和新艺术形式频繁出现在印刷、
科学、建筑、绘画、雕塑、音乐、文学等领域，社会生活和意识形
态发生深刻变化并对后世产生了深远影响。在文学领域，拉伯雷、
蒙田、龙萨、杜贝莱等人文主义者汲取丰富的民族文化营养，又接
受了意大利等国人文思潮影响，出版了许多著名小说、散文、诗歌，
其中析出的对古典文化的博学和怀疑主义思维为泛欧洲文艺复兴做
出了贡献。

　　法国 16 世纪诗歌以"七星诗社"最著称，此前知名诗人克莱芒
特·马洛（1496—1544）和莫里斯·塞夫（1500—1560）没完全摆
脱中世纪影响。16 世纪中叶一群年轻诗人出现，他们推崇古希腊罗

---

①　此段是李赋宁主编《欧洲文学史》第一卷《古代至十八世纪欧洲文学史》第四章相应
段落的节缩。

马文学,积极翻译、模仿品达、贺拉斯和维吉尔等人并为但丁、薄伽丘、彼特拉克的作品所震动,立志创作与之媲美的法语文学,结成了"七星诗社"。该社成员不只七人,但以龙萨在《亨利二世赞》一诗中提到的七位诗人为主。**龙萨**(Pierre de Ronsard,1524—1585)是该诗社盟主,他的《诗艺简论》和《〈法兰西记〉序》阐释了该社理论,即主张法语写作,强调灵感和了解诗歌内在规律,推崇亚历山大体,模仿古人,提倡颂歌、悲剧、喜剧、史诗和意大利十四行诗。他早期的五卷《颂歌集》(1550—1553)模仿品达,歌颂亨利二世及宫廷显贵,后来受贺拉斯影响,有少量较轻快的诗描写个人感受及抒发对大自然的热爱。他以十四行诗著称,有《爱情集》《爱情续集》《新爱情续集》等。1555年他转而创作题材较严肃的诗歌,代表作是《赞歌集》,包含对永恒、死亡等抽象议题的思考。**杜贝莱**(Joachim Du Bellay,1522—1560)是该社另一重要诗人,发表了该社宣言书《保卫和发扬法兰西语言》(1549)。早期诗集《橄榄集》(1549—1550)包括115首十四行诗,仿彼特拉克,歌颂爱情,形式华丽。后来他做秘书陪同叔叔红衣主教出使罗马,到罗马后他的诗风发生变化,体现于《罗马怀古集》(1558)。他结合罗马的各种传说,以精确、生动的比喻见长,节奏感强。同年发表的《怀念集》是他最重要的作品,不再模仿古人或做哲理思考,而是写自己的心声,有痛苦而真诚的感情历程,置个人于广阔的时代背景中,笔调由哀怨转向讽刺,形成了自己的风格。[①]

拉伯雷(François Rabelais,1494—1553)是法国文艺复兴著名作家和人文主义者。他出身都兰地区律师家,先后进入方济各会

---

① 此段是李赋宁主编《欧洲文学史》第一卷《古代至十八世纪欧洲文学史》第四章相应段落的节缩。

和本笃会修道院当修士，研究过古希腊罗马文化，后入大学修法学。
1528 年他到法国各地游学考察，广泛涉猎人文和自然科学，1531 年
在蒙佩里埃大学医学院获学士学位，1537 年获医学博士学位。1531
年年底他到人文中心里昂行医，担任红衣主教杜贝莱的私人医生。
1534—1536 年他两次随杜贝莱出使罗马，感受意大利文艺复兴的辉
煌。他一生好学，在医学、哲学、神学、数学、法学、天文、地理、
考古、音乐、植物学等领域造诣都很深，是多才多艺、学识渊博的
时代巨人。他行医接触到社会各阶层，深切感受普通百姓的疾苦和
社会的形形色色。这一切为他创作《巨人传》打下了坚实基础。

《巨人传》宣扬人文主义思想，对欧洲文学和文化产生了重大影
响。该著作分五部，第一、二部写巨人父子卡冈都亚（或译"高康大"）
和庞大固埃的出生、教育和丰功伟绩。后三部叙述庞大固埃、巴汝
奇等人的神奇历险，涉及婚姻、宗教、法律、异岛风情、奇人异事。
第二部《渴人国国王庞大固埃传》于 1532 年出版，第一部《庞大固
埃之父巨人高康大骇人听闻的传记》则于 1534 年出版。随后 30 年
陆续出版第三部（1546）、第四部（1552），第五部未完稿，由他人
根据遗稿整理出版（1564）。前两部采用化名在文艺复兴高潮期问世，
矛头直指封建制度和教会的迂腐、虚伪和对人性的压制。作者想象
奇特，文笔酣畅，语言犀利，深受市民喜爱。但罗马天主教会判定
这两部书嘲讽宗教权威，宣传歪理邪说，巴黎法院判其为禁书。第
三部用了真名，手法较隐晦，但还是列入了禁书。后因杜贝莱家族
支持，在弗朗索瓦一世的首肯下他得以继续出版该故事集。法王去
世后他失去支持，《巨人传》前三部中止出版，新的第四部也被议会
禁止。该著作视野极开阔，谈天论地，纵横古今，充分体现作者对
古典文化的博学，并无情地嘲讽当时的社会阴暗面。如谈及伟人出
生需超长孕育时，他用了不到 250 词列举古罗马神话中尼普顿和蒂

绿之子怀胎一年、朱庇特和阿尔克墨涅私通使黑夜延长到 48 小时。为证明超长孕期的可能和合法，他还开出一个经典书目或章节清单，包括希波克拉铁斯的《饮食篇》、普林尼乌斯全集第七卷第五章、普洛图斯的《遗箱记》、孙索里奴斯的《论生日》、亚里士多德的《动物学》第七卷第三四章等，以取得嘲讽效果。

《巨人传》在当时引起了强烈震动，并对后世产生了深远影响，首先因此书宣扬的人文主义新思想颠覆了传统的中世纪神学观点和理论。第一部"给读者"一节开门见山地说"读者好友，你们读这本书，请把一切成见先消除"（成钰亭译，下同）。这显然是要读者摆脱中世纪以来的神学等传统束缚，吸纳新主张和新思想。第一部的"作者前言"声称写的都是笑谈、文字游戏、胡说八道，但反复强调写的东西有深刻"用意"。那么，这"用意"是什么呢？他始终没明说，而是举了个诙谐并会导致解构的狗啃骨头的例子，力劝读者"好好地辨别一下滋味，感觉一下，评价一下；然后，经过仔细阅读和反复思索，打开骨头，吮吸里面富于滋养的骨髓"。这里的"骨髓"可理解成作品涉及的宗教、政治、经济、法律、教育等方面高深的哲理和奥妙。

16 世纪法国宗教氛围极浓厚，教会和教义高于一切，等级森严。对此，叙述者在第一部第一章的开头就嘲弄地直逼家世和出身问题。他说，自挪亚造方舟以来，不少皇帝、国王、公爵、王侯和教皇就是从挑担子的、卖柴火的祖先来的；反之，救济院里的穷人、乞丐和受苦人也很可能是过去国君和皇帝的直系后代。叙述者用宽阔的历史视角来看待家世和出身，其世俗和宗教统治者的祖先挑担卖柴的说法有极大的嘲讽和颠覆性。叙述者讽刺以教皇为代表的教士们时语气更辛辣。第一部第 40 章巨人高康大对教士和教会的讽刺入木三分，力透纸背。高康大说，"教士的衣帽就会招致世人的轻视、侮辱和咒骂"，意思是教士声名狼藉，人见人恨。接着，高康大探究原因，把教士的职业比成粪污，"他们靠世界的粪污过活，我说粪污，是指人类的罪过"。他还把教会比成厕所，人们"把他们丢到背旮旯里，也就是说他们的教会和修院里，和外界的生活隔离起来，像叫厕所离开房子一样"。接着他斥责教士对社会无作为，他们不如狗、牛、羊、马，更不如农人、士兵、医生、教育家，就连商人也不如。这样的比喻在当时肯定会招引天主教强烈的不满和仇恨，其怪诞则锋利无比，锐气至极。

叙述者同时还无情嘲讽和批判中世纪法国的法律和司法。第二部第5章讲高康大的儿子庞大固埃求学时的一次游历，借机批评包括法律的社会各领域弊端。他参观大学，学生在学习武术时把教师烧死；他想学医，但医生"都有一种灌肠的鬼臭味儿"；他来到教皇属地亚威农，那里牧师生活腐化。后来庞大固埃到了布尔日一所法学院读了很久的书后得出结论："法律书仿佛是体面的金色袍子，美丽华贵，可上面的花却是粪污。"他还说《法学汇纂》本身是上乘佳作，但后来的学者争先恐后做的注释都是粪污，"真是又脏、又臭、又龌龊，简直是卑鄙和无耻。""粪污"是庞大固埃的口头禅，他把法律注释和教会教士同斥为"粪污"，可见他对当时法律文本充斥泛滥的厌恶和痛恨，反映了文艺复兴时期人们反对胡乱增加或歪曲地注释中世纪经典。

《巨人传》第二部第10章讲庞大固埃判一件讼案，反映了他的博学和干练，也讽刺了法律界无知迂腐和判案腐败奸诈。该案原告和被告涉及两个大人物，国内外最负名望的专家、教授、老法学家，甚至包括最高法院和国王办案前后46个星期没法结案。"他们个个觉得非常狼狈，羞得屙了一裤子"，后来一致同意请博学的庞大固埃接手这讼案。庞大固埃主张首先把那些"需要四头骗过的大个儿驴才驮得动"的卷宗烧掉，让两方进行当场辩论。他讥讽地说，"你们送来这么一大堆废纸、抄本，有什么用呢?去听他们亲口辩论，不比读这些猢狲把戏"和"颠倒是非的法律好得多么"?他认为大家被所谓的法律大学者的愚蠢理论弄糊涂了，把问题弄复杂了，其实那些学者是些"靠什一税养活的肥牛犊"，根本不懂《法学汇纂》。他同时指出，搞法律的人必须会希腊语和拉丁语，因法律来自希腊，经典作品是拉丁文写的。此外他们还应懂人文、历史、伦理学和自然科学，因法律是从这些科学里提炼的。他审案耐心，用超乎想象的方法圆满断案，大家钦佩无比。他断案的判词亦正亦邪，亦庄亦谐，里面除"原告""被告""辩论""法院"等正式用语，尽是些"蝙蝠""游戏""骑马的耶稣像""大便的自由""虫子式的鹦鹉"等无厘头表达，语句也出现了"原告有正当的理由修补船只""法院判他三满杯酸牛奶"等。行文不着边际，如腾云驾雾。或许是以毒攻毒，判词看上去荒诞不经，其实内隐大智慧。或许作者另有所图，因叙述者随之做了个评论，又一次使用拉氏夸张手法，声称"自洪水以来，一直到再过十三个五十年为止，永远也只有这两个人，他们本来希望相反的裁判，到后来竟同时对一个判决感到满意"。这评论诙谐、夸张，有荒诞色彩，或许是颠覆，是对庞大固埃的判词的解构。

　　《巨人传》突出夸张和怪诞，不但用它们来嘲讽宗教和法律等社会痼疾，还用来营造粗犷离奇和乐观向上的气氛，借此倡导和颂扬与中世纪禁欲主义相反的人文主义思想。比如巨人高康大出生前后发生了一连串奇特事情，对于被神化了的巨人家族来说可能算不上奇事，但对好奇的市民读者不仅古怪和荒诞不经，而且经过作者点拨可能真会读出些"富于滋养"的惊人哲理。父亲高朗古杰在妻子嘉佳美丽生产前举行了一场欢宴，关照"一切都要办得丰富，不要计较"，并叮嘱妻子尽量少吃牛肠，因为"谁多吃肠子就是想吃粪"。

但她还是吃了"十六'木宜'再加两桶零六大盆",结果生产时脱肛,直肠滑出来。大家吃完饭决定再来一次"饭后小酌","霎时间酒瓶走、火腿奔、碗飞、杯响"。参宴者喝到尽兴处渴望自己"永远能这样开怀畅饮,来滋润我干渴的肚肠!"此时胎儿高康大从母亲胎盘上"一下子跳了起来,钻进大脉管里,通过胸部横膈膜,一直爬到肩膀上",接着从左耳钻出来。他父亲正和宾客们饮酒取乐,忽听见儿子出世后惊人地喊着"喝呀!喝呀!喝呀!"这种夸张描述呈现出百姓与巨人奇异糅合的怪诞场景,再次形成夸张和怪诞的戏剧性高潮。

《巨人传》中常用独特的夸张和怪诞手法突显人的身体欲望和物质需求,如高康大出生时"喝呀!喝呀!喝呀!"地喊出了人对满足身体欲望的渴望。而庞大固埃出生时的夸张和怪诞描写则神话般地勾画出人对物质需求的奢望。庞大固埃的母亲巴德贝克要生产,旁边站着的接生婆看见从她肚子里"先走出六十八个赶骡子的,每人用缰绳牵着一匹骡子,骡子上驮的都是盐",又看见从她肚子里"走出来九只单峰骆驼,驮着火腿和熏牛舌,七只双峰骆驼,驮着咸鳗鱼"。再后来她们又看见走出来"二十五车韭菜、大蒜、葱、陈葱"。接生婆都吓坏了,但庆幸能看见如此宏大的物质队伍。她们中有几个勾起了酒瘾,说道,"好一份丰富的食物。我们喝酒一向只是偷偷摸摸,从未痛快地喝过。这一来可好了,因为都是刺激下酒的东西。"高康大出生时高喊"喝呀!喝呀!喝呀!"与他儿子取名"庞大固埃"紧密相关。叙述者解释说"庞大"是希腊文"一切"的意思,"固埃"是"干渴",此名意思是:"庞大固埃出世时,全世界都在干渴"。

作品的夸张批评了中世纪禁欲主义,肯定人的正常生理渴望和物质追求。它不仅强调人的欲望,也揭示了人们渴望摒弃某些现行制度和追求全面发展的人文主义理想。第一部52—57章讲国王高康大准备奖赏卫国有功的约翰修士,恩准他建一所修道院。约翰渴望破旧立新，"要求高康大许他创立与其他所有会别完全相反的教派"。高康大完全支持，并口头提出许多与传统不同的要求、建议和规定。例如，他要求新型修道院别砌围墙，修道院里不要时钟和日规，因为他认为世上最荒谬的事"莫过于不听从正确的理性和智慧，只让钟声来管制自己"。在一般女修道院里，"男人除了偷偷摸摸就没法进去"。新修院将规定，"有男人的地方，必须有女人，有女人的地方，必须有男人"。修道院还新近规定，修士、修女可根据自己意愿结婚、发财、选择自己的生活方式和中止修行。这些会规中最为推崇的一条是："随心所欲，各行其是"。这些新规看上去天真，新得夸张、离奇和怪诞，但对封建的天主教具有极强的摧毁性，否定以神为中心，反映了新兴资产阶级以人为中心的人文主义追求。

作品后三部主要写"市民典型"巴汝奇的各种经历和冒险，但评论界一直都是对前两部感兴趣，因为它们集中体现了当时的人文主义思想。叙述者想象丰富、语言犀利、知识渊博。他时而诙谐调侃，时而幽默含蓄，时而辛辣犀利，时而冷嘲热讽。他摆出一副史学家姿态谈巨人庞大固埃的漫长家族史，列出自"世界初期"以来庞大固埃的列祖列宗，还有他们身上出奇的肿毒和神奇的身体巨变，把本应是严谨的家族史考证变成了大闹剧，对涉及的历史、宗教、天文、医学、种族、传说都进行反讽。叙述者化用了《圣经》等众多文本，具有极强的互文性，还融入了书信、寓言、传说、史籍、探险等文类，极大地丰富了作品的多样性和趣味性。虽有些地方粗俗，但作品以独特的方式鲜明地表达了处于朦胧自我意识的市民读者雅俗糅合的情趣和对世界的认知心迹，鼓舞他们大胆嘲笑和摒弃迂腐的社会禁锢，理直气壮地追求现世财富和人生快乐。因此，《巨人传》具有深远的开创意义，是法国文学史上当之无愧的一块丰碑。

蒙田（Michel Eyquem de Montaigne，1522—1592）是法国文

艺复兴期著名作家，祖辈经商，父亲是贵族，参加过征服意大利的战争，崇拜意大利文艺复兴文化，担任过波尔多市长。蒙田先被送往农户奶养，随后接回家接受严格的拉丁语教育，在智力和精神方面得到启发和磨砺。他善独立思考，判断力敏锐，熟读许多古罗马作品。他后来在波尔多学哲学，又到图卢兹学法律，然后在法院任推事。1570年他退归故里，于次年开始撰写《随笔集》。1580年《随笔集》一、二卷出版，接着他外出度假，治疗肾结石。他首先到巴黎，把《随笔集》敬献国王，后经德、奥抵罗马，受到教皇接见。蒙田崇拜古罗马，对文艺复兴的罗马有浓厚兴趣。他后来连任两届波尔多市长，1586年离职后继续写随笔，不断修改和增补，1588年《随笔集》第三卷出版。他晚年社会动荡，肾结石频发，悄然辞世。1595年干女儿德·古内将他留下的《随笔集》抄本整理出版，即今天的《蒙田随笔集》。蒙田撰写、修改和增补三卷本《随笔集》达20年，其间发生许多灾难，如瘟疫、战争、宗教纷争，晚年还备受疾病折磨。时代的动荡和个人经历的坎坷使他的作品表现出怀疑主义。第三卷"论后悔"说，"我把握不住我描绘的对象。他混混沌沌、踉踉跄跄地往前走，如同一个永不清醒的醉汉"（潘丽珍等译，下同）。当然，他并非把握不住，但他首先把描绘对象放在排除了先入为主的自然状态中观察并提出种种怀疑，而这些怀疑正是日后做出正确判断并获得知识和智慧的不可或缺的环节。

　　《蒙田随笔集》因"充满智慧"和"表达朴实无华"受到好评，但又因其"谈论自己太多""缺乏条理""推翻了一切知识的基础"而遭诟病。事实上，对《随笔集》正反两面的评价可能只是一种品质的不同反映，而这品质正是他随笔的精要所在。第一卷"致读者"开门见山说，写这本书"纯粹是为了我的家庭和我个人"，并隐指了两种对立文风，一种"朴实""自然""平常"，另一种"装饰自己"

"字斟句酌""矫揉造作"，前者用来写自己，而后者是公众文风。他选择了前一种，"我会很乐意地把自己完整地、赤裸裸地描绘出来"。这一选择具有开创意义，正如第三卷"论后悔"所说，"我呈现于此的是普通而且缺乏光彩的一生。这又何妨。道德哲学既适用于丰富辉煌的生活，也适用于平常家居的生活，每个人都是整个人类状况的缩影。"这段话指出个人可以是人类的"缩影"，前瞻了二百多年之后浪漫主义初期提出的"一颗沙子看世界"的理念，坚称普通个人的生活同样彰显为人敬仰的"道德哲学"！他紧接着令人振聋发聩地辩驳道，"倘若世人抱怨我过多地谈论自己，我则要抱怨他们竟然不思考自己。"

《随笔集》讨论事情时常持怀疑主义态度，但有时也坚定、明确地表达自己的主张。正如第三卷"论慎重许愿"所说，"我不轻易采取立场"，然而在陈述随笔所关注和研究的对象时，他的立场超乎寻常地鲜明和自信。他在"论后悔"中宣称，"我是第一个向公众展示包罗万象的自我全貌的人"。把话题限定在文学领域后，他自信地说，"至少还没有人像我这样对自己描写的客体有如此透彻的认识和理解，就此而言，我是在世最有学问的人"。蒙田感到人类对世界认知甚少，而他敢于展现和剖析自己就是"在世最有学问的人"。这是在弘扬古希腊箴言"认识你自己"，在遵循苏格拉底提倡的对人的关注远远胜过对神的关注这一古希腊以人为本的哲学理念。第一卷"必须审慎看待神的旨意"一文嘲笑了那些试图揣摩"上帝意图的人"，将他们类同于算命先生、手相大师、江湖郎中。我们很难证明揣摩"上帝意图的人"是主教或神父，《随笔集》也没公开批评神职人员，但他对宗教风气江河日下非常担心和忧虑。他在"论祈祷"一文中批评灵魂不干净却整天祈祷的人，"有人念饭前经要划三次十字，念饭后经也要划三次十字，可一天的其他时间里，干的都是寻仇、贪婪、不义之事，叫人看了实在不痛快"。他还隐晦地提到"一位年轻君王"（译者注明为弗朗索瓦一世），批评他与别人妻子幽会时还做祷告，"他心里想着寻花问柳，把上帝的恩惠用到了什么地方！"

《随笔集》很少谈上帝，但在讨论人和自然本质时确实提到这两者与上帝的区别。他在"雷蒙·塞班赞"一文中紧扣时间主线，认为"人的实质和事物的实质都没有永久的存在"，自然也"被时间测定"，唯有上帝"是唯一存在的，不是按照时间的测定"的"真正的存在"。但他没继续讨论上帝的存在，而是重点探讨人和与人紧密相关的事物的本质。他认为"一切会消失的东西，都在不停地转动流逝。因而谁对谁都不能建立一个固定关系，主体和客体在不断地变换更替"。第二卷"论人的行为变化无常"一文认为，"对于观察惯常人的行为的人，最难的莫过于去探索人的行为的连贯性和一致性"。他因此说，"我相信人最难做到的是始终如一，最容易做到的是变化无常"。他还告诫读者不要从一个人的表面行为来判断真实目的，"应该推测内心深处"，而这却"高深莫测"。蒙田尽量避免讨论上帝和神明，人因"高深莫测"也不易讨论，但不是不可能。《随笔集》就以自己为对象进行观察并讨论和探究，其目的是通过个人来看整个人类。

作者在"论后悔"中说"我的书和我本人互相吻合，风格一致"，据此可推论他书中对人的探讨与他的随笔风格紧密关联。如"致读者"所表白，他的随笔抛开了社会功利性"装饰"，目的是探索自己"内心深处"并"赋予它忠实"。《随笔集》共三卷，逾百篇，谈忧伤，说情感，论心灵，辩坚毅，话题还涉及孩子教育、书籍、友谊、艺术、残忍、死亡、神旨、想象力、学究气、身体力行、交谈艺术、食人部落等，甚至还谈到说话快慢、无所事事等。话题繁杂，没分类，体现随笔随性的特点，恰是"内心深处"的"忠实"袒露。此外，随笔长短不一，看不出事先策划，行文疏疏落落，运笔行云流水，细说和引文互渗，史料和逸事并存。如"论忧伤"开篇就点明忧伤的两种相反态度，并认为意大利人和斯多葛派遏制忧伤的观点可取。第二段是有关埃及国王普萨梅尼图斯的传说，第三段谈一位法国亲王新近的事，事件跳跃大，但都涉及面对亲人受辱或被杀所持的坚忍。第四段突然转而谈论古代画家对痛失爱女的阿伽门农的描绘技法，还有因失去七儿七女而变成岩石的母亲尼俄柏，随后一段是作者对处于极度悲痛人物的极端心理和生理反应的评论。接下来一段谈德军统帅雷萨利亚克在乱尸中猛然看到自己儿子而窒息倒地，接着又突然转而评论炽爱、痛苦和相思带来的极端心理和生理反应，篇尾又转谈"历史上因高兴而猝死者"的话题。

随笔"论忧伤"只有四五页，但内容丰富，思路跳跃大，还插入奥维德、维吉尔、彼特拉克、卡图鲁斯等人引言。该篇谈忧伤，从痛失亲人到爱情的忧伤，再到喜极而猝死的忧伤。看起来存在某种逻辑，但逻辑性不强，恐怕还有互为矛盾的地方，关于战争是否该靠欺诈取胜这一话题，他在"当被围要塞将领出来谈判时"一文中谈及古罗马军团长卢西乌斯·马西乌斯通过放风要谈判争取了时间而打败马其顿国王佩尔修斯。元老院坚持"欺诈只管用一时"而指责他，蒙田用"因循守旧"评价元老院，还引用了维吉尔的"勇敢还是狡诈，用于敌人有何两样？"此处他显然支持兵不厌诈，但他在"危险的谈判时机"中先引用阿里奥斯托的"得胜总是值得称颂／不管靠机遇还是欺诈"，然后说哲学家克里希波斯不同意这观点，并表态说，"我也不大赞成"。他还称赞"偷巧取胜不是我的风格"的亚历山大"更有大将风度"，并引用维吉尔的话："不想用欺诈，／而要凭武力取胜"。就像他对作战的勇与诈观点矛盾，他在写作中也会因势采用诡道。在"论后悔"中他承认，"我可能很快在变，不仅境遇在变，而且意图也在变。这里记录了各色各样变化多端的事件，以及种种游移不定，乃至互相矛盾的思想；或是因为我已成为另一个我，或是因为我通过另一种环境，用另一种眼光捕捉我描绘的客体"。但他表示绝不违背事实，他说："倘若我的思想能稳定下来，我就不探索自己，而是总结自己了，然而我的思想始终处于学习和试验的阶段。"这些表述可看作是他重在探索的随笔文风的精髓，也可看作是他对人的行为"变化无常"之深度见解。不加"修饰"地"忠实"描述人"内心深处"的文风与揭示人的无常变化之内容是一致的。

《随笔集》还以较坚定的语气讨论了孩子教育、食人部落、书籍、凯撒作战计谋等话题。他认为"教育和抚养孩子是人类最重要也是最困难的学问"，主张遵从孩子本性，学东西要举一反三，反复实践，培养判断力非常重要。他强调培养美德和高尚情操，引用普鲁塔克说亚里士多德在教大弟子亚历山大时"不大注重三段论或几何定理，而更热衷于教他有关勇敢、大胆、宽容、节欲以及无所畏惧的训诫"。蒙田喜读书，认为"薄伽丘的《十日谈》，拉伯雷的作品，及让·塞贡的《吻》，可令人玩味不已"。他在诗歌方面推崇维吉尔、卢克莱修、卡图鲁斯和贺拉斯，还常比较和点评古典作家的风格。他十分推崇凯撒，"论书籍"一文，极力推荐凯撒的历史书，说他读凯撒比读一般人著作怀着更多的钦慕。他在"尤里斯·凯撒的作战计谋"中说，凯撒的笔法如此清丽、巧妙、完美，"我看世间难有什么著作可以与之一比高下的了"。他特别推崇凯撒的军事天才，说他的书是兵家必读，是"最为高明的用兵之道"。他还讲述了凯撒的一支部队抗击庞培四个军团进攻，直至该部队几乎全被射死。故事中提到凯撒的士官英勇无比，守卫一个入口的军士被射瞎一只眼，扎穿肩膀和大腿，仍岿然不动。凯撒的刑讯官佩特罗尼乌斯被西庇阿俘获，西庇阿处死了其他俘虏后宣布饶他一命。而他说凯撒的兵只有饶人性命却没有让人饶命的习惯，随即自刎而死。

蒙田的随笔成就了后世一种文学主流文类，影响极大。《随笔集》话题广泛，内涵丰富，性情真诚，行文随逸，蕴含着厚重的以人为本的古希腊罗马文化精髓，并从"自我"出发对世界进行了直率、细致和个性化的深入探究。

第四节　西、葡文学

西班牙文学　西班牙15世纪受意大利人文主义思潮影响。16世纪初国王卡洛斯一世当选为德国皇帝，随后承袭神圣罗马帝国皇帝称号，统治中、西、南欧，并在北美、中美、南美、加勒比海和亚洲拥有大片殖民地，称霸欧美。在王权鼓励下，资本主义工商业迅速发展，经济繁荣。此外，15和16世纪西班牙科学、艺术和文学发展迅猛，西斯内罗斯红衣主教创建了阿尔卡拉德埃纳雷斯大学，印刷术传入促进了文化教育发展，内布里哈撰写出第一部西班牙语语法书，随后文艺复兴在西班牙全面繁荣。1556年费利佩二世即位，人文主义思想遭阻。16世纪中期后，尤其随1588年无敌舰队失败，西班牙文艺复兴走向衰落。

西班牙文艺复兴时期出现一些著名诗人、戏剧家和小说家，如加尔西拉索·德拉·维加（1503—1536）、路易斯·德·莱昂神父（1527—1591）、洛佩和塞万提斯。维加是宫廷诗人、军人和骑士，擅长情诗，主题与彼特拉克作品相似。莱昂神父是萨拉曼卡诗派创始人，文风简朴，诗歌表达精神的宁静和对大自然的崇敬，喜爱用里拉韵律，是西班牙文艺复兴代表作家之一。**洛佩·费利克斯·德·维加·卡皮奥**（Lope Félix de Vega Carpio，1562—1635）是西班牙民族戏剧奠基人，主题多样，摒弃了古典修辞模式。他发表了《当代编剧的新艺术》（1609），抛弃亚里士多德的"三一律"，提倡悲喜剧交织。他的剧作分四类：1）历史剧，如《燃烧的罗马》《最好的法官是国王》《卡洛斯五世包围维也纳》，《羊泉村》是代表作；2）宗教剧，如《上帝之子的诞生》《埃斯特的修女》等；3）世态剧，如《被冷落了的乡民》《傻大姐》；4）其他剧，如神话体剧《克莱塔的迷宫》、田园牧歌剧《易怒的贝拉多》。《羊泉村》取自西班牙历史，写平民与强权抗争，讴歌民族统一。虽然作者意图是捍卫支撑社会的宗教观，但成功地塑造了女主人公劳伦霞等一群农民形象，是第一部站在被压迫者一边的戏剧。当然，西班牙文艺复兴最具世界影响的作家是塞万提斯，他的小说《堂吉诃德》被称作文学史上第一部现代小说和世界文学之瑰宝。[1]

米盖尔·德·塞万提斯·萨维德拉（Miguel de Cervantes Saavedra, 1547—1616）是西班牙文艺复兴著名小说家、诗人和剧作家。他父亲是乡村医生，家境较穷，没进大学。1569年他当上牧师，即红衣主教胡里奥·阿克夸维瓦的随从，随他访问了佛罗伦萨、罗马、米兰、威尼斯、那波里等意大利名城，接触文化界名人并读了大量文艺复兴时期作品。1570年他从军，参加了勒班陀海战等，作战勇敢，屡次受奖，后被土耳其海盗俘虏并沦为奴隶。1580年他获释回国，开始小说和戏剧创作。1587—1590年他担任无敌舰队军需官，该舰队1588年8月被英国海军击败。后来他任过税收官，蹲过监狱，坎坷的生活经历为他的文学创作提供了丰富素材。他一生写了相当数量的诗歌、20多部戏剧和大量各种题材的小说，最重要的是小说《堂

---

[1] 此段是李赋宁主编《欧洲文学史》第一卷《古代至十八世纪欧洲文学史》第四章相应段落的节缩。

吉诃德》。《堂吉诃德》全名是《奇情异想的绅士堂吉诃德·德·拉·曼却》，分上下卷，上卷 1605 年出版，引起轰动，取得巨大成功，作者在世时就再版 16 次。1614 年，当他写到下卷第 59 章时就发现有人已出版了续集，在次年出版的下卷"献词"中他愤慨地提到此事，说有个家伙冒称堂吉诃德第二，令人厌恶。有关方面催他快些交稿时，他开玩笑说，最急等堂吉诃德的是中国大皇帝，他恳求把堂吉诃德送到中国去。这可说是以调侃方式预见到他的作品在世界的深远影响。

《堂吉诃德》成功地塑造了一个沉溺于骑士道梦想、行为乖张而屡遭挫折和白眼的令人捧腹大笑的喜剧人物，无情地讽刺了中世纪社会制度及骑士文学，同时透过喜剧人物与世俗的对决塑造了堂吉诃德这一饱满和复杂的形象。但是从"前言"可看出，当时写小说有许多令人窒息的固定范式和要求，而叙述者"只想讲个简单直捷的故事"（杨绛译，下同）。"前言"通过让一个朋友答疑解惑表达了作者的新创作观念："描写的时候模仿真实，模仿得愈亲切，作品就愈好"，要"句句话说得响亮，说得有趣，文字要生动，要合适"，而且"叫人家读了你的故事，能解闷开心，快乐的人愈加快乐，愚笨的不觉厌倦，聪明的爱它新奇，正经的不认为无聊，谨小慎微的也不吝称赞"。"前言"中的朋友还提及该小说的宗旨是"要消除骑士小说在社会上、在群众间的声望和影响"。

小说上卷前五章讲主人公乡绅堂吉诃德整天"埋头看骑士小说"，"想入非非"，后来他决定"做一个游侠骑士，披上盔甲，拿起兵器，骑马漫游世界，到各处去猎奇冒险"。可他翻出来的祖传头盔是一只"不带面甲的顶盔"，马则"皮包骨头"，还"毛病百出"。令人发笑的是，他还给它取了个高贵、响亮的名字"驽骍难得"。他第一次全身披挂、骑着"驽骍难得"去"漫游世界"也不过是在村子周围转转，而"猎奇"的英雄举动是喝住了鞭打童仆的农夫，"冒险"经历是骑着马，手里

"紧握长枪"攻击了一队商人，但结果被人"结结实实地揍了一顿"，最后让街坊老乡给抬回了家。

堂吉诃德痴迷骑士道，坚持要"把书里那些游侠骑士的行事一一照办"，一丝不苟。他对书本虚构世界的疯狂执着让他在现实生活中处处碰壁，闹出层出不穷的笑话。按骑士小说的要求，"他还得找个意中人。因为游侠骑士没有意中人，好比树没有叶子和果子，躯壳没有灵魂"。他紧接着梦想自己打败了一个巨人，并命令他去拜见"我那可爱的小姐"。叙述者这时进行了讽刺的转述，"据人家说，他曾经爱上附近村子上一个很漂亮的农村姑娘，不过，那姑娘看来对这事毫无所知"，因此意中人仅是他的臆想。他还挖空心思给姑娘改了名，叫杜尔西内娅·台尔·托波索，听上去"悦耳、别致，而且很有意思"。他把她视若神明，描绘得美如天仙，还祈求她保护，并拼死捍卫她的贞操和美誉。但根据侍从桑丘的判断，这位云山雾罩的心上人不过是个颠麦人、牧猪女。

堂吉诃德从骑士小说中还悟出并恪守仗义行侠，"他要消灭一切暴行，承担种种艰险，将来功成业就，就可以名传千古"。他要为自己扬名，也为国家效劳，"这是美事，也是非做不可的事"。这样成形于虚构世界的动机给他带来无穷的勇气和力量，也带来了无数对现实的臆断和冷笑话。他第一次出行就把一客店当作城堡，把两个妓女当作"美貌的小姐"或"高贵的命妇"，把牧猪奴吹号赶猪看作"侏儒见他到来而发的信号"。第二次出行他把远处三四十架风车当作巨人并要去拼斗。他对桑丘说，"这是正义的战争，消灭地球上这种坏东西是为上帝立大功"。他完全按骑士要求的动作办："一片虔诚向他那位杜尔西内娅小姐祷告一番，求她在这个紧要关头保护自己，然后把盾牌遮稳身体，横托着长枪飞马向第一架风车冲杀上去"。结果风车直扫过他和他的马，他滚翻在地，狼狈不堪。但他一边似虽败犹荣的骑士感慨"打仗的胜败最拿不准"，一边仿照骑士小说把失败归罪于弗瑞斯冬法师，认为"一定是他把巨人变成了风车，来剥夺我胜利的光荣"。除了战风车，他还在睡梦中挥舞刀剑，把客店里装满红酒的皮袋当作邪恶的巨人，一个个砍下来，"流得满地是血"。在战风车中桑丘表现相当清醒，力劝主人那不是巨人。之后堂吉诃德许诺给他一块伯爵封地，因此在疯骑士砍了红酒皮袋后，利欲熏心的桑丘就故意添乱，遍地去找砍下来的巨人脑袋，还绘声绘色地说，"我亲眼看着它砍下来的，那血呀，就像喷泉似地从脖子里直喷出来"。店主人看着梦游的疯骑士砍了他的酒袋，侍从桑丘比他主人还"痴呆懵懂"，气得咬牙切齿，破口大骂。在下卷里，堂吉诃德坐在小船里把几座高大的水力磨房看成"城堡"，断定里面关了"落难的王后、公主、王妃"。他把磨房工人看作"强徒""妖怪"，厉声喝道，"你们这群坏心眼的混账东西别打错了主意！""我是堂吉诃德·拉·台·曼却，别号'狮子骑士'，上天特地派我救人来的。"结果小船被水车轮子撞裂，主仆两人都翻下水，差点把命丢掉。捡了条命的堂吉诃德还坚持自己没错，只是成了两个本领高强的魔法师斗法的牺牲品。

　　在猎奇冒险中，堂吉诃德周围的人都觉得他是疯子，拿他逗乐。例如，他要战风车，桑丘阻拦，主人却斥责桑丘不懂冒险。桑丘后来责备说，"除非自己的头脑给风车转糊涂了，谁还不知道这是风车呢？"堂吉诃德第一次出行恳求一客店老板授他骑士封号，客店老板"早疑心他脑筋有病；他听了这番话心里越发了然，决计迎合他，借此晚上可以逗笑取乐"，但随后老板也被疯骑士折腾够了，赶紧打发这主仆两人离开。他第二次出行碰到送葬人比伐尔多，他见堂吉诃德浑身披挂怪异，一搭话就知道是疯子，可还想瞧是怎样的疯，便请教他什么叫游侠骑士。堂吉诃德滔滔不绝地讲亚瑟王、圆桌骑士、骑士道，然后表决心："那些骑士毕生致力的事业，就是我的事业。"

堂吉诃德周围也有欣赏他之人，这也反映了主人公性格的复杂性。如一次堂吉诃德陷入幻觉，把两群羊看作即将对决的大皇帝阿利芳法隆的军队和迦拉曼塔斯国王的军队，并详尽描述了双方的战马、铠甲、盾牌、徽章和标语，还有组成军队的民族等。这时叙述者感叹道，"天啊！他说了那么多的地名，举出了那么多的民族！还一口气顺顺溜溜地把各民族特色都说出来"。这里的感叹可能是侍从桑丘的内心独白，但疯骑士熟谙书本的本事的确令人印象深刻。另外，观察他已久的神父得出一个颇有感触的评价，"这位绅士除非触动他的病根，说的话才荒谬，如果谈别的事，他头头是道"，"所以只要不提起骑士道，谁都认为他见识很高明"。其实，即使触及骑士道，他也会发表些歪理有"直"的观点。他承认骑士道衰落，并认为其衰落的原因是社会败落。西班牙自无敌舰队被英国打败后就开始衰败，但可悲和滑稽可笑的堂吉诃德认为："天叫我生在这个铁的时代，是要我恢复金子的时代"。他说，"各种奇事险遇，丰功伟绩，都是特地留给我的"，他"要光复圆桌骑士、法兰西十二武士、世界九大英豪的事业"。以骑士为代表的封建时代早成颓势，堂吉诃德带着他的"金子"梦想四处遇挫已证明了这一点。但如果单就疯骑士的执着而言，他那种坚持真理、疾恶如仇、表里如一、做事认真的大无畏精神的确让人心生几分敬意。

另外他有自己的梦想和行为逻辑，每当因此受到挑战时，他往往口才超众，居高临下，霸气十足。例如，他第三次出行在公爵府上遇到一教士，那教士非常厌恶他，叫他"堂傻瓜"，骂他"没脑子"。他耐心等教士说完后，站起来发表了十分精彩的演讲。他首先对庄园主人表示敬意，对教士表示克制，然后话锋一转，指责教士破口大骂"太没分寸"。他接着用了三个修辞问句，痛斥教士不了解情况胡乱训诫，再用两个修辞问句痛斥教士没见过世面却"胡说八道"，不了解骑士东奔西走、干些流芳百世的好事，因此没资格议论骑士道和批评游侠骑士。之后他历数骑士的美德，表明他处处蓄意行善。如果不考虑其他因素，尤其是反讽因素，这番演讲起篇克制，反驳无可挑剔，巧妙地运用修辞手法，既打击了对方要害，又突出了自己的观点，结尾时阐明骑士美德和行侠仗义，极具煽动性。桑丘无比敬仰地感叹，"天哪！说的真是好啊！我的主人先生，您不用再辩解，话都给您说尽了"。那教士被气走了，公爵对堂吉诃德说，"狮子骑士先生，你驳斥得理直气壮，给自己挣足了面子"。他在与神父和理发师就是否真有游侠骑士这一问题的对决中也显得见招拆招，从容不迫。他非常巧妙地把话题先引到有没有巨人："世界上究竟有没有巨人，众说纷纭。不过《圣经》里的话没半点儿虚假的，照《圣经》上看来，确实有巨人，因为《圣经》讲到非利士人歌利亚。"《圣经》是西方文化的基石，堂吉诃德搬出它来证明巨人的存在，从而佐证游侠骑士的存在，这让当时的听众，甚至广大信众读者很难驳倒他。作者嘲弄性地模仿骑士小说，把现实与虚构杂糅起来，创造出被称为复调小说的新类型，对后世欧洲小说产生了重大影响。

葡萄牙文学[①]　　16世纪胡安二世、幸运者马努埃尔及胡安三世统治时期是葡萄牙文学史上最光辉的阶段。诗歌创作突破古老的八个音步传统，接受了十一个音节的意大利诗歌模式。诗歌创作以贝尔纳尔丁·里贝罗（1482？—1552？）的淳朴自然的诗风著称，其题材与人物表现具有民间性，与雕词琢句、向贵夫人献媚的沙龙诗歌

---

① 葡萄牙文学和卡蒙斯是李赋宁主编《欧洲文学史》第一卷《古代至十八世纪欧洲文学史》第四章相应段落的节缩。

截然不同。"葡萄牙的维吉尔"、戏剧家、学者弗朗西斯科·萨·德·米兰达（1481？—1558）提倡意大利诗歌表现方式和格律，擅长写田园牧歌、哀歌、十四行诗及模仿泰伦斯的喜剧，在葡萄牙传播意大利文艺复兴精神。

人们称为"葡萄牙的柏拉图""卢济塔尼亚的戏剧之父"的吉尔·维森特（1470？—1536？）是著名语文学家和诗人。他用西班牙语和葡萄牙语撰写了44部作品，剧作有宗教瞻礼剧，如《巫婆卡桑德拉》（1513）、《圣母访问节》（1502）、《光荣之舟》（1519）；悲喜剧，如《阿马迪斯·德·高拉》（1533）《堂杜阿尔多斯》（1525）；喜剧，如《鳏夫》（1514）；闹剧，如《吉卜赛女人》（1525）。他的剧作在宫廷庆典上演出，受王室庇护。其他还有一些受维森特影响的戏剧家，他们或以现实主义手法反映民间习俗，或将古典戏剧和散文剧结合进行创作。葡萄牙散文作品此期也发展到完美和谐的程度。骑士小说、田园牧歌小说风靡一时。著名散文作家有费尔南·门德斯·平托。他周游世界20年，到过非洲、亚洲的中国、日本，13次被俘，作为奴隶被转卖17次，后将其历险记录在《异国漫游》（1614）中。在他笔下，东方人是真正的文明人，而欧洲人则是一群生番。

诗人、骑士**路易斯·德·卡蒙斯**（Luís de Camões，1524？—1580）是文艺复兴时期葡萄牙杰出的文学家。他出身小贵族，曾进大学读历史和文学，毕业后在里斯本任贵族的家庭教师，有机会出入宫廷。后因与王后的侍女恋爱，被逐出首都，被迫入伍去摩洛哥服役，在一次战斗中失去右眼。1551年他回里斯本，翌年在决斗中刺伤宫廷官员被捕判刑，1553年获赦后前往印度果阿。因写诗讽刺果阿的葡萄牙贵族，他又被逐，来到马六甲，据说在澳门住过两年。1570年他回里斯本，带回20年颠沛流离中创作和保存的诗稿《卢济塔尼亚人之歌》，1572年出版。他写过各种体裁的诗歌及三个剧本，但给他带来不朽声誉的是史诗《卢济塔尼亚人之歌》。该诗气势磅礴，共 10 章，近 9000 行，是现实主义与浪漫主义结合的杰作。史诗以航海家瓦斯科·达·伽马绕过好望角远航印度为主线，描述海员遇到的各种艰难险阻，并穿插神话故事。史诗内容包罗万象，有葡萄牙历史人物和事件追述，有对现实场景的描写，还有对葡萄牙未来的预言。诗人讴歌葡萄牙王国建立以来的辉煌历史和卢济塔尼亚人（即古代葡萄牙人）的坚毅和勇敢。因揭露宫廷和官场的时弊及金钱关系它又带有文艺复兴人文主义思想。诗歌韵律多变、神思飞扬、语言丰富优美，奠定了葡萄牙语言规范。作者贫病交加而死，死后忌日被定为葡萄牙国庆日。

第五节　英国文学

英国文艺复兴始于 16 世纪初，延续到 17 世纪初或中叶。早在 14 世纪被称为英国文学之父的乔叟就访问过意大利，据说还会见过彼特拉克和薄伽丘，受到意大利文艺复兴影响。15 世纪英法百年战争结束，16 世纪英王亨利八世发起宗教改革，引发了社会巨变。乡村发生的圈地养羊运动促使毛纺业迅速发展，商业和手工业日益崛起，城市中产阶级逐渐形成。经济蓬勃发展巩固了中央集权，国力增强。伊丽莎白女王时期，英国海军于 1588 年击败西班牙无敌舰队，一跃成为欧洲和世界的海上强权。英国逐步走向美、亚、非各大洲，通过贸易、掠夺和殖民，积累了大量财富。英国的发展伴随着冲突和血泪，但它逐渐走向了繁荣兴旺和国泰民安。国力不断强大激发了各阶层的爱国热情，促进了科学和文化发展和繁荣。

此期学者们大量翻译古希腊和罗马经典及意、法、西名著，宣传人文主义思想以对抗中世纪神权中心。在中世纪《通俗拉丁文译本》基础上翻译出版的《詹姆士王本圣经》（1611，即**《钦定本圣经》**，成为后世通用的《圣经》权威版本）。英国还出现了一批具有浓厚人文主义思想的学者、诗人、戏剧家、散文家。**托马斯·莫尔**（Thomas More，1477？—1535）发表了《乌托邦》（1516），严厉抨击了"羊吃人"的圈地运动，并根据古希腊理想社会的标准设想了一个海外名叫"乌托邦"的公平和幸福的社会。他第一个注意到财富累积与剥削和阶级分化的关系，提出"人尽所能，按需分配"的原则，对后世欧洲产生了重大影响。**埃德蒙·斯宾塞**（Edmund Spenser，1552—1599）发表了许多叙事、抒情和讽刺诗。他的《牧人月历》（1579）仿维吉尔和文艺复兴意、法诗人的牧歌。他最重要的作品长诗《仙后》策划 12 卷，刻画 12 种美德，如虔诚、节制、贞洁、友谊、正义、礼貌，以塑造"高贵和纯洁的人"，实际完成 6 卷（前三卷 1590，后三卷 1596）。这是英国第一部民族史诗，歌颂伊丽莎白女王，体现当时高涨的爱国精神。**菲立普·锡德尼**（Philip Sidney，1554—1586）主要以长篇散文传奇《阿卡迪亚》（1580—1584）和文论《诗辩》（1595）流芳后世。前者仿泰伦斯戏剧，分五部，继承田园诗传统，以大自然为背景，通过主人公们对爱情的处理写人类驾驭命运的努力。"阿卡迪亚"成为后世田园作品的代名词，影响至 19 世纪。《诗辩》驳斥斯蒂芬·高森在《骗人学校》（1579）中对文艺的指责。它批评了当代诗人和剧作家，但也反对诗歌是谎言的观点，强调诗歌是模仿艺术，寓教于乐，比哲学更具体，比历史更现实、自由。论文活泼，轻松幽默，劝人爱诗、行善。[①]

[①]　此段是李赋宁主编《欧洲文学史》第一卷《古代至十八世纪欧洲文学史》第四章相应段落的节缩。

英国人文主义主要作家有**弗朗西斯·培根**（Francis Bacon，1561—1626）。他出身伦敦贵族家庭，父亲是伊丽莎白女王的掌玺大臣。他十二岁进剑桥大学三一学院，1576 年读法律一年，中断学习后做英驻法大使随员。父亲去世后他回国续读法律，后获律师资格，1584 年选入议会。培根得到詹姆士国王赏识和重用，1602 年受封爵士，1607—1617 年先后被任命为副检察长、首席检察官、掌玺大臣及大法官。但因受贿，他被罚巨款，关押在伦敦塔。后来他隐居故里，从事科学、哲学和文学研究，取得瞩目成就。最知名的是《学术的进展》（1605）、《新工具》（1620）、《新亚特兰蒂斯》（1627）和《随笔集》。他认为知识就是力量，知识支撑技术创新，驱动历史发展。他反对历史循环论和颓废论，提倡实验调查法，用归纳推理从事实中得出结论，实现人的理智的解放。在文学方面，他出版了《随笔集》（1597），后来又扩充和修订，17 世纪初两度再版。仅凭《随笔集》他就可列为英国 17 世纪顶尖作家；如果考虑他在科学、哲学等方面的其他作品，他还应是英国知识界大师。

《随笔集》讨论了各样话题，如真理、宗教、财富、死亡、善与性善、天性等，以及宫廷为政和社会交往，如王位、贵族、司法、谏议、消费、邦国、殖民地、友谊、礼仪等。《随笔集》探讨人的心理、情感和自我修养，如复仇、猜疑、野心、虚荣、怒气、养生、学习等，还较详尽地谈了美、建筑、花园等作者感兴趣的话题。作品视野开阔，提出许多精当深邃的见解。例如，他在"论真理"中提及仁爱、天意和真理并感叹道，人心"若能以仁爱为动机，以天意为归宿，并且以真理为地轴而动转，那这人的生活可真是地上的天堂了"（水天同译，下同）。他思想敏锐、知识渊博，熟悉古希腊罗马、《圣经》和其他国家的历史文化，多方引证，说服力很强。"论复仇"劝诫放弃复仇，并引用所罗门的话"人有怨仇而不报是他底光荣"。

他还分别谈及公仇和私仇，认为报私仇不可取，而报公仇则不一样，并例举了为凯撒、法兰西王亨利第三复仇等例子。"论厄运"比较了幸运和厄运，认为"幸运是《旧约》中的福祉；厄运是《新约》中的福祉；而厄运所带来的福祉更大，所昭示的上帝底恩惠更为明显"。"幸运所生的德性是节制，厄运所生的德性是坚忍"，"后者是更为伟大的一种德性"。他在"论谋叛与叛乱"中称赞马基雅维利的为政要忌讳结党营私的观点：为民之父母的人君若偏向一方，"那就有如一只因载重不平衡而倾覆的船一样"。他指出当权者身处危险和不安时代出言要谨慎，反面例子如凯撒，他曾以"苏拉不文，所以不会独裁"一语使希望他会放弃独裁的人完全失望而招致杀身之祸。

《随笔集》思维缜密，结构简约清晰，有些句群既表达了深刻思想，结构又紧凑、匀称、有力。"论学习"仅用9个英语单词的短句便开门见山提出学习的三种用途，即愉悦、辞美和增长才干。作者紧接着用三个分句对这三种用途明晰化：在娱乐上学问的主要用处是幽居养静；在装饰上学问的用处是辞令；在长才上学问的用处是对事务的判断和处理。前后句子一短一长，意思清晰明了，结构干净利落，既有分量又有力量。文中佳句多，如"史鉴使人明智；诗歌使人巧慧；数学使人精细；博物使人深沉；伦理之学使人庄重；逻辑与修辞使人善辩"等。他在文中常用平行、对称、对照手法，许多成为经典名句。他偶尔还用比喻，如"论恋爱"警示说，"在人生中，'恋爱'只是招致祸患；它有时如一位惑人的魔女，有时似一位复仇的女神"。在"论谋叛与叛乱"中他把叛乱比成疾病，"治疗"方法"必须合乎特殊的病症"。他还把外贸交换之物，即天然物产、人造物品和运输比作"三个轮子"，"若是这三个轮子轮转不息，则财富将如春水一样地流通了"。作为文艺复兴时期大师，培根因其文风，更因其敏锐和深邃的哲学、科学和人生哲理思想受到包括康德、伏尔泰等大师的肯定和赞许。

英国文艺复兴最突出的成就是戏剧。继中世纪的道德剧和穿插剧后，英国涌现了一批有名的戏剧家，如黎里（1554—1606）、洛奇（1558—1625）、奈什（1567—1601）、格林（1558—1592）、基德（1558—1594）、马娄、琼生、鲍蒙特（1584—1616）和弗莱切（1579—1625），因其中多数为牛津和剑桥的学生而被统称为"大学才子"。文学史上有时统称他们代表的戏剧为"伊丽莎白戏剧"。"大学才子"之外的莎士比亚最著名、最具世界影响力。**本·琼生**（Ben Jonson，1572—1637）是莎士比亚最强大的竞争对手，是当时最伟大的喜剧作家之一，流传至今的剧作有16部，14部是喜剧。他的讽刺喜剧利用人的道德本性中起支配作用的"气质"来揭露中产阶级恶习，被称为"气质论"喜剧，代表作为《人人高兴》（1598）和《狐狸》（1605或1606）。**克里斯托弗·马娄**（Christopher Marlowe，1564—1593）是鞋匠之子，在剑桥读书时卷入政治活动，被指控有无神论思想，在酒馆被人杀死。他主要著有《迦太基女王狄多》（1594）、《帖木儿大帝》（1590）、《浮士德博士的悲剧历史》（1604）、《马耳他岛的犹太人》（1633）等历史悲剧。他对伊丽莎白戏剧发展贡献很大，使无韵诗成为灵活的戏剧媒介，创造了追求权力、知识或金钱的"僭越者"形象，展现了文艺复兴时期多彩的人文思想。[①]

威廉·莎士比亚（William Shakespeare，1564—1616）是英国文艺复兴时期著名诗人和剧作家，世界杰出的戏剧作家。他创作了至少2首长诗和若干短诗，154首十四行诗和38部剧作（有的是与

---

① 此段几个剧作家简介是李赋宁主编《欧洲文学史》第一卷《古代至十八世纪欧洲文学史》第四章相应段落的节缩。

他人共同创作)^①。他的作品已被译成世界各种语言，成为全人类的宝贵财富。他出生于爱汶河畔斯特拉福镇，18 岁结婚，育有一男二女。1585—1592 年他在伦敦从戏院看守和打杂做到演员，并帮忙改写戏剧脚本。后来他事业有成，28 岁作为诗人、演员和剧作家已享盛誉，并成为"环球剧场"的一名股东，去世前三年回归故里。

　　莎士比亚首先是诗人，即使在他剧本里，我们也读到许多优秀诗歌。他的第一首长诗《维纳斯与阿多尼斯》取材奥维德的《变形记》，写爱神维纳斯追求凡人美少年阿多尼斯的故事。另一首长诗《鲁克丽斯受辱记》讲柯拉廷的美丽妻子鲁克丽斯遭塔昆王子强奸后自杀，激愤的父亲、丈夫和罗马人兴兵犯上，放逐了国王及其家族。此诗揭露了封建王室专横无道，歌颂了爱情的坚贞和人的尊严。他的十四行诗重在抒情，大多表达爱情、友谊、时间、生命、命运、艺术（诗歌）等，也有个别诗篇反映社会现象等其他主题。在大多诗篇里，这些主题互为关联和强化。比如第 18 首称赞爱人的美丽，歌颂爱情，开篇把爱人的美比作温柔的夏日和五月的花蕊，又指出夏日的炎热和暴风会摧残花蕊，接着就感叹美丽的短暂，这样爱情和命运两个主题得到关联。诗的第三节话锋一转，称赞爱人的美胜过夏日和花蕊，因为爱人已永载他的诗歌，连死神也莫可奈何。这里艺术和生命也与爱情关联起来。诗的最后两行在押韵上为最后一节，强烈地赞颂了爱人的美在诗歌中获得永恒！

　　莎翁十四行诗中各主题的关联反映了他的哲学观念，如生与死、短暂与永恒、诗歌的永恒等。除第 18 首诗，第 55 首也歌颂爱人的美，作陪衬的是人间的坚固或珍贵之物，如大理石、黄金、石碑、铜塑等。

---

① 此节对莎剧的数目统计以及悲剧、喜剧、历史剧各自的数目统计根据的是《河畔莎士比亚全集》(*The Riverside Shakespeare*, Boston: Houghton Mifflin Company, 1972)。

诗人似乎在谴责或嘲笑战争、战火、利剑、内讧等，因为它们摧毁了永恒的坚固和珍贵之物。但他坚信爱人之美将在诗歌中永生，被"万代瞻仰"（李易译，下同）。第 63 首虽赞爱人，但诗人不再与性别含糊的"你"直接倾诉，而是提起一个男性的"他"，要表现"他"的风采，并坚信"诗篇存在他就会永恒"。第 74 首谈到诗人自己的死，但自豪地说"我生活在我的诗里"，坚信他的诗歌将永存。莎氏十四行诗有时也表现彷徨、焦躁、悲愤、颓丧和无奈。例如，第 147 首中认为"爱是热病"，自己被理智所抛弃，"失去理性让我疯狂，/ 说话和思绪杂乱"。第 66 首较少见地鞭挞了社会丑恶现象，诗人表现得相当绝望，例举了社会上 11 种罪过，如"天才成乞丐"，"信义被出卖"，"王冠却放在尸体上"，"暴徒强暴了处女"，"公道被无理玷污"，这样的痛斥使我们联想到哈姆莱特"生存还是毁灭"独白中的类似痛斥。

　　莎翁以戏剧著称，按创作期可分历史剧、喜剧、悲剧和传奇剧。他写了 10 部历史剧：《亨利六世》上、中、下三部，《理查三世》《约翰王》《理查二世》，《亨利四世》上、下篇，《亨利五世》和《亨利八世》。莎氏历史剧视野开阔，规模宏大，涉及英国政治、经济、军事、文化和生活，有强烈的历史现实感。它们肯定开明强势王权，追求国家统一，反映了爱国主义精神和民族自豪感。莎氏历史剧融史剧与喜剧为一体，情节发展上巧妙地运用单线、双线和多线交织，刻画人物非常注重外貌与内心契合。

　　《亨利四世》上、下篇是莎翁历史剧顶峰。该剧两篇与《理查二世》和《亨利五世》构成莎氏历史剧一个四部曲。理查二世缺乏国王的意志和才干，偏听偏信，将深得民心的贵族波林勃洛克（即后来的亨利四世）放逐。波林勃洛克在贵族支持下领军回国，逼理查二世退位，自己登上王位。亨利四世精明老练，勤政治国，给国家带来一段安定与和平。后苏格兰和威尔士战乱又起，他与支持他即位的以潘西家族为代表的贵族集团发生利益冲突，反目成仇。亨利四世在儿子哈尔（即亨利五世）等贵族支持下果断平叛。他谋略过人，对心怀叵测的大臣欲擒故纵。其实他剪除异己的计划在即位时就做了谋划。他在临终嘱托中还为儿子制定了一项国策："你的政策应该是多多利用对外的战争，使那些心性轻浮的人们有了向外活动的机会，不至于在国内为非作乱"（朱生豪译，下同）。

亨利五世是治国安邦的贤君，他亲率大军与法军作战，人数和装备处劣势，但战胜了法军。他的确采用了父王的教导对法作战，与父亲一样也有"见首不见尾"的王者风范。早在《亨利四世》上篇第一幕第二场，作为王子的他就自己周围人甚至包括父王对他的误解做了独白："我要利用我的放荡的行为，作为一种手段！在人们意料不及的时候一反我的旧辙。"果然，王子后来为维护王室荣誉跟随父王驰骋疆场、铁腕平叛。战斗中他奋勇救父王于危难，父子前嫌尽释。哈尔王子最后与叛军中最善战的霍茨波交战并战胜，突显了他的英勇和强悍。令人印象深刻的是，睿智的王子对霍茨波的死即时发表了恨爱交加的独白，对自己的强劲对手表达了"温情的敬意"。

《亨利四世》的独创性首先在于剧情发展有对照鲜明的平行结构，即激烈的宫廷斗争和嬉戏的市井打闹，还有穷困和痛苦。哈尔王子深度参与了两条剧情线，他的行为举止亦表亦里，亦庄亦谐，亦雅亦俗。这样的人物身份、活动和极具张力的性格给观众提供了一个切换自如的窗口，欣赏到历史剧中的诙谐和喜剧中的严肃。在宫廷斗争剧情中，哈尔王子既善谋略，也精武功，在父王帮助下最终顺利完成由浪子到国君的角色转换。戏剧开始时他更多地以一个精灵古怪的浪子出现在舞台上。他逗乐似的问福斯塔夫："杰克，我们明天到什么地方去抢些钱来？"他又化装把福斯塔夫一行抢的钱抢了过来。然而，他在结尾时作为新国王与福斯塔夫一伙立即划清了界限。

市井剧情发展的重要地点是"野猪头酒店"，老板娘桂嫂性情泼辣，行事机敏。酒店进出的人物林林总总，最突出的是与哈尔王子关系亲密却又斗嘴斗心的福斯塔夫。他性格多样：厚脸皮、爱吹牛、穷乐观，好酒好色、心机诡诈，语言俏皮机智，行为多劣迹但常搞笑，生活穷困但偶显深刻和洒脱。第一幕第二场，他对王子嘲弄和揶揄，狡诈老到地假装无辜，反唇相讥道，"我受你的害才不浅哩，哈尔；愿上帝宽恕你！我在没有认识你以前，哈尔，我是什么都不知道的；现在呢，说句老实话，我简直比一个坏人好不了多少"。他接着表示要悔过自新，但一提到再去劫财，他又要参加。王子嘲笑他，"祷告方罢，又要打算做贼了"，他却厚颜无耻地把抢劫比作职业，反驳道，"一个人为他的职业而工作，难道也是罪恶吗？"哈尔王子与霍茨波交手时，他在一旁吓坏了。敌方的道格拉斯闯过来，要与他厮杀，他几个回合后就倒地装死。王子杀死霍茨波后离去，福斯塔夫从地上爬起来，心有余悸地说，"他妈的！幸亏我假扮得好，不然那杀气腾腾的苏格兰恶汉早就把我的生命一笔勾销啦"。看见旁边死去的霍茨波，他先是害怕诈死，就再戳他一剑。后来他突生坏念，决心谎报说霍茨波是他杀的。王子以为福斯塔夫死了，见他居然活得好好的确实意外，对他夺功也未追究，还愿意为他"装点门面"讨封赏。作为喜剧人物福斯塔夫搞笑并非一味庸俗，他的说笑五味杂陈，融戏谑、自嘲、机智、辛辣、绵里藏针、玩世不恭为一体。大法官因他有盗案嫌疑讯问他，而他仗着自己打仗骗来的军功和与哈尔王子的关系极力忽悠回避。他先装聋，说自己"害的是一种听而不闻的病"。大法官也不含糊，说愿意做他的医生，"给您的脚跟套上脚镣，就可以把您的耳病治好"。后来大法官讥讽地说他"名誉扫地"，他却戏

谑地回敬道，"我看我长得这样胖，倒是肚子快扫地啦"。大法官正
告说"每一根白发都应该提醒您做一个老成持重的人"，他反其道说，
"它提醒我生命无常，应该多吃吃喝喝"。后来他居然正人君子似的
控诉道，"在这市侩得志的时代，美德是到处受人冷眼的"，"一切属
于男子的天赋的才能，都在世人的嫉视之下成为不值分文"。福斯塔
夫是莎翁最成功的喜剧人物，《亨利四世》备受欢迎的部分原因就在
这一人物的成功塑造。

　　当《亨利四世》走红时，莎翁喜剧也达创作高峰。他共有 13 部
喜剧，《错误的喜剧》（1592）是第一部，随后写了《驯悍记》《维
洛那二绅士》《爱的徒劳》《仲夏夜之梦》《威尼斯商人》《无事生
非》《温莎的风流娘儿们》《皆大欢喜》《第十二夜》《特洛伊罗斯和
克瑞西达》《终成眷属》《一报还一报》。前 10 部多称为实验喜剧、
浪漫喜剧或抒情喜剧，后 3 部称为问题喜剧或黑暗戏剧。《仲夏夜之
梦》是他最富幻想和浪漫色彩的喜剧。从它开始莎氏喜剧进入成熟
阶段。该剧讲述情人间曲折但结局圆满的爱情故事。雅典忒修斯公
爵与希波吕忒相爱并决定四天后举行婚礼。雅典公民伊吉斯向忒修
斯诉说自己对女儿赫米亚与拉山德相好的不满，因为他选择的女婿
是狄米特律斯。按雅典法律，女儿的婚事须听从父亲，否则就会被
处死或宣誓独身。出于无奈，赫米亚和拉山德决定出逃，便来到雅
典附近的森林。狄米特律斯也爱上了赫米亚，但后者不爱他，而另
一位姑娘海丽娜却一直追求狄米特律斯。狄米特律斯和海丽娜为了
各自的爱情相继追逐到雅典森林。此时森林里住有仙王奥布朗、仙
后提泰妮娅及一些仙子。奥布朗出于同情，命令仙子迫克施点魔法
花汁，让狄米特律斯爱上海丽娜，结果阴差阳错，引起爱情大错对，
但最终有情人终成眷属。

　　该剧剧情有四条线索：忒修斯与希波吕忒的婚礼、两对男女的

曲折爱情、仙王奥布朗与仙后提泰妮娅争执，还有一伙手艺人"戏中戏"的排练和演出。在这四条线索中，公爵的婚礼提供背景支持，使整部戏剧在喜庆和欢悦中进行。一开场，忒修斯公爵对自己的婚礼急不可待，吩咐手下人去"激起雅典青年们的欢笑的心情，唤醒了活泼泼的快乐精神"（朱生豪译，下同）。热恋中的拉山德与赫米亚在对话中谈到爱情的曲折，暗示剧情发展的浪漫与跌宕起伏。剧情起伏的直接推动力来自仙界，仙后提泰妮娅说世间一切异象都是"因为我们的不和所致，我们是一切灾祸的根源"。仙王的吩咐和仙子迫克的乱点"爱汁"行动的确在仙界和人间引出一连串误会和笑话。迫克有奇术，他是"狡狯的、淘气的精灵"。奇幻"爱汁"的由来也充满浪漫和幻想。仙王说，爱神之子丘比特向一位沉浸在纯洁思念中的"童贞的女王"射出神箭，而这支箭却半途落在一朵小花上，花的汁液如果滴在睡着的人的眼皮上，无论男女，醒来第一眼看见什么生物，都会发疯似的爱上。仙王为求得一个孩童，在睡着的仙后眼上滴了"爱汁"，她一觉醒来看见并爱上了变成驴的正在练戏的手艺人波顿。迫克还阴差阳错将"爱汁"滴在睡着了的拉山德眼上，仙王为纠错决定在狄米特律斯眼上滴"爱汁"，让他爱上海丽娜。结果更糟或更具喜剧性的是，拉山德和狄米特律斯同时爱上了不曾被爱过而不知所措的海丽娜。后来仙王斥责仙后爱上一头驴，还"把芬芳的鲜花制成花环，环绕着他那毛茸茸的额角"。"爱汁"也使拉山德和狄米特律斯神魂颠倒地追逐海丽娜，两对男女青年产生了许多误会。但冲突并不那么尖锐，最终皆大欢喜，这是莎氏喜剧的一个特点。

　　《仲夏夜之梦》还具备莎氏喜剧的其他一些特点，如：1）它写爱情、婚姻和友情，有多条剧情发展线索；2）浪漫抒情色彩浓厚，仙界的烘托极具想象力，连人间也充满奇幻。当仙王埋怨迫克乱点"爱汁"时，后者把发生的混乱归结为"一切都是命运在作主"，这看上去与文艺复兴阶段时兴的古希腊有关人的命运的观点关联。

　　莎氏悲剧也出现多条剧情发展，也有人间以外的影响，但莎氏悲剧成就远超过喜剧，对世界文学影响最深。他一共写了10部悲剧，如《罗密欧与朱丽叶》《裘力斯·凯撒》《哈姆莱特》《奥瑟罗》《李尔王》《麦克白》《安东尼与克莉奥佩特拉》等。《罗密欧与朱丽叶》是爱情悲剧，恋人间的浪漫和悲惨结局深深打动人心。但莎氏悲剧最负盛名的当推《哈姆莱特》《奥瑟罗》《李尔王》和《麦克白》，而《哈姆莱特》又是其中最著名的，被视为莎氏创作甚至英国文艺复兴文学的巅峰之作。

　　《哈姆莱特》讲述丹麦王子哈姆莱特为父复仇引发一场宫廷斗争，并以双方同归于尽为结局的悲剧。戏开始时哈姆莱特在德国读大学。他得到父王突然死亡的消息，便匆忙回国，发现叔父克劳狄斯与自己的母亲成了婚并继承了王位，这使他悲愤万分。这时死去的父王鬼魂出现，告诉他是克劳狄斯谋害了自己。哈姆莱特听后发誓要复仇，采取了一些步骤如装疯和戏中戏来证明叔父弑兄娶嫂的罪行，但有时他在如何复仇的问题上犹豫不决。大臣波洛涅斯利用女儿奥菲利娅与哈姆莱特的情人关系刺探他是否真疯。当老头子遭哈姆莱特误刺身亡后，奥菲利娅便精神失常，溺水身亡。波洛涅斯的儿子雷欧提斯回国要为父亲和妹妹复仇。克劳狄斯歹毒地让他用带毒的剑与哈姆莱特比武，同时又在为哈姆莱特庆贺的酒中下毒。王后误替哈姆莱特喝了毒酒而死，哈姆莱特与雷欧提斯在比武中先后中了毒剑。将死的雷欧提斯道出了克劳狄斯的奸计，哈姆莱特随后用那把毒剑刺伤克劳狄斯，并强迫他喝下他自己下毒的酒，最终替父王报了仇。

　　该剧结构精巧，立体感强。哈姆莱特为父复仇这一线索贯穿全剧，克劳狄斯也想方设法稳住自己与王后的婚姻和对王国的统治，因此王子承受着巨大压力，与其反复角力和周旋。为了迷惑对方他装疯，致使他与奥菲利娅的恋情变得脆弱不堪。哈姆莱特意外地杀死她父亲，但却导致奥菲利娅真疯，溺水而亡。包括雷欧提斯回国复仇都加剧了哈姆莱特复仇这一主要剧情的演化和骤变。另一并行的剧情是挪威王子福丁布拉斯在国内集合军队准备攻打丹麦，目的同样也是为父复仇。福丁布拉斯为父复仇从克劳狄斯等人的片言只语中推出。它呼应了主要剧情，强化了悲剧氛围并极大地拓宽了视野。

　　从剧情的推动力来看，如同《仲夏夜之梦》仙王决定人间喜怒哀乐，《哈姆莱特》也出现了人间以外的老国王鬼魂。鬼魂的诉说的确促使了王子下决心复仇，但他并没马上行动，而是精心安排《捕鼠机》一戏重现花园弑兄一幕，来验证鬼魂说的一切，去"探视到他（叔父）的灵魂的深处"，看他是否"稍露惊骇不安之态"（朱生豪译，下同）。哈姆莱特在叔叔看戏时密切观察他，并在克劳狄斯表现出不安和中途退场后得出结论："那鬼魂真的没有骗我"。因此不像《仲夏夜之梦》，在此剧中人间以外的影响已不是剧情发展的主要推动力，取而代之的是人物性格和品性决定剧情的起伏和走向。他听了鬼魂诉说，但更相信亲自验证和他人佐证来做出最合理的判断并依此铸锭复仇决心。

　　评论家认为哈姆莱特的延宕是其性格的典型特征，并提出延宕的多种原因，如性格软弱、过分耽于思想、厌世主义、恋母情结等。哈姆莱特的言行中可找到这些看法的证据，如他因自己柔弱不能立刻复仇而悔恨交加，面对母后重嫁，他感叹人生无常。第三幕第三场，克劳狄斯为自己的罪行进行跪祷，这正是刺杀他的最佳时机，但王子没下手，因为"他正在洗涤他的灵魂"，要是此时杀死他，"那么天国的路是为他开放着，这样还算是复仇吗？"第四幕第四场，他感到不可再犹豫不决，把延宕归因于"三分懦怯一分智慧的过于审慎的顾虑"。行动延宕使剧情复杂化和悲剧化，同时作为有思想的亡君之子，他承受着因王权更迭和宫廷斗争产生的社会和心理的巨大压力。他在独白中把人世比作"一个荒芜不治的花园"，自己正处在"一个颠倒混乱的时代"，并认为"倒霉的我却要负起重整乾坤的责任！"他在那段著名的"生存还是毁灭"的独白中陈述了生存的重负不堪和欲死不能的困境，并道出了延宕的原因："重重的顾虑使我们全变成了懦夫，决心的赤热的光彩，被审慎的思维盖上了一层灰色，伟大的事业在这一种考虑之下，也会逆流而退，失去了行动的意义。"不过，正如他自己所说，延宕行为也包含了责任、审慎和对时机的把握，因此才有验证鬼魂诉说和不杀跪祷的叔父等做法。

《哈姆莱特》由人物内心冲突推动剧情发展，与英国文艺复兴前的宗教剧已完全不同，而与当时以人为本的人文主义思想契合。主人公一直与命运抗争，最终结局似乎呼应了古希腊罗马"人无法抗拒命运"的古老命题。他善良，正直，才思敏捷，剑术超众，有谋略和胆识。奥菲利娅称他为"朝臣的眼睛、学者的辩舌、军人的利剑""时流的明镜、人伦的雅范、举世瞩目的中心"，但如此高贵的心就这样陨落了！

伊丽莎白一世身后，詹姆士一世时期戏剧仍兴旺，主要剧作家有韦伯斯特（1578—1632）、图尔纳（1575—1626）、米德尔顿（1580—1627）、查普曼（1559—1634）。前两位以悲剧著称，韦伯斯特的《白魔》（1612）和《马耳菲公爵夫人》（1613）都塑造了受磨难的高贵女性形象，她们维护自身尊严，反抗当权者。图尔纳的声誉建立在《无神论者的悲剧》（1611）和《复仇者的悲剧》（1607），但后者也被认为是米德尔顿所作。前一剧的主人公不为感情左右而复仇，后一剧的主人公痛恨宫廷腐败与邪恶，但在复仇的过程中丧失自己的道德，与黑暗社会同流合污，最终在"戏剧性嘲弄"中受惩罚。米德尔顿最多产，以政治讽刺剧见长。他的杰作是两部悲剧《女人提防女人》（1620—1627）和《掉包计》（1622），描写不正当的情欲导致的毁灭性后果。他的喜剧《妙计捉鬼》（1604）、《奇普赛德的一个贞洁姑娘》（1613）等都展示追逐金钱的社会中人们不择手段地牟利的丑态。查普曼是诗人和剧作家，长期翻译荷马史诗。他主要写了悲剧《玻西·德·安波斯》（1607）、《拜伦公爵的阴谋》（1608）和《玻西·德·安波斯的复仇》（1610）。前两部剧描写贵族与极权君王的冲突，后一部写哥哥选择决斗为弟弟复仇，显示了作者与当时充斥舞台的血腥复仇剧划清界限。①

---

① 此段是李赋宁主编《欧洲文学史》第一卷《古代至十八世纪欧洲文学史》第四章相应段落的节缩。

第 四 章

十七世纪文学

第一节 概述 [1]

　　文艺复兴时期资本主义在欧洲多国产生和发展，到 17 世纪各国资本主义发展明显不平衡。意大利已丧失商业中心地位，经济衰落，不断受外国侵略，政治不稳定，天主教势力强大。德国遭 30 年战争浩劫，人口锐减，土地荒芜，工商业凋零，长期四分五裂，资产阶级未能形成有效的反封建力量。西班牙自"无敌舰队"被歼灭后，丧失了海上霸权，不再是欧洲强国，工商业一蹶不振，封建统治者腐败，进步力量受宗教裁判所严重打击。东欧各国长期受异族侵凌，经济落后，农奴制继续。17 世纪后半期俄罗斯农民反抗沙皇和贵族

----

① 　此概述缩写了李赋宁主编《欧洲文学史》第一卷《古代至十八世纪欧洲文学史》第五章的相关材料。

的情绪日益高涨,农民起义引起社会动荡,削弱了封建主及教会统治,为人文主义思想萌发提供了条件。此时只有英、法资本主义大步前进。英国资本主义深入农村,扩大海外贸易,部分封建贵族转而经营工商业,形成"新贵族"阶层。资产阶级联合新贵族,打着宗教旗帜,发动资产阶级革命。但革命后上层资产阶级向封建势力妥协,导致王权复辟。法国16世纪末结束胡格诺战争,得到喘息,农业和工商业欣欣向荣。它的资本主义发展不如英国快,但走在欧陆国家前面。法国王权保证了国家统一,重商主义促进了工商业发展,资产阶级对王权妥协让步。但资产阶级和封建贵族的根本矛盾仍存在,势均力敌、互相利用。

　　17世纪欧洲各国文化发展也不平衡。意大利人文主义者,如康帕内拉、伽利略等人继续宣传科学,反天主教的神秘主义和教会僧侣,受到迫害。意大利逐渐丧失了欧洲文化的重要地位,堆砌典故、雕琢辞藻的贵族"马里诺派"诗歌泛滥。德国文化受战乱摧残。17世纪中后期语言学会成员为规范和纯化德语做出了可喜成绩,但除格里美豪生的流浪汉小说《痴儿西木传》外,此期德国缺乏有全欧意义的作品。西班牙人民的精神世界仍遭耶稣会和宗教裁判所控制,产生于贵族集团的"贡戈拉派"诗人得到统治阶级鼓励。虽然西班牙国力衰退,但此期创作仍活跃。戏剧方面继洛佩改革后,卡尔德隆等做出一些成绩,叙事文学作品多样,巴罗克文风在50年代达到鼎盛。俄罗斯文学仍处在从中世纪文学到新文学的过渡期,世俗文学和讽刺故事取得一些进展。

　　英、法不同于其他国家,不但工商业进展快,还形成了社会政治思想体系。霍布斯(1588—1679)是20世纪英国最重要的哲学家,同笛卡尔和斯宾诺莎一起被称作20世纪欧洲三大理性主义者。他肯定君主集权,代表新贵族和资产阶级上层的利益。他不承认天赋观念,认为一切知识来自感觉，世界是物质的，思想是大脑运动的一种方式，甚至认为上帝也有肉体。在机械唯物认识论基础上，他发展了判断善恶的道德理论及阐述国家职权和机构的政治理论。他的代表作《利维坦》（1651）强调用道德约束社会，并用司法和国家机器把个人以契约形式聚集在一个人领导下，形成共和政体。他的理论既宣传人生来平等，又主张独裁集权，所以弥尔顿曾依据他的自由平等思想捍卫英国资产阶级革命，而克伦威尔后来实行独裁也从《利维坦》找理论支持。霍布斯在英国17世纪后半期不受政界和宗教界欢迎，但他对18世纪法国启蒙思想家影响很大。

笛卡尔（1596—1650）是法国唯理主义奠基人。他认为检验实践的标准是理性，主张用理性代替盲目信仰。他对理性的推崇是唯心主义的，并且确立了理性在文学艺术表现中的主导地位。他的方法论改变了法国思想领域的混乱，为建立大一统的新秩序起到关键作用。祖籍葡萄牙的犹太人斯宾诺莎（1632—1677）出生于阿姆斯特丹。他追随笛卡尔的哲学，但深受犹太《希伯来圣经》即《旧约》影响，更关注伦理问题。他认为财富、享乐、权力和荣誉都空虚无用，致力于探讨一种至善的永远快乐的境界。他甚至企图用几何推理来证明至善就是对上帝的爱和对自然秩序与和谐的崇拜。在政治上他强调统治者必须公正、明智，不干涉人民的思想自由。

17世纪英、法文学成果丰硕。英国文学巨人弥尔顿的诗和宗教、政治论战文章反映了英国资产阶级的革命情绪。他的三部优秀诗篇采用《圣经》题材，其中《失乐园》是世界文学的璀璨明珠。法国文学在20世纪达到全欧最高水平，在创作实践和理论上以古希腊罗马为典范，产生了古典主义潮流。15世纪意大利文艺复兴期一批学者着重研究亚里士多德和贺拉斯的文艺理论，并提出悲剧创作的"三一律"原则。16世纪后半期法国的龙萨和英国的琼生等作家在创作中有意识地学习古代艺术方法，或多或少地采用古代文学的体裁和题材。同时"三一律"原则也传到西、英、法，并在法国引起热烈讨论，强调诗人和作家向古代寻找创作典范和理论根据。17世纪法国的中央集权制和资产阶级对专制王权的妥协为古典主义提供了政治基础，笛卡尔的唯理主义则提供了哲学基础，古典主义流派很快形成。法国古典主义文学以戏剧成就最突出，卓越剧作家是高乃依、拉辛及莫里哀。此外，古典主义的成绩也见于拉封丹的寓言诗、布瓦洛的诗论等。

巴罗克风格（Baroque）的影响在17世纪欧洲文学、绘画、音乐和建筑多方面都有反映，在德、西、法文学中影响十分突出。巴罗克一词来自葡萄牙语 barocco，意为不合常规，尤指长得不规则而且有瑕疵的珍珠。巴罗克风格首先见于16世纪后期意大利建筑，其特征是金碧辉煌、气势雄伟、崇尚华丽与雕琢，与自然、宁静而古朴的古典派背道而驰。因此，在17世纪巴罗克这词已带有贬义。到19世纪中叶，人们对巴罗克风格的这种认识还没什么变化。20世纪初瑞士艺术家弗尔夫林（1864—1945）撰写了《文艺复兴与巴罗克》及《艺术史概要》等书后，巴罗克作为一种对照性风格才得到较公允的认识。巴罗克文风在诗歌、戏剧和小说中都有表现，如西班牙宫廷贵族诗人贡戈拉代表的该风格诗派在该国17世纪文学中就占有重要地位。德国除了在诗歌、戏剧中有巴罗克风格反映，知名的流浪汉小说《痴儿西木传》也以宏大的场面、丰富多彩的情节、框形套句结构和扑朔迷离的叙述充分显示了巴罗克文风的影响。法国的巴罗克诗歌形成了与古典主义戏剧相对照的流派，出现了如戴奥菲尔·德·维奥、圣塔芒等许多代表性诗人，十分流行的《阿丝特蕾》则是巴罗克式小说。但巴罗克风格在法国逐渐为古典主义所取代。17世纪以后，欧洲许多国家步法国古典主义后尘，不同程度上有过自己的古典主义文学时期。古典主义文学一直延续到 19 世纪浪漫主义兴起，但它的影响至今犹在。

第二节　法国文学 [①]

16 世纪后期宗教和政治思想动荡，人文主义崇尚理性的传统受到怀疑，但到 17 世纪初，随着政治稳定，这一传统在法国重又得到认同，形成新的理性观。受这种理性观制约，从 17 世纪 30 年代起古典主义文学逐渐取得对巴罗克文学的优势并成为法国文学主流。法国古典主义是法国文学史上一个高峰，也是 17 世纪欧洲文学最高成就之一。古典主义是崇尚古希腊罗马文学的思潮或流派，作品多从古希腊罗马神话、历史和传说的文本汲取素材，以规范、严整、简练、明晰、崇尚理性为特征。它的黄金时代是马扎然摄政后期到路易十四亲政前半期，即 17 世纪 50—80 年代。古典主义既有鲜明的时代特点，又突出民族特色，它从若干重要方面设定了法兰西民族的审美标准，对未来几个世纪法国文学发展产生了极为深远的影响。

法国王权与贵族封建割据势力长期斗争，弗朗索瓦一世当政时王权一度强大，然而宗教战争削弱了王权。1589 年新教领袖、波旁家族的纳瓦尔王继承王位，为亨利四世。1594 年他皈依天主教，入主巴黎，在政体、财政、宗教诸方面大力推行改革，中央政权再次强大。1610 年亨利四世遇刺身亡，路易十三年幼，母后玛丽摄政，一时国

---

① 　此节缩写选用了李赋宁主编《欧洲文学史》第一卷《古代至十八世纪欧洲文学史》第五章的相关材料，新增的陈大明编写材料做了注明。

事废乱，封建势力再起。20 年代路易十三起用黎世留，中经马扎然摄政，到 1661 年路易十四亲政，宣布"朕即国家"，大刀阔斧建立中央集权体制。首先，王权镇压反叛贵族，剪灭封建力量，打击、瓦解新教势力。此外，路易十四又从行政、司法、财政、税务方面集中权力，把专制政体推向顶峰。在经济上黎世留和马扎然实行重商主义，促进贸易，特别海外贸易，推动经济发展。国家税收增加，国库渐趋殷实。

此期王权出于政治需要，从思想文化上钳制对专制王权不利的活动，把独尊古典主义作为政治一统的补充和保证。王权采取一系列重要措施，如打击天主教内部的异端冉森教和建立法兰西学士院（1635）。学士院的任务是编纂字典、语法、修辞法、诗学各一部，从语言和美学理论方面为文学立法，建立统一标准，培养统一审美趣味。继法兰西学士院后，又建立了画家和雕刻家学院（1648）、建筑师学院（1671），而国王支持的音乐家吕利则垄断了歌剧演出，从而在整个文化界形成了唯王权是尊的气氛。

除王权扶持，还有两个社会原因促使了独尊古典主义。1）对理性主义的普遍认同从观念上铺平了文学规范化道路。唯理论的旗手笛卡尔 1637—1649 年先后发表了《方法论》（1637）、《形而上学的沉思》（1641）、《哲学原理》（1644）、《论激情》（1649）。他的二元论哲学承认"物质实体"，但认为"精神实体"是独立的，认识起源于先验存在的理性。他的理论主张以理性为尺度审查一切，引起教会不满，著作遭禁，到 17 世纪后期才广泛传播。但他的著作较早流传于上流社会和文人阶层，对高举理性大旗的古典主义文学发展十分有利。2）宫廷社会和沙龙活跃。尽管沙龙的矫饰和夸张与古典主义美学背道而驰，但上流社会的交际生活是古典主义文学的温床。整个贵族阶级的生活和行为方式都以"宫廷做派""沙龙情趣"为模式，其文化心理为此模式左右。因此，宫廷和沙龙的语言与审美情趣以及对文学作品的评骘便为古典主义文学提供了文化环境。

从 16 世纪末起古典主义经过了约 30 年的准备，此阶段可称为先古典主义时期，开创人是诗人马莱伯（1555—1628）。他强调诗出自技巧而非灵感，必须有法可循；强调诗歌必须使用规范、明晰、人人通晓而又不粗俗的语言，要净化"七星诗社"以来的诗歌语言，清除古僻、外来、生造的词汇。他的诗歌理论与实践从语言和韵律等方面为古典主义文学奠定了基础。在他之后对古典主义文学繁荣做出较大贡献的是夏普兰（1595—1674）、沃日拉（1585—1650）和盖·德·巴尔扎克（1595—1654）。夏普兰作为法兰西学士院常务负责人，贡献主要在组织方面。巴尔扎克有时被称为修辞学家，因他的《书信集》（1624）对当时语言（主要是沙龙语言）的形成产生了重要影响。沃日拉是修辞学家、语法学家。他的《法语刍议》（1647）影响很大，以宫廷和沙龙生活阅历为依据，把语言习惯分为"好"与"坏"两类。"好"语言指有修养的贵族的语言。"坏"语言指"大多数人"，包括人民大众的语言和缺乏修养的贵族的语言。这本书成了文学语言的法典。

古典主义奉古希腊、罗马文学为典范，强调形式完美，其影响遍及各文学（和艺术）种类，特别在戏剧上。其实，古典主义法则大多为戏剧拟定，最著名的"三一律"指同一个情节，在同一个地点完成，时间不超过 24 小时。古典主义理论家称"三一律"是亚里士多德的古训，亚里士多德的《诗学》确实提出了类似思想。1637年高乃依的戏剧《熙德》成功上演，不久遭围攻，罪名是"违反三一律"等。争论发生后，"三一律"被提到文学法规的高度，其他一些规定如悲、喜剧严格有别等也都随之成了必遵的圭臬。这样创作的古典主义戏剧取得了辉煌成就，所以 17 世纪被称为戏剧世纪。

众多剧作家构成了古典主义戏剧星座，如梅莱（1604—1686）、罗特鲁（1609—1650）、乔治·斯居德里（1601—1667）、杜里耶（1605—1658）、托马·高乃依（1625—1709），但最著名的是悲剧作家皮埃尔·高乃依、拉辛和喜剧作家莫里哀。由于唯理论流行，抒情诗缺乏适宜土壤，叙事和说理性诗歌生存空间较大。前者的最高成就当属拉封丹的韵文《寓言集》，后者的代表作是布瓦洛的《诗的艺术》。小说当时仍属娱乐消遣范畴，但17世纪60年代小说也接受古典主义美学原则，其表现是：1）情节精练，2）语言简约明晰，3）人物理性。

17世纪出现了一批非纯文学的作家，写"美文"，广为效仿。当时的美文必须符合古典主义标准和沙龙情趣，语言准确精练，内容得体，叙述方式典雅，思想清晰。而文体则千差万别，包括论文、散文、格言、布道词、诔词、书信等。著名作家有：盖·德·巴尔扎克，他的《书信集》文笔典雅；德·塞维涅夫人（1626—1696）也以书信闻名，在信里议时政、评文艺，最感人的是她与女儿的通信；青年数学家和物理学家帕斯卡尔（1623—1662），以极大的热情参加冉森教派与天主教会的理论抗争，遗稿定名《思想录》（1670）；沙龙人物拉罗什富科（1613—1680）的《箴言集》（1664）议论贵族生活各方面，配以道德结论，语言简练，思辨机敏，获上流社会欢迎。

古典主义在17世纪法国加强了民族观念和对国家的责任感，推动了法国语言和民族文化形成。它强调文学的社会作用，主张文学反映生活，注意人物心理分析，对欧洲现实主义文学发展做出了贡献。但它为宫廷服务，迎合宫廷和贵族趣味，不考虑人民的爱好。它的人物概念化，缺乏个性。其理论家把古典主义文学法则说成是永恒的，就成为限制作家的清规戒律。尽管如此，法国古典主义作家还是写出了不少优秀作品。古典主义戏剧标志欧洲戏剧在莎士比亚之后走上了一个新阶段。

17 世纪值得提及的法国巴罗克风格诗人有戴奥菲尔·德·维奥（1590—1626）、圣塔芒（1594—1661）和斯卡龙（1610—1660）。维奥曾被教会判火刑，侥幸逃脱，他的《作品集》（1621—1623）收有哀歌、颂歌、十四行诗、讽刺诗和剧本。诗歌抒情性强、色彩浓烈，写心灵与自然的沟通。圣塔芒生活恣肆，主张诗性自然发挥。《饕餮者》（1631）是其代表作，其他还有《四季》《孤独》等。斯卡龙残疾后到教堂任职，著有仿古史诗《乔装打扮的维吉尔》（1648—1652），模拟维吉尔的《埃涅阿斯纪》。小说和戏剧作家有于尔菲（1567—1625）、斯居德里（1607—1701）、索雷尔（1600—1674）、阿尔迪（1570—1632）。于尔菲投巴黎沙龙所好，构想了田园牧歌小说《阿丝特雷》。故事讲牧羊男女青年的周折恋情并终成眷属。斯居德里在《阿丝特雷》影响下写了《阿尔塔麦娜，或伟大的西吕斯》（1649—1653）和《克蕾丽》（1654—1660）。小说用波斯和罗马为背景，写的都是巴黎沙龙贵族生活。索雷尔写市民和下层生活，如小说《弗朗西庸》（1623）写杂货店老板儿子受于尔菲小说影响，到处找自己的阿丝特雷，讽刺沙龙小说脱离实际。他还有《滑稽小说》（1651，也译为《演员传奇》），写一个剧团的流动演出和普通演员生活，在法国文学史上头一次把讽刺模拟移植到小说里，以史诗的宏大规模和气魄写日常打架斗殴和调情吃醋。他的小说接近巴罗克风格，幽默背后是作者的苦闷和对现实的怨愤。阿尔迪是法国剧坛最重要的巴罗克作家，一生写了 40 多出悲剧、悲喜剧和歌剧，还有戏剧诗。他的戏情节复杂，随心所欲，如戏剧诗《戴阿冉纳和沙利克雷》（1623）共 40 场，要演 8 天，像中世纪神秘剧。

皮埃尔·高乃依（Pierre Corneille，1606—1684）[①]是法国 17 世纪古典主义剧作家。他写过 9 部喜剧，但习惯上仍把他看作法国悲剧奠基人，有"悲剧之父"之称。他写的悲喜剧《熙德》1636 年公演，轰动巴黎，为法国古典主义戏剧奠定了基础。

他生在卢昂贵族家庭，当过律师，生活较优裕。1629 年他开始戏剧创作，从 1629 年第一部作品《梅里特》到 1635 年共写了 8 部悲剧和喜剧。悲喜剧《熙德》没有严格遵循古典主义规则，因而为当时的古典主义所诟病。面对巨大压力，他选择回乡，4 年后转而写符合古典主义规则的悲剧。1640 年他重新开始戏剧创作，写了悲剧 20 余部（包括合著），如《贺拉斯》(1640)、《西纳》(1642)、《波里厄克特》(1643)、《洛道古纳》(1644)、《安德罗梅德》(1650)、《尼科迈德》(1651)，但不再有《熙德》那样的辉煌。1674 年他停笔，把晚年的几部悲剧付诸一炬。

《熙德》故事来自 17 世纪西班牙诗人卡斯特罗的历史剧《熙德的青年时代》，故事梗概如下：年轻恋人堂·罗德里戈和施麦娜出身名门，不幸订婚前双方父亲发生争吵，女方父亲打了对方一记耳光。儿子为维护家门声誉同恋人之父决斗并杀了他。姑娘尽管深爱情人，但在责任和荣誉重压下违心地屡次要求国王处死他，而罗德里戈则决心一死谢罪。接着摩尔人入侵，罗德里戈出战，战胜了摩尔人，敌人尊称他"熙德"，意为"君王"。施麦娜压制感情，坚请国王让她挑选一人与罗德里戈决斗。国王假称罗德里戈已在决斗中丧身，施麦娜极度痛苦，向国王承认了爱情，最后答应成婚。

这出剧写男女主角的感情与贵族家庭的荣誉发生的尖锐冲突。在不能两全时，他们毅然先保荣誉，然后以死表示爱情的忠贞。高

---

① 高乃依部分基本由陈大明编写。

乃依的许多作品都被称为"英雄悲剧",以贵族的"责任""荣誉"战胜个人情感为主题。因这种主题的要求,戏剧多半写政治性事件,如《西纳》写推翻罗马皇帝奥古斯都的阴谋,《贺拉斯》写两个联姻家族为各自城邦的利益仇杀,《尼科迈德》写争夺王位。

《熙德》的语言流畅雄壮,为英雄的悲剧增色不少。特别是施麦娜刻画较成功,她的彷徨和痛苦得到细腻表现。父亲倒在情人刀剑下时,她心里掀起悔恨、自责和责任感的汹涛。她似乎听见父亲的血"喊着要报仇";她谴责自己漠然,把与罗德里戈的爱情比作魔力,责骂自己"我的心可耻地被别种魔力突然抓住"。她意识到自己的名声受"蛊惑人心的爱情"侵害,于是做了一个两全的决定,"我得对他起诉,叫他抵命,再随他死去"(张秋红译,下同)。于是她找到国王,强烈要求严惩凶手,"不仅为了减轻我的痛苦,更为了维护您的利益","为了整个国家的幸福,/您可得杀了这个肆意妄为的狂徒"。其实,罗德里戈内心也很矛盾。他在卫国战斗中表现得非常智慧和勇猛,但当得知自己非得决斗以满足爱人要他抵命的要求时,他对她说,"我这是去接受死刑,可不是去参加决斗;/当你一心要我抵命的时候,/我忠诚的爱情自然会打消我保命的念头"。施麦娜回答道,"即使你不想再活下去,自己的名誉你也得保全"。可见荣誉是剧中核心,但意外的是,叱咤风云的罗德里戈这时的回答却把爱情看得更神圣。最终施麦娜在国王不断说服下同意与罗德里戈结为眷属。国王最后指出施麦娜保全了自己的名誉,尽到了自己对父亲的责任,一切都是苍天别出心裁的安排。

高乃依写有戏剧理论著作:《论戏剧的功能和成分》(1660)、《论悲剧》(1660)、《论三一律》(1660)和十几篇名为《思考》的文章。其中,他解释了为什么喜爱表现理智战胜感情的主题,提出"崇敬"亚里士多德的"怜悯与恐惧"这两个悲剧动机之外的第三动机。他在《关于〈尼科迈德〉的思考》中指出，伟大人物的坚强在观众心里激起崇敬，它和人物的不幸激起的怜悯同样令人愉悦。用悲剧人物的责任感、荣誉感、意志和勇气来激发崇敬，这种悲剧观代表专制王权的需要及道德标准和价值观。

他的戏剧大多有多条情节，如《熙德》加了公主对罗德里戈的倾慕，体现作者受的巴罗克影响。晚期作品，如《阿杰齐拉》（1665）、《阿提拉》（1667），试写更复杂的感情矛盾，但他不善细致的心理分析和婉转的语言。1670 年他写了悲剧《提图斯和贝蕾妮丝》与拉辛同一主题悲剧竞争，结果不成功。1674 年在完成悲剧《苏雷拉》后他便收笔。

让·拉辛（Jean Racine，1639—1699）[①] 出身小官员家，自幼父母双亡，被亲戚收养，后在巴黎一修道院接受冉森派教士培养，学拉丁文和希腊文，对古代西方文化理解精深，1672 年入选法兰西学士院。他写过一出喜剧《讼棍》（1669），11 部悲剧，代表作是《安德洛玛刻》（1667）、《布里塔尼居斯》（1669）、《贝蕾妮丝》（1671）、《菲德拉》（1677）、《雅塔丽亚》（1691）。他的《伊菲莱涅亚》（1675）曾被挑选在路易十四宫里演出，这使其名声盖过高乃依。拉辛运用"三一律"自如，不感丝毫约束。

《安德洛玛刻》讲特洛伊城陷落后，特洛伊勇士赫克托耳的遗孀安德洛玛刻和儿子阿斯蒂亚纳克斯被俘，阿喀琉斯的儿子，埃庇鲁斯王庇吕斯爱上安德洛玛刻，欲娶为妻，遭严词拒绝。希腊其他城邦联合派使节俄瑞斯忒斯来见庇吕斯，要杀阿斯蒂亚纳克斯。庇吕斯借机要挟安德洛玛刻，她以庇吕斯发誓保护她儿子为条件屈从。俄瑞斯忒斯原是庇吕斯未婚妻赫米欧娜的恋人，赫米欧娜因遭背叛

[①] 拉辛部分第一、二段生平和作品介绍以及菲德拉心理活动的引文分析为陈大明撰写。

气愤之极，答应嫁俄瑞斯忒斯，但要他杀庇吕斯。安德洛玛刻原准备在婚礼的神庙自尽，不料俄瑞斯忒斯先杀了庇吕斯。而后赫米欧娜自尽，俄瑞斯忒斯疯癫，安德洛玛刻成了埃庇鲁斯的统治者。此剧悲剧气氛浓烈，虽安德洛玛刻摆脱了厄运，但其他三人都走向毁灭。庇吕斯放弃希腊城邦君主的责任，爱上女俘，葬送了自己，也改变了与他相关人物的命运，围绕他展开的多角冲突把情节推向高潮。俄瑞斯忒斯和赫米欧娜也一样，把个人感情放在责任之上，结局惨烈。

《菲德拉》是拉辛另一名剧。雅典小城特里吉恩国王忒修斯旅途中身亡，消息传回后王后菲德拉听从侍女的话，向儿子希波律特斯吐露了爱慕，王子大惊。王子与雅典王室后裔阿利西亚私下相许，约定出走。但忒修斯突然返回，张皇中菲德拉竟同意侍女的主意，反诬儿子对她不轨，忒修斯震怒。菲德拉欲告实情，却因嫉妒儿子与阿利西亚相爱，任丈夫呼唤海神惩罚儿子。之后菲德拉服毒，死前吐露实情，但为时已晚。希波律特斯的马受海中突现的怪兽惊吓，令他翻车摔死崖下。该剧情节框架简单，构思高度凝练。

菲德拉的心理活动是该剧成功的关键，她既有罪，又无罪。虽因她乱伦的感情引起这场悲剧，但这是维纳斯为报复她母亲而使她产生罪恶感情，所以她也是受害者。菲德拉得知丈夫突然返回后，悔恨自己听侍女的话向儿子示爱，责备自己乱伦和诬骗，罪恶滔天。她悔怨道，"我在干什么？我的理智哪儿去了？/我嫉妒？我要去哀求忒修斯？/我的丈夫还活着，我却欲火难耐。/为了谁？我的一片心意付与谁？/每一句话都使我头上毛发悚然！"（华晨译，下同）剧中神的因素实为与人为敌的超自然力量，是毁灭性的。菲德拉的悲剧在于她清醒地意识到激情的毁灭性而不能解脱。侍女因帮她诬骗也自杀，她的一番话道出当时历史条件下人对神或命运的无可奈何："人不能左右命运，您只是被注定的命运所支配"，"人类的弱点本来就是在所难免，/凡人的命运由天而定，不可改变"。如果说高乃依力图把荣誉感和责任感描写得崇高，那么在拉辛作品里崇高的情感罕见，激情和欲望成为悲剧的根源。

拉辛高度重视艺术的逼真，他不取高乃依常用的"特殊"事件，即使写神话题材，人物的感情、心理和行为必须真实可信。在拉辛的时代，高乃依盛期的英雄主义已逝，耽于享乐的贵族需要感情细腻的戏剧。他因此放弃英雄主义，转而深入探索人的复杂内心、人性的弱点和激情的破坏力。庇吕斯、菲德拉等都因欲望驱使而成悲剧中的牺牲品。他聚焦人本身的悲剧性，所以无需复杂情节。他的悲剧纯净清澈、深沉，但对人、人生、人性没有高乃依作品乐观，因为他的时代多骄奢淫逸，缺乏英雄主义和责任感。另外他幼年成孤儿，在冉森派修道院生活，这也铸下了他的悲观主义。

《菲德拉》受冷落后拉辛搁笔，路易十四赏识他，任命他为王室史官。停笔 12 年后，1689 年他应曼德侬夫人请求，写了以《圣经》故事为题材、供修道院寄宿女生自演自娱的戏《以斯帖》（1689）和《雅塔丽亚》（1691）。这两部作品保持了简练明快的风格。《以斯帖》打破了五幕的传统结构，改为三幕。为适应演出，两出戏都加上仿古希腊悲剧的合唱，节奏激烈紧张，并因对规则的遵守稍有松弛，艺术上较过去作品有超越。

莫里哀（Molière，1622—1673）[①] 是法国 17 世纪喜剧作家、演员，法国古典主义文学杰出代表，古典主义喜剧创建者，在欧洲戏剧史上的地位十分重要。他原名让－巴蒂斯特·波克兰,父亲是富商。他放弃了长子继承权，投身演艺事业，后来自己有了剧团，浪迹外省 12 年。1658 年路易十四亲许他在小波旁宫演出，后移到"王宫"

---

① 莫里哀部分《悭吝人》的评析由陈大明加了引文和分析。

剧场。当时巴黎演剧界由"布高涅"和"马莱"两剧院把持，他的剧团在夹缝里生存、发展，终于同他们鼎足而立。莫里哀身兼剧团老板、编剧、导演、演员。他创作时忧患意识时时伴随，这是他与高乃依、拉辛的重要区别，他创作的许多特点也由此产生。

　　莫里哀开始创作时，喜剧在约半个多世纪的萧条后已随整个戏剧的繁荣而显现生机，出现了一些观众喜爱的剧作。喜剧在法国有悠久传统，中世纪的傻子剧、笑剧都是喜剧，市民阶级的现实生活构成题材来源。古典主义戏剧理论认为，悲剧应写大人物和英雄，喜剧则写小人物和丑角。在传统和规则双重作用下，17世纪的喜剧多写现实生活，莫里哀充分认识并发挥了喜剧这一特点，他的艺术观是"假如你的戏里没有表现出你这个时代的人，你就等于什么也没做"。他淋漓尽致地描绘了那个时代各色人物，特别是资产者的怪相和丑态，对金钱、婚姻、继承权、阶级关系等问题做了富有启示的思考，获得了法国喜剧作品前所未有的历史地位和经久不衰的审美价值。

　　1661年《丈夫学堂》上演，标志他找到了自己的喜剧道路。翌年《太太学堂》上演，遭猛烈攻击，他赶排了《关于太太学堂的批评》和《凡尔赛即兴》加以反驳。他通过剧中人物阐明他观察社会、表现生活的角度和方法，反复指出自己依据的是"一般人的良知"，就是一种带有蒙田哲学色彩、主张节制、务实的世界观和人生观。在这面镜子里，人生受利欲驱使的情感和行为都凸显出畸形的、滑稽的面貌。资产者对金钱的过度追逐、对贵族地位的盲目羡慕和向往、对人生常理的无知，都是嘲笑对象。贵族阶级的妄自尊大和贪婪、为追求风雅走向极端而出现的精神与行为变态，也被无情嘲弄。

　　莫里哀的成功得益于生活经验的积累。他的富裕出身、青年时创办剧社、负债倒闭后坐牢、12年外省旅行演出等丰富了他的阅历，惨淡经营剧团的艰辛更使他洞悉人情冷暖。其次，他突破了古典主义形式主义约束，正确处理了形式和内容的关系。他的创作十分灵活，根据题材做不同变化，也注意适应演出需要，作品形式多样，对各种形式驾驭自如。他既遵循"三一律"，创作了《太太学堂》、《达尔杜夫》（1664）、《愤世者》（1666）、《博学的女人》（1672）等规则喜剧，每剧五幕，用诗体写成，也写了《唐璜》（1665）、《堂·加尔西》（1661）这样粗犷的西班牙风格喜剧，还吸收意大利即兴喜剧手法写了《悭吝人》（1668）、《斯卡班的诡计》（1671）。他还把芭蕾舞和歌剧与戏剧杂糅，编写了《艾利德公主》（1664）、《醉心贵族的小市民》（1670）等。古典主义重悲剧，喜剧规则较宽松，这给他提供了方便。他的创作只有"愉悦观众"的原则，也就是赢得观众笑声，首先是宫廷的笑声。他的成功还因在辛辣嘲讽的同时准确地揭示了人物生活中深层次的畸形状态，如《达尔杜夫》的主角是个身披僧袍的恶棍，典型的伪君子。他满口"仁爱""宽容""灵魂拯救"，骗取了大资产者阿尔贡的信任，住进阿尔贡家。他作威作福，调戏主人妻子，谋取他的财产，被揭露后向朝廷诬告阿尔贡谋逆，最终因圣上英明他的恶行彻底败露。作者没满足把这人物嘲笑一番，他深入灵魂，分析邪恶的物欲如何扭曲正常情感和心态，以及虚伪如何被掩饰包裹起来而变得荒唐可笑。

《悭吝人》中的阿巴贡是法国文学史上第一个守财奴和高利贷者，莫里哀最富喜剧性的人物。他嗜钱如命，逼别人借高利贷，最后发现他放黑心印子钱的对象是自己的儿子。最具喜剧色彩的是，在父子俩发现真相前，儿子大骂放高利贷的人（他父亲）"十足是个精明透顶却置人于死地的刽子手"（杨路译，下同），认为对方是在趁"我急需钱这个关口"，一再提出苛刻条件。剧中另一人物认为阿巴贡是"人类中最无感情、最心狠手辣、最为抠门的人"，"要想从他那儿得到钱财，那就来世再取吧"。还有一喜剧场面是，阿巴贡出于抑制不住的好奇，急欲向雅克师傅打听大家如何评论他。雅克通过重复使用"我听人说""我还听人说""我又听人讲"等，借他人之口对吝啬鬼当面进行炮轰和数落，比如"为了让自己家里上上下下的人少吃一点粮食，竟在自己专门印制的历书中把一年四季的斋日和举行圣典之前吃斋的日子加了倍"，"为了借故不给下人一些东西，竟然凡逢过节或下人们休息之时专挑他们的刺儿"，而且"竟然因为街坊家的猫偷吃了您还未吃完的一块羊腿而上告猫的不是"，"为了让马少吃些料竟然深夜到马棚去偷荞麦"，结果被车夫痛打了一顿。雅克最后的总评价是："他们凡是谈起您，总是以吝啬鬼、钱串子、财迷、放高利贷的称呼作为您的代名字"。

阿巴贡想续弦，却舍不得花钱，想乘孤女寡母穷厄之机强娶，不料孤女是他儿子的情人。他不知情，所以让儿子替他"换种方法"向女方示爱。儿子逮住这机会尽情挥洒地"以家父的身份"向恋人表达了爱慕之情，夸赞她是平生见到的最美女子。他表白道："我最大的奢望就是娶您为妻"，"如果我能得到您这珍稀之珠，即使是赴汤蹈火，我也在所不辞"。阿巴贡听着听着觉得不对劲，立马叫停，冲着儿子嚷道，"我的天啊！难道要对她表达我的心迹，还用得着你替我说吗？难道我是哑巴，自己不会说？"埋在花园里的钱箱被窃后，阿巴贡在舞台上那半疯癫的独白把喜剧效果推向高潮。他哭天抢地道，"天啊，这还有没有王法，这苍天还有没有眼啊！我这辈子可就随之完蛋了，被人暗地里偷走了我的钱，这简直是把刀往我脖子上搁呀"。他嚷着要抓小偷，"站住。你这死鬼，把钱还我。"但他抓住的却是自己的胳膊，他问自己："啊！原来是我自己！天哪。我这是怎么了？"他把失窃的钱称作"患难之友"，大悲大痛道，"如果失去了你，我活着还有什么意思呢？不再有依托、安全、快乐，我的一切都随之而逝，我也会因失去你而丧命的。"他怀疑周围所有人，还切齿悲愤地说，"求你们了，他在你们中间躲着吗？为什么他们全满脸堆笑地盯着我？难道他们都参与了这偷钱一事？好，我要把警官、宪兵队长、法官、刑具、绞刑架、刽子手一并找来，让你们一个个都受绞刑而死。唉呀，我这钱呀，如果找不到它们，我还不如一死百了，上吊得了"。他的疯癫独白揭示出这守财奴的悲剧，他令人捧腹的言行实际上源于他灵魂被金钱吞噬的悲剧性社会存在。

莫里哀创作多样，有写万千事态的强烈愿望。他创造形式而不被形式局限的原则使他与高乃依和拉辛拉开了很大距离。他的作品在很多方面与其说是古典主义的，毋宁说是巴罗克的。但在根本上他仍属古典主义，因为他的作品遵循古典主义简约明晰的基本审美标准。当然他也有作品构思粗糙、拼凑痕迹明显的缺点，这些大都是遵路易十四之命仓促写作造成的，《凡尔赛即兴》就表现了这种遵命的无奈和近似黑色幽默的情绪。

17世纪法国古典主义诗歌的优秀成果是拉封丹的韵文体《寓言集》。**拉封丹**（Jean de La Fontaine，1621—1695）出生于官吏家，学过法律。他30岁得到财政总监富凯赏识，富凯遭路易十四囚禁后他写诗为富凯求情，受到牵连。他卖掉房屋、地产和头衔，过着寄人篱下的生活。在他进入法兰西学士院时还遭路易十四阻拦。这些经历使他怀疑、嘲讽和批判现实。他的《寓言集》（于1668—1694年出版11卷，后增补第12卷）大大突破旧局限，最长的故事562行，许多寓言有细致的人物和场景，情节完整，成为小型叙事诗。名篇有《园主和老爷》《患瘟疫的兽类》《狮子》《樵夫与死神》《猫狗之战和猫鼠之战》《狼和小羊》等。他的寓言借动物教化人，大胆揭露、批判封建等级制度下贵族鱼肉人民，抨击路易十四穷兵黩武，并透过现实深入哲理，解析人生。他还著有一部《故事集》（1665—

1674）、一些抒情诗歌及戏剧。

布瓦洛（Nicolas Boileau Despreaux，1636—1711）也是此期重要诗人，主要作品有《书信诗集》（1668—1695）、《讽刺诗集》（1661—1711）、叙事诗《唱诗台》（1669—1674）、《诗的艺术》（1674）和《关于朗吉努斯的思考》（1693）。当时沙龙诗风造作、社会道德败坏，引起他的危机感，形成他诗歌激烈论辩和尖酸讽刺的特点。他在作品中反复强调诗歌要有新思想，诗人的首要任务是发现和表达人类精神的纷繁复杂。代表作《诗的艺术》用诗体写成，参照高乃依、拉辛、莫里哀等优秀古典主义作家的创作，集中梳理、总结了16世纪末以来零散的古典主义诗学理论。他强调艺术鉴别标准是上层贵族的趣味，并把文学创作简单化为一种技能，有局限性和僵化的一面。

此期法国文学界发生了**"古今之争"**，争论古希腊、罗马文学和当代文学的地位。第一次在17世纪80年代末、90年代初，由法兰西学士院院士贝洛（1628—1703）的长诗《路易大帝时代》引起。该诗称路易十四为"太阳王"，赞美他在位期间的法国文学成就，试图证明此期法国文学艺术为世界新高峰，不逊色于古希腊、罗马文学。布瓦洛、拉辛和拉封丹等古典主义作家持反对意见，引发争论。第二次发生在18世纪初，起因是荷马史诗的翻译。剧作家、诗人乌达尔·德·拉莫特（1672—1731）1715年发表了散文体改写本《伊利亚特》和《奥德赛》。古希腊、罗马文学专家达西耶夫（1647—1720）著文《趣味堕落考》猛烈攻击该作品是对荷马的歪曲和亵渎。乌达尔又写文章驳斥，提出荷马诗歌有些描写不合当代人趣味，删节和改动理所当然。于是纷争又起。实际上布瓦洛一派代表了走上衰落的古典主义，而贝洛一派代表正在兴起的理性主义和即将开始的时代。"古今之争"并没否定古典主义的审美观和审美趣味，它的影响继续跨入18世纪。

第三节 英国文学 ①

17 世纪英国最动荡，资本主义迅速发展，资产阶级同占统治地位的封建地主贵族的矛盾日益尖锐。1625 年查理一世登基，议会对他持不信任甚至反对的态度。他解散了议会，但又被迫在 1640 年重新召开议会会议寻求财政支持。这个议会延续到 1653 年，不受国王控制，史称长议会。1642 年国王到全国集结军队同议会抗衡，内战爆发。1649 年以克伦威尔为首的革命军打败国王军队，查理一世被俘，经审判定为人民的敌人斩首。这就是英国资产阶级革命，带有强烈宗教色彩。清教作为中小资产阶级教派随资本主义发展强大，与英国国教派对峙，发生激烈论战。大量为清教争辩的文章和宣传册子矛头指向上层贵族和教会首脑，为资产阶级革命做了思想和舆论准备。克伦威尔和他的追随者都是清教徒，奉行清教原则，宗教之争成为革命的重要内容。所以，英国资产阶级革命也称清教革命。清教的基本群众是中小工商业者、商贩、手工业匠人和市民。它宣传努力工作、勤俭节欲，反对教会礼仪铺张浪费，并谴责一切物质享受，提倡所谓的洁身自好。清教的主张既反映资产阶级上升期的积极面，也是他们要积累财富和资本必然持有的生活态度。然而成功不久，革命阵营就产生了分歧和新矛盾。议会里占统治地位的大资产阶级和他们组成的清教长老会派同中等资产阶级和他们的独立教派间分歧愈演愈烈，小手工业者、匠人、商贩和他们的代表"平均主义者"（levellers）和"掘地派"（diggers）提出的平等自由要求

① 除了特别加注的部分，这一节是李赋宁主编《欧洲文学史》第一卷《古代至十八世纪欧洲文学史》第五章相关章节的节缩。

受到压制。为保障大资产阶级利益，克伦威尔很快在英国建立了资产阶级专政，自封护国公。他去世后，大资产阶级与残余的封建上层联合，于 1660 年请回查理二世，史称王权复辟。

资产阶级与封建贵族的斗争及其革命思想影响了英国此期的文学。首先，因政治和宗教斗争需要，政论性小册子和文章流行。弥尔顿早期就是个号召力很强的政论文作家，写了不少拥护革命、捍卫自由的文章，为英国人民申辩，驳斥保皇势力。然而，令弥尔顿永垂青史的还是他创作的英国文学中气魄最宏大的史诗，体现了献身高尚事业的思想境界。与弥尔顿史诗不同的是骑士派和玄学派诗歌。它们虽在主题上局限较大，在艺术上却精雕细镂，特别是玄学派诗歌把敏捷活泼的思维与强烈的宗教和爱的激情融合，是英诗中突起的异军，对现代英诗产生了很大影响。

查理一世时戏剧渐衰，是伊丽莎白戏剧盛期的尾声。主要剧作家是马辛杰（1583—1640）、福特（1586—1640）、布罗姆（1590—1653）和雪利（1596—1666）。马辛杰曾与弗莱彻合作写了十多部作品，最优秀的喜剧是《偿还旧债的新方法》（1625）和《城市太太》（1632）。他的悲剧《米兰公爵》（1621）和《不自然的战斗》（1624）是神秘故事情节剧，《罗马演员》（1626）和《边听边信》（1631）则属古典历史悲剧，富有想象力。福特著名的作品《可惜她是妓女》（1632）讲兄妹乱伦。作者没为他们辩护，却表同情。其他剧作有《情人的悲哀》（1629）、《爱的牺牲》（1633）、《破碎的心》（1633）。他擅长写悲哀、忧郁、绝望，但往往被次要人物的喜剧因素冲淡。布罗姆主要写喜剧，如乡村浪漫喜剧《一伙快活人》（1640）。雪利多产，尝试几乎所有题材，如轻松喜剧《风趣的美人》《行乐妇人》和意大利恐怖题材悲剧《叛徒》（1631）、《枢机主教》（1641）。他的剧作缺乏实际内容，题材贫乏，反映了英国戏剧盛期结束。1642 年英国剧院被关闭，1660 年王政复辟时才开禁。①

　　弥尔顿（John Milton，1608—1674）出身富裕家庭，自幼受清教思想熏陶。他 15 岁就学了拉丁文、希腊文、希伯来文，并试译《旧约·诗篇》。他 16 岁进入剑桥大学基督学院，1629 年和 1632 年先后获学士和硕士学位。1635 年他随父迁至温莎附近别墅，钻研古代和文艺复兴文学和哲学，深受人文主义思想影响，写了些诗歌。1638 年他旅行意大利的佛罗伦萨、罗马、那波里等名城，和文人学者交往，会见被天主教软禁的伽利略，接触灿烂的意大利文化。1639 年英国形势紧张，他返伦敦参加了反对国教的论战，1641—1645 年发表过许多政论散文。1649 年共和国成立，他被新政府任命为拉丁文秘书，写政论散文捍卫新生的共和国。他发表的《论出版自由》成为出版史上言论自由的里程碑，在美国独立战争和法国大革命中得到广泛认同和推崇。因操劳过度，他双目失明。1660 年王朝复辟后他遭迫害，部分著作被烧毁，曾一度被关押，后在友人帮助下获释。随后他全力投入诗歌写作，完成了杰作《失乐园》《复乐园》和《力士参孙》，其中《失乐园》是世界文学的璀璨明珠，可与荷马史诗和《神曲》并提。

　　他的创作分三期。1）创作准备期（1625—1639）。他开始将希腊、罗马传统和基督教传统融合，追求崇高诗歌的理想，基督教人文主义倾向初露端倪。主要作品有《圣诞晨歌》（1629）、1631 年的姐妹篇《欢乐的人》和《沉思的人》、假面剧《科马斯》（1634）和 1637 年为悼念溺海而亡的剑桥同学爱德华·金写的牧歌式挽歌《黎西达斯》。黎西达斯是古典牧歌中牧人名字，喻指爱德华。诗中的"牧人"在古典传统中指诗人，在基督教传统中指牧师。"牧师／诗人"

---

① 此段剧作家简介来自李赋宁主编《欧洲文学史》第一卷《古代至十八世纪欧洲文学史》第四章第五节的相关材料。

是作者心中基督教人文主义诗人的理想形象。

2）创作中期（1640—1660）。他投入宗教和政治论战，发表反教会的小册子，如《论英国教会的教规改革》（1641）和《论教会机构必须反对主教制》（1642）。他的《论出版自由》（1644）力争言论和出版自由，他说，"毁坏一本好书，即是消灭理性本身。"查理一世被处死后欧陆出现许多小册子，污蔑英国新生的共和国，为查理王朝辩护。作为驳斥，他出版了《论国王与官吏的职权》（1649），还受革命政府委托，用拉丁文写了有名的《为英国人民声辩》（1651）和《再为英国人民声辩》（1654），从《圣经》和古希腊、罗马的政治学说中找根据，旁征博引地证明人民有废除和杀死暴君的神圣权利。在王朝复辟前夕，他发表了《建设自由共和国的现成和简易的办法》（1659—1660），希望挽救革命，表现了对革命的忠诚和坚强斗志。此期他也写了16首十四行诗，有涉及个人题材的，如写他的失明和悼念亡妻；也有涉及政治和宗教题材的，如致费尔法克斯将军和献给克伦威尔的诗。他用彼特拉克十四行诗体，但不在第八行末尾停顿，而把前八行的思想和节奏带进后六行。他的诗音韵响亮豪放，雄浑激越，拓宽了十四行诗的领域。

3）创作晚期（1660—1674）。他坚信真正的诗歌应"滋养一个民族的美德和信仰"，1642年表示想写一部"伟大的英国史诗"，最后决定写基督教主题，成果就是取材于《圣经》的史诗《失乐园》（1667）、《复乐园》（1671）和希腊式悲剧《力士参孙》（1671）。

《失乐园》12卷，1万余行，故事取自《创世记》。第一、二卷写撒旦反叛上帝被打入地狱，便想间接报复，毁灭上帝创造的人类。第三、四卷写上帝知道撒旦的阴谋，但为考验人类，便不阻止撒旦；撒旦穿越混沌，潜入乐园。第五、六卷写上帝派拉斐尔天使到乐园警告亚当面临的危险，并讲述原大天使撒旦如何因骄矜自满，纠合天上三分之一的天使与圣子交战。第七、八卷写拉斐尔讲述上帝创造世界和人类的经过。第九卷写亚当和夏娃意志不坚，受蛇身撒旦引诱，违背上帝指令，偷吃了知识树上禁果。第十卷写上帝决定惩罚他们。第十一、十二卷写上帝派迈克尔天使把他们逐出乐园。放逐前，迈克尔向他们揭示了人类入尘世后将经受的灾难和考验。

弥尔顿仿古典史诗，一开始就吁请上天赐予灵感，说明诗的主题是描述："关于人类最初违反天神命令／偷尝禁树的果子，把死亡和其他／各种各色的灾祸带来人间，并失去／伊甸乐园，直等到一个更伟大的人来，／才为我们恢复乐土的事"（朱维之译，下同）。他还接着指出他写这首诗的宗旨是为了"阐明永恒的天理，／向世人昭示天道的公正"。撒旦是恶的象征，上帝允许他的存在是为了考验人的信仰是否坚定，因此给人以自由意志，在善、恶间选择。但亚当和夏娃未能经受住考验而堕落了，他们是咎由自取。尽管如此，上帝仍给他们指出获得拯救之路。

史诗指出堕落的两个原因：1）骄傲的撒旦野心勃勃，骄矜自负，而夏娃追求超凡的知识和力量，妄想成神，实质上重演了撒旦的罪恶；亚当的骄傲在于他对天文的过度好奇超出了对上帝的无条件信任。2）理性薄弱。夏娃理性不强，亚当意志不坚，把对妻子的溺爱置于对神的忠诚之上。弥尔顿重视教育和科学，肯定知识，但认为最高的知识在于认识上帝，否定离开最高真理（上帝）去盲目求知。他认为只有服从上帝、坚持至善才能享有真正的自由。这些都是基督教人文主义思想的反映。

《失乐园》的人物以撒旦的描绘最有声有色。前两卷仿古典史诗刻画撒旦，把他描绘成高大的英雄，但他的所谓英雄气概受骄矜和野心支配。诗中一面让撒旦不断发出豪言壮语，一面又用寓言手法揭示他的本质：撒旦一产生反叛上帝的思想，就从他头脑中蹦出了女儿"罪恶",接着他和女儿乱伦生下了"死亡",这两个恶魔把守地狱大门,同魔首撒旦一起构成地狱里"撒旦-罪恶-死亡"的"三位一体",与天堂中"上帝-圣子-圣灵"的三位一体对照。外表和本质的矛盾突出了撒旦的虚伪欺诈,如花言巧语诱骗众天使反叛上帝和引诱夏娃偷食禁果。诗人还根据魔鬼形体多变的传统手法,运用众多明喻来描绘撒旦:他由巨鲸列维坦变成兀鹫、恶狼、鸬鹚、蟾蜍等,直到最后变成蛇。第一卷地狱中的撒旦把自己的头"抬出火焰的波浪上面",两只眼睛"发射着炯炯光芒",又长又大的肢体"平伏在火的洪流上"达几十丈。他被比作神话中的"巨人泰坦","或者像那海兽／列维坦"。在第十卷里,撒旦得意地夸口说自己变成蛇欺骗了人类,并等待全体堕落天使鼓掌喝彩,但发现叛逆天使都变为蛇了,他自己也倒地"变成一条巨大的蛇"。撒旦在外形上逐渐缩小和变低级的过程揭示出他的欺诈特征和罪恶本质。[1]

本诗从地狱转上天堂,再返回人世,描绘了无比壮阔的背景。这种空间结构有等级,顶端是上帝、圣子和众天使居住的天堂;往下是混沌,其间悬挂着由一根金链从天堂垂下来的新创造的世界;底端是撒旦和反叛天使被打入的地狱。这几个区域没截然分开,善恶天使、圣子及"罪恶"和"死亡",都在此间上下穿行。日月星辰、风雨云霓、草木流泉、鸟兽虫鱼都融进并颂扬神圣的宇宙和谐。地狱、混沌、乐园和天堂不仅是空间等级,也是精神等级,表明不同的思想状态,因而在乐园里也会感到地狱(撒旦)的存在。这象征人类堕落的悲剧可能不断重演,但也总有凭恢复信仰而获得新生的可能。因此《失乐园》的空间结构有助于增强诗的主旨,使人类的堕落和新生成为永恒主题。

---

[1] 上面举的《失乐园》第一卷和第十卷的引文分析由陈大明撰写。

　　《失乐园》从多方面继承并发展古典史诗传统，如从"故事的中心"开始倒叙，逐一介绍堕落天使、地狱里的辩论、对拯救之路的预言、大量瑰丽的明喻、宇宙的空间等级结构等。史诗风格宏伟，但也包含精美的抒情等多种风格。例如，展现亚当和夏娃在伊甸园里生活非常美好的情景："他们在草地上，丛林荫下，/ 一道清澈的泉水旁边坐下来"，"他们并坐，斜倚在花团锦簇的 / 柔软的堤上，顺手采摘枝头鲜果"，"少不了温柔的情话，爱的微笑"。全诗为无韵诗，常用大词和倒装结构，音调雄浑洪亮，表现力很强。①

　　史诗《复乐园》分四卷，取自《马太福音》里耶稣受试探的故事。耶稣在约旦河畔受圣约翰洗礼后，圣灵引他到旷野禁食 40 天，受魔鬼撒旦的三次试探。撒旦用盛宴和财富、权力和富贵引诱他失败后，就用暴力试探，让耶稣从耶路撒冷圣殿最高塔尖上跳下去。耶稣叱退撒旦，被天使们接到美丽的山谷中，接着展示了天上的筵饮和乐舞，庆祝乐园恢复。《复乐园》和《失乐园》题材无联系，但主题密切相关。《失乐园》写信仰不坚、理性受情欲支配不能抵制诱惑而失去乐园。《复乐园》则歌颂理性（耶稣）战胜情欲（撒旦），强调依靠坚定信仰复得灵魂的乐园。诗中歌颂耶稣的坚定意志和英雄品质，批判古典史诗追求感官享乐、世俗荣誉、财富、权力和学问等异教英雄模式。撒旦带耶稣俯瞰雅典，用希腊文明引诱他，宣扬知识可通向世俗权力，鼓吹通过知识猎取荣名，实现在思想上统治世界的野心。耶稣严厉批驳了撒旦关于古典学问的诡辩，宣扬学问应有助于促进道德，而最高的智慧来自上帝。《复乐园》意象较少，明喻不多，但语言朴素，句子简短，单音词构成的诗行较多，铿锵有力，与《圣经》文体相近。

　　《力士参孙》取材于《士师记》。参孙是以色列英雄，是勇武的

_____

① 此段中的引文为陈大明添加。

大力士，屡建奇功，他的主要敌人是从海上入侵的非利士人。他喜爱非利士女子大利拉，并把自己力气的根源在头发这秘密泄露给她。结果他被敌人剪去头发，挖去双眼，戴上镣铐，关在牢里服苦役。后来他的头发长出，力气恢复。非利士人想在他们大庆节日的宴会上，叫他表演武艺，给文武百官和民众取乐。他趁此机会撼倒大厦的两根支柱，与敌人同归于尽。《力士参孙》是希腊式悲剧，结构匀称，分五场：开场是参孙和歌队，随后是参孙和玛挪亚、参孙和大利拉、参孙和赫拉发、参孙和官员，最后是退场和孔摩斯歌。诗剧以参孙的新生为主题，神通过严厉的惩罚教育参孙，通过痛苦、悔恨、绝望，促使他彻底悔悟，恢复了信仰和对自己的信心，终于为神和民族完成了伟大壮举。他最后的话说明他的宗教、社会和个人价值观："我不会对不起 / 我们的神，法律，民族和我自己。"（殷宝书译）歌队颂扬他死而复生，他"恰似永生的神鸟，千载流芳"。这一悲剧语言质朴有力，音律富于变化，是弥尔顿艺术的新发展。①

　　17世纪的**玄学派诗歌**（metaphysical poetry）也很重要，与骑士派诗歌（cavalier poetry）形成并行派别。前者因其学者诗风，喜用玄学写诗而得名，主要代表是**约翰·多恩**（John Donne，1572—1631）、**乔治·赫伯特**（George Herbert，1593—1633）和**安德鲁·马维尔**（Andrew Marvell，1621—1678）。骑士派追随文艺复兴期桂冠诗人本·琼生，讲究典雅和音律，颂唱爱情、宣扬鸟语花香和及时行乐，其代表诗人是罗伯特·赫里克（1591—1674）、约翰·萨克林（1609—1641）和理查德·勒夫莱斯（1618—1657？）。玄学派诗歌不满传统的甜蜜抒情，从科学、哲学和神学中摄取意象，以奇思妙喻（conceit）著称，并采用辩论方式，充满夸张和悖论。在语言上该派采用口语

---

① 此段中的引文为陈大明添加。

体和自然说话节奏，不追求音律规则。比如多恩在《别离辞：节哀》诗中用圆规两只脚比喻情侣灵魂不分离。因其奇特和思辨特点，玄学派诗歌一直不被看好，直到 20 世纪 T. S. 艾略特为其专门著文后该派诗歌逐渐得到重视。

　　复辟时期最有名的诗人、剧作家和评论家**约翰·德莱顿**（John Dryden，1631—1700）在革命时期拥护过克伦威尔，复辟后支持查理二世，1668 年受封桂冠诗人，放弃国教改信天主教。1688 年光荣革命后他丧失政府职位，专心写作。早期以时政诗知名，如歌颂克伦威尔的《英雄诗》（1659）、欢迎复辟国王查理二世的《回来的星辰》（1660）、抨击辉格党人阴谋篡权的著名讽喻诗《押沙龙与阿奇托菲尔》（1681）。复辟后剧场开放，他写了约 30 部剧，有喜剧、悲剧、歌剧，但自认为最成功的是英雄悲剧，如《印度皇后》（1664）和《印度皇帝》（1665），用英雄双韵体写成。他还被约翰逊称为"英国文学评论之父"，主要评论有《论戏剧诗》（1668），是对话性评论，通过四个对话者深入讨论文坛热议话题，推崇英国戏剧，主张在尊重传统的基础上创新。

　　1660 年王政复辟后，查理二世喜爱法国宫廷戏剧，剧院重新开放，以风俗喜剧为主，来迎合王公贵族和悠闲文人的口味。主要剧作家有艾思瑞吉（1634？—1691）、威彻利（1641—1715）和康格里夫（1670—1729）。艾思瑞吉代表作是《风流人物》（1676），为喜剧语言和结构树立了榜样，在英国戏剧发展史上占一席地位。后两位进一步发展和完善了英国风俗喜剧，威彻利主要剧作是《乡下女人》（1675）和《光明磊落者》（1676）；康格里夫代表作是《如此世道》（1700）和《以爱还爱》（1695）。风俗喜剧写婚恋、误解、诡计，剧情错综复杂，语言机敏俏皮，讽刺世俗现象犀利。虽趣味低级，复辟戏剧是英国戏剧的一个阶段，后世剧作家如谢里丹、王尔德和肖伯纳都受到影响。

约翰·班扬（John Bunyan，1628—1688）出身虔诚的浸礼教徒家庭，幼时受过一点写读启蒙教育。1644 年他报名参加克伦威尔的议会军，为清教理想战斗。1647 年退伍后他做白铁匠，同时潜心读《圣经》，1653 年开始在家乡布道，宣传清教观点。为此，复辟后他遭到阻挠和迫害，1660—1676 年他两次被捕入狱，在狱中写书，获释出狱继续传道，前后完成了十多部著作。主要作品有《上帝赐予最大罪人的无限恩惠》（1666）、《坏人先生传》（1680）、《圣战》（1682）和《天路历程》（1684）。

《天路历程》是班扬的代表作，其语言简洁平易，强劲有力，充满睿智，发表后的两个多世纪中是除《圣经》外阅读人数最多的书。故事写了作者在户外睡着后做的梦，梦里他见到名叫基督徒的男人在上帝指引下离开家乡"毁灭城"，历经千辛万苦和各种磨难，胜利到达了"天国城"。作品用生动的寓言形式反映了 17 世纪清教徒的精神世界。基督徒一路交接的各色人物及遇到的种种危险无不反映现实生活里人们经受的精神考验。比如，他在路上遇到圆通先生和固执先生，听他们争论不休，以致无法专心赶路而掉入"消沉泥沼"；又如俗智先生自作聪明地试图说服基督徒放弃旅程，以免受苦。随着基督徒沿途受到教育和考验，他身上背的沉重罪孽包袱掉下来，但他仍需克服懒惰、无知、臆断、虚伪等先生的干扰，并要十分勇敢地战妖魔和巨人，穿过怀疑城堡，渡过死亡之河，才能到达天国城。《天路历程》受到的欢迎经久不衰，主要在于书中所反映的人生真理、所写的人人都经历过的或正在经历的从善斗恶的旅程。比如主角基督徒和他的同伴柔顺双双陷进象征因悔罪而"产生了许多恐惧、疑虑和不安的情绪"的泥沼，柔顺气愤地质问："这就是你刚才说了半天的幸福吗？我们刚上路就这么不顺利，从这儿到终点我们还得遭遇多少麻烦呢?但愿我能活着离开这里，你尽管独个儿去占那个好地方吧"（西海译）。柔顺就这样走了。基督徒历尽千辛万苦，最终到达美丽、宏伟和荣华的天国门前。①

《天路历程》中"名利场"一节脍炙人口。"名利场"是数千年前堕落天使领袖之一比埃尔兹巴伯（Beelzebub）为引诱耶稣而设的集市，处于通往天国的要道上。在这里什么都能买卖，人们进行着各种卑鄙勾当，如出售房子、地皮、职业、位置、荣誉、爵位、国家、欲望及各种享受，还交易娼妓、丈夫、儿女、生命、鲜血、肉体、灵魂、金银、珍珠、宝石等。这里不用花钱就能看到"偷窃、谋杀、通奸、发假誓"，触目惊心。当基督徒和他的伙伴忠诚先生拒绝受勾引时，他们遭围攻，被逮捕并置于囚笼里示众。最后忠诚先生被施火刑烧死。"名利场"只是该书中许多广为人知的片段之一，是资本主义社会的缩影，在那里几乎没有不能买卖或为了名利而背叛的东西。作者鞭挞了当时社会里不择手段沽名钓誉和追求金钱的现实，读者可感到作者对不顾道德、丧尽人伦的社会风气的愤怒和强烈抗议。当然，作为宗教寓言，班扬必须侧重自己的宗教主张。因此我们读到他对罗马天主教会的重炮轰击，把天主教说成"名利场"倾销的头号货色，最有毒害，控诉教皇人等凭着权势，横施暴虐，好些人被残暴地处死。《天路历程》的魅力来自作者深邃的人生经验、博大的想象、超人的勇气和高尚的人格。

---

① 关于基督徒和柔顺的文本例子由陈大明添加。

第四节　西、葡文学 ①

西班牙文学　17世纪西班牙正逢洛佩进行戏剧改革，抒情诗极盛，并出现多样叙事文体，形成文学高峰。但此期经济停滞，军政权势削弱，国势日衰。文学反映了王朝没落、政治腐败和道德堕落，往往悲观、失望，追求感官享受。贡戈拉是此期巴罗克风格的代表，他的"贡戈拉文体"给人感官享受，是巴罗克风格的顶峰，也是文坛争辩的话题。

17世纪上半叶西班牙人文主义者遭教会迫害，但仍坚持斗争。蒂尔索·德·莫利纳（1584—1648）、纪廉·德·卡斯特罗（1569—1631）等继承维加传统取材民间历史传说，写了大量优秀剧本。莫利纳笔下勾引妇女的青年贵族堂胡安的形象对欧洲文学有不小影响，而卡斯特罗的历史剧《熙德的青年时代》取材民间谣曲，写抗拒外族侵略的西班牙英雄的事迹。此世纪又是西班牙流浪汉小说成熟的阶段，标志是马特奥·阿莱曼(1547—1614？)的《流浪汉古斯曼·德·阿尔法拉切》（1599，第2部分1605年出版）。作品中的流浪汉不同于"小癞子"，他是被排除于社会之外的成年人，苦涩、悲观地看待周围环境，为达个人目的采取犯罪手段，不是入狱就是被判处在船上做苦役。流浪汉小说写为生存而斗争，主人公逸事多变，活动越出国界，走向欧洲。

此世纪西班牙盛行巴罗克文风，它体现真实自然的悲观情感与虚幻夸张的艺术手法。西班牙的巴罗克文风由夸饰主义和警句主义

---

① 　此节缩写选用了李赋宁主编《欧洲文学史》第一卷《古代至十八世纪欧洲文学史》第五章第四节的相关材料。

（即概念主义或格言派）组成。前者强调和追逐感官价值，希冀创造绝美的世界，又被称为贡戈拉主义。该文体主要用于韵文，矫揉造作，故弄玄虚，滥用夸张、隐喻、冷僻语汇和典故，不顾内容是否可信。它典雅动听，但空洞无物，晦涩难懂。后者来自 15 世纪追求概念的诗歌，喜爱文字游戏，试图以极少的词汇述说众多事物，而且咬文嚼字。概念主义多半用在叙述文中，但其代表弗朗西斯科·克维多在写诗、散文和杂文时均用此手法。这两个"主义"常合一，互相影响。

西班牙巴罗克文学作品主题如下：1）世界没价值，一片混乱，人们被各种弊端困扰，消失在迷宫般的世界里；2）生活充满矛盾斗争，人与自己斗，与他人斗，成为矛盾的俘虏；3）生命如昙花一现，时间流逝毁坏了世上一切，表现废墟成永恒主题；4）人生像沙漏那么脆弱，如一场梦幻；世界是个"大剧场"，人们对认识现实与抓住生活的可能性极其悲观；5）生活就是逐渐走向死亡，对死亡主题着迷。16 世纪末巴罗克文风在西班牙萌发，在塞维利亚派诗人及宗教文学作家的作品里初露端倪。17 世纪初，巴罗克文风逐渐发展，但因人文主义作家塞万提斯、洛佩等在文坛上仍有重大影响，巴罗克文风没能充分表现。17 世纪 50 年代该文风鼎盛，世纪末卡尔德隆逝世是巴罗克衰落的标志，其余波持续到 18 世纪头 30 年，18 世纪中叶被新古典主义取代

路易斯·德·贡戈拉（Luis de Góngora，1561—1627）生于贵族家庭，大学读神学，后入教会，1617 年任宫廷教堂神父。他是西班牙"黄金世纪"著名诗人，对欧美产生过深远影响。他是"贡戈拉文体"创始者，长诗《波吕斐摩斯和加拉特亚的寓言》和《孤独》是代表作。他的创作分三阶段：1）模仿塞维利亚派诗人埃雷拉，代表作如《费利佩二世的反英武装力量赞》。2）成为科尔多瓦城首届

一指的诗人。他的歌谣、十四行诗、谣曲、牧歌及雷特利亚体诗歌的韵律令人惊叹地和谐，表现力丰富，充满讽刺，独创性罕见。3）文体变得复杂、思想变得晦涩，采用强化手段，创建只为少数人服务的"夸饰主义"诗歌。

诗人精于艺术谣曲，其谣曲高雅、精湛，又简洁易懂。谣曲可分爱情、骑士、田园牧歌、摩尔人、讽刺及苦役等内容，如《盲目的爱情》《养蜂女与骑士》《安赫利卡和梅多罗》。以"被绑在坚硬的条板上"为开篇诗句的苦役谣曲叙述被土耳其海盗俘获的西班牙苦力的种种思绪，把内心独白糅入情景中。例如，船上的苦役看到地平线上西班牙国土，勾起对故乡和妻子的无限思念，此时西班牙军舰追来，海盗船主喝令加快摇桨。该谣曲表现了地中海上天主教国家与土耳其海盗的斗争，暗示了西班牙海军的强大和威力。诗人年轻时就用雷特利亚诗体写诗，以清新、奇想和风趣见长，如《只要我惬意，休管他人论短长》（1581）表达只要活得舒服、快活，就不必理睬他人议论，也不必为他人财富所动，讽刺了被虚荣和富贵迷住心窍的人。该诗分六段，写诗人或围炉取暖，或清闲小饮，或夜听鸟鸣的闲逸生活，显示对国事、财富和情爱的超脱。该诗反复吟唱"休管他人论短长"的副歌，回应点题诗句"只要我惬意"，韵律乐感很强。

他的"夸饰主义"诗歌共五首，如《波吕斐摩斯和加拉特亚的寓言》（1613？）及《孤独》（1613）。前者分两部分，用十一音步音律写就。题材取自奥维德的《变形记》，写牧羊女与牧羊人的恋爱，他们成为爱情与美的象征。诗人以优美的诗句盛赞美丽、爱情及大自然。但独眼巨人也爱上了牧羊女，遭回绝后用巨石砸死了牧羊人，一切都不再和谐。众神将牧羊人变为一条小河，流入大海，与变成水仙的情人永不分离。后一首原计划分四部分，即《田野的孤独》

《河岸的孤独》《森林的孤独》和《荒漠的孤独》，象征童年、青年、中年及暮年。但他只写完第一部分及第二部分的部分内容。诗歌表现牧羊人在"福地"过着田园牧歌式的集体生活，歌颂农村，描绘一个没有野心的社会，与宫廷的尔虞我诈、利欲熏心形成鲜明对比。作者此时诗作寓意极浓，为西班牙超现实主义和1927年出现的诗人团体提供了写纯诗歌的模式。贡戈拉追求拉丁语表达和费解的语法短语，迎合当时盛行的巴罗克文风。他的追随者缺少他的天才，扩大了他的缺陷。虽有争议，他仍是西班牙最优秀的诗人之一。

此期另一诗人是**弗朗西斯科·德·克维多－比列加斯**（Francisco de Quevedo y Villegas，1580—1645）。他一生从政，两次遭流放和被捕入狱，关押五年。他是个多产作家，有语言天赋和渊博知识，著有道德说教式十四行诗、赞美诗、讽刺民谣和诙谐短诗等八百余首，与贡戈拉敌对、关系紧张。他的诗歌主题多变，流传至今的诗歌被收入两部集子：《西班牙的帕尔纳索山、双峰山岭和九位缪斯》（1648）和《西班牙的最后三位缪斯》（1670）。他的"玄义诗"发泄对时间逝去和死亡的惘怅、苦涩之情，赋予死亡、生命、时间这些主题有血有肉的形象。他的"道德说教诗"态度严肃，批评妒忌、贪婪、野心、虚伪等人世弱点，抨击西班牙社会弊端，宣扬斯多葛派教义，如名诗"我凝视着祖国的城墙"。他的"宗教诗"写他渴望找到与其宗教信念相符的生活，获得永生的宽慰。

他的著名散文有《梦》、《众人的钟点》（1635），都是针砭社会的讽刺散文，收在《诙谐集》中。他的小说《骗子外传》，全名《流浪汉的典型、狡诈鬼的镜子、骗子堂巴勃罗斯的生平事迹》，是典型的流浪汉小说。他有种族偏见，把主人公的堕落归因于犹太人出身。小说采用巴罗克的夸张手法，描述常失真。他还写过伦理道德和哲学书籍，试图把斯多葛思想与基督教观念结合。文学批评作品有《热衷于夹杂着诸多拉丁语汇的语言》和《航行于夸饰文体的指针》，抨击贡戈拉和夸饰文风。

佩德罗·卡尔德隆（Pedro Calderón de la Barca，1600—1681）是军事家、诗人、戏剧家，西班牙文学黄金时期重要人物。他生于马德里贵族家庭，幼时在耶稣会学校学习。1610 年母亲去世后，孩子们被分送出去，只有他留在父亲身边。1620 年他的一首十四行诗参加马德里文学比赛获奖，此后闻名。1623—1625 年他在军中服役，去过意大利、弗兰德斯等地。1629 年一个演员刺伤他的兄弟，逃进修道院躲避，他和朋友执刀剑闯入，大闹一番。此事令权贵和教会深为不满，卡尔德隆在喜剧《坚贞不渝的王子》（1629）中以讽刺予以回击。洛佩逝世后，费利佩四世任命他补缺，出任宫廷诗人，1637 年授予他圣地亚哥骑士称号。他曾参加镇压加泰罗尼亚农民起义（1640—1642），后因健康原因退役，专事戏剧创作。因国事、家事令他悲观失望，1651 年他出家当修士，后来他在朝廷任宗教显职。他与洛佩是西班牙黄金世纪戏剧先后两阶段的代表，他把洛佩创建的戏剧体系推向顶峰。

他的作品异常丰富，幕间短剧和其他零星剧作不计在内的剧作有 120 部，宗教短剧 80 出，可分喜剧和宗教短剧（又称宗教圣理剧）。第一类分西班牙历史传奇喜剧，如《萨拉梅亚的镇长》，关于荣誉和嫉妒的喜剧，如《精灵夫人》（1629）、《有两扇门的家难以看守》（1629）和哲理喜剧《人生一梦》。他是宗教圣理剧创始人，代表作有《神奇的魔法师》《对十字架的崇拜》《坚贞不渝的王子》。

卡尔德隆技巧娴熟，修正了洛佩不少的戏剧主张。他突出主人公，通过戏剧独白来塑造主人公，不再用独白抒情，而用来揭露主人公内心矛盾冲突。他的主人公是理性化人物，常在对立面间进行思想斗争，如光明与黑暗、生与死、躯壳与灵魂、命运与自由等。《萨拉梅亚的镇长》（1642）是西班牙历史传奇剧代表作，背景是费利佩二世为争夺葡萄牙王位继承权而发动攻占该国的战争。故事讲西班牙军队到达与葡萄牙毗邻的巴达霍斯省时，队长看中了该镇首富克雷斯波的女儿伊萨贝尔，勾引未遂后奸污了她。事发后，新任镇长克雷斯波在求队长娶其女遭拒绝后，便把强奸犯处以绞刑。虽此举违背了当时民政无权过问军队司法的规定，盛怒的国王在听过他申辩后只好表示宽大，并封他为终身镇长。伊萨贝尔出家当了修女。主人公是富裕农民，十分珍惜荣誉，以自己血统纯正的农民出身为荣。他维护正义和家族荣誉，具有严父兼慈母的人情味。贵族出身的队长是封建主化身，视百姓如草芥。作者谴责他们，但人民和贵族的冲突因国王干预而获得公正解决。在当时，捍卫个人或家族荣誉已延展到市民、平民阶层，此期喜剧里屡见平民对抗贵族的残暴，但这种平民都拥有大量土地。此剧根据洛佩的同名剧改写，但情节、人物性格塑造和戏剧性都胜过前者，是卡尔德隆戏剧最高成就。

哲理剧《人生如梦》（1635）情节复杂。波兰国王子塞希斯孟多出生前被占卜家预言长大后将成为最残酷、最不信神的君主，而且会令父王匍匐于其脚下。为此，他从小被囚禁在高塔里，与世隔绝。王子长大了，终日不见外界，身披皮毛，脚戴镣铐，像半人半兽。为了确定他能否做继承人，国王令人用麻醉药使他昏睡后带回宫中。王子醒来，看到从未见过的豪华，以为在梦中。得知真实身世后，他野性大发，把仆人扔进海里，还企图对大臣的女儿施暴。国王就把他送回塔里，决心传位给外甥。但这决定遭到不愿外国人统治的波兰人民强烈反抗，他们拥戴塞希斯孟多为王。王子又以为自己在做梦。经百姓劝说，他同意率领他们攻打王宫，登上王位，娶了表妹。最后他仍然认为是场梦，担心"会在奢望中醒来"，再度进牢房。此剧表现了作者的哲学和巴罗克时代的信念，即人世生活毫无价值，人生真谛不在这世上。按基督教教义，从生活的迷梦中醒来意味着进入天国，达到永生。主人公从野蛮粗鲁转向理性思考，变成善解人意、善良、主持正义的人。该剧场景不断转换，从古塔牢房到豪华王宫，又回到阴暗牢房，强烈的对照具有巴罗克风格，也收到强烈舞台效果。剧中诗句常受夸饰文体干扰，但音调铿锵，优美动听，易于上口，富有艺术感染力。

　　他的宗教喜剧代表作《神奇的魔法师》（1637）描述魔鬼为不使青年学生西普里亚诺皈依基督教，向他提出条件：如果年轻人愿将灵魂交给他，他就帮他占有日夜思念的恋人。魔鬼施魔法，想让姑娘钟情于这青年。但她坚信基督，魔鬼不得不用鬼魂变作姑娘蒙骗青年。当青年拥抱鬼魂时，发现是具骷髅，从此大彻大悟，皈依上帝。结局是姑娘和青年被以信仰异端的罪名双双处死。此剧是歌德《浮士德》的先声。

　　葡萄牙文学　16世纪中后叶以后，耶稣会控制葡萄牙文化和教育，1547年设立宗教裁判所和书刊检查机构，查禁了许多文艺复兴优秀作品。1581年西班牙吞并葡萄牙，葡萄牙文学急剧衰落，宗教文学盛行，贡戈拉式贵族文学成正统。此期主要作家是**弗朗西斯科·马努埃尔·德·梅洛**（Francisco Manuel de Melo，1608—1666）和**弗朗西斯科·罗德里格斯·洛博**（Francisco Rodrigues Lobo，1580—1621）。梅洛为诗人、历史学家、伦理学家、杂文家和喜剧作家，用卡斯蒂利亚语和葡萄牙语写作，语言优美，如《夫妻生活指南》《家书》。他最好的散文作品是《加泰罗尼亚的分裂史》，写历史事件。他早期诗风受贡戈拉影响，后来变得纯真朴实，有人文主义倾向。洛博是著名诗人、世俗文学代表和优秀散文作家，还著有田园小说。代表作有《春天》（1601）、《漂流的牧人》（1605）、《失恋》。叙事诗主要是巴罗克风格的《乡村中的王朝》和歌颂民族英雄的长诗《统帅》。

宗教裁判所的压迫和西班牙统治引起葡萄牙百姓不满，出现了讽刺色彩的暴露文学，即"小册子文学"，如佚名作《偷窃的艺术》。此外，耶稣会教士安东尼奥·维耶神父（1608—1697）写了《宗教裁判所法庭的辩护词》，猛烈揭露和抨击宗教裁判所，为此遭监禁。路易斯·德·索萨修士（1560—1632）写了《若昂三世编年史》，马努埃尔·贝尔纳尔德斯教士（1644—1710）写了说教故事《光与热》和《新林》，风格清新、淳朴。

第五节　德国文学 ①

德国 17 世纪混乱，政治和经济较落后，文学上也没有英国和法国那样的巨匠。但德国文坛上也出现了几个重要的人物：奥皮茨、格吕菲乌斯和格里美豪生。他们分别在文学理论、诗歌、戏剧和小说上做出贡献。

1525 年农民战争失败后，德国分裂更严重，农奴制也更残酷。因地理上的新发现和航海术的进步，西欧沿海国家如英国、荷兰获得了海上贸易优先权；德国则失去了国际市场，商业凋零，城市衰落，重新成为农业国。诸侯们争权夺利，利用新、旧教的分歧把宗教当工具。皇帝和部分南部诸侯信旧教，北部诸侯信新教，斗争激烈。外国势力也利用德国的分裂从中牟利。1608 年新教诸侯组成新教联盟，天主教诸侯次年组成天主教联盟与之对峙，终于在 1618 年爆发

---

① 此节缩写选用了李赋宁主编《欧洲文学史》第一卷《古代至十八世纪欧洲文学史》第五章第五节的相关材料。

了残酷的三十年战争。这也是欧洲史上第一次大规模的国际性战争，除德国的两大阵营，参战的还有丹麦、瑞典、英、荷、法、西。这些国家有的派军队到德国，有的用经济等方式支援。战争从 1618 年捷克人民反哈布斯堡王朝的起义开始到 1648 年双方达成和议停战，结果德国分裂为 296 个小国，66 个自由城。诸侯纷纷扩张势力，人口在战争中大量减少，土地荒芜，矿山废弃，农奴制加速发展。

　　三十年战争给德国造成巨大创伤，政治、经济和文化损失严重。以语言这一文化重要因素而言，路德曾清除德国语言的积秽，促进语言统一，但此后德国语言并没继续发展。宫廷里多说法语和意大利语，鄙视甚至放弃祖国语言。语言这一唯一而且是最后可维系德国文化统一的纽带面临了危机。然而 17 世纪出现的语言学会挽救了德国民族语言和文化。三十年战争爆发前就有爱国贵族、诸侯、学者和作家努力争取在语言上求得统一。语言学会在路德的《圣经》翻译基础上进一步提高语言纯洁度，排除外国影响，还以语言的提高为基础创造崭新的文化。1617 年图灵根的诸侯和贵族仿意大利佛罗伦萨模式在魏玛建立了"丰收学会"，尽可能地维护高地德语。1633—1656 年先后在斯特拉斯堡等地召开的语言学会会议都很有影响。该学会对 17 世纪开始的关注装饰、优雅并强调人文主义思想深度的巴罗克修辞都具有权威影响

　　马丁·奥皮茨（Martin Opitz，1597—1639）是学者、丰收会会员、诗人、诗学理论家。他开了巴罗克文学先河。1624 年他发表了《德国诗论》，影响德国诗歌一个多世纪。全书七章，前四章阐述历史和理论，后三章介绍外国的诗歌形式。该书以古希腊罗马及文艺复兴时期诗歌为依据，发展了一种纯洁语言和艺术的规则。作者认为文学创作首先是对与文体相关的形式的满足，并且要伴随以诙谐和典雅。这些规则确定了重音关系，对德国的诗歌至关重要。在他

之前，德国诗歌只有两种音韵形式，或是所有的音节等同，不分轻重，或是以元音的长短来区分。奥皮茨认识到主宰德语的是重音的分布，口语中的自然重音被作为准则引进诗歌创作，产生了有秩序、有格律的诗歌艺术。这一理论限制了抒情诗，因它只强调抑扬格和扬抑格的差别，排除了双音节和自由节拍的可能性。

在奥皮茨对文学语言，特别是诗歌语言提出准则后，文学界对文学语言又提出了更高的要求，相继出现了一批有影响的人物，构成了德国巴罗克文学的重要组成部分。这些作家大多来自西里西亚，多数曾在诸侯的宫廷里任职，被称为西里西亚作家学派。他们在创作上有两种倾向：1）由奥皮茨开始的、受到荷兰文学影响的倾向。其创作以适度的古典主义形式为主。主要代表诗人有达赫（1605—1659）、采普库（1606—1660）、弗莱明（1609—1640）、梯茨（1619—1689）等，还有著名诗人兼剧作家格吕菲乌斯。2）受到了西班牙和意大利文学影响的倾向，有后期巴罗克的浮华风格。主要代表有诗人霍夫曼斯瓦尔岛（1617—1679）和剧作家罗恩斯坦（1635—1683）。他们的作品代表晚期巴罗克文学在艺术上精雕细琢的装饰性风格。

安德里亚斯·格吕菲乌斯（Andreas Gryphius，1616—1664）是 17 世纪德国最杰出的诗人、剧作家，在三十年战争的阴影下长大，对战争深恶痛绝。他 20 岁时写的十四行诗《祖国之泪》指出战争不仅带来死亡、瘟疫、火灾和饥饿，还使人丧失了宝贵的灵魂。父母双亡后他开始求学，到过法、意及荷兰，27 岁时已完成了他的十四行诗颂歌和格言诗的大部分。他在阿姆斯特丹及莱登居住约六年，其间在大学任教。1647 年他回到西里西亚，投入反天主教压迫、争取新教自由的斗争。

他的诗歌以思想深沉、气势宏伟、格调庄严的品达体颂歌、十四行诗和教堂唱诗为主，用词和节奏强有力、高昂，用重磅词汇表达内心激情。饱含激情又富于表现力的形象、不断涌现的比喻、新奇的对照手法及强烈的起伏感都赋予他的诗作宏伟而庄严的境界。主要作品收于《星期日和节日十四行诗》（1639）和《第一本颂歌》（1643）。

格吕菲乌斯的戏剧受到荷兰、英国戏剧及天主教耶稣会剧的影响。他在德国开创了色彩浓厚的宏大英雄主义悲剧，通过伟大的历史事件和人物展现尘世的残酷和持久的信仰对残酷现实的胜利。他的戏剧大致遵循古典模式，全剧分为五幕，严格遵守时间统一性原则，有合唱曲，戏剧语言充满诗意。合唱曲由抑扬格和扬抑格诗行组成，对白是亚历山大诗体。舞台的布景有类比和象征意味，台面上布满尸体、王冠、利剑等，舞台上方是敞亮的天堂，下方则是漆黑的地狱。他的主要悲剧有《列奥·阿美尼乌斯，或者诸侯之死》（1650）、《乔治亚的卡特琳娜，或者久经考验的坚贞》（1657）、《被谋杀的陛下，或者卡罗鲁斯·斯图亚督斯》（1657）、《伟大的法学家，或者濒死的艾米琉斯·保罗·帕比尼阿努斯》（1659）。他创作的喜剧幽默，对人物性格观察细致，模仿生动而滑稽，情节多取材于下层市民或农民的生活，采用通俗的日常语言。

17世纪的德国诗人努力要纯洁语言，但忽略了民间风格。这一缺欠在17世纪后半期的小说里得到弥补，例如《痴儿西木传》（书名直译为《冒险的西卜里切西木斯》）。这部杰出小说的作者**汉斯·雅阔布·克里斯托菲尔·封·格里美豪生**（Hans Jakob Christoffel Grimmelshausen，1622—1676）出生在根豪生，曾被克罗地亚军抓丁，后随军队走遍德国的西部和南部。三十年战争结束后他当过地产经管人，1662年起任盖斯巴赫地区乌仑堡主管，并开始写作。1665—1667年他先在当地做旅店店主，后任兰辛的乡长。

《痴儿西木传》（1669）共六卷，前五卷为史家所肯定。该书是在西班牙流浪汉小说影响下写成的个人漫游和发展的传奇性作品。主人公不断在矛盾中成长，他的视野越来越广，对人生意义的体会也越来越深，成为德国文学中叙述个人发展历程的长篇小说重要作品。在它之前有中世纪骑士传奇《帕齐伐尔》，在它之后歌德的《威廉·迈斯特》和凯勒的《绿衣亨利》则达到了更高的水平。小说讲主人公西木童年被农民夫妇收养，过着淳朴无知的生活。十岁左右军队到他的村庄，烧杀抢掠，他流离失所，在树林里被一个隐士收容，隐士教他读书识字。隐士死后他又被卷进战争，走入一个瑞典军营，在这里他得到了西卜里切西木斯这个长名字，意思是淳朴无知。在此后浪迹天涯的生活中，他曾在军队里充当供人取乐的小丑侏儒，多次因不堪折磨逃跑。他也曾给骑兵当侍童，干过偷盗、欺骗和卖野药的勾当。他两次成婚，当过勇敢多谋的骑兵，并获得"猎手"的光荣称号。他也曾被瑞典人俘获，并因患天花而变得丑陋。但在艰辛曲折的生活中他得到好人相助，如结识一位叫作知心兄弟的老人，多次与他共患难。最后西木遇到幼年时的养母，得知收养他的隐士便是他生父。在第二个妻子去世后，他周游了中国、朝鲜、日本、印度、君士坦丁堡，然后途经意大利返回德国。在小说最后的第六卷里，远方的世界又吸引他。他航海到一个小岛上，在那里以劳动度过余生。

小说里常有两个对照的世界：血腥的战场、士兵的暴行对照幽静的隐士生活，儿童的天真淳朴对照成人的罪恶，对尘世乐趣和冒险的追求对照对疲于奔命的生活和世事纷扰的厌倦。主人公在矛盾中逐渐了解世界和人，充实自己。但他最后仍远离现实，选择了孤岛。这表明他遍尝人间艰辛后向往安宁，希冀一个幸福的死。作者使用了民间语言，体现出淳朴无华的民间风格，揭露了时代弊病，发扬了 16 世纪民间文学传统，生动而具体地描绘出三十年战争期间的社会面貌，也展现出个人丰富而微妙的内心世界。作者是 17 世纪欧洲重要小说家之一，对歌德和 20 世纪作家格拉斯有很大影响。

第六节　意大利文学 [①]

意大利在受西班牙统治 150 多年（1559—1713）中，17 世纪最阴暗，频遭战争破坏和蹂躏，承受重税的负担。从 16 世纪中期危机开始，17 世纪走向全面衰落。虽在地理大发现时意大利已丧失商业优越地位，但西班牙统治者昏庸的管理加速了意大利财力下降，经济萧条，民不聊生，人口明显下降，退居欧洲边缘。教皇统治也同样暴虐，推行宗教裁判、公布禁书，耶稣会猖獗。不自由程度前所未有，持不同信念的人外出流亡，学者们的研究受限制，出版书籍受严格审查。然而，意大利人民反西班牙统治的斗争也不断发展，从舆论谴责和政治对立到武装起义，南方多次爆发大规模暴动，北方封建诸侯利用法、英在欧洲势力的日益强大及西班牙地位下降的形势，要求更多自治权，如威尼斯共和国、萨伏依公国和佛罗伦萨公国在很大程度上摆脱了西班牙控制，维持了独立。

17 世纪意大利也出现了积极的文化现象和有意义的文学创作，科学研究也取得重要成果。伽利略（1564—1642）的著作开始了现代科学；代表新趣味的巴罗克造型艺术成就非常显著。此外，宗教改革与反改革的争论吸引了公众关注；文化活动不再局限于宫廷，

[①]　此节缩写选用了李赋宁主编《欧洲文学史》第一卷《古代至十八世纪欧洲文学史》第五章第八节的相关材料。

走向了社会下层，新兴的方言文学则结束了托斯卡尼地区的优势。

宗教争论涉及了道德伦理、哲学思想和历史问题，由此产生乔尔丹诺·布鲁诺（1548—1600）的唯物主义哲学、托马索·康帕内拉（1568—1639）的空想社会主义思想、保罗·萨比（1552—1623）的唯物主义历史学。它们同伽利略的物理学与天文学发现一起组成反宗教改革最有意义和最富生气的新文化。布鲁诺等人是伟大的人文主义者，在残酷迫害下坚持真理。布鲁诺被教廷判处火刑，康帕内拉被囚禁27年，伽利略被宗教裁判判处徒刑，出狱后受监视，萨比遇刺受伤。他们反天主教神秘主义，引导人们进一步认识客观世界。新的宇宙观使人感到自己不再是世界的中心和尺度，也不再是世界的目的和立法者，开始思考人生的短暂和偶然。同美洲和远东的往来也带来各种怀疑与不安，加深了欧洲文明传统观念的危机。宗教改革与反改革的较量使基督教教义失去原始的单纯朴素，有关上帝的问题被用新的语言任意解释，表现出明显的政治的社会学诠释色彩。人们失去精神引导，内心动荡不安，因此巴罗克文化得以风靡一时。

意大利巴罗克艺术用尽16世纪精致的表达技巧，进行华丽堆砌，不守规则与程式，过度铺张和放纵地追求新颖和奇特怪异。它一反文艺复兴艺术的严肃、含蓄、平衡的和谐之美，显示出浮夸、豪华的虚幻。它以过分夸张的激情、过度渲染的富丽堂皇、高昂的气度和感人的情调，充分展现那时社会关系的复杂和紧张。巴罗克风格在教堂建筑中表现最充分。为了重新激发宗教感情，教堂建筑外形富丽、豪华，用雕刻和绘画强化建筑物的装饰性和纪念性。意大利巴罗克文化的大师级人物有雕塑家贝尔尼尼（1598—1680）和音乐家蒙特威尔第（1567—1643）。

巴罗克文学单纯追求语言和概念的新奇，这批作家被称为"奇特派"。他们在短句中集合神奇的观念，力求妙语连珠、奇趣横生，强烈刺激读者，获得快感。他们定惊奇为审美最高形式，缺少道德与教育目的。因此，轻松的假面喜剧被称为"艺术喜剧"，"艺术散文"则描写现实的多姿多彩，不引导读者思考和争论。叙事作品注重曲折离奇的情节，用传奇故事编写结构复杂的长篇小说。诗歌语言则刻意雕琢，想象丰富多彩，比喻变化多端，象征大胆新颖，以达出奇制胜的效果。巴罗克诗歌最典型的代表是马里诺。

姜巴蒂斯塔·马里诺（Giambattista Marino，1569—1625）狂放不羁，生活轻浮、放纵，深深打上了巴罗克文化的烙印。他生于著名律师家庭，酷爱古典文学，少年时因不肯学法律被逐出家门，浪迹那波里贵族圈子。19岁时他因诱拐妇女被捕入狱，两年后又因伪造证件再次坐牢。他才华出众，1600年前往罗马，结交了教会权贵，1605年被教会派往各地宫廷任职，他的诗歌随之风靡意大利。1608年定居都灵后，他深受萨伏依公爵器重，被授予骑士十字勋章，但1611年却突然失宠，被囚禁一年多。1615年起他旅居巴黎8年，其间获法王路易十三赏识，也受法国文化界重视，完成了长诗《阿多尼斯》，享誉欧洲。

他刻意寻求精巧灵活的表述方式，大胆进行夸张描写，极其注重诗句的音乐性与感觉效果，经常矫揉造作。代表作《阿多尼斯》（1623）长达45000行，分20歌，叙述爱神维纳斯与美少年阿多尼斯悲欢离合的恋爱经过。长诗主线单薄，插曲极丰富，无数离题的描写喧宾夺主、精彩纷呈。他那些独出心裁的比喻生动又深刻，如将美人的朱唇比作"诱人的监狱"，亲吻比作"能治百病的良药"；星星是"空中温柔的舞女""为白昼送葬的火炬"。他的矛盾修辞手法效果奇佳，如"快乐的痛苦""贫穷的富人"等。

马里诺是高产作家，诗歌形式多样，主要有抒情诗集《七弦

琴》（1608）、《祝婚诗》（1616）、《画廊》（1619），田园诗集《风笛》
（1620），长诗《无辜者的惨案》（1632），还有两部未完成的史诗《被
毁灭的耶路撒冷》（1633）、《被解放的安特卫普》（1956 年出版）。特
别是在《七弦琴》和《风笛》中一些抒情短诗里，他用牧歌或田园
诗的形式赞颂自然美景，优雅柔美，较清新自然，但也有过分矫饰
的形象，损害了纯真感情。他在诗歌艺术上自成一格，打破了彼特
拉克赋诗法则在诗坛的一统天下，引各国诗人仿效，形成"马里诺
诗体"和"马里诺诗派"，促进了诗歌艺术发展。

　　假面喜剧和**音乐剧**是 17 世纪意大利流行的剧种。巴罗克文化注
重外在形式，倾向戏剧性地表现场面和情感，直接刺激接受者感官。
17 世纪戏剧成意大利热门艺术，尤其盛行"艺术喜剧"，即脱离文学
剧本，单纯靠表演支撑的喜剧。因一些固定不变的角色反复出现在不
同的戏中，而且他们都有特定的假面具，因此也叫"假面喜剧"。这
种喜剧没完整的剧本，只有一个叫"幕表"的演出提纲，演员们据此
即兴发挥。专业演员具有戏剧、音乐、舞蹈、杂技等综合性表演才能，
能根据时局和场地变化随机应变，巧凑出许多噱头，令观众惊奇、欣
喜。假面喜剧是书面文学和口头文学结合的艺术，剧团在各地巡演，
即兴表演能与观众沟通，成为大众化艺术，正规喜剧随被冷落。

　　音乐剧在 17 世纪有较大发展，为配乐演出写的剧本就是后来的
歌剧脚本。音乐剧兴盛得益声乐艺术的变革。当时从合唱中分离出
独唱，因而能以歌唱形式表达剧情。佛罗伦萨的欧塔维奥·利努奇
尼（1562—1621）是第一位按谱曲要求写剧本的作家，代表作是《达
芙妮》《埃乌利迪切》《阿丽亚娜在纳索》。蒙特威尔第等音乐大师的
作曲、歌唱家技巧完美的演唱及精美的舞台设计吸引了更多音乐剧
观众。音乐剧以音乐和演唱为主，剧本的文学价值退居其次，内容
大多从古希腊悲剧和浪漫的田园剧改编而来。

随着托斯卡尼地区的语言和文学优势结束，反叛古典模式和拒绝文艺复兴规则成为一时之风，其结果之一就是流行用方言写作。各地出现的乡土文学用方言在作品中描述当地百姓的生活和精神面貌。方言文学与民间文学平行并存，新的文学拓展了文化内涵，最著名的民间文学作家是朱利奥·切萨雷·克罗齐（1550—1609）。他用方言写了两部流行的通俗作品：《贝托尔多的机敏》《小贝托尔多可爱又可笑的单纯》。贝托尔多将诚恳朴实、天生对真理和自由的热爱、做人的尊严等优秀品质带入王宫，与封建贵族的败德丑行形成鲜明对照。方言作家中最杰出的是姜巴蒂斯塔·巴西莱（1575—1632）。他年轻时在威尼斯军队服役，后辗转各宫廷当侍从，饱览世态炎凉，愤世嫉俗，1608 年回乡后发愤著书。他的代表作是用那波里方言写的童话《五日谈》，包括 50 个寓言故事。该书仿效《十日谈》的结构，由十位老奶奶在一名仙女安排下，去帮助一位公主对付夺走她丈夫的女奴，五天内每人每天讲一个故事。这本书通过写妖魔鬼怪来阐明善恶是非。作品实际讲述了下层百姓的日常生活，他们灵活精明地应付各种意外灾祸、痛苦事件和不公正待遇，再现了南方人特有的开朗风趣和与生俱来的乐观。作品使用方言口语，情节神妙莫测，充满奇情异趣，其想象丰富的比喻及怪诞的夸张形象极具巴罗克艺术神韵。

第七节　俄罗斯和东欧文学 ①

俄罗斯文学　1598 年沙皇费多尔病故，后嗣无人，基辅罗斯

---

① 此节缩写选用了李赋宁主编《欧洲文学史》第一卷《古代至十八世纪欧洲文学史》第五章第六节和第七节的相关材料。

留里克王朝灭亡。1601—1603 年发生了旱灾、水灾和饥荒；1605—1606 年僭王德米特里占据莫斯科王位；政局动荡，到 1613 年沙皇米哈伊尔确立罗曼诺夫王朝，局势才稳定。1653 年宗主教尼康按希腊、罗马教会规范改革俄国教会仪式，遭大司祭阿瓦库姆等坚持古基辅罗斯教会仪式传统的信徒的激烈反对，古老信徒派 / 分裂派遭残酷迫害。1649 年沙皇阿列克赛颁布法典，确立农奴制，束缚农民人身自由，导致 1667—1671 年斯捷番·拉辛率哥萨克农民大起义。政治、宗教和社会动荡削弱了神权一统的局面，近代人文思想萌发。17 世纪末西伯利亚西部并入俄罗斯版图，1654 年乌克兰脱离波兰立陶宛王国，归属俄罗斯。世纪下半期手工业工场和国内外贸易发展，同西欧，甚至中国有贸易往来。

　　文学方面继续出现宗教仪式浓厚的编年史和使徒列传，在这些作品内出现了近代人文思想的若干要素。世纪中叶起也产生一批流浪汉小说、冒险小说和讽刺故事，具有狂欢化的民间笑文学色彩，生动的口语开始渗入艰涩的古俄语。基辅僧侣波洛茨基（1629—1688）引进波兰音节体写俄国音节诗和剧本。在他倡议下，1687 年莫斯科成立了古希腊学院(18 世纪初改称斯拉夫－希腊－拉丁学院)。17 世纪后半期建立了俄国第一座宫廷剧院，此外主要以波兰语为媒介翻译出版了若干西欧文学作品。

　　《大司祭阿瓦库姆行传》（1672—1674）。17 世纪一些使徒行传向家庭纪事和传记体近代小说过渡。如大司祭阿瓦库姆在北极巴伦支海南岸的流放地记述自己生平的行传具有自传体小说性质，受到屠格涅夫、高尔基等人的高度评价。

　　《行传》写出身贫寒司祭家庭的虔诚信徒阿瓦库姆的身世。当地方官抢走一寡妇的女儿时，他出面阻挡遭毒打，他家也被捣毁。作品抨击官吏横行霸道，是俄国文学中人道主义思潮的萌发。1652 年阿瓦库姆任大司祭，次年因反宗主教尼康推行宗教仪式改革，全家流放西伯利亚11年。《行传》详细描绘他在严寒的西伯利亚被关进塔楼并常遭毒打的情景。他曾想不通基督为何让好人遭毒打，但这种人文思想的萌芽立即为中世纪神学观念取代：他说自己有罪孽，按《圣经》的教导应经受苦难才能进天国。他在苦役中吃草皮、吃狼啃剩下的野兽尸体，两个幼子都夭折了。1664年他被召回莫斯科，《行传》描述他在归途中路经贝加尔湖，看到湖中白天鹅、海豹、鳟鱼等和谐生活，感叹人的狂暴、贪婪、虚荣和狡猾是因为不知末日审判而处在昏睡状态。回莫斯科后他仍不妥协，坚持旧教会传统仪式，1667年再度遭流放，在流放地死于火刑。

《行传》交织着中世纪神学思想和近代人文思想，以生动的口语和俚俗词语写成，文字刚劲，是俄国近代叙事文学的重要成就。它长期以手抄本流传，1861年在俄国出版。

《戈列－兹洛恰斯基的故事》（17世纪中叶，作者不详）的主人公是富商之子，想按自己意愿生活，于是弃家出走。他曾受人欺骗陷入窘境，后得到善良人帮助，获得财富，想娶妻安顿下来。这时魔鬼戈列－兹洛恰斯基来唆使他继续流浪，他听从魔鬼指引又远走他乡，落入饥寒交迫之中。当他要投河自尽时，魔鬼又教唆他杀人越货。这时他决定进修道院，于是摆脱了魔鬼。作品宣扬《圣经》中浪子回头的思想，指出背弃老一辈教导必遭厄运，只有皈依宗教才能得救。主人公是俄国文学第一个具有一定典型意义的人物，是俄国文学开始从历史典籍分离出来的标志。诗体故事的风格同民间歌谣近似。

《谢米亚卡法庭的故事》（17世纪下半期，作者不详）是民间笑文学色彩的幽默讽刺故事。故事讲某农村有一个富哥哥和一个穷弟弟。一天弟弟到哥哥家借马运柴，哥哥把马借给他，但不借他套具。

弟弟只好把装满柴火的雪橇绑在马尾巴上拉回家，不慎把马尾弄断。哥哥上城里谢米亚卡法庭告状，弟弟跟去，路上同宿一教士家。哥哥受到佳肴款待而弟弟躺在吊床上忍饥挨饿，不小心摔下来压死了睡在下面的教士的婴儿。这样教士也一起上路告状。来到城郊一座桥上，弟弟感到绝望，就跳河自杀，跌落在一老头身上，压死了他，其子也一起去告状。路上弟弟捡起一块石头用头巾包上，藏在帽子里。当哥哥向法官谢米亚卡告状时，弟弟举起包石头的头巾。法官以为会有重金贿赂，便判把马交给弟弟喂养，直到长出新尾巴来。当教士起诉时，弟弟又举起那头巾包，法官便判将教士的妻子交给弟弟，直到为教士生下儿子来。最后老人儿子起诉，弟弟又举起那石头包。法官便判这儿子从桥上跳下压死被告。宣判后，三个原告都以厚礼求弟弟不要执行判决，而法官则派人来索取头巾中的重金。弟弟拿出石头说他原想如果判决不利，就用石头砸死法官。谢米亚卡闻讯后庆幸自己捡了条命。作品辛辣讽刺莫斯科王国时代的审判制度及贪官污吏，以带有木刻画插图的通俗读物形式在俄国广为流行。谢米亚卡法庭也成为代指贪婪、愚蠢官吏的俄语成语。

此外还有些中短篇故事也引人注目，如《棘鲈的故事》（17世纪初）、书信体的《顿河哥萨克被围困于亚速堡的故事》（17世纪中期）、《萨瓦·格鲁德琴的故事》（17世纪70年代）、《弗罗尔·斯科别耶夫的故事》（17世纪末）。

东欧文学　17世纪东欧各国民族和社会危机重重，内忧外患交相侵逼。波兰抗击土耳其、俄罗斯和瑞典侵略的多次战争损耗了国力，封建贵族利用自由否决与自由选王制各自为政，招致强邻操纵与干涉。捷克1620年反奥地利统治的白山战役失败，沦为哈布斯堡王朝的行省。匈牙利1687年将土耳其侵略军驱逐出境，但仍受哈布斯堡王朝统治。罗马尼亚、保加利亚、塞尔维亚、马其顿、阿尔巴尼亚等国则继续在土耳其奥斯曼帝国统治下呻吟。但文学也取得些成果，下面简单举波兰和南斯拉夫文学为例。

波兰文学 平民倾向诗人齐莫罗维奇（1597—1677）和罗兹津斯基（1560？—1622）值得提及。前者流传下来的两首诗《哥萨克人》和《俄罗斯的丑恶》反映波兰和乌克兰农村荒芜和农民的悲惨生活。后者的长诗《炼铁厂和冶炼作坊》真实地描绘了炼铁厂的劳动，回顾了波兰炼铁业的发展。与平民文学形成对照的是扬·安得烈·莫尔什亭（1628？—1696）的诗歌，他是显贵，受法国巴罗克文学影响。他的作品大多写绮丽轻靡的爱情，内容肤浅，充满封建宫廷气味，追求华丽辞藻和繁琐累赘的装饰趣味。

17世纪耶稣会在波兰迅速发展，掌握了文化教育大权，使祈祷书、颂词和宗教诗风靡，而反映现实生活的文学作品则遭查禁。这些作品的手稿直到19世纪才被发现，如兹比格涅夫·莫尔什亭（1628？—1689）的《压迫的歌声》揭露耶稣会残酷迫害新教徒，表现了对祖国的热爱；波托兹基（1621—1696）写有波兰军队反抗土耳其入侵、保卫霍奇姆的长诗《霍奇姆之战》及写贵族风习的诙谐诗《园地》和《道德经》。在战乱的社会动荡年代，贵族出身的军政人员撰写的回忆录和日记类作品不断涌现，如帕塞克（生卒年不详）的《回忆录》记录了他不平常的经历，歌颂波兰人民反土耳其和瑞典侵略的英勇精神，描写了耶稣会迫害新教徒、控制城乡生活，其作品有较高的文学和史料价值。

南斯拉夫文学 17世纪南斯拉夫的经济、文化停滞，杜布罗夫尼克地区的文学取得较突出的成就，如诗人伊凡·贡都里奇（1589—1638）。他出身贵族，担任过多种要职。前期有十部爱情神话诗剧，但仅留下《阿丽雅德娜》《迪雅娜》《阿尔米达》《被劫走的普罗泽尔皮娜》等四部。这些诗剧大多是改编的古罗马诗人克劳狄安和意大利诗人塔索的作品。第二阶段的代表作是宗教训谕性长诗《浪子泪》（1622），取材于《圣经》故事，有较浓厚的巴罗克风格。诗人后期写了两部优秀作品：三幕田园诗剧《杜布拉芙卡》（1682）和未完稿的叙事长诗《奥斯曼》（1621 或 1622）。前者写美丽的杜布拉芙卡与牧人米连科相爱，但受贿的法官将姑娘判给丑陋的老财主。最终上帝做出公正判决，两个青年人终成眷属。诗人将姑娘喻指杜布罗夫尼克，使之成为自由的象征。后者是 17 世纪杜布罗夫尼克文学中最优秀的作品，根据 1621 年波军大败土耳其的霍奇姆战役的资料写成。17 岁的苏丹奥斯曼野心勃勃，妄图称霸世界，但其国内政治腐败、贵族争权夺利。霍奇姆战役失败后他被废，并遭囚禁。诗人歌颂了波兰国王弗拉迪斯拉夫的显赫战功，将他描绘为斯拉夫人民和基督教世界同土耳其英勇斗争的代表。长诗以农村歌手吟唱奥斯曼帝国行将灭亡的哀歌为结尾，在思想观点和形式上受塔索的《被解放的耶路撒冷》和但丁的《神曲》影响，具有历史与文学价值。

1667 年杜布罗夫尼克发生大地震，城市遭严重破坏，居民伤亡惨重，经济、文化受摧残，随后其文学便与克罗地亚文学合流。

第 五 章

十八世纪文学

第一节　概述 [1]

18 世纪欧洲各国中英法仍最先进。英国 1688 年的"光荣革命"建成资产阶级和新贵族政权。资产阶级在国内发展工商业，在国外大规模搞殖民扩张。世纪中叶英国发生工业革命，资产阶级与劳动人民的矛盾日趋尖锐。法国在欧陆工商业最发达，但封建小农经济仍占优势。封建阶级和第三等级的矛盾达到极点，1789 年爆发了法国资产阶级革命，它的胜利标志欧洲新政治制度的确立。德国一直处于割据状态，工商业虽有进展，但很缓慢，资产阶级在经济和政治上都依附封建诸侯。意大利继续受外国侵略，教会猖獗，资本主义遇到很大阻力。俄国从彼得一世开始进行一系列改革，工商业有

---

① 此概述由陈大明编写。

所增长，但比西欧国家落后，阶级矛盾更尖锐，社会更动荡。

18世纪欧洲人文学者和科学家在哲学、数理化、植物、动物、天文学等方面做出卓越贡献，影响重大的是英国的牛顿、洛克和法国的贝尔、封特奈尔。牛顿的微积分、光的微粒说和力学对人类科学发展影响深远。洛克发展了经验主义，推动了唯物主义和自由思想的传播。他在政治上拥护君主立宪，主张人民通过议会行使权力，认为私有财产是天赋权利，国家的任务在于保护私有制。他的理论影响了许多欧洲启蒙运动思想家和作家。贝尔和封特奈尔继承笛卡尔的唯物主义，摒弃了上帝存在和灵魂不死的唯心主义思想，用理性反封建制度和宗教权威，提倡自由检验的科学精神，肯定人类要不断进步。

启蒙运动是18世纪全欧思想运动，在法国声势最浩大，在德国也蓬勃发展，俄、意等国启蒙思想也很流行。英国17世纪就发生了启蒙活动，其在18世纪的发展与法、德等国不完全相同。启蒙运动是文艺复兴反封建、反教会斗争的继续和发展。它继承了人文主义理想，反教会束缚，要求个性解放，而且比人文主义者更进一步把斗争矛头直指封建社会的全部上层建筑，目的是建立资产阶级政权。因此，这一思想运动也是剧烈的政治革命。大多数启蒙思想家肯定世界是物质的，国家权力是人民赋予。他们用政治自由对抗专制暴政，用信仰自由和宗教容忍对抗宗教压迫，用自然神论和无神论来摧毁天主教权威和宗教偶像。他们反对贵族阶级的特权，要求法律面前人人平等，创造了天赋人权的理论。他们的斗争武器是理性，用理性检验旧制度、传统习惯和道德观点。启蒙运动为法国资产阶级革命准备了思想条件。

18世纪欧洲各国文化关系非常密切，英、法对其他国家影响最大。英国的社会制度为许多国家的先进人士所向往。莎士比亚的戏剧也在18世纪传到欧陆，开始影响法、德、俄、意等国文学。此期

英国小说家理查逊的作品影响了卢梭，卢梭又对德国的许多文学家
产生影响。18世纪最受民众欢迎的是以启蒙思想为内容的文学。孟
德斯鸠、伏尔泰、狄德罗和卢梭是启蒙运动思想家、活动家、文学家。
他们的作品战斗性和革命性强，是欧洲启蒙文学典范。德国启蒙作家
莱辛、歌德和席勒等反对封建专制，争取建立德国民族文学。意大利
的哥尔多尼继承意大利文艺复兴戏剧传统，又受法国启蒙思想家的深
刻影响，写过不少富有民主思想的社会喜剧。俄国作家也受启蒙思潮
影响，18世纪90年代出现了反映农民革命情绪的作家拉季舍夫。

英国18世纪体现时代精神的是启蒙文学和写实小说，代表作家
是笛福、斯威夫特、理查逊和菲尔丁。他们有的强烈表达资产阶级
思想感情和愿望，有的揭露和批判封建阶级，具有启蒙性质。他们
的长篇小说不只写国王和贵族，还写普通人，特别是社会中下层的
普通人。他们关心社会问题，注意环境描写和性格刻画，为19世纪
现实主义文学准备了条件。18世纪70至80年代德国的狂飙突进运
动是德国启蒙运动的继续，也是浪漫主义运动的开始。该运动拥护
法国卢梭的观点，倡导返璞归真，向往与自然结合。它反对封建政
权和教会专制，号召冲破束缚争取个性自由和人权。它还追求德国
统一，反对模仿法国，反对德国封建宫廷风尚和虚伪道德，强烈要
求发扬民族风格和民间文学。

18世纪，古典主义仍盛行于欧洲文坛，许多国家先后有了自己
的古典主义流派。英国出现过以蒲柏为首的古典主义派。在法国，
古典主义占领文坛，不少作家仍按古典主义原则创作，但没写出优
秀作品。18世纪后期，欧洲产生了发源于英国的感伤主义文学流
派。英国感伤主义代表作家是斯特恩，该流派因他的小说《感伤旅
行》（1768）得名。感伤主义作家夸大感情作用，细致描写人物的心
情和不幸遭遇以引起读者同情和共鸣。他们有时对受压迫百姓的疾

苦表示怜悯，具有人道主义思想；有时放任个人情感，沉溺感情世界，脱离现实；有时则抒发对人生、死亡、黑夜和孤独的哀思，作品往往充满失望情调。狂飙突进运动作家中有些人受了理查逊、斯特恩、卢梭等人影响，作品也带有浓厚感伤色彩。18 世纪末，俄国开始出现感伤主义流派，代表作家是卡拉姆津。感伤主义文学对 19 世纪浪漫主义的产生和发展有很大影响。

第二节　法国文学 [1]

法国 18 世纪被称作"启蒙时代"，启蒙运动贯穿这一世纪始终。法国当时是欧洲启蒙运动中心，理性主义和各种新思潮迅猛发展。近一个世纪的启蒙运动为推翻封建君权制和迎接 1789 年法国大革命奠定了坚实的思想基础。

17 世纪路易十四开创了法国封建专制鼎盛期，他称"朕即国家"，并用"君权神授"为王权至上制造理论依据。他的执政期被看作欧洲君主专制的典型和榜样。1715 年他逝世，法国因王室挥霍奢华和海外连年征战造成国库空虚，捐税苛重，腐败成风，民怨积深。在宗教方面，路易十四要求全体臣民信奉天主教。但 17 和 18 世纪的航海和科学发现大大动摇了基督教的根基，法国产生了严重的信仰危机。另外，法王为强化天主教而迫害新教徒，造成人才外流。同时，周边的新教国家大力推行改革，资本主义经济快速发展，在法国人心理上造成了持续的焦虑和不平衡，促使他们重新审视所处的政治社会环境，重新评估长期坚守的传统价值观和对世界的看法。

----

[1]　法国文学这一节除特别注明部分外均为陈大明撰写。

因此，法国在 18 世纪进入了从封建专制向资本主义制度演化的"旧文化废，新文化兴"的转型期。此期首先是批判和更新传统，引入可资借鉴的历史和他国的成功经验。人们把目光纷纷投向隔海相望的已进入工厂时代的英国。法国早期启蒙思想家伏尔泰等人在 18 世纪二三十年代就介绍了牛顿和洛克等英国先进的充满理性主义光芒的科学和哲学思想。牛顿的万有引力定律打开了探索天体自然的新视野，动摇了神权解释自然发展的权威地位。洛克的经验主义认识论是建立在经验观察和常识判断上的哲学，它排除外界权威对人们认识过程先入为主的干扰。同时，转型期的法国还对包括中国在内的所有先进文明持开放态度，乐于学习一切有益和有用的东西。

此期法国出现了一批有胆识、有才华、学识渊博的思想家、哲学家和作家。他们用科学和理性的眼光重新审视一切，大胆质疑传统和现存秩序，对宗教迷信、政治陋习、社会不公进行无情批判和顽强斗争。在启蒙运动早期，贝尔等学者继承蒙田和笛卡尔的怀疑论，批判矛头直指宗教神学。18 世纪二三十年代，孟德斯鸠和伏尔泰等人大多持自然神论观点，对神学和封建专制进行了更尖锐的批判和揭露。世纪下半叶，年轻一代启蒙学者渐渐向无神论过渡，狄德罗、爱尔维修、霍尔巴哈等人宣传宇宙自身规律，抵制任何外界超自然力量。法国此时的唯物主义是马克思共产主义理论的来源之一。

法国启蒙作家们发表和出版了大批学术文章、理论专著、哲理小说、戏剧、诗歌来启迪民智和宣传群众。此期标志性巨著当属狄德罗主编并由众多学者参编的体现启蒙思想的 35 卷本《百科全书》。文学方面，孟德斯鸠在《波斯人信札》中通过异域人的视角和观察讨论欧洲（尤其法国）的政治、宗教、风土人情、科学工艺、帝国兴衰等多方面问题。他在书中讽刺路易十四的专制和教皇教会的贪婪、腐败和残酷。伏尔泰在哲理小说《老实人》中用戏谑方式讲荒诞不经的故事，影射和讽刺封建制度和教会的残忍。狄德罗的《拉摩的侄儿》充分展现人物的个性、情感与概念的交织等。卢梭的《忏悔录》走得更远，书中人物个性和情感成为叙述的中心和重点，他因此被称为浪漫主义先驱。博马舍在《费加罗的婚姻》中揭露了封建制度的腐败，无情讽刺和批判当时法国的社会政治等。其他作家如圣皮埃尔、勒萨日、布勒托纳、萨德等也用作品宣扬和倡导启蒙思想，为启蒙运动做出了突出贡献。

18世纪，凡尔赛已失去昔日文化中心的地位，王公贵族、资产者家中的沙龙成了重要的文化聚会场所。人们在沙龙里谈论文学、艺术、宗教、道德等，这些场所无形中成为自由思想的传播地。在理性主义大踏步前进的时代，许多学术团体应运而生，学院、科学院的建立使文化交流成为一时风尚。此外还有更经济、更大众化的聚会场所，如图书馆、阅览室、咖啡馆、英国式俱乐部等。所有这一切都为18世纪法国织就了一张纵横交错、四通八达的传播网。启蒙思想正是通过这些渠道，迅速传向外省和欧洲各地。塞纳河畔出现的生活艺术逐渐形成巴黎的时尚生活方式，为全欧仿效。同时，一种典雅活泼的新型艺术风格在法国形成。它起于室内装饰和建筑雕塑，后迅速影响到绘画、音乐。这便是统治了欧洲近三分之二世纪的罗可可艺术。罗可可原来是法文"用贝壳石子堆砌的假山"之意。路易十五时随王权衰落，宫廷生活受市民思想趣味影响，建筑师们用假山或涡形花饰装饰宫廷和私宅。继巴罗克艺术之后，玲珑、细巧、优雅的罗可可风格很快传播开来，主要体现在建筑和园林设计上，也影响到文学和艺术的表现形式。①

---

① 此段缩节选用了李赋宁主编《欧洲文学史》第一卷《古代至十八世纪欧洲文学》第六章第二节的相关介绍。

夏尔－路易·德·塞孔达·孟德斯鸠（Charles-Louis de Secondat Baron de Montesquieu，1689—1755）是 18 世纪法国启蒙思想家、法学家。他出身贵族，大学毕业后获法学学士学位并当过律师。1714 年他开始担任故乡波尔多法院顾问，1716—1728 年承袭伯父职务，担任该法院庭长并获男爵封号。此间他常到当地和巴黎沙龙等社会场合，与他人激辩中显示出色才华。他思想敏锐、博学多才，法学、史学、哲学和自然科学造诣都很深，写过许多论文。1721 年他发表的书信体作品《波斯人信札》成为法国启蒙早期极具影响力的作品之一。1728 年他成为法兰西学士院院士，后周游欧洲，实地考察各国政治民情。1748 年他发表了一生最重要的作品《论法的精神》，奠定了近代西方政治与法律理论发展的基础。

《论法的精神》提出了法的基础是理性，有力地抨击了当时的封建专制和神学思想。他认为立法、行政、司法三权分立是理想的政治制度，这一思想对美国独立战争和法国大革命产生了直接影响，对近代以来资产阶级政治实践和政治思想具有深远意义。《波斯人信札》是文学作品，但基本精神和提出的问题与《论法的精神》相同，即专制统治使法国处于贫困和混乱中，探索新出路已成为解决法国困境的当务之急。

孟德斯鸠非常重视《波斯人信札》，在该作品出版后 34 年间不断修改，直至逝世前几个月才编订定本。定本共有 160 封长短不一的信件，"附录一"还出现了两篇信札残稿。主要写信人是"波斯人"郁斯贝克和黎伽，前者写了 66 封信，后者写了 47 封，都收有回信，还有其他人写的信件。贯穿作品有两条主线：1）主角郁斯贝克和同行朋友黎伽在与他人通信中谈及他们对异国他乡（尤其法国）的观感；2）郁斯贝克与朋友、妻妾、阉奴总管通信时谈及他的后房之事。第二条主线也涉及道德、宗教和宫廷争斗等。

　　"波斯人"观感这一主线涉及话题非常广泛，如奥斯曼帝国的衰败、意大利城邦的兴衰、法王路易十四、罗马教皇、宗教裁判所、宗教派别之争、巴黎居民对外国人的好奇、咖啡店里的争论、巴黎社交场中的形形色色、巴黎男女、沙龙、巴黎的种种骗术、著书立说狂、法国科学院、法国人宗教信仰、最完善的政府、巴黎荣军院、法庭及大人物与权贵、公法与民法、宗教经义与科学真理、社会动荡中穷富巨变、殖民主义、欧洲国家政体、英国人、科学与工艺、艺术和发明、报刊出版、人口减少问题、立法与风俗、法国经济生活的混乱、神学史著作、诗歌与小说等。

　　两位"波斯人"身处异域一路观察，随兴发表感想。郁斯贝克路过土耳其时说奥斯曼帝国已是"日益精疲力竭，外强中干"（罗大冈译，下同），经商是靠"永远勤劳进取的欧洲人"才做到发财致富。该信在末尾预言"不出两个世纪，此地将成为某一争城掠地者耀武扬威的战场"，这一预言果真在 1911—1913 年巴尔干各国联军进攻土耳其时得到验证。黎伽在法国逗留一个月后谈自己的"浅薄的概念"，认为路易十四虽不像西班牙国王那样拥有金矿，但他拥有比金矿更"取之无穷，用之不竭"的"国民的虚荣心"。他依靠这样的"财富"通过"卖官鬻爵"来从事大规模战争。他是个"大魔术师"，"随心所欲，左右臣民的思想"。"倘若有艰巨的战争需要支持，但当时国库一空如洗，他只要使臣民脑中有一个概念，拿一张纸片当银子，大家立刻深信不疑"。黎伽对封建专制的辛辣讽刺见于诸多信件，他对教皇和教士们的揭露和讽刺也辛辣无比。他批评教皇贪婪，教会残酷，说教皇"拥有无量的宝藏，并且统治着很大的地方"。教皇和主教们制定了"教规和戒律"，但他们私下"除了使人如何设法免尊教规以外，没有别的事可做"。他还听说在西班牙与葡萄牙教士烧死个活人如烧稻草一般。那里的教士充当裁判者时"总推想被告有罪"。他们认定人性本恶，但却以人不会撒谎为由接受"十恶不赦的人，下流娼妇，或操无耻贱业的人作证明"。他们在宣判时先假惺惺地同情罪人穿得破烂，又说自己"心肠很软，怕看流血"，做宣判是"万分无奈"。最后，"为了安慰自己，他们将那些受难者的财产充公，从中自肥"。基督教及其教规戒律在 18 世纪显露了不可挽回的颓势。黎伽在信中提到教皇往昔"令各国君主望而生畏"，"但是现在，已经无人怕他"。郁斯贝克在一封信中写到一名教士哀叹自己的窘况，"我们扰乱国家，我们自寻烦恼"，"为了使人接受某些毫无基本意义的宗教观点"而"引起了大规模的反抗"。

围绕后房之事的主线展开的故事比较完整，涉及人物较多，冲突较剧烈，结局也较惨烈。有学者认为，作者采用后房故事只为吸引并维持读者兴趣，以便更有效地针对世事发表评论和见解。这种启蒙式的新文类在 18 世纪初的法国开始流行，比那时所谓的"纯文学"更具朝气和生命力。现当代已接受作品的文类杂糅，因此《波斯人信札》中旅欧观感和后房故事可看作一体。作品所涉人物和故事均为虚构，这可从作者在作品"附录二"所做的"关于'波斯人信札'的几点感想"中得到印证。我们对主要观感人郁斯贝克的性格和经历的了解基本依据他与家乡的朋友、妻妾、阉奴等的通信。通信表明，旅行中他的身心状况与后房发生的事情密切关联。另外，他写观感时常将异地风俗习惯与家乡情况对比，也加强了两条故事线的联系。

弗朗索瓦－马利·阿鲁埃·伏尔泰（François-Marie Arouet Voltaire，1694—1778）是 18 世纪法国思想家、文学家、哲学家，欧洲启蒙运动精神领袖。他的思想和学说成为反封建的坚实理论，推动了即将到来的资产阶级大革命。他出身中产阶级家庭，从小才思敏捷，喜爱文学。第一部悲剧《俄狄浦斯王》1718 年首次上演，获得极大成功。他一生著述极丰，写了古典主义情趣的史诗《亨利记》，发表了《俄狄浦斯王》《布鲁特》《扎伊尔》《欧第伯》《中国孤儿》等近40部剧作，出版了《里斯本的灾难》等哲理诗和《查弟格》《老实人》《小大人》《天真汉》等26部哲理小说，《查理十二史》《路易十四时代》《风俗论》等历史著作，还有《哲学通信》《哲学辞典》《形而上学论》《牛顿哲学原理》等哲学著作。他的诗歌和戏剧受古典主义影响，但其中许多是在宣传启蒙思想。他的悲剧和喜剧尝试打破古典主义束缚，不断探索革新，实现了范式新突破。根据我国元曲赵氏孤儿改编的五幕悲剧《中国孤儿》尤值一提，这是西方艺术第一次借鉴中国艺术的尝试。

　　伏尔泰思想大胆，言语犀利，敢于怀疑上帝，尖锐地抨击时弊。他的书被禁，他两度被投入巴士底狱，多次被逐出国门。流亡英国时，他深受牛顿和洛克影响，成为坚定的自然神论者。他理想化英国的君主立宪制，推崇"开明君主制"。他尖刻抨击宗教的蒙昧和神学的荒谬，宣传科学和理性，但同时主张宗教宽容和上帝存在的必要。他信奉自然权利说，认为人人享有"自然权利"，法律面前人人平等，但又认为财产权利不平等不可避免。他推崇英国哲学家洛克的经验论，承认物质世界客观存在，肯定认识来源于感觉经验，但又认为神是宇宙的"第一推动者"。

　　作为文学家，他特别看重他的史诗和悲剧作品，认为中短篇哲理小说是"儿戏之作"。如今，倒是他的哲理小说因丝毫没受古典主义束缚而经受住了时间考验，成为他最有价值的文学作品，其中《查弟格》《老实人》《天真汉》已成为18世纪启蒙时期代表作。他在哲理小说中善用戏谑方式讲荒诞故事以影射和讽刺现实，具有深刻的哲理性。比如《老实人》讲一个"颇识是非，头脑又简单不过"的老实人的经历。他年少时接受了"圣人"邦葛罗斯的教育，坚信世界完美，但故事一开始他就因青春萌动被男爵踢出府外。邦葛罗斯和他暗恋的男爵女儿因命运捉弄也闹得四处颠沛。他们各自流浪各国，离奇地分分合合，几经怪异的生死，最后一行人在一个田庄落脚，一致赞同"咱们工作罢；唯有工作，日子才好过"（傅雷译，下同）。

《老实人》故事情节离奇，展现了一幅幅怪诞的社会场面。老实人被赶出男爵府（"地上乐园"）后被抓了壮丁，被裹挟到战场。叙述者首先正面恭维："两支军队的雄壮、敏捷、辉煌和整齐，可以说无与伦比"，接着是双方大战前"喇叭、横笛、双簧管、军鼓、大炮，合奏齐鸣"。这时叙述者突然诡异地评论道："连地狱里也从来没有如此和谐的音乐"。读者接下来读到一场血腥大屠杀："先是大炮把每一边的军队轰到六千左右；排枪又替最美好的世界扫除了九千到一万名玷污地面的坏蛋"。小说主要嘲讽邦葛罗斯宣扬的世界完美论，这里"最美好的世界"显然具有强烈讽刺意味。在血雨腥风中，"两国的国王各自在营中叫人高唱吾主上帝，感谢神恩"，场面形成如此强烈的反差，极辛辣地讽刺了宗教和封建主的残忍和虚伪。

叙述者通过里斯本因地震召开功德会的事讽刺当时的愚昧和残忍。里斯本地震是自然现象，但当地"有道行的人"决定办个大规模的功德会，以免除全城毁灭。更荒谬和残忍的是，科印勃勒大学的博士们居然认为，"在庄严的仪式中用文火活活烧死几个人，是阻止地震万试万灵的秘方"。他们因此抓了个皮斯加伊人、两个葡萄牙人，倒霉鬼邦葛罗斯和老实人也被抓。被抓人的罪名让人哭笑不得：皮斯加伊人招供娶了自己的干妈，葡萄牙人是吃鸡扔掉了同锅煮的火腿，邦葛罗斯是因为说了话，而老实人却是因为"听的神气表示赞成"。他们随后穿着如异教裁判所要求的装束被处死。邦葛罗斯被吊死，老实人稀里糊涂被解救。具有讽刺意味的是，"当天会后，又轰隆隆的来了一次惊心动魄的地震"。1756 年 6 月 20 日里斯本的确发生过地震，但上述虚构的事态表明，社会的无知、愚昧和残忍已到了无法容忍的程度。

老实人经过各种磨难后对完美论产生了一连串怀疑。比如，他们到达乌托邦黄金国后，从告老的大臣那里得知黄金国根本"没有修士专管传教、争辩、统治、弄权窃柄，把意见不同的人统统烧死"等情况。他不由得感叹，"倘若邦葛罗斯见到了黄金国，就不会再说森特－登－脱龙克宫堡是世界上的乐土了"。我们知道，邦葛罗斯在第一章称赞道，"在此最完美的世界上，男爵的宫堡（即森特－登－脱龙克宫堡）是最美的宫堡"。后来老实人在法国历经波折后听到一个学者谴责世风败落后再次感叹，"我见过的事比这恶劣多呢；可是有位倒了霉被吊死的哲人，告诉我这些都十全十美，都是一幅美丽的图画的影子"。《老实人》如同作者本人或其他法国启蒙大师的相关作品，无情揭露和鞭笞了封建专制和教会腐败，还突出讽刺了知识界的世界完美论。作者在小说中反驳了莱布尼兹的盲目乐观主义和天意论者的"一切皆善"的教条。老实人经历了一路劫难奔命后毅然摈弃了完美论，此过程与洛克倡导的"认识来源于感觉经验"的观点一致。

德尼·狄德罗（Denis Diderot，1713—1784）是 18 世纪法国哲学家、作家、文学和艺术评论家，是法国第一部《百科全书》的发起人、主编和撰稿人。他出身富裕制刀匠家庭，学过法律，后来决定从事写作。1746 年他与达朗贝尔共同主持由各领域的众多专家和学者参与的《百科全书》编撰。他们在策划该书时突破成规，思路超前，许多启蒙新主张如宗教容忍、思想自由、鼓励科学和勤奋等随着各集陆续出版在社会上迅速传播。统治阶级此时感到利益受到威胁，对该书无端指责、起诉和查禁，1759 年该书的编撰和出版被迫中止。尽管屡遭挫折，狄德罗仍不折不挠地坚持和努力，全套35卷的法国第一部《百科全书》终于在1780年全部出齐。这部大型参考书是启蒙时期的里程碑，对欧洲知识界等社会各个阶层产生了重大影响。

狄德罗在编撰《百科全书》的同时也做过许多翻译，著述十分丰富。他发表了论著《哲学思想》（1746）、《盲人书简》（1749）、《对自然的解释》（1754）等，剧作《私生子》（1757）、《家长》（1758），剧评"关于《私生子》的谈话"（1757）、"论戏剧诗"（1758）、"论绘画"（1765），小说《修女》（1760）、《拉摩的侄儿》（1762）、《宿命论者雅克》（1773）等。他的论著宣传自然神论，反对宗教思想，反对先验论和纯属思辨性质的形而上学，强调认识源于感性知觉和唯物主义感觉论。他富于想象，勤于思索，坚持唯物主义观点的同时又具有当时唯物主义者缺乏的辩证思想。他的文学和艺术评论注重真实个性和个体间的相互关系。他主张艺术模仿自然，但反对仿古和墨守成规，认为艺术家应有自己的追求，应发挥自己的才能去超越自然，以达到自己理想的真实。

《拉摩的侄儿》是他比较特别的作品，于1762年动笔，之后不断修改，17年后才定稿。至今留给评论界的谜团是：作者为什么生前没发表？1805年歌德将它译成德文并出版，但完整的法文原始手稿几经神秘辗转到1891年才问世。《拉摩的侄儿》是以对话形式写成的哲理性文学作品。"我"和"他"（即法国大音乐家拉摩的侄儿）是对话者。"我"是哲学家，"他"是事业落魄、生活没着落但"思想奇异的"流浪音乐人。两人谈及的话题非常广泛，涉及天才、平庸、教育、道德、哲学、感性生活、感恩、社会责任、金钱、人生伴侣、幸福、自然、快乐、德行、邪恶、社会地位、创造性、艺术模仿、音乐、肺活量、人的本性、个人事业等。作品引人入胜，其对话表现了复杂情感和多重人格，还有"高傲和卑鄙、才智和愚蠢"等"正当和不正当"观念的纠缠和冲突。

对话前，"我"对自己、"他"和对话所在地雷让斯咖啡店作了简略描述。"我"并没说出自己的身份，但习惯去花园散步，独个儿"坐在阿让松路长凳上沉思默想"（江天骥等译，下同）。如此看来，"我"被"他"称作"亲爱的哲学家""哲学家先生"或"哲学家阁下"也不足为奇了。"我"因天冷或下雨常躲进雷让斯咖啡店，在那里"你可以看到最惊人的棋术，可以听到最粗俗的谈话。因为，人可能是一个有才智的人兼一名棋手，像勒加尔一样；也可能是一名棋手，兼一个傻瓜，像富贝尔和梅育一样"。显然，该咖啡店藏龙卧虎，鱼龙混杂。在这里，"他"作为"一位上帝不令这地方缺少的最奇怪的人物"出现了。"他"衣食无保障，有时"瘦削憔悴"，有时"肥胖丰满"，与人交往会随性地袒露自己的优良和恶劣品质。"他"特立独行，思想和主张会打破"惯常观念所造成的令人厌烦的常规"，还会"动摇着和鼓动着人们，他令人们对他表示赞许或斥责"。例如，"我"和"他"从大音乐家拉摩谈到天才。"他"承认自己的叔叔是天才，但"他只想到他自己，这个宇宙的其余部分对于他是一文不值"。他随后提到天才不为人们注意的一面，即他们不理会亲情，不承当或不胜任自己其他的社会角色。他们会以自己的天才搅乱浑噩但"众人都感觉满意"的世界。法国国王的一个天才大臣说过，"没有什么比谎话对人民更有用，没有什么比真话更有害"。据此，"他"得出结论："天才是可憎恶的东西"。这时，"我"也批驳了"谎话有用，真话有害"的说法，但"我"不同意天才可憎，相反，"那个使一种普遍流行的错误失去势力的，或者令大家接受一种伟大的真理的天才，永远是值得我们崇敬的人物"。"我"有关天才的结论看起来正面、常规或"正当"，与"他"的"非常规"或"不正当"结论相反。

"我"不清楚天才"搅乱"世界是否可憎。但"我"认同"天才通常是有点奇特",这暗示了"我"也认同这个世界大部分时间确实浑浑噩噩,但"众人都感觉满意"。

换句话说,"我"和"他"在讨论天才时双方观点有冲突,又有相同、相似或接近的地方。在认同浑噩世界的现实时,两人似乎因鄙视大众而"犯众怒"。不过,"他"在谈及这一生活常态时也提到,拉伯雷小说中的修士"为了他自己的和他人的心境安宁"表现得平庸,但他有"真正的贤智"。"他"话里话外表示:要么天才与贤智之人有区分,要么两者在概念上交叉重合或自相矛盾。其实,"他"在做出天才可憎的结论前,也承认天才专注而不顾其他是"特别可贵的",这前后看法显然有纠结。其实,"他"对话时的思维和情绪在不断变化。后来,"我"和"他"转而讨论庸才,"他"坦诚道,"我曾经是、现在还是因自己的平庸而苦恼着"。他后来还平静地承认自己是"无知的,愚蠢的,疯狂的,不识羞耻的,懒惰的","是一个极端的无赖,一个骗子,一个贪食者"。"他"最后痛苦地承认,"我是懂得对自己的轻视,这种由于感到天所赋予我们的才具的无用而产生的良心的痛苦;这是一切痛苦中最残酷的"。"他"还历数了不少庸人通过谄媚、说谎、作伪誓、私通、牵线等吃着大餐、赚着大钱、穿着体面,而自己不屑随流而穷困潦倒、衣不裹身。有些"流氓"从前是"可怜的拙劣的音乐匠","给我当跟班都不配",现如今却敛财暴富。"我"听着"他"的抱怨,目睹了"他"内心的波澜起伏,产生了想发怒的冲动和想笑的欲望。"他"所说的东西"已开始发酵",使"我"恢复了"自然的个性的一部分"。"我"十分惊讶地在对方身上看到,"这样的精明和这样的卑鄙在一起;这样正确的思想和这样的谬误交替着";"这样极端的堕落,却又这样罕有的坦白"。

这部作品以对话形式自由展开,涉及启蒙时代诸多重大主题,其间还讨论了艺术，特别是音乐问题。谈话无情揭露和嘲讽了从旧制度向新制度过渡的法兰西社会的种种弊端，其魅力就在于个性的张扬，感性的丰富，情感与概念的交织、混杂和共生。这或许就是作者期盼的"理想的真实"，也就是为什么恩格斯称其为辩证法的典范的原因吧。

让－雅克·卢梭（Jean-Jacques Rousseau，1712—1778）是法国启蒙思想家、哲学家、教育家和文学家，法国启蒙运动杰出的代表之一。他的哲学思想和政治见解对法国大革命和现代政治、社会和教育影响深远。他对自然、情感和自我的颂扬影响了 19 世纪浪漫主义作家。

卢梭出身日内瓦中产阶级家庭，酷爱读书。他的自传体作品《忏悔录》描绘了孩童时痴迷读书的经历："每逢读到一位英雄的传记，我就变成传记中的那个人物。读到那些使我深受感动的忠贞不贰、威武不屈的形象，就使我两眼闪光，声高气壮。有一天，我在吃饭时讲起西伏拉的壮烈事迹，为了表演他的行动，我就伸出手放在火盆上，当时可把大家吓坏了"（黎星 范希衡译）。卢梭当过学徒、仆人、秘书、家庭教师等，饱尝底层艰辛。后来他在华伦夫人庇护下学过音乐，接触到社会名流和新思想。他潜心研究哲学、数学和音乐，1742 年到巴黎，向法国科学院呈报他发明的音乐简谱。虽没被采纳，但他的音乐才华得到认可。他在巴黎结识了狄德罗等启蒙作家，应邀为《百科全书》撰写音乐条目。1750 年他以论文《论科学和艺术》（1749）获第戎科学院颁发的一等奖。

卢梭兴趣广泛，知识渊博，著有诸多哲学和政论文章及著作，还写有歌剧、喜剧、植物学等作品。他影响深远的作品有：1）《论科学和艺术》（1749），提出人在自然状态下是善良的，科学和艺术腐化了习俗；2）《论不平等的起源》（1755），将自然状态与文明对立，认为自人懂得"这是我的"以后就诞生了私有制，随之产生了蜕化、变质、专制和暴力统治，但可用暴力推翻暴力统治，这一提法为后来法国大革命提供了理论依据；3)《社会契约论》（1762），讨论严重的社会问题并提出了比孟德斯鸠君主立宪更彻底的建议，即否定君权，用以社会契约为基础的政体取代封建专制，宣告旧时代结束和新时代来临；4)《爱弥尔》（1762，5 卷），从教育角度补充《社会契约论》，讲述婴儿、幼年、少年和青年的成长，还有婚姻及家庭生活，夹叙夹议了女子教育及男女情爱教育，对现实教育问题发表了大量议论；5）书信体小说《新爱洛伊斯》（1761），他唯一的纯文学作品，讲贵族小姐朱丽与平民出身家庭教师的爱情故事，猛烈抨击封建等级制，形象、凝缩地表达了作者由"平等"建立"自然秩序"的政治理想，出版后获巨大成功。

此外，特别要提及的是自传体作品《忏悔录》（1782 年和 1789 年分两次出版）。书中可读到卢梭写作的珍贵背景资料。例如，同《论科学和艺术》一样，《论不平等的起源》也是应征论文。1753 年第戎学院拟定了以《人类不平等的起源》为题的征文章程。为了能"自由自在地"思考这一重大题目，卢梭经常到树林深处，寻找原始时代景象并描写原始时代历史。他动手写论文时对比"人为的人"和"自然的人"，并指出苦难的真正根源在于人的所谓进化。书中指出"我的同类正盲目地循着他们充满成见、谬误、不幸和罪恶的路途前进"（黎星 范希衡译，下同），因此他"以他们不能听到的微弱声音对他们疾呼：'你们这些愚顽者啊，你们总是怪自然不好，要知道，你们的一切痛苦都是来自你们自身的呀！'"这里的"微弱声音"暗示：作者的主张在当时欧洲"只有很少的读者能读懂，而在能读懂的读者之中又没有一个愿意谈论它"。因此孤独而坚持的卢梭"心里预先就已经料定它不会得奖，因为我深知各学院之设置奖金绝不是为着征求这种货色的"。他心目中的"很少的读者"可能指当时一些社会精英，比如"这部作品比我所有其他的作品都更合狄德罗的口味"。《忏悔录》还提供了《爱弥尔》《新爱洛伊丝》《朱丽》等作品的写作背景和相互之间的关系。他明确地说，"《社会契约论》里的一切大胆的言论早在《论不平等》里就有了；《爱弥尔》里的一切大胆的言论也早在《朱丽》里就有了"。

《忏悔录》还提到作者与伏尔泰、狄德罗、拉摩、格里姆、霍尔巴赫等社会名流的交往，其中也有一些不愉快经历。卢梭与一些名人相继交恶可能是因他看重情感主义，与伏尔泰及百科全书派强调的理性主义形成明显差异。他在《忏悔录》中说自己喜爱读伏尔泰，并"竭力模仿这位作家文章的绚丽色彩，他的作品的优美文笔已经使我入了迷"。卢梭还被人推荐来修改伏尔泰剧本的歌词和音乐并取得极大成功，但事后却遭拉摩等人诋贬和打压。《忏悔录》第二部也写过对伏尔泰过多抱怨人生的不满，"老是觉得一切都是恶"，而作者则决心"向他证明一切都是善的"。他还说，"伏尔泰表面上信仰上帝，而实际上从来只信仰魔鬼，因为他所谓的上帝，按他的说法，不过是一个以害人为唯一乐趣的恶魔罢了"。卢梭与狄德罗也有过愉快交往。他提到狄德罗因《论盲人书简》几句话而遭权贵责难并入狱，《百科全书》编写因此被打断。卢梭为解救狄德罗四处奔走，担心朋友在监狱受苦，称如果那样，自己"会伤心得在那座该死的监狱墙根下死去的"。后来卢梭因其歌剧《乡村卜师》的成功而即将获国王赏赐的年金时与狄德罗发生了抵牾。狄德罗指责他对年金漠不关心，罪不容赦，而卢梭则坚持：丢了年金，"我也就免除了年金会加到我身上的那副柳锁。有了年金，真理完蛋了，自由完蛋了，勇气也完蛋了。从此以后怎么还能谈独立和淡泊呢？"

作为自传体作品，《忏悔录》带有倾向性的叙述，有时提及某个问题缺乏更多资料印证,但卢梭那极富"自我"的个性和坚持"自我"的主张确实令人敬佩。作者在第一章就直抒了写作目的:"我现在要做一项既无先例、将来也不会有人仿效的艰巨工作。我要把一个人的真实面目赤裸裸地揭露在世人面前。这个人就是我"。他在书中袒露了内心一切,让世人都来听他忏悔。他呼唤万能的上帝,让人们"为我的种种堕落叹息,让他们为我的种种恶行而羞愧。然后,让他们每一个人在您的宝座前面,同样真诚地披露自己的心灵,看看有谁敢于对您说,'我比这个人好!'"书中回忆了他在乡村的两年幸福生活,也坦陈他干过孩子们常干的坏事。他十六岁半时第一次见到美丽的华伦夫人,惊叹她的风韵和美丽,坦言:"我立刻被她俘虏了"。卢梭与华伦夫人的交往贯穿作品第一部分的大部分,第二部分也偶尔提及,但已时过境迁,物是人非了。卢梭此时内疚万分,却无可奈何:"她的境况多么惨啊,天哪!这是怎样的堕落!她初期的那种美德怎么就荡然无存了?她是当年彭维尔神父叫我去找的那位美貌动人的华伦夫人吗?""我应该抛弃一切而跟她走,相依为命,直到她最后一息,同甘共苦,不问她遭遇如何。我却没有这样做。由于我被另一份感情分了心",为此他终生内疚。卢梭事业方面的成功除华伦夫人早期的提携,也在于他本人的勤奋和天分,对读书的痴爱,对事物的深刻感悟,对自然本性的坚持等。他在《忏悔录》开篇说,"我深知自己的内心,也了解别人。我生来便和我所见到的任何人都不同;甚至于我敢自信全世界也找不到一个生来像我这样的人。虽然我不比别人好,至少和他们不一样"。卢梭在思想上和文体上都启迪了大革命时期的雅各宾党人,他也是 19 世纪浪漫主义的先驱。

　　18 世纪还要提及法国小说家勒萨日(1668—1747)、雷迪夫(1734—1806)和萨德(1740—1814)。勒萨日是 18 世纪前期重要作家,翻译改编了大量西班牙戏剧,也写了不少剧本,后转写小说,主要作品有《瘸腿魔鬼》（1707）和《吉尔·布拉斯》（1715—1735）。《吉尔·布拉斯》采取回忆录形式，以第一人称讲主人公学会欺诈，钻到富人和剥削者当中不择手段地向上爬的经历，表面上写 17 世纪西班牙，实际写法国现实。小说继承了西班牙流浪汉小说传统，又有法国风俗小说写实的特点。雷迪夫生于富裕农民家，由排字工成为印刷厂老板。第一部小说《道德之家》成功后他成为多产作家，著有 47 部作品，总计 194 卷，但不少是与人合著或请人代笔。他的作品大多讲农民生活，如《走邪路的农民，或城市的危险》（1775）、《父亲的一生》（1779）。受卢梭影响，他晚年写了自传作品《尼古拉先生，或被揭穿了的人心》（1794—1797）。萨德出身外省贵族世家，曾参加英法七年战争，解甲后终生写作。他一生放纵，多次因性虐待入狱，最后病死疯人院。他的作品充满性变态描写，以色情闻名。西文"性虐待狂"（sadism）一词即取他的名字为词根。主要叙事作品有《美德的厄运》（1791）、《新朱斯蒂娜》（1797）、《爱情的罪恶》（1800）等。他的作品蔑视一切宗教的和世俗的传统礼俗，提倡享乐至上的极端个人主义，但在当时仍有一定积极意义。他不承认上帝，以自然天性为唯一权威，用主人公的命运来阐述无神论观念。长期以来他的作品在法国受查禁，20 世纪诗人阿波利奈尔和超现实主义者们重新发现他的价值，甚至称他为政治社会革命或弗洛伊德革命之父。①

皮埃尔 – 奥古斯丁·卡隆·德·博马舍（Pierre-Augustin Caron de Beaumarchais，1732—1799）是 18 世纪后期法国戏剧家。他多才多艺，做过钟表匠，是发明家、音乐人、外交家、出版商、金融家、社会活动家。他的文学贡献是戏剧，尤其是"费加罗三部曲"。博马舍从

---

① 　此段缩写选用了李赋宁主编《欧洲文学史》第一卷《古代至十八世纪欧洲文学》第六章第二节的相关材料。

理论到实践对正剧这一新型剧种的产生做出了很大贡献。世纪初人
们就思考过建立一种介于悲喜剧之间的文类，在狄德罗、博马舍等
人推动下正剧终于诞生。它有悲喜剧特征，宣传启蒙作家对道德社
会的看法。正剧在舞台上赋予资产者新的社会地位，但主角仍是贵
族或上层资产者。正剧注重情境，情境往往代表一种价值观，又常
与家庭问题相连。正剧喜用现代题材和自由的散文体表现现实，大
大加强了感染力。此外正剧的动作和朗诵更自然，服装、布景更真实，
舞台空间也从传统形式向三面墙的箱式舞台过渡。①

博马舍生于巴黎钟表匠家庭，十二岁时开始随父亲学做钟表，
后把钟表做得更精巧，获法国科学院好评，并获王室订货和随意出
入宫廷的待遇。他还有非凡的音乐天才，精通弹竖琴和吹横笛，路
易十五聘他做四位公主的琴师。他精明能干，很会做生意，在金融
界巨头提携和照顾下参加投机生意，成为法国最富有的企业家之一。
1776 年前后他出资组织远洋船队运送军械和人员支援美国独立战
争。伏尔泰逝世后留下许多书稿没出版，1779 年博马舍购得伏尔泰
许多书稿的出版权，冲破重重阻力，使《伏尔泰全集》70 余巨册于
1783—1790 年在德国出版，对法国文学做出了重大贡献。为了维护
剧作家权益，他联合一批剧作家跟剧院老板抗争，号召社会力量支
持，成立了一直延续至今的法国剧作家协会。1789 年法国爆发大革
命，他虽捐助过革命，但因其富有并与王宫过往密切，被革命群众
列入逃亡贵族名单并下狱。他出狱后生活几经起伏，后因其剧本揭
露了封建社会的罪恶，鼓励人们抗争以及支持美国独立战争等得到
人民的宽恕。

---

① 此段关于正剧的文字选用了李赋宁主编《欧洲文学史》第一卷《古代至十八世纪欧洲
文学》第六章第二节的相关介绍。

　　他一生经历了法国政治经济重大变革，以孟德斯鸠、伏尔泰、狄德罗、卢梭、爱尔维修、霍尔巴赫为代表的启蒙主义运动已向封建上层建筑展开进攻。博马舍虽是晚辈，但在启蒙思想感染和鼓舞下积极创作戏剧。他爱读拉伯雷等文艺复兴作家的作品，也非常喜欢莫里哀。1767 年他写第一个剧本《欧仁妮》，1770 年又推出《两个朋友》，充满了启蒙主义思想。1772 年他凭借音乐特长写了歌剧《塞维利亚的理发师》，后来把它改成四幕喜剧，1775 年公演成功。1781 年该剧续篇《费加罗的婚姻》因其启蒙思想更激进、对贵族阶级的讽刺更辛辣被路易十六下令禁演。随后几年博马舍常在私人聚会上朗诵他的作品，同时也做些修改，设法通过审查。国王迫于各方压力于 1784 年取消了对《费加罗的婚姻》的禁令，该剧同年在巴黎公演并获巨大成功。《塞维利亚的理发师》和《费加罗的婚姻》很快传到国外，并译成欧洲多国文字，在好几国大都市上演。后来，奥地利音乐家莫扎特和意大利音乐家罗西尼先后把《费加罗的婚姻》和《塞维利亚的理发师》谱成歌剧。1792 年"费加罗三部曲"的最后一部《有罪的母亲》在巴黎成功上演。

　　《费加罗的婚姻》被禁 8 年后公演，成为法国戏剧史上重大事件。该剧展现仆人费加罗与主人阿勒马维纳公爵斗智斗勇并战胜公爵的故事。费加罗就是《塞维利亚的理发师》剧中的理发师。他在上一部剧中帮助阿勒马维纳公爵通过放弃陈腐的"初夜权"等封建社会贵族特权，几经曲折获得美丽姑娘罗西纳的芳心和爱情，迎娶她为公爵夫人。《费加罗的婚姻》一开场就推出了主仆两人的激烈矛盾：费加罗要与公爵夫人的美貌侍女苏珊娜结婚，公爵答应给一笔嫁妆，但私下却说要"享受以前贵族权利所要的一刻钟"，这就是所谓的"初夜权"。费加罗与苏珊娜商量后决定"应该想办法，让他上钩，抓住那个混蛋，把他的钱弄到我的手里来"（张流译，下同）。公爵曾放弃"初夜权"，这次却依仗权势又想要回"初夜权"。不过他所做的尝试都失败，最终承认被费加罗等人戏弄："本来我想对他们耍点手腕，谁知我却像个小孩子似的被他们耍逗半天"。仆人战胜主人，公理在人心，也反映了以公爵为代表的腐朽封建制度正走向消亡。作者在《论严肃戏剧》中提倡表现现实生活，主人公不应是帝王贵族，而应是第三等级普通人。费加罗、苏珊娜等机智、勇敢、充满活力的人物代表了法国正在崛起的第三等级普通人。

　　该剧也无情地讽刺了当时法国存在的各种社会问题。费加罗曾向马斯琳借钱，其收据被马斯琳认为是婚约。这本是个闹剧，但伯爵却要利用它来阻挡费加罗与苏珊娜结婚，极力利用自己的权势闹上了法庭。接受官司的法官是个结巴，说话断断续续造成含混，甚至歧义，这本身就是对法律的讽刺。马斯琳这时不无惊恐地问他，"我们的官司，是由您来审判的？"法官结巴道，"这个位子是——是我用钱买——买来的。不干这事，你让我干什么？"卖官鬻爵是社会衰败的征兆，但把要求语言干练的法官之位卖给一个结巴则是讽刺之极。结巴法官居然还理直气壮的厚颜，这又把讽刺推向另一个极致。

　　此外，剧中还对腐败的政治给予了莫大讽刺。费加罗在第二幕第二场对从政概括性讥讽道，"从政的秘密，可以概括为三句话：学会收钱，也会拿钱，还必须会要钱"。在第三幕第五场，伯爵与费加罗对话谈到政治。伯爵开始还颇感优越地说，"政治嘛，你只用跟着我学学就行了"。仆人费加罗不买账地回敬道，"政治，我会，不用学"。伯爵讥讽地反问道，"水平如你说的英文那样？God-Dam，英文的一词通！"出乎意料，费加罗竟一口气历数腐败政治的各种玄机，表现得老到而充满讽刺意味，气势酣畅淋漓，"对呀！这可不是说大话。所有的政治都是这样的，你知道时，要说不知道；不知道时要假装无所不知。你听到什么啦，可要说从未耳闻。特别是在你只有一点才干时，你得装成才华横溢的样子；本没一点秘密可谈，你却要像一直隐藏着很大秘密那样。你闭门在家时，要打着写文章的旗号；你头脑里原来空而无物，但外表看起来你仍然要一副深不可测的样子。明明是在应付差事，却还要大讲这件事非常重要。不要管是与不是，硬要伪装成高层次的负责人，安插间谍，收买敌探，暗拆封印，私阅信函，这就是政治，如果有所不对之处，我情愿去死"。伯爵听后认定费加罗谈的是阴谋，而费加罗反唇相讥道，"我说这是政治，您说这是阴谋，我都认可。反正我认为政治和阴谋好似孪生姐妹般臭味相投"。

18 世纪法国还有悲剧作家**普洛斯贝·卓勒约·德·克雷毕庸**（Prosper Jolyot de Crébillon, 1674—1762）和喜剧作家**尚布兰·德·马利伏**（Chamblain de Marivaur, 1688—1763）。前者在古希腊罗马题材中选题，以写残酷戏剧闻名。他还是多产的讽刺喜剧作家，著有百余部喜剧，大多据西班牙原著改编，如《主仆争风》（1707）和《杜卡莱先生》（1709）。后者作品涉及小说、戏剧，以喜剧为主，在古今之争中拥护现代派。他常用第一人称展现人物心理，还注重世俗描写，被视为法国 18 世纪上半叶重要的写实小说家，但两部小说《马丽雅娜的一生》（1731—1742）和《暴发户农民》（1734—1735）均未完成。他写了约 37 部剧，如喜剧《双重不忠》（1723）、《乔装打扮的王子》（1724）、《奴隶岛》（1725）、《爱情与冒险的游戏》（1730）、《假隐情》（1737）、《考验》（1740）等，内容从英雄故事和神话到风俗、哲理、心理分析，尤其擅长编织爱情情节和进行女性心理分析，是法国第一个将爱情作为独立题材处理的作家。他对古典主义喜剧大胆革新，但结构上基本保留时间、地点、情节统一。他使用独白和旁白，也用传统的插科打诨和假面具等。《奴隶岛》不落爱情故事俗套，通过奴隶之口宣称地位差异纯属偶然，反抗封建制度。他作品中语言的作用很大，有时由对话构成情节。此特点造就了"马利伏体"一词，指优雅造作的文体。马利伏 1743 年入选法兰西学士院，但生前作品不被重视。19 世纪评论家圣·勃夫指出他作品的价值后，他才得到重新评价。[①]

第三节　英国文学 [②]

　　经历了 17 世纪的剧烈动荡，英国确立了君主立宪政体，18 世纪社会生活较稳定，政治、经济、宗教等领域发生了实质性积极变化。17 世纪著名哲学家洛克坚决反对狂热的政治斗争，认为国王、国会和平民都应遵守法规，在妥协中求和平安定。18 世纪的英国政治的确形成了妥协平和的局面，国王已变成形式上的君主，以新形象占据政治舞台的土地贵族和新兴工商业资产阶级对之互相争夺和利用。政治稳定推动了社会其他方面良性发展。政府以殖民制度、保护关税制度和课税制度促进工商业和航海业发展。随着英格兰银行的业务扩展和国债制度实施，英国社会进入金融商贸时代。世纪中期，蒸汽机等的发明和应用促使工业革命来临，英国领先欧洲各国进入工业化时代。

　　与平稳的政治经济发展相适应的是宗教领域出现的自然神论和自由教论，两者都源自对 17 世纪宗教争端引发的社会动荡的反思。自然神论反思因宗教信仰不同而导致的流血冲突，产生了对上帝存

---

① 此段缩写选用了李赋宁主编《欧洲文学史》第一卷《古代至十八世纪欧洲文学》第六章第二节的相关介绍。

② 英国文学这一节除特别注出的段落外，均为陈大明撰写。

在的怀疑。他们接受了牛顿的科学发现，但认为井然有序的自然界背后必有一个主宰，或者说是神；还认为既然大自然美善，人的本性也不能断定为恶。自由教论者也反对清教关于人性恶的观点，但他们不怀疑上帝的存在。哲学上，洛克的经验主义反对观念先天说，认为意识源于对外界的感知。他还提出观念联想说，认为如果一事物在人的观察过程中重复出现，就可能在意识中形成奇怪的联想。他的哲学崇尚理性，对 18 世纪法国反封建和反神权的启蒙运动影响很大。

　　18 世纪英国文学的两大特征是古典主义和经验主义。受法国 17 世纪古典主义影响，英国文坛在世纪前期流行古典主义，主要代表是蒲柏和斯威夫特，中期的文坛坛主约翰逊是古典主义的尾声。古典主义提倡模仿所谓万世不变之道，即模仿自然和师法古人，古希腊、罗马文学（尤其后者）因此得以在英国广泛传播。此期文人竞相描写的也是带有普遍之道的事件和行为，而不关注独特和强烈的情感。古典主义文学大多是讽刺诗歌等作品。在 18 世纪，经验主义哲学也大行其道，一切知识源于实际观察的观点为早期小说家写普通人的日常生活提供了哲学依据。此期英国商品经济发展迅速，丰富的生活素材、成熟的印刷发行条件和需求旺盛的阅读消费群体极大地推动了小说的发展。18 世纪英国还出现了感伤喜剧、讽刺剧、市民悲剧、幽默喜剧。爱尔兰出生的理查·布林斯莱·谢里丹（1751—1816）是 18 世纪英国最有成就的喜剧作家，主要留给后世两部剧作：《情敌》（1775）和《造谣学校》（1777）。但总的来说，戏剧成就不如讽刺诗的繁荣和小说的兴起。反映现实生活的重任主要由小说担当。

　　18 世纪上半叶期刊热闹起来，形成亮丽的风景，其重要代表作家是**艾迪生**（Joseph Addison，1672—1719）和**斯梯尔**（Richard Steel，1672—1729）。第一份英文杂志《君子报》（*Gentleman's Journal*）

创刊于 1692 年。重要文人几乎都创办过期刊杂志，如笛福办的《评论》（1704 年起约 10 年）、斯威夫特主编《考察者》（1710—1711）、菲尔丁创办的《战士》（1739—1740）和《考文特花园杂志》（1752—1753）、约翰逊创办《漫游者》（1750—1752）并在《环球纪事》主办"闲人"专栏（1758—1760）等。从文学和文化史影响来看，艾迪生和斯梯尔创办的《闲谈者》（1709—1711）和《旁观者》（1711—1712）在该世纪早期最有名。《闲谈者》由斯梯尔首创，带有报纸性质，刊登国内外时事和诗歌、戏剧消息，并有个"吾斋文"专栏。不久艾迪生入盟共同编辑，蒲柏、斯威夫特等都曾在该杂志撰文和发表诗歌。《闲谈者》停刊后，艾迪生和斯梯尔两人合办《旁观者》，登载的文章绝大部分为二人所写，议论社会生活，倡导道德规范，评介作家、作品，其文风影响了一代读者，对现代英语散文发展作用重大。艾迪生在《旁观者》上发表的评弥尔顿《失乐园》的文章是英国文学批评的重要文献，他对想象的愉悦的评论在美学上有很高地位。《旁观者》还塑造了罗杰·德·考佛莱为中心的旁观者俱乐部各类人物，类似小说人物，对早期小说发展产生了重要作用。

18 世纪英国文学的最高成就是小说。英国小说得以在 18 世纪迅速发展有多方面的原因。首先，随着现代工商业的发展而产生和壮大起来的中产阶级需要用一定的文学形式反映他们的理念和要求，而小说生逢其时地担当了这一重任。18 世纪英国小说的创新性是不可否认的，但它同时也是对当时流行的传奇文类加以改造的产物。这一改造有两个方面：一是用接近于现实生活的普通人取代传奇作品中的王公贵族；二是受经验主义哲学影响，打破常规旧套，用具体细致的写实主义手法塑造人物。另一个促进小说发展的因素是妇女的参与。现代化生产的发展剥夺了妇女原来在家里做手工或在作坊里劳动的机会，把大批妇女赶出了生产第一线，市民和中产阶级

妇女就成了纯粹的消费者。她们大多受过一定教育，是小说的理想
读者。她们自己甚至也试图握笔创作。再者，从 17 世纪以来，历史、
传记、游记、日记、人物特写和期刊文论等散文体裁的发展都为小
说提供了有利的文学条件。最后一个原因是印刷和出版业的发展。
印刷技术的改进和书商业的兴起为小说兴盛准备了出版发行方面的
物质条件。18 世纪英国出现了一系列著名小说家：笛福成为英国现
实主义小说的先驱；理查逊和菲尔丁等进一步规范了英国小说创作。
理查逊细致的心理描写为后来艾略特和乔伊斯等心理描写大师开了
先河，菲尔丁的小说结构完整,人物塑造丰满,对后世奥斯丁、狄更斯、
萨克雷等产生了巨大影响。[①]

　　亚历山大·蒲柏（Alexander Pope，1688—1744）生在天主教
家庭，詹姆士二世被迫逊位带来了对天主教徒的歧视和迫害。蒲柏
从小受到良好教育，精通古典语言并早露诗才，但因信仰天主教被
拒大学门外。他十几岁时得了骨结核，弯腰驼背，衣食住行难以自理，
受尽折磨。但他作诗成名后交友甚广，与斯威夫特、盖伊、阿伯斯
诺特医生等组成研讨知识文化和写作的斯克瑞布勒瑞斯俱乐部。他
的创作分三阶段：第一阶段代表作是长诗《论批评》和滑稽讽刺诗
《夺发记》,第二阶段翻译出版了荷马史诗《伊利亚特》和《奥德赛》，
第三阶段发表了哲理诗《人论》、长篇讽刺诗《笨伯记》和许多短诗。
他的贡献首先是把英雄双韵体推到近乎完美的境界，该诗体 14 世纪
就被乔叟用过，复辟时期在德莱顿笔下获得新生。蒲柏绝大部分作
品，包括译作，都用英雄双韵体。因为用韵太规范，该诗体易显冗长、
枯燥，但在蒲柏笔下英雄双韵体却异彩纷呈，妙趣横生。他的另一

---

①　此概述选用了李赋宁主编《欧洲文学史》第一卷《古代至十八世纪欧洲文学》第六章
第三节“英国文学”的相关介绍。

贡献是把英国讽刺文学推向新高度。他早期模仿贺拉斯写温和讽刺诗，中后期熔贺拉斯和朱文纳尔于一炉，嬉笑怒骂皆成诗章。他与斯威夫特和盖伊一起把讽刺文学在诗歌、散文、戏剧三个领域推向了高峰。蒲柏也是早期英国重要的评论家。

《夺发记》（1712，1714）起因是一个贵公子剪掉了某千金小姐的一缕金发，引起两家反目，友人请蒲柏写诗平和争执。这首诗用滑稽讽刺手法把劫发引起的争执同荷马史诗写的帕里斯拐走海伦引起特洛伊战争联系起来，委婉地指出两家争执是小题大做。该诗是英国文学史上最负盛名的讽刺戏仿诗。

《论批评》（1711）和《人论》（1733—1734）是两部重要作品。前者生动地表现了人们熟知的一些文学批评观点，归纳总结传统批评，并讽刺当时文坛，对英国文学批评发展和文风改变起了重要作用。后者的哲学观点失之平庸，但反映了当时哲人的思想，是盛行的生物链理论（The Great Chain of Being）的集中化和规范化。它认为整个宇宙是从上到下井然有序的整体，上至上帝、天使，下至爬虫、草芥，万物都有在链上的位置，不得逾越。它重点强调社会和宇宙的秩序，教人安分守己。《笨伯记》又名《群愚史诗》（1728），共三卷，约 2000 行，鞭挞当时的二三流文人及曾攻击过他的诗敌。该诗集中反映了蒲柏对文学商品化、庸俗化的担忧。

读蒲柏的诗目的是欣赏其诗文，体会其韵律美，如他论奇思怪喻的诗行"真才气是把自然巧打扮，/ 思想虽常有，说法更圆满"以及"错误人难免，宽恕最可贵"等都成为后世经常引用的名句。[①]

丹尼尔·笛福（Daniel Defoe, 1660？—1731）是 18 世纪早期

---

① 蒲柏介绍和作品评论选用了李赋宁主编《欧洲文学史》第一卷《古代至十八世纪欧洲文学》第六章第三节的相关材料。

英国小说家,有学者称其为"英国小说之父"。他一生坎坷,经历丰富,做过商人、记者,办过报刊,经常撰稿写诗,评论时事,抨击政客。他的《鲁滨孙漂流记》等小说开了英国现实主义小说先河。他出身信仰清教的屠宰商家庭,幼时经历了伦敦大瘟疫(1665)和大火(1666)。1685年他参加了反詹姆士二世继承王位的起义,1688年又加入威廉三世的队伍,逼迫詹姆士二世逃离伦敦。他曾经商,破产后从事政治活动,写下不少小册子。1702年他发表了文章《对待非国教徒的最简便方法》,抨击托利党宗教政策,反讽地提出应把非国教徒全部斩草除根。初发表时,托利党人欢呼,但他们醒悟过来时就把笛福绑在柱子上示众并投入监狱。出狱后,笛福继续写各种文章维持生活,并先后或同时为两党服务。因宗教原因,他没上大学,但阅历丰富,精力充沛,对政治、经济、伦敦建设、社会道德、宗教自由等兴趣浓厚。经商破产后,他成为多产杂家文人,并在监狱中创办刊物《评论》。1719年近60岁的笛福出版了《鲁滨孙漂流记》,一鸣惊人,成为世界经典,译成多种语言。此后他又写了《辛格尔顿船长》(1720)、《茉尔·弗兰德斯》(1722)、《杰克上校》(1722)、《罗克萨娜》(1724)。他还写了鲁滨孙小说续集,纪实作品《瘟疫年纪事》(1722),若干部传记如《彼得大帝纪》(1723),若干部国内外游记如《不列颠全岛纪游》(1724—1727,3卷)等。后人还编辑出版了他的诗歌和散文集。笛福虽发表和出版作品丰富,但始终穷困潦倒,为避债离家死在外地。①

　　《鲁滨孙漂流记》的素材来自当时远行的水手和社会弃儿等人的回忆录,主要是名叫赛尔科克的水手独自在荒岛生活的经历。鲁滨

---

① 　此段选用了李赋宁主编《欧洲文学史》第一卷《古代至十八世纪欧洲文学》第六章第三节的相关介绍。

孙不等于现实中的赛尔科克。赛尔科克在荒岛上生活 4 年多，完全
处在悲观绝望中，甚至想自杀。鲁滨孙在孤岛顽强奋斗 28 年，开发
自己的天地。笛福用朴素的语言写了一个在逼真的现实环境中艰难
生存下来的可信人物，虚构与现实的巧妙结合是该小说成功的原因
之一。著名作家如 J. 凡尔纳和 R.L. 斯蒂文森等对《鲁滨孙漂流记》
大为赞赏。卢梭在《忏悔录》中谈到他赴任威尼斯大使当秘书，乘
船到达热那亚后受到 21 天检疫隔离，期间感觉自己像个新的鲁滨孙，
准备安排终生那样去度过那 21 天。

　　鲁滨孙代表了资本主义原始积累时期新兴资产阶级的精神面貌。
他落难海岛之初曾绝望，但"一个人只是呆呆地坐着，空想自己所
得不到的东西，是没有用的；这个绝对的真理，使我重新振作起来"
（徐霞村 梁遇春译，下同）。他尽可能多地把沉船上的东西抢运上岸，
"这个工作非常吃力，非常辛苦，但由于我急于想把有用的东西装到
岸上去，这就鼓舞着我做出平常所做不到的事情"。运上来的东西有
食物、衣服、枪支、火药、刀斧工具、种子、酒等。他凭自己的理
性、勤奋和毅力逐步建立了住所和防御工事，尝试做桌椅和日常用具，
制作铲子和灰斗等工具，播种粮食，烘制面包等。后来他学会缝制
衣服、造船、制陶、编制藤器、驯羊牧羊、种植葡萄。他不再是英
国传统叙事中的骑士、英雄，而是勤劳创业和蓬勃向上的以建立新
秩序为己任的资产阶级一分子。

　　作品为鲁滨孙的各种活动提供了丰富的场景细节，逼真可感，
既特别又熟悉，读者大有置身其中之感。小说还用了不少篇幅刻画
主人公内心，突出他基督教徒的心理。他到孤岛不久得了疟疾，高
烧出现幻觉时看到火光中的天使，责令他立刻忏悔，痛改前非。他
随后悟道，八年以来"我不记得曾经有一次想到上帝，或者反省一
下自己的行为"。他甚至直接与读者对话来剖析内心，"读者大可以

相信我这句话：我虽然经历了各种各样的苦难，却没有一次想到这是上帝的旨意"。他在沙滩上突然发现人的脚印时"方寸已乱，精神失常"，受惊时的想象使他再次产生各种幻觉。后来他读《圣经》，看到"等候着主吧，壮着胆吧，他将使你心里充满力量"时，"心里不再难过了"。

鲁滨孙一直战战兢兢地过日子，害怕被食人族抓去吃掉。为安全考虑并经过内心反复斗争，他决定利用（代表资本主义文明的）枪火来武装和保护自己。在住岛第 25 年，他发现了一群登岛准备食人的野蛮人。他救了一个将被吃掉的野人，起名"星期五"，把他训练成仆人。有意思的是，他与星期五相处一段后认为，上帝"赋予他们同样的能力，同样的理性，同样的感情"，但他叙述中不经意就流露出文明人的优越感。比如，当"星期五"看见他用枪打死小羊时，他评述道，"可怜的星期五，上次虽然从远处看见我打死他的敌人，却弄不清楚，也想象不到我是怎样打死的，现在见我开枪，大大地吃了一惊，浑身发抖，简直吓呆了，差一点瘫在地上"。他还说，星期五"真会把我和我的枪当作神物来崇拜哩！"

《茉尔·弗兰德斯》是近年来评论界讨论很多的笛福作品。它采用流浪汉小说架构，探讨严酷的社会环境对个人性格和生活的巨大影响。茉尔在狱中出生，长大后在绅士家当女仆，被大少爷诱奸抛弃后一步步走向堕落。她五次结婚，其中一次丈夫竟是同母异父弟弟。为活命，她偷盗入狱，流放美洲，最后得到母亲遗产，从而安度晚年。女主人公从忏悔角度叙事，但可看作是落难孤女创业史。作者对小人物命运的真实描写为后来现实主义小说勾画了轮廓。他注重人物行动和心理动机，语言鲜明、生动。但他的小说还很不成熟，心理描写要待理查逊来深入，而小说结构的完善则需待菲尔丁来补足。

江奈生·斯威夫特（Jonathan Swift，1667—1745）是 18 世纪

英国-爱尔兰讽刺文学大师,被称为英语作家中最辛辣的讽刺家。他一生写过小说、诗歌和政论文章,代表作《格列佛游记》流传甚广、寓意深厚,集中体现了他的讽刺风格,获得各层次读者的喜爱和好评。

斯威夫特生在爱尔兰的英国人家庭。父亲在他出生前去世,母亲生下他不久返回英国。他由叔父抚养成人,15岁进都柏林三一学院。1688年光荣革命后,爱尔兰出现了反国教形势,他因无职业被迫返回英国,做了威廉·邓波尔爵士的私人秘书。他在爵士的穆尔庄园阅读大量书籍,其中有不少古典名著,并结识了一些社会名流和上层显要。不过,他后来并没在政界或宗教界取得如意的地位。在一段时间里他时而住在伦敦,时而住在爱尔兰。1704年他出版了《书之战》和《一只木桶的故事》,在文学界赢得一席之地。此后他与蒲柏、盖伊等人建立了友谊,并在1713年一同成立了斯克瑞布勒瑞斯俱乐部。在政治上,他先支持辉格党,后来发现托利党更支持他在爱尔兰的教会事业,便转而支持托利党并担任该党喉舌报《考察者》主编。1714年托利党失势,他回爱尔兰任都柏林圣帕特里克大教堂教长,过着自认为近于流放的生活。

《书之战》是在当时古今两派论战的背景下发表的。该书是崇古派邓波尔爵士授命写的,书中有关蜜蜂与蜘蛛的讨论其实是褒奖古学,讽刺崇今派。《一只木桶的故事》通过三兄弟对待父亲遗留的外套持不同态度,淋漓尽致地讽刺了16世纪以来清教和天主教互相争斗的闹剧。斯威夫特本人是英国国教即新教牧师,但他却把矛头指向教会,批评讽刺基督教说一套做一套的虚伪和无耻,持有接近启蒙主义的态度。他最著名的讽刺散文是《一个小小的建议》(1729)。该文针对英国当局对爱尔兰人民的残酷压迫,反讽地提出一项骇人听闻的建议,即劝告爱尔兰穷人出卖自己的婴儿给有钱人做菜肴来摆脱穷困。文章口气冷峻、算计周密,勾勒出谋臣策士的无耻和毒辣,以及英国主子和富人的奢淫无情。除讽刺散文和政论文，他还发表了诗歌、私人信函、布道讲话、祈祷祷文等。但他最负盛名的还是讽刺寓言小说《格列佛游记》。

1726 年他带着《格列佛游记》手稿到伦敦，会见了蒲柏、盖伊等老友。在朋友们帮助下，他于当年 11 月出版了小说手稿，引起轰动，一个月里加印了 2 次。次年该小说被译成法、德、荷兰语等，爱尔兰也出现了盗版本。当时游记读物流行，大多是探险船员发现了新大陆，然后遭遇野蛮部落，或战而胜之，或教化之，最后往往是发了横财，衣锦还乡。《鲁滨孙漂流记》记述的就是这样的探险和发财梦。但斯威夫特却另辟蹊径，反其道而行之。格列佛所游之地为虚拟，故事结局也不美满。但小说的奇思妙想吸引了各层次读者。更重要的是，读者读到的是故事隐含的对所谓文明社会的批判和对英国及欧洲社会的讽刺和鞭挞。

《格列佛游记》共四卷，第一卷讲格列佛在利立浦特即小人国的经历，第二卷讲他在布罗卜丁奈格即大人国的游历，第三卷讲他搭乘飞岛的过程和所见所闻，第四卷讲他在智马国的见闻和与智马的交谈。小人国中低跟鞋党和高跟鞋党争权夺利，誓不两立，"结成了非常深的怨仇"，这是在影射英国腐败的政治。格列佛在小人国是巨人，到了大人国却成了侏儒和玩偶，心理很不平衡，"即使大英帝国的皇帝来到这里，也不会摆脱这种困境"（李渊译，下同）。这样的描述似乎在提醒人们（可能也在暗示处在上升期的大英帝国）：命运弄人。飞岛国崇尚理性，但过于注重理性而置现实于不顾的科学家疯的疯、傻的傻。一个医生针对"政党竞争激烈"提出锯脑换脑的办法，将两个敌对政党的人脑各一半组成一个新脑子，令其对"任何一个问题都不会发生分歧"。这样一针见血的荒诞描写在该游记里比比皆是，可见它讽刺现实的烈度。

叙事者格列佛在小说中的讽刺语气经常变化，有时显而易见，有时似一本正经但背后的讽刺更有力。在智马国，当"马主人"问起人类战争的起因时，格列佛说原因太多，自己只就"几个最常见的来说一说"。他兴致勃勃地举出"统治者的野心"，"大臣们腐败无能"，荒谬而无休止的"争论"，争夺"一块土地"，或物产资源"分布不相等"。他还振振有词地说，如果一个国家遭遇"瘟疫或灾荒"，或"政治不太稳定"，或是"为了完善自己的版图"，或者说一个国家落后等等，发动战争便"无可非议"，应"毫不犹豫地打上一仗"。"马主人"听着觉得不对劲，便嘲笑人类的理智，指责格列佛说的"并不是事实本身"。格列佛反倒觉得"马主人"不经世，"它的眼界太狭窄"。他又继续对它普及"加农炮、重炮、滑膛枪、卡宾枪"等杀人武器和战术，描述战争"浓重的硝烟""炸飞的尸体""死的人的惨叫""战场上空余满地的死尸"。"马主人""这时叫我别再说了"，它已明白"那些令它愤慨到极点的事情都是一种自以为理智很发达的动物做的，它由此而担心一旦理智走上了邪路，会比凶残产生更坏的结果"。

塞缪尔·约翰逊[①]（Samuel Johnson，1709—1784）是 18 世纪中后期英国文坛泰斗，自幼聪慧好学，但因贫寒在牛津大学读了一年就辍学。1737 年他到伦敦碰运气，为《君子杂志》（*Gentleman's Magazine*）撰稿并做编辑。次年他的重要诗作《伦敦》发表，1747年他提出了词典编纂计划但未获应有的支持。两年后代表诗作《人生希望多空幻》发表，1750 年他创办《漫游者》杂志，1755 年他的《英文辞典》终于问世，同年牛津大学授予他博士学位。1759 年他用一

---

① 约翰逊的介绍和作品评论选用了李赋宁主编《欧洲文学史》第一卷《古代至十八世纪欧洲文学》第六章第三节的相关介绍。

周的晚间写出哲理寓言小说《阿比西尼亚王子拉塞勒斯传》为母亲支付殡殓费。1762 年乔治王给了他每年 300 英镑终身津贴，结束了他苦涩的生活。次年他遇到鲍斯威尔，后者成为他出色的传记作者。后期的主要著述有《英国诗人传》（1779—1781）。

约翰逊当时是英国文坛无冕之王，贡献有多方面。他的词典在英语词典编辑上地位崇高，辑录的例句都是文学经典语录。作为此世纪古典主义讽刺文学的尾声，他的讽刺诗《伦敦》和《人生希望多空幻》形象又深刻地反映了当时文坛和社会的风貌。《拉塞勒斯传》写生活在福谷的阿比西尼亚王子不满福谷无聊的生活，在哲人伊姆莱克引导下同妹妹一起外逃，去寻找幸福，结果发现完美的幸福并不存在。该作品是他对现实社会及人类本性思考的结晶，问世以来一直畅销，与伏尔泰的《老实人》异曲同工。《英国诗人传》评介了弥尔顿以来的英国诗人，是英国文学批评史上第一部这样的著作。

塞缪尔·理查逊（Samuel Richardson, 1689—1761）是 18 世纪英国小说家和印刷商。他写小说旨在寓教于乐，强调小说的道德性和教化力量，还开拓了细致入微的心理描写，奠定了他在英国乃至欧洲文学中的地位。理查逊生于木匠家，小时接受过一定教育，后来喜欢跟朋友讲书，替女子写信等，在街坊小有名气。他 13 岁时就帮年轻女子写情书，聆听目睹她们的起伏心情和丰富神态，为他日后用书信体写年轻女子婚恋的心理做了厚实的铺垫。他 17 岁给印刷商当学徒，工作兢兢业业，深得老板赏识。1719 年他开了自己的印刷铺，并娶了以前老板的女儿，印刷业务得以稳步发展。1733 年他出版了《徒工手册》，用自身说法引导徒工坚拒不良风气，信守社会道德。

理查逊写小说成名出于偶然。1738 年他应朋友之邀写一部通俗的书信尺牍，他在试着写年轻女子的书信尺牍时萌发出写一种与流

行的罗曼司完全不同的新读物。这样的新读物在内容上应宣扬宗教
和道德，风格上力求通俗自然，这就把当时流于荒唐的罗曼司读物
提升到严肃文学的高度。1740—1741 年他出版了被一些专家称为英
国第一部现代小说的《帕美勒，或美德有报》。该书以第一人称书信
体写成，这使读者能直接面对写信人，直接读到她的内心表达。女
主人公坚守贞操，在经历重重困难后嫁入贵族豪门，安于做模范家
庭主妇。这其实是针对 18 世纪一些逾界乱象进行劝导，树立规范。
后来他写的《帕美勒，续集》不很成功，但 1747 和 1748 年间出版
了其代表作《克拉丽莎，或一位闺秀的历史》，大获成功。最后一部
塑造完美男性的小说《查尔斯·葛兰底森爵士》（1753—1754）效果
大不如前。

　　《克拉丽莎》是长篇巨著，共 7 卷，曾被称为英国最长的小说，
有些地方显得冗长。小说讲述 18 岁的漂亮姑娘克拉丽莎坚守道德，
受邪恶势力摧残最终走向悲剧结局。克拉丽莎最终成为圣女式人物，
但与《帕美勒》女主角不同，随小说展开她也犯了些错误，甚至有
较严重的误判。为了抗拒家里逼迫她与一个新富结婚，她没认清纨
绔子拉夫雷斯的险恶用心，开始与他秘密通信，后又随他出逃并落
入他的魔爪。但克拉丽莎毕竟未经世事，对风度翩翩的拉夫雷斯不
能说没好感。她在小说中被塑造成道德模范的过程节奏缓慢，细节
充分，其真实性在当时较易接受。她一开始虽无法识破拉夫雷斯，
但在与好友安娜通信中就表明了她已觉察到这人的毛病，并列举不
能与他恋爱的理由。她随拉夫雷斯出逃的确为情势所迫，因满身铜
臭的新富令她厌恶，她决心抗争。她出逃后坚守自己的信念和贞操，
拒绝拉夫雷斯的种种诱惑。被拉夫雷斯迷奸后，她毅然绝食，一心
向教，从容赴死。她在此过程中体现的道德和信念的强大内心力量
甚至使冥顽不化的拉夫雷斯震动，并产生真正的爱慕之情。他陷入

痛苦煎熬中不能自拔，最后受到应有的惩罚。

克拉丽莎性格比较独立，这在 18 世纪的英国非常难能可贵。她拒婚背后有更为深刻的社会起因，那就是她从祖父那里继承的一笔财产。也就是说，故事的缘起与财产紧密相关，这在后来的主流小说中较常见。第 4 集有篇"致读者"，其中提出主张：小说追求的唯一目标就是表现人的行为举止和展现人性。小说极力这样做了，因此在描写现实世界和人性方面，在展现围绕财产等发生的中产阶级各色人物的故事方面迈出了极为重要的一步。"致读者"还着重强调小说应努力探索人的心理，这对英国小说的发展方向起到了重要的引领作用。克拉丽莎与安娜频繁的通信充分揭示她丰富的内心世界，有助于树立她的社会楷模形象。反面人物拉夫雷斯的心理也得到较充分的展示。他在给朋友的信中承认，克拉丽莎的坚强和心灵高傲深深刺伤了他的自尊心。他骂自己是恶棍，是长期自我责骂和自我折磨的恶魔。他后来希求得到克拉丽莎原谅，渴求能见一面，都想疯了，甚至出现了幻觉。因其心理探究的细致和真实，《克拉丽莎》轰动欧陆，歌德和卢梭都效仿理查逊写过婚恋主题的书信体小说。

亨利·菲尔丁（Henry Fielding，1707—1754）是 18 世纪英国小说家、剧作家。他的作品注重现实，生活面广，结构严谨，又具幽默讽刺，深刻揭露和批判社会的不公和邪恶。代表作《汤姆·琼斯》为英国现实主义小说确定了方向，对后来英国小说影响显著。他生于破落贵族家庭，少年时就读伊顿公学，16 岁已精通希腊语和拉丁语。1728 年他赴荷兰莱顿大学研习古典文学，辍学后 1730 年回伦敦为剧院写剧本。此后 7 年中先后创作了 20 多部各类剧本，具有代表性的是《大拇指汤姆》（1731）、《巴斯昆》（1736）、《1736 年历史纪事》（1737）。他善于汲取民间戏剧精华，用诙谐怪诞的讽刺手法揭露贵族阶层的腐化和政坛的腐败，矛头直指当时首相沃波尔和他

的党羽。《1736 年历史纪事》激怒了辉格党政府，次年沃波尔操控
议会通过了剧院管理法，要求剧本送审，违者罚款并吊销执照。此
法规迫使菲尔丁关闭自己的剧院，他的戏剧生涯结束。

　　他后来改修法律，成为律师，同时并没放弃写作，经常在报
上发表抨击时弊的文章。《帕美勒》问世后，菲尔丁认为该小说虚
伪，即兴写了《沙美勒》以讽刺原著。他随后还成功出版了《约瑟
夫·安德鲁斯传》（1742），继续嘲弄理查逊，并从此走上小说家道
路。1743 年他出版了《大伟人江奈生·魏尔德传》，刻画一个江洋
大盗来讽刺首相沃波尔。1749 年被称为世界名著的《汤姆·琼斯》
问世。之前一年，他被任命威斯敏斯特地区治安法官，为地方治安
管理和警察的创立做出了贡献。司法工作使他有机会接触社会各阶
层，为小说积累素材。晚年他发表了带有感伤情调的小说《阿米丽亚》
（1751）。1754 年他去里斯本疗养，写下《里斯本航海日记》，不久
在那里病逝。

　　《汤姆·琼斯》写"弃儿"汤姆经过重重波折和坎坷最终获得爱
情并继承了财产的故事。全书 18 卷，198 章，规模宏大，结构紧凑。
从汤姆活动空间看可分三部分：1）早年在乡绅奥尔华绥庄园的生活，
2）后来去伦敦途中的经历，3）在伦敦入狱，认祖归宗返回庄园。
这部小说结构严谨、文类杂糅，在思想和人物塑造等方面有许多重
大突破。它是一个年轻人的成长小说；用大量篇幅讲汤姆从乡村到
伦敦以及在伦敦的经历，又有流浪汉小说格局；贯穿整部小说的还
有他与索菲亚的爱情，因此也可当作罗曼司来读。小说某些部分还
出现了对史诗的戏仿，如第四卷中描写毛丽打架的场面时，叙述者
觉得需要借助神灵，"且住！既然我们对自己的能力信心不足，还是
让我们请一位高手来帮助一下吧"（萧乾 李从弼译，下同）。这里的
"高手"指缪斯，读起来像戏仿的前奏。接下来就是戏仿味道浓郁的

类似史诗的乞灵篇，"众缪斯，啊，不管您是哪一位，只要您喜欢歌咏战争——尤其是曾经咏过虎迪布拉斯和特鲁拉战场上的杀戮情景的，倘若您不曾与尊友勃特勒一道饿死的话，就请乘这个伟大的时机，助我一臂之力吧"。

《汤姆·琼斯》在许多方面体现了与18世纪英国社会不同、甚至叛逆的思想。主人公汤姆是私生子，是社会下层最卑微的人。但他诚实、正直、仗义和勇敢，与同母异父"正统"出身的阴险、卑鄙、工于心计的所谓"绅士"布利非形成鲜明对照。当然，小说结尾时汤姆的社会上层身世被澄清，但作品跌宕起伏的主线是在写"弃儿"如何成长，这是不容置疑的。汤姆的成长并非一直是君子坦荡荡，他有时毛躁，有时不循规矩。他在奥尔华绥病重时酗酒，尽管内心出发点好，但遭到布利非恶意中伤，随后被赶出庄园，不能不说他行事太不拘小节。他喜欢索菲亚，但因地位低下无望高攀，因而与别的女人厮混，这也是他的一大弱点。小说中完美的女性当属索菲亚。这样的大家闺秀看上了"弃儿"汤姆并为爱情不惜离家出走，一路追寻到伦敦。她这样的选择和付出在当时的英国社会也算得上叛逆行为。当然，汤姆的身世最后揭秘成就了他们的姻缘。

《汤姆·琼斯》与众不同的艺术尝试反映了作者对小说等文学创作的独到见解。他在每卷的序章中讨论了诸如人性、艺术表现、文类、戏剧、观众、真实性、自然（性）、穿插、气氛烘托、文体、散文体喜剧史诗、幽默、批评家、爱情、人生与舞台、离奇写法、天资、判断力、社会知识、实际经验等众多话题。他清楚自己在进行新尝试，"因为事实上我是一种新的写作领域的开拓者"。他开拓的写作新文类就是他在《约瑟夫·安德鲁斯传》的序言里说的"散文的喜剧史诗"。他用了不少篇幅讨论小说中的现实主义，并特别声明"我写这部书与那些无聊的传奇不同之处就在于它的真实性"。菲尔丁不仅是伟大的小说家，还是批评家。他开拓的描写类型化形象和注重言谈举止等外部行为并力求真实的现实主义小说为后世许多小说家指明了创作方向。

劳伦斯·斯特恩（Laurence Sterne，1713—1768）是 18 世纪后期英国感伤主义小说家。他的《商第传》不按通常惯例讲故事，被称为"奇书"，对当时欧洲和 20 世纪现代主义小说产生了重要影响。他生在爱尔兰，父亲是英国下级军官，一家人随军营搬迁。他在亲戚资助下入剑桥大学耶稣学院学习，毕业后就任约克附近一个教区的牧师。后来他发现了自己的喜剧和讽刺天赋，1758 年尝试写《商第传》。最初两卷出版后迅速走红，他成为伦敦和欧陆名人。他继续写《商第传》新卷，到 1767 年已出到第九卷。若不是因他肺病早逝，奇书《商第传》的篇幅可能会更长。1762 年为缓解病情他到法、意疗养，受到当地热情欢迎。此次旅行写进了他的第二部重要作品《感伤旅行》。

《商第传》全名是《绅士特里斯舛·商第的生平与见解》，从内容到形式完全推翻了由理查逊和菲尔丁等人设法不断完善的英国小说规范。在小说第一集第四章中，第一人称叙述者即成年后的特里斯舛说他在写自己的故事，是给那些好奇心强、喜欢刨根问底的人读的。他调侃地说，人们遵循贺拉斯的教导，自己也应如此，不过，贺拉斯教给后人的是关于史诗和悲剧的戒律，而自己写的东西无法遵循那些戒律，也不会听从他人的规则。从结构和技法看，小说最大特点是对传统线性叙述的颠覆，经常中断正在叙述的故事而言其他。如主人公叙述者在第一、二卷就开始讲自己的故事，但他的出生却发生在第三卷，而且生产过程中还插入长达数十页的题外话，到了第九卷即该作品的最后一卷时他仍然是个孩童。有专家称，讲述主人公从出生到孩童的经历是斯特恩对 18 世纪叙述个人成长的英国传统小说的特例补充。其实，我们在理查逊和菲尔丁的小说中也读到诸如离题或叫穿插的技法，但斯特恩是头一个把它当作小说创作的主导手法来用。这可能就是《商第传》在英国和欧洲引起特别关注和称赞的原因吧。

特里斯舛对离题或穿插这种技法称赞有加，做过专门评价。他在第一卷第22章中说：毋庸置疑，离题是阳光、是生命、是读物的灵魂！如果没有离题，那也就没有这部书，寒冬就会永远冻结书的每一页。如果还离题于书，它就会像新娘一样款款前来，挥止冰雹，让多样性复苏，让阅读渴望弥浓。小说采用的离题方式多样，如概念联想、触景回忆、趣闻逸事等。看上去毫无关联的事件通过怪诞的并置便托出了故事的主题意义，或者说是主题意义在读者感受纷纷扰扰的事件并经过对它们奇异并置的认知后而显露出来。这就意味着离题不仅是结构或技法的创新，还会引发主题的新意。小说中还不时出现片言只语的书页，甚至整页花纹或黑页。这些荒诞的手法从某种意义上反映了强调人物个性心理活动和读者阅读心理的变化。小说中还有一些对胡乱联想和先入为主的嘲笑。叙述者对事件的解释和所持的观点有时甚至也显得具有解构意义上的离奇和怪诞。

《感伤旅行》是游记，以斯特恩本人1765年去法、意两国旅游为素材，又采用《商第传》中约里克牧师为第一人称叙述者来延展作品的虚构，因此该作品是现实与虚构的结合。叙述者主观色彩浓厚，因此它又是一部与传统游记小说不同的情感心迹之作，在许多方面继承了《商第传》的构思和技法。例如，一个善良、温顺的穷修士前来乞讨，约里克就判定他是"为他的修道院募化"，心中不悦并拒绝施援。他接下来突然搁置修士乞讨叙述，转而谈论"美德""慷慨""有权有势""体液""潮汐"等似乎不相干的话题，后来居然还出现了"我跟月亮有过既无邪恶也不可耻的恋爱关系"（石永礼译，下同）

的句子。拒绝施舍的约里克之后在反思时内心也充满了自责："我心里很难受"，"他受到那样严厉的对待已够他受了"，"我的行为很恶劣"等。他后来断断续续地提到与穷修士的继续交往，最感人的是两人交换鼻烟盒的情景。这时穷修士的"那个角料"鼻烟盒对约里克来说已具有"宗教的器具"般的象征意义，"我常常用它把它主人的有礼貌的心灵召来，以管束自己的心灵"。约里克得知修士去世后，不禁悲从中来，以下文字具有 18 世纪英国感伤作品的一些特征，读起来催人泪下："我有个强烈的愿望，很想看一看埋葬他的地方——当时，我坐在他的墓旁，取出他那个小角料鼻烟盒，又拔掉坟头上一两棵荨麻，它们无权长在那儿，此情此景叫人不胜伤心，我不禁泪如雨下。"

其他值得提及的小说家还有**托比亚斯·斯摩莱特**（Tobias George Smollett, 1721—1771）和**奥利弗·哥尔德斯密斯**（Oliver Goldsmith, 1739—1774）。斯摩莱特出生于苏格兰，曾从医，也曾在皇家海军服役。第一部小说《蓝登传》（1748）用第一人称写流浪汉经历，许多情节都是自身经历，大获成功。小说结构简单，在反映人性粗野及利用生活语言方面有独到之处。他最优秀的小说《亨弗利·克林克》（1771）用书信体写成，通过老乡绅布兰鲍尔和家人在旅行中的书信，广阔地展现了 18 世纪中后期英国社会风貌。小说描写了贵族和有闲阶级游览胜地巴斯的奢华，公路上盗贼横行，工业革命后伦敦等城市的畸形发展及劳动者的失业现象等。小说人物形象生动，笔调轻松、幽默，成功地结合了理查逊的书信体艺术和菲尔丁的小说主题和结构。哥尔德斯密斯生于爱尔兰牧师家庭，大学毕业后又学医，在伦敦靠写作为生。他在小说、戏剧、诗歌、散文、翻译等方面都有建树。他的散文著作《世界公民》（1762，原名《中国人信札》）假托一个中国人把自己在伦敦的见闻寄回中国，以讽刺幽默的笔触反映了英国社会的习俗、政治文化及各种人的精神风貌。小说《威克菲尔德牧师传》（1764）是感伤文学重要作品。牧师心地善良却屡遭乡绅欺压，女儿受乡绅蹂躏，儿子也遭迫害，全家入狱。最后乡绅的叔父介入，牧师一家苦尽甜来，结局体现了诗的正义（poetic justice）。小说质朴清新的文笔，委婉曲折的情节使其成为英国文学经典。他的两部剧作《好脾气的人》（1768）和《委曲求全》（1773）是风俗讽刺喜剧，在英国舞台上常演不衰，而诗作《旅行者》（1764）和《荒村》（1770）也可圈可点。

18世纪英国文学也有浪漫色彩的作品。世纪早期出现的"**自然描绘**"诗，四五十年代形成高潮的**墓园派诗人**和下半世纪出现的**哥特式小说**都具有浪漫主义文学特征。汤姆逊（1700—1748）的长诗《四季》（1726—1730）是最负盛名的自然描绘诗，写大千世界瞬息万变的各种事物，向大自然寄托诗人孤独忧郁的心情。墓园派诗人反古典主义而行，着重表现深沉的情感，代表作是杨格（1683—1765）的长诗《夜思》（1742—1745）和格雷（1716—1771）的名作《墓园挽歌》（1751）。后者用五步抑扬格诗句写成，每四行一节以为韵律，格调哀婉，音律讲究。哥特式小说与墓园派诗歌一样对浪漫主义文学发展有重要影响。该类小说对中世纪抱极大兴趣，代表作有贺拉斯·沃波尔（1717—1797）的《奥特朗托堡》（1764），但后来这类小说从古堡转而写魔怪、幽灵，追求感官刺激，任想象驰骋。拉德克利夫夫人（1764—1823）的《尤道弗的秘密》（1794）和刘易斯（1775—1818）的《僧人》（1796）是代表作品。这类小说对勃朗特姐妹等后世小说家产生了重要影响。[①]

---

① 斯摩莱特、哥尔德斯密斯、18世纪末的墓园派诗歌及哥特式小说的评介选用了李赋宁主编《欧洲文学史》第一卷《古代至十八世纪欧洲文学》第六章第三节的相关介绍。

第四节　德国、奥地利和瑞士文学 [①]

德国文学　1618—1648 年发生在德意志的宗教战争使政治涣散，经济艰难，生产力受到极大破坏。德意志分裂成 360 多个小国，关税森严，贸易得不到发展，封建生产关系不能改善。诸侯们专制独裁，过着荒淫无度的生活。18 世纪情况逐渐变化，手工业发展为工场，资本主义有一定进展。在诸多国家中，普鲁士发展尤为突出。它不仅发展贸易、工场手工业，还开凿了运河，建造道路和桥梁，实行统一币制，并建立了强劲的常备军，推行中央集权，最终使普鲁士成为强大的军事专制国家。

因资本主义发展，资产阶级要求民族统一、反对封建割据的情绪增长。英、法启蒙运动的传入把先进思想带到德国，并在文坛引起大辩论，产生了以莱辛为代表的力求建立民族文学的启蒙运动。当时德国文坛较混乱，戏剧界盛行演"历史大戏"，内容庞杂，以离奇情节吸引观众，对话中外来语滥用形成时尚。宫廷里则盛行阿那克里翁诗体的文学。德国启蒙运动就是要改变这种状况，在文化领域里发展先进思想。

德国启蒙运动分两阶段，以 18 世纪 40 年代为界，前期代表**约翰·克里斯托夫·高特舍特**（Johann Christoph Gottsched，1700—1766）生在普鲁士传教士家庭，在莱比锡大学教文学、逻辑学及哲学，并历任五届校长。他是德国早期启蒙运动文艺理论家、思想家、剧作家，办过《爱挑剔的有理智的女人》（1725—1726）及《老实人》

[①]　这一节里除注明部分外，选用了李赋宁主编《欧洲文学史》第一卷《古代至十八世纪欧洲文学》第六章第四节的相关材料。

（1727—1729）等刊物。他宣传启蒙思想，首先提出文学应合乎"理性"，要求文学以教育人为目的。为此他大力推崇法国古典主义，在《为德国人写的批判诗学试论》（1730）中树立高乃依和拉辛为戏剧创作榜样，反对文学创作中的"想象"，认为它会损害戏剧的完美。他的戏剧理论统领德国文坛 20 年。18 世纪中叶后他的主张成了发展新文艺的障碍并引起论争。这场论争与德国社会发展密切相关。世纪中叶德国资本主义已有所发展，建立德国民族文学势在必行。高特舍特充当了开路先锋，为后人扫除了障碍。他纯洁了祖国语言，改革了德国剧坛，使文学明确地具有了教育功能。但他不能随时代进步，最终成为德国文学发展的阻力。

与高特舍特主张不同，瑞士诗人博德默尔、布赖廷格尔等更能代表资产阶级发展倾向的英国文学。1744 年在不来梅出版了一种刊物，参与者被称为"不来梅杂志同人"，其中重要成员是克利斯丁·腓希特高德·格勒特（1715—1769）和约翰·埃利阿斯·史雷格尔（1719—1749），他们都从高特舍特的拥护者变成反对者。格勒特写了《寓言和故事》（1746—1748），向人民进行启蒙教育。史雷格尔是极具才华的戏剧家和理论家。他的论著《对丹麦剧院改革的一些看法》（1747）对高特舍特和法国悲剧宣战。但争论双方都没能使德国建立起真正的民族文学。只有德国启蒙运动后期代表莱辛的理论和实践得以实现这目标，因莱辛的思想体现了上升资产阶级的先进性。

弗里德里希·高特里卜·克洛卜施托克（Friedrich Gottlieb Klopstock，1724—1803）生于律师家庭，在耶拿和莱比锡读神学时结识了"不来梅杂志同人"。他受弥尔顿影响，写出史诗《救世主》（1748—1773），影响极大。史诗分两部分，共 20 篇：1—10 篇写耶稣受难，后 10 篇写基督升天和他的胜利。作品始于散文形式，后改用六音步扬抑格。最初三章于 1748 年发表后受到高特舍特一派强烈

反对，因它在形式上不模仿法国，还突破了高特舍特主张的理性和
理智的束缚。《救世主》充满激情，受到广泛欢迎。他最大的成就是
颂歌，表述友情、爱情、自由、祖国、自然等人文主义思想。《颂歌
集》（1771）反响强烈，其中名篇有《苏黎世湖》（1750）、《春天的
庆典》（1759）、《早年的坟墓》（1764）、《夏天的夜晚》（1766）。他
的颂歌重新运用古希腊罗马诗人的韵律，并经常变换，具优美的乐
感，一些被谱成歌曲。他还有许多政治诗，反封建专制政体，如《厄
运》（1747）、《公侯赞》（1775），也有歌颂法国大革命的《三级议会》
（1789）和抗议普奥联军干涉法国革命的《自由战争》（1792）。他还
写有剧本，如根据古日耳曼传说写的赫尔曼戏剧三部曲，歌颂古代
德意志人的英雄精神。1759 年博德默尔请他到瑞士，次年丹麦国王
邀他到哥本哈根并赠终身年金，以便让他完成《救世主》，他的作品
为德国启蒙运动从高特舍特走向莱辛架好了桥梁。

高特荷德·埃夫拉姆·莱辛（Gotthold Ephraim Lessing，1729—
1781）是 18 世纪德国诗人、哲学家、戏剧家、剧评家、艺术批评家。
他极力推动市民悲剧，创作的戏剧和提出的理论对德国戏剧产生了
重大影响，被称德国戏剧第一人。

莱辛生于萨克森，父亲是牧师，家庭经济不佳。他少年时喜
欢宗教、哲学、数学、文学并学过希腊文、拉丁文、希伯来文。
1746 年他到莱比锡大学读神学，后改学医，但兴趣是文学和哲学。
1748—1760 年他在莱比锡参加编辑《德意志万有文库》，与人合办《关
于当代文学的通讯》；在柏林为《福斯报》写稿，出版《历史与戏剧
丛刊》和《戏剧文库》。1760 年他成为一个普鲁士将军秘书，悉心
研究古希腊文化与艺术、宗教史和斯宾诺莎哲学。1765 年他回柏林，
次年完成了美学名著《拉奥孔，或论画与诗的界限》。1748—1765
年间他还写了剧本《年轻的学者》、《犹太人》（1749）、《无神论者》

（1749），出版了 6 卷《文集》（1753—1755），包括诗歌、寓言、剧本和评论。他的悲剧《萨拉·萨姆逊小姐》（1755）是德国第一部市民悲剧，标志德国戏剧新方向。

1767 年他应邀到汉堡"民族剧院"任艺术顾问和剧评家，就一年中演出的 52 出戏写了 104 篇评论，于 1769 年集成上、下册出版，名为《汉堡剧评》。该剧评奠定了德国现实主义戏剧理论基础，为建立民族戏剧做出了巨大贡献。剧评反对效仿法国古典主义，主张写身边不完善的人。他还修正"三一律"，强调以行动为中心来统一时间和地点。他的喜剧《明娜·封·巴尔赫姆，或军人之福》（1767）与 19 世纪浪漫主义作家克莱斯特的《破瓮记》和自然主义作家豪普特曼的《獭皮》并列为德国三大喜剧。1772 年他写了著名悲剧《爱米丽雅·迦洛蒂》，其强烈的政治意义和反封建意识极大地影响了后来的"狂飙突进"诗人。该剧情节安排、人物塑造和语言都显示了莱辛的戏剧才华，并实践了他的戏剧理论。他最后的剧《智者纳旦》（1779）褒扬宽厚的犹太教徒纳旦收养受难的基督徒，并以三个戒指的故事帮助苏丹认识什么是真正的信仰，带来了宗教相容和家人团聚。这是启蒙运动宣扬的博爱、宽容，反对正统教会的偏见和宗教战争。

莱辛还写有寓言、箴言诗和抒情诗。他的寓言有 90 多篇，许多针对封建统治和黑暗社会。最初的寓言采用韵文，后改用散文，语言更朴素自然。他的箴言诗约有 200 首，都用来针砭时弊。歌德和席勒受他影响也重视箴言诗写作。他年轻时写阿那克里翁式抒情诗，歌颂爱情美酒的同时也批评封建宫廷生活。他的语言和路德的一样堪称德语典范。

《拉奥孔》[①]是莱辛未完成的美学著作，重点讨论诗画关系，在

---

① 《拉奥孔》的评介由陈大明撰写。

他作品中占极重要的地位，他在文中探讨了美学的诸多重要命题，直接影响了德国"狂飙突进"运动，并有力地推动了德国古典美学发展。我们现在读的《拉奥孔》（1766 年发表）是他计划的第一部分，共 29 章，但主要观点都已提出。诗与画的关系是老问题，西方基本遵循古希腊诗人西摩尼得斯的论点，认为"画是一种无声的诗，诗是一种有声的画"。17 和 18 世纪诗画一致的说法被看作不容置疑。

《拉奥孔》细致地分析了诗与画的区别，明确提出诗（即文学）和画（即一般造型艺术）之间存在实质差异。此前，人们提出了拉奥孔在《伊利亚特》诗中哀号但在雕塑中却没有剧烈苦痛表现的疑问。莱辛对此的解答有助于理解诗和画的一大区别，即画的最高追求是美，而诗可以有不美的东西，但与上下文结合可以产生最好效果。莱辛在《拉奥孔》第一章说，古希腊文化容忍身体苦痛哀号与伟大心灵相容，而"艺术家在雕刻中不肯模仿这种哀号"（朱光潜译，下同），为此我们需另找理由。第二章接着说道，"在古希腊人看来，美是造型艺术的最高法律"。假如激情在面孔上表现，塑形就会处于非常激动的状态，或是丑陋的歪曲状态，因此"古代艺术家对于这种激情或是完全避免，或是冲淡到多少还可以现出一定程度的美"。诗却不一样，有些诗行孤立地看"听起来不顺耳，但是它在上文既有了准备，在下文又将有冲淡或弥补，它就不会发生断章取义的情况，而是与上下文结合在一起，来产生最好的效果"。

画也追求最佳效果，但不像诗，它受限于没有时间的延展。所以为避免"断章取义"，画的上文应是人们熟悉的东西。按这样的上文创作的艺术作品还应让人能"长期地反复玩索"。"那么，我们就可以有把握地说，选择上述某一顷刻以及观察它的某一角度，就要看它能否产生最大效果了"。接着第八、第九章讨论了酒神形象在诗和画创作中的不同选择。艺术家们一般会选择展现创作对象的本质特征或一般特征，比如，"酒神在所有奉祀他的庙里，也都戴着角，因为角是显示酒神本质的符号"。对于艺术家来说，神和精灵都是人格化的抽象品，必须经常保持这样的性格特点，才能使人认出他们。但对诗人来说，神和精灵"在具有他们的一般性格之外，还各有一些其他特殊性格和情感，可以按照具体情境显得比一般性格还更突出"。

此外，诗侧重时间，画侧重空间。莱辛举出《伊利亚特》中适合诗作的潘达罗斯射箭和适合画作的众神饮宴会议两个例子。他在第十五章中认为，潘达罗斯射箭"是一套可以眼见的动作，其中各部分是顺着时间的次序，一个接着一个发生的"，而众神饮宴会议"却是一个可以眼见的静态，其中各部分是在空间中并列而展开的"。当然莱辛并没否定诗中有画，但强调诗中之画不同于画中之画，前者是"意象"，而后者是"物质的画"。莱辛在第十三章分析诗中画和画中画时指出了两者的优劣："诗的图画的主要优点，还在于诗人让我们历览从头到尾的一序列画面，而画家根据诗人去作画，只能画出其中的最后一个画面"，但当众神在饮宴和开会时，"一座敞开的金殿，许多最美丽最可敬仰的神随心所欲地排成行列，手里举着酒杯，青春永在的女神赫柏在替他们斟酒。多么壮丽的建筑，多么优美的光和影，多么鲜明的反衬，多么丰富的表情啊！"因此，"在这个例子里，荷马远不如画家"。

除了上述内容，《拉奥孔》还讨论了诗和画在媒介等方面的区别。莱辛指出，诗中之画的语言作为符号可并列也可先后承续地描绘一个物体的各部分。诗人可以把描绘的对象说得"清清楚楚"，但若要进行诗中之画的创作，诗人还应"把他想要在我们心中唤起的意象写得就像活的一样，使得我们在这些意象迅速涌现之中，相信自己仿佛亲眼看见这些意象所代表的事物，而在产生这种逼真幻觉的一瞬间，我们就不再意识到产生这种效果的符号或文字了。我们前面所提到过的诗的图画大要就是如此"。《拉奥孔》讨论诗和画的区别时还涉及两者的互为转换、诗与戏剧、艺术与宗教等话题，这些讨论对后世影响很大，但也受到一些批评，如缺乏历史观，时空差别不一定就是诗和画的本质区别，表情不一定与美对立，各门艺术的区别固然重要但相互影响和转换更重要，等等。

狂飙突进运动发生在 18 世纪 70—80 年代，它要求废除封建制度，消除德国分裂并建立民族文学，是德国启蒙运动的继续。该运动提倡与自然结合，拥护卢梭返归自然的观点。它还推崇天才，即指那些与封建社会格格不入、有极强的资产阶级觉醒意识、立足人民、国土和民族历史的先进人物。这是第一次全德文学运动，名称来自弗里德里希·马克西米里·安克林格的同名剧本，恰如其分地反映了该运动的性质及气势。此运动的作品中没有启蒙运动提倡的理性及道德教育，代之以疾风暴雨式的强烈反抗，通过震撼人心的人物形象和语言来表达反抗情绪。作品充满强烈政治色彩，题材涉及现实社会，揭露性和反抗性极强。此期大批反封建、反专制作品以戏剧为主，其狂热的言辞极易煽动观众情绪，唤起他们觉醒。

狂飙突进运动的纲领制定者是赫尔德，青年歌德和席勒在狂飙突进期创作的小说和戏剧也具有极大影响，有一定的世界性。**约翰·高特夫利特·赫尔德**（Johann Gottfried Herder，1744—1803）生于东普鲁士手工业者家庭，曾学医，后改学神学和哲学，曾是康德的学生。1764 年他开始创作，著有《论德国近代文学片段》（1767）和《批评之林》（1769），涉及对莱辛作品的看法，美学价值很高。1769 年他在巴黎结识了狄德罗，回汉堡又遇到莱辛，提高了思想境界，使他从启蒙运动思想转向狂飙突进。1770 年他在斯特拉斯堡见到歌德，向歌德介绍莎士比亚作品，开阔了歌德的眼界。1784—1791 年他进入狂飙突进的创作，作品有《论语言的起源》（1772）、《莪相和古代民族的民歌》（1773）和《莎士比亚》（1773）。这些作品驳斥了语言源于上帝，大力主张打破格律和各种条框。他推崇莎士比亚，但反对一味模仿，认为作家应到人民和民间文学中寻找灵感，建立德国民族文学。赫尔德一度成为狂飙突进运动的中心人物。1776 年他结识了维兰特和席勒，为他们主编的《德国墨丘利》和《季节女神》撰稿。1778 年他出版了《民歌集》（再版改为《民歌》），收入德、法、西、英、希腊、丹麦和美洲、非洲等地民歌 162 首，内容描绘爱情和风光、人民解放斗争和反封建压迫，对欧洲民歌收集和整理做出了贡献。他的《关于人类历史哲学的思想》（1784—1791）涉及很广，论述世界各国历史、地理、自然、人民，还涉及各地语言、风俗、宗教。《有关促进人性的书简》（1793—1797）论及世界主义和爱国主义的关系。赫尔德是杰出的文艺理论家、思想家，作品在各领域里提出了自己的见解。

约翰·沃尔夫冈·冯·歌德（Johann Wolfgang von Goethe，1749—1832）是时跨 18 和 19 世纪的德国诗人、小说家、剧作家、艺术家、自然哲学家和政治家，是西方文学最伟大的文豪之一。他知识渊博，多才多艺，作品既丰富又贴近世事。生平和创作可分两阶段：1）诞生到 18 世纪末，2）与席勒合作到去世。第一阶段他是狂飙突进运动主将，代表作《少年维特之烦恼》在国际上产生了巨大影响。他生于法兰克福，父亲是律师，他童年就喜爱文学，会多种外语，包括拉丁、希腊、希伯来等，充满文学抱负。他喜欢阅读国内外各种书籍，还观看莫里哀、高乃依、拉辛的戏剧。他 16 岁时到莱比锡大学读法律，但感兴趣的是自然科学和文艺。1770 年他到斯特拉斯堡继续学法律，那里的自然环境和哥特式教堂建筑给了他极深印象。他结识了许多狂飙突进运动成员，其中赫尔德对他影响很大。此期他写出了许多抒情诗，如《五月之歌》《欢迎与离别》

等。1771 年 10 月歌德在法兰克福举行"莎士比亚命名纪念日"活动，他的讲演《莎士比亚命名日》热情歌颂莎翁，全面否定刻板的"三一律"。这正是狂飙突进精神的体现。他还在当年违反"三一律"写了剧本《高特夫利特·封·贝利欣根的历史》，即著名的《铁手骑士葛兹》的初稿。

　　1775 年歌德应魏玛当权者奥古斯特公爵邀请到魏玛公国，次年被聘为枢密顾问。在魏玛的最初十年，他积极从事政治、经济、文化、科学活动，陷入事务，只写了些诗歌和为宫廷演出的剧本。最后他终不能容忍令人窒息又浮嚣的宫廷生活，于 1786 年不辞而别，独自去了意大利。他遍游威尼斯、佛罗伦萨、那波里、西西里岛等地，还用画笔描绘古代雕塑和遗迹，收集古物和植物标本，感悟古庙殿堂之原始动力，坚定弘扬古典主义之决心。歌德在意大利完成了悲剧《哀格蒙特》（1788）。1787 年他把散文稿《伊菲格涅亚在陶里斯》改为诗剧，这在德国文学史上和莱辛的《智者纳旦》、席勒的《堂卡洛斯》一起被称为三部表现人道主义最突出的剧作。此期他还开始创作《托夸多·塔索》（1789），借意大利文艺复兴诗人塔索与宰相的冲突来反映魏玛宫廷矛盾。《浮士德》也于此时动笔。1788 年 6 月他回魏玛，辞去大部分职务，专事创作和自然科学研究。

　　《少年维特之烦恼》（1774）[①]是他最重要的作品之一,引发了德国狂飙突进运动。小说畅销，歌德获得了极大成功和声望，到世纪末已有法、英、意、俄、西、荷、葡等译本，中国五四运动后就有郭沫若译本。1772 年 5 月，歌德在一次舞会上遇到夏绿蒂·布甫，非常爱慕她，但她已订婚。就在他倍感苦恼时，有一青年因恋爱自杀,这事件和个人感受为《少年维特之烦恼》提供了重要素材。比如,

---

① 《少年维特之烦恼》的评介基本由陈大明撰写。

维特也是在舞会上认识了叫夏绿蒂的姑娘，并坠入情海，"我从没跳得如此轻快过。简直飘飘欲仙。手臂搂着个无比可爱的人儿，带着她轻风似地飞旋，周围的一切都没有了，消失了"（杨武能译，下同）。小说采用书信体，信有明确日期。维特在 1771 年 6 月 16 日写下他在舞会上结识并热恋上已订婚的夏绿蒂的经过。夏绿蒂一开始就对他表现了好感，这已足够使维特产生了幸福的判断，"我在她那乌黑的眼睛里，的的确确看到了对我和我的命运的同情。是的，这是我心中的感觉；然而，在这一点上，我可以相信我的心不会错"。"我能够用这句话来表达自己的无上幸福么？——这句话就是：她爱我！"在后来的半年里，他一直纠结于他与已结婚的夏绿蒂、夏绿蒂的丈夫的三角感情旋涡中。小说近结尾讲述了难以自拔的维特最终选择自杀的经过，其实在认识夏绿蒂一个月后他就开始生活在自杀的阴影里。忧郁的他只是在听夏绿蒂弹钢琴时才感自如，"每每在我恨不得用子弹射穿自己脑袋的时候，她都弹起这支曲子来，我心中的迷茫黑暗顿时消散，呼吸重新又自如了"。

维特的自杀是对社会制度和习俗的反叛。小说一开始，他就表现出德国狂飙突进时代年轻市民的烦恼、苦闷、反叛和憧憬等特点。他承认自己是个"惯于自怨自责的怪物"，认为疗伤的好办法就是回归自然，"它的岑寂正好是医治我这颗心的灵丹妙药；还有眼前的大好春光，它的温暖已充满我这颗常常寒栗的心"。"人真想变成一只金甲虫，到那馥郁的香海中遨游一番，尽情地吸露吮蜜"。这里，我们读到主人公在与自然融合时的欣喜之情。接下来还有他与大自然亲近的描述，"每当我周围的可爱峡谷霞气蒸腾，呆呆的太阳悬挂在林梢，将它的光芒这儿那儿地偷射进幽暗密林的圣地中来时，我便躺卧在飞泉侧畔的茂草里，紧贴地面观察那千百种小草，感觉到叶茎间有个扰攘的小小世界——这数不尽也说不清的形形色色的小虫子、小蛾子——离我的心更近了"。

他还描述了一个自然和艺术融合的场面，较完美地反映了狂飙突进运动的特点。那是一个风和日暖的午后，他信步来到菩提树下，看见了一个"四岁的小男孩"搂着一个半岁左右的幼儿，"他静悄悄地坐着，一对黑眼睛却活泼泼地瞅来瞅去。我让眼前的情景迷住了"。这时的维特突然来了兴致，挥笔给"这小哥儿俩"画起画来。一小时后他"便完成了一幅布局完美、构图有趣的素描画，其中没有掺进我本人一丁点儿的东西。这个发现增强了我今后皈依自然的决心。只有自然，才是无穷丰富；只有自然，才能造就大艺术家"。引文后面两个排比句表明他崇尚自然，同时也是针对"成法定则"有感而发的。他随后以肯定的语气议论道，"所有的清规戒律，不管你怎么讲，统统都会破坏我们对自然的真实感受，真实表现！"

维特与夏绿蒂的丈夫阿尔伯特有过激烈交锋，他把对方归为"四平八稳"的一类人。"不错，任何常理都有例外。可是他却太四平八稳！一旦觉得自己言辞过激、有失中庸或不够正确，他就会一个劲儿地对你进行修正、限定、补充和删除，弄得到头来什么意思也不剩"。一次维特产生了一些怪念头，突然举起手枪对准自己太阳穴。这是小说对他自杀的缓慢却坚决推进的伏笔。阿尔伯特立刻夺下他的枪，然后指责地劝告他。维特反驳道，"你们一谈什么都非得立刻讲：这是愚蠢的！这是明智的！这是好的！这是坏的！——这一切又意味着什么呢？为此你们弄清了一个行为的内情吗？探究过它何以发生，以及为什么必然发生的种种原因吗？你们要这样做过，就不会匆匆忙忙地下断语了。"他的真爱遭受"四平八稳"压抑已久，此时他除了愤懑，还批判由理性维系的"成法定则"和"清规戒律"等社会规约，也宣扬重视"行为的内情"和探究人心理的感性生活。

维特重视情感和感性生活，阿尔伯特重视理性，他在与后者激辩时指出了理性或理智的微不足道，"人毕竟是人呵！一当他激情澎湃，受到了人类的局限的压迫，他所可能有的一点点理智便很难起作用，或者说根本不起作用"。他认为一切杰出的人"从来总是给世人骂成酒鬼和疯子的"。他公开谴责像阿尔伯特那样的人，"真可耻，你们这些清醒的人！真可耻，你们这些智者！"他在讨论自杀等问题时的看法有自己的逻辑。他认为"人生来都有其局限"，因此经受乐、苦、痛都有限度。超出限度，选择自杀就不应被社会规约视为懦夫，"正如我们不应该称一个患寒热病死去的人为胆小鬼一样，也很难称自杀者是懦夫"。可能是为了冲淡维特这一狂飙突进式人物的过激言行，故事外的叙述者在"致读者"部分对维特做了如下冷静的评价："他发现自己毫无出路，连赖以平平庸庸地生活下去的本领也没有。结果，他便一任自己古怪的感情、思想以及无休止的渴慕的驱使，一个劲儿和那位温柔可爱的女子相周旋，毫无目的、毫无希望地耗费着自己的精力，既破坏了人家的安宁，又苦了自己，一天一天向着可悲的结局靠近"。

约翰·克里斯托弗·弗里德里希·席勒（Johann Christoph Friedrich Schiller, 1759—1805）是 18 世纪德国诗人、剧作家、哲学家和历史学家。他与年长自己 10 岁并已成名的歌德结下深厚友谊，两人在创作中相互支持，共同讨论美学等问题，携手开创了魏玛古典主义文学。青年席勒在狂飙突进运动中颇有建树，最优秀的作品是《阴谋与爱情》。

他生在军医家庭，随父亲搬到路德维希堡居住，在那里他被选入公爵创办的军事学院。他学医，也读到卢梭和歌德，并与同学讨论古典主义理想。1777 年他开始写剧本《强盗》，1779 年完成医学考试，当了军医。1781 年《强盗》完成，次年上演反响巨大。主人公卡尔充满狂飙突进精神，追求自由，挑战社会，是时代叛逆者。该剧歌颂绿林好汉，强烈的反封建思想引起德国青年共鸣。后来席

勒来到曼海姆并创作了《阴谋与爱情》(1782),之前他已开始写《斐
爱斯柯在热那亚的谋叛》。1784 年 1 月和 4 月这两个剧相继上演。《斐
爱斯柯在热那亚的谋叛》写热那亚共和国一次贵族叛变,主人公企
图进行独裁统治,但野心被共和主义者看透,最后身亡。青年期最
后一个剧本《堂卡洛斯》(1787)写 16 世纪西班牙宫廷斗争。王子
堂卡洛斯善良正直,同情尼德兰人民的独立运动,被父亲逮捕,交
给宗教法庭。至此,席勒已从狂飙突进精神转向对开明君主的期盼。
他因深感友人对他生活和精神上的帮助还写出名诗《欢乐颂》。1787
年他前往诗人荟萃的魏玛,次年开始历史和哲学研究。

  席勒继承了莱辛的戏剧理想,他的《阴谋与爱情》[1]是杰出的市
民悲剧。剧中露易丝是平民姑娘,父亲米勒是乐师,但她却爱上了
首相的儿子费迪南。费迪南出身权贵,但敢于摒弃等级偏见爱上她。
双方门第悬殊,戏剧一开场就笼罩着悲剧气氛。米勒在第一幕第一
场就怀疑这姻缘,说要见首相大老爷,说明“我家女儿做您家公子
的太太配不上,做您家公子的姘头也犯不着”(章鹏高译,下同)。
在第三场,热恋中的露易丝坦陈“费迪南是我的意中人”,但她忧
心忡忡地说:“今生今世我只好放弃他。妈妈——如果扫除了门第差
别——如果从我们身上脱去了所有令人厌恶的等级外衣,如果人就
是人——到那时伴随我的只有自己的纯洁”。费迪南虽受制父子情,
但对上层社会的憎恨很强烈。当姑娘提醒他说自己卑微、他的贵族
出身和首相父亲会是“在你和我的头上悬着的一把短剑”时,他坚
定地答道,贵族文书谈不上最古老,纹章也比不上他们的爱情。他
随后话锋直指他父亲,“我是首相的儿子,正由于这个原因,我爸爸
吮吸全国民脂民膏的罪孽将遗留给我。除了心上人,谁能为我消除

_____

[1] 《阴谋与爱情》的评介由陈大明撰写。

痛苦?"露易丝仍疑惑重重，对首相恐惧，"啊，我多么怕他——你那个爸爸！"这时，费迪南表达了坚定决心，"我什么都不怕——什么都不怕——就怕你对我的情意受到了束缚。就让种种障碍像高山一样堵在我们中间，我要把这些都当作石级，攀登上去，向露易丝的怀抱飞奔！就让厄运的风暴加深我们的情感，危险只会使我们的露易丝更加动人"，"把你交托给我吧，你不需要天使了。——我将挺立在你和命运的中间——替你承受每一个创伤"。此时，首相用尽卑鄙手段讨公爵欢心，来为自己获取最大的政治利益和权势。他与手下人密谋让费迪南抛弃露易丝迎娶公爵的情妇。首相来到露易丝家，对姑娘父母态度傲慢，随后对露易丝进行人格侮辱。在他听了露易丝和费迪南两人的爱情誓言后就侮辱性地说，"看来他每回都给您现钱了?"气愤不已的费迪南正告他，"爸爸！就算衣衫褴褛，人们也应该敬重她的品德"。首相却恶毒地说"这种无理要求倒很有趣！父亲该向儿子的野鸡表示敬意"。露易丝大声疾呼"天理何在?！"后晕倒。费迪南则拔出短剑指向父亲，随即又放下剑说，"爸爸！在此之前您可以向我索命——现在已经清偿。（把佩剑插进鞘里）孝道的债券已撕得粉碎"。面对女儿受辱和首相傲慢无礼，一直胆怯地站在一旁的米勒气得咬牙切齿。他上前警告首相会有后果，首相则讥骂他是"老皮条"，米勒反唇相讥道，"我不替人们私通出力。这路货色宫廷里有的是，轮不到我们老百姓来应付！"他勇敢地对首相下逐客令，"大人在全国要怎么就怎么。可这是我的屋子"，"来客要是不知自爱，我就把他赶到门外去"。

《阴谋与爱情》揭露和抨击了导致爱情悲剧的上层统治阶级的腐败和封建等级制的森严，展示了平民的自我意识觉醒。米勒在大是大非面前敢直面首相，杀他的威风；具有狂飙突进精神的费迪南接受了平民思想，背叛了自己的阶级，还选择为平民姑娘殉情。这些都说明平民思想正在孕育和迅速发展。露易丝在与公爵情人交锋时说，"就算您怀着鄙视的心理用脚跟踹这条遭到屈辱的小虫，把它踹醒又怎样呢?造物主本来就鞭策过它要反抗歧视。——我不怕您报复，夫人。——生来便是罪人的弱女子在令人齿冷的绞架上笑对世界的沉沦"。后来她为了亲人和心爱的人从容面对死亡，但死前她说出了催人泪下的话："爱情比恶意要狡黠，要大胆——他不懂得这个道理，那个灾星当头的庞然大物。——唔，只要遇上光是用脑的事情，他们就诡计多端;可是一当需要掏出心来，这些无赖便非愚即蠢——他是想拿誓言来掩盖自己的骗局吧! 誓言也许能束缚住活人，爸爸，可人一死，连宣誓的铁链也会融化"。

此期除莱辛，**克里斯托夫·马丁·维兰特**（Christoph Martin Wieland，1733—1813）也很有影响。他生于牧师家庭，先学法律，后转学中古文学，曾在瑞士和魏玛做宫廷教师。维兰特长期翻译古希腊罗马文学和莎士比亚剧本。他多产，作品开始时表现了强烈的宗教感情，后转向写现实生活。第一部成功作品是启蒙运动的教育小说《阿伽通的故事》（1766—1767），强调个人幸福要和社会整体结合，有乌托邦思想。另一部小说《金镜》（1772）反映了改良主义思想，相信自上而下的革命，大胆揭露时代弊端。他还在《德意志信使》上发表连载小说《阿伯特拉城居民的故事》（1774），讽刺德国小市民的市侩习气。

狂飙突进运动还有其他几位较重要的作家。1）**克里斯蒂安·弗里德里希·达尼尔·舒巴特**（Christian Friedrich Daniel Schubart，1739—1791）是符腾堡公爵的宫廷乐师，亲眼看到上层阶级的腐朽和专制暴政，写了些具有自由思想、讽刺宫廷生活的文章，因而被逐出公国。他创办过《德意志纪事报》（1774—1778），1777年被公爵囚禁达10年，在狱中完成了自传《生活和思想》（1791）、《狱中诗抄》（1785），还有些美学著作。他发表诗作约800首，政治倾向鲜明，民歌气息极浓。他的《成衣匠之歌》（1753—1756）被收入著名的《男童的神奇号角》（1806—1808），《鳟鱼》被奥地利作曲家舒伯特谱曲而闻名世界。2）**弗里德里希·马克西米利安·克林格**（Friedrich Maximilian Klinger，1752—1831）生于军人家庭，与歌德关系密切，曾为剧团写剧本，并随团演出。他曾在奥地利及俄国军队服务，后任多尔伯大学总监。其成名作是剧本《孪生兄弟》（1776）。1777年的剧本《混乱》政治倾向极强，追求自由，反响很大。该剧在出版时改名《狂飙与突进》，德国的狂飙突进运动由此得名。他还有剧本《施蒂波和他的孩子们》（1780）、《康拉丁》（1784）、《达摩克利斯》（1787）等。他揭露批判封建制度的小说最著名的是《浮士德的生活、事业和入地狱》（1791）。3）**雅各布·米夏埃尔·赖因霍尔德·伦茨**（Jakob Michael Reinhold Lenz，1751—1792）生于牧师家庭，曾任家庭教师并结识歌德和赫尔德，1778年精神错乱后在俄国流浪，死于莫斯科街头。他是狂飙突进运动的主将，主要剧本是《家庭教师》（1774）和《士兵们》（1776）。前者写家庭教师受到的奴仆般待遇，抨击封建贵族，也写市民阶级和知识分子的懦弱。后者揭露贵族军官道德沦丧，嘲讽市民的虚荣和向上爬的心态。他还有小说《策尔宾，又名新哲学》（1776）及未完成的《林中隐士》等。他的《论戏剧》（1774）大力推崇莎士比亚，是狂飙突进运动戏剧理论的纲领文件。4）**海因里希·利奥波德·瓦格纳**（Heinrich Leopold Wagner，1747—1779）出身商人家，大学与歌德同学。他曾出版《诗歌年刊》，作品主要是戏剧，多写市民生活及他们与社会的冲突。瓦格纳早逝，死于肺病。他的作品主要有《一个不知名的好人》（1775）、《国王的加冕礼》（1775）、《塞巴斯蒂安·齐利希的生与死》（1776）等，最著名的是《杀婴儿的女人》（1776）。

奥地利文学　奥地利从中世纪到 19 世纪中叶是整个德语地区的政治和文化中心。巴罗克文化在奥地利文学中曾占显要地位。但 18 世纪初丑角戏获得发展，丑角多为仆人，活泼实在，嘲讽无忌，与过分强调理想的主人形成鲜明对照，深得观众喜爱。但丑角动作粗陋、语言低俗。1749 年摄政皇后玛丽亚·德丽萨召见北德作家高特舍特，下旨净化德语，开始了奥地利自上而下的启蒙运动。主将**约瑟夫·冯·索南费尔斯**（Josef von Sonnenfels，1733—1817）左右玛丽亚·德丽萨至约瑟夫二世的奥地利官方文化生活。他推崇理性，以国务参议身份改革刑法，并身兼维也纳大学校长和维也纳美术学院院长，既是戏剧检查官又是评论家。他主办道德周刊《没有偏见的人》，撰写《维也纳戏剧书鉴》，详细阐述法国新古典主义的理性主义戏剧观，主张建立严肃、严谨的戏剧，大幅度限制丑角戏。奥地利舞台变得严肃，启蒙作家的理性主义作品大行其道。但这些作品显得苍白，也与音乐、戏剧盛行的维也纳生活脱节。相反**菲力浦·哈夫纳**（Philipp Hafner，1735—1764）深知丑角的生活气息与生命力，写了多出性格喜剧，如《市民太太》（1763）、《可怕的女巫米盖拉》（1764—1765）、《东奔西走的喜剧家》（1774），诙谐生动、人物鲜明，获巨大成功。他继承了维也纳戏剧的巴罗克传统，保持丑角浓郁的生活气息，但对其提升、改造。他成为维也纳民风剧奠基人，许多剧本被改写成歌剧，德语歌剧也由此开始。

1780 年革新皇帝约瑟夫二世即位，奥地利政治改革加速。他推崇理性主义和功利主义，要求宗教、文化为国家服务，废除了农奴制，大力普及教育，限制天主教会影响学校，并解散耶稣会，将教堂收归国有。在他的政策下，巴罗克文化衰亡。维也纳皇城根剧场被提升为"国家及皇宫剧院"，剧院作家阿伦多夫（1733—1819）严守"三一律"和亚历山大体格律，创作宣扬国家、真理和道德的奥地利古典剧。科林（1771—1811）则将该剧院古典剧推向高潮，他的剧作《国王》、《高里奥朗》（1804）弘扬英勇正义等启蒙理想。

此时，一种新文学风格诞生并形成潮流。德尼斯（1731—1800）继承巴罗克传统，与克洛卜施托克竞赛，争桂冠。他的诗取材广泛、充满浓郁宗教气息。他翻译、创作了充满神奇色彩又质朴自然的《莪相的诗篇》（1764），强调情感、自然原始状态和力量，凸现民间文学的自然天成，为德语文学带来新风气，也促进了法国和欧洲其他国家文学的浪漫倾向。《莪相的诗篇》标志奥地利及德语区浪漫派文学诞生。

奥地利民风剧发展也促进了浪漫文学诞生。丑角被启蒙者逐出宫廷舞台后，民风剧陷入低潮。1781年维也纳创立了"雷欧波尔特城区剧院"，是奥地利浪漫主义文学诞生的一个标志，它和"约瑟夫城区剧院"及"维也纳河畔剧院"专门演出民风剧。民风剧东山再起，一批作品充满幻想，幽默风趣，取材鬼怪神话，充满宗教思想，针砭时弊。主要代表莱梦特（1790—1836）是剧作家和演员。他的题材神奇，无所不包，表现高尚战胜卑劣，善良战胜邪恶。他善用并行的两条线索，构思独特，戏剧冲突性强，如最佳作品《神王的钻石》（1824）、《仙国女子或农民富翁》（1826）和《被捆绑的幻想》（1828），《阿尔卑斯王和愤世嫉俗者》（1828）。他还有两部悲剧，但苍白无力。1848年后民风剧衰落，到19世纪末在轻歌剧中得到再生。

瑞士文学　罗马帝国时莱茵河、朱拉山和阿尔卑斯山之间的三角地生活着赫尔维蒂亚部族，1291年此地讲德语的农民团体成立了联邦，之后两个世纪逐渐扩展到西部和南部的法、意和莱托罗曼语区。16世纪初联邦对抗马克西米利安一世获胜，1648年独立，即今天的瑞士联邦。瑞士德语区书面语是标准德语，口语是德国人听不懂的瑞士德语，从而保持了自己的文化，但语言上没完全与德语分离。瑞士德语文学可追溯到中世纪早期，圣加伦修道院是古高地德语文学发源地之一。祈祷词、《圣经》及古代文献的翻译产生了初期德语文学，最早用德语写的宗教戏是 13 世纪初修道院的"复活节戏"。文艺复兴时瑞士第一位人文主义者尼克劳斯·封·维尔（1410—1478）译介了彼特拉克和薄伽丘作品，巴塞尔成为欧洲一个人文主义中心。随着城市新贵族形成，人文主义倡导的宗教改革成果和个人自由再受威胁。农民战争失败后，城市贵族加强了对文学和戏剧的控制及对出版和印刷的检查。重形式的宫廷巴罗克文学也因瑞士地域分割而不能发展。

启蒙运动打破了 17 世纪思想文化的停滞，促进了经济、科学和文化繁荣。但瑞士的政治状况阻碍了文化和文学发展，城市贵族于世纪初完成了政治变革后便竭力稳固既得利益，把社会分成等级来限制人的自由。这种状况决定了瑞士启蒙思想有如下特征：否定法国的唯理论，推崇英国政治制度和生活方式，强调瑞士历史传统，重视民众教育。启蒙派代表是**约翰·雅各布·博德默尔**（Johann Jakob Bodmer，1689—1783）和他的朋友**约翰·雅各布·布赖廷格尔**（Johann Jakob Breitinger，1701—1776）。博德默尔是历史学家、文艺理论家和翻译家，苏黎世学派首脑。他们两人接受莱布尼兹和弥尔顿影响，推崇想象，捍卫奇特，同高特舍特论战七八年。他们两人反对膜拜法国古典主义，反对束缚诗人奔放的感情和创造力，强调诗的美源于奇特的新意。这场论战把过分强调合理性和低估感情的文学重新引到正确路上，为德语文学发展作了贡献，对歌德、克洛卜施托克和维兰特的成长产生影响。博德默尔译介了弥尔顿、但丁和荷马的作品，整理出版了《尼伯龙根之歌》。

其他作家还有：1）讴歌阿尔卑斯山的著名作家哈勒尔（1708—1777）。1728 年他游阿尔卑斯山，写了成名诗《阿尔卑斯山》（1729）。

后他应邀去哥廷根大学教解剖学、植物学，在国际上声望很高。二度丧偶后他放弃大学工作，重返故里，做过与植物学、农耕和气象相关的工作。他的诗不多，主要有《关于理性、迷信和无信仰的思考》（1729）、《人类道德的虚伪》（1730）、《败坏了的世风》（1731）和《恶之源》（1732—1733）。他描绘大自然，借景抒情、情中寓理、语言朴实、思想丰富、哲理深刻易懂，体现启蒙派崇尚自然的思想。2）贫苦农民布莱克尔（1735—1798）写了《托肯堡穷小子的传奇故事》（1789），获极大成功。他还著有《论莎士比亚的戏剧》（1780）、日记选等。3）佩斯塔洛奇（1746—1827）青年时接受启蒙思想，认为博德默尔等启蒙派的理想不切合实际，卢梭的想法无法实现，该做的是教育民众。从 25 岁他就致力开办各种教养院、孤儿院，让底层民众子女受教育。但最终这些努力都因资金短缺和社会偏见而不能持续，他便用文学形式宣传自己的教育思想。四卷本小说《利恩哈德和格特露德》（1787）以朴素的语言写偏僻的农村生活，宣传他的教育观点，主张采用不同手段和方式开发每个人的内在力量。他还写了许多寓言，富于哲理。为改善百姓命运他经历过许多挫折和中伤，甚至被驱逐。法国大革命后他年逾半百才有较好的条件办学。1792年法国国会宣布他为法兰西荣誉公民。

第五节　意大利文学 [①]

　　18 世纪上半叶意大利三次卷入欧战，领土被多次瓜分，最终奥

---

① 此节选用了李赋宁主编《欧洲文学史》第一卷《古代至十八世纪欧洲文学》第六章第五节相关材料。

地利取代西班牙统治意大利。奥地利疏导混乱的经济，新的城邦主
也较开明，联手采取了一些改革，限制教会财富和教士人数，剥夺
贵族的免税法等特权，废除宗教法庭和农奴制。社会矛盾得以缓和，
经济有了发展。新城邦与欧洲其他国家联系更多，恢复了同欧洲的
贸易，增加了港口和道路设施，便利了海上和陆地交通。欧洲经济
迅速发展给意大利经济带来生机与活力，意大利向欧洲主要国家供
应粮食、葡萄酒、食油等，提供如生丝和造肥皂油料等工业原料。
农业活跃起来，试图推行资本主义经营方式。法国启蒙主义也进入
了意大利。

　　世纪下半叶意大利创办了一批观察和批评的报刊，开展新文
化运动。在米兰、那波里等地启蒙运动迅速展开，但大部分地区封
建势力仍很大。意大利当时仍处在外族压迫下，启蒙运动受外国统
治制约。启蒙主义思想被看成文艺复兴人文主义思想的继续，人们
对社会现实采取温和的批判态度，反映了当时意大利资产阶级的弱
势。随着社会变迁意大利文学经历了两个阶段：1）世纪初的阿卡迪
亚派力求更新诗歌，提出理性意味着思想简单明确、感情纯朴、语
言清晰、语意连贯。2）世纪中叶开始的启蒙主义文学推行诗歌、戏
剧改革，提出以科学方法观察和处理问题，对文学内容和形式破旧
立新。

　　1654年逊位的瑞典女王克利斯蒂娜侨居罗马，在她家沙龙里聚
集了一群诗人。1689年她去世，第二年14位诗人创立阿卡迪亚诗社，
决心按古典诗的法则写诗，以简明形式表达朴素情感，树一代新诗风。
"阿卡迪亚"名字来自古希腊高原牧区，那里是牧歌发源地。诗社
在意大利各地建营地开会，每位诗人以希腊牧人式的化名出席，吟
诵古代田园牧歌的传统主题，即牧羊男女在草场上甜蜜与痛苦的爱
情。他们尊崇唯理性主义，克制自己情绪，强调想象合理、修饰适

度，表现了外族入侵情况下明哲保身的软弱态度。但阿卡迪亚诗歌给予危机社会中的人们精神支柱，清新的诗风形成可贵的传统文化清流。

该派主要代表**彼特罗·梅塔斯塔齐奥**（Pietro Metastasio，1698—1782）原名彼特罗·特拉帕西，19 岁加入阿卡迪亚诗社并出版第一部诗集，后来从写田园诗悲剧改为写音乐剧剧本。他认为音乐剧源于希腊古典悲剧，比悲剧更自由，结局可成喜剧，地点、时间、情节可改动。他第一部音乐剧《被抛弃的狄多》（1724）引起轰动，突出英雄舍弃美人为国效力的神圣使命感，心理描写细腻生动。接着他又写了《西洛埃》（1726）、《卡图在乌提卡》（1728）。1730年他被聘为奥地利宫廷诗人，移居维也纳，头 10 年精品中有《奥林匹亚德》（1733），将庄重深沉的古希腊悲剧和轻松明快的田园剧结合。其他剧还有成功地借鉴高乃依、拉辛悲剧题材的《蒂托的仁慈》（1734）、写希腊英雄忒米斯托克勒在波斯流亡的《忒米斯托克勒》（1736），赞扬爱国主义精神和坚贞不屈的品质。他还以中国元曲《赵氏孤儿》为蓝本改编成《中国英雄》（1752），流传很广。晚年他写了童话传奇剧《鲁杰罗》（1771），曲折离奇，还写过大量抒情诗和歌词。他重视音乐剧的情节，成功地提高了音乐剧剧本质量，促进了 18 世纪欧洲正歌剧诞生。

世纪上半叶意大利学术研究活跃，历史学家**彼特罗·贾诺内**（Pietro Giannone，1676—1748）花了近 20 年写成 40 卷的《那波里王国文明史》（1723），引起欧洲重视，译成多种文字。他本人却因此冒犯教廷，入狱受迫害至死。他在长期监禁中写下多部历史著作，其中最著名的是《罗马教皇的三重冠》（1895）。他分析国家与教会的关系，认为教皇干预政治致使意大利社会衰退。他将国家视为一种政治形式，而不是上帝赐予君主的封地，提出教会应服从

国家。另一位历史学家**鲁多维科·安东尼奥·莫拉托利**（Lodovico
Antonio Muratori, 1672—1750）的主要著作是宏大的《意大利编年史》
（1749）。他收集整理了公元500—1749年的意大利历史资料，许
多材料首次公开。他做详细注解并写序。这是研究意大利历史不可
缺的工具书，它具有历史应该包括社会生活各个方面的崭新历史学
观念。

重要的哲学家和文学批评家**姜巴蒂斯达·维柯**（Giambattista
Vico, 1668—1744）生于小书商之家，家境穷困又疾病缠身，自学成才。
他当过家庭教师，在那波里大学教过修辞学，1701年加入阿卡迪亚
诗社，发表第一部著作《意大利古老的民族文化和拉丁语的来源》。
他的主要著作是《关于民族共同性的新科学原理》（1725），出版后
不断修改和补充，1730年和1744年发表两个新版本。他的哲学著
作生前不被重视，世纪末那波里流亡政治家将他的书带到北方，引
起关注，19世纪得到浪漫主义理论家推崇。他的《自传》详细记述
了他哲学思想的萌发和成熟过程。

维柯是唯心主义哲学家，强调有行动才有知识，人创造了历史
就能正确认识历史，找出规律，使之成为一门新科学。他用历史比
较方法研究古代和中世纪宗教信仰、生活方式、社会风俗、政治制
度，总结历史发展规律，创立了历史循环论。他认为人类社会是由
原始野蛮时代，通过神的时代（国家出现前）、英雄时代（封建贵族
统治），而达到人性的时代（人民统治）。社会达到最高阶段后自行
瓦解，再从头开始。不同于古希腊罗马的悲观主义循环论，他认为
历史不断前进，每个新周期在比前一周期更高的水平上发展。维柯
从历史发展观点研究美学，认为英雄时代人都是诗人，荷马史诗是
当时人民的集体创作。但丁是意大利的荷马，《神曲》是意大利民族
形成时代的历史。他从美学的角度剖析古希腊经典著作，提出许多

新见解，成为文学批评领域中至今仍争论的话题。他认为诗歌是精神受干扰和激动后通过幻想实现的表达，诗的语言是直觉的认识形式，早于哲学和科学的理性认识。诗歌不受理性支配，也不是快乐的源泉。他是第一个探求社会发展规律的历史哲学家，代表新兴资产阶级利益，是 18 世纪启蒙思想组成部分。

卡洛尔·哥尔多尼（Carlo Goldoni，1707—1793）是重要剧作家，对当时意大利的即兴喜剧进行改革，写了大量思想进步、内容健康又诙谐的作品，是近代意大利现实主义喜剧奠基人。他父亲是个郎中，爱好戏剧，他幼年时就对戏剧发生兴趣，读喜剧作品并在沙龙演出中扮演角色。他学法律，毕业后曾当律师，也曾担任热那亚共和国驻威尼斯领事。1734 年开始他兼任剧团的剧本创作员，逐渐转向主写和改造喜剧。当时意大利盛行名为"艺术喜剧"的即兴喜剧也叫"假面喜剧"，没固定台词，角色固定不变，对白随机应变，代表市民趣味。文艺复兴运动中这种喜剧起过批判封建主义的作用，但其社会讽刺作用日衰，成为庸俗闹剧，程式僵化不能适应启蒙主义新文化。哥尔多尼采取谨慎、循序渐进的改造办法，1738 年在喜剧《侍臣莫莫洛》（1738）中将主角的戏全部写成文字稿，其余留给演员即兴编造。这种混合方式又用于《浪子》（1739）和《破产》（1741），最后于 1748 年写出第一部完整的喜剧剧本《狡猾的寡妇》。从《一仆二主》（1745）开始他对喜剧内容做了重大变革，将插科打诨、逗笑的小丑写成主角，才子佳人落到次要地位。主角来自社会下层的仆人，纯朴憨厚又聪明机灵。这种聪明的卑贱者主题是一种创新，体现了启蒙主义平等博爱的资产阶级民主思想。

其他剧作还有《狡猾的寡妇》（1748），观众反应热烈，他被聘为剧团的喜剧诗人，成为职业剧作家，每年要求完成 10 部喜剧。1750 年一年中他完成了 10 部喜剧，《喜剧剧院》（1749）一剧阐明

他的喜剧理论，主张废除假面具和剧情提纲、撰写固定台词，变即
兴喜剧为完整的文学剧本。他认为喜剧应是广泛反映生活、颂扬美
德、嘲讽恶习的风俗喜剧。他反对"三一律"和盲目崇拜亚里士多德，
主张忠实生活，发扬民族特色，塑造鲜明生动的人物，称自己的喜
剧为性格喜剧。1751 年他又写出 17 部作品，《女店主》（1753）为
性格喜剧杰作。女店主米兰多琳娜有两位追求者：破落世袭贵族和
花钱买了爵位的商人。作者入木三分地刻画了封建没落阶级的虚伪，
而商人相信金钱能买来爱情，一副市侩嘴脸。他们在争风吃醋中就
名利观争论不休，互相指责，将灵魂暴露无遗。女店主是成功的妇
女形象，她应对裕如、才智过人、热情爽朗又姣好妩媚。她选择勤
劳忠诚的仆役为伴侣，显示出平民的尊严和自信，还教训了轻视妇
女的骑士。

　　1753 年哥尔多尼转入威尼斯著名的圣路加剧院，这时他遭到
各方攻击：语言学家因他爱用威尼斯方言写作而批评他；保守派戏
剧家诽谤他抛弃传统就是背叛祖国；还有剧作家与他唱对台戏，争
夺观众。他离开一段后 1759 年重入该剧院，1759—1762 年间写出
多部作品，艺术达到成熟。此期杰作《老顽固们》（1760）矛头直
指上升期的资产阶级，揭露他们身上旧思想、旧风俗根深蒂固的影
响。故事写威尼斯一个商人的女儿想在婚前见一面素不相识的未婚
夫。此事违反当时的封建习俗，在一位热心的太太帮助下他们见了
面，彼此很满意，可两家父亲都是顽固暴君，因而解除婚约。经那
位太太调解，终于成婚。老顽固们专横、心胸狭隘、缺乏教养的粗
鄙丑态暴露无遗。其他优秀剧本还有《乔嘉人的争吵》（1761），诙
谐风趣地再现了渔民生活，以及哥尔多尼遭到保守势力猛烈的围攻，
远走巴黎后写的《扇子》（1763）、《父爱》（1763）、《善心的急性人》
（1771）、《悭吝人》等。他在巴黎"意大利喜剧院"工作两年，后入

凡尔赛宫教王室子弟意大利语。但革命的国民公会取消了王朝给他的退休金，他贫病交加。他留居巴黎期间写了幽默生动的《回忆录》（1784—1787）。他一生共写了267个剧本，喜剧超过150个。

　　朱塞佩·帕里尼（Giuseppe Parini，1729—1799）是意大利启蒙运动主要代表，著名讽刺诗人。他生在小丝绸商之家，后当神父。第一部作品《利帕诺·埃乌比利诺诗选》（1752）收入92首诗，受阿卡迪亚诗派影响，获好评。不久他成为米兰著名文学团体"改革者协会"会员，在一个公爵家当了八年家庭教师，目睹了贵族骄奢淫逸的生活。他的对话录《关于高贵的对话》（1757）设计一个贵族和一位诗人死后在相邻的墓穴里攀谈，议论贵族的起源、特权和虚荣心，表达人无贵贱之分只有品德高下之别的民主思想。代表作长篇讽刺诗《一天》分早上（1763）、中午（1765）、黄昏（1780）和夜晚（1791）四部分，第四部分没写完。诗人诙谐幽默地描述一位贵族公子如何打发一天：早上梳洗打扮和练习歌舞，中午与贵妇人共进午餐及男女调情，黄昏时礼节性拜会和散步，夜晚举行盛大宴会，着力刻画懒散昏聩、骄矜虚伪的没落阶级特征，揭示贵族寄生生活的空虚无聊和日暮途穷。该长诗还写了下层平民的疾苦，谴责贵族与平民的贫富和地位差距，表现对劳动人民的关心与同情。虽然他的讽刺没脱离阿卡迪亚诗派的温文尔雅，但全盘否定贵族生活方式体现了启蒙主义思想，赢得了全欧洲赞誉。他还写过许多抒情诗和19首颂歌，晚年写的12首颂歌是他最优秀的作品。这些诗反映社会问题，表达了爱国热忱和对新生活的向往。他主张改良，把根治社会的希望寄于开明统治者，勾画以农民和手工艺匠人为主体的新社会蓝图。他在散文集《以美的技巧写美文的一般基本法则》（1792—1796）中总结了新古典主义美学的基本观点。

　　维多里奥·阿尔菲耶里（Vittorio Alfieri，1749—1803）是启蒙

主义剧作家，意大利古典主义悲剧创始人。他自幼丧父，在都灵军事学校寄读八年后长期旅游欧洲，1772 年返回都灵开始用意大利语和法语写作。第一部悲剧《安东尼和克莉奥佩特拉》（1775）获好评，从此全力写剧本。1778 年他迁居佛罗伦萨，爱上斯图亚特公爵夫人，与她终生同居。后他们侨居巴黎，1789 年法国大革命爆发，他写颂歌《推翻巴士底狱的巴黎》，向革命人民致敬。革命后期雅各宾党人的过激行为令他难以安身，1792 年他回佛罗伦萨定居。

1775—1790 年是他创作的高峰，完成了 19 部悲剧、4 部政治论著和《诗集》的前半部分，表达了鲜明的启蒙主义思想。1792 年后他主要翻译古罗马作品，撰写自传《生命》（1798）。他的政治论文犀利、锋芒毕露，批判力极强。《论暴政》（1777）猛烈抨击封建专制，但认为只有少数杰出的个人能同暴君对抗。《论君主和文学》（1786）揭露封建君主以保护文艺为名收买御用文人，同时主张作家人格独立，充当自由的使者和旗手，认为文学创作优于人类其他活动。这篇作品几乎是文学家的独立宣言，经常被引用。《普林尼对图拉真的赞歌》（1785）赞颂自动放弃世袭政权、还臣民以自由的封建君主，主张人人都是独立公民，提倡自上而下的解放道路。《论不为人知的美德》（1786）怀念一位已故朋友，誉他为新人类象征，品德高尚、趣味高雅、崇尚自由与尊严。他后来思想倒退，发表诗歌《憎恶高卢》（1798）攻击法国革命。他的《诗集》经常出现类似思想。

当时意大利流行取材于神话、古代传说或《圣经》故事的五幕剧，结构松散、内容杂乱。他改革了不成熟的意大利悲剧，遵循"三一律"删除不必要的情节，使剧本结构严谨、层次清晰、重点突出。他的剧本用历史题材注入启蒙思想，诗句精美，博得观众喜爱。剧中人物性格鲜明、语言洗练、激情澎湃，奠定了意大利古典悲剧的基础。另外，他的作品反封建意识强烈，着意写人民同暴君、民主同专制的冲突，如《腓力》（1776）、《老布鲁图斯》（1786）、《小布鲁图斯》（1788）等。剧中英雄形象高大，常壮烈牺牲，被称为"悲壮的英雄史诗"。他用作品鼓舞人民反抗外族压迫、争取民族独立和统一。他被认为是民族复兴运动的先驱。

第六节　西、葡文学 [①]

西班牙文学　18世纪起始，法国费利佩五世（1700—1746年在位）在西班牙登基，13年的西班牙王位继承战争以波旁王室获胜告终。此时黄金世纪优秀作家的创作才华已殆尽，西班牙从各方面效仿法国，西班牙语带上了法语风格，生活方式、艺术及政治都受影响。法国文学作品、学术著作，还有高乃依、莫里哀、孟德斯鸠、伏尔泰、卢梭等人的作品也经翻译传入。进入18世纪，四种文化运动相继发展：上世纪就有的巴罗克思潮、启蒙思想、前浪漫主义和新古典主义。费利佩五世时期，卡尔德隆流派继续影响西班牙；费尔南多六世（1746—1759年在位）和卡洛斯三世（1759—1788年在位）时，启蒙思想发展；前浪漫主义持续时间短，发生和完结都在卡洛斯三世时期，影响不大；而新古典主义在卡洛斯四世（1788—1808年在位）时兴旺，余波延续到19世纪，后被浪漫主义取代。

　　在深受巴罗克文风影响的西班牙文人中18世纪出现一批敬仰法国文化的人，准备按照法、意方式引进古典主义。戏剧作家继续按照卡尔德隆与其弟子的戏剧模式创作，写宗教圣理剧及有关荣誉

[①]　这一节的评述选用了李赋宁主编《欧洲文学史》第一卷《古代至十八世纪欧洲文学》第六章第七节的相关材料。

的正剧，文学价值不大。诗歌创作也只有三流诗人，仍喜夸饰文体和警句主义风格。而平民则对盲艺人演唱的瞎子谣曲感兴趣。小说从上世纪末衰退，小说创作近绝迹，文艺评论与研究主要介绍和宣传18世纪欧洲其他国家文化成果和各种思潮。世纪前几年，叙事文学只有巴罗克式作家迭戈·德·托雷斯·比利·亚罗埃尔（1694—1770）的《堂·迭戈·德·托雷斯传》（1743）颇受欢迎，具有诙谐和讽刺意味，以白描方式直接表述当时的众多事件，人物多是庸医、斗牛士、大学教师、占卜家、逃犯等，带有流浪汉小说特色。

抨击巴罗克文风的代表作家有贝尼托·赫·费霍（1676—1764）、弗朗西斯科·德·伊斯拉（1793—1881）及伊戈纳西奥·德·卢桑（1702—1764）。费霍神父第一个出来与愚昧无知斗争，以简明方式宣传科学。他传播百科全书学派主张的论文和演讲收于《总体批判战场》（1705）和《奇妙的博学信札》（1765）中，通俗易懂。他可被视为西班牙第一个现代作家。伊斯拉神父反对巴罗克式布道方式，写了小说《著名讲经师"笨伯"赫龙迪奥·德·坎帕萨斯传》（1758），充满诙谐。卢桑的《诗艺》（1737）阐明诗歌与戏剧应遵循的规则，主张模仿法、意诗作，对该世纪后30年影响很大，成为新古典主义作家的教科书，标志新古典主义在西班牙取得胜利。

启蒙主义思想传入西班牙后，文学主要宣传改革，歌颂18世纪进步精神，致力改变西班牙文化落后状态。值得专门介绍的有何塞·卡达尔索和加斯帕尔·梅乔·德·霍维亚诺斯。前者充满浪漫激情，主张开发科学、倡导文化、吸取欧洲先进国家经验振兴西班牙。后者身体力行启蒙思想，创作抒情诗和哲理诗把前浪漫主义和启蒙思想结合起来，还为西班牙教育、农业和机构改革著书立说。在启蒙思想推动下出现了新的国家机构，以"国家之友协会"和"商业洪达"

（即委员会）最著名。为新思想鸣锣开道的新闻报刊也应运而生，一系列文化机构也建立起来，如"皇家语言学院"（1714）、"历史学院"（1738）、"国家图书馆"（1711）。"皇家语言学院"对西班牙语演化起指导作用，它组织出版了《权威字典》（1714）、《正字法》（1741），编撰了《西班牙语语法》（1771）。

西班牙前浪漫主义阶段诗歌见于萨拉曼卡派和塞维利亚派，它们善于将古典主义、以卢梭为代表的感伤主义及英国作家革新的新精神结合起来。萨拉曼卡派从莱昂神父作品中求灵感，该派的胡安·梅伦德斯·巴尔德斯（1754—1817）最突出，他的众多诗作可分两个时期：1）以颂歌、牧歌及田园诗为主，继承西班牙古典传统，文风过于细腻，远离当时的情感；2）以"诗简集""谣曲集"为主，把启蒙精神与对大自然的观赏、对历史往事的酷爱及对自由的向往等浪漫主义情感结合起来。塞维利亚派则受益费尔南多·德·埃雷拉的风格，除18世纪常见的主题，喜撰写宗教诗及说教诗。

此期还有民间戏剧，主要以拉蒙·德拉·克鲁斯（1731—1794）的说唱剧为代表，如《马诺洛》（1769），充满了诙谐情调。此外，两位寓言诗歌作家：托马斯·德·伊利阿特（1750—1781）著有《文学寓言》（1782）；费利克斯·马利亚·萨马涅戈（1745—1801）著有《道德寓言》（1781）。他们的作品老幼皆宜，是说教叙事诗典范。

何塞·德·卡达尔索－巴斯克斯（José de Cadalso y Vázquez, 1741—1782）出生时母亲死去，父亲在西班牙美洲，亲戚照料他长大，在耶稣会学校受教育，后去巴黎，获得拉丁文与人文科学知识，扩大了视野。他曾在马德里皇家学校学习，后再次出国游学一年半。1762年他成为军人，参加过葡萄牙战役，并开始文学创作。第一部剧作《桑乔·加西亚》（1771）首演失败。1773年他到萨拉曼卡驻军服役，与萨拉曼卡派年轻诗人交往，1774 年开始撰写《摩洛哥人信札》。后来他在直布罗陀担任总司令助理，在与英军作战中阵亡。

他的主要作品是《假学者》(1772)、《忧郁的夜晚》(1779 ？)和《摩洛哥人信札》。《假学者》分七课，是一位教师一周内给学生讲授的全部课程，只让学生在最短时间里认识必不可少的名字与阅读书籍的目录，以便炫耀。作品讽刺只满足于一知半解、四处卖弄、不学无术之风。《忧郁的夜晚》以对白形式讲主人公计划把恋人的尸体挖出带回家，然后点燃房间与尸体一起化为灰烬的三个夜晚。三个夜晚发生许多枝节，主人公及其同伙并没完成计划。原稿到此中断，1815 年再版时一个伪作者给第三夜增加了结尾，即他们掘墓被发现，主人公被治罪流放。有人推测这部作品有自传性，但作者在《摩洛哥人信札》的第 67 封信中通过人物说该作品是模仿杨格的《夜思》，为朋友之死而写。

巴斯克斯在世时没出版《摩洛哥人信札》，1789 年以连载形式在《马德里邮报》上发表。该书由三个人的 90 封信组成。他们是：伴随摩洛哥大使来西班牙的青年加塞尔，他延长在西班牙的期限来了解这个国度；资深老者、加塞尔的老师本·贝莱伊和加塞尔的西班牙朋友努尼奥。内容有三方面：1）回顾国家民族的历史。2）具体触及 18 世纪西班牙社会问题。3）高瞻远瞩人类伦理道德。作者以满腔爱国情驳斥外国对西班牙的种种诬陷，以启蒙主义眼光对国家的问题提出建设性批评。三人从内部、外部和较高立场等不同角度进行探讨，丰富又全面，但没结论。作者推崇 16 世纪西班牙，为其海外殖民辩护，承认在文化科学等方面落后于欧洲其他国家，批评奢侈豪华、无休止的争论、厌恶劳动、追逐加官进爵等腐败，提出靠劳动和科学进步来解救国家，并要求加强道德教育。

　　莱安德罗·费尔南德斯·德·莫拉廷（Leandro Fernández de Moratín，1769—1828）是新古典主义戏剧的代表，也是诗人和散文作家，是 18 世纪闻名的文学团体"圣塞巴斯蒂安饭店文艺座谈会"创始人，启蒙主义戏剧家尼古拉斯·费尔南德斯·德·莫拉廷的长子，念书时以诗歌获西班牙皇家语言学院奖项和皇家语言学院组织的文学竞赛二等奖，1786 年他开始创作戏剧。费尔南多七世（1814—1833 年在位）的宠臣戈多伊成为他戏剧创作的保护人，1792 年他第二次赴法，并到伦敦及意大利，1796 年回国并任戏剧管理委员会成员。在 1808 年开始的西班牙独立战争中他站到拿破仑弟弟何塞·波拿巴一边，后被这新国王任命国家图书馆馆长，并授予五角骑士团骑士称号。1812 年法军战败后从西班牙撤退时他跟随离去。1820 年费尔南多七世大赦，他回巴塞罗那，但因瘟疫盛行，1827 年赴巴黎，在流亡中逝世。

　　他写有五部戏剧，还改编了几出外国剧，主要有写不合理婚姻的诗剧《老人与少女》（1786）和《男爵》（1803 年首演）。散文体正剧《新喜剧或咖啡馆》（1792 年首演）以启蒙主义观点抨击当时西班牙舞台粗制滥造，引人入胜。《姑娘们的许诺》（1801）1806 年首演，用散文写就，共三幕。作者此时戏剧技巧已炉火纯青，善于完美地安排场次，忠实地执行"三一律"原则，但又不缺真实感。堂娜弗朗西斯卡爱青年军官卡洛斯，但她母亲考虑晚年归宿想借机获取大笔钱财，于是逼女儿嫁给卡洛斯的伯父。当老头子得知自己抢了侄子的心上人后便毅然退出，成全了年轻人。作者讽刺家长的独断作风及因与神职人员有亲属关系而感优越。人物性格鲜明，以成对的方式出现，除了一对年轻人，两个仆人也是一对，而男方的伯父和姑娘的母亲则形成伦理道德鲜明对比。他试图改革民间戏剧，翻译莫里哀剧作，开创了西班牙现代戏剧。

葡萄牙文学 18世纪唐·若奥五世（1706—1750年在位）统治葡萄牙，推行重商主义，鼓励葡萄牙与欧洲国家接触，开始注意社会经济发展和文化改革。被宗教法庭放逐到其他国家的葡萄牙人揭露、抨击宗教蒙昧主义，这些开明派中路易斯·安东尼奥·韦尔内伊（1713—1792）影响最大，他的16篇通讯被编成《学习方法的真谛》，标志葡萄牙经院哲学终结。他的作品深入浅出、言简意赅，在葡萄牙文坛上独树一帜。

1755年里斯本大地震后成立了推动文艺改革的学术团体，如"葡萄牙阿卡迪亚诗社"（1756）及"新葡萄牙阿卡迪亚诗社"（1796）。诗社成员必须用古希腊罗马的人名为笔名，试图以古代的和谐抵制荒诞的贡戈拉主义。宫廷和贵族集团垄断文学创作的一统局面被打破，资产阶级登上文坛。"葡萄牙阿卡迪亚诗社"代表安东尼奥·迪尼斯·达·克鲁斯·埃·西尔瓦（1731—1799）用写实手法写讽刺诗。如《洒圣水器》（1768）利用埃尔瓦什市的主教和副主教因礼仪分歧产生的矛盾，采用滑稽叙事诗形式讲在民间传为笑柄的故事，从而讽刺经院哲学、贡戈拉诗风和奢靡的宗教社会。诗社作家结束了贡戈拉派的绮丽文风，接近了现实，革新了诗歌语言，为诗坛提供了新内容。"新葡萄牙阿卡迪亚诗社"重要成员马努埃尔·马里奥·巴尔博萨·杜·博卡诺（1765—1805）把沙龙诗歌带到群众中。他的诗歌和散文个性强，反映了时代的动荡。他的叙事文体类似演说体，遣词随意、不加修饰，神话典故与村俗俚语交替。而尼古拉·托伦蒂诺·德·阿尔梅达（1741—1811）遵循阿卡迪亚诗社开创的写具体事物和日常生活的道路，用准确朴素的语言别出心裁地揭露虚伪的道德传统和肮脏的社会现实。他的作品充满启蒙主义人情味，善用反讽揭露荒谬思想和现实，如讽刺诗《战争》乍读起来以为在歌颂战争。他的讽刺类似伏尔泰，有时自嘲并抒情，与贡戈拉主义贵族诗歌对照鲜明。阿卡迪亚诗社最后的代表是菲林多·埃利西奥（1734—1819），原名弗朗西斯科·曼努埃尔·多·纳西门托，著有八卷集的《菲林多·埃利西奥诗集》。

第七节　俄国文学 [①]

　　18 世纪初彼得一世（1682—1725 年在位）推行改革振兴俄国，决定了 18 世纪俄国近代化进程。他亲赴西欧学航海和造船，1698 年回国后采取激烈措施改变俄国中世纪形态国家机器和社会风尚，振兴工业，发展教育，组建近代化军队，并与瑞典查理二世争夺涅瓦河口，在那里修建新都彼得堡，打开了通向西欧的窗口。1709 年波尔塔瓦战役是对瑞典的决定性胜利，在强化封建农奴制基础上建立了近代化专制帝国。他还废除了宗主教制，设立"东正教最高会议"，使教权服从王权。从他逝世至 1741 年宫廷政变频繁，改革派与保守派争斗，皇室宠臣也争权，到伊丽莎白二世上台（1741—1761 年在位）政局才稳定。世纪下半叶叶卡捷琳娜二世（1762—1796 年在位）时代国力继续增强，社会矛盾也激化。她曾与法国启蒙派学者伏尔泰和狄德罗交往，标榜开明，但残酷地镇压了普加乔夫农民起义（1773—1775）并迫害著名启蒙作家诺维科夫和拉季舍夫。叶卡捷琳娜虽试图推行法治，但颁布的法令强化了贵族特权，俄国军力更强，对外扩张，取得对土耳其战争的胜利。

　　18 世纪俄国文化和文学迅速发展，近代化建筑、绘画、雕刻和

[①]　此节选用了李赋宁主编《欧洲文学史》第一卷《古代至十八世纪欧洲文学》第六章第六节的材料。

印刷长足进步。彼得宫、冬宫等豪华建筑闻名于世。科学院（1726）、莫斯科大学（1755）、俄罗斯悲剧院、喜剧院（1756）相继设立，自然科学和人文科学振兴。中世纪占统治地位的神学权威受到冲击，出现了以罗蒙诺索夫为代表的科学家和文学家，但东正教传统观念仍普遍。

新兴的俄国文学接受了古典主义文学思潮，荷马、柏拉图、西塞罗和维吉尔的文学著作被译介。各种西欧诗歌体裁逐渐为俄国诗人掌握，他们进行了文学语言改革，并结合自己民族文化传统推出一批写历史和反映现实的作品，如讽刺保守、愚昧和批判封建等级制的讽刺诗，创办讽刺杂志《雄蜂》（1769—1770）、《画家》（1772—1773）等抨击农奴制和贵族寄生生活，大力促进俄国启蒙思想文化。60年代末、70年代初若干民歌、谚语集问世，提供了民间文学养分。此世纪诗歌占压倒优势，但也出现冒险小说和流浪汉小说。如埃明（1735？—1770）的自传体冒险小说《米拉蒙特历险记》（1763）、丘里科夫（1743？—1792）的流浪汉小说《漂亮的女厨师》（1770）、科马洛夫（1730—1812？）的《骗子瓦尼卡·该隐记》（1775），卡拉姆津（1766—1826）受英国感伤主义思潮影响发表了中篇故事《苦命的丽莎》（1792）。

俄国启蒙主义新思潮代表之一是**罗蒙诺索夫**（Михаил Васильевич Ломоносов，1711—1765）。他出身渔民家庭，从莫斯科斯拉夫－希腊－拉丁学院毕业后赴德学自然科学，1741年回国后任职俄国科学院，创办了莫斯科大学。他博学多才，集科学家、文学家、语言学家于一身，对俄国科学和文化发展做出了巨大贡献。

他的文学创作中诗歌，尤其颂诗，占重要地位，如《攻占霍丁颂》（1739）、《伊丽莎白女皇登基日颂》（1747）等。他认为诗歌应抒发公民感和爱国激情，如《与阿那克里翁的对话》（1747—1762）。因此他的颂诗歌颂俄罗斯的宏伟和富饶、军队的胜利和人民的力量，呼唤掌握科学,进行生产劳动,开发祖国的大自然宝藏。他歌颂君主,认为彼得大帝、伊丽莎白女皇代表全民族利益,希望君主接受启蒙思想,重视科学与文化。如《伊丽莎白女皇登基日颂》宣传科学能给人类带来幸福。他还有一组自然哲学的颂诗,如《夜思上天之伟大》(1748)、《晨思上天之伟大》(1751)和《论玻璃的益处》(1752)等表达唯物思想的自然神论观点,对普及科学知识有积极作用。如《晨思上天之伟大》歌颂太阳的力量,是诗人对太阳上物质运动的假说,后来他据此假说提出热是由微粒运动而形成的理论。他的诗富比喻,常用夸张,把巴罗克风格的自由和激情与古典主义的规范化体裁糅在一起。他还写过两部悲剧和未完成的长诗《彼得大帝》(1760)。

他的语言学论著颇丰,主要有《论俄文诗律书》(1739)、《修辞学》(1748)、《俄语语法》(1755)、《论俄语宗教书籍的裨益》(1758)等。他按俄语特点提出把音节诗体改为重音诗体,大大推进了俄语诗歌形式的发展。当时俄语词汇混杂,他将俄语词汇归纳成斯拉夫语词汇、斯拉夫语和俄语共用的词汇及俄语口语词汇三大类,又提出"三级文体论"(即高级、中级和低级体),并具体指出哪类词汇适用哪种文体,对俄罗斯民族语言和文学语言发展做出了重要贡献。

亚历山大·彼得罗维奇·苏马罗科夫(Александр Петрович Сумароков, 1717—1777)生于破落贵族家庭,毕业于贵族武备学校,反暴政,呼唤开明君主。1756—1761年他任国家剧院院长,因与上司不合退职,后迁往莫斯科以示对宫廷不满。他因娶农奴为妻而与贵族亲属决裂,常年贫困,晚景凄惨。他写过悲剧、喜剧、颂诗、讽刺诗、寓言、歌曲等,第一个把悲剧引入俄国文学,被誉为"北方的拉辛"。他一生写了《霍列夫》(1747)、《哈姆莱特》(1748)、《辛纳夫和特鲁沃夫》(1750)、《阿尔季斯多娜》(1750)、《谢米拉》

（1751）、《雅罗波尔克和捷米莎》（1768）等9部悲剧，大部分取材于俄罗斯古代，如《霍列夫》写俄罗斯大公居伊夺取基辅大公的王位，居伊的弟弟，王位继承人霍列夫与基辅大公的女儿相爱，却不得不与其父作战。但他在战胜后得知爱人被居伊毒死而自刎身亡。《僭称为王者德米特里》（1771）写暴君德米特里占领莫斯科后把城市变成"大贵族的监狱"并惩罚许多无辜者。最后民众暴动，暴君自杀。作者在悲剧中宣扬克制个人感情，履行公民职责。

杰尼斯·伊万诺维奇·冯维辛（Денис Иванович Фонвизин，1744—1792）生于贵族家庭，曾就读于莫斯科大学，后在外交部供职。第一部喜剧《旅长》（1769）嘲笑贵族粗暴愚昧和盲目崇外，代表作喜剧《纨绔少年》1782年成功上演，之后发表了讽刺作品《某些能引起聪明和正直的人们特别注意的问题》《宫廷语法》等，揭露宠臣专权、宫廷权贵的恶习。1782—1783年在外交大臣潘宁授意下，他写了《论国家大法之必要》一文，后被十二月党人用来宣传限制君权的思想。《纨绔少年》主人公米特罗方的名字源于希腊语，意为"像母亲一样"。他母亲是个自私、愚昧、狡黠的农奴主，百般虐待寄养在她家的孤女索菲亚，肆无忌惮地压榨农奴。但她对儿子却极度溺爱，让他过着百无聊赖的寄生生活。当得知索菲亚可从自己舅父那里得到一大笔财产时，她强迫索菲亚嫁给她儿子。喜剧真实地描写了1762年叶卡捷琳娜二世重申彼得三世颁发的贵族自由令后，贵族纷纷回庄园赋闲，滋生了纨绔少年的社会现象。该剧遵循古典主义"三一律"，没脱出奖善惩恶及大团圆结尾的老套。

加夫里拉·罗曼诺维奇·杰尔查文（Гаврила Романович Державин，1743—1816）出身小贵族，1762年入伍，后获准尉军衔，参加过镇压普加乔夫起义。1777年他离开军队，开始写颂诗，赞颂理想君主和俄国杰出的军事统帅，充满爱国激情。最著名的颂诗为《费丽察

颂》（1783），"费丽察"是拉丁文"幸福"之意，此名来自女皇叶卡
捷琳娜二世给她孙子写的《关于赫洛尔王子的童话》。童话写费丽察
公主派儿子帮被俘虏的俄罗斯王子赫洛尔找到了无刺的玫瑰。颂歌
中的费丽察是理想化形象，她公正不阿、生活俭朴、一心造福于民，
借此歌颂叶卡捷琳娜。该诗也揭露宫廷权贵的骄奢淫逸，鞭挞宠臣
们不务正业，整天享乐。诗人打破了古典主义戒律，把讽刺引入颂
诗。《费丽察颂》发表后，杰尔查文被任命为女皇的秘书，后来还任
过省长等职。他的颂诗还有《达官贵人》（1774—1794）、《致君主与
法官》（1787—1794），还发表过阿那克里翁体歌曲集。他将颂诗与
抒情诗合一，称为抒情颂诗。《麦谢尔斯基公爵之死》（1779）、《上
帝》（1784）等诗探讨生与死、人的命运、人生的意义等问题。《瀑布》
（1798）描绘绚丽的自然风光，《致叶夫盖尼·兹万卡的生活》（1807）
则批评古典主义不屑涉及多彩的日常生活。

　　亚历山大·尼古拉耶维奇·拉季舍夫（Александр Николаевич
Радищев，1749—1802）出身贵族，在贵族子弟军官学校毕业后被
派往莱比锡大学读法律，留学期间（1766—1771）受法国启蒙思想
家卢梭、狄德罗和空想社会主义者马布利影响。1771 年他返回俄罗
斯，先后在元老院和军事法庭任职，官场中的贪污舞弊、军事法庭
的残酷专断、人民的无权使他失望和痛心。1773 年他在自己翻译的
马布利的《论希腊史》的注释中指出专制制度违反人性，并表示百
姓不能受制于无限的权力。1773—1775 年沙皇镇压普加乔夫起义更
加深了他对专制制度的认识。1780—1790 年他写了《给住在塔波尔
斯克的一位朋友的信》（1790）、《漫谈何谓祖国之子》（1789）、《乌
沙科夫传》（1789）。

　　《从彼得堡到莫斯科旅行记》（1790）是他的代表作，其中公然
提出用暴力推翻专制农奴制，激怒了叶卡捷琳娜二世。1790 年 6 月

30 日他遭逮捕并判死刑，后改为流放西伯利亚 10 年。1796 年女皇死后他被新沙皇赦免，1801 年他被亚历山大一世任命为立法委员会委员，重返彼得堡。他竭尽全力对法律条文做出对农民有利的解释和说明，当知道自己无能为力时就服毒自杀。

《旅行记》以笔记形式写成，记录作者从彼得堡到莫斯科的旅途见闻，广泛地反映了 18 世纪下半叶俄国的现实生活，并指出人民苦难的根源是专制农奴制。作品在无情揭露和鞭挞地主欺压、凌辱农民的同时也表现了农民的反抗斗争。例如，他为杀死农奴主父子的农民辩护说，农民是自卫杀人，自卫乃是天赋权利，因此"杀人者无辜"。《旅行记》锋芒指向封建农奴制，称沙皇为"一切凶手中最残暴的一个，一切罪犯中罪行最严重的一个"，女皇因此认定他比普加乔夫更坏。书中个别章节也表现出对统治者仍存幻想，希望说服地主自动解放农奴。《旅行记》使用了感伤主义文学中最流行的体裁，以叙述旅途见闻，抒发内心感受见长，表达了炽热的公民感情、忧国忧民的思绪。它一直被列为禁书，以手抄本流传，直到 1858 年赫尔岑在伦敦才将它公开出版。

第八节　东欧和北欧文学 ①

东欧文学　18 世纪东欧处于剧烈的社会变革和民族解放斗争前夜，社会矛盾和民族危机严重，波兰被俄、奥、普三次瓜分，丧失了民族独立。然而，近代机器生产和资本主义商品货币关系还是在

---

① 此节选用了李赋宁主编《欧洲文学史》第一卷《古代至十八世纪欧洲文学》第六章第八、九两节的材料。

东欧多国萌生，法国启蒙运动和资产阶级大革命的政治和文化影响也渗入东欧，促进了民族意识复苏与启蒙运动兴起。一批具有近代进步思想、近代艺术形式与较高艺术水平的文学作品涌现，较突出的是波兰和匈牙利文学。

波兰文学　世纪上半叶波兰政治腐败、教会控制严密，文学衰落。下半叶随国家危机加深和贵族内部革新派兴起，波兰启蒙运动文学开始发展。60—80 年代是启蒙运动文学第一阶段，作家大都与宫廷有直接关系。他们反豪强分裂，提倡中央集权，拥护和歌颂王权，讽刺和揭露教会与封建贵族，但对沙俄等侵略者则同国王一样采取妥协态度。他们多采用古典主义创作方法，提倡用波兰文写作。波兰启蒙运动最重要的诗人与作家**伊格纳齐·克拉西茨基**（Ignacy Krasicki, 1735—1801）出身大贵族，毕业于罗马神学院，曾任格涅茨罗大主教。他拥护王权，反对豪强分裂，反宗教迷信和贵族恶习，提倡理性精神。早期诗歌《热爱祖国》（1774）表达为祖国不惜牺牲的责任感，广为流传；长诗《群鼠》（1775）根据古代巴彼尔国王暴虐无道被群鼠咬死的传说改写而成，是对波兰议会及其无休止争吵的辛辣讽刺，也是波兰贵族只顾私利导致国家衰败的写照；长诗《莫纳霍玛西亚》（1778）写天主教两大派在宗教辩论会上争吵不休，结果却各自痛饮一大杯葡萄酒而休战。他的《寓言诗集》（1779）脍炙人口，如"温顺的狮子""羊与狼""牛部长"等。他的诗格律严谨，寓意深刻，富幽默讽刺。他还有三部小说，《米科瓦伊·多希维亚德钦斯基历险记》（1778）最成功，表现了在波兰建资产阶级王国的政治理想。此期还可提及诗人和历史学家**亚当·纳鲁舍维奇**（Adam Naruszewicz, 1733—1812）和**斯塔尼斯瓦夫·特伦伯茨基**（Stanistaw Trembecki, 1739—1812），两人都出身贵族。纳鲁舍维奇在德、意求学回国后任诗学教授，晚年曾任教会职务，撰写过《波兰民族史》(1780—1786)，主编过宣传启蒙思想的刊物《有益和有趣的娱乐》(1770—1777)，还写过应制诗与田园诗。他有价值的作品是针砭时弊的讽刺诗，如《真正的贵族》《死者的声音》《假面舞会》等。特伦伯茨基曾留学意、法，同狄德罗、卢梭有交往，将《百科全书》等两千多种法文书籍带回波兰，扩大启蒙思想影响。他的作品包括叙事诗和寓言诗，早期诗歌宣扬自然神论，讴歌理性精神，如《不予发表的诗》(1773—1774)、《波旺斯基》(1776)、《索菲夫卡》(1806)。长诗《波兰卡》(1779)主张农奴解放，发展资本主义。

80—90年代是波兰启蒙运动第二阶段，此时民族危机更严重，社会矛盾更激化，中小贵族与市民阶层成为革新与启蒙运动中坚。他们组成爱国联盟，要求维护国家主权与独立，实行自上而下的改革。1788—1792年议会通过了有利改革的宪法，引起沙俄与波兰大贵族惊恐。他们联手镇压改革，推翻四年议会的成果，导致波兰第二次被瓜分。1794年爆发柯希丘什科领导的民族起义，再遭沙俄镇压，波兰第三次被瓜分。这些民族与政治斗争在文学中都有反映。此期主要作家有**弗兰齐塞克·扎布沃茨基**（Franciszek Zabocki，1752—1821)、**尤利安·乌尔森·聂姆策维奇**（Julian Ursyn Niemcewicz，1757—1841)、**沃伊切赫·博古斯瓦夫斯基**（Wojciech Boguslawski，1757—1829)和**雅库布·雅辛斯基**（Jakub Jasiski，1761—1794)。扎布沃茨基曾参加1794年民族起义，翻译和创作了不少喜剧，如《迷信者》(1780)、《求婚的纨绔子弟》(1781)、《贵族至上》(1784)等，揶揄和嘲讽波兰贵族恶习。他的诗《致议长波托茨基》揭露权贵贪赃枉法，《致巴涅茨基》抨击权贵卖国求荣，因而遭查禁。聂姆策维奇是民族解放运动战士和作家，曾是起义民族政府成员，先后流亡美、法。他的作品包括政治寓言诗、讽刺诗、小说、戏剧、政论和回忆录。

喜剧《议员还乡》（1790）歌颂四年议会进行的改革，揭露保守贵族维护旧制度，是波兰第一部较成熟的独创性喜剧。它的上演轰动华沙，后遭禁演。组诗《历史之歌》（1816）写古代传说中帝王将相的丰功伟绩，充满爱国激情。著名剧作家博古斯瓦夫斯基曾任华沙公共剧院经理，翻译了近百部西欧戏剧供上演。他的剧作中《亨利六世在狩猎》（1792）取材于英国历史，拥护王权，反对豪强割据。《假想的奇迹，又名克拉科夫人与山民》（1794）改编自民间传说，歌颂劳动人民团结、渴望自由，是爱国主义名作。激进诗人雅辛斯基是民族起义时立陶宛地区起义军司令，参加过华沙保卫战，牺牲在战场上。早期作品反教会，后期诗歌主张人人平等，抨击封建等级制，如《华沙的成长》等诗，还揭露资本主义发展恶果。他最后三年的诗作热情赞颂法国大革命，辛辣嘲讽波兰权贵哀悼法王路易十六被处死。在民族起义前夕写的《致人民》号召人民与外敌斗争，树立战胜的决心，充满爱国激情。

　　匈牙利文学　18世纪匈牙利文学比东欧其他国家都更繁荣与成熟。1703年匈牙利爆发反封建地主与哈布斯堡王朝的大规模农民起义，即库鲁茨（十字军参加者）起义。无名诗人们创作大量库鲁茨诗歌，最著名的有《契诺姆·包尔科》《盲人波卡恩之歌》《两个贫苦青年的谈话》《拉科治流亡至波兰》，赞颂起义战士的英勇，表现贫苦农民获胜的欢欣。1711年起义被镇压，此后库鲁茨诗歌着重表现逃亡战士离开祖国的痛苦、对叛徒和贵族的憎恨，以及人民对起义领袖和库鲁茨军队的热爱与怀念。起义领袖拉科治写了《回忆录》与自传体的《自述》（1731—1733），叙述斗争经历及流放遭遇，还写了昔日所见维也纳宫廷风习，进行辛辣讽刺。**米凯什·凯列敏**（Mikes Kelemen，1690—1761）是18世纪匈牙利著名散文作家，拉科治的战友，起义失败后一道流亡国外。他的《土耳其通讯集》

（1735—1737）共 200 封信，谈他少年时代在拉科治府邸供职情况与流亡遭遇。他的书信受法国书简作品影响，文笔清新、委婉，叙事兼抒情和幽默讽刺。

70—80 年代法国启蒙运动波及匈牙利，最重要的作家**贝塞聂依·久尔吉**（Bessenyei Gyrgy，1746—1811）是匈牙利启蒙运动早期思想家、哲学家、政治家、作家和戏剧家。他早年在哈布斯堡宫廷近卫军服役，自学哲学与欧洲启蒙文学，参加激进文学团体，崇拜伏尔泰，因而不见容于宫廷，被遣回祖国后专事文学创作。他最著名的悲剧《阿吉斯》（1772）取材于古希腊历史。阿吉斯和他的战友向斯巴达皇帝提出减轻农奴赋税的主张，并要求恢复古斯巴达立法者来库古制定的"平等"法律。皇帝要他们放弃主张，但他们宁死不从。其他悲剧如《胡尼亚第·拉斯洛》（1772）和《阿蒂拉和布达》（1773）则取材中世纪匈牙利历史，表现英雄为自由不惜牺牲。这些剧作推动了民族戏剧发展。他较著名的喜剧《哲学家》（1777）嘲讽了一个自负、不学无术的地主。他的长篇小说《泰里曼游记》（1802—1804）受伏尔泰《老实人》影响，展现 18 世纪欧洲广阔画面，表现对贫苦农民的同情。他的政论著作表达了基督教原始的平等思想，抨击贵族地主压迫农民。

90 年代匈牙利启蒙运动分化，温和派作家**格瓦达尼·尤若夫**（Gvadány Józséf，1725—1801）出身贵族，参加过七年战争，后辞去将军职务从事文学创作。代表作讽刺长诗《乡村公证人的布达旅游记》（1790）主人公是乡村公证人，到布达研究现代诉讼程序，但在京城只看到那些身穿德国服装、口讲德语或法语、蔑视祖国文化、对人民利益漠不关心的贵族。作品通过主人公见闻揭露匈牙利贵族道德堕落和精神空虚，抨击奥地利统治造成的匈牙利社会停滞和麻木。激进派代表**马尔丁诺维奇·伊格诺茨**（Martinovics Ignás，

1755—1795）领导的革命文学团体是在法国资产阶级大革命影响下于18世纪末组合的，目标是在匈牙利建立共和制，其最激进的作家被称为"匈牙利雅各宾党人"，领导者为大学教授、神学家马尔丁诺维奇，重要成员有包恰尼和考岑奇等。他的《哲学回忆录与自然界的奥秘》（1791—1793）猛烈抨击教会，揭露上帝创世说不真实，认为反封建必须反教会上层。其他著作还要求消灭匈牙利特权阶层，从根本上改变农奴状况和地位。1792年后他策划神秘团体，准备以革命推翻奥匈帝国的专制，以他为首的七名共和政体拥护者被处死。

包恰尼·亚诺什（Bacsány János，1763—1845）一生坚持反专制暴政，在诗歌中提出建立平等自由的社会。法国大革命中人民攻占巴士底狱后，他发表著名诗篇《法兰西的变革》（1789）警告本国统治者会遭同样下场。他因此被捕，在法庭上发表揭露专制暴政的演说，1795年在狱中写下了《沉思》《囚徒与飞鸟》《受苦人》等优秀诗篇。

考岑奇·费伦茨（Kazinczy Ferenc，1759—1811）与马尔丁诺维奇同时被捕，先后被判死刑和无期徒刑，七年后大赦出狱，担负重组进步文学活动的重任。他向进步作家发号召书，鼓动他们编文集，继续创作或译介西欧文学。他本人大量翻译莎士比亚、莱辛、歌德、莫里哀等人作品，为丰富祖国语言、促进欧洲文学在匈牙利传播做出了巨大贡献。

18世纪最后20年匈牙利文化活动中心由佩斯移到德布勒森，以诗人秋柯诺伊为首成立了德布勒森文学小组，在复兴匈牙利古代民间诗歌和创造新的民主主义文学中起过重要作用。**秋柯诺伊·维德茨·米哈依**（Csokonay V. Mihály，1773—1805）是启蒙时期杰出抒情诗人。他的早期组诗《李拉之歌》（1797）揭露负心爱情，抒发爱情受挫的感受；代表作《傍晚》（1796）表达了启蒙思想和渴望自由与光明的信念。他还创作了诗剧《陀罗季雅》（1799）、讽刺喜剧

《捷姆比菲伊》（1801）。他的诗朴实无华，语言流畅、幽默、生动。该文学小组的第二个杰出诗人**法泽考什·米哈伊**（Fazekas Mihály，1766—1828）年轻时曾参加奥匈帝国军队同法国革命起义军作战，但同起义军接触使他的世界观发生了变化。他的代表作叙事长诗《牧鹅少年马季》（1815）写少年马季与欺行霸市、鱼肉乡民的贵族老爷斗争并取胜的故事，在匈牙利文学中首创了来自人民的小人物，是人民向统治者复仇的象征。

　　北欧文学　18世纪欧陆启蒙思想对北欧五国产生了不同影响。丹麦在戏剧上成绩较突出，其余几国的文学成就是诗歌。启蒙文学先驱作家路德维·霍尔堡是小说家、诗人、评论家，而他的喜剧更杰出，把丹麦文学提高到一个新阶段。18世纪初在启蒙运动倡导下瑞典诗歌从宗教转向哲理性抒情诗为主，世纪中叶后出现了反法国古典主义和启蒙思想的前浪漫主义诗歌。挪威自14世纪末起成为丹麦属地，作家用丹麦文创作，此后挪威文学与丹麦文学合一。18世纪挪威独立倾向加强，世纪末居住丹麦的挪威作家和留学生组成"挪威社"，开展争取民族独立的爱国主义文学活动。冰岛自1262年成为挪威附属国，萨迦创作渐衰。1534年冰岛随挪威被丹麦兼并，文学萧条。1750—1835年随工业和贸易改革，冰岛人民开始接受启蒙思想，各种文学团体成立，并出版知识普及读物，重要作家埃盖尔特·奥拉夫松（1726—1768）和永·索尔劳克松（1744—1819）发表诗作，还翻译英国诗人弥尔顿、蒲柏和德国诗人克洛卜施托克的作品。1154—1809年芬兰被瑞典统治，百姓讲芬兰语，但官方语言是瑞典语。芬兰最早是中世纪口头传奇文学，16世纪是歌谣，17世纪出现拉丁文和瑞典文抒情诗，18世纪以收集研究并出版歌谣和传说为主，19世纪初芬兰文学开始繁荣。此期北欧文学主要成就在丹麦和瑞典。

丹麦文学 18世纪数学、物理、化学、天文学及哲学在欧陆不断取得成就，自然科学和自由思想得到传播，宗教统治受到挑战，一批启蒙思想家出现，文艺复兴和宗教改革继续发展。18世纪上半叶丹麦文坛有两种不同流派：以路德维·霍尔堡为代表受法国、英国文学和哲学影响的批评文学及以汉斯·阿道夫·布罗松为代表受德国影响的宗教文学。1772年，第一座丹麦剧院在哥本哈根建立，标志着丹麦自己的戏剧开始登上舞台。

路德维·霍尔堡（Ludvig Holberg，1684—1754）出身挪威军人家庭，1702年移居丹麦，1704年毕业于哥本哈根大学神学院，曾旅居欧洲，接受当时欧洲，尤其是法国的批判哲学和文学新思想，后任哥本哈根大学形而上学和历史学教授。他的第一部作品亚历山大体讽刺诗《彼德·鲍斯》（1719—1720）以笔名发表，获得很大成功。他为丹麦第一座剧院创作了32部喜剧，其中15部"性格喜剧"、11部"风俗喜剧"，晚年还写过道德讽刺剧。

他的"性格喜剧"展示社会上一些人物类型的性格缺陷，进行道德说教。《政治工匠》（1722）讽刺自以为是的潜在的政治"伟人"野心家，《法国的让》（1722）揭露在丹麦讲法语、学法国人的愚蠢势利小人，《大惊小怪的人》（1726）讽刺一事无成的瞎忙的人，《山上的耶柏》（1722）是丹麦文学最诙谐动人的喜剧之一，写无辜的农民被庄园主愚弄，最后成为不公正审判的受害者。他最著名的风俗喜剧有1723—1727年间创作的《亨立克和潘尼拉》《假面舞会》《蒙面女人》和《圣诞游戏》等，大都描写年轻男女一见钟情，几经曲折终成眷属。他最杰出的贡献是现实主义喜剧，被誉为世界20位最伟大的剧作家之一。他的作品语言朴实、通俗，形式活泼、清新，生活气息和情趣浓郁。

他还用拉丁文写讽刺小说《尼尔斯·克里姆地下之行》（1741），
描述异国旅行的幻想故事，妙语连珠，引人入胜。他著有随笔集《道
德思想》（1744）、《自传》（1727—1745）和《书信五百封》（1748—
1754）。《书信五百封》与一位假想的通讯者通信，谈生活、婚姻、妇女、
宗教、鬼怪、科学、哲学和历史事件，是18世纪丹麦最精彩的论文集。
作为历史教授，他还写了关于欧洲、丹麦和挪威历史的作品，最主
要的是三卷本《丹麦王国历史》（1732—1735）。他一生未婚，生活
俭朴，创建了索勒学院，获男爵称号。

　　18世纪末丹麦文学的重要作家还有前浪漫主义代表**约翰内
斯·埃瓦尔**（Johannes Ewald，1743—1781），他是丹麦最杰出的抒
情诗人之一。他从古代萨迦及中世纪民谣中吸收养料，诗歌充满对
人类的爱和对上帝的崇敬。他的诗有时壮丽雄伟，如《克里斯蒂安
国王》（1779），有时热情激昂，如《灵魂颂》（1780），有时悲痛忧
伤，如《这个病人》，有时又愉快欢乐，如《尤斯台德的极乐》（1775）
和《献给我的莫尔梯格》（1780）。他在研究莎士比亚、弥尔顿等的
作品后，以丹麦历史事件为题材创作了几个剧本，如丹麦第一部重
要悲剧《罗尔福·克拉阿》（1770），第一部无韵诗悲剧《白洛之死》
（1774），第一部歌颂普通人的戏剧《渔夫》（1779）。《渔夫》中的一
首歌《克里斯蒂安国王站在高高的桅杆旁》被选为国歌。这些剧作
为19世纪丹麦浪漫主义戏剧运动打下基础。

　　瑞典文学　　17世纪初至18世纪瑞典对外扩张，争夺波罗的海
霸权。17世纪中叶瑞典国力强盛，占领芬兰、丹麦一小部分、立窝
尼亚（即立陶宛）和爱沙尼亚等。18世纪初瑞典打败彼得大帝并一
度攻入俄国，但1718年11月惨败，卡尔十二世战死。连年战争，
国库空虚，人口锐减，极为贫困。人民渴望和平，迫切要求政治和
经济改革，欧陆流行的启蒙思想很快在瑞典得到响应。启蒙文学也

随之出现。

　　18世纪瑞典文学主要成就为诗歌，小说少，大多把冰岛萨迦故事译成瑞典文，戏剧成就也不突出，最初20年的诗歌以模仿17世纪宫廷诗人作品为主，特别重形式和诗韵。1732年12月第一期《瑞典百眼神》杂志出版，标志瑞典文坛启蒙时期开始。该杂志仿效英国的《旁观者》，介绍欧洲各种新思潮，由**乌洛夫·冯·达林**（Olof von Dalin，1708—1763）创办。他采用日常语言，以妙趣横生的讽刺对话写作，受到普遍欢迎。他也因此成为瑞典启蒙运动的主要代表之一。1734年12月该杂志停刊，达林转向戏剧和诗歌创作。他的喜剧、悲剧、史诗都没太大特色，而历史著作《斯维亚王国史》（一至三卷，1747—1760）则与过去传统写法不同，采用简明的散文体，较有新意。他还发表过论文，以理性为武器无情讽刺那些死抱古板传统的学究。《马的故事》（1740）是他最杰出的散文作品，马喻指瑞典人民，而几位主人是几位瑞典国王，以马和他们的关系叙述瑞典历史。20和40年代他的文学创作最有成就，最杰出的贡献是清晰通俗易懂的散文，形成了风格绝殊的散文体文学，成为世纪上半叶瑞典最重要的作家。

　　世纪中叶瑞典诗坛出现一股新力量。1753年女诗人海德维·夏洛塔·努滕弗利克特（1718—1763）和青年诗人古斯塔夫·弗里德里克·于伦博里（1731—1808）、古斯塔夫·菲利普·克雷伊茨（1731—1785）组成"思想建设社"，出版了《为我们的尝试》（共三卷，分别于1733、1734和1756年出版）和《文学作品》（共两卷，出版于1759年和1762年）。该社倡导启蒙运动，宣传自由思想，把世纪中叶欧洲启蒙运动中先进、革命的哲学和宗教思想介绍到瑞典。努滕弗利克特是瑞典第一位用诗歌抒发内在感情的诗人，她的《悲伤的斑鸠》（1743）是瑞典第一部抒情诗集。克雷伊茨是悲观主义诗歌代

表，他的田园诗《阿提斯和卡米拉》（1761）在歌颂自然美和忠贞爱
情的同时流露出伤感，他的《夏季之歌》是瑞典文学中第一部深入
细腻描写优美自然景色的作品。于伦博里也是悲观主义诗人，他的
长诗《鄙视世界的人》和《人类的灾难》（1762）都表现悲观情绪，
但他发表于诗集《文学工作》（1759—1762）的《灵魂力量的颂歌》
和《冬天之歌》乐观积极。

卡尔·米契尔·贝尔曼（Carl Michael Bellman，1740—1795）
是瑞典18世纪最重要的诗人，他的诗歌超越国界，受到北欧国家普
遍欢迎。他出身富裕资产阶级家庭，却十分熟悉下层人民，尤其是
小酒馆里的生活。他以破落的钟表修理匠和小酒馆里酒鬼、无赖、
妓女和其他下层人民为主人公，以圆转流畅的语言写出欢快、活泼、
生动的诗，如《致爱神和酒神》。他的一些诗幽默诙谐，烘托出沮丧
心情，悲喜交织。人景交融是他作品的另一特色，也歌颂斯德哥尔
摩和瑞典农村自然景色，在优美的风景画中显示人情世态。他自己
给一些诗谱曲，有的配上流行曲调，有的则配古典作曲家的曲子。
直到今天北欧人在节日或集会中仍爱唱他的歌，瑞典每年6月26日
是"贝尔曼日"，斯德哥尔摩的学生到他塑像前洒酒歌唱。1768—
1774年是他创作最旺盛时期，大部分诗歌后来都收于《弗列德曼诗
体书信》（1790）和《弗列德曼之歌》（1791）。

18世纪70年代后的瑞典文坛称为"古斯塔夫时代"，是瑞典文学、
艺术、戏剧较繁荣的时期，出现了不少作家，他们都接受思想建设
社的美学原则，传播法国古典主义和启蒙思想。国王古斯塔夫三世
（1771—1792年在位）酷爱科学、艺术，创立了音乐学院、国家剧
院、艺术学院和瑞典学院。他亲自写剧本，大力提倡用瑞典语演出，
逐步摆脱法国影响，为现代瑞典戏剧奠定了基础。瑞典学院于1786
年建立，共18名院士，旨在纯洁瑞典语言，编纂瑞典语辞典和词汇

手册，提高文学鉴赏力，促进文化发展。后来瑞典著名科学家阿尔弗雷德·伯恩哈德·诺贝尔（1833—1896）立下遗嘱捐献全部财产，用利息作奖金，其文学奖由瑞典学院颁发。

第 六 章

十九世纪文学 ①

第一节　概述 ②

19 世纪初期　欧洲浪漫主义文学兴盛。浪漫主义潮流起于 18 世纪 80 年代，在 19 世纪初期迅速发展，并在欧洲多国的文坛上先后占据主流地位。英国浪漫主义的辉煌时期到 30 年代已近尾声，此时法国浪漫主义才刚取得对古典主义的决定性胜利，而在西班牙、意大利及东欧、北欧的一些国家里，浪漫主义文学潮流一直延续到 19 世纪中期。

　　1789 年法国资产阶级革命对欧洲资本主义发展产生了巨大影

---

① 此章是对李赋宁主编《欧洲文学史》第二卷《十九世纪欧洲文学》的初期、中期和后期三章内容的删节和改编。陈大明编写部分会注明。
② 此节选用了《欧洲文学史》第二卷《十九世纪欧洲文学》一、二、三章概述中的相关材料。

响。在法国，机器生产逐渐增多，资本主义得到很大发展。在英国，工业革命后工业资本兴起，工业资产阶级同把持政权的土地贵族与金融资产阶级存在矛盾，劳资矛盾也日益暴露。德国仍然处于分裂和落后的状态。俄国资本主义因素也有了较大增长。1789 年法国大革命后，欧洲许多国家的民族意识高涨，发生了争取民族自由和独立的斗争。西班牙和意大利爆发革命，希腊人民为摆脱土耳其的奴役而战斗。

与此同时，欧洲出现了与文学关系密切的重要哲学思想和社会思潮，如以德国康德、费希特、谢林和黑格尔为代表的唯心主义哲学，以法国圣西门、傅立叶和英国的欧文为代表的空想社会主义。这些思想和思潮要么夸大主观作用，宣扬宗教和神秘主义，要么企图以个人的空想计划来实现人类的解放，幻想立即建立理性和正义的王国。

法国大革命、欧洲民主运动和民族解放斗争对浪漫主义文学强调主观精神和强烈的个人主义倾向产生了直接影响。浪漫主义文学在各国的发展有不少差异，在思想内容和政治态度上变化多端。英国第一代浪漫主义诗人年轻时遇上法国大革命。他们起初热烈欢迎并大力支持这场革命，但随着革命的暴力专政和拿破仑上台，他们都经历了失落和重新求索的痛苦过程，最后在理想化的人与自然及人与神的关系中寻求到思想寄托。第二代浪漫主义诗人成长于法国大革命之后，此时欧洲各国保守力量的专制统治和压迫激发了年轻诗人们的反抗。他们用诗揭露黑暗、抨击统治者，支持民主革命和民族解放。他们的思想核心仍是人道主义、个人主义，提倡"自由""平等""博爱"。

在德、法、俄等国，浪漫主义文学运动在同古典主义并行和论争中发展起来。歌德和席勒亲密合作，推崇古希腊罗马文学和启蒙时代的人道主义传统，追求完整、和谐的个性，最终形成了德国的民族文学。自 18 世纪末到 19 世纪 30 年代，先后还出现了耶拿派和海德堡派的浪漫主义文学运动，前者注重浪漫主义文学的理论探讨，后者则注重收集古老的民间文学。法国在同期也形成古典主义和浪漫主义并存的局面，然而新兴的浪漫主义诗人和作家的作品逐渐扩大影响。雨果 1827 年发表的剧本《克伦威尔》及其序言被公认为法国浪漫主义文学宣言。而 19 世纪初俄国古典主义派和浪漫主义派则围绕文学语言问题展开了激烈论争。

尽管存在各种差异，各国浪漫主义文学在艺术表现手法上仍有许多共同特征。浪漫主义作家注重描写理想和抒发强烈的个人感情，特别着重描写作家个人的主观世界和对事物的内心反应与感受。他们还着重描绘自然景色，抒发对大自然的感悟，经常对比大自然的"美"和现实的"丑"。自然景象紧密联系着作家自己或作品主人公的内心世界，大自然是他们的精神寄托。早期浪漫主义作家笔下的大自然常有出世的、宗教的神秘色彩，他们从大自然里寻求启迪。晚期浪漫主义作家往往把对大自然的描写与对资产阶级革命和民族解放运动的歌颂结合在一起，或把大自然作为精神避难所。

浪漫主义作家往往不满资本主义带来的"文明"，所以把眼光转向民间诗歌格律，歌颂民间传说中的英雄人物。浪漫主义作家喜欢运用夸张手法，还常在作品中描述异乎寻常的情节、自然环境和人物，突出人物性格的某一方面。诗歌是浪漫主义作家最常用的文学体裁，此期特别盛行抒情诗和长诗。浪漫主义作家视诗人为人类的导师，认为"人类的伟大精神"和"深奥的思想"在诗歌中获得了最高和最理想的表现。18 世纪后半期的历史剧和历史小说也是浪漫主义作家喜用的体裁。

浪漫主义文学的特征在 18 世纪的感伤主义文学、德国狂飙突进运动的文学和英国的前浪漫主义文学中已有所表现。卢梭的《新爱洛伊丝》和歌德的《少年维特之烦恼》对浪漫主义作家有很大影响，18 世纪后半叶欧洲许多作家搜集的民间文学和当时流行的哥特式小说也为浪漫主义作家所借鉴。

19 世纪中期　欧洲许多发展较缓慢的国家陆续进入了全面、深入的资产阶级革命时期。在 1848 年法国二月革命影响下，1848—1849 年欧洲民族民主革命风起云涌，诸如奥地利帝国的维也纳人民起义，德国柏林的革命，意大利的米兰起义，奥地利帝国统治下的布拉格反封建、反民族压迫的起义，匈牙利反奥地利统治的民族解放战争。1848 年的欧洲革命摧毁了"神圣同盟"竭力维护的封建秩序，但因资产阶级不够强大成熟，这些革命多以妥协告终。即使在法国，1851 年的政变也恢复了帝制。

五六十年代英、法两国的资本主义得到飞速发展。英国被称为"世界工厂"，称霸世界市场，镇压殖民地反抗，开始具有帝国主义特征。法兰西第二帝国代表金融贵族和工业巨头的利益，对内实行军事独裁，对外掠夺殖民地。在德国，保皇主义者俾斯麦推行"铁血政策"，着手统一全国。在大块领土被奥地利占领的意大利，人民要求统一的斗争再次高涨，资产阶级依靠撒丁王国的军事力量，通过和贵族地主妥协建立了统一的国家。俄国资本主义经济远远落后于西欧，虽农民起义持续不断，此期工商业也得到一定的发展，其解放运动的中心问题是反专制和反农奴制。

此阶段资产阶级在英、法的统治日益巩固，采取了一些自由主义政策，企图通过改良主义缓和国内各种矛盾。英国的工联主义、法国的蒲鲁东主义、德国的拉萨尔主义，以及在一些落后地区较有影响的巴枯宁主义等，都主张阶级调和。1864 年 9 月，马克思、恩格斯亲自建立了第一国际，为国际工人运动制定了统一策略。在这种条件下，1871 年诞生了巴黎公社，第一次建立起无产阶级专政，在国际工人运动史上写出光辉的新篇章。欧洲错综复杂的阶级关系和阶级斗争对一些作家产生了深刻影响。他们揭示资产者带来的新秩序或封建社会的旧生活，鞭挞黑暗丑恶的现象，探求改善社会现状的可能。法国的斯丹达尔、巴尔扎克，英国的狄更斯和俄国的普希金、果戈理最先表现了这种新的创作倾向，形成一股现实主义文学潮流。

欧洲文学史上现实主义的渊源可追溯到古希腊、罗马，但 18 世纪英国小说、法国启蒙运动文学和俄国讽刺文学等则是 19 世纪现实主义在艺术方法上的直接先驱。19 世纪现实主义文学的形成和发展同该世纪上半期欧洲的哲学和科学有密切关系。黑格尔的辩证法、费尔巴哈的人本主义唯物论、孔德的实证主义、自然科学方面的新成就和实验科学的流行，以及法国复辟时期资产阶级历史学家如基佐等的历史观，都在不同程度上影响了一些现实主义作家，启发他们去探求写实的新方法。现实主义也借鉴了 19 世纪浪漫主义的艺术经验，如浪漫主义者表现历史题材时注重风俗画面的描绘以及在心理描写上的技巧等。巴尔扎克的《人间喜剧》描绘了法国社会许多阶层的生活和风貌，写下了资产阶级丑恶的发家史。狄更斯的作品批判了英国资产阶级政治、教育和伪善的慈善机关。在俄国，专制农奴制进入最腐朽反动的阶段，资本主义迅速发展，阶级斗争尖锐异常。果戈理、屠格涅夫和车尔尼雪夫斯基等人的创作反映了俄国的社会面貌。

除了占主流地位的现实主义文学，19 世纪中期浪漫主义文学仍在法、俄、西、意等国继续发展。法国浪漫主义作家雨果发表了代表作，现实主义成分有所增强；浪漫主义诗人拉马丁的作品此时仍有较大影响。俄国的莱蒙托夫创作了写实小说，但也写过许多浪漫主义诗歌。在德国，青年时代倾向浪漫主义的诗人海涅，随着德国革命发展，创作中的批判精神增强，写了一些优秀的政治诗。随着工人运动的开展，英国宪章派文学和德国无产阶级第一个诗人维尔特在此阶段出现。在中欧、东南欧的民主、民族解放运动中，许多国家的文学都有较大发展，出现了裴多菲这样重要的作家。他们用文学做武器来反封建、反民族压迫，对这些国家的革命做出了贡献。

19 世纪中后期　欧洲仍动荡不安，矛盾四起。主要的资本主义国家如英、法、德、俄工业生产日益集中，资本主义进入垄断即帝国主义阶段。它们争夺国际市场，继续对外侵略扩张，剥削殖民地人民，引起了被压迫、被剥削民族的反抗。东南欧和巴尔干半岛各国的民族解放斗争和反封建斗争继续开展。北欧各国的经济也有所发展，自由资产阶级或地主富农占统治地位，新兴资产阶级强烈要求民族独立，并为民主自由斗争。在巴黎公社起义进一步推动了欧洲各国无产阶级的斗争之后，思潮风起云涌，出现了英国的费边主义、工联主义，法国的无政府工团主义，俄国的孟什维主义，还有以伯恩施坦（1850—1932）、考茨基（1854—1938）为代表的第二国际修正马克思学说的派别。这些斗争直接影响了各国工人运动和欧洲的政治局面。

此期资产阶级思潮纷繁，出现了形形色色的哲学流派。法国的泰纳在世纪中期发表了《艺术哲学》等著作，对七八十年代欧洲许多国家的文化思潮发生过重要影响，但他提出的"种族、环境和时代"决定论也引起争议。90 年代在法国产生的以柏格森（1859—1941）为代表的直觉主义哲学，反对泰纳的决定论，强调人的主观认识作用。柏格森的直觉认识论是反理性、反科学的神秘主义，但他的理论，特别是"心理时间"说和对外界直觉认识的强调，对后代作家和艺术家产生了很大影响。

世纪末，德国叔本华（1788—1860）的悲观主义哲学对欧洲各国思想界产生了深广影响。他否定自然和社会的发展有规律，否认历史进步，宣称世界是由盲目的、非理性的、荒唐的意志统治着。他的"唯意志论"助长了世纪末的悲观主义思潮。反理性、反科学的主观唯心主义还突出地表现在德国尼采（1844—1900）的超人哲学中。他的哲学后来被法西斯利用，也对一些作家产生了影响，在托马斯·曼和劳伦斯的作品中都能感到尼采的存在，他的超人理论还直接出现在肖伯纳的戏剧《人与超人》之中。

欧洲此期产生重要影响的另一学说是奥地利医生弗洛伊德（1856—1939）的心理学。弗洛伊德通过多年的医学实践，从大量的精神病案例研究中得出了对人类下意识行为的理论，其中包括对性本能及压抑和梦境等现象的解释。弗氏认为"下意识"，特别是"性的本能"，决定了人的意识和一切社会活动。他的理论后来被许多作家用来描写人的下意识心态，也被 20 世纪文学批评理论搬用和发展，形成了文学的心理分析派别。

19 世纪后期欧洲文学流派很多，除现实主义文学外，还出现了自然主义、象征主义和公开为帝国主义侵略辩护的文学，这反映了从资本主义进入帝国主义阶段后复杂尖锐的社会矛盾。自然主义首先产生于法国。60 年代中期，左拉在他一系列的论文中探讨自然主义理论。为了进一步明确他的观点，他随后提出"实验小说"的口号。他认为，小说家不仅要把事实"客观地"记载下来，而且要用所描写的事实来证明某一科学定理（如遗传学定理）。小说家的创作实践就像科学实验，要把人放在依据事实创造的环境中，研究环境对人的影响。左拉还提出小说家在描写事实时，不应作判断。他把艺术创作等同于实验科学，结果削弱了艺术追求。自然主义对当时欧洲文坛影响很深。法国的莫泊桑、挪威的易卜生、德国的霍普特曼等，都不同程度地表现出自然主义倾向。80 年代末，在德国还产生了以史拉夫和霍尔茨为代表的"彻底的自然主义"文学运动。

80 年代在法国最早产生的象征主义诗歌是 19 世纪末资产阶级的重要文学流派之一，可被视为对主导潮流现实主义和自然主义的反动，有一定的颓废倾向。象征主义理论家、诗人马拉美认为诗歌应表现"理想世界"。这种"理想世界"不为理性把握，是超现实的，只能通过象征予以暗示。这类诗歌的出现和同期哲学领域中的直觉主义相呼应，它也受波德莱尔和爱伦·坡等人诗歌的影响。象征主义宣扬艺术至上，成为艺术潮流，波及欧洲多国，特别在 90 年代后的俄国。象征主义对诗歌形式的重视及"为艺术而艺术"的主张，对王尔德代表的英国唯美主义也发生了影响。

19 世纪末，现实主义文学在欧洲各国的发展参差不齐。在法国，莫泊桑的中短篇小说有较突出的成就，英国主要的代表是哈代，德国出现了冯塔纳和什托姆等作家。这些西欧现实主义作家揭露资产阶级民主的虚伪，谴责上层社会道德的堕落，忧虑资本主义文化的危机，不满军国主义和沙文主义势力日益猖獗。他们的作品反映了部分知识分子的彷徨苦闷。这些作家虽不同程度地受到唯心主义哲学、自然主义和颓废文学等多方面影响，但他们的作品对我们认识西方社会起到了积极作用。在俄国，现实主义文学进一步发展，陀思妥耶夫斯基发表了探索人类灵魂奥秘的多部小说；列夫·托尔斯泰的后期作品猛烈地抨击了当时俄国的国家、教会、社会和经济制度，深刻反映了处在社会转型期的俄国生活。大约从此时起俄国文学对西欧文学产生了日益显著的影响。

在北欧，七八十年代现实主义在挪威发展的速度和繁荣的局面，除俄国外没有国家能与之媲美。易卜生创作了"社会问题剧"，揭发资产阶级的伪善和守旧，描绘出挪威中小资产者的心理面貌，对当时欧洲的戏剧改革做出了贡献。在中欧、东南欧和巴尔干半岛各国，随着反封建、争取民族独立的革命运动再次高涨，现实主义文学形成和发展起来，特别是波兰、捷克、匈牙利和保加利亚。在西班牙，加尔多斯、伊巴涅斯等作家在作品中展示了 19 世纪西班牙社会历史的广阔画面，表现了在封建地主压迫下西班牙农民的悲惨命运，也谴责了帝国主义战争，暴露德意志军国主义的狰狞面目。

第二节　法国文学 ①

　　1789 年资产阶级革命后，法国人民在革命和保卫共和国的战斗中斗志昂扬、不怕牺牲。但在相当长的时间里，贵族复辟势力活跃，并得到仇视法国革命的外国势力支持，社会因此持续动荡，政治风云多变。资产阶级虽已确立其政治地位，但国家政权形式和政治体制却屡经变更，资产阶级和贵族阶级，以及他们内部各阶层的社会地位不断变化。

　　在思想领域，启蒙思想进一步传播，但反对启蒙思想的声音远未消失。在哲学层面，18 世纪末到 19 世纪初出现向唯心主义倾斜的趋势。此期社会心态有两个层面与浪漫主义文学密切相关。第一个层面是随着革命深入，法国人民表现出的爱国精神、政治热情和人道主义情怀，就此形成的理想主义在浪漫主义文学作品中得到体现。另一个层面是社会动荡和政治斗争造成的个人与社会的矛盾，以及因此引起的对个人命运、内心情感和内省经验的强烈关注。这不仅成为浪漫主义文学灵感的源泉，而且带来了与此关联的宗教意

----

① 法国文学这一节除了注明的部分外，均选用李赋宁主编《欧洲文学史》第二卷《十九世纪欧洲文学》一、二、三章中法国文学的相关材料。

识和情感的回归。此期外国文学的大量译介也促进了法国浪漫主义文学发展。

18世纪最后10年和19世纪头20年是法国文学史上的一个过渡期。此期文学的总体特征是：古典主义依然得到广泛认同，而浪漫主义则已开始流行，二者并存，相互影响。过渡期后期出现了斯塔尔夫人、夏多布里昂等著名浪漫主义作家。法国第一代浪漫主义作家是拉马丁、维尼和雨果。1827年雨果发表了剧作《克伦威尔》及其序言，他在序言里热情弘扬浪漫主义，鞭笞古典主义。该序言被视为浪漫主义宣言书。20年代后期缪塞、戈蒂耶、奈瓦尔等青年怀着对雨果的崇敬，投身文学事业，成为第二代浪漫主义作家。但不久，时代的差异便从两代人身上显现出来。缪塞的诗歌基本沿袭第一代浪漫主义作家的传统，但在戏剧创作上，他摒弃了情节曲折、场面辉煌、角色在舞台上尽情宣泄感情的雨果式戏剧，创作了情节简练、戏剧冲突集中、更贴近生活的作品。戈蒂耶和奈瓦尔与浪漫主义的分歧更加深刻。

在浪漫主义早期，历史小说繁荣，代表作品有雨果的《巴黎圣母院》、维尼的《散－马尔斯》、梅里美的《查理九世朝遗事》、巴尔扎克的《舒昂党人》。40—50年代，社会小说创作成为浪漫主义文学主流，欧仁·苏和女作家乔治·桑的作品最引人注目。

到30年代，浪漫主义成为法国文学主流，但也就在此时一种新的文学观念悄然兴起。一批描写现实社会生活的小说如雨后春笋般问世。1830年斯丹达尔发表《红与黑》；同年巴尔扎克发表《私人生活场景》，包括《高布赛克》等六部中篇小说，以后又发表了《欧也妮·葛朗台》《高老头》等现实主义经典作品。梅里美以《马铁奥·法尔戈内》为起点，创作了许多观察细密、反映现实的中短篇小说。现实主义的产生有其社会根源。法国自1830年七月革命后，总体上稳定，经济增长较快，资本主义进入了平稳、高速发展阶段。在这种社会背景下，思想文化由内省转为务实，观察分析外在世界渐成风气。此外，实验科学，特别是生物学科取得重大成果。达尔文的生物进化论在法国广泛传播。科学精神逐步代替推崇宗教和神秘的浪漫主义。也就是这时，由法国哲学家奥古斯特·孔德（1798—1857）创立的实证主义体系逐渐成为占主导地位的哲学思想。现实主义的产生同实证主义和科学精神的出现与发展息息相关。50 年代以后，现实主义得到广泛认同，但此时浪漫主义小说创作的成就也不能低估。在整体思想氛围和现实主义的影响下，第一代浪漫主义作家开始把目光转向现实生活题材。1851 年雨果发表《悲惨世界》，这部长篇巨制就其表现社会的广度而言与巴尔扎克的《人间喜剧》相比毫不逊色。

　　法国的现实主义小说大致以 1850 年为界，分前后两个时期。前期代表作家是斯丹达尔、梅里美、巴尔扎克。他们的小说刚从浪漫主义小说脱胎出来，还带着浪漫主义的痕迹。它们饱含强烈的激情，情节多具有较强的戏剧性，而且在作品中可以明显地感到作者的"在场"。后期现实主义的代表作家是福楼拜，其他还有尚夫勒利、杜朗蒂、弗洛芒丹、巴贝·铎维利、迪冈、柯莱、费多。具有代表意义的作品是福楼拜的《包法利夫人》《情感教育》《布瓦尔和佩居谢》。他的小说不再编织扣人心弦的故事，而是如实地反映平庸时代中平庸的人和事。为了像外科大夫做手术那样冷静客观地解剖社会，福楼拜在现实主义小说叙事上进行了重大革新，继巴尔扎克在小说观念和功能上的历史性突破之后，又一次将小说推到一个新阶段。

　　19 世纪中期前后，文学批评也发生了重大变化，出现两位有影响的文学批评家：**夏尔·奥古斯丁·圣勃夫**（Charles Augustin Sainte-Beuve，1804—1869）和**伊波利特·阿道尔夫·泰纳**（Hippolyte

Adolf Taine，1828—1893）。圣勃夫通过文学批评享誉法国文坛，主要著作有《星期一谈话》（1851—1862）、《文学批评与画像》（1832—1839）、《夏多布里昂及其帝国时期的文学团体》（1860）等。他强调作品与作家为人的关系，认为人类思想史是不同"精神家族"的历史，文学批评的一个任务就是研究文学上"精神家族"作家群落。他的批评理论带有浓厚的经验论色彩。泰纳是文学批评家、哲学家和历史学家，其文学批评带有实证主义倾向。他不同意圣勃夫的意见，主张文学批评"三要素"，即文学的形态是由种族、环境和时代决定的。他的主要著作有《19 世纪法国哲学家》（1857）、《批评和历史论文集》（1857）、《拉封丹及其寓言集》（1861）、《艺术哲学》（1865）、《现代法国的根源》（1876—1893）等。

　　世纪最后 30 年是法国的多事之秋。1870 年爆发普法战争，拿破仑三世在色当投降，第二帝国解体。翌年，以工人为主体的巴黎市民起义，成立巴黎公社。资产阶级临时政府残酷镇压公社，造成震惊世界的"流血周"，社会主义和工人运动一度转入低潮。在普法战争中的惨败对法国 19 世纪后期社会影响最深刻，暴露了第二帝国的弊端，也使人们发现在经济繁荣掩盖下国体虚弱，国民精神萎顿。震惊、愤懑、惝恍等复杂的感情在文学作品中得到反映；对民族历史的反思，对国家现状的检讨，以及对法德两国的关系、欧洲的未来、国民精神的改造等问题的设想都成为作家创作的思想动因。

　　从 70 年代起，实证主义和科学精神的地位开始动摇。怀疑或否定实证主义的人认为，所谓科学求证源于简单机械的观念令人生厌，而建立在实证主义基础上的决定论又像巨大的罗网束缚着人的精神，压抑着人的心灵。1867 年小说家维里耶·德·李尔－亚当发表中篇小说《克莱尔·勒努瓦尔》，质疑以科学解释整个世界的理性主义乐观精神，预示了反实证主义思想的兴起。在这种形势下，叔本华的著作《作为意志和表象的世界》于 1888 年译成法文出版。他的唯心主义哲学在与实证主义的较量中逐渐占据上风。

1884 年于斯芒斯的小说《逆反》的发表是文学界一个有意义的事件。小说描写主人公戴艾桑特近乎病态的感官和精神生活，宣告了小说家从自然主义向唯灵论的转变。艺术方面也出现了显著变化，印象主义绘画成为关注焦点。印象主义继承又超越了库尔贝，把艺术重心从再现客体转到表现画家的主观印象。就此而言，印象主义的产生和发展，与否定实证主义的倾向是相通的。但印象主义标榜技法是物理学的光色理论在绘画上的运用，因此印象主义绘画又和自然主义文学的美学观相呼应。

世纪后期的法国文学一方面出现了自然主义这样带有现代工业社会和科学主义特征的思潮，另一方面又出现了象征主义这样带有显著非理性主义特征的思潮。不同于象征主义，文学中的自然主义思潮深受实证主义影响，是现实主义沿着实证主义和科学精神发展的结果。由于自然主义更注意人的生物性，所以它对生物学、生理学、遗传学、病理学感兴趣，将性冲动、暴力、酗酒、贪婪等病态行为和生理机制、遗传因素联系起来。自然主义作品在这些方面的刻画和渲染超越了在道德伦理上恪守传统、相当保守与封闭的时代，引发了关于文学道德责任的争论，在一段时间里遭到诟病。

弗朗索瓦－勒内·德·夏多布里昂（François-René de Chateaubriand，1768—1848）有法国早期浪漫主义文学创始人的称谓。他出身没落贵族家庭，中学时读了不少启蒙主义思想家的作品，18 岁谋得陆军少尉之职。1788 年他到巴黎，结识了不少名作家，次年目睹了法国大革命市民暴动。1798 年母亲去世后他成了基督徒。1802 年他发表《基督教真谛》，投合了拿破仑恢复天主教的意图，得到赏识，也顺应了法国社会迫切要求恢复宗教生活的愿望，引起强烈反响。接着他被先后任命驻外使馆一等秘书和公使。1806 年他去近东旅行，回来后在巴黎附近买了个废弃别墅，投入写作，写了《殉教者》和《从巴黎到耶路撒冷纪行》，并开始写作《墓中回忆录》。1814 年他发表了鼓吹王朝复辟的小册子《论波拿巴和波旁王室》，正式开始了"政治生涯"。同年他被任命驻瑞典大使，1823 年被任命为外交大臣，1828 年出任驻罗马大使，一年后辞职。1826 年后他陆续发表了表现"自然人"理想的《纳戚人》、记录他北美见闻的《美洲游记》、宣传忏悔与苦修的《朗西传》等。最终完成的《墓中回忆录》历时 40 年。

1801 年他的中篇小说《阿达拉》出版，轰动法国。有学者称，它和小说《勒内》一起开启了法国的"浪漫主义世纪"。与当时田园风光的牧歌式作品不同，《阿达拉》讲述了在粗犷原始的美洲大陆上两个土著人凄美的爱情故事。小说开始由第三人称叙述介绍故事发生地，然后引入土著人老族长，让他讲述他自己与另一部族的美丽姑娘阿达拉的爱情悲剧。小说浓墨重彩地呈现了粗犷原始的自然风光和异国情调，展现了"一千多法里长的密西西比河，浇灌着一片片美好的土地，美国称之为新伊甸园，而法国人则给它留下个路易斯安那的芳名"（曹德明　罗瑜译，下同），河的西岸"茫茫草原上，游荡着三四千头野水牛，偶尔还能见到一只老野牛劈浪游向河中的荒岛"。这头老野牛被描绘成"河神，正满意地眺望浩浩河水和富饶的野岸"。河的东岸却是"另一番景象"，那里生长着形形色色、芳香各异的树木，"有的一簇簇从山岩垂悬在水流之上，有的散布在峡谷之中，交错混杂，一起生长，向高空攀援，看上去令人目眩"。

叙述者下面引入基督教概念，认为"造物主将大批鸟兽安置在这蛮荒之地,使之充满生机和魅力"。动物在这里过着衣食无忧的"新伊甸园"日子，黑熊饱餐了葡萄，看上去"醉醺醺的"，"倚在榆树的枝杈上摇晃"。野鹿在宁静的湖中洗浴，繁枝茂叶中黑松鼠在嬉戏，鸟儿们着迷于红草莓、绿树冠和香浓的茉莉花。当然，荒原上的美景还潜伏着充满杀机的原始恐惧，"捕鸟蛇咝咝叫着，倒挂在树梢儿摇曳，好似一条条藤蔓"。

接着，老族长开始讲述他的爱情经历。他 17 岁随父亲与另一部落征战，战败后逃亡，被一个西班牙老人和他的胞姐收养。他"渴望重返荒原"，于是独自闯荡，但被敌对部落捉住并判处火刑。该部落首领有个美丽的女儿阿达拉，她"每晚都来和我说话"，并决定帮这俘虏逃走，两人在逃亡中产生了爱情。但阿达拉"灵魂深处隐藏着一个秘密"，原来她并非部落首领的生女。她母亲是印第安人，生父是西班牙人。母亲皈依了基督教，在弥留之际让女儿信奉基督教。后来阿达拉在宗教和爱情冲突中服毒而死。老族长当时"悲痛欲绝，答应她有朝一日定将信奉基督教"。[1]

古典主义向浪漫主义过渡的后期还有**斯塔尔夫人**（Madame de Staël，1766—1817）需提及。她出身路易十六朝廷高官家庭，政治上是自由派，因与拿破仑政见不同长期流亡德国，深受德国浪漫主义作家影响。她向法国公众介绍了德国哲学和文学的最新发展，主要著作是《德意志论》（1813）和《论文学与社会结构的关系》（1800）。她的两部小说《黛尔芬》（1802）和《柯丽娜》（1807）是法国文学史上首次探讨妇女问题的作品，对妇女遭遇的不公正命运寄予了深切同情。

法国浪漫主义第一代的三巨头是**阿尔方斯·德·拉马丁**（Alphonse de Lamartine，1790—1869）、**阿尔弗雷德·德·维尼**（Alfred de Vigny，1797—1863）和雨果。拉马丁以 1820 年发表的《沉思集》赢得荣誉，并进入外交界，到那不勒斯任参赞十年，1833 年后当

---

[1] 《阿达拉》的评析由陈大明撰写。

选北方代表，走上从政道路。他的作品还有《新沉思集》（1823）、
《苏格拉底之死》（1823）、悼念拜伦的诗歌《哈罗德朝谒记末唱》
（1825）、《诗与宗教和谐集》（1826）和写一个乡村神父故事的叙事
长诗《若斯兰》（1836）。维尼出身古老贵族世家，曾投身军旅保卫
复辟王室。衰败的王室令他痛苦失望，于是解甲归乡，广泛阅读启
蒙时期欧洲作家和诗人，最终放弃保皇立场。他定居巴黎后出入浪
漫主义文艺沙龙，结识了雨果、圣勃夫等人，于 1822 年发表了《诗
篇》（1826 年再版改名《古今诗篇》，分为《神秘篇》《古代篇》和
《现代篇》）。他还著有历史小说《散－马尔斯》（1826），翻译并改写
莎士比亚戏剧。

　　20 年代后期出现了法国浪漫主义第二代诗人**阿尔弗雷德·德·缪
塞**（Alfred de Musset，1810—1857）、**热拉尔·德·奈瓦尔**（Gérard
de Nerval，1808—1855）和**戴奥菲尔·戈蒂耶**（Théophile Gautier，
1811—1872）。缪塞在诗歌上沿袭了第一代传统，但在戏剧创作中
摒弃了雨果那种依靠曲折情节和辉煌场面的做法。他的戏剧情节简
练、冲突集中，更贴近生活。他的诗集有《西班牙与意大利的故事》
（1829）、《最初的诗篇》（1835），而四篇长诗《五月之夜》、《十二月
之夜》（1835）、《八月之夜》（1836）和《十月之夜》（1837）则是
法国抒情诗杰作。他的主要戏剧有《勿以爱情为戏》（1834）、《蜡烛
台》（1835）、《一次心血来潮》（1837）、《门必须开着或关着》（1845）
等。奈瓦尔原名热拉尔·拉布吕尼，是法国非理性色彩最重的诗人。
他年轻时翻译和编纂了德国名家作品，写过浪漫诗剧《艾那尼》，
1830 年被雨果搬上舞台，与大仲马合作编写了剧本《莱奥·布卡尔》
（1839）。他曾因参加学生游行被捕入狱，1841 年首次出现了神经错
乱，最后自杀身亡。在最后年月里，他在发病间歇中完成了散文叙
事杰作《西尔维》（1853）、《潘多拉》（1854）、《火的女儿》（1854）

和《奥雷莉亚》（1855），作品充满了诗人气质。戈蒂耶是法国浪漫
主义转向唯美主义的代表，"为艺术而艺术"思潮的奠基人。他曾追
随雨果，但 1831 年在诗集《阿尔贝杜斯》（又名《罪之魂》）的序
言中他推出了艺术至上的思想，逐步与其他浪漫主义作家拉开距离。
他鄙视古典主义，推崇拉伯雷、维庸等道德不完美的作家。1836 年
进入报界后，他写了大量艺术评论，足迹遍及欧洲和埃及等国。作
品体裁多样，如诗歌、评论、戏剧、游记等，主要作品有：长篇小
说《莫班小姐》（1835）、《弗拉卡斯上尉》（1863），诗集《死的喜剧》
（1838）、《珐琅与玉雕》（1852），志异小说《咖啡壶》（1831）、《木乃
伊传奇》（1858），游记《在西班牙》（1840）、《在东方》（1854）等。

维克多·雨果（Victor Hugo, 1802—1885）是 19 世纪法国伟
大的民族诗人、著名小说家、法国前期浪漫主义文学运动领袖。他
父亲是拿破仑麾下一名将军，信奉共和思想。1822 年，少年雨果就
显露了文学天才，出版了《颂诗集》，1828 年增订为《颂歌集》，为
此获路易十八的一笔年金，经济开始独立并完婚。1823 年出版小说
《冰岛魔王》。

20 年代中期，新兴浪漫主义文学和古典主义的论战加剧。起初
雨果态度不明朗，但观察和思考后，他做出抉择，标志便是剧作《克
伦威尔》及其《序言》（1827）。这篇著名的《序言》针对古典主义
的教条提出四条新原则：1）糅合"滑稽"和"崇高"，以反映完整的人；
2）取消"三一律"，只保留情节一致；3）强调历史和地理两方面的"地
方色彩"；4）提倡艺术自由，反对模仿，正剧也可像悲剧那样用诗体。
他虽不是第一个倡导浪漫主义的人，但《序言》气势磅礴，立场鲜明，
是法国浪漫主义的宣言。

30 年代是雨果创作的丰收期。小说《巴黎圣母院》（1831）出
版后他又相继完成了四部抒情诗集：《秋叶集》（1831）、《暮歌集》

（1835）、《心声集》（1837）和《光影集》（1840）。40 年代他投笔从政，支持共和。后来路易－拿破仑发动政变，他只得逃离法国，开始了 19 年的流亡。此间他写下多部杰作，包括长篇小说《悲惨世界》（1862）。流亡生活后期，他先后出版专著《威廉·莎士比亚》（1864）、轻松诗集《林园集》（1865）和长篇小说《海上劳工》（1866）。长篇小说《笑面人》（1869）写 18 世纪初的英国社会，充满离奇情节。第二帝国在普法战争中崩溃，1870 年第三共和国成立后雨果结束流亡返回巴黎，1879 年出版了以法国大革命为主题的长篇小说《九三年》。

　　《悲惨世界》[①]是雨果最重要的作品。主人公冉阿让出身卑微，为养活家里的孩子偷了一块面包，被判苦役，多次越狱未遂而遭重罚，在牢狱里度过了 19 个年头。他刑满后被社会唾弃，连吃饭睡觉都难有着落。经人指点他来到卞福汝主教家并受到礼遇。但他偷了主教家的银器出逃，被抓后主教说银器是他送给冉阿让的，并且又送给他两个银烛台。从此冉阿让的灵魂得到救赎并决心重新做人。他改名马德兰，办工厂，做慈善，被选为市长。后来他身份暴露，入狱后再次出逃，并履行诺言解救了含恨死去的女工芳汀的孤苦女儿珂赛特。他与珂赛特的男友马吕思一起参加了 1832 年巴黎人民起义的街垒战，失败后解救马吕思并促成他与珂赛特的美满婚姻。之后衰老不堪的冉阿让与他们发生误会，但最后真相大白，他在马吕斯和珂赛特的哭泣和拥抱中离开了人世。

　　《悲惨世界》集中体现了雨果的人道主义思想。小说的第一部前几卷塑造了一位平易近人，充满了仁慈、清廉、坚忍和智慧的卞福汝主教。正是这位深知"一切心灵"的主教用他特有的方式感化了"过去二十年中立志顽抗到底"的冉阿让。他一直珍藏主教送给他的两

———————————

[①]　《悲惨世界》的评析由陈大明撰写。

个银烛台，这是他的精神依托和支柱。在反对专制、拥护共和的巴黎人民起义的街垒战中他释放了一直追捕他的沙威，令后者内心受到了强烈震撼并陷入难以自拔的痛苦之中。沙威在投河自杀前出现了叙述者评论的声音，"人性必胜，人心不灭，这一光辉的现象，可能是我们内心最壮丽的奇迹"（郭文华 俞欣译，下同）。

《悲惨世界》同时还谴责了社会上不人道或者说是灭绝人性的现象。普通工人芳汀为生活所迫不得不把自己的孩子珂赛特寄养在德纳第夫妇家。珂赛特5岁就被德纳第当仆人驱使，受尽折磨和苦难。芳汀在工厂上班拼力挣钱养活珂赛特，后因被诬陷丢掉了工作。她没钱租房，没钱吃饭，不得不"姘识了一个汉子"，后来她越发堕落，"感到自己已变成不懂羞耻的人了"。她贫病交加，以10法郎卖掉了美丽的头发。情形更加恶化后，她又以40法郎卖掉两颗门牙，把得来的款子寄给骗她钱的德纳第夫妇。叙述者对芳汀受难做了控诉，"芳汀的故事说明什么呢？说明社会收买了一个奴隶。向谁收买？向贫苦收买。向饥寒、孤独、遗弃、贫困收买。令人痛心的买卖。一个人的灵魂交换一块面包。贫苦卖出，社会买进"。

有专家指出，《悲惨世界》是现实主义和浪漫主义相结合的作品。冉阿让和芳汀的苦难，还有滑铁卢战役和巴黎的街垒战等大多以现实主义手法来展现，而一些情节如冉阿让抱着珂赛特逃避警察追捕时翻高墙进入修道院，还巧遇他救过的割风先生等，这些都带有浪漫主义色彩。另外，冉阿让在卞福汝主教家过夜时对自己、对社会做过比较深刻的思考和反省。"他承认自己不是一个无罪的人"，同时也反思社会，"审判社会，并且判了它的罪"。值得注意的是，"在审判了造成他的不幸的社会以后，他接着又审判创造社会的上帝。他也定了上帝的罪"。给社会和上帝定罪虽然只是小说中一个人物的思考，但这样有违常规的举动恐怕只有浪漫主义才会推崇。

《巴黎圣母院》（1831），全名《巴黎圣母院——1482年》，是一部司各特式的历史小说，法国浪漫主义小说的代表作。故事写吉卜赛女郎爱斯梅拉达、巴黎圣母院敲钟人伽西莫多和副主教孚罗洛在命运安排下演绎的悲剧，反映出作者的悲观主义思想。

亚历山大·仲马（Alexandre Dumas，1802—1870），称大仲马，是浪漫主义剧作家、小说家。他小时候与母亲相依为命，没念过什么书，后来在公证人事务所当见习生。20岁那年他闯荡巴黎并尝试写剧本，第一部成功上演的剧作是《亨利三世》，接着又上演了《安东尼》，都是法国早期浪漫派戏剧代表作，他因此成为法国浪漫派戏剧的先驱。他写了80多部小说，目前在世界各地流传的只有《基度山伯爵》（1845）、《三个火枪手》（1844）等几部作品。

从结构上看，《基度山伯爵》可分为主人公遭受诬陷下狱和出狱后得宝复仇两大部分。爱德蒙·堂泰斯是年轻有为的货船大副，受到船主莫雷尔欣赏。他还有忠贞不渝的未婚妻梅塞苔丝，两人即将结婚。但妒忌他的押运员腾格拉尔和一直追求梅塞苔丝的费尔南却暗地勾结，用匿名信告发他犯有通敌罪。检察官维尔福因其父涉案怕受牵连，就迅速抓捕堂泰斯，把他押到孤岛监狱囚禁14年。堂泰斯入狱后结识了法利亚神甫，从他那儿学到了丰富的知识并弄清了自己坐牢的真相。神甫告诉他在一个叫作基度山的小岛上埋藏着巨大的财富。神甫病死后，堂泰斯用调包计得以死里逃生。第二部分讲他设法去基度山岛找到了宝藏，以基度山伯爵身份进入巴黎上流社会。此时他父亲已因伤痛病故，未婚妻已嫁给费尔南。他的仇人们有的发达致富，有的官居要职。他以基度山伯爵身份首先帮助恩人莫雷尔船主摆脱公司破产的困境并恢复了生气。在暗访查清了他当时受诬陷迫害的过程和证据后，他决定复仇，他说："永别了，仁慈，人道和感激！永别了，一切高贵的情意，我已代天报答了善人。

现在复仇之神授予我以权力，命我去惩罚恶人！"（韩沪麟译，下同）

接下来，他采取了极端手段，分别将仇人和他们的家人置于死地。腾格拉尔的银行倒闭，彻底破产，最后绝望地说，"都拿去吧，那么统统都拿去吧，我告诉你，连我也杀了吧！"将军和贵族议员费尔南发迹的老底和卖国行径被揭穿，妻离子散，自杀身亡。基度山伯爵又假借维尔福后妻之手毒死了他的前岳母等一干人，后妻自己随后也服毒自杀，维尔福在巨大的打击之下疯掉了。小说结尾处，基度山伯爵驾舟远去，但当他看到发疯的维尔福凄惨地不停刨地寻儿时，他终于有所反省地说道，"上帝宽恕我，也许我已经做得太过分了！"①

普罗斯佩·梅里美（Prosper Mérimée，1803—1870）是学者型作家，出生于巴黎，喜欢神秘主义、历史和神奇的事情，他的许多创作都充满了异国他乡的神秘事件。他写作底蕴深厚，行文精练、历史感强，自然风光绮丽，情节引人入胜。他曾化名发表了《克拉拉·加祖尔戏剧集》（1825），1827 年化名出版了一部诗集，其中有几首被俄国诗人普希金译为俄文。1829 年他出版了长篇历史小说《查理九世时代逸事》。从 1829 年他开始写自己擅长的中、短篇小说，如《塔曼果》（1829）、《攻克堡垒》（1833）和《马特奥·法尔哥尔》（1833）、《伊尔的维纳斯》（1838）和杰作《高龙巴》（1840）。1845 年发表的《嘉尔曼》经法国音乐家比才改编成歌剧《卡门》而取得世界性声誉。

《嘉尔曼》即《卡门》，两者都译自法语"CARMEN"，《卡门》用来指称歌剧。吉卜赛姑娘嘉尔曼敢爱敢恨，一生追求自由。当生命与自由必选其一时，她毅然地选择了自由。小说分为四部分，第一和第二部分由第一人称叙述者"我"讲述，第三部分由热恋但最

---

① 《基度山伯爵》的最后两段引文及分析为陈大明添加。

终杀害了嘉尔曼的唐何塞讲述。第四部分的文类很难界定，可把它看作是第一人称叙述者在讲述故事，但故事情节已弱化，议论和论证得到异乎寻常的加强。第一部分围绕叙述者"我"与"剪径强盗"唐何塞的邂逅展开。"我"在第二部分讲述自己在继续考古调查时与嘉尔曼和唐何塞的交往。"我"描述了在科尔多瓦经历的暮色中水浴奇观，并遇见了"美丽的出水女郎"嘉尔曼。后来，"我"与嘉尔曼单独交谈时，唐何塞突然闯入，这让"我"十分恼怒，"真有点后悔，当初没有让人把他绞死"（郑永慧译，下同）。

　　"我"后来得知悍匪头子唐何塞被抓，就决定"带着一盒雪茄去看望案犯"。小说第三部分是整部作品的主体，唐何塞充当了内嵌故事的叙述者，在监狱里对"我"讲述他与嘉尔曼发生的曲折爱情和最终的悲剧结局。唐何塞是山区穷孩子，后来在烟厂当警卫。嘉尔曼与一女工打架，唐何塞押送她去监狱的路上把她放了。唐何塞后来"真正爱上了她"，杀死了嘉尔曼的情人，与她一起走私，觉得"通过冒险和叛逆的生活，我同她的关系会更加密切了"。他与强盗为伍，杀人越货，越来越凶狠狡诈，以致杀了强盗头子，自己"收罗了几个兄弟入伙"。唐何塞这伙土匪后来遭军队围剿并受重创，此时他发现嘉尔曼与一斗牛士好上了。他逼嘉尔曼跟他走，但生性热爱自由的嘉尔曼在生命与自由的选择当头毅然选择了自由，唐何塞最后杀死了嘉尔曼，"骑上马，直奔科尔多瓦，遇见第一个警卫所便自首了"。①

　　斯丹达尔（Stendhal，真名 Marie-Henri Beyle，1783—1842）是批判现实主义作家，创作了被誉为"欧洲批判现实主义文学奠基作"的《红与黑》等数部长篇小说。他擅长准确地分析人物心理，重情

---

① 《嘉尔曼》的引文评析为陈大明添加。

绪抒发，开创了后世"意识流小说"和"心理小说"的先河，因此被誉为"现代小说之父"。斯丹达尔出身律师家庭，童年在法国大革命中度过。他喜爱文学、绘画和数学，后来放弃了入学考试，在陆军部谋到个职位，但次年底辞去军职，住在巴黎。此期他接受了孔蒂亚克、爱尔维修等 18 世纪唯物主义哲学家和卡巴尼等思想家的影响，培养了对科学和推理分析的爱好。

斯丹达尔是最早向古典主义堡垒发起冲击、为浪漫主义摇旗呐喊的斗士之一。他于 1823 年发表的文艺论著《拉辛和莎士比亚》批评固守过时的清规戒律，赞扬莎士比亚作品反映了剧作家生活年代的习俗和激情。他主张艺术形式适应时代变化，于 1827 年创作了第一部小说《阿尔芒丝》，辛辣地讽刺妄图开历史倒车的腐朽没落的封建阶级。该小说用大量篇幅描写男女主人公的情感纠葛，对心理活动作了精确细腻的分析。1830 年他著名的长篇小说《红与黑》问世，另一部代表作长篇小说《帕尔玛修道院》（1839）以 20 年代前后的意大利为背景，描述拿破仑时代向复辟时代转变的历程、资产阶级的自由思想与封建贵族的保守思想的激烈斗争及其在一个贵族家庭中的反映。小说《吕西安·勒万》计划写三部分，但只完成两部分。它反映了法国七月革命后尖锐的社会矛盾，揭示了该王朝代表金融资本家的实质，具有强烈的现实主义批判精神。

斯丹达尔的叙述手法独具特色。他认为只靠感觉认识世界是片面的，视角不同，感觉就不同。他尽量避免传统叙述中的全知全能视角，而代之以聚焦于一个或多个人物的内视角。他不喜欢鸟瞰式的全景描写，宁可顺着人物的视线勾勒一连串的小画面。他让读者处于一个人物的有限视野中，比如《红与黑》几乎自始至终采用主人公的视角，展示了他眼中的世界，并通过他的自我剖析告诉我们他对人对事的印象及他的心理活动。与内聚焦手法相联系的是大量的内心独白，它们与事件的叙述相互穿插，准确细腻地展现了人物的内心世界，显露出心理分析的杰出才华。

《红与黑》的主人公于连·索雷尔是外省小城锯木工场主的儿子，因精通拉丁文，被德·瑞那市长聘为家庭教师，不久与市长夫人相爱。事情败露后，他逃到贝藏松市，入神学院学习，后来院长推荐他去巴黎当拉莫尔侯爵的私人秘书。他很快获得侯爵信任，在其政治阴谋中充当得力工具，又赢得侯爵女儿的芳心。小姐有了身孕，侯爵出于无奈，答应把女儿许配给他。正在此时，德·瑞那夫人在神职人员的威逼下写信揭发于连，毁了他的前程。为报复，他在教堂朝她开枪，最后被判处死刑。

于连出身寒微，从小受父兄虐待，多疑、敏感、性格顽强。他英俊，聪颖，记忆力惊人，常为自己的天资与低下的地位不相称苦恼。他读过卢梭的《忏悔录》，受到启蒙思想的熏陶。他把拿破仑奉为神明，梦想追随这位伟人去建功立业。他渴望过军旅生活，但随后的征战不是在战场，而是在充满了欲望与浪漫、冒险与刺激的情场。进入上层社会的过程中，他的欲望和野心不断增长。他成功地让德·瑞那夫人动情，让德·瑞那先生屈辱地为他加薪。到巴黎后，他又让侯爵女儿坠入爱河。叙述者不断地推升叙述、描写、评论，出现了于连与叙述者话语交叠的高潮："于连陶醉在幸福和对自己的力量的感觉之中，这种感觉对一个穷光蛋来说是那样地新奇，他走进意大利歌剧院。他听他的朋友热罗尼莫唱歌。音乐从未让他兴奋到这种程度。他成了一个神"（郝运译，下同）。

叙述者也非常出色地描写了德·瑞那夫人和侯爵小姐迷恋于连所经历的痛苦、羞辱和纠缠的复杂心理。德·瑞那夫人意识到自己在不知不觉中爱上于连后"终于抵挡不住这股幸福的激流，她的灵魂被淹没了"。但她在通奸的恐惧中还是预感到了"必将随着这桩罪行而来的种种耻辱"。她发现自己在爱和拒绝于连的情感旋涡中挣扎，"当她看不见于连时是地狱，当她依偎在他脚旁时是天堂"。同样，高傲和虚荣的侯爵小姐也抵挡不住对于连的爱恋，她在内心对自己说，"敢于爱一个社会地位距我如此之远的人，这已经有其伟大和勇敢了"。可不久，她又懊悔并重拾自己那份高傲的矜持。她同于连持续着感情纠缠直到"她的爱情达到了疯狂的程度"。小说结尾时，她把于连的头放在面前的小石桌上，"吻那头的前额"并"亲手埋葬她的情人的头颅"。[①] 于连的一生是复辟时期下层平民青年无法施展才能和抱负的社会悲剧，深刻地表现了 1814—1830 年法国社会的本质，使该小说成为现实主义的杰作。

奥诺雷·德·巴尔扎克（Honoré de Balzac，1799—1850）是小说家，举世公认的现实主义大师，属于文学史上的划时代人物。他把文学作品系列化、整体化以反映社会全貌。他致力于小说艺术革新，极大地扩大了文学题材，并将戏剧、史诗、绘画、造型等多种表现手法熔于一炉，把叙事、描写、抒情、对话交织在一起，丰富和完善了小说技巧。

巴尔扎克出身市民家庭，少年时就博览群书，后进入巴黎大学法学院。大学期间他做过诉讼代理人，并在公证事务所见习，为他未来的创作积累了大量素材。1819 年从法学院毕业后他选择了毫无生活保障的文学道路。1829 年完成的长篇历史小说《舒昂党人》是他第一部以"巴尔扎克"署名的作品。次年他进入创作高潮，接连发表了篇幅不等的小说数十部。及至 1833 年《欧也妮·葛朗台》问世，他已是名满全国、享誉欧洲的大作家了。他的创作生涯可分三阶段。1)《人间喜剧》这套巨著的酝酿和策划确立阶段（1829—1834），发

---

① 《红与黑》的引文和评析为陈大明添加。

表了小说42篇，长篇小说《驴皮记》（1831）和《欧也妮·葛朗台》
是最重大的成果。2）有计划地为《人间喜剧》大厦准备构件的阶
段（1835—1841），《高老头》（1835）是他为大厦铸造的一根顶梁
柱。开始运用串篇人物的手法，把以往的作品和之后的作品联为一
体。他接连发表了16部长篇、10部中篇和8个短篇，篇篇堪称杰作。
长篇小说《幻灭》是本阶段继《高老头》之后最突出的成果。3）系
统出版《人间喜剧》的阶段（1842—1848）。他一面修订、汇编旧作，
一面不断补充新作。反映庄园经济解体的《农民》（1844）是本阶段
的新成果。1846年秋至1847年春，《立宪报》连载了以《穷亲戚》
为总标题的两部精彩的长篇《贝姨》和《邦斯舅舅》。1848年由90
余部小说构成的《人间喜剧》落成。然而他不满足，1844年为《人
间喜剧》拟定了包括144部作品的更庞大的计划，但他已没有时间
来完成这个计划了。

巴尔扎克的年代正值法国从封建主义向资本主义转轨，他亲身
经历了拿破仑帝国及其百日皇朝、波旁王朝的两次复辟和七月王朝，
直至1848年二月革命资产阶级取得胜利的全过程。这是法国近代最
动人心魄的一段历史，法兰西从来不曾这样生气勃勃，也从来不曾
这样乾坤颠倒、一片混乱。巴尔扎克力图完整地再现他的时代。不
仅如此，他还要从纷纭复杂的表象中探明事物的内在联系，追溯种
种现象产生的根源，进而对社会弊端做出更深入的剖析和诊断。由
于对社会形成了一个总体认识，他才得以从貌似分散、个别、偶然
的现象中把握住以拜金主义为核心的社会历史本质。

他认为，文学艺术应以"借助思想再现人的本性"为目标，艺
术家的任务是"把提炼过的思想通过人物体现出来，塑造出让读者
感到栩栩如生而又简明概括的艺术形象"。他还认为"最高的艺术是
要把观念纳入形象"，"艺术作品就是以最小的面积惊人地集中最大

量的思想"。因此思想充溢是他作品的一大特色。他的叙述和描写经常伴以说理和推论，笔下人物也如此，每个人都有一整套从自身经验中总结出的生活逻辑，每种欲望或行为的前因后果都有详尽的交代和分析。他的人物确实因思想丰富而形象饱满，他的故事因夹带着巨量思考而格外发人深思。特别是他的思想中包含了辩证法，笔下的人物都是某种激情的奴隶，所有的故事都是某种激情的历险，《人间喜剧》的"哲理研究"中心就是对激情的研究。

巴尔扎克的哲学世界观对他的创作思想产生了深刻影响，也从中孵化出他的宗教和政治观。在他看来，面对人欲横流的社会，除了宗教，还有什么手段能够约束恶的发展、阻止人类滑向堕落呢？同样，他认为唯有君主原则能约束社会上不同利益集团的纷争，保持国家的稳定平衡。他把现存的一切作为世界的本来面目接受下来，但却不是消极悲观地接受，他相信人类可以逐步"在自我改善中前进"。

巴尔扎克几乎是用"编年史的方式"，逐年描绘出上升中的资产阶级对贵族社会日甚一日的冲击。他描写资产阶级如何发家（《纽沁根银行》《欧也妮·葛朗台》），贵族如何破产（《古物陈列室》《卡迪央王妃的秘密》），资产者的势力如何深入到每个城镇、乡村，在一切领域和贵族社会展开政治上、经济上的较量（《比哀兰特》《图尔的本堂神甫》《老姑娘》），贵族的庄园经济如何在资产阶级的进逼下土崩瓦解（《农民》）。他揭露资产阶级政客如何利用手中的权力将充公的贵族产业变成自己的私产，如何耍弄权术，在频繁的政权更迭中使自己的权势节节上升（《一桩神秘案件》），指出杂货商确实当上了贵族院议员（《邦斯舅舅》），贵族有时却沦落到社会底层（《浪荡王孙》）；他记叙巴黎商业从个体商贩、小业主到批发商的历史进程及商业银行、股份公司、证券交易的出现，披露心狠手辣的银行家如何用倒账清理的手段掠夺千家万户的财产（《纽沁根银行》），敦厚的老派商人又如何在金融投机家的算计下破产（《赛查·皮罗托盛衰记》）；他考察资产阶级的得势如何导致整个社会风俗的改变，金钱如何成为"无人知晓的国王"、人们"命运的主宰"（《高布赛克》）；文学艺术如何沦为商品，青年人在拜金主义新时尚的冲击下面临何等严峻的人生选择（《高老头》《幻灭》）；他列举金银珠宝下面隐藏的无数罪恶（《禁治产》《夏倍上校》《红房子旅馆》）；刻画人的贪欲会使遗产之争达到何等穷凶极恶的地步（《搅水女人》《于絮尔·弥罗埃》《邦斯舅舅》）。

《高老头》是《人间喜剧》中最脍炙人口的作品，也是巴尔扎克最重要的代表作。小说主人公拉斯蒂涅是当时纷纷从外省涌向巴黎寻找发迹机会的无数青年之一。由于贫穷他不得不住在破旧寒酸的伏盖公寓，但凭着出身又可以出入金碧辉煌的贵族府第。一边是锱铢必较的贪婪吝啬，一边是风雅阔绰的奢侈享乐。两个社会的对比太鲜明了，初见世面的青年不可能不受刺激。最初他还想用功，凭学识谋前程。随着他逐步认清社会的真相，明白了金钱的威力和达官贵人们攫取财富的手段，他的是非善恶之心便渐渐淡漠，自私的欲望越来越占上风。他眼见领袖群伦的宫廷贵妇敌不过 20 万法郎年息嫁妆的竞争，谋财害命起家的百万富翁可以赢得社会尊重，满怀爱心的高老头因被女儿榨干了财产而凄惨地死在六层的阁楼里，他就再也不愿规规矩矩做人了。他埋葬了高老头，也埋葬了自己的最后一滴眼泪，从此便以野心家的挑战姿态向社会发起进攻。后来他果然成为银行家纽沁根的帮凶，发了大财，当上国务大臣。作者在这部作品中创造了高度凝练的艺术风格。环境描写在他作品中占有相当重要的地位，例如对伏盖公寓的描绘，具体而精微，连墙上的石灰、碗碟上的缺口都不放过。

转轨期社会对青年人的冲击及对价值取向的影响，是《人间喜剧》中挖掘得最深的一个命题。《高老头》一书点明了拜金主义社会对青年的腐蚀，《幻灭》三部曲则使该命题进一步深化和升华。反映七月王朝时期社会生活的《贝姨》（1847）是"巴黎生活场景"中的华彩篇章，也是作者最后的绝唱。小说环绕于洛男爵一家的悲欢离合，揭露了七月王朝末期巴黎社会，尤其是上层社会的腐化堕落：官员的贪污渎职，暴发户的骄奢淫逸，贫富的悬殊，人心的败坏，不同社会阶层公开或隐蔽的卖淫、偷盗、诈骗和谋杀。

巴尔扎克虽是举世闻名的现实主义大师，却并不意味他在艺术手法上拘泥于现实主义。在《贝尔先生研究》一文中，他曾自称"文学折衷主义"者，以阐明他兼收并蓄、博采众长的艺术主张。事实上他从不受传统或流派的束缚，只要能真实地"反映世界的本来面目"，充分和透彻地表达思想，他乐于使用一切可用的艺术形式。在他的作品中，既有细致入微的精确描绘，也不乏浪漫的想象和奇特的构思，乃至荒诞或超现实的成分；他让同时代的两三千个人物活跃在《人间喜剧》舞台上，同时也不排斥在某些场景中让幽灵出现，鬼魂托梦，撒旦施展威力。不过，无论采用何种艺术手法，他始终尊重生活，尊重现实，把认识和再现客观世界的本质真相视为天职。

居斯塔夫·福楼拜（Gustave Flaubert，1821—1880）是 19 世纪中叶法国批判现实主义小说家。他对 19 世纪末至 20 世纪文学，尤其是现代主义文学的发展，有着极其深远的影响。福楼拜从小酷爱文学，1841 年进入巴黎法学院，但 1844 年突发癫痫，中断了学业。父亲和姐姐相继去世后，他与母亲靠遗产为生，专心从事创作。

福楼拜的第一部长篇小说《包法利夫人》（1857）以真实的事件为素材，讲述了 19 世纪三四十年代发生在诺曼底的一个悲剧故事。女主人公是富裕农民的独生女，在修道院寄宿学校受过教育，后来嫁给了乡村医生查理·包法利。丈夫的平庸拙钝使她失望，外省庸俗鄙陋的气氛令她窒息。她与公证人事务所的见习生赖昂情趣相投，互生爱慕。赖昂去巴黎后，她百无聊赖，郁郁寡欢，在乡绅罗道耳弗的勾引下失足。正当她准备与情人一起逃走时，却收到一封绝情信。她大病一场，养病期间敬奉上帝，大行善事，以求解脱。可是，她在鲁昂歌剧院与赖昂不期而遇，旧情复燃，成了他的情妇。她撇开女儿和家务，每周一次去鲁昂与情人幽会，编造谎言，瞒着丈夫到处举债。最终法庭发下催债传票，她四下奔走却无助，于是吞砒霜自尽。一年后，丈夫也在孤独和悲伤中死去。福楼拜好似手执解剖刀的外科医生，冷静地剖析女主人公的灵魂，无情地挖掘她悲剧的病根。她是农家女，却受了贵族教育，向往贵族生活的优裕和清闲。她追求浪漫情调和理想的爱情，结果在现实面前碰得头破血流。

福楼拜的著名小说还有《情感教育》和未完成的《布瓦尔和佩库歇》。有学者认为后者才是其一生的巅峰之作。该小说超越了时代，是现代主义文学的先声。客观性是福楼拜毕生追求的艺术准则，是深受实证主义哲学影响的结果，也是他对浪漫主义的反拨。作家退出作品，不用自己的道德意识和价值取向去影响读者，这正是现代小说的一大特色。为实践客观性原则，他注意搜集翔实的资料，采用人物的内聚焦和自由间接引语等手法。有限视野所造成的意义空白和双重声音所引起的模棱两可等则要读者发挥想象去填补，去分辨。当然，绝对不介入是难以做到的。作品的字里行间潜藏着作者的观点，反讽笔调流露出作者的爱憎。

夏尔·波德莱尔（Charles Pierre Baudelaire，1821—1867）是法国 19 世纪最著名的现代派诗人，象征派诗歌先驱，著名文艺批评家。他的创作上承浪漫主义余绪，下启象征主义先河，并充满了现实主义精神，其影响遍及法国现代诗歌各流派。他生在巴黎，希腊文、拉丁文和法文成绩优异。他大量涉猎罗马末期作家的作品，着迷他们的颓废情调；他阅读七星社诗人的诗歌，叹服他们声律的严谨；他喜欢巴尔扎克、雨果、戈蒂耶、拜伦和雪莱，并为浪漫主义最新近、最现代的美的表现"所征服"。同时，他沉湎于巴黎这座"病城"，出入酒吧、咖啡馆，追欢买笑，纵情声色，与狂放不羁的文学青年为伍。1845 年他发表了画评《1845 年的沙龙》，其观点的新颖震动了评论界，次年的《1846 年的沙龙》更以相当完整的文艺观奠定了他的艺术评论家地位。就在这本书中他预告了将出版一本诗集，叫作《莱斯波斯女人》，这就是十年后出版的《恶之花》的雏形。1852 年以后，他的创作进入高潮，到 1857 年先后发表了 20 多首诗、10 余篇评论及大量译作。1857 年诗集《恶之花》终于出版，四年后他亲自编订的第二版问世并获得很大成功。

波德莱尔力主文学的各种艺术形式互相关联、渗透，因此他的文论与画评浑成一体，水乳交融。他还认为表现周围世界的真实是小说的目的，而不是诗歌的目的，"诗表现的是更为真实的东西，即只在另一个世界才是充分真实的东西"。所谓"另一个世界"乃是外部世界中万物之间、自然与人之间、人的各种感觉之间存在的隐秘的、内在的、彼此呼应的关系。按此理论，诗人不再是引导人类走向进步的导师，而是神秘自然的"翻译者"；诗人不能用再现的方法，只能求助于暗示，即诗不应描绘，而应表现。

他最重要的作品《恶之花》的第一部分《忧郁和理想》展现出一条精神活动的曲线，第二部分《巴黎风貌》展现外部的物质世界。他剖析了精神和物质这两个世界，即一个在痛苦中挣扎的诗人和敌视他、压迫他的资本主义世界；然后他试图通过自我麻醉、放浪形骸、诅咒上帝、追求死亡，来与这个世界对抗。诗人首先求助于酒，由此开始诗集的第三部分：《酒》。但诗人只作了短暂的停留，便感到了醉意幻境的虚妄。在诗集的第四部分《恶之花》中，诗人深入到人类的罪恶中，那就是人的灵魂深处。诗人在罪恶之国漫游，得到的是变态的爱，绝望，死亡，对自己沉沦的厌恶。于是，诗人反抗了。在第五部分《反抗》中，波德莱尔希望人世的苦难都是为了赎罪、为了重回上帝的怀抱而付出的代价，然而上帝无动于衷。第六部分《死亡》写诗人历尽千辛万苦，最后在死亡中寻求安慰和解脱。但死亡仍然解除不了他的忧郁，最后诗人以《远行》这首长达 144 行的诗回顾和总结了他的人生探险：他受尽痛苦的煎熬，挣扎了一生，最后仍身处泥淖，只留下一线微弱的希望，寄托在"未知世界之底"。

在创作方法上，《恶之花》继承、深化、发展了浪漫主义，为象征主义开辟了道路，奠定了基础。同时，由于波德莱尔对浪漫主义深刻而透彻的理解，在其中灌注了古典主义的批评精神，又使得《恶之花》闪烁着现实主义的光彩。它们仿佛红绿蓝三原色，其配合因比例的不同而生出了千差万别、无比绚丽的色彩世界。因此，该诗显示出它的作者既是古典诗歌的最后一位，又是现代诗歌的第一位诗人。它是在一个"伟大的传统业已消失，新的传统尚未形成"的过渡时代里开放出来的一丛奇异的花；它承上启下，瞻前顾后，由继承而根深叶茂，显得丰腴；因创新而色浓香远，显得深沉。

波德莱尔另一重要作品是散文诗集《巴黎的忧郁》（1869），有散文诗 50 首，写于 1857 年后的七八年间。作品的主题与《恶之花》一致，可说是《恶之花》的散文形式。愤世嫉俗和悲观主义贯穿这些诗，在意境和细节上都深化和发展了《恶之花》。

除去波德莱尔，世纪中期法国出现了**帕纳斯诗派**，该名称来自诗刊《当代帕纳斯》。大多该派诗人奉行戈蒂耶诗学原则，为艺术而艺术，以诗追求形式美，类似古希腊雕塑给人的视觉享受。帕纳斯派有两代诗人，以 1860 年为分界。第一代又称"前帕纳斯派"，代表是勒孔特·德·李尔（1818—1894）；第二代有絮利·普吕多姆（1839—1907）、何塞－玛利亚·德·埃雷迪亚（1842—1905），被称为"纯帕纳斯派"。

19世纪最后30年是法国的多事之秋，普法战争以法国失败告终，第二帝国解体，但经济迅速复苏。思想文化方面，从70年代起实证主义和科学精神的地位动摇，在文学界出现了自然主义和象征主义思潮。自然主义是现实主义沿着实证主义和科学精神发展的结果。此期主要自然主义作家有龚古尔兄弟和左拉。埃德蒙·龚古尔（1822—1896）和儒尔·龚古尔（1830—1870）家庭富裕，无需为生计奔波，便投身文学。他们认为小说是"或然事件的历史"，承认巴尔扎克的现实主义文学史观。他们的作品反映社会风貌，但不同于巴尔扎克，他们不表现历史的整体运动，只关注个人命运。主要作品有《夏尔·德马伊》（1860）和姐妹篇《玛奈特·萨洛蒙》（1867）与《杰米尼·拉赛特》（1865）。

埃米尔·左拉（Emile Zola，1840—1902）是19世纪法国最重要的作家之一，自然主义流派的领袖。他生于巴黎，父亲是意大利威尼斯人。他酷爱文学，并尝试写诗，拉马丁、雨果、缪塞是他最仰慕的作家。1862年左拉加入法国籍，1864年发表中短篇小说集《给尼侬的故事》，从中可看出浪漫主义文学的影响。次年问世的小说《克洛德的忏悔》写一个女子的堕落和悔悟，自然主义的倾向初见端倪。

19世纪五六十年代的法国，科技迅猛发展，标榜"科学性"成为时尚，提出了让"科学进入文学领域"的口号。1857年泰纳在《批评和历史论文集》中首先为文学的自然主义下了定义，即依赖观察，用科学方法描写生活。左拉接受了泰纳的美学理论，并阅读了许多医学、生物和生理方面的名著，逐渐形成了一套自然主义的文学主张。他认为现代文学应抛弃"理想的香膏"和"罗曼蒂克的糖汁"，以科学为指导,保持绝对的客观和中立,实录现实世界的真相。只有这样,文学才能起到积极作用。他主张小说家要有科学态度,细致地观察生活,搜集大量资料,还要有科学实验的方法,把人物放到各种环境中去实验,以便考察情感在自然法则决定下的活动规律。

左拉受到《人间喜剧》的启迪,酝酿写一部多卷本的巨著,对第三帝国时代的一个家族进行"科学"研究,阐明遗传带来的不可避免的后果和社会环境对该家族成员产生的不良影响,再通过各种风俗和事件的细枝末节展现这个时代的社会风貌。1871—1893 年 20 部小说相继问世,这就是著名的鸿篇巨制《鲁贡－玛卡尔家族——第二帝国时代一个家族的自然史和社会史》。这些小说既自成一体,又相互联系,约 1200 个人物活跃其中,血缘关系是联系主要人物的纽带。

多卷小说《鲁贡－玛卡尔家族》的第一部《鲁贡家族的命运》(1871)叙述这个家族的起源。以此为起点,以该家族前后五代人的人生轨迹为线索,左拉创作出一套百科全书式的作品,题材涉及法兰西第二帝国时代的政治、军事、宗教、商业、金融和投机、农村、矿山、科学、艺术、交际界和日常生活各方面。在《欧仁·鲁贡阁下》(1876)这部小说里,左拉把笔锋指向第二帝国时代的政界,把政客的嘴脸刻画得入木三分。在《巴黎之腹》(1873)中,作者对中央菜市场这巨大的食物贮藏库作了精彩的描绘,把它比作一架腑脏俱全、庞大无比的消化机器。小说《家常琐事》(1882)把讽刺矛头指向巴黎苏瓦泽街一幢大楼里的资产者。《鲁贡－玛卡尔家族》系列之一《小酒店》(1877)是左拉第一部以工人为对象的小说,展现了巴黎市郊一对工人夫妇因酗酒而堕落的悲剧。左拉最畅销的自然主义小说《娜娜》(1880)讲的就是小酒店女主人公女儿的遭遇。系列中另一部《萌芽》(1885)反映"雇佣劳动者的崛起"和"资本与劳动的斗争"。主人公艾蒂安信仰社会主义，被里尔铁路局一家工厂解雇后，在一个冬日夜晚来到北方蒙苏煤矿区找工作，当了矿工。当时正值经济危机，公司准备降低工人工资。工人们在艾蒂安的鼓动下举行罢工，并坚持了数月。在饥饿驱使下，罢工最后演变成暴动，遭到军队的血腥镇压。在被迫复工那天，无政府主义者苏瓦林在绝望中捣毁了排水设备，矿井被淹，又发生了瓦斯爆炸，十余名矿工惨死井下。艾蒂安得救，在医院养好伤后，他怀着无产阶级将从苦难的深渊像萌芽破土而出的希望，在一个春天的早晨离开矿区，去巴黎迎接新生活。作为《鲁贡－玛卡尔家族》中的一部小说，《萌芽》继续探讨遗传和社会环境下人的命运。在法国文学史上，《萌芽》第一次忠实地再现了煤矿工人地狱般的生活，塑造了产业工人形象，表现了工运及其背后的社会主义和共产主义思潮，是一部史诗般的杰作。

左拉一直想反映农村的真实面貌，1887 年创作了小说《土地》，从生物学角度，突出表现人性之恶、精神和肉体的畸形以及因争夺土地而激发的热狂凶杀。三年后他在小说《人面兽心》（1890）中再次以生物学决定论这种宿命论为主题，探讨鲁贡－玛卡尔家族的遗传特征之一，即精神失常对人命运的影响。《帕斯卡尔大夫》（1893）是《鲁贡－玛卡尔家族》的最后一部，小说通过医生之口赞颂新医学，分析科学与信仰的冲突，陈述作者的遗传理论，以及环境和教育对人的影响。

继《鲁贡－玛卡尔家族》之后，左拉又创作了小说三部曲《三城记》:《鲁尔德》（1894）、《罗马》（1896）和《巴黎》（1898）。《三城记》是对宗教的彻底清算。作者憎恶散布谎言的天主教和它的形式主义，指出只有摒弃宗教、提倡科学才是解救人类之道。第一部写得最好，理性的思索与情感的抒发交相辉映，布局妥帖，诗意盎然，富于音乐般的节奏。左拉去世前着手创作系列小说《四福音书》，它包括《繁殖》(1899)、《劳动》(1901)、《真理》(1903)和未完成的第四部《正义》。《四福音书》是作者晚年思想的写照。他变得更乐观，坚信四大美德将使人类获得新生，科学将把人类引向道德和幸福之路。

基·德·莫泊桑（Guy de Maupassant，1850—1893）是世纪后半期法国优秀的批判现实主义作家。他擅长短篇小说写作，把短篇小说艺术提高到空前的水平，与契诃夫和欧·亨利并列为世界三大短篇小说巨匠，被誉为"短篇小说之王"。他出身破落贵族家庭，父母离异后随母亲居住乡下。1870年普法战争爆发，他应征入伍，亲眼看见了法军溃败和抵抗的场面。莫泊桑中学时结识了舅舅的好友福楼拜，在福楼拜指点下他开始练笔，同时也结识了左拉、于斯芒斯、都德、龚古尔兄弟及屠格涅夫。1880年他在《梅塘之夜》上发表了中篇小说《羊脂球》，一举成名。他10年中出版了15部短篇故事集，共300多个短篇，6部长篇小说，此外还有游记，并为报纸撰写了大量专栏。

莫泊桑是带有明显自然主义倾向的现实主义作家。虽然他的长篇小说同样显示出成熟的技巧，但最成功的是短篇小说，创作数量最多，成就最高。他的短篇小说题材丰富，形式多样，构成了当时法国社会的风俗画。普法战争是他短篇创作的一个重要题材。他亲身经历了这场战争，用生动的笔触从多方面将它展现出来。最脍炙人口的《羊脂球》(1880)揭露普鲁士士兵卑鄙、凶残的同时也讽刺了上流社会人物的自私、虚伪和冷酷，表现出对善良热情、富于牺牲精神的女主人公的同情。同属这一题材的其他名篇有《两个朋友》(1883)、《菲菲小姐》(1882)、《米隆老爹》(1883)等。对小职员生活的描写是他短篇创作的又一重要内容，其中最为出色的有《一家人》(1881)、《我的叔叔于勒》(1883)和《项链》(1884)。家乡诺曼底的风土人情也是他偏爱的题材,较有名的有《皮埃罗》(1882)、《绳子》(1883)、《泰利埃公馆》(1881)等。

莫泊桑共写有六部长篇小说,较为重要的是《一生》(1883)和《漂亮朋友》(1885)。《一生》描写贵族出身的女子约娜从对婚姻、家庭和人生充满幻想到幻灭的故事。书中有不少从生理角度进行的观察和描写,带有明显的自然主义倾向,也显示作者在心理描写和分析上的技巧。他最成功的小说《漂亮朋友》描写原殖民军下级军官乔治·杜洛瓦不择手段向上爬,最后进入政界和新闻界的故事。小说在刻画杜洛瓦的厚颜无耻的同时,也暴露了当时法国政界和新闻界的贪婪和腐朽。另外四部长篇小说是《温泉》(1886)、《皮埃尔与若望》(1888)、《如死一般强》(1889)和《我们的心》(1890)。

广义而言,法国象征主义诗歌起自19世纪下半叶,延续到20世纪初超现实主义出现。但在狭义上,文学史只将19世纪80年代起自波德莱尔《恶之花》的一批诗人归为象征主义,其中又分三个支派:由波德莱尔开始1)经魏尔伦至阿波利奈的抒情诗,2)经马拉美至瓦莱里的纯粹诗,3)经兰波至超现实主义的叛逆诗。

保尔·魏尔伦(Paul Verlaine,1844—1896)出身军官家庭,由巴黎大学法学院弃学,做了小职员。他最早写诗深受雨果、戈蒂耶和波德莱尔影响,并继承了中世纪放荡不羁的诗人维庸的遗风。他早期诗作带有浓厚的帕纳斯派色彩,其第一部诗集《忧郁》(1866)的《序诗》提出诗是对美的崇拜。他强调唯美主义,整部诗集流露了惆怅与向往。诗集《佳节良辰》(1869)写参观卢浮宫绘画大师的杰作后发现了一个无忧无虑的心灵天地,其中的诗篇恢复了画作的生机,使图画、音乐与诗巧妙结合。这两卷诗集为他赢得声誉。《好歌集》(1871)则表达对新生活的期望及对未婚妻的爱,但婚后因他嗜酒婚姻破裂。

　　之后他和青年英才兰波结伴流浪欧洲，因贫困争吵，导致兰波将身无分文的魏尔伦遗弃在伦敦。魏尔伦不能忍受这种对待，向兰波开枪，令其受了轻伤，自己也被判入狱。在狱中他皈依了天主教，1875 年 1 月获释。为这段经历，兰波写了散文集《地狱中的一季》，魏尔伦出版了诗集《无词浪漫曲》（1874）。诗人在狱中写的世俗诗歌集成了《智慧集》（1887），并于此年写了《诗艺》一书。

　　魏尔伦晚年孤独不幸，酒后虐待母亲再次入狱。1884 年的诗集《往昔与昨天》陈杂地收入了颓废的十四行诗《沮丧》、赞歌《爱之罪》和《诗艺》，1889 年的《平行集》歌咏声色。此后他仍多产，但已没了灵感。

　　阿蒂尔·兰波（Arthur Rimbaud，1854—1891）是法国诗坛怪杰，他那激情澎湃的诗篇至今没有褪色，引起了无尽的深思、惊讶与赞叹。兰波中学如饥似渴地读书，18 世纪启蒙哲学家和法国社会主义者的著作使他兴奋，方士巫师的书也令他着迷，浪漫派和帕纳斯派诗篇均培养了他的情感与想象力。这位早熟的诗人在十四五岁已出口成章，横眉冷对社会、家庭，抨击宗教，怒斥资产阶级的丑恶。中学最后一年受一位有革命思想的教师影响，他走上叛逆的道路，1870 年前两次离家出走。中学毕业前夕正值巴黎公社酝酿起义，兰波卖掉奖品，赶赴巴黎。他心中充满了雨果的激情与帕纳斯诗歌的回响，将自己在普法战争中法军溃败后的所见、他的愤怒与失望都挥洒在纸上。巴黎公社失败后，兰波在诗中倾吐的悲愤达到了前人所未有的程度。他以侮辱性的、令人作呕的语言写成《巴黎再次兴旺》《小丑的心》等诗。同时他在《让娜－玛莉的手》一诗中赞扬劳动妇女，在《正人君子》《初领圣餐》《人们对诗人说花》等诗篇中对社会进行尖刻的嘲讽。

　　1871 年兰波在巴黎与魏尔伦会见前夕产生了以诗来"改变生活"

的宏伟梦想。他认为诗歌创作不再是文艺活动，而是一种认识手段；诗人犹如普罗米修斯，是窃取天火者，必须把他所见到的更广阔、更和谐的景象带到世上来。此期他写了著名的十四行诗《元音字母》和气势磅礴的长诗《醉舟》。《元音字母》赋予每个元音以颜色及形象，极富暗示性。人们对它不断地做出猜测，但仍未能肯定其含义。《醉舟》描绘一只既无舵、也无舵手的船从美洲驶向海洋，迷失在无边无际的宇宙中。他以丰富的想象融汇了博览群书所留下的记忆，绘出了气象万千的绚丽图画。

兰波在巴黎度过一段放荡的生活后于 1872 年年初回到家乡。这时他"改变生活"的希望已化为泡影，仿佛变了个人：陌生、冷漠而无望，不再有任何文学的雄心壮志。巴黎公社被镇压后的灰心失望成为他抛洒在纸上的词的哭泣、无声的喊叫、无能为力的愤怒。这时他写的诗与《醉舟》已相距很远，不再是充满文学意味的绚丽诗句，而是省略而不连贯的心声的倾吐，只歌唱他的思想与感受，却忘记了押韵与节奏。他的散文诗《地狱的一季》和《彩图集》是最后的也是影响深远的诗篇，它们进一步走向了无韵诗，发展了波德莱尔《巴黎的忧郁》所采用的散文诗形式。

斯泰凡·马拉美（Stéphane Mallarmé，1842—1898）如兰波一样，继承了波德莱尔的理想："进入未知的深处，以发现新的事物。"他对诗歌进行的革命影响之深远，不亚于兰波。但两人性格迥异，思想与生活道路截然相反：兰波各处流浪，马拉美却几乎足不出户，彬彬有礼，只作神游；兰波抛弃了诗歌，认为"艺术是件蠢事"，再也不愿返顾，马拉美则将他寒微的一生都奉献给诗篇，深信"世界生来是为成就一卷美好的书"。他出生于巴黎，中学毕业后在登记局做编外人员，然而他梦想成为诗人。1862 年 20 岁的诗人开始发表诗篇，不久他的诗开始刊载在巴黎的《艺术家》杂志上。接着，他发表了一篇宣言《艺术领域中的异端邪说：大众艺术》，认为艺术应有神秘性，庸夫俗子不能领会美，伦理道德可以普及，但是艺术却普及不了。

　　他早期的诗篇就逐渐脱离他人的影响，开始具有个人特色。如《窗子》(1866)一诗已具有马拉美风格，虽仍带有波德莱尔诗篇的回响。《大地回春》是波德莱尔式十四行诗，但马拉美的"蓝空"主题已出现在末段："我消沉地期待我的烦恼升起"，"然而蓝空在篱上欢笑，苏醒了 / 许多花儿般的小鸟在阳光中啁啾"。另两篇《幻象》与《花》纯粹是马拉美典雅风格的诗：前者的视觉与听觉形象相通，使人联想到英国前拉斐尔派的画及印象派音乐家德彪西谱的旋律；后者表现出世纪末的诗歌所具有的全部魅力。

　　马拉美崇尚美与梦想，有如信仰宗教。他深切地感到信仰丧失后生活的空虚、死亡的临近。为逃避庸俗的人生，他立志要写一部伟大的作品。他将诗人置于造物主的位置，认为诗人能以他发明的崭新的语言，通过类比和"书"将自然造化再次创造。这样宏大的理想当然难以实现，他长夜消磨在烛光下，面对着白纸无能为力，健康受损，有两年几乎沉默无语。这些诗篇有绝妙的好辞佳句，也流露出诗人的艰辛。在《蓝空》的开始一段中，他说："永恒的蓝空呈现出宁静的嘲讽， / 花一般无精打采的美，难忍受， / 无可奈何的诗人诅咒他的才华， / 穿越着遍布痛苦的贫瘠的沙漠。"这无能为力的诗人最后喊道："我已被缠往。蓝空！蓝空！蓝空！蓝空！"在《海风》中，他发出了响彻异域的叹息："肉体多么凄惨，唉！我读了所有的书。 / 逃离！逃往远处！"1875 年和 1876 年，他相继发表了开始写于 19 世纪 60 年代的两篇诗：《希罗底记》及《牧神的午后》。这两首诗经过多年修改及润色，体现了他的美学探索。《牧神的午后》成为他最著名的诗作。

马拉美的诗不断拓展语言所能表达的可能性，并努力跨越极限。为了达到摄取精华的强烈表现，他隐去与主题直接有关的联系，用表达印象的光与声，掺入各种感觉和心智的活动，将现实世界升华为空灵的世界。他的《发》一诗具有"火的缩影那样驱动而辉煌的形象"，而在《圣女》中，赛西尔这"寂静的乐师"在天使的羽翅上拨弄无声的音乐。当然这些诗篇不易读懂，读者必须在专心致志的阅读中进行再创造。1885 年《献给戴·艾桑的散文》问世，更趋深奥，成为诗歌的一种新趋向。

第三节　英国文学 [①]

19 世纪上半叶　18 世纪后半叶英国工业革命已经开始，工业无产阶级队伍壮大。同时，英国与爱尔兰、苏格兰的民族矛盾加深，还对外进行美洲和印度的殖民战争。法国大革命爆发时，英国资产阶级激进派领导的民主运动也达到高潮，社会矛盾非常尖锐。工业资本家和大企业主直到 1832 年议会通过了改革法案才取得了政治上的绝对统治。

此期英国文学以浪漫主义诗歌为主。英国浪漫主义运动是对 18 世纪理性主义的反动。18 世纪理性主义者把社会看成人的杰作，在社会中所有等级的人和谐共存，在理性驾驭下生活。浪漫主义者却认为社会邪恶，限制和压抑人，扭曲人的灵魂。社会结构最壁垒森严的地方是城市，所以浪漫主义诗人要逃离城市，投入大自然的怀抱。

---

① 此节除特别注明部分外，采用了李赋宁主编《欧洲文学史》第二卷《十九世纪欧洲文学》的初期、中期和后期三章中英国文学的材料。

　　法国大革命在某种意义上代表了浪漫主义理想的政治实践，因为文学的浪漫主义也要冲破旧传统和体系的束缚。英国 18 世纪末和 19 世纪初出现了与浪漫主义相关联的诗人，如**罗伯特·彭斯**（Robert Burns，1759—1796）和**威廉·布莱克**（William Blake，1757—1827）。彭斯是苏格兰佃农的儿子，被称为"苏格兰民族诗人"。他整理、拯救和重写了大量苏格兰民谣，并从英格兰诗人著作中汲取营养，形成自己的风格。1786 年他发表了首部苏格兰方言诗集《诗歌》，引起轰动。他许多掺有方言的英语抒情歌谣如《高原的玛丽》《一朵红红的玫瑰》，都经久不衰地为读者喜爱。他也有小型诗剧如《快活的乞丐》（1785）、叙事诗《汤姆·奥桑特》（1790）、讽刺诗如《神圣的聚会》（1785）以及怀旧歌谣和爱国诗如《我的心在高原》《苏格兰人》。他用普通人的语言写普通人的情感，淳朴自然。布莱克被誉为神秘色彩浓厚的诗人，他以铜版蚀刻为生，因此有诗画兼顾的习惯。26 岁时他发表首部诗集《诗歌速写》，歌颂四季、景物和爱情。法国大革命爆发那年他印出《天真之歌》，几年后出版《经验之歌》（1794）。这两部诗集成为英国诗歌的里程碑，都是语言简单的短小歌谣，但却埋伏着深刻的象征和沉重的暗喻。两部诗集内容对应，质疑人类文明很多根本问题。《圣星期四》《伦敦》《扫烟囱的孩子》等诗作展示了一个由宗教、法律、思想传统等共同建立的压制人性的监狱般的社会。他最为人称道的《老虎》一诗提出了创造羔羊的上帝也造出了老虎这种暴烈的生命，带有神秘色彩。1790—1793 年他完成了由 27 幅版画串联起来的重要作品《天堂与地狱的婚姻》，包括"魔鬼的声音""地狱的格言"和对不同幻景的复述。他推崇想象力，反对灵肉二元论和物质决定论，与同期德国唯心主义哲学家共鸣，反驳了 18 世纪以洛克为代表的经验哲学。

　　英国第一代浪漫主义诗人的代表是华兹华斯和柯尔律治，第二代浪漫主义诗人代表是拜伦、雪莱和济慈。法国大革命时期英国统治阶级对内采取高压手段，激发了第二代浪漫主义诗人的反抗精神，在很大程度上造成了英国两代浪漫主义诗人的差异。华兹华斯和柯尔律治在政治态度转变后移居湖区，致力于系统阐述浪漫主义文学主张，讴歌平凡、古朴的农村生活和自然景物，描写神秘离奇的情节和异国风光。年轻一代的诗人，特别是拜伦和雪莱，继承启蒙思想和民主思想传统，支持国内的勒德运动（Luddite Movement）和国外的民族解放斗争，把文学紧密地和现实联系在一起。他们的作品充满革命激情，追求个性解放。这种激情也体现在他们对大自然的描写中。

英国浪漫时代也是散文时代。社会的动荡、思潮的起伏、作者意识的解放和现代杂志业的发展都使散文体得以兴盛。散文约分日记、随笔、书信、小品文和评论。兰姆、拜伦、雪莱和济慈都是重要笔友，他们的信件是研究当时社会及其个人的关键材料。最杰出的文论作家当属查尔斯·兰姆（1775—1834）、威廉·哈兹里特（1778—1830）和托马斯·德昆西（1785—1859）。评论则涉及社会、政治和文学等方面。

苏格兰的**沃尔特·司各特**爵士（Walter Scott，1771—1832）主要是历史小说家，但他在浪漫主义时期威望极高，不仅著有大量诗歌、小说、剧本，还有史学、传记著作多种，还整理出版了大量古籍，对 19 世纪作家的影响甚巨。他成名于《苏格兰边区歌谣集》（1802—1803），此后写了不少叙事诗和诗体浪漫传奇，如《最末一位行吟诗人之歌》（1805）、《湖上的夫人》（1810）等，讲述贵族的爱恨情仇及阴谋、背叛、战争和勇武。1813 年后他转写小说，将中世纪的浪漫传奇、哥特因素与苏格兰历史和传奇相结合，开创了历史小说这个亚文类。《威弗利》（1814）是他第一部小说，写拥戴小僭君复辟斯图亚特王朝的"四五"动乱，与后面的两部续集组成了威弗利三部曲。他那总称历史故事的四个系列共 8 部小说，其中最著名的是《罗布·罗伊》（1818），主人公相当于英格兰的罗宾汉。他也写过苏格兰之外的历史小说，如描写狮心王理查时期的故事《艾凡赫》（1819）和 15 世纪法国历史的《昆丁·杜沃德》（1823）。

　　浪漫主义诗歌　威廉·华兹华斯（William Wordsworth，1770—1850）是英国主要的浪漫派诗人，1843 年成为桂冠诗人。他出生于英格兰湖区一个律师家庭，1787 年入剑桥大学，假期遍访各地，还到欧陆游历阿尔卑斯山及法、意和瑞士等国。1791 年他来到大革命时期的法国，充满激情地赞扬法国共和运动。1793 年回国后他对法国革命形势的突变感到茫然，不知如何看待人类社会。1795 年他初遇柯尔律治，次年在妹妹多萝西的关照下度过持续数年的精神危机，重新认识自然、心灵与社会，确立诗人的自我，并宣布其使命是要写大自然中普通劳动者的心智与德行。1798 年他与柯尔律治共同构思发表了《抒情歌谣集》，1800 年扩充为两卷本。在这一版本里，他写了著名的序言，提出了浪漫主义主张。他认为"所有的好诗都是强烈情感的自然流露"，主张诗人"选用人们真正用的语言"来写"普通生活里的事件和情境"。这样的主张与 18 世纪诗歌背道而驰，被誉为浪漫主义诗歌的宣言，对西方现代诗歌产生了重大影响。《抒情歌谣集》收入了华兹华斯被世人公认的佳作，如《麦克尔》《丁登寺》《我们是七个》《西蒙·李》《痴儿》《山楂树》《康伯兰的老乞丐》，还有笼罩着一些神秘色彩的"露西系列诗"等。柯尔律治的《古舟子吟》也发表在该部诗集里。

　　《抒情歌谣集》首版之后的另一些主要诗歌包括勾勒赏美过程的《我像一片游云》、讲述大自然中的人物如何给人以启迪的《孤独的割麦女》、进一步探讨人生与自然关系的《不朽的征兆》（1802—

1804）及一批杰出的十四行诗。《序曲》（1798—1799）是他重要的长篇诗歌，记述了诗人的心灵与人生历程，成为自弥尔顿的《失乐园》以来英国文坛最伟大的长诗。《序曲》更注重自我主观世界，认为大自然重要是因为她是心灵之河的最初的、最重要的向导，书籍是第二位向导，其中文学书籍尤能助人承受世间的重压。

　　《丁登寺》是较长的哲理诗，有学者称它是小型的《序曲》，浓缩了诗人的自我成长、自然对心灵的诱导、记忆与往日的瞬间、生命的损失与补偿等典型的华兹华斯诗歌主题。在该诗的开篇，"我"因身处大自然之中心灵获得自由并得到强化：人感到"更加清幽"，"把眼前的景物一直挂上宁静的高天"（王佐良译，下同）。就像《序曲》所说，心灵注定要经历一些重大事件。诗人接下来做了一个蕴意深刻的反差对比：当"我"孤居喧闹的城市"寂寞而疲惫的时候"，这些景致却给"我"带来了"甜蜜的感觉"，"甚至还进入我最纯洁的思想，／使我恢复了恬静"。还有一种忘怀已久的"愉悦"，凭此诗人可以"变成一个活的灵魂"，使我们能够看清"事物内在的生命"。

　　诗人站在大自然面前回想过去，感到了"当下的愉快"和"将来岁月的／生命与食粮"。在把过去、现在和未来融为一体的愉悦心境下，诗人谈到听凭"大自然指引"的童年和"不用头脑"的青年岁月。"我"在经历了童年和青年之后深知自己损失过不少，但因获得的一种能力而得到了补偿，这种能力就是："我"已懂得如何看待大自然，"有足够的力量／使人沉静而服帖"。诗人此时面对大自然和大千世界，感觉"既有感觉到的／也有想象所创造的"，"找到了最纯洁的思想的支撑"。在诗人的感觉中，超验主义和经验主义此时处在一种融合与和谐的状态之中。①

---

① 《丁登寺》引文评析为陈大明撰写。

华兹华斯诗歌中自然与自我两概念并非总能协调一致，他的诗似未能清楚地解答一个人如何在忠实于自然的同时也忠实于自我。近二三十年来，他的诗歌一直是西方评论界的焦点之一，形成的流派达五六种之多，有人甚至认为这些不同的线条好似巴赫金所说的多语系统。拜伦曾抱怨无法读懂他，有太多的神秘思想。但读者如果从自然或田园的层面提高思维的角度，会有助于体会其简单中的复杂和复杂中的简单。

塞缪尔·柯尔律治（Samuel Coleridge，1772—1834）是浪漫派诗人、文学评论家和哲学家。他出身牧师家庭，在学校如饥似渴地读书，如古希腊悲剧、莎士比亚、弥尔顿等。1795 年他结识了华兹华斯兄妹，他的文学生涯随之启动，开始写出优秀诗作，如象征/神秘诗《古舟子吟》《忽必烈汗》和《克里斯特贝尔》。1798 年他与华兹华斯共同发表了开启英国浪漫主义的诗集《抒情歌谣集》，其中有他的《古舟子吟》。他的优秀诗作还包括友情诗或"交谈诗"，如《伊俄勒斯之琴》《这个菩提树的荫棚》《霜夜》《沮丧》和《致威廉·华兹华斯》等。他的交谈诗可与华兹华斯的《丁登寺》媲美。他的《文学生涯》（1817）被誉为现代批评源头之一。该书提出两个级别想象力的概念及想象与幻想的区别，其中关于创作心理的提法受到康德等德国哲学家影响。

在柯尔律治的象征诗中，《古舟子吟》最为杰出。这是一篇叙事诗，从结构上看它采用了故事内嵌的框架。故事伊始描述"一个年老的水手"没来由地拦住参加婚庆的行人要讲他所经历的故事。他和水手们在海上航行遇到风暴，接着发现周围尽是浓雾和冰雪。不久飞来一只信天翁，不料叙述者老水手却射杀了它。他们这时闯入"一片沉寂的海面"，逐渐变得焦渴和恐惧，"水呀，水呀，处处都是水，/泡得船板都起皱；/水呀，水呀，处处都是水，/却休想喝它一口"

（吕千飞译，下同）。船上其他愤怒的水手摘下老水手身上的十字架，把那只死鸟挂在他脖子上。当他们"嘴唇已变乌"时，突然出现了一艘鬼船，海波看似一片火焰。鬼船上出现了"死中之生"精魅，她掷着生死色子吹着哨，乘着鬼船在海上飞箭离弦般疾驰，满船的水手来不及哼叫一声"木头般——栽倒"。此时老水手备受折磨和煎熬，"着魔的海水到处在燃烧"。老水手暗自祝福船身阴影处出现的水蛇。这时挂在他脖子上的信天翁掉落下来，像沉重的铅块落入水中。他已经能够祈祷、酣眠，还能喝水。但天空骤然间获得了生命，狂风如大河陡立把雨水倾倒。死去的水手又一个个站立起来，开始在船上忙乎，他们只"是别有仙灵附身"。船开始缓慢平稳地行驶，船身突然抖动，老水手昏了过去。苏醒后他听到精灵说，"此人虽行凶，却已知悔罪，/ 他还会忏悔不休"。最后魔法解除，老水手又看到了蔚蓝的海洋，回到了自己的故乡。可是他经常浑身剧痛，只有跟人讲述自己可怕的经历才能缓解身上的疼痛。

《古舟子吟》象征意义十分丰富，在道德、宗教、艺术、心理等方面引出众多评论。它从结构上为浪漫哲学中的迂回史观提供了例证，也体现了纯真－罪孽－救赎这个宗教模式。诗中有关万物共有同一的生命或天人一体的说教符合诗人一贯的泛神思维。①

乔治·戈登·拜伦（George Gordon Byron，1788—1824）出身破落贵族家庭，10 岁时承袭了世袭爵位和家产。1805—1808 年他入剑桥大学学文学和历史，阅读了大量包括英国在内的欧洲文学、哲学和历史著作。1809 年他去欧洲旅行，途经葡萄牙、西班牙、希腊、阿尔巴尼亚、土耳其等地，1811 年回国后发表了他的早期代表作《少侠哈罗尔德游记》（一、二卷，1812），一举成名。此期他还发表了《异

---

① 《古舟子吟》评析为陈大明撰写。

教徒》（1813）、《阿比道斯的新娘》（1813）、《海盗》（1814）、《莱拉》
（1814）、《科林斯的围攻》（1815）和《巴里西纳》（1815）等著名
诗篇。

　　1816年拜伦迫于种种原因离开了英国，从此漂泊异国他乡。他
首先来到瑞士，遇见雪莱。雪莱的乐观情绪影响他写了若干充满斗
志的著名短诗，如《锡庸的囚徒》（1816）、《普罗米修斯》（1816）、
《勒德派之歌》（1816）等，还有《少侠哈罗尔德游记》第三章
（1816）。此后他流亡到意大利，完成了许多重要诗作，如著名哲理
诗剧《曼弗莱德》（1817）、《少侠哈罗尔德游记》第四章（1818）、
历史题材的政治悲剧《马里诺·法利埃洛》（1820）和《萨达纳巴勒
斯》（1821）、神秘剧《该隐》（1821）、讽刺诗《审判的幻景》（1822）。
他的讽刺诗最富想象力，结构紧凑，笔锋锐利，主题连贯。他的其
他许多诗篇中著名的有《当初我们俩分别》《给一位淑女》《雅典的
少女》《她走在美丽的光彩里》等。而他最具代表性的作品是叙事长
诗《唐璜》（1818—1824）。

　　拜伦引发了文学史上"拜伦式的英雄"现象。该人物四方游荡，
性格忧郁，常自觉高居人群与习俗之上，论古讽今；他有强烈的男
性中心意识，但对女性却有不尽的魅力。哈罗尔德与曼弗莱德尤能
代表拜伦式孤独的反叛者，欧洲后来的小说与诗歌中也常有其身影。
拜伦不像济慈那样遏制作家人格介入诗作，他经常用人物发表自己
的见解，畅所欲言，毫不介意地频用套句俗语。虽说有些评论家对
拜伦诗风看法不同，但他的确使诗文变成自传，将历史的魅力转化
为艺术魅力以释放自我的能量。别的诗人编织梦想，他却曾被认为
是梦的本身，在诗、行动、人格之间创造了一种独特的生命。

　　《唐璜》讲西班牙青年唐璜经历了与一名已婚妇女的纠缠后被其
母送往国外，接受"新的熏陶，/特别要他仿效意大利和法国"（查

良铮译，下同）。他途中遇海难漂至希腊一岛上，受到匪首女儿海黛呵护。后来他被当作奴隶卖到土耳其苏丹王的后宫，引起王妃爱恋，逃走后在俄军服役，因参加俄土战争立功得到叶卡捷琳娜二世宠幸，后受命出使英国。最后六卷讲到英国的现实政治、社会与文化。《唐璜》涉及话题极广，如教育、道德、爱情、战争、宗教、时事政治。例如，唐璜的母亲唐娜·伊内兹出身名门望族，望子成龙，希望儿子文才武略兼备，尤其在道德方面更是严加管教。但是问题随之出现：老师所教的材料受到类似新闻检查似的控制，许多经典因为"道德"不过关被排除，有些经过删改而不知所云。因此，唐璜通晓的人文艺术是"与实用最没有关系的一切"。诗人不仅在故事情节上，而且对唐娜·伊内兹也进行了讽刺。比如第 1 章第 13 节这样写："她（唐璜母亲）会读拉丁——就是那篇《主祷文》，/ 也懂得希腊文——大概几个字母；/ 法文小说也随处翻看一点点，/ 虽然讲起法文来不免谬误;/ 对于本国语文她不大留意，/ 至少是，西班牙话讲得不大清楚"。看上去是在恭维她，实际上是在讽刺她。

唐璜与海黛在岛上的纯真浪漫爱情常被评论界称道。唐璜走海路出国，途中遇海难，经过生死磨难漂流到一座孤岛的海滩上。岛主是个嗜血的海盗头子，但他那美丽善良的女儿海黛救活了唐璜，把他藏在岸边山洞里，并照顾他康复。后来他们相爱，海岛之恋十分美丽。与早已把爱情听厌和看烦的颓旧世界对照，唐璜和海黛爱在大自然，拥有"紫红的晚霞""火烧的流云""波光粼粼的"大海和海面上正升起的"一轮明月"。

诗人在第 7 章开始叙述俄土战争和对战争残酷的谴责。他套用《圣经》里"上帝说：'要有光！'于是有了光"来揭露战争的残酷和血腥的本质："人说：'要流血！'于是血海汹涌"。诗人对战争的诡异、摧毁、杀戮、凶残做过如下精辟的揭示："在这儿，战争已将

它的破坏艺术 / 让位给更破坏的天性，屠杀之烈 / 比得上尼罗河岸炎热的土壤——/ 每种罪恶都滋生了丑恶的形象。"诗人还从人道主义的角度谴责战争对人尊严的杀戮和摧毁，"刺刀不断劈刺，马刀不断砍杀，/ 人们的性命抛掷得一如粪土"。[①]

《唐璜》后来的一些章节继续无情地嘲弄和鞭笞了欧洲文明的方方面面。这部作品采用的是游记形式，主人公与诗人经常界限不清，还融合了英意两国优秀的讽刺与浪漫传奇传统，诗文口语化，风格灵活，结构松弛、枝节频生，思路繁复、情调多变。

珀西·比希·雪莱（Percy Bysshe Shelley，1792—1822）出身贵族，在牛津大学一年后因散发其《无神论之必然性》（1811）一文被开除。1816年雪莱偕妻子玛丽和妻妹一行三人到日内瓦定居，与在瑞士的拜伦结下友谊。1818年他去意大利，与拜伦交往更密。意大利洋溢着异国的诗情画意，雪莱心情愉快，诗才充分发挥，写下许多优秀诗篇。1813年雪莱写成了长诗《麦布女王》，1816年完成了《阿拉斯特》。他后来的诗作可分为哲理诗，如歌颂柏拉图式真理的《赞精神的美》（1816）、赋予大自然华兹华斯式精神意义的《勃朗峰》（1816）、歌颂爱和自由的《解放了的普罗米修斯》（1819）、记述生命中一段柏拉图式爱情史的《生自我灵魂的灵魂》（1821）和哀悼济慈并借机抒发个人感想的《阿多尼斯》（1821）等。另一类是政治诗，如以伊斯兰黄金城的革命来比喻法国革命的《伊斯兰的起义》（1818），以罗马贵族钱起的暴虐喻及现实压迫的历史剧《钱起》（1819），写于1819年彼得卢大屠杀之后、号召工人团结起来争取自由的《无法无天者的假面舞会》，更为流行的是《致英国人之歌》与《1819年的英国》。另外还有抒情色彩浓重的《自由颂》（1820）和

---

① 《唐璜》的引文评析由陈大明编写。

《那不勒斯颂》（1820）等。

　　雪莱写的其他不少诗如《云》、《致云雀》、《西风颂》、《当那灯盏破碎后》（1822）等可归入抒情短诗。这些诗大多通过描写自然景象寄托思想感情，想象丰富、音韵和谐、节奏明快，在英国诗歌史上占有重要地位。《西风颂》是中国读者比较熟悉的诗，代表雪莱超群的艺术控制力。全诗采用西班牙卡尔德隆式格局，由前三大诗节组成第一部分，写西风影响下的落叶、云朵和水波；四、五大诗节构成第二部分，汇总三类物体与自我的精神与肉体类比，并进一步将自己比作风奏琴，甚至比作西风本身，将语言或思绪比作落叶或将灭的火星，引出对万物新生的渴望。

　　著名诗剧《解放了的普罗米修斯》因具有深刻哲理而在雪莱诗中占中心位置。该诗剧分四幕，开篇写普罗米修斯为人类盗火而受天神朱庇特惩罚，被缚山崖达3000年，但他坚毅不屈，不向强权低头。朱庇特用尽恐怖手段迫害他，普罗米修斯的肉体遭受难以想象的酷刑折磨，冻结成水晶的枪尖"刺进了我的心窝／锁链冷得发烫，啮进了我的骨骼。／生翅的天狗，它的嘴像在你的唇上／沾到了荼毒，把我的心撕得粉碎"（邵洵美译，下同）。周围还出现嘲笑他的"一群梦乡里的狰狞的幻象"，撼山震地的恶鬼在"扭旋我创伤上的那些铆钉"，风暴妖精把咆哮和狂飙的"尖锐的冰雹乱丢在我身上"。但他在诗剧一开场就表现出不屈暴戾的大无畏气概。他嘲笑天神"你可不是万能，因为我不肯低头／来分担你那种凶暴统治的罪孽"。与此同时他得到大地母亲的关怀、精灵们的鼓励和爱人海洋之女阿西亚的不尽思念。第二幕中阿西亚与潘堤亚姐妹俩追随声音和精灵来到冥府，阿西亚与冥王进行了精彩对话。第三幕中普罗米修斯守口如瓶的谶语终于实现：冥王终于击败朱庇特，使普罗米修斯获得自由，同时爱的时代露出曙光，普罗米修斯与阿西亚团聚。第四幕是宇宙新生的颂歌，预言爱与自由将为人类开创新天地。

这首诗探索人间沧桑的哲理和治国之道。在推翻朱庇特统治后，地精说道，"人类从此不再有皇权统治，无拘无束"。他同时还清醒地提道，人类"还没有脱离罪恶和痛苦，/ 原来一切虽然由他们自己作主，/ 可是也还免不掉受到命运、死亡 / 和变迁的影响"。在第四幕大地母亲提到了共和这一重要的治国概念，"啊，'人'呀！你是一条思想的链索，/ 爱和威力永远串连在一处，/ 又有坚强的意志驱使着万物生灵；/ 正像太阳统治那扑朔迷离的 / 共和天国，虽难免峻颜厉色，/ 却是在奋斗着创造自由的天庭"。冥王也说，"我们的共和国，受到祝福，也祝福别人"。诗剧中反复提到对人类、神界和宇宙来讲最为神奇的概念是爱。潘堤亚告诉被缚的普罗米修斯，阿西亚一直在苦苦地思恋和爱着他，深深地爱着妻子的普罗米修斯回答道，"我说过，除了爱，一切希望全空虚"。[①]

总之，普罗米修斯这位埃斯库罗斯笔下的巨人之所以如此吸引雪莱是因为他以爱、智慧和正义抗击暴戾。他代表着完美人格，如无私、无野心、无妒意，集人类灵智与永恒灵智为一体。雪莱写这诗时不再过分强调外在变革，而更注重自我完善和爱的力量，不再涉及具体的政治自由，而聚焦于超然而又深厚的自由含义。因此，它实际是理念诗，旨在展现理想生活的幻景，提供宇宙新生的启示。相对拜伦的现实革命精神而言，雪莱的革命概念更具理想色彩，因此也更彻底。雪莱通过该剧阐明了这样一个哲学思想：一切似乎不可动摇的统治力量都不是永恒不变的。同时，诗人对人类最终靠自身的力量得到解放充满了坚定的信心和希望。

约翰·济慈（John Keats，1795—1821）出生在伦敦，父亲是

---

① 《解放了的普罗米修斯》的引文评析为陈大明撰写。

车马行小业主，家境贫寒。他喜爱读书，钟爱维吉尔。1810 年济慈
被送去当药剂师的学徒，后来在一家医院学习，1816 年获药剂师执
照。但他一直喜爱文学，于 1817 年出版了第一部诗集，受到一些好评，
但也遭到一些极为苛刻的攻击性评论。1818 年夏他因照顾兄弟汤姆
染上肺结核。在接下来所剩不多的几年中，他被疾病与经济问题困扰，
但却令人惊讶地写出了大量的优秀诗歌。1818—1820 年是他诗歌创
作最旺盛的时期，先后完成了长诗《恩底弥翁》(1818)、《伊莎贝
拉》(1818)、《圣阿格尼斯节前夕》(1819) 和《拉米亚》(1819) 等。
著名颂歌如《忧郁颂》(1819)、《秋颂》(1819)、《夜莺颂》(1820)、
《希腊古瓮颂》(1820)、十四行诗《灿烂的星》(1820) 等也在此期
内写成。其实，济慈在 1818 年之前就已经写下许多十四行诗，如《给
拜伦》(1814)、《哦，孤独》(1816)、《蝈蝈与蟋蟀》(1816)、《初
读查普曼译荷马有感》(1816)、《每当我害怕》(1818) 等。他的哲
理诗《海庇里安》片段和未完成的《海庇里安的败落》具有史诗气势。
他的书信也很珍贵，T. S. 艾略特说它们是英国诗人所能写出的最重
要的信件。

济慈与拜伦、雪莱被誉为英国第二代浪漫派杰出诗人。济慈在
欧陆的影响不及拜伦，但在英国诗歌史上拜伦的声望则无法与济慈
相比。济慈反对古典主义的理性主义，所创作的诗歌特别重视感性
和细腻，他又主张诗歌客体化，这些与拜伦相去甚远。与雪莱比较，
济慈更愿与"纯艺术家"认同，乐于想诗，谈诗，而不经常思考哲
学与政治问题。他不因理想而厌弃世事，而更愿以热心而冷眼的观
者姿态绘制生活的戏剧画面，以具体人间情感证实无限的存在，因
此他的诗更具内在的新柏拉图主义意味。

长诗《恩底弥翁》问世后一直受到不同程度的批评，但它与《圣
阿格尼斯节前夕》最能代表作者坚持的信念。开篇首行"一件美的

事物永远都是乐事"这一断言在其他诗中不断受到变相的处理，并引起 19 世纪末唯美派共鸣。《圣阿格尼斯节前夕》采用适于浪漫传奇的斯宾塞诗节，写发生在中世纪哥特城堡中的罗密欧与朱丽叶式的爱情故事，是诗体、诗语和内容有机结合的典范，也是莎翁与斯宾塞在济慈诗中影响之佐证。

　　济慈在 1819 年发表的六首颂歌更贴近他个人的生活与情感，也是读者更喜爱而且批评界也更乐意评论的作品。例如，诗人在《夜莺颂》里听见夜莺这"轻翅的仙灵"在放喉"歌唱着夏季"，于是他也希冀"一口酒"，"饮而离开尘寰，/ 和你同去幽暗的林中隐没"（查良铮译，下同）。这一口酒是"冷藏在地下多年的清醇饮料"，诗人一尝就想起"绿色之邦，想起花神，恋歌，阳光和舞蹈！"在诗人的想象中，让他与夜莺轻翅而去的是"一杯南国的温暖 / 充满了鲜红的灵感之泉"。同时，诗人设法忘掉却又在历数现世的苦难经历。读到"'美'保持不住明眸的光彩，/ 新生的爱情活不到明天就枯凋"这两句诗行时更是让人联想到作者的爱情。济慈十分爱恋他的女友芳妮，但因肺痨并将不久于人世，他只得选择在十四行诗《每当我害怕》最后两行所说的那样"独自站定、沉思，/ 直到爱情、声名、都没入虚无里"。

　　与《夜莺颂》不同的是，诗人在《希腊古瓮颂》中既着迷古瓮这一聚焦对象，又与眼前的古瓮保持着冷静的距离。诗的第一行"你委身'寂静'的、完美的处子"将古瓮比作处女，并已委身于"寂静"。第二行"受过了'沉默'和'悠久'的抚育"中又将"沉默"和"悠久"比喻为"处子"的双亲。开篇两行通过对"你"（古瓮）发话，有距离地展现了一个现实生活中的希腊古瓮，但"寂静""沉默"和"悠久"等拟人手法又将读者带入丰富的想象空间。诗人在第一节中将目光从古瓮转向瓮体上呈现的戏剧性故事。在第二节他便从故事的戏剧性转向对故事的冥想，并且是一种可以双目紧闭的听音却听不见声的冥想。"听见的乐声虽好，但若听不见／却更美；所以，吹吧，柔情的风笛；／不是奏给耳朵听，而是更甜，／它给灵魂奏出无声的乐曲"。第四节一开始，诗人从冥想中抽身又回到对瓮体故事的叙述。在一幅乡村祭祀图所说的故事里有"作牺牲的小牛""神秘的祭司"和一些祭祀人。诗人由近及远地猜想，人们离开小镇来赶祭祀，空巷的小镇"永远恬静"。这里的"永远"和第三节中那些"永远"与第五节即最后一节中的"永恒"形成呼应。最后一节有感而发地赞叹眼前这个在"寂静""沉默"和"悠久"烘托下的古瓮："沉默的形体呵，你像是'永恒'／使人超越思想"。这时的古瓮再次被拟人化，诗人以坚定的语气有感而发地说道，"'美即是真，真即是美'，这就包括／你们所知道、和该知道的一切"。评论界对这里提到的美与真有许多深度评论。另外对"你们所知道、和该知道的一切"也有不同解释。①

　　雪莱的夫人玛丽·雪莱（Mary Shelley，1797—1851）是激进文人威廉·葛德汶（1756—1836）和英国最早的女权论者玛丽·沃斯通克拉夫特（1759—1797）的女儿，嫁给雪莱后长期旅居欧洲。她除了发表许多传奇、故事和传记以及编辑雪莱的诗集和散文之外，于1818年出版了传世名著，一个人造人的故事《弗兰肯斯坦，或现代的普罗米修斯》，1831年修改后再版。故事讲述自然学者弗兰肯斯坦造了一个人形怪物、赋予它生命后的灾难性经历。故事使用了18世纪"高贵的野蛮人"母题，提出了宗教、哲学、伦理、科学等多方面的根本问题。

　　简·奥斯丁（Jane Austin，1775—1817）是与浪漫主义诗人同

---

① 《夜莺颂》和《希腊古瓮颂》的引文评析为陈大明撰写。

代的小说家，但她既没有表现时代风云，也没有流连于山水林间，写作风格迥异于司各特和玛丽·雪莱，却有后来维多利亚时代那种向现实生活的逼近，因而成为 18、19 世纪小说之间的重要纽带。她的小说在 20 世纪受到越来越高的评价，除去语言技巧备受赞扬，还吸引了女权主义、后殖民主义等文学批评家们的高度关注。奥斯丁的父亲是知识渊博的教区长，家中藏书颇多。她本人并没接受正规教育，但自幼好读，14 岁就试写小说并表现了写作才能。1811 年她出版了小说《理智与感情》，接下来是《傲慢与偏见》（1813）、《曼斯菲尔德花园》（1814）和《爱玛》（1815）。她逝世后，家人与出版商联系出版了她的《劝诫》（1817）和《诺桑觉寺》（1818）。奥斯丁细致地观察周围生活，以乡镇的中产阶级日常生活为题材，通过爱情婚姻等方面的矛盾冲突来反映 18 世纪末、19 世纪初英国社会的风貌。

《傲慢与偏见》叙述了乡绅班纳特女儿们对终身大事的不同态度和她们对爱情和婚姻问题的不同处理过程。班家二女儿伊丽莎白美丽、聪敏、机智、善于思考，有很强的自尊心。小说写她与富家子弟达西的相爱过程。起初双方印象都不好，达西傲慢地评价伊丽莎白，"她还可以，但还没有漂亮到打动我的心，眼前我可没有兴趣去抬举那些受到别人冷眼看待的小姐"（王科一译，下同）。无意中听到达西上述评论的伊丽莎白因此不喜欢他，加上听信了韦克翰污蔑达西的谎言，产生了很深的偏见。当达西出乎她意料向她求婚但言辞依旧傲慢时，愤怒的伊丽莎白斥责他，"十足狂妄自大、自私自利、看不起别人"，而且声言："哪怕天下男人都死光了，我也不愿意嫁给你。"伊丽莎白完全被偏见蒙蔽了，她的语言也因此带着一种反讽。当达西警告她当心韦克翰时，她还话中带刺地回敬道，"他真不幸，竟失去了您的友谊"。但达西告知韦克翰勾引他妹妹私奔的信让伊丽莎白反思。"她越想越惭愧得无地自容",承认"自己以往未免太盲目,太偏心,对人存了偏见,而且不近情理"。此后两人经历过一系列事件后相互倾诉爱慕之心,最后幸福地成婚。小说还叙述了珍与宾利、丽迪亚与韦克翰、夏绿蒂与柯林斯的婚恋,揭示了当时女性的不同婚恋观及人物间发生的各色复杂关系和事件。①

《爱玛》是奥斯丁最受评论界推崇的作品,女主人公富有、聪明,但喜欢做媒,欣赏自己摆布他人命运的权利。作者让她沾沾自喜,执迷不悟,直到差点酿成终生错误。如果说《傲慢与偏见》是以伊丽莎白的聪明来讽刺她周围的愚昧世界,那么《爱玛》则审视女主人公自作聪明。该小说大量使用自由间接引语,深入心理,道德辨析精细。

维多利亚时期　维多利亚女王 1837 年继位,1901 年逝世。维多利亚时代通常分早期(1832—1848)、中期(1848—1870)和晚期(1870—1901)。早期问题丛生,社会纷乱四起,中期相对平衡,享受了一段太平盛世。中期的社会形态、思想文化、价值体系等诸方面都呈现典型的"维多利亚"特点,它也是文学创作的高峰期。鼎盛之后又有新的分裂和动荡,价值观也全面受到挑战。维多利亚后期这一段又常分出 90 年代作单论,"世纪末"的情绪别有滋味。

维多利亚时期经济、政治、文化、思想、精神等走向自然,这是理解当时文学作品不可缺的知识背景。维多利亚女王登位前后,英国摆脱了法国革命和战争的阴影,社会聚积多时的能量爆发出来,英国以空前速度运转起来,一个旧式的农业和商业国家率先在世界上进入了工业化、民主化的现代之门,为社会的"转型"期。几十年时间里,英国社会的变化超过以往千年之总和。凝聚了经济"腾飞"

---

① 《傲慢与偏见》引文评析为陈大明撰写。

形象的是 1851 年的伦敦博览会，展示了现代工业和科技成果。

"转型"期的维多利亚社会矛盾丛生、各处脱节、新旧并存、举步维艰。维多利亚的思想界在旺盛的创造力、无穷的机遇和传统价值的巨大张力间，进行着活跃而又痛苦的求索。问题的内核是信仰危机，最大的冲击来自理性思潮和科学的重大发现。维多利亚早期仍继续着浪漫主义时期功利主义理论家边沁（Jeremy Bentham，1748—1832）与柯尔律治之争。四五十年代后，论争愈加激烈。几十年来地质学、天文学、生物学所揭示的自然奥秘更是对信仰造成灾难性打击。人们的时空观起了剧变，人的形象不再高大，及至达尔文将马尔萨斯人口论用于生物界，推出"物竞天择，适者生存"的进化论，自恃在世上有特殊地位和作用的"人"感到被推进虚空，无限孤立。

维多利亚社会从政治、经济、社会、文化、思想甚至宗教意义上都以中产阶级为主，持有务实、宽容、圆通和中庸的心态，崇尚个人自由、言论自由，有识之士揭露和议论问题不留情，但又总是流露出对世界上最强盛最自由的英帝国的自豪感。他们相信舆论的力量，认为通过合法手段可以缓和、解决矛盾，最害怕也最反对暴力。他们对法国革命的"恐怖"记忆犹新，可对自己海外的血腥行为却很少认识。这个时期的牛津运动、进化论和"福音"教在思想界引起了巨大反响。

维多利亚时期文学事业兴盛发达，得助于多方的物质和社会条件，如印刷业、出版业的发达，报纸杂志业的继续勃兴，教育的进一步普及，有闲阶层的出现，读者队伍，尤其是女性读者群的不断扩大等。维多利亚时期更是伟大的散文时代，盛期的散文体小说以写实为主，但它的"现实主义"仍富有浪漫主义气息。

维多利亚小说常被冠以"写实主义"（亦作"现实主义"），然而

"写实"不等于全面、真实、客观地反映或再现社会历史原貌。首先，小说本身具有的明显的中产阶级特征，就决定了它特定的视角和价值取向。其次，小说的"写实"性只是相对此前的浪漫主义文学而言。优秀的写实小说转向描写城乡普通人的日常生活，力求逼真，重视细节，而不再迷醉于异域、神秘、渺远的时空或普通人不能企及的阶层和生活方式。维多利亚小说富有英式幽默，但其严肃的道德和严厉的说教又明显带有福音主义的时代特征。吃苦、忍耐、劳作、勤勉、认真等中产阶级和福音教所倡导的思想准则和行为比比皆是。读者要求得到指点，作家也自认负有指导使命；在此意义上，小说经常使用的"全知"叙述视角不只是一种写作方法，它也表明了当时的社会仍存在着相当程度的社会共识。维多利亚小说大多厚重冗长，重因果和故事，动人好看，在叙述行为和事件过程中刻画人物，对人、人生、历史作连贯性的阐释。当时的小说已具有多种门类，如历史小说、侦探小说、政治小说、工业小说、神秘小说、哥特式鬼怪志异小说等。各文类文体互相渗透，优秀的写实作品往往集多种文类于一体，狄更斯小说便是这类典型。

维多利亚诗歌尚能与小说平分秋色，诗坛的气势虽稍逊浪漫主义时代，但思想和风格的复杂不在其下。社会变迁要求诗歌成为时代的声音、行动的指导，而不是浪漫诗人那样直抒胸臆。诗人们致力调节主体与客体的间距，调和自我、欲望、想象力与社会、群体、时代的关系，诗歌更强调视觉，更多地用"形象"来统摄客观事物与主观视点，以及对客体的情感，注重客观性基础。为解决"语声"等于诗人这个传统的局限，诗人探索用"面具"形式区分诗的语者和诗人的主体，避免了诗歌成为个体的私有象征的危险。为应对小说的挑战，维多利亚诗歌更偏好以诗讲故事，因此叙事诗发达。

维多利亚散文指有关信仰、真理、政治、历史、民主、科学、教育、文学、审美等的探讨与论辩的文章。这些作家都是当时的思想精英，企图改造物欲骚动、作风粗鄙的中产阶级世俗社会，使之有灵性、人性、同情心和高雅趣味。他们主张"文学为人生"，对现实热忱，对问题敏感，对人文价值执着，对道德良知信念坚定，对自我探索真诚，透过篇幅宏大的文章来感染现代人。文豪托马斯·卡莱尔（1795—1881）提出了生机论的宗教哲学，并将其引入政治和历史研究，推崇造就历史的强者。他的主要著作是《论英雄、英雄崇拜》（1841）和《过去和现在》（1843）。约翰·亨利·纽曼（1801—1890）在牛津大学任教职和神职，在20年代牛津运动中宣道和演说，主张靠拢天主教，但他的许多主张又不为天主教接受。他的代表作是《关于大学的设想》（1852）和《我一生的自辩》（1864）。约翰·斯图亚特·穆勒（1806—1873）与他父亲都支持功利主义，但他改造了边沁理论，吸取了柯尔律治等人对情感和情操的关怀。他在著作中表述了对民主的远虑，但强调英国是世界上最开明的国家。穆勒的代表作是《论自由》（1859）和《论对妇女的统治》（1869），他的《自传》（1873）也成为文学经典。约翰·罗斯金（1819—1900）塑造了维多利亚社会的审美品味，早年随酒商父亲遍游欧洲，观赏名胜、画廊、建筑，培养了美学兴趣和艺术鉴赏力。他经常诵读《圣经》，培植了深刻的道德意识和使命感，这双重影响融入了他的独特审美批评中。罗斯金用17年完成了五卷本《现代画家》（1843—1860），但令他名垂青史的是复兴哥特风格的论著《建筑的七盏灯》（1849）、《威尼斯之石》（1851—1853）和《芝麻与百合》（1865）。阿诺德也以其两部评论集、《文化与无政府状态》（1869）和《论凯尔特文学研究》（1867）等著作跻身这个行列。

　　1870年前后维多利亚社会变化比较显著：老秩序让位于新秩序，大一统的辉煌已暗淡，代之而起的是动荡、分裂和无法趋向一致的多元视角。表面上看，维多利亚王朝依然显赫，但俾斯麦领导下的德国实力飙升，内战结束后的美国迅速复苏，加之 1873—1874 年英国的严重经济萧条，使其竞争力面临空前威胁。此期，早年的经济和社会生活中的个人主义退潮了，国家权力机器大大加强，但体制运作的不和谐也因此显化。

文学敏感，它既反映社会变化，也成为变革的先声。后期文学与中期的显著区别在作家的态度。年轻一代作家公开表示对中期价值倾向和偶像人物不满。随着信仰危机加深，自信减弱，怀疑情绪增强，小说接过诗歌、散文的深思、反省特征。在欧陆的写实主义，特别是自然主义影响下，作家们反对粉饰现实和闪避生活中的黑暗面，因此在哈代、吉辛（1857—1903）等人笔下，家庭、婚姻、性爱这些社会价值的风向标已与中期不同。此期，怀疑、悲观、哀伤乃至颓废替代了乐观向上精神。到 90 年代，维多利亚时代的认真、严肃、勤奋、尽职、关注精神、带有某种禁欲色彩的价值体系已全面瓦解。罗斯金式的道德审美受到为艺术而艺术思潮的强烈冲击，王尔德无情嘲笑"认真"，佩特（1839—1894）认为追求探索徒劳无益，人只能欣赏转瞬即逝的美。中期作家那种不免粗糙的自然流畅渐渐消失，代之而起的是文字的刻意雕琢，审美上的圆熟世故。

"写实"作品仍在继续，诗坛也有显著变化，诗人的公众代言人身份削弱。散文家对论争和充当先知的兴趣淡薄，而折中态度、敏感的自我意识和内省渐成气候。将近 200 年成就平平的戏剧在 90 年代却迎来了辉煌，出现了王尔德、肖伯纳等作家幽默睿智、高度成熟的作品。维多利亚时期有严肃、阴沉的一面，但它同时也产生了最伟大的喜剧。这说明了该时代归根到底是复杂、多元的，文学样式、题材、风格多彩丰富。

查尔斯·狄更斯（Charles Dickens，1812—1870）的父亲是海

军部小职员，因负债入狱服刑数月，12 岁的狄更斯被送到鞋油厂做
工。这是他作品中出现那么多不幸儿童的背景原因。他后来去律师
事务所打杂，学速记，继而当上通讯员，记录庭审进程，1835 年成
为《早间新闻》记者，报道国会辩论。此间，他为一家刊物陆续发
表的漫画系列配写讽刺性文字，即《博兹见闻录》，很受欢迎，于是
应约以博兹的名义续写一个系列，但以文字为主，插画为辅。这就
是使他成名的《匹克威克外传》（1836—1837）。

　　他的创作以 1850 年为界。40 年代之前主要小说有《奥立佛·屈
斯特》（又译《雾都孤儿》）（1837—1838）、《尼古拉斯·尼可比》
（1838—1839）、《老古玩店》（1840—1841）、《巴纳比·拉奇》（1841）。
早期作品都有对社会全貌的观察，但着重写下层，如贫民院、盗贼
集团、城乡小学、走江湖的戏班子等，猛烈抨击体制的弊病。40 年
代他出版了三部长篇小说和《圣诞颂歌》等专为圣诞节写的系列故
事（1843—1848）。他于 1842 年访美，对他的作品在美国被盗版十
分气恼，《美国札记》（1842）和小说《马丁·恰泽尔威特》（1843—
1844）对美国有不少批评。《董贝父子》（1846—1848）结构明显复
杂，且已出现后来常用的象征手段。《大卫·科波菲尔德》（1849—
1850）是这阶段最后一部以一个人物为中心但结构松散的作品，有
自传性。50 年代初他进入创作成熟期，作品有《荒凉山庄》（1852—
1853）、《艰难时世》（1854）、《小杜丽》（1855—1857）、《双城
记》（1859）、《远大前程》（1860—1861）、《共同的朋友》（1864—
1865），还有未完成的《埃德温·德鲁德的神秘事件》。20 世纪下半
叶以来，《荒凉山庄》和《远大前程》成为他最受关注的小说，《小
杜丽》和《共同的朋友》也有相当多的研究。

　　《荒凉山庄》以 19 世纪 30 年代为背景，有多条情节线，主要批
评讽刺法律程序，具体指大法官法庭（即英国的衡平法院）延宕不决，

"吃"案子，造成许多悲剧，法律成为堕落腐败的体制。小说开始时大法官法庭正审理"庄迪斯诉庄迪斯"的遗产官司，引出与案子有牵连的各阶层人物，包括期望得到遗产、卷入后不得自拔、最后病死的青年卡斯顿。另一条主线是女主人公埃丝特的身世之谜。埃丝特是"孤儿"，母亲非婚生下她，姨母向她灌输她生来有"罪"，所以解开身世之谜是她正视自我的心理过程。

采用两种视角和叙事语声是这小说的一大特色。小说由两个声音轮流讲述，第三人称叙述者可看成作家，第一人称讲述者是埃丝特，两边无直接交流，但涉及的人物和情节互相交叉。第三人称叙述铿锵有力，眼光居高临下、扫视全貌，立足于发生的事件之外，用现在时态，不时对社会和事件的本质进行评论批判，有讥刺、反讽，夸张、幽默，也有燃烧的激情和愤怒。埃丝特的讲述稚嫩、羞涩，语调温和。她置身生活中，参与事件，用过去时态讲自己的见闻、经历，只有有限的知识，对人对事宽容，富有同情心。

狄更斯后期作品中常见的手法是"重影"，如靠儿子教舞蹈养活自己、整天只忙着摆花架子来显示优雅身姿的特维特洛普，他可以看成是行将就木、除了古老的名分已是空架子的贵族戴德洛克们。"重影"不只表现在人物身上，房子、场景等也有重叠，例如，故事结尾时荒凉山庄主人为埃丝特准备的另一座"荒凉山庄"，对这个名字的理解就不是字面意思了，而是书中充满阳光、最温暖人心的住所所在。狄更斯同时也依靠具有象征意义的形象。小说起笔写茫茫大雾，基本只用非限定动词，更无行为动词，但抓不住的雾却无孔不入，最浓处就在大法官法庭。大雾与泥浆就是伦敦，就是法律体制的糊涂、污浊。这些意象互相渗透，结成一张网，烘托主题，推进情节，突出性格，将本无联系的人和事联结起来。但由于意象本身的暗示性，也必然造成某种晦涩，乃至不可调和的冲突，这或许正是读狄更斯作品的愉快。

《远大前程》堪称狄更斯精品。书名含义为"宏大的期望"，强调第一人称主人公匹普的主观欲望。"期望"和真实世界相距甚远，这距离是曾经沧海的叙述人匹普和初涉人世、充满幻想的年轻匹普的差别。铁匠铺穷小子匹普的"期望"是跻身"绅士"行列以便得到美貌的埃丝黛拉，然而"埃丝黛拉"意为星星，可望不可即。小说有两个结尾，原稿强调匹普治愈了对埃丝黛拉的渴望，而狄更斯听从朋友劝告，发表时又暗示匹普认为他和姑娘不会再分手。关于结尾的争论，不仅关系到对这部小说意义的认识，也和维多利亚小说的大团圆结局背后的种种因素及小说理论的发展有关。此外，这部小说也反映了作者吸收了通俗文化养分，例如情节剧和闹剧、哥特式的恐怖、怪诞故事等。

威廉·梅克皮斯·萨克雷（William Makepeace Thackeray，1811—1863）生在印度加尔各答，六岁丧父回英国，后在剑桥三一学院就读。1833年后家道中落，他去巴黎习画，30年代后期发表了不少幽默、讽刺作品，在文坛有了名气。他的长篇小说主要有《名利场》（1847—1848）、《潘登尼斯》（1848—1850）、《亨利·埃斯蒙德》（1852）和续集《弗吉尼亚人》（1857—1859）、《纽可姆一家》（1853—1855）。他还在《笨拙》漫画杂志任职（1842—1851），也担任过《考恩希尔》杂志主编（1859—1862），写了大量文章。

《名利场》是萨克雷最佳作品，被看作1832—1848年间最好的英国小说。背景为滑铁卢战争前后十几年的英国城乡和欧洲生活，时代跨度大，有社会全景扫视。小说从阿米莉亚·赛德利和蓓基·夏泼离开同一所女子学校开始，写她们的恋爱、婚姻，做妻子、母亲的经历，结束时（30年代初），她们的儿子已到恋爱时节。夏泼可说是英国文学中最成功的女无赖。她出身低微，却智力过人，利用自己的姿色和聪明打天下，而且失败了能自嘲，因此不会受伤害。阿米莉亚则胆怯、本分，她父亲投资失败，丈夫乔治在前线被打死，儿子也被夺走，但她默默地承受厄运。叙述人常对她的"愚蠢"不耐烦，例如不看纨绔子乔治的坏毛病，不承认自己一再受到的伤害，因此一再伤害深爱她的道宾。

萨克雷的人物个个善恶并存，读者对人物会形成有距离的认识，这与小说叙述有直接关系。叙述者在小说中不断改变身份，从"无所不知"的作家、操纵木偶的艺人、游艺场经营者、记者、评论家到读者的知心朋友、作品中人物的朋友等。他同作品和人物的关系也在"全知"型的控制和转述"听说"的真人真事这两极间滑动。他滔滔不绝，事无巨细都说给人听，可关键时他就住口了。例如夏泼和斯戴恩勋爵有染否？夏泼真的谋害了乔斯吗？叙述者光提问不回答。他也很喜欢评论褒贬，但很快读者就知道那赞扬或批评未必不是噱头，不能随便相信。他的讽刺是双面刃，既刺书中人，又刺书外人。读者很快就被叙述人拉进这场智性"游戏"，接受指点的同时又不失判断的自由。

萨克雷的叙述姿态同狄更斯拉开了距离，他的叙述者从来不会像狄更斯那样居高临下，将读者卷入叙述洪流，而是采取低姿态，承认自己具有叙述对象身上的种种缺点，不断地自嘲。例如，讲势利者时叙述者本身就算一个，这种姿态在小说中比比皆是。他的作品往往有"回忆录"特点，因此具有走到时间边缘回首的纵深感和看穿一切的大智慧。也许，《名利场》最终告诉人们的并非一切皆虚荣因而一切皆可抛，而是明知一切皆空，人们还是会起劲地追逐利益，这就是人生。

英国文学史上著名的"勃朗特三姐妹"是**夏洛特·勃朗特**（Charlotte Brontë，1816—1855）、**埃米莉·勃朗特**（Emily Brontë，

1818—1848）和**安妮·勃朗特**（Anne Brontë，1820—1849）。她们年幼时随父母迁居约克郡，1831 年夏洛特去罗海德学校就读。为了将来能开办学校，她于 1842 年同埃米莉一起去比利时寄宿学校当学生。夏洛特和安妮都有过当家庭教师的不愉快经历，这在她们的小说中都有反映。当夏洛特发现了两个妹妹写的诗歌后，就加上自己的诗，编成一集，于 1846 年以男性笔名柯勒·贝尔、埃利斯·贝尔和埃克顿·贝尔的笔名自费出版。一年后她们又以上述笔名推出三部小说，即夏洛特的《简爱》、埃米莉的《呼啸山庄》、安妮的《阿格尼丝·格雷》，其中《简爱》销售、评论极佳。夏洛特后来还出过两部小说《雪莉》（1849）和《维莱特》（1853），享誉文坛。

《简爱》家喻户晓，20 世纪六七十年代后评论越来越注意作品中丰富的自然意象、童话架构、《圣经》和其他文学作品的借喻，以及地点和地貌特征等文学因素的强烈暗示性。小说女主人公以第一人称叙述自己的经历，她先后在五个地方生活，这五处富有寓意的名称凸现了西方古典文学中"人生如旅"的基本架构，比如罗切斯特的桑菲尔德庄园意为"荆棘地"，有受难、抵御诱惑等《圣经》喻义。而在穷家庭教师和雇主恋爱的浪漫故事中，作者则表达了类似中世纪传奇中常见的寻找"圣杯"的主题。简爱寻找的"圣杯"是什么，历来有许多不同阐释，如追求精神归宿、信仰的至高无上，或追求个性解放，或以女性原则净化原始情欲世界、使之进入文明等。女权主义批评又赋予它两性之争的政治意义，在简与罗切斯特之间看到了征服与被征服的关系。书中关在楼顶的疯女人伯莎·梅森和小简爱被关在红房间的情节被看成同一母题的回旋重复与强化，伯莎的纵火倾向和折磨简的内心怒火也有同一指向，故可将伯莎看成简性格中为社会不容的另一侧面，而简必须"直面"这一隐秘的自我，才能达到身心体魄的健康。

在夏洛特的小说中，主人公的情感和处世态度有极端化倾向，火与冰的形象广泛运用于各层次的描述，形成情绪的张力结构，感情表达激烈处往往有明显的受虐倾向。她的作品也有相当的复杂性，如在精神皈依方面，小说中国教、非国教、非基督教信仰和迷信多元并存。她最成熟的作品《维莱特》的叙述更复杂，露西的"不可靠叙述"造成作品丰富的多义性，说明作者对视角有高度的理性控制。

《呼啸山庄》是埃米莉唯一的小说，因想象力奇特，当时不为世人理解。20 世纪中后期人们认识到它的"现代性"，评论如潮，她的声誉大大超过姐姐。小说写了石南荒原附近的欧恩萧和林顿两家两代人的联姻、恩怨与报复。尽管书中有大量的地形地貌、气象季节、植物鸟兽的自然修辞和隐喻，但该小说是"室内剧"。书中场景、情节、生活圈的封闭性与情感、言辞表达的激烈程度成正比。而且人物关系、事件发展，甚至人物命名和心理因素也遵循了一定格式，循环往复，造成纵深感却又没有终极解释。小说的"外来者"希斯克利夫打断既定关系，他是捡来的孤儿，曾神秘地失踪三年，然后换了个人似的回到山庄。作品中的语言暴力，希斯克利夫与第一个凯瑟琳的"爱"的性质，两位叙述者与作品内核的关系，两代人故事的关系等，都是批评界争论的问题。

乔治·艾略特（George Eliot，1819—1880）原名玛丽·安·埃文斯，自幼才识过人，通晓多种语言并广泛阅读宗教、文学和科学著作。母亲去世后她辍学为父亲管家，随父亲迁居考文垂后结识了许多有识之士，并改变了宗教信仰，不再去教堂，不再信上帝。但她终身怀有虔诚的宗教同情，这种关怀成为她作品的基调。她开始主要为杂志工作并翻译欧洲神学、哲学著作。她认识了有妇之夫，作家、评论家乔治·亨利·刘易斯（1817—1878）后与他公开同居，双双赴德，以致很长时期与亲朋断绝来往。他们共同生活了 24 年，刘易斯鼓励和支持她创作，她开始写了三部中篇小说，集结发表为《教区生活场景》（1858），使用了乔治·艾略特这个男性笔名。1859—1876 年她一共创作了 7 部长篇小说，均用全知叙述，其中主要作品是《亚当·彼德》（1859）、《弗洛斯河上的磨坊》（1860）、《织工马南》（1861）和《米德尔马契》（1871—1872）。

《弗洛斯河上的磨坊》为中国读者熟悉，它描述磨坊主塔利弗为争水力资源输了官司，破了产，其子女汤姆和麦琪兄妹随之经历了许多误会和磨难。麦琪在爱情和哥哥的亲情中艰难地做了不利于自己的选择，并在洪水到来之际奋不顾身地去救汤姆，船倾覆，兄妹双双丧生，但汤姆在最后一刻理解了妹妹。评论界不少人认为这结尾是败笔，虚幻地解决了作品里无法解决的矛盾。

自 20 世纪后半期以来《米德尔马契》被公认为艾略特的代表作。它以 1832 年议会选举法案出台为背景，描述了英国郡城米德尔马契发生的各色事情。小说有两条主线：1）年轻医生利德盖特满怀抱负来到这里，想在当地医院成就大事业的挫折之旅；2）女主人公多萝西娅从不谙世事的理想主义走向成熟和担当的历程。小说将两个主要人物的命运交织在由新兴工商资产阶级和古老的英格兰世家、乡绅、牧师、政客、律师、医生、学究、无赖等各色人物结成的复杂关系网中。这个庸俗、狭窄和猥琐的社会转变了男女主人公，利德盖特最后与不利的环境妥协，成为阔绰病人的名医，写了富人常患的痛风病论文；多萝西娅完成了自我超越，走出了成为圣特莱莎的梦想，在丈夫去世后勇敢地与威尔结合，决定以平凡但高洁的善行帮助身边的人，为社会做己所能及的事情。

安东尼·特洛罗普（Anthony Trollope，1815—1882）和**伊丽莎白·盖斯凯尔**（Elizabeth Gaskell，1810—1865）是维多利亚时期两位优秀作家。特洛罗普家境窘迫，他母亲从 52 岁开始写作维持家庭，是个多产作家。特洛罗普在邮政局做职员，外派爱尔兰做邮政调查员多年。他 40 岁才成为知名作家，开创了系列小说，作品的地域大体一致，有一定的连续性，人物也出现在多部小说里。"巴塞特郡"和"政治小说"是他的两个著名系列，前者写该郡西部一个虚构郡县，共 6 部小说；后者也是 6 部，因每一部都有吉耐特·帕利泽这个人物又称"帕利泽小说"。特洛罗普对政治感兴趣，是自由党人，但有浓厚保守观念。他的小说道德意识深厚、笔触实在，最受欢迎的是巴塞特郡小说，如围绕养老院贪腐揭露教会和其他势力争斗的《院长》（1855）和展现教会内部高低教派争夺主教管区权力风波的《巴切斯特塔院》（1857）都是佳作。盖斯凯尔夫人的父亲和丈夫都是唯一神教牧师，她在发表了小说《玛丽·巴顿》（1848）后成名，并应狄更斯邀请长期在他的杂志上连载小说。她知名的小说还有《克兰福德》（1853）和《南方与北方》（1855），前者根据她早年和姨妈生活的经历描写了一群古板的老年妇女；后者是英国最早直接描写产业工人状况的小说。她随丈夫在工业城市曼彻斯特生活多年，对劳资冲突深刻了解，对产业工人有着深厚的同情。

维多利亚诗歌与浪漫主义诗歌很大的区别在于其偏好以诗讲故事，叙事诗发达，虽继承了浪漫主义对人的思想、精神、情感活动的关注，却更重客观性，成为浪漫主义诗歌和非个人化的现代诗歌的中介。

阿尔弗雷德·丁尼生（Alfred Tennyson，1809—1892）是维多利亚时代最受欢迎及最具特色的诗人。他入剑桥后始有诗人意识，最初影响来自斯宾塞、弥尔顿和华兹华斯，与同学亚瑟·哈勒姆（1811—1833）成为挚友后被引入济慈的世界。丁尼生诗中作者与内容的距离、多重含义与语声、诗句的美妙、真与美、现实与浪漫的关系以及用中古题材喻今的做法等特点，在一定程度上体现了济慈的影响。其创作生涯分三段：1830—1850 年被封为桂冠诗人为早期，1850—1872 年为中期，1872—1892 年为晚期。

早期佳作迭出，思想深邃，整体成就最高。当时浪漫诗坛随第二代诗人去世而出现低潮，丁尼生很快成为新一代的典范诗人。这首先因为他继承了浪漫主义的思维，在城市化、工业化环境中引起或满足人们对神话和传奇的兴趣。此外他以超凡的韵感创造了较甜美、舒缓的诗句，雅俗共赏。他较其他诗人更直接和敏锐地悟见时代的痛点，把握典型矛盾。他诗中常出现两种声音：社会变化、发展与进步的必然性或必要性与社会速变中个人的焦虑和痛苦。在《夏洛特的少女》（1832）中，诗人写了宏大城池与小城堡、集市与田园、小岛与河流的对立。前者代表社会有局限的生存状态，暗示堕落、死亡，而后者展示宁静、完整的存在方式。但因前者具备生命热能，而后者毫无生气，所以也等于死亡。少女在两者间做选择十分艰难，只能顺流而下，消逝于时间之中。

丁尼生诗中作者的音量不及济慈的水平，他更多地借古讽今，还常以戏剧独白代替诗人的自我抒表。由于人物不必代表作者的系统思维，其语声中与"进步论"和"乐观主义"有关的成分也就变得含义飘忽。独白诗《尤利西斯》（1842）稍别于《夏洛特的少女》。尤利西斯返家后思念海洋，宁愿摆脱世俗事务在海上死去。同期另一首诗《食落拓枣者》也厌恶世俗生活，但表现了远游的进取目的。

有人将丁尼生与当时的扩张政策联想，但我们从他的诗中首先体味到的是诗人的焦虑和渴求。1833 年哈勒姆去世使他写出《拍击》和长诗《公主》（1847）中一些情感涌动的小诗（如《眼泪》），也驱动他用十多年时间写成杰作《怀念》（1850）。他以《圣经》预示论的框架看待个人的损失，将其戏剧化、时代化，视哈勒姆之死代表济慈和整个浪漫时代的消逝。《怀念》以预示手法写个人在逆境中恢复信念的过程。

丁尼生中、后期诗艺稍有滑落，但仍不乏重要作品。中期主要有实验性独白诗《莫德》（1855）、公众主题诗《威灵顿公爵之死》（1852）和爱国诗《轻骑兵旅的冲锋》（1854），以及以华兹华斯手法写成的有关渔村生活与爱情的叙事诗《埃纳克·阿顿》（1864）和取材于亚瑟王传奇的长诗《国王的田园诗》（1869）。

20世纪初西方一些评论家曾认为丁尼生的诗稍欠思想力度，流行意识和对公众事件的反应似损耗了其抒情才华，有些主题则用得过频，如怀疑与信念。但后人开始注意到他诗中有关现代社会问题、现代人心理、性别等方面的思考，认识到他与文化的紧密关联。无论当代丁尼生研究怎样混杂了解构、文化批评、形式主义、心理分析等，他的语言力量，清楚的语声、从容不迫的诗节、固执的韵律就像强加给机械文明的礼物。只有注重他的诗语织体，才能进入他的思想织构。

罗伯特·勃朗宁（Robert Browning，1812—1889）是银行职员之子，未受过系统教育。早年随意而广博的阅读可部分解释其日后缺乏"规范"的创作。他的创作生涯分三段。

1）探索期（1833—1845），写富含表白成分的长诗，体现雪莱的影响。《碧芭走过》是他诗歌艺术的转折点，从抒情风格转向以戏剧独白来完成全诗。1842年发表的《戏剧式抒情诗集》显示他在戏剧独白领域的实验全面开始。虽初期反应不好，集内的《我的前一位公爵夫人》和《西班牙修士的独白》等却成了著名范例。戏剧独白是介于莎剧式舞台独白和乔伊斯式内心独白之间的形式，由人物说出，但不过分突出戏剧性。浪漫时期的交谈诗有戏剧独白的早期痕迹，但第一位现代实践者还推丁尼生。勃朗宁常选用有案可稽之人物，巧妙地将语者、作者、（诗内或诗外的）听者的距离拉开，涉及与现代生活有关的广泛话题，思想更复杂。

　　2）中期（1855—1869）是高峰期。1845年他初遇女诗人伊丽莎白·巴雷特，第二年与她私下结婚并私奔至意大利。恋爱与婚姻，再加上地中海沿岸的自然和文化，使他进入最佳创作状态。1855年发表的《男人与女人》反映这段时光，成为其最著名的诗集。其中有许多爱情名诗，如在古今场景之间反复切换的《废墟中的爱》，以一位妻子为语者、表现她为保护爱情而甘拜下风的《女人的结束语》，称生活和爱情高于艺术的《最后一次骑马同游》，将美女比作三类玫瑰的梦幻诗《女人与玫瑰》，以及分别表现爱情中的理解与孤独的《壁炉旁》和《我俩在原野上》等。诗集中还有许多涉及其他主题的重要独白诗，如《利波·利彼修士》《格鲁比的一首托卡塔》《罗兰少侠来到黑暗的古堡》《安德利亚·德尔·萨托》和《文法家的葬礼》等，都十分精湛。

　　《格鲁比的一首托卡塔》和《利波·利彼修士》也涉及艺术与生活的关系。前者谈到，尽管科学与艺术分别代表某种永恒，但它们都是寄生于生命热能之上的冰冷的东西，而真实有生命的美、激情等必然逝去。后者则借意大利文艺复兴早期修士画家利彼之口，表达诗人对贴近现实活力的自然主义艺术风格的推崇。诗集《剧中人物》（1864）再次推出一批极为出色的独白，如解释爱情失败原因的《神祇们另有所见》和《青年与艺术》，杰出的音乐主题诗《弗格勒教长》，表达厚实的乐观信念并与时代对话的《本·埃兹拉牧师》，以及被人广为称道的、以莎剧《暴风雨》中半人半怪的岛人卡勒班为语者的《卡勒班想到塞特勃斯》等。1868年他发表长达21000余行的鸿篇巨制《指环与书》，以十二个戏剧独白的形式讲述17世纪罗马的一次刑事审判。凶犯是伯爵，很像《我的前一位公爵夫人》中的公爵，怀疑年轻妻子与一位牧师有染，将她杀死，自己也被处以极刑。

3）1870 年后是晚期，诗人在此期发表了许多诗集，思想含量更高，想象力减弱，怪异与执着的气质则一如既往。诗人晚年曾说自己不重形式，却有洞达的辨识，然而后人在他的方法与思想之间多重视前者。20 世纪 50 年代后，西方评论界才更多地谈论其文思的复杂性，他成为多种理论的热门话题，其开明的政治态度也增加了与现今时代的相关性。

马修·阿诺德（Matthew Arnold，1822—1888）19 世纪五六十年代以写诗为主，任牛津大学诗歌教授 10 年之久。60 年代转向文学、文化批评，并担任教育督学。第一部诗集《迷路的狂欢者》1849 年发表，1852 年又出诗集，但 1853 年首次署名发表了之前两个诗集中的作品和新作，其中有许多名篇，如《学者吉卜赛》《悼华兹华斯》等。1855 年《诗歌第二集》问世，之后有悲剧诗《梅罗珀》（1858）和《新诗集》（1867），其中有名篇《色希斯》，按古典悼亡诗风格写成；《多佛海滩》，抒情并富有哲理；还有追忆父亲的《拉格比教堂》和长篇戏剧诗《埃特纳火山口的恩派多克勒斯》。他的诗比丁尼生和勃朗宁在观念和气质上更现代，色调更悲观、无奈。诗中主人公常像哈姆莱特那样忧郁、多思，被怀疑、纷乱、骇惧和涣散的时代折磨得身心交瘁。诗中多有出色的自然景物描摹，情景交融。

阿诺德后期致力于批评，由文学批评开始，进而是社会、宗教、教育和文化批评。他学识渊博，言必称希腊。作为督学，他常去欧陆考察，又深入英国中产阶级做调研，深感国人重利务实和愚昧浅薄。他在最重要的社会批评著作《文化与无政府状态》（1869）中挖苦英国中产阶级为"非利士人"，反对盲目崇拜自由主义而造成的无政府状态，提倡希腊精神代表的文明。其他论作还有《评论一集》（1865）、《评论二集》（1888）、《评荷马史诗的译本》（1861）和《论凯尔特文学研究》（1867）。他的文学和文化批评对后来全球文化批评的兴盛起了重要作用。

"前拉斐尔派"和罗塞蒂兄妹（Dante Gabriel Rossetti，1828—
1882；Christina Rossetti，1830—1894）1848 年但丁·加布里埃尔·罗
塞蒂和友人组建了"前拉斐尔派/兄弟会"，出版了四期刊物《萌芽》。
因社会怀疑和内部分歧，1852 年兄弟会名存实亡。1857 年 D.G. 罗
塞蒂在牛津画壁画期间吸纳了威廉·莫里斯（1834—1896）、爱德华·
伯恩－琼斯（1833—1898）等人，前拉斐尔派再度繁荣，直接和间
接参与的还有斯温伯恩（1837—1909）、佩特（1839—1894）和梅
瑞迪斯。前拉斐尔派意在回归意大利文艺复兴鼎盛期的拉斐尔之前
的画风，不满之后的学院派程式化风格。他们的画色彩浓艳、讲究
细处理，装饰性强。他们的诗因感官冲击力强而被称为"肉欲诗派"，
对英国式社会主义和唯美主义有较大影响。罗塞蒂曾因懊悔没珍惜
模特妻子西德尔，在她去世时将未发表的诗稿与妻子同葬。数年后
他爱上莫里斯的妻子，再获灵感，发表了包括《柳树林》系列的 16
首十四行诗。1870 年出版《诗集》确立了诗人画家的威望，后来又
出版了新的《诗集》和《谣曲及十四行诗》（1881）。他的诗如画，
注意细节，常将诗画成画，又为画配诗。妹妹克里斯蒂娜·罗塞蒂
是优秀诗人，受哥哥影响很大，长于谣曲和十四行诗。她的作品集
有《小精灵集市及其他》（1862）、《王子出行及其他》（1866）、《童
谣集》（1872）和《游行盛会及其他》（1881）等，主题多为受挫的爱、
无果的希望和死亡。虽议题沉重，但笔调不乏轻松、调皮。

乔治·梅瑞迪斯（George Meredith，1828—1909）是维多利亚
后期小说家、诗人。他出身裁缝家庭，早年在律师事务所当差，后
做记者。他喜欢写诗，出过 9 部诗集，得到丁尼生好评。他也可算
前拉斐尔派的一员，但后人提起他，大都只当他是小说家。

他前后写了十三四部小说，《理查·菲弗勒尔的磨难》（1859）

是年轻人的爱情悲剧，涉及父子关系、教育问题、心理创伤，有尖锐的社会讽刺，语言如诗，作为人物心理之对应物的自然意象丰富，警句不断。他随后出版了《埃文·哈林顿》（1861）、《爱米丽亚在英国》（1864，后更名为《桑德拉·贝罗尼》）、《罗达·弗莱明》（1865）。意奥战争期间他在意大利当战地记者，写了《维托利亚》（1867）、《哈里·里奇曼历险记》（1871）、《包尚的事业》（1875）、《喜剧人的悲剧》（1880）。1879年他的《利己主义者》在英国畅销，后又出版了广受赞扬的《十字路口的戴安娜》（1885）。90年代他出版了有关婚姻的《我们的一位征服者》（1891）、《奥蒙勋爵与阿明塔》（1894）、《奇特的婚姻》（1895），以及未完成的《凯尔特人和撒克逊人》等。

他的小说可归入世态小说，人物多属社会中上层，内容多为不成功的恋情、失败的婚姻。他在《利己主义者》中演绎了威洛比爵士与三位女性的关系。威洛比将自我放得无限大，无止尽地玩弄辞藻、警句、格言，对阿谀奉承贪得无厌，心地却阴冷。威洛比是个令人憎恶的形象，而作品中顶住压力并与他解除婚约的克拉拉则聪明、清新、可爱。作者似乎在暗示，大家都是威洛比。当时和后来的作家和评论家也从作者对威洛比内在意识的那种近乎亲密的深刻刻画看出了他无情的自我剖析。

梅瑞迪斯的作品大多以悲剧结尾，但他却以提倡"喜剧精神"而著称（威洛比的故事更像喜剧）。现代社会千篇一律、庸俗、自满，人不易受到震动。梅瑞迪斯专等人不设防时，一下子抓住他露出的马脚，引起笑声，起到警世讽喻作用。与此相关，作者很不喜欢"写实主义"（尤其左拉的自然主义），反对不顾要害问题的拟真和繁琐的细节描摹。他在作品中大量依靠暗示、象征、意义含混的隐喻和自然关联物，过于浓重的修辞手段令文风艰涩，使他难以为后世读者接受。

托马斯·哈代（Thomas Hardy，1840—1928）是维多利亚后期最重要的小说家，也是 20 世纪英国第一位重要诗人。他出生在多塞特郡，15 岁起当了 6 年学徒，搞房屋设计和教堂修缮。1862 年他去伦敦一位建筑师手下工作，阅读各类书籍，接受新鲜事物，钻研文学、哲学，并在伦敦大学皇家学院进修法文，研习绘画。1867 年他回家乡，仍受雇做教堂修缮，并开始写小说，匿名出版的《孤注一掷》（1871）评论毁誉参半。接着是乡土小说《绿林荫下》（1872），得到好评。之后他专事写小说。

哈代的长篇小说基本上都先连载发表，使他成名的《远离尘嚣》（1874）基调是悲剧。1878—1895 年是他的创作盛期，先后发表了《还乡》（1878）、《卡斯特桥市长》（1886）、《德伯家的苔丝》（1891）和《无名的裘德》（1895）等多部作品。他还是短篇故事大家，作品有《威塞克斯故事集》（1888）、《贵妇集》（1891）、《生活的小小讽刺》（1894）、《判若两人，等人的晚餐及其他故事》（1913）等。他的作品因其鲜明的地域特征而统称"威塞克斯小说"。"威塞克斯"是他利用古代西撒克逊人的国名所虚构的地名，相当于英国西南部多塞特、索默塞特、罕布什尔等几个郡。小说中有时用真地名，如苔丝家乡附近的布莱克默谷，象征她走上太阳神祭坛的巨石阵，但更多是用真实地点的地貌、社会特征而虚构的名称，如卡斯特桥（多切斯特）、基督敏斯特（牛津）等。《还乡》中著名的埃格登荒原其实就是哈代出生的村子边上的石南荒原。

哈代将自己的作品分三组：环境与性格小说、浪漫爱情和幻想小说及独创小说（指"试验性"作品）。第一组包括《远离尘嚣》《还乡》《卡斯特桥市长》《德伯家的苔丝》《无名的裘德》等九部长短篇小说，是"几乎没有受到他人影响的"亦即最具原创性的作品，也是评论界最重视的作品。哈代小说中弥漫着支配宇宙和人"命运"

的驱动力量。在这种力量面前人显得渺小、脆弱，被激情摆布，无还手之力。这种力量可视为神意或自然力与人自身的矛盾性的合力；它对有所追求的人来说，几乎总意味着"厄运"降临。他比当时任何作家都更依赖"巧合"，说明人算不如天算，人在与命运的角力中总是处于绝对劣势。另外，在他的作品中几乎找不到连贯一致的道德态度。

在《还乡》中，经营钻石行的克利姆有严肃的精神追求，他不愿以自己的一生去满足阔太太的虚荣心，便毅然回到家乡埃格登荒原，打算办学，将新思想带给荒原的孩子们。母亲对他出人头地寄托莫大希望，因此不能理解他留在家乡的愿望。回乡不久，他就受到游苔莎吸引，认为她可以协助自己办学；而游苔莎要嫁给他是为了去巴黎生活。母子、夫妻、婆媳间摩擦不断；一系列意外事件进一步加深误会，最终导致约布莱特太太、游苔莎及她以前的情人死亡。

《卡斯特桥市长》开篇时，干草工亨查德在集市上喝醉酒，竟将妻女卖给水手纽森，醒来后痛悔不已，发誓20年不沾酒并发奋工作，终于发了财，当了卡斯特桥市长。18年后妻子和女儿回到他身边，这时他雇用了苏格兰人法弗利为他做粮食生意，两人在经营决策上发生分歧，后者自营后成为亨查德的强劲对手。亨查德是血性汉子，对人对事一门心思，一厢情愿，而法弗利则能顺应形势，随机应变，精打细算，绝不在生意和感情上做无谓投入。亨查德后来一无所有地离开了卡斯特桥，最后在埃格登荒原上孤独地死去。他的破产、名誉扫地和无子嗣象征了传统生产方式的没落。

《德伯家的苔丝》的农家女苔丝是命运的玩物。她因疏忽，造成她家的驮马死亡，全家生计成了问题。她怀着愧疚，屈从母亲的意愿去富有的"德伯维尔"家攀亲戚。德伯家少爷阿列克占有了她，苔丝与他同居一个多月后毅然离去。非婚生的孩子不为教区接纳，不久死去。她离开家乡当了挤奶工，与牧师之子安玑尔（意为"天使"）相爱。新婚之夜她说出曾被玷污，安玑尔不能原谅她，抛弃她远走他乡。最后苔丝杀了阿列克，在逃亡中和安玑尔完成了真正的婚姻之旅，然后在巨石阵接受拘捕，走向生命的终点。

最后一部悲剧小说《无名的裘德》写自幼奋发好学的裘德常常远眺基督敏斯特（牛津大学），向往能进大学念书，但始终只能在当地做石匠。他被屠户之女诱惑后成婚，但遇到表妹苏产生了真正的感情。苏是个精神追求者，她与裘德同居却不肯结婚。两人非婚生了两个孩子。这种关系遭到维多利亚社会谴责，裘德找不到工作，处境十分艰难。他的头婚生子杀死了弟弟和妹妹然后自杀，来帮助父亲摆脱困境。发生的悲剧击垮了苏，她回到前夫身边，裘德回到前妻身边，理想和抱负均破灭，在潦倒中死去。这部小说因偏离维多利亚的道德观念，也因其惨不可忍的结局而引起社会强烈反响，指责和批评铺天盖地。哈代深受伤害，从此停写小说，转写诗歌。

哈代往往给他笔下的人物以神话向度，因而在某种程度上使这些地位卑微的小人物显得高大。游苔莎自由自在，不愿受管束，是女神的坯子；亨查德升得快，落得惨，有俄狄浦斯式的悲壮；苔丝如安提戈涅，面临可怕的道德选择，但最终起作用的是世袭的命运。苔丝形象丰满，具有多种隐喻象征意义。安玑尔称她为阿耳忒弥斯（月神），又称她为德墨忒耳（农神、丰收神）。她既有"飘逸"脱俗之美，又与自然、大地合为一体，是繁殖力的象征，是自然本能和真实情感的化身，也是引起人的欲望之物。她的气质大大超出了普通的乡姑，她有血性，有骨子里的高傲，以不同方式"坑害"了两位男性：抚琴的"天使"安玑尔和拨弄火的"魔鬼"阿列克。这体现了某种基督教的思维框架，但他们又是生活在特定历史时刻、特定社会氛围中的人，有鲜明的时代特征。阿列克并非一味邪恶，他有迷人之处，也并没有抛弃苔丝；安玑尔虽接受了许多新思想，但对生活理念化，不免狭隘、机械，但他也承受了痛苦，并能在痛苦中反省自己。

世纪末英国值得提及的小说家还有塞缪尔·巴特勒（1815—1902）、罗伯特·路易斯·斯蒂文森（1850—1894）、乔治·莫尔（1852—1933）和乔治·吉辛（1857—1903）。巴特勒有两部传世之作：《埃瑞璜》（1872）和《众生之路》（1903）。前者为19世纪乌托邦小说杰作，后者有自传色彩，将自己的家庭和精神经历写进了小说，影响了当时反抗父辈、鄙弃"维多利亚主义"的一代年轻作家，像乔伊斯和布卢姆斯伯里作家群。斯蒂文森以海上寻宝的《金银岛》（1883）深受读者喜爱,他写的恐怖小说《杰基尔大夫和海德先生》(即《化身博士》，1886），类似王尔德的《道林·格雷的画像》，成功地描写了医生的分裂人格。斯蒂文森还写了诗歌、随笔、评论等多种文类，他为儿童写的《儿童诗园》用童心看世界，成为经典。莫尔是爱尔兰小说家、诗人和剧作家，年轻时受法国自然主义和现实主义影响，坚持将性爱作为议题，与唯美主义圈子也有联系。他的三部曲自传《欢迎与告别》（1911—1914）是有关爱尔兰民族复兴运动的重要文献，他也参与设计了爱尔兰民族剧院（即阿贝剧院）。他最好的小说是《埃丝特·沃特斯》（1894），写女仆埃丝特被诱奸遭抛弃后贫困、屈辱的非人遭遇。吉辛留下32部作品，其中22部为长篇小说。最著名的是描写文化商业化的《新寒士街》（1891）、写社会主义运动及其幻灭的《民众》（1886）和讨论妇女婚姻、地位与权利的《单身女人》（1893），还有短篇小说集、游记、历史小说和自传体小说。吉辛深受狄更斯影响，有很强的阶级和阶级差别意识，反对社会不公，同情大众的疾苦。

奥斯卡·王尔德（Oscar Wilde，1854—1900）是19世纪后期诗人、剧作家、小说家、散文家、批评家和童话作家。他生于都柏林，先在都柏林三一学院学习，1874 年进入牛津大学莫德林学院，师从罗斯金和佩特。当时唯美主义思潮在英国崛起，法国的象征主义、德国的无功利美学，加上英国本土的前拉斐尔派的风格和美学理想，在英国形成了一个强大的文艺运动：为艺术而艺术，为形式而创作，为美而生活。青年王尔德对此身体力行：身着奇装异服，经常语惊四堂，自称是"美学教授"，与中国花瓶、日本扇子、孔雀羽毛、玉兰花为伍，以其唯美主义的形象和机智风趣的谈吐风靡伦敦。

1881 年王尔德自费出版了《诗集》，次年应邀去美国巡回演讲，内容包括被称为"英国的文艺复兴"的形式主义、唯美主义思想、服装美学和室内装饰艺术及爱尔兰文化等，其中三个演讲稿收入《论文和演讲集》（1908）。此期他的主要创作是童话和小说，如《快乐王子和其他故事集》（1888），受到喜爱。这些童话笔调轻松、语言幽默、风格华丽，代表他早期作品的唯美主义特色。他的短篇小说也有十分优秀的篇章，如《阿瑟·塞维尔勋爵的罪行》（1887）讲述塞维尔遵循他的掌纹显示的命运进行了一次谋杀，表示"生活模仿艺术"。他唯一的长篇小说《道林·格雷的画像》（1890）写主人公与其画像的关系。主人公是美男子，他希望自己青春永驻，让自己的画像承担衰老的厄运。不料他的奇想竟成事实：道林在永恒的青春中过着浮华、放纵、颓废的生活，而他的每一恶行都在画像上留下痕迹。最后，当他看着衰老、凶残且丑陋不堪的画像时，心中充满恐惧和悔恨，用匕首刺破了画像，也杀死了自己。

19 世纪 80 年代后期王尔德开始写批评文章。1891 年出版的集子《意图》奠定了他作为优秀批评家的声誉，其中著名的篇章有《谎言的衰落》和《作为艺术家的批评家》。王尔德认为艺术并非是生活的模仿，也不是个人情感的表达。相反，生活、情感在艺术中成形。因为艺术作为更高的文化现实，赋予生活、思想、情感以形式。而我们通过艺术形式和语言的中介能更深刻地体验生活。"语言是思想的父母，而不是思想的产儿。"批评家通过自己的生活体验理解作品，阐释作品，因而批评也是一种创造，是批评家的"自传"。他能在当时就提出与当代阐释学和后结构主义相通的观点，是难能可贵的。

他最知名的是一部诗剧和四部社会喜剧。诗剧《莎乐美》用法语写成，在英国遭禁演，1896年在巴黎上演受到欢迎。1892年伦敦上演他的《温德米尔夫人的扇子》，取得极大成功。接下来他陆续写了《无足轻重的女人》（1893）、《理想丈夫》（1895）和《认真的重要性》（1895）。王尔德的喜剧都有一个"花花公子"形象，这形象与佩特的唯美主义思想相联系，强调感性、形式及瞬间的美的感受，当然也具有弘扬个性及颓废享乐的色彩。这些与维多利亚道德主义、功利主义和"小市民"世俗观念格格不入。

1895年他因同性恋被捕，两年狱中生活彻底毁坏了他的身体和情绪，从此一蹶不振，但他还是坚持写了两部作品。一是《狱中记》（1905），以长篇书信的形式表达了对苦难的意义的思考，深切感人。二是《里丁监狱之歌》（1898），写监狱生活，风格简洁凝重，形式上刻意模仿柯尔律治的《古舟子吟》，是英诗中的精品。

世纪末的诗人主要是霍普金斯，但与前拉斐尔派有联系的威廉·莫里斯（1834—1896）和阿尔杰农·查尔斯·斯温伯恩（1837—1909）也取得了不小的成就。莫里斯受马克思影响发起过社会主义联盟，参加游行示威，写与其政治理想相关的散文叙事作品和诗歌。他还作画，搞室内装潢、印刷装帧，并身兼工厂主和织布艺人。作为诗人，他以乔叟式叙事诗著称，如1858年发表的诗集中，《桂纳维尔的自辩》和《滂沱大雨中的干草垛》等已成为英国文学名篇。在他大量的散文和诗歌中，《人世乐园》（1868—1870）仿效乔叟的《坎特伯雷故事集》，让一群北欧人寻找人间乐园，与一位海上无名城的老人一起讲故事。最早写的《伊阿宋的生与死》（1867）也很有名，他还翻译了维吉尔的《埃涅阿斯纪》。斯温伯恩是诗人批评家，他对诗歌格律形式的实验拓宽了诗歌的表现力，在当时却被视为叛逆。他的成名作是诗剧《阿塔兰忒在卡吕东》（1865），从形式到内核都力图重现古希腊悲剧，描写跟随伊阿宋取金羊毛、也参加了卡吕东狩猎的英雄墨勒阿格罗斯和他母亲的悲剧冲突。他的诗剧和一些诗歌在发表后曾引起不同意见。

杰拉德·曼利·霍普金斯（Gerard Manley Hopkins，1844—1889）在相当长的时间内"跻身"现代诗人行列，到20世纪80年代中期重新被认可为维多利亚诗人。他在牛津大学读书时，受到阿诺德的人文思想、罗斯金和佩特的美学观及前拉斐尔派的影响。佩特对他的影响尤为直接，使他注重通过感官去强烈地体悟具体事物之美。他大量记载了对自然事物之颜色、形状、动态的细致观察，他的诗歌往往从自然物体或人的"形"入手。但因为宗教的感召力，他没走向唯美主义。他的诗歌展示了唯美主义和禁欲主义的冲撞，体现了天生的、极富创造力的艺术家的个性与千锤百炼而获得的耶稣会教士的宗教品格间的张力。

1875年他写出大量使用"弹跳韵律"的抒情性颂歌《德意志号的沉没》。他还写了许多格律创新的十四行诗，如《主的神威》《星光之夜》《春》《风鹰》《斑驳的美》《亨利·蒲塞尔》《菲力克斯·兰德尔》《翠鸟》《耕夫哈里》都是名篇。从1868年起，他的日记和书信里便频频出现他生造的"内形"和"内力"两个词，用以表达他的诗学原则。"内形"指万物均有只属于个体的图案模式和独特品性。把握"内形"需要敏锐的观察和知性的结合，要靠"内力"。"内力"在客观上指维系事物内形的、具有先天决定作用的能量（相当于上帝的作用），但从主观上又是发自内形的冲动或能量的投射。它刺激感官，使我们能认出其他物体，体会其个性和完整性。感受事物的特性是"第一行为"，心智还必须通过"第二行为"，即抽象和比较，以认识普遍性。

对霍普金斯而言，个性是上帝造物的印记，认识个体也就成为认出和领悟神性的行为。于是，写诗是体认上帝的创造，也是展现和颂扬上帝赋予的独特性；是体验事物间错综复杂的联结，也是一种道德顿悟。在他诗中，"基督"象征了自然，以及人和上帝的联结，预示人在复杂的感情和道德经历中走向精神上的至善境界。为捕捉事物的内形，再现诗人体察事物、受到灵感冲击时的想象性活动，他创造了许多独特的表达方式。他打破句法常规，省略连词，多用重复、双关语，并利用合成法造新词，形成直觉性极强、具有感官冲击力的组合，融合了事物的形态和品质。所有这些，加上他在韵律方面的实验，造就了他的诗歌的独特"内形"，他人难以模仿。

霍普金斯晚期(1885—1889)写下一些"可怕的十四行诗"，如《腐肉的慰藉》《我醒来摸到黑夜的皮，而非白昼》《主，你确实公道》等。这些诗过分强调个性，导致了自我闭锁，表达了绝望、惶恐、怀疑，但他相信上帝存在的信念始终没变。

第四节　德国文学 ①

德国政治经济落后的状态到19世纪初仍无大改变。除个别地区稍有发展，没有像英、法那样出现强有力的资产阶级。法国大革命

---

① 除特别注明的部分外，此节是李赋宁主编《欧洲文学史》第二卷《十九世纪欧洲文学》第一、二、三章中德国文学相关材料的节缩。

在德国知识分子中引起强烈反应。1813 年俄、奥、普联军击败法军，拿破仑失败。这场战争后，德国人民期望的统一和自由的国家并没实现。此期英国已开始产业革命，自然科学有很大发展。许多国家的政治、经济发展相应引发了文化繁荣。但德国依然处于封建割据的落后状态，因而德国作家只能在精神领域实行改革梦想。但德国产生了许多具有重大世界影响的哲学家，如康德、费希特、黑格尔、谢林，出现了文学上的古典时期和浪漫主义。

德国古典文学推崇人道主义，对来自启蒙运动的这一传统给予了更多肯定和论据，认为随社会历史发展，人类必然日益接近人道主义理想。而要实现这理想，首先要培养完整统一的人。这种人应能用宽容和妥协来解决情感和理智、自由和法则、个人和社会的矛盾。这种人应具有最高的道德品质，把个人献身给集体，对人类做出贡献。这实际上就是德国古典文学追寻的人道主义精神的最高理想。歌德笔下的浮士德和威廉·迈斯特都属这类人物，他和席勒在合作的 10 年中创造了大量不朽的作品。也正是在这 10 年中最后形成了德国的民族文学。

德国浪漫主义起于 18 世纪末，它比古典文学略晚，两者呈交叉状态，但它延续到 19 世纪 30 年代。德国浪漫主义文学分两个阶段：1）耶拿派作家，其代表人物是施莱格尔兄弟、蒂克和诺瓦利斯，还有哲学家费希特和谢林；2）1805 年后一些浪漫派聚集海德堡，共同出版《隐士报》，其代表人物是布伦塔诺、阿尔尼姆及格勒斯，还有格林兄弟等，被称为海德堡浪漫派。但之后 1809 年阿尔尼姆和布伦塔诺来到柏林，浪漫派的中心由此转到柏林，他们被称为柏林派或北浪漫派。与此同时，由乌兰特和豪夫等人在南方施瓦本形成的作家圈子则被称为施瓦本派或南浪漫派。

30 年代德国虽仍处于分裂状态，封建专制统治照旧，但已出现了工业革命迹象。统治者禁止政治性的结社和集会，残酷镇压反对派，然而又被迫做出些让步，1834 年成立了关税同盟，符合资产阶级利益。随着国内政治经济发展，文学也有了变化。浪漫派走向衰落，代之而起的是面向现实、要求改变现状的民主派文学。这派作家在政治上反封建统治，也反对一切过去的、腐朽的事物，反对偏狭、僵死的伦理道德。他们的作品在思想内容上具有深度，自始至终表现出坚定、明确的反封建的民主倾向，而且艺术手法独具特色，富有个性。其代表人物是海涅和毕希纳。

40 年代德国开始了真正的工业革命，也产生了新的民主力量，形成这股力量的除小资产阶级、农民，还增加了正在成长的工人阶级。1848 年诞生的《共产党宣言》为劳苦大众指出了革命方向，引发了革命高潮。1844 年西里西亚的织工起义时，不少革命诗人写出激昂的诗歌，工人自己也创作了许多歌曲。此期要提到两位作家。一位是广泛反映时代变化的现实主义小说家、剧作家伊默尔曼（1796—1840），他的作品显示出由浪漫主义过渡到现实主义的特色。另一位是女诗人、小说家德罗斯特 - 许尔斯霍夫（1797—1848），她的作品具有浪漫主义和现实主义相结合的特色。

德国资本主义在 50 年代有很大发展，铁路线大大加长，各种工业迅速增长，由农业国逐渐变成工业国。阻碍德国继续发展的就剩下政治分裂了。1862 年俾斯麦出任首相，主张用"铁血政策"达到德国统一，也就是用战争手段扫除障碍。他首先通过普奥战争（1866）迫使奥国放弃德意志联邦领导权。1870 年他又挑起普法战争击败法国，成立德意志帝国。德国统一后工业发展迅猛，工业资本进入垄断阶段。90 年代中，德国帝国主义的侵略和掠夺本质日益明显。

此期德国文学中具有批判倾向的现实主义作家是施托姆和拉贝，但真正有重要意义并为 20 世纪现实主义文学开辟道路的是冯塔纳。

此时自然主义文学声势很大，代表人物是豪普特曼。1885年年初米歇尔·盖欧尔格·康拉特（1846—1927）在慕尼黑出版了自然主义杂志《社会——关于文学、艺术、公众生活的现实主义的周刊》，大力介绍左拉、易卜生等，还发表许多新作家的作品，如豪普特曼的最初两个短篇。慕尼黑和柏林成为自然主义运动中心。"自由剧场"的建立对自然主义最具意义。1889年9月"自由剧场"开幕，剧院领导人布拉姆选定易卜生的《群鬼》为首次公演剧目，大获成功。接着10月20日豪普特曼的《日出之前》首演，引起轰动，他一跃成为德国自然主义文学领袖。

　　德国自然主义到1895年后减弱，豪普特曼渐渐脱离自然主义走向梦幻和象征。这时德国文坛上出现了印象主义、象征主义、新浪漫主义等各种流派。文学上的印象主义首先来自法国绘画，着重描绘转瞬即逝的感觉印象，不进行传统的逻辑、理性的加工。这派作家的代表里夏德·戴默尔（1863—1920）是颇有影响的抒情诗人，其诗集有《拯救》（1891）、《不是爱情》（1893）和《女人和世界》（1896）等。另一个印象主义作家德特勒夫·冯·李林克隆（1844—1909）擅长写叙事诗和短篇，作品大多属印象主义，尤其是战争小说。他著有诗集《副官骑马出行》（1883）、《战争小说》（1895）等。

　　90年代德国文坛还有小说家维廉·冯·伦茨（1861—1903），他的作品主要反映19世纪末资本主义入侵农村后在农民中造成分化的情景。他最杰出的小说是《农民箍桶匠》（1895），他的许多作品都涉及容克地主和资产阶级在社会变动中的走向。此期还需提到尼采，他的影响不限于哲学范畴，更是涉及整个西方的意识形态。他批判基督教文明及其传统，公开宣称"上帝死了"，从根本上动摇了历史久远的理念论哲学观，打破了一切旧的道德价值观念，他对"人"的分析至今影响西方文学家和艺术家。

德国古典文学与歌德　1786 年歌德开始了意大利之行，在旅居意大利的两年里一边画画，一边坚持创作。他描绘古代雕塑和遗迹，收集古物和植物标本。这次意大利之行对他形成古典形式主义思想起到关键作用。他从罗马返回魏玛后辞去所有政务，专心文学创作，完成了《罗马哀歌》（1788）和诗剧《塔索》（1789）。1794 年歌德与席勒建立了长达 10 年的友谊和创作合作，直到席勒逝世。这 10 年里，歌德创作了《威廉·迈斯特的学习年代》（1796）和诗剧《浮士德》第一部（1806)，还写了叙事长诗《赫尔曼和窦绿苔》（1797）。此外，他和席勒共同写了 926 首讽刺短诗、许多谣曲，并推出了 1797 叙事谣曲年。他们经常通信，讨论文艺问题，这些信件成为研究 18 世纪末和 19 世纪初德国文学的珍贵文献。

席勒 1805 年逝世对歌德打击很大，德国古典文学时期也宣告终结，但歌德仍笔耕不辍，写了《西东合集》（1814—1819）及大量的其他抒情诗、颂歌和杂诗。他还完成了自传性作品《诗与真》（1811—1833）、《意大利游记》（1816—1817）、长篇小说《亲和力》（1809）、《威廉·迈斯特的漫游年代》（1829）、诗剧《浮士德》第二部（1831）。他晚年的诗歌更深沉、睿智，寓意深刻。《威廉·迈斯特的漫游年代》与《威廉·迈斯特的学习年代》一起构成了代表作品《威廉·迈斯特》，是部杰出的教育小说，书中创造了乌托邦式的教育环境以阐释他的教育主张。而他的巅峰代表作品是前后写了 60 年的《浮士德》，被列入了荷马史诗、但丁《神曲》和莎士比亚戏剧等世界名著行列。

杰出诗剧《浮士德》取材 16 世纪有关浮士德的传说，并以浮士德思想的发展变化为主线。与传统不同，歌德的《浮士德》强调人类应具有不断进取的精神。在"天堂序曲"中，魔鬼梅菲斯特与上帝打赌。他认为浮士德"好高骛远"，其追求不会轻易得到满足，最终会走上怠惰和堕落之路。然而，上帝却认为浮士德会不断追求，尽管追求过程中会屡犯错误，"人只要努力，犯错误总归难免"（绿原译，下同）。魔鬼与上帝在"天堂序曲"中打赌已经以古典简约的方式为整部诗剧定了基调，并为总体剧情确定了发展方向。该剧第一部没有幕，只有场。第一场"夜"，浮士德出现在"狭窄哥特式房间里"，正经历着一场"知识危机"。他陷入绝望，痛苦地埋汰自己，"唉，我绞尽脑汁把哲学、法学和医学，天哪，还有神学，都研究透了。这时的我，这个蠢货！尽管满腹经纶，也并不比以前聪明；称什么学士，称什么博士，十年来牵着我的学生们的鼻子，天南地北，海阔天空，处处驰骋——这才知道我们什么也不懂！想到这一点，简直让我五内如焚"。他决心改变现状，想到向魔术求救以获得"精灵的咒语和威力"，希冀"从最内部把世界结合在一起，才观察到全部的效力与根基，而不用再去搜索故纸堆"。浮士德急于走出书斋，挥别纸堆，他急不可耐地声称，"凡是用不着的东西，都是沉重的累赘；只有眼前制作的，才能于人有益"。此时他重拾信心，决心与天公比高下，立下誓言："现在是用行动来证明的时候了，证明人的尊严不会屈服于神的崇高"。

决意走出书斋后，他翻开《新约》中的"太初有言"左右推敲，试着译成"太初有意"，但不满意。原因估计是他翻译时正处在随时"行动"的心态。所以他反问道："难道'意'能够实行与创造一切？我想它应当是'太初有力'！可一写下这一行，我就警觉到，还不能就这样定下来，神灵保佑！我可有了主意，于是心安理得地写下：'太初有为！'"浮士德决心行动，梅菲斯特乘机来引诱他。最后签约：梅菲斯特甘愿做仆人，用魔法满足浮士德一生需求；浮士德愿拿自己灵魂打赌，"奉陪到底！如果我对某个瞬间说：逗留下来吧，你是那样美！那么你就能把我铐起来，我心甘情愿走向毁灭！"

《浮士德》第一部"女巫的丹房"一节中，浮士德在魔镜中看见一个天仙似美女，他渴求道，"哦，爱神，请将你最快的翅膀借给我，把我引到了她的乐土去！"梅菲斯特答应道，"我会给你物色一位这样情人"。从此，浮士德开始了"爱情冒险"或说是"爱情悲剧"。梅菲斯特让他喝了女巫的魔药，让他把任何女人都看成海伦。魔鬼操控他爱上了市民少女格蕾琴，与她散步、幽会，沉浸在幸福之中。但不久格蕾琴失手毒死了母亲，愤怒的哥哥被中魔的浮士德刺死。有身孕的格蕾琴负罪感深重，痛苦万分，竟然溺死了自己的孩子。浮士德通过这次爱情得到了"轻盈梦幻"的官能刺激和享受，但他东窗事发出逃后就感到了极大的良心苛责和痛苦，"人类的全部苦难落到了我身上"。

第二部共 5 幕，展示了他如何从政、追求古典美和填海造地等经历。第一幕中浮士德和梅菲斯特在皇帝身边为官。从大臣们的禀奏中可看出国家已是财政艰难、时局混乱，道德败落，江山飘摇。可是皇帝却满心寻欢作乐，还一个劲地催促大臣们找钱。浮士德和魔鬼帮着发行证券，力挽国运于倾倒之间，不知深浅的众大臣们高兴得喜形于色。侍奉皇帝绝非浮士德的志趣所在，他用魔术让古希腊美女海伦显形，激动地冲上去抓她，结果幻影消失，他昏倒在地。至此便暂时结束了他的政治生涯。

浮士德在第一幕见到海伦就表现出对古典美的热衷和激动，二、三幕展示了他对海伦的追求，即对古典美的不懈追求。梅菲斯特看出他的心事，把他带到古希腊。当浮士德见到人面狮、美人鸟时，他联想到了俄狄浦斯和尤利西斯，并感到"全身为一股清新精神所贯注"。他后来遇见客戎时称赞他道，"你是伟人，无比高尚的教育家，培养出多少英雄人物，自己也功成名就，例如华贵的阿耳戈号远征队的漂亮队员们，以及为诗歌界做出贡献的名家名流"。客戎自豪地回忆起诸多古希腊英雄的特点，让浮士德，也让读者了解了古希腊文明的精髓，如阿耳戈号远征、北风神、伊阿宋、俄耳甫斯等。

最让浮士德满意的是梅菲斯特安排他与海伦结婚生子。关于海伦的美丽，浮士德不止一次地称赞过。比如，他曾经赞叹道，"那永恒的丽质，尊贵而温柔，高尚而亲切，比起天神也差不多"。但命运多舛，他们的儿子意外身亡，海伦哀叹道，"一句古话在我身上不幸言中：福和美自古不能两全"。她拥抱浮士德，随之形骸消失，只剩下衣裳和面纱留在他怀里。后来，浮士德从追求古典美的大喜大悲的阴影中走了出来。他在为皇帝打了胜仗拜领"无边海滩作为采邑"后开始填海造地，进行改造大自然的宏伟事业。诗剧临近结尾时，他已是瞎眼的百岁老人。当他满怀激情和哲理地憧憬新开垦的"乐土"上"田野葱绿而丰腴！人畜两旺"时，梅菲斯特按照契约准备摄取他的灵魂。当然，鼓励人们自强不息和奋斗进取的上帝命令天使们最终拯救了浮士德的灵魂。[①]

德国古典文学与席勒 1789 年席勒由歌德推荐到耶拿大学任历史教授，1792 年法国政府授予他名誉公民。法国大革命后他写了多种美学著作，最重要的是包含 27 篇书简的《论人的审美教育书简》（1795）和《论朴素的诗和感伤的诗》（1796）。前者批判了封建统治阶级的腐朽，也不满资产阶级革命的暴力，设想了通过审美教育来达到"自由王国"的途径。他认为感性和理性、主体和客体、个人和社会等矛盾只有用审美的艺术活动才能统一，进而达到真正自由。他指出只有获得这种自由后人们才能得到精神解放和完美人格，才有可能发展政治和经济。这正是德国古典主义文学极力追寻的途径。

1794 年席勒和歌德订交，1796—1797 年俩人写了 926 首讽刺诗，席勒的诗占了一大半。席勒的叙事谣曲富于戏剧效果，为广大群众

---

① 《浮士德》引文评介由陈大明编写。

喜爱，如《伊毕库斯的鹤》《人质》《手套》《潜水者》。他的戏剧更是硕果累累：1799 年他创作了以德国 17 世纪三十年战争为题材的《华伦斯坦》三部曲，1801 年写了以 16 世纪苏格兰女王惨遭杀害为背景的《玛丽亚·斯图亚特》，1802 年他对 14—15 世纪中叶的英法百年战争中的贞德故事做了更改，创作了《奥尔良的姑娘》，1803 年完成了仿古希腊悲剧的《墨西拿的新娘》，同年还写了最后一部剧本《威廉·退尔》，取材 14 世纪瑞士人民反抗奥地利统治的历史和传说。

　　《华伦斯坦》是历史剧，是戏剧诗，是席勒代表作之一。该剧分三部分：《华伦斯坦的阵营》《皮柯洛米尼父子》和《华伦斯坦之死》。《华伦斯坦的阵营》没分幕，共 11 场。这是德国戏剧史上首次以群众出场为主的戏剧，这里有市民、农民、随军女商贩、各种不同的士兵等。剧中反映了这场战争给德国人民带来的灾难，也描绘了不同民族的士兵们对统帅华伦斯坦的崇拜和信仰。第一部从社会下层人的言谈中介绍了剧情开始的背景，《皮柯洛米尼父子》则展现处在巨变前夜的社会上层人物的关系、他们的行为动机和复杂情感。第二部是五幕剧，有两条相互交叉发展的脉络：一是华伦斯坦与皇帝的博弈，二是皮柯洛米尼父子选边站时的复杂情感与理智的选择。华伦斯坦早已感到宫廷、宗教界和皇帝对自己的冷淡和不信任，他非常清楚自己的处境并着手采取行动。第三部第一幕第一场中，他观天象后决定"现在必须采取行动"（张玉书译，下同）。但他犯了一个又一个致命错误，最后被自己的部将所杀。

　　有学者认为华伦斯坦不是正面人物：他的武功已属过去，他的辉煌只是他属下难以忘怀的记忆。他挥之不去的心结是当年他没拿皇帝一分钱组建了自己的军队，扶持了皇帝并确保了皇权。他认为自己被重新启用后功劳更大。不能说他没有野心，尽管他不承认。

他后来的独白是，"我并未当真。这事从未决定。/我只是心里这样想想而已；/自由和财富，两者给我刺激。/做着皇帝美梦，心存迷人幻想，/这有什么不合适的地方？"他错了，他后来的确通敌叛国，最后众叛亲离、身败名裂。[1]

耶拿派　德国19世纪初的浪漫主义运动先后分耶拿派和海德堡派，前者注重浪漫主义文学理论探讨，后者搜集古老的民间文学。耶拿派主要代表是奥古斯丁·威廉·施莱格尔（1767—1845）和弗里德里希·施莱格尔（1772—1829）兄弟，他们共同创办了浪漫主义刊物《雅典娜神殿》。哥哥以美学、文学和戏剧的浪漫主义文艺观演讲及诗歌和戏剧等翻译著称。弟弟发表大量文艺论文和演讲，还著有长篇小说《路琴德》（1799）。耶拿派的作家还有诺瓦利斯（1772—1801，原名弗里德里希·封·哈登贝格）和路德维希·蒂克（1773—1853）。诺瓦利斯写有诗歌、小说和大量格言式随笔，最著名的是长诗《夜之颂》（1800），赞颂夜是一切之源、宇宙之母，是无限的。另一名著为长篇小说《亨利希·冯·奥夫特尔丁根》（1802），反歌德的教育观，但第二部没完成。蒂克出身工人家庭，写过许多小说、戏剧、诗歌、童话和民间故事，还翻译莎士比亚和塞万提斯作品。他的重要作品有小说《维廉·洛弗尔先生的故事》（1795—1796），通过自私自利的主人公行凶杀人来谴责资本主义社会。其代表作《法朗茨·斯特恩巴尔特的游历》（1798）讲画家斯特恩巴尔特漫游意大利，但没写完。他还写有喜剧《穿靴子的公猫》（1797）及颂扬中世纪和天主教的戏剧《圣格奴维娃的生与死》（1800）和《屋大维皇帝》（1804）。

海德堡派　代表作家有路德维希·阿希姆·冯·阿尔尼姆（1781—

---

[1]《华伦斯坦》的引文评述为陈大明编写。

1831）、克莱门斯·布伦塔诺（1778—1842）、约翰·约瑟夫·冯·格
勒斯（1776—1848）及雅各布·格林（1785—1863）和威廉·格林
（1786—1859）兄弟。阿尔尼姆与布伦塔诺结识后成为至交，联合格
勒斯等人出版《隐士报》并在海德堡成立了浪漫主义诗人中心。阿
尔尼姆与布伦塔诺合作的《儿童的神奇号角》（1806—1808）是儿童
文学珍品，包括约德国自 16 世纪至他们的时代 300 年间的各种民歌，
至今为德国中小学教材选用。阿尔尼姆还著有中篇小说《埃及的伊
莎贝拉》（1812）、《拉托诺要塞发疯的残疾人》（1818）和长篇小说
《皇冠的守护者》（1817—1854）等。布伦塔诺搜集并创作民歌，发
表过叙事诗《罗累莱》（1802）。他也写小说和剧本，如小说《哥德
维》（1801）和剧本《布拉格的创立》（1815）。其代表作是中篇小说
《忠实的卡斯帕尔和美丽的安耐尔》（1817）。格勒斯参加编写过《莱
茵信使报》，因发表《德国和革命》（1819）一文遭普鲁士政府追捕，
后半生皈依天主教，变得保守。他主要是浪漫派评论家，发表过《信
仰和知识》（1806）、《欧洲与革命》（1821）、《基督神秘主义》（1836—
1842）等作品。格林兄弟主要成就是发掘和传播德国民间文学，特
别以他们合编的《儿童与家庭童话集》（1812—1815 年完成，1819—
1822 年增补为三卷）享誉世界。他们兄弟还著有德语语法、德语语
言史和德国传说方面的书籍。

柏林浪漫派　1809 年阿尔尼姆和布伦塔诺来到柏林，浪漫主义
中心转到这里，一批浪漫主义作家聚集在此，被称为柏林派或北浪
漫派，其重要代表为霍夫曼和克莱斯特。

恩·台·阿·霍夫曼（E. T. A. Hoffmann, 1776—1822）是耶拿派，
德国浪漫主义文学代表作家之一。他出身律师家庭，在绘画、钢琴
和写作等方面显出特殊才能，并读过歌德、席勒、斯威夫特、斯特恩、
卢梭等的作品。他上大学读法律，还听康德的课程。后来他当陪审

员，同时作画、写剧本、作曲、发表音乐评论、做乐队指挥和导演等。他一生创作了3部长篇小说和50多篇中短篇小说。长篇小说《魔鬼的不老汤》（1815—1816）用自叙方式讲述，主人公修道士禁不住诱惑喝了神秘的不老汤，变成十足的恶棍。他与长相和他一样的"疯修道士"在故事中交替出现，与美丽的姑娘奥莱利恋爱、结婚、逃亡，姑娘后来被杀。这是一部充满浪漫主义色彩的命运悲剧，其中内心分裂和双重人格的描绘最突出。长篇小说《跳蚤师傅》（1822）将现实中法兰克福的市民生活与神话世界重叠交织在一起。未完成的长篇小说《雄猫穆尔的生活观》（1820—1822）探讨艺术家同社会的矛盾，讲有才华的艺术家在现实生活中没立足之地。中篇小说集《卡罗特式的幻想篇》（1814—1815）的大部分故事反映作者从事音乐活动的经历和感受。中短篇小说集《谢拉皮翁兄弟》（1819—1821）由四个爱好艺术的年轻人互相讲述的故事串联而成，在欧美各国影响很大。霍夫曼还发表了小说《侏儒查克斯》（1819）和《堂兄弟的角隅之窗》（1822）等。

《雄猫穆尔的生活观》是霍夫曼的代表作之一。有学者称，作者企图在其中解决他以前作品中的所有问题，是他最成熟的作品。按计划这部小说分三卷，但第三卷在跋文里提了一下，始终没问世。整部作品以人物亚伯拉罕为连接点分两条线索交错展开：一条是亚伯拉罕养的雄猫讲它的札记，另一条的故事出自"废纸堆"，由第三人称叙述者讲述亚伯拉罕的朋友即乐队指挥约翰·克莱斯勒的传记。两条线索的安排看上去颠三倒四，因此有两点引起关注：1）出版商声称两条线索的这种安排是"疏忽"，其实是浪漫主义的"怪诞"结构；2）雄猫写作也是怪诞的浪漫主义体现，并且新颖十分。因此，这部小说在内容和形式上都在创新，在展现浪漫主义提倡的文学创作应表现个体心灵的追求，创作者应有更强烈的热情、敏感性、想象力和创造力。

　　读者在小说开篇就已经对雄猫穆尔极富特色的叙述印象深刻，但对它的外貌却不了解，后来经亚伯拉罕托猫一事才直观地见识了雄猫与众不同的外貌。第三人称叙述者描述道，"这只猫按照它的长相，真是美得出奇。它背上的灰黑色条纹，一起在两耳穿过，直达头顶，在额上构成极为精致的古埃及象形文字。它那条十分神气的尾巴同样满布条纹，长得异乎寻常，很有力气。它那五彩外衣光灿夺目，熠熠发光，经太阳一照，人们能够看到黑灰两色条纹之间，还有细长的金黄色条纹"（韩世钟译，下同）。除了外貌出众，穆尔还善于与人契合。当主人把它介绍给新主人乐队指挥克莱斯勒时，它"瞅着乐队指挥，大眼睛里闪出火花"。它这时嘴里还咕噜咕噜念猫经，然后跳到克莱斯勒身旁的桌上，"二话没说，一家伙蹿上他的肩膀，仿佛要跟他耳语似的。随后它又跳到地上，绕着新主人打转，尾巴摇来摇去，嘴里呜噜呜噜，好像它要真正认识乐队指挥似的"。如果说雄猫在小说"废纸堆"情节线索中只是一只聪明乖巧的猫中猫，它在自己札记的叙述中就令人惊奇地变成了"人"中俊杰。它似乎像饱学之士那样读过普鲁塔克和古代悲剧诗人，还读过卡尔德隆、莎士比亚、歌德和席勒。它期待自己的作品"也一定会在某些朝气蓬勃、情绪高涨的雄猫的胸中激起诗意的生活浪花"。①

　　亨利希·冯·克莱斯特②（Heinrich von Kleist，1777—1811）出身普鲁士没落贵族军官家庭，在大学读哲学、物理等课程，受到康德不可知论影响。1800 年夏他迁居柏林并去各地旅游，结识了歌德、席勒、维兰德等人。1809 年 4 月他与浪漫派作家蒂克等人交往，创

---

① 《雄猫穆尔的生活观》的评介为陈大明编写。
② 克莱斯特的评介为陈大明编写。

办文艺月刊《太阳神》。1810年回柏林后，他同亚当·米勒合办《柏林晚报》。他一生大部分时间不得志，世纪末期人们才认识到他是德国文学史上伟大的作家之一。

克莱斯特写了8部戏剧、8部中篇小说、若干小品和逸事。他的创作处于德国浪漫主义时期，因此作品打上了浪漫主义烙印。他的喜剧《破瓮记》（1808）揭露普鲁士司法制度的腐败。1810年他创作了《海尔布隆的凯蒂欣》和《弗里德里希·冯·霍姆堡亲王》，还创作了命运悲剧《施罗芬施泰因一家》（1803）、悲喜剧《安菲特吕昂》（1807）、《罗贝尔特·居斯伊卡》（片段，1808）、《赫尔曼战役》（1808）和诗剧《彭忒西勒亚》（1808）。他还留下了一些脍炙人口的中短篇小说，如中篇《马贩子米歇尔·戈尔哈斯》（1808），短篇《O侯爵夫人》（1808）、《智利地震》（1807）等。

有学者称，他的8个剧本中，《破瓮记》对社会现实反映得比较客观，"可算得上是克莱斯特的代表作"。1808年他在《太阳神》杂志上发表了这一剧本的片段，整个剧本大约在1811年复活节问世。《破瓮记》是独幕剧，共13场。第一、二场点明新的司法检察官要来检查工作，乡村法官亚当等人慌乱一团。亚当心里有鬼，认为检察官来检查工作就是"来找我们的麻烦！"（白永译，下同）第三、四、五场出现了一系列状况，都指向后来被揭发出来的亚当自己就是罪犯的事实。从第六场开始，在检察官的一再督促下，已经狼狈不堪的亚当不得不当即升堂问案。玛尔特太太指控女儿未婚夫打碎了她的珍贵罐子，而被告一面为自己辩护，一面指责未婚妻另有新欢。经过法庭一波三折的对质，终于真相大白：法官亚当为了占有这姑娘伪造军令，威胁把她的未婚夫送往东印度服役，后来他又声称出具疾病证明就可免除服役。亚当在夜晚送证明给姑娘时对她提出了可耻要求，适逢被告来看未婚妻，亚当在狼狈出逃时打破了玛尔特太太的珍贵罐子。

作为喜剧,《破瓮记》有个喜庆的结尾,玛尔特太太的指控对象不再是自己未来的女婿,而是亚当法官。一对年轻人重归于好。剧中亚当是揶揄、嘲笑和痛责的人物。转折点在最后一场的庭审,姑娘看到未婚夫被冤判入狱时大声说道,"是亚当法官打破了罐子!"法庭顿时一片混乱,义愤填膺的人们争相去揪夺路而逃的"跛脚鬼"亚当法官,亚当原形尽显,被人扯下了大衣,当作"黄鼠狼"打。

施瓦本派指聚集在施瓦本的一批浪漫主义作家,又称南浪漫派,以路德维希·乌兰德(1787—1862)和威廉·豪夫(1802—1827)为代表。乌兰德曾从政和在大学任教,后专心从事学术研究。他以诗歌为主,写有浪漫抒情诗和叙事诗,著名的有《歌手的诅咒》(1804)、《埃贝哈德·德·芬舍巴德伯爵》(1815)、《埃登哈尔的幸福》(1829)等。他的《祖国诗集》(1817)收入了许多脍炙人口的名篇,后来被舒伯特、舒曼等谱曲。豪夫创作仅三年,25岁染病去世,但作品丰富,极具想象力。主要作品有长篇历史小说《列希腾施泰因》(1826)、中篇《艺术桥的女乞丐》(1826)和1826—1827年发表的三卷童话集《骆驼商队》《亚历山德里亚的酋长和他的奴隶》《施佩萨特客店》。

弗里德里希·荷尔德林(Friedrich Hölderlin,1770—1843)是浪漫派重要诗人,1788—1793年在图宾根神学院学习,与谢林、黑格尔结为至交。此间他阅读了柏拉图、索福克勒斯、莎士比亚的作品,开始研究卢梭、莱布尼茨等人的哲学思想。1793—1794年他结识了歌德和席勒并开始创作《许佩里翁,或希腊的隐士》。1794年他来到耶拿,在席勒身边任编外学者,听过费希特讲课,还认识了诺瓦利斯。

在荷尔德林的作品中《许佩里翁,或希腊的隐士》(第一卷1797,第二卷1799)占有重要位置。这部书信体抒情小说包括62封信,

44 封是许佩里翁写给他的朋友贝拉尔明的，信中回顾了往事；13 封是许佩里翁写给他的情人狄奥提玛的；4 封是狄奥提玛给他的信；接近尾声有一封狄奥提玛的朋友来信，告诉他狄奥提玛去世。小说中自然和美的化身狄奥提玛体现了古希腊对于完美的人的理想。许佩里翁与狄奥提玛相爱，体现了荷尔德林对美的追求。她的去世意味着许佩里翁希望幻灭，也喻示着荷尔德林理想的破灭。《恩培多克勒斯之死》（1796—1800）是未完成的诗体悲剧，有三种残稿，它们因创作时间不同，彼此有较大独立性。构成戏剧主体的是公元前 5 世纪哲学家恩培多克勒斯投身埃特纳火山口的传说。这部悲剧着力表现已觉悟的知识界与尚未觉悟的民众的关系。主人公要实现自己的理想，但面对愚昧无知的民众又感到无能为力，最后只好一死了之。作者的主要成就体现在他的诗歌方面。有学者称，他是德国，也是世界最伟大、最优秀的诗人之一。不少德国学者认为，他在抒情诗领域的成就要高于歌德。但他在世时其作品并未引人注意，他的诗集在 19 世纪基本上被人遗忘。20 世纪初人们开始关注这位奇特的诗人。他的诗集不断被发掘和扩充，并被译成多种语言。

　　荷尔德林一直探索适合自己的创作新方法，比如他在诗歌创作中期（即法兰克福时期）摒弃了早期的抽象性，找到了自己的独特形式——哦德体。他是哲学家诗人，晚期或成熟期创作的抒情诗涵括大量古希腊罗马神话、西方哲学和宗教等知识。他此期诗歌内容深刻，经常有史诗般的气势。诗人脍炙人口的佳作之一《归乡》的开篇是"在阿尔卑斯山的崇山峻岭，夜色微明，云 / 凝聚着欢乐，覆盖着睡意惺忪的山坳"（顾正祥译，下同）。这两行语言清新、自然、纯净，暗喻用法大气、空灵。诗中游子思乡情浓，归乡心切，故乡的阿尔卑斯山两次映入诗人的想象中。除了诗首出现的阿尔卑斯的夜，诗人乘舟临近家乡时，"岸上春意融融，山谷敞怀欢迎"。此外，与他许多首诗一样，《归乡》同样表达了对神的敬重。该诗中的神"纯洁、快乐"，并且还"乐于赠予生命，/创造欢乐"。按照译者的注释，诗中的神有各种称呼，如"上帝""造物主""神灵""天父""天神"，给人丰富的联想。除去故乡的阿尔卑斯山，诗人还提到了"莱茵河"。不过，这里的"莱茵河"被比喻成"神奇的野马"，似乎在暗示一种具有浪漫气息的神秘力量，它"居高临下地向平原奔来，又夺路而去，/峡谷间和盘托出那人声鼎沸的山坞"。[①]

德国 19 世纪前期值得提及的作家还有让·保尔（1763—1825，原名约翰·弗里德利希·里希特）和约翰·戈特弗里德·索伊默（1763—1810）。前者侧重狭隘生活主题，笔调幽默，富有情趣，主要作品有短篇小说《奥恩塔尔的快乐的教师马利亚·武茨的生平》（1793）、长篇小说《看不见的共济会》（1793）和成名作《黑斯佩罗斯，或45 个狗邮日子》（1795）。其他小说还有德国首部写婚姻问题的《花卉、果品、荆棘画或穷人律师齐本克思的夫妇生活、死亡和婚礼》（1796—1797）及花费了 10 年撰写的小说《巨神提坦》（1800—1803），与歌德的《威廉·迈斯特》持对立观念。索伊默出身农民，曾被拉去军队服役，后任教于大学。他写有反封建的游记《1802 年步行去锡拉库萨》（1803）和《我的 1805 年之夏》（1806），还有《回忆录》（1797）等。

19 世纪 40 年代的德国出现了许多有革命倾向的作家和诗人，其中以路德维希·伯尔纳（1786—1837）、卡尔·古茨柯夫（1811—1878）为代表的**青年德意志派**最为突出。伯尔纳是政论家和文学评论家，原名勒布·巴鲁赫。他因编辑激进杂志和进行煽动宣传曾被拘禁和流亡巴黎。他提倡现实主义的政治戏剧，著有《巴黎书简》

[①]《归乡》引文分析由陈大明编写。

（1832）和《巴黎新书简》（1833—1834）针砭现实，两部书简成为小资产阶级激进派纲领。古茨柯夫是小说家和剧作家，他的历史剧和家庭剧深受法国社会问题剧影响。《乌里尔·阿科斯塔》（1847）是他最著名的诗体悲剧，其他还有喜剧《达尔杜夫的原型》（1844）和《富人学堂》（1841）等。他的现实主义小说批判宗教和社会弊端，如《马哈·古鲁》（1833）、《多疑的女人瓦莉》（1835），还有写空想社会主义破产的小说《精神骑士》（1850—1851）、时代小说《罗马魔术师》（1859—1861）、历史小说《弗里茨·埃尔罗特》（1872）、传记《回顾我的一生》（1875）和政论文章。但此期更重要的作家是海涅和毕希纳。

亨利希·海涅（Heinrich Heine，1797—1856）是诗人、散文家，出身破落的犹太商人家庭，先后在多所知名大学学习。大学期间他听过文学讲座、德国语言史课和黑格尔的哲学课，1825年获法学博士学位。受到1830年法国七月革命的鼓舞，他于1831年5月赴巴黎，结识了巴尔扎克、贝朗瑞、大仲马、雨果、乔治·桑和作曲家柏辽兹等，并同圣西门主义者保持联系。1843年他和马克思建立友谊，并参与《德法年鉴》的工作。从1848年起他病卧在床，开始了长达八年的"褥垫墓穴"生涯，但直到生命的最后一刻他始终保持着"剑与火"的品格。

海涅的早期作品写于1817—1831年间，代表作是《歌集》和《旅行札记》。《歌集》（1827）包括他早年发表的《青春的苦恼》《抒情插曲》《还乡集》《哈尔茨山游记，组诗》和《北海集》五部分。《旅行札记》分四卷。第一卷《哈尔茨山游记》（1826）用讽刺与抒情的手法描绘了一幅20年代德国社会现实的风俗画。第二卷《观念——勒格朗特文集》（1827）把拿破仑视为"革命的平民皇帝"，颂扬他在德国对推翻封建制度所发挥的进步作用。第三卷包括《从慕尼黑到热那亚的旅行》（1829）和《卢卡浴场》（1829）等篇。第四卷《英国片段》（1827—1828，1831）体现了他对当时经济发达的工业资本主义的深刻认识，反映了英国资本主义自由所掩盖的劳动者的悲惨遭遇。

海涅自 1831 年寓居巴黎后，撰写了大量论述宗教、哲学、文学、绘画、音乐、戏剧的文章。30 年代最重要的著作是《论浪漫派》（1833）和《论德国宗教和哲学的历史》（1834）。前者开创了德国系统批评浪漫派的先河。歌德认为浪漫派具有健康的与病态的两种倾向，海涅则进一步把这两种倾向上升到进步与反动的高度。后者批评了德国古典唯心主义哲学，但充分肯定了它在反宗教方面的进步作用。海涅认为康德的不可知论强调的是人，是人的理性的批判精神。他指出德国古典唯心主义哲学家从强调"人"的"自我"出发，否定了上帝的存在。

40 年代是海涅诗歌创作的巅峰期。长诗《阿塔·特罗尔》（1841）是对那些出于不同政治目的和相同的妒忌心理对他进行恶毒攻击的敌人的反击。《新诗集》（1844）包括一部分以《时代的诗》命名的政治诗。政治长诗《德国——一个冬天的童话》（1844）是他最重要的作品。全书 27 章，对德国的检查制度、关税同盟、分裂的城邦、君主立宪、资产阶级的民族主义和自由主义等进行了辛辣的讽刺和无情的抨击。在"褥垫墓穴"中，海涅凭着惊人的毅力完成了《罗曼采罗》（1851）、《1853 至 1854 年诗集》、《自白》（1854）和《卢台奇亚》（1855），为世人留下了一笔宝贵的精神财富。

格奥尔格·毕希纳（Georg Büchner, 1813—1837）是世纪中期剧作家，被称为德国现代戏剧的创始人、现实主义戏剧先驱。他1831 年入大学读医学和自然科学，1833 年转学时兼学历史和哲学。1834 年 7 月他写了第一篇社会主义战斗檄文《黑森信使》。这是先于《共产党宣言》的 19 世纪欧洲最革命的宣言。迫于有人告密，

1835 年年初他回到故乡，用五个星期写就剧本《丹东之死》；3 月初逃往斯特拉斯堡，创作中篇小说《棱茨》和讽刺喜剧《莱翁采和莱娜》。1836 年他移居瑞士，担任苏黎世大学自然科学史编外讲师，写出悲剧《沃伊采克》。

四幕历史剧《丹东之死》（1835）以法国大革命中雅各宾党人和吉伦特党人的斗争为背景，表现罗伯斯庇尔与丹东的矛盾冲突。丹东指责罗伯斯庇尔不关心人民生活，要求他放弃恐怖政策；罗伯斯庇尔则指控丹东腐化堕落，背叛革命。丹东虽被革命法庭送上了断头台，但罗伯斯庇尔却因为无法解决人民的面包问题，最后也陷入孤立。讽刺喜剧《莱翁采和莱娜》（1836）写波波国国王彼得之子饱食终日，百无聊赖。国王为了过上闲适生活，决定让儿子继承王位，并选定庇庇国公主做儿媳。儿子不愿放弃懒散生活而离家出走，半道上与公主完婚。继承王位后，他制定了尽情享乐的国策。剧本无情地揭露和嘲笑了封建贵族的空虚和无聊。《沃伊采克》（1836）取材 1821 年莱比锡一件情杀案，被誉为"德语中第一部穷人戏剧"。军中理发师沃伊采克为供养情人和孩子，不得不为低廉的报酬接受极苛刻的条件去充当医生的试验品。当他看见情人同鼓手长跳着舞从身边走过，听见他们一面跳，一面说"继续跳，继续跳"时，他万分气愤，遂用刀子将情人刺死，最后自己淹死池中。在德国文学史上，作者第一次把贫富对立作为剧本的主要内容，揭示犯罪的社会根源。

40 年代革命诗人和无产阶级诗人包括霍夫曼·冯·法勒斯莱本（1798—1874）、费迪南德·弗赖利格拉特（1810—1876）、格奥尔格·赫尔韦格（1817—1875）、格奥尔格·维尔特（1822—1856）等人，其中维尔特更突出。他曾经商，与恩格斯结成至交，在英国研读了费尔巴哈哲学和经济学，结识工人运动领袖。1845—1847 年他在布鲁塞尔与马克思相遇，在马、恩影响下创作了科学社会主义思想的散文作品和优秀的政治诗歌。他的诗歌具有民歌风格，朴实通俗、幽默风趣，最有名的是组诗《兰卡郡之歌》（1845），揭露资本家的残酷剥削，歌颂工人阶级的斗争。他还著有小说《爱德华——一部小说的片段》（1845—1846）塑造了德国文学中第一个有觉悟的工人形象，还有长篇小说《著明骑士施纳普汉斯基的生平事迹》（1849）等。恩格斯称他为"德国无产阶级第一个和最重要的诗人"。

中期还需提及德国浪漫主义最后一位诗人爱德华·默里克（1804—1875）和剧作家克里斯蒂安·弗里德里希·黑勃尔（1813—1863）。默里克的诗歌大多反映个人生活，赞叹家乡自然风光，继承古希腊诗歌和歌德以来德国诗歌传统，加上民歌色彩，朴素自然、优美和谐，被舒曼等音乐家配曲广为流传。黑勃尔受黑格尔和谢林的哲学、美学及叔本华的悲观主义影响，除戏剧创作也写诗歌和短篇小说。第一部剧作《尤蒂特》（1841）写《圣经》里拯救犹太民族的以斯帖的故事，上演后大获成功。其他主要剧作还有诗体剧《赫罗特斯和玛丽阿姆耐》（1848）、取材15世纪传说的五幕剧《阿格芮丝·贝尔瑙尔》（1851）、古希腊罗马题材悲剧《吉格斯和他的戒指》（1852）、《尼伯龙根》三部曲（1861—1862）和现实主义题材剧《马利亚·玛格达勒娜》（1843）。黑勃尔着力描写人物细腻的内心变化，作品主题的社会意义较弱。

台奥多尔·冯塔纳（Theodor Fontane，1819—1898）是19世纪后期德国文学中主要的批判现实主义作家，被誉为德国现代小说的开拓者。他小时候在药房当学徒，后来对文学发生兴趣，以写诗开始文学生涯。1862—1882年他完成了著名的《勃兰登堡漫游记》，为日后小说创作做了准备。普法战争后他长期为报馆写戏剧评论，还担任过柏林皇家艺术院秘书。近60岁时他发表了第一部长篇小说

《风暴之前》（1878），以后又写了 20 多部小说和两部自传作品。此外，他还是勤奋的书信作家。

冯塔纳经历了俾斯麦统治由兴而衰的过程，是德国第一个描写大城市生活的作家，晚年创作的小说大多以当时的柏林生活为背景，真实地反映了德国贵族和市民阶层的问题。长篇小说《艾菲·布里斯特》（1895）是他的最佳小说，并常与福楼拜的《包法利夫人》及托尔斯泰的《安娜·卡列尼娜》相提并论。该小说写普鲁士贵族女子艾菲·布里斯特的婚姻悲剧。出于门第考虑，父母把天真美丽的17 岁女儿嫁给母亲青年时的情人、已成为县长的一个男爵。婚后丈夫公务繁忙，热衷仕途，对年轻的妻子缺少殷勤和关心。两人在感情和性格上距离很大。不久，她认识了丈夫的一个少校朋友。少校是花花公子，聪明、多才多艺，又懂女性心理，处心积虑地引诱了她。后来丈夫调职柏林，艾菲就此摆脱了少校而感到解脱。六年后，丈夫偶然发现少校和艾菲过去的通信。为捍卫名誉，他和少校决斗打死对方，并和艾菲离婚，女儿归他抚养。艾菲身患重病后父母才容许她回娘家，不久悄悄离开人世。

在另一部小说《沙赫·封·乌特诺夫》（1883）中，骑兵上尉沙赫不得不同他喜欢的起初是美女，后因患天花成了麻子的贵族小姐结婚。由于害怕成为社交界的笑料，他在婚礼后举枪自尽。作家以此无情地嘲笑和批判了沙赫所崇拜的普鲁士的虚假荣誉，所谓的普鲁士精神正是建筑在这种冷漠和空虚的荣誉感基础上的。作家晚年身处普鲁士社会发展末期，作为保守的自由主义者、高明的观察家和通达人情世故的老人，他不倦地关注着人物的社会心理，并进行客观描绘，道出那个社会的内在病症并给予毁灭性的批判。但同时他又保持了怀疑、克制和听天由命的态度，他笔下的人物也大多是毫无反抗性的忍受者。在《艾菲·布里斯特》中，艾菲临终前承认丈夫都是对的，并希望取得他的谅解。小说《迷惘、混乱》（1888）写相爱的贵族青年和平民女子出于社会等级观念考虑而放弃爱情，各自与同一阶层的人结婚。作者的听天由命来自他与旧世界的深刻联系及对社会限定性的清楚认识，也来自他对历史与文化延续性的尊重。

冯塔纳的创作丰收期在 19 世纪德国现实主义文学接近尾声而自然主义已登上舞台之时。他以剧评家身份赞成自然主义，是同辈人中唯一理解自然主义的作家。晚年他毫无保留地置身于现实，忠实描写和批判社会，表现了他和自然主义文学运动重要又深刻的联系。然而，他的创作又深深扎根于世纪中期的文学传统中，他的作品在主题和风格上都和自然主义有一定距离。他在德国文学史上的重要意义在于，当自然主义奏响凯歌时，他以晚年的成就将德国 19 世纪的现实主义推向顶峰，并在现实主义与自然主义之间架起了桥梁，为 20 世纪德国小说艺术开辟了道路，直接通向托马斯·曼。

19 世纪后期重要现实主义作家还有**台奥多尔·施托姆**（Theodor Storm，1817—1888）和**维廉·拉贝**（Wilhelm Raabe，1831—1910）。前者大学毕业后开设律师事务所，同时搜集整理家乡民歌、传说和童话，开始写诗。因反丹麦统治他被迫流亡 10 年，丹麦人被赶走后他回故里任行政长官。他以抒情诗为主，第一部《诗集》（1853）写家乡自然景色和爱情，融图画和音乐为一体。但他主要的成就在中、短篇小说，共有 50 多篇。早期作品浪漫抒情。"框形结构"是他十分喜爱的手法，即以第一人称回忆进行倒叙，有利抒发感情。小说《茵梦湖》（1850）为成名作，主人公感伤地回忆少年时在莱因哈特的一段恋情。他晚年的小说更富情节性和戏剧性，最成熟的是中篇小说《白马骑士》（1888）。该小说在传说基础上颂扬一位孤军奋战修堤坝的农民，最后洪水冲垮旧堤，妻子、孩子被洪水淹没，他也骑着白马跃入水中。他的作品凸显了世纪下半叶德国现实主义文学特点,但表达了怀旧和失望的情绪。拉贝的第一部小说《麻雀巷的故事》(1856)获得很大成功。面对迅速发展的资本主义打破了旧传统观念,金钱和权力左右社会的现状,拉贝感到个人无力对抗,因此作品悲观。他后来发表了《饥饿的牧师》(1854)、《阿布·台尔凡》(1867)和《运尸车》(1870)三部曲,达到创作高峰。三部作品并无关联,第一部最受欢迎,写两个有不同追求的年轻人的命运。三部小说都悲观,尖锐地揭露了现实社会。

弗里德里希·尼采(Friedrich Nietzsche,1844—1900)是 19 世纪德国思想和文化界的重要人物。他认为哲学并非严密的逻辑体系或形而上的教条,而是来自体验、本能和激情的创造性认识。他的哲学作品就是他个人的体验与激情的产物。他的艺术哲学很大程度上影响了 20 世纪的文学艺术。他的主要哲学、美学著作有:《悲剧的诞生》(1872)、《不合时宜的观察》(1873—1876)、《查拉图斯特拉如是说》(1883)、《论道德的谱系》(1887)、《偶像的黄昏》(1886)、《反基督者》(1887)、《瓦格纳事件》(1888)、《瞧这个人!》(1888)等。

尼采艺术观的核心在于艺术与生活的统一,反对将艺术与生活分割,他把艺术视为"生活的至高任务和根本的形而上活动"。艺术不再只是笼罩在生活上的美丽的、审美的假象,而是原始的、酒神性的直接表达。他提出了酒神性、日神性二分法,同时用"醉"与"梦"的状态来比喻两者各自的特征。梦创造了想象中的图像世界,而醉则创造了原始生活的无羁和恣肆。梦的世界以限度、形式、和谐与美为特征,而在醉的世界中原始、混乱和暴烈居统治地位。梦是美的节制,而醉则是混乱的无度。尼采指出酒神性与日神性不仅是艺术的两种境界,并且内在地存在于自然中,大自然就是原始的艺术家。因而最接近自然的艺术最完美。这种艺术的代表是古希腊的悲剧和瓦格纳的音乐剧。

　　叔本华和瓦格纳对尼采世界观和思想的形成有着特殊的、重要的影响。这两人对尼采来说是精神上的有机统一体。尼采崇拜叔本华，认为叔本华哲学的非理性内涵要比它的逻辑论证更有价值。他把叔本华的哲学称为"艺术品"，从中感受了创造的冲动。尼采同瓦格纳的关系是情感的两个极端，即对瓦格纳的绝对狂热和对瓦格纳毫不妥协的批判。尼采渴望着天才的、富有创造力的艺术出现来创造崭新的文化。他在瓦格纳的音乐剧中看到了这种新艺术的力量，然而，尼采独立的天性注定了他同偶像最终决裂。在看了瓦格纳的宗教题材音乐剧《帕齐伐尔》后，他这个反基督主义者站到了瓦格纳的对立面，并称对方的艺术为颓废的艺术。

　　尼采是基督教文化的叛逆者，他主张打破基督教道德和价值观枷锁，称基督教道德是扼杀人性的"奴隶道德"。他宣布"上帝死了"，人类只有立足于自我、拯救自我，才有未来和希望，"自由精神"的时代曙光才能到来。查拉图斯特拉是尼采理想的人类代表，是他为了对抗和摧毁当时占统治地位的"群盲"的平庸所提出来的理想。

　　盖尔哈特·豪普特曼（Gerhart Hauptmann，1862—1946）是19世纪后期20世纪初的剧作家、诗人。他生于德国东部，故乡的风土人情及笃信宗教的传统对他的创作产生了重要影响。他曾在布莱斯劳和罗马学过雕刻，后在大学学习自然科学、哲学和历史。1885年婚后他住在柏林郊区，接触了社会底层的劳动者，阅读和研究左拉和易卜生作品，与哈尔特兄弟和霍尔茨等人结交，并参加自然主义作家的"通过"协会。1888年他在自然主义刊物《社会》上发表短篇小说《道口工梯尔》，引起广泛注意。1889年剧本《日出之前》的上演使他蜚声文坛，成为德国自然主义文学运动最杰出的代表。

　　《日出之前》讲述的故事发生在西里西亚矿区。农民克劳塞在他的地里发现了煤而成为矿主，此后终日饮酒作乐，并对前妻的两个女儿不怀好意。他的后妻暗中与人通奸，大女儿与大女婿两人都喜喝酒，小儿子也因酒精中毒而夭折。自小在外读书的小女儿海伦娜洁身自好，回家后对这种污浊的家庭环境非常不满。这时她认识了来矿区调查的青年社会主义者并与他相爱。但当他知道了她家的情况后，不愿与这样酗酒和淫乱的家庭联姻，怕遗传给后代。于是他留下一封信离开了海伦娜，姑娘绝望自杀。这部剧是典型的自然主义作品，令人想起易卜生的《群鬼》和托尔斯泰的《黑暗的势力》。作者通过克劳塞一家的堕落及海伦娜的爱情悲剧表现了人与环境的关系：人是外部环境的牺牲品。另外，酒精中毒和遗传问题贯穿全剧。1890年他写了《和平节》和《孤独的人们》，仍然着重表现资本主义工业化时期家庭的破裂及人们内心的孤独。1892年发表的以织工和工厂主斗争为主题的剧本《织工》以1848年西里西亚的织工起义为素材。作者写此剧时研读了大量有关织工现状及织工起义的资料，还两次赴起义地区调查。

　　喜剧《獭皮》（1893）的情节是：洗衣妇沃尔夫大妈偷了有钱人克吕格家的獭皮，克吕格向警察局报案，但局长只热衷于向上级报告捕风捉影的政治颠覆活动，对民间失窃小事不感兴趣。他把偷獭皮的大妈当成品行端正的好人，拒绝考虑他认为的政治可疑分子莱歇尔博士提供的破案线索，甚至还当众为私买赃物的船夫辩护。最后这桩案子不了了之。剧中的沃尔夫大妈勤劳、能干、泼辣、狡黠。她巧妙地利用警察局长的愚蠢、自负和偏见，显示出小人物在生存斗争中的聪明和机智。此剧情节紧凑，人物性格鲜明，语言生动有力，与莱辛的《明娜·封·巴尔赫姆》和克莱斯特的《破瓮记》一起被称为德国三大喜剧。他的其他喜剧还有《克拉普顿同事》（1892）、《红公鸡》（1901）等。

梦幻剧《汉奈蕾升天记》（1893）是作者突破自然主义的首次尝试。14 岁的穷苦少女汉奈蕾因不堪酗酒的继父虐待而跳进池塘自杀。被救起后，她被送进穷人院。奄奄一息的姑娘在高烧中梦见了天堂，在那里她所有的愿望都得到了实现。最后她在天使的歌声中沉入了永远的睡眠。该剧本仍保留了自然主义的一些特征，如较松散的结构和对西里西亚穷困山区的环境描写，但诗体的运用及建立在梦幻基础上的剧情已使作品带上了新浪漫主义和象征主义色彩。类似风格的剧本还有《沉钟》（1896）和《碧芭在跳舞》（1906）这两部童话剧及中世纪传说剧《可怜的亨利希》（1902）。继《沉钟》之后，他又写了《车夫亨舍尔》（1898）和《罗泽·贝恩特》（1903）两部以小人物的婚姻和爱情纠葛为题材的优秀剧作。《罗泽·贝恩特》探讨了狂飙突进时期已出现过的杀婴主题。同期的《米夏埃尔·克拉姆》（1910）写艺术家的悲剧生活，1911 年他还发表了悲喜剧《大老鼠》。

豪普特曼后期剧作没有早期的出色。一战爆发后他感到忧虑，希望世界有新转机。在《日落之前》（1932）这部剧作中，他预见性地指出法西斯的兴起。这部作品从标题到形式都类似《日出之前》。他最后的剧作《阿特里德四部曲》（1940—1944）取材古希腊传说，包括《伊菲格涅亚在德尔非》（1941）、《伊菲格涅亚在奥里斯》（1944）、《阿伽门农之死》和《厄勒克特拉》（后两个剧本在他死后于 1948 年出版）。这个四部曲没有歌颂古典人性的善良和高贵，而是表现人的无能、命运的神秘及世界的阴暗混乱，反映了他在二战期间对人类前途的怀疑和绝望。他后期较重要的剧作有《冬天的叙事谣曲》（1917）、《白色救世主》（1920）、《多罗苔娅·安格曼》（1926）等。他的自然主义剧作对德国的表现主义及布莱希特的叙事戏剧都产生过影响。1912 年他获诺贝尔文学奖。

豪普特曼还发表过一些短、中、长篇小说，其中《道口工梯尔》

在艺术上最成功，可看出毕希纳的影响。他其他较重要的小说有《狂欢节》（1887）、《使徒》（1872）、《克里斯多·埃门努埃尔·克文特的傻瓜》（1910）、《索阿那的异教徒》（1918）等。他也写过自传体作品《激情篇》（1929）、《我的青春冒险》（1937）、游记《希腊之春》（1908）及史诗《大梦》（1942）等诗歌。

第五节　俄国文学 [①]

　　19世纪初俄国资本主义有所发展，农奴制瓦解的征兆日渐显著。亚历山大一世1801年登基后采取了增设大学、成立改革委员会、讨论解放农奴问题等政治与社会改革。拿破仑1812年入侵俄国时，亚历山大启用名将库图佐夫击退拿破仑，1815年与奥地利、普鲁士结成"神圣同盟"，镇压欧洲民族民主运动。在国内，随着他许诺的改革成为泡影，农民起义频繁，士兵暴动时有发生。贵族青年军官1825年12月14日在彼得堡参政院广场发动反专制的起义（即十二月党人运动）。

　　在这社会激烈动荡期，俄国文学迎来第一个繁荣，以普希金为代表的一群诗人和作家创造出富于民族特色的优秀作品，奠定了19世纪俄国文学辉煌发展的基础，被称为俄国诗歌的"黄金世纪"。世纪初俄国多种文学潮流并存，如古典主义、感伤主义和浪漫主义。它们的撞击和交融演化出现实主义。普希金和十二月党人诗人坚持反农奴制，歌颂自由，力图振兴民族文学，重视民间文学，注重俄

---

① 除特别注明部分外，此节是对李赋宁主编《欧洲文学史》第二卷《十九世纪欧洲文学》第一、二、三章中俄罗斯文学材料的节缩。

国民族性格和历史，他们倡导的浪漫主义成为俄国文学主流。但一些诗人，尤其是剧作家仍仿效古典主义的典范。

1825 年十二月党人起义失败后，尼古拉一世强化军事官僚机器，实行黑暗统治。40 年代中期，彼得拉舍夫斯基（1821—1866）在彼得堡组织了探讨傅立叶空想社会主义的小组，并准备展开反农奴制的斗争。从文学潮流来说，30 年代俄国文学呈现浪漫主义和现实主义并存局面，40 年代中期具有强烈批判倾向的现实主义流派"自然派"在俄国确立。三四十年代初，浪漫主义诗人莱蒙托夫以"注满了悲痛与憎恨的铁的诗句"向社会黑暗挑战。平民诗人柯里佐夫（1809—1842）于 1835 年发表第一部诗集。哲理诗人丘特切夫开始推出他的早期名篇《沉默》（1830）等作品。十二月党人诗人别斯土舍夫以笔名马尔林斯基发表了浪漫色彩浓厚的《考验》（1830）等中篇小说。

40 年代初开始，特写体裁在俄国文学中兴起。1844—1846 年涅克拉索夫主编文集《彼得堡风貌素描》和《彼得堡文集》，收入许多青年作家写普通民众（看门人、运水工人、农民）生活的作品，触及了彼得堡生活许多侧面，具有写实倾向，对俄国现实主义形成起了重要作用。40 年代中期在普希金、莱蒙托夫和果戈理小说影响下，出现了一批名著，如陀思妥耶夫斯基的《穷人》、赫尔岑的《谁之罪?》、冈察洛夫的《平凡的故事》（1847）等小说，屠格涅夫的特写集《猎人笔记》和涅克拉索夫的诗作《摇篮歌》（1845）。

从"农奴制改革"到 80 年代，俄国社会经济逐步向资本主义过渡，其中铁路建设和银行业的发展尤其迅速。资本主义的发展引起农村阶级分化，广大农民受贵族地主和资产者双重剥削，日益贫困。亚历山大二世在 60 年代进行的司法、地方自治局和大学教育等方面的改革进展迟缓。沙皇政府日趋保守的政策引起广大社会阶层不满。70 年代末、80 年代，部分民粹派（特别是 1879 年成立的民意党）

转而采取个人恐怖手段，给革命运动造成很大损害。1881 年 3 月，民意党人炸死了亚历山大二世。但亚历山大三世继位后更保守、反动，使俄国又进入政治黑暗期。另一方面，俄国无产阶级开始登上历史舞台，俄国解放运动进入无产阶级革命时期。

此期俄国现实主义文学的批判分析倾向加强。谢德林具有高度概括力的讽刺文学、陀思妥耶夫斯基批判超人哲学、寻求正面理想的长篇小说和托尔斯泰深刻反映改革后俄国社会矛盾的许多名著将俄国文学推向欧洲文学前沿。托尔斯泰在 80 年代也把注意力集中于中短篇创作，80 年代中期柯罗连科和契诃夫更开拓出中短篇小说的新天地。从 90 年代起俄国文学进入发展新阶段。高尔基创作了《特写与短篇小说集》（1898），表现了刚劲有力的写实和昂扬的浪漫主义理想。象征主义诗人梅列日科夫斯基（1865—1941）发表了诗集《象征》（1892）。勃留索夫（1894—1924）主编的诗刊《俄国象征派》的出版标志这一诗歌流派在俄国形成。

亚历山大·谢尔盖耶维奇·普希金（Александр Сергеевич Пушкин，1799—1837）是俄国伟大诗人、小说家和现代俄国文学创始人。他出身贵族，少年就读专为贵族子弟开设的皇村学校，受到启蒙思想影响，许多同窗好友后来成为十二月党人。他在诗作如《自由颂》（1817）、《致恰达耶夫》（1818）和《乡村》（1819）中抨击农奴制度，歌颂自由与进步。他与一些秘密团体人员交往频繁，还参加了十二月党的一些秘密会议。之后他更强烈地追求自由思想，写了《短剑》（1821）、《囚徒》（1822）、《致大海》（1824）等名篇，还有四篇浪漫主义叙事长诗：《高加索的俘虏》（1822）、《强盗兄弟》（1822）、《巴赫切萨拉依的泪泉》（1824）和《茨冈》（1824）。

1830 年秋普希金到父亲领地处理婚前财产并逗留的三个月，是他创作最丰产的时段。他先后写成《石客》等四个小悲剧，戏谑性长诗《科洛姆纳一人家》、诗体小说《叶甫盖尼·奥涅金》，30多首抒情诗和包含五个短篇的《别尔金故事集》等作品。《别尔金故事集》中的《驿站长》是俄罗斯短篇小说典范，开启了塑造"小人物"的传统。1831年他迁居彼得堡，继续写了许多作品，如叙事长诗《青铜骑士》（1833）、童话诗《渔夫和金鱼的故事》（1833）、中篇小说《黑桃皇后》（1834）。他还写了两部有关农民问题的小说《杜布洛夫斯基》（1832—1833）和《上尉的女儿》（1836）。

　　《叶甫盖尼·奥涅金》① 是比较特殊的作品，于1823年动笔，1830年才完成，1831年还进行了修订和补充，前后费时八年多。有学者称这部长篇叙事诗内容深刻，语言单纯、明朗，富于音乐性，是诗人自己最喜爱和最主要的作品。它描绘了俄国一系列典型的社会现象，成为俄国文学史上社会小说的第一部典范，对后来莱蒙托夫的《当代英雄》、果戈理的《死魂灵》、屠格涅夫的《贵族之家》、冈察洛夫的《奥勃洛摩夫》和托尔斯泰的《战争与和平》等产生了重要影响。

　　小说主人公奥涅金出身衰落贵族，但从小还是"受到'命运'的照顾"，过着衣食无忧的生活，接受法国先生的教育。他青春"澎湃"时迈入社会，"他的发式剪得最时兴，/他的衣着像伦敦的阔少，/他能用法文对答如流，/就是下笔也畅达无阻；/跳起'玛茄卡'，妙曼轻柔，/他的鞠躬是多么自如！"（查良铮译，下同）奥涅金在广阔的社交场合接触社会各阶层。他还没有起床就收到了各种"信函和短简"邀请他跳舞或参加庆祝活动，经常是"三家都在同一天"。黄昏临近，他坐上雪橇，"'让开！让开！'一路上叫嚷"着奔向"泰隆饭店"，那里的盛会已开始，"瓶塞飞向天花板，/'流星'酒的浆

---

① 《叶甫盖尼·奥涅金》引文评介为陈大明撰写。

液闪闪地流。/ 侍役端来嫩红的烤牛排”，“还有最精美的法国大菜”，各色的美味摆满了一桌。在享受奢侈豪宴当中，主人公的表又响了，“呀，又到了看芭蕾舞的时候”，这位“剧坛的魔王”接着又“向剧院驰奔”。叙述者对场面的描述客观，看不出明显的态度取向，展现了当时俄罗斯风俗人情的逼真画卷。但是在描写奥涅金的精神状态时，他先是陈述“一夜笑闹和喧嚷 / 已经使公子哥儿异常疲倦”，接着潜入人物内心，道出“今天和昨天没有差异，/ 一样的单调，一样的繁忙”的心里话。叙述者略带揶揄地评价奥涅金的内心：“他的感情早已冷却，/ 世俗的烦嚣已使他厌倦”，而且这荒唐鬼“即使对于刀枪和决斗，/ 也是一点兴趣也没有”。作者以调侃的口气剖析主人公表现出来的“俄国人的郁闷”，认为这样的多余人连“活与不活，仿佛都不在意，/ 感谢上帝，他倒没有想自杀，/ 因为这件事也有点费力”。普希金在这部作品中艺术地反映了俄国现实中的各种典型现象。别林斯基曾评论道：《叶甫盖尼·奥涅金》是“俄国生活的百科全书”。

除了诗歌和小说等文类作品，他还写下许多诸如《论古典主义诗歌和浪漫主义诗歌》（1825）等具有真知灼见的文论。他于 1836 年创办了文学杂志《现代人》，对文艺潮流的发展有广阔视野和渊博知识。他是既重视传统又不断探索的学者型文学家，确立了俄国文学植根民族生活的独特发展道路。他的作品具有崇高的思想性和完美的艺术性，被译成全世界多种主要文字，对世界文学产生了重大影响。

世纪早期值得提及的还有**尼古拉·米哈依洛维奇·卡拉姆津**（Николай Михайлович Карамзин，1766—1826）、**瓦西里·安德烈耶维奇·茹科夫斯基**（Василий Андреевич Жуковский，1783—1852）、**康德拉季·费多罗维奇·雷列耶夫**（Кондратий Ф дорович

Рылеев，1795—1826）、**伊凡·安德烈耶维奇·克雷洛夫**（Иван Андреевич Крылов，1768/1769—1844）和**亚历山大·谢尔盖耶维奇·格里鲍耶陀夫**（Александр Сергеевич Грибоедов，1795—1829）。散文作家和历史编纂者卡拉姆津代表俄国的感伤主义新思潮，1792 年前他创办《莫斯科杂志》，发表过《一个俄国旅行者的书信》和中篇小说《苦命的丽莎》；1802 年主办《欧洲导报》，又发表了中篇历史小说《女行政长官玛尔法》。他还编写了 12 卷《俄国国家史》。茹科夫斯基是重要浪漫主义诗人，1802 年发表《乡村墓地》后登上俄国诗坛，是对英国诗人格雷的《墓园挽歌》的自由译作。他写有许多著名的抒情诗，如《黄昏》（1807）、《斯拉夫女人》（1816）、《大海》（1828），还有 30 篇歌谣。他参加过卫国战争，发表了爱国主义颂诗，曾担任皇子的俄语教师，晚年神秘主义宗教情绪浓重。他对俄国感伤主义和浪漫主义诗歌发展做了重要贡献。雷列耶夫是最杰出的十二月党人诗人，参加过卫国战争，后因领导秘密团体和发动 1825 年起义被沙皇绞死。他写有著名的政治诗歌《致宠臣》（1820）、《公民》（1825）等，讽刺沙皇政府，呼吁青年人起来斗争。他的历史叙事诗《沉思集》（1825）收有 25 篇诗歌，理想化地描述历史人物，如著名的《伊凡·苏萨宁》。克雷洛夫是著名寓言作家，写有 200 多篇诗体寓言，富于民族色彩，鞭挞农奴制，歌颂劳动。其中脍炙人口的名篇有《鱼的跳舞》《农夫与大河》《树叶与树根》《狼落狗窝》《杰米扬的鱼汤》等。格里鲍耶陀夫参加过卫国战争，做过外交使团秘书和俄军外事秘书，因与十二月党人关系密切，在起义失败后被捕，获释后任驻波斯大使，在当地人袭击使馆时身亡。他著有四幕喜剧《智慧的痛苦》（又称《聪明误》，1824），创造性地运用了古典主义艺术并吸收了俄罗斯民间语言。

19 世纪中期俄罗斯文学相当繁荣，小说方面成果突出，也出现了著名的文学理论家。首先要提到**米哈依尔·尤利耶维奇·莱蒙托夫**（Михаил Юрьевич Лермонтов，1814—1841）。他是诗人、作家，出身退役军官家庭，先入莫斯科大学，1932 年进入彼得堡近卫军骑兵士官学校，取得骑兵少尉军衔，在近卫军骠骑兵团服役。1837 年普希金决斗身亡，一夜间，莱蒙托夫写出《诗人之死》一诗，备受世人瞩目。他一生的创作以 1837 年为界分为前后两个时期。早期写了大量抒情诗。《一个土耳其人的哀怨》、《独白》（1829）等诗表达了对专制制度的不满和对人生的忧思，《高加索》（1830）等诗描述了奇异的自然风光和诗人的欣悦向往之情，《1831 年 6 月 11 日》（1831）是对青年时期思想探索的总结，《不，我不是拜伦，是另一个……》（1832）表明诗人与拜伦的精神联系和自己独特的志向。此期的优秀抒情短诗《帆》（1832）是他内心的真实写照。他最杰出的剧作是《假面舞会》（1835—1836）。

莱蒙托夫后期的诗歌创作越发突出了社会批判激情。《沉思》（1838）尖锐地剖析了当时贵族青年无所作为的可悲精神状态，《我常常被花花绿绿的人群包围》（1840）表示与虚伪奢靡的上流社会势不两立，《波罗金诺》（1837）以一个老兵讲故事来追忆普通士兵在卫国战争中表现的英雄精神，《先知》（1841）强化了作为先知的诗人的孤独及遭受的冷遇，《又寂寞又忧愁》、《云》（1840）沉痛诉说对漂泊命运的感怀，《我独自一人出门启程》（1841）表现诗人疲倦的心灵渴望与大自然结合，获得解脱和宁静。他的抒情诗除少量近似象征诗的篇目（如《帆》;《三棵棕榈》，1839;《悬崖》，1841）外，绝大部分采用自传性极强的心灵日记式的独白或自白形式。浪漫的直抒胸臆、爱憎反衬、自我表现是他抒情诗的总体特征。后期诗歌更趋于展示与剖析心灵矛盾，表现自我与表现时代水乳交融。

莱蒙托夫成熟期留下多部长诗杰作。《沙皇伊凡·瓦西里耶维奇、

年轻的近卫士和勇敢的商人卡拉希尼科夫之歌》（1837）是历史歌谣
体长诗。《恶魔》（1829—1841）是长期构思加工、八易其稿完成的
长诗。别林斯基认为，该作品体现莱蒙托夫的宽阔的想象、恶魔般
的力量、对上帝的高傲的敌视。《童僧》（1840）也是长期精心构思、
雕琢出的浪漫主义杰作，展现了高加索高山峻岭的瑰丽、自由的快乐、
风雨的狂暴、与豹子的殊死搏斗及童僧不屈不挠的坚强意志。诗体
小说《唐波夫金库主任之妻》（1837—1838）以幽默和略微粗俗的笔
调讲述金库主任在牌桌上输掉了妻子的故事。

　　《当代英雄》（1840）是莱蒙托夫的最高成就，是注重心理描
写的现实主义长篇小说。作者将旅行手记、冒险小说、社会小说熔
于一炉，集中描绘了富有理智和行动能力而又以自我为中心的青年
军官毕巧林的心理。小说由五部看似相对独立的中篇组成，它们分
别是《贝拉》《马克西姆·马克西梅奇》《塔曼》《梅丽公爵小姐》
和《宿命论者》。这五部中篇不按时间先后，而是按照揭示人物心理
世界的由表及里、由浅入深的步骤展开。小说成功地塑造了毕巧林
这个俄国文学中又一个"多余人"形象。如同奥涅金一样，他对现
实不满，渴望有作为，但又无力超越阶级和时代局限。他比前代人
更有行动和思想能力，更愤世嫉俗，也更痛苦消沉。为满足心灵的
饥渴，发泄旺盛的精力，他到处寻找冒险刺激，在玩世不恭中浪费
青春，往往造成他人的不幸，自己也更感不幸。作者通过描绘时代
的代表人物来批判社会现实，同时又对许多人生、社会重大问题表
达独到见解。果戈理称其为规范、优美和芬芳的散文，托尔斯泰等
大师称赞其艺术上的完美准确。

　　尼古拉·瓦西里耶维奇·果戈理（Николай Васильевич Гоголь，
1809—1852）是世纪中期最优秀的讽刺作家、讽刺文学流派的开拓
者、批判现实主义文学的宗师。他生于乌克兰，从小喜爱乌克兰民谣、

传说和喜剧。中学时他受到十二月党人诗人和普希金及法国启蒙学派影响，1828 年年底抱着鸿鹄之志赴首都彼得堡，但只得到房产局和封地局小职员职位，尝受了小官吏的困苦。1830 年春夏他曾业余去美术学院学绘画，这对他的文学创作起了重要作用。

1830 年年初他在杂志上发表了一篇根据乌克兰传奇故事写的《圣约翰节前夜》，并先后结识了茹科夫斯基和普希金。在他们写的童话诗影响下，果戈理完成了其成名作《狄康卡近乡夜话》（1831—1832）。这部独创性乌克兰民间故事集包括童话、传说、民谣和幽默、怪诞及悲喜剧等成分，并与乌克兰现实生活和风俗习惯的描绘交融，嘲讽了妖魔鬼怪和乡镇封建势力，赞美乌克兰人民的俊美机智和乌克兰山河的秀丽。

果戈理对乌克兰史和中世纪世界史有浓厚兴趣并颇有研究，1834—1835 年间被聘为圣彼得堡大学世界通史副教授，发表过《略论小俄罗斯的形成》、《论中世纪》（1834）等史学论文。1835 年间他进入创作成熟期，推出了《密尔格罗德》和《小品集》两部文集。前者取材乌克兰现实和历史，以宁静的史诗风格叙述卑微琐细的人生故事，达到令人啼笑皆非的讽刺效果。后者包括一组美学和史学论文及三篇彼得堡故事：《涅瓦大街》《肖像》和《狂人日记》。这三篇故事和后来发表的《鼻子》（1836）、《马车》（1836）、《外套》（1842）、《罗马》（1842）组成《彼得堡故事集》。

著名的短篇小说《外套》以详尽的细节、真实和幽默的笔法描绘了小公务员穷困潦倒的悲惨人生。他忠于职守，但只会照抄公文，经常遭同僚嘲弄。他的外套破得不能再补，经不起彼得堡的严寒，于是节衣缩食，做成一件新外套，这给他带来平生未曾有过的欢乐。但当他穿上新外套的第一个晚上在大街上行走时，新外套便被强盗们抢去。他请求"要人"帮助找回外套，反而遭到凌辱和谩骂，终于一病不起。《外套》是继普希金《驿站长》之后对俄国人道主义文学产生重要影响的杰作。另一名篇《狂人日记》以精神病理学的精确性描绘"小人物"的精神分裂。小公务员主人公的工作只是替长官削鹅毛笔，没有前途，痛感世上最好的东西都被侍从武官和将军们抢去，而为什么他就没有追求幸福的权利？在精神分裂中他称自己是西班牙国王，被关进了疯人院。

　　果戈理于 1833 年开始创作讽刺喜剧。1836 年五幕喜剧《钦差大臣》在彼得堡首演，引起巨大的社会反响。该剧以普希金提供的一个趣闻为情节基础，将俄国官僚社会的所有丑恶和不公正集中在一起，"淋漓尽致地加以嘲笑"。赫尔岑将这剧本概括为"最完备的俄国官吏病理解剖学教程"。果戈理于 1836 年 6 月开始漫游德、法、意，侨居罗马，在国外期间完成了毕生巨著——史诗小说《死魂灵》（第一部，1842）。《死魂灵》以主人公乞乞科夫游历外省省城和地主庄园收购死农奴（在俄文中农奴与魂灵同词）的怪诞情节，将农奴制下俄国城乡的生活特征，特别是地主和官僚的心理描绘得十分鲜明。小说从地主生活的侧面描绘的俄罗斯生活画面，强有力地展示了农奴制的腐朽、糜烂。它既导致农奴死后还像商品被拍卖的悲惨境况，也导致地主人性的扭曲和毁灭。

　　19 世纪中期还有几位作家相当重要，他们是**维萨利昂·格利戈利耶维奇·别林斯基**（Виссарион Григорьевич Белинский，1811—1848）、**亚历山大·伊凡诺维奇·赫尔岑**（Александр Иванович Герцен，1812—1870）和**尼古拉·亚历山大罗维奇·杜勃罗留波夫**（Николай Александрович Добролюбов，1836—1861）。别林斯基是杰出的文学批评家、美学家和文学理论家，在莫斯科大学期间组织过平民学生学社，因写反对农奴制的悲剧被学校开除。1834 年他发表了文学专论《文学的幻想》而成名，接着其长篇评论《论俄国

中篇小说和果戈理先生的中篇小说》（1835）奠定了他重要批评家的
地位。在美学上，他坚持现实主义，主张艺术再现生活，强调艺术
的形象性、真实性和典型性。他的论著还有《1847年俄国文学一瞥》
（1848）、《乞乞科夫的游历或死魂灵》（1842）、《亚历山大·普希金
的作品》（1843—1846）等。赫尔岑出身名门，大学期间投身废除农
奴制斗争，毕业后两次被流放。主要哲学著作有《科学中华而不实
的作风》（1842—1843）和《自然研究通信》（1845—1846）。他也
是文学家，著名小说《谁之罪？》（1845—1846）写三个青年人的理想、
渴望、爱情纠葛及最后的悲剧，指出罪魁祸首是俄国落后又反动的
社会。《偷东西的喜鹊》（1848）写农奴出身、才华出众的女演员一
生的悲惨遭遇。杜勃罗留波夫是评论家，在短暂的生涯中撰写了大
量批评文章。主要作品有阐述唯物主义和人本主义的《论概念的真
实性或人类知识的可靠性》（1858）和《俄国文学发展中人民性渗
透的程度》及两篇著名评论：评冈察洛夫小说的《什么是奥勃洛摩
夫性格？》（1859）和评奥斯特洛夫斯基剧作的《黑暗王国》（1859）。
1860年他发表了评屠格涅夫小说《前夜》的文章《真正的白天何时
到来？》，引发巨大争议。其他评论还有评《大雷雨》的《黑暗王国
的一线光明》（1860）和针对陀思妥耶夫斯基作品的《备受折磨的人
们》（1861）。

伊凡·谢尔盖耶维奇·屠格涅夫（Иван Сергеевич Тургенев,
1818—1883）是世界知名的批判现实主义小说家、诗人和剧作家。
他出身贵族，先后在莫斯科大学与彼得堡大学语文系学习，毕业后
赴柏林大学读哲学和历史。1847年他在《现代人》杂志上发表了《霍
尔和卡里内奇》，特写农民，副标题为《猎人笔记》，立刻受到读者青睐。
1852年他违反禁令发表悼念果戈理的文章，更因《猎人笔记》出版
的问题触怒当局，先被拘捕而后放逐回乡受管制。在拘留期间他完

成了中篇小说《木木》(1852)，继续强烈抨击农奴制。1853 年年底他获准回彼得堡，接着发表中篇小说《僻静的角落》(1854)、《雅科夫·帕申科夫》(1855)和喜剧《村居一月》(1855)等。1856 年他在杂志上发表了《罗亭》，开始写长篇小说。

《罗亭》使作家找到了自己喜爱的艺术形式，即作品情节简单，篇幅不长，故事以特定历史条件下的典型人物为中心，通过为数不多的角色从不同角度展示并丰富主人公形象，常由戏剧性场面串联起来。在内容上，他喜爱将爱情故事与政治问题联系起来，结合抒情性与社会性。1859 年他发表了《贵族之家》，继续地主庄园生活题材，1859 年完成了《前夜》，于 1860—1861 年连载于《俄罗斯通报》杂志。

1861 年他最优秀的长篇小说《父与子》发表，主要反映俄国废除农奴制前夕新的社会力量，即平民知识分子的崛起，以及他们与贵族阶级尖锐激烈的思想冲突。医科大学生，"虚无主义者"巴扎罗夫和他的朋友阿尔卡狄来到后者父亲的庄园度假，在这里巴扎罗夫与阿尔卡狄的伯父，一个保守的自由派贵族相识，并与其在社会政治、哲学、文学艺术等方面展开针锋相对的论争，甚至决斗。一次在省长家的舞会上巴扎罗夫认识了美丽的贵妇人阿金佐娃并狂热地爱上她，但遭拒绝。他陷入忧郁与矛盾中，不久在父母庄园为农民动手术时不慎受感染身亡。

巴扎罗夫一出现就令人感到这是个"新人"，他不是罗亭式的黑格尔主义者，而是坚定的唯物论者、自然科学工作者，相信物质，希望通过实验掌握世界的奥秘，代表 19 世纪中叶俄国企图清除宗教迷信、掌握自然科学的思潮的兴起。但是政治上，"新人"的特点乃是与科学求实相联系的否定精神。巴扎罗夫以无畏的气概宣称否定"一切"，包括否定当时社会制度和贵族阶级的领导权，因此招致保守贵族的仇恨。作者抓住并反映了当时民主阵营（"子"）与贵族保守阵营（"父"）两大历史力量斗争的症结，在对二者论战的描写中胜利的天平总是倾向民主主义者。

60年代初屠格涅夫长期居住国外，第五部长篇小说《烟》（1867）以贵族知识分子李特维诺夫的爱情故事为主干，揭露并讽刺在德国的各色俄国侨民，其中既有反动官僚贵族也有夸夸其谈的"革命者"。作品反映出作者在俄国改革后看不到出路的悲哀与消沉。事隔十年作者发表了最后一部长篇小说《处女地》，回到俄国社会的最新动向，即民粹派发起的"到民间去"运动。

除长篇小说外，他在中短篇小说领域里也很有造诣，如上面提到的《木木》、描写贵族青年生活的《阿霞》（1858）、《初恋》（1860）等。作者晚年基于对过去的回忆和一些家族传说，写了一些中短篇小说，如《草原上的李尔王》（1870）、《春潮》（1872）、《普宁与巴布林》（1874）、《爱的凯歌》（1881）。他晚年最大的成就是1878—1882年写的一组散文诗，如《老妇》《世界的末日（一个梦）》《大自然》等。

此期的重要作家还有小说家**谢尔盖·季莫菲耶维奇·阿克萨科夫**（Сергей Тимофеевич Аксаков，1791—1859）、**伊凡·亚历山大罗维奇·冈察洛夫**（Иван Александрович Гончаров，1812—1891）及剧作家**亚历山大·尼古拉耶维奇·奥斯特洛夫斯基**（Александр Николаевич Островский，1823—1886）。阿克萨科夫以写剧评登上文坛，主要作品为《家庭纪事》（1856）、《巴格罗夫孙子的童年》（1858），真实、广泛地描写了18世纪末俄国大贵族地主的生活。现实主义小说家冈察洛夫的代表作是《奥勃洛摩夫》（1859）和《悬崖》（1869）。前者写富有的地主奥勃洛摩夫虽聪明、富有同情心，却沉溺于幻想，没有实际行动，害怕失去寄生生活。小说空前有力地批判了农奴制度，揭示了贵族地主的腐朽没落。后者写女主人公与一个虚无主义者的爱情，最后醒悟，嫁给了早已爱慕她的实业家型地主。小说认为用资本主义方式经营农业的地主代表了俄国可靠的未来。奥斯特洛夫斯基在大学学习法律，后辍学，在法院任职。他写过喜剧《自家人好算账》（1849）、《穷新娘》（1852）、讽刺喜剧《家庭幸福图》（1847）等。后期剧作减弱了社会批判，增加了民间文学成分，如《各守本分》（1853）、《贫非罪》（1854）和《切勿随心所欲》（1854）。他最成功的剧作是《大雷雨》（1860）和《智者千虑必有一失》（1868）。前者写伏尔加河小镇的新旧道德、自由与专制的斗争，后者讽刺口是心非的显贵作恶遭报应。他还创作了一些历史剧，写俄罗斯历史上的乱世。

尼古拉·加夫里洛维奇·车尔尼雪夫斯基（Николай Гаврилович Чернышевский，1828—1889）是世纪中期俄国哲学家、作家和批评家。他生于牧师家庭，大学毕业后任中学语文教员，宣传革命思想。他在《现代人》杂志上发表了一系列重要著作，如《资本与劳动》（1860）、《哲学中的人本主义原理》（1860）、《俄国文学果戈理时期概观》（1855—1856）及《莱辛，他的时代，他的一生与活动》（1857）等。1862年6月《现代人》被勒令停刊，7月他被捕，在狱中用4个月写出长篇小说《怎么办？》。他继承了拉季舍夫、赫尔岑、别林斯基的战斗传统，吸收了费尔巴哈的思想，在唯物主义基础上建立了革命民主主义美学观。主要美学著作是《艺术对现实的审美关系》（1855），具世界意义，还有《现代美学概念批判》（1854）、《论崇高与滑稽》（1854）、《论亚里士多德的〈诗学〉》（1854）等。

著名长篇小说《怎么办？》塑造了与以往文学作品中"多余人"形象迥然不同的、具有全新理想和生活态度的"新人"形象。女主人公薇拉出身小市民，母亲要她嫁给富有的房东儿子，一个花花公

子。薇拉不愿成为买卖婚姻的牺牲品。正在一筹莫展之际，医学院
学生罗普霍夫为挽救她中途辍学，与她结婚。在丈夫帮助下，薇拉
逐渐觉悟到个人的解放必须和妇女解放斗争联系起来，于是积极参
加社会活动，创办实行社会主义原则的缝纫工场。两年后她与丈夫
的好友产生了爱情。罗普霍夫经过慎重考虑，相信薇拉和好友一起
会更幸福，于是出走。数年后罗普霍夫由美国回彼得堡，再次结婚，
并与薇拉夫妇和睦相处，共同从事革命启蒙活动。

  作为杰出的文学批评家。他在《俄国文学果戈理时期概观》等
著作中称普希金为"俄国诗歌之父"，第一个忠实和敏锐地描写了俄
国的风习和各阶层生活，把文学提高为全民的事业。他称果戈理为"俄
国散文之父"，第一个使俄国文学沿着批判方向进行。他在《幽会中
的俄罗斯人》（1858）一文中批判地分析了屠格涅夫中篇小说《阿霞》
的主人公，称其为"虚假的英雄"，体现了"多余人"的优柔寡断、
不适应生活、不了解俄国社会的弱点。《托尔斯泰伯爵的〈童年和少
年〉》和《托尔斯泰伯爵的"战争小说"》（1856）则归纳了托尔斯泰
创作的重要特点：1）善于写"心理过程本身、它的形式、它的规律"
就是"心灵辩证法"；2）具备"真诚的纯洁的道德感情"。他认为批
评应反映社会上优秀人士的见解，促使这种见解在群众中传播，从
而赋予了文学批评强烈的战斗性。

  中期的主要诗人还有**尼古拉·阿列克谢耶维奇·涅克拉索夫**
（Николай Алексеевич Некрасов，1812—1878）、**费多尔·伊凡诺
维奇·丘特切夫**（Федор Иванович Тютчев，1803—1873）、**阿方纳
西·阿方纳西耶维奇·费特**（Афанасий Афанасьевич Фет，1820—
1892）和**塔拉斯·格利高里耶维奇·谢甫琴科**（Тарас Григорьевич
Шевченко，1814—1861）。涅克拉索夫以"公民诗歌"著称，开始
时在杂志上发表短诗，40 年代结识了别林斯基，走上革命民主主义

道路，他的诗作《在旅途中》（1845）反农奴制，《当代颂歌》（1845）
讽刺了达官贵人，《故园》、《犬猎》（1846）讥讽残暴、荒淫的地主，
《夜里我奔走在黑暗的大街上》（1847）和组诗《街头即景》（1850）
描写彼得堡贫穷的角落。1847年后他与车尔尼雪夫斯基和杜勃罗留
波夫结成民主主义斗争战友，写了许多著名诗作，如《被遗忘的农
村》（1855）、《未收割的田地》（1854），并在《诗人与公民》（1855—
1856）中宣告诗人是公民，是祖国的儿子。60年代后他遭受巨大挫折，
曾违心地献诗给镇压波兰起义的人，遭进步人士指责。长诗《谁在
俄罗斯能过好日子》是他的创作高峰。丘特切夫以风景诗和哲理诗
见长，在构思、形象和情调上有独创性，如《不，大地母亲啊！》
（1836）、《春》（1838）、《夏天的风暴是多么快活》（1851）都是名
篇。费特是抒情诗人，追求纯艺术，善于捕捉瞬间美好感情和印象。
他发表的《忧郁的白桦》（1842）、《奇妙如画的景色》（1842）都是
优秀的风景诗；《悄声细语，羞涩的呼吸》、《又是五月之夜》（1857）
等则准确细腻地描述了瞬间情绪和思想状态。1883—1891年他出版
了诗集《黄昏的火》（四集）。谢甫琴科出身农奴，曾在彼得堡艺术
学院学绘画，毕业后在基辅大学任教。他参加了秘密团体，为取消
农奴制斗争，后被捕并充军。他的主要诗作有诗集《利布扎歌手》
（1840，1860年再版）和《三年》（1843—1845）、长诗《卡泰林娜》
（1838）、《海达马克》（1841）、组诗《在囚室中》（1847）、三联组诗
《命运》《诗神》《光荣》（1858）。

费奥多尔·米哈伊洛维奇·陀思妥耶夫斯基（Фёдор Михайлович
Достоевский，1821—1881）是19世纪俄国和欧洲最重要的作家之一，
也是俄国文学史上最复杂、最矛盾的作家之一，与屠格涅夫、列夫·托
尔斯泰等齐名。他生于贫民医院医生家庭，幼年接受了《福音书》、
卡拉姆津的《俄国国家史》和普希金诗歌的熏陶。1838—1843年他

就读培养军官的学校，但不喜军事，而沉醉于普希金、果戈理、席勒、雨果和巴尔扎克的文学世界。他既崇敬乔治·桑笔下人物的高尚，又为霍夫曼充满幻想的艺术吸引。1844年他翻译出版了巴尔扎克的小说《欧也妮·葛朗台》。1846年他的书信体中篇小说《穷人》问世，诗人涅克拉索夫惊呼：新的果戈理出现了。接着，他在中篇小说《分身》（1846）中探讨小官吏的精神分裂状态，在《女房东》（1847）中描绘金钱魔力对纯洁少女灵魂的腐蚀，在《白夜》（1848）中表现彼得堡青年对平等、博爱世界的梦想和追求。他的现实主义创作越来越带有幻想性。1847年春他参加彼特拉舍夫斯基小组的活动，研究空想社会主义学说，并因此于1849年3月被捕，12月被判死刑，旋即改判徒刑。他在西伯利亚服苦役四年，又被流放哈萨克四年，1859年12月才获准返回彼得堡。

重返彼得堡后，他以惊人的毅力和艰苦的努力投入文学活动。60年代初他创办杂志《时间》（1861—1863）和《时代》（1864—1865），发表了《关于俄罗斯文学的系列论文》（1861）和小说《被侮辱与被损害的》（1861）及《死屋手记》（1861）。前一部小说描写被玩世不恭的贵族欺辱的两个家庭的悲惨故事。小说在很紧凑的一段时间里聚集了许多令人焦虑不安的生活事件，造成小说时间旋涡般的急速运动。作品的空间大多设置在阴暗的房间、走廊、门厅和小巷里，烘托出被侮辱与被损害者的悲惨境遇。后者根据作者对监狱囚徒生活的回忆写成，以充满人道主义同情的视角和性格刻画受到托尔斯泰和屠格涅夫的称赞。

1862年6—8月他为治疗癫痫，也为考察西欧生活，到英、德、法等五国旅行，1863年秋和1865年秋又两次赴西欧。1867年4月到1871年7月侨居西欧四年，亲眼看到西欧生活使他的创作越来越具有全欧规模。第一次欧洲之行的成果《冬天记的夏天印象》（1863）

是旅欧杂记,在描绘西欧物质文明成就(如伦敦世界博览会、水晶宫)的同时,尖锐地抨击了拜物教和利己主义泛滥,揭示了触目惊心的贫富差距。第二次欧洲之行后发表的《地下室手记》(1864)分析了俄国小官吏的精神分裂,批判了唯意志论。

长篇小说《罪与罚》(1866)构思于1865年秋第三次旅欧之际,以60年代初彼得堡贫民生活为背景,描绘贫困的法科大学生拉斯柯尔尼科夫纷纭的意识流和他谋杀一个高利贷老太婆前后的精神震荡。小说批判了为所欲为的"超人"哲学,以实验小说模式将一种观念形态放在社会现实和处于特定文化背景的人性中去探讨其可能性,艺术描绘十分精彩。在侨居西欧期间他写了另一部名著《白痴》(1868—1869),探讨了基督式的美好人格和同情心能否挽救被资本主义社会毁灭了的个性。

长篇小说《群魔》(1871—1872)的一些情节参考了1869年11月莫斯科的涅恰耶夫案件。无政府主义和个人恐怖主义的涅恰耶夫小团体残杀了被认为不可靠的一个小组成员——农业学院的旁听生,此事件曾轰动一时。小说同时也包括作者1868年开始构思的小说《无神论》(后改称《一个伟大罪人的一生》)中的一些思考。《群魔》开拓了推理小说的新形式:在错综复杂的家庭、社会生活及诸主人公的思想论争的描绘中,布置许多谜团,使意外事件层出不穷。同时,这些描写又包含丰富的社会伦理内涵。

1875年,他在涅克拉索夫主编的《祖国纪事》杂志上刊载长篇小说《少年》。小说记述了名叫阿尔卡狄的贵族私生子中学毕业后到彼得堡当某公爵秘书的经历,写他在公爵一家及周围人物争夺遗产、阴谋与爱情的生活旋涡中感到的彷徨、诱惑和厌恶。小说着力重现处在混乱的生活潮流中少年的意识活动过程。70年代,他陆续编辑出版杂志《作家日记》(1873,1876—1877,1880—1881),发表了许多政治小品、文艺评论和若干中短篇小说。他在政论中宣扬东正教的顺从和忍受，认为基督美德应成为人类的道德典范。

《卡拉马佐夫兄弟》（1879—1880）是作者毕生创作的总结性作品，计划分两部，但只完成一部他就去世了。这部小说描绘出“好色、贪婪和畸形”的“卡拉马佐夫性格”，揭示了处在崩溃过程中的俄国贵族家庭“父与子”的主题。卡拉马佐夫一家的家长费多尔丧尽人类道德准则、为所欲为，是情欲的魔鬼，爱钱如命的高利贷者。他亵渎神明，离群索居，过着令人恐怖的孤独生活。爱的丧失使家庭破裂，妻离子散，而他自己却沉浸于龌龊的享乐生活。他有一套庸俗无神论为自己辩解，并经常张扬自己的丑行，扮演小丑，以掩盖灵魂的空虚。费多尔的三个儿子德米特里、伊凡和阿辽沙体现了贵族地主后代三种思想和性格类型。父亲带给德米特里的灾难最深，他从小无人照管，长大后行事莽撞。他曾当过军官，但因决斗被降职，服完兵役后成为无所事事的漂泊者。父亲扣押母亲留给他的遗产使他痛苦，与他争夺情人格鲁申卡更使他怨恨。他有弑父念头，但因心中保存着对上帝的信仰而没行凶，却被法庭宣判为凶手。他背着弑父凶手的十字架去迎接苦难，试图在磨炼中洗涤“卡拉马佐夫性格”的毒素，获得新生。

次子伊凡从小被富有的亲戚收养，在大学受西欧理性主义教育，似乎与“卡拉马佐夫性格”相对立。他自以为思想健康，却从理性主义走到认为“一切都可以被允许”的“超人”哲学。在家庭酝酿弑父事件的旋涡中，他故意出走，使自己不在现场。事件发生后他却惊讶地发现弑父凶手正是自己“超人”理论的追随者——同父异母兄弟、私生子和仆人斯麦尔佳科夫，从而自己也难免道义上的责任。他不敢面对这一事实，但又在潜意识中受折磨，引起恶魔三次找他谈话的幻觉，终于精神崩溃。老三阿辽沙是作者的理想人物，他从小珍藏着对虔诚、慈爱的母亲的记忆，后来成为修道士，试图以对所有人的爱将俄国引向新生。他摆脱了相信奇迹的宗教蒙昧主义，但认为应该成为基督爱的实践者和战士，像看护病人那样照料心理病态的父亲和哥哥。这一形象及整部小说都表现了作者基督教乌托邦的人道主义思想。

《卡拉马佐夫兄弟》在富于戏剧性的情节中展开诸人物间及人物自我的对话，涵盖封建及资本主义社会各种思潮并将其延伸。现实主义、怪诞、幻想和意识流诸艺术要素糅合在一起，思想意识的描写成为人物性格塑造的核心，悲剧性与喜剧性互为表里。

列夫·尼古拉耶维奇·托尔斯泰（Лев Николаевич Толстой, 1828—1910）是俄国19世纪伟大的批判现实主义作家，是世界文学史上最杰出的作家之一。他生于伯爵家里，长大后承袭了爵位。1844年他入大学东方学系，后转法律系，接触到卢梭、孟德斯鸠的著作，但对学校教育不满，三年后退学回乡经营田庄，一生大半时间都在庄园度过。他的创作分两个时期：前期（50—70年代）和后期（80年代后）。毕生创作集成的《托尔斯泰全集》有90卷之巨。50年代发表小说《童年》（1852）、《少年》（1854）和《青年》（1857），组成自传性三部曲，体现了他早期的思想和对创作的探索，反映主人公尼古连卡从童年到青年的成长过程。1855—1856年写的《塞瓦斯托波尔故事》真实地反映了克里米亚战争，为作家带来声誉。中篇小说《一个地主的早晨》（1856）也具有某些自传性成分。短篇小说《卢塞恩》（1857）则是根据旅行西欧时在瑞士风景区的见闻写的，通过一个流浪歌手遭英国绅士们嘲弄来谴责资产阶级文明的虚伪。1863年他发表了耗时近十年的中篇小说《哥萨克》，描写贵族青年奥列宁抛弃城市的舒适生活去高加索服军役，决心同哥萨克一起过山民那种朴素的生活；但在与山民姑娘的恋爱中又暴露了自私的本性，最终痛苦地离开山村。小说表达了作者对社会问题的探索，寄寓"返璞归真"的理想境界。

　　托尔斯泰在 1862 年结婚，从 1863 年开始潜心长篇小说创作，先后写出了两部代表作《战争与和平》（1863—1869）和《安娜·卡列宁娜》（1873—1877）。《战争与和平》是历史题材长篇小说，想通过历史寻求俄国社会问题的答案。小说在方法上综合了现实主义、浪漫主义、古典主义诸传统的优点，其特点是：1）体裁在俄国文学中是创新，也突破了欧洲长篇小说的传统规范。屠格涅夫称它集叙事诗、历史小说和风习志之大成，独树一帜。它以 1812 年俄国的卫国战争为中心，反映了 1805—1820 年间的重大历史事件，包括俄奥联军同法军在奥斯特里茨的会战、法军入侵俄国、波罗金诺会战、莫斯科大火、拿破仑军队溃退等。全书以对拿破仑的战事开始，到该战事终结。2）它成功地描写了人民并歌颂爱国主义和英雄主义。作者笔下出现了许多来自民间的英雄：普通士兵、行伍出身的下级军官、农民游击队。一部分贵族也起了作用，尤其是那些十二月党人的前驱——卫国战争的参加者，他们是贵族的精华和俄国的希望。3）在人物塑造上有许多独到之处，一共 559 个人物，主要形象塑造得很成功。作者把人物放到广阔的历史背景中和各种生活领域里描写，通过战争与和平两种生活的强烈对比加以刻画，极其重视人物的多面性和复杂性。4）作品具有浓郁的民族风格，是俄罗斯绚丽的历史画卷。它不仅写出俄罗斯民族的性格和气质，也展示了当时社会的风貌。

　　这部小说反映了托尔斯泰矛盾的世界观。他理解战争的胜利靠的是人民群众，但却认为群众是盲目的、"蜂群式"的力量，库图佐夫指挥战争的本领也仅仅在于顺乎自然，合乎天意。作者让安德烈在临终前接受了《福音书》教导，寄希望于宗教救世；又让彼埃尔接受一位俄国士兵的宿命论思想影响，相信顺从天命，净化道德，爱一切人和积极行善是改革社会的良策。作者甚至把逆来顺受、"勿抗恶"作为美德欣赏。

《安娜·卡列宁娜》反映了俄国从 1861 年开始的社会变动，即书中人物列文说的，"一切都翻了一个身，一切都刚刚开始安排"。"翻了个身的东西"指封建农奴制旧秩序；"刚刚开始安排的东西"就是逐步形成的资本主义制度。小说由两条平行又联系的情节线索构成。一条写贵族妇女安娜和丈夫卡列宁的感情破裂，她爱上贵族青年军官渥伦斯基并与他同居，为此被上流社会摒弃。后来她对生活绝望而卧轨自杀。另一条线写外省地主列文和贵族小姐吉提恋爱并组成幸福家庭的曲折过程。两条线索分别反映了俄国城乡的变化，也体现了作者对社会问题的探索和思考。

80 年代作者进入创作后期，俄国阶级斗争又趋激烈，农民在农奴制改革中遭受了一连串掠夺，濒于破产；此时又遇上连年歉收，成千上万人死于饥饿和瘟疫。1879 年农民暴动席卷俄国 29 个省，1880 年增加到 34 省，同时年轻的无产阶级起来反对资本主义剥削。农民运动与工人运动相汇合再一次形成革命形势，引起了作者注意。他本人也加紧社会活动，遍访大教堂、修道院，同主教、神父谈话，出席法庭陪审，参观监狱和新兵收容所，调查城市贫民区等，这一切使他清楚地认识到专制制度和剥削阶级的腐朽，引起了世界观剧变，并导致创作的变化。此后他写了大量作品，如剧本《黑暗的势力》（1886）、《教育的果实》（1891）、《活尸》（1911），中短篇小说《伊凡·伊里奇之死》（1886）、《克莱采奏鸣曲》（1891）、《哈泽－穆拉特》（1904）、《魔鬼》（1911）、《谢尔盖神父》（1912）和《舞会以后》（1911）。不少作品用宗法制农民的观点考察社会生活并作了猛烈批判。作者已经用新观点来考察社会和人生，如短篇小说《舞会以后》

揭露沙皇政府蹂躏少数民族的暴行，显示了新力度。作者晚期的中篇历史小说杰作《哈泽－穆拉特》揭露沙皇政府和尼古拉一世对少数民族的暴政，强烈抨击军队和政府的暴虐专制。

然而，最集中体现托尔斯泰世界观转变的是后期代表作长篇小说《复活》（1889—1899）。小说源自真人真事，一个妓女被指控偷窃醉酒的嫖客 100 卢布，判处监禁四个月。一位出庭当陪审员的青年贵族认出她就是当年被他诱奸的亲戚家 16 岁的养女。他良心发现，要求同女犯结婚赎回过失，请求检察官帮助解决。起初作者想基于这个故事写一本道德教诲小说，但在 10 年中反复思考，六易其稿，终于把主题变成"要讲经济的、政治的、宗教的欺骗"，"也要讲专制制度的可怕"（作者语）。

《复活》对俄国社会的揭露和批判空前激烈。它主要揭露法庭、监狱和政府机关的黑暗，官吏的昏庸残暴和法律的反动。在堂堂的法庭上，一群执法者各有心思，随便将受害少女玛斯洛娃判刑。上诉过程暴露沙皇政府从上到下的腐败：国务大臣是贪贿成性的吸血鬼，枢密官是镇压波兰人起义的刽子手，掌管犯人的将军极端残忍，副省长经常以鞭打犯人取乐，狱吏更以折磨犯人为能事。作者指出：人吃人的行径从政府各部门、各委员会、各司局开始。小说还撕下了官办教会"慈善"的面纱，暴露神父麻醉人民的骗局，以及政府与教会狼狈为奸。小说还指出农民贫困的根源是地主占有土地，而资本主义则给农民带来双重灾难，反映了作者消灭地主土地私有和沙皇专制的强烈愿望。他实际上提出了民主革命和社会主义革命要解决的问题，在此意义上，他是伟大的思想家。但小说却否定暴力革命；主张信仰上帝，号召人们向"心中的上帝"祈祷，说"天国就在你们心里"；在反对地主和资产者的剥削时只是软弱无力地怨诉或咒骂。小说还宣扬"爱仇敌、为仇敌效劳""永远宽恕一切人"。

这些主张被称为托尔斯泰主义。

《复活》在艺术上很成功。它塑造了聂赫留朵夫公爵这个丰满而复杂的"忏悔"贵族的典型,充分展示了他的思想和性格的辩证发展。聂赫留朵夫出于贵族阔少的任性和不负责,诱奸了农奴少女玛斯洛娃,从此把她推入不幸的深渊。他本是纯洁、有理想、有真挚感情的青年,但贵族社会和沙俄军界使他放荡和堕落。由于他青年时代受过民主主义和人道主义思想影响,善良品性还没泯灭,加上有寻根究底好思考的性格,使他不同于别的纨绔子弟。10 年后在法庭上见到玛斯洛娃时,他被她的悲惨遭遇震惊,产生了忏悔之心。他先是承认自己"犯了罪",决定替被冤枉判刑的玛斯洛娃上诉申冤,为自己赎罪。他奔走于各级政府机关,活动于权贵之门,看到统治阶级和国家机器的专横无理,逐步意识到本阶级的罪孽深重。他转而愤怒,揭露法庭、监狱和政府机构的黑暗,成了贵族地主阶级罪恶的揭露者和批判者。这种来自旧营垒中的反戈一击特别有力。他还进一步对革命者产生了同情心,决定交出土地,到西伯利亚去,有了投向人民的表示。在整个过程中他的贵族阶级性不断死灰复燃,每走一步都有痛苦的思想斗争,这一切使得这个人物丰满和真实可信。

除了描写主人公形象的成就,小说还有许多特色。它运用单一的情节线索描绘广阔的社会生活,成功地提供了社会全景图;它在描绘艺术画面和人物形象时大量使用景物对比、人物对比、贫富的生活遭遇对比等,从而突出社会矛盾,加强了作品的批判力量;它对人物的心理刻画细致入微,既深入各种人物的内心,又抓住其瞬息的思想感情变化;它重视细节描写,人的外貌特征和生活环境都生动逼真。小说充满批判激情,用鲜明的哲理和道德说教提出重大社会问题,表明作者的观点。作者采用大声疾呼、直接诉诸读者的形式，所以作品具有宣言式风格。

托尔斯泰晚期转变后的世界观仍存在显著矛盾。列宁曾经写过《列夫·托尔斯泰是俄国革命的镜子》等七篇文章，对托尔斯泰与时代等问题做过系统分析，概括地指出他世界观的矛盾方面。他具有"最清醒的现实主义"，成为"强烈的抗议者，激愤的揭发者和伟大的批评家"；但他的软弱则见于"托尔斯泰主义"，即"不以暴力抗恶""道德上的自我完善"和基督教的"博爱"。

安东·巴甫洛维奇·契诃夫（Антон Павлович Чехов，1860—1904）是 19 世纪后期和 20 世纪初期的批判现实主义作家、戏剧家、短篇小说大师。他少年时代迷上戏剧，中学毕业前曾试写剧本。他考入莫斯科大学医学系第二年开始文学创作，毕业后行医时接触广泛，获得了丰富的创作题材。他最初在幽默杂志《蜻蜓》《闹钟》及较严肃的《花絮》上发表作品，以笑话和趣闻为主，少数作品遵循果戈理和谢德林的传统，讽刺社会的庸俗和落后。

他的创作分三个时期。1883 年前后他写出一批幽默小品，揭示小人物在权势和金钱面前低声下气、自轻自贱的奴才心理（《一个官员之死》《胖子和瘦子》，1883；《小人物》，1885），或刻画小官吏对上奴颜婢膝、对下作威作福的可鄙嘴脸（《变色龙》，1884）。这些作品辛辣却无忧无虑，而另一些作品中的笑则较含蓄。如《普里希别耶夫中士》（1885）里那个小爪牙多管闲事，看似可笑，实则揭露了窒息一切自由思想的现实；逗笑的《嫁妆》（1883）引发人们对待字闺中、忧郁至死的老处女的同情。80 年代中期开始，他的注意力转向普通人命运。《苦恼》（1886）里老车夫死了儿子，没人同情他的苦痛，只得向自己的老马诉说；《万卡》（1886）中小童工万卡不堪老板虐待，写信哀求祖父带他回家，但他只会在信封上写下"寄乡下爷爷收"，这信成了寄不到的信。《厨娘出嫁》（1885）里的女佣无权决定自己的终身大事，被主人强迫嫁给一个凶狠、酗酒的车夫；《歌女》（1886）里女主人公地位低微又过分善良，被一位太太勒索了全部积蓄，换得的却是一场侮辱。《风波》（1886）里家庭女教师被女主人当作窃贼搜查后毅然出走以维护自己的尊严。

在第二阶段，作者视野大大拓宽，广泛研究社会不同阶层和不同职业的人物。他认为平常的琐事比重大的、悲剧性事件更能呈现人们的生活及本质，因而他的创作常涉及前人未涉及的角落，题材也比前人繁多而分散。《黑暗》（1886）同情穷人的处境，也看到他们的愚昧；中篇《神经错乱》（1888）痛斥娼妓现象，又深惜她们的感情麻木。他在面对社会矛盾时总是保持温和立场而避免激进态度。比如作者同情医生基里洛夫对自私的贵族阿波金的严厉斥责，但却认为医生的态度"残忍得不近人情"（《仇敌》，1887）。爱情也是作者最关注的问题之一，但他很少单纯写爱情，而是写与爱情相关的社会和人生问题：如使人庸俗化的"美满爱情"（《爱情》，1886），以金钱为目的的买卖"爱情"（《求婚》，1886；《大团圆》，1887），被虚荣心和庸俗断送的纯真爱情（中篇《跳来跳去的女人》，1892），因心灵枯萎而错过的爱情（《薇罗琪卡》，1887），因地位鸿沟而不可及的爱情（《波琳嘉》，1887），成为生活中最大恐怖的没有爱的爱情（《恐怖》，1892）。可以说，他笔下的爱情成为考验人物性格和品德的试金石。

契诃夫小说的一个重要内容是表现社会思潮、知识分子的思想情绪和探索。80年代初俄国政治黑暗，不少知识分子陷入悲观。中篇小说《灯火》（1888）中的两个人物对这种思潮进行了哲理性论争。在《在途中》（1886）和《风滚草》（1887）中出现了思想探索者的形象，这与当时社会开始摆脱消沉情绪、重新思考生活问题的趋势同步。1889年他创作了中篇《没意思的故事》。主人公学识渊博，在科学上很有成就，但临近晚年突然意识到自己缺乏"总的观念"，甚至弄不清生活和工作的目的。1890 年 4 月契诃夫带病去苦役犯流放地萨哈林岛考察。这里官吏腐败，滥施淫威，犯人备受酷刑，过着地狱般的生活，对他震动很大。他把见闻写入旅行记《萨哈林岛》(1895)。在此次旅行影响下他写出著名的中篇小说《第六病室》(1892)。小说构思巧妙，疯人院墙头安着钉子，窗子钉着铁格子，环境酷似监狱，是沙皇专制俄国的缩影。格罗莫夫原是聪明又有正义感的知识分子，他的遭遇揭露了政府迫害无辜、人人自危。医生拉京为人正直，但消极无为，脱离社会，逆来顺受。最后他自己受到迫害才发出抗议，也被关入疯人院。

作者第三阶段的创作反映面更广，主题更集中，重大社会问题成为聚焦点。工商业和农村生活是新的创作领域。在中篇小说《女人的王国》(1894)、《三年》(1895)、《出诊》(1898)等作品中，工厂、商行虽是背景，但工人和店员的艰苦生活，恶劣的工作条件，封建家长式的厂主（老板），所有这些都表现充分。对农村的关注源于他 1892—1899 年间住在梅里霍沃时与农民的交往，以及 1891—1892 年参加赈济饥民等公益活动。与 80 年代的《幸福》(1886)、中篇《草原》(1888)等作品诗意地描写民间生活和农民的道德品质不同，这些作品以灰暗色调突出农村生活的阴暗面。其中《农民》(1897)写农村的赤贫、落后、愚昧、粗野，著名中篇《在峡谷里》(1900)揭露新兴富农对农民的残酷掠夺，《新别墅》(1899)还涉及农民对地主的不信任。

契诃夫对当时一些知识分子宣扬做"小事情"表示怀疑。像《教师》(1886)中的绥索耶夫，特别是中篇《跳来跳去的女人》(1892)中的戴莫夫几乎是他作品中仅有的正面人物。相反，中篇《黑衣修士》(1894)中的考甫林沉溺幻想，黑衣修士是他幻想的化身，是意识深层活动的体现。他自命不凡，不务实事，为作者否定。契诃夫认为人生最大的悲剧并非贫穷或死亡，而是平庸。在《强烈的感受》（1886）、《纠纷》（1888）和《命名日》（1888）中，他鞭挞小市民习气、虚伪与庸俗，在许多作品里都点明人物活动的背景是"灰暗和乏味的城市"，人们为庸俗所包围和窒息。作者通过《姚内奇》（1898）等中篇小说进一步揭示庸俗的根源和危害。坚决反对保守力量是他的著名短篇小说《套中人》（1898）的主题。希腊文教师别里科夫把自己的思维和行为都装在各种各样的套子里，整天惴惴不安，唯恐"闹出什么乱子"。他还以说教、恐吓、监视和告密，威胁众人遵守旧规矩和当局法令，使整个学校乃至全城的人战战兢兢过了15年。别里科夫既是时代的产物，又是专制社会的支柱。

如果说《农民》等作品展现了农村阴暗和愚昧，那么《出差》（1899）则由主人公目睹民间疾苦，感到良心和同情心像一把"小锤子"敲打头脑，从而为之呐喊。其他作品中的一些人物表现出新的期待，并开始行动：中篇《女人的王国》中的女工厂主因富裕生活而苦闷，幻想嫁给工人或者去做女工；《出诊》中工厂主之女终日恹恹卧病，无精打采，为拥有财产而深感不安，一旦决定出走后精神便振作起来；中篇《我的一生》（1898）中出身望族的"我"不愿享受"用金钱和教育换来的特权"，他抛弃了寄生生活，去做工种田，尝试过另一种生活。到20世纪初俄国革命风暴来临前夕，中篇《新娘》（1903）中的娜嘉毅然抛下即将举行的婚礼去彼得堡求学，告别灰色的故乡，投入新的生活。

契诃夫还是优秀的剧作家，写过一些独幕剧和轻松喜剧，有的是他小说的改编。主要剧作除《伊凡诺夫》（1886）外，《海鸥》《万尼亚舅舅》《三姊妹》《樱桃园》等四个剧本都写于后期。《海鸥》（1896）第一次直接提出艺术的意义和艺术家的使命问题。《万尼亚舅舅》（1897）的主题是劳动，是在反常社会中成为无谓牺牲的劳动。《三姊妹》（1901）展现了一群被庸俗生活折磨、心灵却未浊化的青年，表明作者感受到大风暴即将到来。如果说它实为喜剧（契诃夫要把它演成喜剧），它的笑是忧郁的，写的是无力与旧世界较量的新一代。在《樱桃园》（1903）中，笼罩作者过去创作的愁闷和消沉一扫而光。作为喜剧的《樱桃园》，它的笑是明朗的，写退出历史舞台的残余力量。《樱桃园》可说是作者的绝笔之作，但却是他最有朝气的剧作。

俄国19世纪后期文学家还有谢德林，原名米哈伊尔·叶夫格拉福维奇·萨尔蒂科夫（1826—1889）、列斯科夫（1831—1895）和柯罗连科（1853—1921）。谢德林早年因发表针对沙皇政府官员的作品遭逮捕。他创作了不少优秀小说，如尖锐讽刺时弊的《一个城市的历史》（1869—1870）、《戈洛夫廖夫老爷们》（1880）。列斯科夫步入文坛的60年代正值俄国农奴制改革，他写了些中短篇小说揭露体制的黑暗，反对用革命方式解决社会问题，但70年代他思想有转变。长篇小说《大堂神父》（1872）是他的代表作，讲大司祭萨韦利神父仗义执言，为民请命遭到悲惨命运。柯罗连科参加学生请愿被捕流放，特别了解底层百姓如林业工人、农民、小手工业者的生活。他的短篇小说名篇有：写农民反抗精神的《马卡尔的梦》（1886）、表现摆渡人勇敢和智慧的《嬉闹的河》（1891）、写流浪汉生活的《杀人者》（1882）、《索科林岛的逃犯》。他的代表作是中篇小说《盲音乐家》（1886）。

第六节　意大利文学 ①

19 世纪初期意大利的历史分两阶段，1815 年前是拿破仑统治时期，其后是奥地利统治下的封建复辟时期，文学也相应地先后出现新古典主义和浪漫主义两大潮流。法国 18 世纪的启蒙主义思想和 1789 年的资产阶级革命曾给意大利人带来希望，但法奥为争夺对意大利的控制权展开了 7 年战争，给意大利人民带来了深重灾难。曾经以法国为师的意大利知识界不再迷信启蒙主义和法国资产阶级革命学说，转而向本民族的文化传统寻找精神力量。他们重新学习和研究维柯、萨尔皮、马基雅维利等意大利先贤的理论，古典主义成为文化艺术时尚。

1814 年拿破仑失败，1815 年维也纳会议将意大利重新置于奥地利奴役之下，奥地利扶植各地封建君主复辟。但因拿破仑时期铲除了各地封建小国国界，那里的人民已开始把自己看作意大利人，而不是托斯卡那人或皮埃蒙特人，民族意识开始形成。拿破仑还在意大利实施了一些资产阶级政治经济改革，意大利人民再也不能忍受国家分裂和封建统治复活。他们反封建的时期也是浪漫主义文学兴起之时。浪漫主义强调文学同时代精神和社会生活联系，符合当时民族革命斗争需要。

意大利新古典主义的代表作家有**温琴佐·蒙蒂**（Vincenzo Monti，1754—1828）。他在罗马教廷任职期间写了如《伯里克利的重现》（1779）、《教皇的朝圣者》（1782）、《致蒙戈费埃尔先生的颂歌》

---

① 除了特别注明的段落，此节是对李赋宁主编《欧洲文学史》第二卷《十九世纪欧洲文学》第一、二、三章意大利文学的节缩。

（1784）等追求古典诗歌艺术的颂歌和贺诗,也有流露个人情感的《挽歌》（1779）、《情思》（1783）等。叙事诗《巴士维尔之死》（1793）是他前期最重要的作品，用梦幻形式，以三韵句诗体悼念因宣传法国革命被杀害的法国公使馆秘书巴士维尔，成功地效仿了但丁的《神曲》形式。1797年他到米兰，公开支持革命派，歌颂拿破仑。奥地利重新统治意大利后他逃亡巴黎，拿破仑在马伦戈战役中获胜后他回到米兰，任文学艺术局长和大学教授，写诗为拿破仑歌功颂德，如普罗米修斯游历人间、观看拿破仑指挥第一次意大利战役的《普罗米修斯》（1797）、歌颂拿破仑在德国的胜利的《塞尔瓦·奈拉的游吟诗人》（1806）和《腓特烈二世之剑》（1809）以及纪念法西战争的《政治新生》（1809）。米兰时期他最优秀的是政治抒情诗《为了意大利的解放》（1801），洋溢着爱国热情。1815年拿破仑倒台后他变成奥地利治下的顺民。1816年他参加维护新古典主义的论战，但无力挽回其颓势。他晚年最著名的是抒情诗《在女人的命名日》（1825），坦诚豁达地看待生命的最后旅程。他还写过古希腊、罗马题材的悲剧。

乌戈·福斯科洛（Ugo Foscolo，1778—1827）是医生，父亲死后生活艰难，他奋发图强，开始文学创作。第一部作品是悲剧《食人者》（1793），上演后一举成名。他崇拜拿破仑，1797年加入骑兵。拿破仑与奥地利签约把威尼斯划归奥地利后，他十分愤慨，称拿破仑为"出卖人民的商人"。之后他参加过抵抗奥俄入侵的热那亚保卫战，加入拿破仑的意大利军团，军旅生涯断断续续达10年。不论在什么条件下他都没停止笔耕，比如业余翻译英国作家斯特恩的《感伤旅行》和撰写《有关迪迪莫·杰里科的消息》阐述自己的哲学、伦理学和文学观点。此期他还写了赞美热那亚贵妇的《致落马的露易佳·帕拉维奇尼》（1800）和献给米兰时期情人的《致康复的女友》（1802）。这两首颂歌均以古雅的形式和语言表达对优雅高贵之美的崇拜，充满古典主义情趣。同期创作的《雅可波·奥尔蒂斯的最后书简》（1802）是他最重要的作品，也是意大利第一部现代长篇小说。作者用书信体形式描述一个青年的成长和爱情的悲剧，带有自传色彩。意大利军团解散后，他完成了长诗《墓地哀思》（1807）并翻译了荷马的《伊利亚特》，以现代人的观点转述荷马史诗中的英雄业绩。1808年他被聘为帕维亚大学修辞学教授，第二年就因反对法国统治而被辞退，他的悲剧《阿亚切》（1811）因攻击拿破仑，在米兰上演一次后被禁演，另一部悲剧《里恰尔达》（1812）写意大利人不和，自相残杀，呼吁民族团结。在奥地利卷土重来后，他逃到瑞士，开始流亡，最后客死伦敦郊外小镇。流亡期间他写了大量文学评论，主要有《彼特拉克评论集》（1821）和《论〈神曲〉》（1825）。

亚历山德罗·曼佐尼（Alessandro Manzoni, 1785—1873）是意大利重要浪漫主义诗人、剧作家和小说家。他接受了理性主义和法国革命思想，憎恶任何形式的专制统治。他拒绝继承爵位，1805年赴巴黎，受到进步的哲学思潮和浪漫主义文学影响，在国外婚后接受洗礼，皈依天主教。他在作品中表达了启蒙思想与宗教教义合二为一并在宗教精神指引下建立自由、平等、博爱社会的思想。

1810年曼佐尼返意大利，定居米兰。之前他发表了诗歌《在那五座山峰上》（1802—1803）、《阿达河》（1803）、《悼念卡尔洛·英勃纳迪》（1805）、《乌拉尼亚》（1809）等。回国后他的创作更丰富，发表了许多有影响力的诗篇，如号召为祖国独立而战的《利米尼宣言》（1815）、歌颂烧炭党人反抗奥地利占领者举行起义的《一八二一年三月》（1821）、抒情诗《五月五日》（1821），还有5首当时受欢迎的《圣歌》，如《复活》（1812）、《马利亚的名字》（1812—1813）、《圣诞节》（1813）、《耶稣受难》（1814—1815）、《圣灵降临》（1822）。他写了两部历史剧：悲剧《卡马尼奥拉伯爵》（1816—1820）和抒情悲剧《阿岱尔齐》（1822）。最能代表他的深厚思想和艺术成就的作品是长篇历史小说《约婚夫妇》。

《约婚夫妇》1823年脱稿，后不断修改、加工和改写，1827年出版，在意大利家喻户晓。有批评家称其艺术成就和地位堪与但丁的《神曲》和阿里奥斯托的《疯狂的罗兰》媲美。《约婚夫妇》故事发生在17世纪上半叶受西班牙统治的意大利。在伦巴第地区一个小镇，相爱中的纺织工人伦佐和露琪亚即将举行婚礼，但当地恶霸早已觊觎美貌的姑娘，他不许神甫为他们举行婚礼，还派手下对伦佐下毒手。伦佐和露琪亚听从神甫劝告逃亡他乡。恶霸买通一个杀人越货的大寨主把在修道院避难的露琪亚劫持到山寨，准备占为己有。此时大寨主正为过去犯的罪恶悔恨，打算把姑娘送回家乡。长期的饥荒和兵乱引发了大规模瘟疫，恶霸死于瘟疫。四处漂泊的伦佐经历了饥民暴动和种种磨难，最终在神甫帮助下找到了恋人，如愿地举行了婚礼。与当时的言情小说不同，恋情和际遇紧密结合历史大背景展开和描述。作者采用了浪漫主义偏爱的历史小说形式，用较大篇幅讲述17世纪意大利在西班牙侵略者统治下兵灾连年，强匪横行，饥荒和瘟疫肆虐，特别是匪患"极为猖獗"的严重情况。更糟的是，米兰后任总督忙于尔虞我诈，玩弄权术，置民众于水深火热之中。叙述者根据史料例举总督恩里奎埃兹伯爵曾煽动萨伏依王国的大公跟法国国王亨利四世交恶，"使之落得了个割让不止一个城市的下场"（吕同六译，下同）。这位总督"还唆使比雍公爵发动叛乱，使这个同谋者终于掉了脑袋"。总督的心思都花在各种政治力量的博弈上，"至于那些作恶多端的强徒，不消说，自然是依旧敷衍，孳生不息"。在这样的背景下，主人公的婚事与时局混乱、动荡就密切相关。①

---

① 此段为陈大明撰写。

贾科莫·莱奥帕尔迪（Giacomo Leopardi, 1798—1837）是意大利浪漫主义诗歌代表人物，世袭伯爵之子。他一生短暂，却留下大量抒情诗、英雄诗、田园诗、寓言诗和政治讽刺诗，其中许多流芳后世。他的创作分四阶段：1）1815—1821 年他从新古典主义转向浪漫主义，翻译了古希腊、罗马经典诗歌，写出一些抒情诗，如《死的临近》（1816）和《初恋》（1817），其著名的新古典主义诗歌是政治抒情诗《致意大利》（1818）和《但丁纪念碑》（1818）；2）1822—1827 年他四处漂泊，贫穷、孤独、悲观，陷入苦思冥想，对生存的思考体现于散文集《道德小品》（1827）中，采取神话和历史人物及虚构人物的对话就一些话题辩论，批判现代文明的空虚，探讨人生价值，讽刺恶习和低下品格；3）1828—1832 年是他创作的顶峰，写出了田园诗《致席尔维娅》（1828），席尔维娅被描绘为青春和美的象征，是意大利抒情诗中最动人的少女形象；其他优秀田园诗还有 1829 年的《孤独的麻雀》《回忆》《暴风雨后的宁静》，1830 年的《一个亚洲牧民的夜歌》、《歌集》（1831）和《爱情与死亡》（1832）；4）1833—1837 年在那波利的最后岁月，他写了嘲笑资本主义表面繁荣和揭露其丑恶的《翻案诗》（1834）、呼吁消除纷争、一致对待大自然灾难的《金雀花》（1836）、政治讽刺诗《鼠蛙交战记续篇》（1837）和描写垂暮之年的《月落》（1837）。他是学者型诗人，将哲学思考与激情有机结合，诗歌与散文都理趣横生又诗意盎然。

乔万尼·白尔谢（Giovanni Berchet, 1783—1851）是意大利浪漫主义文学开拓者，曾在政府机构当译员，并办期刊。他因鲜明的政治立场被逮捕过，后参加烧炭党，失败后流亡英、德、比利时等地。1848 年他参加米兰暴动，失败后再次流亡。他在法国女作家斯塔尔夫人挑起的大辩论中发表了《格利佐斯托莫给儿子的亦庄亦谐的信》（1816）。该文章可看作意大利浪漫主义文学运动宣言，详细论述了浪漫主义文学的特点，指出诗歌反映重大社会事件，体现时代精神。他写了大量爱国主义的战斗诗篇，如长诗《帕尔加的逃亡者》（1819—1820）描述帕尔加共和国人民抗击土耳其侵略的英雄史诗。诗集《浪漫曲》（1822—1826）大多记述意大利各地民族革命斗争，《幻想集》（1829）是流亡革命者对抗击外国侵略的回忆，政治抒情诗《拿起武器》（1830）欢呼人民觉醒，鼓励革命者团结，坚持武装斗争。他的诗感情奔放，节奏鲜明有力，风格雄健壮美。

1831—1860 年意大利民族复兴运动走向胜利，资产阶级开始取代秘密会社领导这场运动，提出了建立以罗马为首都的自由、独立和统一的国家。经过了两次独立战争，1861 年在都灵召开了第一次国民议会，宣布成立君主立宪国家，1870 年 9 月占领罗马，迁都后完成统一大业。此期浪漫主义文学发生了改变，出现了写实倾向。中期主要作家有**尼科洛·托马泽奥**（Niccolò Tommaseo，1802—1874）、**西尔维奥·佩利科**（Silvio Pellico，1789—1854）、**伊波利托·涅沃**（Ippolito Nievo，1831—1861）、**拉法埃洛·乔万尼奥里**（Raffaello Giovagnoli，1838—1915）、**朱塞佩·乔阿基诺·贝利**（Giuseppe Gioacchino Belli，1791—1863）、**朱塞佩·朱斯蒂**（Giuseppe Giusti，1809—1850）和**弗朗切斯科·德·桑克蒂斯**（Francesco de Sanctis，1817—1883）等。

托马泽奥著作丰富，以表现复杂、矛盾的内心活动见长，是意大利颓废派先行者。他就读神学院，是虔诚的天主教徒，曾流亡巴黎和被捕。除词典和译著，主要作品有叙事诗《一个女仆》，写中世纪故事，收编于《诗集》（1875）；长篇小说《信仰与美》（1829）描写饱经忧患的男女青年相恋的故事，没有浪漫爱情，依靠深层心理剖析；忏悔录小说《内心日记》（1853）写一个爱国基督徒的复杂又

矛盾的内心。佩利科是较早的浪漫主义作家，曾加入烧炭党并被捕
判处死刑，在狱中 10 年，大赦后出狱。他的主要作品是早期浪漫主
义悲剧《弗兰契斯卡·达·里米尼》（1815），借中世纪青年男女不
幸的爱情讴歌爱国主义；回忆录《我的狱中生活》（1832）控诉外
族侵略者和监狱的黑暗，其内心的曲折变化悲凄动人。涅沃很早就
投身民族解放运动，曾加入加里波第的革命部队，随千人团远征南
方时曾担任上校军官，西西里解放后从事新政权建设。他的主要著
作有长篇历史小说《一个意大利人的自白》（1831—1861），写流亡
英国的老翁回忆自己参加革命战争，转战各地，最后失明，流亡海
外的经历。小说结构复杂，倒叙、闪回、插叙交替，包罗了 18 世纪
末至 19 世纪上半叶的历史，充满抒情风味。他还著有诗集《加里波
第战士的爱》（1860）、诗剧《卡普阿人》（1856）和《斯巴达克斯》
（1858）、论著《威尼斯与意大利自由》（1859）和《关于民族革命的
断想》（1859）以及短篇小说集《乡村小说》（1856）。乔万尼奥里
20 岁弃学从军，投身民族解放运动，战功卓著。独立后他担任罗马
高师校长，著有 6 部历史小说、2 部现代题材小说、诗集和文艺评论。
他的主要作品有历史著作《齐雷鲁基奥和堂皮隆记》（1894）和《佩
雷格里诺和罗马革命》（1898—1911），论述罗马人民反奥地利的武
装起义；历史小说《萨杜尔尼诺》（1879）写古罗马护民官改革法律，
充满革命激情和浪漫主义理想；历史小说《斯巴达克斯》（1874）是
他的代表作，成功地再现了古罗马规模最大的奴隶起义。贝利是意
大利浪漫主义向现实主义过渡的重要代表，主张诗歌反映现实，强
调不加评论地客观描述。他的主要作品是《现代罗马十四行诗集》
（1886），收有 2279 首用罗马方言写的十四行诗，思想性强、生活面
广、描写精确。诗中写了各种地方特色的人物和罗马的生活图景，
被誉为罗马的史诗。朱斯蒂曾参加革命起义，任国民卫队少校和区

议员，后退隐乡下。他一生抨击暴政，赞美自由和正义，写诗唤起民族感情，为民族复兴做出积极贡献。他的主要作品有讽刺诗，如揭露政客无耻的《反复无常者的祝酒词》、批评古老教育方法的《不动与自动》和政治抒情诗《靴子》等，这些作品都收入了《诗集》（1853），此外还有散文作品《托斯卡那谚语》（1853）和《书信集》（1859）。德·桑克蒂斯求学时曾与著名语言学家巴西利奥·波蒂一起修订《意大利语基本规则》，后办私立学校，参加反波旁王朝的起义，曾被捕，获释后继续教书，出版了《文学的理论和历史》，还翻译了黑格尔著作，并为报刊撰写评论文章。1860年他开始参政，任过省长、教育部长和议员。他接受了黑格尔的美学思想和维柯的历史循环论，总结浪漫主义，自成超越浪漫主义的文艺理论体系。他发表了《论彼特拉克》（1869）、《批评文集》（1886）、《意大利文学史》（1872）、《论曼佐尼》（1872）等著作，晚年写的《论艺术中的达尔文主义》（1888）和《艺术与科学》（1889）对现实主义给予了积极评价。

意大利于1870年实现了国家统一，但人们期望的太平盛世并未出现，黯淡的现实与复兴运动提出的辉煌理想相距甚远，民众普遍感到失望。世纪上半期以反映民族复兴运动理想为内容的浪漫主义文学日趋衰落，冷静务实成为社会时尚。19世纪科学上有许多重大发现，促进了技术改革，给生产和生活带来便利，人们空前地尊崇科学，偏重理性，注意客观实际，排斥主观的幻想和情感。世纪后期意大利文学上现实主义潮流应运而生。

60年代意大利北部的米兰及周围的伦巴第地区出现一个自称"自由不羁派"的文学团体，主要成员是些年轻诗人、画家、音乐家。他们成为反浪漫主义的先锋。这个流派主要反映少数知识分子的感受，只在较小范围内流行了很短时期。在意大利中部托斯卡那地区产生了以诗人卡尔杜奇为代表的新古典主义文学回潮。这派艺术家打出古典主义旗帜，在内容上紧密联系现实，描写贫富对立，讽刺资产阶级政客以权谋私的卑鄙，直接冲击浪漫主义文学。这种文学植根于现实生活，富于生命力，延续至世纪末，但它缺乏艺术形式创新，没占据文坛主导地位。此期在托斯卡那以南的广大地区出现了大量以纪实手法描写普通劳动者生活的小说，反映当时社会的真实面貌，这就是真实主义（verismo）文学。这类文学以崭新的内容和形式在现实主义潮流中成为主流，但一些浪漫主义文学作品，特别是以曼佐尼的《约婚夫妇》为代表的历史小说在展示社会生活场景和塑造劳动人民形象方面的成功为真实主义作家提供了良好的借鉴。真实主义是 19 世纪末意大利的主要文学流派，属于现实主义范畴，受到法国自然主义影响。

此期维尔加最有代表性，他的作品以真实描写和严肃批判社会黑暗为特色。一大批作家仿效他，描写自己家乡的人和事，形成生气蓬勃的乡土文学热潮，涌现大量真实主义文学作品。它们既具有民间文学形式，又反映了丰富的现实生活和各地区的独特风情。杰出作家黛莱达、邓南遮、皮兰德娄的早期创作也属此派别。

埃德蒙多·德·亚米契斯（Edmondo de Amicis, 1846—1908）毕业于军事学校，1867 年调往佛罗伦萨，在军队刊物任记者、编辑，发表了许多军队生活的报道、特写、短篇小说，后来汇编为《军营生活》（1868）和《短篇小说集》（1872）出版。他于 1870 年退役，专门从事文学创作。他周游各国，撰写游记，文笔生动活泼幽默，如《西班牙》（1872）、《伦敦游记》（1874）、《摩洛哥》（1876）、《君士坦丁堡》（1878）、《巴黎游记》（1879）。他还写过一本介绍意大利首都的书：《三个首都：都灵、佛罗伦萨、罗马》（1879）。他继承了曼佐尼以仁慈博爱之心写普通大众的传统，始终以凡人小事为题材，语言朴素，平铺直叙地讲平凡故事。《朋友们》（1883）、《在海洋上》

（1889）写老百姓居家过日子遇到的种种问题，讲漂流海外的侨民的天涯苦旅。作者晚年接受社会主义思想，更加关心社会问题，把民族复兴的希望寄托于提高国民文化水平和道德素质。为此，他写出一系列有关教育的作品，蜚声全球的小学生日记《爱的教育》（1886）就是其中最成功的短篇小说集。另一部短篇集《学校和家庭之间》（1892）提倡平民教育，企图在不同阶级间建立协调平衡的关系。长篇小说《一个教师的小说》（1890）把许多学校生活中的问题串联起来，仿佛教育百科。长篇小说《五月一日》（1889）记述意大利社会主义运动诞生的过程，以一个教授的坎坷经历为线索，反映一代知识分子对社会前途的探索。

乔祖埃·卡尔杜奇（Giosuè Carducci，1835—1907）在比萨高师读书时写了研究骑士诗歌的论文，毕业后做乡镇中学教师和家庭教师，最后执教博洛尼亚大学，1906 年获诺贝尔文学奖。卡尔杜奇反对浪漫主义，主张通过恢复古典文学传统来实现文学民族化。他的创作前期主要作品有反映民族复兴运动高潮年代的诗集《青春诗抄》（1860）、抒情诗集《轻松的诗与严肃的诗》（1871）和著名长诗《撒旦颂》。《撒旦颂》把魔鬼撒旦当作造反精神的最高化身歌颂，发表后引起广泛争论。70 年代民族复兴运动胜利结束，诗人保持革命锋芒，写抒情诗歌颂献身祖国统一的英雄，讽刺资产阶级政客窃取胜利果实，揭露贫富悬殊的社会现象。这些诗收集于《讽刺诗与抒情诗》（1877）。后来他从激进的民主派转变为保皇派，对君主立宪寄予幻想，诗歌也变得温文尔雅，古典趣味浓重。主要作品有《间奏曲》（1874—1886）、《新诗抄》（1861—1887）、《野蛮颂歌》（1887—1889）、《押韵诗与节奏诗》（1887—1898）等，或采用历史题材，或抒发思古情怀，或寄情于山水，或追忆青春和爱情。他大力提倡复古，诗节的逻辑与节奏联系，力求结构上的形式美与听觉上的乐感美结合，因此被称作新古典派诗人。

路易吉·卡普安纳（Luigi Capuana，1839—1915）大学时投身民族复兴运动，参加了反西班牙统治的西西里起义，并开始写作。毕业后为期刊撰写剧评，收集在《当代戏剧》（1872）里。此期他接触到许多文化名人，对法国自然主义发生浓厚兴趣。四年后因病他回到家乡，潜心研读哲学和文艺理论，还曾任市长。1877年他迁居米兰，做撰稿人，1902年应聘卡塔尼亚大学直到去世。作者推崇左拉，实际上提出了真实主义文学纲领，照搬自然主义的"以科学方法描写生活"等观点，但他对这些观点的理解与自然主义不同。他不满足记录现实表象，要赋予人物血肉之躯。他遵循"科学与想象的适当比例"，不同意左拉创作的"实验方法"。他著有运用生理学原理分析人物心理活动的小说集《女性的侧影》（1873）和长篇小说《姬雅琴塔》（1879）。另一部长篇小说《洛卡维迪纳庄园的侯爵》（1902）描写西西里岛一个贵族的心理悲剧。侯爵与女仆秘密同居多年，但为了迎娶贵族妇女就把女仆嫁给一个男仆，但规定他们以兄妹相称，后来疑心他们违规将男仆杀害并嫁祸于一个农民，最后侯爵精神错乱。小说成功地描写了侯爵既是不能娶心爱人的封建制度受害者，又是封建制度的代表和杀人凶手。其他的作品还有长篇小说《香气》（1891）、短篇小说集《乡村妇女》（1894）和《乡村妇女新编》（1898）。

乔万尼·维尔加（Giovanni Verga，1840—1922）祖父是反奥地利统治的烧炭党成员，他本人曾参加国民卫队，从事爱国武装斗争四年，在佛罗伦萨和米兰居住后1893年返回故乡安度晚年。他最初在故乡发表的小说以"爱情-祖国"为题材，描写爱国主义志士的斗争与生活，如《山地的烧炭党人》（1861）和《在濒海湖上》（1863）。在北方生活的初期则以"爱情-死亡"的主题写了几部浪漫主义小说:《一个修女的故事》（1869）、《夏娃》（1873）、《真老虎》（1873）等。1874 年他响应卡普安纳提出的真实主义文学原则，将目光投向社会矛盾尖锐、经济落后的西西里岛，描写在资本主义和封建主义压迫下的小人物的遭遇，暴露社会阴暗面的真实景况。叙说西西里农村姑娘苦难身世的中篇小说《奈达》（1874）是他走上真实主义创作道路的标志，从此他的创作进入新阶段，成为真实主义文学的杰出代表。《田野生活》（1880）和《乡村故事》（1883）是优秀的短篇小说集，写当时西西里农民受压迫和被剥削的悲惨状况。《牧羊人耶利》是佳作，另一篇名作《乡村骑士》写资本主义金钱至上的观念对淳朴的传统生活的侵蚀，展现了西西里古老的风土人情。小说后来经改编谱写成同名歌剧，风行欧美各国。

维尔加计划以"被征服者"为标题写五部长篇小说，但只完成了《马拉沃里亚一家》（1881）和《堂·杰苏阿尔多师傅》（1889）。前者写马拉沃里亚一家靠一条渔船为生，主人公安东尼指望与儿孙们一起通过勤劳节俭脱贫致富。但海上风暴毁掉渔船，儿子葬身鱼腹，接着瘟疫夺去媳妇生命。他寄希望于孙子辈，但孙子有的死于战场，有的沾染城市的坏习气堕落。老人在高利贷的盘剥下倾家荡产，悲愤离世。小说真实地反映了在迅猛发展的资本主义冲击下，小生产者走向破产的历史性悲剧。《堂·杰苏阿尔多师傅》写杰苏阿尔多从苦力和泥水匠奋斗成为财主，为了跻身上流社会，他娶了破落贵族小姐为妻。但当地的贵族与资本家联合起来排挤他，使他的财产蒙受巨大损失，精神遭惨痛打击，最后在众叛亲离中含冤屈死。小说形象地说明：在落后的西西里，劳动者的兴旺发达是昙花一现，终究会被地主与资本家联手扼杀。这些小说是真实主义文学的代表作品，像左拉的优秀小说一样超出了自然主义。

维尔加的小说突破了真实主义纲领限制，克服了自然主义艺术的消极影响，朝着批判性现实主义方向发展。他遵循真实主义"无个人色彩"的原则，不直接发议论，但在短篇《解放》中，农民的结局是监禁与死刑。作者的愤慨之情、抗议之声溢于言表。他以写社会阴暗面为己任，指控资产阶级统治者没有实现革命中向全体人民许诺的自由平等与和平昌盛，超越了自然主义纯客观的态度。

第七节　西、葡文学 ①

西班牙文学　19 世纪初是西班牙多事之秋，1808 年拿破仑入侵，同年 5 月马德里人民起义。1812 年临时政府颁布了推行君主立宪的宪法，1814 年抗法战争获胜，费尔南多七世回国即位。他不承认 1812 年宪法，勾结封建势力和教会实行君主专制。1820 年拉斐尔·戈列将军举行护法起义，被镇压，西班牙进入最黑暗的 10 年君主专制统治。1833 年费尔南多七世去世，经过了王室夺权的两次卡洛斯战争，1844 年伊萨贝尔二世掌政，对资产阶级做出一些让步。

此期西班牙浪漫主义文学捍卫个人和民众的自由，追溯历史，表现出对中世纪的怀念。西班牙第一代浪漫主义作家效仿法、英模式，代表人物是拉腊、里瓦斯公爵和埃斯普龙塞达。第二代代表作家何塞·索里利亚（1817—1893）是最具人民性的诗人和剧作家。两代浪漫主义诗人早期都写过新古典主义作品，到 1840 年浪漫主义诗歌繁荣，有历史诗、哲理诗和主观情感诗。戏剧对西班牙浪漫主义文学发展起了重要作用，戏剧显示了新古典主义与浪漫主义在美

---

① 　此节是对李赋宁主编《欧洲文学史》第二卷《十九世纪欧洲文学》第一、二、三章中西、葡文学的节缩。

学上的对抗，引发很多争论。里瓦斯公爵的新剧《堂阿尔瓦罗或命运的力量》是戏剧界的大事。从 30 年代开始，历史小说占据了西班牙浪漫主义文学的主要地位，但艺术质量不高，比较主要的小说是恩里克·希尔·卡拉思科（1815—1846）发表的《本比布莱先生》。

里瓦斯公爵（Duque de Rivas，1791—1865，原名安赫尔·萨维德拉）出身贵族，参加抗法战争，多次负伤。他思想激进，被推为自由党议员，被判死刑后逃亡伦敦，辗转欧洲，1833 年获赦回国。1835 年他的剧本《堂阿尔瓦罗或命运的力量》首演，引发新古典主义和浪漫主义之争。该剧围绕塞维利亚破落贵族家庭的婚姻矛盾展开，其中有复仇、决斗、误杀等充满激情和巧合的情节。该剧写命运作弄并战胜爱情，诗歌体与散文体完美结合，舞台场景有浓郁地方色彩，是西班牙浪漫主义名剧。里瓦斯还有不少诗作。

马里亚诺·何塞·德·拉腊（Mariano José de Larra，1809—1837）因父亲在拿破仑军队里任过军医而遭国人敌视，一家人迁居法国直至大赦。他 19 岁开始办报纸，曾遭查封，又因婚外情离婚。因一直生活漂泊、不如意，他对争取自由的事业失去信心，最终自杀。西班牙文化知识界为他举办了隆重葬礼，他被认为是西班牙最有叛逆性的浪漫主义作家之一。主要作品是剧作《马西亚斯》（1834）和小说《苦命人堂恩里克的侍从》（1834）。前者以爱情被命运摧毁的主题，体现了反叛精神和恋爱激情，是西班牙浪漫主义文学开山之作。后者是悲剧小说，写堂恩里克用卑鄙手段阻碍马西亚斯与他女儿成婚并要置马西亚斯于死地。其妻偷偷帮助年轻人逃走，但马西亚斯终被杀害，姑娘也自尽。拉腊还是剧评家和风俗主义式的社会批评家，在报刊上发表了大量文章，影响很大。

何塞·德·埃斯普龙塞达（José de Espronceda，1808—1842）青少年时期目睹了反独裁的戈列将军被处决，就与当地青年组织了秘密社团，并因此被关押。18 岁时他逃亡里斯本，后来去过英、法、荷兰，受到那里浪漫主义作家影响。此间他参加了法国七月革命和推翻费尔南多七世的起义。大赦期间他返回西班牙，加入狂热的自由主义派系，与浪漫主义文学青年一起办报刊，并成为共和党创办人之一。1840 年他的《堂何塞·埃斯普龙塞达的诗歌》出版，其中的《萨拉曼卡的大学生》是西班牙浪漫主义传奇叙事诗中最早的杰作，共 2000 行，塑造了一个唐璜式人物，情节生动，充满想象，并大胆尝试了不同的韵律。他的作品数量不多，包括 50 多首抒情诗和 3 部叙事诗，抒情诗分三类：1）具有自由主义和爱国精神的政治诗，如《献给祖国》（1829）、《五月二日》（1840）等；2）歌颂自由和爱情的抒情诗，如《哥萨克之歌》《海盗之歌》《乞丐之歌》等；3）具有个人风格和浪漫主义特点的诗歌，如《致狂欢中的哈里发》《致一颗明星》和《太阳颂》。后者是他唯一一首哲理诗。从 1840 年他陆续发表了长诗《魔鬼世界》，长达 6000 行，计划将该诗写成宏大并富有哲理的社会抒情诗，但去世前未完成。

世纪中期西班牙仍落后于其他西欧国家，资本主义发展极缓慢，人口迅增，贫困化严重，只有加泰罗尼亚和巴斯克两地工业较发达。人民不满伊萨贝尔二世统治，引发了 1868 年的"光荣革命"，将女王赶走，制定宪法，资产阶级取得初步胜利。但议会请意大利王子阿马戴乌斯来继承王位，又引发了卡洛斯战争，以阿马戴乌斯自愿放弃王位告终。之后成立了共和国。不到一年共和国瓦解，又迎回伊萨贝尔的儿子阿方索十二世，实行了君主立宪，保守党和自由党轮流坐庄，但社会问题并没解决。

60 年代西班牙浪漫主义诗歌再次兴盛，出现了第三代浪漫主义作家，称后期浪漫主义，此派主要诗人有**古斯塔沃·阿道夫·贝克尔**（Gustavo Adolfo Bécquer, 1836—1870）和**罗萨莉亚·德·卡斯**

特罗（Rosalia de Castro，1837—1885）。贝克尔的文学起步阶段艰难，靠给小报写文章或与人合作编写西班牙说唱剧本为生。1858年发表的第一部传奇故事《红手掌的酋长》真正开始了他的创作生涯，1861年结婚后他达到了创作高峰，发表了追忆幸福时光、与爱人笔谈的《致一个女人的文学书简》和22篇传奇故事的7篇。1864年在北方度假时写下了《斗室书简》，是带有风俗主义色彩的书信体散文。他一生只留下一部半韵体的《诗韵集》，反映他对妇女、爱情、孤独与死亡的感受，从安达卢西亚的民歌中汲取了养分。1861—1863年期间马德里一些报刊发表了18篇他写的传奇故事，内容丰富、技巧高超，集幽默、激情与神奇为一体，创立了独树一帜的新抒情风格。他的《传奇集》和《诗韵集》不断再版，成为西班牙语国家的现代文学经典。罗萨莉亚是位女诗人，1857年发表第一部诗集《花》，之后陆续发表了加利西亚文撰写的《加利西亚民谣》（1863）和《新叶》（1880）。她的代表作是诗集《萨尔河畔》（1884），诗作深沉忧伤，技巧娴熟，韵律别具一格。《萨尔河畔》中大部分诗作采用7音节、8音节和11音节的格律，也有的用了6音节、8音节和10音节，或亚历山大体。她特别注意诗歌整体上模糊的和谐性，进行韵律改革，向现代主义诗歌过渡。她也写有反映渔民生活的小说《海的女儿》（1859）和讽刺贵族庸俗无能的小说《蓝靴骑士》（1867）。

　　此期现实主义诗歌开始兴起，代表是**拉蒙·德·坎波亚莫尔**（Ramón de Campoamor，1817—1901）。他曾任政府高官和国会议员，1861年选为皇家语言学院院士。他用独创的新诗体抒发自己的哲理和政治主张，早期有诗集《温存与花卉》（1840）和《灵魂的叹息》（1842），带有第二代浪漫主义诗歌色彩。到诗集《痛苦》（1846）、《小诗》（1871—1874）和《幽默集》（1886—1888）时，他从形式上革新诗歌，用人民语言取代过分雕琢的巴罗克风格。他还著有叙事诗，如《哥伦布》（1853）及讽刺和哲理抒情短诗集《歌集》。

王权复辟时期西班牙戏剧处于低潮，主要是反映上层生活的"高雅喜剧"。而新浪漫主义剧作家**何塞·埃切加赖**（José Echegaray, 1832—1916）创作的社会问题剧在西班牙舞台上风行了 25 年。他是数学家、工程师和经济学家，担任过议员和政府官员。他 42 岁发表第一部独幕剧《支票簿》（1874），同年还完成三幕诗剧《复仇者的妻子》，成为多产剧作家，约每年两部剧作，去世前完成 77 部。他受易卜生等人影响，他的问题剧用反讽手法抨击社会不良现象。如《不是精神失常，就是品德圣洁》（1877）写热衷正义的主人公发现自己是用人的孩子后决定恢复真正身份而面临种种危机，最后被送入疯人院。他的巅峰作《伟大的加勒奥特》（或《伟大的牵线人》，1881）主人公名叫"大家"，他在剧中仅用"一闪而过的眼神""窃窃私语"和"背后小动作"来推动剧情发展，经过复杂的爱情、误解和决斗，有情人终成眷属。1904 年埃切加赖获诺贝尔文学奖。

1868 年西班牙资产阶级开始占据统治地位，"光荣革命"后现实主义文学流派相应巩固，它吸收了浪漫主义的某些成分，如对大自然的兴趣、地区特色和时态习俗的兴趣。此期的现实主义作家被称为"1868 年一代"或"复辟时期的一代"，主要代表有佩雷达、加尔多斯、巴莱拉和阿拉尔孔。

何塞·马利亚·德·佩雷达（José María de Pereda, 1833—1906）是西班牙地域小说家，政治保守，曾任议员，捍卫宗教与君主制。1858 年他在杂志上发表了处女作《爱情的语法》，另一部小说《山区风光》（1864）的片段也曾在刊物上登载。他出版了 11 部长篇小说。在他极具争议的小说《有用的人》（1876）和《堂冈萨雷斯·德拉·冈萨雷拉》（1878）中表现了作者对资产阶级新富、从美洲归来的暴发户和议会政治的不满与蔑视。而《松开的牛》（1877）和《有其父必有其子》（1879）则宣扬他维护宗教统治的立场。他的代表作《索蒂莱莎》（或《渔女情》，1884）描写了情感莫测的高傲渔女形象，反映了山区生活。作者擅长描述自然景色、典型人物和当地风俗习惯，但忽视情节和人物特性。

贝尼托·佩雷斯·加尔多斯（Benito Pérez Galdós，1843—1920）从法学院毕业后弃法从文，为报刊撰稿并周游欧洲。他数次当选国会议员，随年龄增长政治思想越发激进，1907年成为共和派。加尔多斯的作品反教权主义、反专制君主，并因此被阻挠，直到1897年方被接纳为西班牙皇家语言学院院士。1910年他失明，并因更激烈地揭露封建统治的黑暗而遭刁难和打击，生活贫困。他一共留下78部小说、24部戏剧和15部其他作品，主要表现两大主题：主张民族自主的、爱国主义的民族意识；反对卡西克主义（即反乡村豪绅和地方专制）、反教权、揭露社会不公。

他的小说主要有：1）历史小说《金泉咖啡馆》（1870）是处女作，写西班牙民主主义者在1814年暴君费尔南多七世上台后进行的斗争。金泉咖啡馆是马德里自由派经常聚会的地方，主人公是萨拉曼卡大学的学生。费尔南多七世利用革命阵营内部激进派与温和派的矛盾在金泉咖啡馆煽动对立情绪，坐收渔人之利。2）同类题材小说《勇士——昔日激进分子的故事》（1872），主人公是深受法国大革命影响的青年，比《金泉咖啡馆》主人公成熟，有明确的政治主张，要求法律面前人人平等，建立自由民主的制度。他最后被同伙出卖，被捕后发疯。3）浩繁的历史小说《民族逸事》（1873—1879）共五辑，写了反法独立战争到共和国诞生和阿方索十二世登基的西班牙民主革命的70余年历史，展示了西班牙人民的群英图。他还写了30部以现实生活为题材的"当代小说"，如论点小说：《佩翡达夫人》（1876—1877）、《格洛里亚》（1876—1877）、《莱昂·罗契一家》（1878）

和《马利亚内拉》（1878），用曲折的历史、家族和爱情情节揭露社会的虚伪、上层争权夺利的丑态，多以悲剧告终。1881 年他的小说开始第二阶段，掺杂自然主义手法，如《被剥夺遗产的女人》（1881）和《福尔图纳达和哈辛达》（1886—1887）。前者写马德里郊区贫民的悲惨生活，强调家族遗传和社会环境因素等自然主义因素；后者写花花公子之妻与丈夫的情妇之间的冲突及悲剧结局，继续显示自然主义流派的影响，如细腻地描述人物的病根和情妇低下的社会地位。小说还全面展示了马德里资产阶级及平民的生活、金融界情况、街市熙熙攘攘的风貌、市容和建筑、政治和宗教生活，还有风俗习惯。第三阶段以《喵》（1888）开始，最佳作品是悭吝人托尔克马达发家史四部曲：《在火刑柱上的托尔克马达》（1889）、《在十字架上的托尔克马达》（1893）、《在炼狱里的托尔克马达》（1894）和《托尔克马达和圣佩德罗》（1895），描写出身贫贱的主人公如何放高利贷发财，再现了新兴资产阶级与没落贵族沆瀣一气盘剥民众的真实发家史。

他也是著名剧作家，第一个剧本《驱逐摩尔人》（1868）于 1892 年改编为对话体小说《现实》，很成功。他写了约 23 部剧作，最有名的是由小说改编的剧本《佩翡达夫人》（1896）、写宗教与自由主义冲突的《埃莱克特拉》（1901）和两代人冲突的《祖父》（1904）。

此期需提及的作家还有**胡安·巴莱拉**（Juan Valera，1824—1905）和**佩德罗·安东尼奥·德·阿拉尔孔**（Pedro Antonio de Alarcón，1833—1891）。巴莱拉出身名门，大学读法律，是外交官，数次当选议员。他的著作繁多，有诗歌、散文、文学评论、文艺理论、小说和哲学、宗教及政治、经济、历史等方面的论著。他主张"为艺术而艺术"，反对直接反映丑陋和悲惨的现实。他的成名作是小说《佩比塔·希梅内斯》（1874），写神学院学生爱上富孀就抛弃了神职前途，经过曲折艰辛有情人终成眷属。其他的小说还有《福斯蒂诺博士的幻想》（1875）、《卢斯小姐》（1879）和《高个儿胡安尼塔》（1895）。阿拉尔孔攻读神学后转事文学创作，开始时办报刊，曾因对女王看法的分歧与保守派记者委内瑞拉诗人决斗。九年后他转变成捍卫天主教信仰的保守派，还自愿参加派往北非的军队。1866年他因在议员们给女王的抗议书上签名而被迫流亡巴黎，减刑后改判流放格拉纳达。他参加了1868年光荣革命，拥护阿方索十二世复辟，后被任命为国务秘书。他的代表作是《三角帽》（1874）和《丑闻》（1875）。前者讲一对磨坊主夫妇经历爱情的坎坷，智斗勾引女磨坊主的市长，后被西班牙著名音乐家谱成同名歌剧，由毕加索负责舞台设计。他在游记里显示出高超的艺术技巧，如《从马德里到那不勒斯》（1861）和《拉阿尔普哈拉》（1873），他还以风俗志故事和小说《〈诺尔曼〉的结局》（1855）著称。《诺尔曼》系意大利作曲家贝利尼的歌剧。风俗故事内容取自民间传说、民族逸事，其中19则组成的《民族逸事》（1881）最令人称道，抗法独立战争的逸事充满爱国激情和革命主义精神。

1874年西班牙进入君主立宪制的"复辟时期"，通过了新宪法，但到80年代资产阶级完全与代表封建势力的专制政府狼狈为奸，镇压人民。保守党和自由党轮流执政，为重新瓜分殖民地，1898年与美国开战被打败，失去了美洲和大洋洲的殖民地。

此期文坛上现实主义和理想主义两派继续争论，还发生了对自然主义手法的辩论。加尔多斯的《被剥夺遗产的女人》（1881）显现自然主义特征，但自然主义与现实主义的界限始终没明确划分。西班牙自然主义作家并没有严格跟随左拉，他们吸纳的是自然主义技巧，文字辛辣、犀利，用了些悲惨的笔触，在性生活描写上略微放松。这些作家严厉地抨击家庭中败坏的伦理道德、政界的腐败，但缺乏对最贫困阶层的同情。主要作家有帕拉西奥·巴尔德斯、克拉林、女作家帕尔多·巴桑和布拉斯科·伊巴涅斯。

阿曼多·帕拉西奥·巴尔德斯（Armando Palacio Valdés，1853—1938）大学时读法律，爱好哲学、经济学和自然科学，后转向文学，成为著名小说家，当选为西班牙皇家语言学院院士。他的代表作是揭露腐败教会、反对教会精神统治的《圣苏尔比西奥修女》（1889），由第一人称叙述者讲他与该修女的困难爱情历程。其他优秀作品还有自传性的《里韦丽塔》（1886）和《马克西米娜》（1887），写渔民生活的《何塞》（1885）和追忆童年、歌颂农村宗法社会、抵制工业发展的《消失的村落》（1903）等。

克拉林（Clarín，1852—1901）原名奥波尔多·阿拉斯，在马德里大学获法学博士，同时从事文学写作，毕业后先后在两所大学任教。他用笔名克拉林（意为"号角"）在报刊上发表尖锐的批评文章，后来集成《克拉林的独奏》（1881）。他共发表了5部中篇与60余部短篇，还有两部长篇小说：《庭长夫人》（1884—1885）和《独生子》（1890）。前者是代表作，以美貌的庭长夫人被她的忏悔神父和当地贵族子弟勾引的三角关系为主线，描绘西班牙内地省城的社会风貌和政治，抨击教会的黑暗、虚伪及省城生活的无聊落后。小说结构独具匠心，时间顺序独特，前15章讲述了三天的事情，后15章迅速铺开冲突，被认为是西班牙该世纪最优秀的自然主义小说。主要的三部中篇小说是《堂娜贝尔塔》（1891）、《皮巴》（1879）和《永别了，小羔羊》（1893）。

埃米莉亚·帕尔多·巴桑（Emilia Pardo Bazán，1851—1921）自幼酷爱文学，16岁开始写诗。父亲当选议员后全家迁往马德里，她开始积极投入文化活动并随丈夫在欧洲和澳洲旅游，认识了左拉，参加法国文人集会；在罗马与流亡的费尔南多七世的弟弟卡洛斯会面，并由此写了《我的朝圣》，引发争论。1879年她发表了第一部小说《巴斯库阿尔·洛佩斯——一个医科大学生的自传》，接下来的小说《未婚夫妇之旅》(1881)显示了自然主义端倪。从1882年的《烟草女工"拉特里布纳"》开始她进入了自然主义创作，典型作品是《乌略阿府邸》(1886)和续篇《大自然的母亲》(1887)。前者讲一个年轻、天真的神父在担任地方教堂神父的同时协助一位侯爵管理庄园，被卷入该庄园充满暴力、勾心斗角的家庭和政治矛盾中。小说用自然主义手法赤裸裸地展示了加利西亚农村的严酷现实，并与城市对比；也揭露了选民的无知和竞选的腐败，深受左拉影响。巴桑从90年代末转向唯灵论，即理想主义阶段，受到俄国文学和宗教意识影响。此期代表作有《堂娜米拉格洛斯》(1894)、《一个单身汉的回忆》(1896)、《梦幻》(1906)和《黑色美人鱼》(1908)。她还写有短篇小说、文学评论、诗歌和游记。

维森特·布拉斯科·伊巴涅斯（Vicente Blasco Ibáñez, 1867—1928）曾中途辍学，背着父亲到马德里给连载小说家冈萨雷斯(1821—1888)当助手。法学院毕业后他投入政治活动和文学创作，成为激进共和派，并因策划反政府活动被捕，后潜逃，流亡巴黎。他曾七次当选国会议员，一生三分之一时间在狱中或流亡中度过，1909年去南美，在阿根廷办农场。一战中他回欧洲，支持协约国，同情苏联新政权。他的创作分三阶段：1）现实主义和戏剧性创作阶段，带有浓郁的乡土气味。如反映城乡劳动人民贫困的《巴伦西亚短篇小说集》(1896)、描写地中海渔民与残酷大自然和不合理制度斗争的《五月花》(1895)、反映农村青年爱情悲剧的《芦苇和泥淖》(1902)等。小说《茅屋》(1898)是其代表作，反映西班牙长期存在的耕者无田的问题，揭示了西班牙农村充斥着疾病、饥饿，农民被压迫的状况。主人公是佃户，被榨干油水后赶出茅屋，全家衣食无着落。最后官逼民反，他砍死地主，被判死刑。2）第二阶段作者扩大了眼界，着眼整个西班牙，如描写工人运动、怒斥耶稣会丑行的《闯入者》（1904）和反对教权主义的《大教堂》（1903）、宣扬无政府主义的《酒窖》（1905）、写斗牛士的《碧血黄沙》（1908）。3）第三阶段作者主要写一战，有三部反战小说：《妇女的敌人》（1919）、《启示录四骑士》（1918）和《我们的海》（1918），站在协约国立场写战争，赢得战胜国评论界称赞。

葡萄牙文学   19世纪初葡萄牙爆发了反封建专制复辟和反英法占领的民族解放运动，1820年又爆发了资产阶级革命。此期一些浪漫主义作家都赶回祖国，投身波尔图的反米盖尔派的战斗，这种反专制、反侵略的进步性一直伴随着葡萄牙的浪漫主义文学。主要作家有**若昂·巴普蒂斯塔·达·西尔瓦·莱唐·德·阿尔梅达·加雷特**（João Baptista da Silva Leitao de Almeida Garret，1799—1854）和**亚历山大·埃尔库拉诺·德·卡尔瓦略·埃·阿劳若**（Alexandre Herculano de Carvalho e Araújo，1810—1877）。加雷特是为祖国自由奋斗的战士，两次流亡国外。他是诗人、演说家、教育家和剧作家。第一部重要作品是长诗《卡蒙斯》（1825），以卡蒙斯的《卢济塔尼亚人之歌》为主题，叙述卡蒙斯回国后的遭遇。他的抒情诗收编为《落叶集》（1853），其他还有小说《圣安娜之弓》（第一卷1845，第二卷1853），揭露卡布拉尔政权的腐朽，是葡萄牙第一部现代小说。加雷特担任过政府戏剧总监，创建剧院，为推广戏剧作了重要贡献。他写了多部剧作，如写剧作家生活的《吉尔·维特森》（1838）、颂扬妇女送子上战场的《唐娜菲莉帕·德·维列娜》（1840）、歌颂葡萄牙铸剑匠人爱国激情的《圣塔伦的刀匠》（1841）和战争中夫妻失散的悲剧《路易斯·德·索萨教士》（1843）。阿劳若是诗人、小说家，自学成才，也因坚持自由主义立场而受迫害，流亡国外。他反封建贵族特权和宗教干预社会生活，主张文学反映社会现实和政治变革。他的诗作都收在《信徒的竖琴》（1838）诗集中，小说成名作《埃乌里科》讲教士的独身生活，还有《西斯特尔派的长老》（1848）和历史小说《小丑》（1843）及历史著作《葡萄牙史》（1846—1853）。

1848 年法国革命和 1868 年西班牙光荣革命后，两国都成立了共和国。70 年代巴黎公社的成立和失败在葡萄牙引起反响，1868 年里斯本爆发了"一月革命"，共和主义、空想社会主义和伊比利亚主义等思潮活跃，文坛上则活跃着知识分子团体"七十年代派"（即科英布拉派），其主要成员都就读或来自科英布拉大学。这派开始时进行学生运动，反陈旧校规，但在文学方面也起了显著作用，为文学思想及形式革新作了贡献。1865 年卡斯蒂诺（1800—1875）为皮涅罗·沙加斯（1842—1895）的《青春之歌》作的序言引发了尊古派和革新派大论战，在葡萄牙开启了新文学，一种内容更宽泛、更富有战斗力的诗歌占据了文坛，此为葡萄牙第二代浪漫主义诗歌。

"七十年代派"的核心成员**儒瓦金·佩德罗·德·奥利维拉·马丁斯**（Joaquim Pedro de Oliveira Martins，1845—1894）14 岁时成孤儿，辍学经商改变了家庭状况。他自学成才，参加过改革运动，希望破灭后转而进入政界，担任铁路局局长并提出让国家繁荣的社会主义纲领。他办刊物宣传自己的主张，1878 年当选里斯本科学院院士，1886 年当上议员，1892 年经济危机中被任命为财政大臣，但不久被免职。他出版的《社会科学丛书》系统介绍了人类进化概况，其中的《伊比利亚文明史》（1879）和《葡萄牙史》（1879）由他撰写。

开创葡萄牙新诗先河的诗人主要是**安德罗·德·肯塔尔**（Antero de Quental，1842—1891）、**阿比利奥·曼努埃尔·格拉·戎克罗**（Abilio Manuel Guerra Junqueiro，1850—1923）和**塞萨里奥·韦尔**

德（Cesário Verde，1855—1886）。肯塔尔通过新派诗号召进行社会和政治改革，抨击弊端及不合理现象。他受到法国波德莱尔的诗歌色彩和主题影响，在诗里描述贫民窟、妓院、肮脏的街道等。格拉·戎克罗曾当选议员，学法律毕业后进入官场。主要作品有两首长诗：批判上层社会放荡淫逸的《若昂之死》（1874）和反宗教的讽刺诗《埃特尔诺神父的晚年》（1885）。他还有讽刺君主专制的《祖国的结局》（1890），及《平凡的人》（1892）、《面包的祈祷词》（1903）、《光的祈祷》（1904）等。1896 年创作的《祖国》歌颂奥利维拉与葡萄牙封建王朝的斗争，在成立共和国的革命中鼓舞士气。韦尔德以大众语言、流畅通俗的文字写诗，描述真实的日常生活，歌颂先进技术、劳动和城市生活，同情受剥削的平民，表述资产阶级的自由思想。他去世后 1910 年《塞萨里奥·韦尔德全集》问世。

　　此期的小说家主要是**若泽·马利亚·埃萨·德·克罗兹**（João Maria Eça de Queiróz，1845—1900）。他是"七十年代派"重要成员，葡萄牙现实主义文学的中坚。他在大学学法律，开始创作时接受了巴尔扎克、福楼拜、莫泊桑等名家影响，后形成自己的风格。他的小说文笔简洁、优美，语言诙谐，充满幽默式讽刺。他认为小说家不该写个别的和特殊的现象，而应反映一个社会或一个阶层的典型事例。长篇小说《阿马罗神父的罪恶》（1875）是他的成名作，描述在宗教势力控制下的乡村小镇生活。神父引诱了房东之女，在她怀孕后将她抛弃。结果女子死于难产，神父则离开小镇回首都谋职，过着志得意满的日子。另一部小说《巴济利奥表兄》（1878）与福楼拜的《包法利夫人》异曲同工，细致地描写了里斯本小资产阶级的家庭生活。女主人公看重物质利益结了婚，后又爱上海外归来的表兄，遭玩弄和欺骗，最后痛苦地撒手人寰。埃萨最浩繁和庞杂的作品是《马亚一家》（1880），极有力度和深度，为此他被誉为葡萄牙新小说创始人。该小说构思巧妙，警句妙语比比皆是，形象富有想象力。其他小说还有《满洲官员》(1880)、《圣遗物》(1887)、《豪门拉米雷斯》(1900)、《城与山》(1901)等。

第八节　东欧和北欧文学 [①]

东欧文学　19世纪初东欧各国政治经济和文化发生巨大变化，在法国大革命影响下民族意识高涨，封建社会开始瓦解，资本主义长足发展。波兰人民1830年举行了首次反俄武装起义，捷克从18世纪末至19世纪50年代反奥地利哈布斯堡王朝统治，匈牙利从19世纪20年代开始了中小贵族知识分子领导的社会政治改革运动，保加利亚民族解放斗争大力发展，塞尔维亚举行两次农民起义，建立了自治公国；克罗地亚于30年代开展伊利里亚民族复兴运动，斯洛文尼亚、马其顿、罗马尼亚和阿尔巴尼亚的民族复兴运动也得到迅速发展。此期的民族文化，特别民族语言成为解放运动的重要因素，各国强烈要求恢复本民族语言，在学校和公共场所使用民族语言，有识之士编纂词典和语法著作，并要求普及文化教育，建立民族学校。在欧洲各国文学影响下，此期东欧文学有古典主义、浪漫主义和现实主义三个流派。其浪漫主义与民族复兴和解放斗争密切结合，诗歌变成争取独立的斗争武器，把个人命运与祖国命运连在一起，如裴多菲的诗歌名句。浪漫主义诗人们对民间歌谣和民间传说表现出强烈兴趣，收集、整理、出版民歌成为热潮，还创作了大量民歌风

[①]　此节是对李赋宁主编《欧洲文学史》第二卷《十九世纪欧洲文学》第一、二、三章中东欧和北欧文学的节缩。

格的诗歌。

40年代新兴资产阶级与封建制度的矛盾激化，民族复兴运动如
火如荼。1848年欧洲革命推动了东欧各国的斗争。波兰在1846年
和1848年两次举行武装起义，沉重打击了俄、普、奥统治者；捷克
于1848爆发了布拉格等地的武装起义；匈牙利于同年开始了规模
空前的起义，持续了一年多；保加利亚在1855年俄土战争期间多
次起义，1876年获得独立；罗马尼亚1848年爆发资产阶级民族革
命，经过十多年努力，建立了摩尔多瓦和罗马尼亚联合公国，并于
1877年获得独立；南斯拉夫的伊利里亚运动继续深化。中期的东欧
文学得到进一步发展，波兰、捷克和匈牙利的浪漫主义依然生机勃
勃，罗马尼亚、保加利亚和阿尔巴尼亚这些文学发展滞后的国家也
开始赶上来。此期浪漫主义诗歌占主要地位，小说和戏剧也脱颖而
出。文学在内容上也更激进，富于爱国精神和革命情绪。到世纪后
期，东欧各国的文坛达到前所未有的繁荣，除了充满爱国情怀的诗歌，
历史小说和现实主义文学也占据了重要地位。

波兰文学 19世纪初期波兰主要文学家是**亚当·密茨凯维奇**
（Adam Mickiewicz, 1798—1855）和**尤留斯·斯沃瓦茨基**（Slowacki,
Juliusz, 1800—1849）。密茨凯维奇是伟大的波兰爱国诗人，曾参加
爱国学生组织和运动，1894年参加过武装起义。1820年发表的《青
春颂》标志他摆脱古典主义，走上浪漫主义创作道路。1822年出版
的《诗歌集》题材各异，其中有不少佳作，1823年接着出版的诗集
收有颂扬古代立陶宛女英雄的长诗《格拉席娜》和诗剧《先人祭》
第二部和第四部。1823年诗人被俄政府逮捕，后流放西伯利亚，结
识了十二月党人，包括普希金。此期他发表了《十四行诗集》（1826），
包括《爱情十四行诗》和《克里米亚十四行诗》，还有长诗《康拉德·
华伦洛德》（1828），描述古立陶宛和日耳曼骑士团斗争的历史，人

物形象生动鲜明，情节曲折起伏。1829 年他逃离俄国到欧洲，但1830 年华沙起义时他立即回国，起义失败后他随流亡的起义战士到德累斯顿，写出了《先人祭》第三部，以沙俄迫害爱国学生为背景，深刻揭露统治者的凶残和虚伪，采用了梦幻、对比、歌颂和独白等手法。1832 年他定居巴黎，发表了《波兰民族和波兰巡礼者之书》并主编进步刊物。1834 年出版的史诗《塔杜施先生》是他最著名的作品，以 1812 年前后波兰和立陶宛的历史为背景，描写两个贵族家族的斗争。全诗近万行，发生的时间在 6 天内，却刻画了众多人物，反映了风土人情和自然景色。1839 年后他在瑞士和法国大学任教，1848 年革命风暴席卷欧洲，他到罗马组织波兰志愿军，在巴黎办报纸，写了上百篇政论文又到土耳其组织军队与沙俄作战，不幸感染瘟疫去世。

斯沃瓦茨基出身作家和教授家庭，大学毕业后在华沙政府部门工作。他大学时期开始创作，写了许多浪漫诗篇和两部历史诗剧《明多维》（1829）和《玛丽·斯图亚特》（1830）。1830 年华沙起义爆发他因肺病没参加，但写了《自由颂》《悲歌》和《立陶宛军团之歌》等革命诗篇。1832—1836 年他侨居瑞士，发表长诗《在瑞士》（1836）、诗剧《科尔迪安》（1834）、《巴拉丁娜》（1839）等。《科尔迪安》写一个多愁善感的少年成长为秘密组织成员，行刺沙皇时胆怯而失败，最后被处死。作品结合幻想与现实、叙事与抒情，语言优美，心理描写入木三分，是波兰浪漫主义戏剧杰作。《巴拉丁娜》取材古代传说，写村姑与骑士结婚后，通过阴谋手段当上女王，揭示封建制度初期的残酷。1836—1837 诗人游历了埃及、叙利亚、巴勒斯坦多国，写出长诗《瘟疫病的父亲》《瓦兹瓦夫》和带有神秘色彩的散文诗《安赫利》（1838）等。1838 年定居巴黎后，他创作了剧本《里拉·文涅达》（1839）、《法塔齐》（1866）和夹叙夹议的长

诗《贝尼奥夫斯基》（1840），但只发表了前五章。1842 年后他一度
受神秘主义影响，作品充满宗教哲理说教，后又投入民族解放斗争，
回国参加波兹南起义，起义失败后客死巴黎。

　　世纪中期因华沙起义失败许多作家被迫流亡国外。40 年代文
学开始复苏，可提及的作家有**尤·伊·克拉舍夫斯基**（Józef Ignacy
Kraszewski，1812—1887）、**崔伯里安·卡米尔·诺尔维德**（Cyprian
Kamil Norwid，1821—1883）和**特奥多尔·叶日**（Teodor Je，原名
齐·米乌科夫斯基，1824—1915）。克拉舍夫斯基最多产，写有政论、
剧本、诗歌、小说和历史著作 500 卷，其小说成就最大。他的一组
"农民小说"奠定了他在波兰文坛的地位。这组小说的代表作是《沙
夫卡的历史》（1842）、《乌拉娜》（1843）、《叶尔莫瓦》（1855）和
《篱笆木桩的故事》（1860），描述农民遭到的欺凌和剥削，揭露封建
农奴制度的残忍，表现对农民的深切同情。他还写有反映现实生活
和爱国运动的小说，如《奸细》（1863）、《红色的一对》（1864）、《犹
太人》（1865）。他是波兰历史小说的开拓者，他的历史小说题材广
泛，如写古罗马历史的《尼禄时代的罗马》（1864）、写古代波兰的《十
字军骑士，1410》（1874）。最著名的是写 18 世纪波兰的萨克森三部
曲：《科塞尔伯爵夫人》（1874）、《布里尔》（1875）和《七年战争》
（1876）。1875—1887 年他写了 29 部 76 卷的波兰历史系列小说，从
史前传说写到 18 世纪中叶，其中最好的是《古代传说》《马斯瓦夫》
《农民的国王》和《巴利塔》。他对波兰小说发展做出了巨大贡献，
被称为"波兰小说之父"。诺尔维德曾在意大利学绘画，又曾到美国
谋生，后定居巴黎，贫困潦倒，生前无名。他以写诗为主，有散文
诗集《黑花和白花》（1856—1857）、抒情诗集《瓦德－梅楚姆》（1865—
1866）和剧本《克拉库斯》（1858）、《一千零二夜》、《贵夫人的戒指》
（70—80 年代）等。他的作品构思奇特，诗歌隐晦艰深。叶日一生

与民族解放运动相连，参加过匈牙利和波兰的起义，以及巴尔干各国反土耳其的斗争。他发表了近 90 部小说，如反映波兰和乌克兰农民苦难的小说《瓦尔西·何乌布》（1858），以民族解放斗争为题材的小说《山多尔·科瓦兹》（1859—1860）和《黎明》。他的小说不以情节取胜，但生动感人，受到东欧各国读者欢迎。

1863 年一月起义迫使沙俄废除了波兰的农奴制，资本主义得到迅速发展。世纪后期波兰文坛以现实主义文学为主，主要作家有**亨利克·显克维奇**（Henryk Sienkiewicz，1846—1916）、**波利斯瓦夫·普鲁斯**（Bolestaw Prus，1847—1912）、**弗瓦迪斯瓦夫·莱蒙特**（Wtadystaw Reymont，1868—1925），还有女作家**艾丽查·奥热什科娃**（Eliza Orzeszkowa，1841—1910）和**玛丽娅·科诺普尼茨卡**（Marja Konopnicka，1842—1910）。显克维奇享有世界声誉，1905 年获诺贝尔文学奖。他著有政治色彩浓郁的小说《徒劳无益》和《沃尔瓦皮包里的幽默作品》（1872），以及写一月起义的小说《老仆人》（1875）和《哈妮娅》（1870）。70 年代他到北美考察，写了《旅美书简》，80 年代初他发表了大量中短篇小说，反映波兰人民在封建压迫下的深重灾难，揭露殖民主义者残酷压迫、剥削印第安人的罪行。他还著有历史小说三部曲：描写 17 世纪乌克兰贵族政治与战争的《火与剑》、17 世纪 50 年代波兰人民反瑞典入侵的《洪流》和 17 世纪 70 年代波兰人民抗击土耳其侵略的《伏沃迪约夫斯基先生》。90 年代他又发表了两部史诗性历史小说《你向何处去》（1896），写尼禄统治时期的罗马；《十字军骑士》（1900），写 14—15 世纪初波兰北方人民反日耳曼统治的历史。普鲁斯是著名的现实主义小说家，主要写有《顶楼上的房客》（1875）、《孤儿的命运》（1876）、《米哈尔科》（1880）、《改邪归正的人》（1881）等优秀短篇小说。中篇小说《回浪》（1880）是最早写工人阶级反抗资本家的名篇。80 年代他开始创作长篇小说，主要作品有《前哨》（1885）、《玩偶》（1887—1889）、《解放了的女性》（1890—1893）和《法老》（1895）。他的作品反映了资本主义的艰难兴起和发展，嘲讽、鞭挞封建贵族的腐朽，对波兰现实主义文学发展影响很大。莱蒙特出生于贫苦农家，短篇小说名著有《母狗》（1892）、《汤美克·巴朗》（1843）、《正义》（1899）等，长篇小说有《女喜剧演员》（1895）、《烦恼》（1896）、《福地》（1897—1898）和《农民》（1902—1908）。《农民》为他赢得了1924年诺贝尔文学奖。奥热什科娃的短篇小说《荒年》（1866）、《厄运》（1876）、《尤里扬卡》（1878）、《不愉快的山歌》（1878）获得好评。60—80年代她发表了两组小说，第一组总题目为《幽灵》，第二组包括《底层》《久尔济一家》《涅曼河畔》和《乡下佬》。《涅曼河畔》（1887）为代表作，写地主和农民两个家庭关系的演变，宣扬平等、博爱和爱国主义。科诺普尼茨卡是诗人和小说家，因爱国曾受沙俄当局迫害，长期流亡国外。70年代她出版了7部诗集，还发表了《四个短篇小说》（1888）、《我的相识者们》（1890）、《在路上》（1893）等短篇小说集。

19世纪东欧其他国家的文学发展不如波兰，这里只能稍稍提几位最重要的作家。

捷克　19世纪主要的作家是中期的**鲍日娜·聂姆佐娃**（Bozena Nemcova，1820—1862），后期的**扬·聂鲁达**（Jan Neruda，1834—1891）、**斯·捷赫**（Svatopluk Čech，1846—1908）和**阿·伊拉塞克**（Alois Jirá sek，1851—1930）。聂姆佐娃15岁嫁给一个税务官，1842年随丈夫迁居布拉格，积极参加爱国活动和布拉格起义，遭奥地利当局迫害，晚年贫困。她早期创作诗歌和童话，先后出版了7卷《民族传奇和故事集》（1845），随后发表中短篇小说，如《卡尔拉》（1855）、《野姑娘芭拉》（1856）、《庄园内外》（1857）等，反映捷克农民的悲惨命运。《野姑娘芭拉》塑造了一个敢为女友解困的放牧姑娘形象，是作者这类小说的精品。《外祖母》（1855）是作者最优秀的长篇小说，以她外祖母为原型，融入了捷克农村妇女的许多品德和特征，如勤劳正直、乐观风趣、热爱自然和祖国、富于同情心，还围绕外祖母的日常生活描写了农村各色人物、四季景色和风土人情。聂鲁达家境贫寒，大学辍学后一边教书，一边担任报刊编辑。他在诗歌、小说和杂文方面都有丰硕成果，篇目破两千，内容丰富、幽默风趣，自成独立风格。诗歌作品主要有6部诗集，如抒发年轻人的苦恼忧郁和哀婉之情的《墓地之花》（1857）、乐观地追求崇高生活目标的《诗集》（1867）、将祖国命运与宇宙联系起来的《宇宙之歌》（1878）、表现对社会和革命关注的《故事诗与浪漫曲》（1883），以及把耶稣受难与捷克人民处境类比的《礼拜五之歌》（1896）。他的小说代表作是《小城故事》（1878），轻巧但深刻地反映了布拉格小城区的生活，运用了叙述、札记、书信、日记等多种形式，既有对小市民的善意讽刺，又有对穷苦大众的同情、热爱。捷赫是著名诗人，主要诗作有历史题材的《波罗的海边上的胡斯信徒们》（1868）和《西蒙山上的罗哈奇》（1898—1899），反映现实生活的《莱塞金斯基的铁匠》（1883）和《收割者》（1903）。其代表作是抒情诗集《奴隶之歌》（1894），用寓言形式控诉、讽刺反动统治者压榨捷克人民的罪行。

　　匈牙利　主要作家是中期的杰出爱国诗人**裴多菲·山陀尔**（Petöfi Sándor，1823—1849），他16岁进入剧院工作，后曾当兵和流浪。1844年他开始任报刊编辑，出版第一部《诗集》（1845），逐渐形成激进的政治观。1846年春他发起并成立了"佩斯十人小组"，宣扬民族独立和资产阶级民主革命。1848年匈牙利爆发民族武装起义，他是组织者之一，次年他参加起义军做波兰将军副官，26岁在战争中牺牲。他一生写了 800 多首短诗和 8 首长诗，还有小说和游记。
第一阶段他主要写民歌体诗歌，取材于劳动人民的生活，朴实清新。
四章长诗《农村的大锤》（1844）通过农村酒店的殴斗来讽刺各色人
物的丑态和牧师的淫荡。长诗《雅诺什勇士》（1844）取材于古代匈
牙利传说，歌颂善良、勇敢的雅诺什历尽千辛万苦，战胜海浪、龙、
熊和巨人，最后到达仙人国，与心爱的姑娘团聚。第二阶段诗人处
于 1844—1846 年的感伤时期，主要诗作有《云》（1846），由 66 首
短诗组成，反映了他的悲观、愤懑，此期还有爱情诗两组：为一个
突然死去的年轻姑娘写的《文特尔克坟上的柏树叶》（1845）和写给
拒绝他求婚的姑娘的《爱情的珍珠》（1845）。第三阶段从 1846 年开
始，诗人走出悲观，走向革命，此期诗歌成熟、完美，更具革命性，
连写给妻子的爱情诗也透着这种精神，其名篇就是《自由与爱情》
（1847），其中的"生命诚宝贵／爱情价更高／若为自由故／二者皆可抛"
已成为传世绝句。他的其他诗作还有《民族之歌》（1848），其中的
《自由颂》《大海沸腾了》《起来》《革命》都脍炙人口。描写匈牙利
革命者道路的长诗《使徒》是他创作的高峰，总结了他一生的创作
活动。

　　塞尔维亚　　主要作家是早期的**武克·卡拉季奇**（Vuk Karadzi，
1787—1864）、中期的**布兰科·拉迪切维奇**（Branko Radievi，1824—
1853）和后期的**拉扎·拉扎莱维奇**（Laza Lazarevi，1851—1891）与
久拉·亚克希奇（Dura Jakšić，1832—1878）。卡拉季奇参加过 1804
年反土耳其的起义，后移居维也纳，自学成才，为塞尔维亚文化事
业发展做出了重大贡献。他在语言方面大胆改革，写了第一部《塞
尔维亚语法》（1814），编纂了第一部《塞尔维亚语辞典》（1818），
还收集整理了民间诗歌、传说和谚语，出版了《斯拉夫塞尔维亚民
歌丛书》（1814）、《塞尔维亚民歌集》（1815）、《塞尔维亚民间故

事》（1821）、《塞尔维亚民间诗歌》（四卷，1823—1833）和《塞尔维亚民间谚语》（1836），得到歌德、格林、普希金和密兹凯维奇称赞。他还写有许多文学评论，为浪漫主义文学开路。拉迪切维奇的诗歌开创了塞尔维亚浪漫主义文学新时代，第一部诗集《抒情诗集》（1847）以新颖的形式给古典派沉重打击。随后他又出版了第二部和第三部诗集。他的爱情诗真挚感人，爱国诗歌宣扬民族团结，共同斗争，同时讽刺揭露反对革新的古典派和教会人士。拉扎莱维奇以短篇小说为主，影响较大的作品有《第一次和父亲去作早祷》（1897）、《学校圣像》（1880）、《祝你成功，绿林好汉！》（1880）、《维尔戴尔》（1881）、《人民会报答一切》（1882）。这些作品从各个侧面描绘宗法制度下的乡村生活和知识分子的思想。亚克希奇是浪漫主义诗人、小说家、戏剧家和画家，诗歌代表作《在利巴尔山》（1866）抒发青年渴望独立和反抗压迫之情，三部诗体悲剧《塞尔维亚人的迁徙》（1863）、《门的内哥罗公爵夫人伊丽莎白》（1868）、《斯坦诺耶·格拉瓦斯》（1878）揭露贪婪无耻、变节欺骗等丑行。他还创作了40篇短篇小说，如《农民》《一个夜晚》《小小白屋》，反映农民的痛苦生活。

克罗地亚在19世纪后期可提及的作家有**阿乌古斯特·谢诺阿**（August Šenoa，1838—1881）和**安东·古斯塔夫·马托斯**（Antun Gustav Matŏs，1873—1914）。前者写诗、小说和文艺理论著作，主要小说有《珠宝商的黄金》（1871）、《巴伦·伊维查》（1875）、《伊利亚的遗嘱》（1876）、《迪奥根思》（1879）、《诅咒》（1880）、《布兰卡》（1881）等。《农民起义》（1877）是代表作，以广阔的画面再现了1564—1574年克罗地亚和斯洛文尼亚的大规模农民起义，歌颂两个民族的团结，塑造了数个农民领袖形象。他主张文学为人民和社会进步服务，影响很大。因此，19世纪六七十年代克罗地亚被称为"谢诺阿时代"。马托斯也是诗人、小说家和评论家，主要作品有评论集《评论》（1905）、游记《旅途见闻》（1907）、短篇小说集《刨花》《令人讨厌的故事》（1909）。后期创作大量诗歌，收入《诗集》（1923），歌颂祖国和人民。

保加利亚 1878 年获得独立，从此文学发展喜人，主要作家有**伊凡·伐佐夫**（Иван Вазов，1850—1921）、**阿列科·康斯坦丁诺夫**（Алеко Константинов，1863—1897）、**潘乔·斯拉维伊科夫**（Пенчо Славейков，1866—1912）等。伐佐夫是 19 世纪下半叶保加利亚最著名的现实主义作家、诗人和戏剧家，年轻时发表了歌颂四月起义的诗歌三部曲《旗与琴》（1876）、《保加利亚的哀伤》（1877）和《拯救》（1878）。80 年代的组诗《被遗忘者的史诗》以现实主义笔调描绘民族解放斗争的壮丽画卷。中篇小说《流亡者》（1894）和长篇小说《轭下》（1894）都是名著。前者歌颂民族解放志士，后者展示白拉切尔克瓦地区起义的全过程，讴歌保加利亚民族的爱国精神和英雄气概，结构紧凑、情节曲折、人物丰满。他的短篇小说集、长篇小说和喜剧等作品共有 60 多部。康斯坦丁诺夫是著名的讽刺作家，讽刺小说《甘纽大叔》（1895）是代表作。它没有完整的故事，由 18 个独立成篇又有连续性的小说构成，塑造了一个 19 世纪 90 年代资本原始积累的主人公。

阿尔巴尼亚到 19 世纪后期出现了一批才气高的作家，主要代表是**纳伊姆·弗拉舍里**（Naim Frasheri，1846—1900）和**安东·扎科·恰佑比**（Anton Zako Çajupi，1866—1930）。弗拉舍里有"阿尔巴尼亚文学之父"的美名，是爱国诗人、渊博的教育家和阿尔巴尼亚文学奠基人。他著有五卷文集，主要作品是抒情长诗《畜群和大地》（1886）、抒情诗集《夏天的花朵》（1890）和长篇叙事诗《斯坎德培的一生》（1895）。抒情长诗清新隽永，散发着泥土芳香，描绘农夫和牧民劳动的画面，颂扬了祖国和人民的高尚情操。抒情诗集由25首短诗组成，抒发对祖国的爱及对美好未来的信念。《斯坎德培的一生》有22首诗，共11600行，写15世纪阿尔巴尼亚传奇英雄斯坎德培领导的反土耳其的殊死战斗。诗人恰佑比与弗拉舍里比肩，反对土耳其侵略，主张武装起义。代表作是诗集《父亲——托莫尔山》（1898—1902），包括爱国主义抒情诗、爱情诗和113首根据拉封丹寓言改编和创作的寓言。他的爱国抒情诗开门见山地呈现他的思想和主张，爱情诗将对祖国和对情人的爱交融起来。他吸收了民歌表现形式和韵律，创造了带有浓厚民歌风格的新诗歌。

　　北欧文学　在英国开始的工业革命自19世纪60年代初传入丹麦后，逐渐波及北欧诸国，生产力与生产关系的改变引起了整个社会的变革和动荡，哥本哈根、斯德哥尔摩、奥斯陆等大城市迅速膨胀，乡村人口流入城市并有数百万计移民漂洋过海到北美谋生。在新条件下，社会思潮、道德态度、伦理观念也在变化，这些都在文学上得到反映。北欧国家尤其是丹麦、瑞典和挪威文学界思想十分活跃，文学家们在思索和寻求变革社会的道路。丹麦的文学评论家勃朗兑斯喊出了"写社会与人生"的口号。他的鼓动起了催化剂作用，写实主义的"问题文学"成为时尚。最先响应勃朗兑斯号召的是挪威作家，他们写出了许多抨击社会弊端、揭露资本主义社会欺诈、虚伪的作品，如易卜生和比昂松戏剧。接着，瑞典的斯特林堡也写了脍炙人口的现实主义作品，一批文学巨匠在北欧纷纷涌现。此期十余年，被称为北欧文学的"突破时期"或"黄金年代"，为北欧文学乃至世界文学发展做出了重大贡献。

　　90年代后北欧文坛变化迭起，出现了对勃朗兑斯主张和写实的逆反潮流。掀起这股潮流的是瑞典。1889年海顿斯坦发表了论文《论文艺复兴》，吹响了新浪漫主义号角。1890 年海顿斯坦和奥斯卡·莱维尔廷（1862—1906）联名发表了论文《彼比塔的婚礼》，继续批评 80 年代文坛为写实主义占据的现象，并主张以新浪漫主义取代，新浪漫主义脱颖而出。继瑞典之后，丹麦、挪威和芬兰都涌现了不少优秀的浪漫主义作家，如丹麦的尤汉内斯、约恩森、挪威的哈姆生等。

丹麦 19 世纪初的主要作家是浪漫主义文学奠基人**阿达姆·欧伦施莱厄**（Adam Oehlenschläger，1779—1850）。他 16 岁开始在皇家剧院当演员，入大学念的是法律、历史和神话学，后任美学教授。1802 年他发表了《诗》，包括歌颂北欧古代辉煌的史诗、描写大自然景色的抒情诗和诗剧《仲夏夜之剧》三部分。1803 年发表的《黄金号角》通过丹麦古代两个黄金号角得而复失的故事象征过去和现代的一致。1805 年发表的《诗作》包括了诗剧《阿拉丁，神灯》，被誉为 19 世纪上半叶丹麦文学的奠基石。他还写了大量斯堪的纳维亚历史和神话内容的诗作，如《赫格尔》（1814）和《北欧诸神》（1819）。1805 年他周游欧陆多国，接受了歌德和施莱格尔影响，创作了一系列北欧历史、传统和神话内容的戏剧，如《哈康·雅尔》（1807）、《帕尔那托克》（1807）和《阿克赛尔和瓦尔堡》（1808），反映新与旧、民主与王权、人道与压迫的斗争。他还著有其他历史剧《玛格雷特女王》（1833）、《哈姆莱特》（1846）、《查理大帝》（1829）等，70 岁高龄时他还在创作，发表了悲剧《卡尔坦和古德隆》（1848）和诗歌《诗的艺术》（1848）。

中期丹麦浪漫主义继续，同时出现了关注现实的作品，此期最重要的作家是**汉斯·克里斯蒂安·安徒生**（Hans Christian Andersen，1805—1875）。他自幼贫苦，饱经歧视和人世沧桑。1819 年他到哥本哈根谋生，在剧院逗留一段时间，后得到举荐进入大学。

他的第一部作品是幽默的游记，接着又发表过轻喜剧、诗剧、长篇小说等。然而，使他享誉世界的是他的童话，1835年第一部童话集《讲给孩子们听的故事集》问世，包括《小克劳斯和大克劳斯》《豌豆公主》等佳作。他的童话创作分三阶段：1）1835—1845年完成了第二部童话集，其中收有《拇指姑娘》《顽童》等；2）1845—1852年发表了《卖火柴的小女孩》这样反映社会现实的故事；3）1852—1873年的作品与第二阶段相似，实际是现实主义小说。他一生写了168篇童话和故事，被译成80多种文字。他的童话热情讴歌社会底层百姓，赞美善良勤劳，讽刺和鞭挞国王、僧侣、贵族和财主的贪婪、残暴和愚蠢。他继承和发扬了民间文学的朴素和诚挚，引用民间传说和歌谣，创造了丑小鸭、坚定的锡兵、拇指姑娘、唱歌的夜莺、美人鱼和没穿衣裳的皇帝等形象。他的童话也深得成人喜爱。

　　世纪后期丹麦最重要的作家**彦斯·彼得·雅科布森**（Jens Peter Jacobsen，1847—1885）同挪威的易卜生和瑞典的斯特林堡相提并论，因为他不仅是"现代突破"运动的主力，而且也是此期丹麦具有较高国际知名度的作家，作品传播到欧陆和美国等地。他自幼爱好写诗，喜欢阅读和吟诵波德莱尔的诗。在哥本哈根大学期间，他投身勃朗兑斯的阵营，为创造丹麦新文学运动呐喊冲锋。1872年发表的小说《莫恩斯》是丹麦第一部自然主义作品，引起轰动，创作手法和技巧新颖，写出人类的人性和兽欲两重性。整部作品有写实主义色彩，但语言、表达方式乃至情节故事，都具有浪漫主义情调。第二部重要作品长篇小说《玛丽亚·格鲁卜夫人》（1876）实际上是福楼拜小说《包法利夫人》的翻版，但比福楼拜乐观，让女主人公主宰自己的命运。第三部重要作品《尼尔斯·吕恩》（1880）的主人公是无神论者，主张妇女解放，反对夫权束缚，颂扬真实的艺术，反对浪漫主义梦想，可他本人却并未因此得到解脱。小说与此前的作品一脉相承，但作者不再乐观。作品的思想更深刻，也更具现实主义特征。心理学家弗洛伊德、诗人里尔克、小说家穆齐尔都深受雅科布森影响，德国小说家托马斯·曼对《尼尔斯·吕恩》更是爱不释手。即便 90 年代以后，在勃朗兑斯主义、写实主义和自然主义失势和新浪漫主义兴起之时，他的作品仍继续引起公众的重视和好评。

其他可提及的作家还有霍尔格·德拉克曼（Holger Drachman，1846—1908）、卡尔·吉勒鲁普（Karl Gjellerup，1857—1919）和亨里克·彭托皮丹（Henrik Pontoppitan，1857—1943）等。德拉克曼是重要的现实主义作家，著有诗歌、小说和剧本。他曾在英国结识一些巴黎公社失败后流亡的法国人，看到英国穷苦大众的生活，十分痛恨资本主义。他的主要作品有小说《命中注定》（1890）、《一个多余的人》（1876）和诗作《英国的社会主义者》（1871）、《海滨之歌》（1877）等。吉勒鲁普出身牧师家庭，在哥本哈根大学学神学，毕业时发表第一部小说《一个理想主义者》（1878），接着发表了《青年丹麦》（1879）和描写一个青年牧师背叛宗教的《日耳曼人的门徒》（1882），显示了勃朗兑斯现实主义文学观的影响。1883 年他到欧陆多国考察，使他的创作转向德国古典主义。他发表了深受席勒影响的剧本，如悲剧《布伦黑尔》（1884）。他还著有诗集和多部长篇小说，后期小说显示了佛教影响。彭托皮丹反感宗教，没毕业就到一所学校去教物理、数学。80 年代他开始创作，之后住在农村专心写作。主要作品有长篇小说《天国》（1891—1895），写富裕家庭的青年牧师自愿去偏远农村当教师，遭孤立和反对，最后进入疯人院；《幸福的彼尔》（1898—1904）是他最著名的小说，带有自传性；长篇小说《死人的王国》（1912—1916）写主人公厌倦生活，渴望死亡，充满悲观失望。他还著有其他多部长篇、中篇小说和自传，他批判现实的小说给丹麦文坛输入清新之风，并因此于 1917 年与吉勒鲁普同获诺贝尔文学奖。

瑞典 19 世纪初浪漫主义兴起，延续了 20 年，主要作家有**彼尔·达尼尔·阿特博姆**（Per Daniel Atterbom，1790—1855）、**埃里克·古斯塔夫·耶伊尔**（Erik Gustaf Geijer，1783—1847）、**埃沙伊阿斯·泰格奈尔**（Esaias Tegnér，1782—1846）和**埃里克·约翰·斯塔格奈利乌斯**（Erik Johan Stagnelius，1793—1823）。阿特博姆 20 岁组织文学社团，为其喉舌刊物写发刊词，宣传新浪漫主义，之后陆续发表题为《花》的诗篇，收在《诗集》中。他的代表作是童话剧《极乐岛》（上，1824；下，1827），基于瑞典民间故事，描写北方国国王到南方极乐岛与该地女王过了 300 年生活，然后携女王返国，但因无法重新治国，在回岛途中死去。此作品具有哲理，浪漫又富于诗意，奠定了诗人的地位。他还有一部剧本《蓝鸟》（1813）和花了 20 年撰写的《瑞典的先知和诗人》。耶伊尔 16 岁入大学，获学士学位后游历英国，拓宽了眼界，诗才喷涌，多次获瑞典学院文学奖，被称为瑞典的歌德。此期代表作为 1811 年的《自耕农》和《北欧海盗》，重要叙事诗有《最后一名战士》（1811）和《最后一位诗人》（1811）。担任大学教授后，他出版了历史著作《封建主义和共和国》《斯维亚王国编年史》和《瑞典人历史》。泰格奈尔家境贫苦，靠资助完成学业留校任希腊语教授，最后任一个区的主教。1808 年瑞典在芬俄战争中丧失芬兰，他发表了诗歌，如《斯维亚》（1811），号召瑞典人民采取行动反对俄国，引起轰动。该诗获瑞典学院文学奖。1812 年后他从古典主义和新古典主义转向浪漫主义，提出美学上的"哥特主义"。他的作品形式古典，内容浪漫，如《树》和《太阳之歌》。新派（晨星派）批评他的风格，责备他缺乏深度，他则持怀疑论立场，反对晨星派的形而上思想。1820—1822 年他在"哥特学会"会刊《伊杜那》上发表了史诗《弗里蒂奥夫萨迦》，标志他转向了叙事诗阶段，以浪漫曲形式描写古代冰岛的一则萨迦故事，使他作为瑞典诗人第一次享誉欧洲。这类作品还有《进圣餐的孩子们》（1820）和《阿克赛尔》（1822）。斯塔格奈利乌斯是重要的浪漫主义诗人，独立在"哥特派"和"晨星派"之外。大学毕业后他在皇家公署任职，但体弱多病，孤僻古怪，去世前酗酒、抽鸦片。他生前出版过剧本《殉教者》（1821）和《酒神的女祭司》（1822）以及宗教抒情诗集《萨隆平原上的百合花》（1821），去世后友人整理出版了他的《文集》（1824—1826）。他的作品充满激情、技巧娴熟、辞藻华丽、音乐感强，得到同时代诗人推崇。

瑞典 19 世纪中期也处在浪漫主义向现实主义过渡的阶段，主要作家有**卡尔·约纳斯·洛凡·阿尔姆克维斯特**（Carl Jonas Love Almquist，1793—1866）、**卡尔·斯诺伊尔斯基**（Carl Snoilsky，1841—1903）、**维克托·里德贝里**（Victor Rydberg，1828—1895）和女作家**弗雷德里卡·布雷默尔**（Fredrika Bremer，1801—1865）。阿尔姆克维斯特曾任政府职员、学校校长和记者，以浪漫风格作品走上文坛，如 1849 年发表的 20 年代创作的抒情诗《梦境》和《玛利娅的惊奇》，还有写乱伦爱的小说《阿莫丽娜》（1822 年完成，1839 年发表）。他逐步关注了社会问题，如婚姻、犯罪等，1839 年发表的《这样也可以》描述了聪明、开放的女主人公与保守军士恋爱后提出不要结婚仪式，不要共同住宅和财产，只要一方不满意就可解除婚约的新型婚姻关系。他还著有多卷百科形式的《野蔷薇花集》（1822—1851），涉及音乐、哲学、宗教，包括论文、故事、诗歌、小说和戏剧。1851 年他因被控谋杀而逃到美国，14 年后返回欧洲，死于德国。斯诺伊尔斯基从少年时开始写作，支持波兰反对俄国的民族起义，谴责普鲁士进攻丹麦。1804 年他旅行南欧，在罗马结识易卜生，成为挚友，写了《意大利风貌》（1865）。他 25 岁进入外交界，13 年后侨居国外，进入了创作旺盛期。此期诗歌以历史题材为主，1886 年收集在《瑞典风貌》中。后来他逐渐关注当代社会问题，写有《用人兄弟》《阿芙洛狄忒与磨刀工》《瓷厂》等，都收编在《诗，第三个集子》（1883）中。里德贝里生活贫困，几度辍学，直到为报刊撰写文章和小说才有生活保障，他后来担任过斯德哥尔摩大学教授、议会议员、瑞典学院院士。他属于后期浪漫派，50 年代出版了几部连载小说，以《波罗的海上的海盗》（1857）较著名，其他还有中世纪背景的传奇故事《森古雅拉》（1857）和历史小说《最后一个雅典人》（1859）、《武器制造者》（1891）等。他的诗作清新有力，主要有两部《诗集》（1882，1891），其中的名篇如第一部中的《普罗米修斯和阿哈斯维鲁斯》《圣诞老人》和《飞翔的荷兰人》；第二部中最重要的是《新踏车之歌》，把资本主义比作新踏车，劳动群众是踩踏车的囚犯。布雷默尔曾赴美国考察两年，并用书信形式发表了三卷《新世界之家》（1853—1854）。她在斯德哥尔摩南面的庄园长大，热衷办慈善。主要作品有长篇小说《邻居》（1837）和《家》（1839），既有日常生活叙述又有奇特浪漫情节。她还写有《英国旅行随笔》（1853）及记载瑞士和意大利之行的《旧世界的生活》（1860—1862）。她对瑞典有两大贡献：1）以细腻的现实描写开创了瑞典现实主义文学。2）呼吁妇女解放，给妇女选举权。她的自传体小说《赫尔莎》（1856）提到给妇女受教育和从事医护与做教师的权利，是瑞典妇女解放运动先锋。

世纪后期瑞典享誉世界的作家**约翰·奥古斯特·斯特林堡**（Johan August Strindberg，1849—1912）是戏剧家、小说家、诗人。他生在斯德哥尔摩，大学学医，当过家庭教师、小学教员、报社编辑、记者、皇家图书馆管理员，还演过戏，画过画。社会讽刺小说《红房间》（1879）使他一举成名。这是瑞典第一部现实主义作品，描写瑞典文艺界人士的生活状况，同时勾勒当权者的昏庸无能、唯利是图和欺诈劳动人民的面目。1884 年他出版了短篇小说集《结婚集》，侨居丹麦、德国、奥地利后又出版了自传体小说《女佣之子》（1887）及《在海边》（1890）等名作。在世界文坛上，他主要以戏剧创作享有盛誉。历史剧《奥洛夫老师》（1872）是早期现实主义代表作。独幕剧《朱丽小姐》（1888）是欧洲戏剧史上一部优秀的自然主义作品。此外，他还写了剧本《父亲》（1887）、《罪与罪》（1899）、《复活节》（1900）等。1887 年后他转向自然主义，作品愤世嫉俗，为下层阶级鸣不平，充满反抗精神。因半生潦倒漂泊，遭统治阶级压迫，哲学上受尼采和弗洛伊德影响，他晚期作品大多表现想摆脱痛苦但找不到出路的绝望、挣扎和变态，变得梦幻般虚无缥缈，充满神秘主义和悲观情调，如剧本《梦戏》（1902）、《鬼魂奏鸣曲》（1907）和长篇小说《黑旗》（1904）等。到晚期，他逐渐放弃现实主义和自然主义，采用象征主义手法。《鬼魂奏鸣曲》写资本主义的病态社会关系，是欧洲最早出现的表现主义代表作之一。剧本用象征手法展现事物的内在实质，揭示人物的心灵活动，抒写复杂的心理状态。他可说是欧洲表现主义和象征主义戏剧的开山鼻祖。

其他可提及的此期作家还有**卡尔·古斯塔夫·魏尔纳·封·海顿斯坦**（Carl Gustaf Vener Von Heidenstam，1859—1940）、**埃里克·阿克塞尔·卡尔费尔德**（Erik Axel Karlfeldt，1864—1931）和女作家**塞尔玛·拉格洛夫**（Selma Lagerlöf，1858—1940）。海顿斯坦是19 世纪瑞典浪漫主义文学领袖，因身体原因中断学业，曾到欧陆、巴勒斯坦、埃及等地游历，1880 年到欧陆居住，在瑞士结识了斯特林堡，受到影响。七年后他返回瑞典攻读文学，次年发表诗集《朝圣与漂流的年代》，引起广泛注意。他的主要著作有《文艺复兴》小册子，向自然主义文学挑战；两部长篇小说：据希腊神话写成的《恩底弥翁》（1889）和描写寻找"生命灵感"的《汉斯·阿里埃诺斯》；

诗集《人民集》（1902），其中的《瑞典》一诗充满爱国和思乡之情。1897—1898 年他发表了著名短篇小说集《卡尔十二世麾下的军队》，通过歌颂 12 世纪的瑞典士兵来鼓励人民的爱国之情。另两部作品为长篇历史小说《圣比尔吉塔朝圣旅行记》（1901）和瑞典国王福尔孔如何发家的《福尔孔世家》（1905—1907）。1915 年他出版了《新诗集》，诗风转向简洁、宁静。他 1912 年被选为瑞典学院院士，1916 年荣获诺贝尔文学奖。卡尔费尔德是抒情诗人，浪漫主义文学创始人之一。他 19 岁就发表了优美诗作，因经济困难，大学几度辍学，最后完成学业。1895 年他发表的诗集《荒原和爱情之歌》富于浓郁的乡土气息，风格朴素，引起瑞典诗坛轰动。诗集《弗里多林之歌》（1898）和《弗里多林的乐园》（1901）写受过良好教育、学识丰富、身体强壮、能吟诗并善于劳动的农民，受到各阶层喜爱。1904 年他被选为瑞典学院院士，1916 年获瑞典文学大奖。之后的名作还有诗集《弗洛拉和波玛拉》（1906）、《弗洛拉和贝洛娜》（1918）、《秋日的号角》（1927）等。他去世后被追授诺贝尔文学奖。拉格洛夫是浪漫派女作家，曾到首都高等女子师范求学，毕业后到女子学校任教。第一部小说《古斯泰·贝林的故事》（1891）讲 20 年代寄居乡间的一群食客的故事，短篇小说集《无形的锁链》（1894）发表后空前成功，她便辞教做职业作家。1904 年她到瑞典各地考察，之后发表《骑鹅历险记》（1906—1907），主人公尼尔斯骑在鹅背上看到祖国的奇峰异川。这部作品成为世界文学经典，她也于 1914 年当选瑞典学院院士，1909 年荣获诺贝尔文学奖。她还写有多部长篇小说，一部回忆录《一个孩子的回忆》（1930）。

挪威文学萧条几个世纪后，19 世纪初终现变化，主要作者是**约翰·赛巴斯梯恩·韦尔哈文**（Johan Sebastian Welhaven，1807—1873）和**亨里克·阿诺尔德·韦格朗**（Henrik Arnold Wergeland，

1808—1845）。韦尔哈文因母亲与丹麦作家是亲属，受丹麦影响大，政治保守。他大部分诗作描绘挪威壮丽景观，优美，满怀柔情。他主张诗歌是感情的回忆，第一部诗集《诗》回忆同其他诗人的论战、在法国的旅游和多彩的挪威风光。1845 年发表的《新诗》收有怀念已故妻子的诗篇和哲理诗、民谣等。50 年代后的诗歌逊色于之前作品。韦格朗积极主张挪威独立，在大学获神学学位。第一部诗集《诗，第一组》（1829），第二部诗集《创造力、人和救世主》（1830）一发表就遭韦尔哈文等人抨击，开始了挪威文坛首次辩论。他对政府歧视犹太人不满，发表了《犹太人》（1842）和《犹太女人》（1844），帮助犹太人获得同等权利。其他诗作有《扬·冯·赫松姆的花卉画》（1840）、《一个古老的挪威庄园》（1835）、《致我们的紫罗兰花》（1845）等。他也写了大量剧本和讽刺小品，宣传自由和正义。

世纪中期最令人瞩目的是挪威第一个女作家**卡米拉·科莱特**（Camilla Collet，1813—1895），韦格朗的妹妹，因同哥哥宿敌韦尔哈文相恋并支持保守观点而长期定居丹麦。她发表了挪威第一部小说《省长的女儿们》（1854—1855），写四个女儿的不同婚恋遭遇，故事情节较简单，有不少内容取自自己与韦尔哈文遭父兄反对的恋爱。小说用第三人称叙述，采用了大量日记、信件表达内心世界。她还著有短篇小说集《漫漫长夜》（1862）、《逆流而上》（1879）、《最后的文章》（1868）等。

亨利克·易卜生（Henrik Johan Ibsen，1828—1906）是 19 世纪后期挪威著名的现实主义剧作家和现代主义戏剧奠基人之一，许多评论家认为他是继莎士比亚之后最伟大的戏剧家。他出身富裕商人家庭，父亲破产后家境剧变。他只受过几年小学教育，1843 年到药材店当学徒，余暇时刻苦自学，阅读、研究世界文学名著。1848 年他在法国二月革命影响下热心进步活动，并开始创作诗歌和剧本。

第一个剧本《卡提利那》创作于 1848 年,第二个剧本,即独幕剧《勇士之墓》(1850)获得很大成功。

1851—1857 年易卜生在卑尔根剧院担任导演和编剧,研究戏剧艺术,选择上演的剧目,创作民族戏剧。此期的工作为他后来的成功打下了坚实基础。《苏尔豪格的宴会》(1856)和《厄斯特罗特的英格夫人》(1857)这两部剧作都以挪威 16 世纪历史为题材,可以看到当时在挪威流行的浪漫主义文学的影响。《海尔格伦的维京人》(1858)和《觊觎王位的人》(1863)也是挪威历史题材剧本。后者写 1250 年挪威形成统一封建国家的历史,深受莎士比亚历史剧和冰岛斯诺里王室萨迦的影响。1864 年他得到出国奖学金,此时普奥联军两次进攻丹麦,而挪威和瑞典都不出兵支援,使他极为失望,决定出国远行,在国外侨居了 27 年。头四年他住在罗马,发表了《布兰德》(1866)和《彼尔·金特》(1867),用两个截然相反的人物表现"个人精神反叛"的主题,以探索真理和讨论哲学伦理。他关于"或者得到一切,或者一无所有"的思想在这两个剧本中有较大表露。这两部诗剧震动了整个斯堪的纳维亚半岛,奠定了他在北欧和欧洲文坛上的地位。

1871 年易卜生发表诗集《诗》。1873 年他发表了描写公元 4 世纪罗马宗教斗争的浪漫主义历史剧《国王与加利利人》。他没停留在浪漫主义戏剧,而是向"社会问题剧"发展。他的《爱的喜剧》和讽刺喜剧《青年同盟》(1869)都是社会批评戏剧。勃朗兑斯的《十九世纪文学主流》深受易卜生赞赏,激励他发表了以下著名的社会问题剧:《社会支柱》(1877)、《玩偶之家》(1879)、《群鬼》(1881)和《人民公敌》(1882)。《玩偶之家》提出妇女在婚姻中地位的问题,揭露了资产阶级的虚伪。女主人公娜拉为给丈夫医病,曾伪造父亲的签字向人借钱。当丈夫这个"社会支柱"了解真相后自尊心受到伤害，并害怕影响自己的名誉地位，便怒斥她。当娜拉认识到自己在家中的地位只不过是玩偶时，她毅然离家出走。这部妇女独立宣言式的剧作使作家同时代人震惊，引起辩论和部分人抗议，有些剧院演出时篡改结局。《群鬼》是反击那些对《玩偶之家》感到震惊的人们，也是关于爱情、婚姻和家庭生活的社会问题剧。阿尔文太太同娜拉相反，按照资产阶级社会的要求恪守妻子本分，苟安于恶劣的家庭生活，结果成了资产阶级婚姻关系和伦理道德的牺牲品，她精心培养的儿子也得了遗传的梅毒。剧本深刻地揭示了：不向"群鬼"们展开无情的斗争，妇女的命运将十分悲惨。最后一部社会问题剧《人民公敌》通过对正直、关心群众利益的斯多克芒医生被资产阶级自由主义者宣布为人民公敌这一事件，抨击资产阶级民主自由，宣称"世界上最坚强的人是最孤立的人"。

1884 年他发表《野鸭》，创作进入象征主义阶段。作品逐渐转向内在的心理活动和人生问题。这类剧作还有《罗斯默庄》（1886）、《海上夫人》（1888）、《海达·加布勒》（1890）、《建筑师》（1892）、《小艾友夫》（1894）和《当我们死而复醒时》（1899）等。

易卜生的戏剧对北欧乃至世界戏剧都产生了重大影响。世界多国都上演过他的剧作，不少剧作家，如英国的肖伯纳、高尔斯华绥、德国的豪普特曼、俄国的契诃夫及美国的奥尼尔都不同程度受到他的影响。易卜生对中国戏剧的发展及剧作家的影响也很大，早在 1914 年我国即把《玩偶之家》译成中文并搬上了舞台。

第 七 章

二十世纪二战前文学 [①]

第一节　概述

　　19世纪后期到20世纪初，英、法、德、意产生了垄断资本，阶级矛盾加剧；同时各国在海外殖民地、商品和原料市场等方面冲突激烈，最终引向战争。1914年爆发第一次世界大战，战后欧洲资本主义国家发生了严重的政治和经济危机，法西斯思想和组织滋生发展。20和30年代法西斯先后在意、德窃取政权并疯狂掠夺和扩张，导致1939年爆发对人类文明破坏更严重的第二次世界大战。战后，种族屠杀、集中营和焚尸炉的恐怖久久笼罩欧洲。残酷的战争、严酷的现实使欧洲人反思西方文明出了什么弊病。欧洲数百年的价值观体系在20世纪前期开始剧烈裂变，进入了很长的调整期。同

---

① 此章是对李赋宁主编《欧洲文学史》第三卷第一章相关材料的节缩。

时，社会主义和革命民主思想在欧洲高涨。1917 年俄国爆发十月革命，建立了世界第一个社会主义国家。20—30 年代革命民主意识在西欧国家进一步觉醒，左翼民主力量壮大。30 年代法国建立过有共产党参加的"民主阵线"左翼政府,西班牙也一度建立民主共和制度。欧洲多国的左翼人士奔赴西班牙，参与抵抗佛朗哥法西斯军队，保卫民主政权。

两次世界大战期间是普遍左倾的时代。一战后法、德等国兴起达达主义、超现实主义等反对传统文化的运动，表现主义在战后进一步发展，强烈抗议理性主义摧残人的自然本性，认为战争的恐怖是理性主义本质大暴露，必须推翻以其为基础的资本主义文明。这样的思想和文化氛围孕育了欧洲文学的重大变革，进入现代主义。现代主义指与传统决裂，在文学观念、形式和风格上求新奇，"先锋"和"实验"性质的文学成潮流，如超现实主义、未来主义、表现主义、意象派诗歌、意识流小说等"先锋派"（或曰"前卫派"）。这种"颠覆"从 19 世纪后期就显端倪；而未来主义、表现主义，在大战前已可见。创新以及为开拓生存空间进行的鼓噪及攻击性和排他，使现代主义成为关注焦点。

20 世纪对欧洲文学产生影响的社会思潮复杂。1）马克思关于社会生产力与生产关系对立统一的思想、资本主义生产剩余价值的研究、共产主义社会的理想和工人阶级在创造共产主义社会过程中作用的论述在 20 世纪欧洲产生了深远影响，并在文学中留下深刻印记。2）德国哲学家尼采的思想在世纪前半叶震撼了欧洲传统文化。他抨击基督教市侩文化，呼唤"超人"，高扬人的本真精神，号召重新认识世界和人生。他的思想影响了德国文学，令欧洲其他国家追求新文学和人生境界。虽然他的思想曾被法西斯利用，但不能抵消它对文学发展的作用。3）弗洛伊德精神分析学说对 20 世纪欧洲文学的影响难以估量。弗氏发现人类心理状态中存在无意识及潜意识层次,将心理结构划分为本我(libido)、自我(ego)和超我(superego),并指出超我通过自我压制本我,使本我处于无意识状态,当自我的调节失灵时本我才能释放。他的精神分析开拓了文学阐释领域,成为文学批评的重要理念和手段。在其推动下,法国出现了超现实主义,德国出现了表现主义戏剧,在英国,D.H.劳伦斯、乔伊斯、弗吉尼亚·吴尔夫的作品也与其学说密切相关,罗曼·罗兰、海尔曼·黑塞等人的作品也都有弗氏学说印记。该学说同其他理论,如美国威廉·詹姆斯的心理学和柏格森的哲学,共同促进了欧洲文学探索深层意识。

一战后自然主义和象征主义衰落,表现主义流行。随自然主义奠基人左拉和自然主义戏剧代表昂利·贝克辞世,法国自然主义时代结束;德国自然主义代表霍尔茨和法国自然主义作家于斯芒斯为神秘主义吸引,而前者转向了象征主义。在俄国,自然主义从未形成强大潮流,但世纪初还是有影响,如库普林写妓女生活的小说《亚玛》。象征主义到世纪初余韵犹存。在法国,许多自然题材诗作仍大量吸收象征主义手法,在德、奥,象征主义方兴未艾,涌现了史台方·格奥尔格、里尔克等杰出诗人。英国的T.S.艾略特虽独树一帜,其诗作象征主义影响明显。爱尔兰的叶芝是此期象征主义重要代表,他的诗完美结合了象征主义与盎格鲁－撒克逊文化。反拨自然主义的象征主义戏剧竭力表现心灵真实,凸现直观感受和想象。比利时法语剧作家梅特林克、瑞典剧作家斯特林堡的作品代表了象征主义戏剧最高成就。

表现主义在世纪初兴起,主要流行于德国,一战前以诗歌创作引人注目。它和象征主义一样强调对内心真实的叩问,但更偏重感受躁动不安。艾尔斯·拉斯克－许勒的诗作代表表现主义抒情的一支,而戈特弗里德·贝恩的诗作凸现人格的自我分裂和自我失落,是更激进的表现主义。战后德国表现主义由诗歌转向戏剧，代表作家有施特恩海姆、凯泽等。这些戏剧大量控诉战争罪恶，揭露战争的荒诞性，表现人孤独无援，抗议人被战争和现代文明压迫和异化。在英国，对战争的反思表现为"战壕诗歌"，其中有些歌颂所谓的英雄主义，大多表现对战争的强烈愤恨，控诉战争的残酷。有些则冷峻地嘲讽这场人类自相残杀的悲剧，或严肃地探究战争根源。

超现实主义是现代文学的重要表现。战争对生命的残杀开始被理解为资本主义现存秩序压抑窒息人的个性、扭曲摧残人的本性的本质大暴露。超现实主义运动首先发出愤怒的呐喊，与大战前流行于法、俄、意的未来主义一脉相承。未来主义的创始人之一马里内蒂后来和墨索里尼合作，使未来主义在意大利衰落。超现实主义继承它的反叛精神、玩世不恭的挑战姿态和滑稽模仿等技法，拉开了战后现代主义文学实验的序幕。超现实主义运动首先是诗歌革命，但其影响包括绘画、电影、建筑和生活方式，因此是一次广泛的文化运动。它以巴黎为中心，波及德、西、意，到60年代对欧洲和整个西方文化和社会生活产生了深刻影响。

战后欧洲文学另一个重要的现代主义表现是意识流小说，弗氏精神分析对这类小说影响最大。意识流手法在英国小说中取得的成就最高，乔伊斯和弗吉尼亚·吴尔夫的作品，以及 D.H. 劳伦斯的部分作品是早期意识流的实验。它们连同美国的福克纳、多斯·帕索斯等作家的小说，深刻地影响了欧洲小说创作。同期在法国"内心独白"的技巧引起许多小说家浓厚的兴趣。杜加尔丹发表了论文《内心独白》，总结其特点和作用。它与意识流有些区别，意识流随意打破时空界限，更强调真实模仿意识和潜意识活动。而内心独白则偏重内心的理性活动。但在小说的具体语境中两者界限模糊。普鲁斯特的内心独白小说《追忆似水年华》通常就被看作开创了意识流小说先河。

戏剧革新同样突出了人的非理性。德国表现主义戏剧力图将人的愤怒、悲伤、惊愕等情感通过本能的冲动宣泄出来，具有强烈的批判意识。意大利的皮兰德娄也在戏剧改革上做了大胆实验，接受了象征主义戏剧和19世纪梦幻怪诞小说的影响，以怪诞的情节向传统戏剧挑战。法国一战前就出现了雅里的《乌布王》和阿波利奈的《特雷齐亚的乳房》这样挑战性的作品。战后与超现实主义关系密切的科克托创作了现代色彩和荒诞色彩的古典题材剧，但不如皮兰德娄大胆。与超现实主义关系密切的作家阿尔托则提出了"残酷剧"的新理念，主张突破传统戏剧语言的限制。

超现实主义、表现主义和意识流等"先锋派"作品代表了两次大战间现代主义文学的审美价值取向。但并没被普遍接受，许多作家依旧遵循理性主义传统。他们可能偏爱或倾向于某种现代主义流派，但形式与风格总体上更接近传统。所以，20世纪文学是现代主义和现实主义平行发展与相互影响、渗透，并在世纪上半期产生了大批杰出作品。

第二节 英国文学

一战前文学 1901年爱德华七世（1901—1910年在位）即位。次年英国结束了不光彩的布尔战争。爱德华七世恣意享乐，贵族和资产阶级则仿效王室，尽情享受"日不落帝国"的余晖。与此同时，下层阶级更贫困，工人运动蓬勃开展。作家们对此期的社会态度不同，吉卜林维护大英帝国，歌颂"白种人的责任"和英帝国昔日的繁荣，而哈代、肖伯纳、高尔斯华绥、威尔斯、康拉德等则揭露和批判社会弊病和英国殖民主义的丑恶。

托马斯·哈代（Thomas Hardy, 1840—1928）是跨世纪的文学巨子，在《无名的裘德》遭舆论界和宗教界抨击后转而投入诗歌创作。他的诗在格律、韵律、结构、体裁上颇多变化，根据内容采用形式，语言简明自然，朴实无华，题材广泛。他在诗中倾诉对友人的思念、对妻子的缅怀、对昔日爱恋的少女的追忆、对战争和发动战争的统治者的厌恶、对未来的憧憬等。二战后的英美和西方文坛特别看重他的诗，奥登、刘易斯、拉金、托马斯、格雷夫斯等都深受其诗风影响。他是英国乡土传统诗派的中心人物，影响最大的史诗剧《群王》（1908）共3部、19幕、130场，轰动文坛，共上演72场。《群王》以拿破仑发动侵略战争为题材，写一代暴君的衰亡及英国在波拿巴王朝覆灭中的伟大贡献。他认为欧洲未能公正地评价英国的贡献，宣扬英军是打败拿破仑的英雄。他深受叔本华"内在意志"思想影响，通过偶然事件表现超自然力量的主宰。《群王》中的人物都身不由己地受"内在意志"左右，但诗中占主导地位的是"社会向善论"，即人通过奋斗可改善社会和改变命运。这部史诗剧多角度、多层次，有作者对剧情的介绍、尘世人物的表演、对话、独白、天上精灵的争辩，还有合唱队的描述和评论，散文和韵文交织，诗歌和民谣各显风采。

鲁德亚德·吉卜林（Rudyard Kipling, 1865—1936）生于印度，六岁回英国受教育，1878年进入培养军人的寄宿学校。1882年他返印度，写了许多关于印度的诗歌和短篇小说，先后出版了《丛林故事》（1894）、《丛林故事续集》（1895）、《勇敢的船长》（1897）等。1897年他定居英国，出版了《日常作品》（1898）、《吉姆》（1901）等。19世纪末印度成了英帝国最重要的殖民地，英国人对印度有浓厚兴趣，《丛林故事》和《丛林故事续集》创造出色彩斑斓的印度莽林动物世界，深受欢迎的长篇小说《吉姆》以流浪汉小说的形式描绘栩栩如生的人物、五光十色的异国场景。他的作品贯穿着"吉卜林法则"，即动物群在觅食、寻水和迁徙等生存活动中进行公正的较量和厮杀，胜败靠机智勇敢和群体协作。狼孩莫格列在狼群中的经历十分精彩。《勇敢的船长们》同样体现了该法则。百万富翁的孩子哈维乘船去欧洲时落入海里，被救后接受各种磨炼，最终掌握了航海和捕鱼本领，喻指一个民族也必须让后代在严酷的现实中经受艰辛，才能迎接挑战。在作者眼里英帝国具有传奇色彩，在《狮子座的一等星》一诗中他把英国比作罗马帝国，统治未开化人，是混沌世界的磐石。他在《白人的负担》一诗中宣扬殖民主义和英国民族的优越，认为向海外扩张、奴役殖民地是"道德责任"。1907 年他获诺贝尔文学奖。

赫伯特·乔治·威尔斯（Herbert George Wells，1866—1946）靠奖学金上大学，学生物学。他的作品分社会讽刺小说和科学幻想小说两类。第一部科幻作品《时间机器》（1895）写一个科学家乘坐他发明的飞行器到达公元 802701 年的"时间旅行"。这时人类已退化为饱食终日、身体萎缩的埃洛伊和在地下劳作、怕见光明又凶残的莫洛克。前者靠后者提供食物，然后夜晚被后者抓进地洞吃掉。科学家还飞到更远的未来，发现人类已灭绝，世界一片荒芜。这部小说给作者带来很大声誉，是资本主义社会阶级斗争的寓言，反映作者对人类前景的悲观。其他科幻小说还有《莫洛医生的岛屿》（1896）、《隐身人》（1897）、《星际战争》（1898）、《最先登上月球的人》（1901）等，充满离奇情节和科学幻想，也寄寓了对人类社会的思考和批判，其中器官移植、隐身术、热光武器、球形飞行器都为后来科幻作品借鉴。而对科技的不当运用及对只有大脑、没有身体的火星人和如同蚂蚁的月球人的描述，表明了他对理性、科技进步的怀疑，是"反乌托邦"小说。

1900 年后他发表了许多社会讽刺小说。《爱情和鲁维轩先生》（1900）写穷困潦倒的教书匠的生活；《吉普斯》（1905）写布店学徒，忽而暴富，忽而破产，塑造了小人物的悲喜剧形象。这种大起大落的情节也出现在《托诺－邦盖》（1909）和《波里先生传》（1910）中，可笑又可悲，饱含资本主义社会小人物的辛酸与悲凉。妇女题材小说《安·维罗尼卡》（1909）写女学生不堪家庭束缚出走伦敦，参加女权主义运动，深切同情被束缚和歧视的妇女，赞赏女性争取独立自由。这类小说继承了狄更斯现实主义传统。

高尔斯华绥（John Galsworthy，1867—1933）大学毕业并取得律师资格，1895 年开始写作，共有小说约 20 部，主要是《福赛特世家》三部曲：《有产业的人》（1906）、《进退两难》（1920）和《出租》（1921），因此获诺贝尔文学奖。他还是剧作家，剧本有《斗争》（1909）、《法网》（1910）、《忠诚》（1922）等。《福赛特世家》写维多利亚后期到一战福赛特家族三代人的发展。索姆斯从财富的角度看待和衡量一切，致力积聚财富。他娶了美貌的穷教授女儿，但妻子对他十分厌恶，和受雇建造别墅的建筑师相爱。索姆斯发现后迫害他们，致使建筑师被撞死，妻子和他离婚。小说深刻细致地描述了索姆斯对财富的占有欲，并把妻子，即"美"和"艺术"的代表，当作商品占有。作者像罗斯金、王尔德那样抨击艺术商品化。另一部三部曲《现代喜剧》，包括《白猿》（1924）、《银匙》（1926）和《天鹅之歌》，则写福赛特家族第三代的空虚和迷茫，对社会的抨击削弱了。

约翰·康拉德（Joseph Conrad，1857—1924），原籍波兰，曾在英国船上当水手和船长，1886 年入英国籍，1889 年居住伦敦并写处女作《阿尔迈耶的愚蠢》。他写了 13 部中长篇小说，大量短篇，还有回忆录及散文、书信。他的创作分三阶段：早期取材殖民时期的马来地区，中期（1897—1911）是创作高峰，此后至去世是第三阶段。早期代表作《阿尔迈耶的愚蠢》（1895）得到普遍赞誉，以马来地区为背景写荷兰人在东方的经历，表现西方殖民主义向东方扩张的种种问题，以及东西方文化撞击产生的矛盾，题材新颖，充满异国情调。姊妹篇《岛上弃儿》（1896）也获巨大成功。中期的标志《"水仙号"上的黑水手》（1897）以航海为题材，描写有病的黑人水手威特登上"水仙号"后不停地咳嗽，给同船的水手们带来不祥预感。这部杰出的象征主义小说反映了感官世界与外界的相互作用，充满视觉对比，展现了水手在特定的时空里的心理和情感经历。

中期的名著《吉姆爷》（1898—1900）的主人翁吉姆是年轻水手，憧憬英雄业绩。他第一次远航途中遇上风暴。危急关头他不顾旅客跳船逃生，为此背上了沉重的道德十字架。之后他决定浪迹天涯，重写人生。最后在友人马洛的帮助下他成了东印度一个小岛的商业代理，想为当地人做些事。土著人首领敬重和信任他，称他"吉姆爷"。此时，以"绅士"布朗为首的土匪袭击了土著人村落，土著人将匪徒围在山顶上。吉姆和布朗谈判了很久，误认为布朗愿意和平地离开，于是力劝土著人放走他们，可背信弃义的布朗却杀了首领的儿子。吉姆以自己的生命作抵偿，接受了原始法律制裁。作者崇敬吉姆的人格道德力量，视他的死为一个英雄时代的消失。但吉姆这种含有殖民意味的个人英雄主义终究要以悲剧告终。小说掺杂了象征主义笔法，有异国情调、海洋冒险和人物心理展现。前四章采用第三人称讲述，第五章起马洛成为叙述者，时而口语般叙述，时而像笔录记载，并打破了现实主义时空构架，形成多维叙事空间和多方位视角。同期的《黑暗的心》（1897）探讨了西方现代文明和自然原始间的冲突。叙述者马洛受一家贸易公司之聘乘船前往非洲，看到法国战舰肆意在此开炮，白人奴役黑人。他所到的非洲腹地到处都听到比利时贸易公司代理库尔兹的故事。库尔兹经营象牙生意，残忍贪婪、利欲熏心。他内心孤独，被欲望蛀空。《黑暗的心》内涵丰富，充满矛盾悖论，表现出作者对帝国主义的扩张和对民族剥削压迫的不满，但也流露出殖民主义的潜意识。第二阶段最后的小说《诺斯特罗莫》（1904）虚构南美国家哥斯达圭亚那共和国里英国殖民者转运开采的银子，揭示拜物教如何在殖民化的异国毁灭。《特务》（1907）写外国间谍受俄国外交官指使，策划炸毁格林威治天文台，抨击无政府主义者内心世界的丑恶。

第三阶段的小说《在西方的眼睛下》（1911）的主人翁视沙皇俄国为父母，决心效忠政府并期待回报，表现了作者憎恨沙俄，鄙视依附独裁统治的人，还揭示了侨民对双重身份及何为忠诚和背叛等问题的复杂心理。之后，他身体每况愈下，债台高筑，但还是写出了一些好作品如《机遇》（1921）、《胜利》（1915）和《阴影线》（1916）。

康拉德小说表现西方通过海外扩张，既进行赤裸裸的殖民侵略，又带有很大欺骗性。小说有传统人道主义思想，也反映出欧洲中心主义。他的作品常写白人在欧洲以外的蛮荒文化环境中展现英雄主义和西方文明的优越。

肖伯纳（George Bernard Shaw, 1856—1950）生于都柏林破落贵族家庭，1876年到伦敦，最初发表音乐评论，同年发表第一部小说，1892年后专门写戏剧，一生写了51个剧本。他辛辣地讽刺伪善的英国资产阶级，鞭笞垄断资产阶级和帝国主义政府的侵略。他同情无产阶级革命，支持苏联，是英国改良主义组织"费边社"重要成员。他反对暴力革命，主张用改良实现"社会主义"，在他的作品中表现突出。19世纪80年代，英国上演的多是模仿法国的戏剧，内容庸俗，题材狭窄。他受易卜生影响，主张艺术反映社会问题，反对"为艺术而艺术"。他认为戏剧是"思想工厂"，舞台是"宣传讲台"，艺术家必须批评和改变现实。他还认为有一种"生命力"促使一些"超人"担负改造社会的重任。

第一部剧《鳏夫的房屋》（1892）主角鳏夫萨托里阿斯靠出租贫民窟房屋发财，他的独生女被培养为高等人，但不知父亲收入的来源。她的医生未婚夫得知钱财来源后，要解除婚约。但准岳父告诉他自己房屋的土地是医生家的产业，医生也不清白。医生屈服了，娶了姑娘，还和岳父一同经营房产。《华伦夫人的职业》（1894）是同期另一部著名戏剧。华伦夫人开妓院获厚利，女儿不知此事，自命清高。但她终于发现了钱财的来源，脱离了家庭，自己挣工资过日子。这两部戏揭露了"体面的"资产者不体面的财富来源。90年代后期作者的戏剧批判倾向减弱，他无情地揭露垄断资本主义，但又无原则地妥协，资本主义社会的尖锐矛盾变成滑稽可笑又必须全盘接受的丑剧。此期代表作有《约翰牛的另一个岛屿》（1904）和《巴巴拉少校》（1905）。前者尖锐地揭露英帝国主义对爱尔兰的侵略；后者写大资本家、大军火商的女儿巴巴拉参加宗教慈善事业，在救世军任少校。她向穷人施舍，要拯救人的灵魂，并决心拯救父亲，要他放弃军火制造，参加救世军。后来她发现救世军原来是她父亲一类的资本家出钱办的，她的幻想破灭。该剧提出"百万富翁的社会主义"的改良主义口号，认为"社会主义"会给百万富翁带来最大利益，只有依靠他们才能建设社会主义。剧中工人阶级消极，谁给好处，就受谁支配。1913—1919年间他创作了俄国剧作家契诃夫风格的《伤心之家》，反映资本主义总危机形势和精神危机。1929年严重经济危机后，他写了《苹果车》，揭露资产阶级假民主和工党向垄断资产阶级投降的可耻，指出英国最终将依附美国垄断资本集团。

肖伯纳受易卜生影响很深。两人都揭发和批判资本主义，推崇知识分子和孤独的反抗者，不信任和蔑视人民群众，人物形象概念化并有说教倾向。但易卜生的剧本较深刻，有严肃的悲剧气氛，而肖伯纳的剧本则接近闹剧。易卜生局限于提出社会问题，没有像肖伯纳那样无情地揭露垄断资产阶级的本质。在讽刺手法上，肖伯纳明显受狄更斯影响。反面人物的语言看似夸张，实则深刻揭示了英国殖民主义者。他还是口语和对白的大师。

    一战期间的诗歌和小说   战前诗坛上颇有影响的是乔治派诗人，出版时期恰逢乔治五世（1910—1936 年在位）登基。他们反对 19 世纪 90 年代矫揉造作的诗风，主张现实主题和日常语言的回归。一战爆发后一个与战前浪漫主义诗风截然不同的战壕诗歌派诞生了。此期诗歌可分两类：1）把一战视为"圣战"，鼓吹战争；2）厌战和反战。第一类诗人以**鲁珀特·布鲁克**（Rupert Brooke，1887—1915）为代表。他 1911 年发表第一部诗集，次年成为国王学院研究员。一战中他参加了安特卫普港战役，后随英军远征达达尼尔海峡。他的早期诗作语言朴素自然，口语化，优美易懂，充满对生活的热爱和人生的痛苦与欢乐。他的战争诗体现了战争初期英国人的英雄主义。主要作品是 1914 年写的五首"战争十四行诗"，表现为国献身疆场的态度和对阵亡战士的敬意。

    战壕派的诗人对待战争的态度与布鲁克完全不同，他们以亲身经历描写战争感受，反思战争的疯狂和残忍，厌战和反战，对伤亡士兵同情和惋惜并讥嘲和挖苦"后方司令部的英雄们"，也有对和平生活的追求和向往。主要战壕派诗人有**西格弗里德·萨松**（Siegfried Sassoon，1886—1967）、**威尔弗雷德·欧文**（Wilfred Owen，1893—1918）、**艾萨克·罗森堡**（Isaac Rosenberg，1890—1918）和**埃德蒙·布兰登**（Edmund Charles Blunden，1896—1974）。萨松在战壕里写诗，充满对战争主导人物及狭隘爱国主义的蔑视和对战友的同情和怜悯。战后他将自己的诗辑册，还为战死的其他诗人编辑诗集。他的主要作品有《抒情诗集：1908—1916》、《战时诗：1915—1917》、《反攻及其他》(1918)、《灭亡之路》(1933)等。萨松对战争做真实写照，形成讽刺诗风，最后一行往往极具分量、发人深省。比如有首诗先写死亡不计其数，到最末一行却突然问道："谁买我这肉还新鲜的尸体，两便士一具？"欧文在战斗中牺牲，年仅 25 岁。他生前只发表过三首诗，后来萨松编辑其手稿于 1920 年出版。1931 年布兰顿又将其扩充，重新编订。欧文表达了对战争的抗议和憎恨，但没有讽刺和冷嘲。他的诗深切怜悯不幸者，如《暴露》《厄运青春的颂歌》《自残》等。在《奇怪的相遇》中，诗人为躲避战争的恐怖在梦幻中逃到阴间，遇见他亲手杀死的敌人，而这德国人同样有梦想、有愿望。死亡线上的伙伴、相互间的同情和对抗是他的主题，因此更深刻尖锐。罗森堡出身贫穷的俄罗斯犹太移民家庭，1915 年入伍，1918 年阵亡。他的主要作品是战壕诗，其中《死人堆》是战争诗歌上品。他写战争的可怕，诗中充斥着《圣经》典故。布兰登一战中奔赴前线，亲历壕战的惨烈，据此写成战争题材杰作《经历报告》等诗歌和回忆，1928 年他最优秀的作品《战争的弦外音》问世。1953 年他担任香港大学英语系主任，兼任牛津大学默顿学院研究员，1966 年当选牛津大学诗学教授。他的战争诗不同于欧文和萨松，虽然意象残酷，但主要表现人对英雄主义的可怜追求。他的诗具传统韵味，深刻有力，无论写火线还是乡村都隐藏有毁灭感，如《死里逃生》《子夜舞者》和《长矛》。

现代主义文学　一战前后，一些对维多利亚时代的创作传统不满的作家在诗歌和小说方面有新突破。诗歌方面，英国诗人休姆（1886—1917）和居住伦敦的美国诗人兼文艺评论家庞德（1885—1972）等倡导"意象派"诗歌，反对维多利亚时代浪漫主义诗歌"模糊"和肤浅的情感，主张用日常的、正确的语言、不受格律拘束的清晰、精确的形象。他们推崇 17 世纪玄学派诗人的"巧思",大多采用反讽。"意象派"代表作家是 T.S. 艾略特。与此同时,在弗氏精神分析学影响下,一些作家认为 19 世纪的小说语言表浅,不能进入人物内心世界,无法创造个性深刻的人物。他们创造了"意识流手法",即模糊了理性与非理性、逻辑与非逻辑的特定心理状态的叙述。它借用跳跃、闪回、倒叙、平行叙述等手法,直接模仿意识的运动,使现代小说进入新的叙事领域。乔伊斯、吴尔夫及劳伦斯都属于这派作家。

詹姆斯·乔伊斯(James Joyce,1882—1941)代表现代主义文学高峰,他的小说思想内容和意识流技巧都给英国传统小说带来革命。他生于爱尔兰都柏林,父亲追随爱尔兰民族主义运动领袖帕内尔(1846—1891),母亲是天主教徒。这种民族和宗教背景对他影响很大。1902 年他从都柏林大学毕业,赴巴黎学医,次年因母亲病危回家。1904 年他与妻子娜拉赴瑞士苏黎世,随即转迁意大利东北部教英语,1920 年起定居巴黎。他的早期作品包括短篇小说集《都柏林人》(1914)、自传性小说《一个青年艺术家的画像》(1916)、诗集《室内乐》(1907)和剧本《流亡》(1918)及《尤利西斯》(1922)。后期主要是小说《芬尼根的苏醒》(又译《芬尼根的守灵夜》,1939)。乔伊斯旅居国外近 40 年,但始终心系爱尔兰,所有作品都以爱尔兰,尤以都柏林为背景。在真实展现爱尔兰社会生活方面,没人能超过他。如短篇故事集《都柏林人》以男孩的眼光叙述,按童年、青春、壮年和社会生活编排。小说写了各色人物和死气沉沉、令人窒息的都柏林社会,细节描写高度精确,富于象征意义。其重点放在人物精神世界变化上,常用人物"顿悟"达此目的。

自传性长篇小说《斯蒂芬英雄》(1944)的部分章节最后演变成《一个青年艺术家的画像》(1916,下面简称《画像》)。小说主人公斯蒂芬·迪达勒斯这名字,乔伊斯早年亦曾用作笔名。小说开始是斯蒂芬幼年的记忆片断，都是平常事，但与小说主题关系密切。比如父亲讲的奶牛遇到小孩的故事，奶牛是爱尔兰的象征；丹特吓唬他说山鹰会啄他眼睛，山鹰作为"罗马之鹰"，代表天主教。因此，记忆中的童年往事为主人公后来与家庭、国家、宗教冲突的主线埋下了伏笔。全书分五章：1）教会学校对斯蒂芬幼小心灵的伤害；2）青春期的骚动，灵与肉的冲突；3）斯蒂芬因自己的堕落内疚，对地狱的恐惧迫使他向神父忏悔，以获上帝宽恕；4）他逐渐丧失宗教信念，拒绝担任神职；5）通过与同学的冗长讨论，明确了他对国家、政治、宗教、美学和艺术的态度。他将投身艺术，自由、完整地表现自己。

《都柏林人》和《画像》都以"顿悟"为核心安排叙述。如果说前者讲"在卑俗的言词或行动中"获得"顿悟"，后者则侧重"幻觉想象"式"顿悟"。最典型的例子是第四章斯蒂芬在海边漫步，这是全书高潮。他拒绝担任耶稣会神父后，得知因付不起房租父母又出去看房子准备搬家。他厌倦平庸的生活，便出门徘徊，朝海边走去。他听到有人呼唤斯蒂芬诺斯·迪达勒斯和布斯·斯蒂芬鲁曼诺斯的名字，突然感到像是有一本书在眼前打开，让他看到"一个像鹰一样的人在海上朝着太阳飞去"。于是，他儿童和少年时代朦胧的目标忽然明确起来。"迪达勒斯"乃古希腊神话中设计克里特岛的迷宫，并有多种木工、金属加工发明的艺匠。斯蒂芬与他认同便突然获得自我认识。他顺着防波堤走到河里，看到一个小姑娘站在河水中，在涉水少女的倩影中他看清了自己的道路，心灵豁然开朗。《画像》的现代性体现在小说的焦点从个人与社会的矛盾转向精神、灵魂和自我。小说采用第三人称视角，但叙述中该视角不露痕迹地过渡到第一人称，使叙述者的客观描述变成人物内心独白，进行了意识流试验。

作者最初曾把《尤利西斯》作为《画像》的续篇构思，但后来决定另写一部小说。他花了七年完成这部奇书。小说表现了西方现代社会历史，但它只限于都柏林普通的一天，即 1904 年 6 月 16 日。小说记载斯蒂芬·迪达勒斯、利奥波德·布卢姆和他妻子莫莉三个人的日常琐事。全书分三部分：1）前 3 章以斯蒂芬为中心，是《画像》与《尤利西斯》连接的桥梁。离家约一年后，斯蒂芬因母亲病危从巴黎回都柏林。母亲去世后，他不满爱酒的父亲，离开家，与布卢姆建立了精神上的父子关系。2）接下来的 12 章展现布卢姆从上午 8 点至午夜 12 点的活动。布卢姆是匈牙利裔犹太人，以兜揽广告为业。他起床后做好早餐，送到妻子床头。莫莉是个小有名气的歌手，她的情人近日安排她到外地演出，下午要来送节目单。布卢姆整天为妻子与情人幽会烦恼。10 点布卢姆出门工作，但先去邮局取他情人玛莎的情书，然后去参加葬礼。中午他去向报馆主编说明自己揽来的广告，下午去了图书馆、一家饭店、一个酒店和沙滩。晚上 10 点他去医院看望一位难产的夫人，与医学院学生在食堂高谈阔论，喝了很多。斯蒂芬要请大家去伯克酒店喝酒，布卢姆不放心，便跟了去。半夜 12 点，斯蒂芬在妓院遭英国兵寻衅，被打倒在地。布卢姆产生错觉，把他当作自己夭折的儿子。3）最后 3 章写午夜过后两人到通宵营业的马车夫棚喝咖啡，然后回家。斯蒂芬酒醒后，两人在客厅促膝而谈。斯蒂芬告辞后，布卢姆到卧室上床，思绪万千。最后一章写凌晨莫莉似非睡的意识状态。

　　《尤利西斯》的书名取自荷马史诗《奥德赛》中奥德修斯的拉丁文名。小说和《奥德赛》在人物、情节、结构方面对应。奥德修斯是伊萨卡国王，在他参加特洛伊战争期间，忠贞的妻子守在宫中，拒绝了无数求婚者。奥德修斯回到家中，把求婚者全部杀死，与妻儿团聚。对比来看，布卢姆是平凡的普通人，毫无男子汉气概。妻子道德观念薄弱，有过不少情人，布卢姆对她听之任之。这种参照使现代资产阶级的"反英雄"在古代英雄的反衬下显得卑微、苍白、平庸和渺小。但作者受了 18 世纪意大利哲学家维科的影响，认为历史循环重复，人类社会经历了神灵时代、英雄时代、凡人时代和混乱时代，然后又回到起点。因此，奥德修斯和布卢姆是各自时代的代表，是原型人物。《尤利西斯》写于一战，作为反战者，作者曾说过英雄主义从过去到现在一直是大谎言。《尤利西斯》将史诗非英雄化，使英雄从神坛上走下来。小说用零星细节塑造人物，包含对日常生活丰富的描述，用第一人称直接将人物凌乱纷呈的思绪、感受和盘托出。读者看到人物如浮云流水般的意识活动。最后一章 40 多页没标点，原本地展示莫莉似睡非睡状态下的意识活动，堪称意识流小说的杰出典范。

《芬尼根的苏醒》花了 16 年，把意识流推向极限，艰深晦涩。书名来自爱尔兰的一首酒吧小曲，讲泥瓦匠芬尼根从梯子上掉下摔死，葬礼前为他通宵守灵时，一阵威士忌的香气袭来，他又复活了。书名还有纪念芬恩饭店的意义，当年乔伊斯与在这家饭店工作的娜拉私订终身。小说中的"芬尼根"是都柏林郊外一个酒吧老板伊厄威克，其他人物包括他妻子、孪生儿子及女儿。这些人物都植根于《圣经》、爱尔兰传说、古希腊神话。小说分四部，开始是黄昏，逐步进入梦幻，描述主人公及其家人夜间的梦呓。伊厄威克的英语意思是"这是普通人"，赋予了这人物普遍意义。两个儿子分别对应《圣经》中的该隐和亚伯，象征永恒的对立。《尤利西斯》以莫莉凌晨似睡非睡的心理描写结尾，这部小说则以第二天早上妻子的长篇独白结束。它表达的依然是历史循环论，因书名中"芬尼根"的 Fin 在法语中意为"结尾"，而 agans 在英语中读起来是"重新开始"的意思。作者有意用茫茫黑夜及噩梦与狂想来象征混乱无序的现代社会，用黎明来临和芬尼根的苏醒来象征新时代开始。小说晦涩，因采用了"梦语"。为此，他创造出无数费解的奇怪新词。《画像》中的斯蒂芬认为英语是强加给爱尔兰人民的，这部小说对英语的重新组合和改变，可认为是对英语的颠覆。

托马斯·斯特恩斯·艾略特（Thomas Stearns Eliot，1888—1965）生于美国密苏里州，祖父是唯一神教牧师，建立了自己的教堂，还积极办学。唯一神教崇尚知识和现世进取，否认正统基督教的原罪等教义。当时美国正在扩张，唯一神教成了美国社会的精神支柱。艾略特成年后虽背叛了这个信仰，但早年的生活在他作品中留下了不可磨灭的印记。1906—1914 年他在哈佛修文史哲，未获学位。在英国他结识同胞庞德，庞德赞赏他的诗稿。翌年，他的诗作在美、英先锋色彩杂志上发表。他于 1927 年入英国国教，获英国国籍。艾略特一度倾心法国文学，对法国象征派诗歌兴趣浓厚，但丁对他也有特殊意义。但英语诗歌传统和英语文化的影响更重要，如他对伊丽莎白时期的剧作家和 17 世纪英国文学研究深湛，并从 19 世纪英国文学中汲取了大量养料。

《普鲁弗洛克和其他观察》（1917）是他第一本诗集。不受格律限制的自由诗体、不登大雅之堂的描写和近乎怪诞的比喻起初不为普通读者接受。诗集中最引人注目的是《J. 阿尔弗雷德·普鲁弗洛克的情歌》，而《序曲》和《大风夜狂想曲》也很有名。普鲁弗洛克的情歌起首处的"暮色""像一个病人上了麻醉，躺在手术台上"。主人公"我"似乎走在赴晚会的路上，任思想随着狭窄冷落的街道延伸。他自称不是哈姆莱特，但同样犹豫不决，缺乏采取行动的热情。他意识到自己在用"咖啡匙子"量走了生命，但他怯懦，无法改变这局面。耽于自省、未老言老的他为自己空虚的生活痛苦，时时自嘲。诗的开头说普鲁弗洛克要把读者"引向一个重大的问题"，可读者始终不知道是什么"问题"。或许在这个琐碎的世界里没什么重大问题，丧失才是其真正的问题。

　　奠定他现代派主将地位的《荒原》被视为 20 世纪欧洲文学史的里程碑，该诗原名《他用不同的声音读警察报告》，其中有的部分系诗人旧作，后经庞德修改，最初于 1922 年 10 月在艾略特自己主编的《标准》杂志创刊号上亮相，一个月后，纽约的《日晷》予以登载。同年年底在美国出版的《荒原》单行本里他作了注释，这些注释则成为《荒原》的一部分。《荒原》分《死者葬仪》《对弈》《火诫》《水里的死亡》和《雷霆的话》五部分，共 433 行，用了七种文字（包括题词）和大量典故，内容很广。诗人在题解中强调圣杯传说、繁殖仪式和人类学里复活原型的影响。全诗呈现腐烂破败、老鼠横行的景象，弥漫字里行间的百无聊赖的感觉和"尸体""白骨"等死亡意象像是对社会的绝望抗议。《荒原》发表后各种阐释层出不穷，人们把它当作对西方文明没落的写照。也有批评家认为它含有基督教底蕴，描写了孤苦无援的个人面临无边的黑暗战哀，无法解决当代社会的各种问题，唯有在隆隆雷声中静候甘霖降临。诗人本人并不认可这些说法，他否认该诗表现幻灭感，甚至否认它是社会批评。《荒原》的口语诗体极佳，但结构上不相干的片段连缀，没有思想的推进与发展。作者是集字和集句的大师，能把从前人作品中窃取的东西融化于全新的感觉中。他还善于混杂并陈古代已有的及 20 世纪先锋派音乐家和艺术家喜用的手法。

　　他的登峰造极之作《四首四重奏》的四首诗既形成整体，又可独立成篇，它们是《焚毁的诺顿》（1935）、《东科克》（1940）、《干萨尔维吉斯》（1941）和《小吉丁》（1942），干萨尔维吉斯是美国马萨诸塞海湾外的礁岩，其余三个均系英国地名。这四首诗带领读者在具体的历史中探索永恒与时间的辩证关系，并由此抒发宗教关怀。诗中突出了永恒与时间的交叉点，即现在。历史意识、入世和出世的精神在诗行里水乳交融。

艾略特还是 20 世纪英国最重要的批评家，第一本文集《圣林》（1920）出版后被认为是批评界新声音的代表。他的《论文选》是英国批评经典，他的"共同追求正确判断"的理想一度成为有感召力的口号。他还著有《诗的功能和批评的功能》（1933）、《追求异神》（1935）、《论诗和诗人》（1957）、《批评批评家》（1965）等，并有在剑桥大学及霍普金斯大学的演讲。艾略特曾被称为"文学上的布尔什维克"，并以强调"传统"著称。在《传统与个人才能》（1917）一文里他指出传统不是盲目或胆怯地墨守前一代成功的方法。要得到它，必须理解过去的过去性和现存性，要感到从荷马以来欧洲整个文学及其本国整个文学的同时存在。这样的传统当然生机盎然，但还必须有相对稳定的状态和一整套教育制度和价值观作支撑。他在《玄学派诗人》中提出，玄学派诗人具备弥尔顿和德莱顿不具备的"感性的脱节"。"感性的脱节"一说在三四十年代影响深远，扬多恩、抑弥尔顿一时成了评论界风气。他还提出"客观对应物"，在《哈姆莱特》（1919）一文中他写道："用艺术形式表现情感的唯一方法是寻找一个'客观对应物'，即用一系列实物、场景，一系列事件来表现情感。"这里他强调艺术家应不断消灭个性，去依附更有价值的东西。他所提倡的非个性原则道出了伟大诗歌的某些基本特征。

艾略特显示出非凡的戏剧才能，先后创作了《大教堂凶杀案》（1935）、《阖家团圆》（1939）、《鸡尾酒会》（1950）、《机要秘书》（1954）和《政界元老》（1959）等诗剧，有机结合古希腊戏剧的某些原型与当代英国社会问题，曲折地反映了他的宗教关怀。这些诗剧用词通俗，易为观众接受。但因题材内容的局限和社会艺术鉴赏趣味转变，它们没有获得期望的效果。艾略特 1948 年获诺贝尔文学奖。

西方现代主义文学和"意识流"小说的另一位代表人物**弗吉尼**

亚·吴尔夫（Virginia Woolf，1882—1941）原名弗吉尼亚·斯蒂芬。父亲莱斯利·斯蒂芬爵士（1832—1904）是著名学者、传记作家和编辑。她由家庭教师教育，父亲还亲自主持她某些科目的学习。此外，哈代、罗斯金、梅瑞迪斯和亨利·詹姆斯等人都和她父亲过从甚密，所以她在文化精英圈子里长大，自幼饱读诗书。父母去世后，她迁居伦敦布卢姆斯伯里，和姐姐与学识卓异的优秀青年密切交往，如小说家 E.M. 福斯特、历史学家 L. 斯特雷奇（1880—1932）、经济学家凯恩斯（1883—1946）和画家兼艺术批评家罗杰·弗莱（1866—1934），还有克莱夫·贝尔（1881—1962，后与她姐姐结婚）。后来人们把他们称为"布卢姆斯伯里集团"。

1904 年年底起，她的评论和文章见诸报刊，1912 年她和作家兼经济学家伦纳德·吴尔夫结婚。为支持严肃文学，两人在 1917 年创办了霍加思出版社，出版社办公室成了青年作家聚会地点。包括曼斯菲尔德、斯班德及伊修伍德等青年才俊聚集在他们周围。1895 年母亲去世，她第一次出现精神病症，一战使她忧虑重重，病情加重。小说处女作《远航》（1915）问世后她陆续完成了《夜与日》（1919）和《雅各的房间》（1922）。后者描绘亲友追思一位大战中阵亡的青年，题材与她英年早逝的哥哥相关，不断变换视角，印象主义风格强烈。20 年代前后她加入了批判传统写实手法的论战，评阿诺德·本涅特（1867—1931）、威尔斯和高尔斯华绥等注重"讲故事"的作家"偏重物质"的描写，认为他们只触及表象。同时她赞扬了揭示内心深处的劳伦斯、多萝西·理查逊（1873—1957）和乔伊斯。她主张表现我们接受的千万个印象，与英国经验主义传统相承。当时普鲁斯特的《追忆似水年华》和陀思妥耶夫斯基的作品对她也有启发。

《达洛维太太》（1925）被誉为"意识流"小说的代表作之一，从中可见乔伊斯的影响。它围绕两条平行的叙事线展开：上层社会的达洛维太太和因战争精神失常的小职员、退伍兵 S. 史密斯一天的生活。故事通过人物内心活动表现，借助伦敦大本钟的报时钟声来组织空间转换。两个中心人物的生活不交叉。史密斯在欧陆作战时娶了个意大利女工。此时他身在战后的伦敦，但思想活动仍滞留在炮火纷飞、战友罹难的幻境中。他幻想自己是先知，想向世人传达别再仇恨和残杀的信息。他一再流露自杀意向，他那在伦敦举目无亲的妻子则不知所措，满心怨怼。另一方面，作为议员夫人的达洛维太太从容出入街市和自家豪宅，筹办当日的晚会，或处理家务，或安然休憩；或为女儿感到几许担忧，或因旧日情人露面而心生小小波澜。她只是在小说结尾时，听一位晚会的客人偶然提到小人物史密斯的自杀。但这消息深深触动了她心中潜藏的恐惧和焦虑。她和史密斯虽生活在不同的天地里，却经历着多少相似并相关的精神危机：对英国社会代表的世界秩序及对人生的终极价值的怀疑与追问。小说结构严谨、文笔优雅。

最优秀的作品《到灯塔去）（1927）分三部分。1）"窗"：占全书篇幅一半还多，却只描述了拉姆齐夫妇和八个孩子及几位友人在海滨别墅的一个下午。夫人在窗前给小儿子詹姆斯讲故事，答应他如果来日天气好就带他去海上看灯塔。小说细致入微地展示"他人"如何占据着夫人的全部思绪，她时时意识到丈夫、友人、子女甚至仆人们的需要和问题，思忖着如何帮助每个人。其间，小说又不时转换角度插入詹姆斯、拉姆齐先生和客人的感受、印象和思索。叙述有时甚至从时空两方面脱逸开去：或通过无名的观察者注视夫人忧伤而美丽的面孔并猜想她往昔的经历；或通过朋友们过去得到她关照时的感受和心情，从不同角度投射她的精神世界。拉姆齐夫人代表秩序、和谐与慈爱，她的思想中没有"我"，这使她与丈夫形成鲜明对照。丈夫是有成就的哲学家，耿耿于自己的学术地位和追求，时时感到沮丧，不断要求妻子关怀鼓励。他沉湎于自己的思维逻辑，不关心别人，也不懂得呵护孩子。所以在小儿子的感觉中，妈妈是慷慨的给予者，是生命的源泉和水花，而父亲则像扼杀生机的刀剑、像鸟喙般冰冷坚硬的尖铜嘴。主人客人各有生活难题和性格弱点，还有分歧和成见。由于有拉姆齐夫人，大家才能在晚餐时和谐融洽地相聚一堂。2)"岁月流逝"：很短，如小插曲，然而时间一晃却过了十年。此间发生了战争、死亡和衰败。夫人去世了，她带小儿子去看灯塔的愿望未能实现，别墅也人去楼空。拉姆齐一家因夫人亡故、一个儿子在战争中丧生、一个女儿死于分娩而受重创。朋友中有的声名鹊起，有的生活平淡。3)"灯塔"：已长成人的詹姆斯和父亲重回海滨别墅并一起驾船参观了灯塔，他们感受到夫人的心灵之光。小说里灯塔及其光芒和拉姆齐夫人的精神世界合而为一，成为贯穿并组织全书的主导象征。同时，风格和技巧本身成为富有哲理内涵的"言说"，主题、寓意和技巧得到了更好的融合。不过，小说的特殊感人力量还在字里行间流露出对中心人物的真挚感情。据作者本人的日记，拉姆齐夫人是以她母亲为原型的，小说再现了她的父母。

继这两部"实验"小说后，她一直没中断写作各类虚构作品，如《奥兰多》(1920)和中篇《弗拉希》(1933)。与这类游戏之作对照，《海浪》(1931)显得艰深。它由六个关系亲近的人的一系列独白组成，没情节，也没生活描述。小说布局和语言讲究，风格化、抽象化地表达生命中某些时刻的感受，像撷取时间之波上的浪花，有诗小说之称。《岁月》(1937)则通过全知叙述者讲一个英国中产阶级家庭19世纪末、20世纪初50多年的历史。该书写作时，她断断续续发病，但这本书比较写实，在英、美相当畅销。

许多读者偏爱吴尔夫的散文和评论，她的散文清新，深入浅出，活泼幽默。她曾为不少文学期刊特约撰稿，很多文章最初刊于重要报章杂志，后来陆续收入文集。她的散文分三类：1）生活经历和体验的短篇随笔；2）有关文学史、文学理论、作家和作品的论文与评论，其中《本涅特先生和布朗太太》和《现代小说》对当时创作界影响相当大，而今已成必读名篇；3）有关妇女问题的讨论。《自己的一间屋》（1929）是根据她以"妇女和小说"为题在剑桥大学纽尼姆及格顿（女子）学院做的两个报告写成的。文章深入讨论了历代妇女在公众生活、经济和教育等领域受到的歧视、排斥和压抑；回顾并高度评价了女性文学传统，还论证说，妇女必须享有隐私权和经济独立（由"自己的一间屋"和"一年 500 镑收入"代表），才能自由并出色地写作。她还追述了英国女性数百年写作的艰难历程，虚构了莎士比亚的妹妹的遭遇：她虽有过人的才智和勇气，但作为一无所有的弱女子，终于无法立足伦敦，葬身荒郊野地。这本书打动了一代代知识妇女。《三枚金币》（1938）可被看作一篇女性宣言。文中的"我"收到一封募捐信，请她为旨在阻止战争的协会捐款。"我"首先指出若想让妇女有思考判断能力并对社会承担责任，就必须改变女性教育的现状，于是决定把第一枚金币捐给大学重建委员会。然而，女人没有经济实力也无法影响事态。于是"我"进而分析了男女就业的不平等，并把第二枚金币捐给了促进妇女从业的协会。同时，"我"还着重指出女性不应只要求有男人同样的权利，而要致力改造现存的世界和价值观。因此她把第三枚金币给了那位热心阻止战争的男士。她在文中强调，自己谈论的对象是"受过教育的男人的女儿们"，以致当时有人尖锐地指出她和她的听众／读者都是"生来就有 500 镑年收入的统治阶级妇女的女儿们"。尽管有局限，这些文章产生过深远影响，至今仍有现实意义。

凯瑟琳·曼斯菲尔德（Katherine Mansfield，1888—1923）主要写短篇小说，生前出版过三部作品集：《在德国公寓里》（1911）、

《至福集》（1921）和《园会集》（1922）。去世后她丈夫又整理出两个集子，即《鸽巢集》（1923）和《幼稚集》（1924）。这些作品奠定了她在短篇小说史和现代主义文学中的地位。她生于新西兰，原姓比彻姆。父亲后成为惠灵顿著名银行家，1923年封爵。她14岁时到伦敦念书，最后定居伦敦，开始写作，后与批评家约翰·默里结婚。她一直协助默里编杂志，写评论，这些文章后来由默里编辑成《小说与小说家》（1930）。他们和劳伦斯及布卢姆斯伯里文学圈交往甚密。她与吴尔夫相互妒忌，却深深赏识对方才华。

1909年她在德国接触了契诃夫作品，受到启发，开始从琐细的生活切入，从表面平静甚至麻木不仁深入到汹涌的意识潜流中，人生的忧郁哀伤和荒唐全包含在她不动声色的冷峻把握中。她笔下短小的故事都带有某种象征，意义闪烁不定，回味无穷。她的笔法简约含蓄，营造气氛的能力和准确到位的细部描摹烘托出人物内心的张力。生活中的几小时，甚至几分钟，就浓缩了人生的一个侧面，逼着我们直面人生的无奈与尴尬。她的新西兰背景在后殖民文学研究中得到格外重视。她以家乡为背景的作品有《序曲》及其续篇《在海湾》《园会》《已故上校的女儿》等。

大卫·赫伯特·劳伦斯（David Herbert Lawrence，1885—1930）生于英国北部诺丁汉郡矿工家。母亲曾为小学教师，婚后因个性不合、价值观不同及父亲长期酗酒而针锋相对。于是母亲全身心投注于儿子们的教育，造成劳伦斯对母亲的依恋及对父亲的排斥。他21岁获奖学金进入诺丁汉大学学习师范课程，之后边教书边写作。母亲过世第二年，他遇到出生于德国、长他五岁的弗里达。她是一位英国教授的妻子，育有三个儿女。两人私奔到欧陆后结婚。弗里达带给他创作灵感，介绍劳伦斯了解欧洲最新思潮如弗洛伊德理论，并跟随他流浪。劳伦斯厌恶英国的道貌岸然及保守，足迹遍布欧亚美，追寻天人合一的圣土。但他的作品一直受误解、抨击，被禁，甚至焚毁。

当时工业革命已深入英国，他目睹诺丁汉变成黑浊丑陋的煤矿。因生活艰苦，长年在地下劳作，下工后到酒馆饮酒成了矿工的唯一乐趣。他深刻体会到工业革命带给自然的破坏和物化人类的危险。他的作品反工业化，歌颂纯净的自然和生命力。他擅长写工人的家庭生活，饱含同情。他欣赏工人的率真热情，但不能忍受他们缺乏教养，不赞成消极忍受。而他又不齿于母亲欣赏的中产阶级的势利冷漠和矫揉造作。结果他的主人公阶级属性不彰，充满个人色彩。这也是现代派的共同特色，他们认为艺术家是异化的世界里唯一能化不定为永恒、化混乱为和谐的人。他批评工业化损害人性，弘扬感性，宣扬通过真诚的两性关系还人类以生命力。但他痛恨放荡的性解放和不珍重情感。所以，将他视为黄色作家是误解。他不似其他现代派作家力图创新技巧，但欣赏"意识流"手法，并在《恋爱中的女人》中大量运用，收到极佳效果。他也反感19世纪现实主义，反对文学不见内心世界。早期代表作《儿子与情人》被评为新人力作，之后的作品遭批评及误解，过世前出版的《查特莱夫人的情人》更以淫秽遭禁。20世纪后半叶文学界重新诠释他的作品，他被定位为20世纪最杰出的现代派小说家之一。但70年代后他又因坚持男性凌驾女性和贬抑个性强的女性，被女性主义者抨击为大男子主义。他还因推崇领袖及质疑选举民主被指责同情法西斯。他过分介入书中人物情节的安排也被批评为说教浓重。但80和90年代以来女性主义批评也肯定了他对女性心理细致入微的展现，以及他塑造了正面而强有力的女性形象。

《儿子与情人》是英国第一部写工人生活的作品，运用了精神分析而成为心理现实主义力作。它带有浓厚的自传色彩，被称为弗氏

"恋母情结"理论在小说中的最佳体现，这里情人亦包括母亲。书中
母亲的出身、教养及与父亲的矛盾，矿工艰苦及危险的劳动，聚在
酒吧里饮酒等描写都来自他的经历。小说深刻解剖了两种不同价值
观和不同阶级的冲突，谴责工业革命带来的对自然的破坏及对工人
的摧残。大儿子威廉学业出色并在伦敦找到小职员工作，但不久染
肺炎过世。母亲转而培养小儿子保尔，保尔从小体弱多病，最大的
愿望就是得到学业奖项让母亲自豪。儿子与母亲各自将对方视为生
命的全部。保尔初恋爱上密里安，但母亲将姑娘视为抢夺儿子的对手。
密里安追求精神恋爱，否定肉体欲望，令保尔痛苦。加上母亲的压力，
他转而爱上克拉拉。克拉拉是女工，与丈夫分居。她让保尔体会到，
真诚的两性之爱与大自然的强大生命力一样神圣和健康。但克拉拉
毕竟无法与母亲匹敌，他们最后分手。此时保尔发现母亲患癌症，
他失去了求生愿望，茫然地走向万家灯火的城市。这是部成长小说，
有很多创新。1）小说抛开传统叙事结构，深入人物内心，展现极端
痛苦或狂喜的心理，被称为心理现实小说。2）开放式结尾给读者留
下想象空间。3）叙述舍弃作者叙述或由人物对话表现心情的传统作
法，大量运用象征烘托人物感受。4）小说对工人家庭的描写真实细
腻并充满感情，强烈谴责工业化带给自然的破坏、对工人的摧残及
给工人家庭造成的苦难。

　　1912 年他与弗里达私奔至欧洲，挥去了母亲阴影。此时构思的
《虹》高度赞美爱情、推崇女性，肯定女性追求自我实现。书中三代
女主角都有弗里达的影子。《虹》（1915）因含反战内容等原因被英
国政府判为禁书，遭焚毁。自 50、60 年代起该书与《恋爱中的女人》
并称为他的代表作。《虹》以史诗格局，用布莱温一家三代的心灵历
程反映英国从农业社会进入工业文明及城市生活的变迁。第一部分
写前两代。第一代老汤姆生长在农庄，与土地有共同的旋律和脉动。

第一章描述农业社会完美的天人关系，运用了《圣经·创世记》的神话典故。老汤姆爱上刚来镇上的波兰贵族丽狄亚，他们达到宁静温馨的默契。在一次大洪水中老汤姆丧命，这场象征诺亚方舟时的大洪水宣告了农业社会逝去及工业社会到来。第二代女儿安娜爱上了工匠威廉，但不如第一代幸福。作者认为在工业社会里人开始封闭心灵，追求自我中心。安娜与威廉不和，把心思放在养儿育女上，而威廉则沉浸于工艺创作。到第三代，他们的女儿厄秀拉进城市生活，更难有和谐爱情。她从师范毕业后当小学老师，作者借她之口表达了对当时机械的教育制度的强烈不满。厄秀拉与军官安东相爱，安东维护现有制度，循规蹈矩，感情软弱。厄秀拉拒绝了他的求婚，回家后流产。结尾时她大病初愈，看到一道彩虹高挂天上。《虹》在《圣经》中是大洪水后上帝不再灭绝人类和所有生命的许诺。小说显示出强烈的宗教虔诚，弘扬自然及生命力。第一代得到了虹，第二代变得艰辛，第三代的追求只带来身心创伤。结尾的彩虹暗示真正的爱情即将到来。

《恋爱中的女人》迟至1920年出版。一战爆发后欧洲全面卷入战争，人类发明武器残害自己。作者对西方文明日益失望。弗里达是德国人，差点被当成间谍，他们遭限制和怀疑。战争让男人当兵，女人在后方从事男人的工作。作者认为男女平等被打破，因此转为独尊男性。同时他的创作风格也进入现代主义。这部小说被称作描写一战，但从未正面提大战，而是淋漓尽致地表现大战时社会充满的暴力、破坏和人心的绝望和孤独。在小说中，工业社会的典型（煤矿小镇贝尔多福）充满污染及丑陋，所有人都追求金钱及利润，拜倒在机器脚下；伦敦的艺术界里则放荡不羁，堕落沉沦。社会的破坏与暴力也表现在两性关系上：双方都追求强烈的意志与自我，试图控制对方，践踏对方人性，无法实现和谐、升华的两性关系。小说以两对恋人为中心，描述他们互相调适与冲突的过程。女主人公是厄秀拉与妹妹古德伦。厄秀拉继续了《虹》中对自我的不懈追求，但个性上多出一份温柔与让步。她遇上学校的督学柏金，在书中他是作者的代表。他敏感尖锐，愤世嫉俗，反感工业社会及艺术家世界，试图寻找自我发展却一直受挫。他与厄秀拉的个人意志都强烈，经历了痛苦抉择，最后决定真诚建立合一又不失自我的婚姻关系。两人辞去工作，远离社会，去寻找世外桃源。古德伦是艺术家，个性坚强自信，爱上煤矿主杰罗德。杰罗德崇尚机器，追求金钱，以高效及残酷的方式管理矿工。他与古德伦相爱后，剧烈的个性冲突给双方造成极大伤害。当古德伦选择了另一男子时，杰罗德竟试图掐死她。最后他失魂地走向雪山，在雪地中冻死。

　　此阶段作者看待女性愈为偏激，书中施暴的常为女人，反映作者认定女性意志扼杀男性生命力，认为成功的两性关系要女性妥协、男性主导。作品还强调男性友谊的必要，而女性间的亲密关系却不被认可。在风格技巧上，两书也很不同。《恋爱中的女人》已将意识流运用成熟，不再直接评论或解释情感，而是让读者直接与人物交流，效果极佳。而且情节更淡化，不再使用《虹》的顺时序，采用以分离的事件为中心的波浪式结构，事件的时序很难确定。开放式结局也提供了对人物未来的想象空间，加强了读者的参与。小说表现出前所未有的复杂与模糊，说明作者对西方文明绝望。

　　爱德华·摩根·福斯特（Edward Morgan Forster，1879—1970）曾两次访印度，是布卢姆斯伯里小组成员。他厌恶英国贵族和资产阶级的虚伪、偏狭和在印度的殖民政策，认为不同种族、宗教和阶层应通过爱达到和解。第一部小说《天使不敢涉足的地方》（1905）题名借用18世纪英国诗人蒲柏的诗句："蠢人们闯进了天使不敢涉足的地方"。故事讲英国中产阶级妇女莉莉在丈夫死后和比她年轻十

多岁的意大利青年吉诺结了婚，但生孩子后死去。前夫母亲派儿子
和女儿到意大利，想从"粗俗"的吉诺那里"拯救"孩子。但雨中
翻车，孩子死去。小说写骄横傲慢、偏狭保守的英国中产阶级像"蠢
人"闯进意大利，以失败告终。

《一间可以看到风景的房间》（1908）再次反对英国中产阶级的
虚伪和假道学。天真纯洁的英国女子露茜在意大利邂逅英国青年乔
治，产生感情。回国后她受中产阶级道德规范束缚，和一个道貌岸
然的中产阶级青年订了婚。但她终于冲破束缚，与乔治结合，在意
大利成婚。小说用看不见风景的房间喻指英国中产阶级对纯真爱情
的扼杀。

《霍华德庄园》（1910）和《印度之行》（1924）是他的代表作。
前者写英国中产阶级两家的故事。威尔科克斯先生是商人，家里除
夫人，所有人都只关心物质财富和商业利益。施莱格尔家是德国后裔，
姐妹俩追求精神生活，爱好文学艺术。小说写姐姐玛格丽特竭力促
使物质生活和精神生活结合。威尔科克斯夫人认同玛格丽特，死前
将庄园遗赠给她，但遗嘱被家庭成员隐瞒。后来玛格丽特和威尔科
克斯先生结了婚，庄园归她所有。妹妹海伦出于同情，和经济上受
威尔科克斯伤害的小职员生下孩子。小职员被威尔科克斯先生的独
子失手杀死，而庄园却最终由小职员的孩子继承。小说表明英国中
产阶级要和下层结合才有前途。霍华德庄园未受工业文明玷污，是
作者心中的乌托邦。

《印度之行》写 20 年代英国驻印度昌德拉普的法官朗尼的母亲
穆尔夫人和他的未婚妻阿德拉小姐来到印度。当地穆斯林医生阿齐
斯热情为她们安排游览玛拉巴岩洞。小姐在岩洞中产生错觉，感到
有人污辱了她。此时她身边只有阿齐斯，于是阿齐斯被捕。在审判中，
小姐经过回忆，意识到错了，撤回起诉。小说中正直的英国人是当

地学校校长菲尔丁，他始终相信阿齐斯无辜，但他与阿齐斯的友谊却因为这件事而受到影响。两年后，菲尔丁重访印度，同阿齐斯在盛大节日骑马结辔而行。但阿齐斯认为印度人和英国人尚不能成为真正的朋友。小说揭露英国殖民主义者在印度骄横跋扈，养尊处优，仗势凌人。小说用了象征手法。第一部分"清真寺"写寒季里阿齐斯看到刚来的穆尔夫人尊重穆斯林习俗，脱鞋走进清真寺，对她产生好感。这象征人际关系暂时风平浪静。第二部分"岩洞"写旱季里阿齐斯邀夫人和小姐去山洞，引起阿齐斯被控，印度人和英殖民者的矛盾白热化。第三部分"寺庙"写甘雨浸润大地，菲尔丁回印度和阿齐斯重新相晤，友谊似乎又可恢复。穆尔夫人在岩洞中听到回声，醒悟到人生归于空洞的回声，表现了虚无主义。

30 至 40 年代文学　　1929 年美国纽约股票交易所的经济危机迅速席卷世界，到 30、40 年代，欧洲多次爆发经济危机，法西斯阴影笼罩世界。英国再受冲击：大量工人失业、社会动荡、道德败落，失望恐惧情绪弥漫，诸多社会问题引发思考。30 年代，劳伦斯、吴尔夫及艾略特等人继续创作，他们将彷徨、迷茫心理写得淋漓尽致，但他们的作品内容晦涩，表现手法独特，不能被大众领悟。年轻一代作家认为文学应更直接地接触充满危机的社会。此期重要诗人是"奥登一代诗人"（奥登、斯班特等），他们积极接触新事物、新思想，参加左翼运动，用简明的语言描述所见所想。重要的小说家有伊修伍德、赫胥黎、伊夫林·沃、格林等，他们批判地吸收现代主义手法，从现实中挖掘素材，继承英国文学的讽刺手法，揭露社会的虚伪。30 年代末和 40 年代初，奥登和伊修伍德移居美国；赫胥黎试图从神秘宗教中寻求出路；伊修伍德醉心印度哲学和瑜伽。但同时，一些马克思主义作家则坚持无产阶级文学方向。如拉尔夫·福克斯（1900—1937）1925 年加入共产党，主要作品有小说《冲击天空》和文学评论《小说与人民》(1937)，提出用社会主义现实主义创作手法，强调文学要真实而艺术地反映社会和人民生活。

威斯坦·休·奥登（Wystan Hugh Auden，1907—1973）15 岁开始为学校刊物写诗，与伊修伍德结下深厚友谊。1925 年他进入牛津大学，尝试用古英语诗歌写作技巧创作，比如头韵体。另外他两次编写《牛津诗歌》，吸引和影响了一批文学青年。他与斯班德和戴·刘易斯等进步文学青年成为密友。1928 年第一部《诗集》引起评论界注意。牛津毕业后，他去柏林学德语和德国文学。随后五年他在苏格兰和英格兰的学校任职，此期涉猎马克思及弗洛伊德著作，希望找到解决社会和精神问题的答案。1932 年发表的《雄辩家》明确地追求现代派新风格，将心理描写加入作品，体裁更丰富，题材更多样。例如写秩序混乱的学校、精神错乱的飞行员的内心世界和最后支离破碎而又嘈杂无序的世界，病态百生、危机四伏。此时诗人处在观察和探索社会的阶段，而 1933—1938 年是他进行左翼文学创作的阶段。1936 年发表的《看吧，陌生人》巩固了他作为 30 年代重要诗人的地位。他通过自己对外在世界的感悟，用独特的轻松笔调和诙谐语言，简洁生动地描写貌似庄重的社会。如其中的《名人志》只用十四行诗文便清晰地勾勒出了名人的一生。这首十四行诗的韵式为 ababcdcd efggfe，后六行韵脚是他的独创。另外他善用对比手法，比如用 aabc ddbc 的韵脚将勃鲁盖尔发的油画《伊卡鲁斯》再现在读者面前：孩子那灾难性的一转脸导致自己掉入大海，农夫或许听到孩子坠水的声音，但他继续耕田；豪华游轮上的人未必没看见孩子掉下，但游轮仍前行，世界在对比中展现了冷酷。奥登善用诙谐，也用庄重的笔调揭示道理，比如挽歌《悼念叶芝》的三部分属于三种迥然有别的风格，营造不同氛围。先用寒冷阴暗的冬天烘托人们的悲切，暗示二战阴云密布；再用十行略诉叶芝生平；最后寄托哀思，激励正义者与法西斯斗争，并解释了诗人的作用。

奥登对法西斯的深恶痛绝也表现在他的诗剧中，如《死亡之舞》（1933），以及与伊修伍德合作的三部诗剧《皮下之狗》（1935）、《攀登 F6》（1936）、《在边界上》（1938）等，警告人们小心纳粹的威胁。在西班牙内战中，他写了长诗《西班牙》（1937）激励西班牙人民为自由和正义而战。他还根据冰岛之行写了散文《冰岛书信》（1937），以及访问中、日后与伊修伍德合作写了游记《战地行》（1939），其中用诗歌描写战场上的见闻及对中国人民抗日战争的理解和同情。30 年代后期他放弃了左翼观点，到美国定居。他的诗风变化也很大，开始尝试美国风格的多音节长诗，如诗集《另一次》（1940）和《双重人》（1941）。40 年代初他皈依基督教，出版了表明宗教信仰、审美观点和政治态度的作品，去世前一年他定居牛津，被推举为当时英国最伟大的诗人。

克里斯托弗·威廉·布拉德肖·伊修伍德（Christopher William Bradshaw Isherwood，1904—1986）父亲在一战中牺牲，他因恶作剧被剑桥勒令退学。他广泛阅读福斯特和吴尔夫等当代作家的作品，他写的第一部小说《都是阴谋家》（1928）主题与劳伦斯的《儿子与情人》相似，表现青年人反传统，追求个性自由。小说《纪念碑》（1932）带有自传因素，剖析了战争的恶果。1929 年他到欧陆游历，在德国教英语四年，写了《诺里斯先生换火车》（1935）及《再见吧，柏林》（1939）等以柏林为背景的小说。前者仍有自传色彩，写希特勒上台前的柏林。后者由中短篇小说串联组成，叙述者的名字和作者名字相同，也是一边教书，一边写小说。30 年代中期他与奥登合作写出三部诗剧（见奥登），证明诗歌可用于剧本。他与奥登同游中国、日本后还合写了《战地行》，他负责散文部分。自传体小说《狮子与影子》（1938）记述早期在剑桥大学的生活和友人。他 1946 年入美国籍，其间主要作品是反法西斯小说《紫罗兰姑娘）(1945)。在美国他开始对印度哲学犬檀多感兴趣，编辑和翻译了多部此类题材作品。

斯蒂芬·斯班德（Stephen Spender，1909—1995）在牛津学院结识奥登、伊修伍德，接受左翼观点，开始诗歌创作，并游历欧洲。二战中他参加国家消防队，战后多次访美，并到美国大学执教。1970 年他受聘伦敦大学，1983 年被授予爵士头衔。年轻时期他用诗歌批判社会，憧憬美好的未来，得到奥登的鼓励和帮助，也帮奥登出版诗集。1930 年他出版第一部诗集，之后旅行德国，翻译德国诗人的诗歌。他的早期诗歌受奥地利诗人里尔克和西班牙左翼诗人洛尔卡影响，充满激情和自我批判，痛苦地观察人类遭受的折磨。他将浪漫主义和现代题材结合，用新时代科技、机械和工业语言表达浪漫主义感情，比如《特别快车》通过机械用语和景象的结合展现美感。他憎恨不义之行，对人民饱含爱心，写了许多关于儿童和亲人的诗，比如组诗《玛格丽特的挽歌》悼念死去的侄女。西班牙内战中他受聘英国报纸去采访，对西班牙人民的反法西斯战争充满同情。诗集《静止的中心》(1939)反映了这段经历。他最后抛弃了左翼观点，在自传《世界中的世界》(1951)中评价自己：青年时代理想主义，希望通过革命达到公平；诗歌不写日常琐事，纯粹源于灵感，但逐渐失望。在《废墟与憧憬》(1942)、《边缘地带》(1949)、《诗集》(1955)、《慷慨的日子》(1971)、《海豚》(1994)中诗歌逐渐转向反映自身经历。

斯班德也是评论家，《破坏性因素》(1936)评亨利·詹姆斯、T.S.艾略特、叶芝等对没落文明的不同态度，《为政治主题辩诉》评奥登等人的作品，论文学中政治道德题材的重要。另外还有《创造性因素》(1953)和《一首诗的创作》(1955)等。1939—1941 年和 1953—

1967 年他撰写评论并编辑文学期刊《地平线》等。他的评论诚实并深得人文主义精髓。

伊夫林·沃（Evelyn Waugh，1903—1966）在牛津大学修现代历史，但更热爱艾略特的诗歌和德国作家弗朗克的讽刺小说。毕业后他当过教师和记者，二战时在英国皇家海军和骑兵队服役，1944 年随英军到南斯拉夫作战。他写了 15 部长篇小说，一些短篇小说。《一点学问》（1964）是他自传三部曲的第一部，第二部未动笔便去世。第一部小说《衰落与瓦解》（1928）使他成为英国文坛新秀，犀利、幽默且尖锐地讽刺上层社会，反映英国地主贵族的衰落。小说《行尸走肉》（1930）、《一撮尘土》（1934）具有类似特色与主题。后者书名取自艾略特的长诗《荒原》的《死者葬仪》，把英国社会比作一撮尘土，喧闹的外表下一片空虚。非洲背景的小说《恶作剧》（1932）、《挖新闻》（1938）以闹剧形式讽刺纨绔子弟的荒唐和上流社会的虚伪堕落，反映发生在非洲殖民地的冲突。

1930 年他皈依天主教，寻求精神支柱。随后他开始近十年的游历，足迹遍布亚、非、美洲和欧洲，写出多部游记。二战爆发后他到英军服役，写了多部与战争相关的作品。代表作战争三部曲《荣誉之剑》（1965）——包括《行伍生涯》（1952）、《军官与绅士》（1955）和《无条件投降》（1961）——写一位天主教徒的二战经历。主人公在战争爆发后找关系参军，在军队里不忘信仰，坚持做绅士，但却被妻子、同事和上级利用、欺压、抛弃。最后他意识到从军是寻找虚无缥缈的荣誉，一无所获。作品对军队描写生动：战争的无聊与无序、高官和上层的奢侈、官兵之间等级的森严及军中的腐败都写得入木三分。小说《旧地重游》（1945）怀旧，仿照法国普鲁斯特的意识流，以第一人称让一位军官感伤地回忆过去，表现一个天主教家族各成员对天主教的态度和困扰他们的罪恶感，严肃地探讨了信仰及其他社会问题。

奥尔德斯·赫胥黎（Aldous Huxley, 1894—1963）祖父是《天演论》作者 T.H. 赫胥黎，父亲 N. 赫胥黎是著名编辑兼传记作家。他曾患严重眼疾，后到牛津读文学，1937 年定居加利福尼亚。他的作品分三类：1）初期的社会讽刺小说；2）"反乌托邦"幻想小说；3）神秘主义小说。第一类小说《克鲁姆庄园)（1921）以对话为主体，让每位人物表现自己，幽默地讽刺上层社会，表现社会上的不满和挫折情绪。《滑稽的环舞》（1923）、《那些不结果实的叶子》（1925）进一步表现上述主题，揭示现代社会喧闹外表下的虚伪、丑恶、腐败及颓废的享乐主义。最成熟的讽刺小说《旋律与对位》（1928）写性与爱，主体为对话，以音乐结构来展示人物和事件，并以古典奏鸣曲方式展现主题。

第二类小说《奇妙的新世界》（1932）中，"野蛮人"约翰来到"文明社会"，赞美奇妙的新世界。但不久他发现这社会实际是压抑和摧残本性与个性的监牢，一切受科学的机械统治，他在失望和恐惧中自杀。小说反映了作者对滥用科技的后果的忧虑，反对盲目崇拜科学技术。悲观在《猿与本质》（1948）里表现得也很彻底：一场原子大战后地球上的幸存者只有新西兰人，两百年后他们来到洛杉矶，发现人类已退化为猿。《重访奇妙的新世界》（1958）进一步忧虑人类未来。在《奇妙的新世界》里他预计人类退化是在 632 年后，而在这部小说中，他悲观地认为只需 100 年。赫胥黎精通科学、医学和心理学，成功地在小说里运用科学知识，依靠思想内涵取胜，所以他的小说被称为"观念小说"。他最终希望从宗教，特别是东方宗教中找到出路。此类的作品有《加沙的盲人》（1936）、《几度寒暑天鹅死》（1939）、《时光必有终止》（1944）、《永恒的哲学》（1946）、《天才与女神》（1955）等。《加沙的盲人》是他后期神秘主义创作的开端。《永恒的哲学》完整地呈现了他的宗教神秘主义观点。

他有著作五六十卷，包括小说、诗歌、戏剧、游记、传记等。论文主要有《论文集》（1958）和《文学与科学》（1963）。

格林厄姆·格林（Graham Greene，1904—1991）是存在主义心理小说代表，儿时厌恶学校而逃跑，被送到心理医生家居住和治疗，后入牛津大学，开始发表诗歌。他曾任记者和编辑，1916年皈依天主教。1929年发表第一部长篇小说《内心人》，1940年做自由撰稿人，开始长达30年的游历。1932年发表的《斯坦布尔列车》（又名《东方快车》）大获成功，这是他"消遣文学作品"的第一部，同类作品还有《一支出卖的枪》（1936）、《密使》（1939）、《恐惧内阁》（1943）、《第三者》（1949）等。这些作品故事惊险，情节跌宕，悬念扣人心弦，语言简练，也有深刻复杂的内心世界描写。

《布赖顿硬糖》（1938）是他的优秀作品，写作技巧日趋完善。主人公是个17岁的天主教杀人犯，最后走向死亡。小说综合了侦探小说、情节剧、社会学和道德神学。最优秀的作品《权力与荣耀》（1940）讲一位嗜酒的天主教神甫在迫害宗教的墨西哥冒生命危险尽教职。他本已安全越过边境，但为了给一个垂死者做最后的宗教仪式又返回，结果被杀害。《问题的核心》（1948）写二战中英属殖民地西非的天主教人士斯考比，他正直、忠厚，但最后却选择了天主教谴责的自杀。问题的核心是天主教教义——有怜悯心和责任感。他出于责任感借钱满足妻子到南非旅行的愿望；他因怜悯船长的爱女之情而没将船上搜出来的非法信件呈给上司，因此认为自己渎职堕落；他出于怜悯心照顾寡妇海伦，坠入情网，违背了婚姻誓言；为了让海伦安心，他轻率地写了封署名的情书，结果坏人用这信要挟他做违法的事；他到教堂向上帝忏悔通奸罪，但神甫只说套话。为寻找精神解脱，他选择了自杀。这三部小说体现了他宗教小说的主题，即情感因素如何困扰人类，及人类如何寻求精神解脱。其他的宗教题材小说有《爱情的结局》（1950）和《病毒发尽的病历》（1961）等，但多以濒临政治危机的第三世界国家为背景。除去墨西哥和西非，《安静的美国人》（1956）写50年代初反法运动高涨的越南，《病毒发尽的病历》写独立在即的比属刚果，《我们哈瓦那人》（1958）写共产主义运动前的古巴，《喜剧家》（1966）写杜瓦利埃独裁下的海地。小说将人物放在充满暴力和危险的政治社会环境中展示内心矛盾的纷繁复杂。他一生创作了约30部长篇小说，其他种类作品有短篇小说、戏剧、评论文章、儿童读物、游记和两本自传。

爱尔兰文艺复兴和20世纪爱尔兰文学　爱尔兰文学包含盖尔（Gael）文学（即用盖尔文字写的古老的爱尔兰文学，盖尔语是爱尔兰人的祖先凯尔特人使用的凯尔特语族的一个分支）和英爱文学两部分。盖尔文学可追溯到1000多年前，英爱文学也有300余年历史。凯尔特英雄传奇、民间传说、诗歌和歌谣有经久不衰的生命力。爱尔兰从8世纪不断受外族入侵，12世纪英国都铎王朝入侵，清教革命后克伦威尔军队在爱尔兰大肆屠杀，迫害天主教徒，摧残盖尔传统。英语的全面渗透，使盖尔语和盖尔文学濒临灭亡。但美国独立战争和法国大革命后，爱尔兰抗英民族斗争风起云涌，民族意识觉醒，激发起振兴民族文化的强烈愿望。苏格兰诗人詹姆斯·麦克菲森（1736—1796）"翻译"的古代盖尔语诗歌及古代武士故事开创了18世纪60年代崇尚古凯尔特文化的新时期。他的《莪相作品集》（1765）继承发扬了凯尔特文学传统。但英爱文学到19世纪才真正开始出现。玛丽亚·埃奇华斯的《拉克伦特堡》（1800）是爱尔兰第一部有意义的小说，是爱尔兰地方性小说的开端。

　　19世纪40年代中期爱尔兰马铃薯歉收引起大饥荒，一百万人

在饥饿、疾病中死去，二百万人流离失所，很多人移居美国。大饥
荒空前激化了民族矛盾，土地和民族独立问题更突出。为摆脱英殖
民者的残酷统治，"佃农权利联盟"展开了如火如荼的斗争，"青年
爱尔兰"运动组织了 1848 年的武装起义，1858 年"爱尔兰共和兄弟
会"在都柏林和纽约宣布成立，要以暴力推翻英国统治，这就是以
爱尔兰古代英雄芬尼亚命名的芬尼亚运动。1879 年爱尔兰新教和天
主教两派决定联合，在帕内尔（1846—1891）等人领导下与英国殖
民统治斗争，争取在英国议会通过"自治法案"。1852—1882 年的
土地战争为佃农争得了一部分权利。但"自治法案"（1893）虽在英
国下议院通过，却遭上议院否决，在英议会中爱尔兰党领袖帕内尔
倒台。这一事件造成民族主义队伍分裂：一些人转向以暴力抗英的
秘密组织"爱尔兰共和兄弟会"，另一些人对政治厌倦，加入改善社
会的社团。

　　在文学领域里，"青年爱尔兰"运动在达维特（1846—1906）
和米歇尔（1815—1875）领导下创办了《民族》周报（1842），指导
民族解放运动，提高人们对两种语言同一文化的认识。从此以"青
年爱尔兰"运动为中心的诗歌运动蓬勃开展，积极影响了通俗诗歌
创作。道格拉斯·海德（1846—1928）则于 1893 年创立了"盖尔学
会"，组织青年人学盖尔语，并开展舞蹈、戏剧等成人教育。还有叶
芝创建的"伦敦爱尔兰文艺协会"（1891）和都柏林民族文艺协会
（1892），吸引了一批爱好文学的青年人，鼓励创作表现爱尔兰人民
生活和民族精神的作品，为爱尔兰文艺复兴运动打下了基础。

　　19 世纪末，爱尔兰社会矛盾更突出，文艺复兴领导人叶芝希望
培育有高度美学素质的民族文化，主张回到古代勇士传奇和民间传
说中去寻找英雄，建立一个美好统一的国家。但发掘和继承过去的
文学传统很困难，大部分作家对盖尔语一无所知，大部分爱尔兰人

已不讲这种语言。叶芝的诗歌起初采用古老的英爱文体，继而采用凯尔特形象与法国象征派相结合，最后则用了一种活泼凝练的凯尔特民谣文体。辛格把他丰富的欧洲戏剧知识和爱尔兰民谣结合起来创作剧本。格雷戈里夫人则用她熟悉的戈尔韦郡人民的生活和方言，以法国滑稽剧形式编写剧本。乔伊斯从欧洲象征派和现实主义的技巧中找到了反映当时爱尔兰群众文化的写作方法。还有一些短篇小说家以俄国屠格涅夫和契诃夫为楷模写出有爱尔兰特色的作品。大部分作家都受益于盖尔口语传统，形成了英爱英语这种新方言，保留了某些盖尔语的语法和词汇。

　　爱尔兰文艺复兴群星灿烂。诗歌方面有神秘诗人乔治·拉塞尔（1867—1935）、被叶芝称为"农民的现实主义"的诗人和剧作家科勒姆（1881—1972）、擅长民谣、题材广泛、形式多样的诗人坎贝尔（1879—1944）、写有反映都柏林贫民窟悲惨生活的诗集和多部小说的詹姆斯·斯蒂芬斯（1882—1905）。叶芝还和格雷戈里夫人等发起了爱尔兰戏剧运动，到20世纪初戏剧成了文学创作主要形式，最终与诗歌和小说汇成文艺复兴洪流。爱尔兰本土凯尔特语中没有戏剧传统，中世纪教会和行会演出的奇迹剧都是英国的。到了18世纪戏剧才有发展，大部分出生于爱尔兰的作家都在英国创作，如康格里夫、哥尔德斯密斯、谢里丹、王尔德和肖伯纳。在爱尔兰本土，叶芝的《女伯爵凯瑟琳》（1892）和爱德华·马丁（1859—1923）的《石南荒野》1889年成功演出，揭开了爱尔兰戏剧运动的序幕。接着是阿贝剧院的大批剧作家，主要有辛格和奥凯西。

　　19世纪后半叶小说并不活跃，但谢里登·莱法纽（1814—1873）的哥特式小说、威廉·阿林厄姆（1824—1889）的诗体小说是例外。作家伊迪丝·萨默维尔（1858—1949）和瓦奥莱特·罗斯（1862—1915）没参与文艺复兴运动，她们合写的《真实的夏洛蒂》

（1894）反映了爱尔兰农村半封建制度开始瓦解时地主和佃农的关系，从此描写"大房子"成了19世纪末爱尔兰小说的中心主题之一。"大房子"指英裔爱尔兰上层贵族在农村的宅邸，这些世袭的爱尔兰贵族从18世纪开始在农村占主导地位。但到19世纪末他们的地位和权势已逐步丧失。这类表现英国文化衰落消亡和新旧思想斗争的作品，被归为"大房子文学"，作家先有埃奇沃思、萨默维尔和罗斯，到20世纪有鲍恩和珍妮弗·约翰斯顿等。现代爱尔兰小说从乔治·穆尔和詹姆斯·乔伊斯开始，又相继在20和50年代进一步发展。民族独立后的爱尔兰作家都是革命的产物，他们的作品主题也与国家的命运和前途紧密相关，布赖恩·莫尔（1921—1999）的《马斯林的戏剧》（1886）反映"土地联盟"领导的土地战争。他在屠格涅夫作品的启迪下写成的《未开垦的土地》（1903）标志爱尔兰现代短篇小说诞生。但真正变革了小说艺术的人是乔伊斯，《一个青年艺术家的画像》是他对语言、体裁、象征技巧的探索，《尤利西斯》则是这种探索的光辉结晶。

爱尔兰民族独立斗争经过1916年复活节起义，于1921年成立了自由邦。1922年因派别分歧导致内战，1929年通过了文学出版物审查法——这些都影响了整整一代爱尔兰作家。战前爱尔兰作家浪漫，战后倾向保守，他们难以把握这个动荡不定的社会，对社会的不满在作品中呈现为冷嘲基调。30年代较有影响的诗人有克拉克（1896—1974）等。流亡国外的北爱尔兰诗人身在国外仍用爱尔兰题材写诗。50、60年代，北爱尔兰最出色的诗人谢默斯·希尼是厄尔斯特诗派带头人，1995年获诺贝尔文学奖。30年代的小说创作仍偏保守。《尤利西斯》的出版并没影响弗兰克·奥康纳（1903—1966）和利亚姆·奥弗莱厄蒂（1897—1984）。试验小说的出现还有待弗兰·奥布赖恩（1911—1966）、塞缪尔·贝克特和更年轻一代的作家。一些小说家转向短篇小说，短篇小说在革命后期大发展。贝克特的《莫菲》（1938）和奥布赖恩的《二鸟嬉水》（1939）则以荒诞形式打破了传统小说模式。贝克特因小说《马洛伊》（1951）和戏剧作品获得1969年诺贝尔文学奖。

二战后欧美社会迅速变化，不少人到英、美、欧洲和非洲去寻找事业，如小说家布赖恩·莫尔此期生活在国外，但不忘自己民族的根。这时期小说揭示人物的内心，如埃德娜·奥布莱恩（1930— ）着重写人物与传统家庭观念和教育的决裂，以及面对现实做抉择的心态。50年代后的作家不认为探索历史有现实意义，更愿意通过乱世表现人物心态。当代爱尔兰小说家对过去更怀疑，采用松散的结构、不连贯的历史、幻想和幻觉等。如弗兰西斯·斯图尔特（1902—2000）不属于任何流派。他把作品看成探索心理的手段，试图开创前人未走过的路。这些作家都摆脱了狭隘的地方主义，面向世界。

戏剧方面，50年代成就更令人瞩目。**格雷戈里夫人**（Lady Gregory，1852—1932）被肖伯纳赞美为当代最伟大的爱尔兰妇女，是戏剧运动的发起人之一。她出身贵族，长期侨居国外，结识很多知名文人。丈夫死后她在库尔园地区定居，接触爱尔兰社会，变为民族主义者。她把库尔园作为爱尔兰作家休养和创作的地方，1897年后叶芝每年到那里休养和创作。她以民间故事为素材，用西部方言改写的《穆伊尔汉的库霍伦》（1902）是影响极大的史诗译本。她还写了《神与战士》（1904），让不懂爱尔兰语的作家能以民间传说为创作来源。在戏剧运动初期，她写小喜剧和喜剧、民间历史剧和儿童神奇剧。《牢门》（1906）写一位妇女等待丈夫出狱的焦急心情和对英国殖民者的抗议。《月出》（1907）是爱国主义剧本，题目来自一首古谣曲。她写过30多部戏剧和民间故事及与别人合写的剧本和译本，也写过有关舞台艺术的书，如《我们的爱尔兰戏剧》（1913），为阿贝剧院包括叶芝剧本的保留节目做润色工作，为辛格和奥凯西受批评的作品辩护。

威廉·巴特勒·叶芝（William Butler Yeats，1865—1939）是爱尔兰诗人、剧作家、散文作家，自小恨英国人对爱尔兰的政治压迫和文化侵略，但热爱英语和莎士比亚等大师。他曾与人创建"民族文学社"（1892），发起爱尔兰文学复兴运动。他还与剧作家格雷戈里夫人和辛格共同创办"爱尔兰文学剧院"（1899），借戏剧教育公众，恢复民族精神，晚年出任过爱尔兰自由邦（1922）参议员。

1886 年在芬尼亚运动影响下叶芝开始接触爱尔兰本土诗人作品，创作转向爱尔兰民俗和神话题材，如第一本诗集《乌辛漫游记及其他》（1889）。第二本诗集《女伯爵凯瑟琳及各种传说和抒情诗》（1892）更集中地写爱尔兰，将爱尔兰象征为"与人类一同受难"的"玫瑰"，想由建立在凯尔特文化传统之上的英语文学来统一天主教和新教。第三本诗集《苇丛中的风》（1899）巩固了他一流爱尔兰诗人的地位，在创作方法上涉及神秘主义体验，体现了他早期唯美主义和象征主义诗风，标志英爱现代主义（后期象征主义）诗歌的开端。叶芝重视历史和民间传说，长诗《莪相的漫游》（1889）、早期诗集《玫瑰》（1893）和故事集《凯尔特朦胧》（1893）都是根据历史和民间传说写的，后者是通俗的爱尔兰民间传说故事。他认为贵族是人类精华知识的保存者和传承者，口头传播民间知识的是乞丐、浪人、农夫、修道者。去世前一年作的《布尔本山下》告诫后世爱尔兰诗人要学好诗艺写往昔，以便不可征服。他的诗自传性很强，坦诚地记录个人的经验和情感，如他初见莫德·冈的印象。莫德·冈是坚定争取爱尔兰独立的民族主义者。叶芝追随她参加政治活动，也拉她参加他感兴趣的秘术实验和戏剧运动。他多次向她求婚，均遭拒绝，却为她写了大量诗篇。1903 年莫德·冈与他人结婚，叶芝心情很坏，诗风大变。从诗集《在那七片树林里》（1904），经《绿盔及其他》（1910）到《责任》（1914），他逐渐抛弃了早期的朦胧华丽而"赤身走路"了（《一件外套》）。语言直白朴素，意象硬朗明确，有了阳刚之气。与此同时，他对戏剧也做大胆的实验。他的《剧作汇集》（1952）共收录 26 个剧本。为摆脱英国传统的影响，他强调学习法国和瑞典戏剧，故事多为神话、传说或宗教仪式，表演高度程式化。他最初试用新流行的独幕剧，有时结合古希腊悲剧及中古神秘剧或说教剧的结构和手法。后来他发现了日本能乐，找到了模范形式，全面实验他的戏剧观念。诗剧《在鹰井畔》（1917）初试东方戏剧的写意化手法，把布景、灯光及动作简化到极致，使观众的注意力集中在台词上，但不太受欢迎。

中年后他再次向哲学靠近。诗集《库勒的野天鹅》（1919）显示他转向哲理冥想主题。随后的诗集《麦克尔·罗巴蒂斯与舞蹈者》（1921）的前言明确提出他需要哲学，但不要把哲学写进作品。不过，他自己却没做到，造成某些作品难懂。例如《第二次降临》一诗用了历史循环说和基督教神秘主义，预言耶稣降生以来近两千年的基督教文明即将告一段落，世界正临近大破坏。1884 年他读到了《佛教密宗》，稍后在都柏林又听了对印度教义的阐释，从此信仰轮回转世学说。在伦敦居住时，他又参加了风靡的"异教运动"，钻研东、西方秘密法术，希冀与未知世界直接联系。这种神秘主义信念是他象征主义文学创作的基础。1917 年他与乔吉·海德-李斯结婚。妻子投合他对神秘事物的爱好，尝试当时欧洲流行的"自动书写"。他用新柏拉图主义及东方神秘主义整理、分析、诠释妻子那些下意识的玄秘"作品"，于 1925 年完成了奇书《幻象》，标志他的信仰和象征体系完成。书的内容涉及用几何图形解释历史循环说，用东方月相学解释人类心理的个性类型说及灵魂转世说。该书近乎荒诞，驳杂晦涩。

　　诗集《塔堡》（1928）和《旋梯及其他诗作》（1933）以他住的古堡及其盘旋而上的楼梯为象征，暗示历史循环和灵魂轮回上升的历程。他认为人类文明中阴阳两极力量交互作用，像两个相对渗透的圆锥体的螺旋转动，往复循环。《丽达与天鹅》这首具有"可怕的美"的十四行诗用细致、感性的描写再现神话传说场景，暗示阳与阴、力与美的冲突和结合，把古希腊文明的衰亡归因于爱和战争这两大人类本能。他相信死后灵魂可借艺术通过"世界灵魂"与阳间沟通。《驶向拜占庭》一诗即表达了他希冀借助艺术达到不朽。姊妹篇《拜占庭》则表现灵魂脱离轮回走向永恒之前被艺术净化的过程。作为爱尔兰最伟大的诗人和世界文学巨匠之一，叶芝对现代诗歌影响巨大。他的诗歌对意象主义有一定影响，也可说是超现实主义的先声；他的戏剧创作启发了后来的荒诞戏剧。

　　约翰·米林顿·辛格（John Millington Synge，1871—1909）因体弱辍学，自学自然史，常到野外采集蝴蝶标本，性格孤僻。1889年他考上都柏林三一学院学语言和历史，希伯来语和盖尔语成绩优秀。他还考上了爱尔兰皇家音乐学院，后到巴黎大学学文学批评、中世纪文学和古爱尔兰语，对凯尔特文明发生兴趣。1896年他结识了叶芝和莫德·冈，还参加了"爱尔兰联盟"，后退出。1898年他回爱尔兰，访问了西部阿兰群岛，了解渔民生活。此后许多夏日他都去那里，创作出许多关于当地生活的作品。如旅行纪实《阿兰群岛》（1907）描述岛上自然景色和居民生活。《峡谷的阴影》（1903）和《骑马下海人》（1904）是独幕话剧，前者是从岛上老人那里听来的故事，反映了陷于没有爱情的山谷中的女人勇敢地寻找自由的新天地；后者歌颂渔民的无畏精神，表现出希腊悲剧影响。

　　独幕喜剧《补锅匠的婚礼》（1909）表现爱尔兰流浪者无拘束的

生活与传统社会的冲突。莎拉和补锅匠迈克尔同居多年，忽然想去教堂举行婚礼，遭神父刁难。他们就把神父捆起来装进麻袋，回到自由的生活中去。三幕悲喜剧《圣泉》（1905）有中世纪道德剧风格，写一个修道士用圣水帮男女两个瞎乞丐恢复了视觉，他们看到四周丑恶不堪，想象中美好的世界破灭。修道士再度使他们失明，他们才又能在失明中寻求美好世界。三幕喜剧《西方世界的花花公子》（1907）赞扬爱尔兰农民的野性和活泼幽默。剧本《戴尔德拉的忧患》（1910）死后发表，是改编英雄史诗的尝试。剧本取材古爱尔兰传说，写老康诺巴王看上年轻美貌的戴尔德拉，但戴尔德拉已爱上年轻的奈西。她拒绝了老王的求爱后，和奈西三兄弟逃往苏格兰。老王设计把她骗回，杀死了三兄弟。她就在三兄弟墓前自杀。

辛格的戏剧植根现实，真实地反映了爱尔兰农民的生活。他的人物有能说会道、浪漫诗人般的流浪者，有无拘无束、小偷小摸的补锅匠，也有贫穷、迷信、粗暴的农民。他的人物开始也遭异议，如《峡谷的阴影》被指责侮辱了爱尔兰农村妇女。《西方世界的花花公子》1907年上演时曾引起骚乱，认为他把农民写成了杀人犯和野蛮人。他的剧善意地批评他们，也写他们热情、幽默和不妥协的美德。辛格和叶芝共同促进了阿贝剧院的发展，在叶芝倡导诗剧时，他却以他双重语言的优势，创造出新的戏剧语言，既有诗歌韵律和意境，又有散文的自然和活力。他的戏剧为20世纪初"优雅"而沉闷的英国舞台开辟了新天地。他一生写了六个剧本，是爱尔兰文艺复兴最杰出的剧作家。

肖恩·奥凯西（Sean O'Casey，1880—1964）出身贫苦，从小患眼疾，在姐姐指导下读了很多书。父亲去世后他在铁路和建筑工地做重体力劳动，很早就关心民族解放运动，学盖尔语。他受到工人领袖拉金的影响，1908年拉金在都柏林组织爱尔兰运输工人总工会，领导了 1913 年的罢工，奥凯西目睹资本家的残酷，增强了为社会主义奋斗的决心。工人们组织了爱尔兰公民军，举起"犁和星"的旗帜，他加入并任书记。后因不赞成公民军与代表中产阶级的义勇军合作而退出，因此没参加 1916 年复活节起义。他经历了独立战争，被捕过，写出了以都柏林为背景、反映独立战争和内战的三部剧本：《枪手的影子》（1923）、《朱诺和孔雀》（1924）、《犁和星》（1926）。

《枪手的影子》写 1920 年英国当局派辅助部队和共和军游击队作战。主人公达沃林是胆小的诗人，同公寓的希尔兹曾参加公民军。一次英军搜查前，两人发现希尔兹的朋友寄放的手提包里有炸弹。敬爱达沃林的少女明尼毅然把这提包藏在自己房里被发现，她被英军抓走。在押送的路上英军遭伏击，她中弹牺牲。作者以讽刺口吻描写达沃林可鄙的窘态，希尔兹担心明尼会供出他，表现懦弱、自私而迷信。女主角话很少，却表现了自我牺牲的英雄气概。家庭悲剧《朱诺和孔雀》以爱尔兰自由邦内战为背景。剧名来自希腊神话里朱诺用孔雀驾车，剧里的孔雀是剧里的朱诺给丈夫博伊尔起的绰号。一天博伊尔听说有一笔遗产归他继承，但几天后证明是假消息，而他们已背上了赊购的重债。女儿受教师欺骗，怀孕后被抛弃。儿子因出卖共和军同志、被自由邦派处死。朱诺擦干眼泪，决心和女儿离家开始新生活。剧中勤劳勇敢的女性是爱尔兰工人阶级的支柱，最有献身精神。《犁和星》以 1916 年起义为背景，每一幕都是独立的插曲，又是整个剧本的有机组成部分。第一幕：弗林为了给单调生活增色彩，穿上旧式军装，挎着马刀，准备参加爱国者游行，令人发笑。克里斯罗则离开公民军，以此发泄对 1916 年起义前公民军主张的不满。第二幕：皮尔斯在广场号召人民向英军作战，声音传到酒吧，在那里起义军对他的讲话进行辩论，妓女罗西攻击民族主义。第三幕：起义军在激战，贝西和戈根太太趁乱抢商店。第四幕：
起义军在战斗中流血牺牲，诺拉因失去丈夫和孩子精神失常。女人
们照顾她，男人们打牌，贝西在守护诺拉时中流弹死去。最后诺拉
家剩几个英国兵在哼小曲。这剧本仍用对照和隐含的讽刺来表现这
场民族解放斗争的复杂。他还以"间离"手法使观众能冷静地观察
整体。

　　反映一战的剧本《银杯》（1928）被阿贝剧院拒绝后，他决定让
该剧在伦敦演出。叶芝不喜《银杯》，不赞成写战争的恐怖，也不喜
欢现代主义手法，为此和他争论。银杯两字来自彭斯一首民歌的题目，
这首民歌在剧中第一幕的末尾出现。战士哈里本是足球健将，为足
球俱乐部赢得银杯，也赢得了爱情。但在一战中他负伤而残疾。回
国后，在纪念俱乐部获奖一周年舞会上，他受到情人和朋友的冷落，
气愤之下捏碎了银杯。第二幕尽情渲染战士精神和肉体的痛苦，舞
台背景、对话、灯光的处理都是表现主义的，没有英雄主义，只有
刻骨的凄凉。其他表现主义剧本还有《铁门之内》（1933），写私生
女被资本主义社会逼成妓女。剧中萧条、压抑和绝望气氛是30年代
初席卷资本主义世界的经济危机的写照。《星儿变红了》（1940）写
被压迫的工人们在共产主义战士赤色吉姆领导下，和法西斯组织黄
衫队及代表天主教会的紫色神父展开斗争，推翻反动政府，建立了
无产阶级专政。舞台上出现列宁像和锤子与镰刀的红旗。戏剧在《国
际歌》歌声、奔马的蹄声和炮火的轰鸣声中结束。这时那颗银星变
成红色，象征工人阶级的伟大胜利。《给我红玫瑰》也反映工人斗争，
描写都柏林运输工人领袖阿亚蒙在要求提高工资的斗争中献出了生
命。剧名来自古老的都柏林歌谣——《给我红玫瑰》。剧本以1913
年拉金领导的"爱尔兰运输工人总工会"大罢工为背景，剧本反映
了作者的亲身经历。

《金鸡高鸣》（1949）是作者的得意之作。一只神奇的公鸡是象征性的英雄，人们可以听见它在远处的叫声，把城镇里的一帮庸人搅得惊慌失措。它在人家厅堂里乱飞乱啄，妇女们都躲到桌子下面呼救。这只公鸡还显示着超自然力量，象征欢乐和勇气。而黑衣教士则仇视色彩和欢乐，他打死了一个汽车司机，还唆使流氓把一个姑娘当作女巫打得半死。最后几部戏剧，像《主教的焰火》（1954）及《内德神父的鼓声》（1958）都以讽刺、离奇和娱乐的形式揭露爱尔兰社会的黑暗和保守势力对善良本性的压抑。除了对比和讽刺，他还用和叶芝的戏剧技巧相似的吟唱、舞蹈、象征。他的滑稽剧和杂耍剧小丑使剧作更有活力。他是辛格之后最有特色的剧作家。

奥凯西撰写了六部自传：《我敲门》（1939）、《门厅里的图画》（1942）、《窗下的鼓声》（1945）、《英尼什法伦，再见》（1949）、《玫瑰与王冠》（1952）和《夕阳与晚星》（1954）。它们是作者为共产主义奋斗一生的写照，具有重要的政治和艺术价值。

第三节　法国文学

一战前文学　19 世纪末到一战爆发在法国历史上称为"美好时代"。此期法国经济繁荣，工业，特别是能源、交通等部门增长速度很快，形成各种垄断组织。经济快速发展带动了消费，上层贵族和大资产阶级恣意享乐，中产阶级也过得闲逸舒适。巴黎香榭丽舍大街熙熙攘攘，歌舞升平。曾经是国家政治生活焦点的"德莱福斯案件"终告结束，德莱福斯无罪释放。但政治领域里左、右翼的斗争，以及左、右翼内部的斗争，围绕社会福利、工人权利、政教关系、殖民地政策及对德政策等一系列问题展开，有时演化成激烈冲突。法德两国争夺市场和海外殖民地的矛盾日益尖锐，法国大资产阶级鼓吹狭隘的民族主义，相当多的法国人怀有恐德或仇德心理。1912 年宣扬对德复仇的普恩卡莱内阁成立，民族主义甚嚣尘上。1914 年 7 月，社会党领袖，反战的饶莱斯被暗杀，社会党转向沙文主义，法国国内几乎再也听不到反战声音，以致 8 月参众两院联席会议一致赞成追加军费，实行战时状态。不久德国入侵法国，战争爆发，"美好时代"在炮声中结束。

　　思想文化方面，实证主义的影响进一步削弱，叔本华和尼采的思想继续传播，柏格森生命哲学的影响也逐渐扩大。**亨利·柏格森**（Henri Bergson，1859—1941）哲学产生于 19 世纪末贬斥实证主义和自然主义的浪潮中。1889 年发表的《时间和自由意志》开始构建他的唯心主义哲学，主要著作还有《物质与记忆》（1896）、《精神能源》（1919）、《思想和运动》（1934），以及讨论喜剧心理机制的《笑——论喜剧的意义》（1900）等。柏格森哲学认为唯一的现实是藏在物质外衣下的"永恒的生命之流"，这种生命的冲动是事物发展变化的根据。人认识事物本质的途径是直觉，而不是实证主义主张的实验和归纳，要重视本能、意志和情感的作用。他还提出"心理时间"说，认为人的意识里存在着与客观时间不相干的时间"绵延"。他的思想对 20 世纪前期法国文学影响深刻。他文笔优美，虽没有文学作品，却于 1928 年获诺贝尔文学奖。

　　在富庶和安逸的社会生活环境中，法国浪漫主义情调复苏，即所谓"新浪漫主义"文化。这是此期文化第一特点，如阿兰－富尼埃（1886—1914）的小说《大个子莫纳》（1914）是浪漫主义情调复苏的突出例证。小说对神秘的林中古堡的描写渲染出梦幻的、传奇的气氛，把怪异故事与现代生活糅杂在一起，让中世纪的骑士爱情在现代生活中复活。作品获得极大的成功。此期文化第二个特点是，一部分艺术家和诗人感到现代化工业生产把人类社会带入了新时代，感到鼓舞，对未来怀有美好憧憬。然而新时代的未知因素，特别是传统的人文精神和人文价值未来地位的不确定，又使他们感到不安和惶惑。他们觉察到"美好时代"表面的繁华掩盖着深层的社会冲突，心中躁动着不可名状的愤懑。这种情绪与社会上弥漫着的乐观志满、骄奢闲逸形成鲜明对照，他们的作品则与新浪漫主义浪潮大相径庭。毕加索、布拉克等人以"立体主义"为名的绘画革新、阿波利奈的诗歌以及稍前的雅里的喜剧都是这种情绪的突出表现。

小说　此期有影响的小说家大都在 19 世纪后期开始创作。**保尔·布尔热**（Paul Bourget，1852—1935）的代表作是《弟子》（1889），其中哲学家西克斯图斯影射实证主义哲学家泰纳。这位哲学家在巴黎僻静的小街过着康德式有规律的机械生活。他是巴黎学界有影响的自然主义哲学家，把理性思维看得高于一切。他的弟子格莱鲁斯对他的理论信服得五体投地。为研究这种理论在人类情感上的意义，格莱鲁斯故意引诱一个姑娘坠入情网，以获心理材料，致使姑娘绝望而自杀。格莱鲁斯被捕入狱，西克斯图斯深受震动。格莱鲁斯出狱后，被姑娘的哥哥枪杀。这部作品（以及其他一些作品）为作者赢得了心理分析小说家称誉。作者后期的小说，如《阶段》（1902）、《午间之魔》（1914）等，转而探讨道德、社会、政治问题，总体上观念大于艺术。注重表现某种观念是此期相当多小说家的共性，因为国内外矛盾错综复杂，各种社会观念和政治力量活跃，斗争尖锐，政治和道德问题凸现。法朗士和巴雷斯就分别代表了小说两种对立的思想倾向。

阿纳托尔·法朗士（Anatole France，1844—1924）中学毕业后与为艺术而艺术的帕纳斯派诗歌团体频繁接触，参与编汇《当代帕纳斯》，并在上面发表诗歌。1873 年发表了《全色诗篇》，1876 年发表以古希腊为题材的诗剧《科林斯人的婚礼》，并在巴黎上演。1876
年他到参议院图书馆工作，创作转向小说。1881年他发表《希尔维
斯特·波纳尔的罪行》，一举成名。主人公是醉心古籍的老学究，法
兰西研究院学者，生活在故纸堆中。他偷偷爱过的女人身后留下一
个女儿，处境不佳，于是老学究将她从不称职的监护人手中夺回，
嫁给自己的学生，此即所谓罪行。此后他发表了《让·塞尔维安的
欲望》（1882）及《我的朋友的书》（1885），以童年回忆为基础。回
忆中散发着浓郁的巴黎情调，温馨感人。他还有一本回忆型的小说《彼
埃尔·诺兹埃尔》（1899）。除小说外，他还在《时报》上发表专栏
文章《巴黎生活》。1887—1893年间，他发表了300多篇文艺批评，
后汇集成册，前四册生前出版，第五册1950年出版。

他的历史小说《苔依丝》（1890）写公元4世纪希腊的名妓苔依
丝，一位修行隐士拯救了她，将她送进修道院，而隐士却坠入情网，
沉沦苦海。《红百合花》（1894）故事发生在巴黎和佛罗伦萨，该城
的城徽上有红百合花，小说由此得名。这部作品精雕细琢，字字推敲，
文字隽永俏皮，被认为是他最有代表性的小说，五年后被搬上舞台。

在德雷福斯事件中，法朗士坚决认为德雷福斯无罪。他目睹社
会的不公正、右派及军方的谎言，积极参加民众的抗议集会，并支
持左拉的公开信《我控诉》。他将自己对时弊的抨击和反教权主义观
点以影射方式写进《现代史话》中。《史话》共四册:《场边榆树》
（1897）、《人体服装模型》（1898）、《红宝石戒指》（1898）、《贝日
莱先生在巴黎》（1901）。小说中诡计多端的神父为戴上主教的红宝
石戒指费尽心机。第四卷中的贝日莱先生从外地调到巴黎任文学讲
师，屡发议论，他的观点反映了作者的思想。短篇《克兰克比尔》
（1901）影射德雷福斯事件。主人公是个推车的菜贩，沿街叫卖时将
车停在街上，警察令他走开，他等顾客付钱，没走。警察下了三次

命令后大怒，将他带进警局，后来菜贩子穷途潦倒，终日酗酒。这个短篇描写了巴黎穷人区的嘈乱、喊叫、气味等，故事简捷明快，引人入胜，发人深省。

他也写过历史著作，如《贞德传》（1903），但未受到史学界重视。法朗士六旬仍笔耕不懈。《企鹅岛》（1908）是对政客们的抨击，他悲观地预言：文明将遭毁灭。《天使的反叛》（1914）表达他对宗教、生命、上帝、智慧等问题的思考。《诸神渴了》（1912）以法国大革命为背景。书中年轻的画家逐渐成为恐怖分子，将亲戚朋友送上断头台，认为这是为千秋万代造福。古时墨西哥的女祭师们在用活人祭神时，不断高呼"诸神渴了"，作者借用这话谴责无端的杀戮及丧失理智的极端主义。这本书也是他的代表作。

1914年大战爆发，他积极参加群众集会反战。不久他离开巴黎，回到都兰的庄园，撰写童年回忆：《小彼埃尔》（1918）和《美好的生活》（1922）。1896年他已是法兰西学士院院士，1921年获诺贝尔文学奖。他去世时，巴黎人民为他举行了盛大国葬。

莫里斯·巴雷斯（Maurice Barrès，1862—1923）在法国文坛上臧否不一，在同代人，尤其在青年中影响极大。他出身洛林富裕资产阶级家庭，1870年法国在战争中溃败，洛林被普鲁士军队占领，在他幼小的心灵中埋下了民族主义的种子。1882年他到巴黎学法律，结识一些著名作家，受哲学家泰纳、勒南的影响，开始为报刊写稿，并独自创办刊物。他崭露头角的第一部作品是小说《在野人眼前》（1888），后与《自由人》（1889）和《贝蕾妮丝的花园》（1891）组成题为《自我崇拜》三部曲，是对青年时期个人主义倾向的内省和自述。三部曲叙述年轻的主人公通过自我修养，排除"野人"的困扰，力求认识世界和生活，以达自我完善，转向实际行动。所谓"野人"是指因循陈规旧习，束缚个人情感和个性的人。三部曲也是作者从个人主义转向民族主义的反映。他的民族主义思想在政治生活中表现极为突出，他强烈反对德国占领阿尔萨斯、洛林。1889 年他被选为代表南锡的众议员，支持布朗热运动。他与左拉对立，是反德雷福斯派的主要人物之一。

他的第二个三部曲《民族活力的小说》第一部《离开本根的人》（1897）通过七个洛林青年的遭遇，指出在混乱、动荡、屈辱的法兰西，青年人应热爱并扎根故土。背井离乡会丢掉乡土的精神财富，失去家乡传统，陷入空虚和幻想。第二部《向军人发出号召》（1900）政治色彩浓厚，揭露当时法国议会的堕落、工商财团的腐朽，反映了民众的失望和厌倦，指出青年人应有爱国主义的英勇气概和自我牺牲精神，通过布朗热运动实现民族道德和良心复苏，重建国家。第三部《他们的嘴脸》（1901）描述法国青年精英在布朗热死后并未退却，坚持与议会的卑劣行径斗争。小说以夸张讽刺手法指名揭露头面人物的丑恶。这个三部曲反映了作者强烈的民族主义思想和布朗热沙文主义立场。

巴雷斯始终将德国问题作为创作主题。《在德国军队中服役》（1905）写一个阿尔萨斯青年在德军服役，但坚持维护法国拉丁文化传统，体现了阿尔萨斯、洛林人民的爱国精神。《柯莱特·博多什》（1909）写梅斯的一个法国少女热爱祖国、维护民族尊严和荣誉的激情胜过个人的爱情。这两部小说后来与《莱茵河的精髓》（1921）组成题为《东面的支柱》三部曲。他的强烈民族意识和爱国热情后来发展到与维护和平、反对战争威胁的时代呼声对立。在大战中他还写了大量专栏文章，在前线和战壕中广为流传，煽动民族沙文主义，后来辑成 14 卷《大战专栏文集》（1914—1920）。《灵异的山丘》（1913）是他的另一代表作，描述洛林山区巴雅尔神甫三兄弟试图以自己的虔诚行动，恢复当地的宗教活动。小说通过三个神甫的奇特事迹和悲剧，指出天主教教义和民族主义精神一致。

巴雷斯酷爱旅行，足迹遍及意大利、西班牙、希腊和中近东。这方面的著作有散文集《血、肉体的快感和死亡》（1894）、《神圣的爱和痛苦》（1903）、《斯巴达之旅》（1906）、《格列柯或托莱多的秘密》（1911）和小说《奥龙特河畔的花园》（1922）。他从 1896 年开始写《杂记》，死后于 1929—1957 年陆续发表。1906 年他被选为法兰西学士院院士。

诗歌　在"美好时代"，晦涩的象征主义遭非议，但象征主义的影响仍在，诗人似乎都必须参照象征主义为自己定位，因此该主义依然是决定此期诗歌格局的重要因素。而对象征主义的遗产，尤其是马拉美诗歌遗产的清理，也就成为新世纪诗歌的任务。有的诗人，如昂利·德·雷尼耶（1864—1936）和维尔哈伦，把暗示和象征作为诗歌的主要表现手段，他们的作品被看作象征主义的余绪。有的诗人，如弗朗西斯·亚默（1868—1938）、安娜·德·诺阿伊（1876—1933），主张在精神上和感情上回归自然，表现人与自然的密切关系，但他们的作品仍受象征主义影响。特别是亚默，他常在山区风光的描写中寄托宗教沉思，其玄想闪动着马拉美的影子。还有诗人，如保尔－让·图莱（1867—1920），则明确反对表现内心深处情感时故弄玄虚，主张轻松而真诚地抒发自我。

诗人埃米尔·维尔哈伦（Emile Verhaeren，1855—1916）生于安特卫普附近小镇，后定居巴黎，是象征主义主要继承人之一。他早年作品语言粗犷有力，赞美家乡山川人物。1887 年后数年，因身体等原因他发生精神危机，情绪消沉。这种精神状态见于此期的《黄昏》《崩溃》和《黑火炬》（1887—1890）三部作品中。他用晦涩的象征手法表达封闭的内省经验，难与读者交流。1892 年他结识了比利时工人党领袖凡德费尔德，在后者影响下加入了工人党。此后他

开始关注社会问题，《幻觉的乡村》（1893）、《触手般延伸的城市》
（1895）等诗集痛苦地展现乡村败落和农民破产。他对工业生产的扩
大及其对传统经济的破坏既认同又焦虑。这些诗歌在意象上不比前
期作品逊色，但依然晦涩。诗人受到马拉美影响，但他的目光常投
向现代都市，使他成为波德莱尔之后又一位重要的都市诗人。

　　还有一些诗人虽接受了象征主义影响，却力图另辟蹊径。最
具代表性的是**纪约姆·阿波利奈**（Guillaume Apollinaire，1880—
1918）。他是意大利军官和波兰女子的私生子，这身份使他毕生怀有
社会边缘感，生活漂泊不定，与社会下层频繁接触又养成他强烈的
平民意识以及好动的性格和对事物的好奇。他长期无固定职业，生
活不稳定，当过家庭教师、银行职员等，1907年到巴黎以编杂志和
为报刊撰稿为生，同时进行文学创作。1911年卢浮宫博物馆失窃，
他受到牵连（同时受到牵连的还有毕加索），被关进拘留所，尝到铁
窗滋味。他长期在法国居住，却没有法国国籍，这有如私生子身份，
是他心理上的阴云。在感情生活上他屡经波折，名篇《失恋者之歌》
（1909）即产生于一段恋情。后来，他与先锋派女画家罗兰桑相爱，
却终于分手，他无可奈何的心情写进了名篇《米拉波桥》（1912）。
一战爆发后，他担心因国籍问题遭驱逐，就主动要求从军。1916年
他终获法国国籍，不久在前线头部中弹，一年多以后病故。他在巴
黎与先锋派艺术家交往密切，参与毕加索等人的艺术革新，还和意
大利诗人马里内蒂一道倡导未来主义。他蔑视学院艺术，反传统，
热衷标新立异，嘲笑资产阶级社会天经地义乃至神圣的东西。

　　他的叙事抒情诗《正在腐烂的法师》（1909）中散文体与诗体相
间，取材中世纪传说：仙女维瓦纳引诱法师麦尔兰泄露具有魔力的
咒语，然后念动咒语，把法师引进墓穴，慢慢死亡。诗歌采用麦尔
兰第一人称叙述，但诗人与主人公的语声很难辨识。诗人继承了波

德莱尔和兰波的思想，把自己比作有魔力的法师，能够洞悉凡人俗子看不到的"未知世界"。他假借麦尔兰的遭遇，对两性间能否真正交流与沟通表达了怀疑。该诗的幻象怪诞诡谲，色彩斑驳陆离，烘托出中世纪传说的神秘，蕴含着对习惯势力的挑战。

　　他的代表作《醇酒集》（1913，亦译《醇醪集》《烧酒集》，副题写明"1898—1913"，是此间诗人创作的总汇）风格多样。卷首《区域》是长篇叙事抒情诗，用词口语化，形式散文化，风格粗犷。第二首《米拉波桥》风格大变，短小抒情，有感爱情和时光的流逝，一咏三叹，格律严整，玲珑剔透。长诗《失恋者之歌》后面附有同一主题但写于不同时间的六首诗，形成组诗。在这组诗里，诗人任思绪在时空中漫游，糅杂了许多神话传说，也生造了一些语义模糊、形象暗示不确定的词汇，创造了梦幻般的世界。而诗集的另一组诗《在桑岱拘留所》风格却完全两样。诗人被控窝藏卢浮宫失窃案的赃物，关进桑岱拘留所，望着牢房光秃秃的墙壁，听着城区传来的喧闹，放风时"像狗熊似地打转"，百无聊赖时只能盯住一只苍蝇出神。在这种处境中，使他能摆脱出来的是调侃和嘲讽，嘲讽社会和自己的命运。这组诗语言贴近现实，通俗自然，口语化。

　　阿波利奈的诗歌继承了包括象征主义的众多流派，如八行短诗《符号》显然受马拉美以"天鹅"为题的十四行诗的启发，而淡淡的哀愁背后又看到魏尔仑的身影。《莱茵河之夜》写诗人在莱茵河畔听船夫咏唱水泽仙子（nymphes）的古老传说，怅然若失，显然是浪漫主义诗歌偏爱的母题。而该诗的诗句既有浪漫主义气韵，又有帕纳斯派的工整。但无论哪个支脉，他都以自己的个性加以改造，诗是他心弦上自然流露的音符。他对法国抒情诗的贡献还在于对诗歌形式和内容的大胆革新，如《醇酒集》里最有代表性的作品《区域》。该诗追寻被称为"你"的人物从童年到成年的生活足迹，中间穿插想象和幻觉以及对巴黎的印象。诗的描写近乎罗列，没有修饰，也没有直接的感情抒发。一个个生活片断不依靠任何过渡与衔接地简单叠加，所有片断和场景，包括印象和幻觉，都共时呈现，仿佛凝固在时空某个交汇点上。诗中的"你"和诗人的生活经验重合，同时这种体验又因第二人称代词的使用而超逾个人，变成对人生的苦苦追寻和重新认识。《区域》无疑得益于兰波的散文诗启示，但他保留了诗行，虽然韵脚很不规则，也不受传统诗歌句法约束，音节数参差不齐。这首诗还标志着诗人的新探索，受到德罗奈等先锋派画家的启发他有意把他们的拼贴画技法用于诗歌，创作所谓"同步诗"。而写于 1915 年年底至 1916 年年初的《有》几乎每句诗都以"有"开始，将他在战场上看到、听到、想到的人、事、物堆砌起来，突出世界的纷繁混乱，是"同步诗"的典型作品。《图象诗》（1918）显示了另一种尝试，收入了他 1912—1917 年间发表的作品，其中一部分并非"图象诗"（例如《有》）。所谓"图象诗"的立意是将诗画结合，试图使诗从单纯的文字形式中解放出来，获得直接的视觉享受。马拉美的《骰子一掷永远消除不了偶然》已在这方面作了尝试，阿波利奈则将诗句构成图案，图案与诗的主题吻合，以此扩大诗的表现力。例如《被刺杀的鸽子》《喷泉》等，用支离破碎的拼贴表现世界与人的意识的混乱。

　　阿波利奈对世界和生活始终怀着独特的幽默感，是饱尝生活的艰酸，无可奈何，却又对生活怀着执着感情的嘲讽。这种幽默感在他的两幕诗剧《特雷齐亚的乳房》（1917）里得到淋漓尽致的表现。剧中的桑给巴尔夫妇把男人和女人的角色完全颠倒，夫人拒绝承担养育子女的责任，改名去从政，当了元帅，丈夫则生了 40049 个子女，兴致勃勃地承担起养育子女的责任。这出戏可说是满台荒唐事。对这个作品诠释十分困难，但有两点可以肯定：1）夫妇角色的颠倒

和诗人素有的关于男女间无法沟通的想法有关，2）作品反映了他对
现代社会"说不清，道不明"的感受，于是只能付诸荒诞滑稽的形式。
这个剧本在雅里的《乌布王》和后来的荒诞剧之间起了承前启后的
作用。

阿波利奈生前诗歌没有取得主流文学地位，大战后，超现实主
义诗人将他奉为先驱，声名日隆。他清理了象征主义诗歌遗产，并
开创了 20 世纪的新诗歌。

戏剧　在"美好时代"，戏剧作为主要娱乐手段得到空前发展，
特别是各条大街上的剧院演出雅俗共赏的情节剧和轻喜剧，形成独
特的"林荫道戏剧"。乔治·库特利纳（1861—1929）的喜剧、被称
为"法国易卜生"的弗朗索瓦·德·居莱尔（1854—1928）的所谓
"观念剧"都家喻户晓。剧作家们热衷编撰情爱故事和英雄故事，从
而出现了许多"新浪漫主义"作品。这类剧作家有昂利·费利克斯·巴
塔伊（1872—1922）、乔治·德·波尔图 – 利希（1849—1930）。其
中成就最高的是**爱德蒙·罗斯当**（Edmond Rostand，1868—1918），
以《西哈诺·德·贝热拉克》（1897）一剧成名。剧中情节是虚构的，
但主角西哈诺是法国历史上 17 世纪著名作家，一个正直勇敢的军人，
也是感情充沛、才华横溢的诗人。他长了个大鼻子，深爱表妹，却
没有勇气表白。为了成全表妹对一个青年军官的爱情，西哈诺替不
善言辞的军官写情书，在他们幽会时在暗处为男青年提词。军官不
幸战死，表妹进了修道院。西哈诺每天到修道院看望她。15 年后遭
人暗算身负重伤的西哈诺的这段隐情终于被表妹发现，他获得了爱
情，幸福地死去。这出戏表现高尚、富于牺牲精神的丰富而复杂的
感情。罗斯当另一部较成功的作品《雏鹰》（1900）也充满浪漫，写
1830 年拿破仑的儿子雷切塔德公爵的悲剧。主人公念念不忘自己是
拿破仑的儿子，因母亲是奥地利公主而受奥地利首相梅特涅的钳制。

他想实现父亲遗志，逃离维也纳，但最终仍败于梅特涅之手，身染重病。临死前，梅特涅下令强行给他穿上奥地利贵族的白色礼服。该剧表现了奥地利宫廷复杂的政治，也追思了拿破仑的业绩，透露出民族主义情绪。它和《西哈诺·德·贝热拉克》的结尾都使用了象征手法。前者的结尾象征性地表现了主人公最终抛弃了禁锢自己多年的假面，吐露出心声，而公爵临死前套上的白色礼服，则象征他在短暂地寻回自我之后，最终被剥夺了真实身份，带着假象离开人间。

此期法国戏剧另一个重要潮流是象征主义。象征主义戏剧诞生于 19 世纪末，反自然主义戏剧而行。象征主义戏剧与该派诗歌一样关注人的内心，企图从内心深处发现"真实"，而把客观世界仅看作表象。按照该派戏剧家梅特林克的说法，每个人心中都存在一种"本质的生活"。因此，象征主义戏剧经常有意识地对比"本质"和"表象"。而这种对比往往借助象征完成，从客观环境中寻找"本质"的对应物。类似该派诗歌，象征主义戏剧认为表象与本质的对应超乎理性范围，认为这种对应出现于"神秘的时刻"，戏剧作品应捕捉这些时刻并将其置于作品的核心。这样的戏剧理念决定了该类戏剧的诗意，情节和人物往往具有寓意，而且积极调动灯光、布景等手段来烘托富于诗意的语言。

象征主义的代表剧作家是比利时籍的**莫里斯·梅特林克**（Maurice Maeterlinck, 1862—1949）。他出身贵族，1889 年发表了诗集《暖房》和第一个剧本《玛莱纳公主》，引起批评界注意。1892 年《佩列阿斯与梅丽桑德》在巴黎上演，获成功。四年后他移居法国，此时他已是象征主义戏剧的领袖和代表作家。不久他接触了德国作家诺瓦里斯和美国作家爱默生的作品，受他们感染，连续发表了《莫娜·瓦娜》（1902）、《青鸟》（1908）等一系列优秀剧作，1911 年获诺贝尔文学奖。梅特林克热爱自然，对研究昆虫的生活习性有浓厚的兴趣，发表过研究昆虫的著作。一战后，他在法国尼斯购置了产业，从事写作。二战期间他移居美国，1947 年回法国后不久去世。

《佩列阿斯和梅丽桑德》是他早期重要作品。高洛亲王的妻子梅丽桑德和亲王的弟弟佩列阿斯产生了纯真感情，高洛因此猜疑和嫉妒。佩列阿斯决定离开，临行前的晚上与梅丽桑德相会，被高洛杀死。梅丽桑德极度悲伤，不久也离开人世。死前她告诉高洛，她和佩列阿斯是清白的。作者赋予了这个古老的题材以象征意义。首先，两个主要人物不是作为有血有肉的人物出现在作品中的。无论思想感情和言语行为，他们都天真得有如儿童。梅丽桑德一出场就很神秘，高洛在密林深处遇见她，带她回城堡成婚。她从哪里来，到哪里去，始终是谜，暗示她超脱现实的品质。她与恋人象征着现实世界之外（或之上）的纯朴世界，本真的世界。而且他们的感情是爱情还是友情，朦胧不清。在他们的世界里爱情和友情都植根于精神土壤，纯粹而空灵，使整个故事蒙上童话和理想色彩。其次，作品改变了这类古老故事的主题。高洛的尘世受七情六欲困扰，他根本理解不了妻子和弟弟代表的那个美好世界，最终毁灭自己。作品利用象征将故事提高到哲理层面，穿插了许多富有象征意义的场景和道具。

另一部代表作品《青鸟》采用童话剧形式，剧中小主人公蒂蒂儿和米蒂儿在梦中被巫婆带走，寻找青鸟。他们到了记忆国、黑夜宫、大森林、幸福园、未来王国，多次发现了青鸟。然而一旦抓住青鸟，青鸟便死去或变颜色。他们醒来，发现自己饲养的斑鸠就是青鸟，然而青鸟又因他们的不慎飞走了。最后，蒂蒂儿对观众说："如果有哪位找到了那只鸟，请把鸟还给我们好吗？为了我们今后的幸福，我们需要青鸟。"兄妹俩实际上在寻找青鸟的象征意义。它象征死后的安宁、光明、人的力量、精神的欢乐、人与人的理解，以及祥和的前世世界。结尾青鸟又象征人世普通的生活。青鸟的象征意义朦胧、多解。除象征意义，作品探讨了人生各种问题，如时间与永恒、生与死、幸福与痛苦、人的价值、人与自然的关系。作品没有明确答案，但作为人类代表的两个孩子因天真无邪，而得以感悟到这些问题的"灵魂"。作品大量运用寓意和象征，令人想到中世纪的《玫瑰传奇》，而寻找青鸟的过程又令人想到寻找圣杯的历程，抒情性强。

梅特林克的作品可说是 19 世纪末象征主义思潮的余绪，而雅里的作品则是戏剧革新的前兆。**阿尔弗莱德·雅里**（Alfred Jarry，1873—1907）1894 年发表第一本书《分分秒秒难忘的沙子》。他在中学听大家谈论一个被唤作"艾布"的物理教师，此人神秘古怪，学生常作诗文加以戏谑。他后来便成为雅里的代表作"乌布王"系列主人公乌布王的雏形。雅里生活贫困，从事剧本创作的同时还兼任演员、舞台技术等工作，积劳成疾，不幸早逝。他的创作生涯不长，但却在法国戏剧史上占有重要位置。"乌布王"系列——《乌布王》（1896）、《戴镣铐的乌布王》（1900）、《当乌龟的乌布王》（1944 年演出）——受观众欢迎和批评界赞誉。

从广义上，"乌布王"系列也属于象征主义戏剧。主角乌布王明显具有象征意义。不过，他的作品故意以粗俗的面貌出现；象征主义的作品多是正剧或悲剧，而雅里的作品则是接近闹剧的喜剧。"乌布王"系列中最重要的是《乌布王》。主人公乌布原是小人物，后当上波兰国王的龙骑兵队长。正当他密谋造反时，国王突然召见他，他以为阴谋败露，便痛哭流涕地忏悔，并把罪过推到自己妻子和部下头上。国王以为他说醉话，未予理睬。后来他弑君篡位成功，便横征暴敛，强迫贵族交出财富，对农民更是敲骨吸髓。前朝王子的军队在外国支持下逼近华沙，乌布王下令他的军队抵抗，却不肯拿出军饷，终于众叛亲离，仓皇登船出逃。乌布王被观众接受，成为贪婪、残暴、愚蠢、粗俗、怯懦的代名词，尖锐地讽刺和批判了历史的和现实的统治者。不过，作品并不完全从政治角度刻画这个人物，而是更多地在熟悉的日常生活场景中表现，所以他与其说像个君主，莫如说像个粗俗贪婪的普通人，这就为阐释留下很大空间。事实上，雅里具有强烈的突破现实主义框架的意识。他的剧本不拘泥于真实，情节滑稽离奇，大量运用民间俗语俚语，从而和乌布王的身份造成喜剧性反差。表演时雅里要求人物戴假面具，用特殊腔调道白，动作夸张可笑，还在剧中大量使用象征性道具，几乎摒弃了传统戏剧中表现真实的一切手段。雅里的戏剧对事件和人物极度夸张，开了法国现代主义戏剧先河，与阿波利奈一道被认为是荒诞派戏剧的先驱。

一战后文学　一战刚结束，文学就响起对现存社会秩序的抗议，最强音发自**超现实主义**运动。超现实主义是一战后法国兴起的文学艺术运动和重要文艺流派，也是这期重要的文化思想运动。它对文学创作和绘画、电影、雕塑、建筑、音乐等影响深刻，对后来的文化、思想发展也有重要意义，盛行达半个多世纪，遍及欧、美、亚、非的数十个国家。

与超现实主义联系密切的是一战期间**达达运动**（Dada），出现在一些厌恶战争、避居瑞士的青年知识分子中。1916年年初他们在苏黎世伏尔泰小酒店聚会，罗马尼亚籍诗人特里斯当·查拉将裁纸刀插进一本法德词典，翻开后随意选出一个字"达达"（Dada）为运动命名，同年7月查拉主编的刊物《达达》出版。达达主义是愤激的文艺青年的反抗运动，参加者痛恨屠杀生命、毁灭社会的战争，憎恨产生战争的资本主义世界和资产阶级价值观，而且企图摒除现存思想和制度，反对一切文学传统，甚至要摧毁语言和精神生活。1918年发表的《达达宣言》提出反对一切形式的思想束缚。为此他们采取各种手段，如公开宣传，侮辱谩骂，制造混乱，揶揄嘲讽。在文艺创作上，他们则标新立异，用混乱晦涩的语言和离奇怪谲的形式表现神秘不可思议的偶然想象，例如把各种零碎的照片拼贴起来，给蒙娜·丽莎画上胡须，敲打音键和音箱代替音乐演奏。1916—1922 年达达主义者发表了一系列文艺作品和论著，反映的叛逆和反抗精神在西方青年中引起反响，在欧、美的一些城市出现达达主义团体。巴黎的诗人安德烈·布勒东、路易·阿拉贡和菲利普·苏波也猛烈抨击现实社会、传统文化和价值，并于 1919 年创办刊物《文学》，批判旧文学传统。1920 年查拉到巴黎，组织法国的达达主义团体，除布勒东等三人外，还有些诗人、画家参加。《文学》杂志随之成为达达团体的刊物。

　　达达运动没有系统的理论和明确的目标，也没有显著的创作成果。这样只追求破坏的激情很难持久，而且运动从一开始便带有虚无主义和无政府主义烙印。达达主义者荒谬古怪的创作思想和方法也受到指责和摒弃，内部意见分歧进一步导致运动瓦解。1922 年布勒东在《文学》杂志上发表文章，提出"抛弃达达"，未来的超现实主义者与达达主义从此彻底决裂。到 1924 年，达达运动已不存在，然而达达运动仍有积极意义。它对当时资产阶级社会起了异化作用，尖锐地提示了资本主义文化与价值的虚伪和腐朽，帮助人们冲破思想禁锢，争取精神解放。达达运动对超现实主义的产生起了准备和催化作用，但超现实主义并非由该运动衍生而来。早在达达运动到巴黎之前，布勒东等人在文学领域就已提出自己的思想，显示出后来超现实主义运动的主要方向。超现实主义运动没有停留在单纯地怀疑、否定和批判传统，而是将批判精神和想象力结合，提出奋斗目标和行动纲领，力求构建探究现实的新方式，要改造世界和生活，重建人类理解力。因此，超现实主义有建设意义、更扎实的基础和更深刻的影响。战争对战胜和战败双方都是空前的灾难，俄国十月革命的胜利使青年们看到进行社会革命最积极的表现形式。上过战场、经历过战争苦难的布勒东、阿拉贡和艾吕雅等青年诗人不满足回复到战前状况，在文学艺术方面不愿再探索纯形式而无视现实。他们期望最有革新思想的科学家、哲学家挺身而出，对人、人的精神活动及社会各种关系做出新的解释和阐述。

　　两次大战间，哲学、科学领域出现的令人注目的新发现和理论，对超现实主义的产生和发展具有重要影响。超现实主义者对自然科学成就不感兴趣，但爱因斯坦的相对论却使他们深受启发。爱因斯坦指出真正的世界并不像我们认为的那样，那些牢固确立的观念只适用日常生活常规。这一划时代的深刻论断使人们摆脱思想桎梏，认识到世界并不是不变的，对世界的传统感知方式及如何全面解释世界提出了疑问。此外，20世纪初柏格森的非理性主义为超现实主义运动提供了理论依据。弗洛伊德的理论对超现实主义的影响更突出，特别是无意识、梦幻和性本能的论点。布勒东、阿拉贡都曾学过医，1916年布勒东在南特精神病院服兵役时，接触到弗氏理论，并从精神疾病伤员身上进行试验。布勒东在《超现实主义宣言》中给予弗洛伊德极高评价。法国神经病学家、心理学家皮埃尔·雅内（1859—1947）提出的无意识概念也引起超现实主义者浓厚的兴趣。这些理论促进超现实主义思潮形成和发展，为文艺创作开辟了新途径，而且通过文艺作品扩大了传播。这样，超现实主义便成为一种思想武器，促进了思想解放和文化变革。

　　超现实主义团体正式成立于1924年，10月在巴黎设立了"超现实主义研究室"。布勒东于同年11月发表了纲领性的《超现实主义宣言》，为该主义定下权威性定义，指出它是纯粹的精神自动反应，以口头、书面或其他任何形式表达思想活动。这是思想的真实记录，不受理智监督，也没有美学和伦理挂虑。超现实主义是基于信仰由迄今遭到忽视的某些联想产生的高级现实，梦幻的巨大威力和不受利害关系影响的思想活动。它要最终摧毁其他精神机制。12月新机关报《超现实主义革命》创刊，1930年出版了新刊物《为革命服务的超现实主义》。当时除发起者，参加的有许多诗人、剧作家、画家。1924—1929年该主义建立和发展时期中，超现实主义者批判文艺创作的形式主义，并不断探索，创造自己的艺术表达方式，成果丰硕，许多作品成为传世代表作。

　　超现实主义运动批判现实主义。布勒东批评现实主义"对科学、艺术的发展横加阻挠"，"以低级趣味迎合舆论"。他抨击现实主义小说庸俗、肤浅、扭曲现实。他们把语言看作把人从社会清规戒律下解放出来的手段，而解放语言又是必要条件。布勒东在《论超现实主义》中指出应该恢复语言真正的生命力，提倡语言革命，要砸烂语言的枷锁，即理性和逻辑。超现实主义者为表现精神自动性，系统地探索无意识下纯精神活动的奥秘和作用，在创作中采用叙述梦幻和催眠的试验，以及自动写作方法。他们认为疯狂是超现实主义表现的方式，可表达最纯粹的主观愿望，使自由意志畅行无阻。而"自动写作"就是与睡梦相等的写作，梦幻与现实、意识与无意识互相渗透、互相贯穿。他们相信自动写作解放了想象力，发挥了语言潜力，能表现作者潜在的欲望，改变逻辑次序，不再由形式决定美学标准。这种创作方法的首创者是兰波、洛特雷阿蒙，很快便成为超现实主义者最佳的创作方法和标志。当然，以这样神秘玄妙的方法，随心所欲地写出的作品晦涩难懂，如同梦呓，很难吸引读者。他们还认为精神解放和对自动性的探索是集体的事，主张文艺创作采取集体行动。他们共同搜集材料，共同思考和写作，甚至集体做称为"美妙的尸体"的游戏，由几个人共同写一句话或作一幅画。

超现实主义运动既然质疑和谴责资产阶级政治的虚伪和欺骗，介入政治生活便理所当然。当时法国和欧洲的重大事件也促使他们投入现实斗争。从1924年起他们便通过《光明》杂志与法共接近。但与法共的合作也引起运动内部分裂。纳维尔主张加入共产主义队伍，投身于社会主义革命，布勒东更强调超现实主义运动需保持独立。1926年，他发表《正当防卫》一文，明确宣布超现实主义团体独立自主的立场，同时批评法共不关心精神世界革命。1927年，阿拉贡、艾吕雅、佩雷、尤尼克和布勒东先后加入法共。但法共对他们始终抱有戒心，而运动内部的人则对他们靠拢法共大加抨击。1933年6月，布勒东、艾吕雅等人被法共开除。超现实主义者虽与法共保持一定距离，但并未脱离政治斗争。在国内他们反摩洛哥战争，反法西斯势力，支持民主运动；在国际上他们站在西班牙共和国一边，积极投身国际斗争。超现实主义运动内部的意见分歧由来已久，1930年的"阿拉贡事件"使内部矛盾更尖锐。这年底，阿拉贡参加在苏联举行的第二届国际革命作家代表大会，会议期间他谴责唯心主义和弗氏学说，承认错误，接受会议路线。回国后，他受到布勒东等人的严厉批判，1932年被开除出团体。阿拉贡被开除及1938年艾吕雅与超现实主义决裂沉重打击了运动。二战爆发后，有的成员从军，有的避居国外，该主义声势大减。

超现实主义流派以诗歌创作为主，其成果也最为突出。他们接受浪漫主义、象征主义的启蒙，把奈瓦尔、波德莱尔、兰波、阿波利奈等视为先驱。该派诗人认为，诗歌是通过梦幻、诡异、疯狂、幻觉等各种试验系统探索无意识境界的最佳手段，是超越自我达到超现实的有效的创作形式。他们主张诗歌尽情宣泄内心感受，不靠理智和技巧辅佐，也无须酝酿和修改润色，而是无拘束地通过潜意识表现最富魅力的神奇世界。超现实主义诗歌形式和内容离奇古怪，难理解，诗人的创作意图与效果有不小距离。

超现实主义运动创始人**安德烈·布勒东**（André Breton，1896—1966）是诗人、理论家、小说家。他1913年到巴黎学医，一战后开始从事文学，与诗人瓦雷里、阿波利奈、雅克·瓦歇（1896—1916）及弗洛伊德结识来往。他的著作不论诗歌、散文、小说或宣言、评论，都与他为之奋斗的超现实主义运动密不可分。他始终不渝地维护该运动的原则和观点，写过许多理论著作，如1924年和1929年两次发表的《超现实主义宣言》、《正当防卫》（1926）、《关于缺乏现实性的演说的引言》（1927）、《超现实主义与绘画》（1928）等。他的诗作也很丰富。第一部诗集《当铺》（1919）见证了他从开始热爱文学到萌生反抗意识。《大地之光》（1923）是他内心的声音，以自动写作方式写成，充满不可思议的词语和形象。诗集《可溶解的鱼》（1924）是超现实主义理论的具体体现，对比相距甚远的东西，打破词语形式上的对立，表达新奇怪谲。《白发左轮枪》（1932）展现想象力的奇妙，探索内心广阔的天地。收入《水的空气》（1934）集子的诗是由瞬间感觉和词语自由组合拼出的"纯粹的诗"，生动优美的形象直接呈现眼前。布勒东和艾吕雅、夏尔合写的《慢行，前面施工》（1930），是集体创作的典型作品之一，除各自署名的简短序言，分不出哪句诗出自谁之手。布勒东的其他作品还有第一部超现实主义著作《磁场》（1920）、小说《娜嘉》（1928）、《连通器》（1932）、《狂爱》（1937）等重要著作。

超现实主义运动的另一位诗人、小说家、文学评论家、政论家**路易·阿拉贡**（Louis Aragon，1897—1982）一生充满矛盾。1928年他结识苏联诗人马雅可夫斯基，并与后者夫人的妹妹产生爱情之后，在文学创作和生活道路上发生突变，最后与超现实主义决裂。阿拉贡的优秀作品如抗抵运动时的诗歌、歌颂爱情的诗歌、《现实世界》系列小说和后来的许多小说，都是脱离超现实主义后写的。不过他在超现实主义诗歌、散文和理论方面也不乏重要作品。《欢乐之火》（1920）是第一部诗集，写青年的发现、不安和忧郁，诗中兼有阿波利奈诗歌的忧伤情调和立体派诗人勒韦尔迪（1889—1960）文字简约的影响。《永恒运动》（1926）收入他参加达达运动到超现实主义团体成立这时期的诗，形式和内容带有浓厚的超现实主义色彩，难懂，如《百叶窗》这首诗只是反复重复标题的"百叶窗"这个词，《自杀》一首则只列举二十六个字母。诗人想借此抨击陈旧的诗歌创作，暗示要与现实相反地透过表面字句辨读诗歌。《大喜集》（1929）的标题是反语，发表时封面是服丧的图景，内容突出嘲讽、绝望和愤慨，充斥陈词滥调，空洞乏味。他奋起反抗，认为世界毁灭了一切，连爱情也未能幸免。他愤怒地控诉世界秩序只对某些人有利，尖刻地嘲讽鞭笞军人、警察、神甫、教士、形形色色脑满肠肥的人物。诗人在抨击、针砭荒谬的社会时，流露出黑色幽默式的苦涩无奈。《有迫害狂的迫害者》（1931）是他从苏联归来后发表的诗集，已不再单纯反抗，但仍未排除超现实主义影响。在奠定超现实主义理论基础方面他的功绩可与布勒东齐肩。《阿尼塞或西洋景，小说》（1921）是第一部现实主义小说，《巴黎的土包子》（1926）是超现实主义代表作。

保尔·艾吕雅（Paul Eluard，1895—1952）是超现实主义著名诗人，患肺病辍学后去瑞士疗养。一战时在医院服役，后与布勒东、阿拉贡等结识。艾吕雅起初受一体主义（unanimisme）诗人影响，后来在达达运动和超现实主义创作中，进行语言探索，形成独特风格。他的诗通透开放，清澈明朗，形象朴素、直接、大胆，歌颂爱情、友谊、自由和光明，抒发孤独、抑郁和失望的痛苦。他认为只有能交流的诗才是好诗，强调诗的语言力量。他的诗不乏突兀奇特的比喻，但语言简洁明快，在超现实主义诗歌中独树一帜。他的诗歌如《痛苦的首都》（1926），梦幻与现实交织，矛盾、对立的词语创造出奇妙诡异的形象。他的诗也表现了梦幻者的孤寂，布满陷阱的外部世界的无情。《爱情与诗歌》（1929）的诗短小紧凑，高度简练，歌颂纯真的爱情净化世界，清除邪恶，使生活、幸福、友谊成为可能。《公共的玫瑰》（1934）包括他最优秀的超现实主义诗歌，视野、灵感大为开阔，心境不再隔绝，转为分担他人的痛苦和不幸。诗中不乏奇诡的幻象、反抗的呼声，充满唤起人们团结友爱的感情。

诗人**保尔·瓦雷里**（Paul Valéry，1871—1945）走了与超现实主义相反的创作道路。他在中学时喜爱浪漫主义诗歌。后来在于斯芒斯的小说《逆向》影响下，他迷上了象征主义诗歌，崇拜马拉美。瓦雷里大学时开始发表诗歌，不久结识了马拉美和纪德，1894 年定居巴黎，到国防部任文稿起草人。1900—1922 年，他做哈瓦斯通讯社负责人的私人秘书。二战期间他坚决不与占领者合作，参加了作家民族阵线。他曾四次由政府授勋，并享有英、葡、匈等国荣誉职衔，1925 年入选法兰西学士院，1937 年起主持法兰西学士院诗学讲座。1945 年巴黎解放后不久他去世，举行了国葬。

瓦雷里 21 岁经历了短暂精神危机，放弃了文学理想。之后 20 年他主要的兴趣是哲学和数学，探讨人的精神活动，研究精神活动与人的本质的关系。1894 年发表的散文作品《与台斯特先生夜谈》以古典主义简约的笔法刻画一个生活清峻、思维严谨的知识分子。作者描述的正是自己智力训练的体会和理想，主要思想此期已成形。1895 年的长篇论文《莱奥纳多·达·芬奇方法导论》以这位学识修养跨越科学和艺术领域的巨人为例，证明从精神本源讲诗与科学不存在不可逾越的鸿沟。这部著作奠定了他诗歌创作和诗学理论的基础。1913 年应纪德等人要求，他整理青年时代诗稿，同时构思新诗，以此与青年时代的"戏作"告别。这就是《旧诗集存》（1920），共20首韵文诗和一首散文诗。新诗经过两年苦思，最后扩展成512行的长诗《年轻的命运女神》，亦收入《旧诗集存》，与第二个诗集《幻美集》（1922）一起蜚声诗坛。许多诗，如《织女》《那喀索斯的话》《女巫》《那喀索斯的断想》《海滨墓园》，成为脍炙人口的名篇。

　　瓦雷里是法国后期象征主义的主要代表。他开始创作时正值19世纪八九十年代，当时以"颓废派"自居的第二代象征派诗人十分活跃，他深受该派影响。他的许多诗运用波德莱尔的通感理论，努力捕捉事物在感官上留下的印象，描写感情的反应和变化，力图赋予主体印象和情感不同的个性特征。《旧诗集存》捕捉并夸张自我心灵特征，抒发抑郁、朦胧，带有神秘色彩。这些作品还没突破早期象征主义诗歌窠臼，显露出稚嫩痕迹。《旧诗集存》中的《年轻的命运女神》标志着诗人经过20年"智力锻炼"，终于找到了自己诗歌创作的道路。从题材上看，这首长诗选取了神话题目，但具有全新的象征意义。诗歌是年轻的命运女神独白。半夜时分在海边沉睡的命运女神突然惊醒，感到巨大的痛苦侵入身体，物质世界各种新鲜而强烈的印象刺激、压迫她的感觉。她回忆起过去曾沉湎波动的激情，悔恨不已。在极度的懊恼与痛苦中，她想一死了之。然而东方已孕育曙光，她重又感到生命的冲动主宰了她的意志，又睡去。当她再次醒来时，东方已破晓。这首诗表明诗人已超越旧诗阶段，力图反映人的意识对感觉状态的观照，让潜在的心理活动经过智力整合进入诗的领域。我们从诗中看到气象万千的物质世界、日新月异的感觉印象、内心世界对物质世界的反应变化。然而人生的价值不能从变动的感觉中寻找，主观永恒的秩序只有通过意识的观照、探索、判断才能把握。

此后他在诗歌中突出了智性作用，成为带有诗人个性特色的哲理诗。《海滨墓园》是这类诗的登峰造极之作，诗人直接出面侃侃而谈。他坐在海滨一座墓地里，远眺碧海苍天，近观坟冢石碑，宇宙的演化、人生的变幻，万千气象纷至沓来，使他浮想联翩，慨然而歌。这首诗里生与死、动与静、永恒与无常、有限与无限、绝对与相对、精神与物质等传统的哲学二元对立都纳入诗人的视野。诗的结尾召唤海涛撞碎凝固静止的物象，希望自己的诗篇随海风高扬。这首诗赞美精神和意识力量，是人自觉运用意识反观自我时获得的生命价值。然而诗人并不喜欢纯粹思辨的哲学，认为精神或意识活动是对感性认识和感情活动的把握，紧密联系感觉和印象。

他的诗大多都是格律诗，甚至包括音律严格的十四行诗，使他的诗形式上接近古典主义。他爱用富韵（rimes riches）（例如《蛇的诉说》），在那个自由诗呼声高的年代里，这种做法难免遭讥诮，但大多数人并不否认他的诗歌总体的艺术成就。他继承马拉美，强调音乐性，又力图增加诗歌语象的密度和整体容量。为此他用词俭省，常用生僻词，造成晦涩难懂。《幻美集》之后，他又发表过一些诗作和三部诗剧，并对诗学理论倾注了越来越多的精力，先后写了《心灵和舞蹈》（1921）、《厄帕里诺斯》（1923）、《固定的思想》（1932）、《我的浮士德》（1945）等对话体理论著作。他还有许多论文，并在欧洲各地演讲，介绍法国文学，阐述自己的诗学观。哲学论文和讲演收入论文集《杂文集》。瓦雷里在诗学理论上继承并发展了马拉美的传统。其核心是"纯诗论"，即从观察中推演出想象，引导我们对语言和语言对人的作用之间不同的、多样的关系进行困难又重要的研究。他又说，"纯诗"实质是个"分析观念"，与道德概念无涉，并提出"纯诗"概念是要把诗人和读者的审美注意都引导到语言和语言与精神的关系上来。他的著名论断是"诗是语言中的一种语言"。

从纯诗理论出发，他为诗歌的形式提出了定义，即形式是"声音、节奏、词与词的形态比较，以及这种比较的感应效果或者相互影响"。他不否认诗歌的思想内容，但他讲的内容是"内心的话语"，"精神的意愿和感觉"。他强调，不同于散文，在诗歌中起决定作用的是形式，"诗歌是形式的女儿"，"形式产生于作品之前"。这些形式主义见解很极端，把语言形式放在决定性地位上，对传统的灵感说持保留态度。

与瓦雷里并称后期象征主义代表的是**保尔·克洛代尔**（Paul Claudel，1868—1955），他的创作生涯长达 66 年多，以充满强烈宗教感情、艺术上孜孜不倦探索的戏剧和诗歌闻名。他 14 岁开始写诗，在大学期间仍迷恋戏剧和诗歌。1886 年圣诞夜，在巴黎圣母院望大弥撒，他感到一股勃发的激情，立志为歌颂天主教信仰献身。四年后他正式皈依天主教。1890 年他参加外交会考并夺桂冠，自此开始外交生涯。皈依天主教和履行外交使命赋予他的文学创作两个鲜明特征：狂热的宗教激情和对东西方文化的融会贯通。他曾在许多国家任职，在中国任职三次，长达 15 年。在几十年的外交生涯中，他担任过驻纽约、波士顿、汉堡等地的领事，驻巴西、丹麦、日本、美国、比利时等国大使，几乎走遍全球。1936 年他退休，潜心写作，1946 年入选法兰西学士院。

他一生著作丰厚，在任外交官时也频频发表作品，还是《新法兰西评论》特约撰稿人。他的戏剧作品主要有《金头》（1889，1894）、《城市》（1890，1897）、《少女薇奥兰》（1892，1898）、《第七日的休息》（1896）、《正午的分界》（1905，1948）、《给圣母马利亚报信》（1912，1948）、《人质》三部曲、《硬面包》、《受辱之父》（1908，1914，1916）、《缎子鞋》（1923，1943）。另外还有神话喜剧《普洛透斯》（1913）、抒情喜剧《熊和月亮》（1917）、清唱剧《火

刑台上的贞德》（1935）及若干剧本提纲，他还翻译了古希腊埃斯库
罗斯的三部悲剧。他的诗集主要有《流亡诗集》（1905）、《五大颂歌》
（1910）、《三重唱歌词》（1914）、《战争诗集》（1915—1916）、《圣
徒诗叶》（1925）、《扇面百言》（1926）、《光辉形象》（1947）、《诗
歌杂集》（1952）以及死后由别人整理的《重拾诗集》等。他还有根
据中文诗改写的《拟中国小诗》（1935）和《拟中国诗补》（1938）。
他的散文结集有《创造的艺术》（1907）、《形象与比喻》（1936）、《眼
在听》（1946）等。

　　戏剧是他作品的主要部分，也是他艺术才华的主要表现。早期
剧作《城市》运用象征手法描绘毫无宗教信仰的现代工业化城市的
命运。主要人物分别象征互相斗争着的政治、文化、宗教倾向。《第
七日的休息》是他到中国后写的第一部剧作，体现了对古代中国传
统文化否定中的肯定，在东方传统文化的背景中渗入了西方基督教
精神。剧情简单：中国某朝时国家遭灾，鬼魂作乱，争抢活人的吃食，
求神拜佛、施行巫术都无济于事。皇帝决定亲自赴阴曹地府探个明白。
他在阴间见到母亲的亡魂，会见了阎罗王，得知灾祸的原因是活人
妨碍了死人的宁静。皇帝从地府回返，恰逢饥民造反。他高举十字
架模样的龙杖，令叛逆者臣服，并转告上天的旨意，要求六天干活，
第七天休息作祷告。说完，皇帝乘云而逝。剧本主题是天主教对"异
邦蛮族"文明的胜利。《正午的分界》讲三男一女四个欧洲人在当时
中国的感情生活。剧的主题是罪孽，有自传性质，可看作他与波兰
萝萨丽·维齐夫人长达四年的非法恋情的精神总结。作品反映了主
人公在世俗爱和对天主的爱之间的犹豫不决和痛苦。该剧第三幕围
困的背景无疑是作者耳闻目睹中国人对"洋鬼子"仇视行为的写照。
轰动上海的1898年"四明公所事件"中他亲自参加的与宁波同乡会
人士的浴血冲突、他风闻的"教民血案"及震惊中外的义和团起义

都在这一幕中留下了历史痕迹。

《缎子鞋》是他最长也最著名的剧本，以欧、美、非三大洲为背景，呈现 16 世纪末、17 世纪初以西班牙为中心的殖民帝国的巨幅画卷。中心线索是西班牙重臣堂·罗得里格与贵妇堂娜·普萝艾丝的爱情悲剧。普萝艾丝与罗得里格邂逅相识，一往情深。她不顾丈夫的禁令，与情人约定在海滨旅店见面，但罗得里格途中遇险无法前往。在天主启示下，她悟出灵与肉之理，毅然赴非洲要塞摩加多尔担起天主教国家给她的使命。罗得里格去美洲总督府赴任途中借道非洲邀她同行。但已献身天主的她回绝了。两人天各一方，但心心相印。十年后，已成寡妇的普萝艾丝被迫嫁给为西班牙守要塞的异教徒卡米叶。又是十多年后，历尽磨难的罗得里格已失宠朝廷，又老又残，被卖作奴隶。此外，剧中还有贫穷少女与那不勒斯总督富于田园诗情调的理想爱情及许多插曲过场。《缎子鞋》剧情跌宕起伏，地点、时间跨度极大，舞台色彩斑斓，人物众多，是史诗般巨著。这种气势非凡的大框架反映世界统一在"万能的天主"下的主导思想。男女主人公在基督教精神驱使下禁锢个人欲念，导致爱情悲剧。这样就引出统霸全球的殖民事业和献身天主的宗教事业的两重主题。两人的后代七剑与缪西卡之子奥地利的胡安的结合又使"崇高"的悲剧与"浪漫"的田园诗统一于剧尾。七剑与胡安分别象征基督教精神和殖民扩张精神，如此，统一全球的近代资本主义原始积累又与所谓"拯救灵魂"的基督教传教形成"最高"的"宇宙整体"精神。《缎子鞋》写了王公大臣、市民百姓、三教九流共 70 多个人物，运用众多语言风格，体现了世界的多样化和基督教的天命。

在诗歌方面，克洛代尔同样是不懈的探索者。他自幼就喜爱兰波的诗，也曾是马拉美家星期二聚会的常客。他继承发扬马拉美诗中的神秘成分，并把这种神秘与兰波不倦的追求精神及自己心中的

宗教激情融合一体，形成独特的气势磅礴的抒情诗歌。这也是他作
为法国象征主义诗歌后期大师的一大特点。他早年写过格律诗，如
《流亡诗集》，后来独创了一种新的诗体，叫作"诗节"（verset），是
自由的散文化诗体，一行或几行构成一节。这种诗行的长度取决于
呼吸周期的长短，而呼吸则受诗人的激动程度影响。他和马拉美一样，
强调诗行中"空白"的重要性，希望通过诗节间的空白停顿迸发思想。
他绝大多数诗歌和剧本都采用这种不押韵、没格律、节奏十分明快
的诗节。其中《五大颂歌》和《三重唱歌词》为诗人心灵深处对天
主的神恩、对缪斯神及对崇高的诗歌境界的歌颂，最为有名。他的
诗歌理论和创作手法对后来许多诗人都有决定性影响。

　　克洛代尔在中国时被这个神秘大国迷住，眼中的神州大地俯拾
皆诗。散文诗集《认识东方》写下了和煦的春风、碧绿的禾田、空
灵的古塔、幽静的庙宇、醇香的佳酿、鲜亮的金橘、闹忙的街市、
蛙噪的池塘等。他喜欢中国风光，更喜欢中国的文化，虽不懂中文，
但凭着诗人的敏感，他对传统的华夏文化做出了独特而有意义的理
解。他的《拟中国小诗》和《拟中国诗补》是对中国古诗借题发挥
的自由创作，其中有的"拟作"对中文原诗的再表达十分有意思。
他对道家思想也颇有研究，在来中国前，他就通过英译本把《道德
经》的第五和第十一章译成法文。《庄子》一书更是他床头的必读书。
他写的《老子出关》一文，把老子对"道"的执着追求与诗人对诗
意美的刻意探索比较。他在散文作品、讲座报告中反复引用《庄子》
的"庖丁解牛""庄周梦蝶""井底之蛙""遗失玄珠""混沌开窍"
等寓言故事，在戏剧作品中也有类似的隐喻影射，一厢情愿地以"东
方圣人"的玄理来阐释自己对种种文化现象的理解。他对中国的地
方戏曲艺术、民间传说也处处留心，随时借鉴。他受中国传统剧种
串场戏手法的启发，在剧中设计与剧情无多大联系的角色，让他们

在幕间插科打诨，嬉笑怒骂，或对戏的表演指点一番，使人耳目一新。他甚至在剧中让类似京剧的检场人走上舞台，当着观众更换道具。他在日本和美国两次观看梅兰芳演出，高度赞扬了梅兰芳的表演艺术。他可算是 20 世纪法国文坛介绍中国文化的第一人，正是从他开始，中国文化进入了法国文学中。

　　小说　一战前夕法国小说已见革新端倪。1914 年纪德发表《梵蒂冈的地窖》，以扑朔迷离的情节挑战小说传统形式。同年，普鲁斯特出版了《追忆似水年华》第一卷，成为现代主义文学经典和意识流小说代表。大战后，小说革新势头渐趋强劲，纪德进一步对摆脱小说的传统理念和方法进行了深刻思考，在《〈伪币制造者〉日记》中提出写纯小说，认为小说的功能在于挖掘人的本质，探求人生价值、意义和真谛。1928 年，莫里亚克发表论文《小说》，首次提出"现代小说"概念，矛头直指巴尔扎克倡导的小说是社会的画卷和历史的"秘书"的传统观念和理论。论文主张将希腊、拉丁文化的清晰明快与斯拉夫、北欧文化的复杂曲折融为一体。此后，革新的小说家纷纷投入小说革新实践，并重新界定什么是小说和小说的功能。"内心独白"这种揭示深层意识活动的手法得到较大关注。另外，小说创作应用超现实主义也形成革新亮点。小说家们力求索解人与生存环境的关系，作品常带有象征主义色彩。小说家们致力心灵的挖掘，探讨人类的命运和生命的价值，肯定行动的意义，也以各自的方式涉及社会重大问题。

　　马塞尔·普鲁斯特（Marcel Proust，1871—1922）父亲是著名医学教授，曾任全法卫生总监。普鲁斯特自小身体羸弱，哮喘病伴随了他一生。中学毕业后，他应征在步兵团服役一年，随后进大学，获法学学士。接着他又到巴黎大学深造，获文学学士，并被马扎林纳图书馆录用。但他于 1900 年辞职，全力投入创作。他在读书期间出入社交界，结识了法朗士、都德等作家，1893年进入巴黎圣日耳曼城关的贵族沙龙。在社交圈里，他与王公贵胄、金融巨头、外交官、艺术家、社会名流等各色人物接触，他们成为其小说人物的原型。他还经常参观博物馆和画展，听音乐会和看戏，在国内外旅游，到海滨疗养。这些经历丰富了他的生活，锻炼了他的观察和分析能力。1898年在德雷福斯案运动中，他坚决站在左拉为首的反政府营垒一边，支持这位遭陷害的犹太裔军官平反。这期间，他的哮喘病日益严重，不久父母相继去世，他受到极大打击，不得不住院治疗。出院后，为防止花香、异味诱发哮喘，他经常待在门窗紧闭、挂着帷幔的房间里，一边进行呼吸道烟熏疗法，一边勤奋写作。他自幼酷爱读书，从法国经典作品中汲取了丰富的滋养，还从哈代、艾略特、狄更斯、罗斯金等人的作品中得到教益。1892年，他与友人创办了《宴饮》杂志，只出了八期。他在该杂志及其他杂志上发表短篇小说和随笔。《欢乐与时日》（1896）是他第一部结集出版的作品，由法朗士作序，包括多篇随笔、短篇小说和短诗。作者把所见、所感和所思流畅地记录下来，既有浮云、落日、树林、大海的景物描绘，又有上流社会人物的刻画，以及对追逐时尚、爱慕虚荣的女子心理的分析，洞察力敏锐、文笔细腻。不过这些作品染上了世纪末的颓风，没引起反响。

1895年9月起，他开始创作一部第三人称的小说，但没有完成，1952年初版时被整理与校勘人贝尔纳·德·法卢瓦定名为《让·桑特依》。作者只把回忆所唤醒的种种印象和感受记录下来，形成长短不等、各自独立的片断。然后他开始组织章节，把片断衔接起来，这项工作大部分是由法卢瓦完成的。《让·桑特依》是自传性小说，《序言》交代匿名叙述者于1895年9月和一位友人去孔卡尔诺海湾度假，结识了仰慕已久的作家C。这位作家每天下午到灯塔管理员的小屋去写作，自称写的是真人真事，并每晚把当天写的段落读给两个年轻人听。几年后作家去世了，叙述者得到小说的一个抄本，决定发表，这就是《让·桑特依》。它写主人公让·桑特依童年和少年的生活，包括主人公极度敏感，对母亲的挚爱，阅读过的书籍，同学间的友情，社会交往和恋爱经历，军旅生活，德雷福斯案件，以及上流社会的各色人物。这些内容与《追忆似水年华》大致吻合，某些情节甚至原封不动地移植到《追忆似水年华》中。

　　另一部未完成的作品是《驳圣勃夫》。他早就想批评这位文学评论家，酝酿四年后于 1908 年动笔。他试图通过批判圣勃夫的方法来阐述他本人的美学思想。他认为圣勃夫对同时代大作家的评价有失偏颇，没深入作品去探寻作者的奥秘，仅仅注意作者的生平、性格和逸闻趣事。普鲁斯特认为艺术创造的主体不是社会实践中的人，而是深层的自我。这是对法国 19 世纪实证主义批评的否定，为日后法国新批评开创了道路。他反对艺术创造中的唯物主义，主张摈弃粗陋的表象，发掘永恒性的东西，以求"内在的真实"。他认为创作的基础是感受力、直觉和本能。他还在书中对奈瓦尔、波德莱尔和巴尔扎克的思想方式、创作手法和风格作了专题分析，陈述了他对艺术和文学批评的观点。《驳圣勃夫》的思想观点多用小说笔法表述，甚至还采用了作者与母亲谈话的形式。我们在其中看到了《追忆似水年华》叙述的某些插曲（如睡眠、记忆中的房间、家族姓氏引发的联想、贡布雷的假期生活和威尼斯之旅等）。作者在书中描绘的一些人物亦将用原名或更改名在《追忆似水年华》中出现。这部作品在作者生前未发表，1954 年经后人根据遗稿整理出版。普鲁斯特对美学理论的研究还有 1900—1906 年研究英国美学家罗斯金的《罗斯金在法国的朝圣》和《论约翰·罗斯金》，还翻译了罗斯金的著作《亚眠的对话》和《芝麻与百合》。1908 年他借一则社会新闻为《费加罗报》写了一系列模拟米什莱、圣西蒙、福楼拜、巴尔扎克、圣勃夫、龚古尔兄弟、勒南、法盖等作家文笔的仿作，后收入《仿作与杂文》（1919）。他对模仿乐此不疲，早在《欢乐与时日》中就有模仿福楼拜风格的《布瓦尔和佩居谢的社交热和音乐癖》一文。在《追忆似水年华》的最后一部里又有仿造龚古尔兄弟日记的一个片段。这些仿作将批评理论与创作实践结合，是他与大师们拉开距离、创造别具特色作品的尝试。

1909 年秋至 1912 年创作的长篇小说《心灵的间歇》有两部：《失去的时间》和《寻回的时间》。没有出版社愿意接受它。1913 年格拉塞出版社同意由作者自费出版第一部。因它篇幅太长，决定分成《在斯万家那边》和《盖尔芒特家那边》两卷发表，并把全书更名为《追忆似水年华》（又译《寻找失去的时间》）。一战爆发后，格拉塞出版社停业，第二卷未能出版。此时伽利玛出版社认识到当初拒绝这作品的错误，与他正式签约。战争期间他扩展了小说篇幅，在哮喘病煎熬中半卧床上写作，修改作品和校样，终于完成了小说创作，陆续发表了第二部《在如花的少女们身旁》（1918，获 1919 年龚古尔文学奖）、第三部《盖尔芒特家那边》（1920—1921）和第四部《索多姆和戈摩尔》（1921—1922）。小说最后三部是他死后发表的，即第五部《女囚》（1923）、第六部《失踪的阿尔贝蒂娜》或《女逃亡者》（1925）和第七部《重现的时光》（1927）。

《追忆似水年华》长达 240 余万字，以主人公马塞尔怀念和追忆逝去的青春为主线，展现了 19 世纪末至 20 世纪初法国上层社会的图景。小说不以重大社会问题为主题，但历史背景广阔，从 1870 年的普法战争至 1914 年的一战，许多重大历史事件在书中都有反映。小说着力描绘贵族阶级、资产阶级及劳动人民，尤其是仆役的群像。书中的贵族阶级有旧王朝贵族和帝国贵族、巴黎贵族和外省贵族之分。处于社会阶梯最顶端的盖尔芒特家族，比公元 10—14 世纪统治法国的卡佩家族还古老。资产阶级内部也有不同阶层，活跃在小说中的人物有巴黎的资产者和诺曼底的显要、实业家和银行家、艺术家和外交家、医生和大学教授，还有富裕的犹太裔群体。作者头脑清醒、目光犀利，十分精到地分析了不同阶级、阶层的价值观和风俗习惯，以及贵族和资产阶级的逐步融合。饱食终日、思想空虚的公子哥，趋炎附势、追逐时尚的习性，光怪陆离的社会，庸俗可笑的人生百态，都是他辛辣讽刺的对象。因此，该小说可说是具有社会意义的编年史。

《追忆似水年华》又是对心灵"深层矿脉"的开掘，是主人公潜在意识的记录。小说没有引人入胜的故事，甚至没有连贯的情节。作者关注内心世界，深刻分析主人公最微小的感受，捕捉思想上最细微的波动，借助潜意识、回忆、梦幻和想象，交叉地重现逝去的岁月，抒发对故人和往事的无限怀念。时间是贯穿小说始终的一个主题。作者大学期间认识了柏格森，受到柏格森"生命冲动"概念、直觉主义和"心理时间"说的启迪。他正是依据心理时间来处理这部小说的时空结构的。时间改变一切，但回忆可以复活储存于梦中和下意识中的过去的自我。不过作者是不由自主地回忆，在现实生活中接触到的某个事物打开了记忆的闸门，潜存在下意识中的往事便如潮水涌来。比如第一部第一卷《孔布雷》中的例子。冬季一天，主人公回到家里，母亲劝他喝茶暖身，并叫人端来叫作"小玛德莱娜"的点心。他掰了一块放进茶水泡软后食用，然后舀了一勺茶送到嘴边。当带着点心渣的茶水碰到上腭，他顿时浑身一震，一种美妙的快感传遍全身。这种感觉从何而来？他百思不得其解，只感到内心深处在颤抖，在浮升。突然回忆出现了，那小玛德莱娜的滋味，正是儿时在孔布雷度假时，有个星期天早晨姨妈在茶水中浸过后拿给他吃的那种扇贝状小点心的滋味。于是，姨妈住过的那幢临街的灰楼、午餐前他玩耍的广场、花园里的鲜花、善良的村民和他们的小屋，还有教堂及孔布雷的一切和周围的景物，全都从茶杯中浮现出来。他发现这种感觉使现在和过去部分地重叠。而有现时的感觉依托，往事更清晰，流逝的岁月在我们心中依然风光无限。这是超越时间的体验，因此不必再担心遗忘和死亡。但是，对逃脱了时间制约的片断体味转瞬即逝，要把它固定下来非仰仗艺术功能不可。他顿生年华似流水的感慨，决心写一部以时间为主题的书，寻回逝去的年华，超越时间局限获得永生。

爱情是这部小说的另一个重要主题。作者通过斯万之恋和主人公马塞尔的情感经历，对爱情心理作了深入探索和细致分析，准确地阐述了贯穿恋爱全过程的种种现象和心态：萍水相逢的快乐、彼此的迷恋、等待的焦虑、相聚的烦恼、离别的痛苦、嫉妒、猜疑、感情的冷淡和最终的遗忘。人物从切身的感受中领悟到爱无平静可言，它包含持久的痛苦，而爱得最深最易受伤害。在《索多姆和戈摩尔》中，作者着力描写了变态爱情。索多姆和戈摩尔是《圣经》里著名的罪恶之城（在《圣经》中通译"所多玛"和"娥摩拉"），由于居民道德沦丧，受到上帝惩罚，被硫黄焚毁。作者分析了不同阶层和职业的男女同性恋者的性心理，试图解释索多姆和戈摩尔城居民后裔的变态行为，并把他们的境遇与遭到排斥、生活于社会边缘的犹太人相比：这些人为社会不容，被人类群体唾弃。作者极为敏感，当他发现自己也对男人更感兴趣时，这难言之隐使他痛苦不已。他在小说里触及同性恋问题，恐怕是出于忏悔和自我剖析的需要。

第七部《重现的时光》发表了关于艺术创造的长篇议论，反对视文学为趋于淘汰的精神游戏，并认为小说不应对事物作电影式展示。而仅仅记录事物的外表，是虚假的现实主义。只有在记忆中现实才呈现真面目，才得以保留事物本质，未来又促使我们去重新品味它。这种本质才是艺术所应表现的。他抨击象征主义的抽象和缺乏生活、没有深度。他还十分强调隐喻的重要，创造了涉及日常生活、动植物、自然科学、心理学、政治学诸领域的丰富奇特的隐喻，使描写对象形象化，营造出浓浓的诗意。

　　普鲁斯特把这部长篇小说当作大教堂设计，精心安排代表资产阶级的斯万家和代表贵族的盖尔芒特家的对称结构。看似相互独立的部分逐步展开，那么多细部在两翼遥相呼应，那么多石块在开工伊始就砌置整齐，渐渐形成一个有机整体，到全书最后呈现出一座宏伟教堂的全貌。《追忆似水年华》打破了传统叙述模式，大量运用倒叙、预叙、集叙等时间倒错手段，以表现超越时空的潜意识。篇幅极长的场景描述与叙述空白交替出现，单一事件叙事与同类事件综合叙事相互结合，改变了小说叙述的节奏体系。除主人公出生前发生的《斯万之恋》外，小说其余部分都用第一人称。"我"是位成年叙述者，他回首往事，带着某种屈尊俯就或冷嘲热讽的优越感，检讨自己年轻时的迷失和错误，记述思想演变，寻求生活真谛。叙述的我和被叙述的我这两个声音或并列，或交织，到最后主人公兼叙述者顿悟自己有写作才能并决定写书时，二者合而为一，叙述也戛然而止。除去这两个声音，间或还可听到无所不知的叙述者或者说作者的声音。叙述者、主人公和作者均叫作马塞尔，象征三者间的微妙关系。而三个主体的并存打破了小说叙述的传统形式，动摇了小说话语的逻辑。小说开放式的结尾也不落俗套，许多人物的命运没交代，结束时书中的主人公正开始写我们刚读完的那本书。这些小说艺术上的创新，对西方现代小说产生了重大影响。作者以《追忆似水年华》这部里程碑式的杰作确立了在世界文坛的地位，被公认为 20 世纪最重要的小说家之一。

与普鲁斯特同期试验小说革新的有**安德烈·纪德**（André Gide，1869—1951），他的作品对 20 世纪法国文学也产生了重大影响。他在浓厚的宗教环境中成长，十岁丧父，母亲管教严格，时常为受教规和家规管束苦恼。他天资聪颖，在学校获作文比赛第一名，但因"坏习惯"被开除。在另一所中学他又遭同学奚落和围攻。于是他假装精神病发作，休学疗养。他的第一部自传体作品《安德烈·瓦尔特的笔记》（1891）是为了向表姐表述纯洁无瑕的爱情，出版后没什么反响。不久，他结识了瓦雷里和马拉美，开始参加象征主义文学团体活动。在象征主义和尼采超人哲学影响下，他写了论述象征主义理论的《那喀索斯的论文——象征论》（1891）、象征主义诗集《安德烈·瓦尔特的诗》（1892）、幻想小说《乌有国游记》（1893）。他早期作品形式多样，自称为专论，旨在借助文学形式象征性地阐述其思想和观点。1909 年他与志同道合者创办了《新法兰西评论》，对法国 20 世纪初文学产生过较大影响。撰稿作家们主张与自然主义和象征主义决裂，推崇"古典主义"，在小说中强调心理分析和写作技巧。1893 年他患肺结核，去北非旅游疗养。痊愈后他钟情于阿拉伯少年，堕入同性恋，与家庭的清教徒生活决裂。1894 年他第二次赴北非重游，结识了王尔德。这位英国作家玩世不恭的生活态度与狂热的说教给纪德留下深刻印象。两次非洲之行使纪德的人生观发生了转折，他决心大胆释放人的自然本能，以满足多年来受压抑的欲望。然而，他依然眷恋少年时代与他私订终身的表姐。1895 年母亲死后他终与表姐完婚，但这仅是法律上及精神上的结合。他陷入了与妻子纯属心灵上的沟通和恣意放纵同性恋的两难处境。1895 年发表的《巴路德》是以"我"为第一人称记述创作小说时各种感受的笔记式作品。用词精当，文笔考究，表述了他革新小说叙事的主要观点和思想。

　　第二次旅居北非时开始创作的《地粮》（1897，又译《人间食粮》）共八卷及一篇"颂歌"、一篇"寄语"。这是他影响最大的作品，成为几代青年的案头书和精神养料，他从《圣经》、东方传说和尼采著作中获灵感，将充满诗意的断想连缀成篇。作者以假想的导师梅纳克教育其弟子那塔那埃勒的方式，鼓励人们摆脱社会、家庭与道德观念的桎梏，打碎陈规陋习，听任本能行动，去爱，去享受生活，以便重新深刻认识自我和世界。他强调个人必须不断努力，调动自我的全部天赋。另外，针对文学界的禁锢封闭和矫揉造作，他提出文学迫切需要赤脚接触大地，劝读者无拘无束地感受自然和人生。

　　20世纪初纪德进入新创作时期，视角发生了变化，注意力转向自我和他人；叙事形式和体裁趋向多样；作品中抒情色彩被冷静的分析和犀利的讽刺替代。此期的代表作有《背德者》（1902）、《窄门》（1909）、《梵蒂冈地窖》（1914）、《田园交响乐》（1919）。1895—1901年间他几次偕妻子出游，恋童癖的隐私被妻子发现，夫妻感情破裂。《背德者》就是非洲之旅的折射。作品以主人公第一人称叙述，他把中学同窗邀到家里，倾诉自己在非洲的经历，希望得到救助。《背德者》使纪德主义闻之于世。纪德主义就是背德主义，就是主人公表现出来的大胆蔑视既定道德观念，冲破宗教和家族桎梏，尽情满足人的自然本性，追求个人主义的人生理想。然而，作者又以讥讽的笔触揭示了主人公精神上的空虚、无助乃至灭亡。作品思想相当复杂，说明作者思想上的矛盾冲突。

　　其他作品还有《窄门》（1909），讲述一年轻女子因虔诚的信仰而放弃尘世爱情。这部作品与《背德者》截然相反，主人公在宗教热忱驱使下，克制爱情，去殉教和殉情。两部小说都反映了纪德在探求灵与肉的和谐统一时，无法摆脱内心的复杂斗争。《梵蒂冈的地窖》（1914）是讽刺性著作，作者称之为"傻剧"。作品讲述一伙歹徒以营救被绑架的教皇为借口，四处游说骗取钱财，展现了一战前资产阶级社会的不同侧面，刻画了信仰各异的人物，揭示了社会价值观和道德观的沦丧。作品中的人物最终都沦为各自信仰的牺牲品，就连教皇也失去了往日的绝对权威，本来已腐败不堪的社会变得更加混乱和荒诞。作品塑造了拉弗卡迪奥这一新型人物，他是个"无动机行为"的英雄，透过他折射出那时代泛滥于青年中的虚无主义和极端个人主义思潮。作品用第三人称叙述故事，显得客观公正，实则饱含讥讽，这样的风格增加了作品的魅力。该书一出版就得到青睐和赞赏，后来，为祝贺他的八十寿辰，法兰西剧院将它改编成三幕闹剧公演。

　　一战期间，纪德停止了创作，到比利时参加救援法国难民。他皈依天主教，开始重读《福音书》并仔细作注。同时他却深陷恋童癖，在英国过放肆生活并给妻子写信断绝关系。《田园交响曲》（1919）是他与伴侣马克旅居英国时完成的。故事采用日记形式，又一次将生活中的切身体验写进作品。小说叙事人兼主人公是新教牧师。他收养了双目失明的孤女瑞特吕德，用盲文教她学习，通过语言和音乐让她领略田园风光和美好的大自然，向她灌输新教思想，把她培养成了笃信上帝的少女。最后牧师与养女产生了感情，而牧师的儿子也暗恋盲女。牧师阻拦儿子，并继续骗取盲女的爱慕。经治疗姑娘眼睛复明，发现自己真爱的是牧师之子，真正应该皈依的是天主教。矛盾难以调和，情感憾缺无法弥补，她投河自尽。纪德着力描述"我"的灵与肉斗争，这也是作者发出的呻吟。小说调动了倒叙、内心独白和跳接等手法，情景交融，直白中表现委婉境界。

　　1921—1922 年发表的《如果种子不死》当时印数极少，1924 年再版，但到 1927 年才正式发行。这是自传性著作，回忆从孩童到青年的生活，为其同性恋辩解，招致社会各界抨击。1925 年《伪币制造者》问世，他认为这是他唯一可称之为小说的长篇著作，内容丰富，涵盖了大千世界的方方面面。小说从两条叙事线索铺展开，一条讲贩卖伪币的一伙中学生和大学生的故事，另一条是撰写小说《伪币制造者》的作家与身边人物的纠葛，两条线索纠结缠绕。作品主题模糊，变化不定，但折射出了 20 年代"不安的青少年"的焦虑、痛苦、彷徨与求索。小说人物众多，轮廓不清；情节复杂，纷繁无序；时空变幻，交错缠绕。加之小说套小说、日记与叙述重叠、间接介绍与议论的对话并存、开放式的尾声等革新技法，造成理解和诠释的歧义。

1925—1926 年的非洲之行促使纪德思想发生新的转折。《刚果游记》（1927）和《乍得归来》（1928）等作品中如实地报道了白人殖民者对撒哈拉以南非洲的残酷统治和压榨，对殖民主义的罪行表现了极大愤慨，对非洲人民的悲惨生活寄予深厚同情。《伪币制造者》（1926）表达了对资本主义社会的不满和愤恨，对不顾受苦的民众、躲进逍遥塔中的诗人的谴责。30 年代他公开申明拥护共产主义，研读马列书籍，发表揭露资本主义的演讲和文章，积极参加反纳粹活动，对当时法国和欧洲文化界产生了很大影响。1936 年他应邀访苏，回国后发表《访苏归来》。书中的苏联生活贫困，物品匮乏，人民缺少独立思考，纪德对苏联的现状失望。二战期间，他摇摆于正义和反动之间，战后蛰居突尼斯。1947 年他获得诺贝尔文学奖。最后的《日记》（1951）写了他对纪德主义的反思和忏悔。

纪德对法国小说的革新做出了重要贡献。他放弃了传统小说的"逼真"原则，有意地把小说与现实隔开。他借用《伪币制造者》爱德华医生的日记陈述了"纯小说"理论。为摆脱现实主义影响，他采用了源于纹章学的大纹章套小纹章的手法，构思了"小说套小说"（la mise en abyme）的结构。纪德认为，作家应深入发掘主人公的心灵，

着力表现人的本质。《伪币制造者》中的人物 40 余个，各具不同的
精神面貌。纪德以对话为手段，塑造人物，然后再分析这些对话，
进而诠释人物性格，小说情节也是在对话中跳接，交叉，变化，铺展。
他的另一个原则是"听其自然"，主张即兴构思，随感而发。他认为，
自然的东西毫无掩饰，最贴近真实。同时他自觉地运用多线条、多
视角写作技巧，构建多主题、无中心的文本和立体交叉的结构，以
此打破传统的线性叙事，达到使现实文体化的目的。纪德有意识地
运用视角功能，在《背德者》中，他从单一视角出发，让主人公审
视整个故事的发展。《梵蒂冈的地窖》情节迷离，无动机行为异乎常
理，难以捉摸，叙事者与人物被鸿沟隔开。《伪币制造者》不仅突出
视角功能的作用，由不同人物从不同视角讲故事，并展示了他们对
世界的不同看法和印象。整体上,《伪币制造者》是"纯小说"经典。
他的小说革新为后来"新小说"派开了先河。

弗朗索瓦·莫里亚克（François Mauriac, 1885—1970）自幼丧
父，由笃信天主教、性格乖僻的母亲抚养成人。这对其文学创作产
生了较大影响。他就读教会中学，后获文学院学士学位，1906 年赴
巴黎开始写作。1909 年他出版了第一部诗集《合手敬礼》，1913 年
第一部小说《戴镣铐的孩子》问世。一战他应征入伍，但因生病回
国，继续写作，不少小说以故乡波尔多为背景，如《肉与血》（1920）、
《优先权》（1921）。1922 年发表《给麻风病人的吻》获得成功，从
此进入创作重要时期，陆续完成了《火之河》（1923）、《爱的荒漠》
（1925）、《戴莱丝·台斯盖鲁》（1927）、《蝮蛇结》（1932）等代表作
品。《戴莱丝·台斯盖鲁》的出版标志他写作技巧成熟，主人公戴莱
丝暗地加大丈夫胃药剂量，企图毒死丈夫。事情败露后丈夫为维护
家族声望，到法庭证明她无罪。最后她离开家庭,到巴黎寻找新生活。
小说细致地表现了戴莱丝复杂的心态。她难以忍受丈夫家庭的自私、

庸俗，空虚、无聊的资产阶级社会让她窒息，但她对自己的行为动机和结果并没有清醒的意识，她的反抗以近乎本能的形式表现出来。《蝮蛇结》同样表现资产阶级家庭的悲剧，着重刻画一个老守财奴与家人的对立和仇视。

1932 年莫里亚克出任法国作协主席，次年被接纳为法兰西学士院院士，1935 年《爱的荒漠》获法兰西学士院小说大奖。1936 年西班牙内战爆发，他公开支持西班牙共和派，发表文章声讨法西斯。二战期间他投身抵抗运动，撰写了战斗论文集《黑色笔记本》（1943）。法国解放后，他作为记者发文章，继续支持民族解放运动，拥护戴高乐的民族独立政策。他同时出版了小说《脏猴儿》（1951）、《羔羊》（1954）。1952 年他荣获诺贝尔文学奖。另外，他以灵与肉为主题，编写了《阿斯摩泰》（1937）、《错爱的人们》（1945）、《地上的火焰》（1951）等剧本，显示了戏剧才能。他晚年著有回忆录《内心回忆》（1959）、《内心回忆续》（1965），阐述政治和文艺观点。1969 年最后一部小说《昔日的青年》问世。他受拉辛、波德莱尔、兰波等影响颇深，善于细致深刻的心理分析，文笔简约而深邃。其作品融合古典文学传统与现代主义潮流。

安德烈·马尔罗（André Malraux，1901—1976）是著名文学家、艺术评论家，历任戴高乐政府新闻部长和文化部长。他年幼时父母离异，中学未毕业就开始谋生，从事出版工作，后就读东方语言学院，对东方文化和考古产生浓厚兴趣。1923—1927 年他目睹了远东地区发生的重大历史事件，并亲身参与了许多革命运动。他曾到柬埔寨吴歌窟考古，因发现并运送一批古代雕塑被殖民当局逮捕。服刑期间，他对殖民地人民的疾苦有了深入了解。出狱后他创办《印度支那报》，揭露殖民主义者，特别是上层的非法行为，主张"法安（越）亲善"。1925 年他目睹了中国省港大罢工的壮烈场面，在西贡他又办

了小报《枷锁下的印度支那》,宣扬激进思想。1925 年年底他回法国,
1926 年发表哲理小说《西方的诱惑》,论述和比较东西方的文明和
价值观。翌年他参加《新法兰西评论》工作,1928—1933 年相继发
表了小说《征服者》(1928)、《大道》(1930)、《人类的命运》(1933)。
《征服者》以中国省港大罢工为背景,刻画革命阵营中以瑞士人加林
为首的几个人物,他们视"行动"为一切,希望在冒险中探求人生价值。
《大道》塑造在柬埔寨古老丛林庙宇中从事探险活动的青年探险家,
他以超人的毅力摆脱死亡,通过斗争进行创造和破坏来证明其自身
价值,甚至肉欲的性爱也成了探求自我的手段。以亚洲为题材的小
说中最重要的一部《人类的命运》描写 1927 年上海工人武装起义和
武汉工人运动,以及蒋介石阴谋发动"四一二"反革命政变等事件。
但他塑造的仅是几个外国激进分子和个别思想不成熟的中国革命者,
最终均以失败告终。小说充满了对中国革命的同情,讴歌上海工人
起义,鞭挞反动派血腥屠杀、残酷镇压革命的罪恶,对错误的右倾
机会主义路线也略有评说,引起较大反响,获当年龚古尔奖。

　　1933 年马尔罗投入反法西斯运动,参与争取释放德国工人领袖
台尔曼和保加利亚革命领导人季米特洛夫的活动。小说《可悲的时代》
(1935) 赞同共产主义。1936 年西班牙内战爆发,他号召世界人民
募捐,组织一支国际志愿空军中队,自任队长,多次驾机执行任务,
两次负伤。1937 年《希望》一书问世,以西班牙内战为背景,通过
许多短小场面和对话探讨革命理想与现实、目标与手段、友情与纪
律等问题。二战爆发后他参加了坦克部队,1940 年受伤被俘,后逃
出战俘营。1943 年出版的《阿尔滕堡的胡桃树》情绪低落,但他重
振精神,又投入抵抗运动,1944 年再次受伤被俘,后被盟军解放。
同年他创建了"阿尔萨斯 - 洛林旅",参加解放阿尔萨斯的战役。战
后他积极追随并支持戴高乐,成为法国政坛举足轻重的人物,1965

年代表戴高乐访华，戴高乐引退后他离开政界，从事艺术、哲学研究，在美学领域有《艺术心理学》三卷（1948，1950）、《想象中的世界雕刻博物馆》三卷（1953，1955）、《诸神的变异》（1957）等著作。晚年撰写访华回忆录《反回忆录》（1967）及记载与戴高乐最后会晤的《被砍倒的橡树》（1971）。

安东尼·德·圣埃克苏佩利（Antoine de Saint Exupéry，1900—1944）年幼时丧父，由母亲抚养成人，中学毕业后到巴黎。他爱好绘画，曾在美术学校进修，1921年应征入伍，在空军服役并获飞行员资格，1927年进入航空公司任邮政航线飞行员。1928年他出任西非沙漠边缘一个航空站站长，在搏击长空的经历中体验人生，1928年发表第一部小说《南方邮航》。作者崇尚果敢迅疾的行动，热爱行动中体验到的幸福。翌年，他担任航空公司阿根廷邮航经营部主任，冒着生命危险，飞行于安第斯山的云雾间，飞越大西洋和撒哈拉大沙漠，来往于欧美大陆。"法航"成立后，他又为开辟新航线做出突出贡献，因此获法国荣誉军团骑士勋章。他的代表作《夜航》（1931）歌颂航空事业的先驱为理想奋斗的献身精神。他主张的行动哲学在书中得到充分阐释，出版后获当年法国的"费米纳"奖①。

1932年后他试飞新型飞机，经历了许多危险，曾两次试图打破世界飞行纪录。一次飞机坠毁于危地马拉机场附近，全身八处骨折。回法国疗养时在纪德启发下写了《人的大地》（1939），回忆他和同事们战胜危险的过程，歌颂飞行员的崇高责任感和坚强意志。小说荣获法兰西学士院小说大奖。《给一个人质的信》（1934）表达对祖国的命运和人类前途的无限关注。富有哲理的童话《小王子》（1934）简练含蓄，以充满童趣的象征宣扬爱的责任和相互沟通的意

---

① 费米纳（Femina），一个评委完全由女性组成的小说奖。

义；呼唤人类的爱并用喻义谴责法西斯的罪恶。

二战爆发后，他中断了北美的旅行，回国投入反法西斯战斗，当了侦察机飞行员。绥靖政策导致法国沦陷，他愤然离法赴美。流亡期间他写了《空军飞行员》（1942），表达对祖国必胜的坚定信念。小说英文本先在美国出版，被誉为民主派对希特勒《我的奋斗》的有力回击，这部小说在法国遭德国占领当局查禁。《城堡》（1948）在他死后发表，虽比较粗糙，是他人生哲学的总结，包含对历史、人生、文学、艺术深入的思考和独到的见解。可惜单调冗长，加上说教口气，有点兴味索然。作者是伟大的爱国者和实干家，1943年他从美国赴阿尔及利亚参加法国航空部队，一次侦察任务后未返回机场，为国捐躯。

乔治·贝尔纳诺斯（Georges Bernanos，1888—1948）有西班牙血统，1906—1913年在巴黎大学学文学和法律，并积极参与保王派活动，为极右的《法兰西行动报》派摇旗呐喊，结识了都德等作家。一战爆发后他到前线参战，停战后在一家保险公司工作，业余进行文学创作。早年他发表了一些文章和诗篇，未引起重视，但他的戏剧才能和写对话的艺术已初露锋芒。1926年他发表了小说《在撒旦的阳光下》，得到了都德和克洛代尔好评。小说中的女主人公年幼无知，被一侯爵引诱失身。她杀死了企图抛弃她的情人，后来又遭侮辱，患精神病，向神父忏悔后自杀。年轻神父不顾闲言碎语，将她的遗体放到教堂前。后来神父成了本堂神甫，老百姓将他视为圣人。作者宣传天主教是神圣的事业，可驱赶邪恶，拯救灵魂。他还出版了《诈骗》（1927）、《欢乐》（1929，获同年费米纳奖）等小说。

在举家移居西班牙的巴里阿里群岛期间，作者目睹了西班牙内战，同情佛朗哥，然而对他们残酷无情、滥杀无辜又强烈地反感。1936年他发表了《一个乡村教士的日记》，同年获法兰西学士院小说奖。小说用日记展示一个年轻乡村教士的内心世界。教士忍受贫困和疾病折磨，还要与世俗的冷漠和低级趣味抗争，最后身心交瘁死去。这篇小说旨在揭示邪恶如何支配人的灵魂，以图拯救陷入罪恶深渊的社会。他着力于人物心灵剖析，情节结构仅作为思想感情的依托和营造氛围的手段。论著《月光下的公墓》（1938）谴责佛朗哥政权的白色恐怖，揭露教会与佛朗哥政权同流合污，同时对整个欧洲的政治面貌和精神状况表示深切担忧。从此他割断了与佛朗哥派的联系。二战爆发前夕，为表示与法西斯彻底决裂，他举家迁居巴西。1942年他发表了《致英国人的信》，实际上是向戴高乐领导的法国青年呼吁，希望他们为法兰西自由而战，恢复并发扬祖国昔日的荣耀。

让·吉奥诺（Jean Giono，1895—1970）生于普罗旺斯鞋匠家，16岁辍学，曾在银行当职员。他自幼爱好文学，读过《圣经》、荷马史诗、希腊悲剧，莎士比亚、斯丹达尔、陀思妥耶夫斯基等人的作品。1924年他出版诗集《长笛伴奏》，1928年在纪德主编的杂志上发表小说《山岗》，文笔朴实无华，带有浓厚的乡土气息，引起文学界注意。1929年的《一个博莫尼人》被搬上银幕，1930年《再生草》面世。这三部作品构成了《潘神》三部曲。普罗旺斯地区和人民给了他灵感和精神养分。他笔下的村民过着世外桃源生活，依照传统和习惯判别是非曲直，一些人历尽辛酸和苦难终于得到幸福。

一战时他参加了凡尔登战役，所在连队仅有几个生还者。回乡后他再未离开故土。小说《羊群》（1931）是对那场罪恶战争的控诉，以细腻平实的笔调描绘了战争给无辜的人们带来的灾难和不幸，反衬出战争的残酷。作者热爱家乡，善写田园生活和普罗旺斯自然风景。他热情讴歌大自然，被誉称农民小说家。代表作品还有《四海之歌》（1934）、《愿我的欢乐长存》（1935）、《生命的凯歌》（1942）。

二战爆发后,他发表《拒绝服从》(1939),拒绝应征,因此被捕入狱。1943年发表的《活水》描写故乡自然风貌及儿童时代的回忆。1945年德国法西斯战败投降,他被控与维希政府关系暧昧,据说他的一些讲话曾为维希政府的投降政策提供了依据。但因证据不足,未立案起诉。1951年出版的《屋顶上的轻骑兵》是动人的历史故事,讲述路易-菲力普王朝时期,普罗旺斯发生霍乱,年轻的骑兵少校不顾死亡威胁奋力抢救病人,其中穿插了爱情和友谊。这部作品在法国影响很大。1953年他获摩纳哥文学大奖,翌年被选为龚古尔学院院士。

路易-费迪南·赛利纳(Louis-Ferdinand Céline,1894—1961)原名路易-费迪南·德杜什,母亲开小店,望子成龙,年幼时就把他送到德国和英国去学外语。18岁时他当上送货员,1912年志愿参战,多次立功,1914年受伤退伍,后随国际联盟医疗调查组到伦敦、非洲等地考察。1918年他进入雷恩医学院,获博士学位,成为流行病医生。他曾在底特律福特汽车公司工作,对社会问题和民众医疗卫生表现出极大关心。他在欧洲各国、非洲和北美游历和行医,1930年回巴黎郊区开诊所。

1933年以母亲名字赛利纳为笔名,他发表了处女作《茫茫黑夜漫游》,回顾军旅生活、战时经历、旅非旅美见闻,以及他的情感生活和与友人的交往,揭露战争的残酷,鞭挞殖民主义的野蛮,描写了巴黎郊区的贫困、疾病和死亡。小说形式新颖,文体独特,语言粗俗,却包蕴着深刻的幽默,轰动法国文坛,获雷诺多文学奖。《缓期死亡》(1933)以巴黎为背景,再现资产阶级家庭为生存而辛苦,为培养后代费尽心机,讲述了学徒生活的心酸,表达对资本主义的愤恨,并显示当今社会正走向土崩瓦解。作品非线性的跳接手法、粗俗而贴切的语言,别具一格。1936年他从苏联归来,发表《我的罪过》，批评苏联政权。二战时他发表反犹太人文章，为德国法西斯摇旗呐喊。他在《大屠杀前的琐事》（1937）、《尸体学校》等一系列抨击性小册子中，毫不掩饰地反犹太人。战后，他受到法国政府通缉，畏罪逃往丹麦，在哥本哈根被关押两年，1950年被法国法庭缺席审判，1951年获特赦回国。《从城堡到城堡》（1957）、《北方》（1960）等书仍流露出他对世界的不满和怨恨。小说《里戈东》（1961）死后发表，回忆往昔生活，抨击战后的法国，悲观厌世和痛苦绝望。他反对写作程式化，主张省略、跳动、断续的文体，是现代小说的开拓者之一。

亨利·德·蒙泰朗（Henri de Montherland，1895—1972）生于不富裕的贵族家庭，深受家庭影响，毕生保持贵族姿态。他1915年应征参加一战，屡建战功，1918年受重伤回国。他厌恶金钱和荣誉，专心文学创作，不抛头露面。1960年他进入法兰西学士院，后因双眼几乎失明而自杀。1920年他自费出版第一部小说《接早班》，描写青年人崇尚英雄行为，勇敢作战，热爱体育运动和文学创作，后来的《梦》（1922）、《奥林匹克运动会》（1924）、《斗兽者》（1926）内容大多涉及战争、体育、斗牛等。1925年后十年间，他的足迹遍及西班牙、北非和意大利。在《欲望之泉》（1927）和《卡斯蒂利亚小公主》（1929）中，他不再提倡尚武，而是写对爱情的执着追求，也流露了对女性的轻蔑。长篇小说《独身者》（1934）刻画两个没落贵族与现代社会格格不入，庸俗而可笑。由《少女们》《怜惜女人》《善良的魔鬼》《女麻风病人》（1936—1939）组成的四部曲是他的重要作品。主人公是小说家，风流倜傥，玩弄花招，想方设法摆布和折磨两个涉世未深的少女。1939年他作为记者在战地采访受伤，1942—1945年他在红十字会从事救助战争受害儿童，1942年起他转向戏剧创作。到晚年他相继发表了《混沌与黑夜》（1963）、

《沙上的玫瑰》（1968）、《男孩们》（1969）等小说。

20—30年代法国文坛出现撰写多卷本小说的倾向：或写一个人物、一个家庭的遭遇，从而表现社会风貌；或在更广阔的范围内对社会做全景描写。罗曼·罗兰称这类作品为"长河小说"，其中最成功的作家有罗曼·罗兰、杜加尔、罗曼和杜阿梅尔。阿拉贡的某些小说也具有"长河小说"特点。更宽泛地说，普鲁斯特的《追忆似水年华》、蒙泰朗的《少女们》四部曲也可归入其中。"长河小说"反映社会现实，创作方法基本继承从巴尔扎克、左拉到法朗士的现实主义传统。但由于此期现实主义与小说革新潮流互相渗透，因此不能说"长河小说"家都属于现实主义，他们比较注重内心世界探索则属于革新。

罗曼·罗兰（Romain Rolland，1866—1944）受母亲影响幼年即喜爱音乐和文学，后就学巴黎高师，学历史，毕业后到罗马做了两年考古研究。他曾长期从教，深受人文主义熏染，对人与社会的完善抱着坚定的理想。乌烟瘴气的现实社会令他深恶痛绝，他始终对社会冷眼旁观，持批判态度。他能平等地对待欧洲以外的文化，没有走入"欧洲中心"的误区。他对社会的批判态度使他同情乃至支持民主和社会主义运动，对苏联革命也抱有好感。甚至当他到苏联实地考察，发现现实与他的理想相距甚远时，他也不愿公开批评苏联，而是将记录自己真实感受的旅苏日记压下，50年后才公之于世。

罗兰的文学创作从戏剧开始，终生对戏剧抱有浓厚兴趣。他曾参与"人民剧院"的筹备，并把自己的戏剧评论集定名为《人民戏剧》。他创作了21部剧本，完成且保存下来的约有12部，其中8部冠以"革命剧"的总题，都以法国大革命为背景，对大革命进行历史反思，肯定法国民众的无畏精神和战斗热情，也批评了违背理性的行为。这些作品理念大于形象，为现实服务的目的过于直露，忽略了戏剧表现的自身规律。

传记《贝多芬传》（1903）首先为他赢得文学声誉，以后他又陆续发表了《米开朗琪罗传》（1906）、《亨德尔传》（1910）、《托尔斯泰传》（1911）、《甘地传》（1924）等传记作品。他的传主大都敢于藐视传统，敢于向世俗挑战。他歌颂具有伟大心灵和超凡精神力量的英雄，赞扬特立独行、敢于同多数人对抗的精神。这个主题在他早期戏剧中就已露端倪。在他的两部长河小说《约翰·克利斯朵夫》（1903—1913）和《母与子》（1921—1933，亦译《欣悦的灵魂》）里，这一主题更得到深化。作者继承了法国理性主义的传统，又受到尼采超人哲学和柏格森生命哲学的影响。后来他对超人哲学的负面影响有所警觉，但这两部小说始终把人的本质定位在生命力上。像尼采一样，他将生命力的自然显现和世俗道德的虚伪对立起来，将具有自然生命力的人与凡夫俗子对立起来。

《约翰·克利斯朵夫》的主人公生于音乐世家，家乡小镇位于德法边境，他从小受到德法两种文化熏陶，终其一生抱着融合两种文化的理想。他父亲始终只是被贵族社会轻贱的乐师，母亲出身寒微，舅舅是小商贩。这种社会地位早早地在小约翰心里播下了平民意识的种子。约翰具有非凡的音乐天赋，加上超凡的毅力和勇气，终于成为知名音乐家。但他的奋斗充满了艰辛和坎坷，需要战胜社会歧视、文化偏见及自我的弱点。他纯真自然的品格与德国贵族的傲慢和法国资产阶级的伪善格格不入，给他造成困难和挫折，而且使他自然流露的音乐作品遭到非难。小说通过约翰的奋斗史，刻画了这个平民出身的音乐家高尚伟大的灵魂。作者在小说《序言》里讲"真正的英雄之所以伟大，是由于他具有伟大的心"。然而"伟大的心"在小说里并不纯然是精神层面的，而是人的生命力的升华和结晶，是生命长河与暴风雨搏击后的自然归宿。这就是主人公在生命尽头达到的境界。小说从约翰的体魄、性格、情感生活、艺术创造力、政治活动等多个层面上，刻画他汹涌奔突的生命力，那种本能的、爆发式的、不可遏制的冲动。作者的另一部长河小说《母与子》的主人公李维埃无论在体格上和气质上都与约翰相似：精力过人，充满激情，具有百折不挠的意志力，行事往往凭本能冲动。《约翰·克利斯朵夫》以莱茵河象征主人公的生命力，而《母与子》则用"河流"当作主人公的姓氏李维埃（Riviere，意为河流），因为河流奔向大海，什么都不能阻止它。当然，这里"伟大的心"还包括崇高的操守、博爱的胸怀、吃苦耐劳的精神。这两部作品体现了对知识分子思想历程的关注，两个主人公的经历可看作作家自己生活和思想道路的折射，也是同时代知识分子历史处境与历史选择的反映。克利斯朵夫走的是以个人意志和独立精神对抗落后保守的集体意志的道路，他的苦闷和奋斗反映了世纪交替时法国知识分子的心态和生活，富于典型意义。安乃德·李维埃最初走的道路和克利斯朵夫相同，但最终她把个人的力量融入了争取进步民主的斗争中，同时她仍旧强调"自由独立精神"。她的选择真实地反映了20—30年代法国知识分子普遍左倾，同情、支持乃至参与民众斗争和社会主义运动。约翰和安乃德的塑造具有深刻的现实内涵。小说也继承了19世纪现实主义传统，对19世纪末到20世纪30年代的法国社会作了广泛的描绘。

由于作者受到尼采和柏格森哲学影响，后来又受到弗洛伊德精神分析影响，所以他在小说中经常把描写重点放在意识和潜意识活动上，最常用内心独白。他作品中的内心独白多种多样，如直接引语、间接引语、自由间接引语，展现了人物丰富的内心世界，对深化和立体化人物塑造起了重要作用。但作者对心理描写和分析有时过分热情而失控，心理描写有时冗长累赘得令人难以忍受。

路易·阿拉贡 30 年代初阿拉贡思想转变，逐渐摆脱超现实主义走向现实世界，他的"现实世界"系列小说的标题就足以说明问题。这类小说有五部:《巴塞尔的钟声》（1934）是脱离超现实主义后第一部小说。《富贵区》（1936）曾获雷诺多文学奖。《双层车上的乘客》（1943）在二战前夕写成，以反面人物为主角。主人公把街车比作人生，有的人满足于在车顶层观察生活，被车拖着走；有的人却深谙车的奥秘，懂得驾驭它并捞取好处。《奥雷利安》（1944）是抗德战争期间写的悲剧性爱情小说，不少人对作者在艰苦的岁月里写这种主题颇有微词。最后一部《共产党人》（1949—1951）写法国人民英勇斗争，是反法西斯侵略的史诗，但只写到原计划第一篇的第六卷。1965 年他将这部历史长卷作了较大修改，并写了长篇后记重新发表。与其他"长河小说"不同，这五部作品没有连贯的情节，也没有统一的人物和地点，每部小说都可独立成篇，只是有的人物在其他作品中再现。但这五部小说都围绕战争、金钱、妇女地位、阶级矛盾、被资产阶级社会腐蚀和玷污的爱情、知识分子的特点和转变等主题展开。这是 1880—1940 年的 60 年里，法国社会生活面貌、社会矛盾与冲突、国际资本与政治舞台的广阔图景写照。战争是这组小说的中心主题，书中揭露金融寡头、垄断资产阶级是制造战争的罪魁。《巴塞尔的钟声》赞扬巴塞尔反战代表大会的正义呼声和人民反对战争、维护和平的强烈愿望。另一个主题是妇女解放和爱情。《巴塞尔的钟声》描叙三个不同的女性形象，以及她们在社会生活中的地位、处境和命运。《奥雷利安》写战争对主人公心灵和精神造成的创伤，《共产党人》写青年医生和大资本家的女儿的爱情，表现知识分子在斗争中思想感情的转变。

罗歇·马丁·杜加尔（Roger Martin Du Gard，1881—1958）大

学毕业后从事档案和古文献工作，后来阅读了托尔斯泰的《战争与
和平》，为之震撼，决心投身文学。1906 年他写作《使徒传》，因灵
感枯竭而辍笔，很气馁，怀疑自己的文学才能，并疑虑自己神经系
统是否健康。1909 年他发表了第一部小说《未来》，已可见他作品
的重要美学特征。第二部小说《约翰·巴鲁瓦》（1913）尝试新叙事
方法。他小说的场景大多以对话构成，场景间用类似剧本场景说明
的文字衔接。1920—1937 年他以主要精力创作八卷本长河小说《蒂
博一家》（1922—1940），并在 1937 年获诺贝尔文学奖。小说写两个
家庭，即奥斯卡·蒂博和两个儿子安托万与雅克，以及冯塔南夫妇
和他们的儿子达尼埃尔和女儿贞妮。小说围绕两个家庭成员的不同
经历，描绘从世纪初到 1918 年法国社会生活画卷。小说对"美好时代"
上层资产阶级的骄奢和盲目自信、对战争威胁的麻木不仁、政客们
的自私与无能、政治角逐给社会造成的混乱、战争给法国人带来的
痛苦和精神创伤等，都作了真实鲜明的反映。在高屋建瓴地审视历
史变迁，洞察历史事件的意义，把握自然、社会环境和人际关系方面，
《蒂博一家》继承并发展了 19 世纪现实主义传统。同时，小说提出
了个人的价值是否能够实现以及如何实现，在现代社会条件下生活
的意义究竟是什么等问题。这些问题具有鲜明的时代特征，并包孕
着人文主义精神在新时代的发展。

　　《蒂博一家》围绕四条主线展开。1）两代人的矛盾冲突。老蒂
博是天主教徒，古板、暴躁，是衰落一代的象征。他独断专行，潜
意识里怀着惊惧不安，以牺牲亲情来换取个人权威。两个儿子对他
不以为然。他们嘲讽父辈的虔诚，小儿子彻底背叛了宗教，大儿子
的信仰只是表面文章，全面质疑传统道德伦理观。2）战争。作者对
一战巨大惨祸的反思渗透在作品中，关注战前和战争中法国人如何
选择及选择的后果。雅克参加了国际社会主义团体阻止战争的斗争，

当他觉察到这个团体软弱无能后，就采取个人行动，搭飞机只身到前线散发和平传单，不幸飞机失事，被误作德国间谍杀死。安托万不问政治，埋头医学，应征入伍后在前线中毒气，在与毒气造成的神经病痛进行了无效的抗争后，自己注射吗啡身亡。蒂博兄弟对战争采取了不同的立场和态度，但都没逃脱被战争吞噬的厄运。3）人与人的沟通。在这问题上作者相当悲观。老蒂博与儿子始终冲突碰撞。同代人之间，安托万与雅克虽有手足情，但在一系列问题上却无共同语言。4）性爱。第三卷《美好的季节》最突出，主要人物都有一番爱情波折，还写了同性恋和三角恋。因前六卷笔墨集中于家庭纠纷与情爱，后两卷转向了刻画社会大场面，小说被批评为缺乏连贯性。作者深受托尔斯泰影响，《蒂博一家》在背景设计和情节线索的组织上都与《战争与和平》类似，书中个人命运与历史发展密不可分。

当时有影响的"长河小说"还有罗曼的 27 卷本的长篇《善意的人们》和杜阿梅尔的《帕斯齐埃家兴衰史》。**儒尔·罗曼**（Jules Romains，1885—1972）是法国"一体主义"（Unanimisme）创始人之一。"一体主义"是一种文学创作观，糅杂了象征主义、未来主义和社会主义等文学和社会思潮。它的基本思想是提倡反映社会群体的情感和思想。1908 年罗曼的第一部诗歌集《一体生活》就热情地歌颂了"一体主义"，而长篇小说《善意的人们》（1932—1946）在思想内容和艺术构思上都是该主义的具体实践。罗曼认为"一体主义"小说应该从整体上把握并表现现实社会。这个基本思想决定了《善意的人们》的基本架构是散点取景，犹如摄影师在多方位、多角度进行切换拍摄，较少采用追踪某个主人公的长镜头描写。小说没有贯穿 27 卷的情节，也没有统一的主人公。第一卷《10 月 6 号》时代背景是 1908 年已点燃的巴尔干危机。作品的重要人物先后登场，有的担忧欧洲局势，有的沉浸在个人感情生活中，对恶化的形势熟视无睹。

小说由此开始一直讲述到一战，再讲到 1933 年，此时新的大战阴云已出现在地平线上。在 27 年的时间跨度上，作品力图全方位地勾勒出法国乃至欧洲的政治、经济、文化、教育、宗教、社会心态、民族意识等各方面的变化，刻画贵族、大资产阶级、中小资产阶级、教师、工人、神职人员等各社会阶层的生活和精神面貌。小说涉及这时代的重要历史事件，如俄国十月革命、法西斯在欧洲的猖獗等，也写了些真实的历史人物，形成广阔的空间架构。在这样的时空中，作品相对集中地展示了十来个人物 20 多年内的沧桑变化。小说构思非常讲究，作者巧妙地处理了真实历史人物与虚构人物的关系，还在主要人物的塑造上精心采用了两两对称的手法，以突出人物性格和命运的社会历史内涵。小说在篇章结构上也采用对称法，结构十分工整和谐。这种结构表现了作者的历史轮回观，即 30—40 年代作者目睹现实事件与一战前的历史惊人的相似，因此感到历史在重演，而人们对此却茫然无知，所以他以结构的对称来凸现历史的相似性以警示世人。

十卷本的《帕斯齐埃家兴衰史》（1933—1945）是**乔治·杜阿梅尔**（George Duhamel，1884—1966）的代表作。小说时间跨度很大，上起 19 世纪 80 年代末，下至 20 世纪 30 年代。结构上它与《蒂博一家》接近，也是以一个家庭不同成员的遭遇为叙事线索。其中最主要的线索是这个家庭的三子罗朗的成长。罗朗幼时家境困难，后来家境好转，但父亲用情不专，屡次引起家庭纠纷。于是罗朗离家，与志同道合的朋友合租了一幢乡间房子，想建立和睦共处的小社会。但不久，这个乌托邦式的小社会就分崩离析了。于是罗朗抛弃了空想，勤奋学习，取得医学和生物学两个博士学位，获得了国家生物研究院实验室主任职务。但由于他发表了揭露研究院人事黑幕的文章，最终不得不辞职。与他的命运并行的是这个家庭其他几个成员的故事。进入商界的长子、进入艺术界的长女和次女在爱情或事业上也都经历了实现理想随即又遭严重挫折的过程。这家人，除次子费迪南碌碌无为外，都全力朝理想前进，但在残酷的命运面前都有过心灰意冷，但他们并不因此消沉。与《善意的人们》和《蒂博一家》不同，这部家庭兴衰史虽跨越半个世纪，对重大的历史事件却笔墨不多，对社会面貌变迁的描写也浮光掠影，而是聚焦在家庭成员的个人命运上，并有意地凸显个人的内心历程。作者对政治经济等事件构成的历史持怀疑态度，认为没有多大价值，宁可探索个人心路历程的奥秘。他的另一部长河小说《萨拉万的生平和经历》（1920—1932）的艺术成就不及《帕斯齐埃家兴衰史》，但也相当有影响。

戏剧　两次大战间，法国戏剧最大的变化是导演取代剧作家和演员，占主导地位。导演根据自己的理解和意图改编和再创作原作，演员的表演、舞台背景、灯光音响也成导演创作的重要内容。这一潮流的开拓者是名导演雅克·科波（1879—1949），他于1913年创立老鸽舍剧院，之后皮托埃夫、杜兰、茹韦和巴蒂四大导演也有深远影响。

创作方面，一批剧作家沿着拉辛、莫里哀的道路，在传统戏剧创作上进行开拓。此期喜剧硕果累累，涌现一批优秀的剧作家和剧本，如阿沙尔（1899—1947）的喜剧《你愿意跟我玩吗？》（1923）、《月亮上的让》（1939）、《土豆》（1957），掺入了许多闹剧成分，人物近似意大利喜剧中的小丑和类型人物，缺乏深度，但想象丰富，人物活泼生动，气氛轻松欢快。儒尔·罗曼也是出色的剧作家，代表作有《克诺克》（1924）和《勒特鲁阿代》（1923—1930）三部曲（包括《多诺戈奥－童喀》《勒特鲁阿代先生风流史》《勒特鲁阿代先生的婚礼》）。《克诺克》是现代法国喜剧史上的重要作品，讲述一个江湖郎中行骗，堪称莫里哀喜剧的完美再现。它以妙趣横生的幽默来讽刺现代骗子的无耻和善良人的无知轻信。萨拉克鲁（1899—1989）的创作涉及各种戏剧形式，早年创作通俗剧，后转喜剧，写了《地球是圆的》（1938）、《笑的历史》（1939）、《勒努阿群岛》（1947）等。这些剧本讽刺资产阶级家庭和社会关系，有强烈的现实色彩和哲学色彩。萨拉克鲁试图以喜剧形式探索生活、死亡、痛苦、命运等问题。除喜剧，他还写批判现实、伸张正义、政治色彩浓厚的剧本，如《愤怒之夜》（1946）、《杜朗大街》（1960）等。马赛尔·帕尼奥尔（1895—1974）以《窦巴兹》（1928）和马赛三部曲——《马里尤斯》《法妮》和《凯撒》（1929—1936）——蜚声文坛。悲剧方面，古典悲剧在两次大战期间回归和复兴。1931年纪德发表《俄狄浦斯》，借用传说表达人道主义和崇尚自我的现代思想。改编古典悲剧最孜孜不倦的是让·科克托（1889—1963）。他多才多艺，尝试过诗歌、戏剧、小说、绘画、电影、编舞等各领域，并且成绩斐然。他对古希腊神话兴趣浓厚，他的《安提戈涅》（1922）、《俄耳甫斯》（1926）、《俄狄浦斯》（1937）和《地狱机器》（1934）构成古希腊题材四部曲，把俄狄浦斯传说加工成一个整体的故事，悲剧夹杂喜剧色彩，笔调亦庄亦谐，时空系统被打乱，古老的神话被赋予新含义。

让·吉罗杜（Jean Giraudoux, 1882—1944）是此期法国最重要的剧作家。他参加过一战，后来长期在外交部供职，写了《西格弗里德和利穆赞》等一批中短篇小说。1928年起他与名导演路易·茹韦结下深厚友谊，遂转写戏剧，如《安菲特里翁38号》（1929）、《特洛伊战争不会爆发》（1935）等成功剧本。他的题材大都取自古代神话、传说及圣经，但表达对现实社会、人生、命运的思考。如《安菲特里翁38号》是戏剧史上该神话题材的第38部作品。它讲朱庇特试图勾引安菲特里翁的妻子阿克梅纳，不得不装扮成安菲特里翁来赢得女方的爱，却始终不能让她爱上真实的自己。作者去掉古希腊神话的宿命色彩，赋之以喜剧色彩，歌颂了人间美好的真情。他后期的作品，如《特洛伊战争不会爆发》《厄拉克拉特》《水精》《夏约的疯婆》等，基调变得灰暗、低迷、沉重，人不论如何努力都无法摆脱悲剧命运。《特洛伊战争不会爆发》是他此期代表作。特洛伊首领赫克托耳竭尽全力消除特洛伊和希腊的隔阂，试图制止战争，但不能扭转局势。诗人极力美化战争，称其为"美的代价"；特洛伊人更是摩拳擦掌、积极备战，终于一个阴差阳错的事件点燃了战争导火线。该作品影射二战前的气氛，预示二战不可避免，表达了宿命论。作者熔悲剧和喜剧于一炉，现实与梦境交织，语言华丽、深沉而流畅。

亨利·德·蒙泰朗（Henry de Montherlant，1895—1972）　蒙泰朗早期创作小说为主，《死去的王后》（1942）标志其戏剧创作开始，以后陆续发表了《马拉泰斯塔》（1946）、《圣地亚哥团的首领》（1947）、《波尔·卢瓦雅尔修道院》（1954）、《少年王子之城》（1951）、《内战》（1965）等。他钟情于戏剧创作，但轻蔑舞台演出，认为表演是对剧本的拙劣模仿，歪曲剧本。他追求具有寓意的"内心戏剧"，即心理剧。他明确宣称自己属于法国古典传统，深受高乃依、莫里哀、拉辛的影响，某些作品的主题和结构取自拉辛作品。他的剧本情节单一，结构严谨，一开始便进入高潮，省略危机的发展过程，最后引出出人意料的结局。他的语言丰富多彩，运用大段对白抒发感想并议论，有时冗长做作。代表作《死去的王后》是性格悲剧，取材葡萄牙历史传说，刻画国王弗朗特复杂矛盾的性格。作品以古喻今，暗示法国的复兴之路，充满了现代人的矛盾和犹豫不决。《马拉泰斯塔》以意大利文艺复兴为背景，揭示主人公与教皇的纠葛，是他最优秀的剧本，使其声誉达到最高峰。《少年王子之城》以法国一所教会学校为背景，描绘学校的压抑和沉闷，讥讽教会学校墨守成规的教学方法。他的作品具有古典主义的严谨和浪漫主义的激情，但内容有时夸张、虚泛。

　　此时，由雅里开始的反传统的新潮流也有发展，**安托南·阿尔托**（Antonin Artaud，1896—1948）是主要代表。他以愤世嫉俗的言论和对传统戏剧理论的疯狂扫荡为以后荒诞派戏剧诞生奠定了理论基础。他少年时患有精神疾病，1920年来巴黎当演员曾参加导演杜兰的戏剧探索，并追随布勒东的超现实主义运动，后来与他们先后决裂。1938年他把自己的部分文章和讲演结集出版，定名《戏剧及其副本》，阐述他独特的戏剧见解。他因精神错乱，沉湎于吸食毒品产生的幻觉中，被关进疯人院，出院后更是诅咒和谩骂社会。《戏剧及其副本》把戏剧比作鼠疫，它和鼠疫一样把潜在的残酷本质暴露出来，推向外面。他认为戏剧不仅要运用语言，还要运用动作、布景、服装、音乐等手段。他摒弃戏剧经典作品的概念，推崇"残酷的戏剧"，对戏剧的意义、结构和语言都进行了新的阐释。残酷的戏剧就是要解放人被压抑的潜意识，改变感官的被动、舒适的状态，把生活还原到野蛮状态的极限。他激进的戏剧革新理论影响了战后一代剧作家和导演。

第四节　俄苏文学

　　20世纪初俄国文学　19世纪末、20世纪初俄国资本主义工业发展较迅速，修建了西伯利亚大铁路，石油产量显著增加，但农村仍十分贫困落后，国内阶级矛盾异常尖锐。1894年亚历山大三世逝世，末代沙皇尼古拉二世即位，推行专制，阻挠政治改革。1895年列宁在彼得堡建立"工人阶级解放斗争协会"，无产阶级革命运动风起云涌。1903年俄国社会民主工党形成了布尔什维克（多数派）和孟什维克（少数派）两派，列宁领导的布尔什维克党为马克思主义政党。1904—1905 年发生日俄战争，日本和俄国为重新瓜分中国东北及朝鲜打仗，俄军惨败。1905 年 1 月 9 日彼得堡工人举行反对沙皇专制、要求民主的游行，遭血腥镇压，这"流血星期日"引发了 1905—1907 年俄国第一次革命，但工农群众和士兵以失败告终。1914 年爆发一战，沙俄与法、英结盟，同德国和奥匈帝国作战。1917 年 2 月发生"二月革命"，推翻了尼古拉二世，资产阶级临时政府和工兵代表苏维埃两个政权并存。1917 年 11 月 7 日布尔什维克党武装起义，推翻临时政府，社会主义革命胜利。

此期俄国社会思潮纷纭，有资产阶级立宪民主党的自由主义、保皇党的大俄罗斯民族主义等。在布尔什维克党领导下，马克思主义在俄国迅速传播并与工人运动结合。普列汉诺夫相继发表美学著作，将历史唯物主义用于艺术与社会生活、社会心理的分析，在思想界产生重要影响。列宁在《党的组织和党的出版物》（1905）和《列夫·托尔斯泰是俄国革命的镜子》（1908）等论文中，将俄国文学的发展同俄国解放运动联系起来，并以辩证唯物主义的反映论阐述托尔斯泰作品中反映的俄国宗法制农民的力量和弱点，提出艺术为劳动人民服务的重要思想。另一方面，此期出现一批宗教哲学批评家，如梅列日科夫斯基（1865—1941）、别尔嘉耶夫（1874—1948）、罗扎诺夫（1856—1919）。他们对宗教哲学或一般哲学进行了独特的探索，广泛地涉及文学批评领域。

此期俄国文学呈现多种艺术倾向。以高尔基和绥拉菲莫维奇为代表的无产阶级作家批判地继承俄国和西欧古典现实主义，以乐观主义描绘正在觉醒的俄国工农群众。此期俄国文学还显现出印象主义、自然主义、新浪漫主义、象征主义或表现主义的特征和倾向。库普林（1870—1938）发表了描写俄国军队生活的中篇小说《决斗》

（1905）和妓女悲惨生活的中篇小说《亚玛》（1915）等，继承俄国
文学的社会批判特色，还具有自然主义的特征。布宁将现实主义和
印象主义艺术糅合，开拓了高度浓缩地描绘生活的艺术天地。列米
佐夫（1877—1957）的中篇小说《钟》（1908）、《结义姊妹》（1910）
等作品，表现了广大小资产阶级在日常生活中挣扎的多种声音。安
德烈耶夫（1871—1919）取材日俄战争的短篇小说《红笑》（1904）
以象征手法概括社会生活，并具有表现主义特色。

　　此时期俄国文学的一个重要现象是 1892—1912 年间的象征主
义文学运动。它包括理论、诗歌和小说创作等各方面，是继法国象
征主义之后欧洲象征主义第二浪潮。继象征主义之后，1911—1914
年彼得堡出现了阿克梅主义团体"诗人车间"。古米廖夫（1886—
1921）、阿赫玛托娃、曼德尔施塔姆等诗人主张摆脱象征派的神秘
性和朦胧性，以人类原始的激情表达对生活的新鲜感受。"阿克梅"
一词源自希腊语，意思是盛开、最高度。同期俄国未来派形成，包
括青年诗人赫列布尼科夫（1885—1922）、马雅可夫斯基，他们于
1912 年发表宣言《给社会趣味一记耳光》。该派诗人对传统文化持
无政府主义反叛情绪，主张创造新文化、新诗歌和新词语，使文艺
走上街头，参与社会生活。未来派诗歌的新鲜力量震惊了社会。

　　伊凡·阿列克谢耶维奇·布宁（Иван Алексеевич Бунин, 1870—
1953）生于古老贵族家庭，家道中落，靠自学完成学业。19 世纪末
他主要从事诗歌创作和翻译，先后出版了《在露天下》（1898）、《落
叶集》（1901）等诗集，翻译了朗费罗的《海华沙之歌》，1903 年获
科学院普希金奖。20 世纪初的十几年是他创作的"黄金时期"，有
许多小说佳作问世，其中中篇小说《乡村》（1910）、《苏霍多尔》
（1911—1912）等作品深度并独特地展示了俄国乡村生活画面，带给
他极大声誉。1920 年他流亡国外，定居法国，先后出版了中篇小说

《米佳的爱情》（1925）、短篇小说集《暗径》（1943）等，反映爱情和流亡心态。他唯一的长篇小说是自传体的《阿尔谢尼耶夫的一生》（1927—1933）。1933年他成为第一位获诺贝尔文学奖的俄罗斯作家。二战期间他拒绝与纳粹合作，后病死于巴黎。

布宁的诗歌继承了普希金、莱蒙托夫、费特的传统，又受到法国帕纳斯派诗风影响。当时诗坛盛行象征主义等现代诗风，但他始终坚持古典诗歌传统。他的诗歌与散文创作都以爱和自然的主题为主。他的爱情诗主要回忆逝去的爱情，如《我们偶然相遇在街角……》（1905），或强调人的现实生活和死后的虚无，如《傍晚》（1909）、《没有名字》（1906—1911）。他的大自然主题诗歌在冷静观照中表现对生活的肯定和赞美。

布宁凭借罕见的艺术天赋和意志，延长了俄国古典现实主义，不过与同时代的高尔基、库普林等人相比，他的现实主义更复杂。首先他强化了普希金、莱蒙托夫和屠格涅夫等人作品中的浪漫因素，使作品呈现浓烈的诗意。高雅的幻想气质和一丝不苟的严谨刻画使他锤炼出一种未失于冷漠又未坠入朦胧的散文风格。他重细节，但氛围感往往遮没人物心理，也吞没了细节，产生强大的超文本力量，如《乡村》、中篇小说《旧金山来的绅士》（1915）、短篇小说《伊格纳特》（1912）。他还善用质朴而意味悠远的民间语言来平衡自己的文人气质。这在描写中部草原地带的作品中给人印象尤深，如《富裕的日子》（1911）、《扎哈尔·沃洛比约夫》（1912）。

布宁的作品具有浓厚的唯美主义色彩。自传体小说《阿尔谢尼耶夫的一生》第五篇特别动人。它讲述作家青春期意识的成长及此间文学扮演的重要角色，唯美情调一直深入到人生观领域。在作品中他以青春的纯真对爱情、大自然、民族意识等主题做了感人的表述。他的题材中爱与死占了很大比例。他以柏拉图的方式理解爱情，有时以显得生硬的暴死或自杀为结局，从而强化爱的本体地位，如中篇小说《米佳的爱情》（1925）。他曾用整部作品如《爱的法则》（1915），和整部小说集如《暗径》，来探讨爱情。

　　布宁对俄国自然景观极为敏感，景物描写使他的文体具有有机感，而且给人以鲜明的俄罗斯感受。成名作短篇小说《安东诺夫卡苹果》（1900）描绘了绚丽的秋景，充满对逝去的"黄金时代"的神往。在《阿尔谢尼耶夫的一生》中，自然界对主人公意识的形成起了非常重要的作用。春雷、春雨及树木发芽，都神奇地与主人公对自我生命的惊讶和探究联系在一起，表现了一种前宗教意识的神秘观念。他后来漫游地中海等地写的游记以同样方式观察自然，渗透了在自然界博大深邃面前的眩晕、敬畏之感。布宁还令人感到强烈的旧俄气息，这与他观察俄国乡村和贵族精英文化采用的方式关系极大，这方面他与斯拉夫主义者的某些观念吻合。在《乡村》中，他通过农奴出身、分别拥有了一定资产和文化知识的库兹马兄弟，全景式地扫描了1905年革命前后的农村生活与人们心态。他笔下的俄国农村是令人惊讶的苦难尘世。姊妹篇《苏霍多尔》则美化了地主与农奴的关系，与《乡村》相辅相成，构成了古老俄罗斯乡村的有机图景。

　　19世纪末至20世纪初，以弗·索洛维约夫学说为精神先驱，在继承和借鉴俄国丘特切夫、费特的诗歌创作和法国象征主义文学经验的基础上，形成了**俄国象征主义文学**。以象征主义文学为标志的俄国文学的白银时代来到，群星闪耀。俄国象征主义的出现有社会历史、文化形态、哲学美学及文学自身诸多原因。民粹派革命运动的失败，加剧了一部分知识分子对"黑暗王国"的思索和惶惑，而欧洲的"世纪末情绪"助长了知识分子的迷惘乃至绝望情绪。他们试图通过文学中介（特别是象征）到彼岸世界去寻求解脱和超越。突飞猛进的科学技术和资本主义工业文明滋生的功利主义，激起作家、艺术家的艺术自我保护意识。因此，在继承未能充足发育的唯美主义艺术思潮的基础上，象征主义文学应运而生。象征主义文学借助对"词语的局限"的新突破，力图克服 19 世纪后半期盛行的重内容、轻形式造成的文学颓势，极力提高艺术感染力，满足读者的审美需求，顺应了文学由社会历史层面向人内心深处转变的历史趋势。

俄国象征主义者们更多地从神秘主义宗教哲学家和诗人**弗拉基米尔·谢尔盖耶维奇·索洛维约夫**（Владимир Сергеевич Соловьёв, 1853—1900）的"世界神灵说"和"世界末日说"找到了艺术思维的民族源头。索洛维约夫是俄国 19 世纪末期哲学面临危机时期思想的集大成者，其思想核心"绝对同一说"和"世界神灵说"把谢林的"同一哲学"与俄国东正教融为一体。他认为绝对同一是真、善、美的完美结合，属于神的范畴，而现实世界只是这一结合的具体体现，在现实与神灵世界间有个被称为"世界灵魂"或"世界女性本源"的中介。正如象征派大诗人勃洛克在《美妇人诗集》里表示的，"世界女性本源"或"永恒女性"既是完美地融合真善美的神界的象征（即圣母马利亚），又是理想在人间的化身，即象征性形象与写实性形象的重叠。俄国的象征主义比法国的象征主义更具宗教神秘色彩。对于象征主义本质理解的不同和创作倾向的不同，使俄国象征主义阵营庞大而复杂，形成两代作家，年长一代包括梅列日科夫斯基及其妻子吉比乌斯（1869—1945）、勃留索夫、巴尔蒙特、索洛古勃（1863—1927）、安年斯基（1855—1909）等。年轻一代包括勃洛克、别雷、维亚切斯拉夫·伊万诺夫等。作为文学运动，俄国象征派文学经历了 1892—1900 年的形成期、1900—1907 年的昌盛期和 1908—1912 年的危机期三个阶段，它的影响延续到 20 年代末。早在 1884 年，诗人明斯基（1855—1937）在《曙光报》上发表了《古老的争论》一文，呼吁作家回到"纯艺术性"中去。1893 年梅列日科夫斯基（1865—1941）在《论现代俄国文学衰落的原因和新的文学流派》一书中，首次完整提出新艺术的创作纲领："神秘的内容、象征、艺术印象的扩大"。1894—1895 年间，勃留索夫（1873—1924）等人出版了三部诗集《俄国象征派》，发表俄国象征派诗人的作品，译介西欧象征主义文学主张，提出他们对新艺术的理解与实践。此后，许多象征派作家对象征主义做了各种理论阐释。尽管象征派文学家有作家群和发展阶段之分，但在思想上，泛神论和"审美至上论"是相同的，认为美就是目的，美超越善与恶之上。

俄国象征主义和法国象征主义都反对传统浪漫主义直抒胸臆，也不满足传统现实主义工于描绘，而是通过象征手段暗示某种思想情绪，让读者与作者共同参与营造艺术境界。同时，象征的滥用也产生了语言面临丧失词义、化为单纯符号的危险，使象征派文学走进意象晦涩难懂的境地。象征主义文学主要成就在诗歌，但一些诗人也发表了别开生面的长短篇小说，只是受重视的程度差得多。梅列日科夫斯基早在 1895—1905 年间便创作了阐释自己宗教思想的历史小说三部曲《基督与反基督》。在象征派小说中，别雷、索洛古勃和勃留索夫的成就最显著。

19 世纪 90 年代，工人阶级逐渐走上历史舞台，新的无产阶级文学应运而生，最初以诗歌为主。最早的无产阶级诗人有三个来源：工人中自学成才者，如施库辽夫（1868—1930）、涅恰耶夫（1859—1925）；职业革命家，如拉金（1860—1901）、柯茨（1872—1943）、波格丹诺夫（1874—1939）；以及具有民主倾向的知识分子。他们在作品中表现了高昂的斗志和不屈的精神，如拉金于 1897 年创作的诗歌《同志们，勇敢地前进！》被配上曲调，广泛传唱。克拉日扎诺夫斯基（1872—1959）则用波兰歌曲曲调填词写出《华沙工人颂》（1897）。柯茨于 1902 年翻译了《国际歌》，他在《我听见他话语的声音》（1902）中批判托尔斯泰不以暴力抗恶的思想。这些作品鼓舞人、教育人。1905—1907 年的革命极大提高了工人诗人的觉悟，给创作注入新的题材和激情。长期做过玻璃制造工的涅恰耶夫在《自由之歌》中唱出对自由的热切渴望，塔拉索夫（1882—1944）的诗集《1903—1905 年诗歌》（1906）歌颂武装起义，柯茨匿名出版了诗集《无产者之歌》（1907），施库辽夫写出豪迈的《我们是熔铁匠》（1906）。这些作品充满蓬勃的朝气，洋溢着劳动者的自豪及为自由勇敢战斗的精神，反映了千百万被压迫、被奴役者的心声。

无产阶级文学运动的发展与列宁有密不可分的联系。列宁提出了无产阶级文学的性质是自由写作，任务是为千千万万劳动人民和国家的未来服务。他关于继承文化遗产的理论对无产阶级文学发展意义重大。在无产阶级文学的发展过程中，高尔基也功不可没。他从登上文坛之日就提出文学要"提高人的自信心，激发他对真理的渴求，同人们的鄙俗行为作斗争"。他的早期作品中许多英雄形象对后来无产阶级作家影响很大，如《鹰之歌》《海燕之歌》。他的《母亲》等作品成为这一运动的丰硕成果。1914 年高尔基主持出版了《无产阶级文集》，这是俄罗斯无产阶级向创造自己的文学迈出的第一步。此外，绥拉菲莫维奇写工人生活和斗争的小说，杰米扬·别德内依（1883—1945）的政治讽刺诗和寓言诗等都为无产阶级文学增添了光彩。

格奥尔基·瓦列廷诺维奇·普列汉诺夫（Георгий Валентинович Плеханов，1856—1918）是俄国最早的马克思主义传播者，哲学家和文艺学家。1875 年他加入民粹派，1880 年起流亡国外，侨居瑞士日内瓦 37 年。1883 年他参与创立俄国第一个马克思主义团体——劳动解放社（1883—1903），1903 年成为孟什维克，后脱离。1917 年二月革命后他回国，对十月革命持反对立场，后逝世于芬兰。

他在俄国第一个用马克思主义的唯物史观研究文艺理论和批评，在美学和文艺学的方法论、任务和途径等方面提出了有创见的观点。他一贯注重继承俄国革命民主主义的文学传统，吸取世界精神文化的优秀成果，批判主观唯心主义美学理论，创立和奠定了马克思主义文艺社会学基础。他的主要著作有：《没有地址的信》（1899—1910）、《论艺术》（1904）、《无产阶级运动与资产阶级艺术》（1905）、《从社会学观点论 18 世纪法国戏剧文学和法国绘画》（1905）、《艺术与社会生活》（1912—1913）。《没有地址的信》论及艺术起源问题，依据唯物史观发展了原始社会艺术起源于劳动的理论，批驳了艺术的游戏起源说。他主张从社会生活与历史发展的角度研究文艺的发生、发展与变化的规律。他针对康德有关审美无功利性的观点，提出个人审美情趣包括在社会审美意识之中。他对俄国革命民主主义美学理论做了较全面的探讨。他肯定别林斯基反对主观唯心主义美学及其文艺批评的客观态度，指出车尔尼雪夫斯基的艺术"再现生活"理论的意义和局限，认为杜勃罗留波夫的"现实的批评"具有明确的社会倾向性，但在研究艺术的方法论上缺乏历史及发展的观点。他提出艺术表现美的"思想"，而且表现人渴求真理、爱情等愿望。文艺美学是探讨人的这些愿望如何反映在其对美的理解中，如何在社会发展中变化，对美的"思想"产生何种影响等。艺术与社会生活的关系是他美学论述的重要课题。他认为艺术用形象反映社会生活是社会现象，艺术创作要表现社会生活中普遍和必然的东西，塑造一定社会环境中的人物，对生活做出判断。他反对"为艺术而艺术"鼓吹脱离作品内容的审美价值，认为这对艺术创作产生消极影响。他批评庸俗社会学理论，指出艺术并不直接和简单化地反映社会经济基础，往往以曲折复杂的形式表现，如原始社会通过宗教、巫术、神话，而高级的文明社会则通过政治、心理、道德、哲学等中介因素。

社会在发展中不断改变艺术的性质、倾向及使命。

普列汉诺夫十分重视作品的美学分析。他认为完美的内容要通过完美的形式表现，文学批评不应局限于探讨社会价值。艺术具有种属性（意识形态的属性）和类属性（艺术本身的属性），因此批评首先要找出作品的社会学等价物，然后评价该作品的审美价值。早在19世纪末叶他就提出创立无产阶级文艺，认为在革命的新时代，描写无产阶级解放斗争是俄国文学史上的新篇章。他高度评价高尔基的小说《马特维·科热米亚金的一生》，将其同巴尔扎克的杰作媲美；而高尔基的剧本《敌人》表现了工人阶级的自我牺牲精神。他的文学批评涉及俄国18—20世纪初的许多名作家，也包括欧洲各国不同时代的作家、艺术家。他不乏真知灼见，但有时也有公式化和简单化的观点。他对托尔斯泰世界观的复杂性和矛盾性缺乏深刻的整体分析，认定这位作家是远离时代的大地主；他认为工人阶级不需要普希金的诗；对高尔基的《母亲》也有否定性评价。在评论易卜生的戏剧时，他简单化地将作家观点同主人公的观点等同。他的文艺思想和论著对苏联文艺学理论的发展影响很大。20年代他的许多观点被庸俗社会学者片面理解和发挥。这些人认为艺术是意识形态，是政治和社会学的图解，排斥艺术表现形式研究。后来在对庸俗社会学的批判中，理论界又把各种庸俗社会学观点都归咎于他。50年代后期才开始对他进行全面分析和评价，认为他对马克思主义文艺理论做出了杰出贡献。

马克西姆·高尔基（Максим Горький，原名阿列克谢·马克西莫维奇·彼什科夫，1868—1936）是无产阶级文学杰出代表。他生于细木匠家，十岁前丧父丧母，寄养在开染坊的外祖父家，小学三年级后因外祖父破产辍学，进鞋店当学徒。他当过伙计、洗碗工，卖过圣像，在集市的剧团跑过龙套。1884年他满怀上大学的梦想徒步来到喀山，住进贫民窟。后来在面包房做工时他参加了自学小组，结识了进步的大学生和工人。他经历了从探索到失望、从绝望到觉醒的曲折的人生道路。1889 年他回故乡，在律师处做书记员，1891 年春沿伏尔加河到顿河、多瑙河，再沿黑海到高加索，漫游期间打短工，在码头上当装卸工，在渔村当采盐工等。同年年底，他来到革命工人运动风起云涌的梯弗里斯（今第比利斯），在铁路工厂做工。他于 1892 年在《高加索报》发表了第一篇小说《马卡尔·楚德拉》，受到好评。1895 年他成为编辑，主持"星期杂谈"和小品栏目，撰写讽刺杂文。1898 年他的三卷本《特写和短篇小说集》问世，在俄国及欧洲引起强烈反响。1901 年春政府镇压彼得堡大学生的游行示威，他创作了呼唤暴风雨到来的散文诗《春天的旋律》。1902 年他当选俄国科学院名誉院士，沙皇却下令撤销其当选资格。

19 世纪末、20 世纪初，高尔基开始长篇小说和剧本创作。第一部长篇小说《福玛·高尔杰耶夫》1899 年问世。剧本《小市民》和《底层》1902 年在莫斯科公演，轰动戏剧界。1905 年他因抗议沙皇政府在冬宫广场的暴行第四次被捕，在狱中创作了剧本《太阳的孩子们》，写脱离人民的知识分子可悲的命运。同年发表的长诗《人》表达他的哲学和美学理想。1906 年长篇小说《母亲》在美国出版，俄国当局以"散布有害文字，煽动工人造反"的罪名通缉他。侨居意大利期间，他写了《论犬儒主义》（1908）、《个性的毁灭》（1909）、《论卡拉马佐夫气质》（1913）、《再论卡拉马佐夫气质》（1913）等论文，抨击知识分子的消极颓废。他的中篇小说《忏悔》（1908）表现个人如何走向群体。中篇小说《夏天》（1909）写变革中的农村，塑造为土地和自由奋起的新型农民。中篇小说《奥古洛夫镇》（1909）和长篇小说《马特维·科热米亚金的一生》（1910）深刻剖析了俄罗斯偏僻城镇的小市民生活。以早年流浪为基础写的《罗斯游记》（1912—

1917）深化了心理描写。1913 年他从意大利回国，创办了《纪事》杂志，1913—1923 年完成自传体三部曲。十月革命后，他创办了出版古典作品的世界文学出版社，编辑儿童刊物，致力文物保护，1918 年 8 月当选科学院院士。20 年代他在意大利养病，写了《阿尔塔莫诺夫家的事业》（1925）、《克里姆·萨姆金的一生》（1927—1937）等长篇巨著及回忆录《列夫·托尔斯泰》（1919—1923）、《列宁》（1924—1930）。1928 年他回国，以《苏联游记》（1929）和《英雄的故事》（1930）反映新的俄罗斯人、新的国家建设者。他还写了剧本《叶戈尔·布雷乔夫等人》（1931）、《托斯契加耶夫等人》（1932）等。1934 年他当选第一任苏联作协主席。

　　高尔基提出艺术要表现美，要积极乐观，要点燃自由的火炬以照亮通向未来的路。他早期浓郁浪漫主义色彩的小说和诗歌是此宗旨的产物。如短篇小说《马卡尔·楚德拉》、牧歌似的童话《小仙女和青年牧人》（1892）、叙事诗《少女与死神》（1892）。在《鹰之歌》（1894）中，受伤的苍鹰临死前要再次享受飞翔的幸福。作者歌颂它永远向往自由天空，充满对光明的渴望和激情。早期小说《伊则吉尔老婆子》（1895）塑造了为民众献身的勇士丹柯。在部族被围困密林、后有追兵的危难关头，他撕开胸膛，掏出闪闪发光的心，把它高高举起，照亮道路，引导人们走出危难。《春天的旋律》（1901）以诙谐的笔调描绘鸟儿们的高谈阔论：乌鸦对于金翅雀谈论春天和梦想自由万分惊恐，斥之为“危险分子”；四品文官灰雀更难以忍受空气中春天的气息。当局禁止该作品全文发表，只允许发表其结尾部分，即著名的散文诗《海燕之歌》。这首诗以寓意描绘暴风雨来临之前勇敢的海燕在怒吼的大海上和闪电中飞翔，表达了崇高的理想和胜利的信念。

　　他早期多写社会底层，侧重探讨造成精神扭曲的原因，发现普通人内在的美和蕴藏的力量。小说《科柳沙》（1895）中，12 岁的科柳沙以为被车轧伤可得赔偿，来帮助母亲养活瘫痪的父亲和家庭。他去撞马车，结果遍体鳞伤死去。《博列斯》（1896）的女主人公受尽凌辱，为安慰破碎的心，她臆造了一个未婚夫，口述情书请大学生代笔，然后再请他以未婚夫口气写回信。《二十六个和一个》（1899）讲 26 个面包工人在阴暗的地窖里劳动，金绣作坊的使女给他们的生活带来一抹阳光。工人们把她当天使，悄悄给她面包卷，帮她劈柴。然而她突然被大兵骗走，夺走了工人们唯一的欢乐和纯朴的爱。他也表现新人物、新现象。如《好闹事的人》（1897）写报社追查有人在原稿赞美的言辞后面加上否定的话。排字工挺身而出，用老板克扣工资、打骂童工的事实揭露自由派报刊所谓"博爱"和"维护工人利益"的谎言。《万卡·马金》（1897）中包工队的木工貌丑嘴笨，却冒死救下挂在坍塌脚手架上的包工头，并拒绝后者的"奖赏"，显示了人格力量。

19 世纪 90 年代，他创作了一组写流浪汉的小说，如《叶美良·皮里雅依》（1893）、《阿尔西普爷爷和廖恩卡》（1894）、《切尔卡什》（1895）、《科诺瓦诺夫》（1897）、《马尔华》（1897）等。20 世纪他的作品中出现了"大写的人"，即历史的创造者、现实的改造者和真理的传播者。与他们对立的是自私、贪婪、因循守旧的小市民，如剧本《小市民》（1901）塑造了火车司机尼尔和与之对立的两代小市民形象。剧本《敌人》（1905）第一次把俄国工人群体搬上舞台，他们为自身尊严和生存同厂主较量，提高了认识。

长篇小说《母亲》（1906）有划时代意义。它描写青年工人巴维尔和他母亲探索真理的艰难历程，表现劳动群众为自身解放的英勇斗争，在俄罗斯文学中第一次艺术地阐释了劳动者是国家未来的主人和历史的创造者这一真理。小说写了工人居住区的贫困艰难。巴维尔 14 岁丧父后当了工人，结识了秘密活动的革命者，开始读书，参加工人集会，逐渐觉醒。中心人物母亲刻苦、耐劳、善良。艰难的生活和丈夫的打骂使她胆小怕事，沉默寡言。起初她为儿子的活动担忧，后来她明白了儿子和他的同伴是为穷苦人做事，在他们的感召下她终于走进儿子的队伍，了解到工人的苦难是老板剥削压榨的结果。儿子被捕后在法庭上揭露现行制度的虚伪和反人道，使她决心把儿子讲的真理告诉更多人。小说的结尾，母亲在火车站被暗探发现，她把印有儿子演说的传单撒向群众，人们结成围墙保护她。她不顾暗探殴打，高呼"真理是用血海也扑不灭的"，表现了普通妇女的精神飞跃。小说在俄国遭禁，在美国问世后，被译为德、法、意等文字流传。

自传体三部曲《童年》《在人间》《我的大学》及长篇小说《阿尔塔莫诺夫家的事业》《克里姆·萨姆金的一生》等扩展了哲理主题，深化了对俄国社会的历史认识和对市侩习气、奴性心理的剖析。作品对人物心灵的透视别具一格，讽刺的光彩闪烁。自传体小说在他的创作中具有独特的艺术价值。三部曲通过他童年和青少年的经历描绘了俄国外省生活实景。小说力求表现来自底层的主人公如何与逆境搏斗，战胜生活中的丑恶，求得精神成长；如何不懈地用高尚、美好的思想情感充实自己，探索有价值的人生。《童年》（1913）以蒙太奇的结构展现刺伤主人公阿廖沙纯真心灵的桩桩丑事：母亲遭继父毒打；一个舅舅经常喝得醉醺醺，毁坏家里的东西，打死了自己妻子；另一个舅舅把烧红的顶针递给半瞎的老匠人；外祖父对外祖母连踢带打，以致她的两根发针扎进头皮里；漂亮的小帮工不幸惨死，等等。这个充满仇恨的生活圈子在阿廖沙心里引起强烈反感，他最爱心地善良的外祖母，在她讲的故事里获取对光明和美好的向往，她那无私的爱使阿廖沙变得坚强。母亲病故后，外祖父便把他推入"人间",让他孤零零地走上坎坷的人生道路。《在人间》(1915)描述十岁的阿廖沙离家在外自谋生计：在鞋店当学徒,干各种伺候人的杂活,烫伤双手；在绘图师家当学徒,因受不了女主人虐待逃到轮船上给厨师打下手,学会读书,开阔了视野,决心上学。《我的大学》(1923)写阿廖沙怀着大学梦来到喀山。大学对穷孩子是空中楼阁,他住贫民窟,到处打工。在广阔的社会大学他结识了各种人,遇到各种问题。他苦苦思索人活着为什么,没找到答案。他学习、劳动,立志要有作为,却不为人所需。苦闷、迷惘、失望使他朝自己开枪。在工人兄弟的关怀下,他振作起来,继续走探索真理的道路。1923年他还创作了《柯罗连科时代》和《初恋》,这是他构思而未完成的第四部自传体小说的片段,其中短篇小说《初恋》被罗曼·罗兰和茨威格誉为"真实到无与伦比的程度",好得"惊人"。

早在19世纪末,高尔基已开始写资产者精神的退化。《福马·高尔杰耶夫》(1899)中出现了原始积累型的资产者。福马的父亲绰号"狂人",他拼命工作,积攒每一个戈比,贪婪地享受,连儿子福马也诅咒他。当福马因善良终于对社会叛逆时,他被宣布患了精神病,失去财产,沦落街头。剧本《瓦萨·日列兹诺娃》(1910)的主人公是轮船公司女老板,心狠手辣,伪造遗嘱,谋害亲人,把自己家变成仇人窝。在1936年的改写本中,作者加了个女革命家,她是女老板的儿媳。为让孙子成为公司的唯一继承人,婆婆指使心腹告发儿媳,但自己却犯心脏病去世。

长篇小说《阿尔塔莫诺夫家的事业》(1925)通过一家几代人的经历,概括了俄国农奴制改革后半个世纪资产阶级的兴衰。第一代人伊里亚当过公爵的家奴,后来开办纺织厂,让儿子与市长女儿结亲,又把市长的寡妻弄到手当情妇兼谋士。他的工人劳动繁重,衣食不保,许多人因肺病丧生。他死后,儿子继承业,更疯狂地追逐金钱，但"家业"压得他精神恍惚，对一切失去兴趣，整天与女人厮混、酗酒放荡。到第三代，家业每况愈下，不肖后代除了安逸与享受别无他求。一个儿子觉得自己多余，和情妇出走，被人从火车上扔出摔死。另一个具有爷爷的意志和力量，努力寻求新路。

史诗性作品《克里姆·萨姆金的一生》（1927—1937）是文学创作、思想探索的结晶。作者一直探索"人为什么活着"，塑造了一系列艺术形象，揭示燃烧和腐烂这两种生活的本质。那些同祖国和人民命运息息相关的人有无限生命力，定会铸造辉煌人生；而脱离人民、自我中心的人只能落个悲惨结局。小说以主人公经历为主线，描绘十月革命前 40 年俄国社会的历史画卷，展示俄国知识分子思想历程。萨姆金的一生是"空虚灵魂"的毁灭史。他自幼被娇惯，傲慢、自私、装腔作势，从不吐真言，貌似革命派，背后却颓废、虚无。大学毕业当律师后，他穿梭于各派政治力量间，装出不偏不倚，捞取虚名。莫斯科工人武装起义时，他被迫卷入，但却一心盼望革命风暴早日过去，自己谋上个肥缺，过舒适的日子。他标榜超越党派，却推崇颓废派作家，为自由派文集喝彩。他沉湎女色，与沙皇暗探往来。他吹嘘自己有独立人格，实际已沦为旧世界的奴才。在小说结尾，他"像一袋骨头，被人们抛向路旁"，结束了可鄙的一生。萨姆金是时代产物，他一步步丧失人格，卑鄙和自私达到登峰造极的程度。与他截然不同的是大学同学库图佐夫。他是有理想、勇于献身的革命者，也是充满生活情趣的普通人，是新型知识分子的形象。

高尔基一生留下许多文学理论和文学批评论著。《保尔·魏尔仑和颓废派》（1896）指出文艺应当肩负改造现实的社会使命，反对文学的自然主义和颓废派倾向。苏联时期他先后写下《我怎样学习写作》（1928）、《论文学》（1930）、《论语言》（1934），阐述文学原则、创作方法与技巧，强调文学要鲜明地反映现实生活，要从未来的高度观察描写现实，主张浪漫主义与现实主义结合的新文学创作原则和方法。《论社会主义现实主义》（1933）则提出"社会主义现实主义"应作为苏联文学的创作方法。他的理论和作品对苏联文学产生了极为重要的影响。

苏联文学　十月革命胜利后列宁领导的布尔什维克党建立了俄罗斯社会主义联邦苏维埃共和国，遭保皇党和资产阶级白卫军的军事抵抗及英、法、德、美等 14 国的武装干涉。1918—1920 年间红军经过艰苦卓绝的斗争，取得国内战争的胜利，1922 年 12 月成立苏维埃社会主义共和国联盟（简称苏联）。此间原有的文坛在政治上分化：高尔基、绥拉菲莫维奇、杰米扬·别德内依，象征派诗人勃留索夫、别雷、勃洛克及农民诗人叶赛宁等站在革命一边；而小说家列米佐夫、布宁、库普林，象征派文人梅列日科夫斯基、诗人巴尔蒙特等流亡国外。流亡作家一部分人反对革命，另一部分在徘徊后接受了现实，返回祖国，如阿·托尔斯泰、茨维塔耶娃等。还有些作家虽未出国，但不合作。

一战到国内战争持续了六年，国内经济遭严重破坏，生活极为艰难。1925 年 12 月俄共［布］更名为苏联共产党［布］，同年 10 月改称苏联共产党，决定开始"新经济政策"，以粮食税代替余粮征集制，准许私人企业经营和外国资本承租。苏联经济迅速恢复，文化生活活跃起来。从十月革命到 20 年代初，最为活跃的是"无产阶级文化派"和"未来派"。前者全称"无产阶级文化协会"，本是群众性文化组织，国内战争及战后一段时期在广大工人群众中开展文化启蒙活动，培育无产阶级文学青年。但它的领导人追求纯粹无产阶级文化和文学，藐视文化遗产。因此，该派诗歌虽洋溢着革命浪漫主义激情，却相当抽象，较少反映现实生活。列宁在《关于无产阶级文化》（1920）、《宁肯少些，但要好些》（1923）中强调无产阶级思想体系并没有抛弃资产阶级时代最宝贵的成就，相反却吸收和改造了两千多年来人类思想和文化发展中一切有价值的东西，为苏联文学发展指出了方向。未来派诗人马雅可夫斯基、阿谢耶夫（1889—1963）等于1923年组成"艺术左翼战线"（简称"列夫"，1923—1927）；后改名为"新列夫"（1927—1928），主张"建设生活的艺术"、"事实文学"，重视语言技巧革新，提出满足革命和建设需要的"社会订货论"。"列夫"属于形式和内容革新的先锋派潮流，与先锋派戏剧家梅耶霍尔德（1874—1940）的"群众广场剧"理论和实践，以及什克洛夫斯基（1893—1984）为代表的形式主义批评学派相联系。形式主义学派强调艺术是手法的总和，并对结构和韵律等进行卓有成就的研究，但由于脱离作品思想内容而受过批判。此外，较有影响的文学团体有"谢拉皮翁兄弟""山隘派"和"岗位派"。"谢拉皮翁兄弟"（1921—1929）的名称取自德国浪漫派小说家霍夫曼的同名小说集，是围绕高尔基建议创办的彼得格勒世界文学出版社形成的创作团体，不定期聚会研讨成员的作品。虽然他们在1922年发表的文集《文学纪事》中表达过"为艺术而艺术"的观点，引起舆论界轩然大波，但他们都是拥护新政权的文学青年，注意吸收各种流派的成就，较早地推出一批成功的苏俄小说，如符·伊凡诺夫（1895—1963）的中篇《铁甲列车14-69》（1922）等一系列"游击队"小说、左琴科的幽默讽刺故事集（1922）、费定的长篇小说《城与年》（1924），浪漫派诗人吉洪诺夫（1896—1979）的叙事谣曲等。

　　1921年在列宁倡导下创办了苏俄第一部大型文学月刊《红色处女地》（1921—1942）。布尔什维克批评家伏隆斯基（1884—1943）任主编（1921—1927），他主张有助于认识苏俄现实生活的文学，登载当时被划分为无产阶级作家、农民作家、同路人作家（指接受十月革命、但不具备共产主义世界观、有一定动摇性的作家）的各种思想和艺术倾向的作品。1924年围绕《红色处女地》形成"全苏工农作家协会"，它因发行季刊《山隘》（1924—1928）而被称为"山隘派"。其成员后来包括老、青年小说家、浪漫派诗人等。"山隘派"反对否定文化遗产、主张抒情的心理现实主义，强调"真诚"和"直觉"在创作中的作用。1923年由"十月"等几个无产阶级作家组织联合成立莫斯科无产阶级作协，其中的激进分子瓦尔金、列列维奇、罗多夫等组成的"岗位派"（1923—1925）（因发行杂志《在岗位上》而得名）宣称无产阶级的任务是建立自己的文化，攻击伏隆斯基的办刊方针，认为"同路人"文学是资产阶级最后的堡垒，主张在文艺领域建立无产阶级的领导权。鉴于文艺论争激化，俄共（布）中央出版局于1924年5月召开党的文艺政策讨论会，并于1925年6月做出《关于党在文学方面的政策》的决议。决议指出，在重视思想斗争的同时，不能采取狂妄的、一知半解和傲慢的态度对待文学，不应蔑视旧文化遗产和文学专家，主张以各种团体和流派的自由竞赛来实现苏联文学的"历史文化使命"。该决议表明党对文艺工作领导的加强，受到广泛支持。"岗位派"占上风的无产阶级作家组织发生分化，瓦尔金等不接受党的政策，成少数派，而多数作家和批评家形成新的作家联盟，即"俄罗斯无产阶级作家联盟"（简称"拉普"，1925—1932）。

20年代苏俄文学逐步繁荣，十月革命和内战成最重要的题材，如别德内依的长诗《主要大街》（1922）、马雅可夫斯基的长诗《列宁》和《好！》、叶赛宁的长诗《安娜·斯涅金娜》（1925）。新兴诗人吉洪诺夫和巴格里茨基发表了许多诗歌，以浪漫激情表现变革中的苏联生活，如吉洪诺夫的诗集《家酿啤酒》（1922）和巴格里茨基富有传奇色彩的诗歌。此外，革命前就开始创作的帕斯捷尔纳克发表了著名诗集《我的姐妹——生活》及阿赫玛托娃诗集《耶稣纪年》

（1922）。20 年代前半期还出现过"意象派"和"构成派"等影响较小的流派或团体，苏俄诗坛呈现了各种艺术流派群芳争艳的局面。

苏俄最早的长篇小说是"同路人"作家皮利尼亚克（1894—1937）的《荒年》（又译《裸年》，1921）。它以象征主义、自然主义手法，用片段记述国内战争年代"赤裸裸的真实"：有生活放荡的公爵一家的瓦解，有饥饿的难民抢乘火车奔往盛产粮食的西伯利亚，有对布尔什维克英勇行为的象征性描绘。稍后，一批歌颂红军战士在国内战争中业绩的长篇名著问世，如富尔曼诺夫的《恰巴耶夫》（又译《夏伯阳》，1923）、绥拉菲莫维奇的《铁流》、法捷耶夫的《毁灭》，形成了无产阶级现实主义的小说创作潮流。拉夫列尼约夫（1891—1959）的中篇《第四十一》（1924）以浪漫色彩描绘红军女战士爱上了白军中尉，但当中尉试图逃跑时她开枪打死了他。巴别尔（1894—1941）则发表了写实主义的短篇故事集《骑兵军》（1926）。他生于犹太商人家，曾作为战地记者参加著名的布琼尼第一骑兵军。他的小说描写趣闻逸事，表现了国内战争时各阶层思想感情的波澜。

在反映战后现实生活方面，革拉特科夫（1883—1958）的长篇小说《水泥》（1925）写一个复员军人热情地投入恢复水泥厂生产的艰苦斗争，而列昂诺夫的长篇《贼》却描绘一个复员军人在新经济政策时期的彷徨和一度陷入盗窃小集团的心理过程。同时，以幽默、讽刺、怪诞等手法批判现实生活消极现象的小说也相继问世，如左琴科的多篇幽默故事、卡达耶夫（1897—1986）的中篇《盗用公款的人》（1926）、奥廖沙（1899—1960）的长篇《嫉妒》（1927）等。此外,从格林（1880—1932）的富有童话色彩的中篇《红帆》（1922）到普里什文描绘俄罗斯大自然的抒情小说《大自然的日历》，形成了一股浪漫、抒情的哲理小说潮流。20 年代中期，史诗小说和历史

小说的创作迅速兴起。高尔基开始发表《克里姆·萨姆金的一生》
（第一部），阿·托尔斯泰推出三部曲《苦难的历程》第二部，年轻
作家肖洛霍夫发表《静静的顿河》（第一部）。历史小说的著名作品
还有女作家福尔什（1873—1961）写19世纪中期革命者的《硬汉》
（1925）、蒂尼亚诺夫（1894—1943）描绘19世纪初十二月党人革命
运动的《丘赫利亚》（1925）和恰佩金（1870—1937）写17世纪哥
萨克农民起义的三卷巨作《斯捷潘·拉辛》（1926—1927）等。

　　戏剧方面，革命初期占据苏俄舞台的主要是先锋派的"广场剧"，
到20年代中期传统的"室内戏剧"复兴。特列尼约夫的剧本《柳波
芙·雅罗瓦娅》写女主人公得悉丈夫加入白卫军后与之决裂。布尔
加科夫的《屠尔宾一家的日子》展现基辅白卫军的崩溃和知识分子
迎接新生活的经历和心理。

　　1924年1月列宁逝世，苏联进入斯大林时期。20年代后期推
进社会主义工业化。1928年起执行规模宏伟的"第一个五年计划"
（1928—1932），建立起重工业基础。1929—1930年开展大规模的农
业全盘集体化运动，出现"左"的偏差。在这种形势下，"拉普"于
1928年提出"辩证唯物主义方法"的文学口号，独尊现实主义，排
斥浪漫主义及其他艺术流派。"拉普"在文学上的宗派主义愈演愈烈，
对其他团体和作家横加指责，再度激化了文学界的纷争。1932年4
月，联共（布）公布《关于改组文学艺术团体》的决议，取消"拉
普"等文学团体，筹建统一的"苏联作家协会"。此期，出现一批紧
密反映社会急剧变革的作品。描绘农业集体化的有潘菲罗夫（1896—
1960）的《磨刀石农庄》（1928—1937）、肖洛霍夫的《被开垦的处
女地》等，描写工业化的有列昂诺夫的《索契河》、女作家莎吉娘
（1888—1982）的《中央水电站》（1931）等。普拉托诺夫的中篇《日
后备用——贫农纪事》（1931）批评集体化运动中的简单化，受到批

判。此外，伊里夫（1897—1937）和彼得罗夫（1903—1942）合写的以没落贵族和投机冒险者的经历为主线的著名讽刺小说《十二把椅子》（1928）和《金牛犊》（1931）相继出版。

在诗歌领域，浪漫派诗人吉洪诺夫、巴格里茨基进入创作成熟期，此外还涌现出伊萨科夫斯基、特瓦尔多夫斯基等新诗人。在戏剧方面，除马雅可夫斯基的讽刺喜剧《臭虫》和《澡堂》外，新一代剧作家阿菲诺盖诺夫和包戈廷的作品相继登上舞台。但以"拉普"为代表的"左派"文学批评严重影响文学创作和批评，如布尔加科夫的剧本《逃亡》（1928）被禁演，皮利尼亚克的《红木》（1929）、扎米亚金（1884—1937）的反乌托邦小说《我们》（写于1920年）由于在国外出版受到严厉批判，普拉托诺夫警告"左"倾倾向危害的长篇《切文古尔》未能全文发表，中篇《地槽》只好束之高阁。1932—1934年苏联文学界开展关于社会主义现实主义的热烈讨论。高尔基提出"把现实主义和浪漫主义结合成为第三种东西"的见解。1934年8月在莫斯科召开了苏联作家第一次代表大会，成立统一的苏联作协，其章程规定社会主义现实主义为基本方法。章程也提到要保证艺术创造的主动性，形式、风格和体裁的多样化。但没提倡各种艺术流派自由竞赛。

30年代的苏联，经过第二个五年计划（1933—1937）和第三个五年计划（1938—1942，因战争中断），国民经济和教育事业的成就举世瞩目，但轻工业和农业较薄弱。30年代中后期政治上出现对斯大林的个人崇拜和肃反扩大化的严重错误。此期，皮利尼亚克、巴别尔、曼德尔施塔姆等作家、诗人蒙冤遭镇压或受迫害。许多作家创作了大量紧密联系时代、歌颂劳动和英雄人物的作品。特瓦尔多夫斯基发表反映农村变革的长诗《春草国》，伊萨科夫斯基写了《喀秋莎》等一批著名歌曲。而女诗人阿赫玛托娃则写了反映肃反扩大化受害者苦难的组诗《安魂曲》（1935—1940，1987年发表）。奥斯特洛夫斯基在双目失明的情况下口述完成自传体长篇小说《钢铁是怎样炼成的》。教育家马卡连柯（1888—1937）根据在儿童教养院教育改造少年违法者的经历写出长篇小说《教育诗》（1935）。克雷莫夫（1908—1941）的长篇小说《油船"德宾特"号》（1938）是反映社会主义劳动竞赛的名篇。而马雷什金的长篇《来自穷乡僻壤的人们》（1938）是此期所谓"生产小说"中比较侧重人物心理深度的佳作。此外，儿童文学作家盖达尔（1904—1941）相继发表《学校》（1930）、《铁木儿和他的队伍》（1941）等作品。卡达耶夫的中篇《我是劳动人民的儿子》（1937）以国内战争中的生动故事提出永记劳动人民儿子的崇高责任。这类小说也反映了当时文学界对法西斯侵略战争威胁的预感和警觉。肖洛霍夫继续他的名著《静静的顿河》后两部的写作，阿·托尔斯泰埋头写作历史小说《彼得一世》。普拉托诺夫的注意力集中于苏联建设的艰难，发表了颇有见识的中篇《黏土地带》和《德然》。布尔加科夫默默无闻地用毕生最后精力创作了批判社会生活及文学界不良习气的怪诞现实主义小说《大师与玛格丽特》。戏剧方面可看到两种不同派别。维什涅夫斯基（1900—1951）侧重表现群众心理，著有《第一骑兵军》（1929）、《乐观的悲剧》（1933）。而阿菲诺盖诺夫则通过家庭生活的戏剧性冲突和个人道德风貌反映现实生活。

　　1941年6月到1945年5月，苏联经历了反法西斯战争考验。苏联人民付出了巨大牺牲，许多作家投笔从戎，盖达尔等作家在战争中牺牲。在战争年代苏联作家创作了一批揭露法西斯残暴罪行和歌颂苏联人民英勇斗争的作品。在列宁格勒长达900天的被困期间，吉洪诺夫写出长诗《基洛夫和我们在一起》（1941）。西蒙诺夫的抒情诗《等着我吧……》表达苏军士兵对忠贞爱情的祈愿和必胜的信念，被谱成乐曲,广为流传。女诗人阿丽格尔（1915—1973）的长诗《卓娅》（1942）描绘被捕的年轻女游击队员坚强不屈、英勇就义。特瓦尔多夫斯基的长诗《瓦西里·焦尔金》以机智、勇敢、忠厚的普通士兵为主人公描绘战地生活,诗句纯朴,富于幽默感和民间诗歌特色,深受士兵喜爱。

　　战时苏联小说的国际影响十分广泛。原籍波兰的女作家瓦西列夫斯卡娅（1905—1964）的中篇小说《虹》（1942）揭露德寇罪行,如在被俘的母亲面前残杀她的幼儿,使世界震惊。西蒙诺夫的中篇《日日夜夜》写1942年秋天斯大林格勒巷战,它标志着从战争初期的前线笔记体裁向战争小说的转变,并以分析性为特色。列昂诺夫发表抒情叙事的中篇《攻克大舒姆斯克》,肖洛霍夫发表长篇《他们为祖国而战》的部分章节。法捷耶夫的《青年近卫军》更被视为战时小说的杰作。在戏剧方面,最著名的有列昂诺夫的《侵略》和乌克兰剧作家考涅楚克（1905—1972）的《前线》（1942）。

　　诗歌诸流派　**弗拉基米尔·弗拉基米洛维奇·马雅可夫斯基**（Владимир Владимирович Маяковский，1893—1930）生于格鲁吉亚林务官家庭。1906年父亲去世后全家迁往莫斯科,1908年参加布尔什维克党,并担任宣传员。1908—1910年间三次被捕,第三次出狱后他想搞社会主义艺术,却把它同党的工作对立起来,因而脱离了党组织,后结识了先锋派诗人大卫·布尔柳克（1882—1967）,由绘画转写诗。1912年他和布尔柳克、赫列勃尼科夫等编辑出版了文集《给社会趣味一记耳光》,其中刊载了俄国未来派宣言和诗人的两首诗《夜》和《早晨》。马雅可夫斯基的早期创作表现出对旧传统的蔑视,热衷未来的艺术及词语革命。他们经常与人辩论,公开演出和演讲,标榜自我。诗人早期诗歌表现出强烈的民主主义倾向和出众的艺术才能,把批判锋芒指向资本主义城市,展示其喧嚣和污浊,如《夜》《城市大地狱》（1913）等。1915年他写下一组名为"颂歌"的讽刺诗《法官颂》《学者颂》《贪污颂》等。他的大型诗剧《弗拉基米尔·马雅可夫斯基》（1913）显示了强烈的社会批判激情。在此期间他先后发表了长诗：《穿裤子的云》（1914—1915）、《脊柱横笛》（1915）、《战争与世界》（1915—1916）、《人》（1916—1917），其中《穿裤子的云》是代表作，力求表现革命主题。该诗从叙述主人公和玛丽娅在敖德萨的爱情悲剧开始，扩展到对整个社会的揭露和批判，表露对整个社会制度和生活方式的强烈憎恨，以及对即将到来的革命的憧憬。他在长诗第二版序言中喊出的"打倒你们的爱情！""打倒你们的艺术！""打倒你们的制度！""打倒你们的宗教！"四个口号，构成了长诗的四个乐章，但基调仍属个人自发的反抗。诗人使用未来派惯用的辞藻、奇特的节奏韵律、不规整的诗行和怪诞的标点以及夸张的粗俗语汇，将抒情和讽刺、抨击结合起来。在十月革命前夕他以短诗预言资产阶级的末日已来临，如《给艺术大军的命令》（1918）、《革命颂》（1918）。他还写下《我们的进行曲》（1917）、《向左进行曲》（1918）等作品，表达公社不能被征服、俄罗斯绝不向协约国屈服的坚强决心和必胜信念。

革命初期，他积极为"艺术与生活相结合"的新内容和新形式努力，1918年创作了《宗教滑稽剧》，以《圣经》中大洪水的故事来反映十月革命，通过七对干净人和七对肮脏人的对立表现社会冲突和革命的胜利，这是苏维埃戏剧史上最早一部现代剧，曾由先锋派戏剧家梅耶霍尔德执导演出，比较抽象化和概念化。长诗《一亿五千万》（1920）用伊凡代表俄罗斯人民，美国总统威尔逊则是世界资本主义的象征，双方的斗争最终以共产主义在全球胜利结束。1919—1922年间他参加了俄罗斯通讯社"罗斯塔之窗"的工作，用诗和绘画配合形势做宣传，动员人民进行艰苦斗争，参加组建了

"左翼艺术阵线"。他创作了抒情长诗《我爱》（1922）、《关于这个》（1923）及政治讽刺诗《开会迷》（1922）。《开会迷》夸张和怪诞地塑造了"半截子的人"的形象，辛辣讽刺国家机关沉湎会议的官僚主义和事务主义作风。1924—1930 年间他写了《致奈特同志——轮船和人》（1926）、《苏联护照》（1929）、《赫列诺夫讲库兹涅茨克的建设和库兹涅茨克人的故事》（1929）等抒情诗，讴歌革命先烈的业绩和社会主义新人，表达苏维埃国家公民的自豪感。此期他到过德、法、西等西欧诸国及古巴、墨西哥、美国等美洲国家，写下大量国际题材的诗歌及特写《我发现美洲》等。《摩天大楼的横断面》（1925）、《黑与白》（1925）、《梅毒》（1926）等诗揭露资本主义物质文明掩盖的堕落和倒退，谴责美国对黑人的种族歧视和压迫。在《不准干涉中国！》（1924）等中国题材诗作中，他表达了对中国革命的理解和支持以及对中国人民的深厚友谊。

长诗《列宁》（1924）是苏联文学史上最早成功描写革命领袖的抒情叙事诗，将列宁一生的革命实践与社会历史的发展过程、无产阶级的革命斗争紧密联系起来。第一、二章回顾列宁不平凡的一生、他的丰功伟绩，而在以抒情为主的序曲和第三章中表达了对列宁逝世的深切哀悼。长诗中列宁的形象既伟大又平凡，既出类拔萃又平易近人，既是革命的儿子，也是革命的父亲。他身上体现了个人与集体、英雄与群众、领袖与政党的有机统一。全诗高屋建瓴，气势磅礴，具有史诗的宏伟规模。长诗《好！》（1927）是为纪念十月革命十周年写的，叙事与抒情结合。长诗编年史般地描述了十月革命的斗争历史及苏维埃共和国的成长，赞颂社会主义祖国的建设成就和美好生活，抒发对未来的热爱与憧憬。长诗讲述自我与讲述时代和集体相统一，对苏联诗歌发展产生了重要影响。20 年代末他写了著名讽刺喜剧《臭虫》（1928）和《澡堂》（1929）。前者写一个腐化变质分子和臭虫一起作为怪物被饲养在未来社会的动物园中，后者讽刺官僚主义者，他们被驶向共产主义的"时间机车"抛弃。这两部喜剧在当时曾遭激烈批评，一度被禁演。

1930 年 2 月，诗人举办了个人创作 20 周年展览会，在会上朗诵了最后的诗作《放开喉咙歌唱》，这是他关于自己一生的创作经验、美学观点的总结，也是同后来人的对话。他宣布要把自己的一切献给全世界无产阶级，献给党。晚期他受到来自"拉普"的极"左"倾向和宗派势力攻击，个人也经历感情危机和疾病折磨，写下遗书《给大家》后自杀。他的作品具有鲜明的艺术特征，构成了俄罗斯诗歌中一个完整的学派。

亚历山大·亚历山德罗维奇·勃洛克（Александр Александрович Блок，1880—1921）曾以《美妇人诗集》称雄世纪之交的俄罗斯象征主义诗坛，又以长诗《十二个》开创了苏维埃诗歌的先河。他的外祖父是著名生物学家，曾任彼得堡大学校长。幼年时他生活在纯净的温情世界里，汲取俄罗斯和西欧传统文化的精华。1898 年他考入彼得堡大学，1903 年与著名化学家门捷列夫的女儿结婚，1904 年发表处女诗集《美妇人诗集》。在风雨飘摇的世纪之交，许多价值观念崩溃。诗人被黑暗的现实压抑，极度苦闷和忧郁。在诗集中他恪守"诗人是和谐之子"的观念，锤字炼句，努力在混乱失衡的世界寻求平和安宁的净土。但他注重把握和传达诗的整体乐感，求得富有暗示性的多层次多声部音乐效果，并借助语气变化，营造象征主义独有的空灵美妙。诗人对未来寄予强烈希望：幻想以真善美拯救世界，用爱溶解仇怨和纷争。他看自己的恋人为永恒温柔和神性源泉的化身，在这诗集中美妇人是超现实的彼岸美的化身，也是诗人宗教救世的象征。

1905—1907 年间，他严肃反思了自己既有的思想和创作，嘲笑和否定了一些象征主义观念，拓宽视野，尝试赞赏劳动，剖析复杂的生活，思索俄罗斯的历史道路。他十分羡慕列夫·托尔斯泰等现实主义大师与俄罗斯身心相连的能力。1906 年他出版了诗集《意外的惊喜》，收入了 1904—1906 年间的作品，传达了自己在 1905 年革命前后看世界的惊诧与喜悦，如《陌生女郎》（1906）。人们从陌生女郎的面纱后面可看到她眼里令人迷醉的彼岸和令人神往的远方。从接近现实到置身其中，诗人的浪漫主义理想变得更明确和坚定。新的世界开拓了他的视野，尽管仍忧郁，仍感伤，他还是开始为俄国革命低吟高唱。

此后他相继出版了一大批诗作，有组诗《可怕的世界》（1909—1916）、《复仇》（1908—1913）、《抑扬格诗集》（1907—1914）、《意大利诗集》（1909）、《祖国》（1907—1916）、戏剧长诗《命运之歌》（1908）、长诗《夜莺花园》（1918）等。经历了对 1905 年革命失败的颓丧和对 1917 年二月革命的失望，诗人热烈欢迎十月革命，积极参加新生苏维埃政权的文化和社会活动。1918 年他发表了《知识分子与革命》一文，呼吁文人以整个心灵和意识去倾听革命。同年年底他写出象征革命凯旋行进的优秀长诗《十二个》，展示十二个赤卫队员革命意识的觉醒和坚定不移。他还参加了高尔基组织的世界文学出版社的工作。1920 年他当选为全俄诗人联合会彼得格勒分会主席。鲁迅在给《十二个》中译本所作的后记中称该诗是"俄国革命时代最重要的作品"。长诗凝练而又具象地描绘出十月革命后彼得格勒的面貌，是倾听革命的热情长诗。纯熟的诗歌技巧与激情交相辉映，使其成为第一部生动反映十月革命现实的长诗力作。诗人以暴风雪的呼啸象征社会变革的动荡进程，以哭泣的贵妇和"像问号一样"站在十字路口的资产者象征旧世界的覆灭；朴素的十二个赤卫队员仿佛新世界的十二个使徒，在前进过程中获得新生。他让头戴花环的耶稣形象做赤卫队战士的引导者，从宗教救世的传统寓意上给革命以最高赞誉。

谢尔盖·亚历山德罗维奇·叶赛宁（Сергей Александрович Есенин，1895—1925）苏联诗歌有两大传统，马雅可夫斯基代表诗人的使命意识高于一切的外向型民族诗传统，而叶赛宁则代表以生命意识支配诗人命运的内向型民族诗传统。叶赛宁出生在梁赞省农民家，在富裕的外祖父家度过童年和少年。中部俄罗斯的沃野和奥卡河孕育了他的诗情，外祖父家民间文学的氛围和罗斯的古老传统在他心里营造了牧歌式的人间天堂。他九岁开始写诗，到十五六岁已写出抒情诗杰作。1912 年他从教会师范毕业后，只身去莫斯科，先在书店当店员，后在印刷厂任助理编辑，业余时间参加苏里科夫文学与音乐小组，不久便入大学补修。身居城市而心向农村，他写出大量饱含生活气息和艺术魅力的优美抒情诗。1915 年他专程去彼得堡拜访勃洛克，在后者提携下开始在有影响的刊物上发表诗作。1916 年他应征入伍，1917 年 2 月离开沙俄军队。第一部诗集《亡灵节》（又译《扫墓日》，1916）收入自成一格的景物诗和乡愁诗，色彩绚丽、声情并茂。他从大自然捕捉美的瞬间，从俄罗斯的文化历史和道德审美理想中开掘诗泉。如叙事诗《叶甫巴季·哥洛弗拉特之歌》（1912）赞颂抗击鞑靼侵略军的俄罗斯民族英雄。这类诗刚劲奔放。他的叙事诗缅怀罗斯时代的宗法制度，企盼革命后新的"农民天堂"。如《悠扬的召唤》（1917）赞美 1917 年二月革命是人间的新洗礼。《八重赞美诗》（1917）和《决裂》（1917）欢呼建立"农民的天堂"，普天下和解的时代来临。《变容节》（1917）、《乐土》（1918）、《约旦河的鸽子》（1918）、《天上的鼓手》（1918）从不同的视角讴歌十月革命。世界大同的理想与十月革命的精神在他的诗中碰撞出新的激情火花。但在新旧世纪的残酷搏斗面前，诗人带着农民的倾向发出"铁马已战胜活马"的叹息,哀哭灵感之树的枯萎,如《四旬祭》(1920)、《我是乡村最后一个诗人》(1919)。但即使他陷入长达四五年的精神危机,仍念念不忘俄罗斯乡村的命运,如《无赖汉》(1919)。在艺术探索上,此阶段他也经历了较大转折。1919年他在意象派宣言上签名,并被推举为该派领袖,但因不同意意象派割断诗歌与生活的联系,于1921年退出。但在他的一些诗中遗留有雕琢意象的痕迹,连表现农民在革命中命运的诗剧《普加乔夫》(1920—1921)也不例外。

诗人在城乡关系的认识上曾偏激,某些作品,如组诗《莫斯科酒馆之音》(1921—1923)还表现出扭曲心态,但这种情绪在20年代初随国内经济好转而减轻。诗人在高加索等地的旅行和1922—1923年偕新婚妻子、美国舞蹈家邓肯的欧美五国行,使他走出将工业发展当作乡村不幸的根源的认识误区。在生命最后两年中他进入新创作高峰,写了抒情组诗《波斯抒情》(1924—1925)、叙事诗《安娜·斯涅金娜》(1925)、《伟大进军之歌》(1924)、《二十六人之歌》(1924)、《三十六个》(1924)、《列宁》(《风滚草》的片段,1924)等反映新的现实的优秀作品。《波斯抒情》由15首各具特色又相映成趣的抒情诗组成,进取向上、憧憬未来。诗人生前称该诗是他最好的作品,他假借波斯这文明古国和玫瑰之乡巧妙地将祖国、爱情、大自然和诗人使命等主题融为一体。《安娜·斯涅金娜》是继早期历史题材的小叙事诗和中期诗剧《普加乔夫》等作品对农民的历史命运探索之后取得的最高成就,在苏联诗歌史上最先塑造普隆·奥格洛勃林这个农民革命家形象。长诗涵盖面极大,从一战、二月革命、十月革命、国内战争到农村阶级斗争,从主人公与地主小姐的感情纠葛的角度真实反映了俄国的历史性变革及其国际意义。他是俄罗斯文学史上为数不多的几位被赞为民族诗人的大诗人之一。

奥西普·艾米里耶维奇·曼德尔施塔姆（Осип Эмильевич
Мандельштам，1891—1938）生于彼得堡犹太裔皮革商家庭，自幼
随父到过芬兰和波罗的海诸国，1907—1910 年到过法、德等西欧国
家，在索邦学院、海德堡大学听过课，精通法语和德语，对哲学兴
趣浓厚。1911 年他入彼得堡大学，不久进入文学界，与古米廖夫组
织的"诗人车间"接触，随后成为阿克梅派重要诗人和理论家，从
实践与理论方面探索俄国象征派陷入危机后的现代诗歌艺术。他于
1910 年发表处女作，1913 年出版第一部诗集《石》，博得好评。20
年代是他创作的旺季，出版了《哀伤》（1922）、《第二本书》（1923，
收入 1916—1922 年的作品）、《诗集》（1928，收入 1908—1925 年
间的抒情诗）、《诗论》（1928）、《时代的喧嚣》（1925）、《埃及的邮
票》（1928）等作品集。他还写了不少散文及小说（收入后两部作品
集中）。《埃及的邮票》是唯一一部小说，具有超现实主义风格。他
还发表过《汽油炉子》（1925）、《两辆有轨电车》（1925）、《汽球》
（1926）、《厨房》（1926）等儿童诗集。他的诗歌创作与散文创作是
相得益彰的两个组成部分，散文的诗化、诗的散文化并举，使他在
创立俄罗斯现代诗的过程中跨出了新的一步。他的诗歌理论著述甚
丰，如《阿克梅主义的早晨》（1913）、《论词语的特性》（1922）、《论
诗歌》（1928）、《关于但丁的谈话》（1930—1937）等文论。他解决
了俄国象征派走进死胡同的症结，纠正了象征派把诗歌语言单纯看
作"象征的词语"的偏颇，提出"作为本体的词语"的新命题，使
诗歌语言得以发挥象征性和物质性的双重功能。他认为词语自身就
可成为象征，诗歌语言的内在形象是诗的生命内核。他以自己掌握
多种语言的优势，广采博收世界文化的优秀遗产。他继承了丘特切
夫的诗歌传统，在 20 世纪俄罗斯诗坛上架筑现实与历史间的桥梁，
寓永恒于哲理之中。他认为伟大的诗人属于永恒，"心灵本与生命的

本原一体"，如《沉默吧》（1910）、《无题》（1909）。他因追求永恒的自由触怒了高层领导，两度被捕，死于远东流放地。1989 年恢复名誉。

鲍里斯·列昂尼德维奇·帕斯捷尔纳克（Борис Леонидович Пастернак，1890—1960）是历尽坎坷终于获得世界声誉的现代俄罗斯诗人、小说家，获 1958 年诺贝尔文学奖。他父亲是著名画家，母亲是钢琴家。他曾学过六年音乐，受到奥地利著名诗人里尔克启蒙。1909 年他入莫斯科大学，1912 年春到德国马堡大学研究新康德主义。他早期诗歌创作活动与未来派小组"离心机"密切关联，诗风有先锋派实验性质。头两部诗集《云中的双子星座》（1914）和《越过壁垒》（1917）涉及生与死、爱与恨、人与自然等主题，用现代意识继承和发展莱蒙托夫、丘特切夫、里尔克等诗人的哲理诗传统，但艰涩难懂。诗集《我的姐妹——生活》（1922）和《主题与变奏》（1923）使他跻身俄罗斯诗坛巨匠行列。他的独特见解，例如认为诗是通过隐喻而变了形的"第二现实"，认为诗与生活是一母所生的姐妹等，加上他从瞬间感受中捕捉永恒的执着追求，为他赢得了"诗人的诗人"的美名。

长诗《1905 年》（1925—1926）和《施密特中尉》（1926—1927）标志他的诗歌抒情性减弱，叙事性增强，也显示他 20 年代后期向历史主题的倾斜。这两部长诗以独特的视角审视 1905 年俄国革命，涉及革命与爱情、历史与大自然等主题。1923 年和 1928 年先后发表长诗《高尚的疾病》第一部和第二部，描写革命和列宁，并表达对新时代诗人使命的思考。这几部长诗格调昂奋激烈，与早期诗集的冷峻隽永反差极大，但仍晦涩。30 年代初的诗集《第二次诞生》（1930—1931）又回到早期精于写景、重在抒情的老路，但他同时也写反映社会现实的作品，如大型诗体小说《司倍克托尔斯基》（1931）

的片段以革命与战时人的命运为主题，否定革命暴力。30 与 40 年代，他遭批判，被指责缺乏思想性、人民性和非政治化。他因而几度被迫中止创作，转向翻译，重要译作包括莎士比亚、歌德、席勒、魏尔仑等的名著，还翻译了格鲁吉亚诗人的诗，译文质量享誉国内外。40 年代后他重新开始创作，诗风发生明显转变，变得质朴、深沉与明晰，如诗集《在早班车上》（1936—1944）和《雨霁》（1956—1959）。《雨霁》是他诗歌创作的总结和最高成就，以观察入微的画面、随情起伏的旋律，从人与自然的和谐中捕捉无数美妙的瞬间，揭示人类心灵的奥秘，展现了旷达的胸怀和对历史的彻悟，如《雷雨之后》（1958）。

　　《日瓦戈医生》是他一生创作的总结，是他从意识流手法中篇小说《柳威尔斯的童年》（1918），到影射暴力残酷的短篇小说《空中路》（1924），再到自传体中篇小说《安全证书》（1929—1931）发展的必然归宿，是作者几十年生活积累和观察思考的结晶。这部小说反思历史，从非正统的角度冷眼旁观 20 世纪初发生在俄罗斯土地上的伟大变革。小说记述日瓦戈和他的情人及其他一些人物在战争与革命风云变幻环境里的经历，反映了作家对历史和个人命运的思考。主人公在一定程度上反映了作者对革命及国内战争的态度：从欢呼、怀疑到不满。日瓦戈是个禀赋极高的人，正直善良，博学多才，受宗教影响很深，充满博爱的理想，但在动荡多变的现实中他屡遭打击，身心憔悴，逐渐厌倦政治，只从个人好恶来衡量亿万人的千秋大业，对新事物的光明面失去热情和兴趣，对它的负面却毕生耿耿于怀。这方面表现了转折时期新旧思想的尖锐冲突，也反映出新事物远非像许多作品写的那样完美，需要冷峻地反思。小说首先在意大利出版，书中对十月革命的评价反映出反对一切暴力的思想，引来西方世界的反苏浪潮。作者因此受到苏联各方面的严厉批判，险些被驱逐出境，最后以拒领诺贝尔文学奖才得以幸免。

安娜·安德烈耶夫娜·阿赫玛托娃（Анна Андреевна Ахматова，1889—1966）生于退伍海军工程师家庭，后进入女子高等学校。她自幼酷爱文学，1907 年开始在巴黎出版的俄文杂志《天狼星》上发表诗作，后来与阿克梅派首领古米廖夫结婚（后离异），并加入阿克梅派文艺团体。头两部诗集《黄昏集》（1912）和《念珠》（1914）在文坛引起轰动，其中许多作品描写闺阁女子的情感体验。十月革命曾一度冲击她的心灵，但她没有离开祖国。1921 年前夫古米廖夫被处决，给她的生活蒙上阴影，她转而从事普希金研究并翻译包括屈原的《离骚》和李商隐的无题诗在内的东方古典诗歌。在经历了20—30 年代的沉默后，她在卫国战争的爱国高潮中迎来了创作的第二个里程碑，写了《誓言》（1941）、《勇敢》（1942）等诗篇，展现了抒情才华的另一方面。女诗人常到军医院去给伤病员朗诵诗作，鼓舞士气，自己也深受教育。1944 年 6 月她从疏散地塔什干返回列宁格勒时，为战争创伤所震惊，写了《走访死神》等特写，并为献给已故读者们的长诗《没有主人公的长诗》（1962）收集素材。就在她积极酝酿新作时，1946 年 8 月联共（布）中央《关于〈星〉和〈列宁格勒〉两杂志》的决议称她的诗与苏联人民背道而驰，是空洞、无思想性诗歌的典型代表，接着她被开除出作协。50 年代中后期她恢复名誉，迎来第三个创作高峰，出版了《时代在飞奔》（1965）等多部新诗集。1964 年她在意大利被授予"埃特纳·陶尔明诺"国际诗歌奖，1965 年英国牛津大学授予她名誉博士学位。

她十分重视锤炼诗歌语言，从语言自身去探索诗歌奥秘，反对象征派传统，从词语中既看到象征性，更看到物质性。因此，她的诗富于质感，细腻地捕捉情感震颤和灵魂律动。随着年龄增长和时代变迁，她追踪心灵涟漪的探索进入更高层次，升华了母爱，积淀了历史内涵。这既表现在以母亲身份血泪控诉肃反扩大化过程中人的尊严惨遭践踏的长诗《安魂曲》（1935—1940，发表于 1978 年）等叙事诗中，也使许多抒情诗增添了思想底蕴，例如晚期的《故土》（1961）。

玛琳娜·伊凡诺夫娜·茨维塔耶娃（Марина Ивановна Цветаева，1892—1941）是俄国白银时代杰出女诗人，其父为莫斯科市普希金艺术博物馆创办人。她生长在文化、艺术气氛很浓的家庭，精通德语、法语。她 1910 年发表第一本诗集《黄昏相册》，1912 年结婚，同年第二本诗集《魔术灯笼》问世。诗集《里程标》（1922 年出版）显示了她富于民间文学色彩的浪漫抒情风格。十月革命后，除抒情诗外她还创作了长诗《少女沙皇》（1920）、《奇遇》（1922）等。1922—1939 年，她先后在捷克和法国侨居，但仍继续写作，发表诗集《致勃洛克的诗》（1922）、童话长诗《青年好汉》（出版年代不详）、取材于古希腊神话的悲剧《阿里阿德涅》（1927）和诗集《离开俄罗斯后》（1928）等。1937 年她在巴黎的杂志上发表了随笔回忆录《我的普希金》。1938—1939 年德军入侵捷克，她写出反法西斯诗集《致捷克》。1939 年她返回祖国，同年她丈夫因参加过白军被捕，被处决，女儿也被捕。她在绝望中自杀。

她的创作内容丰富，形式多样，手法新颖。她对生命、爱情、死亡等永恒主题的处理是紧张的思考和孤独的体验。她的诗歌贯穿高亢的悲剧基调，充满预感和自尊，对激情的表达坦率而炽烈。在词语选择上她追求极致，将相反两极的意象浓缩在一起，表现出极强的张力。在她笔下，时空富于动感地交织，在律动的背景下她裸露灵魂的真实，触摸生命的本质。上述艺术特色表现在她的许多诗中，尤以抒情诗《祖国》（1932）最突出。女诗人的世界充满矛盾，这种矛盾以现实世界与精神世界的对话方式存在于诗中。对艺术世界的执着追求与最大限度地超越现实的倾向构成她特有的精神境界和刚柔并济的独特诗风。她继承普希金诗歌传统又兼收民间文学之长，开拓新的语言风格，形成丰碑式、格言警句式的诗章。高度概括、浓缩密集的诗歌意象如同雕塑，反映出她深刻紧张的思考，而诗中强化了的音乐性则要求听众全方位的紧张参与。她对民间文学、古代神话的涉猎很深，在她的长诗中象征性与戏剧性得到统一。

米哈伊尔·瓦西里耶维奇·伊萨科夫斯基（Михаил Васильевич Исаковский，1900—1973）生于贫苦农民家庭，从童年起对农民的悲惨生活就有切身感受。1918年他加入布尔什维克党，主办县苏维埃《消息报》。1921—1930年他在斯摩棱斯克《工人之路》报社做编辑，1931年调到莫斯科编辑《集体农民》杂志。1932年因眼疾他放弃编辑工作，专门从事诗歌创作。他的处女作《一个士兵的请求》（1914）发表在《新处女地》杂志上，后陆续出版了《四万万》（1921）、《沿着时代的阶梯》（1921）等诗集，创作日趋成熟。诗集《稻草中的电线》（1927）是他20年代歌颂社会主义新农村的代表作，描绘了十月革命后农村的巨大变化和新一代劳动者的内心世界与精神风貌。30年代是他创作的旺盛期。他先后出版了《外省》（1930）、《种地能手》（1931）、《四个愿望》（1936）等诗集，取材农村生活。长诗《四个愿望》（1928—1935）继承了俄罗斯民主主义诗歌传统，努力回答俄罗斯农民最关心的问题，寻找真理和幸福生活的道路。长诗由七部分组成，副标题为《雇农斯杰班·季莫菲维奇生活之歌》。斯杰班有四件心事：1）能与娜塔莎成亲；2）买双钉掌的皮靴；3）学会认字；4）坐上一次火车。这些本属一般的"愿望"只有在十月革命后才能实现。

卫国战争期间，他写下大量充满爱国激情的诗篇，如开战时的出征曲《再见吧，城市和乡村》、祝贺胜利的《第一次祝酒》（1945），

还有真实记录苏联人民走过的艰难而光辉历程的《对儿子的嘱咐》
（1941）、《在前线的树林里》（1942）、《复仇者》（1942）、《给俄罗
斯妇女》（1945）。不少抒情诗如《再见吧，城市和乡村》《灯光》被
谱成歌曲，广为传唱。这些诗感情真挚感人，对亲人和对祖国的爱
完美交融。它们既是感人肺腑的爱情诗，也是催人奋进的宣传诗。
特别是脍炙人口的《喀秋莎》（1938），深受人们喜爱，甚至用它
命名新型火炮，使这个普通姑娘的名字成为忠于祖国、忠于爱情的
象征。

　　战后他的诗歌保持抒情风格，歌颂祖国、歌颂劳动建设、歌颂
和平，后来汇编为《诗与歌》（1949）、《祖国之歌》（1957）、《和平
颂》（1957）等集子。《候鸟飞走了》（1948）是其中出色的一首。抒
情主人公不同于随气候变化迁徙的候鸟，与祖国生死与共，永不分离。
1956年以后他很少发表诗作，但翻译了大量谢甫琴科等民族诗人的
作品。他开创了反映苏联农村新貌的"斯摩棱斯克抒情诗歌流派"，
对苏联诗歌产生了重要影响。

　　亚历山大·特里丰诺维奇·特瓦尔多夫斯基（Александр Трифонович
Твардовский，1910—1971）生于偏僻乡村，父亲是铁匠，童年时期
家庭贫困，小学毕业后参加劳动，并担任农村通讯员，给地方报纸
写稿。1925年他发表了第一首诗《新农舍》，最初的诗写农村生活，
歌唱苏维埃农村新变化。伊萨科夫斯基发现了他的才华，给予支持、
培养。1928年他离家到省城师范学习，后转入莫斯科文史哲学院，
同时仍做报刊记者深入农村，积极创作。20年代末30年代初，苏
联广大农村搞集体化。他于1934年开始构思长诗《春草国》，1936
年发表，成功地刻画了一个热爱劳动和土地，但具有传统的私有意
识的中农形象。作者以幽默的笔调、童话般的情节描述主人公的各
种奇遇，生动有趣，揭示了农民摆脱私有观念走上集体化道路的复

杂、艰巨进程。《春草国》使他知名。1938年他加入了苏共。卫国战争开始后，他作为随军记者奔赴前线，与战士们同生共死，创作了著名的长诗《华西里·焦尔金》和《路旁人家》。《华西里·焦尔金》（1941—1945）是其代表作，也是卫国战争文学珍品。长诗的写作与战争的发展几乎同步，在报刊上逐章发表时受到战士们热烈欢迎。长诗分30章，每章相对独立。焦尔金是普通红军战士，勇敢积极，豁达开朗，既坚毅不拔、勇挑重担，又淳朴幽默、永远乐观。诗人描写了战场上的艰苦和战士的平凡功勋，也反映了苏联红军由撤退到反攻、由失败到胜利的整个历程。长诗采用俄罗斯古典诗歌的传统写法，也保留古老的壮士歌和传奇人物传记的风格。它近似叙事诗，但抒情也占重要地位。作者或以焦尔金的朋友和老乡的身份出现，或以作者身份出现，叙事、抒怀、争辩、沉思交替。全诗语言流畅，生动自然，有许多格言谚语，艺术价值很高。

1946年，诗人完成了战时就动笔的另一部长诗《路旁人家》（1942—1946），描写主人公安德烈·谢符采夫一家人在战争中的遭遇，再现了千百万个普通家庭妻离子散的悲惨。无情的战争打断了和平生活，主人公奔赴前线。他的妻子和三岁的幼孩被德寇赶到东普鲁士服苦役。战后他负伤回家，住宅已成废墟。他一面重建自己的家园，一面翘首期盼亲人们归来。《路旁人家》从另一个角度反映了这场战争给人民造成的巨大灾难和痛苦，堪称《华西里·焦尔金》的姐妹篇。

战后诗人转向抒情诗创作，如《战后诗选》（1952）、《近年抒情诗抄》（1967），格调更深沉、凝练，更富哲理性。诗歌内容涉及社会道德、人生价值、祖国的前途与命运，但写得最多的还是对战争的思考和回忆。《我战死在尔热夫城下》（1946）、《对他们的纪念》（1951）、《残酷的记忆》（1951）等都是这方面名篇。50—60年代他还写了长诗《山外青山天外天》（1950—1960）、《焦尔金游地府》（1963）和《记忆的权利》（写于1966—1969年，1969年被查禁，1987年才在杂志上刊登）。《山外青山天外天》是他战后杰作，共15章，以"旅途日记"形式抒写从莫斯科到符拉迪沃斯托克旅途中的见闻与感想，歌颂战后建设成就和祖国山河面貌的巨变，也回顾苏维埃国家和人民坎坷不平的道路。诗人时而高歌，时而低吟，时而哀叹，将个人和祖国、历史和未来紧密地结合在一起，透过小小的车厢描绘出广阔的大千世界，短短的旅程反映了时代的变幻风云。他于1950—1954年、1958—1970年两度担任苏联作协机关杂志《新世界》主编，提出了"写真实""非英雄化""写小人物"等主张，并发表了一系列有争议的作品和评论，产生了重大影响。

小说及戏剧　亚历山大·绥拉菲莫维奇（Александр Серафимович，原姓波波夫，1863—1949）生于哥萨克军人家庭，在彼得堡大学参加革命，结识了列宁的哥哥、民意党人亚历山大·乌里扬诺夫。1887年乌里扬诺夫谋刺沙皇失败，被处以绞刑。绥拉菲莫维奇因起草抗议宣言遭逮捕流放，开始文学创作。早期短篇小说多以北方严酷的自然环境为背景，写渔民、猎人、放排工的艰辛，揭露现实的黑暗和罪恶，展现与大自然搏斗的惊险。《浮冰上》（1889）讲以猎捕海兽为生的农民冒险在冰上作业，被海潮卷走。《小矿工》（1895）写幼年丧母的童工圣诞节里随父下井加班，幼小的心灵受到极大创伤。1902年作者迁居莫斯科，参加"星期三"文学社，为高尔基的"知识"丛刊撰稿，在高尔基影响下日益接近无产阶级革命。1905年革命时期他创作了不少表现工人斗争的作品，如短篇小说《炸弹》（1906）、《葬礼进行曲》（1906）。以后的年代里他写了《沙原》（1908）、《草原上的城市》（1912）、《耗子王国》（1913）等中长篇小说。长篇小说《草原上的城市》最著名，描写荒僻的草原小镇因铺设铁路而发展成资本主义城市的故事，反映革命前俄国资本主义的发展导致阶级矛盾激化。小说主人公的发迹史具有资本主义原始积累的鲜明特征。

十月革命爆发时，作者坚定地站在无产阶级一边，1918 年加入布尔什维克党。国内战争期间他做《真理报》记者，写了大量特写、报道，收集在《革命、前方、后方》（1917—1920）里。20—30 年代他领导过《创作》和《十月》两部文学杂志的编辑工作。1924 年他的著名长篇小说《铁流》问世，描写内战初期达曼人民英勇的革命斗争。1918 年 8 月，一支由农民和小手工业者组成的"部队"从反革命叛乱中突围，到北高加索去与红军主力会师。一群衣衫褴褛、受尽苦难的劳苦大众在突围过程中经历了难以想象的困难和险阻，几乎处于绝境。但他们在血泊中求生存，终于赢得突围的胜利。刚开始转移时的乌合之众，到结束时已成为有高度觉悟和铁的纪律的战斗集体。小说主要描述事件，突出塑造群体形象。情节急速紧凑，体现这支革命队伍风驰电掣般地挺进。悲剧性事件与喜剧性场面、紧张激烈的战斗与自然景物的描写生动地交织在一起。全书以浪漫主义的笔触和诗一般的语言，描述了铁的人物和血的战斗，被公认为早期苏维埃文学优秀作品。

康斯坦丁·亚历山大罗维奇·费定（Константин Александрович Федин，1892—1977）1911 年就读莫斯科商学院，1914 年春到德国进修德语，时值一战爆发，被当作敌侨扣留德国，直到 1918 年秋苏俄和德国交换战俘，才返回俄罗斯。费定在学生时代便开始文学创作，20 年代曾是文学团体"谢拉皮翁兄弟"的成员。1923 年第一部小说集《荒地》问世，接着发表长篇小说《城与年》（1924），成为知名作家。《城与年》写知识分子革命道路。主人公曾在德国留学，一战爆发，他被作为敌侨扣留在德国，直到德俄媾和、交换战俘才回

国。回国后，他被派往西伯利亚做战俘工作，因放走了有恩于他的
德国军官而被枪毙。小说从一战、十月革命，一直写到苏俄国内战
争，概括了 20 世纪初欧洲风云变幻。"城"是德国和俄国的城，是
事件发生的地点；"年"便是那些动荡的年代。小说精心刻画了一个
感受丰富、心地善良、在剧烈的社会变革中软弱动摇的知识分子形象。
小说时序颠倒，各条情节线索互相交叉。时间的倒置和空间的跳跃
使故事紧张，扣人心弦。

　　随后的长篇小说《弟兄们》（1928）也通过知识分子在革命中的
命运来探讨社会问题。他后来两度访西欧，对西方世界有较深认识，
回国后接连发表两部长篇小说《盗窃欧洲》（1934—1935）和《阿尔
图尔疗养院》（1940），都以对比的笔法鞭挞资本主义弊端，热情赞
美当时苏联进行的五年计划建设。苏德战争期间，他深入前线的城
乡，写了许多报道和短篇小说，并以《消息报》记者身份出席纽伦
堡国际法庭对法西斯头目的审判。反法西斯战争胜利后，他创作了
长篇小说《初欢》（1945）和《不平凡的夏天》（1948）。这是三部曲
的前两部，第三部《篝火》于 60 年代写完第一部分《进犯》，第二
部《时刻到了》因去世而没完成。《初欢》和《不平凡的夏天》广阔
地描绘了萨拉托夫城十月革命前后波澜壮阔的社会生活。前者的男
女主人公在动荡时代中走上不同的道路。男主人公投身革命，被捕
流放。女主人公违心地嫁了富商少爷。"初欢"指男主人公革命斗争
的初步的欢乐。后者写 1919 年国内战争最激烈、最紧张的夏天。男
主人公成熟起来，成为萨拉托夫的市委书记，领导城市的革命和建设，
后告别女友奔赴前线，任红军军团政委。小说成功地塑造了两代革
命者形象。第三部《篝火》写一代新人经历抗击法西斯保卫祖国的
考验。除了前两部作品的主要人物，还有新一代苏维埃人。小说描
写了前线战士的命运，着重展示人物在新历史条件下精神和道德的

成长及老一辈革命家的历史作用。法捷耶夫去世后，费定曾长期担任苏联作协第一书记和主席（1959—1977）。

亚历山大·亚历山大罗维奇·法捷耶夫（Александр Александрович Фадеев，1901—1956）父亲是农民，继父是助理医生，都积极参加第一次俄国革命。他从小受革命思想熏陶，1908 年全家迁往远东，他在商业学校读书，同当地革命者来往密切，1918 年加入布尔什维克党。1919 年他受党委派去苏昌游击队工作，1921 年以远东边区代表身份出席俄共（布）第十次代表大会，大会期间曾参加镇压喀朗施塔德叛乱并负伤。从 1927 年起他在莫斯科专门从事文学活动，担任俄罗斯无产阶级作协（"拉普"）、全苏作协的主要领导。他的早期作品，如处女作中篇小说《泛滥》（1923）、《逆流》（后经过改写更名为《阿姆贡团的诞生》，1924）和长篇小说《毁灭》（1927），都取材国内战争。《毁灭》给作者带来了文学声誉。这部小说写远东南乌苏里边区，一支约一百五十人的红军游击队，为冲破日本干涉军和白卫军包围，浴血奋战，几经挫折，最后只剩下了十九名战士。小说揭示了国内战争的革命洪流大浪淘沙，冲击着、改造着队伍中每一个成员。作者运用托尔斯泰式的"心灵辩证法"，刻画人物内心世界，塑造出个性不同的典型。队长是布尔什维克党员，忠于职责，积极乐观，肩负着指挥战斗的重任，而且热爱战友，教育他们，鼓舞他们为革命建功。矿工莫罗兹卡是革命的坚定力量，尽管粗鲁、愚昧，有无政府主义的思想残余，但对革命无限忠诚，表现了无产阶级战士的崇高品质。知识分子密契克卑鄙、怯懦、孤高自傲，与工农格格不入，用利己主义眼光衡量一切，最后当了逃兵。

卫国战争爆发后，作为苏联作协负责人他积极组织作家参加反法西斯斗争，又以战地记者身份亲临前线。1942—1943 年他两次奔赴被围困的英雄城市列宁格勒，1944 年出版了特写集《在列宁格勒被包围的日子里》，1945 年完成了长篇小说《青年近卫军》。《青年近卫军》以真人真事为基础，描述了德占区乌克兰顿巴斯矿区克拉斯诺顿城的一群共青团员和爱国青年成立了"青年近卫军"，与敌人进行不屈不挠的斗争。后来，整个组织被破获，100 多名队员除 9 人逃出外，其余全部壮烈牺牲。小说塑造了苏联青年一代的英雄群像，展示了他们崇高的道德情操和精神魅力。作者精心刻画了五个总部委员：奥列格心地纯洁、坚毅沉着，有高度的原则性和出色的组织才能；邬丽娅端庄秀雅，性格内向，对人对己严格，外形美和心灵美和谐一致；万尼亚谦逊质朴，好学深思，精神世界极丰富，享有"教授"和"诗人"雅号；邱列宁热情似火，浑身是胆，向往建立英雄业绩，乐于承担艰险任务；刘巴青春焕发，热情奔放，能歌善舞，具有演员的模仿和揣测心理的特殊才能，善于巧妙地与敌人周旋，出奇制胜地完成各种侦察和联络任务。他们都过早地结束了自己的生命，但他们生命的价值永放光芒。

20 年代末至 50 年代初他还从事长篇小说《最后一个乌兑格人》和《黑色冶金》的创作，但都未完成。他也是文学理论家和批评家，1957 年出版了作者在世时亲自整理的论文集《三十年间》。他参加了制定党的文学艺术政策，对社会主义现实主义、文学的传统与革新、古典文学的批判与继承、具体作家作品的分析评论等发表过不少精辟见解。但他也提出过一些错误观点和主张，如 20 年代后半期他与"拉普"的其他理论家一起提出了"辩证唯物主义的创作方法"，1929 年在"拉普"第二次全会上做了题为《打倒席勒！》的报告等。50 年代初苏联社会生活急剧动荡，在时代思潮冲击下他的生活和创作陷入困境。他多次上书中央要求克服官僚主义，改善对文学事业的领导，但无果。最后，他写了一封信《致苏共中央》后自杀。

米哈伊尔·亚历山大罗维奇·肖洛霍夫（Михаил Александрович

Шолохов，1905—1984）生于顿河沿岸，父亲祖籍梁赞省，在顿河哥萨克地区是外乡人，没有自己的土地，只能经商或受人雇用。肖洛霍夫曾在几处中学上过学，那时一战烽火连天，他看到了战争造成的家破人亡，土地荒芜，瘟疫流行。十月革命后，顿河地区是红军和白军激烈争夺的地带。他亲眼见到哥萨克残忍地屠杀被俘的红军及家属；也看到红军对暴动的哥萨克严厉镇压。他从 15 岁起便参加粮食征集队，为新生的苏维埃政权战斗。国内战争结束后，他于1924 年来到莫斯科，开始文学生涯。短篇小说集《顿河故事》（1926）以他在国内战争中的经历和见闻为素材，反映顿河流域尖锐复杂的斗争，显示出独具一格的艺术风格，如多方面、多角度地刻画人物性格和心理以及浓郁的地方色彩。

　　长篇小说《静静的顿河》（1928—1940）写俄罗斯 1912—1922年重要的十年。这是社会动荡，新旧制度交替，新意识形态同传统思想、习惯激烈搏斗的年代。在这样的背景下，作者深刻地揭示了顿河地区哥萨克的命运。哥萨克不是一个民族，而是俄罗斯一个特殊的社会阶层。顿河地区的哥萨克由 16 世纪以来从俄罗斯中部逃亡来的农奴和仆人组成，他们以打鱼和农作为生，并自发组织起来保卫家园。战斗和劳动相结合的生活世代相传，养成剽悍、坚强的性格。历代沙皇政府都利用哥萨克的勇敢为扩张政策服务。因此入营当兵成为哥萨克男子的神圣职责，效忠沙皇成为他们的传统思想。这样，哥萨克便形成了具有独特经济和生活方式并保持家长制宗法社会的特殊社会阶层。这正是小说主人公生活悲剧的社会历史根源。小说分四部，以顿河岸边鞑靼村葛利高里·麦列霍夫一家和他的邻居斯捷潘·斯塔霍夫等几个家庭的经历为线索，表现了 20 世纪初顿河流域农村的动荡和变革。在十年社会大变革中，这几个保持宗法社会家长制传统的家庭都遭到毁灭性打击，家破人亡。葛利高里的妻子在战乱年代死于流产，兄嫂及父亲在哥萨克暴动中相继死去。斯捷潘在暴动失败后逃亡国外，他的妻子阿克西尼亚同葛利高里倾心相爱。葛利高里经过种种遭遇后决定和阿克西尼亚逃离鞑靼村，途中阿克西尼亚不幸被巡逻的红军士兵打死。葛利高里心灰意懒，把枪支弹药扔进刚解冻的顿河返回家园，而他那曾经充满欢乐的大家庭只剩下已出嫁的妹妹和失去母亲的儿子。小说展示俄国社会这段历史，描绘大变革时期社会的冲突和人们的思想、感情、习俗、性格遭受的激烈震荡。

作者描绘这场历史变革时笔调冷静客观，他站在十月革命立场上看待哥萨克宗法制社会崩溃的悲剧。他为哥萨克男女的悲剧命运惋惜，但认为十月革命是历史潮流，不可阻挡。哥萨克劳动人民只有摆脱旧制度的羁绊，才能获得新生。小说始终保持对生活充满信心的乐观基调，中心人物葛利高里是劳动者，勤劳、淳朴、善良、真诚、热情、勇敢。但他身上也充分体现了哥萨克的弱点：效忠沙皇、遵守父命、入营当兵、哥萨克光荣等观念是他的生活信条。他对土地的感情纯朴，但继承家业、占有财产的欲念刻骨铭心。在历史剧变中，他有新追求，但又不能摆脱传统观念羁绊，于是摇摆不定。他深爱阿克西尼亚，但却谨遵父命娶纳塔利娅，然而婚后又不忘前情，造成两个女人的悲剧。他作战勇敢，但不明白为什么打仗。布尔什维克贾兰沙的一席话揭穿战争实质，使他效忠沙皇、哥萨克光荣等观念受到剧烈冲击，发生了动摇。但一回家，家人的崇敬，邻里的奉承，又煽起他的优越感和偏见，回到前线他继续效忠沙皇。他曾两次参加红军，又两度离开去投白军。当他终于认清了道路时，已铸成终生大错。这就是葛利高里的悲剧。肖洛霍夫企图通过这个形象提出一个重要问题，即工人阶级在革命运动中如何对待农民，特别是如何对待处在中间状态的农民的问题。十月革命后有的哥萨克聚居地区推行"斗争哥萨克"，把他们一律当作沙皇的走卒，某种程度上导致顿河哥萨克叛乱。作者对哥萨克劳动者寄予真切同情，注意到那些成为历史前进的牺牲品的人。他的这一立场许多年来不被一些批评家理解，使葛利高里成为苏联文学界争论不休的人物。

20 年代末苏联开始在农村地区展开农业集体化运动。作者积极参加顿河地区的农业集体化运动。长篇小说《被开垦的处女地》（第一部 1932，第二部 1959）是根据亲身体验写成的。小说较真实地记录了农村这场天翻地覆的变革：既肯定集体化道路，又深刻地写出了农民的疑虑、观望，甚至反抗；既写出布尔什维克为引导农民走这条道路而进行的艰苦斗争和牺牲，也写出他们工作中的缺点和失误。小说生动地塑造了三个共产党员和几个农民的艺术形象。

1941 年卫国战争爆发，作为《真理报》战地记者作者上了前线，写了许多政论文章和战地通讯。小说作品除短篇小说《学会仇恨》（1942），还有长篇小说《他们为祖国而战》，但病逝前未完成。50 年代中期苏联文坛"解冻"，他发表了短篇小说《一个人的遭遇》（1956—1957），从新的角度作了独树一帜的艺术处理。他没有着重描绘抗击侵略者的英雄气概和主人公在战争中的丰功伟绩，而是浓墨重彩地展示一个普通俄罗斯人在战争中的遭遇和感受，以及他面对命运的考验表现的坚韧不拔精神。震撼读者心灵的是凝聚在人物内心深处的痛苦体验，是对战争的回味和反思。该小说开创了卫国战争题材文学的新阶段，为表现心理体验的"战壕真实派"创作奠定了基础。1965 年他荣获诺贝尔文学奖。

米哈伊尔·阿法纳西耶夫·布尔加科夫（Михаил Афанасьевич Булгаков，1891—1940）是苏联讽刺文学小说家和剧作家，生前屡受贬斥而 60 年代以来声誉渐起。他生于神学院教授家庭，在基辅大学医学院学习，毕业前夕一战爆发。他参加了红十字会战地救护工作，后被调往偏僻的县医院。内战时期，他的亲友中很多人参加了白卫军，他在情感上也倾向白军。但经过数次被白卫军和彼得留拉匪帮强征为医的痛苦后，他认识到白军的腐败及红军胜利的历史必然。他把这一过程写进以内战为主题的小说和戏剧作品中（《白卫军》，1925—1927；《屠尔宾一家的日子》，1927；《逃亡》，1928）。1920 年年初内战接近尾声，他决定弃医从事文学创作。他来到莫斯科，为维持生计变换过多种职业，为多家报刊写小品和中短篇小说。早期的中篇小说《袖口手记》（1923）和《青年医生札记》（1925—1927）从题材到手法都较传统，而小说集《魔障》（1925）反映出他对讽刺文学的偏好和创作手法的革新。1925 年年底第一部长篇小说《白卫军》在《俄罗斯》杂志上连载。次年 10 月初，由他从《白卫军》改编的剧本《屠尔宾一家的日子》首演。同月他的另一部讽刺新经济政策期暴发户的剧作《卓娅的住宅》也上演了。两剧并演把作者推上人生第一个也是最后一个事业高峰。评论界的反应反差极大，基调是否定其政治倾向。斯大林和高尔基等人从思想和艺术角度指出《屠尔宾一家的日子》的成绩与偏差，有力地支持了该剧继续上演。20 年代后期，他受到"拉普"批评家的攻击和排斥。1927 年 8 月，《屠尔宾一家的日子》被禁演，同年他的住宅遭搜查，日记和中篇小说《狗心》手稿被没收。1929 年，以白卫分子的逃亡和回归为主要内容的剧作《逃亡》也遭审查委员会否定。从此他失去了发表作品的机会，在极端困难的条件下，他写出了历史剧《莫里哀》。因与当时的戏剧界权威斯坦尼斯拉夫斯基发生冲突，剧本被打入冷宫。1930 年 4 月经斯大林过问，他在莫斯科艺术剧院获得一份助理导演工作，后转到大剧院做歌剧脚本作者，坚定地继续写作。除创作反战倾向的《亚当和夏娃》（1931）、描写普希金之死的《最后的日子》（1940）等剧本，他还把《死魂灵》《堂吉诃德》改编为剧本，写出自传体长篇《剧院故事》（未完成）和呕心沥血的落日之作《大师与玛格丽特》（创作于 1929—1940 年间；1966—1967 年发表）。

　　以内战为背景、以知识分子与革命为主题，是作者前期创作的一大特色。代表作品包括《白卫军》《屠尔宾一家的日子》和《逃亡》，其中思想性和艺术风格结合较完美的当属《逃亡》，而影响最大的是《屠尔宾一家的日子》。他着眼革命的对立面白卫军，表现一批立志精忠报国却走错了路的知识分子的悲剧。他从未深入剖析白卫军反对布尔什维克的阶级本质，这是他遭苏联文学评论诟病的原因之一。他的另一主题是对和平年代中反面现象的讽刺，把科幻、怪诞和写实手法融入讽刺文学。代表作有中篇小说《狗心》、《不祥之蛋》（1925）及杰作《大师与玛格丽特》。在《狗心》中，一位医学教授把死于酗酒斗殴的流氓无产者的脑垂体移植到狗身上，使这狗变成了"带着狗心的人"，成为一个粗鄙、贪杯、借政权之威尽泄私欲的无赖。这部作品批判以"无产者"自居、缺少文化的青年的粗暴，也流露出作者脱离、鄙视下层民众的思想。《不祥之蛋》讲一个急于求成的人采用未成熟的新技术，来振兴鸡瘟后的共和国养鸡业。因运输失误，一批蛇蛋被误当作鸡蛋运到农场，酿成巨型怪兽横行全国的重灾。

　　长篇小说《大师与玛格丽特》贯穿历史、现实和幻想几个层面，揭示人类精神沦丧的种种形态。在 20—30 年代的莫斯科，魔鬼沃兰德用法术使渎职受贿的官员、偷情的丈夫、贪污巨款的吝啬鬼、为满足物欲而失羞耻的妇女、觊觎别人地下室而不惜诬陷告密的人、享有吃喝玩乐特权而无所事事的某文学联合会成员、指鹿为马的文学评论权威等等显露原形。沃兰德及其随从手持道德天平，对他们进行宣判和惩处。小说另一条线索取材《圣经》，写罗马总督彼拉多违心地核准对耶稣执行死刑，从那以后悔恨烧灼着他。而与之贯穿的诚实和正直的"大师"为世人不容，他所撰写的彼拉多的故事无法发表，生活中屡遭厄运，只有善良的少妇玛格丽特与他相伴。后来他竟被关进了精神病院。在沃兰德帮助下，玛格丽特报复了迫害大师的仇人后，与大师飞离凡尘，宽恕了彼拉多。在经济迅速发展的 20 年代后期和 30 年代，作者敏锐地关注人们精神道德的缺憾，提出完善精神世界的重要性。在创作中，他继承了果戈理、谢德林的讽刺文学传统，借鉴 20 世纪艺术潮流中超现实主义和意识流技巧，叙事复杂多变，在狂放、轻蔑、抒情的多彩笑声背后，隐含着作者对 20—30 年代苏联社会精神生活的关注和反思。

安德烈·普拉托诺维奇·普拉托诺夫（Андрей Платонович Платонов，原姓克里缅托夫，1899—1951）曾在铁路工厂做工，十月革命时期参加红军，1924 年毕业于铁路技工学校，成为电机技师和土壤改良工作者，广泛接触偏僻省份的城乡生活。20 年代初他在无产阶级文化派影响下，发表了一些诗歌和科幻作品，表达革命建设的激情，1927 年出版中短篇小说集《叶皮凡水闸》，引起文坛重视。中篇历史小说《叶皮凡水闸》写彼得大帝为连接俄国水路，重金聘请英国工程师修建水闸。但因依据了错误的地层勘察资料，这项工程终于失败，工程师被判死刑。中篇小说《驿差镇》（1927）剖析作者故乡，一个驿差聚集的村镇，在十月革命时人民生活状态和心态。在这个极其贫穷、落后的村镇里，人们误认为革命就应当抢劫贵族的领地和城市。中篇小说《格拉多夫城》（1928）以怪诞手法虚构了一个城市，在这里千百年来专制的农奴制积重难返，造成官僚主义盛行和惰性蔓延。革命后莫斯科拨来 500 万卢布救济饥荒，该城执委会开会讨论了四个多月仍拿不出分配方案。人们慢吞吞地工作，不知什么是劳动激情。作品侧重描绘社会阴暗面，讽刺艺术独特而怪诞。

从中篇小说《内向的人》（1928）起，他的作品中凭朴素的内心感受进行思考的劳动者形象开始占显著地位，反对不切实际的幻想，批评官僚主义和"工人贵族"。名篇《一个师傅的诞生》（1928—1929）是生前未能全文发表的长篇小说《切文古尔》的序曲，以革命前干旱饥荒年代为背景，写偏僻农村一个手工艺人的世界观形成过程。主人公是能工巧匠，会修鞋、修闹钟，甚至会修生平第一次见到的钢琴。因饥荒，他最后不得不离开村子，到处流浪。他忧愁、不安，产生了与他人联合的渴望。他进城当了火车头清洗工，收养了萨莎——农村时的朋友，一个渔夫的儿子。十月革命爆发时，他带着萨莎去寻找能给人民带来幸福的革命党，萨莎便加入了布尔什维克党。

《切文古尔》（副标题《敞开心扉的旅行记》）是以 20 年代初期从军事共产主义向新经济政策过渡为背景的超现实主义和怪诞现实主义作品，讽刺贫穷和无知的乌托邦"社会主义"。萨莎从红军复员后，被省委派去视察农村社会主义集体化运动。路遇堂吉诃德式的披甲骑士，两人成了挚友，一起去视察乡村公社。他们目睹了农村的赤贫状态，特别是妇女和儿童的苦难，认识到公社计划的不切实际和农村生活的惰性。他们来到自命已实现了共产主义的切文古尔城，这里已枪毙了所有资产阶级，把小资产阶级统统赶到草原上自谋生路，城里只剩 11 个无产阶级。他们幻想阳光能自然地带来丰收，结果整个城市濒临饥荒和死亡。萨沙赶紧组织生产自救，该市的领导却不听从上面关于纠偏的指示，最后遭流窜的白匪军围攻而毁灭。这部作品尖锐地批判乌托邦社会主义和极"左"思潮的危害，因此被出版社拒绝，1972 年才得以在巴黎首次出版。

中篇小说《地槽》（1930）当时也为出版社拒绝。它描绘一群疲惫不堪的工人整天挖地槽，要建一座所有无产阶级共同居住的高楼大厦，而指挥工程的官僚却早已住进花园小楼享清福，不关心住工棚的工人的疾苦。《地槽》是《切文古尔》的姊妹篇，再次提醒人们警惕乌托邦幻想和极"左"思潮，也流露出无政府主义的思想情绪。作品在苏联国内 1987 年才首次发表。中篇小说《为日后备用——贫农纪事》(1931) 探索现在与未来的关系，认为不能忽略现实需求。小说以贫农出身的电机技术员漫游农业集体化时许多集体农庄的笔记形式，描绘由于巴别塔式的幻想而不脚踏实地工作的种种荒唐。这部作品虽怪诞滑稽，却带有报告文学性质，受到"拉普"激烈批判。

30 年代中期起他开始以哲学眼光观察苏联社会的现实。中篇小说《初生海》(1934，当时未能发表) 仍采用漫游小说体裁，不乏讽刺，但笔调较轻松。一位电机工程师到苏联东南部草原一个畜牧农场。一位挤奶女工当上农场新经理，同工程师一起开发深埋地下的水源 (即初生海)，以灌溉整个中亚地区。短篇小说《黏土地带》(1934) 和中篇小说《德然》(1938 年部分发表) 都是他作为苏联作家考察团成员，到土库曼沙漠地区体验生活后完成的力作。前者写 14 岁波斯少女在革命前被土库曼贵族俘虏，做男人玩乐的工具，惨死于沙漠。后者写大学毕业生回到与阿富汗接壤的土库曼沙漠，去寻找和拯救濒临灭绝的最后几十名德然族人的艰险历程。童话式的艺术虚构和感人的现实生活交融。作品中紧张的场面，如在荒漠的沙地上恰加达耶夫与秃鹰搏斗的场面，显示出海明威小说那种描述的时间速度与读者的时间感觉相一致的逼真，而人物描写则像普鲁斯特的作品那样注重日常心理活动。作者还在小说中进行弗洛伊德式的、对非理性状态中的人物的精神分析，描绘出像梦游病患者的德然族人亦真亦幻的心灵世界，拓宽了他早期的超现实主义风格。

30 和 40 年代，他创作了许多短篇小说，吸收了普希金的和谐美和契诃夫的抒情心理描写，又回荡着作者毕生创作中关于善良、体贴和渴望幸福的主旋律。《雨蒙蒙的青春的曙光》、《七月的雷雨》（1938）细致地刻画了艰苦环境中儿童纯洁的心灵历程。《弗洛》（1936）、《火车司机的妻子》（1940）描绘技工对建设事业的热爱，提出家庭温暖的道德价值。《精神崇高的人们》（1943）等战时短篇描绘苏军普通战士的英勇不屈，《归来》（1946）提醒复员战士体贴妇女在后方的艰辛，重视家庭的完整和谐。《无名的小花》等儿童故事纯熟地运用童话艺术，充满对幼小生命的热爱。

列昂尼德·马克西莫维奇·列昂诺夫（Леонид Максимович Леонов, 1899—1994）是重要的小说家和戏剧家。他1920年参加红军，当过部队记者，1922年复员后开始走上文坛。动荡的革命年代为他提供了丰富素材，早期中篇小说分析处于新旧交替期的人们复杂矛盾的心理。例如《一个小人物的结局》（1924）描绘古生物学教授误认为不再需要书籍和文化、粮食和火柴比什么都重要，因而把珍贵的论文手稿付之一炬。这篇小说揭示了旧知识分子的彷徨和精神悲剧，显示出陀思妥耶夫斯基的影响。1924年后半年他在《红色处女地》杂志上连载第一部长篇小说《獾》，描绘十月革命前农村两兄弟因家境贫苦当店铺学徒。十月革命后两兄弟走上对立的道路。哥哥娶老板女儿，返乡后在农村无政府主义思潮影响下成为反叛的土匪头目，像昼伏夜出的獾一样对抗革命。弟弟带领红军来平叛，哥哥终于投诚。第二部长篇《贼》（1927，1959年改版）以冒险小说、流浪汉小说形式写十月革命前后普通工农内心的活动。主人公生于铁路看守人家，内战时曾是红军骑兵。他复员到莫斯科时，新经济政策时期花花绿绿的商店橱窗使他惊讶。他沦为盗窃小集团头目，却自以为这是和暴发户展开游击战。屡经波折后，主人公终于到西伯利亚去当伐木工，寻求新生活。

1927 年夏，作者访西欧，到意大利时拜访了高尔基，后来发表
《关于高尔基》（1932）等文章。1928 年工业化运动开始，他走访并
考察了伏尔加河上游地区的造纸厂建设。他在杂志上发表了第三部
长篇小说《索契河》（1930），得到高尔基称赞。小说以造纸厂建设
为题材，对苏联城乡生活和各类人物进行典型概括。主人公革命前
是造纸厂工人，因参加革命被流放，十月革命后参加了红军。而他
妻子却沾染上暴发户太太的俗气，家庭发生裂痕。这部小说结构独
特，它以建设工程为情节编入许多人物的故事，有如中短篇小说集锦。
哲理倾向强的长篇小说《斯库塔列夫斯基》（1932），剖析旧技术专
家走向新生活的思想和心理历程。长篇小说《通向大洋之路》（1935）
刻画了充满革命理想的干部，并对 30 年代苏联社会诸思潮进行了深
刻描述。

20 年代末开始，他创作了多部剧本，如反映 30 年代后半期肃
反扩大化时社会心理风貌的剧本《暴风雪》（1940）等。苏德战争爆
发后，作者以军事记者身份参加战斗。1942 年发表了著名爱国主义
戏剧《侵略》。剧本的冲突围绕父母、姊妹对失足的儿子、兄弟信任
与不信任的矛盾展开，通过失足青年身上潜在的爱国感情，反映苏
联人民的爱国主义激情。二战后的长篇小说《俄罗斯森林》（1953）
运用推理小说的某些手法，通过女共青团员探寻父亲生活之"谜"
的过程，完成对诸多人物性格的塑造，描绘了苏联社会的生活进程
和道德伦理风貌。小说的主题具有双关性，即爱护俄罗斯的木材和
人才。之后，他还发表了《金马车》（1955 年定稿）等剧作和《叶
夫盖尼娅·伊凡诺夫娜》（1963）等中篇。1994 年他发表了长篇小
说《金字塔》，因患有眼疾，这部小说是在亲友协助下出版的。他的
创作折射了苏联各时期的社会生活，是优秀的心理小说家。

米哈伊尔·米哈伊洛维奇·左琴科（Михаил Михайлович

Зощенко，1895—1958）是著名的幽默讽刺作家。他 1913 年中学毕业后进入彼得堡大学，一战时曾随军参战，受伤后复员，1918 年参加红军，一年后因病退伍。之后几年他走遍了 12 个城市，当过民警、鞋匠、会计、办事员、法院文书、演员等，为小说创作奠定了广阔的生活基础。1921 年他发表了第一篇小说《彼得堡纪事》，1922 年出版幽默故事集《蓝肚皮先生纳扎尔·伊里奇的故事》，塑造了小市民群像，揭示出这些人物愚蠢、因循守旧、懒散、自私、残暴等畸形性格与心态。中篇小说《一头奶羊》（1922）的主人公追求的目标就是拥有一头奶羊，为此他机关算尽，辛辣地嘲讽了主人公灵魂的卑微。《贵族小姐》（1923）情节十分生动，写囊中羞涩的青年邀女友去看戏，幕间休息时他假作慷慨请女友吃点心，可是口袋里只有三块点心的钱。当女主人公抓起第四块点心时，他血涌上头顶，大叫："放下！真见你妈的鬼！"结果两人告吹。《狗鼻子》（1923）讲一个警察用警犬破案，狗鼻子嗅出了盗窃公物的小偷、私酒贩子和自称"受害人"的家伙。最后，狗鼻子居然嗅出了它的贪污犯主子，弄得这位警官不得不向"狗兄弟"下跪求饶。《可怕的夜晚》（1924）鞭辟入里地剖析主人公在变革中的恐惧心理。《夜莺在唱什么》（1925）揭示人物内心世界，还机智巧妙地讽刺讼棍和鞭挞骗子。《产品质量》（1927）的主人公把外国房客留下的防跳蚤粉当香粉往脸上搽，赞不绝口地大夸外国货质量好。作者将大众俚语与书面语融合成自己独特的小说语言，以夸张怪诞的情节淋漓尽致地揭露愚昧无知、道德堕落而又自命不凡的市侩。

作者 30 年代最引人注目的《一本浅蓝色的书》（1934）是一组人际关系小故事，历史与现实有机结合，讽刺中饱含善意与期望。全书分五部分：《金钱》《爱情》《阴谋》《倒霉事》和《奇闻怪事》。作者以新颖独特的手法描绘市侩心理的发展，将讽刺与抒情结合。

他的小品集《现场报道》（1923—1934）是依据真人真事创作的纪实作品。中篇小说《返老还童》（1933）描写一位老教授爱上妙龄少女，异想天开地试图返老还童。中篇小说《克伦斯基》（1937）嘲讽与审视地给克伦斯基画像，另一中篇《塔拉斯·谢甫琴科》（1939）抒情与忧伤地为作者敬重的诗人树碑。40年代他发表了自传体小说《日出之前》（1943）和儿童文学作品《列宁的故事》。除散文，他还写了喜剧《罪与罚》（1933）、《帆布公文包》（1944）等。《日出之前》以对巴甫洛夫和弗洛伊德心理学的深入研究，从幼年生活回忆中分析长期困扰自己的精神紧张、忧郁和恐惧等疾病的成因，坚信意志能克服疾患。这部作品刚发表就被认为是"严重个人主义"的典型而受批判。战后发表的《猴子奇遇记》（1946）写一个从动物园跑出来的小猴子在城里与各色人物间发生的故事，最后这猴子在善良的小男孩爱护教育下改掉顽劣脾性。这部作品当时被认为"卑鄙地诽谤苏维埃生活和苏维埃人"，受到严厉批判。他被开除出作协，失去工作和创作机会，生活拮据。50年代中期后，他创作了描写游击队员的特写和短篇小说，还发表了一些译著。

伊利亚·格里戈里耶维奇·爱伦堡（Илья Григорьевич Эренбург，1891—1967）生于犹太家庭，中学时受1905年俄国革命影响，加入布尔什维克地下组织，因在沙皇军队中从事革命活动被捕。保释出狱后他流亡巴黎，开始文学创作，出版多部诗集，作品受现代主义艺术影响。一战期间他成为几家俄国报纸驻西欧记者，走上记者兼作家的道路。1917年6月他回国，1918—1923年间的诗集《为俄罗斯祈祷》（1918）、《沉思》（1921）对时局表现出彷徨和犹疑，1921年春再赴欧洲。第一部长篇小说《胡里奥·胡列尼托及其门徒奇遇记》（1922）充满怀疑主义和讽刺，作为教师的主人公常议论战争、爱情、金钱、婚姻和艺术，通过周游世界的遭遇，嘲弄和讽刺现代文明。小说结构松散，语言怪异。以 13 个烟斗为线索串联的短篇小说集《13 个烟斗》（1923）富于先锋派小说的实验性。长篇小说《欧洲灭亡史》（1924）批判资本主义社会和资产阶级道德。《让娜·涅伊的爱情》（1924）将爱情和个人情感与共产党员的责任和义务对立，《贪图私利者》（1925）等小说揭露新经济政策时期的阴暗面。1932 年后，他的作品走向写实，手法趋于传统。中篇小说《第二天》（1933）展现苏联第一个五年计划时期库兹涅茨克建设工地火热的场面，描述主人公的成长和利己主义者的毁灭，较深入地描绘了 30 年代初苏联的社会思潮。中篇小说《一口气干到底》（1935）写北方伐木场青年建设者的成长，描述他们的生活、工作和爱情。

　　1924 年后作者多次任苏联报纸驻国外记者。1939 年德国法西斯发动战争时他在巴黎，亲眼看见了法西斯侵占巴黎，后来写了长篇小说《巴黎的陷落》（1941）。德国入侵苏联后，他回苏联，战争期间随军赴前线，写了大量政论文和通讯报道，揭露法西斯暴行。战后他又写了两部长篇小说《暴风雨》（1947）和《九级浪》（1952），与《巴黎的陷落》合称战争三部曲。三部曲人物众多，事件纷繁，情节起伏，变化迅速，没有贯穿全书的主人公，糅合了纪实报道、政论和哲理，笔锋敏锐但较表面化，人物形象不够丰满。《巴黎的陷落》描绘法国政界的斗争，揭露资产阶级背信弃义，腐败愚蠢，引狼入室。《暴风雨》写二战开始前和战争期间法、德和苏联的反法西斯斗争。全书六部，没直接写战争场面，也没中心人物。它通过苏联工程师、法国工厂主和他的女儿、人类学家等人物战时的感受和活动来揭示民主力量同法西斯主义的尖锐斗争，展现不同民族、不同阶层的人在战争考验面前的表现和心理活动。小说采用沦陷前后的巴黎和卫国战争开始前后的莫斯科两条线索交错展开，情节起伏跌宕。《九级浪》描述战后东西方"冷战"开始时复杂的国际局势和政治斗争，表达对和平的期望和信念。

50 年代初，苏联社会酝酿着重大变革。作者以新闻记者的敏感觉察到人们对改变人际冷漠关系的渴望，便把它表现在小说中，并将作品命名为《解冻》（1954，第二部发表于 1956 年）。小说写 1953 年冬至 1954 年春伏尔加河畔小城市某工厂的变化。厂长只追求生产指标，拿修建工人住宅的资金扩建生产车间，生产超额，受上级表扬。但一场暴风袭来，工人居住的工棚倒塌，造成事故，上级追究，他被撤职。这可说是当时苏联经济模式的缩影：用压缩人民生活资料的分配比例来扩大生产。小说另一线索是老布尔什维克普霍夫一家的故事。小说对比追逐名利、作品粗制滥造的"时髦"画家小普霍夫与自甘清苦、献身艺术的风景画家萨布罗夫，肯定后者的追求。小说强调关心"每一个"，突出个人命运，并广泛涉及文学、艺术、经济等各方面。晚年发表的长篇回忆录《人，岁月，生活》（1961—1965）内容庞杂。作者描绘了 60 多年中经历的重大事件、接触的包括政治家在内的各种人物，并做出他个人的评价，具有一定的史料价值。

阿列克赛·尼古拉耶维奇·托尔斯泰（Алексей Николаевич Толстой，1883—1945）生于伯爵家庭，母亲是个儿童文学家。大学时他迷上文学创作，写了许多象征主义诗歌。毕业前夕他决心投身文学事业，1907 年出版了一本诗集，后改写小说，1910 年第一个短篇小说集《伏尔加河左岸》问世，接着又发表了长篇小说《怪人》（1911）和《跛老爷》（1912）。这些作品都写他熟悉的外省地主和贵族生活，以辛辣的讽刺真实地记录了沙俄帝国崩溃前最后一代贵族和地主精神上的衰颓和经济上的破产。1917 年年初发生推翻沙皇制度的二月革命，他为之欢欣鼓舞，但不理解同年发生的十月革命，便携家眷离开俄国，开始流亡。怀念祖国的思想贯穿在他流亡期间的大部分作品中。中篇小说《尼基塔的童年》（1919—1920）洋溢着对祖国自然风光和民风民俗的深切怀念。1923年他返回祖国，首先以科幻小说受欢迎，写火星探险的《艾里塔》（1924）和写战争狂人的惊险小说《加林工程师的双曲线体》（1926）流传最广。他还创作了《蝮蛇》（1928）等反映现实的小说及一些戏剧作品。

　　长篇小说《苦难的历程》是三部曲。《两姊妹》（1921）写于流亡期间，回国后改写，接着完成了《一九一八年》（1927—1928）和《阴暗的早晨》（1941）。三部曲通过两姊妹卡嘉和达莎及她们的恋人旧军官罗欣和工程师捷列金四个知识分子十月革命前后的历程，反映一战前夜到苏维埃政权战胜外国武装干涉、取得国内战争胜利这个历史时期俄罗斯动荡的社会变革。三部小说贯穿知识分子要与人民结合的主题，表现这是脱胎换骨、净化灵魂的"苦难的历程"。小说情节性强，语言优美生动。他善于通过人物的言谈举止展示心理，在广阔的画面和复杂的内心世界中塑造人物性格。真诚善良、追求高尚的理想生活，是四个主要人物的共同点，但卡嘉温顺，富有同情心，达莎刚强而爱幻想，罗欣孤傲清高，捷列金宽厚，富有正义感。三部曲继承俄罗斯文学传统，把人物思想感情变化放在社会动荡的大背景下写，透过人物的精神活动来映照时代变迁。

　　另一部杰作长篇历史小说《彼得一世》（1945）概括了彼得时代的重大事件，波澜壮阔、气势宏伟。彼得从小喜欢战争游戏，10岁继承皇位，由异母姐姐索菲亚摄政。她在宠臣支持下准备以武力篡夺皇位。彼得及时赶到莫斯科挫败政变阴谋，17岁掌握政权。为了改变俄国的落后，他力主学习西欧，大刀阔斧地推行政治经济改革，引起封建贵族等保守势力的激烈反对，彼得同他们进行坚决斗争，同时大力扩张军备，远征土耳其和瑞典，夺取出海口，终于使落后的俄国成为强国。小说塑造了众多真实历史人物和虚构人物，刻画得栩栩如生。作者动笔时计划写三部，1934 年完成第二部后因创作《阴暗的早晨》而中断，卫国战争期间他又续写第三部，直到病逝没最后完成。战争期间，他创作了宣扬爱国主义精神的戏剧两部曲《伊凡雷帝》（1941—1943）和短篇小说集《伊万·苏达列夫的故事》（其中包括著名的《俄罗斯性格》，1942—1944）。

米哈伊尔·米哈伊洛维奇·普利什文（Михаил Михайлович Пришвин，1873—1954）是描绘俄罗斯大自然的抒情和哲理小说作家，出色的语言大师。他生于商人兼地主家庭，在县城中学读书时因议论时政被开除，便转到西伯利亚舅舅家就读，1894 年进入里加工艺学校学农艺学。青少年经历使他接触到各地自然风光，产生了对祖国山川的强烈感情。1897 年他因翻译和传播革命书籍被捕入狱，1898 年获释后到德国莱比锡大学读农艺，1902 年回国担任农艺师和农业实验站研究员。他经常接触农民，对民间语言、传说、神话发生兴趣，并进而为民志学和文学吸引。1906 年，经俄国地理学会推荐，他到北方维格河地区进行自然和人文地理考察。写了特写集《飞鸟不惊的地区》（1907），生动地描绘了该地区的自然景色和地理风貌，以富于民间文学特色的语言写当地农民、渔夫、猎人、妇女和儿童的风俗习惯，获地理学会银质奖。1908 年他发表游记《跟着神奇的小圆面包》，以会蹦跳的小圆面包的童话为衬托，写他到白海、巴伦支海和挪威的见闻，赞美纯朴、友善和勇敢。1909 年到中亚旅行后，他发表了具有童话色彩的特写集《黑黝黝的阿拉伯人》（1910），逐渐闻名俄国文坛，并同象征派作家接近。一战爆发后，他作为报刊记者到前线，抨击帝国主义战争，在经过思想波动后接受了十月革命。在《大自然的日历》（1925）中，他以独特的艺术视觉，描绘雅罗斯拉夫尔地区普列谢耶沃湖一带春夏秋冬的景色，细致、准确又富于诗意，使读者获得动植物界及俄国地理历史和社会人文的丰富知识，又获得美感与哲理启示，引起对生命、生活的热爱。《大自然的日历》使他闻名苏联。

30 年代他发表了著名的笔记体抒情中篇小说《人参》（1933），是依据 30 年代初到乌苏里江地区采风旅行的印象写的，但把作品时间推前到 20 世纪初，中心情节是作者在旅行中遇到一位坚毅、纯朴的中国老人并同他一起采集人参时的感受。采集人参是为了延续人的生命，采集者应当具有纯洁、善良的心灵和互助精神。作品诗意地描绘乌苏里江地区的海、春花盛开的原野和宝藏丰富的山野，认为人也像大自然蕴藏着无价之宝，这就是信心、勇气和创造性。他还将生动精确的写实、诗意和哲理的感受糅为一体。

40 年代初，作者发表了由短小精练的小品组成的抒情散文集《叶芹草》（1940）和《林中水滴》（1940）。前者抒发他对年轻时代失落的爱情的怀念，既咏唱了爱情的珍贵，又表达生命如溪水，在克服痛苦和障碍中前进。后者除了与大自然相呼应的哲理抒情，还包括幽默讽刺小品。他还写过一系列儿童故事，充满诗意地为儿童打开知识大门，培育勇敢、坚强和友爱的精神。其中最著名的是《太阳的仓库》（1945），描写苏德战争中成为孤儿的姐弟俩坚强的生活，弟弟继承父业，成了出色的桶匠，姐姐接替母亲，喂养成群的牲口。故事中穿插了丰富的自然科学知识，如制造木桶的技巧、树木生长的习性等。自传性长篇小说《恶老头的锁链》于 1923 年发表最初三章，到他逝世共写了 11 个章节，描绘从童年到成为作家的经历及思想过程。

康斯坦丁·格奥尔基耶维奇·帕乌斯托夫斯基（Константин Георгиевич Паустовский，1892—1968）从童年起就随父亲移居多地，爱好旅行。他先后就读基辅大学和莫斯科大学，一战时当过救

护列车的担架兵，十月革命时在基辅加入红军，在敖德萨参加杂志
《海员》的工作。从 1923 年起他担任罗斯塔通讯社编辑，并开始发
表作品。在 20 年代末到 30 年代初的社会主义工业化高潮中，他作
为记者到各地采访，创作了一些抒情和英雄主义的名篇。中篇小说
《卡腊－布加兹海湾》（1932）写里海海湾治理海水芒硝盐的侵蚀性。
30 年代初苏联考察船来到这里，创办海湾硫酸盐公司，并开水渠，
治沙漠，给土库曼人带来新生活。

　　发表《卡腊－布加兹海湾》后，他成为职业作家。中篇小说《柯
尔希达》（1934，又译《金羊毛的国土》）写改造格鲁吉亚西岸沼泽
地，非常优美。柯尔希达是古希腊神话中伊阿宋前来寻找过金羊毛
的土地，留有古罗马妇女石像，后来受海水侵蚀变成沼泽地，物产
匮乏，疟疾流行，还经常刮起可怕的热带风。女主人公植物学家涅
甫斯卡娅来到这片土地，发现可以利用亚热带气候，培养珍贵的加
里树。她不畏艰险、善于体贴他人，既是富于灵感的科学家，又是
充满热情的诗人。这类作品还有中篇小说《黑海》（1935）、《麦肖尔
地区》（1938）、《北方的故事》（1939）、《森林的故事》（1948）等。

　　他的短篇小说也很出色。一般通过一件小事，歌颂平凡而伟大
的劳动，赞美诚挚的感情，或提出被忽略的道德伦理问题。《电报》
（1938）写画家的女儿在列宁格勒美术家协会当秘书，却忘记经常回
故乡看望守寡的老母，收到母亲病危的电报赶回家时，母亲已下葬。
《破旧的小船》（1940）写一位林务区长乘火车去克里米亚疗养，途
中遇暴风雨，列车中途停车，重逢阔别多年的老守林人使他满心欢
喜，并放弃疗养计划，同老守林人一起去抢救受病虫害的树林。《雪》
（1943）描述在严峻战争年代一位海军军官回家探亲，遇到疏散到这
偏僻小村的莫斯科女演员，两人心中产生脉脉温情，军官觉得她就
是自己在黑海海滨避暑时遇到的少女。战后短篇中，《宝藏》（1953）

回顾 30 年代作者与儿童文学作家盖达尔一起到奥卡河密林沼泽地时的一个小故事。《短暂的会见》（1954）写莫斯科音乐学院毕业的老作曲家坚信可以通过传播名作曲家的名曲温暖人心，因而热心地在僻静的小城里从事平凡的音乐事业。战后年代作者的主要作品是六卷本长篇小说《一生的故事》（1954—1964）。它具有回忆录性质，从 1905 年革命年代讲到 20、30 年代自己走上创作道路这时期的苏俄生活，语言艺术达到新高峰。散文集《金蔷薇》（1955）用生动的生活故事塑造了契诃夫、勃洛克、高尔基、普利什文、莫泊桑、雨果等文学家形象，也讲述了自己的创作经验和文学观。

尼古拉·阿列克谢耶维奇·奥斯特洛夫斯基（Николай Алексеевич Островский，1904—1936）生于乌克兰贫苦工人家庭，从小饱受屈辱，10 岁干起杂工，后来又放过牛，做过童工、学徒和司炉助手。艰苦的生活磨炼了他的意志。15 岁时他成为共青团员并参加红军，当过联络员、骑兵和侦察兵。1923—1924 年他在乌克兰边境担任共青团领导，1924 年参加俄共（布），在炮火的考验中更成熟和刚毅。由于头部和腹部严重受伤，右眼失明，他不得不复员。1927 年他病情恶化，全身瘫痪，双目失明。但他以惊人的毅力和顽强的斗志在病榻上开始创作小说。著名长篇小说《钢铁是怎样炼成的》（1932—1934）是通过口述创作的。作者曾阅读大量俄罗斯古典名著和当代优秀作品，参加了函授大学的学习，并以优异成绩通过考试。1928 年他开始学习创作，写了苏联红军一支骑兵队英勇战斗的中篇小说《暴风雨所诞生的》。这部处女作在邮寄途中丢失了，于是他开始构思《钢铁是怎样炼成的》。起初，他准备将它写成自传体小说，但渐渐改变了初衷，加强了艺术虚构。经过典型化处理，小说主人公保尔·柯察金的形象成为广大读者的楷模。

保尔原本出身贫寒，桀骜不驯，身上存在一定的情感偏执，意

志上也表现出一定的软弱。地下工作者朱赫来引导他走上革命道路，
而革命征程中经受的种种磨炼使他成熟和坚强。他渐渐抛却个人恩
怨，成为视野开阔、胸怀广大、立场坚定的战士。他最终超越了疾
病和死亡的威胁，放眼人生和祖国未来。他说："生命于每个人只有
一次。人的一生应该这样度过：当他回忆往事时，不会因为虚度年
华而悔恨，也不会因为碌碌无为而羞愧。在临终的时候，他能够说：
'我的整个生命和全部精力，都献给了世界上最壮丽的事业——为人
类的解放而斗争。'"这段名言被一代又一代青年引为座右铭。小说
以十月革命前后的历史为背景，历史还是保尔成长的生活基础，而
他成长的历史又构成了伟大时代的一部分。作品还具有浓厚的文化
底蕴，保尔身上表现出的爱国主义、英雄主义和献身精神体现了苏
联人民迸发的革命热情，也继承了俄罗斯文学中英雄人物的品质，
例如果戈理小说《塔拉斯·布尔巴》的主人公大义灭亲的爱国壮举，
高尔基小说《母亲》里像巴威尔那样的地下工作者临危不惧的牺牲
精神等。作品继承了俄罗斯古典文学侧重主人公心理描写的传统。
第一部分主要反映保尔在革命队伍里经受战斗考验，第二部分则着
重表现主人公深刻而丰富的内心世界。书中保尔对革命后社会现状
及对爱情和事业关系的思考含有许多精辟的格言，这些格言构成了
作家语言的独特风格。

　　1934 年年末，作者又重新开始创作《暴风雨所诞生的》，这是《钢
铁是怎样炼成的》的"姊妹篇"。作者原计划写三部，但第一部刚写
完他就去世了。

　　康斯坦丁·米哈伊洛维奇·西蒙诺夫（Константин Михайлович
Симонов，1915—1979）父亲是红军军官，对他后来成为"军事作
家"产生了重大影响。中学毕业后，他进入技工学校学旋工，并直
接投身建设，1934—1938 年作为工人作者被推荐入高尔基文学院深

造。1939 年日本军国主义发动对蒙古的战争，他以随军记者身份参加了战斗。1941 年他发表了剧本《我城一少年》，写一个学生在苏维埃政权下参军入伍，成长为一名坦克指挥员。1942 年他参加苏共，卫国战争期间，他作为战地记者活跃在前线。他参加过斯大林格勒大会战，又跟随苏联红军大反攻，足迹到过东欧各国、奥地利及德国，写下大量通讯、报道、特写和政论，战后结集出版，题名为《从里海到巴伦支海》（共四卷），还有诗歌、戏剧和小说的优秀作品。此期的诗作大都收集在《前线诗抄》（1942）、《悲欢离合》（1942）等诗集里，其中如《等着我吧……》（1941）、《阿廖沙，你可记得斯摩棱斯克一带的道路……》（1941）都在战时广为流传。《等着我吧……》刚一发表便风靡全国，17 位作曲家争相谱曲。剧本《俄罗斯人》（1942）是爱国主义颂歌，描写苏联南方某小城被德军包围后，守城军民在一个大尉领导下，坚守阵地，浴血奋战，取得反击胜利。

1943 年根据斯大林格勒前线见闻，他写了第一部中篇小说《日日夜夜》，描写沙布洛夫营的战士守卫已成废墟的三座楼房。他们打退了敌人一次次进攻，片瓦不让，寸土必争。保卫这三座楼房成为保卫祖国的象征。小说反映了战争的艰苦，表现了战士宁死不屈的精神，战斗场面详细具体。小说发表后被改编成话剧，拍成电影，是最早描写斯大林格勒战役的作品。战后，他出访过日、美、法、英、加拿大和中国，同时不断发表新作。剧本《俄罗斯问题》（1946）、中篇小说《祖国炊烟》（1947）和诗集《友与敌》（1946—1949）等是此期代表作。40 年代末到 50 年代中期，他先后担任数个杂志主编，60、70 年代创作了著名的小说《生者与死者》三部曲（《生者与死者》，1959；《军人不是天生的》，1964；《最后一个夏天》，1971）。小说从德国法西斯入侵第一天起写到 1944 年夏德寇被赶出苏联，是反映伟大卫国战争的多人物、多线索、多层次的历史画卷。三部曲在布局上形成环形结构，通过对卫国战争中重大战役和历史事件的描写，提出诸如战争初期失利的原因、作战指挥中两种对立的原则、30 年代末肃反扩大化的后果，以及如何评价斯大林的作用等问题，从而深化了作品的思想内涵。作者还塑造了一系列红军将领和战士的形象。晚年，作者将他 50 年代以来写的几个中篇小说加以整理，组成一部长篇小说《所谓个人的生活》。他逝世前几个月口述了回忆录《我们一代人眼中的斯大林》（1988）。

康斯坦丁·安德烈耶维奇·特列尼约夫（Константин Андреевич Тренёв，1876—1945）生于农民家庭，1903 年同时毕业于彼得堡考古学院和神学院，但他的兴趣在文学创作上。第一个短篇小说《赶集》（1898）发表在报上，随后又写了《在市场上》（1912）、《潮湿的山谷》（1913）、《雇农们》（1916）等中短篇小说。他大都表现旧俄农民生活的艰难困苦和不满与反抗，有悲惨的境遇和可怕的场面，也穿插趣事和诗情画意，独具风采。

十月革命期间，他经历了德国入侵克里米亚，看到起义群众的英勇抵抗和红军战士的革命献身精神。他创作了表现农民起义的历史剧《普加乔夫起义》（1924），接着又发表了革命现实题材剧本《柳波芙·雅洛瓦娅》（1926），写十月革命后俄罗斯南方红军和白军轮番占领一座小城时发生的故事。女教师柳波芙拥护苏维埃政权，为红军游击队掩藏武器，送情报。白军占领该城后，她发现日夜思念的丈夫已成为白军军官。戏剧冲突沿着革命斗争和她的感情纠葛展开。她毅然克服私情，在红军解放这座城市后，检举了乔装的丈夫。全剧写了 40 多个人物，一些角色着墨不多，但都具社会属性和鲜明个性，被誉为苏联戏剧史上划时代的作品。30 年代和卫国战争期间，作者还写了歌颂列宁的剧本《涅瓦河畔》（1937），反映新社会道德的剧本《安娜·鲁钦宁娜》（1941）和描写俄国爱国将领库图佐夫的历史剧《伟大的统帅》（1944）等。

亚历山大·尼古拉耶维奇·阿菲诺盖诺夫（Александр Николаевич Афиногенов, 1904—1941）1924 年毕业于莫斯科新闻学院，后投身文学艺术，曾得到高尔基的帮助。他的剧本《怪人》（1929）是苏联戏剧中最早歌颂工人劳动热情、批评官僚主义的剧作之一。剧本写外省一家小造纸厂的会计以主人翁精神组织积极分子投入工厂建设，并同官僚主义、因循守旧等不良习气进行斗争。剧本《恐惧》（1930）反映此期知识界新旧思想的斗争。某生理科学研究所所长想探讨爱情、饥饿、愤怒和恐惧如何影响人的行为，但他的这种"纯学术"动机被研究所里反苏维埃制度的人利用，展开了学术思想和政治思想的斗争。剧本生动地塑造了老知识分子的形象，令人信服地展现了他的思想转变过程。他的剧作着重表现内心矛盾，通过人物命运来揭示时代冲突。他被誉为心理剧大师，剧本《远方》（1935）和《玛申卡》（1940）都体现这方面特点。《远方》写远东军团司令和妻子乘坐开往莫斯科的火车，因列车出现故障，在西伯利亚名叫"远方"的小站停留。小站站长因为见到高级首长心情激动。小站上的人们得知司令身患绝症，只剩三个月的生命，便表示要帮助他们。司令谢绝了人们的盛情，离开时他说即使死了，也活在人们心中和事业之中。此剧成功地展示出 30 年代苏联普通劳动者脚踏实地，从事平凡劳动，为建设祖国深感自豪。剧本刻画了同人民保持血肉联系、相信能够在革命事业中永生的老布尔什维克形象。

1937 年肃反时，作者被诬陷，开除了党籍和作协会籍，全部剧作遭禁演。1938 年平反，他恢复党籍，仍坚信革命事业。1940 年发表的《玛申卡》富于生活哲理，写古文字学家整天埋头研究，没善待儿媳。儿子去世后儿媳再婚，15 岁的孙女纯真、对祖父的爱护感动了老人，老学者懂得了除职业外还有关心家庭、培养子女的义务。
剧中洋溢着真诚和温情。苏德战争爆发后，莫斯科遭轰炸，剧作家
在轰炸中牺牲。

尼古拉·费多罗维奇·包戈廷（Николай Фёдорович Погодин，
原姓斯图卡洛夫，1900—1962）生于顿河地区的贫苦农民家庭，十
月革命后参加征粮队工作，同时给地区的报刊写通讯报道。1922 年
起他开始给《真理报》投稿，后被聘为记者，到各地采访，对工农
业建设有较深了解和感受。30 年代初他转向剧本创作，接连发表了
剧本《速度》（1930）、《斧头之歌》（1931）和《我的朋友》（1932）。
这些剧本反映当时的五年计划建设，洋溢着生活气息。在《真理报》
工作期间，他同列宁的妹妹有较多交往，更具体地了解到列宁的为人，
于是创作了歌颂列宁的剧本三部曲：《带枪的人》（1937）、《克里姆
林宫的钟声》（1940）和《悲壮的颂歌》（1958）。这是他的主要成就。

《带枪的人》写十月革命前夕，沙皇军队在前线瓦解，农民出身
的士兵雪特林在斯莫尔尼宫走廊里巧遇列宁。他不认识列宁，但在
交谈中列宁思想的远见和说服力、对人质朴而又亲切的态度征服了
他。他改变了回家买牛的打算，决心为建立苏维埃政权战斗。《克里
姆林宫的钟声》写列宁团结旧知识分子，调动老专家积极性，为实
现宏伟的全俄电气化奋斗。20 年代初内战刚结束，百废待兴。列宁
外出打猎，在农民家做客，看到他们缺吃少穿，没有电灯，但他们
相信人民当家作主能克服一切困难。列宁为人民的精神鼓舞，提出
全俄电气化设想。此时著名的电气工程师扎别林却在莫斯科大街上
卖火柴。列宁会见他的一场戏富于戏剧性。扎别林曾说过不满新政
权的怪话，没想到列宁会在克里姆林宫向他请教电气化问题。列宁
的热诚使他感动，电气化的宏伟计划使他兴奋，但旧知识分子的偏
见又使他不愿彻底地为苏维埃政权服务，列宁的严厉批评使他猛醒。

《悲壮的颂歌》写列宁遇刺受伤后，仍为巩固苏维埃政权奋斗不息。在大规模建设即将开始时列宁去世了，但他的思想和事业却鼓舞广大工人奋发图强。剧本的结尾悲壮。三部曲较成功地将艺术虚构和历史相结合，从不同侧面刻画列宁，突出他平凡而伟大的人格，使人感到他是领袖和导师，也是同志和朋友。剧作家还写了一些反映现实生活的剧本，如反映科技领域新旧思想斗争的《当辩论激烈的时候》（1952）、写劳动者生活和爱情的《我们三人去垦荒》（1955）和《活的花朵》（1960）等。

第五节　德国文学

普法战争期间 25 个王国组成了德意志帝国，首脑是普鲁士国王威廉一世，首相是俾斯麦。普鲁士除了在军队、政府部门掌握大权外，尤其重视向民众灌输军国主义思想，在教育领域里大力培育臣仆意识。由于帝国的统一，资本主义迅速发展，19 世纪末德国逐渐有了垄断资本。专制政体的高压政策与广大群众的不满水涨船高，从而导致两次鲁尔区矿工大罢工。1914 年德意志帝国终于参与挑起了世界大战。它利用德国人民对祖国、国王、上帝的信仰和感情，驱使大批青年充当炮灰，而结果失败，不但没达到瓜分世界殖民地的目的，反而令广大人民觉醒。1918 年 1 月柏林工人罢工。11 月基尔水兵起义，由此爆发了十一月革命。德皇威廉二世逃往荷兰。12 月底德国共产党成立。

1919 年 2 月魏玛共和国成立。此后几年德国经济受战胜国压制，通货膨胀达顶点，失业人数与日俱增，罢工不断发生，都被镇压。国社党乘机在慕尼黑引发啤酒店骚动，企图政变，实现法西斯专政，

但未得逞。随后几年共和国获暂时稳定，但因世界经济危机波及，
1932 年德国失业人口达七百万，群众运动不断。1933 年希特勒任内
阁总理，开始独裁统治。2 月发生国会纵火案，借此查禁了共产党和
社会民主党。从此除国社党外，取缔一切政党，魏玛的民主政体成
一党专制。1934 年希特勒上台，他掌握军权，控制教会，并以修公
路、桥梁、整治河流等工程缓解失业，使群众愿意服从他的绝对权力。
为控制思想，文化宣传至关重要。1933 年 5 月 10 日在奥佩恩广场
纳粹公开焚烧了约 12400 种所谓"非德意志的作品"，涉及 149 位作家。
11 月戈培尔成立了"帝国文化总局"，以国家社会主义精神统治文学、
音乐、新闻、广播、戏剧等，要求政治上绝对"纯正"。同时，法西
斯也反对立体主义、超现实主义、表现主义、颓废主义等现代文学
与艺术。

　　1933 年起希特勒开始迫害犹太人。1938 年 11 月 9 日夜晚他制
造了所谓的"水晶之夜"，全国性地对犹太人进行第一次大屠杀，砸
坏犹太人的商店，毁坏犹太教堂，杀害了 90 多名犹太人，把近 3 万
犹太人送进集中营。许多犹太人不得不逃离故土，没走掉的许多人
于 1941 年一批批地被送往死亡集中营。希特勒对外则实施"扩张
生存空间"计划。1936 年他跟墨索里尼狼狈为奸干涉西班牙内战，
1938 年强占奥地利，接着是捷克斯洛伐克，次年侵袭波兰，由此引
发二战。德军于 1940 年占领挪威、丹麦，继而闪电式地征服比利时、
荷兰和卢森堡，6 月开进巴黎，次年入侵南斯拉夫和希腊。这之后
希特勒撕毁《苏德互不侵犯条约》，攻入苏联，占领大片领土，但于
1943 年 2 月在斯大林格勒遭惨败。同年盟军在西西里登陆，墨索里
尼于 7 月垮台。接着 1944 年盟军在诺曼底登陆，苏军也在东线发动
攻势，二战于 1945 年 5 月以纳粹失败结束。与一战一样，德国付出
了代价，是外来势力把德国从极权主义桎梏中解脱出来。战争结束

时，德国呈现出一片混乱，国土遭到惨重破坏，思想处于迷惘状态。1948 年美英法占领区合并，于 1949 年 9 月 20 日成立德意志联邦共和国。苏联所占地区则于1949年10月7日建立了德意志民主共和国，而柏林则分为东西两部分。德国人民就在这种分裂状况下开始重建家园，而道德和精神上的创伤却久久不能治愈。

20 世纪上半叶德国在学术和文化方面的发展却令人瞩目。19 世纪末 20 世纪初，德国出现了许多杰出的科学人才：发现 X 光的伦琴、提出量子论的普朗克及发表相对论的爱因斯坦等。而对文学艺术更具直接影响的是尼采、弗洛伊德的学说。尼采的影响涉及整个意识形态领域，他宣称的"上帝死了！"从根本上改变了旧道德价值观。他提出的酒神精神及对德国市侩的抨击，影响至今不衰。而弗洛伊德把情绪、本能、欲望视作人的行为动力的学说使作家对人格的探讨有了新的理解和理论根据。此外泰纳的学说把种族、环境和时代视作决定文化艺术发展的三要素，把艺术看作各部分相互联系的总体。他的理论在使用科学方法探讨精神文化的构因方面迈出了一大步。

1933 年是 20 世纪上半叶德国文坛的分界线。这之前属帝制及魏玛共和国时期，其间发生了一战。此期多变，思潮纷纭，文学领域里流派众多。除传统的现实主义文学，自然主义依然存在，但其辉煌已去，霍普特曼的创作也走向了象征。当时出现了许多反自然主义流派，如印象主义、象征主义、新浪漫派及最有声势的表现主义等。它们有千丝万缕的关系，很难把一些作家限于某种流派，有些作家的作品中同时就具有多种流派的特点。1933 年开始已不按照流派思潮划分作家，而是以对待法西斯的态度为准则。当时反法西斯就必须离开德国，因而出现流亡文学；也有些作家没离开故土，但不与法西斯政权合作，被称为国内流亡或内心流亡作家。此期继承传统现实主义手法创作的当推苏德曼及瓦塞尔曼，流亡文学和国内流亡作家中绝大部分也属现实主义，但程度不等。德国印象主义代表人物是德特勒夫·封·李林克隆和里夏德·戴默尔。后者的作品既有印象主义也有象征主义特色，是表现主义的先驱，影响较大。

德国象征主义来自法国，着重描写内心真实，善于赋予抽象概念以感性的外衣。其热衷的主题是永恒与变化、灵与肉、自我与社会等问题的矛盾冲突，喜欢探讨艺术形式，追求"真正的艺术"。德国象征主义的代表是格奥尔格，他创办的宣扬"为艺术而艺术"的刊物《艺术之页》吸引了大批青年，影响深远。新浪漫主义产生于19世纪末，过去的历史、童话、传说、神话等题材再度成为文坛热门话题。霍普特曼的《汉娜升天记》（1896）、黑塞的《浪漫之歌》（1899）就是例子，但最有代表性的是女作家胡赫。

表现主义是德国土生土长的文学流派。它始于19世纪末德国美术领域，不再以再现自然为艺术目标，而是追求直接表现情绪和感觉。为达此目标，画家往往牺牲平衡的构图和传统的审美观，甚至以"扭曲"和"变形"来表达强烈情绪。1905年有些画家在德累斯顿成立"桥"社，他们的画用形体和色彩的扭曲（如蓝色的马、大红色的狐狸）以示对社会现存秩序不满。1911年画家弗朗茨·马尔克（1880—1916）和瓦西里·康定斯基（1866—1944）等人又在慕尼黑成立"蓝骑士"社，还以同名出版年鉴，从而留下大量表现主义理论文章。德国文学表现主义的性质和美术表现主义相同。它的全盛期是1910—1924年，最初的十年被称为"表现主义的十年"。表现主义的出现和德国动荡的时局密切相关。此期正是一战前后，整个世界处于冲突的激流中，人们普遍感到惶恐、压抑，缺乏安全感，而战争又使人丧失了对祖国、国王和上帝的信仰。面对充满矛盾的现实，不论是自然主义还是印象主义或是象征主义都已无法有力地反映现状。文学艺术创作需要新活力、新形式，而尼采对创造力和生命力的崇拜使表现主义的出现有了深厚基础。

表现主义的创作方法不同于传统流派，因强调表现内心激情，人物形象往往被歪曲或抽象化。表现主义作家着力描绘的并非某一具体客观事物，而是事物的共性，因而作品中的人物大多没有个性特征，甚至连姓名也没有，常常只是某种事物的抽象或观念的象征。表现主义戏剧不管事物的因果关系，结构散乱。人物内心斗争及对话代替了行动，因而独白和喊叫就成了人物表达思想情感的重要手段。尤其是大声喊叫被看作是表现主义表达激情的特殊方式，为此，表现主义的戏剧也被称为"喊叫的戏"。戏剧矛盾冲突在表现主义戏剧中不突出，倒是灯光、音乐、面具及哑语受到重视，用来增强舞台效果。在语言的应用上表现主义故意使用不规则韵律，语句不精确，句法不受束缚。表现主义在诗歌形式上更自由，句子极简练，常以音响引起联想。这些手法的应用在于突出对事物本质的分析和阐明，以摈除繁琐的细节真实。表现主义的出现说明作家已把个人的问题与普遍的问题结合起来分析认识，要从全面性和广泛性考察个人的思想和感情。同时，因传统文学形式已不能表达现代生活及思想感情的复杂，表现主义甚至借助呼喊来披露灵魂，从而加强了戏剧震撼力。

表现主义最先以诗歌出现，旨在激起人们的生活愿望，反对强权统治，同时也反映了战争将临的紧张及精神的困惑。其代表诗人有贝恩、拉斯克－许勒及海姆等人。后来随战争爆发，戏剧创作就成为主流。作品多以人的精神贫困、人存在的孤独或异化、空虚和无目的性及都市的罪恶、战争对精神和物质的摧残等为主题。作品以爆发式的激情呼唤真正的人性，呼唤新人的出现。表现主义作家大多属于左翼知识分子，他们不满现状，极力赋予作品政治性，以唤醒民众改变现存社会。表现主义的先驱是韦特金德。具有代表性的剧作家是哈森克莱费尔、施特恩海姆和托勒尔及凯泽等。

　　德国的表现主义影响深远，但评价众说不一：有的认为它是德国的精髓，有的认为它只是资产阶级的理想主义。但要把表现主义简单归纳为一种文学哲学现象，确实困难，因为它本身就具有自由与束缚、个人与群众、理性与本能、理想主义与无政府主义的冲突。印象主义、象征主义等流派都强调"作家的内心"，但表现主义表达的内心激情却是前所未有的，而且它明确地把政治作为目标。然而它提倡的抽象概念往往远离生活现实，它发出的有关时代精神的激昂言论则建立在直觉和模糊的认识基础上。但不可否认它把舞台变成了演说家的讲台。读这类戏剧会觉得很死板，但演出时却富有生气，极具感染力。它以激情表达对现代生活的思考，从而激起观众激进的情绪。表现主义影响很大，当时的青年作家无不经受它的洗礼。

　　新实际主义（Neue Sachlichkeit）产生于战后相对稳定时期，与表现主义对立。它排除感伤和幻想、否定非理性的激动，也不追求古典"美"及深刻的心理分析。它主张实际、功效、具体、理性，不主观地美化或丑化生活。它对科学发明感兴趣，当时这种思潮表现在文学艺术中，也表现在日常生活的趣味和爱好中。新实际主义实际代表转向现实主义的倾向。它主张按生活的本来面貌看待生活。这时期出现的纪实剧、专题广播、报告文学、传记文学等都具新实际主义性质。受其影响的也有许多作家，如德布林、弗朗克、雷恩、弗伊希特万格、布莱希特等。但最具代表性的作家是凯斯特纳。

　　现实主义作家　**赫尔曼·苏德曼**（Hermann Sudermann, 1857—1928）是戏剧作家，受左拉、易卜生等影响。剧本戏剧效果很强。他共写了35部剧本，成名作《荣誉》（1890）讲贫富差异造成的婚姻问题，着力批判封建门第观念及金钱决定一切。剧中主人公出身工人，和富商女儿的爱情得不到承认，一旦成为伯爵继承人，问题就迎刃而解。故事布局巧妙，获成功。另一代表作《故乡》（1893）讲不堪忍受父亲封建专制的女孩离家出走。当她成为歌星回归故里后，父亲逼她与曾抛弃她的人结婚，但她坚持独立自主。该剧反映封建传统思想与新的自由思想的冲突。他的剧作还有《索多姆城的末日》（1891）、《德国的命运》（1921）等。他的小说较戏剧流传更广，第一部长篇《忧愁夫人》（1887）1949 年之前我国就有译本。忧愁夫人是象征性人物，故事讲一个农家子多变的发展道路。他受父亲轻视、同学欺侮，但他本性善良，勤奋刻苦，最后得到善报，"忧愁夫人"终于离开了他。他还有长篇小说《小木桥》（一译《猫桥》，1888），写反拿破仑战争中德国人民共同抗敌，反映当时德国各种社会情况。1917 年的《立陶宛故事集》以立陶宛农村生活为题材。他的小说情节多变，人物丰富，乡土气息浓厚，继承了德国现实主义文学传统。

雅各布·瓦塞尔曼（Jakob Wassermann，1873—1934）生于犹太商人家，但很贫困，曾从事过许多职业，后来任杂志编辑。1893年他开始专事文学创作，20—30 年代很受读者欢迎。他主要写长篇小说，发表了《切恩杜夫的犹太人》（1897）、《火神》（1903）、《巴比伦的亚历山大》（1905）和《卡斯帕·豪塞或心灵的惰性》（1909）。最著名的作品是《牧鹅少年》（1915）及《克里斯蒂安·万沙弗》（1919）。前者讲述衰落的手工业者的独生子尼尔因 19 世纪德国大工业兴起，外出寻出路。他想成为音乐家，后来成了剧院指挥，但因结交了市场上的牧鹅少年，许多熟人不再与他来往。后来他开始新生活，不但在音乐学院任教，也得到管风琴师的职位，并与教授女儿结婚。但妻子挥霍，他因殴打妻子的情夫被革职，最后回到故乡成了著名的教师。小说反映了此期德国的社会面貌。后一部作品的主人公是德国工业巨头的浪荡子儿子，但结识了俄国革命流亡者后思想起了变化，同情工人，厌恶自己的生活，决心放弃父亲的财产和下层人一起生活，并成为医学院学生。最后他放弃了原来姓名，远走他乡。这部作品提出了人生价值何在的问题。

1928 年他根据 1906 年的真实案例写了揭露当时资产阶级司法制度腐朽的《毛里秋斯案件》，1931 年出版了《艾策尔·安德加斯特》。这两部作品与《约瑟夫·克尔克霍芬的第三生存》（1934）是三部曲。他深受陀思妥耶夫斯基和精神分析学影响，还采用电影剪接手法。他的作品构思巧妙，心理描写多，常融合自然主义和表现主义手法。他是现实主义作家，虽作品深度不够，但能反映各种社会思潮及不同阶级人物的面貌。

象征主义诗人　史台方·格奥尔格（Stefan George，1868—1933）生于商人家庭，旅游过整个欧洲。在巴黎他结识了马拉美、魏尔仑、罗丹等，在维也纳和霍夫曼斯塔尔交往。他受马拉美等人的艺术思想影响甚大，回德国后传播象征主义，并于 1892 年创办文艺刊物《艺术之页》（1892—1919），大力宣扬"为艺术而艺术"。他认为艺术不应受功利影响，艺术作品应排除不属于艺术的成分。他对现实社会不满，但不反映和揭露现实，而是用优美的艺术形式反对丑恶的人及社会。他提出的"新艺术""纯艺术"当时在青年人中引起轰动，许多年轻诗人聚集在他及该杂志周围，形成"格奥尔格派"，奥地利的里尔克、霍夫曼斯塔尔都是其成员。在这圈子里也有艺术家和文学评论家。1910—1912 年他们还出版了《精神运动年鉴》。这两个刊物都是唯美主义思想的喉舌。他深受尼采哲学影响，鄙视现存社会里的俗人，寻找的出路是遁入"纯艺术"及"自我"。他全力追求作品的艺术美，一生从事诗歌创作及诗歌翻译。他精通希腊文、拉丁文，也通晓法、英、意、西、荷兰、丹麦、挪威等文字。他的译文优美准确，在翻译外国诗歌方面贡献很大。

他的诗歌在思想上要求与这个世界"决裂",在艺术手法上也一反常规,名词不大写,逗号也不用,在右上角用一个句点来代替逗号。他抒情地抒写纯粹自然的感受,不受现实束缚。他的诗歌音调和谐优美,琅琅可诵,用字讲究,往往超出一般意义,需要细细品味思考。最初阶段有《颂歌》(1890)、《朝圣行》(1891)及代表作《阿尔加巴尔》(1892),第二阶段以牧歌和赞歌为主,如《心灵之年》(1897)、《人生之地坛和梦与死之歌》(1899)及《第七个戒指》(1907—1908)。后来阶段主要作品有《联盟之星》(1914)和1928年的《战争》《新帝国》。由于他的某些诗歌受纳粹分子赏识,他成为有争议的作家,但他对纳粹对他作品的解释表示出极大愤慨,从而于1933年离开德国去瑞士并在那里去世。他对纳粹的态度明确,但他作品反映的尼采"超人"思想得到纳粹的好感和推崇也可以想象。近年来,各阶层读者愈来愈多地接受他的作品。

表现主义诗人　戈特弗里德·贝恩(Gottfried Benn, 1886—1956)出生于牧师家庭,大学期间攻读神学、语文学,后学医,获博士学位后在柏林行医,一战时任军医。1932年他任普鲁士艺术研究院院士。1933年纳粹执政,他错认为纳粹可以挽救德国而表示支持,在电台发表了演说《新国家和知识分子》(1933),写了《艺术和权力》(1934)等文以示拥护。但不久,他就意识到自己的错误并与纳粹决裂。因此,1936年他被纳粹从医生协会及作家协会除名,而且从1937年起被禁止写作。从此他保持沉默直到1948年。1950年发表的自传性作品《双重生活》探讨了一系列艺术与哲学问题,涉及思想与行动、艺术与权力等诸多矛盾。

二战后,他再度在柏林行医。他的早期作品以表现主义手法,用激进的态度否定传统诗歌观念。他常使用医学专业词表达主题,如诗作《陈尸所》(1912)、短篇《脑》(1916)及诗集《肉》(1917)。

他又于 1927 年及 1928 年分别出了《诗集》和《散文集》。他能从社会表层去发现人的自我分裂及孤独失落的感觉。后来，他进一步尝试进行哲学和美学反思。他对人生采取虚无主义态度。在他看来，诗人所能做的不过是描写世界而已。他看到的是世界走向没落，自己却无能为力，只能用语言来对抗现存世界，以诗歌来抗拒各种主义及思潮的围困。他致力自己独具的语言风格，作品包括诗歌、戏剧、散文和杂文。二战后他重新开始创作，数量不少，如诗集《静止诗》（1948）、《喝醉了的洪流》（1949）、《片断》（1951）及《蒸馏》（1953）等，散文有《关于我自己》（1950）及《双重生活》，还有戏剧和广播剧《三个老人》（1949）、《帷幕后边的声音》（1952）等。他的作品揭露社会的腐朽，深刻地反映了这时代的人们深深感受到的孤独、迷茫、恐惧、失落和愤慨。1951 年他获得毕希纳文学奖，才华终于得到承认。

艾尔斯·拉斯克–许勒（Else Lasker-Schüler, 1869—1945）是表现主义女诗人，以创作谋生。她曾获得克莱斯特奖。因母亲为犹太人，1933 年她被驱逐出境，流亡瑞士和巴勒斯坦，后来定居耶路撒冷。她的作品主要写自我世界，表达内心强烈的不安和深切的哀伤。她的诗作充满炽热的激情和梦幻式的渴望，语言音乐性强，是德国最重要的女抒情诗人之一，曾被人称为"以色列的黑天鹅，一位萨福"。她的成名作是诗集《冥河》（1902），带有极强的表现主义色彩。早期作品大多韵律无规则，对未来还抱有信心。但后来的作品开始逃避现实，转向写宗教和爱情，大多是无韵诗。《希伯来叙事谣曲》（1913）就是以爱情和宗教为题材的作品，具有民歌式的朴素。总体来讲，直到 1943 年为抒发对死者怀念而作的《我的蓝色钢琴》都反映极力逃避现实的倾向及东方童话情调，从中可看到作者对幻想和梦想心醉神迷，以及她丰富的感性世界。除诗歌，她还写剧本、小说和散文，并为作品绘制插图。短篇有《巴格达的蒂诺斯之夜》（1907），剧本有《我和我》（1970年出版），小说有《我的心》（1912），散文集有《希伯来人之国》（1937）等。

格奥尔格·海姆（Georg Heym，1887—1912）曾在多所大学读法律，1911年任候补法官，次年在滑冰时为救友人淹死，他是德国表现主义早期重要诗人。他的诗最初受波德莱尔、魏尔仑、兰波、荷尔德林和格奥尔格影响，后来形成自己特有的风格，尤其是他那强有力的语言表达形式。他的作品描绘人们在大都市中犹如在荒漠地里所感受的寂寞和孤独。他显示了世界末日来临时的幻象并预言了战争的产生和对世界毁灭性的后果。他的诗还指出人的生存无意义。名篇有《城市的妖怪》《你那长长的睫毛》和诗集《永恒的一天》（1911）。悲剧《雅典人的出游》（1907）。小说《小偷》及十四行诗在他死后出版。他的作品不多，但影响很大，其诗歌的表现主义特征极为突出，对后来者影响很大。

表现主义戏剧作家　法朗克·韦德金德（Frank Wedekind，1864—1918）最初为《新苏黎世报》及《当代诗歌年鉴》撰稿，后为《痴儿》杂志写稿，1899年因发表嘲讽威廉二世的诗入狱。释放后他以秘书身份随马戏团周游欧洲大城市，1908年在慕尼黑从事创作并当演员。他的戏剧与传统剧不同，各场间情节不连贯，以电影剪接手法组合场间关系，独白很长，抒情性很强。这种打破常规的新手法使他成为德国表现主义戏剧先驱，影响深远。布莱希特对他推崇备至，受到他的影响。他主要创作戏剧，也写诗歌和中短篇小说。第一部悲剧《青春的觉醒》（1891）1906年首演，连演117场。此剧打破了戏剧常规并采用象征手法，提出了青年性成熟问题，指出父母和教师对这问题采取了违反本性的狭隘道德态度，致使两个年轻人死亡。作品曾被看作有伤风化而受谴责和禁演，但却奠定了作者的声誉。《露露》由 1895 年完成的四幕悲剧《地神》和三幕悲剧《潘多拉的盒子》合并而成，后改编为歌剧。露露美丽而放荡，《地神》中充分展现了她的情欲和对男性的诱惑力。在《潘多拉的盒子》中她走上娼妓道路，最后为凶徒所杀。通过她的一生作者表达了情欲往往控制了人，但社会对男人放纵情欲视而不见，一味指责露露道德沦丧，她的演变是社会环境造成的。该剧使他成了有争议的作家。

他的其他作品有《凯特侯爵》（1900）、《国王尼古罗》（1901）、《痴儿诗集》（1897—1902）等。《凯特侯爵》描述一个野心家利用虚伪的道德干了许多坏事，最终被识破。《国王尼古罗》讲一个高贵的国王不被人理解，被人视作"宫廷小丑"，作品原名《生活就是这样》，国王实际指作者本人，以此道出他不得志的境遇。后期作品有《俾斯麦》（1916）、《赫拉克勒斯》（1917）等。作者生前作品被指责有伤风化，但实际上他的作品涉及对性本身的探讨，也包含对资本主义社会的批判及对传统道德的背叛。

瓦尔特·哈森克勒费尔（Walter Hasenclever，1890—1940）是德国表现主义中心人物，曾在英国牛津大学、瑞士洛桑大学和莱比锡大学读书，结识了表现主义作家。一战时他志愿服役，养伤期间写了许多作品。1924—1930 年他在巴黎任柏林《八点钟晚报》驻外记者，法西斯上台后被取消公民资格，流亡许多国家。1940 年他被关在法国南部，绝望自杀。《儿子》（1914）是其代表作，写父子冲突，父亲是暴君化身，儿子是被压迫者。儿子因考试失败受父亲责备而逃离家庭，与一帮青年结成团伙，要杀死父亲们以报复。不久，儿子在妓院过夜，被警察送回家中，父亲严加训斥并要逐他出家门。儿子要枪杀父亲，但尚未开枪，父亲却中风倒地身亡。父亲的死象征封建专制的家长式统治消亡。1916 年《儿子》上演后引起轰动，尤其因该剧用了表现主义手法，人物没姓名，作品充满强烈的激情，并以大量对话说明剧情。《儿子》一度成为反传统封建专制的代表作，而作者也因此剧成为当时青年的代表。另一重要作品《安提戈涅》（1917）用希腊神话借古喻今，反对一战。他一生写有 18 部剧本，五部诗集，两部长篇小说，三百多篇专著。早期作品反映了激进思想，体现表现主义的"精神政治化"特色。早期作品还有诗集《小伙子》（1913）、剧本《救星》（1916）等。20 年代末他一度转而从事佛经和神秘主义研究。1930 年的剧本《拿破仑在进攻》以拿破仑为题嘲讽墨索里尼的法西斯主义。1932 年的剧本《克里斯托夫·哥伦布，又名发现美洲大陆》揭露德国 20 年代末的种种社会弊病。写于 1934—1939 年的长篇自传体小说《错误和激情》于 1969 年才得以出版。

卡尔·施特恩海姆（Carl Sternheim，1878—1942）的叔父是剧院老板，他很早就接触戏剧并产生兴趣。他曾是杂志《徐培里昂》的创建人之一，1912 年起迁徙于许多国家和城市，最后定居布鲁塞尔。他善写小市民生活，许多作品是讽刺喜剧，有"德国的莫里哀"之称。他善用夸张、荒诞的手法进行嘲讽。他写了系列喜剧《资产阶级的英雄生活》，通过一个小职员的发迹到没落描述 20 世纪初德国社会的众生相。其中第一部《裤子》（1911）很著名，讲势利的小职员马斯克一心想发财，一次观看皇帝检阅时他的妻子因神思恍惚，当众掉下裤子。马斯克非常担心，害怕会因而失业，决定把两间房子出租，准备弥补即将引发的经济损失，结果两个房客想勾引他妻子。马斯克却因妻子给他引来房客而致富感到非常满意。由于他的讽刺如此尖锐，一些作品在一战前魏玛共和国时就因"有伤风化"遭攻击和禁演，到法西斯统治时期更是遭到全面禁止。

他的优秀喜剧还有《盒子》（1912）和《市民席佩尔》（1914）。前者讲一个中学教师为了从老姑妈手中获得她的钱盒，百般献媚，

低声下气，同时用漂亮的妻子引诱竞争对手，结果姑妈把钱盒子捐
给了教堂，他人财两空。后者讲某城有个由绅士组成的合唱团，其
中有个成员突然去世，但找遍全城没人能替代他。贫穷的私生子有
副好嗓子，但他出身低贱，粗俗不堪。可为了能在比赛中获奖，合
唱团只能用他。比赛获胜，从此私生子登上"绅士"地位，趾高气扬。
作者以简练、精确的对话勾画出市侩的思想境界及行为方式。他写
戏剧和小说，还写政论文、杂文及文学评论。

恩斯特·托勒尔（Ernst Toller，1893—1939）出身犹太商人家
庭，和哈森克勒费尔均为当时思想最激进的剧作家。一战发生时
他从法国大学回国当了志愿兵，1916 年重伤退役，成了战争反对
者。战后他入海德堡、慕尼黑等大学，1917 年在海德堡大学组建和
平主义组织，被捕入狱。1918 年出狱后，他积极参加德国十一月革
命，担任巴伐利亚苏维埃共和国主席及红军总指挥职务。革命失败
后被判五年徒刑。在狱中他写了剧本《转变》（1919）、《群众与人》
（1921）、《机器破坏者》（1922）等。出狱后他到处旅行，号召反战
和反法西斯。1933 年纳粹上台，他流亡瑞士、法、英，最后定居美国，
1939 年自杀。

《转变》的主人公最初认为战争可以使人摆脱沉闷的日常生活，
而且出于爱国，他志愿参战。但残酷的战场使他看到双方士兵都是
牺牲品，为此痛苦万分。主人公的经历也是作者的思想转变历程。
但他认为革命愿望与暴力手段之间存在不可调和的矛盾。这在《群
众与人》一剧中反映更明显，该剧女主人公认定流血杀人是罪恶。
另一主角名为"无名氏"，他代表起义人民，他相信通过流血战斗
可以换来永远的和平并结束贫困，罪恶也就会消失。剧中的人物没
有姓名，都是概念或思想的体现。全剧充满针锋相对的对话和辩论，
因而政治词汇、标语式的语言比比皆是。但演出时因表演者慷慨激昂，

情绪热烈，却显得生动并有煽动性。这是德国表现主义戏剧具有的很大特点。另一特点是现实与梦境交错出现。女主角反映了作者的思想，她的丈夫"男人"属统治者阵营，女人为了群众甘愿牺牲对丈夫的爱。但因梦中见到丈夫在暴动中为革命者所杀，她醒悟到暴力只能产生新暴力，暴力和革命的人道主义互不相容。当她因叛乱罪要被处死时，她拒绝了无名氏劫狱的主张，以避免与看守人发生流血斗争。剧本提出了群众自发的破坏力问题，把个人与群众对立起来。《机器破坏者》写英国1810—1811年间捣毁机器的工人运动，即勒德运动。在这次运动中工人失去理智，不但毫无意义地毁坏机器，而且杀死了自己的领导人。该剧指出，对于革命的自发破坏力量应有戒心。

20年代许多革命者和作者一样被关在狱中，当时魏玛共和国的政治犯达七千之多，许多人被处死。此期他的诗有1921年写的21首十四行诗及《燕子的书》（1924），后汇成《狱中之歌》，流露出他的苦闷和空虚。此期的剧本《不幸的欧根》（1923）和《瞧，我们这么活着！》（1927）也都反映他的绝望，道出他看到的现实：国家到处是唯利是图、投机取巧，权力为革命的叛徒瓜分，下层人民依然过着受压迫的生活，但一切唤醒人民的企图都是徒劳。为此，《瞧，我们这么活着！》中的主人公无奈，终于自杀。在纳粹掌权前，托勒尔已看到这种强权势力的危险，1923年写的讽刺剧《解放了的沃坦》就通过一个靠吹牛发家的理发师的"奋斗"生涯给希特勒勾画了漫画像，说明他已预感到即将来临的德国政治变化。《双目失明的女神》（1932）描述法西斯上台前夕德国普通老百姓的命运，他们对纳粹已无能为力，而有些卑劣的愚民又推波助澜。《不要和平》（1937）和《哈尔牧师》（1939）是最后两个剧本。前者是政论式戏剧，故事发生在虚构的国家里，事件演变在一天之间。其中的人只是掌权者手里没有灵魂的兵卒，毫无反抗意识。而《哈尔牧师》反映出作者还是看到了德国有些人身上仍保持着宁死不屈的反抗精神。

托勒尔运用的表现主义戏剧手法，诸如梦幻般的舞台气氛，鬼灵的出现，演员自由的抒情独白及直接向观众发表演说，辩论式的对白等打破了第四道墙，直接而集中地道出了感情和思想。他对后来的德国戏剧创作发展影响很大。

格奥尔格·凯泽（Georg Kaiser，1878—1945）中学毕业后去商界当练习生，曾被派往阿根廷、西班牙、意大利；后因得病1901年回国。养病期间他读了大量书籍，受霍夫曼斯塔尔、格奥尔格、韦德金德及斯特林堡的影响。他一生写了六十多个剧本、七个独幕喜剧、两部长篇小说、一卷抒情诗及一些短篇戏剧理论和美学论文。他的作品风格独特，有极大的现实意义。1905年他开始写作，1918—1933年他的戏剧上演次数很多，曾在伦敦、巴黎、柏林、布拉格、莫斯科、纽约和东京风靡一时。他成为西欧激进青年的思想导师。1933年法西斯上台，他被禁止写作，1938年流亡荷兰，后到瑞士，死于那里的一个小城里。

讽刺喜剧《克莱斯特校长》（1905）有两个主要人物，一个是天生发育不全的外省中学校长，但他知识渊博；另一位是身材魁伟，却头脑顽固、自以为是的体操教员。通过他们两人作者提出精神与物质的矛盾。但因剧本塑造了唯利是图的资产阶级怪诞形象，抨击了市侩道德而受到当局非难，1918年才得以上演。他的早期作品也被一些评论家认为是"性爱剧"，例如滑稽喜剧《犹太寡妇》（1911）及《戴绿头巾的国王》（1913）等。前者改写了圣经故事，把犹太人的女英雄犹滴（Judith）用计杀死巴比伦王派来攻打犹太国的大将的动机，改成为情欲而采取的行动。在这些作品中显示出尼采否定任何道德标准和韦德金德表现炽热情欲的双重影响。

　　凯泽在创作第二阶段转向了有关"新人"的探索。当时战争气氛非常强烈，而他则全力疾呼和平和博爱。此期主要剧本《加莱的市民》（1914）是戏剧体叙事诗形式，背景是14世纪英法百年战争。1339年英王爱德华在长期围攻加莱城后发出最后通牒，即要想不让加莱城毁灭，就让城里六名最有声望也最高贵富有的市民，穿着悔罪的粗布衣服，颈上套着绳索，手拿加莱城大门钥匙来见战胜者接受惩罚。根据历史学家记载，当时站出了六名自愿牺牲生命的市民以拯救同胞和城池。凯泽给这故事注入了新内容，把六名改成七名，通过抽签有一人可免死。凯泽塑造了德高望重的加莱公民埃斯塔什这个新人。他反对抽签，在六位志愿者离城出发前夕他自己喝下毒药，使其他六位公民不致失去履行自己道德责任的机会。但由于英国国王前一晚得了个王子，这六位公民意外地得到大赦而活了下来。埃斯塔什的形象具有象征意义，正如罗丹在1895年创作的塑像《加莱的市民》一样，凯泽在这里塑造的是英雄气概和严峻坚毅、充满道德信念和自我牺牲精神的形象。这种完成伟大行动的"新人"是表现主义追求的理想和精神。该剧1917年在柏林上演，引起轰动，凯泽成为具有世界声誉的剧作家。

　　为宣扬"新人"的伟大精神，他又写了剧本《阿尔西比亚德获救记》（1920），以古希腊哲学家苏格拉底作为"新人"典型，但未达到前一剧的历史高度。而《从清晨到午夜》（1916）却更能说明他对新人的进一步探索。这是他作品中最重要、最具社会性的杰作。它显示了作者对现存社会中资产阶级关系的实质性理解和剖析，立足于人对金钱追逐而丧失人性的真实世界。剧中的主人公是外省银行的普通出纳员，他忠厚、勤劳、知足地过着小市民生活。但一天来了位漂亮女性，触发了出纳员的欲望。由于银行的手续不全女人未能取到汇款，于是他私自拿了银行的六万马克去追赶那女人。但女人却是已婚的贤淑之女，出纳员在失望中离开她，开始逃亡旅程。他先逃到原野，白雪茫茫的世界无出路。之后他来到自行车比赛场，宣称愿以马克作为比赛奖金，使全场人员为此疯狂，只有一位小姑娘没动心。以后他又来到救世军布道厅，见到善男信女都在真挚地忏悔，他受到感染一起悔罪，并把盗来的马克撒于大厅，指望信徒们蔑视这些脏钱，把钱撕碎。但信徒们为抢夺钞票乱成一团，难分难解。这时只有那位出现过的小姑娘一直不为所动，出纳员为此感到欣慰：他终于看到一个只爱真理和上帝的人。但就在大厅空空，人群抢完钱已散的瞬间，小姑娘叫来警察，原来她要的是捉拿盗犯的悬赏，这笔钱比空中飘舞的钱多得多。至此，出纳员才明白，这世上已全部为金钱污染，于是举枪自杀。出纳员是追求金钱的牺牲品，也是剧中唯一认识到资本主义金钱罪恶的孤独的"新人"。

《珊瑚》（1917）、《瓦斯一》（1918）、《瓦斯二》（1920）这三部剧因人物和故事关联，可称为三部曲，但作者没这样命名。《珊瑚》可看作后两部的序曲，剧中主人公是出身普通劳动者的百万富翁，他要他的孩子不再贫苦，想建造一个"珊瑚乐园"，但现实粉碎了他的理想，女儿离开他，儿子反对他剥削工人，死亡成他摆脱矛盾的出路。在《瓦斯一》中，百万富翁的儿子把利润给了工人，工厂生产的瓦斯也成人们普通使用的能源。但他却看到对利润的追求使人变为机器，预感会发生大祸。果然，不久机器因不堪重负而爆炸，厂房被毁，几千人丧命。这使儿子醒悟到资本主义制度不论如何都不能带来幸福。为此他企图为工人在远离城市的地方建乌托邦乐园，但工人毫无兴趣，宁愿跟随总工程师恢复生产。剧终时主人公陷入了精神孤立。在《瓦斯二》中，百万富翁的孙子成了"百万富翁工人"，在早先属于祖父及父亲的瓦斯厂劳动。为了高额利润，工人拼命干，瓦斯再度爆炸，工人提出抗议，不愿为军事需要生产，但出现的"穿黄衣服的人"用武力威胁工人。两条道路摆在工人面前：一是总工程师提出的生产有毒瓦斯，使"穿黄衣服的人"在战争中获得大量利润；另一条路是"百万富翁工人"提出的不使用暴力，建立一个新社会和新人际关系。工人倒向总工程师，在这种情况下"百万富翁工人"终于发现，建立理想王国的唯一出路是消灭人类，创造一个新的人类。于是他打破毒瓦斯瓶子，毁灭了整个世界。从结局来看，凯泽对建立博爱幸福王国的信念已完全破灭，他的"新人"宣传到此为止。这三部曲的悲观气氛说明，魏玛共和国初期德国进步知识分子找不到出路。《从清晨到午夜》和上述三部曲在舞台构造、布景装置、灯光效果、音乐等方面充分使用了表现主义手段。剧中人物没有具体姓名，没有性格描绘，其功能在于体现某种思想。但演出却很吸引人，这跟使用的语言有关，剧中对话非常简洁，富于表现力，用了大量感叹词、动词和命令式，因而语言本身就具有动作性。

他后来写的《十月的一天》(1930)、《图卢兹的园丁》(1938)刻画充满险恶的现实世界，趋向心理描绘。1933年他被开除出普鲁士科学院，其作品也全部禁演，他离开德国。流亡期间他写了12个剧本、两部长篇小说及许多抒情诗。其中《士兵田中》(1940)是此期代表作。主人公是日本青年农民，一个崇拜天皇和现存制度的士兵。但当他得知家中为纳捐把妹妹卖给妓院，同时自己也和一军士发生冲突时，他醒悟过来，刺死了军士，表现了凯泽对法西斯军国主义的看法。作者把剧情移到日本，是因他不能公开抨击第三帝国。他在瑞士必须定期往外侨管理处登记，时时有可能被瑞士驱逐出境。

1944和1945年他写了许多抒情诗，有回忆，有风光描绘，但最主要的是揭露法西斯罪行，如《自画像》《此路不通》《诅咒》《孙子》等。从他的全部创作来看，大部分剧作表现他对新人的渴望，希望通过新人制造出一个宁静的世界，而新人必须经受罪行、暴力和心灵的苦难历程。他主张戏剧是"思考"而不是"观看"的戏剧，因而他的人物都是思想的代表，显得概念化，缺少心理活动和个性。但他的剧本层次分明，以理性的分析方法让对立的双方进行有力的争辩，使作者认为正确的一方获胜，以启发观众。他的表现主义戏剧打破了传统的戏剧模式，但可以看到从席勒、黑勃尔、毕希纳等前辈和同时代的韦德金德、施特恩海姆等人那里吸收了营养。

流亡文学和作家　1933 年出现流亡文学，约由 1000 名外出作家构成，几乎整个德国文学界都移到了国外。这些作家立场各异，但都反对纳粹，然而艺术手法上却各不相同。大部分作家追随传统现实主义，也有很多兼用现代派手法，如托马斯·曼和德布林等。而像布莱希特这样反传统的戏剧家，则在流亡期间完善了叙事戏剧理论。流亡在外的作家经受了物质和精神上的千辛万苦，他们失去了本土，丢失了原有的出版社和本国读者。他们生活在陌生语言的国度里，生活来源艰难，随时有生命危险。尤其占领奥地利和捷克后，希特勒几乎控制了欧洲。欧洲国家很少敢于保护流亡者，不断驱逐流亡者。为逃避盖世太保的袭击、绑架，为了躲避所在国将他们送交法西斯当局，流亡作家不得不千方百计地申请过境，从一国流浪到另一国。这样颠沛流离的生活使他们极度忧郁、紧张，有的甚至处于饥饿状态。于是有的精神崩溃，有的病死或饿死，而图霍尔斯基、哈森克莱费尔、托勒尔等人则自杀。流亡文学在希特勒执政期却代表了民族良心，与纳粹进行了不懈斗争。1933 年流亡作家在巴黎成立了德国作家联盟，向贫困作家提供物质帮助，而且制定反法西斯斗争统一纲领，参与筹备了 1935 年召开的国际作家保卫文化大会。流亡期间作家们组织出版过多种杂志，如《论丛》《新世界舞台》《国际文学》《言论》及 1941 年在墨西哥出版的《自由德意志》等。有 23 位流亡作家直接参加了西班牙反法西斯斗争，如布莱德尔、雷恩、魏纳特等，有两位作家牺牲在战场。苏德战争爆发后，贝歇尔、魏纳特等人参加了向德国士兵和军官的宣传工作，号召他们不要做法西斯炮灰，并在斯大林格勒战役时上前线通过传单和广播瓦解德军。

　　12 年里，这些流亡作家出版了约 2000 种书，每册印数不多，但质量都很高，具有题材、思想和风格流派多元化的特点。它们向全世界人民报告了法西斯专政前后的德国情况、法西斯的暴行及流亡作家在异国他乡的遭遇和心态。此期最丰富的是历史小说、社会小说、心理小说、日记、信件、回忆录、报告文学。从这些作品中，我们可以看到人道主义和反法西斯的斗争信念。流亡文学是此期保持传统民族精神的主流文学。

　　库尔特·图霍尔斯基（Kurt Tucholsky, 1890—1935）大学读法律，并为杂志撰稿。他 1915 年入伍参加一战，战后先后加入独立社会民主党和社会民主党。1924 年起他在巴黎任《世界舞台》及《福斯报》记者，1929 年移居瑞典。1933 年他的作品被查禁和焚毁，最后在瑞典自杀。虽然也写诗歌和小说，他的杂文和游记更富特色。第一部作品，成名短篇小说《莱茵斯贝格——恋人的画册》（1912）写两个年轻人离开大城市到莱茵斯贝格玩了三天三夜，没什么情节，通过自然景色描绘及人物对话宣扬青年的自由恋爱观，鞭挞了小市民的狭隘和贪婪。作者以充满激情又幽默机智的语言对比大自然的美和小市民的封闭、偏狭和自私自利。1913 年起他的撰写主要涉及政治，写的政治小品尖锐、有力，充满澎湃的精神力量。1907—1932 年他在报刊上用真名及各种笔名发表了约 2500 篇文章，不仅从人道主义、和平主义立场抨击军国主义、沙文主义和官僚政治，也涉及文学与艺术、美学和伦理等多个领域。他还批评了当代资产阶级各阶层中较富裕并受过教育的代表人物，揭示他们的守旧、虚伪和利己思想，以及对成功的崇拜。1929年他与政治照片剪辑专家乔恩·哈特菲尔德合作出版了著名的《德国，德国高于一切》，引起世界性反响。该书收集许多典型性照片，配以解释性文字，图文并茂地展现了德国一个横断面，反映德国人民沉重的生活，揭露德国现存制度下警察、法院、军队、教育等问题。这些照片和文字以尖锐的讽刺和离奇的夸张指出现实的种种矛盾，充分显示出作者既是诗人又是政论家、讽刺家、文艺评论家和宣传家。此期出版的还有散文集《五马力》（1928）、《蒙娜·丽莎的微笑》（1929）、《别哭，要学着笑》（1931）及格言集《拾零》（1930—1932）等。

莱昂哈特·弗兰克（Leonhard Frank, 1882—1961）当过工人、驾驶员、杂务工，1904年入慕尼黑大学学美术。1912年他开始在《新文艺》《革命》等杂志上发表故事。第一部作品《一伙强盗》于1914年一战爆发前两个月出版，获得冯塔纳奖，从此结束了贫困生活。该小说写古城维尔茨堡的十二个年轻学徒先是受到学校教师的虐待和凌辱，后来又受师傅的压榨，因而他们结成团伙，发誓要把全城烧毁，然后去美洲大陆寻找自由，把席勒《强盗》一剧中的口号"打倒暴君！"作为座右铭。但当他们成熟起来，意识到他们的想法不切实际后，各人走上了不同的道路，有的当了酒店老板，有的去了修道院，有的成了画家。小说揭示了德国当时青年遭受的摧残，也反映了他们的反抗意识。

1914年一战发生时，他公开表达了反战立场，难能可贵，因为当时绝大部分人，包括知识界的精英也没能避免沙文主义的狂热。但正因此，1915年他被迫流亡瑞士。1918年他回国参加十一月革命，此后从事文学创作。1933年纳粹上台后他再度流亡瑞士，此后到法国，曾几次被拘留，最后逃到美国，1950年回慕尼黑。他的经历使

他对下层人民的贫困深有体会，在思想立场上和他们接近。1925 年
的中篇《在最后一节车厢里》描述处在危险状态中的旅客的表现，
道貌岸然的银行家只知自己逃命，丢下将分娩的妻子，而被解雇的
工人却不顾危险，帮助银行家妻子生下孩子。《三百万中的三个》
（1932）以 20 年代世界经济危机为背景。1930 年在德国有失业人员
三百万，作者把《一伙强盗》中的三个成员（抄写员、裁缝、工人）
作为主人公，他们因失业，到美洲寻找出路，谁料美洲同样遭受经
济危机，他们的希望成泡影，裁缝客死异乡，其余两人先后流浪到
阿根廷、法、意等地，最后回国。作者通过这三人的遭遇说明当时
西方各国无产者的命运都相同，批判了资本主义社会的弊病。

　　在流亡期间，他发表了《梦中的伴侣》（1936）、喜剧《旁观者》
（1937）等作品，其中长篇小说《玛蒂尔德》（1948 年才出版）从二
战前开始写至大战结束：女主人公在婚姻破裂、与旧恋人重逢获得
幸福后，战争又将她的家庭拆散，丈夫饱经战火又当俘虏，最终在
战后相会。长篇小说《耶稣信徒》（1949）讲年轻人惩罚纳粹的故事。
《心在左边》（1952）是自传体小说，叙述作者一生的经历和各个历
史时期及重大政治事件中的思想。正如小说标题显示的，他一生反
对资本主义，希冀建立平等的社会主义社会。

　　弗兰克还写有抨击威廉二世时代教育制度的《原因》（1916）、
反对帝国主义战争的《人是善良的》（1918）及《奥克森富特的男声
四重唱》（1927）、《兄弟姐妹》（1929）等。他的作品反映了多方面
现实，他深信社会主义的最后胜利。艺术手法上，他早期作品受表
现主义影响，有许多象征的、抽象的、怪诞的、梦幻的成分。但这
些因素逐渐减弱，尤其到《三百万中的三个》他几乎完全放弃了表
现主义，走上现实主义道路。

　　弗里德里希·沃尔夫（Friedrich Wolf, 1888—1953）生于资产

阶级家庭，大学时学医，一战时任军医，1918年曾参加十一月革命，1928年加入德共，1933年流亡瑞士、法国、苏联和美国，1945年回到民主德国。他的创作有诗歌、小说、电影剧本和广播剧，但最主要的是戏剧。他的早期剧本受表现主义影响，企图塑造"新人"，如《穆罕默德》（1917）、《这就是你》（1919）等，1924年的《穷苦的康拉德》已摆脱表现主义影响。20年代开始作者明确是为政治服务，认为"艺术就是武器"。1929年反映穷人堕胎问题的《氰化钾》使他获得了国际声誉。但真正的创作高峰是流亡期间，此期他完成了九个剧本，大部分取材于现实，如《马门教授》（1935）、《弗洛里茨多夫》（1936）等。《弗洛里茨多夫》写1934年2月发生在维也纳郊区奥地利工人保卫同盟反对亲法西斯政府的起义。而《马门教授》讲一个著名犹太医生专心于他的外科业务，不问政治。当法西斯上台时，他坚信自己是"第三势力"不会受到影响，还因此跟反法西斯的儿子发生争论。直到纳粹分子在他胸前挂上"犹太人"的牌子把他驱逐出医院时，他才醒悟过来。他忍受不了这种奇耻大辱，以自杀结束了生命，临终时承认儿子主张斗争是对的。剧本揭示了知识分子要保持中立是不可能的。该剧在世界各地，如华沙、苏黎世、东京、上海、马德里、莫斯科、纽约等地演出都获得了巨大成功，还搬上了银幕。他后来又写了《博马舍》（1941）、《爱国者》（1943）、《女村长安娜》（1950）、《托马斯·闵采尔》（1953）等。他遵循传统戏剧准则与同时代布莱希特的叙事戏剧形成鲜明对照。

埃里希·魏纳特（Erich Weinert, 1890—1953）一战时应征入伍，在战争经历及德国十一月革命影响下投身工运，同时开始在报纸杂志上发表政治讽刺诗，经常在酒店和歌舞厅朗读诗作。1929年他参加德共，1933年纳粹毁坏了他很多手稿，他被迫流亡国外。1918—1933年他写的诗歌反映了魏玛共和国的社会历史，于1950年以《插曲》的书名出版，被誉为"魏玛共和国时期的韵文编年史"。1937
年他参加国际纵队和西班牙人民一起反法西斯，后来用诗歌、小
说、通信等方式反映了此期经历。他还翻译了有关西班牙战争的俄、
法、英和汉语的诗歌。有关这些创作及译作后来结集为《伙伴们》
（1951）。1939 年他赴苏联，在前线向同胞呼吁投降，其中著名的有
《告德国士兵书》（1942—1943）。1951 年出版的《斯大林格勒回忆
录》是写斯大林格勒大血战的日记，是珍贵文献。《黑夜中的呼唤》
（1947）收集了 1933—1945 年间的诗歌。他的诗歌简洁、明快、机
智、诙谐，受广大群众欢迎，但没有内心描述和哲理思考，大多和
社会政治相关。他的诗有时也表现日常生活，具有深刻的现实性。
1924—1933 年他在德、奥、瑞士城镇举行了大约 2500 场朗诵会。
他常使用柏林、萨克森、维也纳的方言来增加幽默、生动的效应。
他的诗歌在揭露军国主义、沙文主义和社会改良主义方面起了极大
的宣传作用，艺术性很高。

　　路德维希·雷恩（Ludwig Renn, 1898—1979）原名阿诺尔德·菲
特·封·戈尔森瑙，曾参加一战，战后在魏玛共和国警察局任职。
1920 年开始他先后在哥廷根、慕尼黑等大学学习并漫游意大利、希
腊、埃及等国。此时他逐渐倾向马克思主义，1928 年加入德共，任
德国无产阶级作家联盟书记，1933 年被捕，1935 年获释。1936 年
他流亡国外并参加西班牙反佛朗哥的斗争。此后他再度在法国被纳
粹逮捕，后逃脱，流亡墨西哥。1947 年他回国任德累斯顿文化研究
所所长等职，1954 年曾访问中国。

　　他的创作大部分根据亲身经历。第一部长篇小说《战争》（1928）
使他一举成名。小说讲上等兵雷恩在一战前线的见闻及经历。他作
战非常勇敢，为此得了奖章，也负过伤，是个忠于职守的盲从的士兵。
作者通过雷恩描述了战壕里的艰苦，行军和前线炮火下的互相残杀，

也道出士兵们的真实情感和所思所想，揭露了战争的罪恶和残酷。小说发表后得到一致好评，除战争的真实描绘，雷恩这一形象也具有极大的典型性。作者从此用雷恩做笔名。长篇小说《战后》（1930）是《战争》的续篇。主人公雷恩战后回国，不断得到提升，后在警察局任职，但他感到与周围的人及政府对人民的野蛮行为格格不入。他意识到这个政府应被推倒，但他的职责却是为它服务，这使他处于极端的矛盾之中。当工人起义时，他拒绝向他们开枪，引起其他军官的不满和怀疑，不久他就辞去警察局职务。这部小说也带有自传性，它突出了主人公思想转变的过程。他在墨西哥写的《没落的贵族》（1944）自传性更强，有回忆录性质。主人公改用了作者真名，作品从主人公的少年时代写起，他的军官前程，他经历的饮酒作乐、追逐爱情和荣誉的似乎辉煌的生活等，但逐渐军官们的精神空虚和虚荣心令他生厌，而士兵们的纯朴使他倍感亲切。当一战迫在眉睫时，他已深信贵族不再会有任何前途。

雷恩的作品均以平静、朴素的语言由主人公娓娓道来，没有感伤情调或夸张，只有真实。叙述者把复杂的事讲得简单扼要，把悲痛的感受记载得沉着冷静。小说往往没开端，也无结局，这种客观的报道形式更可信。回国后他又写了长篇《特里尼》（1954），讲一个墨西哥农民之子成长为英勇的游击队员的历程。其他还有《没有战役的战争》（1957）、《在帝国的废墟上》（1961）、《出路》（1967）等。他也写儿童文学，著名的有《黑人诺比》（1955），写非洲森林里的黑人孩子和他的动物朋友与白人斗争的故事。

列翁·福伊希特万格（Lion Feuchtwanger，1884—1958）出身犹太工厂主家庭，一战后投入文学创作。1933年在美讲学时他被纳粹剥夺国籍，流亡法国，纳粹入侵法国时逃至美国，直至逝世。1936—1939年他与布莱希特和布莱德尔共同创办流亡者杂志《发言》，主要发表反法西斯作品，为团结反法西斯力量做出很大贡献。

他先是接受印象主义和象征主义，后又深受布莱希特、德布林、亨利希·曼影响。他以善写气魄宏大、场景复杂的长篇历史、文化小说著名，其中许多涉及犹太人问题和知识分子在现实生活中的思想转变。他最初站在人道主义及和平主义立场上抨击德国军国主义、法西斯主义，1916年的剧本《华伦·赫斯丁斯》已指出新的社会制度必须通过暴力才能获胜。他多产，代表性作品有《犹太人徐斯》（1925），主人公确有其人，生活在1692—1738年，在排犹声浪中以生命为代价坚持自己的信念。三部曲《候车室》以反法西斯为主题，第一部《成功》（1930）通过20年代发生在慕尼黑的冤案展示复杂的社会政治形势和法西斯势力的兴起。第二部《奥佩尔曼一家》（1933）讲柏林一个犹太人家庭在法西斯统治下的悲惨命运，提出了只有斗争才能消灭法西斯。第三部《流亡》（1940）的主人公是不问政治的作曲家，却被迫流亡巴黎，最终参加反法西斯行列，并创作了《候车室交响乐》，坚信等待已久的列车必然来到。他还写有大型历史小说三部曲《约瑟夫》（《犹太人的战争》，1932；《儿子》，1935；《这一天会来到》，1942），讲述犹太历史学家约瑟夫（37—100？）的故事。主人公经历了犹太人反罗马帝国统治的起义、耶路撒冷的陷落、尼禄的死亡和弗拉维王朝的兴起。书中许多细节，都引自约瑟夫自己的著作。约瑟夫聪明贤能，年轻时追逐名利，相信自己的力量，但随后的经历使他认识到唯有和起义人民结合才能真正找到生活的意义。这部小说捍卫人道主义，宣扬种族平等。长篇《假尼禄》（1936）通过古罗马冒牌尼禄的成败，指出希特勒的欺骗性和最后必然的灭亡命运。他在流亡时写的小说都涉及历史，目的却是认识和解决现实的冲突和矛盾。

二战后，1951及1952年他写出两部名人传记《戈雅》和《愚人的智慧，或名让－雅克·卢梭之死和他的光辉》。前者描述西班牙农民出身的画家戈雅进宫廷后，看清了上层的丑恶、残忍和虚伪，最终成为人民艺术家。后者写卢梭孤独，因他走在时代前边，目光短浅的人把他的智慧看成愚蠢，而他的著作却鼓舞了人民革命。最后两部小说《西班牙歌谣》（1955）及《耶夫塔和他的女儿》都有关进步和人道主义。

阿诺尔德·茨威格（Arnold Zweig，1887—1968）出身犹太手工业者家庭，早期作品受印象主义、象征主义影响。1915 年他入伍参加一战，残酷的战争改变了他的思想，创作步入新阶段，开始揭露现实，猛烈抨击战争和军国主义。1933 年他流亡瑞士、法国和巴勒斯坦等国，为进步杂志撰稿，积极参加反法西斯斗争，1948 年回到民主德国，1950—1953 年任民主德国艺术研究院院长及笔会主席等职。

一战后，他认识到有责任揭露这场战争的真相、产生原因、残酷和荒诞性、对人的心理和精神上产生的后果，以及对社会的毁坏。为此，他以一战为题材计划写一套系列小说，名为《白种人大战》，完成的共有六部长篇。它们按出版次序是《关于军曹格里沙的争辩》（1927）、《1914 年的青年妇女》（1931）、《凡尔登的教育》（1935）、《国王登基》（1937）、《暂时停火》（1954）、《时机成熟》（1957），但内容上却并非按年代排列。《关于军曹格里沙的争辩》发生在 1917 年，格里沙是俄国战俘，听说家乡发生革命就逃跑，想回家，但被抓了回来，说他有间谍嫌疑，要被处死。尽管许多人拯救他，他案件的争辩长达数月，但他最终被杀害。作者通过这一案件深刻揭露了权力机构的反动，说明在这种政府统治下，人权、法律、真理根本不存在。《凡尔登的教育》的情节发生在 1916 年，通过士兵贝尔丁的遭遇揭露德国军队的黑暗腐败，但这些经历却教育了贝尔丁。上述两部小说是六部中最成功的。这套作品为读者展示了一战时德国的社会画面，涉及伦理、道德、法律，还有权力体制等范畴，基调是为正义而战。这套小说原打算写到1919年，但六部作品只写到1918年。已完成的六部小说使作者具有了世界声誉。

茨威格还写文学评论及政论。在文学评论中他推崇现实主义，把它看作是全面反映生活的最佳手法。1943年他又写了长篇《万兹倍克的斧头》，小说主人公原本是心地善良的屠夫，因不问政治，在重金雇佣的诱惑下，用屠刀砍下了四个反法西斯战士的脑袋。这个形象提出了德国人民的过失问题，他们中有些人成了法西斯帮凶，但也必然要为此付出代价。这是战后许多作家探讨的复杂问题。

阿尔弗雷德·德布林（Alfred Döblin，1878—1957）父亲是犹太商人，抛弃家人去了美洲，德布林从小生活贫困、艰难，大学毕业后到1933年在柏林东部工人区行医。这段阅历使他了解了底层生活，对他的创作起了决定作用。此期他也从事文学创作，是表现主义杂志《风暴》的创始人之一。1933年法西斯上台，他流亡法国，入了法国籍，法国沦陷后转去美国。一战时他的态度由不反对到反对，1918年和1921年先后参加了德国独立社会民主党和德国社会民主党，发表了大量政论，抨击社会时弊及法西斯主义。1941年他在美国皈依天主教，但始终乐观，对现实不妥协。

他的创作涉及许多流派，风格鲜明。早期代表作《王龙三次跳跃》（1915）摈弃了最初作品的幻想倾向，转而描绘社会运动。小说以18世纪中国为背景，主人公是渔民之子，出于抱不平打死衙门官吏逃到山里，和逃亡者建立了"无为"组织，扶危济贫。但在皇帝军队的进攻下，他只能放弃"无为"率众反抗，最终被镇压。主人公不得不反抗的经历反映作者对使用暴力的思想矛盾。小说打破了传统小说模式，叙述不连贯，采用蒙太奇结构，还使用内心独白及心理分析。《柏林亚历山大广场》（1929）在思想内容及艺术手法上都更成熟丰富，使作者获世界声誉。主人公搬运工人因失手使未婚妻死亡而坐牢四年，出狱后他想重做新人，在广场做小商贩养活自己，但因结识了流氓，又卷入了盗窃。由于他善良、轻信，使女友被流氓杀害，自己又蒙上了不白之冤再次入狱，释放后他决心真正开始新生活。作者通过主人公生活的环境，结交的人，他想弃恶从善而不得的遭遇，以及他在各种事件中的所思所想，反映了魏玛共和国时期德国广阔的社会生活。小说中的柏林，市中心的广场是德国社会的缩影。这里道路四通八达，广场角上的大百货商店熙熙攘攘，共产党人在集会，社会民主党人在开会，而法西斯分子则成群结队。作者描述了都市的喧嚣，还以只言片语介绍天气情况、体育新闻等，纠结成大都市的整体。小说的意识流手法通过生活的外在印象展示，否定了世纪初内心反省的心理描绘，赋予了它社会意义。他还应用方言、报刊用语、广告语言，甚至黑话。他的小说没开端，没结尾，更没有作者的议论，呈现的是混浊的、看不到底的生活本身。

他流亡期间写的作品有《不能原谅》（1935），叙述农民主人公因个人利益徘徊在革命与反革命道路上，最终走向毁灭。1935—1948年他写有三部曲《亚马逊河》，包括《不死国之行》（1937）、《蓝虎》（1938）及《新原始森林》（1948），批判殖民主义制度，描述欧洲人对印第安人的欺压和迫害。最后一部写法西斯政变后的德国，指出新的一代只要统帅下令就会抢掠和杀人。另一部三部曲是《一九一八年十一月》，由《被出卖的人民》《前线部队归来》及《卡尔和罗莎——一个天堂和地狱之间的故事》组成。这套作品写于1937—1940年，但分别于战后的1948—1950年间出版。作品涉及大量历史事件，从十一月革命的前因后果、共产党的诞生、魏玛共和国的建立，到右翼势力出卖革命，等等。主人公在这动荡的错综复杂的时局中无所适从，最后皈依宗教，以传道士身份到处宣讲人道。最后一部小说《哈姆莱特或漫漫长夜有尽头》（1956）批判法西斯思想流毒，指出个人在历史宣判面前负有责任。他的作品数量大，除长篇还有哲学小品、政论文、剧本等。他从表现主义开始，也使用自然主义手法，最后形成自己的风格，即情节松散，语言风格混合，利用寓言和比喻等。在蒙太奇和意识流运用上他受电影技术、未来主义及达达派影响，并充分使用他心理病学的专业知识。他的作品，尤其是《柏林亚历山大广场》为消除德国当时小说危机作了贡献。他被看作德国现代派小说开路人。

艾利希·马利阿·雷马克（Erich Maria Remarque，1898—1970）原名艾利希·保尔·雷马克，生于工人家庭，1916年参加一战，战争结束前一直在西线战壕里，负伤五次。战后他从事教师、会计、石匠、记者、编辑等职业，1931年移居瑞士。1933年法西斯焚烧了他的作品，1938年剥夺了他的德国公民权。1939年他流亡美国，1947年加入美国籍，最后在瑞士逝世。他的成名作是《西线无战事》（1929），一出版在德国的发行量就达120万册，先后被译成29种文字，中国30年代就有译本。

这部作品用极其真实的笔触淋漓尽致地刻画战争的残酷，毫不留情地揭开这场战争为上帝、国王和祖国而战的面纱。小说篇幅不长，情节简单，主人公用第一人称叙述了八个士兵的前线生活，他们经受的精神和肉体的痛苦与折磨。战场对他们犹如"一个笼子"，没人能解救他们。他们穿梭在炮弹下，生活在悬念中，只有他们紧贴着的大地是唯一的亲人。战友一个个死去，主人公也在1918年10月的某天死在沙场，而这天司令部的战报只有一句话："西线无战事"。作者对主人公死亡的冷静描绘如此压抑、深沉，还有隐隐的悲哀，震撼人心，唤起了良知。主人公曾和他的伙伴们讨论过战争是为什么，结论是：战争是为了那个由宪兵、警察、捐税组成的国家，而且一定有些人会得好处。由于这样的认识，主人公在刺伤法国兵后产生内疚，企图帮助这濒临死亡的敌人。作者就是这样从人道主义角度生动细致地描绘这些士兵的战场生活，他们的七情六欲，他们的生与死，并透过他们看战争的发生、经过和后果。小说没有相关的历史说明，也没有刻意描绘环境，更无人物性格的细致介绍。作者采用的是对话及行动，而且对话使用的语言极为简洁。八个士兵本身就是战争，他们的思想和行动与战争无法分离，他们体现了战争的庞杂和含义。小说淡化了个人，突出了战争和它的罪恶。这部小说是作者亲身参加一战的体验及思考的总结，也是一战毁灭的德国青年一代的控诉。

之后的重要作品有许多写流亡者的生活和命运。最著名的是《凯旋门》（1946），叙述一个德国外科医生逃亡巴黎，偶然碰到将他妻子施酷刑而致死的纳粹军官，经过不断追寻，最终将军官杀死。小说反映了流亡者的艰难生活，表达了他们强烈的爱与恨。以流亡者为主题的还有《流亡曲》（1941）、《里斯本之夜》（1962）及《天堂里的阴影》（1971）等。《生死存亡的年代》（1954）及《黑色方尖碑》（1956）描绘德国的本土故事。前者写法西斯给德国带来的灾难和青年一代对生活道路的探索。后者写一战后的德国，有一定自传性。这些长篇都客观、冷静和简洁，与美国的海明威作品相似，而且充满了人道主义精神。作者始终没有和政治或社会运动发生关系，和"左派"或"右派"都不来往。他维护的是人的永恒价值，全部作品充满了对军国主义和法西斯主义的仇恨。

海尔曼·黑塞（Hermann Hesse，1877—1962）生在传教士家，受到严格、虔诚的基督教教育，后入文科中学。他当过书店雇员、机工，1899年迁居瑞士巴塞尔经营书店，同年发表作品，诗集《浪漫之歌》

及散文集《午夜后一点钟》。这些作品显示浪漫主义和象征主义影响，及真实情感和抒情色彩。1904 年的长篇小说《彼得·卡门青德》有自传性，叙述生在农村的主人公去城里学习成为作家，但深感都市鄙陋，苦闷彷徨。后来他照顾一个残疾青年，醒悟到要为他人服务，最后重返故乡。这是部教育小说，着重刻画主人公的内心历程。小说大获成功。中篇《在轮下》（1906）揭露威廉皇帝时代的德国教育制度，现实主义地描绘压制人性的营房般学校生活，也运用了怪诞而含蓄的讽刺和幽默。

　　黑塞在音乐和美术方面都有很高造诣。文学上成功后，他在乡村过隐居生活，结交作家、画家和音乐家，还和画家友人赴印度旅行。因外祖父是印度学者，父亲也去过印度，他对东方有浓厚兴趣。途中他遇到一个中国留学生，首次听到《诗经》中的名篇。此行他实际上并没到印度，但对他影响极大。从华人身上他看到了"第一个真正的文化民族"，称老子为"中国最伟大的智者"，最喜欢中国诗人李白。

　　一战使他抛弃了不问政治的立场，写了反战文章，呼吁要坚持人道原则。为此，他被德国报界诬蔑为"叛国者"。1916 年父亲去世，妻儿患病，使他处于内外交困的境地，极端痛苦。此期他读了弗洛伊德和荣格的著作，之后把心理分析用到作品中。1919 年他以辛克莱的假名发表长篇《德米安》，引起轰动，效应可与歌德的《少年维特的烦恼》相比。辛克莱既是作者又是书中的自述者，他力求剖析周围客观世界及自己。朋友德米安指点辛克莱要进行自我认识，要摆脱资产阶级传统观念，打破旧道德规范。小说吸引了青年一代，讲了他们的内心生活。

　　1923 年黑塞加入瑞士国籍，和艺术史家尼侬·道尔宾结婚后有了融洽的夫妻生活，并迎来了他创作的丰收期。此期重要作品有

《纽伦堡之旅》(1927)、《草原狼》(1927)、《纳尔齐斯与戈德蒙德》(1930)、《东土之行》(1932)等。《草原狼》尤为重要。主人公是知识分子,他反战,反军国主义,厌恶物质至上,跟资产阶级社会格格不入。他追求不朽的理想,又认为自己灵魂中有狼性,是"半人半兽",所以也要和自我斗争。该书描述了资本主义社会中知识分子的孤独、彷徨,企图解决存在于自身的对立矛盾。1933 年后德国法西斯的报刊攻击黑塞是"犹太人毒化德意志民族灵魂的典型例子",而此时在瑞士的黑塞则在接待德国流亡者。长篇寓言小说《珠玑演算》(1942,又译《玻璃球游戏》)反映了黑塞对世界的及艺术的命运的思考。故事发生在 2200 年左右的未来世界。在与世隔绝的卡斯塔利亚有一宗教团体,其宗旨是通过玻璃球游戏培养杰出的精神人才。这种游戏是音乐和数学演变成的符号系统,包含科学、艺术、思想与情感等各方面。孤儿克奈希特 12 岁就在此学习,过着苦行僧式的生活,钻研中国的古代哲学,终于获得最高法师称号。最后他游泳时淹死在山阴笼罩的湖水中。书中作者把学者和艺术家的精神活动比为玻璃球游戏,而卡斯塔利亚则是个乌托邦。歌德在《威廉·迈斯特》中要培养全面发展的人,目标是改变生活,而卡斯塔利亚人只培养精神发展的人,目标是拯救文明。在探索出路的过程中,黑塞阐释和发挥了他对《易经》《老子》《庄子》《吕氏春秋》等作品的研究心得,同时继承和发扬了德国的人文主义思想。在文明遭毁灭的时期,他提出了应如何拯救个性和精神本源的问题。尽管让诗人和学者躲进"纯艺术"和"脱离实际"的梦幻般科学世界,但反纳粹的思想显而易见。

黑塞把古典和现代风格糅在一起,小说情节复杂,象征丰富。他把多种体裁,如政治评论、诗歌、故事、传说和言行录,甚至历史著作和谐、统一地用在一起。黑塞也是杰出的诗人、文艺批评家。

他探索人的命运，不断寻找使人摆脱灾祸的道路。他获得过歌德奖、诺贝尔文学奖（1946）、德国书商和平奖，以及法国和平级功勋章（1955）。

托马斯·曼（Thomas Mann，1875—1955）祖父创设一家大谷物商行，父亲继承家业并获参议员地位。16岁时父亲去世，全家搬到慕尼黑，他在火灾保险公司当练习生，也结识了许多艺术家。第一部中篇小说《堕落》（1894）是在保险公司时写的，用了笔名保罗·托马斯。离开保险公司后他还做过杂志编辑。后来与兄长亨利希·曼到意大利旅行，并着手写作长篇小说《布登勃洛克一家》，1901年出版，到1905年才被视为当代文学杰作。这部作品显示出非凡的艺术感受力及深刻的思想，描写布登勃洛克家族四代的兴衰，带有较强的自传色彩。作者用叙述历史的手法，把一个家族的兴衰写成具有时代内涵的宏伟画卷。小说详尽地描绘了家族四代中的两代，对第三代代表人物托马斯的刻画着意于他对祖业的继承与发扬，又暗示他与第四代人汉诺的代沟。汉诺秉承母亲的艺术气质，却丢失了家族的商业传统。他们的隔阂是思想与生活的脱节，这是作者一直思考的问题。1929年他获诺贝尔文学奖的评述称这部小说为当代文学中的经典作品之一。

1903年托马斯发表了中篇小说《特利斯坦》和《托里奥·克吕格尔》，探讨艺术家与生活、艺术与社会的关系。1905年他和慕尼黑大学数学教授的女儿结婚，婚姻生活很美满。一战爆发时，亨利希·曼发表《论左拉》（1915）一文，抨击德国的战争政策，而托马斯却相反，发表《一个不问政治者的看法》（1918），反对民主，坚持保守的民族主义。他认为精神生活与国家生活的分离，乃至知识分子对政治的疏远都是德国固有的传统。他的这种思想在20年代后渐变。1922年为庆祝霍普特曼60诞辰，他在柏林大学发表《谈德

意志共和国》，对自己的保守主义观点作了极深刻的检讨，并重新审
视自己的人道主义思想。他看到了恐怖主义活动带来的恶果，意识
到精神和政治的分离会助长这种恶果产生。他的重要作品《魔山》
（1924）就是这种思想认识的产物。

　　《魔山》是巨著，也是作者走向创作新阶段的标志，其象征意
味突出。作品通过对瑞士一家疗养院病人的描绘，展示了一个没落
社会濒临死亡的景象。书中众生不仅肉体患有痼疾，精神也需治疗。
他早期创作中生与死、精神与生活的对立被纳入更广阔的宏大结构
中，还表达了鲜明的反法西斯主义思想。因此，《魔山》被纳粹列为
禁书，显示了他的新人道主义思想渐趋成形。法西斯危险的日益增
长引起他担忧，1933年希特勒上台后，他就不断遭到恐吓与威胁，
纳粹分子处心积虑地阻遏他在国内外不断扩大的影响，但他不改变
立场。在瓦格纳逝世50周年之际，他在慕尼黑大学发表了《瓦格纳
的苦难与伟大》的演讲，公开反纳粹。第二天他离开德国，到欧洲
各地宣扬反纳粹思想，开始了流亡生涯。从1933年流亡到1955年
逝世，他只有两次回过德国，流亡期间写了不少书信、日记。1936
年纳粹政权剥夺了他的德国国籍，并没收了他的财产。波恩大学也
取消了1919年授予他的荣誉博士资格，他的反法西斯活动成了流亡
生涯的重要内容。1935年，美国哈佛大学授予他和爱因斯坦荣誉博
士，1938年他移居美国，在北美15个城市巡回演说，坚信民主政
治将获胜。他曾任美国普林斯顿大学客座教授，1940年迁居加利福
尼亚，住了10年才回欧洲。此间，他还受英国广播公司委托，定期
向德国广播达55次。他广泛接触流亡美国的德国人，宣扬人道思想，
抨击纳粹政策。

　　托马斯在美国恢复了创作，完成了长篇小说《绿蒂在魏玛》
（1939）和四部曲《约瑟和他的兄弟们》:《雅各的故事》（1933）、

《年轻的约瑟》（1934）、《约瑟在埃及》（1936）和《赡养者约瑟》
（1943）。《绿蒂在魏玛》表达了他对歌德的敬仰，但依然与反法西斯
思想相关。它超越一般爱情重逢的浪漫故事，试图通过歌德来确立
人道主义思想。小说的时间只有三天，但却容纳了相当长的时段及
众多的人物和事件。"约瑟四部曲"创作时间的跨度达十一年，取材
《旧约全书》，在神话中寻求人道主义要素。它还涉及弗洛伊德心理
学及古代神话中生死轮回的许多观念。

　　1947 年发表的长篇小说《浮士德博士》是他一生总结性的作品。
这部作品重新审视了他早期感兴趣的艺术与生活的对立关系，还融
入了德国民族命运的思考。小说的主角莱弗金是与魔鬼订约的音乐
家，为完成音乐方面的造诣，不惜牺牲一切以达到发展音乐的潜能。
莱弗金的创造力总是与"恶"连在一起，他和妓女厮混，激起天才
创造力的高峰；他毕生的作品《浮士德博士的哀歌》包含着浓重的
渎神论并否定幸福、善良、光明。莱弗金最后被疾病折磨而死。他
试图把艺术中的人道主义因素排除殆尽，让艺术获得最纯粹的存在
形式而不必附着于他物。然而，这种做法包含着个人主义的极端膨胀，
使他沉迷于自己创造的世界中。此时的托马斯已经很有意识地在批
判精神与政治、艺术与生活分离的观点。作为唯美主义者，莱弗金
失败了。他的结局说明，过分追求艺术或精神的完善将陷入暴力深
渊，艺术的唯美与政治上的残暴连在一起。由于个人主义极度膨胀，
一个国家会陷入迷狂与非理性状态。这实际上是作者对自己过去思
想的清算。

　　1950 年，作者完成了《优选者》，以教皇格里戈里的传说为题材，
涉及赎罪与犯罪问题。中篇小说《受骗的女人》（1953）显示他重新
对病理学感兴趣。50 年代最重要的作品是未完成的《大骗子菲利克
斯·克鲁尔的自白，回忆录第一部》（1954），书中作者用了讽刺和

模拟。克鲁尔依靠自己的聪明机智纵横上流社会，弄虚作假，依靠博取女人欢心过着荒唐生活。表面上看，他只是个浪荡子，而实际上，在他玩笑的背后是将生活艺术化的过程。作者又回到早期创作中艺术家和社会伦理道德冲突的必然性这一主题。克鲁尔把对待艺术的态度移植到生活中，他是个活生生的唯美主义者，与莱弗金类似，只是表现方式不一。一个带有悲剧色彩，另一个则富有喜剧因素，但克鲁尔和考古学教授库库克的对话还涉及人类的生存问题。在《魔山》和《浮士德博士》中已出现的有关生与死、对自然界及人类命运的关心在这部作品里再次出现。1955 年为纪念席勒逝世 150 周年，他发表了《试论席勒》的演说，在东、西两个德国宣读，剖析席勒美育教育思想的重大意义，号召德国人民热爱和平，表明了维护德国统一的坚定立场。

托马斯早期受叔本华、尼采和瓦格纳影响。悲观主义哲学及艺术可以摆脱意志束缚进入审美状态的观念对他影响颇深。尼采对于西方文化的抨击及对精神高贵自由的赞颂给他颇多启发。托马斯认为尼采有苏格拉底式的理性主义因素，对他的新人道主义有启示。他还喜欢瓦格纳对感官的推崇，对死亡的沉醉。在文学上他还接受了托尔斯泰、阿列克赛德·纪兰德等人的影响。在创作上，他突出二元对立的区分，特别是艺术与生活的矛盾一直是他关心的主题。他的作品大都表现精神或思想与自然生活能力成反比关系，精神优越的人，生活能力就趋于下降，反之亦然。这种失去平衡的关系值得批判。他反对市民生活趣味，又认为艺术与天才、疾病、颓废连在一起。他认为疾病、颓废在某种程度上可激发创造的热情，但从理性主义角度看，这种看法又应当反省。所以，他喜欢用讽刺，以与对象保持距离，也避免自己陷入虚无的玩世不恭。他认为讽刺是修辞手段，但更具有哲学和美学意义。他的创作融合了 20 世纪许多学科知识，尤为注重哲学和形而上思考，而不是对外部现实的模仿。在他的作品中作家不是主宰，而是和人物保持距离的叙述者。此外作品中人物的对话和讨论愈来愈占重要地位。因此，他的创作已带有 20 世纪现代主义文学的某些特征，但他又很难归入 20 世纪的某个文学流派。他在德国文学史上占有重要地位，后来的德国重要作家无一不从他那里得到启发。

亨利希·曼（Heinrich Mann, 1871—1950）是托马斯·曼的哥哥，家中长子，中学毕业后当过书店学徒及出版社见习生。他从 1885 年开始发表作品，第一本小说《在一个家庭里》1894 年出版。他早期的创作主要讽刺怪诞的社会现象及市民习气，他父亲曾希望他能继承祖传的商业，经常带他出入各种场合，因而养成了敏锐的观察力。1896—1898 年他在意大利旅居，开拓了视野，把目光投向现实世界及各种社会现象，并转到描写更广阔的时代精神。在此过程中他从法国文化和历史中汲取了营养。

他经历了德国的君主政体、魏玛共和国、第三帝国，对德国的社会、政治制度失望并批判。他认为德国不民主，缺少人权，而法国则不然。这种观点是他旅居意大利时对法国历史、文化深入思考后形成的。他论述了 19 世纪的法国文学与民主、平等、人道的关系，论述了雨果、巴尔扎克、左拉的作品对人民的教育作用。他在创作上直接借鉴法国作家莫泊桑、福楼拜、司丹达尔、巴尔扎克、左拉等人，在心理描写及社会现实塑造方面与他们相近，巴尔扎克对他影响最大。对金钱的抨击，对世俗社会各种丑恶的揭露，以及同一个人物在不同作品的反复出现都显出模仿巴尔扎克的痕迹。

20 世纪初他发表的作品有《女神》（1903）《垃圾教授》（1905）、《种族之间》（1907）等，主要探讨德国国民性。特别值得一提的是《垃圾教授》，它塑造了在帝国精神熏陶下，心灵扭曲的中学教师拉特。这位绰号"垃圾"的教授对学生要求苛刻，而自己却是一位女歌手的情夫；他脆弱、色厉内荏、外强中干、经受不起小小打击，最终沦为杀人犯，像垃圾一样被警车运走。小说对德国教育制度、道德及人性的阴暗面作了深刻揭露。作者费很多笔力揭示德国奴化教育下的帝国顺民和奴颜婢膝的势利小人的丑恶面目，批判了德意志帝国及其政治基础。在该小说里，他提出了"臣仆灵魂"的概念，1912—1914年写的《臣仆》对这概念的根源、影响及表征作了更具体的发挥，并用"威廉二世时代公众灵魂的故事"作为副标题，揭露德意志民族精神的病态及劣根性，是他的代表作。

《臣仆》的主人公是个小工厂老板的儿子，自小欺软怕硬，崇拜权力和金钱，心甘情愿地充当统治者的奴才。他获取博士学位、继承遗产和结婚都与金钱连在一起。他遇见德皇时诚惶诚恐，体现他的"臣仆"性格；但他在工厂、家庭中又俨然是个暴君。小说常用对比，如皇帝和臣仆、自由主义者和沙文主义者。作者通过这人物也批判了德意志民族的历史、现状及国家形式。《臣仆》和另外两篇作品《穷人》（1917）、《首脑》（1925）一起统称为"威廉二世时代德国社会的三部曲"，简称"帝国三部曲"。《穷人》写工人，《首脑》塑造了大官僚、工业巨头阶层。

亨利希对时局的关心和洞察力是同时代人少有的。他经常通过文学表达对时政的见解。早在一战时，在德军取得节节胜利时，他就写了《论左拉》（1915），预言德国帝国主义必败，《超民族主义信仰》（1932）则预感到法西斯的崛起和得势。1933年希特勒上台前，他被迫流亡国外，在法国尼斯生活了八年。此间，他成了国外反法西斯作家的中坚，坚持不懈地与法西斯斗争。他的论文集《仇恨集》（1933）和散文集《勇气集》（1939）鞭笞社会的罪恶。同时，他把对现实的思考和批判浸透到历史题材创作中，如此期的《亨利四世》及死后出版的《腓特烈大帝的可悲历史》（1958）。前者把法国和它的历史作为德意志的参照，小说分两部，《亨利四世的青年时代》（1935）和《亨利四世的完成》（1938），以16世纪法国宗教战争时的法王亨利四世为主人公，塑造了完成民族独立、国家统一的明君，再现了法国光辉的历史，以此来批判德国当时的政治制度，并与希特勒纳粹对比。这部作品融入了作者渊博的知识和对历史的深入思考，通过人文主义者来颂扬建立在理性和知识基础上的人的形象。1940年法国沦陷后，亨利希逃亡美国，在加利福尼亚和托马斯·曼等人度过了最后艰苦的十年。但他仍心系欧洲，继续从事反法西斯斗争，把自己对19世纪末至二战德国历史的回顾写进自传作品《观察一个时代》（1945）。

亨利希喜欢把人物与历史、历史和现实的描写交叉进行，在虚构作品中用真实的日期，以便说明背景和框架。最后一部小说《呼吸》（1949）标出的最后日期是1939年。它通过一个女人呼吸停止前几小时的回忆，思考了她的一生，成为一系列社会、政治变迁的见证人，自传色彩很强。1950年他接受民主德国艺术科学院院长职务，准备回欧洲定居，不幸启程前突发脑溢血病逝。他一生创作了19部长篇小说、55部短篇小说、11部剧本及大量的政论、散文等。

贝托尔特·布莱希特（Bertolt Brecht，1898—1956）是当代西方戏剧史上很重要的作家，留下了近40部戏剧、大量有关戏剧的论著及诗歌和散文。他创立的叙事剧理论更是影响深远，该理论建立在剧作家不仅要解释世界，也要改造世界这一认识基础上。他看到20世纪科技的发展，觉得舞台有可能把叙述因素纳入戏剧表演范畴。他认为，如果用科学家观察事物的方法来看待舞台艺术，就会发现传统式（也即亚里士多德式）戏剧的效果是使观众进入幻觉状态，结果压制了他们的思考，不能对舞台上发生的事件做出理智的判断。

为排除这种幻觉,他提出了"陌生化效果",又被译作"间离效果""打破幻觉手法"。有关"陌生化"的概念,黑格尔、马克思、诺瓦利斯等人都有过类似说法。而他则把哲学、社会学和美学的各种"陌生化"综合起来,在实践基础上建立了完整的"陌生化效果"理论体系,并以此奠定了他的"叙事式"戏剧理论基础。"陌生化效果"就是舞台要以另一种样式展示人们熟知和习以为常的事件,要把日常平凡的东西以"不平凡"的面目展现,以引起观众惊奇,诱发他们思考。为达此目的,他从编剧、导演、表演和舞台美术、音乐等各方面提出了不同于传统戏剧的主张。他提出了开放式戏剧形式,只分场不分幕,每场可独立存在,只在结局及人物上与整体有关。他认为演员和角色间应保持距离,演员应把自己理解的角色表演给观众看,而不允许把自己融入角色。这样才能使观众保持清醒,如果演员演得逼真,观众跟随剧中人物一起哭,一起笑,就失去理性思考能力而处于幻觉状态。他主张摈除一切与剧情无关的道具,布景可以是象征性的,以免分散观众注意力。音乐不求优美,免得观众神思恍惚。他主张演员可以戴假面具,当众换衣服。剧本演出时,可配备解释员,演员也可以和观众对话,凡此种种,其目的就是要让观众以"审视者"身份评论和判断舞台上发生的一切。当然他的这一理论是逐步形成的,他从古典作品中吸取了营养,但不满足于消极地模仿自然。他认为作家面对不断改变的社会现实,若坚持旧形式,本身就是形式主义。

　　布莱希特的父亲是造纸厂厂长,家庭富裕。中学时他就以笔名在杂志及报纸上发表诗歌、评论。他接受了普鲁士精神的教育,还感染到大日耳曼主义和英勇献身的狂热。但随着一战进展,这种狂热消失,他认识到"为祖国去死"是骗人的宣传。年轻的作者此时很喜欢霍普特曼、韦德金德、肖伯纳和斯特林堡的作品,也很欣赏维庸、兰波和魏尔仑。1917年他赴慕尼黑上大学，生活放荡不羁，喜欢出入下层社会，尤其是民间艺人圈子，对他后来的创作有一定影响。1918年他应征入伍，但因心脏不好，被指派做医院的护理员。这时他写了《死兵传奇》(1918)，这首诗不但阐明了他的反战立场，也显示了非凡的想象力。诗中情节离奇又荒诞：军国主义者为寻找炮灰，把墓中已死的士兵掘出来，把之装扮成英雄，敲锣打鼓地再次送上战场。这首诗辛辣有力，结构完整，讽刺性极强，充分表露了作者诗歌的独特风格。

战后他继续学习，跟文艺界人士往来，并开始戏剧创作。1919年完成的剧本《巴尔》共24场，场与场似链条那样连在一起，但却保持了各自的独立性，已显露出叙事剧端倪。巴尔是诗人，玩世不恭，酗酒，追女人，不信上帝只信自己，最后无声无息地死去。从他身上可以看到青年布莱希特的影子和他的人生观、艺术观，从而窥视到一战后德国青年一代的精神状态。当时普鲁士精神已崩溃，不满现状的青年中一部分人采取嘲弄性的反抗。《夜半鼓声》于1922年首次在慕尼黑演出，获得克莱斯特奖，作者也因而成名。这部喜剧的主人公在一战时应征到非洲打仗，回来时未婚妻正跟一个富商举行订婚仪式，他就参加了正在起义的革命队伍。但未婚妻又回心转意，于是他面临跟未婚妻走还是跟随革命行列的选择，最后他选择了前者。这部作品获得好评，因为主人公的动摇和退却符合当时的实情。1923年，另一部重要作品《在城市密林中》在慕尼黑首演，是作者最难理解的作品，被称荒诞派戏剧。剧本写由一位木材商人购买一位图书管理员对一本书的观点而展开的难以理解的一场斗争。木材商以金钱力量迫使图书管理员听从他，而后者为维护自己的立场却不得不失去了工作和未婚妻。而他一旦屈服，也就丧失了自由。这场殊死斗争很离奇，它寓意地阐述了随着工业不断发展，人们日益异化。

上述三部剧本是早期的作品，作者的叙事剧理论尚未成熟。1924年他来到柏林，被聘为柏林剧院艺术顾问，并入柏林工人夜校学习唯物辩证法，这对他的创作启发很大。当时柏林文艺界各种流派竞相争艳，使他大开眼界。1928年他的另一离奇的剧本《男人就是男人》在柏林演出，该剧展示人是可变的，但往往向消极方向变。主人公听任外界力量支配，任人揉捏，失去个性。此期另一重要作品《三分钱的歌剧》（1928）借用英国作家约翰·盖依（1685—1732）的乞丐歌剧形式。主人公是强盗，罪行累累，又是玩弄女性的能手。他引诱了乞丐王的女儿，又勾引警察头头的女儿。强盗和警察头认识，作为友好表示同时也是贿赂，强盗有什么好处就给警察头一份，为此警察局没有他的档案。但乞丐王告发他拐骗自己女儿，他被逮捕并判死刑。就在他即将被绞死时，女皇来了赦免令，还授予他爵位并赠了封地。此结局让观众看到强盗、乞丐、警察三位一体，他们和女皇的关系也很微妙。这阶段他还写有《马哈哥尼城的兴衰》（1927）、《屠宰场里的圣约翰娜》（1931）等剧本。同时他也写些主题鲜明、具有哲理的短剧，被称为"教育剧"，重要的有《例外与常规》（1930）、《措施》等。它们的布局不平常，发生的事件又似乎不真实，常常激起观众思考。例如《例外与常规》一剧，人物只有三个。一个资本家带了仆人由向导带领穿过沙漠。资本家害怕仆人和向导关系过密，借口把向导打发走。主仆两人继续赶路，傍晚时，仆人要把壶中的水给主人喝，主人却误以为仆人要砸死他，就开枪打死了仆人。但法律却宣判主人无罪，因为仆人把自己仅剩的水给口渴的主人，这是"例外"。法律只能按"常规"而不能按"例外"判决。此剧有意把政治和哲理糅在一起，以寓意形式表达主题思想，完全不同于结合当代事件的政治教育剧。这阶段他还常把现代科学技术成就用于戏剧。他受到著名导演艾尔文·皮斯卡托（1893—1966）启发，以灯光、字幕、照片等来丰富舞台表现力，又从西方古老戏剧中吸取有用成分，如采用序幕、合唱、尾声等。

1933年起是他创作的最后阶段，也是全盛期，而生活上却最不安定。1933年他和家人流亡国外，到过奥地利、瑞士、丹麦。1941年取道苏联去美国。1947年赴瑞士，次年回东柏林。1949年和夫人海伦娜·韦格尔建立并领导"柏林剧团"，直到去世。流亡期间他颠沛流离，经济拮据，在美国还被"非美运动调查委员会"怀疑是共产党而遭审讯。但另一方面，此期他经历丰富，接触广泛，思想活跃并日趋成熟，写出大量思想性和艺术性很高的作品。他的"叙事剧"理论通过实践更为系统，并日趋完善。此期重要作品有反战主题的历史剧《大胆妈妈和她的孩子们》（1939），写德国30年战争时一个随军女商贩，三个子女都在战乱中丧生，但她至终不醒悟，仍追随军队做买卖。作者企图通过主人公的遭遇告诫人们：战争是宗大买卖，小人物从事不了。作者在剧中表露的反战立场鲜明，通过大量对话剖析战争的本质。1939年的《伽利略传》提出科学家与政治的关系问题，也刻画了伽利略身上灵与肉的冲突。伽利略这个人物有多层次的复杂性格，与作者早期写的巴尔有许多相同处。

此期他还写了些寓意剧。寓意手法产生陌生化效果，可使抽象思想具体化，使平凡事件不平凡，引起观众兴趣。寓意是象征的，具有普遍意义的生活哲理，能抓住本质，揭示生活的客观规律。但寓意的创造需要丰富的想象力，有时显得荒诞。但作者认为现实生活广阔多样，表现方式也应该多样。在这种思想指导下，他写了喜剧《潘蒂拉老爷和他的男仆马狄》（1940），主人公是地主，凶狠、不讲理，但酒醉时却多情温柔。这双重人格在他身上交替出现，从人及阶级这两个不同角度探索人性。同样《四川好人》（1942）也涉及人性善恶。主人公是妓女，是神仙下凡找到的唯一的好人，但在现实社会里她必须以又善又恶的面貌出现，才能保存自己。在这里作者把人的善恶与社会制度联系起来。《高加索灰阑记》（1945）根据中国元朝杂剧作家李潜夫的《包待制智勘灰阑记》改编而成，写真假两个母亲抢一个孩子，最后民间的法官把孩子判给了假母亲，因为她爱这孩子，养育了他，而真母亲要他却是为遗产。这里作者改变了中国原著中的血缘关系而代之以无私的母爱。这阶段还有《卡拉尔大娘的枪》（1937）及《第三帝国的恐惧和贫困》（1938），都写反法西斯的主题，在反法西斯斗争中起了积极作用。

他的叙事剧理论是在上述几个创作阶段通过实践逐步形成的，愈往后，思想愈明确，到30、40年代才开始比较有系统地以文字方式总结他的戏剧理论，如《娱乐剧还是教育剧》（1936）、《人民性和现实主义》（1938）、《戏剧小工具篇》（1948）、《舞台上的辩证法》（1951）等。它们从不同角度论述了科学与艺术、生活与戏剧、教育与娱乐、理智与情感等关系，强调演员、角色与观众的辩证关系。

他也是位诗人，他的诗里随处可见民间俗语、成语、惯用语及方言，简洁、诙谐、幽默、富有哲理。他的诗集有《家庭格言》（1927）、《歌曲、诗篇、合唱曲》（1934）。后者的中心主题是祖国，为祖国发生的事变发出痛苦的呼声。此外有《斯文堡诗集》（1939）及《诗一百首》（1951）等。他也写有小说，如《裘力斯·凯撒的事业》（1948）、《负伤的苏格拉底》（1949）等。布莱希特50年代才被介绍到中国。他的《大胆妈妈和她的孩子们》《伽利略传》《高加索灰阑记》《四川好人》均在中国上演过。他本人对中国哲学和传统戏兴趣极大，30年代看过梅兰芳出国的演出，感到震惊。他看到京剧演员表演时观察自己，把这叫作"艺术的自己间隔"，尤其欣赏中国戏的"表演"功夫和简单道具。为此他写了有关中国戏曲陌生化的文章。

国内流亡文学　法西斯执政时期，德国国内有一派文人拥护法西斯政权，但反法西斯的斗争文学也没被斩尽杀绝。1935 年在巴黎召开"国际作家保卫文化大会"时，化装逃出的作家扬·彼德森（1906—1969）代表德国地下文学给大会带来三部长篇小说的手稿、50 个短篇故事和一些诗歌。这些作品都是冒着生命危险写的。许多作家就像埃利希·缪萨姆（1878—1934）那样惨死在法西斯屠刀下。除上述两种作家，德国还有好几百位作家没有外出流亡。他们有着各种政治观点和美学原则，在不接受希特勒的意识形态和社会实践方面有程度差异和不同形式。他们被称为"国内流亡文学"，德文的"国内"一词有"内心"的意思，因而也称"内心流亡文学"。不管国内流亡作家是出于对传统的民主准则的信仰、社会正义感，还是反对民族主义和种族主义，或是作为作家，他们忠于良心，不愿违心粉饰现实，他们一直在难以想象的条件下抵抗法西斯统治。如霍普特曼，他留在德国，虽没公然反对法西斯当局，但他的作品安魂曲《黑暗》（1937）中就有对种族迫害的抗议；长诗《伟大的梦》（1942）刻画了被玷辱的祖国的形象，表露出强烈的愤怒和悲哀。他们为了作品能在德国出版，往往要通过曲折的语言或形式表达反法西斯思想。由此，隐喻、历史故事、传说、童话等就成为常用形式。还有些作品只有在法西斯垮台后才能出版，它们一直被存放在抽屉里，战后被称为"抽屉文学"。

里达卡·胡赫（Ricarda Huch，1864—1947）是在瑞士获得博士学位的第一个女性，曾在苏黎世市图书馆工作，后来到不来梅当教师。她曾两次结婚，都以离婚告终。她最初的作品写个人追求生活幸福、瞬间的热情及尘世生活的过眼烟云。处女作长篇小说《小鲁道夫·乌尔斯劳的回忆》（1893）讲一个资产阶级家庭的没落，小鲁道夫以旁观者口吻叙述家庭的演变。这演变涉及经济和爱情纠葛，如表兄虽已结婚却又爱上小鲁道夫的妹妹；老鲁道夫因商号破产自杀；妹妹因同时爱上表兄及表嫂的弟弟，最终跳窗自杀。而小鲁道夫不能应付生活的各样问题，害怕竞争，当了修士。这一家族不是暴发户、投机商的对手，在精神上也走向衰落。这个主题在 9 年后托马斯·曼的《布登勃洛克一家》得到更深刻的描绘。《胜利巷纪事》（1902）写意大利北部某城贫民区的一条小巷里发生的故事，主人公青年商人来这小巷收房租，目睹了贫民的艰苦生活，看到他们的坚强、善良及忍受的打击和不幸。这部作品反映了作者开始正视社会现实。《生活是个短暂的梦》（1903）又回到个人的主题，讲述自我价值的实现与社会道德的矛盾。主人公是富商儿子，过着美满的生活，但他的天赋和才干得不到发挥。当他遇到女画家罗瑟后，很想和她远走高飞去过新生活，但关键时刻又改变主意，回到妻儿身边，挽救了濒于破产的父业，重又走上日常的轨道，放弃了"短暂的梦"。

在这之后，她转向写客观现实和历史。1912—1914 年她完成了三卷本《在德国的大战》，1937 年改名《三十年战争》。她以丰富的史料、深刻的洞察力和优美细致的文笔描绘了这场战争的前因后果和它给德国带来的灾难。而她的文艺论著《浪漫主义的兴盛时期》（1899）和《浪漫主义的发展和衰落》（1902）更是奠定了她在文学界的特殊地位。这两部作品再度发掘了浪漫派，阐释了该派的重要意义，也分析了它的局限性，对重新评价浪漫派影响极大。1933 年她为抗议纳粹当局而退出普鲁士艺术科学院。她没离开德国，一直秘密支持反法西斯抵抗运动。去世前她还在计划出版反法西斯运动的书《无声的起义》。此书到 1953 年才由魏森堡完成。她也写诗歌，如具有新浪漫主义色彩的《旧诗与新诗》（1920）。她还著有短篇小说集《最后的夏天》（1910）和回忆录《在瑞士的春天》（1938）。著名的历史小说《保卫罗马》（1906）及《为罗马而战》（1907）写意大利自由英雄加里波第反抗法国、保卫罗马的历史故事。她是杰出的历史作家、传记作家，所写人物还涉及马丁·路德、华伦斯坦、无政府主义者巴枯宁等。这之后，她转向哲学和宗教，写了《圣经的意义》（1919）。托马斯·曼称她是"德国第一女性"。

贝恩哈特·凯勒曼（Bernhard Kellermann，1879—1951）曾在多个城市上学，1910年起游历欧、美、亚三洲许多地方，20年代末作为报馆工作人员在中国待过半年。他历经了威廉帝国、魏玛共和国、第三帝国、一战、二战，见多识广。他最初的作品受挪威的汉姆生和丹麦的雅可布森影响。他的小说《卫斯特和利》（1904）、《英格博格》（1906）及《大海》（1910）都具有印象主义风格。其中后两部作品涉及人与自然融合的问题，明确表达了蔑视文明社会。但长篇小说《隧道》（1913）说明他已步入批判社会的创作。该小说看似科幻小说，但旨在说明资本主义社会中科技与私有财富的密切关系。工程师主人公要在15年内建成一条海底通道，使火车24小时从美国直达法国。他争取到一些资本家及银行家的支持，但工程到第七年时发生海底地震，引起爆炸，2800名工人丧生。他成了大罪人，死者家属打死了他的妻女。他被判六年徒刑，后来被判无罪释放。当他再想争取政府及富翁的投资时却一无所获，只能娶大银行家的女儿，以得到经济资助。24年的辛勤努力后，海底隧道终于建成。小说说明，科学家想造福人类，但资本家要追求利润，没有资本家支持，科学家无法推行科技发展。小说还描绘了资本主义社会中诸多本质问题，如周期性经济危机、残酷的竞争、国家机器、报纸刊物和法庭及教会对资本的从属关系。

1918年十一月革命后，他写了长篇小说《十一月九日》（1920），尖锐地提出"谁要战争？"。在1946年版本的序言中，作者明确指出他有责任让德国人民看到军国主义的危害，把军国主义的本质暴露在光天化日之下。为此他在该小说中塑造了一个典型的普鲁士军国主义者形象，即容克地主黑希特－巴本贝格将军。他一意孤行，在指挥凡尔登战役时造成数千士兵死亡。这个被士兵叫作"血腥的黑希特"的人是德国文学中出现的第一个普鲁士军国主义者，反映了作者对德国现状的深刻认识。小说写了许多大规模群众运动场面，如一月罢工、反军国主义示威、舰艇和军队起义等。但有时他也采用象征手段，如"阵亡者大军"从战士墓中出来，来到柏林。最具象征意义的是以"血腥的黑希特"的死亡作为结尾，象征军国主义必然灭亡。但将军临死前预言还有下一次更恐怖的战争，这又道出作者认识到军国主义不会轻易退出历史舞台。

1933 年作者被开除出纳粹作协，但并没流亡国外。此期他完成了长篇小说《友谊之歌》（1935）、《蓝绶带》（1938）以及《格奥尔格·万特兰特的转变》（1941）等作品。这些作品的时代背景不是法西斯执政期，地点也在国外，因为作者在国内无法公开自己的态度。二战结束后，他写了《死之舞》（1948），塑造了一个放弃民主思想，转而追随法西斯政权的律师。他跟随许多亲友走上拥护法西斯、继之升官发财的道路。他穿上纳粹军官制服，后来当了市长。法西斯崩溃前夕，他的两个儿子在前线一死一失踪，他甚至想亲自上前线。他的弟弟坚定地反纳粹，耻笑哥哥，兄弟间发生剧烈争论。第二天早晨，人们发现他已开枪自杀。这部小说提出了一个现实的问题，即法西斯统治与这类为了私利而为虎作伥的人的关系。他们对法西斯的作为是否有责任呢？战后，这个问题令德国人深思。他也写短篇小说、游记等，例如《扬子江》（1934）、《亚洲游记》（1940）。他的重要长篇还有《傻瓜》（1909）、《舍伦贝格兄弟》（1925）等。

汉斯·法拉达（Hans Fallada，1893—1947）原名鲁道夫·迪岑，

与家庭较早脱离关系，1912年开始在德国流浪。为贫困所迫，当过农业工人、搬运工、出纳员、清道夫等，接触到各样小人物，为他以后的创作打下了基础。他深受莫泊桑、福楼拜、狄更斯、陀思妥耶夫斯基影响，最初两部长篇小说《少年格德沙尔》（1920）及《安东和海尔达》（1923）采用表现主义。但不久他就放弃了这种艺术手段。使他闻名世界的是《小人物，怎么办？》（1932）。主人公是小职员，在德国30年代经济危机中屡次被解雇，只能依靠妻子做缝工和自己的失业救济金生活。为了失业救济金他参加了一次示威，遭警察殴打。他提出的"小人物，怎么办？"这个问题道出了20年代末世界经济危机给底层老百姓带来的灾难。这部作品很快被译成20多种语言，并搬上银幕。

1933年法西斯上台，他没离开德国，以为这个政权不会维持很久。此期他写些趣味性的、不涉及现实的作品。不久他失去了信心，写出别具特色的儿童读物，歌颂正直和人道、善良和光明，谴责残暴、无耻和贪婪。例如《霍佩尔波佩尔，你在哪里？》（1936）、《穆尔克莱的故事》（1938）等。1934年的《用洋铁罐吃过饭的人》一出版即遭审查机关查禁。该书讲一个银行小职员因贪污一小笔款被关了四年。出狱后，他想重新做人，但社会却不允许，不得已他只能偷窃，于是再次入狱。当他回到牢房时竟产生了"重返老家"的感觉，因为此后他可以再次拿起洋铁罐吃饭，不必为每天的面包操心了。小说抨击了资本主义经济，批判社会不道德现象。此期他还写了长篇小说《狼群中的狼》（1937）和《顽固的古斯塔夫》（1938），视野超出了小人物命运，在社会和民族的大范围内揭示军国主义、复仇主义的狂热和社会道德的沦落。前者通过三个退伍军官经营农庄失败，描述一战后德国人民的灾难，揭露大地主、投机商，刻画了纳粹分子用威胁、暴力和无耻的手段为后来的法西斯政权铺平道路。后一部作品揭示始终崇拜普鲁士黩武精神的主人公顽固地忠于主子，以及他的民族主义思想如何毁坏了儿女。

希特勒统治的最后几年中，作者被指责是"文化布尔什维克"，长期被软禁。此期他写了《没人爱的人》（1940），盲人主人公因为对有视力的周围世界作了妥协而憎恶自己。《酒鬼》是用密码写的一部自传小说，他死后1950年出版。法西斯崩溃后，他终于可以毫无拘束地书写反纳粹的作品，如《每人都孤独地死去》（1947）。小说再现了第三帝国的政治气氛，塑造了盖世太保、纳粹官僚、暴徒、告密者、杀人犯等各色人物，但歌颂了一对"小人物"夫妇。丈夫是木工，妻子是农妇，忠厚善良，与世无争，过着平静的生活。但他们的独子在侵法战争中丧生。这使他们对生活和纳粹的看法起了变化，对法西斯专制产生反感，进而书写反法西斯标语，被纳粹抓获并判死刑。小说充满了反法西斯的人道精神。作者专门写小人物，把他们看作社会环境的代表，他们的悲剧是社会悲剧的反映。他的语言简洁、朴素、生动活泼，常用多种布局的纪事形式，贴近现实。

埃里希·凯斯特纳（Erich Kästner，1899—1974）很早就为多种报刊撰稿。1933年他的作品被禁，1934及1937年两次被逮捕。二战后他任联邦德国国际笔会中心主席达十年。他从1927年起专事文学创作，但创作高峰是魏玛共和国时期。他是德国新实际主义代表，作品内容明确清晰，形式简洁明快，社会道德立场具体而鲜明，正好和表现主义的狂热和杂乱相反。他写有诗歌、小说及儿童作品。诗作有《镜子里的喧闹》（1928）、《椅子间的歌声》（1933）等。小说中著名的有《法比安》（1931—1932），讲一个法学博士在世界经济危机期的遭遇。因他保持着良心和道德责任感，所以处处上当受骗，最终这个不会游泳的人为救一个会游泳的人而淹死。主人公所处的环境充满贫困、淫荡、堕落和犯罪，是当时德国社会的写照。他还是杰出的儿童文学作家，代表作《埃米尔和侦探》（1928）在中国1949年前就有译本，即《爱弥尔捕盗记》。它讲述小学生主人公和小朋友团结互助逮住偷他钱的罪犯的故事。小说贴近现实、熟悉儿童心理及语言、情节紧张，洋溢着浓厚的人情味。他享有国际声誉的儿童作品还有《飞翔的教室》（1935）、《动物大会》（1950）、《两个小路特》（1956）等。他的作品丰富，诗歌和小说抨击德国当时的制度，鞭笞军国主义和法西斯主义以及资产阶级市侩习气。例如，长篇小说《雪地三游客》（1934）、诗集《埃里希·凯斯特纳大夫的抒情家庭药房》（1936）、《日常琐事——1945—1948年的歌谣和散文》（1948）、《小自由——1949—1952年的歌谣和散文》（1952）等。

第六节　奥地利文学和瑞士德语文学

奥地利文学　19世纪末，老迈的哈布斯堡帝国气数已尽，一战更是它自掘坟墓的最后一步。强权消失为思想自由和文化繁荣带来了机会，奥地利，尤其是维也纳，成为对世界产生多种巨大影响的政治、科学和文化学说的发源地：德国植物遗传学家格里哥·门德尔（1822—1884）创立了现代遗传学；西格蒙特·弗洛伊德（1865—1939）创立了心理分析学；奥地利人鲁道夫·施泰纳（1861—1925）创立了人智学；作家泰阿多·赫尔策尔（1860—1906）创立了犹太复国主义，为建立以色列描绘了蓝图；格奥尔格·舜纳峨（1842—1921）的极端德意志民族运动则为希特勒上台打下基础。文学同样多样化，从自然主义到新浪漫派，从印象主义到表现派，从轻歌剧到颓废派，应有尽有。有的作家，如卡夫卡，成为后世景仰的大师。此外，作家兼批评家赫尔曼·巴尔（1863—1934）正确预言并积极参与、影响了多种流派的创作，贝尔塔·封·苏特纳（1843—1914）以和平主义小说《放下武器！》（1889）留名后世。

弗朗茨·卡夫卡（Franz Kafka，1883—1924）是奥地利作家，生于布拉格犹太商人家庭。如果说奥地利文化到一战结束是德语文化为主的多元文化，卡夫卡就是这多元文化灭亡前的完美体现。19世纪末的布拉格，德语文化、犹太文化和捷克文化共存，历史上一度为帝国首都的布拉格在哈布斯堡家族统治区的地位可与维也纳相比。1348年这里就建立了世界第一座德语大学，文化成果丰硕，19世纪末这里讲德语的犹太人更成为经济文化生活的上层。卡夫卡在最古老的德语大学布拉格大学获法学博士，1908年起在工伤事故保险公司任职员，1922年因健康原因提前退休。1918年捷克斯洛伐克独立后斯拉夫民众反奥地利的情绪使当地讲德语的犹太人遭株连，增加了他对德语犹太人出身的认识，使他对赫尔策尔的犹太复国主张陡增兴趣。他做过迁往尚待建立的犹太国的打算，1923年还去波罗的海检验自己的病体能否经得起有朝一日去巴勒斯坦的辛劳。他两次订婚，又两度解除婚约，曾与一个女记者恋爱，1923年和多拉·迪阿曼特同居。1917年起他患上结核，在最后五年他因奥匈帝国崩溃而被划为捷克斯洛伐克国民。随着斯拉夫单一文化迅速取代多元文化，他的失落感加剧，离开了生活多年的布拉格，死于维也纳附近的疗养院。

世纪末奥匈帝国濒临解体，官僚机构臃肿，百姓迷惘无助，灾难弥漫在空气里。卡夫卡的作品展现了他的时代，其人物生活在荒诞中，他们无名的恐惧可在即将崩溃的奥匈帝国找到根源。但作者不是简单地模拟现实，他的作品没有确定的时间地点，情节发展非逻辑，具有寓言般的朦胧。他的文字极为细腻，夹杂难以觉察的幽默和讥讽。这使得作者在认同人物的荒诞、绝望的同时，能保持超然和冷漠的距离。这也是作者对待现实生活的态度。但他爱朗诵，在1912年12月初布拉格作家晚会上，他第一次朗诵了自己的作品《判决》。他确信可以通过语句的韵律和节奏证明作家用词的正确，而通过词句的"音乐"就可证明作品的"内在真实性"。他写信、日记、随笔、纸条、小说，不求作品完整，只想写心中的话。他的大部分作品无题目、无结尾。《判决》就和许多其他短篇作品一样夹杂在他的日记里，既无标题，又没有与上下文分界，作品下面是他随手画的一条横线和一道简单方程式 $24:17 = 56:X$，再往下就是他写《判决》时的情景描述：一夜写作八小时后，第二天无力去上班。卡夫卡说他并不具有写作能力；这"能力"来去不定，如同幽灵。他只需坐在桌旁等待，世界会展现在他面前。写作能使他被病痛折磨的身体获得暂时安宁，于是他不停地写，又不停地焚烧写的稿子。这样，他把写作看作生命的同时又否定了写作。他把全部作品付之一炬的临终愿望也可从这一认识得到解释。结婚、生育被他看作生活中"最值得追求的"，但又禁不住厌恶看到的任何一对夫妇。他几次订婚，又一再解除婚约；他还去找妓女，但过后同样厌恶不已。可他毕竟支持最小的妹妹离开父母去乡下种田，鼓起勇气写了"给父亲的信"，和女朋友一起生活并在生命的最后几个月离开一直生活的布拉格。

　　他最有影响的作品是《判决》（1912）、《变形记》（1912）、《给父亲的信》、《美国》（1912—1914）、《审判》（1914—1918）和《城堡》（1926）。因写作风格独特，根本无法把他归于任何"主义"。《判决》写乔治·本德曼一天写信给远在俄国的朋友，告诉他自己订了婚并请他参加婚礼。然后，他到父亲的房间告诉他自己的结婚打算。父亲立即不悦，指责他订婚是对父母和朋友的出卖，并判他死刑。接着，乔治冲出房间，溺水而死。写《判决》时，卡夫卡刚认识自己的初恋情人费丽丝·鲍尔，这短篇小说是献给她的。《判决》是他的成名作，多年后他还称这是他作品中"最可爱的"一篇。对乔治而言，父亲尽管老朽却依然是巨人。在作者的童年记忆里，父亲永远是"衡量万有的尺度"，无慈爱可言，是权力的化身。不论卡夫卡还是乔治又都蔑视父亲，有反抗强权的意愿。但一遇父亲压制，儿子便败下阵来。这正是贯穿他所有作品的游戏般自嘲的表现。

《变形记》（1912）曾定名《臭虫》，写萨姆沙突然变成甲虫后的情形。作为推销员，萨姆沙一天忙到晚，艰辛地供养全家。变形后，父母离弃他、责骂他，妹妹偶尔喂他些食物。他由家庭支柱变为负担，最后羞愧地死去。这里，父子对立仍是主线。由人变甲虫则既是父亲、家庭及公司上级压抑的结果，又是他的不满与反抗——他要打破家庭内部虚假的和谐与安宁。甲虫不久死去表示萨姆沙的无力。尽管他小说的主人公们从思想、经历乃至姓名构成都非常像作者，他还是冷眼看待他们，并一再判他们及自己的全部作品死刑。他不停地写自己心灵深处感受，但保持冷峻，和笔下人物进行不欢快的游戏。一般作家需要成功和读者的肯定，但卡夫卡则不同。大多数情况下他并不关心作品写完后的情况，他的快乐尽在写作中。因此，他写了《给父亲的信》而不交给父亲，在写作后把许多作品烧掉。这种无外在目的是游戏和演戏的根本区别：演戏是给别人看，游戏是自乐。他对自己的作品表现出异常的自由和超脱，因此他的作品才空前诱人。

《审判》写于1914年8月到1915年1月，开头像侦探小说，引起悬念：谁是诬告者？卡为什么被捕？但这些悬念始终未决。小说逻辑关系被打破，法庭像梦幻，卡的行为也朦胧，线索支离破碎，读者陷入迷宫。这些是现代作品，尤其是卡夫卡作品的特征。卡不明不白地被捕后一直接受审判，一年后被处死。其实，这审判从一开始就是卡对法庭这带有绝对家长威严的社会上层建筑的审判。他不断出击，处处表现出对法庭的轻蔑和厌恶：他称法警是"乌合之众"，骂法官是"腐化堕落的黑帮"，说法庭的唯一"意义就在于它的无意义"。但正像作者的强权父亲，法律机器虽腐朽，却不可抗拒。因此，作者的清算是自己的纸面清算，不想以此说服人，也不想号召大众反抗。卡也像作者其他作品的人物一样最后事实上是自判死刑，表示自己无力也不愿在这父权决定一切，以及法律和正义名存实亡的世界继续生存。

《城堡》是未完成的小说。主人公卡一天晚上来到一个村庄，这村子隶属一座城堡，卡在这里逗留必须有城堡伯爵的许可。卡说是伯爵亲自让他来做土地测量员的。第二天一早他动身去城堡，城堡却一直可望不可即。他失望而归，回来后却见到城堡委派给他的两名助手。此后几天他虽和城堡人有接触，工作也受到城堡表扬，但到最后他既未到达城堡，又未见到伯爵。据说，作者计划在小说结尾让卡力竭而死，恰在此时，城堡里传来消息说他可以在此地居留和工作。在小说里同样可以看到作者反对家长强权的游戏："城堡"象征权力，左右村民的思维言行，决定他们的祸福生死。但"城堡"这一权力中心昏庸无能、自相矛盾：它要测量土地，而下属的村长则说不需要；"城堡"为卡派来两名助手，他们却对土地测量一窍不通；卡未做工作，却受到"城堡"表扬。"城堡"的权力基础是村民的盲从。卡势单力孤，却倔强地对"城堡"进行审判，他是精神上的强者。小说中另一个具有反抗色彩的人物是阿玛丽亚，她的反抗直接又严肃，也更彻底。可在作者看来，她的反抗根本达不到目的。作者要的不是反抗，而是游戏；不是仇恨，而是轻蔑。作品有多种读法，如它包含对未来的隐讳描述，即准确地预言了希特勒的残酷统治，也可把主人公看作发展小说（教育小说）的典型，或认为《城堡》是马克斯·韦伯（1864—1920）在《经济与社会》中关于"官僚形而上学"论断的文学翻版。

　　《给父亲的信》在卡夫卡作品中地位关键。他1919年写这封信,为的是回答父亲的疑问:为什么他这个经济独立、职业优良的法学博士直到36岁还说自己怕父亲? 当时,他和出身鞋匠家庭的尤丽·沃里茨克订婚遭父亲反对,他新出版的小说集《在流放地》(1914)和《乡村医生》(1919)也遭父亲白眼。信一开始,他先说自己对与父亲的隔膜负有全部责任,但不久即转而指责父亲,对父亲的所谓敬畏也变成轻蔑与讽刺。他说他的整个文学创作是"故意拖长的"和父亲的"告别",要在作品里倾吐儿时"无法躺在父亲怀里"倾吐的苦水。作品里随处可见"大家长"的阴影,但吐苦水并非直接倾倒,而是充满讽刺的文学游戏。他并没把这封控诉信交给父亲,实际是给自己写信,完全不考虑读者。卡夫卡最不具游戏性的作品是给鲍尔的信。它们有确定的读者,有针对性,也有目的性。他给在柏林工作的鲍尔写了350多封信和150多张明信片。他喜欢鲍尔的简单自然、她旺盛的生命力和在现实生活中与人交往的能力——这些都是他缺乏的。但第一次重逢前,他突然明白他孤独的内心无法容忍任何一个人真正走近自己。订婚后,他更清楚地感到结婚对他自我存在的威胁,婚约于是解除。卡夫卡深知文学和生活的距离,他否定文学外在的目的和功用,因而没有,也不可能把文学创作当作理想。他的理想一直是接近和投入生活,但要完全投身生活对他谈何容易!他更多的是由着自己的习性,沉浸在文学游戏的自我排遣中。但当他给情人写信时,他的心中燃起烈火,他不再冷峻,不再嘲讽,憧憬自此走进生活,建立家庭。他纸上的希望因他的个性而迅速遭到重创,但他没绝望,而是和别的女友同居,继续尝试立足生活的梦想。

　　卡夫卡的日记比书信更完整地记录了他的心路历程。这些日记写于1910—1923年间,其中5/6写于1910—1916年间,1911年写得最多。从书信和日记看，他愈到后来诉诸文字的愈少，而靠近生活的步伐则明显加大。他的日记一开始就有对独身、对文学创作、对生活的长篇思考，还夹杂许多狭义上的文学作品，但避而不提诸如一战的历史大事。这或许能纠正我们把文学过多看作时代产物和历史附庸的偏差。

莱纳·玛丽亚·里尔克（Rainer Maria Rilke，1875—1926）是所谓纯诗人代表，去过欧洲各地和北非，一生旅行、迁徙。早期作品平庸，和女作家安德理亚斯－莎乐美两度漫游俄国，写了《每日祷文》。此时成书的长篇散文诗《旗手克里斯多夫·里尔克的爱与死之歌》（1899）取材他叔父为证明家庭贵族血统而写的家史材料，手法上受俄罗斯英雄史诗影响。该诗写 1660 年奥地利旗手克里斯多夫·里尔克和战友横穿匈牙利，迎击土耳其敌人，不顾危险从烈火中抢出战旗，只身跃向敌群。该作品在一战期间成为众多青年的崇拜读物。里尔克真正成为文学大师起始于巴黎期间。当时，他作为雕塑家罗丹的私人秘书直接接触到现代艺术精华。在《新诗集》（1907）中，他把"实在之物"直接看作"艺术产品"，不再需要象征。这种观察世界的新方法在日记体小说《马尔特·劳里茨·布里格的笔记》（1910）中进一步发挥，和 19 世纪现实主义小说分道扬镳：既无联贯的情节，又无"叙述者"，而是"虚构人物的假想日记"。书中的病态、贫困、死亡等景象使只身在巴黎谋生的丹麦破落贵族之子马尔特由联想幼年的恐惧，演变成深层的生存恐惧。但他在衰败的现实中也看到了事物的"内层"，并进而看到自己孤独无依的内在现实。他的身外世界和内在世界交织，过去、现在和未来的时序被打破。小说第二部分由童年记忆转入人类历史并夹杂大量评论。故事没结果，马尔特的命运也没定数。作品完成后，作者陷入创作危机，直到 1923 年才发表《杜依诺哀歌》和《致俄菲依斯十四行诗》。

前者语言奇特、比喻大胆、象征隐秘，是现代德语文学中最艰深的组诗之一，也是他创作的巅峰，表现了现代人的生存危机，并赋予这种危机以神秘意义。

阿图·施尼茨勒（Arthur Schnitzler，1862—1931）的剧本和小说写 19 世纪末、20 世纪初奥匈帝国灭亡前的享乐生活。从《阿纳托尔》（1893）和《轮舞》中的少女、少妇到《古斯特少尉》（1901）中的年轻军官，从《未婚女爵迷齐》（1909）中的贵族到《北塔·加兰太太》（1901）和《伯恩哈地教授》（1912）中的市民，维也纳各色的人物应有尽有。他的描写真实、细腻，他因对色情享乐的描绘而常受责难，作品也屡遭禁止。但他的笔调是嘲讽的，细细品味会感到其中的苦涩。他的人物多是"轻浮的哀伤者"。

喜剧《轮舞》（1903）是德语戏剧史上争议最大的作品，发表后公众哗然，遭检查机构禁演。十几年后，奥地利著名导演莱恩哈特在柏林导演此剧，遭游行抗议，普鲁士文化部长下令停演。1921 年该剧两名演员还因"伤风败俗"被送上法庭。在慕尼黑的演出也遭来自各方的抗议和集体骚扰。于是，作者亲自禁演此剧 60 年，直到 1982 年才上演。《轮舞》由五男五女进行的十次对话组成，每次对话均暗示以性交结束。随着场次更迭，对话双方被依次换下。第一场是妓女和士兵，第二场是士兵和女仆，第三场是女仆和公子，第四场是公子和夫人，第五场是夫人和丈夫，第六场是丈夫和甜姐，第七场是甜姐和诗人，第八场是诗人和女演员，第九场是女演员和伯爵，第十场是伯爵和妓女。轮舞一周，有性无爱，人之间的纽带是偶发的冲动。但性交带来的只是空虚、无聊和哀伤。人成了性欲的奴隶、性冲动的牺牲品。作者本质上是悲观的，但不借作品说教，他的客观中略带嘲讽。

作者在德语文学中率先大量使用心理分析和内心独白，小说《古

斯特少尉》和《艾尔泽小姐》（1920）是这方面代表作。长篇小说
《自由之路》（1908）和《德丽萨》（1928）试图将维也纳的世纪末情
调和现实尽收书中。《辽阔原野》（1911）描述多角关系笼罩下婚姻
和人生的悲喜剧，同年在维也纳、布拉格、柏林等九个城市同时首
演，轰动极大。游戏是剧中人物的生活准则：他们在网球场上进行
体育游戏，在人际交往中进行社会游戏、爱情游戏和人生游戏，真
真假假，人的内心世界像"辽阔原野"，他人不了解，自己也不知晓。
人物的对话言不由衷，语言造成的假象世界和现实世界南辕北辙，
显露出维特根斯坦语言哲学的端倪。

19世纪末20世纪初，维也纳文化界最重要的议题是心理分析，
1888年弗洛伊德发表了《性学三论》。施尼茨勒是医学博士、开业
医生，他对人物心理有细致的观察和精深的分析，常被看作文学界
的弗洛伊德，弗洛伊德则对他的作品爱不释手。但他赞扬弗洛伊德
之余，也批评弗氏及其弟子过于强调俄狄浦斯情结等。在《对心理
分析的几点意见》（1912）中他指出，心理分析并不新，从来就有。

雨果·封·霍夫曼斯塔尔（Hugo von Hofmannsthal，1874—
1929）是文学神童，16岁化名连续发表风格成熟的抒情诗，在诗
歌、戏剧、小说各方面均独树一帜。他的作品成为世界经典，形式
高雅完美，内容博大精深，吸收了世界多国文化成果。他17岁起
陆续结识了易卜生、格奥尔格、里尔克、罗丹、梅特林克、德国音
乐家理查德·施特劳斯（1864—1949）和施尼茨勒等，他们的交往
合作直接影响了德语区乃至欧洲的文化生活。他的诗中有法国印象
派、象征主义和唯美主义硕果，也有古波斯、古印度文学影子。他
的《三行体诗歌》（1899）直接师承但丁，诗剧《提香之死》（1902）、
《窗口妇人》（1899）取材意大利文艺复兴；《萨尔茨堡世界大剧院》
（1922）、《塔楼》（1925）以卡尔德隆的《世界大剧院》和《人生一

梦》为"蓝本",《每个人》(1911)、《傻瓜与死神》(1909)植根于中世纪戏剧,《厄勒克特拉》(1903)、《俄狄浦斯与斯芬克斯》(1906)、《纳克索斯的阿里亚德娜》(1912)、《难以相处的人》(1921)则是奥匈土地上的奇葩。

霍夫曼斯塔尔的诗哀怨、忧伤、消极、颓唐、典雅,是世纪末创作的代表。后人常推崇他的早期诗歌,说他的每首诗都自成流派、独为一家,而他的戏剧、小说创作则肤浅、平庸。作者自己不这么认为,他说他早期诗歌是阅读了众多名作而发,与现实生活相距甚远。于是,他努力从唯美、新浪漫的"先验"中解脱出来,进入现实人生。在虚构的《山多斯爵士(给培根)的一封信》(1902)里,他表达了对语言的怀疑,与当时许多作家、哲学家不谋而合。在他们的思想基础上,维特根斯坦于1922年发表了《逻辑哲学论文》,创立了语言哲学,对现代思维、现代文学影响巨大。霍夫曼斯塔尔的戏剧着力表现事件。以《厄勒克特拉》为开端,他和作曲家理查德·施特劳斯进行了20余年的合作。虽因音乐破坏他的初衷,他与施特劳斯争执不断,但两人都认为歌剧必须熔高雅和通俗于一炉。他们的歌剧是音乐和文学的结晶,《玫瑰骑士》则是其中珍品。

一战爆发后,他更多地涉足文化政治领域,周游列国,宣讲奥匈帝国存在的意义。但与宣扬并投身战争的爱国作家不同,他钟情超越狭隘民族界限,融合德意志、斯拉夫和拉丁文化的多元国家。战争之初,他反对奥匈帝国中小学禁教英语、法语,大力宣讲莎士比亚和雨果等敌国作家。一战结束不久,他就联合著名导演莱恩哈特(1873—1943)等人创立了萨尔茨堡艺术节,利用该地的欧洲中心位置,在奥地利天主教土地上弘扬欧洲各国文化。现在,该艺术节已成世界一大艺术节。

《每个人》是他最著名的神秘剧,1920年8月22日在萨尔茨堡演出,揭开了该艺术节的序幕。富豪"每个人"荒淫无度,上帝派"死神"提他受审。"每个人"拿了财宝柜和"死神"一道上路。"金钱"跳出财宝柜,向"每个人"道出一个真谛:不是"每个人"拥有"金钱",相反,"每个人"是"金钱"的奴隶。后来,"每个人"以"信仰"和"勤劳"为伴。"勤劳"非常虚弱,听了"信仰"讲述基督牺牲自己救赎众人后变得强壮,并和"信仰"一起将"每个人"救出魔鬼之手。该剧寓普通而根本的教谕于神秘而惊心动魄的情节里,雅俗共赏。20 年代的代表作,五幕悲剧《塔楼》写波兰国王把儿子西基斯孟德从小关进塔楼,因有人预言他会篡夺王位。22 岁时王子被带进王宫,他果然将父亲打倒在地,于是被重新关进塔楼。一场民众起义把他解救出来,他被推举为领袖。但看到民众的暴行和自己的暴行,王子决心弃暴,与父亲和好。野心勃勃的塔楼看守见王子没有了权欲和暴力精神,决定篡权,结果被民众击毙。崇尚暴力的军官也设计杀害王子,但王子死前将政权交给弃绝暴力的神童王。20 年代后期,政局动荡,血腥事件日多,作者删去非暴力获胜的乌托邦结局,把暴力的肆虐表现得更淋漓尽致,也增加了情节的戏剧性:国王遭打后,王子未被送回塔楼,而是被判死刑。行刑时,大贵族们倒戈,罢黜国王,推举王子为王。新王却放逐所有大贵族,仅留看守一人为谋士。崇尚暴力的军官不仅处置了老国王和大贵族,还杀了看守和王子,然后找了个替身掩人耳目,自己则大权独揽。这样,《塔楼》就更接近残酷的现实。

罗伯特·穆西尔(Robert Musil,1880—1942)开一代文学新风,主要成就是传世佳作《无个性之人》(1930—1943)。作者对世界的观察既有自然科学的精确,又有哲学的深邃和文学家的敏锐。他 20 岁开始文学创作,23 岁去柏林学哲学、逻辑和实验心理学,1908 年获哲学博士学位。他的第一部小说《少年托乐斯的迷惘》(1906)

带自传性，反响强烈。寄宿学校学生巴西尼偷东西，两个权力欲旺盛的同学无休止地"惩罚"他，以满足虐待狂欲望。主人公托乐斯对虐待不满，但又鄙视巴西尼，还感到巴西尼的偷窃行为和自己的同性恋要求有隐秘联系。作者的重点在青春期少年复杂、细腻的内心现实，故事中叙述和论述的交错也初露端倪。此后出版的小说集《结合》（1911）、《三个妇人》（1924）同样以性心理为对象，进一步体现作者"内心世界比外在世界更真实"的信条。话剧《热恋者》（1920）和喜剧《文采茨和大人物的女朋友》（1924）沉稳而幽默的地表现婚外恋等感情游戏中人物的复杂心理，与当时时髦的表现主义戏剧大不相同。

三卷巨著《无个性之人》耗费了作者十多年精力，但未完成。小说主线有极大讽刺性：1918 年是奥地利皇帝弗朗兹·约瑟夫一世登基 70 年，也是德国皇帝威廉二世登基 30 年。为庆祝这节日，濒于灭亡的卡卡尼亚帝国成立专门委员会筹备。但当时面临巨大的政治、经济和思想危机，大家绞尽脑汁。"无个性之人"乌尔利希作为筹备委员会秘书，想出个不是办法的办法：先组织一个"确定性与心灵总秘书处"，审慎地总结历史，以制定思想标准和道德规范。第二条主线是乌尔利希和妹妹的生活：他们儿时分开，参加父亲葬礼时重新相见。妹妹离开丈夫，和哥哥过着越来越接近乱伦的生活，希望进入与众不同的"另一种状态"。虽知道注定要失败，但他们坚信：要创造新现实，必须否定眼前现实。这两条主线之外，小说还包括狂女和杀人犯等一系列人物的故事。小说的故事叙述和专题议论交错，以避免传统小说对复杂现实随意切割的简单化。作家以杂文的灵活、犀利打破"讲故事"的简单线条和虚幻整体，夹叙夹议，将美学、哲学、文化与社会批评最大限度地融入文学，率真，渊博。他开创的"杂文主义"活生生，但不确定，博大深邃而不呆板、沉重。

卡尔·克劳斯（Karl Kraus，1874—1936）是二战前奥地利文化界勇敢而机敏的斗士，以巨大的道德勇气和不妥协精神赢得极大荣誉。但他树敌过多，十分孤单。一段时间里他曾在维也纳咖啡馆和霍夫曼斯塔尔、施尼茨勒等作家交往，但随后却写了《毁坏的文学》（1896），对他们颇有微词。他对副刊作家更是大加攻击，认为副刊文字毫无深度；他写了《海涅及其后果》（1910）一文，指出海涅是副刊文字的老祖宗，是"没有骨头的天才"。在《内斯特罗伊与后世》（1912）一文中，他把内斯特罗伊称为与海涅相反的作家，使人们重新认识、接受了他。克劳斯和新闻界的论战一贯激烈，1899年他自办杂志《火炬》，有了自己的论战阵地。他反对报纸语言空洞虚假，反对记者不顾事实、哗众取宠。他重视语言，认为语言是互通信息的工具和符号，更是"有内在规律的精神实体"。

他对德语的研究独有创见，认为审慎、独特地使用语言是明辨是非的表现，是消除邪恶的手段。他的主要作品是五幕悲剧《人类的末日》（1918—1919），包括220场，共有500多个人物。它与传统戏剧不同，没有完整的情节，宏大庞杂中贯穿首尾的只是"人类末日"（一战）的非理性。故事从奥匈帝国皇位继承人在萨拉热窝遇害开始，每幕写一年的战争，人物从弗朗兹、约瑟夫一世、威廉二世到各级官兵、平民百姓，地点从维也纳、柏林到各战场。剧中，"挑剔者"从头到尾评论种种现象，在很大程度上是作者的代言人。戏剧一幕幕走向灾难，"挑剔者"的语气也越绝望。最后，冻死的士兵、熊熊的战火和少儿亡灵纷纷登场，鲜血、陨石、尘埃混合的大雨泻向濒于灭亡的世界。沉寂后，响起上帝的声音："我本不想这么做。"——这句话是德皇评论自己的《开战宣言》时说的。因内容繁杂，此剧至今未全部上演。这剧对表现主义戏剧影响巨大，布莱希特的叙事剧受到它的直接启发。

约瑟夫·罗特（Joseph Roth，1894—1939）是犹太人，1919年当记者后，名气迅速传遍奥地利和德国。他发扬维也纳副刊文学传统，写的报告文学尤其有名。在早期文章中，他辛辣、尖锐地描写奥地利第一共和国和魏玛共和国衰败的经济，抨击右翼势力的嚣张，表现出左派倾向。1926年他受《法兰克福报》之托，去苏联深入采访，发表了17部分的连续报道，敏锐地分析、批评苏联的社会现实。经过这次采访，他失去了左派梦想，转向基督教人道主义。他的长篇小说《缄默的预言家》反映了这一转变。做记者之初他就写小说。《蛛网》（1923）、《萨沃伊旅馆》（1924）、《无尽的逃亡》（1927）客观反映20年代的社会动荡。杂文《流亡的犹太人》（1927）细腻描绘东欧犹太人的状况，显示出他在离弃社会主义后的寻根意识。希特勒上台后，他流亡巴黎，明确表示对纳粹的愤恨，越来越留恋逝去的多民族奥匈帝国，主张奥地利恢复帝制。

他的代表作是《拉特茨基进行曲》（1932）和《托钵僧墓地》（1938）。前者的故事从1859年奥军在索尔费里诺被法军打败到1916年奥皇弗朗兹·约瑟夫一世去世，帝国日益衰落，特洛塔一家也一代不如一代：爷爷是救皇帝性命的英雄，父亲是循规蹈矩的区长，第三代则碌碌无为，在战场上无功而终。《拉特茨基进行曲》本是老约翰·施特劳斯为纪念拉特茨基元帅平定意大利起义而作，代表了奥匈帝国的强盛和光荣。罗特以此为题写奥匈帝国的衰败垂死，讽刺意味极大。但同时，他笔下的奥匈帝国和谐、人道，多民族融合，客观上和当时纳粹的专制、暴虐形成鲜明对比。《托钵僧墓地》可看作《拉特茨基进行曲》的续集：区长特罗塔的侄儿从一战战场回到维也纳，和战后的现实格格不入，决定对日益膨胀的纳粹势力装聋作哑，一心从逝去的奥匈帝国历史和对旧日的记忆中找安慰。但记忆的美梦不久被政治的残酷打破：1938年当他要去托钵僧墓地参拜奥匈帝国皇帝陵寝时，墓地已被新政府封闭。

二战前为逝去的哈布斯堡帝国唱眷恋之歌，甚至变成保皇党的不止罗特一人。一战以庞大的奥匈帝国崩溃告终，众多奥地利作家也因而失去曾赖以生存的文化氛围和精神家园，于是在作品里编织奥匈帝国多元共荣的神话，吟唱昨日世界美好和谐的哀歌。罗特、茨威格、维尔弗尔是代表，他们都是奥匈帝国的犹太人，二战前都流亡国外躲避纳粹迫害。在他们看来，奥匈帝国的古老、中庸、多民族共荣和都市的繁华与普鲁士及纳粹德国的狭隘、极端和排犹以及反斯拉夫的凶残形成鲜明对照。他们用"哈布斯堡神话"反纳粹，有积极意义。但这些作家都知道奥匈帝国也并非真正的民族乐园，更不是诗人的理想国。因此，"哈布斯堡神话"是钟情和讽刺、留恋和哀怨的结合。

除"哈布斯堡神话"外，**斯台方·茨威格**（Stefan Zweig，1881—1942）和**弗朗茨·维尔弗尔**（Franz Werfel，1890—1945）都著有题材广泛、数量众多的作品。他们都出身富裕，博学多闻，眼界开阔，是典型的世界公民。茨威格早期抒情诗受印象派、新浪漫派和象征主义影响；小说注重情绪和心理描写。他还写了大量杂文、传记和戏剧，文笔流畅，适合大众口味，是两次大战期间被翻译最多的德语作家。但他模仿吸收有余，独创性不足。维尔弗尔从发表表现主义诗集《世界之友》（1911）一举成名后，诗歌、戏剧、小说数量巨大，从历史、宗教到政治、艺术，取材广泛。他的小说《木萨·达克的四十天》（1933）写土耳其专制政权1915—1917年间对亚美尼亚民族的疯狂屠杀和亚美尼亚人民的殊死反抗，被亚美尼亚人奉为文坛圣人。但他流畅有余，深度不足。

瑞士德语文学　20世纪初发表处女作的一代作家审慎地、创造性地对待凯勒代表的现实主义文学传统，开始接受德法现代艺术流派影响。他们的作品也把反映社会变革作为主题，使瑞士文学逐渐摆脱了狭隘与闭塞，同德、奥文学有了共同语言。虽不大张旗鼓，但也开始表现忧虑、不安、反抗等时代特征。这一代作家的代表是罗伯特·瓦尔泽。

20世纪20年代末，世界经济危机造成社会动荡，人民的不满给法西斯势力以可乘之机。瑞士出现了各种"战线"组织，它们反对共产主义运动，企图让资产阶级自由民主党专制来抵挡日益发展的革命运动。此期工人罢工游行反对削减民主权利得到一些作家支持。如雅各布·比雷尔公开宣布加入工人党，在左派政党及进步出版社支持下，积极干预现实的文学有所发展。然而30年代中期，政治文化生活出现转折。欧洲经济开始复苏，社会矛盾趋于缓和。因德、意法西斯的威胁，瑞士重新确定中立政策，倡导社会和解，禁止法西斯政党和共产主义组织，提出精神卫国方案，加强民族意识，发扬民族传统，开展热爱和保卫祖国的运动，其高潮是1939年举办的全国展览会，约一千万人参观。文学艺术在这次活动中发挥了很大作用，不少作家如比雷尔、洛斯里、措林格尔等支持这个运动，并同时批评瑞士存在的问题。这与大多数人肯定一切有本质区别。他们看到发展新的民族主义会导致瑞士保守和故步自封，陷入闭塞和狭隘。文学界当时遇到了怎样对待流亡作家的问题。瑞士作家在德国出版书籍受阻，面对瑞士狭小的市场，他们不愿意流亡作家到瑞士来抢他们的生计。但许多进步的瑞士作家还是热情帮助流亡瑞士的作家，苏黎世话剧院成为反法西斯战士、世界文化精英战斗的舞台，上演了弗里德里希·沃尔夫的名剧《马门教授》及布莱希特的剧作。

总之，在瑞士大多数人不太思考世界发展的全局，而瑞士安然无恙地从二战中走出来就更加强了这种现象。两次大战间瑞士德语文学开始从上世纪末的乡土文学转向反映现实、干预现实，出现了不少有影响的作家，可分为两部分人。第一类作家关心政治，积极参与现实生活，代表是卡尔·阿尔贝特·洛斯里、雅各布·比雷尔、迈因拉德·英格林等。第二类作家生活在社会边缘，社会地位低，生活贫苦，多半住亭子间、地下室，有些是精神病患者。这派作家的先驱是阿道夫·韦尔夫里（1864—1930）。他在农村打工，1896年住进精神病院开始学绘画与写作。他奇特的自传《从摇篮到坟墓》（1908—1912)在绘画与文学中超前地作了不少现代表现方法的探索。这派作家的重要代表是罗伯特·瓦尔泽，还有弗里德里希·格劳泽尔、卡尔·施塔姆（1890—1919)、汉斯·莫尔根塔勒（1890—1928)、阿尔宾·措林格尔、韦尔讷·蔡姆普（1906—1959）等。他们的作品以退却、幻灭、苦情、孤独的内容和冷嘲、讽刺与机智的语言对二战后的作家影响很大。

第一类作家为首的**雅各布·比雷尔**（Jacob Bührer，1882—1975）出身贫苦，坚信定能找到合理的社会主义社会制度。他主张通过改良方式改变社会，到30年代他的政治态度更鲜明。1912年成立的作家协会这时已有350位会员，1936年有20多位作家成立了"左派小组"，比雷尔任主席，主要成员有胡姆、米勒施泰因等。但他们对文学发展的推动并没维持多久。不久瑞士政府强调中间立场和精神卫国，作家面临两种选择：要么同政府一致，要么走自己的路，游离于社会边缘。这样资产阶级社会与持社会批判立场的艺术家的矛盾就难以调和。比雷尔的小说《办不到》（1932）表现了他对资本主义社会的认识。作品指出具有进步思想的工厂主企图以自责、降低利润等手段来实现新的社会理想是行不通的，因此在旧制度与社会主义之间的抉择不可避免。另一小说《施蒂夫利斯村的风云》（1934）描写进行社会改革的艰难。面对经济萧条，村民把罪责加在共产党人和犹太人身上，对建设合作经济形式使大家共同富裕也不感兴趣。只有当村子突遭火灾需重建时，人们才表现出某种集体意识。作者希望他的作品能在民众中产生反响，尽量做到让大众喜闻乐见。因他在 1936 年加入社会民主党，他的小说遭极右势力攻击，书籍出版也遇困难。他最重要的作品是关于一个国家诞生的三部曲小说《在红色的土地上》(《起程》，1938；《途中》，1944；《到达》，1951)，写现代瑞士如何从法国大革命的时代中诞生，想从历史中寻找摆脱可怕现实的途径。主人公反瑞士政府与路易十六的法国结盟，参加革命活动。1789 年革命后瑞士的现实使他失望，中产阶级的保守和自我满足造成瑞士停滞。小说第一部以第三人称叙述，第二、三部随主人公思想的成熟改用第一人称。

迈因拉德·英格林（Mainrad Inglin，1893—1971）在作品中着力表现对瑞士资产阶级人道主义价值观的思考。代表作《瑞士之镜》(1938) 讲述 1912—1918 年苏黎世一个家庭的故事，作为缩影反映一战中瑞士的重大历史事件、政治变革及人们观念和行为的变化。父亲阿曼是上校和议员，主张保持现存的民主制度，怀疑任何改革尝试。然而形势的发展首先使他无法保持本人的现状，军队司令的职务被解除，同自己的儿子们发生分歧，家庭关系破裂。不同代人的冲突缘于政治观点的分歧。长子观点极端，他寻求新的联盟和建立新秩序的主张接近 30 年代法西斯"阵线派"观点。次子认为一战是荡涤父辈社会陈腐空气的巨大力量，战争的残酷现实使他的观点改变，开始接近工人运动，但他认为应设法避免阶级斗争。小儿子讲究实际，他与表兄的谈话可看作这本书的总结：瑞士应以农村、农民的传统为基础，以联邦国家为组织形式。人民要求这个国家维护秩序、制定法律、保护正义。它应理智、明智、宽容，应建立在与民众保持最基本亲缘关系的基础上。作者认为在他的时代瑞士还远没达此要求，对现实做出了批评。因此，小说无法在瑞士出版，由德国一家出版社首先发表。

第二类作家中，首先介绍犯罪小说作家**弗里德里希·格劳泽尔**（Friedrich Glauser，1896—1938），20 世纪 70—80 年代他和他的作品才开始被关注。他的成就不仅在于写法国外籍军团的小说，例如通过写摩洛哥沙漠中迷路的一支队伍来表现个人命运，也象征性地表现了这个世界使人陷入悲惨孤立的境地。他的成就更重要的是他的犯罪小说，代表作有《警长施图德》（1936）、《中国人》（1939）、《体温曲线》（1938）、《三位老妇的茶》（1941）等。除最后一部小说，所有这些小说中的警长都是施图德，这个形象有血有肉，富有人情味。在打击犯罪、维护现存法制的前提下，他内心里还有道德法则做指导。他对被压迫者、被损害者怀有同情，在侦破疑难案件时不被察觉地修改某些具体条款，或者对其做有利于被欺凌者的解释，最后达到抑恶扬善的目的。

作者一生充满坎坷和挫折，他因吸毒被拘留，被当作精神病人治疗，被剥夺自主决断权利，为逃脱这一切他曾加入法国外籍军团。这或许正是他对犯罪小说情有独钟的原因。他要艺术地研究造成犯罪的社会心理因素。在德语文学中，他第一个使这类小说摆脱纯逻辑推理和立案侦破的模式，来表现普通人，特别是那些与社会潮流不合拍的、为社会排斥的底层人、局外人的生活，以及他们的心态和感情。他逝世 30 多年后作品才被大量发行，并拍成电视剧和电影。他笔下的人物不是自然主义的，而是经过艺术加工的现实主义。作者对小人物、弱者、被忽视和被损害者寄予深刻同情，包括对他们的过错。他以朴实的叙述、准确的语言描述他们的经历，分析犯罪的社会原因，认为人并非本性就恶。他的作品有助于全面认识瑞士社会。

他还是瑞士唯一与达达主义交往的作家，但达达主义对他的创作没多大影响。对他有影响的是当时盛行的精神分析。他是作为病人开始接触这种方法的，同精神病医生打交道使他注意到人的潜意识，但他并没把潜意识同社会环境分离。他将精神分析用到人物刻画上，他的人物不是简单地分为正反面，而是具有复杂心态的完整人物。他的犯罪小说因此令人耳目一新。

罗伯特·瓦尔泽（Robert Walser, 1878—1956）高中就辍学去银行当徒工。1896—1906 年他到苏黎世做工，但希望能实现自己的写作爱好，并于 1904 年发表了处女作《弗里茨·柯赫尔的作文》。1906 年他在哥哥帮助下来到柏林，发表了三部代表作：《塔讷尔兄弟姐妹》（1907）、《帮手》（1908）和《雅各布·封·贡腾》（1909）。虽是长篇小说，但它们不注重完整的情节，而是强调人物内心独白及不同场合的感受和遐想。他也不注重刻画性格，而是借助人物表达自己的情怀和对人生与社会的思考。他喜欢写办公室来表现小雇员的生活，写森林来表现对自然的感受，或写画家来表现艺术和艺术家的主题。他终生喜爱短文、随笔、速写和故事。1913 年他返回瑞士故乡，被看作写报刊副刊文章的二流作者，开始了生活和创作上的危机时期。这时他的一部小说手稿被出版社丢失，因而最后一部小说《强盗》1925 年写成后他无意再交付出版。1929 年他住进精神病院，但此期写的短文杂感中看不出他有精神毛病。他还常从医院出来办事。1933 年根据家属要求他被送进另一家严格的精神病院，完全停止了文学创作。

小说《塔讷尔兄弟姐妹》的主人公是小职员，生活贫寒艰辛，很少与外人来往。他常更换工作，工作压抑他的个性，他没有生活乐趣，只有在寻找工作的间隙里才享受到一种无所事事的、快乐的漫游和观察。小说结尾时他说自己仅仅是个倾听者、等待者，会在等待时去梦想。而听他讲述的，是个对他一见钟情的女人，她要他一起到冬夜里去。这是个美丽的冬天童话，从梦幻中醒来，他仍在生活的门外。小说中一个事业无成的诗人被人劝告应找个正经事去做，写作应等到50岁以后。这诗人后来冻死在雪地里。而作者本人正是50岁时永远放弃了写作，1956年圣诞节那天他独自散步时冻死在雪地里。《帮手》偏重写实风格，写的也是资本主义社会里离群索居者能否实现自己的理想，假如种种努力都失败那又是谁的责任。主人公马蒂离开冷漠、陌生的大城市，希望在工程师托布勒家中做事找到温情与安全感。但这个家庭整洁与文雅的外表遮掩着受到严重干扰的家庭和社会关系。不管他如何谦卑勤劳，也无法帮助维持这散了架的小世界。马蒂以自嘲和严肃的态度来观察一切，摇摆于适应与反抗，是家庭一员还是陌生人，或者仆人和职员的角色之间。这部小说符合传统的欣赏口味，在他作品中最受欢迎。

作者最喜欢日记体小说《雅各布·封·贡腾》，主人公本是名门之后，但愿意放弃一切特权在培养奴仆的学校里接受教育，成为像球体一样圆的"零"。这学校教育学生放弃自我意志、盲目服从和适应，但雅各布身上艺术家轻松自由的天性却促使他朝另一方向发展。他主动接近教师，变逆境为有利条件，在强制压迫下能感受到自由。学校解散后，他同教师一起闯世界，去尝试新的经验。他的自我贬低是适应生存的办法。

《散步》（1917）虽是短篇，但体现了作者整个的创作风格。散步是他生活中最常见的活动，是他生活的节奏。他的全部创作都可说是大型的、漫长的散步，叙述方式可称为"散步体"。作者好像散步时看到什么就写什么，写过了也就过去了。散步者的路途往往是熟悉地段，没什么触景生情，但内心却不停地思考与独白。他擅长写内心独白，但只有少数同代人认识到他作品的特点和价值。直到

20 世纪 70 年代他才被重新发现，此时因为人的异化、各种联系纽带失效、他作品表现的问题已成为许多人的日常烦恼，人们开始理解他作品流露的焦虑不安和忧郁迷惘，认识到他的现代意义。

阿尔宾·措林格尔（Albin Zollinger，1895—1941）曾在家乡中学任教，1936 年主办《时代杂志》，不久因经济原因停刊，之后他去做报刊编辑。他的主要诗歌有《诗歌集》（1933）、《晨星》（1936）、《秋之寂静》（1939）等，小说有《国王花园》（1929）、《惶恐》（1939）、《法南施蒂尔》（1940）、《博南卢斯特，或名教育家》（1942）等。他认为诗歌应表现人生体验深处，艺术不仅供人欣赏、享受，而且是认识事物的最敏感的手段，使人们达到理智或感情都无法企及的境地。他的许多诗歌体现了对人类永恒价值所具有的人道主义力量的信仰。他寻找它们，维护它们，同时他痛苦地预感到，这些价值将在不久可能发生的战争中丧失殆尽。他的诗歌成就对 20 世纪瑞士德语诗歌发展作用很大。

但他的主要成就是散文和小说。《半个人》（1929）是控诉小说，反映有才华、富于创造力又敏感的艺术家与平庸环境的尖锐矛盾。主人公巴赫是教师、诗人，他谴责冷漠、僵化的客观环境，揭露围绕政治理想的空谈，讽刺有钱有势的人的虚荣和狂妄。他生活在自己的艺术天地里，让幻想和自由在内心里活动。巴赫认为只有在三种状况中人们才能真正有感受，即童年、发烧和梦境。他认为他这种不与世俗同流的生活方式必要，但同时也极其痛苦。他感到自己是"半个人"，承认人不能生活在梦境里。小说结构松散、杂乱。故事通过不连贯的片断表达，叙事角度也常变换，抒情场景和回忆交替出现。

作者几乎用了十年构思长篇小说《惶恐》。小说开始写主人公建筑学家察尔讷逃离瑞士小市民的狭隘环境，到巴黎去寻找脱离现代社会文明生活的机会。他在巴黎接触了文学家、艺术家，还有流亡者。同他们交往使他明白，他个人的不满不过是那个时代笼罩着整个欧洲大陆的不满和惶恐的一部分。他无法摆脱出身的束缚，小说结束时他重回瑞士，希望这里的生活境况能有所革新。另一位主人公泰塞特因厌恶社会虚伪地以自由、爱国、艺术和科学这些高尚名词来掩盖金钱欲望，决心做现代隐士，放弃稳定的生活同劳苦大众一起，以此了解世界经济危机带来的失业、贫困和饥饿。他理解这些人的政治态度和行为，但不参加他们的政治斗争，后来在一次反法西斯游行中纯属偶然地中弹死去。两个主人公的道路都不正确，小说尖锐地批判了狭隘、麻木的社会。《法南施蒂尔》仍探讨同样的主题：雕塑家克服种种困难回到故乡瑞士，尽管他爱国家，但这个社会的性质及崇尚金钱和物质的倾向使他无法实现他的艺术抱负和民主理想。怀着孤独的心，他迁居苏黎世附近山上，生活在古朴的小村子里。1933 年法西斯在德国上台后，几乎没有哪个瑞士作家像他那样关注瑞士的民主，并在创作中表现出来。

第七节　西、葡文学

西班牙文学　1898 年美西战争爆发后，西班牙失去其最后殖民地古巴、菲律宾等。1902 年阿方索十三世开始执掌朝政，一战期间持中立立场，大发战争财。西班牙人分化为亲协约国派和亲德派。1917—1919 年罢工、起义席卷全国。为缓解矛盾，在国王默许下，里维拉将军推行军事独裁（1923—1930）。1931 年全国大选，共和派获胜，阿方索十三世被迫退位，进入第二共和国时期（1931—1939），但社会矛盾重重。此期民族主义分子和人民阵线尖锐对立，导致爆发 1936—1939 年内战。1939 年 4 月 1 日以后开始了佛朗哥独裁统治。

　　20 世纪上半期西班牙文学经历了"98 年一代""14 年一代"（或"新世纪派"）以及"27 年一代"的作家先后叱咤文坛的繁荣局面，各种新思潮不断涌入，也有人将它称为"各种主义"阶段。1936 年内战爆发，中断了欣欣向荣的西班牙文学发展，内战后西班牙文学转向另一个发展阶段。"98 年一代"是西班牙文学史上重要的文学流派。1898 年，西班牙在与美国的战争中失败。腐朽、没落的君主制度的弊端暴露无遗，人们开始探索酿成西班牙悲惨状况的原因。一群年轻作家、哲学家站出来，为祖国的兴亡疾呼，探索拯救的方式。他们大都出生在 1864—1875 年间，家庭背景和受的教育大致相同，对祖国命运的关注将他们联系在一起，又受到来自欧洲其他国家的文艺思潮、哲学观点影响，形成了一个文学实体（或称文学流派），即"98 年一代"。

　　阿索林、拉米罗·德·马埃斯图（1875—1936）、皮奥·巴罗哈于 1901 年共同发表宣言，成立了"仨人"，这就是"98 年一代"最初的核心。他们的活动得到萨拉曼卡大学校长、作家乌纳穆诺的支持。以后，小说家、剧作家巴列-因克兰和诗人马查多也加入了这一行列。1905 年，"仨人"成员因政治观点、文艺创作上的分歧解体。"98 年一代"的称谓最早由阿索林提出。他们是"少壮派"，深受流行的无政府主义、社会主义、叔本华和尼采的哲学思想、托尔斯泰和爱伦·坡文学观点的影响，抨击旧文学形式，提出根治国家弊病的方法。例如：使西班牙全盘"欧洲化"，"以英、法为楷模"，在文化领域中奋起直追，对西班牙自身传统进行革新等。该派反对 19 世纪作家过分修饰、咬文嚼字、平淡无奇的写作，主张文体简洁、用词精当，对诗歌、戏剧和叙事体文学进行革新。他们主张在文化上重建西班牙，既研究欧洲其他国家的文化、思想、社会风俗，也整理被湮没的西班牙国粹。他们还挖掘来自民间或古典文学的题材和词汇，来丰富文学创作的内容和语言。他们的美学思想带有强烈的主观色彩，抒情则完全体现个人感受，自然风光也夹杂着主观臆断。景观和灵魂、现实与感受在作品中水乳交融。

拉蒙·马利亚·德尔·巴列－因克兰（Ramón María del Valle-Inclán, 1866—1936）童年在农村度过，后学法学。1890 年父亲病殁后他弃学去墨西哥，一年后回故乡。他自幼受到口头传说和业余作家父亲的熏陶而热爱文学，墨西哥之行又提供了他创作的素材。回国后，他在马德里过波希米亚式的文人生活。1899 年与人决斗受伤，后感染截去左臂。1891—1892 年他为自由派报纸《环球报》撰写故事与文章，演出戏剧，翻译葡萄牙和法国小说家的作品。此间他发表了重要作品，如《四季奏鸣曲》《圣洁之花》及《阴暗的花园》，1910 年随同演员妻子赴西班牙语美洲进行戏剧演出。一战期间他亲临协约国的法国前线采访，出版了采访见闻《半夜》（1915—1916），1915 年在法军前线发表了著名演说，攻击德国。1921 年他应邀赴墨西哥参加独立庆典，1923 年他抗议将作家乌纳穆诺非法流放，文章激怒了当局，1929 年被拘留两周，他的戏剧《上尉的女儿》被禁演。从此他名声日盛，曾被共和国任命为西班牙驻罗马美术学院院长。

他的创作可分两阶段：现代主义阶段（1894—1905）和表现奇怪、愚蠢或荒诞的人或物的"埃斯佩尔蓬托"阶段。第一阶段，他深受现代主义大师、尼加拉瓜诗人卢文·达里奥及 19 世纪法国美学运动的影响。此期作品怀旧、优雅、感伤，除《圣洁之花》（1904）外，其代表是《四季奏鸣曲》（1902—1905）。作者将书中侯爵主人公四个阶段的恋爱命名为《春季奏鸣曲》（1904）、《夏季奏鸣曲》（1903）、《秋季奏鸣曲》（1902）及《冬季奏鸣曲》（1905）。侯爵其

貌不扬，是狂热的天主教徒，也是情意绵绵的堂胡安式人物。全书
以侯爵老年的回忆形式阐述以往的爱情经历，从罗马的情场遭遇，
讲到与墨西哥女孩的邂逅。在《冬季奏鸣曲》中他年事已高，回忆
在那瓦罗的战地医院邂逅一个年纪与他女儿相仿的姑娘。叹息年老，
流露悲切之情。作者笔法细腻，行文铿锵。此后他撰写更加带有个
人文风的作品，如反映加利西亚农村生活的戏剧三部曲《野蛮的喜
剧》，还写了伊萨贝尔二世治下西班牙颓废景象的历史小说《卡洛斯
战争》三部曲（1908—1909）。他在"埃斯佩尔蓬托"阶段的叙事文
体杰作当首推《班德拉斯暴君》（1926），此外还有原计划为九卷集
的《伊比利亚竞技场》，但只出版了《神奇的宫廷》（1927）、《吾主
万岁》（1928）和《剑定乾坤》某些片段（1932年在《太阳报》发表）。
《班德拉斯暴君》描述19世纪在拉美大陆太平洋沿岸土地上的虚构
的、由班德拉斯将军统治的共和国三天里发生的推翻独裁者的故事。
作者以精湛的语言描写独裁者统治下的社会生活画面，用讽刺、揶
揄塑造了一个暴君形象，借以影射和鞭挞本国的独裁政权，同时揭
露新闻界歪曲报道的丑行。暴君的举动和言行使人联想到20年代的
西班牙独裁者里维拉将军。这部小说震动了西班牙文坛，还为西班
牙语美洲后来出现的反独裁小说开了先河。

　　他的戏剧创作也经历了这两个阶段。有人将他的剧作分为现实
主义和自然主义，或心理剧、社会剧，但他的剧作最后都演变为"埃
斯佩尔蓬托"戏剧。他指出，作家可用三种方式从艺术或美学视点
来观察世界，即跪着、站着，或从高空俯瞰。跪着看时，世界是伟
大的，人变成超人，这就是古典的史诗和悲剧；站着看时，世界和
你平等，周围是你的兄弟，这是莎士比亚的世界；而从空中俯视时，
人变成木偶，众神也成了滑稽剧人物。他认为，后一种方式极其西
班牙化，称它为"埃斯佩尔蓬托"艺术形式。他最初的剧作有从他

的短篇小说集《女人》（1895）中的一个故事改编的《遗体》（1899），
从《秋季奏鸣曲》改编为戏剧的《布拉多明侯爵》（1906）、意大利
式的闹剧《国王的情妇》（1920）等。而在"埃斯佩尔蓬托"剧目中
的代表作无疑是《波希米亚之光》，1920年发表在《西班牙》周刊上，
1924年成册出版，并增加了三幕。

　　该剧讲盲诗人马克斯·埃斯特雷利亚生命中最后一夜的经历。
盲诗人原型是小说家亚历杭德罗·萨瓦（1862—1909）。萨瓦曾在巴
黎住过很久，认识雨果和波德莱尔，后与一位法国女子结婚，生有
一女，这在剧中都有体现。萨瓦回西班牙后，混迹"现代主义"文
人中，是西班牙语国家的诗圣，最后死于贫病。该剧取材真人真事，
但也是关于畸形、不公正、压抑和荒诞的西班牙社会的寓言。该剧
遵循古典戏剧的规定，情节在24小时之内，从冬季某日的夜晚到翌
日下午，核心部分是主人公在天亮时死去。盲诗人与老婆、女儿在
破烂的阁楼里过着清贫生活。小说写他失业，卖旧书，买彩票，被
误捕又获释，去内务部大臣处告状，得到从警察基金里拨出的一份
养老金，在马德里大街上看到儿童被警察击毙，母亲在一旁哭叫，
政治犯被枪杀等。面对这样的现实他想自杀，这时天色渐明，他全
身发冷冻僵在大街上。荒诞的是他的彩票竟然中彩，但此时他的妻
子和女儿已自杀。主人公是贫病交加的荷马式诗人，被人们称为"大
师"，被誉为"西班牙第一诗人"，但深知自己的平庸，是个哈哈镜
中的荷马。剧作家在这个人物身上多少注入了对自己的反讽。整个
剧15场，似乎松散地排列在一起，但仔细分析还是个整体。从第一
场到结尾，死亡的主题（包括彩票）反复出现，贯串全剧。该剧没
有序幕、展开、高潮和尾声的结构，也缺戏剧化冲突，但仍不失为
结构精心设计的剧作。该剧出场的人物有50多个，如作者所说这
是"侏儒和罗圈腿们上演的悲剧"，印证了"埃斯佩尔蓬托"理论。

但主人公、加泰罗尼亚的工人或死去的孩子的母亲形象更接近真实的人。

在作者生活的时代，统治西班牙戏剧舞台的是贝纳文特的剧作，巴列－因克兰的戏剧被视为不宜上演，或被看作"对话小说"。这主要因为他剧本的提示有极强的文学性，当时还没有条件把它们搬上舞台，而且剧中场景的频繁更换更倾向电影表现手段。所以他的作品被称为"自由戏剧"。但不久，当欧美开始进行类似的舞台先锋派实验时，马德里和巴黎重新发现了他的才干，他被誉为近三百年来西班牙最伟大的戏剧家。此外，他还写有其他剧目，如《堂弗里莱奥拉的触角》（1920）、《死者的殓装》（1926）、《上尉的女儿》（1927）。作者将这三出剧冠以总标题——《狂欢节中的战神们》。此标题暗含着深邃的引申含义。在西班牙语中"战神"与"军人"谐音，而"狂欢节"则有次品货含义。上述三出剧都与当时军方有关，比如《上尉的女儿》首先根据的是1913年桑切斯上尉和他女儿谋财害命，杀死了女儿的情人，抢走赌资；也影射了当议会研究如何解决与摩洛哥交战的难题之际，里维拉将军发动军事政变，转移矛盾。

阿索林（Azorín，1874—1967）原名何塞·马丁内斯·鲁伊斯，先后在多所大学读过书，对戏剧产生浓厚兴趣，曾为《巴伦西亚商报》撰写剧评。1930年他曾尝试写戏剧，未成功，1896年到马德里担任《国家报》记者。他在该报发表抨击教士、统治阶级及旧婚姻制度的文章引起社会不满，不久被辞退。1905年他进入《公正报》社工作，发表了名作《堂吉诃德之路》（1906）及《悲惨的安达卢西亚》（1905）的部分连续性采访报道。他敢写真实，针砭时政，为此被《公正报》解雇。此后他的文章变得温和，进入最保守的《阿贝塞》报后，他的政治态度日益保守。1893—1894年他一直交替使用"查第格"（伏尔泰笔下的人物）和"阿布尔曼"这两个笔名，1904年正式采用他小说三部曲中主人公阿索林的名字为笔名。他是"98 年一代"作家中思想激进的"仨人"社团成员之一。他像其他成员乌纳穆诺、巴罗哈和马埃斯图一样，思想混乱，摇摆不定。他一度受俄国克鲁泡特金影响，成为无政府主义者，后来成为保守分子，数次被推选为国会议员，担任过公共教育部高级官员。他也从最初反教权变为怀疑主义者及虔诚的天主教徒，坚定地维护教会，1924 年当选西班牙皇家语言学院院士。西班牙内战期间他逃亡巴黎，1939 年回国后继续为报刊撰稿。他曾多次获地区和国家级文学奖、勋章乃至国际文学奖。

阿索林是杰出的散文家、随笔作家和文体学家，在西班牙语国家有深远影响。他的文学评论集《古典的和现代的》（1913）、《古典作品眉批》（1915）等是他主观印象和体会的记录。他对所评述的作品给予主观描述，或谈及原书作者及其背景，或对过去的历史作随意描述，文字优美动人。因此，他这类作品的文学价值高于学术价值。他的小说有三部曲《意志》（1902）、《安东尼奥·阿索林》（1903）及《一个小哲学家的表白》（1904）等。上述作品是以他在家乡的童年、少年生活为背景，以在巴伦西亚、马德里居住的经历和熟人为素材写的。他的小说突破了传统形式，不注重情节，着力描写人物的外形体态，由一组组对话和主人公阿索林的冥想串联起来，是各种画面构成的印象派散文。三部曲宣扬虚无主义，情调低沉，但文字上刻意求精，字句铿锵。小说每章可独立成篇，犹如文笔优美的新闻报道的剪辑和静止的美术画片。他善于捕捉转瞬即逝的细微事物，注入自己的思想、情感。他摒弃了 19 世纪流行的富丽堂皇、冗长繁琐的文体，风格朴实、用词精粹、音韵和谐、语言优美、独具一格，成为西班牙现代抒情散文典范。

在内容上，他着力探讨祖国文化中永恒的卡斯蒂利亚精神，号召保护古老传统。他著名的随笔散文集有《卡斯蒂利亚的灵魂》（1907）和《堂吉诃德之路》。前者以17、18世纪卡斯蒂利亚人（特别是马德里地区）的习俗、服饰、爱情、娱乐和修士的苦行生涯为主题；后者写他重游堂吉诃德走过的路线，试图探索和发现"西班牙的灵魂"和"深奥的西班牙精神"。作者将1905年安达卢西亚之行的报道收进了集子《市镇——关于省城的生活》（1905），其中描述了内地城市、市镇及各种人物单调的生活及瞬间印象，塑造了西班牙普通妇女形象，突出她们纯朴、刚毅、平静、默默无闻及长期忍耐的特点。《西班牙》（又名《人与景》）是他1906—1909年在《白与黑》报上发表的随笔短文汇编，通过对人物、景观的描述，揭示国人的本质特征。《西班牙文学随笔》则是他1893—1912年间阅读经典作品的感想。他的散文随笔顶峰是《卡斯蒂利亚》（1912）。卡斯蒂利亚埋藏着众多"宝物"，被视为西班牙的灵魂，也是"98年一代"作家共同讴歌的对象。这部书由14个短篇汇集而成，纯系新闻报道。

皮奥·巴罗哈·内西（Pío Barojay Nessi，1872—1956）进医学院后很快后悔。这在他的自传体小说《知善恶树》里得到详尽反映。此期他开始写长、短篇小说，大部分作品被他销毁，剩下的成他以后作品的素材。1891年他迁到巴伦西亚，获医学院毕业证书，1893年获得博士学位，之后他去外省村镇行医。那段行医生活被写进他的名著《知善恶树》。不到一年他回到马德里，在姑妈的面包房里打工与经营管理五年，数次与面包房工人发生劳资冲突，这些在《为生存而奋斗》三部曲及其他作品中有详尽反映。他抓紧业余时间写小说，如《西尔维斯特雷·帕拉多克斯的冒险、发明和迷惑》就是这阶段写的。1899年他迁到巴黎，旅居巴黎期间目睹了德雷福斯事件带来的紧张政局，并在文艺沙龙与咖啡馆结识了马查多兄弟。囊空如洗后他重返马德里，再次到面包房做事。他曾在青年作家的

《芽月》《青年艺术》上，特别是在《公正报》的文艺副刊上发表大量作品，结识了阿索林并成为莫逆之交。进一步了解了尼采后，他成为尼采的信徒。

第一部短篇小说集《忧郁的生灵》（1900）反映他的阅历与关切的社会问题。尽管当时现代主义流派处于高峰，他仍坚守独特的文风和传统手法。对话体形式的第一部长篇小说《艾斯戈里一家》（1900）有象征主义、自然主义成分。他与马埃斯图、阿索林组成"仨人"社团，并发表了具有复兴派思想的宣言，抨击社会弊端并提出大胆建议，反响不大。1902 年他出版了自传性小说《完美之路》，反映"98年一代"的思想危机。此期他还担任《环球报》编辑，撰写戏剧评论，曾一度作为战地记者。他的三部曲《为生存而奋斗》的第一部分《寻觅》以连载小说形式在《环球报》上发表。此后几年他曾去伦敦、意大利、巴黎旅行，每年至少有一部新作问世。这阶段出版的小说有《拉布拉斯的长子继承权》（1903）《为生存而奋斗》（1904—1905）、《国王，帕拉多克斯》（1906）。1909 年开始他几度从政的企图失败，一战中他公开宣称同情德国，遭公众严厉谴责。西班牙内战爆发后，他到巴黎，靠为阿根廷报刊写文章为生。他后来又去过瑞士巴塞尔和法国，1940 年回祖国。1942 年他年逾七十，撰写回忆录《最后归来》。

他的小说创作分两阶段。1912 年前第一阶段写了大量情节不连贯的"三部曲"，没有充分道理地将小说三本三本地连起来，如《巴斯克的土地》（《艾斯戈里一家》，1900；《拉布拉斯的长子继承权制》，1903；《冒险家萨拉卡因》，1909）。这三本书的总标题来自故事发生的场地。小说三个部分反映主人公一生从童年到逝世的三个阶段，其中有主人公在父母死后寄养在酒鬼舅公家中学会了偷抢，利用战乱走私、猎艳，闯荡江湖，以及爱上仇家的女孩并抢亲，最后被害死。

作者将卡洛斯战争中的逸事穿插在主人公和仇人的争斗中，小说节奏快、对话紧凑，但结构支离破碎。

《流浪的女人》（1908，又译《闺秀出逃》）、《雾都》（1909）及《知善恶树》（1911）形成题为《种族》的三部曲，由同一个故事分述在《流浪的女人》和《雾都》中，然后与情节上无甚关联的《知善恶树》放在一起。前两部叙述两个无政府主义者试图在国王阿方索十三举行婚礼时谋害他（历史上是发生在1906年），仓皇逃出马德里。作者用他们逃往里斯本途中的遭遇，详尽描绘了西班牙悲惨的景观和社会氛围。作者认为《知善恶树》是他的哲理性小说中最好的。该小说主人公在格格不入的社会中一再失败，失望地度过痛苦的一生。他觉得"灵魂空虚"、孤独、被人遗弃；他勤奋学习，但未能改变沮丧情绪；他看到的是西班牙高等学府与科学界的可悲境地。同时他在与患者接触中看到贫困和残酷的世道，这使他情绪更低落，但也促进他萌发人道主义热情。主人公一方面是个乌托邦式的革命激进主义者，但又爱清谈。他发现了女友周围的弊端，加上小弟弟长期病后死去，这些使他怀疑科学，对人生产生黑暗看法。他从乡村行医回马德里后，沮丧有增无减，马德里让人忧虑、窒息。他婚后得以平静生活，但很快妻子难产去世，最后绝望的他自杀。故事反映了忧患意识，反映了叔本华哲学。

其他著名的三部曲还有表现马德里贫民窟生活的《为生活而奋斗》（《寻觅》，1904；《莠草》，1904；《红色曙光》，1905）。作者通过流氓无产者主人公的自我奋斗，把马德里社会各阶层，特别是底层社会的不同场景串联起来。《寻觅》的结尾描述马德里太阳门前清晨的熙来攘往的人：过惯夜生活的人群、醉眼惺忪的阔佬们与黎明即起奔赴工厂的劳动者擦肩而过。这两股属于不同世界的人永远不会合一。在《莠草》中，作者通过主人公后来的经历，介绍了摄影师、雕塑家、新闻记者、无政府主义者、印刷厂厂主等另一类城市人物。后来主人公被拉进流氓盗窃团伙，因涉嫌谋杀入狱，最后无罪释放。朋友介绍他当印刷工人，在妻子帮助下他改邪归正。《红色曙光》写主人公的弟弟，一个堂吉诃德式的革命者。他们弟兄二人经常出入"曙光"咖啡馆。无政府主义者常在此聚会，称之为"红色曙光"。这部作品写马德里无政府主义者企图推翻国王的革命活动。此期的主人公成了工厂主。在咖啡馆出入的已不是被排除在社会之外的冒险家、流浪汉，而是深受 20 世纪思想熏陶的人，如"解放者""贫困的哲学家""激进的共和派人士"。他们把社会的突出问题带来争辩。如果前两部作品还带有古典流浪汉小说印迹，这部作品已是西班牙"社会小说"的前身，写实主义及对社会问题的关注是其突出特色。其人物有的冷眼旁观，还有被社会排斥、逆来顺受的意志薄弱者，但也有从尼采得到启迪而塑造的胜利者。书中的各种冒险者是能战胜艰难险阻、摆脱温情干扰和克服自身弱点的硬汉子。他们极有成就，但最后总是以失败告终。

　　第二阶段他写了多卷作品《一个活动家的回忆录》，共 22 卷，写于 1913—1935 年。书中酷爱冒险的主人公的原型是参加过独立战争和卡洛斯战争的作者的远房亲戚。这部巨作以 19 世纪头 50 年西班牙为背景，又以冒险家、自由派分子主人公的亲身经历为主线，艺术地再现了此期的西班牙。作者认为历史是偶然事件组成的，混沌而毫无意义。他不相信史实能够阐述清楚，用怀疑态度采取游离于历史之外的立场。他的悲观主义及把战争视为野蛮和狂热的必然结果的看法表现在字里行间。

　　巴罗哈是西班牙最多产的小说家之一，他的创作种类繁多：三部传记体小说、两部戏剧（其中一部实为对话体小说）、一本他不喜欢的诗集《郊区之歌》、九本散文随笔、四部短篇小说、五部中篇小说、66 部长篇小说（其中大部分被作者编为三部曲）。此外还有七卷集的回忆录《最后归来》。

米格尔·德·乌纳穆诺（Miguel de Unamuno, 1864—1936）早年丧父,少年的往事被他写进《少年时期的回忆》。1874 年卡洛斯党的军队炮击他家乡,成为他难以忘怀的事件,小说《战争中的和平》中有很精彩的描述。他在马德里中央大学念书时,为报刊撰写了最初的稿件,并学习英语和德语。获博士学位后他回家乡,在中学任教。1891 年他获得萨拉曼卡大学教授席位,携妻迁居该城。1901 年他出任该大学校长职务,为教育经费等问题公开抨击国王阿方索十三世,成为争议人物。他早在 1894—1897 年间就与西班牙工人社会党接触,并投书《阶级斗争》刊物,赞同社会主义学说。但 1895 年开始,他逐渐疏远社会主义思潮,1897 年开始了折磨他一生的宗教思想危机。这时他已出版了最初的文学作品,并扩大了与国内著名报刊的合作。1900 年他开始为阿根廷的《民族报》撰稿,以渡过经济难关。此期他担任繁重的教学,撰写了一些重要作品,并经常出席赛诗会或到各地做学术报告,足迹遍及全国。他带着沉痛的反思心情观察各种社会现象,爱国主题在后来作品,如散文随笔《关于纯正性》(1895)、游记《穿越西班牙、葡萄牙的土地》(1911)及《西班牙游历见闻》(1922)中有充分体现。一战爆发后,他写文章赞扬协约国,抨击西班牙君主国与中欧"列强"勾搭,被撤掉校长职务。他发动了一场巨大的反王室运动,在知识界、政治界威信与日俱增。1923 年他发表不少文章反对以政变上台的独裁者里维拉将军,被流放,后逃到巴黎,在巴黎住到 1925 年 8 月。不佳的健康状况及宗教思想危机使他越来越感孤独,《如何写小说》一文刻画了这段苦恼的经历。里维拉垮台后他结束了流亡,被任命萨拉曼卡大学校长,成为西班牙皇家语言学院院士。佛朗哥起事时他支持佛朗哥,内战中他宣布反对共产主义，共和国政府撤销了他的校长及其他公职。但他对民族主义者也无法苟同，在 1936 年大学的开学典礼上他转而公开反对佛朗哥。没有谁比他更了解西班牙，更厌恶欧洲资本主义的残暴。他从西班牙封建历史中寻找优点来抗衡欧洲资本主义，美化了中世纪制度。他的随笔《既反对这个，又反对那个》（1912）的标题概括了他斗争的一生，但更主要的是与他自己的矛盾思想斗争。

　　他 30 岁开始写作、出版，著作等身，涉及散文、小说、诗歌、戏剧、文艺评论、语文学研究、政论杂文等，但以散文作家、思想家著称于文坛。他总共写了 8 部小说、70 余篇短篇小说、12 部散文随笔、7 部诗集和 11 部戏剧。小说有：《阿维尔·桑切斯》（副标题《情感的故事》，1917），这是他最富有悲剧性的小说。他利用《圣经》里该隐和亚伯的传说，对忌妒成性，即"西班牙民族的麻风病"，进行了深入的剖析与抨击。《爱情与教育》（1902）写上个世纪末教育事业的失败，描述父母望子成龙，导致青年自戕。其他小说还有反映信仰危机的《殉教者，堂马努埃尔·布埃诺》（1933）等。在他的小说中很难找到人物内心和外表的描述，也少有景观。他的小说很短，每部作品好像都是一部优秀作品的草图、框架。最长的小说，如《迷雾》《战争中的和平》也不超过 300 页。

　　《迷雾》（1914）是他最佳小说之一，共三十三章和两个前言、一个后记。这三部分形成五个同心圆的环形结构，一环套一环，充满神秘的氛围，直到最后读者才发现小说写的人和事都是文字游戏。唯一明白的是作者的哲学观点。第一环包括两个前言，前言由小说的主人公佩雷斯生前好友维克托·戈蒂，一位不知名的作家，在小说的作者乌纳穆诺的请求下撰写的。后前言则是由乌纳穆诺本人写的。因此第一环就亮明作者不仅是全知全能的叙述者，也是小说中的人物，从而引导读者找到步入《迷雾》的大门。1—7 章形成第二环，由叙述者介绍主人公佩雷斯出门上街，邂逅少女欧亨妮娅，对她产生爱慕。叙述者嘲讽地把他的不谙世事和滑稽荒唐描写得淋漓尽致。另外，主人公通过意识流、内心独白和与街上捡回来的爱犬的单向对话表现出内心的冲突和痛苦。8—30 章形成第三环，是中心环节，篇幅最长，写主人公拜访欧亨妮娅一家，姑娘并不爱他，但出于经济原因，假装答应他的求婚。但在婚礼前两天，她与恋人私奔。这一环通过与一系列人物的对话，揭示主人公的内心隐秘。在他从最初的自我封闭（表现为独白、意识流）生活到能与外人交流的变化过程中，起主导作用的是爱情，爱情使他从麻木沉睡中苏醒。31—33 章形成第四环，叙事者的人称从第三人称变成第一人称，作者就以小说的一个人物身份出现。情场失意的主人公读了作者的一篇文章后，决定在自杀前去作者寓所和作者见一面。本书后记形成第五环，此刻叙述者又重新用第三人称，以跟读者通力合作的语气，借主人公的狗之口哀悼主人公自尽身亡。在后记中，作者强调主人公一直在寻找"人的存在"。乌纳穆诺认为人有"社会的我"和"自身的我"，当主人公遇到欧亨妮娅，他发现了"社会的我"；随后，由于遭受痛苦和欺骗，他发现了"自身的我"，而他的自杀则意味着"人"的存在是虚无的。

另一部小说《殉教者，堂马努埃尔·布埃诺》讲一个村子的神父在世时的传教业绩，村民们正申请授予他圣徒称号。他将一生献给了教徒，竭尽全力使教民笃信耶稣：为婚姻牵线搭桥、调解家庭纠纷、安慰不幸者。他还代写书信，干农活，帮助穷苦人劈柴，为孩子做玩具，陪医生探视病人。他想方设法让教民愉快地享用今世并相信永生。一天青年拉萨罗从美洲回到村庄，带回反教权思想。所有村民都希望神父能调教他，让他皈依天主教。所以神父对他格外呵护、关照。拉萨罗的母亲逝世时他为母亲祈祷，过了数日他接受圣餐。全村居民都为他皈依天主兴奋，但他这样做只是应神父请求安抚村民。神父对青年坦言自己也不信主，但他之所以保持表面上的信仰，是觉得无权剥夺教民的精神寄托，打乱他们的平静生活。神父背着信仰危机的重担日益衰老，而且和知道这秘密的拉萨罗兄妹分享。最后好神父在教堂的布道仪式上死去，死前将从精神上安慰好村民的重任委托给拉萨罗兄妹。小说提出一个问题：公开某个真相就意味着给他人带来痛苦与失去精神上的依托，人们应该怎么办？缺乏信仰的不幸与个人认定的真理两者的矛盾一直在乌纳穆诺的心中冲撞。从这个中心主题派生的次要主题是痛苦的实情（不存在永生）和幻梦的和平共处（以盲从而天真的信仰为基础）之间的矛盾对立。作品表现了作者的人生悲情。小说篇幅不长，但囊括了浓缩的神学内容和哲理。这也是作者本人没解决的问题，意图引起读者思考。

他的两部散文作品《对生活的悲戚情感》（1913）和《基督教的末日》（1925）反复探索生存、死亡、神性的真正含义及人类死后永生的问题，反映他在信仰与理性间的矛盾。其他散文作品还有论述西班牙历史特点的《关于纯正性》、反映法国流亡痛苦的《怎样写小说》（1925），以及《我的宗教和其他杂文》（1910）、《青少年时期的回忆》（1908）。他的诗歌比散文略逊色，但在诗歌界也有一席之地。1928—1936年他共写了1775首诗（包括死后出版的《歌谣集》，1953）。生前发表的诗歌有《诗集》（1907）、《流放的谣曲》（1928）、《贝拉斯克斯的基督》（1920）等。他在西班牙戏剧革新方面也做出一定的贡献，反映思想危机的剧作有《蒙眼》（1898），反映女性问题的有《费德拉》（1910）、《被管制着的拉克尔》（1921），而《另一个人》（1926）则带有推理性质，还有些短剧。他的文学影响在死后逐渐扩大。

马查多兄弟（马努埃尔·马查多，Manuel Machado，1874—1947；安东尼奥·马查多，Antonio Machado，1875—1936）的父亲是著名的民俗学家兼律师，祖父也是闻名学者，整个家族具有自由主义倾向，对民俗研究颇有造诣。西班牙王权复辟后，父亲因反教权无法做律师。1881年祖父就任马德里中央大学理学院系主任，举家迁到首都。父亲与祖父相继身殒后，马努埃尔被送回塞维利亚外祖父家，读人文科学。1899年他赴巴黎，为一家出版社做文字翻译，认识了纪德及同胞巴罗哈等人。1900年12月他返回马德里，参加现代主义文学团体，与巴列－因克兰等人一起，同时在报刊上发表作品，不久第一本诗集《灵魂集》问世。1902年他为现代主义刊物《西班牙的灵魂》《埃利欧斯》撰稿，文学界对他褒贬不一。1924年起他用毕生精力负责马德里市图书馆，1916年成为《自由人》的戏剧评论作家，后来做专栏作家。里维拉军事独裁时期，马努埃尔升任图书馆馆长，兄弟俩联手创作的戏剧受到欢迎。马努埃尔带着兴奋心情迎来了共和国成立，写了一首新国歌。但陈旧的自由主义立场使他后来改变了看法，1934年他被逐出《自由》刊物。内战前夕他和妻子到西班牙北方探访妻姐，军队举事叛乱使他一家无法返回马德里，身陷佛朗哥军队占领区，从而变成新政体的官方诗人，被迫有保留地接受了这个政权。战争的噩梦经历、弟弟与母亲客死异邦等悲惨事件，给他晚年蒙上阴影，使他热衷于宗教，最后在马德里去世。

马努埃尔的诗作有四种模式：1）1894—1899年写的抒情诗受贝克尔的诗歌及民间歌谣影响，如《灵魂集》（1900—1909）、《随想集》（1906）；2）具有巴尔纳索派和印象派特点的描写性诗歌，如《博物馆》（1907）、《阿波罗》（1911）、《民族节日》（1906）；3）具有安达卢西亚地区民歌特色的诗篇，如《悲伤与欢快》、《深歌》（安达卢西亚地区民间演唱的、为弗拉门戈舞蹈伴唱的凄婉曲牌，1912）；4）以放荡的浪人生涯为内容的诗歌，如《歪诗集》。此外，还有晚期诗歌，如抒发内心苦痛的诗集《死的艺术》及宗教和爱国诗集《黄金时间》（1938）、《时钟》（1947）等。他严肃的诗作主要缅怀历史名人，如熙德、贝尔塞奥、费利佩二世及西班牙一些伟大画家。《灵魂集》中《卡斯蒂利亚》一诗写熙德被流放的悲壮。在诗人笔下，民族英雄熙德的温柔、好客、儿女情长与骑士的刚强、豁达都得到鲜明的体现。开头的《歌儿》极具安达卢西亚民歌特色，通过朗诵已广为流传。《随想集》模仿魏尔兰的诗，其中有歌颂浪人生涯的作品，如《模特儿米咪》，也有探讨灵魂世界的象征主义诗歌，如《含混模糊的》。具有巴尔纳索派和印象派特点的描写性诗歌《民族节日》1906 年在马德里先发表了一部分，后来发展到 59 首，以印象主义手法描绘西班牙斗牛。全诗分七部分，囊括了斗牛的全过程及对夕阳西下的塞维利亚的描述。但他的颓废悲伤、内心空虚及晚年的宗教寄托影响了他的创作。

安东尼奥也是诗人，尽管政治观点不尽相同，兄弟两人情感甚笃。全家迁至马德里后，他再也没回故乡。首都自由教育学校对他的世界观形成起过潜移默化的作用。1893 年他以笔名卡贝耶拉发表作品《漫画》，与里卡多·卡尔沃、安东尼奥·德·萨亚斯（1871—1945）结为莫逆之交。他曾在《联想字典》编辑部打工，在巴黎为出版社做翻译，在剧团当见习生，与哥哥和现代主义诗人比利亚埃斯佩萨一道改编雨果的《艾那尼》。1903 年他的第一部诗集《孤独》出版。此期他过着流浪生活，写诗并光顾咖啡馆聚谈会，偶尔在报刊上发表诗作。1907 年起他在中学担任法语教师，同年发表了《孤独、长廊和其他的诗》，并为地方报刊撰稿、写诗，包括《索里亚土地》

《卡斯蒂利亚的未来》《努曼西亚的报信者》，在索里亚工作两年后结婚。1910年他得到"扩大学习委员会"的资助携妻赴巴黎研究法语，并在法兰西学士院聆听柏格森的系列讲座。因妻子突患咳血病，他中止学习回国。在妻子去世两个月前，《卡斯蒂利亚的田野》第一版面世，得到资深评论家好评。之后他迁到安达卢西亚的巴埃萨任教，继续写《卡斯蒂利亚的田野》第二部分。在这里的八年（1912—1919）里，他潜心阅读及自修哲学、文学，并于1918年获学位。1917年他发表了《选集》和《全集》，1919年《孤独、长廊和其他的诗》第二版问世。他转到马德里附近中学任教，与家人团聚，与首都文化界朋友交流。此间，他创建了塞哥维亚的人民大学，为多种刊物撰稿。

他不赞同军事独裁，但也不满被军方取缔的国会的种种腐败。此期他被选为西班牙皇家语言学院院士。1926年他与哥哥合作的处女剧作《不幸的命运或胡丽阿尼约·巴尔卡萨尔》上演，博得好评，《洛拉到港口去》得到里维拉青睐。但他1926年还是加入了共和派联盟组织，1928年与女诗人皮拉尔·德·巴尔德拉马，即他诗作中的吉奥马尔相识，保持着特殊关系。1931年9月他被派往马德里中学任教，与母亲及弟弟何塞一起生活，为报纸撰稿，发表了《胡安·德·马雷纳》的头一部分。1936年他出席了为西共党员"27年一代"诗人阿尔维蒂组织的活动，在保卫和平世界联盟的宣言上签名。此时他出版了《安东尼奥·马查多诗作全集》第四版及《胡安·德·马雷纳》，并完成了与哥哥合作撰写的剧作《在战争中死去的人》。内战使吉奥马尔和他哥哥被隔绝在佛朗哥占领区。他以笔作刀枪投身保卫共和国事业，但体弱多病，而且烦心事不断。1938年4月他与家眷撤到巴塞罗那，抱病为报刊撰稿，还为《先锋报》开辟新专栏"战事瞭望台"。1939年1月他再次撤到法国，在西法交界的边城病逝。

安东尼奥对君主复辟政权没好感，对腐朽、没落的西班牙深感忧虑。他们这代人的抗议精神在他身上体现为放荡不羁和复兴主义。但他的思想逐渐转变，复兴主义的模糊理想逐渐被阶级斗争意识取代。这种转变在"98年一代"中比较突出。他在小城镇巴埃萨居住时，目睹了社会不平等，思想发生变化并写诗抨击、讽刺这种现象。他转向高度评价劳动人民，从唯美或理想角度转到直捣西班牙社会问题。他这种立场在西班牙内战阶段变得更加坚定。他的作品不多，主要是诗歌，还有散文、戏剧。诗歌有三大主题：土地、风光和祖国。他的创作可分四阶段。1）现代主义诗歌阶段（1899—1902）：深受拉丁美洲"现代主义"诗人卢文·达里奥影响，作品晦涩难懂，代表作是《孤独》。2）摆脱"现代主义"诗歌束缚阶段（1903—1907）：从表现内心世界转向关注外界事物。最杰出的作品是风景诗，在短短的几行诗中，卡斯蒂利亚葱绿的橄榄林园、变换的四季、繁忙的街巷场景尽收眼底。代表作是《孤独、走廊及其他诗歌》。3）体现"98年一代"思想的阶段（1907—1912）：逐渐将社会生活作为主题，反思卡斯蒂利亚－西班牙灵魂，联想到国家未来的命运。代表作诗集《卡斯蒂利亚的田野》反映了这一基本思想。他还仿民间谣曲写了叙事体长诗《阿尔瓦尔·贡萨莱斯的土地》。4）哲理诗阶段（1913—1939）：多是思想内容不深、艺术价值不高的警句式短诗，以《新歌集》为代表。他的诗歌语言新鲜朴素，形式近似民歌，易于吟唱、朗诵。他文风良好，品德高尚，是西班牙语国家诗人的楷模。

哈辛托·贝纳文特·伊·马丁内斯（Jacinto Benavente y Martínez，1866—1954）当过演员，随剧团到西班牙各地演出，接触社会各阶层，取得丰富的社会经验。1885年起他开始旅行，后涉足欧美诸国。他很熟悉西欧古典的和现代的戏剧，在大学时就开始写作，后来曾主

编《文学生活》《诙谐的马德里》，并为重要报刊撰稿。1894 年他以
揭露社会丑恶的《别人的窝》在舞台上崭露头角，尽管因他的革新
手法不被西班牙观众与评论界理解，但揭示资产阶级、贵族因利益
驱使发生婚姻、爱情纠纷的《熟人》（1896）却轰动首都。

　　他一生剧作近 200 部，不少剧本价值不高。他写过风俗喜剧、
心理分析剧、情节剧、伦理剧、象征剧，最擅长的是社会讽刺剧。
他的剧作内容广泛、题材与风格各异，开拓了西班牙现代戏剧新境界。
他的剧本哲理性强，寓意深远。某些剧本无情地嘲弄资产阶级和贵
族的伪善、自私，笔锋犀利，语言风趣，但批判范围尚窄，不深刻。
代表作是早期揭露资本主义金钱关系的社会讽刺喜剧《利害关系》
（1907）。其他佳作还有富于浓厚地方色彩、反映农村婚姻悲剧的《不
吉利的姑娘》（1913）、颂扬母爱的《女主人》（1908）、讽刺上层社
会腐朽生活的《周末之夜》（1903）等，还有为儿童写的幻想剧《本
本主义的王子》（1909）。他曾与"98 年一代"作家一道批判社会
弊端，但为迎合观众口味他磨平了戏剧棱角。他使戏剧作为批判社
会的工具回到现实中来，表现了当代文明社会的冲突；使诗体朗诵
式对白变为富有风趣的散文对白；把单纯追求悬念的情节剧改为通
过人物富有哲理的对话来反映现实生活矛盾的正剧；使程式化的表
演变为依靠生活体验；把舞台上冲动的任意动作改为舞台语言和思
想交锋。这些都适合观众的口味。他是 20 世纪西班牙戏剧最杰出的
代表之一，1922 年获诺贝尔文学奖。

　　"14 年一代"　20 世纪初，当"98 年一代"作家乌纳穆诺、巴罗
哈、巴列 - 因克兰等处于创作高潮期，生于 1876—1890 年的西班牙
后起之秀已崭露头角。这一代的代表作家之一奥尔特加·伊·加塞
特 22 岁就著文抨击"98 年一代"权威作家，激烈指责现代主义创
作手法表面化。1906 年青年作家欧亨尼奥·多尔斯（1882—1954）

在巴塞罗那第一次提出"新世纪派"（或译为"九百年代"）的名称，认为他们从思想上和受的教育上都不同于 19 世纪末作家，宣称要进行文化革新。除上述两位，还有小说家佩雷斯·德·阿亚拉（1881—1962）、加夫列尔·米罗（1879—1930）、拉蒙·戈麦斯·德拉·塞尔纳（1888—1963）和随笔作家、政治家格雷戈里奥·马拉尼翁（1887—1960）等。他们都经历过一战，又称为"14 年一代"。他们持资产阶级自由派立场，主张改革，重视严格和科学的教育方式。他们视西班牙为欧洲不可分的部分，投身欧洲文化发展。他们创作态度严谨，"优雅"与"精益求精"是他们的座右铭，作品为少数上层知识分子服务。他们疏远现实主义，强调艺术作品的美学价值。奥尔特加·伊·加塞特 1925 年的《艺术中的非人性化和关于小说创作的想法》一书在西班牙文学界引起争论。他认为艺术作品要摆脱现实；艺术本身是高尚的，为特权贵族阶层所拥有；艺术是纯粹的游戏，不应有社会作用；艺术是一种优雅的成果，不能追求社会效益；艺术应该风格化，就是对现实的扭曲，称为"非人性化"。他认为应逐步摒弃在浪漫主义、现实主义和自然主义作品中占统治地位的人性，他列举音乐家德彪西、画家达利、剧作家皮兰德娄、诗人马拉美及达达主义者作品中的非人性化，号召不要用小说、戏剧去描绘人类的不幸，因为风格化与对人类疾苦的关注水火不容。他要求艺术家冷漠地游离于社会之外去追求个人的美学风格，提倡印象主义写作手法。但他的美学观也自相矛盾。他的《艺术中的非人性化》一书被视为指导 20 年代新诗歌、新艺术创作的重要源泉。他对"27 年一代"的思想影响很深，他创办的《西方杂志》为青年诗人和小说家提供了施展才华的园地。

何塞·奥尔特加·伊·加塞特（José Ortega y Gasset，1883—1955）是哲学家和散文家，"14 年一代"的核心。他 1904 年获马德里大学博士学位，1905 年赴德国莱比锡、柏林进修哲学。在国外受的教育使他从全新的角度正视西班牙的问题。1910—1936 年他在马德里大学任哲学教授。西班牙内战爆发后，他流亡到美国、阿根廷、德国和瑞士，从事学术讲座，还访问过葡、荷、法。1948 年回国后，他与学生胡里安·马里亚斯一起创建了人文学院。他先后于 1915、1917 和 1923 年创办了《西班牙》《太阳》和《西方杂志》。1983 年他的 12 卷本全集问世，内容可分哲学、文艺批评和政论三部分。他的哲学思想是个"开放的体系"，在其演变过程中可看到胡塞尔的现象学与海德格尔的存在主义烙印。他试图通过客观主义和前景主义来超越现实主义与理想主义，来克服纯粹理性与实用理性的对立。在《天堂里的亚当》（1910）中，他阐释了"我"（第一人）的人格及其与周围世界（天堂）的关系。《观察家》（1916—1936）是发表在报刊上的哲学和文学杂文汇编。《没有脊梁的西班牙》（1921）研究历史上病态的社会结构，认为西班牙数百年来的弊端早已孕育在西哥特人弱小帝国的胚胎中。《我们时代的主题》（1923）是他早期形而上的代表作，在书中他摆脱了新康德主义影响。他将生命置于思想之前，以生命理性取代了他的前辈们孜孜以求的绝对理性或形而上理性。生命理性（包括思想、感情）服务于生命，因而需要思想上的真、意志上的善和情感上的美。在《艺术的非人性化》中，他认为先锋派是逃避现实主义的艺术；艺术如果不食人间烟火，就会无法理解。所谓新艺术是少数人的艺术，但应着眼于青年和未来。在《关于小说创作的想法》中，他同样站在印象派的立场上驳斥现实主义小说。米罗和巴列－因克兰都受到他的主张影响。1929 年他发表了与《没有脊梁的西班牙》风格类似的作品《群众的反叛》。但这时他的主张是欧洲各国联合起来抵御国际争端中的民族主义。此期，他又发表了一组哲学专论，如《米拉波》（1927）、《康德》

（1929）、《歌德》（1933）等。同时还发表了《关于大学的改革》、《大学的使命》（1930）、《关于爱的探讨》（1940）、《论罗马帝国》（1940）等。他死后又出版了《何谓哲学》（1957）、《关于戏剧的思考》等著作。他是生活在复杂时代的复杂人物，颇有争议，但对西班牙20世纪的文学和文化产生了重要影响。

　　胡安·拉蒙·希梅内斯（Juan Ramón Jiménez，1881—1958）是20世纪西班牙杰出抒情诗人，在"98年一代"和"27年一代"间承上启下。他1896年入塞维利亚大学学法律，后来兴趣转向诗歌。1900年两件事对他产生了巨大影响：一是现代主义诗歌大师卢文·达里奥来到马德里并会见他，使他受到莫大鼓舞；二是他父亲突然去世，使他身心受到严重打击。心情好转后，他回马德里，醉心诗歌创作，成为当时兴起的西班牙现代主义诗歌运动的先驱之一。1900年他出版了诗集《紫色的灵魂》和《白睡莲》，同年去法国波尔多的疗养院疗养，后来去法国其他地方及瑞士、意大利旅游，回国后在卡斯蒂利亚乡村居住。1902年他重返马德里，住进疗养院。休养期间，他创办了《阳光》诗刊，凝聚了一个作家群体，包括阿亚拉、比利亚埃斯佩萨、奥尔特加·伊·加塞特、阿索林等。此期的诗作有《悲哀的咏叹调》（1903）、《远方的花园》（1904）等。1904年他决定回故乡，在那里埋头创作七年。此期的诗作有《牧歌》（1905）、《响亮的孤独》（1911）、《思考的前额》（1911—1912）等。1912年，他再回马德里，在著名的"大学生公寓"住了四年，结识了诗人加西亚·洛尔卡和画家达利等人。他还结识了终身伴侣坎普鲁比·阿伊玛尔（塞诺薇娅），共同翻译了泰戈尔选集，1915年到纽约结婚。此期的创作有《心灵的十四行诗》（1914—1915）、《夏令》（1915）和脍炙人口的长篇抒情散文《小银和我》（1914）。

　　1916年起他的创作进入新阶段，此后的20年间安定和谐的家

庭生活使他得以专心致志地从事文学活动。他不断在报刊上发文章,
到各地做学术演讲,发表了诗集《一个新婚诗人的日记》(1916)、
《永恒》(1918)、《石与天》(1919)、《歌集》(1935)等。西班牙内
战爆发初期,他与妻子在马德里筹建了一个幼儿园,后来共和国任
命他为驻美名誉文化参赞。1936年9月他与妻子到纽约,并应邀到
波多黎各和古巴讲学。整个二战期间他一直努力与盟国合作,此期
他的作品有诗集《在另一侧》(1936—1942)和散文集《三个世界中
的西班牙人》(1942)等。不幸的是神经官能症复发,他不得不住进
华盛顿的疗养院。1948年他前往阿根廷和乌拉圭,主持一系列讲座。
他继续沿着"纯诗歌"道路前进,将诗歌视为上帝的"意识与光辉"。
这期间的作品有《底层的动物》(1949)、《流去的河》(1951—1953)
及他最长的诗作《空间》(1954)等。1951年他重又陷入精神危机,
为减轻痛苦接受了波多黎各大学邀请,来到这美丽的海岛开设关于
现代主义诗歌的课程。1956年他获得诺贝尔文学奖。

他的诗歌创作可分两个阶段。1)他主要受现代主义诗歌影响,
也具有浪漫主义遗风,德国诗人海涅是其楷模。他的《悲哀的咏叹
调》与法国诗人魏尔兰的作品相似。此期他的作品多写家乡的自然
风光和个人的哀愁,悲凉、低沉、内向。他的家乡莫格尔是海滨小
镇、两条河的入海口,风光绮丽,景色迷人,酿酒业和运输业发达。
但连年虫灾使葡萄减产,港口又因内河上游的煤矿倾倒废物而阻塞,
昔日繁荣的小镇市井萧条冷落,人民流离失所。但此阶段后期,他
的诗风有改变。1912年马德里"大学生公寓"的气氛感染着他,对
复杂的知识界的观察开阔了他的视野,对德国哲学家克劳泽的进一
步研究,尤其是与塞诺薇娅的相识,充实了他的内心世界,使他的
创作从富于人情味和巴罗克风格的封闭型向着具有神秘色彩和理想
主义情趣的开放型转化。我们从《心灵的十四行诗》和《夏令》中

可看到这种转化。2）从《一个新婚诗人的日记》（1916）他的诗歌
进入第二阶段，摆脱了现代主义束缚，形成了自己的风格。他追求
形式完美，语言新颖，并力图打破诗歌与散文的界限，但内容上却
未能挣脱形而上学的桎梏，总想创造一个绝对的世界。诗人的思想
中有天主教成分，也有泛神论因素，有克劳泽和尼采的烙印，也有
东方哲学影响。他对语言的推敲特别执着，提倡"纯诗论"，主张写
"袒露无饰"的诗歌。他认为文学是模仿性艺术，诗歌是创造性艺术；
文学是暂时的，而诗歌是永恒的。

　　第二阶段的诗集《一个新婚诗人的日记》和《空间》尤其引人
瞩目。前者是他一生的里程碑，是他去美国结婚的途中开始创作的，
海上旅行与内心思考相辅相成。诗人既害怕离乡背井，失去童年的
安乐窝，又渴望美好的爱情，渴望自己的成熟与自立。这是一部诗
歌体日记，要破译它的内涵不容易，因为它全部用象征手法表达。
日记的内容可分四部分：1）关于乡情与爱情。2）关于大海与太阳
（大海单调、孤独、无生气，诗人的心情却像大海一样起伏；太阳是
光明的，它使诗人心中绽开爱情与春天的花朵）。3）大海与爱情化
解了诗人心中的块垒，他终于找到了避风的港湾。4）对美国不人道
的生活作具有讽刺意味的描述。在这部诗集中，诗人的象征主义手
法得到了充分的发挥，并打破了诗与散文的界限，在自由诗的创作
中取得了成功。1954 年发表的长诗《空间》被誉为 20 世纪最杰出
的象征主义代表作。这是他对生命与死亡、时间与空间、他人与自
我等重大命题长期思考的结晶，包容了自己各个时期的思想。他一
生走过的道路都在《空间》里会合。他的诗歌得益于他的绘画与音
乐才能，与舒曼和肖邦共鸣。

　　希梅内斯还有《小银和我》（1909—1913）与《三个世界中的
西班牙人》（1942），这两部散文为他赢得了很高的声誉。前者是抒

情散文（又称抒情小说），是一曲"安达卢西亚的哀歌"，是展示他家乡风情的画卷。"小银"是他对自己的亲密伙伴，一头可爱的小毛驴儿的昵称。后者是描绘人物肖像的"抒情漫画"集。三个世界指西班牙、"新大陆"和死神的领地。因他具有诗歌和绘画的天赋，笔下人物活灵活现、栩栩如生。

"27 年一代" 一战后，欧洲青年艺术家们接二连三发动美学革新运动，一个流派不久又被另一个流派取代。这阶段出现了意大利未来主义，德国表现主义，法国达达主义、立体主义、超现实主义，还有创造主义和极端主义等。但西班牙统称它们为先锋派。

1918 年智利诗人**维森特·维夫多罗**（Vicente Huidobro，1893—1948）受法国青年诗人进行革新的启迪来到马德里，向西班牙诗人传播他的"创造主义"理论，提出诗歌是"绝对的创造"，在渴望超越"现代主义"与"98 年一代"的青年作家中引起强烈反响，继而在西班牙形成先锋派运动。这一运动还扩展到小说界、戏剧界甚至绘画界、电影界。一向主张摧毁陈旧形式、寻觅新表现形式的诗人希梅内斯也提出"纯诗论"，提倡自由诗体。此期初露锋芒的青年诗人萨利纳斯、迭戈（1896—1987）发表了受先锋派影响的诗歌，后来他们成为"27 年一代"主要成员。急风暴雨式的先锋派运动与文坛上昙花一现的各种"主义"为西班牙诗歌改革创造了条件，逐渐形成一个诗人集团，开创了诗歌创作欣欣向荣的局面。这一代作家有过不少名称，如"共和国一代""友好的一代"或"先锋派"。但"27 年一代"对他们最合适，因为一方面可与西班牙文学史上约定俗成的"1868 年一代""98 年一代""14 年一代"呼应，另一方面恰恰在 1927—1928 年间，这一代的主要作家，特别是诗人都以其著作在西班牙文坛上占据了重要位置。再加之 1927 年他们在塞维利亚的阿特纳奥斯集会纪念西班牙黄金世纪夸饰主义诗人贡戈拉逝世

300 周年，从组织上肯定了"27 年一代"，并奉贡戈拉的诗为创作的美学准绳。他们从贡戈拉身上为诗歌找到与日常语言截然不同的一种"语言中的语言"。这次集会无异于是"27 年一代"的文学宣言。"27 年一代"以诗歌为主要表现形式，使西班牙抒情诗迎来第二个黄金时代。年龄相差无几的十名代表诗人大部分家境宽裕，受过高等教育，不少人曾在高等学府任教。他们有共同崇敬的国内外文学大师，以希梅内斯为宗师，都愿意寻觅、探索诗歌表现新形式。他们与其他某些"先锋派"作家的不同还在于对文学遗产没有采取拒绝的虚无主义态度，而是把革新的愿望与公正的评价和汲取文化遗产的滋养结合起来。

　　"27 年一代"诗歌创作经历了三个阶段。1）1918—1929 年探索、革新的阶段：前期迭戈率先发表重要诗作，1927 年"27 年一代"从组织上正式成立，每位成员均有重要著作问世。2）1929—1939 年大部分成员的创作转向社会现实，而表现手法仍借助超现实主义。尽管"27 年一代"成员都站在共和国一边，但对这场内战的态度尚可分为三种：保持缄默（萨利纳斯、纪廉）、积极投身捍卫共和国的活动（阿尔维蒂、洛尔卡和布拉多斯）和中间态度（阿莱桑德雷、塞尔努达）。3）1940—1975 年的流亡阶段。十名主要成员中洛尔卡在内战中遇害身亡，六人流亡国外，另外三人留在西班牙（阿莱桑德雷、达马索和迭戈）。尽管"27 年一代"作为实体已不存在，其成员天各一方，但思想感情一直相通。流亡在外的诗人将过去的政治激情转为对内战的反思，继续撰写进步诗歌，过去从未触及这一主题的诗人也加入这一行列，如纪廉的《呼声》（又译《怨艾集》）中的部分诗作、萨利纳斯的反战诗歌《风与战争》《零》。留在国内的三位诗人成为西班牙与国外流亡诗人的纽带，成为培养战后西班牙新一代诗人的宗师，为复苏西班牙诗歌做出贡献。

此期诗歌有四大流派：纯诗歌、新传统主义、超现实主义及创造主义诗歌。不能说某位诗人属于某一流派，因为他们在不同时期受到不同流派的影响。如果从他们创作开始时采用的手法或就其大部分作品的表现形式来划分，纯诗歌有萨利纳斯、纪廉、达马索·阿隆索（1898—1990）、布拉多斯、阿尔托亚吉雷，超现实主义或创造主义有洛尔卡、阿尔维蒂、迭戈、阿莱桑德雷、塞尔努达。阿尔维蒂的《天使》、洛尔卡的《诗人在纽约》及阿莱桑德雷的部分诗作可视为欧洲超现实主义诗歌佳作代表。

费德里科·加西亚·洛尔卡（Federico García Lorca，1898—1936）是"27年一代"中最著名的，也是世界范围传播最广的诗人。他于1914年入格拉纳达大学学法律，后改学文学、绘画和音乐。1919年他赴马德里大学学习，在著名的"大学生公寓"结识了不少诗人和艺术家，并经常在各处朗诵自己的诗歌和戏剧作品。1921年他出版第一部《诗集》，1932—1935年率"茅屋"剧团在西班牙各地演出。内战爆发的同年8月19日凌晨他被法西斯杀害。

洛尔卡的诗歌创作可分三个时期。1）1920—1927年。在《诗集》之后，《深歌》（1921）、《歌集》（1921—1924）和《吉卜赛谣曲集》（1924—1927）的风格相近，传统的韵律和现代主义影响并存，表现客观的诗歌体验，个人情感的抒发有节制。《吉卜赛谣曲集》为他赢得极高声誉。2）开始了全新风格的创作，抒发苦闷、宣泄愤怒、表现困惑，是开放型自由体诗歌，通向现实生活各领域。1929年为克服情感和创作上的危机，他前往美国，创作了《诗人在纽约》（1935），以最先锋的艺术形式抨击纽约种种不人道的现象，对黑人寄予了深厚同情。后来他又去了古巴、阿根廷和乌拉圭。经过这次革新后，他诗歌的象征色彩更浓，数量上和质量上都达到令人吃惊的程度。3）回西班牙后的六年他投入戏剧创作，诗歌写得不多。主要诗集是《短歌》与《十四行诗》,以抒发亲情为主,有较大的随意性和较强的情爱色彩。此间,诗人收拢了纽约时张开的翅膀,回到传统的韵律。斗牛士兼诗人伊格纳西奥之死导致了 20 世纪一首伟大挽歌的产生,它将《诗人在纽约》的先锋派风格与《吉卜赛谣曲》及《深歌》的魔幻色彩融为一体。无论就民族性还是先锋性,诗人都独树一帜。他作品的民众性比西班牙同时代任何诗人都强。在短短十八年中,他创作了七部诗集、一部游记散文《印象与风光》(1918)、十二个剧本和一个电影脚本,还搜集整理了大量民间音乐,创作了数以百计的素描。

在洛尔卡的诗歌中,回荡着三种不同的声音:爱情、死亡和艺术的声音。他对死的态度既脆弱又坚强,既恐惧又勇敢。爱的声音在他的作品中回荡得最长久,也最广泛,并与歌颂之声或抗议之声连在一起。他不像现代主义诗人那样躲在象牙塔里无病呻吟,也不像某些承诺主义诗人那样违心地屈从某个政治派别的需要。性爱在他的作品中具有不可抑制的力量,在诗歌和戏剧中都是如此,这种爱一般具有悲剧性。《沃尔特·惠特曼的颂歌》完整地体现了诗人的爱情哲学。他主张泛爱,认为只要双方彼此爱慕就有价值,不把爱情与繁衍后代联系在一起。

他纯真、热情、有理想、有追求,是天赋超群、才华横溢的艺术家。他决心在戏剧界开拓新路的举动就是有力的说明。1933 年《血婚》的发表使他的成就和才能得到社会认可。共和国的诞生使他得到官方支持,否则,"茅屋"剧团难以成立。演出和讲座使他具有人民性,是自觉、激进的自由主义者,但毫不犹豫地为第二共和国服务。他的戏剧具有更鲜明的人民性和社会性。代表性剧目有《血婚》、《叶尔玛》(1934)和《阿尔瓦一家》(1936)三部悲剧,都写安达卢西亚农村妇女在爱情和婚姻方面的不幸。《血婚》取材格拉纳达地方报纸的报道：在阿尔梅里亚一个村庄里举行婚礼时，新娘被原来的情人抢走。该剧在马德里首次公演时得到观众认可，奠定了他作为诗剧作家的地位。在这部剧作中，传统与现实、继承与创新、高雅与通俗得到很好的结合。其他剧作还有《玛丽娅娜·皮内达》（1927）、《坐愁红颜老》（或译为《单身女子罗西达或花儿的语言》，1935）等。他还于1930和1931年先后创作了两部"无法上演的"超现实主义戏剧《观众》和《五年就这样过去》。

洛尔卡的语言很有特色，具体而富有感情色彩。他的比喻人格化，常用联觉形式。他认为诗人应是视觉、触觉、听觉、嗅觉和味觉的先知。在他诗歌的意象中，常将这五种感觉联系起来，从而给人新奇的感受。最后要提的是他的故乡安达卢西亚为他提供了巨大的神话空间。公元前11世纪至1492年，塔尔特苏人、腓尼基人、希腊人、迦太基人、西哥特人、阿拉伯人都在此留下了自己的历史痕迹。如果说，洛尔卡是西班牙当代诗坛的神话，那么他首先是安达卢西亚的神话。

豪尔赫·纪廉（Jorge Guillén，1893—1984）上大学时在"大学生公寓"结识了奥尔特加和希梅内斯，1913年在马德里大学获硕士学位。1917—1923年他在巴黎大学教授西班牙语，并开始发表诗作，1924年获博士学位，曾在穆尔西亚大学、塞维利亚大学和英国牛津大学任文学教授。1936年他被佛朗哥军队监禁，1938年流亡美国，一直在大学任教。佛朗哥死后，他回国定居，1976年获首届塞万提斯文学奖。

纪廉的诗歌创作以1950年为界，分两个时期，每期诗作都是一部完整的作品。他35岁出版第一部诗作《颂歌》（1928），后来又进行了三次扩充（1936，1945，1950）。第二部诗集《呼声》（1957）由三部分组成：《人群》（1957）、《汇入海洋》（1960）、《环境的高度》（1963）。1967年发表了诗集《纪念》。1968年他将自己所有的作品汇编在一起，题名为《我们的天空》。他晚年又发表了两部诗作：《题外的诗》（1973）和《尾声》（1982），作为他庞大诗歌体系的"跋"。这些作品并不是随意汇编起来的，而是有机的结合，就像波德莱尔的《恶之花》和惠特曼的《草叶集》那样。《颂歌》分五部分，《呼声》分三部分，《纪念》又分五部分。这种结构反映了诗人提倡对称与和谐、反对混乱与失衡。《颂歌》发表于30年代，体现了"纯诗"风格，可看出法国诗人瓦莱里的影响，但他很尊重现实，瓦莱里几乎只尊重语言。《颂歌》写现实直觉，作者于1945年给它加了个副标题：生活的信念。这种直觉是在现代主义的悲观情绪向欧洲先锋派的乐观情绪过渡背景下产生的。诗集第一部分写于1917—1920年，具有立体主义特色。立体主义就是将人置于事物中间，这与他的宇宙观一致。《颂歌》赞颂生命和创造，赞颂宇宙的和谐，是人与宇宙的交融，精神与躯体之爱处于万物的核心。但世界并非那么美妙，1945—1950年扩充的诗作中出现了不和谐的音符。这是世界多元的反映，也是诗人思想发展的结果。

　　1950年出版的《颂歌》有334首诗，此后是一个新阶段，代表作为《呼声》。但诗人的世界观和诗作的基本结构并没有根本变化。只是作品中出现了大量否定因素，语调变得悲壮、沉稳，风格变得缓慢、凝重，倾向于较长的作品，与《颂歌》前期的短小精悍形成反差。这部诗集仍分三部分，依然保持对称结构。《人群》与《环境的高度》在题材和韵味上一致，紧张、激荡的旋律与否定力量的迸发吻合。中间部分的《汇入海洋》以哀歌的节奏写类似箴言的内容。在《颂歌》中作者吟咏泛指的人，在《汇入海洋》中则吟咏历史的人，并出现了讽刺意味和漫画风格。这是关于记忆、往事、衰老和岁月流逝的哀歌，是人生经历与历史变迁的结合。《纪念》是他诗歌大厦

的顶层，有三个层面：开始是诗歌、文化和对其他诗人作品的翻译
与友谊，中间是情诗，《尾声》是对大地召唤的永恒的忠诚。观念的
新颖和风格的独特使他在 20 世纪欧洲诗坛占有一席之地。

　　拉菲尔·阿尔维蒂（Rafael Alberti，1905—1999）最初学绘画，
1925 年出版的诗集《陆地上的水手》为他赢得国家文学奖并奠定了
他在西班牙诗坛的地位。1931 年起他同时进行戏剧创作。西班牙内
战期间，他以文学为武器，为保卫共和国而英勇奋斗。战后他长期
流亡阿根廷和意大利，1977 年回国并当选加的斯省众议员，1983 年
获塞万提斯文学奖。

　　他的诗歌创作分四个时期。第一期的诗作有《陆地上的水手》、
《情人》（1926）和《紫罗兰的黎明》（1927），是这位先锋派诗人借
鉴古典歌谣创作的。《陆地上的水手》将大海升华到神话高度，以
十四行诗和歌谣形式以及优雅的意境与节奏，勾勒出一个崭新的天
地。《情人》抒发一次在西班牙旅行的纪实性感受。《紫罗兰的黎明》
则糅进了更多悲剧韵味。《石灰与歌》（1929）是第二期的代表作，
安达卢西亚、城市和情爱题材，再加上朦胧的色彩，使这部作品变
得复杂。此外，贡戈拉主义又使这部作品发生了风格变化，在古老
的文学传统中融入了未来主义的激情。《天使》（1929）作于 1927—
1928 年，此间无论诗人自己还是西方文坛都经受了严重的危机。超
现实主义从新浪漫派氛围中突现出来，古典主义已消沉。虽然诗人
还依恋传统的韵律，但自由诗已势不可挡。这部诗集的结构与戏剧
相似，诗中的天使是精神力量的体现。意象的密集、诗句的张力、
梦境和地狱的浮现，使这部诗集获得了新的成功。这是他最长的诗集，
其启示录的色调延续到《布道词与住所》中。后者作于 1929—1930
年间，以讽刺与天真的幽默结束了诗人超现实主义时期的创作。超
现实主义使他的思想接近无政府主义，反对崇拜任何偶像的《我要

穿着鞋死去》（1930）就是证明。1931—1932年他游历欧洲时曾羁留苏联，受到马雅可夫斯基影响，加上西班牙国内政治动乱，他的诗歌很快转向现实主义，如《埃斯特雷马杜拉的农民》（1933）。第二共和国时期他接受了马克思主义，此期的诗作有《口号》（1933）、《一个幽灵在欧洲游荡》（1933）、《13条和48颗星》（1936）、《我们日常的语言》（1936）和《随时随刻》（1937），1938年他将其汇编为《诗人在街头》。这时期的作品还有写给斗牛士的挽歌《见得到你与见不到你》（1935）。

　　在流亡中阿尔维蒂同样写出了大量优秀诗作。非政治性作品有《在石竹花与剑之间》（1941）、《致绘画》（1948）、《遥远记忆的回顾》（1952）等。怀念故土是这些作品的基调，高雅的与新大众化的诗句交替出现，其中不乏脍炙人口的名篇佳作，《开向所有的时刻》（1964）和《罗马，步行者的危险》（1968）也属这类作品。同时他继续写政治色彩很强的诗歌，如《胡安·帕纳德罗的歌》（1949）和《人民的春天》（1961）。他的剧作有《费尔敏·加兰》（1931）、《随时随刻》（1938—1939）、《开花的三叶草》（1940）和《普拉多博物馆的战争之夜》（1956）等。

　　维森特·阿莱克桑德雷（Vicente Aleixandre，1898—1984）是"27年一代"的重要成员，13岁随家人到马德里，在大学读法律和商学，毕业后曾任商业法教师。一场大病使他不得不放弃工作，闭门休养多年，于是转向诗歌创作。1934年他因作品《毁灭或者爱情》获国家文学奖，1949年成为皇家语言学院院士，1977年获得诺贝尔文学奖。

　　他的诗歌创作分两阶段。第一阶段的作品主要有《轮廓》（1928）、《大地的激情》、《毁灭或者爱情》（1935）、《天堂的影子》（1944）等。《轮廓》既有萨利纳斯和纪廉的"纯洁"，又有希梅内斯

的严谨，其内心活动与贝克尔相似。《大地的激情》既受弗洛伊德和
超现实主义影响，又有新浪漫主义风格，是部散文诗，兼具创造性
与破坏性，其语言似乎是在整个宇宙的绝望中孕育出来的。诗集《如
唇之剑》也是这种宇宙观的忠实反映，但通过生命、死亡、现实、
梦境等具体事物体现出来。《毁灭或者爱情》的题材同样，但突出了
爱情或者死亡两个相反的观念。诗人具有近乎泛神论的宇宙观，通
过动植物世界与个人的经历反映自己的爱情与忧愁。从《天堂的影
子》开始，大自然的题材具有了历史的时间，作者过渡到第二阶段。
这部作品在很大程度上是隐喻，象征作者因内战丧失了的世界。作
品已不那么深奥，诗人的情绪虽凄怆却趋平缓。1934—1936 年间他
创作了《独处的世界》，发表于 1950 年。

　　第二阶段的创作有《心的历史》（1954）、《在一个辽阔的领域》
（1962）、《带名字的肖像》（1965）、《终极的诗》（1968）和《知识
的对话》（1974）等，主要写昔日经历。他的目光已从宇宙和自然界
转向人类自身。《心的历史》呼唤人间的爱与真诚，《在一个辽阔的
领域》憧憬人与社会、人与自然的和谐，《带名字的肖像》老练而传
神地对一些人物做了生动、形象的描绘。《终极的诗》和《知识的对
话》的风格又有所改变，与第一阶段的作品相似。语言又变得深奥，
表达又变得隐晦不连贯。前者写对衰老与死亡的思考，后者写人类
意识和世间情感的神秘。

　　佩德罗·萨利纳斯（Pedro Salinas，1891—1951）在 "27 年一
代" 中年纪最大，与达马索·阿隆索一样也是学者型诗人。他曾在
塞维利亚和马德里大学任文学教授，内战后流亡美国，依然在大学
任教。他是高雅的抒情诗人，他的创作分三期。1）探索时期（1923—
1931），诗集有《预言》（1923）、《可靠的偶然》（1929）和《寓言
与标志》（1931）。2）新浪漫主义诗派时期（1932—1939），主要是

爱情三部曲：《属于你的声音》（1933）、《爱的理性》（1936）和《漫长的怨言》（1939）。《属于你的声音》是长诗，描述爱情的各种变化，不乏丰富多彩的心理因素。《爱的理性》题材同样，但语调平缓。《漫长的怨言》与前两部诗集有明显区别。3）流亡时期（1940—1951），主要诗作有《信念》（遗作）、《被观察者》（1946）、《一切都更清楚》（1949）等。此期诗人和世界都处在危机中。矛盾与冲突是中心主题，城市和工业文明以阴暗的色调出现在作品中。《被观察者》是此期代表作，在这首长诗中作者与波多黎各圣胡安的海洋对话。世俗爱情已让位于新的神秘，诗人成了人类的代言人。

　　诗人的世界观是柏拉图式的。他认为事物的外表有欺骗性，要透过表面现象寻求本质，这本质就是我们内心世界的现实。他的诗歌是理智主义的，追求躯体与灵魂统一，认为诗歌应表现更深刻的现实。他的很多诗采用格言结构，这种结构和他对现实与诗歌的理解不矛盾。但他也并非总是理智主义，常用比喻将抽象的东西客观化和人格化，协调柏拉图式的思想与浪漫主义。对话结构和散文的神韵是他对西班牙诗坛的卓越贡献。他的评论著作有《二十世纪的西班牙文学》（1941）、《曼里克或传统与独创》（1947）及《卢文·达里奥的诗歌》（1946）等，也还有散文和戏剧作品。

　　葡萄牙文学　1910年10月葡萄牙发生共和主义革命，推翻王朝，成立临时政府，国王曼努埃尔二世逃往英国。1911年立宪会议召开，通过新宪法，宣布废除君主制，天主教会与政府分离，建立了历史上的第一共和国（1910—1926）。但掌权不久的共和主义者缺乏执政纲领，治理无方，见解不一。特别是一战期间，葡萄牙的政治势力在联合协约国还是轴心国等问题上发生严重分歧，分化成不同派别。后来与英国联手参战，各对立党派才携手成立了跨党政府，但时间不长。一战结束后葡萄牙的经济、财政和社会问题愈加严重。1920—1926 年第一共和国最为动乱不定，仅 1920 年一年就八次更换内阁，货币贬值，国库空虚，工薪阶层贫困化。于是 1926 年 4 月在布拉加发生革命，后由卡尔莫纳将军接任总统（1926—1933），开始了军人统治。面对国内严峻的经济问题，政府将科英布拉大学经济学教授萨莫拉招入内阁。萨莫拉 1932 年起执政 36 年，声称要建立"新国家"，并于 1933 年颁布新宪法，逐步改革政府机构，平衡预算，稳定货币，使财政管理井然有序。此期葡萄牙政府进入独裁统治，残暴镇压工人运动。

19 世纪末 20 世纪初葡萄牙文学还在接受法国和英国文学影响，但作家们把主要精力放在认真探索发展民族文学上。这阶段重要的代表作家**费尔南多·佩索阿**（Fernando Pessoa，1888—1935）8 岁时随母亲和葡萄牙驻南非德班领事的继父到南非，17 岁只身回里斯本，进入里斯本大学。两年后他辍学，自己钻研希腊和德国哲学，并大量阅读法国和葡萄牙现代文学作品。1908 年起，他先后在几家贸易公司任外联员，同时从事文学创作。1915 年，他与其他人共同创办《俄耳甫斯》文学杂志，反对文坛停滞、僵化状态。它提倡的新文学思想和形式对葡萄牙文学产生了深远影响，是葡萄牙文学进入现代主义的标志。佩索阿采用不同的笔名发表诗作，作品风格随笔名变换而不同。当他使用里卡尔多·雷斯的笔名时，其诗风显露古罗马诗人贺拉斯的恬静，具有古典诗歌风韵。在使用阿尔贝托·卡埃罗的笔名时，其诗风放荡不羁、雄浑洒脱，且有追求散文化的倾向，极富感染力。当他使用阿尔瓦罗·德·坎波斯的笔名时，则只对机器和日新月异的科技感兴趣。他也使用真名发表作品，此刻他成为抒情诗人，讲究韵律，追求内容与形式和谐完美，作品极富音乐感。但不同笔名发表的作品内容部分相同，因此他的作品既自成体系，又集各家大成。这种情况在葡萄牙诗坛绝无仅有，他故而被视为葡萄牙诗坛怪杰。他具有天才的想象力和创造力，大胆运用形象思维，作品哲理深刻。其诗作摆脱了传统束缚，形成了一种崭新的流派。他一生用葡萄牙语和英语写了大量诗歌、散文、文学评论和书信。1934 年出版的自选诗集《使命》是他生前发表的唯一一部用葡萄牙语创作的诗作。该诗集花费了 20 余年悉心构思和创作，围绕葡萄牙历史，探讨葡萄牙的本质和未来，有史诗气魄。全书分《纹章》《葡萄牙的海》和《隐逸》三部分，共收诗 44 首。《纹章》含《原野》《城堡》《五盾国徽》《美德》《光荣》五个小节，记述葡萄牙的传统象征，赋予国王、圣贤和英雄以神话般或真实的面貌。《葡萄牙的海》涉及葡萄牙人航海大发现和海上称雄的历史，描绘葡萄牙人不惧艰险的精神和坚定不移的信仰。《隐逸》包括《象征》《启示》《天候》三个小节，以国王塞巴斯蒂昂远征摩洛哥的史实为背景。1578 年塞巴斯蒂昂在一场战役中失踪，葡萄牙从此一蹶不振。但人们传说上帝把他隐匿于一个迷人的岛屿，百姓期盼他重归故土，拯救葡萄牙。

《使命》洋溢着爱国主义精神，艺术成就高超，可与葡萄牙诗圣卡蒙斯的壮丽史诗《卢济塔尼亚人之歌》相提并论。像卡蒙斯及其他许多天才人物一样，佩索阿也是在去世数十年后才为人"发现"，并显示出他对葡萄牙文学产生的影响。生前他只有三卷用英文写的《诗集》（1918）和一部葡萄牙文诗集《使命》问世，现已整理出版的他的作品有十一卷诗集、九卷散文集（内容涉及文艺理论、美学、哲学、心理学、社会学等诸多领域）和三卷书简，还有许多作品正待进一步发掘和整理。

但是，告别浪漫主义、举起象征主义旗帜的是**埃乌热尼奥·德·卡斯特罗**（Eugénio de Castro，1869—1944）。他 20 岁时去法国留学，接受象征主义影响，回国后第一个运用该流派的创作方法写诗。代表性诗集有《私房话》（1890）、《钟点》（1891）、《莎乐美》（1896）、《罗马浮雕小像》（1921）等。他在《私房话》的序言里批评葡萄牙浪漫主义诗歌语言贫乏、形式单一，主张借用诉诸感官的各种想象和比喻。他的作品讲究辞藻和押韵，追求奇特的节奏，形式与内容脱节。与埃乌热尼奥同举象征主义旗帜并取得突破性成就的是**卡米罗·佩萨尼亚**（Camilo Pessanha，1867—1926）。他曾在澳门生活多年，研究过中国文化，翻译过唐诗宋词。法国象征主义的重要诗人魏尔仑对他影响很大。他的诗作也非常讲究旋律，坚决遵循"乐感第一"。他的十四行诗精美绝伦，未等正式发表就广为流传。1920年代表性诗集《滴漏》正式出版，在葡萄牙诗坛引起轰动。他的作品排除了浪漫主义的矫揉造作，仔细斟酌韵脚的平衡和谐与用词的简洁。1944年葡萄牙为纪念这位重要诗人，特别出版了《中国，研究与翻译专集》。

葡萄牙象征主义诗歌的另外一个群体叫"萨乌达德派"（saudade），意为"对往事的思念"，以文学期刊《鹰》为中心，集合了一批诗人。他们信仰泛神论，认为基督教和异教的结合可以包括任何精神境界，主张思念和欲望、精神和肉体结合。其代表人物是**特谢拉·德·帕斯夸埃斯**（Teixeira de Pascoais，1877—1952）。他使葡萄牙诗歌的泛神论倾向典型化。诗人力图表现所有的自然物都有神性，而神性则弥漫于自然之上。与此同时，他还用形而上学的方式表现邪恶与痛苦，以及神性与邪恶的较量是推动人类进化的关键。其代表作有长诗《马拉诺斯》（1911）和《回到天堂》（1912）。

1927年，文学杂志《现场》问世，为宣传"俄耳甫斯"派的佩索阿等主要人物做出了贡献，更为葡萄牙文学摆脱19世纪传统的束缚发挥了关键作用。该派若泽·雷吉奥、卡斯帕尔·西蒙埃斯（1903—

1987）、布兰吉诺·达·丰塞卡（1905—1974）、米格尔·托尔加、卡扎伊斯·蒙特罗（1908—1972）等诗人创办了这个杂志。

若泽·雷吉奥（José Régio，1901—1969）大学期间开始写诗，1925 年出版诗集《上帝和魔鬼的诗》，其艺术风格仍属浪漫主义。1927 年他与友人创办《现场》杂志，开始发表象征主义诗歌。其作品经常讴歌真、善、美并与假、恶、丑展开斗争。重要诗作有《传记》（1929）、《上帝的十字路口》（1936）等，表现了诗人对真诚爱情、纯洁友谊和思想知己的热烈追求，同时批评了社会上的虚伪、丑恶与肮脏。30 年代后他开始创作长篇小说，代表作有《抓瞎子的游戏》（1934）、《法多民歌曲》（1941）、《驴耳朵的王子》（1942）、《女人的故事》（1946）、长篇小说系列《老房子》（共五部，1945—1966）等。这些作品大多采用农村生活题材，以写实手法为主，语言清新、明快，从理想化的伦理出发表述自己的思想，旨在为传统现实主义辩护。他的诗歌作品饱含戏剧性，角色主要是一个社会化的"我"和另一个"他"。"我"代表"芸芸众生"，"他"代表某个"天神"。"他"要把"我"唤入一个既是堕落又是圣洁的深渊。但实际上，"他"在心理现实和社会现实中都没有地位，表明了诗人在追求真、善、美时无所依托的彷徨。他创作思想的嬗变是集聚在《现场》周围的作家们的缩影和代表，以他为核心形成了"现场"派。

另一位较年轻的"现场"派诗人**米格尔·托尔加**（Miguel Torga，1907—1995）出身农民，曾随叔父去巴西五年，1925 年回葡萄牙读大学，开始参加《现场》杂志的工作。1931 年他出版了诗集《贡品》，1932 年发表了《深渊》，1936 年《另一本约伯记》问世，从此确立了他在葡萄牙诗坛的地位。这些作品多以讴歌人类创造精神为主，非常讲究韵脚和音乐感，追求意境和形象。40 年代后他转入短篇小说创作，代表性作品有《动物趣事》（1940）和《山区的故事》(1941),大多以农村生活为题材,充满乡土气息和反宗教色彩。因风格雄浑有力、语言简约生动、故事风趣深刻,该书被评论界列入葡萄牙最佳短篇小说。此外他还写了长篇小说《文图拉先生》(1943)和《葡萄收获季节》(1945),都是农村题材。他在20多年里努力营造农牧生活的神话气氛,让种子、作物、水、土、风、粮食、放牧、分娩、亚当和夏娃在作品中成为光辉的形象。

1934年《现场》杂志周围的作家发生分裂,出现了以**若泽·戈梅斯·费雷拉**(José Gomes Ferreira,1900—1985)为首的"新现实主义"派,主张描写平凡事物,反对象征主义追求比喻和精雕细刻,转向朴实无华和自然流畅,不赞成孤芳自赏,坚持与敌对世界辩论。新现实主义的作家们创办了《魔鬼》《朝阳》《新诗刊》等杂志。进入30年代后葡萄牙社会处于全面的政治、经济危机中,暴力和不公正事件层出不穷。作家们感到不安和愤怒,要通过文学替老百姓呐喊。正如诗人马里奥·迪奥尼济奥(1916—1993)在《诗艺》中说的:诗歌不是姑娘妩媚的秋波,不是紫丁香的花园,而是人类的残酷斗争。但是,当西班牙内战波及葡萄牙边境时,他们又很难下决心站到工农一边,表现出忧郁、彷徨和无能为力的压抑。勇敢地站到人民一边与反动政府斗争的个别诗人也有,如儒瓦金·纳莫拉多(1914—1986),他在诗集《烦恼》中表现了昂扬的斗志,受到广大读者欢迎。1940年以后,葡萄牙诗歌的发展明显受法国超现实主义运动影响,但佩索阿、阿尔玛达及内格雷罗斯开创的民族文学之路依然发挥着重要作用。

率先改变"现场"派和新现实主义艺术风格的先驱之一是**维多里诺·内梅西奥**(Vitorino Nemésio,1901—1978)。他分别于1938年和1940年发表了《和谐的小动物与我》和《震动西方》,改变了"现场"派的颓废之风,用自己的诗否定了苍白无力的象征主义,同时批评该流派局限在内心隐私之中。他时而讲述幽默微型故事，时而把他在亚速尔群岛的童年故事嫁接到诗歌中来，其中可听到天真的小伙伴们的声音。有时他还用柔情稀释肉体的痛苦，一面描写大海、港口、田野和住宅，一面用生僻的字眼制造动感的幻觉。他前期的诗极力创造伊甸园式的乐土，唯一惊扰乐园的是青年时对爱情的渴望。后期诗歌致力于开发民谣和表达神秘主义思想。

20 世纪的葡萄牙小说以**拉乌尔·布兰当**（Raul Brandão，1867—1930）的作品为开端。他 21 岁当兵，服役 24 年，对底层了解深刻。1890 年他入波尔图市文学高级班学习，做过新闻记者。陀思妥耶夫斯基和列夫·托尔斯泰的作品对他影响重大。他信仰过进化论、泛神论、基督教社会主义、无政府主义、神秘主义、先知弥赛亚教。这一切在他的作品中都有反映。他通过梦境和幻觉渲染死亡、痛苦、人性、生活荒谬等主题。他的代表作《渔民》（1923）清新动人地描绘渔民们原始古朴的生活及喜怒哀乐和色彩斑斓的精神面貌。他非常同情这些苦难的人，而且深入思考苦难的社会原因。其他重要作品还有《小丑的故事》（1896）、《父亲》（1901）、《闹剧》（1903）、《腐殖质》（1917）、《小丑之死》（1926），剧本有《幻想中的国王》（1923）、《疯子和死亡》（1923），人物传记有《儒诺特国王》（1912）、《戈麦斯·弗雷伊雷的阴谋》（1914）等。他是葡萄牙存在主义先驱，一定程度上也是新现实主义，甚至该国当代"新小说"的先驱。

20 世纪上半叶另一个重要作家是**阿基利诺·里贝罗**（Aquilino Gomes Ribeiro, 1885—1963）。他就读过神学院，后在巴黎大学读书，先后做过中学教师和国立图书馆管理员，与友人合作创办过《新园地》杂志。由于思想激进、积极参加革命活动，曾多次被捕入狱和流亡国外。1932 年他在里斯本定居，这之前的动荡生活都在他的文学创作中有明显反映。1913 年发表的处女作《暴风雨中的花园》展

现了他讲故事的才能。他的代表作有三部，《魔鬼的土地》（1919）、
《玛利亚迪尼西斯》（1922）和《法乌诺斯在森林中行走》（1926），
都以葡萄牙内地农村生活为题材，有个人亲身经历，也有民间风俗
的描写，还穿插大量历史故事。他分析传统文化，也批判现实。作
品语言充满乡土气息，把人与自然融为一体。他还在儿童文学创作
方面取得了优异成绩。

　　小说家**费雷拉·德·卡斯特罗**（José Maria Ferreira de Castro，
1898—1974）12岁远渡巴西，在亚马孙地区森林里当橡胶工人，后
移居帕拉州生活，历尽人间苦难。18岁时他发表第一篇小说《野心
使他犯罪》，同年为报纸撰稿。21岁回葡萄牙后创办《钟点》杂志，
同时担任《魔鬼》和《文明》周刊的编辑。此期发表的短篇小说有《黑
白》（1923）、《新大陆游记》等。长篇小说《侨民》（1928）和《原
始林》（1930）可被视为葡萄牙新现实主义的标志，作者用切身经历
揭露了非人的移民制度和森林工人经受的残酷剥削与压迫。这两部
作品在葡萄牙文坛和广大读者中引起震动，奠定了他在文学界的地
位。此外他的旅行见闻积极干预社会生活，赢得读书界好评，如《永
恒》（1933）、《风暴》（1940）、《环游世界》（1944）等。50年代后
他选取了重大社会问题为创作题材，揭露时弊，批评丑恶现象，尤
其是官场的贪污腐化，如《弯道》（1950）、《至高无上的天性》（1968）
等。因威望高，1958年他被推为葡萄牙共和国总统候选人，1962年
当选葡萄牙作协主席。文学界公推他为新现实主义先锋。

　　新现实主义作家还有**曼努埃尔·迪雅戈**（Manuel Tiago，即阿
尔瓦洛·库尼亚尔，1913—2005）、**曼努埃尔·达·丰塞卡**（Manuel
da Fonseca，1911—1993）和**费尔南多·纳莫拉**（Fernando Gonçalves
Namora，1919—1989）。迪雅戈出身农民，1924年移居里斯本，17岁
加入葡共。他大学读法律，在党内担任总书记30年，至1975年4

月 25 日革命止。他长期生活在地下、监狱和国外。他用笔名在 40、
50 年代以马克思主义观点写下大量文章，对推动新现实主义文学发
展起了重要作用。晚年他根据自己的革命经历写了三部长篇小说:《同
志们，明天见！》(1974)、《五天五夜》(1974) 和《六角星》。此
外他还有大量政治方面的专著。丰塞卡是新现实主义诗人和小说家，
著有诗集《风中的玫瑰》(1940)、《丰塞卡诗歌全集》(1958)。1942
年起他开始发表短篇小说，同年结集出版，取名《新村》。1945 年
长篇小说《大山》问世，其他作品还有短篇小说集《火焰与灰烬》
(1951)、长篇小说《风中农田》(1958)、短篇小说集《秋千上的天使》
(1968) 和《团结的时代》(1973)，以及散文集《阿尔加维尔记事》
(1986)。他的作品都真实而生动地再现了葡萄牙南方阿连特如地区
的人文和自然景观：破败的村落、朦胧而令人惆怅的地平线、被破
坏的绿色植被、失去生活希望的人们。作者以写实的笔触描绘诸多
可歌可泣的人物和事迹，表现出疾恶如仇的斗争精神。另一位诗人
兼小说家纳莫拉大学时学医，毕业后在家乡开诊所。1933 年他发表
诗作《浮雕》，从此登上诗坛，1941 年，他在《诗歌集》上开办了
新现实主义诗歌专栏。他的小说创作可分三个时期：第一个时期着
重写童年和少年时期的故事，如《世界各地》(1938)、《黑夜里的火
焰》(1943)；第二个时期多以农村生活，特别是发生在他诊所里的
故事为主，创作了中篇小说《玛尔塔之家》(1945)、长篇小说《圣
弗朗西斯科的矿山》(1946) 和《一个医生的生活琐事》(1949)；第
三个时期转向城市生活，以非常细致的观察对一些社会现象深入思
考，在艺术手法上把现实与想象结合起来，充分发挥善于构筑故事
的才能。他晚年在讲述故事的同时发表议论，喜欢比较社会现实与
所处文化环境，如长篇小说《星期日下午》(1961)、《地下的人们》
(1972) 和获得三项文学奖的长篇小说《伤心河》(1982)。

第八节　意大利文学

1896 年至 1907 年意大利完成工业起飞，同时对北非发动了几次侵略战争，进入帝国主义，1922 年法西斯上台。世纪初意大利文学极为活跃，随着 19 世纪真实主义衰落，颓废主义、未来主义、先锋派文学兴起，开始现代文学阶段。然而，法西斯统治剥夺了言论自由，扼杀作家的创作，方兴未艾的现代文学被窒息。此期作家介入政治较多，支持和反对法西斯的营垒分明，文学事业转入低潮。隐秘派诗歌发出高压下的喘息，现实主义小说直面惨淡人生，同法西斯对抗，被称为"反对派文学"。帝国主义时代创造了巨大的物质财富，却没有实现社会进步。实证主义哲学遭严重挫折，以实证主义决定美学为思想基础的真实主义文学衰落。黛莱达和托齐的小说代表真实主义的嬗变，显示了传统现实主义文学的深化，也预示了现代主义文学的新趋势。真实主义接近尾声时产生了颓废主义，邓南遮为代表的颓废派回避垄断资本主义的各种危机，沉湎于臆造的虚幻美好世界。他们追求艺术形式完美，又称唯美主义派，代表作家还有福加扎洛、帕斯科利。

未来主义是 20 世纪初崇尚机器和科技的现代都市文明的文学艺术流派。未来主义艺术家讴歌机械的力量、速度和节奏，讴歌都市生活的动乱，赞美暴力、恐怖、战争，表现神秘意识，刻画病态、梦魇、死亡。他们提倡用自由不羁的字句写诗，主张用"类比""感应"表现直觉，用断断续续的想象表现奥秘感受。有些未来主义者要求取消语法，消灭形容词、副词、标点符号，用词形变化、图案组合、数学符号、乐谱音符传达意图。马利涅蒂为首的右翼同法西斯公开合作，引起未来主义队伍分化，20 年代末该流派走向终结。黄昏派诗歌与未来主义相反，是失去追求、没有强烈激情的沉郁而冷漠的诗。黄昏派反对政治和道德说教，反对浮华诗风，以哀伤低沉的声调、自由随意的形式、朴实无华的语言准确地反映了一战前低沉的社会情绪，但社会影响不大。

一战结束不久意大利的先锋派文学产生，杰出代表是皮兰德娄和斯维沃。战后意大利工人运动在俄国十月革命影响下高涨，社会党曾在议会拥有最多席位。1922 年 10 月 29 日国王授命法西斯党魁墨索里尼组阁，世界上第一个法西斯独裁政权出现。一系列镇压性和专制性法律出台，取消了结社、出版和言论的自由，进步作家被监禁或流放。正直的作家只能用隐晦的方式表达对法西斯统治的愤懑和对垄断资本主义社会的失望，如隐秘派诗歌。翁加雷蒂关于一战的一组短诗《被埋葬的港口》（1916）是该派的先声，蒙塔莱、夸西莫多在 30 年代使隐秘派诗歌达到高峰。他们的诗排斥任何逻辑的叙述和解释，强调绝对的直觉灵感，因此不顾及语法结构，舍弃词汇的日常含义，用极经济的语言组成类比，通过隐喻形象或词的声音造成形而上的象征。这些作品大多以自由体的形式描写片断场景、瞬间感受，含义模糊，但韵味隽永。隐秘派诗歌以克罗齐的直觉主义美学为核心，并接受了法国象征主义的影响。而与之对立的反对派主张现实主义创作道路，是战后新现实主义文学的先导，一些小说是最早的反法西斯文学作品。克罗齐和葛兰西分别是此期资产阶级和无产阶级最优秀的文艺理论家。

格拉齐娅·黛莱达（Grazia Deledda，1871—1936）17 岁出版第一部短篇小说集，18 岁发表第一部长篇小说。1900 年结婚，随丈夫迁居罗马，踏入文化名人圈子，拓展了视野。她以故乡撒丁岛的风土人情为背景，用现实主义手法描写家乡的贫穷、落后和保守，表现社会的变迁、人生的艰难，流露浓厚的宿命论思想。她的文笔清丽婉约，抒情性强。作品大多写弱小者的悲苦，揭示社会的阴暗，被认为是真实主义文学晚期的杰出代表。她共发表长篇小说、中短篇小说集 50 余部，诗歌、戏剧作品数卷，还翻译了巴尔扎克作品。1900—1920 年是她的创作高峰期，写了长篇小说《埃里亚斯·波尔托卢》（1900）、《骨灰》（1904）、《常春藤》（1908）、《风中芦苇》（1913）、《玛丽安娜·西尔卡》（1915）、《橄榄园里的火灾》（1918）、《母亲》（1920）等。她用意大利语写撒丁岛的变化，人物在高压下的扭曲心理和人与命运的抗争。《常春藤》和《风中芦苇》真实细致地描绘撒丁岛的封建社会关系在资本主义新势力冲击下分崩离析，揭示经济基础、道德观念、生活方式空前的变革。资本主义的发展给宁静的海岛造成动乱，也带来了生机。不幸的是人们不是成为封建社会的殉葬品，就是变成新兴资产阶级的依附者。这两部作品突破了真实主义不偏不倚的客观立场，哀伤凄婉地述说人世沧桑，抒发宿命论的悲叹，对不幸的人们给予极大同情，对逐渐失去古老风貌的故土深表惋惜。作品不像优秀真实主义文学那样具有鲜明的社会意义，显示出真实主义文学走向衰落。但她的几部爱情小说《邪恶之路》《埃里亚斯·波尔托卢》《玛丽安娜·西尔卡》讲述主仆、叔嫂、绿林强盗与大家闺秀的恋爱。这些恋情与传统道德观念冲突，在男女主人公精神上留下重创。作品向心理深度开掘，超越了真实主义文学浮浅的表面真实。1926 年她荣获诺贝尔文学奖。

费德利科·托齐（Federico Tozzi，1883—1920）出生于锡耶纳城，患遗传性癫痫，37 岁夭亡。他父亲经营小饭馆，他只受过带有宗教迷信色彩的非正规教育，成年后当过铁路职员，后来创办一份地方天主教文化半月刊。他大部分作品身后出版，代表了从真实主义向现代主义的过渡，日益受到重视。诗集《绿色的风笛》（1911）和《圣母之城》（1913）不曾引人注意，去世前两年发表的短篇小说集《野兽》（1917）和长篇小说《闭目》（1918）稍有影响。重病期间发表的长篇小说《三个十字架》（1920）使他成名。死后出版的作品有长篇小说《庄园》（1921）、《自私自利的人们》（1923）、《一个职员的回忆》（1927）、《阿德莱》（1929），书信集《休耕地再种》（1925），《短篇小说集》（1967）等。他基本遵循真实主义的乡土文学模式，写故乡的现实，主人公是物质上和精神上极端贫乏的农民、小职员，展现痛苦和辛酸的生活图景，揭示忧伤和孤独的精神状况。他的作品深深打上了自己的痛苦经历和悲观思想的烙印，因此与真实主义的客观描写不同。《三个十字架》写刚比一家受骗的故事。三兄弟开一家小书店，因经营不善而濒于破产。一张假支票令他们束手无策，提心吊胆地等待灾难。老大决定引咎自杀，以维护两位弟弟的声誉。但此举没能拯救他们，两个弟弟也相继可悲地死去。这部小说像他一贯的作品那样描写严酷的现实：人性恶毒，生存环境恶劣，反映了存在主义思想。作为小说背景的锡耶纳原是风景秀丽的古老山城，却通过人物痛苦的主观感觉变成了人间地狱，因此产生出超现实的象征意蕴。

安东尼奥·福加扎洛（Antonio Fogazzaro，1842—1911）生在北方贵族家庭，父亲当过国会议员。1864年他从都灵大学法律系毕业后迁往米兰，开始文学创作。早期的诗歌，如长篇叙事诗《米兰达》（1873）、抒情诗集《瓦尔索达》，具有浪漫主义和神秘主义色彩。第一部小说《马隆布拉》（1881）采用凶杀案框架，在神秘恐怖的气氛中叙说贵族马隆布拉家族奇特的爱情纠葛，展现人物非理性的复杂心态。小说通过衰败的旧家族以怪诞方式走向死亡，刻画没落阶级的悲观绝望和疯狂的自我毁灭感，是封建贵族颓废精神状态的写照。小说《达列莱·柯尔蒂斯》（1884）讲空想政治改革家的故事，表达了上层资产阶级不满现状的危机意识和希望改变现实的紧迫感。作品挖掘潜意识和性本能，突出了非理性意识的作用。《诗人的奥秘》(1888)写一位意大利诗人与一个德国姑娘相爱，他们的爱情在新婚的蜜月途中以悲剧结束。作品刻意描绘人物下意识的隐秘感、心灵深处的疑惑不安、捉摸不定的精神状态。代表作长篇小说《古老的小世界》(1895)写贵族青年弗兰科因同资产阶级平民结婚而丧失财产和地位。他是天主教徒，遭到非教徒的妻子的冷遇；他是爱国者，被迫参加侵略者之间的普奥战争，为侵略者争夺利益付出性命。小说带有自传性，人物中有作者和他亲人的影子。作者由于对特定环境的忠实描写而再现了19世纪真实主义的光彩，又在多重矛盾冲突的描写中预示了20世纪现代人的生存焦虑与困惑。小说出版后很快被译成几种欧洲文字，名声大振后他活跃起来，参加政治活动，曾当选参议员。他还投身天主教改革潮流，研究科学与宗教的关系，1899年发表研究成果《人类的升天》，成为宗教界议论的中心人物。系列小说《现代的小世界》(1901)、《圣人》(1905)和《莱伊拉》(1910)分别写市侩习气的资产阶级与因循守旧的封建贵族的冲突以及宗教"现代主义"改革活动和伦理道德危机，展现天主教思想分化瓦解之际百姓无所适从的精神困惑和道德彷徨。作者在颓废主义文学中位置独特。他继承了真实主义小说的长处，但作品中推崇救世主式的英雄，提倡精神恋爱，宣传死后灵魂相聚天堂，相信人可以通灵等，流露出浓重的天主教思想和神秘色彩。

乔万尼·帕斯科利（Giovanni Pascoli，1855—1912）父亲是贵族农庄的管家，12岁时父亲被人枪杀，母亲与姐姐次年相继去世，他心灵蒙受巨大创伤。1873年他考入博洛尼亚大学文学系，深得老师、大诗人卡尔杜奇的欣赏。大学期间他因参加游行被囚禁107天，其后消沉，在政治上采取保守与调和的态度。大学毕业后他在各地教书，同时创作诗歌和研究拉丁文学，成绩卓然，1906年起他在博洛尼亚大学任文学教授直至病逝。他的主要作品有诗集《柽柳集》（1890）、《卡斯特尔维基奥之歌》（1903）、《歌集》（1914）等。他还有不少关于诗歌的论述，对但丁和莱奥帕尔迪的研究深入。他创作的主题是怀旧，缅怀童年，向往田园生活，赞颂大自然，以此逃避现代生活和都市文明。他善于从生活的细小事物中提取新含义，以常见的题材表现新颖独特的意趣。诗作内涵丰富，意境深邃，形象鲜明，格调深沉含蓄。《柽柳集》写故乡四季变化的农村景象，春天的杏花，秋天的浓雾，夏日的骄阳，冬日的清冷，象征岁月缓慢流逝。他感叹自己在故乡土地上变成了陌生人，表达"逝水年华"的伤感和人生的孤苦。他还成功地运用象征来突出诗的主题。《卡斯特尔维基奥之歌》仍然写童年的农村生活，表达对死去亲人的怀念，对平静生活的企盼。但诗中寄寓了很多人生思考，是对人生的咏叹。《我的夜晚》是其中著名的诗篇。他的诗是失去的旧风景线挽歌，表达了农村小资产阶级恢复传统生活的愿望。

加百列·邓南遮（Gabriele D'Annunzio，1863—1938）在诗歌、小说、戏剧方面均有建树。他通过创作将唯美主义艺术追求推向极致，而且身体力行颓废主义，以奢靡腐化的享乐作风骇世惊俗，又以狂热的"超人"式战争冒险轰动一时。他中学开始写诗，16岁由家长出资出版诗集《国王翁贝尔托一世颂》（1879）。抒情诗集《早春》（1880）以深厚的古典文学功力引起注意。1881年秋他进入罗马大学文学系，不断发表诗作，不断发生绯闻，第二年辍学结婚。他在无聊生活中写下许多香艳诗篇,结集为《间奏诗》（1883）和《少女的书》（1884），出版后激起公愤，引发争论。他深入研究古典与现代欧洲诗歌后形成颓废主义美学思想,总结在六篇关于《爱弥尔·左拉的道德》（1892）的文章中。他主张艺术的目的在于寻求美的享受，不应受社会或道德约束；文艺作品只表达艺术家个人的精神世界，不受理念约束，要探索潜意识，挖掘心灵中神秘的禁区。他认为诗人的灵感是认识未知世界的途径，诗歌体现宇宙至高无上的和谐，是最广阔的真理所在，它反映的空间超过科学知识的广度和深度。他还提倡唯美主义人生哲学，认为人生应最大限度追求高雅刺激，生活应像艺术一样美。诗集《伊索泰奥》(1886)、《幻想》(1888)、《罗马哀歌》(1887)、《天堂诗篇》(1891)写缠绵悱恻的情感，内省性的沉思冥想，表达对生活的失望和厌倦，采用法国象征主义诗歌手法，以精美的语言和音乐般的节奏与韵律抒写世纪末的伤感，反映忧郁、孤寂的心态。其中不少作品虚张声势地颂扬纵欲享乐，有些作品则以狂妄的英雄主义填补精神空虚，如《海战颂》讴歌古代威尼斯海军征服亚德里亚海，以此振奋颓丧情绪。这部诗集确定了他的颓废主义诗歌的内容与形式。

他还以颓废主义为指导思想写长篇小说。《欢乐》(1889)、《无辜者》(1892)和《死的胜利》(1894)组成《玫瑰三部曲》。《欢乐》描写一个贵族艺术家的疯狂的爱情及失恋后的空虚痛苦，以典雅华美的辞藻渲染性欲。《无辜者》写一个贵族青年追求"纯洁"爱情，在婚外恋中的变态心理。意志薄弱、心理失衡的主人公是典型的颓废人物。小说的叙事散文化，富于音乐性。《死的胜利》记述一个精神创伤未愈而向往完美精神生活的资产阶级青年，因找不到出路而以自杀救赎自己。小说成功地刻画了人物复杂的性格和多变的心理。《岩间圣母》(1895)是诗化的小说，淡化情节，刻意营造诗情画意，追求达·芬奇同名油画的高雅、深邃、细腻，描写现代人思想感情逐步净化的过程，塑造完美的"超人"，被认为是唯美主义在小说中的登峰造极之作。

1894年至1896年间他的思想和创作改变，进入颓废主义第二阶段。他受到尼采"唯意志论"影响，认为历史的进程是权力意志实现其自身价值的过程，尤其信奉"超人"哲学，视人生的目的为"扩张自我"，思想从历史虚无主义变为权力意志论。他认为艺术是权力意志的一种表现，艺术家是高度扩张自我和表现自我的人。他不再写"庸人"，而要写英雄。他将颓废主义由宣泄消极情绪变为鼓吹极端狂热。长篇小说《火》（1900）描写"超人"，以威尼斯为背景，颂扬一个青年艺术家强烈的创作欲望和他对一位中年女演员的激越恋情。小说扫尽过去描写无聊生活的消沉之气。

邓南遮 1898 年迁往佛罗伦萨，住进古典豪华别墅，过了十年王公般的奢华生活。为扩大影响，他开始写剧本。剧本《琪娥康陶》（1898）形象地阐释了唯美主义思想，写一个雕刻家同妻子和女模特的三角恋。女模特是艺术的化身，而妻子是平庸生活的代表，注定要失败。作品旨在说明"艺术就是生命"，宣扬"艺术至上"。诗剧《里米尼的弗朗齐丝科》（1901）取材但丁《神曲·地狱篇》第五歌，是流传甚广的中世纪爱情悲剧。悲剧《约里奥的女儿》（1904）根据古代传说写成，以弑父罪为主题，大肆渲染情欲。由于剧本《荣光》（1899）上演失败，他暂停写剧本，回到诗歌创作。

他最成功的诗作《赞歌》于 1903—1904 年间发表前三卷《玛雅》《埃莱特拉》《阿尔乔内》，其余两卷《梅罗塔》和《阿斯特罗培》1912 年完成。《玛雅》是他乘船从希腊到非洲的旅行途中写的，赞美古希腊众神，用世俗的神话对抗基督教教义。《埃莱特拉》凭吊怀古，诗人在一些历史名城中追忆过去的光荣，缅怀古代英雄豪杰和艺术巨匠，表现对建立丰功伟业的向往。《阿尔乔内》是歌咏大海和天地的抒情诗，以敏锐和细致入微的感觉深切体味和领略大自然的美妙，以优雅柔美的文字展示自然界声光色味变幻的美景，表达对自然之美的心醉神迷，情景交融地描写物我两忘、天人合一的境界。但一些表现英雄主义气概的作品显得生硬。《赞歌》总体冗长、累赘，矫揉造作，但音乐性强是突出的特色，读来韵味无穷。

1909 年作者因入不敷出拍卖豪宅，1910 年起为躲债流亡巴黎五年。其间写有几个剧本：《圣塞巴斯蒂安的殉难》（1911）、《比萨姑娘》（1912）、《巴黎女郎》（1912）、《金银花》（1913）等。这些剧本充斥着色情，并且有神秘色彩。散文《对死的默想》（1912）是他获得诗人巴斯科利和另一位朋友去世的消息时的伤感之作，是极佳的艺术散文。随着意大利进入帝国主义和频繁发动对外侵略，他的"超人"思想极度膨胀，与反动势力同流合污，堕落为鼓吹民族沙文主义和对外扩张的军国主义作家。他鼓吹"超人"，作品中的主人公由醉生梦死让位于能肩负"伟大使命"的强悍者,颂扬战争武力。如剧本《战舰》（1908）通过描写昔日意大利的海战胜利，为对外侵略扬威。

一战爆发后他回意大利入伍，当过步兵、水兵、飞行员。1916 年他驾机失事，右眼失明，成为轰动全国的"爱国"英雄。战后他不满意大利政府在和谈中软弱，于 1919 年 11 月 11 日策动和指挥了向意大利和南斯拉夫边境城市进军，占领了一个归属有争议的城市，在这所谓的"自由王国"当了一年首领。1921 年年初他决定隐退，在意大利北部加尔达湖畔一座别墅安度晚年。此后他发表了长诗《夜曲》（1921），借一个伤员的日记形式颂扬战争，宣扬"超人"有统治人民的权利。最后一本《密书》（1935）是回忆录，表示忏悔。1937 年法西斯政权任命他为意大利科学院院长，他因年老未到任。

菲利普·托马索·马里内蒂（Philipo Tommaso Marinetti, 1876—1944）是未来主义的创始人和理论家，生在埃及亚历山大港的意大利侨民家，1899 年毕业于热那亚大学法律系。他早期用法文写自由体诗歌，1905 年创办《诗歌》杂志，于 1909 年在巴黎用法文发表《未来主义的创立和宣言》，然后发表该宣言的意大利文本。他带领一批作家、音乐家、画家穿梭于各大城市,组织集会、游行,鼓吹未来主义。
1911 年他迁居罗马,投身政治,9 月以记者身份赴意大利侵略利比
亚的战场采访,发表战地通讯,吹捧殖民主义。1913 年他在杂志上
发表《未来主义政治纲领》,将他的政治主张系统化,进一步暴露反
动面目,引起未来派内部分裂。一战爆发后他自愿入伍,1917 年在
前线受伤,1918 年带头建立"未来党"同法西斯党合作。1926 年他
出访阿根廷、巴西,鼓吹未来主义,回国后试图掀起未来主义运动
新浪潮,遭法西斯当局遏制,未来主义运动衰落。1935 年他随意大
利侵略军进入埃塞俄比亚,1942 年 7 月又随军进入苏联,还发表了《墨
索里尼战争之歌》(1942),充当法西斯军国主义吹鼓手与辩护士。

他的著述甚多,包括文艺理论、政治理论、小说、诗歌、散文、
戏剧。他的政治文章宣扬无政府主义、民族沙文主义,反社会主义,
如《未来主义与法西斯主义》。他最有价值的作品是一系列未来主
义艺术宣言:《未来主义的创立和宣言》、《未来主义文学技巧宣言》
(1912)、《未来主义合成戏剧宣言》(1915)、《未来主义电影宣言》
(1916)、《航空诗宣言》(1931)等。这些宣言提出了文学艺术应适
应新时代的工业化社会而变革,为 20 世纪现代主义文学艺术的诞生
与发展扫清障碍,并以大胆新奇的设想启发创新的思路。但其中一
些过分狂热又荒谬的主张违背了文艺创作的基本规律,无法实行。
宣言把革新与传统对立,将传统视为大敌,导致盲动,造成弄巧成拙。

他虽声称彻底反传统,他的创作却日益远离未来主义,而且离
未来主义越远就越成功。他的小说并没脱离传统构架,诗歌与戏剧
的创新力度更大,而戏剧比诗歌成功。长篇小说《未来主义者马法
尔卡》(1909)是典型的未来主义作品,主人公被塑造成"超人"式
英雄,像机器人,身体的每一部分像零件可拆卸更换。他有万能的
本领,但没有心灵、感情、良知和爱心。这种蔑视理智和道德,崇

尚意志和力量的冷酷形象就是理想中的"未来人"。但从 1919 年发表的诗体小说《一颗炸弹里面的八个灵魂》开始,他向传统手法退却,写到《难以驾驭的人们》(1922)时就更明显地背离了未来主义。小说用寓意描写处于原始野蛮状态的黑人横遭暴力镇压的遭遇及他们对自由的渴望。

他的散文创作也出现同样的状况。早期的战地通讯《的黎波里之战》(1912)使用大量的"类比链"描写,比喻奇特至极。而后期作品《埃及的魅力》(1933)回忆童年时的埃及,幻想建立符合未来主义蓝图的新埃及,行文流畅优美,接近邓南遮的唯美主义,完全回归传统的散文艺术,是他最优秀的作品。他的诗歌是典型的未来主义实验之作,摒弃传统的韵律规则,以跳跃的节奏,绝对自由地表现直觉、感应、联想和想象,过分勉强生硬的词句构成恣意宣泄的粗暴怪异风格,缺少诗意和美感。有些"自由诗"只用名词、动词不定式和数学符号堆砌而成,混沌一片,紊乱不堪。较早的诗集《扎——勃——土勃》(1914)、《沙丘》(1914)中充斥着未来主义的生硬实验。晚年写的"航空诗"有散文诗《飞速的西班牙和未来主义公牛》(1931)、《拉斯佩齐亚海湾航空诗集》(1935)。所谓"航空诗"就是以远距离的动态视角描写事物,抹杀不同事物的细微差别,可大量使用类比。他的诗歌创作集未来主义实验之大成,却无成功之作。

他在戏剧方面的改革较有成效,创造出一种时间短促、台词简单、动作急速的"合成剧",展示幻觉与现实交叉、意识与无意识相混的境界。代表作是《他们来了》(1915),全剧只有三句话:一群不说话的人在台上忙碌,机械地搬动桌椅,等候客人到来。客人没露面,而桌椅在灯光照射下自动移向门口,好像去迎客。这种"合成剧"是荒诞剧的雏形,是现代派戏剧的先声。另一出较为成功的剧作《火的战鼓》（1922）写善与恶的关系，强调二者存在的客观必然性和相互依存性。作者采用了传统戏剧结构，运用未来主义的强烈声响、音乐、色彩渲染剧情。短剧作品还有《拘捕》（1915）、《一个青年的末日》（1915）、《人的海洋》（1927）、《闪光》（1929）、《赤裸裸的提示者》（1929）等。

意大洛·斯韦沃（Italo Svevo，1861—1928）原名埃托雷·施密茨，父亲是在意大利经商的德国人。在德国完成的早期教育培养了他对哲学和科学的爱好。意大利丰富的文学遗产又使他对文学产生兴趣。他在工作之余博览群书，很了解达尔文、马克思、弗洛伊德、爱因斯坦的学说，对生物学和精神病理学尤感兴趣，推崇叔本华的哲学思想，赞同桑克蒂斯（1817—1883）关于文学与当代科学和思想新成就的关系的见解。他研究过意大利薄伽丘、马基雅维利等人的古典文学作品，喜欢读法国文学，表现出现实主义的艺术趣味。他通晓德文和英文，又常外出经商，及时了解和考察了欧洲的新思潮和新科学。1892年他自费出版第一部长篇小说《一生》，1898年又自费出版另一部小说《暮年》。这两本书描写小职员的失意与孤独，运用现实主义的写实手法，着意揭示人物内心世界。但这两本书均遭冷遇，1907年他结识流亡当地的乔伊斯，两人成为挚友。一战爆发后他在的工厂关闭，他有时间专门写作。第三部长篇小说《塞诺的意识》于1923年出版。他将小说寄给在巴黎的乔伊斯，乔伊斯大为欣赏，大力推荐，1926年被译成法文发表，引起轰动，随后在英、德、美反响迭起，获得国际声誉，在意大利也掀起"斯韦沃热"。但他不幸遇车祸身亡，留下一部未完成的小说《一个老人的自白》。

《塞诺的意识》采用第一人称内心独白，即"意识流"手法，叙说一个中产阶级知识分子百无聊赖的空虚生活和他本人对这种生活的反思，表现资产阶级摒弃传统价值观后的迷惘、彷徨和绝望，活画出一个现代灵魂的痛苦挣扎。小说用弗氏精神分析的自由联想组织材料，结构成为由心理逻辑和推理逻辑组成的主观逻辑系统，打破了传统小说的情节线索叙事逻辑。他还根据弗洛伊德的人格理论展现人物内心冲突，在表现人物的复杂性和真实性上突破了典型性格的旧程式。这部作品成为意大利第一部现代小说，确立了作者现代小说先驱的地位。他还有两部短篇小说集《高贵的酒》（1927）和《成功的玩笑》（1928），加上死后出版的作品，共有 13 个剧本、30 个短篇小说、10 个中篇小说及第四部长篇小说的片段。后来他的书信集也被整理出版。

路易吉·皮兰德娄（Luigi Pirandello，1867—1936）曾就读两所大学的文学系，1888 年赴德国波恩大学深造，获语言博士学位，1892 年回国定居罗马，在罗马高等女子师范学校执教多年。1925 年他组织"罗马艺术剧团"并担任剧团艺术指导，1926—1934 年曾带团在欧美巡回演出。他著有短篇小说 300 多篇，结集为《一年里的故事》（1937），长篇小说 7 部，剧本 40 多部，诗集 7 卷。20 世纪头 10 年他主要写小说，蜚声文坛，1910 年后转入戏剧创作，成就卓越，1934 年被授予诺贝尔文学奖。

他早期小说受真实主义文学影响，以故乡西西里岛为背景暴露社会阴暗面，对劳动人民寄予深切同情。真实主义第一部长篇小说《被抛弃的女人》（1901）是成名作，第二部长篇小说《已故的帕斯卡尔》（1904）在主题上发生变化，通过主人公寻找"自我"的失败经历，表现现代人的孤独和苦恼。此后他着力刻画荒诞、不可知的外部世界与充满焦虑的现代人的内心世界的冲突。长篇小说《老人与青年》（1913）、《一个电影摄影师的日记》（1915）、《一个人，既不是任何人又是千万个人》（1925）及一些短篇小说都表现这一主题。他把关于哲学与文学的新思考阐述在《艺术与科学》（1908）、《幽默主义》

（1908）两部论著中，利用戏剧艺术将思想发挥得淋漓尽致。同时，为表达复杂的思想内容，他在剧本构思和舞台艺术方面进行了许多革新和实验，使戏剧的内容与形式达到高度统一。《六个寻找作者的剧中人》（1921）和《亨利四世》（1922）是代表作，全部剧作收于戏剧集《赤裸的面具》（1958）。

《六个寻找作者的剧中人》戏中套戏。正在排戏的剧场里，六个脸色苍白的幽灵闯进来，自称是被作者废弃的某剧本中的人物，请求导演把他们的戏排出来。于是排演中断，导演和演员成了观众，看着这些"剧中人"表演。原来他们是离异的夫妻和他们的四个同母异父的孩子。20年前丈夫默许妻子丢下儿子与秘书私奔，秘书死后又留给她三个孤儿，大女儿因贫困当了妓女，在妓院遇到母亲的前夫，被及时赶来的母亲阻止了乱伦。父亲良心发现，将前妻一家人接回，但一家人互不理解，冲突不断。六个"剧中人"的"戏中戏"被人物断断续续地追述出来，情节不完整，主要探讨造成悲剧的原因。不可知论构成这出戏的第一个主题。框架戏是剧团的导演和演员观看、争论"戏中人"的戏，成为讨论"戏"的戏。通过讨论说明了作者反自然主义的戏剧理论，是该剧的第二个主题。作者让"剧中人"从剧本跳到舞台上，直接与观众见面，这是对演员作用的否定。"剧中人"代表最忠实于原作的表演，而排练的演员则代表粗糙低劣的演技，形象地对比出戏剧表演艺术的危机。他以此说明表演与剧本严密吻合的合理性与不可解性，这是艺术品的相对论。他还在剧中明确反对斯坦尼斯拉夫斯基的体验派观点，否定演员表演过程中掺进去主观成分。六个"剧中人"代表一部辛酸的故事，又是剧本的活化身，说明剧本与导演、演员及舞台的关系，并使两种艰深的理论得到形象生动的解释。

《亨利四世》记述一位青年绅士在化装游行中遭情敌暗算，跌落下马，大脑受伤导致精神失常，从此以他扮演的亨利四世自居。家人顺从他，把别墅布置成皇宫，并派仆人着古装照料他。12年后他从疯狂中清醒过来，发现心上人已被情敌夺走，无心再回到现实中，决定装疯逃避。几年后，过去的情人和情敌来探视他，他情不自禁地流露出真实情感。他道出真情，挥剑刺向情敌。为逃避凶杀罪，他只有再次借用亨利四世的身份，永久装疯。这出戏阐释了真正的自我和社会的自我永远相互冲突，冲突的结果是后者压迫前者来取得暂时平衡。由人们组成的社会成为迫害个体人的力量。剧中情节离奇，人物造型夸张，运用大量对比和象征，集传统悲剧、讽刺剧、假面剧的特点与现代的表现主义手法及黑色幽默于一体，是丰富多彩的佳作。

皮兰德娄对戏剧进行革新，突破了许多旧框子，在戏剧里加进了说理性议论，大段独白经常是独立完整的论证。他的每一出戏的结构都独出心裁，做到内容与形式统一。他的戏打破了舞台的时空限制，消除了过去与现在、幻想与现实的界限。有时台上台下连成一片，演员甚至跑到剧院外广场上，以此扩大戏剧的容量。

贝内德托·克罗齐（Benedetto Croce, 1866—1952）是著名哲学家、美学家、历史学家、文学评论家和政治活动家。他入罗马大学哲学系学习，毕生致力于学术研究。1903—1944年他主编大型理论刊物《批评》，广泛讨论文史哲理论问题，在欧洲影响很大。1947年他在那波里建立意大利历史研究所，积极参与社会活动，于1910年当选参议员，1920年担任教育部长。1922年墨索里尼上台后，他因拒绝效忠法西斯被撤职。1925年他起草著名的《反法西斯知识分子宣言》，征集几百人签名，公开与反动当局决裂。他的住宅遭搜查，从此他一直受法西斯政权监视。1943年他带头重建自由党，次年担任该党主席。1944年1月他参加了抵抗运动最高领导机构全国解放

委员会的第一次代表大会，4月出任战后第一届联合政府的不管部
部长。1947年他辞去自由党主席职务，专心致力学术研究。

克罗齐一生发表了70部著作。他的"精神哲学"、自由主义的
历史学和直觉主义的美学在意大利思想界和文艺界产生了重要影响，
为建立20世纪资产阶级新文化和现代文学批评做出了重要贡献。他
的哲学思想来自黑格尔的唯心主义，被称为新黑格尔学派。他像黑
格尔一样提出"精神哲学"的概念，认为精神是唯一的实在，但他
不以"自然哲学"为前提，没有设立客观的"绝对精神"。他是主观
唯心主义论者，认为本来"无形的物质"借心灵综合作用而得到形式。
在方法论上，黑格尔的辩证法指出，思维规律与事物发展规律是对
立的统一，对立是发展的动力；而克罗齐认为精神生活的节奏不仅
有对立也有差别，精神活动是在不同层次上永无止境的循环，因而
与之对应的事物是形态上的差别，而不是本质上的对立。他否定了
客观精神的神学，也排斥了黑格尔的辩证法，主张机械的循环运动，
强调思维活动与事物发展的和谐。

他最具特色的是美学和历史学理论，在这两个学科上都接受了
意大利历史学家维柯（1668—1744）的影响。他的美学主张直觉即
艺术，直觉是认识的起始，产生对具体事物的意象。意象是直觉创
造的主观感情的外化，一切直觉既赋形式于物质，也是抒情的表现，
而集景物抒情于一体的直觉就是艺术。意象使感情形象化。如果感
情通过意象得到恰当表现，就产生了"美"，即"成功的表现就是
美"。这种直觉主义的美学强调了艺术的特殊属性和规律，但绝对化
了直觉在艺术中的作用，排斥了观念和行动的意义，否定了艺术家
的世界观在创作中的主导。他认为每个人都有直觉，人人都是艺术家。
他继承了维柯关于艺术是尽人皆有的精神活动的平民化观念，反对
只有少数"优选者"能辨别美丑的"精神贵族"观点，认为语言与

艺术在本质上同一，语言学就是美学。

他的历史学基本观点也是极端唯心的，认为精神活动是推动历史进程的决定力量，经济、社会等制度因时而变，不存在永久的真实。他反对把历史看作"政治历史"，认为只存在"精神历史"。历史发展的各阶段只有差别而无矛盾，并且循环不已，继承了维柯的历史循环论。他还认为历史事件经现代史学家分析、判断后，是现代人思想的产物，一切历史都为现实服务。他的史学著作就体现这一史学观念。从自由主义思想出发，以史为镜，古为今用，提倡民主，抨击专制，为反法西斯主义抵抗运动提供舆论。

他对文学评论的贡献也是多方面的。他写过文学史著作《十九世纪欧洲文学史》，也写评论著名作家的专著《但丁》《莎士比亚》《歌德》《阿里奥斯托》《维柯》，还写过许多评论文章，对薄伽丘、高乃依、斯丹达尔、巴尔扎克、邓南遮等有精辟论述。他遵循意大利文学家德·桑克蒂斯开创的现代文学批评新方法，既反对古典批评只论艺术形式，也反对 19 世纪实证主义和社会学批评只论文章道德。他的评论既重视文学作品的艺术个性，也重视作品的思想内容及作品与社会和时代的关系。他还认为对文学作品的欣赏要置身作者的历史情境，也要结合欣赏者当前的现实，提出了接受美学的新课题。他的文学批评有效地抵制了当时意大利的唯美主义和颓废主义倾向。

克罗齐的文章内容深奥，但条理清晰，行文简练流畅，遣词恰当精确，具有科学散文严谨简洁的风格。他的全部著作于 1936 年汇集成 72 卷，分成《精神哲学》《哲学论文》《文学和政治历史著作》《杂论》四大部分出版。

安东尼奥·葛兰西（Antonio Gramsci, 1891—1937）是意大利无产阶级革命家和文艺理论家。他毕业于都灵大学，1919 年创办马克思主义周刊《新秩序》，1921 年参加创建意大利共产党。1922—1926 年他代表意共参加共产国际第四、五次代表大会，当选为执行委员会主席团成员。1924 年他当选议会议员，领导意共议会党团进行反法西斯斗争，1926 年遭法西斯逮捕，被判 20 年监禁。葛兰西是活动家也是理论家，在其不长的一生中写下大量著述，在马克思主义的发展上卓有建树，具有国际影响。他在铁窗下奋力写作，32 卷本的《狱中札记》（1947—1975）是主要作品。他结合意大利历史与现状，通过论述人文主义、马基雅维利学说、克罗齐思想、民族复兴运动、南方问题，来阐明国家政权与社会文明建设的关系。他注重研究上层建筑领域的阶级冲突与斗争，强调意识形态和文化因素对工人运动和无产阶级政党的影响。他的文艺理论集中在从《狱中札记》中整理出来的《论文学与民族生活》（1950）之中，运用历史唯物主义立场和观点，对文学从理论上和现象上进行精辟论述，代表了马克思主义文艺思想在意大利的运用和发展。葛兰西批判克罗齐"直觉即艺术"的唯心主义观念，认为文学艺术是历史的产物，是特定的社会思想和道德观念的体现。他主张文艺批评应研究作品与作家的世界观及一定社会集团思想的关系，应探讨作品的形式与内容互相依存的辩证关系，认为作品是内容与形式的有机统一。

葛兰西对但丁、马基雅维利、皮兰德娄等意大利作家的独树一帜的评论曾在 50 年代引起热烈争论；对于世界文学大师托尔斯泰、莎士比亚的评论也很有创见；对于流行报刊连载小说和科幻小说的现象所做的解释，涉及接受美学的新课题。他对建设无产阶级的文学有理想的设计，指出无产阶级在完成夺取政权的使命同时，要建立自己的新文化与新文学，并承担"民族的教育者"职责；但同时也认为文艺不是政治说教工具，艺术创作应当是自由和独立的，不应受官僚机构干涉。他的其他著作还有《狱中书简》（1947）、《青年时代文论 1914—1918》（1958）、《社会主义与法西斯主义》（1966）等。

伊尼亚齐奥·西洛内（Ignazio Silone，1900—1978）生在南方偏僻小镇，上教会学校，留下较深的宗教烙印。1915 年地震，他家破人亡，中断学业，不久投入政治斗争，17 岁开始在社会党青年机关报《先锋报》当编辑，后主办《先锋周刊》，曾任社会党青年团总书记。1921 年他脱离社会党，加入共产党，并担任重要职务。1926 年他转入反法西斯地下斗争，次年与陶里亚蒂一起代表意共参加莫斯科的共产国际会议。1930 年他流亡瑞士，同年因对斯大林的做法持异议被共产党开除。他仍坚持反法西斯斗争，并开始文学创作。

他的第一部长篇小说《丰塔玛拉》（1933）在瑞士用德文发表，次年在巴黎和苏黎世出版意大利文版，风行欧美，数十次再版。该小说由十篇特写组成，用农民自叙形式描写。"丰塔玛拉"是虚构地名，意为"痛苦的源泉"。小说诉说 1930 年前后意大利南方农民灾难性的经历，控诉法西斯的残暴。地主勾结教会，依仗法西斯政权庇护和纵容，肆意侵害农民利益。他们霸占水源，使农民无法耕种；法西斯党徒还闯入农民家里轮奸妇女。青年农民贝拉多与法西斯分子面对面斗争，遭酷刑折磨，壮烈牺牲。在他的精神感召下，农民创办了小报《怎么办？》，向外界揭示真相。小说以农民的质朴语言，将赤裸裸的现实昭示天下，一连串的"怎么办"振聋发聩。这部成功的社会问题小说打响了意大利作家反法西斯的第一枪。第二部作品《面包和酒》首先于 1936 年在伦敦出版英译本，次年意大利文本和德文本在瑞士问世，1955 年改名为《酒和面包》重版。小说写一个神学院学生的思想经历。他原来向往当神父，后来丧失宗教信仰，改信社会主义，但在反法西斯斗争中历经坎坷，在失败与失望中毁灭。作品反映了法西斯统治下知识分子在残酷现实中得到的惨痛教育，在斗争中的困惑及悲观。作者谴责法西斯践踏自由和正义，但把社会主义理解为宗教信仰。小说在意大利境内秘密流传，影响很大。

　　1944 年他回到祖国，定居罗马，1946 年被选为意大利共和国制宪议会议员，并一度担任社会党领袖和机关报等杂志的社长。1948 年社会党分裂，他宣布退出，不再参加任何政治活动。他的两部描写流亡国外的爱国志士侨居生活和斗争的小说《雪地下的种子》（1941）和《狐狸与茶花》（1960）也深受读者喜爱。小说《一把黑草莓》（1952）刻画一位老游击队员战后的苦闷失望，展示新的精神危机。作者晚年作品宗教色彩浓厚。《路加的秘密》（1956）写农民路加为心爱的女人保守秘密而蒙冤入狱服刑 40 年，宣扬基督教的仁爱与忍耐。历史小说《一个可怜的基督徒》（1968）描写 13 世纪教皇西莱斯廷五世与红衣主教卡埃塔尼的冲突。政论文集《太平门》（1965）总结他的政治生涯。

　　埃利奥·维多里尼（Elio Vittorini，1908—1966）在中等技校毕业后当过建筑工人、排字工人、校对员，通过自学练就写作能力。1931 年开始他在佛罗伦萨的文学杂志《索拉利亚》上发表短篇小说，后结集为《小资产阶级》（1935），描述小资产阶级企图逃避现实、追求理想生活的幻想。1933—1934 年他在同一杂志上连载第一部长篇小说《红石竹花》，这是《丰塔玛拉》之后意大利最早的反法西斯文学作品，也是作者的成名作。小说写一个青年误入歧途，成为法西斯突击队员的故事。这些青年在彷徨、苦闷之中幻想通过暴力寻求出路，极易接受法西斯宣传蛊惑。作品揭示法西斯主义同小资产阶级意识的关系，通过回忆将人物的主观理性判断和感情变化交织在叙事中，形成独特的视角与抒情风格。《红石竹花》被法西斯审查机关查禁，单行本 1948 年才出版。他被迫暂时停止创作后，转而从事文学翻译，1930—1940 年间翻译评介了大量北美作家的作品。

1936 年发生西班牙内战，国际纵队的英勇介入使他深受鼓舞，亲身投入意大利国内的反法西斯斗争，并于同年 9 月着手创作新的长篇小说《西西里谈话》，1938 年 4 月开始由《文学》杂志连载，1941年正式出版。这是他的代表作，通过从米兰回西西里岛探亲的主人公同故乡许多劳动群众的交谈，指控法西斯政权专横残暴，反映西西里人民贫穷、痛苦的处境和愤懑情绪。迫于当时的政治环境，小说在纪实基础上采用了隐喻。因抒情意味浓重和语言具有诗的节奏被誉为"音乐剧"式的小说。1941 年他迁居米兰，参加意共领导的抵抗组织的地下活动，配合山上的游击斗争。他根据这段经历写成第三部长篇小说《人与非人》（1945），反映 1943 年冬米兰市人民反抗德意法西斯的英勇战斗。这是黎明前的黑暗，斗争残酷，许多战士牺牲。作者毫不留情地抨击代表"非人"的法西斯组织，谴责它的倒行逆施是对"人"和"人性"的摧残和毁灭，同时赞扬反法西斯战士捍卫了人的生存权利和做人的尊严。小说夹有作者的大段议论，还有各种对话，如活人同死者及人同物的对话，也有人物的内心独白，增加了抽象说理成分，追求哲理化，并采用了闪回、倒叙、插叙等电影蒙太奇手法。这三部长篇小说被称为作者的反法西斯三部曲。

1945 年他创办了文艺刊物《工艺》，与意共领导人陶里亚蒂就文化与政治、艺术与革命的关系在杂志上以公开信形式辩论。他强调创作的独立性与艺术的人道主义使命。1949 年他发表描写战后人民群众在废墟上重建家园的小说《墨西拿妇女》，带有新现实主义倾向。此后，他因对战后形势失望而辍笔，进入出版社做文学编辑。随笔《公开的日记》（1957）打破了他多年的沉默，记录了他在《工艺》上主持各种辩论的过程及他本人对所争论的问题的思考。1959 年他和作家卡尔维诺主编《梅那博》杂志，倡导"工业题材文学"，号召写工业化社会中人的异化，得到不少作家响应。他的评论作品收入《两种力量：文学思想笔记》(1969)。小说创作还有长篇《世界城市》(1969)、短篇集《名字和眼泪以及其他故事》(1972)。

朱塞佩·翁加雷蒂（Giuseppe Ungaretti，1888—1970）生于埃及亚历山大，20多岁回意大利，随即去巴黎上大学，在巴黎结识了一些法国象征派艺术家和意大利未来主义者。他尤其欣赏法国诗人马拉美隐晦难懂的作品，认为深奥是诗的魅力所在。一战爆发后他回意大利，开始在未来主义刊物上发表诗歌。不久他奔赴前线，在意大利与奥地利边境当步兵，艰苦的战争经历在他早期诗歌中打下烙印。战争结束后他定居罗马，并以报社记者身份周游各国。1936年他去巴西圣保罗大学教意大利语言和文学，1942年回罗马，在罗马大学文学系讲授意大利现代文学。1962年他被推选为欧洲作家联合会主席，后曾担任国际笔会副主席。1964年他赴美国，任哥伦比亚大学客座教授。

他的创作分三阶段。一战结束前是早期。他出版了最初的两部诗集《被埋葬的港口》(1916)和《覆舟的快乐》(1919)。前者是抒情短诗集，短小精悍的诗句，立意新颖独特，语言精新雅致，抒发哀伤幽怨的个人情怀。后者叙述他在战争中的痛苦经历，表达在残酷的环境中人的求生欲望，揭示战争给人类造成毁灭性灾难和死亡。他偏爱节奏感强烈的短诗，以极其经济的笔墨书写富有刺激力的诗句，竭力挖掘个别词语蕴含的特殊意义，曾经写过只有一句话的诗，由两个词组成。他采用象征主义诗歌的特别手法，恰当运用想象和隐喻。这些早期的作品被认为是隐秘派诗歌的起源。

1920—1937年是第二阶段。此时意大利法西斯日益猖獗，主要作品是诗集《时代的感情》(1933)，表达为人类和文明的安危担忧。他不再探索个人主观世界，而是关注外部世界的变化。作品是理性的呼声，而不是感情的火花。他抛弃从前不加标点的短诗形式，内容更充实，形式更完整，结构完美匀称，语言更朴素凝练，但保留了含而不露、寓意深刻的特点。《一只鸽子》是该诗集画龙点睛之作，只有一句话：我听到了大洪水时的／一只鸽子。这是来自《圣经》的典故。

第三阶段是二战期间。他所担心的灾祸果然降临，人类遭受浩劫，诗人的生活也发生很大的不幸，兄弟去世，九岁的儿子夭折。个人的丧子之哀与战争给人类造成的悲剧感贯穿于诗集《悲哀》（1947）。诗集中有抒发个人悲痛的作品《我失去了一切》，也有痛斥德国纳粹野蛮轰炸的《别再喊叫了》。他的痛与恨升华到对生之痛苦的抽象感慨，有些作品是对人生的哲理性思考。这部诗集返璞归真，极富传统诗歌古朴的抒情风格，除悲切之情外还表现出强烈的空虚与失落。诗集《乐土》（1950）通过对古希腊神话的描写，借人物之口抒发失去青春年华的落寞。晚年的其他作品还有《呼喊与风景》（1952）、《老人笔记》（1960）和《对话》（1968）等诗集。

埃乌杰尼奥·蒙塔莱（Eugenio Montale，1896—1981）幼时曾师从著名歌唱家西沃里，培养了对歌剧和抒情歌曲的爱好，因而日后在音乐评论上卓有成绩，写诗时能敏锐地掌握韵调和节奏。1916年他写的诗歌《夏日正午的漫步》因完美的形式被收入中学课本。1917年他应征参加一战，在前线的两年中写下一些诗篇。战后他从事新闻工作，1922开始发表诗作，1925年将之前的作品编辑成第一部诗集《乌贼骨》，出版后他成为著名抒情诗人。该诗集是他早期创作之大成，诗人在其中著名的抒情诗《柠檬》中宣称，他同官方的和学院派的"高贵的诗人们"决裂，把"小径""田野""柠檬树"等平凡事物看作诗歌的源泉，从中感受生活的真谛。这首诗实际上成为他的创作宣言。与诗人的追求相反，现实是丑恶的，"生活之恶"

像蛀虫一样蚕食世界，使之只剩下一副残骸——"乌贼骨"，这就是诗集名称的含义。诗集没从正面描写法西斯统治的黑暗，却集中而强烈地表达了人在高压下的失望、厌恶和悲愤。诗集运用一系列象征形象，如"枯黄萎缩的败叶""奄奄一息的鸟儿""喉管被扼断的溪流"等来描写"生活之恶"的暴虐造成的生存悲剧和心灵创痛，体现了隐秘派诗歌善用象征和隐喻手法，创造出深邃而朦胧的艺术意象。

1927 年他迁居佛罗伦萨，居住 20 年，这是他创作的第二阶段。他起初在维俄舍文学馆当馆长，结识了许多进步作家，为各种文学刊物撰文，同时勤奋写诗。他还先后赴巴黎、伦敦旅行。他始终与法西斯当局对立，早在 1925 年就在克罗齐发起的《反法西斯知识分子宣言》上签名，1938 年又因拒绝加入法西斯党被开除公职。他没屈服，闭门从事欧洲多国的文学作品翻译。1943 年德国纳粹占领佛罗伦萨，他的寓所成为进步作家和反法西斯地下斗争的战士的聚会点。1945 年他加入反法西斯的行动党，主持该党的机关刊物《自由意大利》，后被全国民族解放委员会任命为文化艺术委员会委员。

《境遇》（1939）是他第二部诗集，也是创作成熟期的代表作。诗集继续开掘《乌贼骨》的主题，抒写人生的孤独与哀伤。作品的场景更加多姿多彩，思想内涵更深沉。诗的立意新颖独特，意蕴无穷，多用简洁的短诗形式，显示出格言警句式的风格，象征和隐喻手法也达炉火纯青。如《剪子，莫要伤害那面容》一诗采用"面容"和"剪子"做象征意象的载体，剪子代表时间，剪裁着人们的记忆，而"面容"就是记忆中埋藏的亲朋好友的脸。诗人请求"剪子"不要伤害"面容"，因为它是"记忆中唯一的幸存"。这种担忧道出了诗人对"面容"的一往情深和对"剪子"的无奈。

1948 年他定居米兰，创作进入最后阶段。他在《晚邮报》任编辑，并开始撰写音乐评论文章，后来结集为《乐盲》出版。在米兰诗人感到寂寞，妻子去世后更孤单，便开始绘画，专攻水彩。他以音乐绘画为伴，但诗歌创作在数量上较以前更多，主要作品是诗集《暴风雨以及其他》（1956），收集了二战后的作品。其后又发表了婚姻纪念诗集《萨图拉》（1962）和悼念亡妻的《泽尼亚》（1966），还有诗集《71年和72年日记》（1973）、《四年诗抄》（1977）。《暴风雨以及其他》是他创作第三阶段的代表作。战后意大利进入工业化社会，但诗人敏锐地感觉到工业化社会中人的异化，因而集中描写西方现代人的悲惨生存处境。他以老年特有的睿智目光透视生活，通过对事物的观察和深思熟虑，获得许多灵感和顿悟，写出一首首简练隽永的短诗。这些诗较之前的作品更朴素凝练，哀伤忧郁的情绪更深重，哲理意味更浓厚，警句格言俯拾皆是。《暴风雨》这首诗表现人的惊恐不安，个性遭暴力摧残，犹如暴风雨之夜撞死于灯塔的飞鸟，这部诗集更具现代派色彩，人们的评价不尽相同，不如前两部诗集那么受欢迎。蒙塔莱的诗被誉为"纯诗歌"，在诗歌界产生了广泛影响。1975年他荣获诺贝尔文学奖。

萨尔瓦多雷·夸西莫多（Salvatore Quasimodo，1901—1968）在中学里同朋友们创办文学刊物，发表诗歌习作。进入大学后，他起初学土木工程，很快改学古希腊、罗马文学，后来因经济困难辍学。他为谋生四处流浪，当过描图员、店员、会计，饱尝生活艰辛。1929年他在佛罗伦萨结识了一些著名文学家，同诗人蒙塔莱成莫逆之交，开始为进步文学刊物《索拉里亚》撰稿。翌年他出版第一部抒情诗集《水与土》，一举成名，1939年被米兰音乐学院聘为意大利文学教授。他具有深厚的古典文学修养，对外国文学也有研究，做了大量的译介工作。二战期间，他积极支持反法西斯抵抗运动，写出许多脍炙人口的爱国主义诗篇，1959年获诺贝尔文学奖。此后他重病缠身，但一直与疾病搏斗。

他的诗歌创作分两阶段。前期作品除《水与土》之外，还有30、40年代陆续发表的诗集《消逝的笛音》（1930—1932）、《厄拉托与阿波罗》（1932—1936）、《新诗》（1932—1942），这些作品记录了他前半生的心路历程。他在漂泊异乡的途中思念故土，追忆童年，从中寻求慰藉。他把故乡的山水和亲情、友情看作幸福的象征，满怀深情地赞颂西西里明媚旖旎的风光，向家人和乡亲遥致敬意和祝福。但是对童年和家乡的回忆不能为他获得现实生活中的幸福和希望，他感到孤独和忧伤。爱情诗也在集子中占据一定比例。回忆的梦幻与现实情景重叠交叉，互相映衬，把诗人的心境刻画得细致入微。

二战给他进行了战火洗礼，他认为战争和抵抗运动"摧毁"了诗歌的传统内容。他开始更多地追求对话，而不是独白，不再仅仅抒发个人感慨，而是在抒情诗中增添"社会诗"成分。他写出激扬的战歌，代表作品是诗集《日复一日》（1945），标志着诗人在创作上的转折。经历了战争的苦难后，他的视野变得开阔，更关注祖国和人类的共同命运。他的诗内容更新，描述政治时局发展，展现社会生活前景，谴责法西斯暴行，歌颂抵抗运动。如《柳树枝头的竖琴》痛斥法西斯匪徒践踏意大利人民，屠杀无辜百姓。在《我的祖国意大利》《致切尔维七兄弟》中，他热情赞颂同法西斯展开英勇斗争的抵抗运动战士，称他们为民族复兴的希望之光。这诗歌曾极大地鼓舞了斗争中的人民，被争相传诵。诗人完成了走向现实的转变：诗风刚健清新，将隐秘派诗歌推进到新阶段。

二战后他出版了一系列诗集，如《生活不是梦》（1949）、《真假绿色》（1956）、《乐土》（1958）、《给予和拥有》（1966），表达了坚定崇高的生活信念，提出诗人的使命是改造世界和重新造就人。他的诗想象丰富、语言简明，在隐秘派诗歌中独树一帜。

第九节　东欧文学

波兰文学　一战结束后波兰获独立，资产阶级民主党建立了资本主义国家，但社会矛盾并没缓和，20、30年代发生严重经济危机。萨纳奇亚政府解决不了重要社会问题，相反，在镇压左派和民主力量方面大施淫威。二战一开始波兰就被德国法西斯侵占，广大人民陷于水深火热中。他们奋起抵抗，1942年1月成立波兰工人党，组织了人民近卫军，与流亡英国的资产阶级政府领导的国家军一起同希特勒法西斯顽强斗争。最后在世界反法西斯战争进攻的有利形势下，打败了德国，建立了波兰人民共和国。错综复杂的社会矛盾和斗争反映在此期文学中。现实主义文学仍占统治地位，作家们干预现实，直面人生，从各个角度描绘灾难深重、龌龊黑暗的社会现实，也反映了无产阶级的斗争。

女作家**玛丽娅·东布罗夫斯卡**（Maria Dabrowska，1889—1965）出身贫苦，谙熟农民生活，又在国外受过高等教育，20世纪20年代开始文学生涯，早期作品有短篇小说集《祖国的儿童》（1921）、《樱桃枝》（1922）、《童年的微笑》（1923）、《别处来的人们》（1925）。他以女作家的细腻笔调，生动地反映了波兰农民的悲惨命运和他们的斗争。乐观、昂扬的情绪展现在她大部分作品中。长篇小说《黑夜与白昼》（1932—1934）是代表作，写男女主人公一家三代的生活经历和复杂的关系，将1863年1月起义失败后到一战爆发初期约50年的社会生活作了有声有色、激动人心的描绘与概括，也真实地反映了此期波兰风起云涌的革命和人民在世界大战中蒙受的灾难。

女作家卓菲娅·纳乌科夫斯卡（Zofia Nafkowska，1885—1954）亲自参加过反法西斯斗争。她的小说复杂，象征主义和现实主义均有很深的印迹。长篇小说《泰蕾莎·亨涅尔特的浪漫史》（1923）和《界线》（1935）是主要作品。前者围绕一个暴发户与上层官僚的复杂关系，深刻地剖析了萨纳奇亚政府的腐败及他们争权夺利的尖锐斗争。《界线》写一个普通编辑经过多方拼搏，荣升市长，但地位一变，马上推行起维护统治阶级利益的政策，被工人们仇恨。小说具有深刻的现实意义和认识价值。

此期的诗歌创作中，现实主义占主导地位。**尤利扬·杜维姆**（Julian Tuwim，1894—1953）是20世纪上半叶波兰著名诗人，主要作品有诗集《窥视上帝》（1918）、《跳舞的苏格拉底》（1920）、《第七个秋天》（1922）、《血语》（1926）、《黑林村纪事》（1929）、《吉卜赛的圣经》（1933）等。对大自然的爱和对美妙青春的追求蕴含在早期诗作中。波兰独立后，社会依然百孔千疮，他此期的诗歌常描写伤残者和精神失常者的心态和情绪，实际上是对病态社会的影射。20年代末他的诗歌突出阶级对立，对饥寒交迫的穷苦人给予无限同情，严厉抨击银行家和交易所经纪人的无耻。在30年代的诗歌中他则把笔锋对准了战争狂人和腐朽没落的统治者。鲜明的政治色彩贯穿他的诗歌。

安东尼·斯沃尼姆斯基（Antoni Sfonimski，1895—1976）出身知识分子。在诗集《十四行诗集》（1917）和《黑色的春天》（1918）中，他写了个人的痛苦经历，抒发对旧世界和当时的社会制度的不满和愤恨，也揭露了世界大战给人民带来的巨大灾难。诗集《没有格子的窗》（1935）以现实主义精神，深刻地解剖了贫富不均、阶级对立的资本主义社会，并以政治家锐敏的眼光预示帝国主义发动战争必将给人类带来大灾难。两次大战间，他还写了许多小品、政论，创作了剧本。喜剧《家庭》辛辣地讽刺了法西斯主义的种族歧视。

两次世界大战之间无产阶级革命诗歌得到进一步发展，形成了颇具声势和影响的革命诗歌流派。1925年革命诗人弗瓦迪斯瓦夫·布罗涅夫斯基（1897—1962）、斯坦尼斯瓦夫·雷沙尔德·斯坦德（1897—1939）和维多尔德·万杜尔斯基（1891—1937）联合出版的诗集《三声排炮》标志了这一诗歌流派形成。他们的诗歌从内容到形式都继承了19世纪末无产阶级革命诗歌的传统。布罗涅夫斯基的成就最大，著有《风车》《城上的烟雾》两部诗集和长诗《巴黎公社》（1929）。他的诗歌是波兰共产党领导广大人民群众进行革命战斗真实而生动的艺术记录，推动了波兰工农革命运动。

20世纪上半叶，现代派文学在波兰也得到发展，出现了先锋派诗歌。这派诗人有尤利扬·普日博希（1901—1970）、尤泽夫·切霍维奇（1903—1939）和斯坦尼斯瓦夫·卞达克（1909—1964）等。现代派文学发展的另一标志是荒诞派戏剧的出现。荒诞派戏剧的代表作家是斯坦尼斯瓦夫·伊格纳奇·韦特凯维奇（1885—1939）和维托尔德·贡布罗维奇（1904—1969）。前者的荒诞戏剧有《水鸭》（1922）、《小庄院里》（1923）、《母亲》、《疯狂的火车头》等。后者有《轻歌剧》和荒诞小说《弗迪杜克》《横渡大西洋》等。

捷克文学和斯洛伐克文学　20世纪初，捷克社会矛盾错综复杂，反映在文学上是各种流派竞相出现，呈现多元局面。不过，这些流派未形成完整体系，也未成为文坛主导力量，有以下代表人物：

自然主义小说家卡·马·恰佩克-霍特（1860—1927）受左拉影响较深，代表作长篇小说《涡轮机》（1916）写两个社会地位悬殊的家庭的变迁。象征主义诗人布热齐纳（1868—1929）和安·索瓦（1864—1928）忽视作品的思想内容。前者有5部艺术性较强的诗集,《神秘的远方》《西方的黎明》《来自两极的风》《神殿的建筑师们》和《双手》,记录诗人从忧郁、彷徨走向热爱、拥抱全人类的心路历程。他的诗歌形式很美,但有时晦涩难懂。后者有诗集五种,《我的家乡》《故乡之歌》《同情与反抗》《被揉碎的心灵》及《暴怒后的哀愁》,描绘捷克南部自然风光,表达对个性解放的强烈要求和对人的尊严的珍重。他的诗富有表现力,但语言较抽象费解。颓废派诗歌代表卡·赫拉瓦切克(1874—1898)英年早逝,有《迟到的早晨》及《复仇的歌》两部诗集。他特别注意旋律优美,追求乐性,但情绪悒郁、苦闷。另外,深受尼采艺术思想影响的约·斯·马哈尔(1864—1942)著有诗集《信仰》《来自维也纳的哀歌》《这时可能盛开玫瑰花》和《抹大拉的女人》等。爱国诗人维·迪克(1877—1931)著有诗集《轻快的和沉重的步履》《或许》及《最后的一年》等。还有对故乡和女性抒发炽烈的爱的诗人卡·托曼(1877—1946)及猛烈抨击军国主义和教权主义的诗人弗·什拉麦克(1877—1952),也都颇具影响。

　　一战后,捷克处于激烈动荡中。西欧的哲学思想和结构主义、象征主义、表现主义、超现实主义等现代主义文学流派开始渗透、影响捷克文学。而一批革命作家和诗人却迎着时代暴风骤雨成长起来,在作品中展示了革命的美好前景,如玛耶罗娃、弗·万丘拉(1891—1942)、哈谢克、恰佩克。30年代捷克文学接受了苏联文学的巨大影响,社会主义思想得到传播和加强,涌现出瓦茨拉维克(1897—1943)、伏契克等马克思主义文艺批评家,发表了一大批反映工人阶级生活、突出共产党人在斗争中的组织领导作用的文学作品。1939—1945年捷克斯洛伐克人民经历了反法西斯斗争的严峻考验,伏契克、万丘拉和瓦茨拉维克等革命作家为国家独立和民族解放献出了宝贵的生命。20世纪上半叶在捷克享有较高声誉的诗人和作家有：

无产阶级诗人　1）斯·科·诺伊曼（1875—1947）的早期作品受象征主义影响较深。《森林、河流、山坡集》（1914）热情歌颂大自然，为十月革命欢欣鼓舞，标志他世界观、艺术观的重要转变。《生活万岁》《红色之歌》则标志他的艺术走向成熟。2）伊·沃尔凯尔（1900—1924）年轻时著有《无产阶级的艺术》《自由的捍卫者们》等论文。代表诗作有表达热爱全世界、拯救全人类的《宾至如归》和批判自己博爱思想的《分娩》。3）维·奈兹瓦尔（1900—1958）早期诗集《令人叫绝的魔法师》和《哑剧》受兰波和阿波里奈影响，是捷克唯美主义代表。30年代他又成为超现实主义诗歌领头人。他关心时代发展和人民命运，写出一批反映人民生活和斗争以及揭露30年代严重经济危机的诗歌，如《爱迪生》《玻璃大衣》《回程票》。他50年代初写有长诗《斯大林》和《和平歌》。

小说家和剧作家　雅·哈谢克（Jaroslav Hašek，1883—1923）出身贫寒，参加过苏联红军和布尔什维克党，一生创作短篇小说、政论和小品文千余篇，另有剧本和3部长篇小说。揭露、鞭挞旧社会的腐朽与黑暗是他作品的中心内容。长篇小说《好兵帅克》（1920—1923）被译成十多种文字，成为世界名著。小说成功地塑造了好兵帅克，而且全面、深刻地反映了奥匈帝国统治者的专横凶残、教会的贪婪伪善、帝国主义战争的野蛮残酷。小说使用了大量民间谚语、笑话，为小说语言民族化做出了贡献。

卡·恰佩克（Karel Čapek，1890—1938）世界观受相对主义哲学困扰，加上与上流社会交往过密，因此对当时社会制度抱有幻想，对改变这一制度恐惧。他发表了一系列科幻作品，有剧本《万能机器人》（1920）、《长生诀》，科幻小说《专制工厂》（1922）、《炸药》（1924）等。这些作品揭露资本主义社会的黑暗与腐朽，但调子低沉，流露悲观情绪。他的科幻作品博得国内外关注和赞赏，他对人类掌握原子能的预言和制造机器人的推想已成现实。30 年代面对日益猖獗的德国法西斯，他写了 4 部强烈反法西斯的作品：长篇小说《鲵鱼之乱》（1936）、《第一救生队》，剧本《白色病》《母亲》。他喜欢曲折动人的情节，作品可读性很强。他是捷克最具世界性的作家。

伊万·奥勃拉赫特（Ivan Olbracht，1882—1952）长期做报刊编辑。初期作品有短篇小说集《邪恶的愤世嫉俗者》（1913）和长篇小说《最黑暗的牢狱》（1916）、《叶塞尼奕演员的奇怪友谊》等。20 年代他赴苏访问后著有《今日俄罗斯印象》（1921）、《奥地利及共和国趣事九则》（1927）等。代表作长篇小说《无产者安娜》（1928）通过贫苦农村姑娘的成长，展示 20 年代捷克工人运动发展的历程，反映了各阶层真实状况。其他作品还有小说《被遮蔽的镜子》、报告文学集《无名之地》和中短篇小说集《山谷中的戈利特》等。

玛·玛耶罗娃（Marie Majerová，1882—1967）出身工人家庭，当过用人，曾积极参加工人运动。她的小说拓展了捷克文学的主题，以新鲜生动的画面展示资本主义时期工人的生活和斗争，如小说《贞洁》《红花集》。代表作《汽笛》（1935）围绕矿工一家三代人的坎坷遭遇，真实地概括了克拉德诺矿工和冶金工人从个人自发反抗到有组织的大罢工的斗争史。姊妹篇《矿工之歌》写一对矿工夫妇的悲惨命运。作者的小说风格素雅，文笔生动，成功地运用了口语、谚语及俗语，具有鲜明的地方特色。

尤·伏契克（Julius Fučik，1903—1943）出身工人家庭，热烈拥护十月革命，18 岁加入共产党，以《在我们的明天已成为昨天的国家里》（1931）和《在亲爱的国家里》（1931）等书讴歌苏联社会主义。后来他积极参加罢工，应征入伍，继续从事革命宣传。1939

年 3 月捷克被德国法西斯占领，他继续写作。在被逮捕关进监狱的
411 天里，他在碎片纸上用铅笔头写下了不朽的震撼世界的《绞刑
架下的报告》（1945）。这部极具感染力的长篇报告文学，详尽地描
述了作者被逮捕、遭拷打、战友救护等真实情况，显示了忠于革命、
忠于祖国、宁死不屈的高尚行为和美好心灵，被译成 90 多种文字。

匈牙利文学　1918 年 10 月匈牙利爆发资产阶级民主革命，推
翻奥匈帝国统治，成立了资产阶级民主共和国，接着又成立了匈牙
利苏维埃共和国。但无产阶级政权很快失败，共产党转入地下。二
战期间匈牙利成了法西斯德国的附庸，参加侵苏战争。后来在苏联
红军支持下，推翻了法西斯政权，揭开了历史发展新一页。在动荡
的政治形势下，文学的发展道路坎坷。20 世纪初文学刊物和社团组
织活跃起来，在布达佩斯创办了《西方》文学杂志，成立了"西方社"，
积极介绍西欧现代作品和俄罗斯现实主义文学，并以"现代性""新
颖性"作为口号。

一战中奥匈帝国以失败告终，匈牙利失去了原领土的 2/3，匈牙
利族居民有 1/3 被并入邻国，因此在周边东欧国家都有匈牙利语文学。
鲍拉日、戛波尔、伊列什等人成了流亡作家，在国外创办有影响的
文学刊物《匈牙利作品》（1932—1937）、《道路》（1931—1936）。国
内的文学刊物有《篝火》（1921—1944）和《当代》（1926—1940）。
两次世界大战期间的文学更多描写经历过战争和革命、又遭受法西
斯统治的多灾多难的社会。关心社会进步和人生未来的作品越来越
多，各种流派和风格相继出现。表现主义、结构主义、新古典主义
和客观现实主义等文学派别不再陌生。各种体裁的文学作品中，诗
歌遥遥领先。在小说方面，乡土文学与城市文学并驾齐驱，各具风格。
无产阶级文学经历了血与火的考验，流亡到苏联的作家创办了《新
生》（1938—1941）文学杂志，旨在建立反法西斯统一战线。20 年

代末涌现一批民粹派作家，后来革命势头低落时，一些人动摇，既反资本主义，也不拥护社会主义，梦想走第三条道路。不久他们分化，有的人走到法西斯营垒一边。

20 世纪上半叶的文学批评和研究存在多流派共荣共争。实证主义、精神历史学、形式主义、结构主义、"实用批评"、"新批评"等派别都有过影响。此期也有用马克思主义进行创作和研究的作家和批评家，其中巴林特·久尔吉（1906—1943）、法布里·佐尔坦（1897—1970）、卢卡契·久尔吉和列瓦依·尤若夫影响较大。

奥第·安德莱（Ady Endre，1877—1919）是民主主义作家，曾著文《地震》，热情赞颂俄国 1905 年革命。他的《新诗集》（1906）开匈牙利现代文学先河，对封建主义的憎恨、对西方资本主义的向往展露字里行间。诗集《血与金》（1907）、《在伊列什车上》（1908）进一步深化这个主题，艺术形式更臻完美。其中愤怒控诉封建制度的《匈牙利荒原》，畅想新时代、渴望革命的《在新水上行舟》，讴歌劳苦群众为争取解放而英勇斗争的《孔雀起飞》，及赞颂无产阶级伟大力量的《进军之路》、《无产者儿子之歌》（1909）等诗篇，都具有强大生命力，深受读者喜爱。他的诗歌深受古典诗歌影响，结构完整严谨，语言洗练晓畅，充满激情，某些描写充满神话般色彩。

莫里兹·日格蒙德（Móricz Zsigmond，1879—1942）是重要的民主主义作家，曾热烈拥护 1918 年资产阶级革命，衷心欢呼 1919 年无产阶级革命。他曾与人合编过《西方》杂志（1929），主编过"民粹派"作家的刊物《东方人民》（1939—1942），以写作反映劳动者疾苦的短篇小说驰名文坛。小说有《七个铜板》（1908）、《悲剧》（1909）、揭露控诉帝国主义侵略战争的《穷人》（1916）、抨击黑暗的封建社会的《污金》（1910）、《在上帝的背后》（1911）和《火炬》（1917）等。20 年代后半期，他又写了揭露贵族阶级腐朽溃烂的《通

宵达旦》（1928）、《老爷的狂欢》（1928）和《亲戚》（1930）。30 年
代他扩大了小说主题，进一步表现农民的反抗斗争，如《幸福的人》
（1932）、《强盗》（1936）和《罗饶·山陀尔》（1940—1942）等。
他还有自传体小说《我的一生的小说》（1939）和描述孤儿痛苦生活
的《孤儿院的孩子》（1941）。

此期值得提及的诗人有：“西方社”的第一代诗人巴比契·米哈
依（1883—1941），代表作有诗集《伊里斯花圈上的叶子》（1909）、
《约拿书》（1938）和多篇重要诗作；尤哈斯·久拉（1883—1937），
作品中激荡着深厚的人道主义和爱国主义感情，如诗集《匈牙利画
家笔下的匈牙利景物》（1912—1914）、《匈牙利之夏，1918》（1918）、
《为工人之家题词》（1920—1921）、《大平原之夜》（1924—1925）；
匈牙利无产阶级诗歌奠基人尤若夫·阿蒂拉（1905—1937），他的
《熊之舞》（1934）、《悲痛欲绝》（1936）、《外城之夜》（1932）三
本诗集博得好评，还有一部阐释自己诗学观点的诗集《不是我在叫
喊》（1925）；伊叶什·久拉（1902—1983），集诗人、小说家、戏剧
家、传记文学作家于一身，主要有叙事诗《三个老头》（1932）、《说
英雄》（1933）、《青春》（1934）、《废墟上的秩序》（1937）等，散
文代表作《草原上的人们》（1936）和传记作品《裴多菲》（1936）；
被德国法西斯杀害的烈士诗人劳德诺蒂·米克洛什（1909—1944），
主要诗集有《异教的祝词》（1930）、《新式牧歌》（1931）、《复苏的
风》（1933）、《行走吧，被判处死刑的人》（1936）、《陡峭的山路》
（1938），另外还有《童年时代的日记》（1938）等自传体散文作品。

20 世纪上半叶匈牙利的戏剧作品主要有莫尔纳尔·费伦茨
（1878—1952）的《魔鬼》（1907）、《莉莉约姆》（1909）、《侍卫官》
（1910）、《天鹅》（1920）、《奥林匹亚》（1928）和鲍拉日·贝拉
（1884—1949）的《蓝胡须公爵的城堡》和《木雕王子》等。

匈牙利现代文学史上有一些长期流亡国外的共产党员作家。长篇小说《蒂萨河在燃烧》（1929）和《喀尔巴阡山狂想曲》（1939）的作者伊列什·贝拉（1895—1974），长篇巨著《多拜尔多》（1937）的作者查尔卡·马德（1896—1937）就是他们的代表。

罗马尼亚文学 20世纪以后，罗马尼亚作家在坚持本民族特色的基础上，更多地尝试现代化语言和手法，逐渐与世界文学大环境相融合。尤其一战后，小说在罗马尼亚文学中占最重要的地位，特别是长篇。此期现实主义是小说主流，现代派倾向的反传统作品也崭露头角。因为许多作家出生于农村，反映农村生活的作品丰富，成绩突出。

利维乌·雷布列亚努（Liviu Rebreanu，1885—1944）中学毕业后上军校，后在军中服役，因爱好文学他辞去军职，回乡写作。他是罗马尼亚现代长篇小说创始人，小说风格朴素自然、深厚凝重，犹如黑土。第一部长篇《依昂》（1920）展现出20世纪初罗马尼亚农村的生活画卷，也深刻地揭示了农民与土地的复杂关系。主人公一贫如洗，为得到梦寐以求的土地，抛弃恋人，娶了富农的女儿。但他逐渐厌烦了婚姻和妻子，妻子不堪他虐待自杀身死。他于是回头去追求旧情人，结果丧生情敌之手。《起义》（1932）则反映罗马尼亚1907年农民起义，有很高的艺术和史学价值。

米哈依尔·萨多维亚努（Mihail Sadoveanu，1880—1961）当过杂志编辑、剧院经理，1929年当选罗马尼亚科学院院士，留下百余部作品。1897年他开始创作，初期多写底层人民。1904年他出版了《故事》《肖依姆》《难忍的痛楚》《布列库老汉的酒馆》四部小说集，获得巨大成功，以至于人们戏称1904年为"萨多维亚努年"。此后他几乎每年写两部以上作品，题材涉猎乡镇、现代与远古、现实与梦幻、自然与社会。现实主义、浪漫主义、自然主义、象征主义创作手法在他的作品中均有运用，而且很好地融合在一起。他的代表作有《泥棚户》（1912）、《漂来的磨坊》（1915）、《安吉察客栈》（1928）、《斧头》等。中篇小说《斧头》是他最优秀的作品。小说写一个坚强的农村妇女凭自己的智慧，在好心人帮助下，为被谋害的丈夫报仇，表现了罗马尼亚人民不屈不挠的精神，展现了丰富多彩的民俗和如画的风光。

20世纪初占领罗马尼亚戏剧舞台的依然是19世纪的剧作，但30年代一批新人涌现。两次大战期间，著名的剧作家米哈依尔·塞巴斯蒂安（1907—1945）使罗马尼亚戏剧前进了一步。20世纪罗马尼亚诗坛涌现各种风格流派：世纪初象征主义繁荣一时，两次大战期间抒情诗盛行，诗的语言、形式、意境多有出新。例如诗人、剧作家、哲学家、杂文家卢齐安·布拉加（1895—1960）出版了《光明诗篇》（1919）、《先知的脚步》（1921）、《睡梦颂歌》（1929）、《分水岭》（1933）等十几部诗集。他的诗带有哲人的深邃思考，如短诗《三种面孔》描述人生三个阶段不同的特征，富于哲理。

保加利亚文学　资产阶级独裁政权将保加利亚推入两次巴尔干战争和两次世界大战。一战后保加利亚文学进入发展期，无产阶级文学逐渐取得胜利。战后不久，许多青年诗人壮大了作家队伍。《青年》《红笑》《新路》等刊物成为繁荣革命文学的重要阵地。20年代诗歌仍居文学首位，讽刺诗流传广泛。许多诗人围绕1923年9月起义惨遭镇压写了不朽诗篇，被称为"九月文学"。30年代，《星》《工人文学阵线》《盾》等报刊是革命作家的阵地，建立了"劳动战斗作家联盟"，促进反法西斯作家团结。此期，文学创作题材进一步丰富拓展，体裁更多样，涌现出反映社会生活广阔画面的中长篇小说。诗歌也面貌全新地汇入革命诗歌创作热潮，革命诗歌成为诗歌创作主流。例如柳德米尔·斯托扬诺夫（1888—1973）

早期写印象派诗歌，20 年代后逐渐贴近现实生活。《人类之母》
（1925）、《人间生涯》（1939）等诗表达了对祖国、大地、人民和自
由的热爱。组诗《西班牙》赞美反法西斯斗争的英雄，还有格尔·米
列米的抒情长诗《九月》，尼古拉·赫列尔科夫的《半夜宰割》《党
证》，赫里斯托·拉德夫斯基的著名诗集《心向党》（1923）、《脉搏》
（1936）等。

二战前夕，"劳动战斗作家联盟"的出现推动了文艺创作，无产
阶级文学进入新阶段。二战爆发后，作家的生活和创作遇到极大困难。
反动当局查禁进步报刊，迫害作家，文学处于白色恐怖中。他们有
的被捕入狱，有的为革命献出了生命。但革命文学在反法西斯斗争
中依然发挥了积极作用，地下刊物《爱国者报》发表了许多洋溢高
昂战斗精神的诗歌和政论作品，沉重地打击了敌人，鼓舞了与法西
斯强盗浴血奋战的广大军民。

尼古拉·瓦普察洛夫（Никола Вапцаров，1909—1942）生于
现今马其顿，17 岁进航海学校，研读过马列经典著作，接受了共产
主义世界观。毕业后他当过火夫和机工，对工人遭资本家压迫和剥
削的情况了解较深刻。1933 年他加入了保加利亚工人党，积极参加
工运，建立工人剧团，组织文学和音乐晚会，领导工人与工厂主斗争。
被厂方解雇后，他先后当过火夫、火车司炉、屠宰场技工，与工人
建立了密切联系，还同无产阶级作家们结下了深厚友谊。1940 年他
出版了诗集《马达之歌》。不久他担任保共中央军事委员会委员，领
导武装斗争。1942 年他不幸被捕，英勇就义。

他的文学事业与保加利亚人民反法西斯的斗争和革命活动紧密
相连。他 1926 年开始发表作品，用诗歌表达对自由幸福的向往和对
真理的追求，但艺术上稚嫩。1936 年到索非亚参加无产阶级文学团
体后，他的创作发生了质的飞跃。《祖国》《高尔基》《世纪》等诗是

他成熟的标志。他的革命抒情诗反映无产阶级反对资产阶级的斗争，具有奋发向上的革命乐观主义精神。《工厂》展示了资本主义制度下工人悲惨的生活，表达了他们的愤怒。不过，工厂也提高工人觉悟，促使他们团结求解放。在他笔下工人和农民占重要地位。例如，《历史》一诗多方面描写人民的生活和斗争，充分肯定人民的历史地位和作用。在《决斗》《西班牙》等诗中，他热情赞颂了各国人民相互支援的伟大力量。

格·卡拉斯拉沃夫（Георги Караславов，1904—1980）的文学创作起步于20世纪20年代，短篇小说集《街头沦落人》（1926）真实地描述了社会底层和流浪儿的悲惨生活，《牧笛悲咽》（1927）再现了九月起义失败后法西斯残酷镇压人民的血腥现实，也表现了人民不屈不挠的革命气节。30年代中期出版的短篇小说集《在岗位上》（1932）和《两条战线》歌颂劳动者的成长壮大，真实地描写了劳动者与统治阶级的生死搏斗，还塑造了一系列大智大勇的英雄形象。30年代后期写的几部小说，深刻揭露了农村私有制，长篇小说《曼陀罗》（1938）和《儿媳妇》（1942）是这方面代表作。《儿媳妇》剖析一个富农家庭，反映30年代保加利亚农村复杂的阶级关系。富农主人公专横、贪婪，千方百计地抢占农民的土地，卑鄙地剥削雇工。他丧失人性，竟把妻子、儿子当奴隶使唤。他政治上野心也不小，妄图通过竞选爬上政治舞台。他的儿媳妇勤劳、善良、端庄美丽，但公公对她百般挑剔、刁难，强迫她干无法承担的苦活儿，过早地丧夫又造成她心灵上严重的创伤。然而，狠心的公公反而把她赶回娘家。她终于坚强起来，当面揭露了公公曾经害死过邻居家小孩的罪行。小说结构严谨，情节曲折，富有戏剧性。

1944年9月9日保加利亚建立了人民共和国，歌颂反法西斯伟大胜利的诗歌在文学界遥遥领先。描写、讴歌民族解放斗争也是40

年代走上文坛的现实主义诗人很感兴趣的主题，有的诗人还赴建设工地参加义务劳动，体验生活，描绘社会主义建设的宏伟图景，赞美建设者崭新的精神风貌。反法西斯斗争也是此期戏剧创作的重要主题，著名戏剧作品有克·丘里亚夫科夫的《斗争在继续》（1944）、《第一次打击》（1952），奥·瓦西列夫的《警报》（1948）和《幸福》，卡·齐达罗夫的《皇上的恩典》（1949），罗·斯特列尔科夫的《侦察》（1949）等。反映城乡社会主义建设的戏剧作品有格·卡拉斯拉沃夫的《加贝罗夫一家》（1955）和根据自己的同名小说改编的话剧《儿媳妇》，伊利亚·沃伦的《狼的时代》（1956）等。

1956 年在消除个人迷信和反对教条主义的政治气候下，一些有过创伤的诗人站了出来，写了些呼唤解冻的诗。40、50 年代大批反法西斯斗争和反映社会主义建设的小说虽有历史价值和艺术审美价值，但普遍公式化、概念化，人物形象苍白无力。1956 年解冻后，表现不正当的生活对社会和个人造成危害的小说多了起来，古利亚什基的《金羊毛》、卡尔切夫的《新城奇缘》、拉伊诺夫的《路茫茫》等是这方面的代表作。

南斯拉夫文学 20 世纪初南斯拉夫文学越来越关注欧洲文化中心地兴起的文学运动，涌现一批具有欧洲文化素养、谙熟文学艺术现代倾向的作家。美学家波格丹·波波维奇（1863—1944）、评论家约万·斯凯尔里奇（1877—1914）的著作标志塞尔维亚文学发展新时期来临。在克罗地亚文学中，马托斯、米兰·马良诺维奇（1879—1955）接受现代派文学主张，对文学发展做出一定贡献。在斯洛文尼亚，不少作家愿意接受欧洲文学全部的内容和形式，包括颓废派、印象主义、象征主义。塞尔维亚文学、克罗地亚文学、斯洛文尼亚文学都向欧洲现代主义文学靠拢。现代主义倾向比较明显的作家有约万·杜契奇（1871—1943）、米兰·拉基奇（1876—1938）、伊希道尔·赛库里奇（1877—1958）、伊沃·沃依诺维奇（1857—
1929）、弗拉基米尔·纳佐尔（1876—1949）、米兰·贝戈维奇（1876—
1948）等。此期不少诗歌表达南斯拉夫各族人民民族解放的思想。
巴尔干战争之前，塞尔维亚的爱国抒情诗空前繁荣，主要的诗人有
维里科·彼特洛维奇（1884—1967）、阿列克斯·珊蒂奇（1868—
1924）等。此期的斯洛文尼亚文学也对自己的民族问题积极关心起来。

　　20世纪初塞尔维亚和斯洛文尼亚还出现了"社会文学"派。这
派作家注重描写无产阶级的生活和斗争，塑造工人运动的新人形象。
塞尔维亚"社会文学"派还创办了《新文学》（1928）等革命文学刊
物，集中介绍苏联无产阶级革命文学，宣传历史唯物主义，反对资
本主义和法西斯主义。"社会文学"派的代表作家有普雷日霍夫·沃
兰茨（1893—1950）及约万·波波维奇（1905—1952）等。此期，
许多作家为推行新的文学创作方法、建立崭新富有活力的文学流派
而不懈地努力。新老两代作家就许多文艺问题展开了有意义的争论，
结果青年作家取得了胜利。

　　一战给文学领域带来了动荡和变化。1918年建立的塞尔维亚克
罗地亚斯洛文尼亚王国，并没解决民族和社会问题。这时期最有影
响的作家是科尔莱扎、米洛什·茨尔尼昂斯基（1893—1977）、伊
沃·安得里奇（1892—1975）和沃兰茨等人。两次世界大战期间，
当表现主义在斯洛文尼亚和克罗地亚取得显著成就时，在塞尔维亚
的文学中心贝尔格莱德超现实主义空前活跃，它甚至成了欧洲第二
个超现实主义中心。大战期间，社会文学作为强有力的文学流派，
也得到长足发展，而原来较落后的马其顿文学也开始复兴，主要代
表人物是科乔·拉钦（1908—1943）。

　　斯洛文尼亚革命作家**伊·参卡尔**（Ivan Cankar，1876—1918）
以写作带有西欧现代派诗歌特点的抒情诗走上文学之路，后来逐步

转向现实主义道路，写了许多很有影响的小说和剧本，反映人民的苦难生活，抨击资本主义剥削制度。小说作品主要有中篇小说《仆人耶尔奈和他的权利》（1907）、《助手玛丽雅的家》（1904）等。长篇小说有《在山谷里》（1902）、《巴尔丁·卡丘尔》（1905）等。主要剧作是《贝塔伊诺瓦的太上皇》（1902）。这些作品反映了斯洛文尼亚下层民众的苦难，鞭挞贪得无厌的资产阶级和腐败无能的官吏。他文笔洗练简洁，富有浓郁的感情色彩和人道主义精神。

奥东·茹潘契奇（Oton Župančič, 1878—1949）是 19 世纪下半叶、20 世纪上半叶最著名的诗人，早期作品有现代主义手法的诗集《醉心杯》（1899），感情充沛，富有号召力。诗集《穿过平原》（1904）酣畅淋漓地描绘与赞美美丽的大自然，激荡着爱国主义情感。诗集《独白》（1908）真实地描绘人民的痛苦与灾难。诗集《血染朝霞》（1920）猛烈抨击侵略战争，并对未来表达了坚定的信心。反法西斯战争期间的诗作都辑在《大雪覆盖的长春花》（1945）集子中，他还写过不少儿童诗并翻译西欧和俄国名著。

米·科尔莱扎（Miroslav Krleža, 1893—1981）是南斯拉夫共产主义者联盟最早成员之一，著名诗人、小说家、戏剧家，是该国当代文学最有影响的人物之一。他一生创作了 60 部作品。长篇小说《菲利普·拉丁诺维奇的归来》（1932）写私生子主人公由奋发图强成为画家到腐化堕落的演变，刻画了淫妇、神经衰弱者、好色之徒、疯狂的冒险家等形象，展现出资产阶级腐败沦亡的全景。长篇小说《在记忆的边缘》（1938）描述一个资产阶级知识分子对社会的愤愤不平和对资产阶级议会所抱幻想的破灭，以及两次大战期间克罗地亚社会生活和法西斯主义在欧洲的泛滥。《戈莱姆巴依家族的老爷们》（1928）最初以小说形式问世，后改编成话剧，被称作两战期间南斯拉夫现实主义高峰作品。它以广阔的画面叙述克罗地亚资产阶级兴起、发展到衰落，形象地阐释了资产阶级必然灭亡的真谛。"戈莱姆巴依家族的老爷们"在南斯拉夫已成"没落资产阶级"的同义语。

普雷日霍夫·沃兰茨（Prežihov Voranc，1893—1950）在斯洛文尼亚当代文学中占有重要地位，1935年出版小说《与水搏斗》，受到文学界好评，后发表了描写克留什卡人反奥匈帝国统治的小说《纵火者》（1939）和反映斯洛文尼亚军队武装起义的小说《妙龄》（1940）。其他小说还有描写南斯拉夫统一后斯洛文尼亚社会生活的《小坑》和《从科特利到贝利沃德》（1945）、《在国外土地上的战斗》（1946）、《我们的界石》（1946）等。

布拉尼斯拉夫·努希奇（Branislav Nušić，1864—1938）19世纪80年代开始发表作品，50年间发表了大量小说、小品文、诗歌和戏剧作品。他喜剧成就最高，著名喜剧作品有《大臣夫人》（1931）、《多拉尔先生》（1932）、《悲伤的亲属》（1934）、《博士》（1936）、《亡人》（1937）等。

1941—1945年是南斯拉夫历史上最光辉的五年。各族人民在铁托为首的南共领导下，同德、意法西斯斗争，许多作家、诗人牺牲在法西斯监狱里或战死疆场。作家们在极其困难的条件下写作，涌现很多爱国主义诗歌、小说和戏剧作品。克罗地亚作家**弗拉基米尔·纳佐尔**（Vladimir Nazor，1876—1949）是民族解放战争时最有代表性的人物之一。他战前从事教育工作，1942年参加游击队，次年当选克罗地亚人民解放反法西斯委员会主席，战后任克罗地亚人民共和国国民议会主席团主席。他从事文学活动50余年，作品很多，《斯拉夫传奇》（1900）和《克罗地亚国王们的故事》（1904）代表他最初的成就。民族解放战争时期和解放后，他发表了一系列赞美游击队英勇战斗、军民团结的诗歌和小说，著名的有《游击队之歌》（1944）、《同游击队在一起》（1945）、《铁托同志的故事》（1946）等。

　　此期是南斯拉夫戏剧发展的黄金时代。1941 年夏，南斯拉夫人民解放游击队建立了自己的剧团。从此每个旅、师、解放区的每个村子都组织了剧团或文化小队。1942 年 7 月又建立了南斯拉夫人民解放剧团。这些剧团演出独幕喜剧、闹剧，揭露、控诉法西斯侵略者的罪行，讥讽、鞭挞叛徒的可耻。在战争年代里，戏剧工作者同战士一样，过着紧张而艰苦的战斗生活，因此剧作缺乏较高的艺术性。但在动员群众、组织群众投入革命方面，游击队戏剧无疑起过巨大作用。从戏剧发展来说，游击队戏剧是 30、40 年代戏剧过渡到现代戏剧的桥梁。此期著名的戏剧家有玛戴依·鲍尔、米兰·考洛普契奇、普·菲利鲍维奇、米尔科·鲍日奇等。其中鲍尔的《衣服褴褛的人们》家喻户晓。

　　二战结束后的最初两年里，南斯拉夫全国一派生机勃勃的景象。老作家活跃，出版了民族解放斗争时创作的传统风格佳作。许多声誉很高、具有民族优秀传统的抒情诗人努力创作出一批反映社会主义建设的诗歌。原属于社会文学运动的诗人也怀着对崭新社会主义制度的激情，创作了不少感情激越、格调高雅的赞歌。被称为"铁路工人"的一批年轻诗人也加入了诗人队伍。

　　苏联文学对南斯拉夫文艺产生了一定影响，但二战后随着南斯拉夫与"共产党情报局"（即 1947 年成立的新共产国际组织）决裂，这一情况发生了变化，南斯拉夫的文学艺术彻底与社会主义现实主义分道。此后，社会主义现实主义成了教条主义、公式化的代名词。本来就有一定基础和影响的现代主义文学便迅速地蔓延开来，如奥·达维乔的长篇小说《歌》代表了先锋派特点；斯·维纳威尔、米·茨尔尼昂斯基、米·科尔莱扎等人的作品显示出从表现主义到超现实主义的转变。崇尚唯智论、宣扬叛逆、反对和唾弃都市文明是这批作家的共同主题。现代派诗人极力推崇自由诗，蔑视通俗易懂的民歌形式。小说家和诗人都随心所欲地反常规，把表现主观世界和内心激情看作至高无上。

现代主义对文学的猛烈冲击，也使一些具有古典倾向的作家困惑，某些人开始模仿现代派，发表了与自己原来小说不同的新作。安得里奇只有七万余字的小说《罪恶的牢院》（1954）最有代表性。

此期最著名的作家**伊沃·安得里奇**（Ivo Andrić，1892—1975）二战时创作了3部长篇小说，1945年将《德里纳河上的桥》《特拉夫尼克纪事》和《小姐》出版。《德里纳河上的桥》没有中心故事，也没有贯穿始终的人物。它以大桥为主线，通过一连串真实感人的故事，巧妙地概括了波斯尼亚自15世纪中叶被奥斯曼土耳其占领，到20世纪初一战爆发约450年的历史，描画了漫长的历史岁月里错综复杂的民族矛盾和阶级矛盾，展示了各阶层人民遭受的苦难，热情地讴歌了坚强骁勇的波斯尼亚人民勇于斗争、敢于胜利的优秀传统。这部小说被译成40多种文字。1961年作者因为这部小说获得了诺贝尔文学奖。

《特拉夫尼克纪事》是样式新颖的心理历史小说，人物和事件与法国资产阶级革命后外国在特拉夫尼克设领事馆那段时间联系在一起。波斯尼亚是欧洲三大强国角逐的场所，四种宗教展开了你死我活的斗争。作者以此为背景，凭借独特的艺术构思，展现了东西方两种文化、两种世界、两种人生观的尖锐冲突。他还以纤细的笔触描写了两个领事馆同土耳其官方的关系和外交活动，刻画了十多个栩栩如生的人物和他们不同的心理、思想、民族和文化特征。《小姐》反映现实生活问题。主人公是孤独的女高利贷者，一生致力发财。作者采取传统的现实主义手法，剖析了这位疯狂追逐金钱的小姐，入木三分地揭露了市民道德堕落的根子。《罪恶的牢院》（1954）是他后期的力作。小说讲一个无辜的正教修道士落入罪恶的牢院前后遭受的苦难。但随着情节展开，画面愈来愈复杂，变成众多受难者的大悲剧。土耳其监狱实际是整个世界和生活的象征，监狱里聚集了杀人犯、骗子、强者、弱者、疯子、贪婪鬼等。他们中间还有理想主义者、幻想者、心地善良者、慈善家、纯洁的受苦人——罪恶的牢院已成为一切时代暴政的象征。这小说很短，但深广度不亚于长篇小说，且结构很复杂，故事中孕育故事。

米·拉里奇（Mihailo Lalić，1914—1992）是南斯拉夫最有影响的作家，有多部短篇小说集和长篇小说《婚礼》等。《婚礼》（1950）是他的代表作之一，也是南斯拉夫反法西斯文学名著。小说卷首引用了英国作家高尔斯华绥的名言：“在被称作文明的社会里，希望的唯一的源泉，是持久的勇敢精神。”这句话是支撑整个作品的灵魂，也显示了作家的革命人生观。以主人公为首的一大批青年革命者陷于囹圄，受尽严刑拷打，但他们并没失去信心和勇气。主人公鼓励、领导战友们越狱，并精心制定逃跑方案。监狱极其恐怖，法西斯的刑罚非常残忍。然而，他们战胜了一切，终于逃出陷阱，重返游击队，迎接起义的来临。作者把忍受酷刑和流血牺牲比作走向“婚礼”，而新娘就是真理和自由。

布·乔皮奇（Branko Čopić，1915—1984）在军旅小说创作方面与拉里奇并驾，但他的成就主要体现在中、短篇小说上。主要作品有《刺刀上的露水》（1947）、《山民学校》（1948）等短篇集，长篇小说有《决口》（1952）、《无声的火药》（1957）。作者遵循描写普通人、表现普通人的原则，细致入微地描写了一系列为反对不公平和暴力而战斗的小人物，塑造了一大批普通战士、革命者的形象，歌颂顽强的斗志和不惧牺牲的献身精神。在他的小说中，妇女占重要位置，母亲的形象尤为突出，如把自己全部的爱都奉献给了游击队员的英雄母亲米丽娅，口里念叨着战士的名字，昂首走向刑场。

她的英雄形象家喻户晓，小说《米丽娅》也成了名篇佳作。还有《跟随自己的军队》中一对双胞胎的母亲跟随部队，走遍了黑暗的波斯尼亚，最后牺牲在暴风雪中。年轻的姑娘们对革命事业也怀有坚定的信心，系列故事《尼科列丁纳·布尔萨奇生平轶事》（1955）中的布尔萨奇是神枪手，但对乡亲却怀有鸽子般善良的心，也已成为南斯拉夫国内无人不晓的英雄。作者一生为儿童写了15本书，如《游击队的故事》（1947）、《蛇翼下讲的故事》（1950）等，塑造了栩栩如生的小游击队员、通讯员、司号兵、警卫员形象。长篇小说《决口》真实地描画出穷乡僻壤的人民在共产党领导教育下，由分散落后的小生产者变成有组织守纪律的革命战士的过程。与拉里奇庄重、古朴的风格不同，他是幽默大师，是带着微笑的作家。

安·伊萨科维奇（Antonije Isaković，1923—2002）以少而精取胜，著有3部写民族解放斗争的短篇小说集《大孩子》（1953）、《蕨与火》（1962）和《空岸》（1970）。他风格独特，不写敌我军事冲突，而是全力剖析战斗者的心理，捕捉他们思想的火花。他的小说里没有枪林弹雨，展示的是客观环境如何影响普通战士的生活，改变他们的思想。他的作品都以民族解放斗争为题材，但每一篇构思角度不同，都具有很强的感染力。

戴·马克西莫维奇（Desanka Maksimović，1898—1995）是著名浪漫主义诗人，20年代开始发表作品。1945年以来她出版的诗作主要有爱国抒情诗《茨薇塔·安得里齐的解放》（1945），诗集《诗人与故乡》（1946）、《梦中的俘虏》（1959）、《我请求宽恕》（1964）、《我再也没有时间》（1973）、《秘鲁后世人纪事》（1976）、《瑞士留影》（1978）和五卷本的《戴·马克西莫维奇诗集》，其中有多篇十分有名的诗作。诗人始终为促进人与世界、人与人、人民与人民的相互了解不懈地努力。

瓦·鲍巴（Vasko Popa，1922—1991）是塞尔维亚和南斯拉夫现代主义诗歌的旗手，截止到80年代他共出版了7本诗集：《树皮》（1953）、《一直耕耘的土地》（1956）、《次要的天空》（1968）、《狼的盐》（1976）、《大路中间的人家》（1976）、《活肉》（1976）和《白刃》（1981）。鲍巴是战后塞尔维亚最早涌现的先锋派诗人之一。他把塞尔维亚古代的和近代的诗歌传统巧妙地运用到现代派诗歌中，表达了当代人丰富而高昂的感情。他的诗歌既具有民族风味，又具有两次大战期间诗歌的大胆泼辣。在战后成长起来的先锋派诗人当中，他占有特别重要的地位。

60年代中期，在诸多戏剧家中独占鳌头的是德·道布雷强。他的喜剧《共同的住宅》获得很大成功。在此期间，焦·莱鲍维奇和亚·奥布莱诺维奇合著的话剧《天上的队伍》是南斯拉夫解放后戏剧发展的重要成果。该剧本虽然也写战争，但属于哲理戏范畴，对生与死的问题阐明了独到见解。

阿尔巴尼亚文学　在反对本国封建主和土耳其的统治中发展起来、以浪漫主义为基调的阿尔巴尼亚民族复兴文学的后期重要爱国诗人**恩德莱·米耶达**（Ndre Mjeda，1866—1937）著有主要诗集《青春之歌》（1917）、《利苏斯》（1921）和《自由》（1937）。他是民族主义者，为建立阿尔巴尼亚民主制度不懈斗争，并无情地揭露、鞭挞反动的天主教首领。他在抒情叙事诗方面作了大胆尝试，在使用对比、比喻、借喻、讽刺等方面独树一帜。他的景物描写别具特色，语言丰富优美。此期其他较有成就的诗人、作家和学者还有萨米·弗拉舍里（1850—1904）、阿斯德伦（1872—1947）、米哈尔·格拉梅诺（1872—1931）、留依吉·吉拉库奇（1879—1925）和雷斯托·西里奇（1882—1936）等。

1912 年，遭受土耳其统治五个世纪的阿尔巴尼亚，终于获得民族解放和国家独立。从此时到民族解放战争前夜的文学，被称作民族独立时期文学，它经历了三个阶段。1）1912—1924 年，主要继承民族复兴文学的进步传统，歌颂爱国志士为建立民主制度进行的斗争。2）1924—1934 年，索古皇帝的独裁统治使进步文学遭到极大摧残和破坏。3）1934—1936 年，革命与反革命、进步与倒退激烈斗争，一批新生力量在斗争中成长，诗人、作家米吉安尼是杰出代表。许多青年作家团结在他周围，形成了著名的 "1935 年的一代"。

米吉安尼（Migjeni，1911—1938）主要作品有诗集《自由的诗》和大量散文。《自由的诗》由《复兴之歌》《贫困之歌》《西方之歌》《青年之歌》和《最后的歌》五部分组成。《复兴之歌》共有《新时代的儿女》《让人诞生吧》《觉醒》《火星》《青春颂》及《未唱出的歌》六首诗，表达诗人对外国侵略者的痛恨和对民族解放事业的同情。《贫困之歌》写城市贫民艰难凄惨的生活，抒发对封建主义千百年来的堡垒及其他压迫者的无比愤恨，揭露了宗教的虚伪。《西方之歌》痛斥拜倒在西方颓废文化面前的知识分子。《青年之歌》歌唱纯洁的爱情、美好的未来和生活的欢乐，欢呼 "春天（即共产主义）已经来到人间"。他还著有讽刺小品和描写城市及农村生活的散文。早期讽刺小品揭露、控诉宗教、卖国知识分子、统治阶级和法西斯主义的罪恶。描写城市的散文名篇有《我的城市的复唱曲》（1934）、《在教堂里》（1935）、《禁果》（1935）等，展示了城市乞丐、失业者的悲惨遭遇，反映了战争前后阿尔巴尼亚的状况，表达了盼望革命早日到来，消除人间痛苦的愿望。几篇农村题材的散文和作者根据在普克镇任教期间的生活经历写成的短篇小说，是他全部作品中最优秀的。其中有反映封建主义、资本主义制度给山民带来奇耻大辱的《玉米的传说》（1936），描写贫穷卖炭者悲哀与辛酸经历的《大人，你要木炭吗？》，以震撼人心的艺术力量和催人泪下的人道主义精神，描述穷苦农民孩子的可怜状况和孩子对老师纯真的爱的《小留利》（1936）。这些作品还深刻地揭露了造成农民悲惨命运的索古王朝的统治者和议会，他们是穷人最凶恶的敌人。他对后来阿尔巴尼亚作家和文学影响巨大，带来了诗歌的新风气、新主题、新表现方法、新视野和新旋律。

在民族解放战争（即 1939—1944 年的反法西斯战争）中诞生的革命文学，继承了文学的优秀传统，为后来的文学打下了良好基础。《人民之声报》《自由的号召》及各种游击队战斗小报、小册子，是发表反映军民战斗生活的文艺作品的主要阵地。全国各地涌现出成千上万首民歌，描绘民族解放战争风貌，表达誓死保卫祖国、击败侵略者的意志和决心。每个突击师、旅，都有自己的进行曲。这些歌曲成为游击队民歌的精华。反法西斯斗争中成长起许多优秀的作家和诗人，比如法特米尔·加塔（1922—1989）是爱国教师的后代，17 岁就加入反法西斯斗争，20 岁挎枪上战场，与广大游击队员同生死、共患难，写了数以百计的歌词，谱曲后唱遍全国。他还写了《少年》《契里库》《阿尔巴尼亚心》等数十篇充满革命激情的短篇小说，塑造了宁肯牺牲也要保护游击队的红星的小游击队员、为祖国和革命战士献出亲生儿子的母亲等形象。

谢夫契特·穆萨拉依（Shevqet Musaraj，1914—1988）把毕生精力献给了民族解放战争，曾荣获社会主义劳动英雄称号。在反法西斯年代里，他在秘密刊物《自由的号召》上发表诗文，长篇通讯《步步跟随第一突击师》（1944）在全国影响巨大。讽刺长诗《国民阵线的史诗》（1944）以辛辣的漫画式笔触，揭露和嘲讽"国民阵线"在民族解放战争中可耻的行径和反动本质，刻画了该阵线头子们的阴险、奸诈、毒辣，塑造了爱国者的形象。

第十节　北欧文学

十月革命胜利，苏维埃国家诞生对北欧产生巨大影响。随着北欧诸国工业发展，资产阶级和工人阶级的矛盾日趋剧烈，罢工此起彼伏。19世纪90年代兴起的唯美主义已经反映不了尖锐复杂的社会现实，因此现实主义文学重新崛起。此外，随着工人运动发展及成人学校普及，一批无产阶级作家脱颖而出。他们的作品大多是自传体小说，通过描述作家"自我"或化身为主人公来展示北欧社会的变化、阶级关系和工人运动。工人作家大多来自农村，为找职业而辗转流浪，尝尽艰辛、饥饿和失业的痛苦。他们的父辈都是目不识丁的庄稼汉、长工或雇工，他们本人则靠刻苦自学才学到文化和知识，投身工人运动后在社会民主主义思想熏陶下成长。他们同大众息息相通，本身的丰富经历就是创作素材。这些自传体小说不少已成北欧文学的经典。希特勒德国发动二战，使北欧五国卷进了战争。在国难当头、民族危亡的时刻，北欧爱国作家和诗人，尤其是饱尝被占领之苦的丹麦和挪威爱国者们，站到反法西斯斗争的前列。他们写了大量小说、诗歌、剧本和纪实文学，均达到一流水平，是这些国家现代文学史上光辉的篇章。

北欧文学史上将此期文学称为"大战期间文学"或"占领期间文学"。30年代初希特勒在德国夺权并开始战争叫嚣时，瑞典出现了"战备文学"。随着反法西斯斗争开展和战争爆发，作家或站在人民立场，或站在西方资产阶级民主自由立场，声讨德国。例如1933年瑞典的拉格克维斯特发表了长篇小说《绞刑史》，抗议法西斯主义；挪威作家诺达尔·格里格在美国黑人运动员欧文斯1936年在德国举办的第十一届奥运会上夺得多项赛跑冠军后发表了一首只有十二行的政治讽刺短诗《短跑手》，挖苦希特勒；丹麦剧作家卡伊·蒙克1938年发表剧本《他坐在熔化炉上》，抗议纳粹迫害犹太人。

1936年西班牙内战爆发，北欧进步作家和共产党人创作了大量充满国际主义激情的诗歌、散文、戏剧和纪实文学作品。不少北欧人参加了国际纵队，有的献出了生命。1940年4月随着纳粹德国进攻和占领丹麦、挪威，北欧反法西斯文学进入新阶段。1940—1945年战争结束，北欧文学从数量和内容上都有较大变化。被占领的丹麦、挪威爱国作家，不分信仰和派别，除极少数站在德国一边（如挪威的哈姆生），都投入保卫祖国、抗击法西斯的洪流中，不少作家参加地下抵抗组织直接战斗；处在中立国的瑞典作家也站到支援兄弟国家的反法西斯行列中来。这阶段的北欧文学在号召、动员和激励人民与法西斯斗争中起了直接作用。借古喻今是北欧作家此期创作的一个特点，通过历史故事揭露敌人、鼓励人民，如瑞典作家威廉·莫贝里的历史小说《今宵驰骋》（1941）等。

以象征主义手法创作是此期北欧文学的又一特色，这类作品尤以德国占领的丹麦、挪威最多。挪威作家塔尔耶·韦索斯以隐喻和寓意表达对法西斯的憎恶和对抵抗运动的支持，如他的长篇小说《萌芽》（1940）和《黑暗中的房子》（1945）。芬兰共产党作家虽身处险境，随时都会遭逮捕、杀戮，但他们凭着对社会主义、共产主义事业的赤胆忠心，记录了芬兰共产党员和进步人士二战中的丰功伟绩，为北欧文学增添了光辉的一页。

从反法西斯文学看北欧作家，他们可分两大类。1）进步人士、共产党员，他们在苏联十月革命影响下，向往社会主义。如出身知识分子家庭的挪威作家诺达尔·格里格，丹麦作家、共产党员马丁·尼尔森等。他们的作品真实地反映了历史，极富感染力。2）有一定进步倾向，反对希特勒迫害犹太人和发动侵略战争的作家，但他们在反对希特勒的同时，也怀疑社会主义。

丹麦文学　　随着工业革命和资本主义发展，丹麦工业无产阶级队伍迅速壮大。丹麦的无产阶级文学比其他北欧国家早，产生于19世纪末，1900—1920年是繁荣期，主要作家有约翰·舍尔德堡（1861—1936）、耶普·阿克耶尔（1866—1930）、马丁·安德森·尼克索和汉斯·基尔克等。舍尔德堡的短篇故事、长篇小说、诗歌和戏剧着重描写雇农和贫苦农民的悲惨生活和艰苦劳动。他的代表作是长篇小说《一个战士》（1896）。阿克耶尔主要写贫苦农民，批判地主在社会、政治和文化诸方面对小土地拥有者和农业工人的欺压和掠夺，如《愤怒的孩子，一个雇农的故事》（1904）。

20世纪前半叶丹麦还有以达尔文主义为思想基础、信仰技术进步的著名作家约翰内斯·维尔海姆·延森等。随着德国法西斯日益猖獗，丹麦作家日益觉醒。他们抛弃和平主义幻想，纷纷发表小说、戏剧和诗歌，抗击法西斯。在德国占领丹麦斯间，诗歌创作较多，发挥了动员人民、宣传爱国主义的作用。此期主要有剧作家卡伊·蒙克、凯尔·阿伯尔和青年作家马丁·尼尔森（1922—1944）等。尼尔森是丹麦共产党员，积极参加反法西斯抵抗运动。德国占领丹麦后，他被丹麦当局逮捕并送到集中营服苦役，牺牲时年仅22岁。他最重要的作品是纪实文学《大消灭——来自斯图特霍夫集中营的报告》（1947），用铁的事实揭露了德国法西斯虐待和杀戮犹太人的罪行。

马丁·安德森·尼克索（Martin Andersen Nexo，1869—1954）是丹麦无产阶级文学创始人，也是北欧最重要的无产阶级作家。他生于哥本哈根工人家庭，十岁给人放牛，当过雇工、鞋匠、泥瓦匠等。1891—1893年他在两所成人学校学习，以后一度担任该校教师。1893年他开始创作，早期作品具有乡土色彩和社会批判内容。他对阶级压迫深为愤慨，主张社会革命，作品主要写被压迫阶级，对底层人民寄于无限同情。1894—1896 年他到意、西等地旅行，更坚定了无产阶级立场。在俄国十月革命鼓舞和教育下，他彻底同丹麦社会民主党决裂，成为丹共创始人之一。二战期间他积极参加反法西斯斗争，1940 年丹麦被德国占领，因抗击德国法西斯他 70 岁高龄被捕入狱，不久越狱到瑞典。二战后他回丹麦，但被反动分子诋毁，不得不于 1951 年再度流亡国外，侨居德意志民主共和国直至逝世。

　　他最重要的作品是三部曲：《征服者贝莱》（1906—1910）、《蒂特——人的孩子》（1917—1921）、《红色的莫尔顿》（又译《赤色分子莫尔顿》，1945—1948）。《征服者贝莱》以丹麦工人运动的兴起和发展为背景，描述贝莱从农村的贫苦少年成长为社会民主党领导人以及最后走上改良主义道路的过程。《蒂特——人的孩子》通过被遗弃的私生女、孤苦的农村姑娘遭受欺侮、受尽压迫的悲惨命运，对资本主义提出严正抗议。《红色的莫尔顿》是《征服者贝莱》的续篇，莫尔顿反对贝莱的改良主义路线，主张斗争。这部长篇巨著是丹麦工人运动史诗，贝莱从革命者蜕化为改良主义者和机会主义者，莫尔顿则在俄国革命影响下走上革命道路。他还著有短篇小说《阴影》（1989）、《朝向光明》（1938），中篇小说《生命的代价》（1899）、《母亲》（1900）及长篇小说《铁器时代》（1929）和四卷回忆录《一个可怜虫》（1932）、《在露天里》（1935）、《旅途的终点》（1939）等。

　　约翰内斯·维尔海姆·延森（Johammes Vilhelm Jensen，1873—1950）生在日德兰半岛兽医家庭，父亲对动物学和植物学有渊博知识。延森在创作中对丹麦和北欧的各种动植物细腻入微的描写及对植物性毒药的描写，主要得益于父亲的影响。而作为农村妇女的母亲对他讲了不少当地的逸事趣闻，成为他日后的素材，她也成为儿子笔下丹麦农村妇女的原型。延森念完教会学校后到哥本哈根去学医，晚上为报纸写连载小说贴补开销。1895 年年初他以惊险小说《卡茜娅的宝物》步入文坛，接着发表了《亚利桑娜的血祭》（1896）等谋杀凶案作品。这类小说虽颇受杂志和市民欢迎，文学评论家勃朗兑斯却批评其庸俗肤浅。延森接受了批评，于 1896 年发表了第一部有文学价值的小说《丹麦人》。此后十多年是他创作的多产时期。他以日德兰半岛北部风光和人物为背景，写了许多关于农民生活的短篇小说，收在三卷本《希默兰的故事》（1898—1910）中。这些短篇小说热情讴歌希默兰的农民，赞美他们日出而作、日落而息的简朴而健康的生活，也写了当地剽悍粗野的民俗乡风。其中最著名的短篇《安恩和母牛》已成为丹麦学校的语文教材，还不时在广播中朗诵。

弃医从事新闻报道和文学创作后，他曾被报馆派赴美、西、法采访，并到亚洲，访问了中国、马来西亚和新加坡等地。美国之行使他对先进的科技和广泛运用机器赞叹不已，认为这是人类文明进步的前景，因而出版了赞扬美国进步的书籍，如文集《哥特式的文艺复兴》（1901）、《新世界》（1907）等。1900—1901 年他出版了历史小说《国王的失落》三部曲：《早春夭折》《伟大的夏日》和《隆冬》。这部小说以平民大学生的悲欢离合，以及他同一个年轻贵族的恩仇冲突反映了当时丹麦社会的阶级矛盾，也展示了暴君昏庸无能及对外穷兵黩武、对内大肆杀戮的凶残面目。这部小说将丹麦军队和穷乡僻壤的剽悍风俗描绘得淋漓尽致，其中的复仇心理和凶杀场面是丹麦文学作品中最精彩的。《德奥拉夫人》（1904）和姊妹篇《车轮》（1905）看似推理小说，实质上深刻地描写了社会问题，情节曲折离奇，引人入胜，引起丹麦文坛极大轰动，是他最为人熟知的作品。1906 年起他写了不少神话和短篇小说，主要有《北欧神话》（1906—

1944）共九册，150篇。

大型系列历史小说《漫长的旅行》（1908—1922）是他的代表作，包括6部小说：《冰河》（1908）、《船》（1912）、《诺尔纳·盖斯特》（1919）、《失去的天国》（1919）、《奇姆利人的远征》（1922）和《克利斯托弗·哥伦布》（1922）。这部巨著叙述人类进化过程和达尔文进化论观点，从混沌初开的史前时代一直写到哥伦布发现美洲新大陆，由许多自成一体的短篇散文体故事串联。1923年他写了《美学与进化》，这是《漫长的旅行》的后记。为了进一步阐明《漫长的旅行》的基本思想，他又写了不少哲学性很强的散文集，如《进化与伦理》（1925）、《动物的蜕变》（1927）、《精神的目标》（1928）、《我们的起源》（1941）。《漫长的旅行》这部巨著使他1944年获诺贝尔文学奖。

汉斯·基尔克（Hans Kirk，1898—1962）生在乡村医生家，父亲对社会等级和不平等甚为反感。他受父亲影响，同情劳苦大众，一生为被压迫阶级不懈地努力。1922年他获得法学学位，不久成为丹麦进步刊物《火炬》和共产党报纸记者、左翼文艺评论家。他用马克思学说写文章，发表关于文学任务是为争取社会主义而斗争的评论文章。处女作长篇小说《渔夫》（1928）写一群笃信宗教的渔夫的艰难生活。小说《雇工》（1936）和《新时代》（1939）写农村工业化后小土地拥有者成为产业工人，以及工人受剥削、组织工会、举行罢工和经受失业痛苦的经历。二战期间他因抗德亲苏，1941年被捕入狱。大战后他又发表了不少长篇小说。历史小说《奴隶》写于大战期间监狱的恶劣环境中，发表于1948年，描述西班牙奴隶起义，以此鼓舞丹麦人民的斗争。《愤怒的儿子》（1950）也是历史小说。《魔鬼的金钱》（1951）写抗德英雄们向德国法西斯占领者展开斗争的悲壮故事。

卡伊·蒙克（Kaj Munk，1898—1944）是剧作家和诗人，获神学学位后于 1924 年成为牧师。他死前一直在西日德兰贫瘠地区当牧师。二战期间，他因抗德和积极参加地下抵抗运动，并担任抵抗运动发言人而遭逮捕，被纳粹杀害。他著有 60 余部剧本，几十篇政论文和诗歌，自成一体，不属任何文学流派。蒙克最初崇拜"强人"，赞赏德、意法西斯独裁统治，剧本《胜利》(1936) 是以意大利 1936 年入侵埃塞俄比亚为素材的作品。但他很快改变了观点和立场，谴责和抨击法西斯，并发表了抗议纳粹迫害犹太人罪行的剧本《他坐在熔化炉上》(1938) 及描写 14 世纪丹麦人抗击异族入侵斗争的历史剧《尼尔斯·埃伯森》(1942)。其他剧作还有《一个理想主义者》(1928) 等。

谢尔·阿贝尔（Kjeld Abell，1901—1961）1927 年在哥本哈根大学获政治学学位，同年赴巴黎和伦敦学习现代戏剧，在巴黎从事过舞台布景设计和艺术指导。1930 年他返回哥本哈根，在皇家剧院担任舞台设计。1941—1949 年他担任哥本哈根大型游乐场经理。剧本《安娜·苏菲娅·赫兹维》(1939) 提醒人们，由于资产阶级采取消极态度，德国纳粹势力正不断扩大，威胁着欧洲安全。在德国占领丹麦期间，他写了两个以隐喻手法呼吁抗击敌人的剧本《尤蒂丝》(1940) 和《女王又在巡视》(1943)。1944 年 1 月，当获悉蒙克被纳粹谋害时，他立即终止皇家剧院正在进行的演出，向观众宣布这一噩耗，自己也不得不转入地下。二战后他发表了剧作《丝堡》(1946)，严厉谴责战争期间对敌人采取绥靖政策和勾结敌人的行径。他还写有剧本《消失了的乐曲》(1935) 和《在云上的日子里》(1947) 等。他是激进剧作家，主张社会改革，建立无产阶级掌权的社会。在政治上他反对资产阶级；在戏剧舞台上他反对陈规陋习，主张改革舞台布景。他的每一部戏剧在艺术指导和舞台设计方面都标新立异，独具风格。

　　卡伦·布利克森 – 芬内克（Karen Blixen-Finecke，1885—1962）原姓迪内森，出身富裕地主家庭，1903—1906 年在丹麦艺术学院就读，后赴巴黎和罗马学绘画。1914 年她同布利克森 – 芬内克男爵结婚，婚后至 1931 年住在非洲。在肯尼亚经营咖啡农场。农场破产后，她回丹麦，开始创作生涯。贵族生活和东非经历为她写作提供了丰富素材，长期的艺术熏陶又使她观察敏锐，笔触细腻，生活情趣盎然。她的第一部短篇小说集《七个神奇的故事》（1934）以伊萨克·迪内森的笔名用英文首先在英、美发表，次年用丹麦文出版。它着重探讨人在生活中的作用，提出对生活和世界的精辟和总结性看法，一举成名。此后，她又发表了短篇小说集《冬天的故事》（1942）、《最后的故事》（1957）、《命运的轶事》（1958）和《草坪上的影子》（1960），以及描写强盗浪漫生活史的长篇小说《报复的道路》（1944）等。《非洲农场》（1937）（又译《走出非洲》）是她的代表作，由 54 篇既独立又联贯的散文组成，描述她在非洲经营咖啡农场时的见闻、非洲的风俗习惯、那里男女老少的命运、外来移民的生活等，熔自传、人类学、诗歌和论文为一炉。她去世后，她的长篇小说《埃伦加德》（1963）、《论文集》（1963）和短篇小说集《狂欢》（1977）被整理问世。她于 1960 年被选为丹麦学院院士，1955 年获安徒生奖，1959 年获彭托皮丹奖。

　　瑞典文学　20 世纪初至两次大战之间的瑞典文学中现实主义和现代主义并存。现实主义于世纪初重新兴起，而到 30、40 年代则涌现出一批工人作家，写出社会影响很大的作品，使瑞典文学面目一新。另一方面，自 20 世纪以来法国的象征主义和超现实主义、德国的表现主义传入瑞典，对瑞典文学影响很深。到 40 年代，瑞典的现代主义初具雏形，不再一味模仿法、德文学，本民族的特色更浓厚，诗歌方面尤其显著。

瑞典的工业化使社会财富增加，但也引起社会结构剧烈变化。资产阶级狂热地进行原始积累，而小农庄不断凋零破产，陷于赤贫的农民急剧增加，大批农民流入城市，上百万人漂洋到北美谋生。一战、苏维埃政权的诞生及芬兰工人起义等也引起瑞典社会动荡，工人运动蓬勃兴起。社会民主党的改良主义运动声势日益浩大，瑞典共产党也成立起来。在动荡的社会中，现实主义重振旗鼓，出现了一批反映瑞典社会问题的作家。他们大都生在 19 世纪 80 年代，1905 年前后发表作品，其中不少人当过记者，对现实问题兴趣浓厚。他们同 90 年代钟情古老庄园文化的唯美主义作家不一样，对工业化带来的经济和技术发展持积极态度。他们面向社会现实，密切注视瑞典人民的生活和思想变化，作品的主人公来自各社会阶层。他们沿袭了斯特林堡的风格，揭露上流社会的拜金主义、资产阶级的贪婪自私，并开始描写下层小市民的生活，同情他们。在思想上，这批作家受尼采和叔本华影响较深。他们大约在 1910 年左右成熟并形成自己的风格，因而又称"20 世纪 10 年代派"。代表作家有擅长写短篇小说的刘德维·诺德斯特罗姆（1882—1942），作品有短篇小说《渔民》（1907）和故事集《彼得·斯文斯克的故事》（1923—1927）等；古斯塔夫·赫尔斯特罗姆（1882—1953），长期担任《每日新闻》驻国外记者，主要作品有小说《制带者赖克霍尔姆的心意》（1927）；女作家爱林·维格奈（1882—1949），著有描写当时女权运动及女权运动的理论、纲领和组织形式的小说《笔杆》（1910）;席格弗里德·席维兹（1882—1970），其最著名的小说《下游》（1920）通过一家五个孩子的成长揭露资本主义社会中自私自利、残酷无情的寄生虫们的贪得无厌；雅马尔·贝里曼（1883—1931）是这派作家中较重要的一位，他一生写小说、剧本和故事集等共 30 余部，是继斯特林堡后瑞典重要的戏剧家，作品幽默、想象丰富。他的两部长篇小说《瓦德巧平的马尔库列尔》（1919）和《祖母和上帝》（1920）最著名，描述性格好强的人发现自己幻想破灭时的痛苦。这两部小说后来改编成剧本上演，受到观众喜爱和好评。

一战爆发后，部分作家对大战感到不安和苦闷，认为传统的创作手法对摇摆不定的残酷现实已不够用，应当寻求创作新途径。欧洲大陆已出现的现代主义文学潮流，如象征主义、超现实主义、表现主义、未来主义、达达主义等，受到瑞典作家青睐。他们采用这些流派观察事物的方法，并用它们的表现手法创作，产生了一批出色的小说家和诗人，如比耶尔·谢贝里（1885—1929）、尼尔斯·弗林（1898—1961）、卡琳·鲍耶（1900—1941）、郭纳尔·埃盖洛夫（1907—1968）等。其中擅长描写瑞典南部风景的诗人维尔海姆·埃克隆德（1880—1949）模仿法国的波德莱尔，成为瑞典象征主义的代表，埃盖洛夫师从法国的勃勒东，成为瑞典的超现实主义派代表。

此期帕尔·拉格克维斯特（Par Lagerkvist，1891—1974）是斯特林堡之后瑞典表现主义大师，在国际上享有盛誉。他父亲是铁路职工，全家都是虔诚的信徒，但他青年时代在达尔文进化论感染下，摆脱了宗教偏见和束缚。他热情关注和倾听斯特林堡对教会和社会的抨击，接受了社会主义思想启蒙，并组织激进社团，主张文学反映时代精神。他的作品反映了资产阶级的没落和消沉情绪，宿命论气息颇浓。他将视觉形象运用到文学创作中，倾吐对生活缺乏信念的苦闷，对黑暗和死亡的恐惧。作品简单鲜明，没有什么故事情节和连续性。主人公不是有血有肉的人，而是形象化、人格化的概念。他用强烈的虚拟对比来表现爱与恨、善与恶、美与丑、生与死、物质和精神、光明与黑暗的转换与斗争，而象征丑恶、死亡、黑暗的代表人物往往占上风，但心存苦闷，精神上受烦恼折磨。

一战期间，他发表了短篇小说集《铁和人》（1915），用五篇小说集中描写战争。他用柔软的、鲜红的血肉象征善良的人类，用冷酷的、灰色的枪炮象征战争机器，来表现人类爱与恨的较量。诗集《苦闷》（1916）是代表作，以阴暗而令人震惊的画面、用绝望和困惑的语言描绘人类的处境。诗集阐明了理想中的和谐、美好的生活同现实中的恐怖和令人厌恶的生活的矛盾。《苦闷》流露出作者对生活缺乏信念，宿命论色彩较浓。诗中的"我"象征所有活着的人。

20 年代后，他诗作的主题为对童年安宁环境的向往和对善与恶的关注。对生活的信念较之 20 世纪前十年的作品得到增强，如《幸福之路》（1921）。30 年代，因法西斯主义在欧洲蔓延，一向很少过问政治的作者这时也积极参加反法西斯斗争，写了不少反法西斯内容的进步作品，主题大多是探讨人生的奥秘，寻求一种合理的答案。作品的语言简洁清新。小说《绞刑吏》（1933）用一个绞刑吏来象征人类的邪恶内心和黑暗力量。上帝创造了绞刑吏以为有能力控制他，但事实相反，邪恶力量一旦得势，便为所欲为，奴役人类。绞刑吏端坐在小酒馆里吃喝，颐指气使一切人，而人类却堕落到甘心盲从，对邪恶力量迷信膜拜。绞刑吏身边还有个美女，用以象征人类善良的天性毕竟没有完全泯灭。该小说出版的当年又改成剧本上演，正值法西斯在欧洲大陆猖獗之际，这一作品无疑具有进步意义。《绞刑吏》的姊妹篇《侏儒》（1944）中侏儒象征永恒的邪恶势力，他毫无人性、唯利是图，对以战争毁灭生存的雇佣军百般崇拜；而象征人类善良本性的贝那道是侏儒不共戴天的敌人。侏儒的主人莱纳王子是善良与丑恶的混合物，象征人类。但随着时光推移，在侏儒影响下，王子的丑恶本性占了上风。

1950 年，他的代表作《巴拉巴斯》问世，使他在 1951 年获诺贝尔文学奖。书中的主人公是象征黑暗的强盗巴拉巴斯，他被判死刑，但被基督拯救释放。基督把他带到耶路撒冷，要他改恶从善，他却冥顽不化，拒不接受人类可以相爱的哲理。最后基督在众人热爱中离世，巴拉巴斯也充满仇恨地悄然死去。作品表现了丑恶与善良冰炭不容。

1956 年他完成了长篇小说《女巫》，女巫可以在人与神之间沟通精神，虽十分富有，内心却和巴拉巴斯一样惶恐苦闷。表现主义在他最后一部作品《玛丽阿奈》（1967）中更明显。代表人类邪恶的男主人公生性暴戾焦躁，代表人类善良的女郎像天使般温柔。他们相爱后，他在很短一段时间内也变得顺和。但女郎始终无法突破他的自私与孤独，最后悻悻死去，而主人公也沉湎于对她的怀念，忧悒苦恼。善与恶的冲突并未解决。

20 世纪初至 30 年代，在美国作家杰克·伦敦、俄国作家高尔基和丹麦作家尼克索影响下，一大批工人作家在瑞典涌现。他们大多出身社会底层的工人家庭和农村的雇工家庭，因贫困从小当工人、雇农，过着痛苦的生活，尝到过饥饿的痛楚和社会的冷遇。他们自学成才，作品大多用自叙体裁，写切身遭遇，对地主、资产阶级剥削和压榨写得具体细腻，深刻生动。早在一战前后，有些无产阶级作家就已登上文坛，如马丁·考克（1882—1940），他生于小资产阶级家庭，初中毕业后曾学过四年油漆匠，主要作品是描写劳资矛盾和反映 1909 年大罢工的长篇小说《工人》（1912）；玛丽亚·萨恩德尔（1870—1927）是瑞典第一个女工人作家，写有处女作长篇小说《在饥饿线上》（1909）和写斯德哥尔摩一家巧克力工厂女工们在大罢工年代的生活及斗争的《旋涡》（1913）；丹·安德松（1888—1920）写小说和诗歌，作品主要有长篇小说《三个无家可归的人》（1918）和《大卫拉姆的遗产》（1919）及诗集《烧炭工之歌》（1915）和《黑色民谣》（1917）等。30 年代的工人作家更多、更出色，形成了一股强大的无产阶级文学潮流。

威廉·莫贝里（Vilhem Moberg，1898—1973）自幼在田里劳动，11 岁到玻璃工厂做工。他的作品格调浑厚，笔力遒劲，语言朴实纯正，能自如地使用各地方言，人物栩栩如生。主要作品是移民四部曲：《外迁者》（1949）叙述 19 世纪 40 年代斯莫兰省尤德教区佃农夫妇在女儿惨遭洪水溺毙后移民美国；《迁入者》（1954）叙述瑞典尤德教区的农民终于来到新大陆，在明尼苏达州定居；《开拓者》（1956）讲移居美国的农民三年后建设起一个繁荣的小城镇，生活富裕起来；《寄给瑞典的最后一封信》（1959）叙述美国南北战争和明尼苏达印第安人起义冲击了这个安乐的小城镇，主人公妻子产后死去，他在战火中丧失大部分家产，又被一棵橡树砸伤致残，十分思念瑞典故乡，郁郁寡欢死去。儿女们打算发讣告到瑞典去告知亲友，但他们都美国化了，没人能用瑞典语写出这封讣告信。这部杰作在北欧和美国引起巨大反响，1970 年拍成电影。

伊瓦尔·鲁－约翰逊（Ivar Lo-Johanssan，1901—1990）出生在雇工家庭，只上了一二年学就去给地主干活。15 岁时他离家独立生活，当了小货郎，骑着自行车兜售商品。他年轻没经验，生意做得一团糟，不过看到了大自然的美和人民的性格，也经受了磨炼。后来他把这段经历写入第二部自传体长篇小说《货郎》（1953）。1925 年他去法、英、匈牙利等国打工，童年的苦难生活，青年时的流浪，对他的文学创作具有重要意义。

1929 年，他回到瑞典，专心从事文学创作。第一部长篇《晚安吧，大地》（1933）通过一个雇工孩子 17 岁前的遭遇描述整个雇工阶层的苦难经历，风格近似高尔基的《我的童年》。《国王街》（1935）写自耕农之子和雇工女儿怀着美好梦想来到斯德哥尔摩，但姑娘落为暗娼，小伙子当了建筑工人，勉强度日。《只有一个母亲》（1939）为作者赢得巨大声誉，它描述雇工女儿 18 岁赤身在河里洗澡，引起非议。后来一个雇工娶了她，动辄揍她，她因痛苦的婚姻及困苦生活，过早离开了人世。作者以经济和社会地位最底层的雇工为主人公的一系列作品使"小人物"登上瑞典文学舞台，打破了"大人先生"一统文坛的局面。他的作品擦亮了雇工的眼睛，也赢得工人和其他社会阶层的同情和支持，1945 年瑞典政府正式取消了"雇工制度"。

1945 年以后，作者的创作进入第二阶段，写自传体小说。他逆当时流行于北欧文坛上的那种"自我为中心"的自传体文学潮流，尝试用"我"这一滴露珠去反映整个社会。他发表了 8 部自传体小说：《文盲》(1951)、《货郎》(1953)、《斯德哥尔摩人》(1954)、《记者》(1956)、《作家》(1957)、《社会主义者》(1958)、《士兵》(1959)和《无产阶级作家》(1960)。它们不只是对个人生活的描述，而且揭示社会现象；主人公不只是"我"，也是社会上各色的人。《斯德哥尔摩人》以瑞典首都为缩影，用幽默的笔调对 20 年代瑞典社会中工人、店员、学者、诗人、政府官员、议员、社会活动家乃至外国侨民都作了生动的描述，绝妙地讽刺和深刻地揭露了社会上种种恶习和弊病，再现了 20 年代瑞典的社会环境和时代气氛。

1968—1972 年，他先后发表了包括《受难者》(1968)和《撒谎集》(1971)在内的 7 部短篇小说集，写作技巧上一反真实叙述，使用了浪漫或类似黑色幽默的手法。这些短篇独树一帜，打破了瑞典短篇小说长期暗淡的局面。1976 年后，他又出版了四部回忆录，一生共出版了 60 余部作品，其中还有游记、论文集。

埃温德·雍松（Eyvind Johnson，1900—1976）原名乌洛夫·厄尔纳尔，生在铁路工人家庭，父亲积劳成疾，久病不起，他依靠叔婶过日子。14 岁时他外出流浪，当过工人、机车火夫等，饱尝底层的痛苦。积极参与社会民主党的工人运动后，他开始为该党的报纸《火焰》和《我们的新时代》写诗，逐渐成为工人作家。他的早期创作富有时代气息，是现实主义作品，尖锐地批判资产阶级和市侩，表现了工人政治上的觉醒，如写劳资尖锐冲突的《提曼斯和正义》（1925）、写北部小城市教员生活的《黑暗中的城市》（1927）、写无名作家清贫生活的《回忆》（1928）和讽刺城市资产阶级生活的《离开哈姆莱特》（1930）等。

20年代末期起，他开始模仿乔伊斯的意识流和纪德的"生活的横切面"写作手法，如《对巨星堕落的评论》（1929）、《黎明中的雨》（1933）、《生活长久》（1964）和《走向沉寂的几步》（1973）等。这些作品偏爱用主人公内心独白，但独白又支离破碎、互不连贯，流于晦涩。作品对资产阶级社会的庸俗卑劣、虚伪腐朽和残酷无情揭露得淋漓尽致，但找不到解决社会危机的出路。他的代表作是自传体长篇小说四部曲《乌洛夫的故事》。第一部《现在是1914年》（1934）写他离开父母去依附叔婶，童年即去当烧窑工，干笨重劳动。第二部《这里有你的生活》（1935）写他丧父后成为锯木厂工人，如饥似渴地寻求知识。第三部《切莫回头》（1936）写他在电影院里找到工作后，同名叫玛丽的姑娘恋爱。第四部《青年时代的最后一局》（1937）写他积极参加工会活动并开始创作。这部长篇小说插进了不少独立的故事，这种写法曾在瑞典文坛上引起争论，不少作家竞相仿效。《夜间演习》（1938）、《士兵归来》（1940）和《克里隆三部曲》（1941—1943）都以反法西斯为主题。其他还有历史小说《堤岸》（1946）、《玫瑰与火之梦》（1949）和《殿下的时代》（1960）等。他一生著书20余部，作品结构严谨，描写细腻，修辞清雅，在创作方法上不断探索新途径。1974年，他同瑞典作家哈里·马丁逊一起获诺贝尔文学奖。

阿格内斯·封·克吕森谢娜（Agnes von Krusenstierna，1894—1940）是瑞典20、30年代重要女作家。她出身瑞典极有声望和富有的贵族家庭，父亲是军官。她从小聪明好学、观察敏锐，不顾门第悬殊，热恋上文学和戏剧评论家戴维·斯帕雷昂尔。两人1921年结婚，为此和家庭闹翻。她痛恨贵族上层社会的腐朽没落，同丈夫及其周围人的交往使她深刻了解到平民阶层的处境，对她的生活及创作影响重大。

《汤尼书》（三卷，1922—1926）、《冯·帕伦小姐们》（七卷，1930—1935）和《贫困的贵族》（四卷，1935—1938）是她最重要的三部长篇小说。这三部浩繁巨著描写贵族在一战期间和瑞典工业化进程中的没落和颓废，以及这个没落阶层中的妇女的命运：她们有的被强制婚姻逼得精神失常而死去，有的则为争取自主婚姻和自身权利积极斗争。作者着重揭露和鞭挞贵族的堕落、腐朽和精神的空虚，对上流社会的虚伪丑恶作了入木三分的刻画和嘲讽，而对贫苦的下层人民则寄予深切同情。她擅长塑造女性，尤其是贵族小姐和女佣，她们个性突出，真实感人，在瑞典文学中罕见。

她的早期作品犀利辛辣，刺痛了上层名流而一再受围攻。她中年迁居欧陆后，作品转向用弗洛伊德精神分析探索两性关系，注重写性觉醒和性挫折。她著有15部作品，除了上面提到的巨著，还有长篇小说《海莱娜的第一次爱情》（1918）和《埃斯特夫人的供膳寄宿小旅馆》（1927），短篇小说集《一个女佣的笔记》（1923）、《路上的事件》（1929）和《嗓音甜蜜的姑娘维维》（1936），诗集《女修道院》（1937）等。

20世纪30和40年代是瑞典诗歌高潮迭起时期，占主导地位的是现代主义。此期主要诗人有哈里·马丁逊、阿图尔·隆特克维斯特、女诗人卡琳·鲍耶（1900—1941）和贡纳尔·埃盖洛夫（1907—1968）等。**哈里·马丁逊**（Harry Martinson，1904—1978）6岁丧父，母亲丢下他到美国去谋生，他由公共福利机关交给收取最低报酬的农家领养，在养父母家干繁重的家务和农活，还挨打受饿。他忍受不了这样的剥削和虐待，常出走。他渴望得到家庭温暖，幻想能飞向大自然，飞向大海。这一切在他的著名自叙体长篇小说《荨麻开花》（1935）和《出路》（1936）中有详细和生动的描述。

1919 年他离开瑞典在外国轮船上当司炉工、水手，在德、法漫游，乃至漂洋过海，到印度和南美洲许多地方，在各国的"社会大学"中学习锻炼。长期的流浪，苦难的经历，再加上异国情调和海洋风光，为他日后的创作提供了丰富素材。散文《无目标的旅行》（1932）和诗集《再见吧，好望角》（1933）对这段经历作了叙述。长篇小说《通向钟国之路》（1948）的主人公是手工卷烟工人，喜欢自由，漂泊不定而又与世无争。他在瑞典各地流浪，饱尝辛酸和痛苦，但也享受到夏季农村瑰丽的景色。这位具有哲学气质的流浪汉实际是作者本人的化身。这部作品使他成为北欧乃至欧洲的重要作家。

马丁逊才思敏捷，诗作浩繁。他的诗作可分三类。1）对童年和以往经历的回忆，如诗集《诺尔美》（1931）中的《回忆的列车的摘录》和《倾听者》等；2）对海洋、大自然景色的感情抒发，如诗集《鬼胎》（1929）；3）从科学和哲理角度探讨人生，如长篇叙事诗《阿尼阿拉》（1956）描述人类的愚蠢招致地球毁灭，8000 个难民逃上了"阿尼阿拉"号宇宙飞船，但导航仪失灵，难民全部死亡，飞船载着尸骸向天琴星座方向翱翔。1959 年这首诗被改编成歌剧，至今仍屡演不衰。他的作品有诗集、长篇小说、随笔、游记、剧本和广播剧等，1974 年同瑞典作家埃温德·雍松分享诺贝尔文学奖。

阿图尔·隆特克维斯特（Artur Lundkvist，1906—1991）生于南部农民家庭，自学成才。他长期在瑞典各大报纸任文化版编辑，又是瑞典最重要的文学杂志《波尼尔文学杂志》的文学评论员。1968 年他被授予斯德哥尔摩大学名誉博士，同年又选为瑞典学院院士，获过许多文学奖，如瑞典文学大奖（1963）、贝尔曼诗歌奖（1964、1982）等。他是瑞典现代主义文学重要作家，20年代起创作诗歌，出版了20余部诗集。他受法国超现实主义和美国文学影响较深，十分推崇加缪、乔伊斯和劳伦斯。他把大量英、美、法现代派作品译成瑞典文，把瑞典的现代主义文学推向新阶段。他主张诗要给人们生活的崭新旋律。他的作品大多写喧闹繁杂的现代化城市生活和令人瞠目结舌的工业化速度，如诗集《黑色的城市》（1930）。他还主张诗要给予情欲的欢乐和享受，因此情欲和性爱诗也占了一定篇幅。他的主要诗集有《灼烬》（1928）、《夜之桥》（1936）、《动物和神之间的诗》（1944）、《生命如小草》（1954）、《风、逆火》（1955）和《眼睛中的生活》（1974）等。40年代起，他对生活的态度转为悲观。二战后，他较多地从事游记和小说创作。他酷爱旅行，除欧洲诸国，还到过拉美、苏联、澳大利亚、古巴和中国。游记作品有《黑人国家》（1949）、《变化着的龙》（1955）和《古巴是这样生活的》（1965）。论文集有《大西洋的风》（1932）、《美国的新作家》（1940）和《阅读成果》（1973）等。他还编著了《欧洲文学史1918—1939》（1946）、《美国伟大的小说家》（1962）和《拉丁美洲的叙事艺术》（1964）。

　　20世纪30年代，随着反法西斯主义斗争的开展和战争的爆发，瑞典时兴类似中国30年代国防文学的"战备文学"。作家或站在人民立场上，或站在捍卫资产阶级民主自由的立场上，义愤填膺地声讨德国法西斯，反对战争。他们的民族感情、爱国主义精神和正义感跃然纸上。有些作家，如雍松，还抨击瑞典政府的亲德中立，要求政府参战反抗。"战备文学"是瑞典文学史上光辉的一页。莫贝里的历史小说《今宵驰骋》（1941）是十分出色的战备文学作品。书中写了1650年克里斯蒂娜女王时代，德国贵族并吞了瑞典土地。勃兰德布尔村沦为德国采邑。村民被德国地主奴役得走投无路,拉格纳·斯维吉(瑞典的谐音)率众反抗,但被人暗算出卖。斯维吉被捕,在火刑柱上壮烈牺牲。从此,反抗德国贵族的地下运动如火如荼地开展起来。

挪威文学 1905 年瑞挪联盟解体,挪威 500 年来在政治经济上先是臣属丹麦,后又从属瑞典的状态彻底结束了,成了独立的君主国家。独立后的挪威,开发水力资源、兴建铁路,工业飞速发展,无产阶级队伍不断扩大。文学上现实主义传统得到恢复并有所发展。同丹麦和瑞典一样,挪威也涌现出一批无产阶级作家和反映工人生活和斗争的作品,如诺达尔·格里格、奥斯卡·勃拉登(1881—1939)、鲁道尔夫·尼尔森(1901—1929)、克里斯托夫·乌普达尔(1878—1961)及约翰·法尔克贝格等。勃拉登是挪威第一个描写奥斯陆工人区贫苦生活的作家,如写女工生活的长篇小说《工厂周围》(1910)、《闺房》(1917)、《狼窝》(1919)和《玛蒂尔达》(1920),短篇小说集《奥斯陆的故事》(1935),剧本《这个孩子》(1911),还有乌普达尔写工人问题的小说《工头》(1914)和《教堂建筑者》(1921)。尼尔森以写诗为主,内容以友谊、团结、革命为主,主要诗集有《在多石的土地上》(1925)、《再会》(1926)和《平常日子》(1929)。

此期小说创作分两大派:"乡土文学派"和"心理文学派"。随着工业发展和小农经济解体,作家们怀念田园生活,"乡土文学"兴起,主要作家有乌拉夫·杜恩等。"心理文学派"主要描写人物的心理状态,代表作家有女作家温塞特等。

1940 年德国法西斯出兵进攻挪威,挪威人民奋起抗战,但战败。挪威人民没有屈服,拿起武器进行殊死斗争。挪威爱国作家和诗人用笔揭露法西斯的惨无人道,反映人民遭受的灾难,讴歌不畏强暴的英勇气概。这些用血和泪写成的作品成为抗击法西斯、动员人民、保卫祖国的有力武器，主要作家有诺达尔·格里格、贡纳尔·雷斯-安德森（1896—1964）和韦索斯等。

约翰·法尔克贝格（Johan Falkberget，1879—1967）生在南部一个自18世纪中期就开采的矿区，矿区内有不少来自瑞典和德国的矿工，有着不同的语言、文化和生活习惯。他11岁就当矿工，25岁离开矿井，从事写作。他喜欢自称为"山里人"，作品大多以山区风土人情为题材，真实地反映了山区民众的艰苦生活和文化习俗。长篇小说《第四次守夜》（1923）、《克里斯蒂安努斯·塞克斯图斯》（三卷，1927—1935）和《晚上的面包》（四卷，1940—1959）通过描述一个矿的发展史，详细而生动地反映了矿工的生活和斗争。他还著有长篇小说《黑黝黝的群山》（1907）、《终年积雪》（1908）、《雅思凡尔德的里斯贝特》（1930）等。

西格里德·温塞特（Sigrid Undset，1882—1949）的父亲长期担任博物馆馆长，是挪威考古学界知名人士。她11岁时父亲亡故，家道中落。她只得放弃学绘画的打算去当小职员。长期单调乏味的生活使她倍感孤寂、沉闷，她开始接近宗教，从正统的宗教和道德观念来探索人生意义、剖析人和社会的关系。在这十多年里，她利用闲暇阅读了大量本国和国外文学作品以及民间传说。1907年她发表了处女作长篇小说《玛塔·奥莉夫人》，此后陆续发表了不少作品，如长篇小说《幸福的年龄》（1908）、《珍妮》（1911）、《春天》（1914）和《镜中人》（1917）等。这些富有伦理性的现实主义作品大多以中产阶级妇女为主人公，写她们或是婚姻不如意或是另有所恋而深感苦闷和不满现实。她们想冲破习惯势力束缚和道德观念羁绊去追求自己的幸福，但结局不是受骗被弃就是失败灰心。她认为妇女必须以家庭为归宿，日常生活琐事中包含着幸福。她主张妇女留在家中，使家庭和睦，子女成长。她早期作品社会影响不大。

她所以一举成名，享有世界声誉，是因写了几部十分优美的古代北欧人民生活的小说。《屠夫约特和维格蒂丝》（1909）探幽入微地刻画了维京时代，即北欧海盗时代，北欧男子的凶悍、无法无天、动辄以命相搏的野蛮性格，也写出了当时女子在横遭强暴后不甘忍气吞声、誓死报复的飒爽气概。她的代表作是长篇小说《克丽斯汀·拉芙朗斯多蒂》（1920—1922）三部曲（《花环》《主妇》《十字架》），用白描的遒劲笔法，朴实无华地叙述了14世纪北欧人民的生活习俗和风土人情。她成功地刻画了中世纪女主人公热烈追求爱情，力求摆脱社会习惯势力束缚的形象。这部作品被视为挪威和世界文学珍品，至今仍为读者喜爱。此后，她皈依了天主教，致力写宣扬宗教的论文和哲理小说，如长篇小说《赫斯特岬湾的乌拉夫·安德逊》（1925）、《乌拉夫·安德逊和他的孩子们》（1927）、《燃烧的灌木丛》（1930）、《伊达·伊丽莎白》（1932）、《忠诚的妻子》（1936）及长篇历史小说《桃乐赛夫人》（1939）等。这些作品表示对人类有能力在地球上建立善良社会的怀疑，并声称人性已腐化堕落至极，只有信仰上帝才可洗清罪恶。这些作品对当时的风尚习俗、迷信思想、饮食男女，甚至对子女的抚养教育都写得十分周全，情节动人，但也不乏道德说教之感。

温塞特正直，热爱祖国和人民，憎恶种族主义和法西斯主义。1940年纳粹德国入侵挪威后，她同其他爱国作家一起亡命。她先到瑞典，后经苏联、日本，涉洋到美国。她用笔做武器动员人民抗击入侵者，写出了爱国主义色彩浓郁的随感集《回到未来》（1942）、《在挪威的愉快日子》（1942）。这些书吐露出她眷恋故乡的情愫、对国破家亡的忧愤，情绪惆怅抑郁。她还写过一本自传体小说《十一年》（1934），以明快的笔调描叙她父亲对她的培养熏陶，是优秀的儿童文学作品。1928 年她获得诺贝尔文学奖。

考拉·萨恩德尔（Cora Sandel，1880—1974）原名萨拉·法勃立西厄斯。父亲是海军军官，她 12 岁时父亲陷入经济困境，举家迁至北部偏僻的小城市。她 25 岁时前往巴黎学美术，为挪威《晨报》撰写旅行通讯，赚钱资助家用。她在巴黎 15 年，后定居瑞典。

妇女的婚姻问题是她的主要题材。她主要写婚后男人对妇女的专横霸道，而女子虽忍气吞声、逆来顺受也得不到谅解，结局往往是女主人公郁郁寡欢地死去，但也有愤而挺身争取自由的女人。她的女主人公多半性格温柔，胆小怕事，在出嫁前听从父命，婚后则服从丈夫。她以自己的生活经历写了阿尔蓓蒂三部曲，描写女主人公幸福的初恋横遭干涉而演变成痛心的悲剧，以及没有爱情的不和谐婚姻所带来的苦楚。《阿尔蓓蒂和雅可布》（1926）是三部曲中的第一部，描述女主人公在北极圈小城市里的童年；第二部《阿尔蓓蒂和自由》（1931）写她在巴黎当模特儿，爱上一个男子，但却同另一男子结了婚；第三部《只有阿尔蓓蒂》（1939）描述她当艺术家的经历，在贫困逼迫下她只好回挪威开始创作小说。她的其他长篇小说还有《克朗家的点心铺》（1946）和《不要买唐迪》（1958）等。她还发表了大量描写妇女生活、呼吁男女平等和反对大男子主义的短篇小说，分别收入《一只蓝沙发》（1927）、《多谢啦，医生》（1935）、《暗处人影》（1949）、《我们烦恼的生活》（1960）和《热爱道路的孩子》（1973）等。

塔尔耶·韦索斯（Tarjei Vesaas，1897—1970）出身农民，上过成人学校，1929 年购置一个小农庄，以务农为生，劳动余暇创作。1923 年发表第一篇短篇小说后，他连续写了不少具有浓郁乡土气息的短篇小说和诗歌。长篇小说《黑马》（1928）描写一个拥有四匹快马的驭手，成为当年畅销书，深受好评。以挪威北部农家孩子一生经历为主线的四部曲奠定了他在挪威当代文学史上的地位。这四部曲包括《父亲的旅行》（1930）、《西格里特·斯塔尔布鲁克》（1931）、《不知名的人》（1932）和《心倾听着乡音》（1938），描述主人公一生的坎坷及家庭纠纷，然而他没气馁，担起艰苦重任并同家庭成员和睦相处。

二战中，在德国法西斯占领下，他转而采用象征主义手法，以隐喻和寓意表达对法西斯的憎恶和对抵抗运动的支持。1940 年他发表长篇小说《萌芽》，象征性地展示邪恶势力煽起人之间的仇恨，而人类的天职则在于抗拒野蛮和暴虐，迎接解放。长篇小说《黑暗中的房子》（1945）把挪威隐喻为一幢处在黑暗和暴风雨中的旧屋，摇摇欲坠，但始终未被摧毁。屋里的居民处变不惊、顽强抗衡。作者此后发表的长篇小说《晒布场》（1946）、《塔》（1948）、《信号》（1950）等作品描述人类的善恶正邪两股势力的冲突较量，最后善战胜恶。但他笔下的善良正直的人们并非都无畏惧、所向披靡。面对非人的野蛮，人们恐惧害怕，最后不得不铤而走险、奋起反抗。小说以描写心理变化见长。

战后，他的作品题材更广，还写有爱情小说，如《春夜》（1954）、《鸟》（1957）和《火》（1961）等。他是战后享有国际声誉的挪威作家，被公认是挪威当代文学的象征。他曾获意大利国际文学奖及北欧理事会文学奖，也是挪威现代新诗的代表人物之一。

诺达尔·格里格（Nordahl Grieg，1902—1943）当过记者，二战投笔从戎，1943 年 2 月 2 日乘坐英军飞机参与轰炸柏林，壮烈牺牲。他是现实主义作家，对底层人民的痛苦寄予深切同情。第一部诗作《在好望角的周围》（1922）和长篇小说《船在航行中》（1924）都写水手惨痛的命运。诗集《溪流中的石头》（1925）和《挪威在我们心中》（1929）充满爱国热情，歌颂挪威雄伟的河山和为挪威繁荣做出贡献的劳动群众。

1927 年他作为记者来到中国，发表了《在中国的日子里》（1927）。同年，他转向戏剧，发表了《一位青年男子的爱》（1927）、《巴拉巴》（1927）和《大西洋》（1932）等剧作。1932—1934 年他侨居苏联，从十月革命中看到人类的希望，对未来充满信心，不久便写出三个极为成功的剧本：以谴责挪威商人为获暴利对劳动群众进行残酷剥削为内容的《我们的力量和我们的荣誉》（1935）、批评西方和平主义的《但是，明天……》（1936）和以巴黎公社为背景的《失败》（1937）。《失败》最受欢迎。

1936 年西班牙内战爆发，1937 年 6 月他应邀出席马德里作家代表大会。大会以后，整个夏天他就待在炮火连天的西班牙，深入前沿阵地，采访了国际纵队和在其中战斗的北欧人，并发表了《西班牙之夏》（1937）。这是篇纪实文学，记载了他的印象和经历。1940 年 4 月 9 日德国法西斯不宣而战，以闪电战术突然对挪威首都和其他两个港口发动偷袭，挪威军队英勇抵抗，但最终失败。在这国难当头之时，格里格一方面率士兵抗击敌人，一方面用他的诗歌和电台讲话来激励人民保卫祖国。此期的诗作有《一九四〇年五月十七日》《挪威的好年景》《国王》和《希望》等。这些作品和他初期作品一样充满对挪威的无限热爱，但更激昂、奔放、富于战斗性。他还著有评论英国诗歌的论文集《青年之死》（1932）和长篇小说《但愿世界年轻》（1938）。

冰岛文学　20 世纪头十年冰岛的制造业、渔业和贸易飞速发展，使经济快速增长。在首都开始形成以商人和船商为主的中产阶级。同时，农村人口大量拥向城市，无产阶级壮大，主要在渔业加工厂工作。随着资产阶级在政治上影响加强，农民为抗衡资产阶级组织起合作协会，工人们也于 1916 年成立了工会，同年组织了海员大罢工。

20世纪初的冰岛以传统诗、新浪漫派诗及戏剧为主，内容从鼓动民族独立转向描写国内社会问题和各阶层的政治冲突。此期最重要的有女诗人霍尔达，笔名厄诺尔·贝纳迪克斯多蒂·比尔克林德（1881—1946），主要作品有《诗集》（1909）等。剧作家有约翰·西古尔永松和古德蒙德尔·卡姆班。1920年以后冰岛的诗歌从新浪漫派转向现实主义。著名诗人有斯坦芬·西古德松（1887—1933）和达维德·斯坦芬松（1895—1964）。前者的诗作有《流浪者之歌》（1918）和《神圣的教堂》（1924），后者有《黑色的羽毛》（1919）及《诗集》（1922）、《致意》（1924）和《新诗集》（1947）等。

20世纪20年代末，冰岛四位享有世界声誉的小说家是贡纳尔·贡纳尔松、克里斯特曼·古德蒙德松、索尔贝尔古·索尔查松和哈多尔·拉克斯内斯。30年代世界经济危机期，冰岛出现宣传社会主义思想、发展新文学的文学社团"语言和文化"，索尔查松和拉克斯内斯都是该社成员。

约翰·西古尔永松（Johann Siurjónsson，1880—1919）是20世纪初重要剧作家，他用冰岛文和丹麦文创作，在丹麦发表。他最著名的剧作《山里的埃温德和他的妻子》（1911）根据冰岛民间传说写成，写女主人公放弃农庄、丢弃孩子，跟自己钟爱的做贼的男人一起生活而成为逃犯。当感到爱已不存在时，她走向狂风暴雪死去。这个剧获得巨大成功，在斯堪的那维亚国家和英、美上演。《愿望》（1915）是"浮士德"式作品，写一个学生希望能驾驭一切邪恶。其他剧作还有《龙格大夫》（1905）和《说谎者》（1917）等。

古德蒙德尔·卡姆班（Gumundur Kamban，1888—1945）是仅次于西古尔永松的重要剧作家，用丹麦语和冰岛语创作。最初两部剧本《哈达·帕达》（1914）和《国王的争斗》（1915）属新浪漫派戏剧，写爱情题材。1915—1917年他在纽约，创作转向现实主义。

他对社会问题，尤其对犯罪心理和惩治手段的效果感兴趣，发表过揭露资本主义社会弊端和谴责资本主义垄断的剧本和长篇小说，如剧本《大理石》（1918）和《我们这些谋杀者》（1920）及小说《拉格纳尔·芬松》（1922）等。他还有长篇历史小说《斯卡尔霍尔特》（1930—1934）和写发现格陵兰与美洲大陆的长篇小说《我看到了一个伟大而美丽的国家》（1938）等。

　　贡纳尔·贡纳尔松（Gunnar Gunnarsson，1889—1975）出身佃农，1897—1939年住在丹麦，用丹麦语创作了40余部作品，每部都涉及冰岛。在当代冰岛文学中，除1955年诺贝尔文学奖获得者拉克斯内斯外，贡纳尔松是最重要的作家。他的作品一般是多部曲长篇巨著，或是历史题材小说。第一部四部曲小说《鲍里家族史话》（1912—1915）写冰岛的工业化和陈旧的农民观念的冲突，揭露了丹麦对冰岛在经济上的残酷压榨及冰岛人民争取民族独立的强烈愿望。第二部六卷本长篇巨著《山上的教堂》（1923—1928）写一个农家子弟成为作家的生活道路，是自传体小说。他最重要的作品《黑鸟》（1929）展示19世纪初暴力与情欲、命运与罪孽的画面。他还发表了大量历史题材小说，如《登陆》写公元870年挪威海盗首先在冰岛登陆定居的故事，全书计划12卷，1918—1952年出版了7卷。

　　1939年作者回冰岛居住后出版了长篇小说《荒野的悲哀》（1940）和《安魂弥撒》（1952），都写贫苦农民在农村现代化变革中的困难和问题。《海边奏鸣曲》（1954）写人与自然和土地的关系。他还有诗集、论文和9部短篇小说，最有名的短篇小说集《基督降临节》（1937）在美国极为畅销。他的作品分量重大、题材广泛，在创作艺术上沿袭冰岛古代埃达和萨迦的英雄史诗传统，采用平铺直叙的白描手法。

　　克里斯特曼·古德蒙德松（Kristmann Gudmundsson，1902—

1983）的处女作短篇小说集《冰岛的爱情》（1926）用挪威语创作，使他成名。接着他又发表了多部长篇小说，有写爱情的《第一个春天》（1933）、自传体小说《白色的夜晚》（1934）、《新娘的礼服》（1927）和《生命之晨》（1929）等。他还发表过一部诗集《克里斯特曼诗集》（1955）和三部历史小说：《圣山》（1932）、《女神与公牛》（1937）和《红雾》（1950—1952）。他的作品被译成36种语言。60、70年代他的作品转向消遣性，较肤浅。

哈多尔·奇里扬·拉克斯内斯（Halldór Kiljan Laxness，1902—1998）是冰岛当代最杰出的小说家和剧作家，原名哈多尔·古兹永松，生于工人家庭，父亲后来在首都附近经营农场。他在农场度过了童年和少年，那里的一草一木、朴实勤劳的农民给他留下深刻印象。后来他便以农场的名字拉克斯内斯作为笔名。他很小辍学，17岁用冰岛文发表第一部小说《自然之子》（1919），开始步入文坛。一战后他到欧陆旅游、侨居，接受德国表现主义、法国超现实主义文学思潮影响，并于1923年在卢森堡皈依天主教。自传体小说《来自克什米尔的伟大职工》（1927）是他第一部重要长篇，真实地描写了他这段时间的内心苦恼和骚乱。1927—1930年他先后旅居加拿大和美国，目睹资本主义经济危机和资产阶级的尔虞我诈。尤其十月革命后马克思主义在美国工人中的迅速传播对他震撼极大，思想产生变化，最终抛弃宗教，接受马克思主义，走上为社会主义斗争的道路。

1930年他回冰岛从事文学创作。此后十年他接连发表了三部多卷本长篇小说，确立了他在冰岛文学中的地位，对世界文学"红色三十年代"做出了重要贡献。这三部作品是：《莎尔卡·瓦尔卡》（1931—1932）写渔家女面对渔村的贫困与黑暗，坚忍不拔，勇敢奋斗，深刻反映了人民的苦难和工人的觉醒；《独立的人们》（1934—1935）是代表作之一，是在抛弃宗教、逐渐接受马克思主义和共产主义世界观时期创作的两卷本长篇小说，它描述贫苦农民主人公悲壮的一生和为自身独立进行的斗争和失败，真实又深刻地揭露了资本主义制度的剥削性和残酷性；《世界之光》（1937—1940）写 19 世纪冰岛一个穷苦的民间诗人在腐败的社会中的惨痛经历。

　　二战期间，英、美占领冰岛，作者对此极反感，发表了几部以冰岛人民遭受异族统治为背景的历史小说，歌颂自由和独立，歌颂爱国主义精神，最重要的作品为三部曲《冰岛之钟》（1943—1946），包括《冰岛之钟》（1943）、《聪明的姑娘》（1944）和《哥本哈根的火光》（1946）。小说借 17 世纪冰岛人民反抗丹麦统治的事迹，鼓舞人民争取民族独立。1948 年他发表了以现代政治为题材的小说《原子站》，通过对一个大企业家、国会议员家中孩子们酗酒、偷盗和淫乱的描写，揭露二战后美国生活方式对冰岛青年的毒害，抨击美国文化对冰岛传统文化的侵蚀，反对冰岛上层出卖祖国、把冰岛变为美国原子站。1954 年他用同样题材发表了剧作《银色的月亮》。小说《布雷克科特村编年史》（1957）的主人公是贫苦出身的年轻人，他有音乐才能，决心献身艺术。他常把自己对人生的理想和对音乐的热爱向一个著名歌唱家倾诉。但不久他明白了该歌唱家的世界声誉是靠诡计和广告吹嘘赢得的。作者还发表了有反战意向的长篇小说《歌颂英雄的萨迦》（1952）、追求幸福和人生价值的《重新赢得的天堂》（1960），以及回忆自己 20 到 43 岁的经历和评述世界各地生活、文学、艺术和政治的自传体小说《诗人的时光》（1963）。

　　拉克斯内斯是多产而全面的作家，作品除长篇小说，还有随笔、论文集、戏剧、短篇小说和诗歌。他勇于创新，批判地继承了冰岛古代史诗的艺术传统，善于通过渲染、烘托、暗示、嘲讽和独白表现内心世界，作品抒情、幽默，创造了现代冰岛文学独特的风格。他一直坚持用冰岛语来描写祖国的历史和现实生活，为冰岛新一代作家树立了榜样。1955 年他获得诺贝尔文学奖。

芬兰文学　19 世纪末至 20 世纪初芬兰社会急剧变动。一方面资本主义发展，城市人口增加，无产阶级壮大，劳资矛盾重重；另一方面沙俄加紧对芬兰控制，于 1899 年发表旨在取消芬兰独立自主的"二月宣言"，激起芬兰人民强烈不满，导致 1905 年全国大罢工。罢工期间芬兰形成两股敌对武装势力：得到俄国革命力量支持的红色赤卫队和受德国帮助的白色近卫军。芬兰自 1809 年起一直在俄国控制下，1917 年俄国十月革命爆发，成立苏维埃政权，12 月芬兰宣布独立，得到苏维埃政权承认。芬兰无产阶级为建立革命政权于 1918 年 1 月 27 日在首都起义，革命迅速扩展到南部。资产阶级白色近卫军在德国支持下进攻首都，三个月后红色赤卫队战败，大批赤卫队员被杀或监禁。20 年代芬兰政府进行了一系列改革，颁布了教育法、信仰自由法和禁酒法等，经济出现较快增长。但到了 30 年代，在世界经济危机影响下，芬兰经济也出现萧条。二战期间，芬兰同苏联发生了战争。国内法西斯势力抬头，民族矛盾尖锐，一些进步作家支持反法西斯斗争，组成以马克思主义为指导思想的文学社团"基拉社"，它的中坚分子中一部分人是 20 年代成立的"火炬社"成员。这一系列重大政治事件在文学中都得到反映。

20 世纪初至 40 年代，有三种文学流派活跃在芬兰文坛上：1）19世纪 90 年代最后几年延续到 20 世纪 30、40 年代的新浪漫派，由爱国青年作家组成，代表是诗人雷诺；2）1909 年出现的新现实主义，继承了芬兰文学中接近大自然的传统，主人公是普通人、穷苦的小人物，甚至是反英雄，代表作家有西伦佩等；3）现代主义文学，又称"新的一代"，在欧洲现代派影响下于一战后产生，流行在瑞典语创作的芬兰瑞典语文学中，以诗歌为主，内容广泛，无韵无律，运用新隐喻和新语序，代表是女诗人舍德格朗。

另外，随着工人运动发展，一批工人作家脱颖而出。他们发表战斗性的诗篇，创作描述工人生活和斗争的小说，上演社会道德问题剧本，翻译外国进步著作。在芬兰文学史中，创作工人题材作品的作家都归到工人作家中。其中三分之二出身工人家庭，自学成才。工人作家经过罢工斗争磨炼，因而罢工后工人文学繁荣。他们的作品生动活泼，不拘于形式，充满激情。但芬兰的工人文学没形成潮流，1918 年国内战争后，因赤卫队失败遭镇压，工人作家有的被杀或被捕，有的流落国外。工人文学遭到严重挫折。

埃依诺·雷诺（Eino Leino，1878—1926）是芬兰最享盛名的诗人之一，19 世纪末 20 世纪初芬兰新浪漫主义代表，有当代芬兰诗歌奠基人之称。他 17 岁考入赫尔辛基大学，第二年发表第一部诗集《三月之歌》（1896）。大学毕业后他在《日报》和《赫尔辛基新闻》任戏剧和文学评论员。他一生著有小说、戏剧、评论、散文和诗歌，《埃依诺·雷诺全集》共 16 卷，诗歌占 5 卷，但就文学价值而言当首推诗歌。他早期诗歌热情奔放，充满对美好生活的追求，如《三月之歌》、《夜纺女工》（1897）和《一百零一首歌》（1898）等。1905 年芬兰爆发全国大罢工，他发表了一百余篇诗歌和评论，讴歌工人斗争，热情支持俄国十月革命。1905 年以后国内政治形势变化，妻子又突然离异，他精神受到严重打击，此后诗歌格调低沉、忧伤。晚年作品主题大多是死亡，反映哀伤失望的情绪，如《盛开的丁香花》（1920）等。代表作叙事诗《降灵节的圣歌》（1903）反映芬兰民族气质。他的诗歌节奏感强，语言精练优美，想象丰富。

弗朗斯·埃米尔·西伦佩（Frans Eemil Sillanpää，1888—1964）1908 年考入赫尔辛基大学读数学和生物学，因经济困难中途辍学，以文学创作谋生。他的作品反映劳动人民尤其是农民的生活，对他们的疾苦怀有深厚同情。他擅长刻画人物心理、描绘自然景色，人物和景物水乳交融，富有艺术感染力。他的主人公大多以悲剧结束，是命运的牺牲品。长篇小说《赤贫》（1919）写一个佃农，生活困苦，被卷进战争，最后惨遭杀害。《少女西丽娅》（1931）写贵族少女因家庭破产，父母双亡，外出帮工，在贫病交加中去世。这两部长篇是他最重要的作品，被译成多种文字。处女作《生命和太阳》（1916）写青年人的爱情。其他长篇小说还有《赤贫》的续篇《海尔杜和拉纳尔》（1923），描述上篇主人公的女儿给人帮工，被少爷诱奸后投水自尽。另外还有《一个人的道路》（1932）、《夏夜的人们》（1934）和《八月》（1941）等。他还著有短篇小说集《河底》（1933）和《第十五》（1936）及回忆录《年青的岁月》（1953）等。1939年他获诺贝尔文学奖。

　　沃尔特·基尔皮（Volter Kilpi，1874—1939）在20世纪初发表了三部美学价值很高的长篇小说《巴塞巴》（1900）、《帕西弗尔》（1902）和《安蒂奴斯》（1903）及一部散文集《人和生活》（1902）。这三部长篇成为教授新浪漫主义文学的教材，而他的散文集则是新浪漫主义文学的宣言。此后30年他在芬兰大学图书馆工作，1933年他重返文坛发表了写家乡库斯塔夫塔岛上农民和海员生活的两卷本长篇小说《在阿拉斯塔洛的大厅里》，洋洋900页描述1860年芬兰西海岸农民聚集讨论购置一艘新船的事。整个故事发生在6小时内，历史与现实相结合，运用了内心独白和倒叙，描写细腻生动。他还发表了短篇小说集《村子里的小人物们》（1934）和长篇小说《到教堂去》（1937）等。

　　米卡·瓦尔塔里（Mika Waltari，1908—1979）18岁考入赫尔辛基大学文学系，20岁出版长篇小说《伟大的空想》（1928），被誉为"天才作家"。该小说写一个青年在悲观失望中奋发图强，逐渐成熟。他的前期作品大多写青年人的爱情，充满浪漫色彩。1929年他获文学硕士学位，后任报纸和芬兰电台记者、文学评论员等职。二战，尤其是芬苏两次战争使他转向悲观，作品基调比较低沉，多以历史题材为主，借古喻今。他发表过多部杰出的历史小说，并以历史小说家蜚声文坛，主要有名为《从父亲到儿子》的三部曲，包括《一个男人和一场梦》（1933）、《灵魂和火焰》（1934）和《燃烧的青年时期》（1935）。另外有小说《陌生人来到农场》（1937）、《埃及人西奴海》（1945）、《米卡尔·路登福特》（1948）、《米卡尔·哈凯姆》（1948）及《约翰·安克洛斯》（1952）和《永存的土尔穆斯》（1955）等。代表作《埃及人西奴海》写公元前14世纪古埃及的宗教和社会改革及对外战争、内部权力纷争。这部作品使他在西方世界，尤其在美国赢得众多读者。

瓦尔塔里是全面而多产的作家，作品除长篇小说外，还有描写30年代妓女悲惨命运的中篇小说《金发女郎》（1946），写一对青年人悲欢离合，实际反映战争时期青年人的消极、悲观和绝望情绪的中篇小说《月球景色》（1953），以及推理小说《谁谋杀了克鲁尔》（1939）。他还发表了许多剧本、电影脚本和诗歌。他于1957年被总统任命为芬兰科学院院士，1930—1945年当选为芬兰作家联盟理事，1938—1940年任该联盟主席。

女小说家、戏剧家和文艺评论家哈加尔·乌尔松（Hagar Olsson，1893—1978）1922—1974年任北欧第一份现代主义文学杂志《极端》的主编。她是芬兰瑞典语文学重要的表现主义作家之一，处女作长篇小说《拉斯·托尔曼和死亡》（1916）悲观厌世，而长篇小说《木刻家和死亡》（1940）开始对人类产生希望。自传体长篇小说《中国游》（1949）描述人类有能力利用自己的经验创造美好生活。剧本《心舞》（1927）、《紧急信号》（1929）和《蓝色的奇迹》（1931）赞扬人类反抗社会现实、打破清规戒律的能力。剧本《强盗和处女》

（1944）歌颂新老两代的相互理解和支持以及善与恶的斗争。其他
作品还有论文集《夜间的工人》（1933）和《我活着》（1948）等。
她的作品生动紧凑，寓意深刻，有力地推动了芬兰现代文学发展，
曾获赫尔辛基市荣誉奖（1964）、雷诺奖（1965）和瑞典学院大奖
（1966）。

　　女诗人**卡特里·瓦拉**（Katri Vala，1901—1944）参加芬兰左翼
文学家组织，并长期担任左派政治杂志的会计。她收入菲薄，忙于
写诗，年纪较轻就染上了肺结核，1944年当战争进行到最艰苦阶段
时，她终因贫病交加客死瑞典。瓦拉是二战期间芬兰最著名的诗人，
也是芬兰自由体诗的先驱，在芬兰诗坛上曾独步一时，并对战后芬
兰诗歌发展有重大影响。她和西伦佩等一起组成左翼文学团体"火
炬社"（或称为"失望的浪漫主义"）。由于她曾学过花卉描绘，她的
诗往往色彩鲜艳，充满鸟语花香，有时还带有浓厚的异国情调。早
期作品有诗集《远方的花园》（1924）、《蓝色的大门》（1926）和
《渡口》（1930）。在她身染重病时还出版了两本诗集《回归》（1943）
和《橡树在燃烧》（1942）。

第 八 章

二十世纪二战后文学 [①]

第一节　概述

　　二战时间之久、涉及空间之广都是空前的，欧洲很少有国家幸免于难。罪魁祸首德国最后成废墟，绝大部分参战国也大大削弱了实力。二战后，世界各地民族独立运动高涨，印度、巴基斯坦、缅甸、越南、阿尔及利亚等殖民地相继独立。东欧更是出现了一批社会主义国家，它们在苏联率领下形成与西方国家的对立营垒。由于美苏两个超级大国的争霸，形成两个阵营间长期的"冷战"。英国因二战中遭受巨大的物质和人员损失，战后经济急剧恶化，工业退居世界第六，财政赤字剧增。美国乘机以借款、马歇尔计划等手段，促使英国逐渐依附于它。同样遭受严重破坏、人口锐减的法国，战后经

---

① 　此章是对李赋宁主编《欧洲文学史》第三卷第二章相关材料的节缩。

历了八年越南战争，在非洲的政治势力也日益削弱，同时还经受着美国的压力。但法国却极力奉行独立外交政策，于 1966 年退出北大西洋公约。二战中付出重大代价的苏联，战后在艰难条件下复兴国民经济，成为美国的强劲对手。而战败的德国分别由苏、美、法、英占领。1949 年苏联占领区成立德意志民主共和国，而美、法、英占领区成立德意志联邦共和国。这样，德国土地上形成了东西方两大阵营并存又对立的局面。

1943 年盟军在西西里登陆，墨索里尼彻底垮台，意大利不得不倒戈对德宣战。战后意大利重建，逐渐步入工业化进程。从 1939 年西班牙一直处于佛朗哥独裁统治下。二战期间佛朗哥宣布不参战，但暗中却和德、意法西斯勾结。战后，联合国曾一度对西班牙采取孤立政策。独裁统治执行的关闭政策使西班牙经济长期陷入困境，直到 1959 年西欧一体化西班牙才由管制经济向自由市场经济转向，经济开始起飞，工农业走向现代化，但政治上的民主化却直到佛朗哥 1975 年去世后才有变化。

二战给世界人民带来物质破坏、人员伤亡和精神上的严重后果。和一战一样成千上万家庭家破人亡，人们遭受战争带来的痛苦、恐惧、疾病和死亡。但人们也更清楚地看到了战争的残酷性和破坏性，更进一步地怀疑自身存在的意义、对现代文明丧失信心。青年人普遍认为自己是被欺骗的一代，他们的前途夭折了，因而充满失望和愤怒，甚至精神崩溃。传统伦理道德观的价值丧失殆尽。

20 世纪下半叶，旷日持久的"冷战"使世界两极分化。西方阵营里大部分欧洲参战国在战后恢复后，走上稳定发展之路。而东方阵营则发生了巨大变化。1956 年赫鲁晓夫在苏共二十大有关个人崇拜的"秘密报告"引发世界范围的激烈思想震荡。发生在匈牙利和捷克的事件又激起不小波澜。1989 年 11 月柏林墙拆除标志"冷战"

结束,1990 年 10 月 3 日德国重新统一。接着 1991 年 11 月苏联解体,结束了两个超级大国争霸。

众所周知,科技发展是人类进步、社会发展的根本推动力。它不仅对生产方式、生活模式产生强大影响,而且改变人类社会的结构、思维方式和对自然界、对人本身的认识。20 世纪下半叶科技发展速度愈来愈快,核原子、计算机、雷达、航天等技术进一步发展。人们将质子、中子分裂成更微小的粒子,在微观世界里进行更深层的探索。而当代英国物理学家霍金的黑洞理论则从宏观角度提出比爱因斯坦的广义相对论更完善的宇宙演化观念。生命科学中的遗传基因也成为研究人自身的钥匙,它将解开许多关于人的奥秘。而超导、激光等发明创造则更是直接影响了人们的生活,工业社会已悄然进入信息社会。计算机已缩小到手掌般大,其计算速度和存储容量却惊人地提高了。电脑已成为家庭电器,网络时代已来临。

但伴随科技发展也出现了贫富不均,失业人口增长和环境的破坏,尤其是现代化付出的社会文化代价不得不引起思考,人们开始对现代化道路怀疑和批判。经济学家、科学家、政治家和文学艺术家面对现实不得不重新分析和认识人本身、人与自然、人与社会及人之间的关系。他们忧虑地看到:大自然对人类已开始了惩罚性报复,地球生存环境正剧烈恶化。由于社会财富增长,物质与精神的对立日趋严重,由此造成的理性与感性分裂更是到了不可愈合的地步。这些问题到 20 世纪下半叶演变得更剧烈、更尖锐。

20 世纪下半叶欧洲在继承上半世纪的思潮和文学流派的基础上演变频繁、色彩缤纷。上半世纪流传的尼采、柏格森、弗洛伊德等学说到下半世纪影响依然巨大。但自然科学、哲学、语言学、心理学、文学等各学科的渗透现象日益加深,如建立在结构主义语言学基础上,运用结构主义方法产生的文艺批评把文艺现象看作一个整体。

又如语义学从 20 年代开始迅速发展，而且学派众多，有语言语义学、哲学语义学、逻辑语义学等。英国文艺批评家理查兹（1893—1980）开创了语义学文艺批评学派，提出了诗歌是特殊语言，对文学作品要作文字分析。但在语言学上，最有影响的是奥地利的维特根斯坦。他的作品关涉到"什么是一个语句的意义？"，把人说语言看作是一种活动或生活形式的一部分。他把语言和行动组成的整体叫"语言游戏"。这种对于语言哲学的探讨从 50 年代到现在在欧美方兴未艾，影响到一些作家的创作。

20 世纪下半叶影响最大的哲学思潮是存在主义。早在一战后，存在主义就在德国盛行。雅斯贝尔斯（1883—1969）提出了人所体验的客体存在、自我存在及自在存在的方式，而且认为 1914 年以来发生了"个人生存"的震动感。海德格尔（1889—1976）则将笛卡尔的"我思故我在"改变成为"我在故我思"。而萨特不仅对"存在"与"虚无"作了深刻阐述，而且把存在主义的观念用到文学、政治学、心理学等领域。以萨特为首的法国存在主义比德国存在主义更偏重伦理及政治学。他们重视黑格尔和马克思，崇尚历史辩证法。存在主义探讨人的存在问题，涉及人的痛苦和存在的偶然性、人的自由等方面，而这些正是二战后欧洲人具有的普遍思想及心理状态。有些存在主义哲学家本身就是文学家，萨特的长篇小说《厌恶》开了存在主义文学先河。存在主义认为苦恼、恐惧、厌烦等情绪不能简单地用概念理解，只能对它们加以体验。而存在主义小说恰恰做到了这一点。因此，以萨特、加缪和波伏瓦为代表创作的存在主义小说在 20 世纪下半叶风靡世界。同样，产生在法国的荒诞派戏剧的思想基础也来自存在主义。基于存在主义把人生和世界看作荒诞的，荒诞派戏剧家不再重视戏剧的主题和情节，而是把人类生存的荒诞状态呈现出来，并以多义性的舞台形象及直喻、象征、夸张和变形等手法激发观众思考。出生于爱尔兰、定居巴黎的贝克特以他的《等待戈多》奠定了荒诞派在戏剧史上的地位。

20世纪下半叶出现的还有新小说派。它也产生在法国，并因为全盘否定西欧传统小说，被称为"反小说"。这一流派刚出现时遭反对，但到60年代却成了法国影响较大的文学派别。这派作家极力摈弃主观色彩去细致地写事物的"纯客观"存在。但他们很注意语言技巧，讲究类比、节奏、语音等。他们反映出二战后经济复苏的社会特点，即物排挤了人的地位、财富的增长不能解决精神危机。

20世纪下半叶还有各种新流派，如意大利的新先锋派、丹麦的奇幻文学、西班牙的新浪潮、暴力文学等。加之上半世纪产生或成熟的象征主义、超现实主义、意识流等，可谓五花八门。二战后，有一段时期出现大批描绘二战和反法西斯斗争的文学作品。它们的手法大都以现实主义为主。英、意、西的一些作家在反映战后人民生活时，还以新现实主义面貌出现。英国的新现实主义则着重道德反省，很多描绘由战争产生的怀疑、焦虑和负罪感，是一种内省式探讨人性的现实主义。意大利的新现实主义致力反映下层人民辛酸的生活，暴露社会的黑暗，对小人物充满同情，具有传统现实主义和19世纪末真实主义的文学特点。西班牙50年代政治环境有松动，内战时期出生的青年作家就有可能批判西班牙的政治、经济、文化。他们中一些人从人道主义角度冷静地描绘客观现实、揭露社会的不公，也反映了这种环境下人们感受到的孤独、屈辱和失落。

二战后，许多国家，如英、法、意、联邦德国等因经济发展，工业增长，在60、70年代工人运动也日益高涨，而且往往和激进的学生运动呼应。在这种形势下，出现了大批工业题材和反映工人生活的作品，也产生了不少工人出身的作家，还建立起工人作家的社团组织。这种现象在北欧也很普遍，尤其在芬兰、丹麦和瑞典更突出。

这类作品大多为现实主义作品，有的还用纪实性的报道手段，甚至使用社会调查报告、统计数字等资料，大大增强了真实性和可信性。

二战后，苏联以及包括民主德国在内的东欧社会主义国家，社会主义现实主义占主导地位，不论是社会伦理的，还是历史的和知识分子命运等题材的作品，绝大部分用现实主义手法。这些作品画面广阔，情节复杂，人物和社会历史密切相关，主人公常常是英雄人物。但从50年代苏联发生社会政治变化后，苏联和东欧一些社会主义国家的作家转而表现普通人，从粉饰现实转而揭露社会各种矛盾。有些作家逐渐接受西方当代文学流派的反现实主义新颖手法。

第二节　英国文学

小说　二战结束后英国是战胜国，但无论国内或国外，其政治、经济实力已大不如帝国往昔。战后工党执政，没给人民带来预期的福利。国际上，前殖民地印度、巴基斯坦、缅甸、锡兰相继独立。国内经济在经历了五六十年代相对稳定的发展后，70年代经济增长迟缓，国力落后于美国和战后发展起来的德国。战争中暴露出来的人性问题和普遍的怀疑、焦虑、负疚感，加强了人们的道德反省。战后艰苦的生活和破败的经济秩序，更加深了这种思想情绪。一种内省的、探讨人性恶的现实主义成为必然选择，也被叫作"新现实主义"小说，威廉·戈尔丁、C.P.斯诺、金斯利·艾米斯、艾丽斯·默多克，整个50年代的小说都可这样称呼。进入60年代后，情况发生了很大变化。形式上的实验主义，一种装模作样不作价值判断的非道德主义，很快成为小说创作主调，譬如戏拟、改编、拼凑，模仿性嘲弄既有的作品风格，直接搬用社会调查报告和统计数字，大量引述非小说文类的文字，不同文类的自由交叉乃至嫁接融合，文体风格与语言风格在雅俗间流动等。这里最突出的例子是 B.S. 约翰逊。他在《阿尔伯特·安杰罗》（1964）这部"小说"的书页上留下若干个孔，使故事能从叙事的一部分"漏"到另一部分。他的另一部"小说"《不幸的人》（1969）由装在盒子里的若干束书页组成，读者可随意决定"故事"顺序。把形式夸张到极致，丧失了故事。当然，叙事手段的创新并不意味着创造力衰竭。相反，它可能意味着全新的小说出现。此期可说是二战后最富创造性的时期，尽管与20年代现代主义相比少些灵气和开创性。但这些实验本身并非无价值，它是对战前现代主义的继承。大多数小说家并没完全抛弃"讲故事"这一小说属性，并朝前推动了小说文类。

如果说60年代是战后英国小说最富创造性、最生机勃勃的年代，那么70年代则相对萧条，新一代小说家尚未脱颖而出。但是马丁·艾米斯和其他几位新型小说家如麦克尤恩、艾克洛伊德和巴恩斯等在70年代后期开始给英国文坛注入新活力，及至80年代英国小说终于重新进入了极富创造性的时代，至今仍方兴未艾。

乔治·奥威尔（George Orwell，1903—1950）生于现在的孟加拉国，后回英国，靠奖学金上伊顿公学。受到势利的同学们欺负和校长的白眼，对他后来的政治立场产生了极大影响。1922—1927年他在驻缅甸的印度英皇警察局服务，此期经历被写进模仿福斯特《印度之行》的反殖民主义小说《缅甸岁月》（1934）。1936年他参与了西班牙内战并受伤，这段经历成了《向加泰罗尼亚致敬》（1938）的素材。这期间他无意中加入了一个托派组织，该组织后遭清除，许多成员被处决。这一经历对他的政治观点产生了根本影响。二战中他在英国广播公司工作，战后立即出版了《动物庄园》（1945）和《1984》（1949）。

《动物庄园》开篇时，庄园里受苦受压迫的动物发动了反对主人残酷统治的大革命。但成功后，新主人很快腐化堕落，平等博爱为目的的革命蜕化成集权主义统治，靠思想控制、恐怖镇压和检举告密维持。统治者搞党同伐异，动物庄园腐败成风、贪污盛行，群众失去自由，遭受严重剥削和压榨。这故事显然以变质的俄国革命及30年代斯大林统治时对反对派的清洗和镇压为原型，但也使人想到法国大革命及近代诸多革命。作者提出现代革命有蜕变可能的警告。这部讽喻小说辛辣深刻，出版后在西方反响强烈。

给他带来了更大声誉的政治寓言《1984》是第二部反乌托邦小说，篇幅更长。故事时间设在1984年，地点在英国。这时英国已成为暴君"大哥"统治下的专制国家。更有甚者，世界上的三个超级大国"欧亚国""大洋国"和"东亚国"处在连年战争中，人民都遭受集权统治。独裁者"大哥"洞悉人性弱点，手段阴险毒辣。在他控制操纵下，英国人已无价值、尊严、仁爱、友情可言。他们彼此出卖、伤害。故事中的小英雄或反英雄温斯顿·斯密斯有一定的独立思维能力和反抗精神，但碰得头破血流，精神上被彻底打垮。在这个未来乌托邦里，英国人的语言是所谓"新语"（newspeak）。它被统治者宣布为主持"公道"和实现"社会进步"的语言。在"新语"里"战争"等于"和平"，"无知就是力量"。这种指鹿为马、颠倒黑白的做法使人类的理性遭到了严重亵渎。

金斯利·艾米斯（Kingsley Amis，1922—1995）生于中产阶级下层，考试不及格，未能取得牛津大学学位，但1947年出版的诗集《灿烂的十一月》使他在威尔士的斯旺西大学获得教职。但使他一举成名的还是第一部小说《幸运的吉姆》（1954）。他堪称战后反实验主义思潮的代言人，蔑视现代主义的晦涩朦胧，坚持作品应清晰易懂。

喜剧式作品《幸运的吉姆》挖苦讽刺当时教育界的学院派环境，是性别颠倒的、变形的现代灰姑娘故事。出身寒微的大学历史教师吉姆不得不因其低下的社会地位，在那些装模作样的资深人士尤其是威尔奇教授面前低三下四。后来他与威尔奇及其儿子伯特兰抗争，把伯特兰的女友争取过来。最后他与威尔奇决裂，脱离大学，带着女友投靠她的富商叔父，干起高薪水闲差。作品涉及阶级对立、精英与大众的矛盾、文化界与工商界的龃龉，意蕴丰富。它反学院、反文化、反精英，手法细腻，结构严谨，在心理刻画、景物描写及气氛营造方面尤其精彩。

50 年代他的其他两部小说也是喜剧。《拿不准的感觉》(1955)讽刺写过超现实主义诗歌的迪伦·托马斯代表的诗派。主要人物刘易斯是威尔士一所大学的图书馆馆员，出身矿工家庭，受过良好教育，喜欢读准文学作品,故意装出无知。他投入贵妇人伊丽莎白怀抱，却痛恨她代表的一切。他是个"愤怒的青年"，因为他不被现存秩序完全接受。他最后良心发现，抵制了伊丽莎白的诱惑，回到妻子身边，返归贫穷的家乡，卖煤为生，获得灵魂拯救。小说《我喜欢这里》(1958)的主人公波文来到葡萄牙，但不能虚心学习外国文化，觉得来到这"可恶的国外"是遭罪。他感到如果把葡萄牙搬到英国某地方，将对葡萄牙大有好处。波文可以说集 50 年代种种流行观念于一身，即反中产阶级上层、反布卢姆斯伯里圈子、反伦敦、反现代主义、反外国事物。他的语气是反讽性的，很难把他的态度与作者本人态度等同。该小说难免被当作英国文人狭隘性的活标本。

威廉·戈尔丁（William Golding, 1911—1993）的《蝇王》标示着英国小说的实验主义新方向。它曾遭到二十几家出版社拒绝，但出版后立即引起强烈反响。小说以现代儿童寓言的形式讲人由天真堕落到邪恶，最后酿成大灾难的故事。当时东西方两大阵营正严重对峙，大有再打一次世界大战之势。小说假想在未来某一天，世界发生了核战争。一群英国小孩被飞机抛到一个荒芜的珊瑚岛上，远离喧嚣，简直是世外桃源。在这里孩子们为生存组织起来采野果、猎野猪、搭棚子，用眼镜片聚焦取火，还上演了一出出民主政治的笑剧。但因人性恶的内在因素作祟，他们由合作走向争吵、从理性走向迷信、从民主走向独裁，分裂成两派相互残杀。要不是一个海军军官如"机器降神"般介入，岛上的儿童世界可能在内战中彻底毁灭。

小说《继承者》（1955）更远离现实主义。小说中的尼安德特人笃信宗教、性格温柔、爱好和平，反衬了现代人的恶。他们智商不高，使用极简单的语言，交流很大程度靠心灵感应。在这"人之初"的境界里，他们过着幸福美好的生活。但现代人的祖先智人出现在他们的土地上，尼安德特人称之为"新人"。智人邪恶堕落，奸诈狡猾，嗜杀成性。尼安德特人像美洲新大陆的印第安土著人欢迎欧洲殖民者那样，满怀爱心地拥抱他们，最后被智人消灭，土地被智人"继承"。可见《继承者》的书名含有强烈的反讽。小说《品切尔·马丁》（1956）仍写人性邪恶。1979年发表的《黑暗昭昭》，引起广泛注意，主题依旧，仍采取儿童故事形式，带有神秘主义色彩。1983年他获诺贝尔文学奖。

艾丽丝·默多克（Iris Murdoch，1919—1999）生于都柏林英裔爱尔兰人家庭，不久移居伦敦，进入牛津索默维尔学院。1942—1944年她在财政部做临时公务员，后在联合国救济总署安置战后难民。1947年她得到剑桥纽南学院奖学金，在该院学习一年，1948年回牛津，做了多年哲学研究生。1956年她同文学教师及批评家约翰·白利结婚。

1953年以来她发表小说、剧本、诗集、哲学及批评著作近40部，

1990 年被授予爵位。默多克对东方哲学、宗教、文化兴趣浓烈，第一部小说《在网下》（1954）发表后，许多人把她与"愤怒的青年"画等号。故事主人公杰克是往返伦敦与巴黎的流浪汉式知识分子。他处在主流社会之外，在社会阶梯上不断往下掉。这个新型"反英雄"与 50 年代小说中的"英雄"或"反英雄"不同，他沉默，极大地关注自己与世界的关系。他进行着晦涩又无结果的哲学追问，思索语言的本质及局限，还有能指与所指的关系。作品多处提到萨特，但她的"网"不仅指萨特"他人即地狱"意义上的人际关系之"网"，也是政治之网，人与世界、人与语言和人与逻辑的关系之"网"。人实际处在这天罗地网中，却浑然不觉。《在网下》的书名直接取自维特根斯坦的著作。

《钟》（1958）是她早期作品中最受瞩目的，叙事手法、人物刻画和语言风格很像 19 世纪小说。作品的中心意象，即修道院将起用的一口新钟和沉在湖底的一口中世纪的钟过分多义，评论家也产生解读困惑。小说地点在远离现代都市文明的圣公会茵伯修道院。修道院里两位地位最高者之一米德不是正式教士，因他是同性恋。他建立宗教社区来将功补过，以期得到灵魂拯救。他的男友精神不正常，他又喜欢上一个男学生。宗教社区里来了个艺术史学者及其曾与他人同居的妻子。在主教来社区主持新钟启用的仪式前夜，这女人和男学生把沉钟打捞上来，钟上刻有"我是爱之声"的拉丁文。据传说，这口古钟是数百年前一个修女与情人在里面做爱时丢失的。那沉闷的钟声把艺术史学者惊醒了，开始对妻子疑神疑鬼；也把米德从性压抑中惊醒。如其铭文所示，此钟具有强烈的性含义。此时米德的前男友将堤道上的木板锯穿，使新钟在运送途中沉入湖中。这似乎意味着，他们的罪赎不了，灵魂也拯救不了。

《砍掉的头》（1961）实验色彩明显，主题、情节、人物和意象均

"朦胧"，但却有近乎通俗小说的可读性。这归因于六个主要人物错综复杂的婚姻和性爱关系，以及小说明快而紧凑的节奏。这部哲学小说剖析了 50 和 60 年代英国知识分子的道德和心理状况，也是对布卢姆斯伯里成员的戏拟性嘲弄。小说常牺牲故事的可信性来表达作者的理念。极似恶魔而又不乏慈悲心肠的霍诺尔把自己的意志强加于他人和事件进程。她是扯着操纵线的"神"，而其他人则变为木偶。这可看成作者这一最终的"神"对艺术与现实关系的探索。小说中经验遭歪曲和否定，很难作确定的道德判断，因此批评诸多。

小说《黑王子》（1973）进行了多方面形式创新。近 60 岁的作家布拉德利与 20 岁的朱丽安谈情说爱。朱丽安的父亲，作家阿诺德，是布拉德利从前的朋友，现在的敌人。布拉德利占有朱丽安之前与她母亲私通，而阿诺德也与布拉德利前妻有私情。布拉德利与阿诺德又存在着若即若离的同性恋关系，与自己妹妹也有微妙的感情。小说包含了许多死亡事件：阿诺德死在朱丽安母亲手下；布拉德利到谋杀现场销毁罪证时留下指纹，因而入狱，死在狱中；布拉德利的妹妹有精神病，最终自杀。小说集中讨论了艺术的虚构性与现实性的关系。"黑王子"是布拉德利一部作品的名称，书中的人物在多处讨论该作品作为虚构产物的地位，在多处出现了《哈姆莱特》的引喻和有关《哈姆莱特》的评论。故事中许多人物是作家或艺术家或具有文学艺术气质的人，四个写"附录"的人都是《黑王子》阐释者。布拉德利作为叙述者讲他的故事，还像哈姆莱特在独白或内心独白中思索生活、艺术、真实间的关系，以及性爱与苦难这些问题。他认为只有扩展和深化性爱经历，才能写出杰作。他对朱丽安的狂野激情结出的硕果就是被众多人物写了"序""跋"和"附录"的《黑王子》。小说写成了，他人也死了。他用生命换来了艺术。他自称"替罪羊"，首先是杀人案的"替罪羊"，更是为了保全艺术、张扬艺术的"替罪羊"。《黑王子》在价值判断上模棱两可，这是默多克重要作品共有的特点。

约翰·福尔斯（John Fowles，1926—2005）是典型的实验小说家，以小说《收藏家》（1963）在文坛崭露头角。故事发生在幽闭的地下室里，主人公起初捕捉收集蝴蝶，后来捕到一个姑娘。故事在收藏者和被收藏者的双重视角中展开，后者反抗被收藏、被禁锢。作品有颓废美，结尾灰暗沉重。可看出，"新现实主义"正走向非常新颖的模式。小说以讽喻形式描写精英与大众的冲突，前者最终将被后者摧毁。

《占星家》（1965）出版后反应复杂，有两个版本，作者在1977年对它作了重大修改。故事发生在1953年，地点在希腊一个岛上。第一人称叙述者是中产阶级英国青年，毕业于牛津大学，却没取得像样的学位。他染上了存在主义的时髦，不满自己的背景和现实。为摆脱不如意的恋爱，他到希腊小岛上教书，不久认识了每年在岛上度假的一个百万富翁，接受了他的保护。故事开始出现莎士比亚《暴风雨》的引喻。富翁以该剧的主人公自居，而且有魔法，制造或导演了许多"神灵游戏"。他就是"占星家"。经他介绍青年认识了女演员，看到了完美的女性。其实女演员在游戏中扮演的是富翁的初恋对象。青年的性爱一再遇阻，故事结束也没明确结果。富翁是最大的谜，他自称父亲是英国人，但真正身份及策划"神灵游戏"的动机神秘莫测。作者用这个形象来表现现代人的上帝概念，即神秘莫测，不确定。富翁也是作者的形象：小说家就是创造者、魔术师、发明者、游戏编排者，也是灵魂的诱捕者、伪造者、假冒者，搞了许多欺骗。

为他奠定地位的是《法国中尉的女人》（1969），在商业和艺术价值方面都很成功。它包含现实主义、实验主义和非小说成分，而且写出了小说家犹豫不决的窘态。它巨大的销量及被好莱坞搬上银幕，证明严肃小说也能畅销。首先它用传统现实主义手法，对19世纪社会环境描绘详尽，人物形象鲜明，故事脉络清晰。但它对历史事实、社会调查报告、统计数字、马克思和马修·阿诺德的论述，以及对哈代和丁尼生诗句的引用，又使它具备浓厚的"实验小说"或"非小说"气息。它甚至多次推出或长或短的脚注。但最新颖之处还在于对维多利亚小说人物和事件的戏拟，以及从20世纪的高度观察19世纪的社会和人。它的实验性还表现在作者／叙述者来到读者中，同他们面对面讨论小说与现实、虚构与事实的关系，还有对文学典故的戏拟。因此，它是一部集小说叙事、社会历史、文学典故、文学理论及其他手段于一体的混合文类小说。

《法国中尉的女人》是"重构"维多利亚时代小说，也是对它们的"解构"和戏拟。作者站在自己时代来议论人物和事件，并把小说开篇设在马克思的《资本论》问世的1867年。此时，达尔文的《物种起源》早已发表，这使第一人称叙述者查尔斯得以用进化论观照社会，把自己所属的绅士或贵族阶级看作濒临灭绝的物种。故事的主线是所谓"法国中尉的女人"萨拉对查尔斯的引诱及查尔斯与商业大亨女儿的婚约被解除。维多利亚社会似乎拥有太多的宗教虔诚和道德，在公开场合性欲遭否弃和压制，而私下却得到前所未有的放纵。小说开始时萨拉住在莱姆镇上，雇她做伴的太太虔诚得令人作呕。镇民谣传萨拉与一个受了伤的法国中尉关系暧昧，萨拉把贵族出身却思想开明的自由主义者查尔斯当作倾诉对象，她身上散发着20世纪人文主义者的气息。她的视界与维多利亚时代的沾沾自喜和虚伪形成鲜明对比，她的声音在很大程度上是作者的声音。

萨拉很神秘，她同查尔斯亲近后遭解雇并出走。但这是查尔斯视角中发生的事，读者眼中的情况不这样。她认识查尔斯后，故意让雇主辞了她。她出走后，查尔斯费了很大力气才找到她，她似乎毫无准备。但在第二个结尾里，她向查尔斯披露，他一见钟情于她完全是她操纵甚至"欺骗"的结果。另外，当他们在旅馆做爱时，查尔斯发现她仍是处女，并不是"法国中尉的女人"。查尔斯为她解除了婚约，并辗转英国各地和欧美大陆寻找她，到头来却发现自己的炽热爱情是一件"做作，不纯净的艺术品"。萨拉是"斯芬克斯"，生活是"解不开的谜"。一方面，她像19世纪现实主义小说中出身贫穷，却受过高于该阶级教育的主角。这教育赋予他们反抗精神，使他们拒绝社会安排给他们的角色。但萨拉又不同，查尔斯找到她时，她不像维多利亚小说中的"堕落"女人被社会侮辱和遗弃，而是活跃在罗赛蒂家族中颇受尊敬的艺术家。按照故事的第一个结尾，查尔斯承担了与她的关系的后果，用人道主义情操来解决"堕落"女人的问题。但在更具权威性的第二个结尾里，萨拉是被社会认可的独立女性，有能力与查尔斯分道扬镳。她是历史变迁造就的新社会阶级。

福尔斯还写有中篇小说《黑塔》（1974）、《丹尼尔·马丁》（1977）、《尾数》（1982）和历史题材的《狂想》（1985）。

多莉丝·莱辛（Doris Lessing，1919—2013）生在伊朗，父亲是驻地的英军中尉，全家很快迁往罗德西亚，莱辛在那里度过了童年和青少年，1949年回英国定居。她50年代已跻身文坛，重要作品《金色的笔记》（1962）包含她童年和青少年的经历和感受。这本名为《笔记》的书写一个女作家及她的笔记，可视为时代记录。从中看到作者的自我意识和反省，看到作者对大众传媒时代艺术能否真实反映社会现实的疑虑，看到左派政治的是非曲直及左派人士对共产主义运动的幻灭感，看到急剧变化的女性意识给女性带来的社会和心理困惑，看到对弗洛伊德式心理分析的反动、对荣格所谓"集

体无意识"的文化－心理原型说的认同，以及现代社会中自我分裂
的人们对重新整合自我的强烈冲动。这部小说中也可看到莱辛虽否
弃了现实主义，但又对当今小说不再有连贯的主题及语言崩溃这些
做法提出了挑战。

小说中作家安娜写了一篇关于自己的故事《自由的妇女》。此情
节随故事及其结构展开才为读者所知。《金色的笔记》是她所记的四
个方面内容的笔记的最终交汇，即：关于她非洲生活的"黑色笔记"；
讲她的政治经历，由坚定的共产党员到退出共产党的"红色笔记"；
讲她试图写关于自己的小说，却没成功的"黄色笔记"；记载她文学
信念和实践的崩溃，以及相应的心理分析和治疗的"蓝色笔记"。四
部笔记相互交叉、彼此呼应，探讨了现实的真实性或虚构性以及小
说的真实性或虚构性，还有作家的自我欺骗性及文学的谎言本质。
安娜的故事就是莱辛的故事，但安娜又企图写一个关于自己的故事。
可以说，安娜写的那个女人的自我就是莱辛的自我，安娜写的那个
女人的叙述是有关莱辛的叙述里的叙述。这就是现代流行的文学理
论中的"元小说"（meta-fiction）。这些"笔记"展现了安娜无法统
一的自我，讲她经历的心理、政治和文学危机。书名"The Golden
Notebook"里的"Notebook"用单数，而故事中不同的"notebooks"
则用复数，作者这么做是要用语言意义上的圆整分裂为杂多来反映
自我分裂，反映西方在精神和道德上的破产。她认为西方的工具理
性已非常发达，而价值理性反而有退步迹象，产生了许多新问题。
更严重的是，工具理性的发达已使人类掌握了大规模毁灭性武器。
她用分裂、破碎的叙事方法戏拟地反映个人的社会角色在现代社会
中已分裂。

《金色的笔记》中提出的问题，莱辛在《地狱之行情况简介》
（1971）、《黑暗之前的夏天》（1973）和《幸存者回忆录》（1974）中

持续不懈地进行了探索。2007年高龄的莱辛获得了诺贝尔文学奖。

马丁·路易斯·艾米斯（Martin Louis Amis, 1949—　）是金斯利·艾米斯之子，在牛津大学获得学位。70年代他担任报纸的编辑助理，也担任过"特聘作家"，至80年代确立了文坛地位。他是"实验主义"者，在叙事技巧上有很大创新。但在语言的锤炼和实验上，他远不能同福楼拜和乔伊斯并提。第一部重要小说《钱：自杀者的绝命书》（1984）中，性是基调，但金钱作为破坏性力量和最主要的颓废因素，在小说中受到猛烈抨击。主人公宣称自己是"60年代的孩子"，而60年代里文化激进主义亢奋，精神极度空虚。小说对60年代批判的强烈前所未有：各色人物良心的泯灭全都与60年代有直接关系，而对钱的疯狂崇拜及用金钱满足疯狂欲望的做法就是道德沦丧的后果。

题献给父亲的《伦敦原野》（1989）是黑色幽默小说，部头庞大。故事时间在1999年，地点在伦敦，"原野"是意象。在第三个"至福千年"来临之际，资本主义乐园伦敦的"原野"上发生了一起似乎由被杀者导演的自杀 – 谋杀之剧。作者勾勒出一派末日景象，对英国社会现状的批判异常激烈。两年后他发表了《时间之箭》（1991），颠倒时间的走向和叙事的顺序，因果律也被打破。一个纳粹战犯战争结束时逃到美洲，在那里颠倒时间从死亡活到出生。在大屠杀中死去的人也活过来，绝灭营呈现复活再生景象，食物从胃里回流出来，清洁工把垃圾撒到地上，犯了罪的纳粹军官回到清白无辜。不难看出，这部小说叙事技巧的革新十分适合传达作者的社会政治信息。如果说历史上的大屠杀能取消，那么是非善恶就不存在了。这对作者心目中世界末日的"后现代"社会来说不是纯粹的想象，而是正在发生的事情。借着不断翻新的叙事技巧，作者尖刻的黑色幽默在《时间之箭》中达到新高峰。

伊恩·麦克尤恩（Ian McEwan，1948—　　）的新颖题材和新奇的个人风格为 80 和 90 年代英国小说复苏作了重要贡献。他 1970 年开始文学创作，70 年代写了许多短篇小说，发表在英国、荷兰和匈牙利的英语刊物中。这些故事后来集中在《最初爱情，最终仪式》（1975）和《在被单之间》（1978）等故事集里，主题是死亡、病态、暴力、疯癫、性变态。

第一部哥特式恐怖小说《水泥庭院》（1978）从十五六岁的孩子的视角讲述。孩子的父母先后死去，他带领弟妹把母亲的尸体用水泥封在地窖里，同时想象着这事张扬出去，一定会成为各大报纸的新闻。孩子们在双亲去世后处在失去社会约束的状态中，为所欲为，叙述者甚至和大妹妹相奸。用水泥封埋母亲尸体一事最终被发现，结尾时远房亲戚斥责了乱伦，并用铁锤敲砸封尸的水泥。孩子们似乎只是在作者操纵下表演了一出儿童剧，但读者意识到了可怕和病态。这种间离效果是作者多年坚持和追求的。

另一部重要小说《时间里的孩子》（1987）也是儿童故事，作者进入了社会和政治视野。故事的地点在世风日下、保守主义盛行的英国。时间上小说进入了近乎世界末日的将来。故事讲一个小说家的女儿在故事开始前两年在超级市场被拐骗，这一悲剧事件破坏了小说家的婚姻，他因忧郁症而冷漠。另外一条故事线讲一个政客的童年生活不如意，为寻求补偿，他疯狂地投入政治活动，但仍无法摆脱童年的阴影。故事从其成年生活倒退到充满挫折、失望和压抑的破碎的童年。小说在深层次上揭示了我们每个人身上的那个“孩子”已被工具理性主义的国家拐骗了，提出了严肃的道德问题，但对这些问题的回应却是“隐退到幻想里去”。小说没能够实现突破。

《黑狗》（1992）用寓言形式讲述，探索人性邪恶，可归入黑色幽默或黑色戏剧类型。小说地点在法国乡村，故事围绕一个女人对两只黑狗的看法展开。这两只狗在战争期间曾被用来恐吓盖世太保关押的人，它们影响了这女人的心态，使她摆脱不了同它们联系在一起的往事的阴影。在更广阔的意义上，这阴影就是已侵入西方文明骨髓里，以大灭绝、大屠杀为最高表征的恐怖遗产。这部小说是对当代生活、对抗拒道德连贯性甚至道德理解力的世界的神经质反应。

朱利安·巴恩斯（Julian Barnes，1946—　）的形式技巧实验比艾米斯走得更远，在语言风格上更精雕细琢，考究简练。他曾以"但·卡万纳夫"的笔名发表一些格调低下的神秘侦探故事。第一部以巴恩斯为名发表的小说《都市郊区》（1980）地点在巴黎，时间是多事之秋的 1968 年。小说讲爱情故事，表达作者对法国生活、文化和观念的热爱，并公开宣布对福楼拜小说的兴趣。另一部作品《福楼拜的鹦鹉》（1984）讲第一人称叙述者对"福楼拜的鹦鹉"的"探究"和"考证"。所谓"福楼拜的鹦鹉"，是指福楼拜写小说《单纯的心》时使用的一只鹦鹉标本。叙述者企图找到它，但发现了好几只据称是福楼拜使用过的鹦鹉，甚至发现了几十只有同样悠久历史而且种类相似的鹦鹉标本。他最后醒悟到，要找到那个标本绝不可能。小说也包含了主人公反省与妻子的关系，及对所谓"福楼拜的鹦鹉"性质的思考。在他看来，生活和艺术没有截然界限，两者可相互跨越，人永远不可能完全把握它们，就像寻找"福楼拜的鹦鹉"那样徒劳无益。小说有传统的叙述性内容，有文学批评论文式的成分，有福楼拜生活三个侧面的"大事记"，也有从福楼拜的角度讲的动物寓言，还有以福楼拜为题的大学考卷，以及今人对福楼拜时代的评论。

下一部作品《十又二分之一章世界史》（1989）把小说实验推到更新高度，"小说"的概念面临重新界定。这部"小说"或"世界史"的十"章"都有正式标题，而第八、九章之间名为"插曲"的部分是非"正式"的，故有"十又二分之一章"之谓。所谓"世界史"，其实是十一篇幻想故事、历史故事，或报告文学。它们或采取寓言形式，或讲述真实历史事件，或篡改宗教掌故，或徜徉于尚待发生的未来事件中，甚或遨游缥缈虚幻的"天国"。它们是"史"还是"小说"，可从作者的讥讽语气上推断出来。作者把差异极大的叙事材料做成拼盘，给它取了别出心裁的名字，这种手法很难具有持久的启迪性。其他小说还有《谈心》（1991），写三角恋爱；《箭猪》（1993），以保加利亚原国家领导人日夫科夫为原型，讲柏林墙倒塌后一个前东欧国家领导人被废黜遭审判的故事。

彼得·艾克罗伊德（Peter Ackroyd，1949—　）是另一位实验先锋，曾任报纸文学编辑和管理编辑及书评员。他也是诗人和文学传记作家，写过 T.S. 艾略特传记。他与八九十年代其他实验小说家不一样，他过多地依赖文学模仿和戏拟，不把自身的生活经历作素材。他很成功地把商业上畅销与批评界的青睐结合起来，接二连三地得奖。但他过度利用自己文学批评家和传记作家背景，缺乏亲身经历和感受，导致过度的实验性，甚至导致作品的虚假性。这使他昙花一现。

第一部小说《伦敦大火》（1982）挪用狄更斯的《小杜丽》（1855），使它以"互文性"形式贯穿整部小说。结果，过去与现在出现了若隐若现的重合、若即若离的联系。小说中许多人物似乎都处在《小杜丽》的符咒下，许多地点也与《小杜丽》相合，如马歇尔希监狱。这是狄更斯父亲因欠债蹲过的地方，在《小杜丽》中两个主要男性人物因欠债先后被投入其中。小说还包含把《小杜丽》改编成电影的场景。因此狄更斯的传记材料大量进入《伦敦大火》。第二部小说《奥斯卡·王尔德最后的遗言》（1983）用"后现代"眼光和风范替王尔德写遗言。他从王尔德的视角写王尔德在巴黎的最后日子，赢得萨默塞特·毛姆奖。第三部小说《霍克斯莫尔》（1985）为他赢得的奖更多，还获得了"布克奖"提名。这部小说有两条故事线，二者在时间上相差二百多年。然而主题十分模糊，主人公尼可拉斯·代尔的原型是英国 18 世纪建筑师尼可拉斯·霍克斯莫尔。一条故事线时间在 17 和 18 世纪，另一条在 20 世纪。前一条线索从代尔的视角讲述。代尔为了使他设计的那些新古典风格的教堂顺利完成，像浮士德那样与魔鬼订了条约，允诺在修建过程中用人作牺牲填入地基祭奠。为此，他谋杀了一些流浪汉，将尸体填入地基。后一条线索中，霍克斯莫尔的名字被赋予 20 世纪伦敦的一个侦探，他负责调查代尔设计修建的几座教堂周围和里面的系列杀人案。作者比较成功地用 18 世纪英语文体和当代英语文体写作。故事中的几个教堂除西敏寺外，都以真名字、真地点和真建筑样式出现。代尔和霍克斯莫尔各有一个叫瓦尔特的助手。在 18 世纪的故事中，代尔受助手的怀疑；后一故事中瓦尔特出于自身利益和前途考虑暗中破坏，还跟踪监督上司。霍克斯莫尔最后似乎是因瓦尔特及其同党的"欺骗"和"背叛"才自杀的。这样一来，20 世纪的侦探故事已变成反侦探故事。调查杀人案的故事与 18 世纪设计修建教堂的故事在不同的章节中讲述，除了主要人物名字重合以及主要地名一致，两个时代被害的流浪汉的名字及被谋杀的方式也一样。霍克斯莫尔虽尽全力调查这案子，但没抓住凶手。然而，悬案并非没有最后的交代。这主要通过两条故事线相互指涉来实现。霍克斯莫尔觉得自己的前身就是代尔，必须牺牲自己来偿清两百多年前欠下的牺牲活人以祭奠教堂之债。因此第二条线索的反侦探意味更明显，在超自然意义上抓凶手的人两百年前便是凶手。

诗歌 20 世纪中叶英国诗坛现代主义衰落，但还是有一批杰出的诗人引起我们注意。比如以独特的风格写传统形式诗作的罗伯特·格雷夫斯（1895—1985）的《诗集》（1955）奠定了他的世界声誉。他要求诗歌格调清新明快，形式齐整，读者能理解，风度闲雅。特别是他的爱情诗，显示出个人的风格，比如《麦秸》（1951）。

战争期间已成名的**迪伦·托马斯**（Dylan Thomas，1914—1953）是受超现实主义影响的威尔士诗人。他发展柯尔律治浪漫主义诗歌中的神秘和梦幻因素，又结合弗洛伊德的潜意识学说，将想象力发挥到极致。他的第一部诗集《诗18首》（1934）主题为生命、死亡、性及三者的联贯性。此后，另一本诗集《诗25首》宗教色彩深浓。二战爆发后，他又写了一系列德军轰炸伦敦的诗，如《空袭后的葬礼》《拒绝为死于伦敦大火中的孩子哀悼》。但此时在艾略特和奥登等人的光辉遮盖下，他的成就直到战后才得到公认。

50年代中期出现**"运动派"**，其名来自1954年10月1日《旁观者》杂志的一篇评论，它把当时一批青年诗人的崛起称为英国诗歌的一次"运动"。他们的诗都反战争年代的启示性浪漫主义诗风，反艾略特和庞德鼓吹的否定传统的纯实验性诗风，也否定迪伦·托马斯的晦涩意象。他们最重要的代表是菲利普·拉金，还有伊丽莎白·詹宁斯、唐纳德·戴维、汤姆·冈恩等。这派诗人大多受过高等教育，崇尚传统诗风，写的诗有较严格的韵律、严谨的诗节和流畅的语言。他们崇尚英国本土诗风，推崇哈代那种朴素和深刻。

菲力普·拉金（Philip Larkin，1922—1985）是"运动派"第一才子，属战后崛起的最优秀的英国诗人。他早期作品受叶芝影响，较朦胧。到了50年代，他开始推崇哈代的笔法，务求写得具体准确，简练达意，技巧娴熟，但不追求惊人的词语。以《降灵节婚礼》一诗为例，诗歌具体准确的语言把英国50—60年代的破败景象描写得十分鲜明，以一斑而窥全豹。诗人以目击者的视角，向我们描绘了降灵节经过街头和乡镇时，"热浪熏人几英里""河上漂着工业废渣"

和"方圆几英亩的废汽车"的景象。他的短诗《日子》更别致，简练中把握了英国人生活的要害，平实里显示了深刻思考，提出"日子有何用？"的问题。诗中的失望和无奈跃然纸上。在英国从日不落帝国没落为二流国家的历程中，拉金以枯燥沉寂的诗行诉说人生的悲怆。他笔下几乎见不到绿叶，这就是英国社会的写照。拉金和运动派其他诗人们用闲静的风格准确而具体地写出 50、60 年代英国的景物和时代情绪，终结了 20 年代开始统治英国诗坛的现代主义，回归到哈代代表的英国传统。

此期另一位英国诗人是**特德·休斯**（Ted Hughes，1930—1998）。他 1956 年与美国女诗人西尔维亚·普拉斯结婚，1957 年以诗集《雨中鹰》成名，此后出版了十余部诗集，如《牧神》《木神》和《乌鸦》。1984 年 12 月，英国女王授予他桂冠诗人称号。休斯的诗歌站在"运动派"对立面，因此他的成功标志着"运动派"在诗坛的衰退。休斯的父亲和叔父参加过一战，他从小就熟悉战争的残酷。他在二战时也当过两年兵，十分厌恶战争的掠夺和残酷。他的诗集可称为动物寓言集，诗里的主角是各种动物。这些飞禽走兽表达各种影射和寓意。如名作《栖息着的鹰》（收于诗集《牧神》）通过鹰自述，写出鹰高踞"森林之巅"，静观猎捕时机时那种无声无形、貌似懒散实则紧张机敏的形态。诗中的鹰目空一切，主宰万物。它的高傲、残忍和君临天下，使人联想起人类社会的许多现象。这首诗可视为英国自劳伦斯以来最直接渲染暴力的作品。他敏锐地感觉到资本主义世界尔虞我诈、弱肉强食的社会现象及本质。对理性和野性融为一体的赞美，对鲜血淋漓的暴力和荒凉景况的生动描绘构成他诗歌的特色。50 年代后期他以《雨中鹰》一鸣惊人后，英国诗风亦从淡雅开始向豪放雄浑转化。到 60 年代初，随着《牧神》《动物诗集》《木神》和《乌鸦》这几本诗集发表，似乎休斯的势头已占优势。70 年

代以来他仍笔耕不辍，发表的诗集有《穴中鸟》（1975）、《四季歌》
（1976）、《沼泽城》（1979）、《河流》（1979）等，题材越来越扩展，
不断创新。他已走出动物描绘，落实到人的命运。例如在《七愁》
中，诗人伫立窗前，感叹秋天园中的残花，表达了对暮年的恐惧和
悲哀。

　　50、60年代英国还有其他重要诗人，如"运动派"重要人物汤
姆·冈恩（1929—2004），名声跟拉金不相上下；不属流派的桂冠诗
人约翰·贝奇曼（1905—1984），喜欢写英国城市周边人民的传统
生活，用素体诗写了长篇自传《为钟声所召》（1960）、《高与低》
（1976）和《空气转冷》（1972）。此外，现代主义并没消失，还有若
干年轻诗人汲取庞德的创作思想和审美标准，借鉴美国黑山派诗歌
理论，在形式上标新立异，诗歌晦涩朦胧。

　　当代英国诗坛多元共存，地域化趋势明显。真正反映70年代以
来英国精神面貌的诗歌从北爱尔兰诗人谢默斯·希尼开始。**谢默斯·
希尼**（Seamus Justin Heaney，1939—　　）早年诗作充满对童年的回
忆、对故乡的眷恋及对爱尔兰农庄文化的自豪。《搅奶日》以带感情
的诗行描绘母亲带领全家在农庄工作的生动场面，展现质朴的农家
乐图景。他也没忘记乡村的另一面和不幸的人们。例如《饮一口水》
写疾病缠身的老妪每天步履蹒跚地到水泵边汲水，展现老人生活的
艰难。

　　此期北爱尔兰民族和宗教斗争非常激烈，"共和军"和政府军经
常发生武装冲突。笃信天主教的希尼家庭经常受当局侵扰，这在他
作品中留下深刻印记。例如《警察来访》记录诗人儿时的回忆，将
骑着摩托车上门收税的警察傲慢无理的神态描绘得活灵活现。他的
根深扎在爱尔兰，但他又在英国传统教育下成长，想在两者间找到
共同的切入点。早期诗集《自然主义者之死》（1966）、《通向黑暗

之门》（1969）和《北方》（1975）有浓郁的乡土气息和民族意识。但为了有机结合北爱尔兰天主教文化与英国传统文化，他不断摸索新的诗歌语言和创意。他倾向把诗提高到哲学和象征的高度，进入抽象的纯理性境界。一次，他参观一具丹麦泥炭地出土的男尸，是宗教仪式上献给繁殖女神的牺牲。他感到生与死深不可测，有感而写成《格劳拜尔人》（1975）一诗。他叹道："谁会说如此生动的 / 面貌是'尸体'/ 谁会说如此深不可测 / 的安详是一个'死人'？"这首诗从历史视角看人类暴力行为的深远根源，一直上溯到远古部落的祭祀仪式和迷信思想，并加以哲学和历史审视，希望使当代人头脑冷静，恢复理性。

　　1995 年他获诺贝尔文学奖，确立了诗坛主将地位。他不写浪漫主义的田园小诗，因为现实中缺少这种浪漫；他也不走现代主义的试验和标新立异的路子。他的诗简洁有力，使用传统格律，每个词都经过洗练，凝聚着使命感和历史意识。

　　戏剧　二战后英国信仰危机进一步加剧；旧的宗教、文化、道德已是明日黄花。在这样的时代，英国戏剧家们，尤其是年轻的戏剧家，继承英国现实主义传统，在舞台上道出文学家"入世"的心声，或发出"救世"的呐喊。奥斯本让他的吉米"愤怒"地回顾过去，在舞台上宣泄，恶毒诅咒与谩骂。但更多的戏剧家却用超现实主义手法表现现实生活，力图回答我们到底是谁，我们在这儿做什么。贝克特、品特及斯托帕德在他们的戏剧中加入黑色喜剧成分，在传统的严肃题材中发掘幽默，将恐惧、禁忌或压抑的愤懑写成喜剧，从而创造出崭新的荒诞戏剧。

　　塞缪尔·贝克特（Samuel Beckett，1906—1989）生于都柏林，于三一学院获文学学士，1928 年赴法，在巴黎高师教英语。1930 年他重返三一学院，获文学硕士，并留校教法语，1932 年辞职，专门写作，1937年定居巴黎。第一部作品《婊子镜》（1930）是诗歌，带有16个脚注，共98行。二战前夕他发表了短篇小说集《少刺多踢》（1934）和第一本小说《莫菲》（1938）。二战中他完成了第二本小说《瓦特》（1953），战后几年完成了长篇叙事体三部曲《莫洛伊》《马隆之死》和《无名者》，于1951和1953年出版。他在1947年写过三幕剧本《伊留塞里亚》，未能发表。《等待戈多》写于1949年，1952年发表，1953年1月5日在巴黎上演，同年8月3日在伦敦上演，一举哄动。此后，他转向戏剧创作，包括广播剧、电视剧及电影剧本，先后发表的戏剧有《最后一局》（1957）、《克拉普的最后一盘磁带》（1958）、《美好的日子》（1961）、《戏剧》（1963）、《来来往往》（1966）、《一段独白》（1979）以及《俄亥俄即席演说》（1981），还有广播剧《所有受难的人》（1957）、《余烬》（1958）和《不是我》（1975）。他于1969年获诺贝尔文学奖。

　　被称为英国荒诞派戏剧第一剧的《等待戈多》描述人类一大堆无聊可笑的动作，说明人类存在的混乱和荒诞。但人类必须给"混乱"赋予它不具有的意义，就像《等待戈多》的两个人一样，把他们所做的一切都赋予一个最终意义：等待戈多。这样，该剧就成了萨特存在主义最好的文学诠释之一。全剧核心在等待，至于"戈多"是谁，他是否是上帝，都无所谓。"存在"只具有"赋予"的意义，作者似乎和观众及剧评家们开了个玩笑，故意不给"戈多"确定的意义。此外，这出戏语言晦涩，口语体短句居多，富含典故、暗喻，歧义重生，增加了"戈多"意义的不确定性。戏一开始，两个人正在等待戈多到来。但两人的对话显示他们对戈多何时到来，该在哪里等待，甚至来不来，都不清楚。于是，我们开始怀疑这等待的意义。特别是他们的对话说明两人对过去的记忆极糟糕，既不知道自己的过去，也不知道自己的未来，有的只是当下的等待。但漫长的等待，哪怕是"有意义"的等待，也很难挨。两人无法打发等待"戈多"的永恒的时间和虚无，非常痛苦。在等待中，他们发现人类孤独、无聊；发现奋斗无用，"人生来如此"，"世界本质不变"。他们发现什么也没发生，没人来，也没人走，真可怕。

这漫长的苦等也反映在该剧的重复结构中。第二幕基本是第一幕的重复。两幕的布景和等待的时辰完全一样，两个人物继续在无聊的对话和可笑的动作中等待着。他们欲走不能，欲死不能，处于永久的无结果等待中。第二幕结束时，"戈多"的信使带来口信说他今晚不来，但明天一定会来。于是，他们还要等下去。剧本在阴沉悲观的基调中涉及"存在"的形而上问题。作者给了个怀疑论的答案，但在怀疑中又给人一丝希望。首先，在等待中两人找到了打发时间的各种法子：回忆、引经据典、观察分析、研究"戈多"、讲笑话粗话、说梦、骂架。于是空虚得到填充。其次，在等待中他们认识到，尽管他们最终会死，但在走向十字架之前，他们可以冷静地谈话，无穷无尽。人类不能像虫豸，他们要发出点儿声响，尽管无垠的宇宙和时间将会淹没他们微弱的声响，他们也要留下自己曾经活过的痕迹。这部剧是一位优秀的剧作家对人生的严肃思考。他帮助我们认识到"存在"的荒诞，并说明我们可以超越荒诞。

约翰·奥斯本（John Osborne，1929—1994）曾就读贝尔蒙他学院，获教育学证书。1948年他做了戏剧演员，不久尝试剧本创作。在与人合写了两个剧本后，他的第一个剧本《愤怒的回顾》（1956）于当年5月8日在伦敦上演，震动英国剧坛，被称为"现代英国戏剧的里程碑"。出名后，他被冠以"愤怒的年轻人"称号。此后，这个名称便被广泛用于战后对现实不满的文学青年。他后来的几部剧本也以孤独、失落、不满、愤怒的年轻人为主人公，如《卖艺人》（1957）、《路得》（1961）和《承兑的契约》（1966）。

《愤怒的回顾》主人公吉米表面上没什么可愤怒的。他有大学文凭、自己的糖果店、一套公寓住房和有教养的、出身中产阶级的妻子。在当时的英国，这是小康之家了。可是，物质生活的保障代替不了心理和精神食粮。他妻子对此有精辟的分析，她对父亲，一位从印度返英的退休上校说：英国"什么地方一定出了点儿毛病"。英国社会确实出了毛病，旧时代已过去，新时代却不见踪影。对上校这株"爱德华时代荒原上残活下来的古老植物"来说，世道变化太快。但对吉米这样战后的新一代来说，世道变得太慢，感到个人在社会面前无能为力。吉米感到战后英国城市生活平庸难挨，他星期天无所事事，只有读报解闷，但报上的书评篇篇雷同，毫无新意。对此，他愤怒地咒骂。他大学毕业，但却在开糖果店，与他的抱负相去甚远。他感到空虚，他愤怒了，把愤怒变成尖酸、刻薄、毒辣的叫骂，向四周人泼洒去。尤其让他不能容忍的是，竟无人理睬和理解他的愤怒。他最后对身处的现代世界总结道："没有人思考，没有人在乎。没有信仰、没有信念、没有热情"。实际上，吉米夫妇都很"前卫"：他对妻子和他相好之前居然是处女感到气愤。而妻子发现女友与吉米的私情后，两人抢着把吉米让给对方。他们虽意气相投，却不能共同面对生活危机：一个愤怒宣泄，另一个压抑着愤懑，两口之家变成了"疯人院"。经过妻子出走，失去胎儿后回归，夫妇重新团聚。吉米自嘲但温柔地说，他们将像熊和小松鼠似的生活，整天吃蜜糖和松果，躺在阳光下歌唱温柔的家。

哈罗德·品特（Harold Pinter，1930—2008）父亲是葡萄牙裔犹太移民。品特在学校常参加戏剧演出，极得戏剧教师喜爱。他16岁进入皇家戏剧学校，后又进戏剧中央学校，1949年成为职业演员。以后的10年中，他一直用艺名"大卫·巴伦"在伦敦以外的各剧院演出。他的戏剧创作始于独幕剧《房间》（1957），描写一对佃户夫妻随时可能被逐出住处，生活处于神秘的外来威胁中。这主题成为他许多剧本的架构，以至于他的作品被称为"危险喜剧"。他一生创作了 30 部剧作（含广播剧），其中《生日晚会》(1958)、《送菜升降机》(1959)、《看守人》(1960)、《归家》(1965)、《背叛》(1978)、《大山的语言》(1988) 以及《月光》(1993) 等较著名。2005 年品特获诺贝尔文学奖。

他的"危险喜剧"与贝克特的《等待戈多》异曲同工。"危险喜剧"往往发生在离群索居的地方：城市的破房或地下室、乡村、海边。人物往往只有两个，他们在期待着发生什么事。环境不断变化，剧中人随环境变化而变化，于是人物的个性和内心世界就在等待中发展和凸现。在他的剧中，快乐与危险、轻松与恐惧俱存。嬉闹中透出对人生的严肃思考，严肃借喜剧般的对话与动作得到发挥和展开。他的剧属荒诞派，剧中人貌似漫不经心的对白和看似不起眼的动作都隐藏着深层寓意。在他的剧作里，现实飘忽不定，语言也失去了廓清与沟通功能，变成理解的障碍。

独幕剧《送菜升降机》(1959) 就是一出"危险喜剧"。剧中两个角色是某一组织的杀手，他们潜伏在一个地下室里，等待上司命令和被杀害对象到来。最后，命令下达了，可却是让杀手之一变成杀害对象。这是他们始料未及的。剧尾他们惊愕地相视，哑口无言。观众在惊愕之余不仅要问，这出剧到底有什么意义？整个剧始终笼罩在诡秘气氛中：抽水马桶注水时间太长，地下室门底下塞进装在信封中的一盒火柴，送菜升降机在地下室和上面楼层间缓慢穿行，下行时带来顾客订的餐，悬挂在墙上的话筒传来上司的指令。他们就像他们在戏开始时读着报纸上那些奇特的"新闻"时一样莫名其妙。他们每天生活在一大堆孤立、破碎、神秘而毫无意义的事件中。他们争吵，绞尽脑汁，企图参透这些事的意义，但都是徒劳。现实如

磐石一样坚硬，人类的智力无法穿透。剧中不可解释的神秘事件也
说明两人对他们在世上所处的可怜地位既无知又无奈。他们不知被
杀人是谁，也不知上司是谁。他们似乎握有生杀大权，但又同时听
命于幽灵般的上司；他们似乎就是一切，但又什么也不是，连自己
的命运终将如何也不知道。他们只是无限长的历史链环上的一环，
无限大的命运之轮上的一个齿轮；他们驱动，也被驱动，被他们看
不见也控制不了的巨大的力驱动。

汤姆·斯托帕德（Tom Stoppard，1937—　）生于捷克斯洛伐
克一个医生家，1939 年全家迁往新加坡。太平洋战争爆发，日本进
犯新加坡，他父亲遇害。1942 年他随母逃往印度，1946 年其母与
一名英军军官结婚，全家定居英国。他 1954 年成为记者，写新闻报
道、戏剧评论及影评。1960 年他开始戏剧创作，先后有《漫行水上》
（1964）和《赌徒》（1965）等作品。成名作《罗森格兰茨和吉尔登
斯特恩死了》（1966）上演后获极大成功，被誉为"60 年代最辉煌
的新作"。此后，他创作了近 30 部作品（含广播剧和电视剧）。

《罗森格兰茨和吉尔登斯特恩死了》借用莎士比亚《哈姆莱特》
中微不足道的朝臣罗森和吉尔，使他们变为主角，上演了一出贝克
特式荒诞喜剧，再次揭示人类自由意志阻挡不了命运铁轮的滚轧。
相关的另一主题是人类在等待最终"厄运"到来时的无聊：既然他
们所做的一切与最终结果毫无关联，那么他们做什么都没意义，因
而也不在乎做什么。剧中借用的《哈姆莱特》的片段及主要剧情的
发展说明，不仅这两个朝臣逃脱不了自己的命运，就连他们自身的
行动和身边发生的重大历史事件也摆脱不了创造者的制约。他们的
故事即使重演一百遍，也摆脱不了创造者莎士比亚的旨意。

第一幕开始时两人玩掷币游戏，与《等待戈多》和《送菜升降
机》的主人翁一样，他们在无聊的等待中玩游戏打发时间。但作者

设计的赌钱游戏有深刻意义，它用现代数学的概率论来阐释两人的命运犹如用一枚两面硬币博弈的概率一样不可逆转。在游戏中，吉尔连掷硬币 92 次，罗森连猜 92 次"正面"，连赢 92 块硬币。这博弈结局令吉尔害怕。但前 92 次掷币情况并不意味着这 0.5 的概率是控制博弈的铁的规律。再掷硬币数次，终于出现了"反面"，吉尔赢了那一天的第一块硬币。但紧接着他们的自由也终结了。丹麦国王克劳狄斯和王后出现，命他们去监视哈姆莱特。他们于是卷入王室的血腥阴谋，最后送命。他们的个人行为犹如硬币投掷一样，尽管有这样或那样的不同，但改变不了成为牺牲品的命运。"自由意志"可改变个人一时的境遇，但左右不了最终的命运。这个残酷的概率游戏似乎从科学角度对西方基督教的天命与自由意志作了明白的阐释，证明人类存在的荒诞性是必然的。

剧本的另一特点是戏中戏，将现实与艺术虚构有机结合，真正体现了莎士比亚的名言："整个世界是一个大舞台，所有的男人和女人不过是演员而已"。吉尔的一段话表明了对死亡这最终命运的恐惧："没有人死后能再站立起来，没有掌声／只有静寂和旧衣，那就是死亡。"他还说死亡是一个"永恒的无归"，一个"看不见的深渊"。也许，这正是 20 世纪无英雄时代的死亡观。他们身居朝廷，是与哈姆莱特一起长大的好友，但却对眼前发生的巨变的严重性浑然不知。当他们带着哈姆莱特跨海赴英时，创造丹麦王国历史从而把握自己命运的机遇就在身边，但他们却卑怯地放过它。这两个无信仰、无原则、无胆识的丹麦弄臣，就这样带着对死亡的恐惧，稀里糊涂地死去了。

第三节　法国文学

　　法国是二战主战场之一。1941 年英法联军大溃败，损失惨重。德国法西斯占领了法国北部，南方成立了维希傀儡政权，法兰西民族蒙受了空前的屈辱。1944 年，同盟军从诺曼底登陆，在法国领土上与德军激战，战火纷飞，尸横遍野。所有这些都给战后死里逃生的法国人留下了痛苦的记忆。另一方面，1941—1944 年法国展开了可歌可泣的抵抗运动，维护了法兰西民族的尊严，以生命和鲜血为世界反法西斯斗争作了贡献。对此，法国人又深感骄傲和自豪。法国国民经济在战争中遭受严重破坏，人口锐减，空前的浩劫使不少法国人悲哀和绝望。而战后接踵而来的政治危机和社会动荡，又加剧了他们对现实和未来的困惑和不确定感，怀疑否定传统价值观的情绪进一步加剧。

　　战后第四共和国（1946—1958）期间，法国的政治形势一直动荡不安。1947—1954 年的越南战争使法国在政治和经济上陷入捉襟见肘的困境。越战结束后，当时属于法国海外省的阿尔及利亚的民族独立战争又成燎原之势，并在法国不同政治势力间引发激烈冲突。1962 年阿尔及利亚独立，法国国内动荡的政治局面得到缓和。然而此时民族解放和民族独立运动已席卷非洲，再次沉重打击了法帝国主义。随着原法属殖民地国家先后独立，法国在非洲的政治存在削弱，经济存在也在美国资本咄咄逼人的攻势面前萎缩。昔日帝国的辉煌和现实的黯淡形成强烈反差，给一部分法国人心理上投下阴影。

　　冷战期间，世界呈现两极化，而法国则奉行独立外交战略，与美苏两个超级大国分庭抗礼。法国独立发展核力量，并拒绝在核不扩散条约上签字。1966 年法国退出北大西洋公约组织，更显示了政治与军事的独立意志。法美分歧部分由两国文化传统的差异造成，又反过来给两国的文化差异染上政治色彩。80 年代后，法美关系改善，但随着苏联解体和欧洲一体化进程加快，作为欧洲一体化"发动机"之一的法国实际上在政治、经济和文化各方面受到美国强势政治更大的压力。如何保持欧洲的独立地位和法兰西悠久的民族文化特性，成为很多法国人关心的问题。国内，左右翼围绕立法权和行政权的斗争时紧时松。战时，法共坚决进行反法西斯武装斗争，威信大增，在战后成为一支强大的政治力量。然而 50 年代后，它盲目追随苏共，威望每况愈下，苏联解体后更面临严峻考验。但它及时调整了路线和策略，在政治舞台上仍保留了一席之地。随着法共影响缩小，许多知识分子与共产主义运动疏离。但马克思主义的影响仍旧广泛存在，法国知识分子传统的人道主义关怀使他们始终关注社会，关注人类命运。法国知识界仍是与权力中心相抗衡的重要力量。在这种抗衡中，文学扮演了不容忽视的角色。

20 世纪后半期，西方发达国家的核技术、电子科学、生物科学、信息产业发展，带动了思想领域的推陈出新。法国文学家为科技新成果感染、激动，产生了跟上时代的紧迫感。同时，50—60 年代核技术在军事上的广泛运用，冷战的威胁，工业发展的负面效果，又使得具有深厚人文主义传统的法国文学家以忧虑和怀疑的眼光审视现代科技，他们的作品经常表现科技及它支持的现代思想与人性的对立。例如小说家维昂的作品和荒诞派剧作，都以怪诞手法和讽刺笔调表达这种疑惧。从 70 年代开始，工业国家自觉地调整发展生产与维护人的价值的关系，环保也日益得到重视并取得进步。80 年代后冷战结束，核战威胁缓和，文学作品中对现代科技和产业的忧虑淡化，作家们逐渐以平常心态接受了现实发展。但他们仍有随时捍卫人的基本价值的使命感。

　　法国具有"自由、平等、博爱"的传统，对资本主义现存秩序及其工具理性主义的反抗，对资本主义现代文明异化作用的警惕，较其他欧洲国家突出。罢工、集会、游行等各种维护基本权利和价值的抗议活动此起彼伏。1968 年 5 月巴黎大学生举行反新教育法游行，与军警发生暴力冲突，举国震惊。戴高乐总统为缓解危机，提出改革上议院和实行地区化的政治方案，提交全民公决。公决结果否定了改革方案，戴高乐被迫下野。五月事件与大战结束后 20 多年来文化领域出现的对现代资本主义文明的质疑和批判相关。但它也是民众对社会的不满蓄积后的爆发，所以称之为"不满现状运动"。

　　五月事件的国际国内背景十分复杂，对它的评价至今仍是桩公案。然而，它对法国政治和文化发展取向的影响无法否认。这事件后，以激烈的态度和方式变革现实的狂热降温。公众对政治似乎厌倦，而知识精英对政治、经济、文化诸方面的考察也显出冷静，学术气息逐渐浓厚。20 世纪后半期法国思想界异常活跃。在对资本主义现代文明的考察、反思、质疑或批判中，产生了一批重要思想家，如存在主义者萨特、梅洛－庞蒂、加缪。此外，人类学家列维－斯特劳斯（1908—2007）借用结构语言学的理论研究原始部落的宗教、婚姻、饮食等文化因素，寻觅人类文化的共同结构；文化学者、文评家巴尔特（1915—1980）运用符号学原理考察文化现象，揭示其资产阶级性质；结构主义精神分析学家拉康（1901—1981）提出镜像理论，发展了弗洛伊德学说；哲学家阿隆（1905—1983）站在自由派立场上，从历史哲学的角度批判极权政治；历史学家布罗代尔（1902—1985）继承了年鉴学派传统，研究资本主义社会中复杂的社会心态。70 年代以后，又有福柯（1926—1984）、德里达（1930—2004）、德勒兹（1925—1996）、布迪厄（1930—2002）、波德里亚尔（1929—2007）等理论家。福柯"挖掘"整理"性史""精神病史""监狱史"等不为人们重视的历史"遗迹",揭示权力话语对人类生活的深刻影响。德里达"解构"以柏拉图为源头的西方形而上学,从根本上质疑西方现代文明体系。德勒兹广泛深入地讨论斯宾诺莎、尼采、柏格森、福柯等人的著作,力图否定柏拉图范畴分类的方法。布迪厄对资本主义社会的生产和交换、政治结构、大众传媒及知识分子自身作了独具只眼的考察,寻找现代生活发生危机的根源。波德里亚尔企图建立关于资本主义社会的文化符号体系,揭示"消费"在资本主义社会中的权力作用。他们的研究在法国和整个西方产生了很大影响。他们的思想不乏批判性和建立民主多元格局的真诚,但最终都未能逃脱为资产阶级意识形态所包容。这种历史的尴尬使这些思想家流露出无奈。

50年代末开始,文化领域都进入了新一轮改革实验:抽象画彻底否定了绘画的具象性;以梅因兹和布莱兹为代表的序列音乐成为现代音乐的象征;还出现了像蓬皮杜文化中心这样打破一切建筑常规,表现现代工业社会特征的建筑。这些改革实验对文学革新起到启示和推动作用,也从文学革新中获得自身改革的参照。在文化的改革实验中,人们一度坚信文化的生命力来自不断的自我毁灭,毁灭得越彻底越好。这种极端的话语后来遭质疑,传统的价值和作用得到更具历史主义眼光的评价。

20世纪后半期的法国文学经历了三个阶段。1)1945年到50年代中期,二战和抵抗运动是文学的重要题材,同时存在主义作家的小说和戏剧构成强劲潮流。在存在主义作家和其他一些作家的作品里,创作方法已变化。例如加缪的《局外人》和波伏瓦的《他人的血》,都在叙事手法上大胆探索。不过此期艺术手法虽有创新,作家们仍比较关注思想价值。2)50年代后期到70年代,法国文学进行了20世纪又一次重要的创新实验,已有的文学观念和方法受到空前猛烈的冲击。革新派的喧哗吸引了全世界的目光，标新立异的作品层出不穷，最令世人瞩目的是新小说和新戏剧（即荒诞剧）。与实验性的创作相伴出现的是新的文学理论和文学批评方法。俄国形式主义得到系统介绍，精神分析学文学理论进一步发展，主题批评进一步丰富，符号学成为文化和文学研究的重要理论，结构主义由语言学和人类学进入文学批评，文学理论和文学批评空前繁荣。3）70、80年代至今，标新立异的鼓噪回落，但前阶段实验的成果却不可逆转地融入了当下文学创作的观念和方法。过分标榜新奇的作品失去了魅力和市场，传统手法的审美价值得到重新评价。主流作家不再标榜与传统决裂，对现实主义等传统方法不再无端排斥，更多的是创新与继承的融合。一向坚持传统风格的女作家尤瑟纳尔的作品受到普遍欢迎和极高评价，她成为历史上第一个进入法兰西学士院的女性。图尼埃、勒克雷齐奥、莫迪亚诺等优秀小说家的作品都以创新和传统融合的成功赢得读者。

存在主义文学　战后 15 年间，存在主义的某些重要理论著作，如萨特的《境遇》（前三卷，1947—1949）、加缪的《反抗的人》（1951）、梅洛－庞蒂（1908—1961）的《感知现象学》（1945）、波伏瓦的《第二性》（1949）先后问世，他们的许多文学作品也都在此期发表。除上述几位，法国存在主义的代表人物还有加布里埃尔·马塞尔（1889—1973）。存在主义是一种哲学思潮，德国哲学家海德格尔用其老师胡塞尔的现象学方法，对个人的存在及个人对存在的领悟方式进行本体论研究，创立了存在主义哲学。德国哲学家雅斯贝尔斯也是存在主义的创始人之一。萨特等人部分改造了德国存在主义，他们的哲学思想带有明显的法国文化特点，更关注人存在的实践性，因此海德格尔等人认为萨特的存在主义哲学应称为"存在"的哲学。法国存在主义构建于大战前，50 年代最终完成并开始广泛传播。萨特从存在的"自在之在"和"自为之在"的哲学划分出发，提出了世界是荒诞的、人的存在先于本质、人有选择的自由、他人的存在是自己的地狱等一系列重要思想。这种思想反映了当时法国乃至欧洲人普遍的思想和心态。虽然在如何从多余感，或者说局外感中解脱出来的问题上，萨特与加缪的答案不一致，但他们都强调行动，反对消沉。这从萨特的《自由之路》和加缪的《鼠疫》可以看得很清楚。反映在他们的文学观上，他们都主张关注人生，关注社会，萨特更是明确提出了"介入文学"的主张。萨特、加缪、波伏瓦三人在文学创作上取得了举世公认的成果，他们的作品有时被贴上"存在主义文学"标签。这里我们把"存在主义文学"限定在几位存在主义哲学家的作品范围内，同时在存在主义的思想背景下，介绍几个与存在主义思想有关联的作家。

让-保尔·萨特（Jean-Paul Sartre，1905—1980）是无神论存在主义代表，二战后影响深远。他七岁已能阅读法国文学名著，中学开始接触柏格森、叔本华、尼采等人的哲学。1923年他写了短篇小说《病态的天使》和《耶稣猫头鹰》，次年考入巴黎高师读哲学，宣称："我要同时成为斯丹达尔和斯宾诺莎！"在高师他结识了许多志同道合的朋友，1928年认识了西蒙娜·德·波伏瓦，结成伴侣，1929年获哲学教师资格，在中学任教。1933年他赴柏林法兰西学士院进修哲学，接受德国现象学和海德格尔存在主义。回国后他继续在中学任教，并发表第一批哲学著作：《论想象》（1936）、《自我的超越性》（1937）、《情绪理论纲要》（1936）、《胡塞尔现象学的一个基本概念："意向性"》（1939）。此间他还发表了第一部中篇小说《恶心》（1938）及短篇小说集《墙》（1939）。二战中他积极参加抵抗德国法西斯的斗争，并应征入伍。1940年他被俘，关进集中营，次年逃出，与左派知识分子一起建立"社会主义与自由"反战组织。1943年秋酝酿已久的哲学巨著《存在与虚无》出版，标志着萨特无神论存在主义哲学体系形成。1945 年他的长篇小说《自由之路》的前两部《理性时代》和《延缓》出版。同年，以萨特、梅洛－庞蒂、阿隆、波伏瓦等人为主编的杂志《现代》创刊，成为存在主义重要论坛。此时"存在主义"已成战后法国乃至欧陆一些国家最有影响的哲学流派之一，并在文学、电影、戏剧诸领域广有影响。1945 年后他辞去教职，专门写作。1956 年与法共决裂，但在哲学巨著《辩证理性批判》（1960）中表明他不是要抛弃马克思主义，而是要把马克思主义与存在主义结合，突出"人"在马克思主义中的地位。这部著作系统地阐明了他的历史学和社会学观点。1964 年他被授予诺贝尔文学奖，但他拒绝接受。1968 年后他忙于出席集会、发表演讲、会见记者、签署声明，甚至上街游行，叫卖报纸。1971—1972 年间他花费十年心血的长篇论著《家庭白痴》三卷出版，研究 19 世纪法国文豪福楼拜，这也是他最后一部论著。

萨特主张废除所谓消遣文学和纯粹的感伤文学，提倡作家介入时代和社会，因此他们的存在主义文学也叫"介入文学"。他们不满足单纯观察内心世界，而要使主人公直接接触时代最重大的事件。萨特的文学与他的哲学一样与时代脉搏相通，具体形象地揭示了他的哲学意义。他的文学观点如下：

1）文学沿循干预社会和人生的哲学主张。作家选择写作，写作是证明他存在的行动。写作品是出于交流的渴望，是要求自由的方式。但文学作品只有在读者阅读时才有意义，所以文学创造包含写作和阅读。只有在交流中，才可显现文学作品的存在。

2）核心是自由，这也是他文学写作的首要原则。他的主人公多是不同处境中做自我选择的人。他揭露束缚人自由的东西，暴露令人厌恶的自在世界，并号召行使自由选择的权利，对自己的行动和整个世界负责。作家选择写作，就负有道德责任。这是作家的社会使命，也是文学的社会功能。

3）自由出自一种否定的立场，这决定了他的哲学希求超越、摆脱自我和世界。这种精神使他的文学作品具有强烈的吸引力和震撼力。比如，中篇小说《恶心》体现对外部世界，即自在的存在的厌恶，是对外部世界的否定；独幕剧《禁闭》是对他人的否定，它隐喻的地狱则是对人的存在的否定；短篇小说《墙》否定人能够正面认识自己的存在。他否定既定的一切，包括自身和自然，要努力超越过去，向着未来进行自由选择。人的自由选择就是对过去和正在变成过去的现在的否定。人永远达不到理想的、自在的永恒，这就最终否定了上帝。

4）文学创造是连续的、不断否定的过程，与人的存在过程一样。这体现了他的哲学理论对其文学创作的深刻影响：过去成为自在，要向着未来创造自己的存在。

5）文学不追求主题完整、情节曲折、人物典型，而是着眼具体、真实，原原本本地显现世界，一览无余地显现真实的人的心灵和躯壳。他在文学创作中遵循他哲学中运用的现象学方法，表现的是显现出来的现象和每个人的存在，而不解释、分析。

他最满意的中篇小说《恶心》采用第一人称日记体形式，讲主人公在六年旅行后来到小城维尔定居，准备写18世纪一个侯爵的论文。日记记载他白天在图书馆，晚上去铁路工人餐厅消磨时光的生活，听同一张唱片，与老板娘厮混。突然有一天他发现周围一切都很恶心，终于明白令他恶心的是被显露出来的存在。过去的女友已变得笨重肥胖、心灰意懒，他们无话可说，周围那些心满意足的人都很陌生。他感到研究侯爵已无意义，决定去巴黎。《恶心》阐述存在和人生的偶然性。主人公在六年"昏睡"后有了觉悟，发现了偶然性，体验到与过去联系的一切价值都被摧毁了。他终于明白他是自由的，要从头开始去选择自己的行动。这部小说哲学与文学结合，开创了法国现代小说新局面。它发表后与加缪的《局外人》一道畅销，是研究最多、解释最多的现代小说之一。

同样有深刻哲学含义的还有以西班牙战争为背景的短篇小说集《墙》。他早期创作受乔伊斯、多斯·帕索斯和福克纳等人影响，认为帕索斯塑造人物的手法具有革命性，与有关自由的理论契合。集子中的小说人物与帕索斯的人物一样处于决定论与自由、现在与过去、内在与外在之间。《房间》中的爱娃处于"正常"与"疯狂"之间，《艾罗斯特拉特》中的巴黎小职员希求用反人道的行动让自己不朽，《亲密》中的露露（罗拉）不满夫妇生活，却虚假地主动。这些小说都刻画深受存在折磨的各种人的内心世界。

三部曲长篇小说《自由之路》是他战后小说的力作，反映了他自己介入生活的历程。1949年他在《现代》杂志中以《古怪的友谊》为名发表了《自由之路》第四部的两章，但通常谈到该小说时仍视之为三部曲。萨特曾明确指出小说的主题是自由。第一部《理智之年》原名《反抗》，表现反抗社会压迫，写人的精神危机。小说描绘中学哲学教师马迪厄及其情妇平淡无奇的生活，以及大学生和歌星等普通知识分子的感情体验，包括同居、爱情、非婚怀孕和学习压力。萨特用自然主义手法深刻地揭示了生活在小圈子里的知识分子的内心。他们总是面对令人作呕的丑恶存在，感到平庸、无意义。主人公与萨特一样处于选择前的焦虑中，想摆脱自己的社会圈子，但没采取行动。他的焦虑没用，他意识到的自由毫无用处。第二部《延缓》写从个体精神危机到集体精神危机的发展，一开始第一部的人物就卷入了政治，还增添了18个新人物。小说展现1938年9月23日到9月30日这7天中人物的活动，即慕尼黑条约签字前7天的事情。萨特采用了跳跃的时空和意识流手法，展现了混乱、动荡的历史条件下法国知识分子的生活。在《延缓》中马迪厄仍是中心人物，面对动乱的现实举棋不定，动摇与矛盾更深化。他痛恨战争，不甘妥协，意识到自己对时代和这场战争的责任。但他又感到无能为力，无法反对集体的疯狂行为。他赞成介入，但没介入。这就是萨特及许多同代知识分子的历史心境。第三部原名《最后的机遇》。萨特在 1945 年对其主题做了说明：马迪厄将找到他的爱情和事业，将以自由的行动介入。但之后他决定把小说改名为《心灵之死》，把悲剧推上高潮。前两部中的众多人物被迫投入战争，被迫承受民族的苦难。《心灵之死》更赤裸地展现了处在灾难、失败、战俘营等最可怕境况中心灵深处的痛苦，揭示了最严重的、病态的疯狂和荒谬。如西班牙人高梅茨在美国得知巴黎陷落，竟然对法国的灾难感到快乐、兴奋。小说写了德国人统治下巴黎知识分子的众生相，每个人都有自己的痛苦、悲剧，都有自己的心灵之死。马迪厄最终参加游击队，介入了战争，在一次战斗中被包围，剩下他一人只身奋战，15 分钟后他倒下了。他终于抛弃了选择行动前的焦虑，他并不追求什么目的和成功，他唯一追求的是行动，这种行动是对平庸的反抗。他终于实践了存在主义的最高伦理准则。这部小说冗长、沉闷，结构松散，文字晦涩。

萨特的戏剧在法国现代戏剧中占重要地位。他的戏剧和小说不同，非常注重逻辑性和结构完整，戏剧冲突安排精致，剧情波澜起伏，成就和影响远超过小说。他并没脱离法国戏剧传统，但更强调刻画处境，与心理戏剧对立。他试图表现人在进行选择而产生焦虑的那个时刻，把这种戏剧命名为"处境剧"，也称为"自由剧"。最形象又最精辟地体现他思想的剧本当属《苍蝇》（1943）。《苍蝇》借用古希腊神话，以古喻今。阿伽门农与克吕泰涅斯特拉之子俄瑞斯忒斯三岁时被逐出故乡。他母亲与情夫埃癸斯托斯合谋杀害了阿伽门农，夺取了王位。十几年后，俄瑞斯忒斯回到故乡，看见到处飞满苍蝇，从阿伽门农被谋害那一刻起就是这样。俄瑞斯忒斯站在原属自己的宫殿前，心中充满仇恨和行动的欲望。但主神朱庇特警告他不要触动城邦的秩序和人们心灵的平静，否则会引起灾难，并暗示他屈从命运尽快离开。俄瑞斯忒斯没听朱庇特旨意，他杀死母亲和情夫。但他的妹妹被鲜血吓坏了，决心遵循神的法规。城里的人民也反对他，他终于永远离去，苍蝇也随他离去。此剧生动具体地体现了萨特的自由观。俄瑞斯忒斯的行动证明人命定是自由的，神明对他也无能为力。《苍蝇》在二战期间首次公演，它号召法国人民摆脱萎靡，冲破枷锁，反抗德国法西斯。这部戏明显影射当时贝当政府的不抵抗。

独幕剧《禁闭》（1945）的主题是《存在与虚无》中他人意识的问题，把一个怯懦的文人、一个同性恋者和一个杀婴犯三个死人放在地狱中某个封闭的房间中，他们相互窥伺、猜疑，每个人在其他两人的眼里都犹如刽子手，同时每个人又是另外两人的受害者。萨特通过这个荒诞的故事，说明自由的行动对人是多么重要。如果拘于习俗和他人的评论，那就虽生犹死，他人就是地狱。《禁闭》艺术上极具特色，构思巧妙、新颖，语言生动、形象，犀利地刻画出三个死者的丑恶心灵，具有强烈的艺术感染力。

以抵抗运动为背景的《死无葬身之地》、针对美国种族歧视并揭露美国民主虚伪性的《毕恭毕敬的妓女》及反映虚构小国中的共产党内部派别斗争的《肮脏的手》，描写了各类人在特定处境中的不同表现，从而表现他们对自由的态度。这些剧本把行动置于社会范围内，从存在主义角度揭示重大的社会政治问题。《死无葬身之地》过于赤裸地表现酷刑，缺少悬念，首演时反应极糟。《毕恭毕敬的妓女》因深刻揭露种族歧视，号召人们自由行动而产生积极的社会反响，在法国和美国演出获得极大成功。《肮脏的手》涉及了政治斗争的目的和手段这个敏感问题，公演后被共产党人认为是反共的戏。1951年发表的剧作《魔鬼与好上帝》可看作是《肮脏的手》的补充和继续。这部历史隐喻剧塑造了一个与《肮脏的手》中的雨果类似的人物格茨。格茨从恶到善的转变体现了萨特相对主义伦理观和从主观唯心主义出发的存在主义自由观。

　　萨特还有些传记体但又异于传记的评论性著作，它们是萨特运用存在主义精神分析方法的研究成果，是他哲学思想体系的组成部分，比如《圣热内——演员和殉道者》和被称作"20世纪最伟大的忏悔录之一"的《词语》等。特别是《家庭白痴》，实际上是《辩证理性批判》中提出的观点与方法在具体历史人物上的应用。1954年法国哲学家乔治·加罗第向萨特建议两人各选一个人，分别用马克思主义的方法和存在主义的方法进行阐释。萨特接受了这建议，并选择福楼拜。《家庭白痴》详述了福楼拜的一生，用大量篇幅描述福楼拜痛苦不幸的童年。福楼拜从小就被缺少温情的家庭视为"家庭白痴"，使他养成了孤僻的性格。由于家庭强迫他学法学，导致他神经官能症发作。萨特认为，正如他在《辩证理性批判》中指出的，福楼拜的一切都与他童年的家庭影响分不开。萨特的存在主义精神分析法把家庭看作阶级和个人关系的中间环节，是由历史的普遍运动规定的，存在于童年生活的深处。福楼拜在神经疾病发作后的30年里一直处在病态中，这种状态使他放弃法学而开始文学生涯，成为文学巨匠。萨特认为神经疾病的发作是一种超越，使福楼拜获得了表达自己的自由。福楼拜的作品大多反映他自己的精神状态，《包法利夫人》中男性化的包法利夫人就是福楼拜的化身，塑造这样的人物使福楼拜受压抑的变态心理得以发泄。萨特的存在精神分析法是情感同化法：福楼拜把自己的个性投射到包法利夫人身上，萨特同样在福楼拜身上投射了自己的情感和个性。

阿尔贝·加缪（Albert Camus，1913—1960）与萨特各自写的书都是在他们彼此认识之前出版的。他声称自己唯一的论文《西绪福斯神话》是反对存在主义哲学的。1951 年他发表了《反抗的人》，与萨特展开了一年论战，最后决裂，加缪的哲学于是被称为"荒诞哲学"。但在英、美及其他国家中，他仍被视为存在主义者，或存在主义的右翼代表。

他祖籍法国波尔多，父亲是葡萄种植工，一战入伍后负伤死去。父亲死后，全家迁往阿尔及尔，住进贫民区，母亲做工，工余帮别人做家务，生活十分贫困。他考取奖学金进了阿尔及尔中学，又靠勤工俭学进入阿尔及尔大学。他当过气象员、商号雇员、政府机关职员等。他知道生活的艰难和穷人命运的不合理，但从不抱怨，尽情享受大自然的馈赠：阳光和海水。但他 17 岁得了肺结核，精神上投下终生阴影。他在大学深受老师，哲学家让·格勒尼埃的怀疑论影响。希特勒上台后，加缪投身巴比塞和罗曼·罗兰领导的反法西斯运动。1934 年年底他加入法共，法共改变了对阿尔及利亚民族主义运动的政策后，加缪退出共产党，但他在共产党控制的"文化之家"一直工作到 1937 年。此间他组建了"劳动剧团"，免费为劳动群众演出，并与人合写以反暴政为内容的剧本《阿斯杜里起义》（1936），遭禁演。他还参加了阿尔及尔电台剧团，去各地演出。1936 年他完成毕业论文，因健康原因未参加教师资格会考，在大学执教的希望破灭。1937 年有社会主义思想的法国知识分子创办了《阿尔及尔共和报》，他当了该报记者，写文章抨击政府和法律不公，揭露居于少数的欧洲人对当地阿拉伯人的歧视和压迫。同年 5 月他出版了散文集《反与正》，追述童年生活，显露出贫穷和欢乐的对立，这种对立成他日后创作的基调。1938 年萨特的小说《恶心》发表后，他立即给予很高的评价。

二战爆发后，加缪担任《共和晚报》主编，严厉批评达拉第纵容法西斯德国侵略的绥靖政策。他批评苏联破坏波兰和芬兰的领土完整，也反对某些人的反苏偏见和取消法共的叫嚣。加缪不肯屈服于新闻检查，触怒了当局，1940年1月晚报被封，他经介绍进入《巴黎晚报》，来到法国本土。《巴黎晚报》是右翼报纸，其政治观点为加缪不齿，故他只肯担任行政秘书，空余时间就加工润色他的小说《局外人》，并为《光明》等左派刊物撰稿。《巴黎晚报》很快与法西斯合作，他再度失业。此后两年他回到阿尔及利亚，完成了小说《局外人》、哲学随笔《西绪福斯神话》和剧本《卡利古拉》，并开始酝酿小说《鼠疫》。他同时在一家私人学校任教，教授犹太儿童，并建立了组织，帮助犹太人在突尼斯安顿下来。1941年年底法共党员加布里埃尔·贝里被德国法西斯枪杀，在法国养病的加缪听到消息后参加抵抗运动。他参加了北方解放运动，担负情报和地下报纸工作。1942年和1943年，《局外人》和《西绪福斯神话》相继出版，他一举成名。

《局外人》（1940）篇幅不长，枯涩的笔调和淡漠的口吻震动了读书界。有评论指出，小说受美国小说中行为主义影响。对它的内容，几十年来众说纷纭，对其含义的挖掘无穷尽。最有影响的是萨特的解释，他认为，小说是"荒诞的证明"，是对资产阶级法律的抨击。小说是阿尔及尔一家船运公司职员的自述，以极冷静的口吻讲自己单调的生活，母亲的死并未带来任何变化。直到一系列偶然事件使他无意中成了杀人犯，被判处死刑，他终于领悟到生命可贵，依恋之情油然而生。表面上看，主人公接近自然状态，他的生活就是吃饭、睡觉、上班、游泳、交友和看电影。但他心中总不安，觉得自己有什么地方错了。他有两句口头禅，一是"无所谓"，二是"这不怪我"。他与社会格格不入，最后被判死刑是因他没遵守社会习俗，没哭死去的母亲。加缪在为美国版《局外人》写序时指出："他远非麻木不仁，他怀有一种执着而深沉的激情，对于绝对和真实的激情。"小说的主题是人类与其生存条件不协调，这生存条件就是人类社会。加缪说："荒诞不在人，也不在世界，而在于两者的共存。"认识到两者对立，就认识到了荒诞。

"小说从来都是形象的哲学。"以《论荒诞》为副题的《西绪福斯神话》则以哲学的语言论证了《局外人》的基本思想。"荒诞哲学"在加缪那里是包括从觉醒（意识到荒诞）到行动（反抗荒诞）的完整哲学体系。因此，世界就是荒诞，人生就是幻灭。他认为，荒诞感首先表现为对某种生存状态的怀疑："起床，公共汽车，四小时办公室或工厂里的工作，吃饭，公共汽车，四小时的工作，吃饭，睡觉，星期一二三四五六，总是一个节奏"，一旦有一天，人们对此提出"为什么"，就悟到了荒诞，感到自己是局外人。因此，"荒诞本质上是一种分裂。"荒诞，在他看来，仅仅是出发点，重要的是对荒诞采取什么态度，应如何行动，是以死来结束荒诞状态，还是以反抗来赋予人生以某种意义从而获得幸福？加缪把荒诞等同于笛卡尔的怀疑，以此为出发点寻求建造人类的幸福。这种荒诞英雄的典型就是西绪福斯。希腊神话里西绪福斯被天神罚做苦役，将一块巨石推上山顶，巨石旋即滚落下来。他便重新下山，再把巨石推上去，无休止地做着这种"无用而无望的工作"。加缪感兴趣的是下山途中的西绪福斯，"他离开山顶并且逐渐地深入到诸神的巢穴中去，他超越了自己的命运，他比他搬动的石头还要坚硬。"

1943年抵抗组织合并，加缪担任《战斗报》驻全国抵抗运动的代表。巴黎解放后该报公开发行，他是主编之一，撰写了大部分社论，号召实行政治和经济改革。1945年后他的健康恶化。因大批投靠德国法西斯的"合作分子"未受惩处，各方面的改革又进展甚微，他的心情十分沉重。加上他坚持把报纸办成超脱的见证，因而与同事发生分歧。种种原因使他退出新闻界，埋头文艺创作。但他仍关心重大事件，如谴责法国政府镇压马达加斯加的叛乱，声援被判死刑的希腊共产党员。这期间他发表了《鼠疫》（1947）、剧本《戒严》（1948）和《正义者》（1949）及哲学随笔《反抗的人》（1951）。

《鼠疫》出版后立刻受到热烈欢迎，获得批评奖。加缪以科学家式的冷静客观，记载了阿尔及利亚奥兰市发生鼠疫的始末和人们的不同反应。194×?年4月，奥兰市不断出现死鼠，越来越多的人死于高热。大夫断定是鼠疫，于是宣布戒严，病人被隔离，展开了人与恶之间惊心动魄的战斗。在灾难面前城市成孤岛，与外界的联系被切断。市民惊恐万状，经济活动停止，黑市买卖猖獗，游乐场所空前热闹，道德风尚沦丧。不同的人面对灾难态度不同：医生里约头脑清醒，有效地进行斗争，要控制鼠疫蔓延，减少死亡，恢复正常生活。知识分子塔鲁有过战斗的青年时代，反对不战而降，积极投入对鼠疫的斗争。巴黎来的新闻记者朗贝尔思念情人，几次试图偷渡关卡，但终于认识到"一个人幸福是可耻的"，因而留下来。政府的小职员格朗是生活和事业的失败者，但不乏同情心和善良，积极参加救护工作。神甫帕纳卢开始时宣传逆来顺受，但一个无辜的孩子的死动摇了他的宗教信仰。商人科塔尔热衷黑市活动，希望鼠疫继续下去。十个月后，鼠疫退去，戒严结束，人们恢复了正常生活。但里约大夫知道，疫菌不会绝迹，而是隐藏在各种地方。这是加缪对人类发出的警告：恶会卷土重来，人们应保持警惕，准备投入新的战斗。反鼠疫象征欧洲人民反纳粹和人类反各种恶的斗争。与《局外人》相比，《鼠疫》表现出由个人的觉醒上升为集体的斗争，说明加缪的思想发生变化。

《反抗的人》可叫作《论反抗》，以欧洲为范围对反抗的态度、企图和成果做历史考察。他指出,在荒诞的环境中唯一的出路是反抗,反抗是人对事物发展超出限度所作的反应,是人的本质之一。反抗意味着人性存在,但任何反抗如违反人性,就失去了意义,导致虚无主义。他把反抗分为哲学的和历史的反抗。前者是一个人反抗他的命运和整个世界,矛头指向上帝。这种反抗因接受杀戮和恶而迷失方向。历史的反抗将历史当成绝对的价值,为达某种政治目的而不考虑手段,将杀戮合法化,最终也失去了反抗的本意。他在历史回顾中,肯定了萨德、陀思妥耶夫斯基、尼采等人的反抗,又批判他们反抗的结果,指出他们最终走向虚无。加缪既否定法西斯的“不合理的杀戮”,也否定俄共的“合理的杀戮”;既肯定马克思对资本主义的分析和批判,又认为马克思的理论是空想的,不能实现。加缪反对革命,因为革命倾向绝对,否定一切。他提倡“地中海思想”,就是讲求节制、平衡的希腊精神,以及适中的思想和行动。他不信宗教乐土,也不信共产主义远景,只信现实的斗争和幸福。他对人类的命运悲观,但对人本身的幸福乐观,这一点上,他又回到了《西绪福斯神话》:“应该设想,西绪福斯是幸福的。”

《反抗的人》的发表引起加缪和萨特论战,结果两人彻底决裂。他著文揭露审判北非民族主义者的暴行;他因佛朗哥的西班牙加入联合国教科文组织而辞去在教科文组织的工作;他抗议苏联对东柏林采取行动。他于1955年重入新闻界,出任《快报》独立记者,赞扬旨在保障工人经济自由和社会主义的改革,揭露佛朗哥政权,谴责法国的极端主义者,呼吁在阿尔及利亚实行明智的政策等。在阿尔及利亚战争中,他出于人道主义立场和对阿尔及利亚的特殊感情,呼吁双方和解,但他的努力引起双方不满。他陷入苦闷,发表了小说《堕落》、短篇小说集《流放与王国》和几部改编的剧本。

讽刺小说《堕落》(1956)是主人公的独白,虽有个对话人,但此人始终未置一词。主人公曾是誉满巴黎的律师，运动场上的健将，情场上的幸运儿。但某天夜里他听见背后有嘲笑声，从此对自己怀疑，开始反省，结果发现自己是庸人、懦夫。他自许为孤儿寡母利益的捍卫者，实际是为博得感激的眼泪；他表面谦虚随和，实际视别人若草芥；他曾在一天夜里见死不救；他对情人进行卑鄙的报复和折磨；他要事事出人头地，等等。失去自信后他离开巴黎，到荷兰阿姆斯特丹下等酒吧里当起法官－忏悔者，一身二任。他向别人忏悔自己的堕落，想引起对方忏悔，他越揭露自己，就越有审判别人的权力。最后，他发现那沉默的对话者也是律师。主人公的堕落象征欧洲文明堕落，小说解剖了西方知识分子。萨特认为《堕落》是加缪"最美的、也最不被理解的一本书"。

《流放与王国》包括 6 个短篇小说，其中四篇以阿尔及利亚为背景，另两篇写巴黎和南美。这小说集表明加缪回到了他在《反与正》中表现的牢狱和大海、贫穷与欢乐之间的对立与平衡。"王国"所意味的"自由的、赤裸裸的生活"是经由"流放"获得的，只要人在"流放"中既拒绝受奴役又拒绝支配他人。加缪本人并未到达王国，他小说中的人物因此始终在流放中，顶多到了"王国"的门口，窥见了一点幸福的影子。

1957 年 10 月,加缪获诺贝尔文学奖。两年之后他在车祸中丧生，留下未完成的小说:《第一个人》。1994 年经长时间修订，这小说终于出版。小说有许多疏漏，情节也松散，但洋溢着青春的活力和史诗般的格调，通过自传体的描述显示他是个永远年轻的作家。

西蒙娜·德·波伏瓦（Simone de Beauvoir，1908—1986）生于天主教中产阶级家庭，14 岁放弃信仰。1929 年她通过哲学教师资格会考，先后在多地任教。第一部小说《女宾》（1943）发表后接着的小说是《他人的血》（1945）、《人总是要死的》（1947）、《风流名士》

（1954）等。1949年她讨论妇女问题的专著《第二性》问世，50年代后期写作转向散文、随笔、游记、回忆录、政治或学术论文。她与萨特等人1955年访中国后发表了游记《长征》（1957），赞扬中国的革命和建设。四部自传性作品《一个乖女孩的回忆》（1958）、《年富力强》（亦译作《正当年》，1960）、《势所必然》（亦译作《物之力》，1963）和《了结一切》（1972）勾勒了她从童年到晚年的生活，反响相当强烈。1926年她在巴黎高师学习时与萨特相识，结为终身伴侣。萨特去世后，她写了《告别仪式》（1981），回忆萨特晚年生活。

她的小说和萨特的文学作品一样，大都以具体生活情境来表现存在主义哲学观念，因此观念性强，比较枯燥。如小说《女宾》以她与萨特曾经和另一女子的三角经历为素材，描写不充分，从存在主义哲学观出发，以理性态度探讨三角关系中每个人的存在对自身及其他两人意味着什么。性的问题及其对女性的意义，在小说里与个人存在的问题联系。小说最后，女主人公无法继续忍受那种痛苦，打开煤气阀企图毒死第三者。这情节使小说的主题，即"他人即地狱"，得到高度凝练的表现。《他人的血》讲男女主人公在二战前与二战中的经历，真实反映了那个年代里不同阶层法国人的精神面貌。但男女主人公及其他人物在选择自己的行动和道路时，心理活动缺乏真情实感，浓重的存在主义哲学色彩使人物的心理活动单一、平淡、没个性。《风流名士》的时代背景从战时延续到战后，写一群法国人面临德国法西斯入侵及战后各种政治势力的复杂斗争，做出的生活选择。作品集中描写法国知识阶层，主人公是作家，他出于人道主义，同情左翼的朋友和他们的事业。但他信奉不介入实际行动的原则，又常与朋友们的思想行为冲突，因此常在两难处境中。比如他爱上曾与德国占领军有瓜葛的女演员，违心地作伪证。他的好友企图建立独立于共产党之外的左翼力量，两人政治观念冲突而绝交。

后来好友的政治活动失败，他也在作伪证后辞职，两人恢复了友谊。他还帮一个左翼朋友转移他杀死的出卖过犹太人的奸人，从而使不介入原则成空话。小说的人物意识到自己有选择政治立场与生活道路的自由，这种自由选择是对个人存在的体验和肯定，因而是欢乐的，但也带来痛苦。把这部小说和萨特的《自由之路》、加缪的《鼠疫》联系起来，就可以发现二战中火与血的现实使存在主义者看到，个人的行为要受社会现实制约。作者熟悉知识分子的生活，切身经验提供了鲜活的素材，较多地表现了人物对现实生活的感受和体验，艺术质量超过前两部作品，获得了龚古尔文学奖。

波伏瓦在西方社会常被看作女权主义代表，因为她写了研究妇女问题的专著《第二性》。这部著作一问世，舆论便一片哗然，许多批评者大加挞伐，却提高了作者的知名度。"第二性"即女性。著作借用精神分析学，以大量实证材料为依据，研究妇女在社会中的地位，指出妇女形象是男权中心的传统造成的，男人的欲望、权力和话语塑造了如今的妇女，即永远属于从属地位的妇女。这部书成为西方女权主义经典。

鲍里斯·维昂（Boris Vian，1920—1959）自幼孱弱多病，从巴黎中央高等工艺制造学院毕业后成为工程师。第一部小说《草堆里的骚动》（1942）以独特的手法讲二战中青年爵士音乐迷举办家庭舞会的情景，显示语言天赋。德国占领期间，爵士乐被当作退化的黑人音乐禁止演奏，他因身体原因不能参加抵抗运动，但热情地推动爵士乐，并于1943年写了该主题的小说《脑包虫和浮游生物》。

维昂的代表作《岁月的泡沫》（1945—1946）是动人心弦的爱情小说。23岁的男主角过着舒适的生活，雇了职业厨师，常请工程师朋友吃饭。一次音乐舞会上，他对一位姑娘一见钟情，结为连理。不久，妻子开始咳嗽，医生在她的胸里查出一朵睡莲。她的病耗尽了储蓄，他卖掉钢琴，辞掉厨师，并开始工作。爱妻死后，因没钱，葬礼寒碜，不久他也抑郁而死。和他们命运交错的是另一对男女。他们最初是让－萨尔·保特（影射萨特）的崇拜者，男方到处买保特的书和他用过的东西，越陷越深，连女友也忘了，最后因未付房租被催债的宪兵打死。女方富有反抗精神，用一切方法来唤回男友的爱，都失败了。她找到保特求他暂停写作，遭拒绝后她掏出特殊武器"揪心"，挖出保特的心。随后她放火烧了城里的书店，自己葬身火海。小说以老鼠和猫的对话结束，老鼠在男主人公死后想死，而猫却懒得吃它。最后，猫同意老鼠把头放在它口里，把自己的尾巴放在路边，等行人踩它尾巴来靠本能咬死老鼠。最后孤儿院的 11 位盲眼小姑娘唱着歌朝猫和鼠走过来。这部超现实主义手法写的作品让人回味无穷。

晦涩难懂的小说《北京的秋天》（1945）的故事不发生在北京，也不在秋天，而是写一群人在艾克欧波达米的沙漠里修铁路的经过。这个微型世界充满悲欢离合，情节错综复杂。艰难建成的铁路瞬间被沙漠吞噬，董事会决定重建，揭示了西绪福斯神话主题。《红草》（1948）是关于生死的哲理性科幻小说。主人公和他的机械师通过一台机器来摆脱他们对过去的记忆，他代表寻找死亡的一面，质疑宗教、社会道德和爱情。机械师代表生的欲望，每次他拥抱未婚妻时，都看到一个人影在旁边注视他们。他忍受不了这个驱之不去的人影，就挥刀与之搏斗，人影无止境地死而复生，最终机械师只好自杀。在海边，两位老妇询问主人公的爱情，他承认从没爱过。在完全摆脱过去的记忆后，他本能地杀死了一位老汉，然后跳入深渊，死在一片红草上，空空的眼睛向着太阳。

维昂的风格还表现在三部短篇小说集里：《神父洗澡》（1946）、《蚂蚁》（1949）和《狼人》（1947）。二战刚结束法国就掀起美国黑色小说浪潮，充满暴力和色情。维昂应出版商请求用两周写出畅销小说《啐你坟墓》，声称该书作者叫韦尔侬·徐里旺，他只是该书的翻译。小说主人公是 26 岁的黑人和白人混血儿，但他的相貌与白人一样。他的哥哥被种族歧视者迫害死。为报仇，他通过朋友打入上流白人社会。他能歌善舞，结识了一个种族歧视者种植园主的两个女儿让和露。他使一个怀上孩子，又引诱另一个。他告诉她们真相后，掐死了她们，最后被警察打死在谷仓里。小说发行的头几个月没引起关注，但 1947 年 4 月，一个人在酒店里掐死了他的女伴，并在床头留下翻开的《啐你坟墓》。法国社会道德行为联盟主席控告该书有伤风化。维昂承认自己是作者，被判交十万法郎罚金，后获大赦。这件诉讼案使该小说成 1947 年最畅销书。维昂以同一笔名还写了另外三部美国黑色小说式作品：《死人的皮肤都一样》（1947）、《杀尽所有的坏人》（1948）和《她们没有意识到》（1950）。

维昂还是诗人，1939—1942 年间写的诗结集为《百首十四行诗》。1946—1949 年他给最熟悉的 20 位朋友每人赠了一首诗，结集为《冻结的坎蒂列那》。1948 年由让·布列作画，他赋诗，共同完成了诗集《巴尔楠文摘》。1951—1952 年他的精神危机严重，经济最困难，此间写的 23 首诗汇集成册，题名《我不想死》（1962）。他的诗音乐性很强，与歌没有明显分界线。他是著名的小号吹奏者，所在乐队荣获 1945 年布鲁塞尔首届国际业余爵士乐大赛冠军。他还在报刊上主持音乐专栏。1956—1958 年他写了许多关于音乐的文章，收集成册出版。他还出了 400 多首的歌集《难易之歌》（1954），当时印度支那战争刚结束，阿尔及利亚战火将燃起，其中著名的歌曲"逃兵"风靡一时，反映了反战思想。

他也喜欢戏剧，反战的滑稽戏《人人都肢解》1950 年在巴黎上演后反响很大。战争的荒诞在剧本《将军们的点心》（1951）里再次展现。《帝国的缔造者们或斯穆荷兹》（1957）讲一个小资产阶级家庭被楼里奇怪而可怕的声音吓坏了，他们最后躲进顶层的小屋。这幢房子里有个似人又似物的东西，好像是恐怖声音的外壳。这个人物引起众多评论和解析。作者反军国主义和荒诞人生的思想还见于剧本《美杜莎的头》（1951）、《法国猎手》（1955）等。他也写了许多电影剧本，如《相遇》（1941）、《波波夫医生在子夜》（1952）等，还在影片里饰演过角色。

维昂万花筒般的世界充满了文字游戏。语音方面，他大量利用同音异义词、近音词、合成词、象声词，妙趣横生。词形方面，他通过词缀、字母位置变换、符号的添加打破常规。他大胆造新词，从古拉丁文中挖掘新意，充分利用英语影响，并善于开发俗语、方言及儿歌的内涵。他的文字游戏有共时性和历时性。共时性游戏表现在一词多义，按字面理解和重复。他主张文风简洁："有""是"和"做"等平常的动词在他作品中不断出现，他的天才使这些简单重复不枯燥。历时性游戏主要体现在三个层次：字词的替代和句子、形象的演变。《岁月的泡沫》中的厨师在不同场合用过六种不同句型：阿谀奉承型、高傲贵族型、粗俗型、技术型、学究型和正常型。他的文字游戏世界以三种形式建成：解脱式的幽默、辛辣的讽刺和任意的变易。第一层次的幽默通过对比、夸张、拟人、假逻辑等手段引发自娱式的笑，第二层次的黑色幽默以喜剧手法表达悲剧题材，引发含泪的笑，第三层次的幽默通过揭示理智与非理智的对抗性矛盾引发荒诞式的笑。他辛辣地讽刺三个对象：宗教的虚伪和贪婪、国家的官僚机构、战争的残酷和愚蠢。他因此获得三个别名："亵渎神明者""无政府主义者""反战主义者"。他的世界任意变，物体、动物和人随意转换，是近乎卡夫卡式的世界。

乔治·巴塔伊（Georges Bataille，1897—1962）是小说家、文

学评论家，主要小说有《C 神甫》（1950）、《蓝色的天空》（1957）、《爱神的眼泪》（1961）等，理论著作有《内心经历》（1943）、《论尼采》（1945）、《文学与恶》（1957）等。他认为人生是自我否定、自我毁灭的过程，人生的各种形而上意义都是虚幻的、杜撰出来的。因此，他激烈地挑战死亡、享乐、性关系、常理、行为规范等重大问题，嘲弄习以为常的观念。

《C 神甫》代表他的风格，写主人公 C 神甫，耽于肉体享乐不能自拔。书中其他人物也都把混乱的性关系作为个人存在的理由和基本价值，但他们并没从中获得乐趣。他的其他小说也给人虚幻感和毁灭感，一种类似自虐的倾向。小说的主要背景是教堂，把秽闻和宗教联系起来，这种挑衅性的亵渎曾引起众多非议。他否定常理和传统还表现在小说观念和技巧上，叙事有意留下许多模糊和空白点。例如《C 神甫》共五篇，《出版商的讲述》《夏尔·C 的讲述》《夏尔·C 讲述的结尾》《C 神甫的笔记》《出版商讲述之续》，因叙事人视角限制，许多事都没完整清晰地呈现，而视角切换并没补充，相反留下更多疑点。小说讲二战中的事，但神秘的空白使人感到事情远在缥缈之乡。

诗歌　二战结束后，诗歌主流属于新一代诗人，跨越大战前后创作的诗人还有圣－琼·佩斯等。战后崛起的新一代诗人，不少在战前或战争中已崭露头角。代表人物有夏尔、米肖、普雷维尔（1900—1977）、埃马努艾尔（1916—1984）、蓬热（1899—1988）等。他们成为 20 世纪后半期法国诗坛的佼佼者。

从战后至 60 年代，又有一批新秀步入诗坛，成就突出者有博纳福瓦、菲利普·雅克泰（1925—　）、雅克·莱达（1929—　）、罗朗·加斯帕尔（1925—　）、德尼·罗什（1937—2015）等，博纳福瓦最引人注目。60 年代后，诗歌与其他文类一样出现了怀疑、否定自身的倾向。例如诗人卢波认为传统诗应该消亡，新诗学必须严格符合科学的（数学的）规则，从本质上否定了诗的价值。在解构浪潮中，"波普"（pop）诗起到推波助澜作用。"波普"诗对传统诗歌采取对立态度：面向大众，写平凡小事和普通人细琐的感情；语言彻底大众化，不讲究语法和句法，粗鲁的口语和民间流行的美国大众语汇糅杂；节奏强烈，令人想到摇滚乐，玩世不恭。对诗的反思形成自身解构，也促成了对解构本身合理性的质疑。这种质疑导致某种程度回归传统，有些诗人甚至尝试恢复颂歌、十四行诗等古老诗体。总之，20世纪后半期，诗歌呈现不拘一格、多元竞争的局面。

圣-琼·佩斯（Saint-John Perse，1887—1975）原名阿列克西·圣-莱热·莱热，生于法国海外省瓜德罗普岛，后把名字简化为阿列克西·莱热，并以此名踏上外交仕途，曾任白里安政府的办公室主任、外交部秘书长等职，足迹遍及世界。1940年他因抵制法国对希特勒的"绥靖政策"而遭免职，开始了漫长的流亡，游遍美、加，同时关注世界局势，写了《流放》（1941）、《雨》（1942）、《雪》（1944）、《航标》（1957）等作品。晚年他回法国，发表《纪事》（1960）、《鸟》（1963）等诗集。1960年他获得诺贝尔文学奖。

发表《阿纳巴斯》（1924）时他使用笔名"圣-琼·佩斯"，融合了法语和英语姓氏特点。他的诗气魄恢宏，异国情调强烈，融史诗、神话、传奇于一体。他崇尚古希腊诗人深邃的思想，对考古发现兴趣浓厚，对宇宙无限好奇，对大自然，尤其是大海情有独钟。他的诗如行云流水，任凭想象驰骋。他以华丽的语言描绘风沙雨雪、飞禽走兽，给读者心旷神怡的享受和深沉的思考。他着迷古代神秘的礼拜仪式，以史诗笔调追忆浩如烟云的人类历史，讴歌冒险精神和征服业绩，并关注未来。所以他的诗被称为"百科全书式"史诗。他不属任何流派，风格独有。他不写押韵、规则的格律诗，诗句不讲究对称，长短不一，有时一句诗只是一个简单的祈祷，有时一节诗只是个长句。他写抒情散文诗，张弛结合、抑扬顿挫、音乐性和节奏感极强，语调高雅、庄严，没有悲观绝望。他常用列举、重复、倒装、顿呼等手段，制造庆典般的欢乐沸腾。他的词汇异常丰富庞杂，来自学者著作、技术手册、考古发现、被遗忘的祭祀仪式，力求达到科学般精确。他又经常组合貌似矛盾的词汇，造成晦涩、神秘的"天书"效果。他采用不同的形式结构，根据语音把词汇连起来，巧妙和谐地入诗，朗朗上口。

勒内·夏尔（René Char, 1907—1988）1925 年入马赛商学院，1927—1928 年服兵役。他的首卷诗集《心上的钟声》（1928）写于 16 至 18 岁间，表现出深沉、热烈、明确而不妥协的性格。1929 年他在故乡办刊物《子午线》并发表诗集《武器库》，以全新的语言表现独创性。情绪强烈，语调崇高，简洁精练的警句、深沉有力的节奏，这些都是他诗篇不变的特色。不久，他到巴黎参加超现实主义运动，与朋友共创刊物《为革命服务的超现实主义》。1934 年的诗集《没有主人的锤子》收入了《武器库》中的作品及随后两年的诗歌，表达了忧虑意识，觉察到暴力正威胁人类生存。他虽受超现实主义影响，并没真正融入该运动。1933 年夏，他的创作转入低潮。因家庭需要，他出任了石膏有限公司经理，又得了败血病，因此有两年多他的作品很少。1936 年下半年开始他重新活跃，1937 年他发表了格言式诗集《第一磨坊》及《学童路上的告示》，后者是对西班牙战争中儿童惨遭杀害的思考。次年的诗集《屋外，夜已被控制》颂扬进取、自由、友情、爱与反屠杀的斗争。大战开始后他应征炮兵队，开赴阿尔萨斯前线。法军败溃后他回家乡，被指控是共产党，受清查。不久，他转到阿尔卑斯丘陵地，化名加入抗德游击战。后来他到阿尔及尔与英美军队联络，并参加解放祖国的战斗。

夏尔在五年战争中写下的诗篇，如收入《狂热与神秘》（1948）的《伊卜诺斯的纸页》、收在《上下求索》（1955）中的《游击笔记》《自由如龙卷风袭来》《多米尼克·科蒂奇阿托》等，都有很高的艺术价值。战后他隐居家乡，诗篇仍不断，汇入诗集《早起者》（1950）、《失去的裸体》（1971）、《沉睡的兔子与屋顶上的门》（1979），很多诗潜伏着怀疑不安。他擅长写短诗，许多作品是散文体，兰波的影响可见一斑。

亨利·米肖（Henri Michaux，1899—1984）不属任何文艺运动，是自由思想典范。他在布鲁塞尔完成学业，1922年当水手，航行到非洲。归来后他做过职员、交易人、中学辅导教员。不久，他到巴黎，成为诗人于勒·苏佩维埃尔的秘书。后来他再次旅行，到过南美、土耳其、远东、厄瓜多尔，1931年到印度、中国与日本，经锡兰、埃及回巴黎。之后他担任克拉出版社秘书，参与组建杂志《音步》。他为杂志《交往》及《音步》撰稿，结交超现实主义画家及文学界朋友。诗集《我是谁》（1927）通过语言的分裂、重复、呐喊、幽默，来寻求自我的统一及自律，以达自我解脱。旅行日记《厄瓜多尔》（1929）很奇特，但他常因词语引起的联想与现实不符而不安、悲观和空虚。由此，这卷旅游杂记的诗集展现出内在的图景，一幅不安的、充满斗争的景象。《一个野蛮人在亚洲》（1932）是与《厄瓜多尔》不同的旅行杂记。反对西方物质文明的米肖发现了印度与中国，他带着惊异的眼光试图了解东方古老的文明与艺术。但诗集并不是客观的现实报道，而是诗人创造的奇异世界。他以后发表的《魔力的国度》（1941）和《别处》更是纯粹的想象。他以博物学家的准确描述他创造的乡土、人群、野兽、花卉，显示自然事物的奇特。

30年代初的诗集《某君普吕姆》中普吕姆（即羽毛）是他创造的神话人物，也出现在综合诗集《遥远的内在，附羽毛》（1937）中。

普吕姆不适应现代社会，经常狼狈不堪，遭受各种粗暴对待。他颇似卓别林影片中的无辜受害者，迷失在卡夫卡的宇宙中。每当读者追随幽默描述，面对滑稽可笑的场景时，不禁为生活中常出现这种种噩梦不寒而栗。陆续发表了《内在的空间》（1944）、《摺子里的生活》（1949）、《面对牢锁》（1954）之后，他开始几年的新考察：以自己身体做毒品试验。他将经历的苦痛与取得的启示写在书中，如《纷乱的无限》（1957）和《经历深渊的认识》（1961）。他还写了《中国表意文字》（1975）、《沉默的日子》（1978）、《迁移与解脱》（1985，遗著）等。

伊夫·博纳福瓦（Yves Bonnefoy，1923—2016）20 岁到巴黎入大学，不久选择了诗歌道路。他自幼喜爱诗歌，超现实主义作品，特别是艾吕雅的诗篇是他的向导。到巴黎后他频繁接触超现实主义诗人和画家，1946 年发表受超现实主义启发的宣言式文章，推崇马克思与诗人洛特雷阿蒙，谴责"古老的形而上学"。后来受俄国作家舍斯托夫《钥匙的力量》的影响，他脱离了超现实主义。他继续学哲学，师从过几位著名哲学家。他多次去意大利旅行，意大利绘画给他留下深刻印象。这些印象和古希腊哲人、黑格尔与象征主义诗人的影响启发他构思了长诗《论多芙的动与静》（1953）。这是他第一部诗作，得到好评。

全诗五部：剧场、最后姿态、多芙的话、橘园、真处。诗篇表现精神生活抗拒死亡的努力，以及寻索"真处"的艰难跋涉。全诗形象丰富，结构恢宏，节奏准确，充分发挥语言的原创力。他不追求玄奥，但他的诗蕴含多重意义。"多芙"这个女性形象有众多可能性，但可肯定她象征诗的诞生、诗的认识和评说。诗篇用最接近基本诗的语言，诗人相信语言的生命在语言之外。诗集《昨天是一片沙漠》（1958）形式古典，语言优美艰深。他于是从易于理解的角度修改，并在以后发表的论文集中讲自己的探索，并澄清诗中某些事实。
60 年代，他着手翻译莎士比亚全集，并发表了《反柏拉图》（1962）
与《写成的石头》（1965）。在《写成的石头》与以后的诗集中，夜
与光明的相互感应逐渐发展，诗人从中发现了新希望。他不断寻索"真
处的存在"。无论在他对意大利艺术的研究中，还是在他优美的诗篇
和关于神话与宗教的著作中，他都在追求永恒的东西，那失去的天
人合一。以后他出版的诗集主要有《在门口的诱惑中》（1975）、《语
言的来源》（1980）、《那曾是无光的事物》（1987）。他的论文集与叙
事作品有《阿蒂尔·兰波》（1961）、《关于诗歌的谈话》（1982）、《梦
里叙事》（1987）等。他还有八卷莎士比亚译作集和叶芝诗歌选译。
1981 年他成为法兰西学士院诗学讲座教授。

小说　二战后文学变革在小说领域形成强大冲击波。女作家萨
洛特的《陌生人的肖像》（1948）是战后小说变革的信号。这小说的
序预言式地提出了"反小说"概念，指出她这部作品，以及美籍俄
国作家纳博科夫、英国小说家伊夫林·沃和纪德的作品，都带有用
小说本身否定小说的特点，这类小说就是"反小说"。但直到 50 年
代后期人们才真正认识她小说和序言的意义。那时，一批带有明显"反
小说"特征的作品问世，被称为新小说。1953 年小说家罗布－格里
耶发表了小说《橡皮》，翌年他的小说《窥视者》出版。这两部作品
独具一格的叙事引起专家关注，将它们看作新小说发端，它们分别
获得费内翁奖和批评家奖。不久罗布－格里耶得到响应，1957 年布
托发表《变》，获得雷诺多小说奖，翌年奥利埃出版《排演》，获梅
迪奇小说奖。这两部小说或小说大奖标志新小说的价值开始得到认
同。由罗布－格里耶任顾问的巴黎子夜出版社出版了许多新小说，
因此，新小说家又被称为"午夜派"。另外还有"反小说派""客观
派""新现实主义"等名称。与此同时，围绕新小说文学观的辩论也

日趋激烈。60—70 年代新小说派的革新逐渐获得广泛认同,更加活跃,并不断得到理论总结。1985 年新小说家西蒙获诺贝尔文学奖,标志西方文学界对新小说历史地位的最终肯定。

新小说是文学现象,无共同宣言或纲领,除上面提到的四位作家,杜拉斯、莫里亚克、班热也写过新小说。新小说作家拒绝巴尔扎克式的小说程式并追求革新,各显神通。有的新小说接近电影、戏剧、绘画,或注重小说中的建筑式结构。新小说出现有多种原因。首先,法国对小说的探索早在二战前,甚至一战前就开始了。普鲁斯特的《追忆似水年华》、纪德的《伪币制造者》、米歇尔·莱里的《人的时代》、萨洛特的《向性》都试图表现生活本质,使小说净化,摆脱固定模式。陀思妥耶夫斯基、吴尔夫、乔伊斯、卡夫卡等外国作家对法国小说的影响也不可忽视。大战后各种思潮流行,尤以现象学的影响为甚。现象学认为世界既是物理的领域,也是心理的领域,世界本身无条理和秩序,因此不能凭借逻辑思维把握,只能靠直觉。其次,50 年代法国尚未从战争摧残中复兴,对眼前世界感到茫然,非政治化趋向日益严重,反战小说和直接反映社会问题的小说日益失去读者,于是另辟蹊径的新小说就异军突起。

1968 年后,有的新小说家放弃小说转向其他,有的向传统小说靠拢,有的继续写新小说,并出现了第二、三代新小说家。许多新小说一反传统小说格式,没有身份及性格鲜明的人物,没有首尾呼应和跌宕起伏的故事,也缺乏明确的、理性化的时空坐标,晦涩难懂,读者必须积极参与,耐心阅读与感受。

阿兰·罗布－格里耶（Alain Robbe-Grillet,1922—2008）巴黎国立农学院毕业后在殖民地蔬菜水果研究院任职,长期居住在北非及中美洲。50 年代他开始写小说,作品有《橡皮》(1953)、《窥视者》(1955)、《嫉妒》(1957)、《迷宫》(1959)、《幽会的房子》(1965)、

《纽约革命计划》（1970）等，也写电影小说，如《去年在马里安巴》。
他是新小说理论家，其主张表现于论文集《创立一种新小说》。他认
为巴尔扎克式的小说产生在稳定时代，以人为中心，人赋予外界物
体象征意义。但今天，急剧多变的物质世界难以把握，要写真实就
必须剔除物质世界中由人附加的东西，还表象以原形，让物体和姿
势首先存在，才能谈它们的意义或象征。例如椅子，先得写它的长
宽高，颜色、木料、位置、光影等。

《嫉妒》体现了他的小说观。首先，题目是双关语，这个词法文
原义既是嫉妒，又是百叶窗。男性叙述者怀着嫉妒从百叶窗中窥视，
他既是叙述者又是介入者。但他的介入只是从餐桌上的三副餐具，
露台上的三个酒杯显出来。他怀疑妻子与邻居有暧昧关系，因此当
邻居来家吃饭或喝饮料时，便暗中窥视。这里没故事，唯一的事件
是妻子随邻居的汽车进城，在外过了一夜，原因不详。而日常情景、
餐桌、露台的场景一再重复，无传统小说的开场，也无高潮和结局。
人物只有表象、姿势，没有心理或性格。谈话的内容无非是天气、健康、
汽车抛锚、一本未读完的小说等。小说的时间不确切，时序颠倒穿插。
地点大约是非洲白人种植园。小说突出了直观、实在的世界。不论
是房屋的位置、结构（门窗、露台、柱子、墙壁），桌椅、餐具，还
是人物手指的动作，都以科学实验报告的语言作精确描绘，如形状、
质地、颜色、方位、角度、光滑度、纹理、光影等。墙上有个斑点，
是被捻死的蜈蚣，它当初怎样被捻死留下痕迹的，痕迹的形状与颜
色等。这一切一再重复，每次略有不同，仿佛是顽念。

娜塔丽·萨洛特（Nathalie Sarraute，1902—1999）生于俄国知
识分子家庭，后随父亲定居巴黎，1922 年进巴黎大学读法律，1925
年结婚后与丈夫一同从事律师工作，1939 年起专门写作。1956 年，
即新小说成为令人瞩目的文学现象时，她发表了论文《怀疑的时代》，

是新小说重要文献。她认为今天的小说应摆脱故事和人物，因为它们是僵化的、标签式的，是为欺骗读者而虚构的。她认为小说应在日常生活的表层下去捕捉内心活动，像乔伊斯和普鲁斯特去发现真实复杂的内心世界。她着重"听"，仿佛坐在窃听器前，聆听某个陌生人朦胧、断续的内心颤动。1939 年她发表的《向性》被认为是 50 年代新小说的先驱。向性是植物生理学词汇，表示在外界，例如光线刺激下，植物机体中产生一种特殊的倾向性。她借此比喻人与人的关系中，话语等外界刺激也会引起细微、朦胧和原始的内心活动。这种活动不同于心理小说中的心理，它不是理性的，既不分析感情，也不说明行为动机或解释性格。她称这种难以捕捉的内心活动为潜对话。对话与潜对话共同形成她小说的支柱。在《向性》这本短篇集中，人物及故事都已消失，甚至没姓名，只有代词"他""她""他们""她们"和人与人关系中微妙的心理活动。

她的小说有《陌生人肖像》(1948)、《马尔特罗》(1953)、《行星仪》(1959)、《金果》(1964)、《傻瓜们说》(1976)、《你不爱自己》(1989)等，还有好几个剧本、散文及自传体小说《童年》。《金果》曾获国际文学奖，书中没故事，没人物，没中心叙述者，只有话语声音。而说话人却隐没在浓雾中，话语成主角。这是一次社交聚会，众人议论刚出版的新书《金果》，有的声音对《金果》五体投地，誉之为大喜大悲的杰作，有的称之为振聋发聩的传世之作，有的则说其平庸乏味，矫揉做作，晦涩难懂。在这场热闹的谈话之后，小说就结束了。读者可以感到书中对夸夸其谈、自诩风雅的话语的讽刺及对文学判断标准的思考。整部作品都是喋喋不休的话语和尚未外化的内心话语。

米歇尔·布托(Michel Butor, 1926—2016)是法语教师，长期旅居国外，1968 年后在尼斯大学和瑞士日内瓦大学任教。他崇拜巴尔扎克，认为巴尔扎克是他所处时代的创新者，但今天需要重新认识世界和自己，需要进行小说实验及探索。他的小说有《米兰巷》（1954）、《时间表》（1956）、《变》（1957）、《度》（1960）。在这些小说中他大胆探索，但并未完全抛弃某些传统形式。《米兰巷》探索同时同地的平行写法：写一座八层楼里，同一时间每层楼发生的事；而《时间表》探索的是时间。自《航空港》（1962）开始，他逐步放弃小说形式，打破文类束缚，作品里有诗、对话、旅行札记或报纸摘录，而且排版不拘一格。有的将行为描写与独白分开排，各成体系；有的采取五线谱的排列。作者将文学与音乐、绘画结合。这种尝试还体现在《运动体》《圣马可即景》《每秒681万公升水》中。

　　《变》于1957年获雷诺多奖，讲一家意大利打字机公司巴黎分公司经理的巴黎-罗马之行。小说自人物踏进车厢开始到车抵罗马即将走出车厢为止，在21小时的旅程中，人物的所见、所感、所梦、所思，极其庞杂。他去罗马是为接情妇来巴黎，但车抵罗马时却决定维持生活原状。《变》貌似传统小说，有主人公和情节，结构像法国古典建筑由三部分组成，以中间部分为轴形成对称。它甚至符合法国古典戏剧"三一律"：24小时内，同一地点，同一情节。然而，主人公只是个影子，作者用"你"将读者置于主人公的位置，读者参与了创作。至于情节，在旅程中没发生任何事，情节都在主人公的内心活动中，最后导致意识觉醒。在传统的形式下作者在时空方面作了成功的探索。小说的时间是精确的火车运行时刻表，地点是火车三等车厢，然而在这框架中却包含着另外的多次旅行，时间是三天前、一周前、一年，甚至二十年前及最近的将来。而这些回忆和展望打破时序，像车站的铁轨纵横交错，却始终围绕在妻子（巴黎）与情妇（罗马）间选择的主题。布托和罗布-格里耶一样摄影机般地描写视线内的事物，但他又不同。罗布-格里耶描写外表世界后不作任何猜测，而布托则给出多种可能的答案。

克洛德·西蒙（Claude Simon，1913—2005）生于马达加斯加，父亲在一战中阵亡。他15岁丧母，赴英国学绘画，1936年参加西班牙战争，支持共和派。在抗德战争中，他被俘，1946年起在老家定居，种葡萄和写小说。1957年他发表小说《风》，此前已陆续发表过四本小说。《风》的叙述者是中学教师，他根据社会新闻消息重述一件事：一位打破传统的年轻人与代表秩序的公证人在产业事情上对峙，最后年轻人失败，不得不出卖继承的产业，其间穿插恋爱故事。小说的副标题"重建巴罗克式圣坛装饰屏"适用西蒙所有的小说。首先，"装饰屏"是图画，是一个个画面。他曾想当画家，如今以文字当油彩作画，对外界的感知和往事的回忆首先表现为视觉形象。他将人物和情节都标上不同颜色，然后精心调配成画面，色彩有浓有淡，相互交错，在小说中追求绘画的立体感。因此小说的时序被打破，叙述无头尾，过去和现在被切割成片断，相互重叠、渗透，不连贯。其次，"重建"即重新表现已存在过、发生过、如今或隐没或淡化的历史，个人或集体的经历，如战争。最后，"巴罗克"指小说中细节的精雕细琢及装饰性渲染。他的小说有《草》（1958）、《弗兰德公路》（1960）、《豪华大厦》（1962）、《历史》（1967）、《法萨尔战争》（1969），都带有自传性。1981年的《农事诗》具备深刻的历史感及新颖的技巧，叙述中三个不同时代的人相互重叠。1985年他获诺贝尔文学奖。

《弗兰德公路》是代表作。叙述者是主要人物，自称乔治，有时用"我"，有时用"他"，有时又附在其他人物身上。叙述者身份变化或不确定也出现在他的其他小说中。小说写的是乔治对战争的回忆，是一组组画面，前后跳跃，交错重叠，并伴之以光线色彩变化，仿佛有隆隆的大炮声。1940年德军入侵时，乔治的骑兵队在比利时边境的弗兰德地区撤退，最后剩四个人：队长、伊格雷亚、乔治与另一位军官；队长与军官被打死，乔治与伊格雷亚被德军俘虏，在战俘营中忍饥挨饿。但每个人身后又有过去的经历和故事，如队长和他妻子科丽娜的关系，科丽娜与伊格雷亚的关系，科丽娜与乔治的关系，队长与乔治的亲戚关系。有些情节一再出现，或另添枝叶，增加浓度。战争、死亡、搏杀、恐惧、性爱都为画面，精确，生动，相互转化，纷乱嘈杂，表现一种动态。

与罗布－格里耶、布托、西蒙的小说革新同时，莱蒙·格诺（1903—1976）、于连·格拉克等尝试把超现实主义的某些方法用于小说创作。他们的作品幽默、滑稽地夸大现实的丑恶，并加以调侃，再配以怪异奇巧的想象，表现现实的丑陋和荒诞，使读者深思。

70年代后，存在主义和新小说两大思潮衰微，法国小说进入了没主义，没流派，也没大师的时代。但这并非小说创作低落，一大批有创见的作家，凭着对小说的理解和阐释，创作出风格迥异、各具特色的作品。菲力普·索莱尔斯（1936—　）、里卡尔杜（1932—　）等年轻的先锋派作家以《原样》杂志为阵地，对新小说进行更激进的突破，更彻底地否定了传统小说及传统文学原理。他们主张把文学变为文学科学，以文字为中心创作，不表达任何先验的主题，彻底摈弃现实主义，把创作变为文学试验。原样派小说因没主题，没情节，没人物，甚至取消标点，因此难读，影响甚微。乔治·贝雷克与原样派作家一样，视创作为游戏，追求小说形式创新，但其作品却以法兰西文化传统特有的机敏的感知力和判断力，及有法兰西民族特点和个人魅力的幽默，赢得了众多读者。

另外一些作家，例如巴赞、图尼埃，及更年轻的作家勒克雷齐奥、莫迪亚诺等，更侧重对小说内容的思考。他们不拒绝传统小说的表现方法，但不囿于其反映现实、揭露社会的框架，而是侧重对人、人的本质和命运进行哲学思考，最大限度地发挥想象力；或对古代神话或历史传说进行新诠释，或虚构怪诞离奇的故事。以历史和现实为背景时，目的也是表达深刻的哲理。此外，当代法国一批女作家崛起，在波伏瓦、萨洛特之后，尤瑟纳尔、杜拉斯取得了不逊色于男作家的成就，她们以清新流畅的笔调、细腻入微的感情为此期的小说增添了绚丽的一笔。

于连·格拉克（Julien Gracq，1910—2007）被称作"超现实主义第二浪潮的作家"，尝试过各种文学体裁。小说有超现实主义色彩的《在阿尔戈尔城堡》（1938）、《阴郁的美男子》（1945）、《沙岸》（1951）、《林中阳台》等。他性格孤傲，1950年发表《厚皮文学》，强烈抨击法国人只关注官方评论及文学奖项，使文学堕入商业泥潭。次年龚古尔评奖委员会将这一法国最重要的文学奖授予他的《沙岸》。他拒绝领奖。

《沙岸》情节简单。奥赛纳国在麻木状态中昏睡了三个世纪，尽管它名义上与沙洲对岸的法格斯坦处于战争状态。两国人民听到冥冥之中传来命运的召唤，要结束奥赛纳国这种不死不活的状态。海军部派阿尔多履行这一使命，他便乘船靠近敌国岸边，朝本国发射了三发炮弹，唤醒了奥赛纳。《林中阳台》以二战期间"奇怪的战争"为背景。少尉格朗热和三个士兵驻扎在阿登森林的碉堡中，森林远离战争，少尉很惬意，不久还和邻村一女人开始了一段浪漫史。但他同时也预感到灾难即将降临。终于德军进攻阿登森林，他及士兵与大部队失去联系，遭德军装甲车进攻，他身负重伤死去。

格拉克的目的不在于讲故事，而在于制造神秘气氛。他的大部分小说有一个中心主题，就是等待。读者预感到某种灾难的降临并焦灼地等待着，但这种灾难或结局始终不发生，往往在即将发生的瞬间，作者却笔锋一转，令读者捉摸不透。在焦灼的等待过程中，读者的注意力被引向世界的各种符号。他的小说和贝克特的《等待戈多》一样，揭示人类对自己命运的茫然等待状态。不论写小说、诗歌还是评论，他都独创形式。他写作没有预定的计划，信马由缰。

玛格丽特·杜拉斯（Marguerite Duras，1914—1996）高产多才，是最具轰动效应的小说家和剧作家。她生长在法国前殖民地越南，家庭的不幸、生活的贫困及在印度支那的见闻给她留下终生难忘的印象，多部作品都以印度支那和亚洲为背景。18岁她到巴黎求学，毕业后到外交部工作。二战期间她曾参加抵抗运动，一度加入法共，后脱离。

她的早期作品，如《抵挡太平洋的堤坝》（1950）、《直布罗陀的水手》（1952）基本用传统的现实主义手法写成。前者是她的成名作，以印度支那为背景，讲一个老妇人与大海作的艰苦又徒劳的抗争。老妇人为保护庄稼，一次次在海边筑起大堤，而大堤一次次被冲毁，她最后不得不离开土地。这一主题或许受存在主义哲学影响。其后期小说主要有《塔基尼亚的小马》（1953）、《如歌的中板》（1958）、《劫持洛尔·维·斯坦》（1964）、《爱情》（1971）、《情人》等，尤以《如歌的中板》和《情人》为代表。此期，她的风格突变，进行语言和叙述方式新探索，与"新小说"的探索不谋而合，但她本人始终不承认是新小说派。《如歌的中板》讲一个貌似爱情故事的故事。工厂主太太每天送儿子学钢琴，一天钢琴课被一声尖叫打断，原来楼下咖啡馆里发生了情杀。此后太太每天来咖啡馆与丈夫工厂的一名工人（也是案件的目击者）约会，共同想象那对情杀男女的爱情故事，在交谈中他们产生了爱的欲望，但故事没有结局。该作品典型地反映了她后期小说的特点：情节淡化，断断续续，故事若有若无，没头没尾，人物成了可有可无的符号，没有性格，内心活动反映在平淡和缺乏逻辑的大篇幅对话中。作品是小说，但又像戏剧和电影。

使她声名大振的《情人》(1984)讲悲欢离合的爱情故事,用词平实简洁,看似不经意的词语感染力强烈,产生挥之不去的印象。跨越时空的叙述和反复切换的场景更显示娴熟的手笔。《情人》获得龚古尔文学奖,改编成电影,被译成数十种文字。

杜拉斯很难归入某一流派。她的许多作品表现人类境遇的窘迫与尴尬,这与新小说相通,如《抵挡太平洋的堤坝》、《夏夜十点半》(1960)、《副领事》(1965)。她又善于揭示人的深层感情与心理,如《英国情人》(1967)、《情人》简洁又细腻地揭示了人物内心的矛盾,加上叙事明快与新颖,使她获得国际声望。她还积极从事电影创作与改革,与著名导演雷奈(1922—2014)合作创作的影片《广岛之恋》是她深切关怀人类命运的例证。

玛格丽特·尤瑟纳尔(Marguerite Yourcenar,1903—1987)是学者型小说家,生于布鲁塞尔,随父亲游览欧洲,尤其是希腊、意大利等地中海国家,1949年定居美国。她自幼涉猎古希腊、罗马和印度文学,有深厚的古典文学造诣。其作品包括诗歌、戏剧、散文等,但以小说享誉文坛。主要作品有《阿列克西或论徒劳的战斗》(1929)、《新欧律迪克》(1931)、《火》(1936)、《东方故事集》(1937)、《致命的一击》(1939)等。《亚德里安回忆录》(1951)和《炼金》(1968)是代表作。这些作品都以她游历过或接受其文化熏陶的地方为背景。1980年她当选法兰西学士院院士,成为女作家中获此殊荣第一人。

《亚德里安回忆录》以公元2世纪古罗马皇帝亚德里安的第一人称讲述他一生的业绩,通过年迈皇帝的回忆和反省,显示他灵魂中的深刻矛盾。作者的博学在这种题材的小说中得到尽情发挥。她长时间搜集大量历史资料,像要还原一段真实的历史,但实际是借助逸事探求超越时间的人性,表达作者对人类文明前途的思考。《炼金》叙述 16 世纪名叫泽农的医生兼哲学家的一生。泽农具有自由思想和反叛精神，试图用哲学和科学拯救多灾多难的世界。但他的无神论思想与教会激烈冲突，被教会判处火刑。泽农不愿当众受辱而死，在狱中割脉自尽。《炼金》的故事背景使人联想到当时动荡不安的法国社会，泽农代表具有革新思想、负有社会责任的新一代知识分子。

让－玛丽·居斯塔夫·勒克雷齐奥（Jean-Marie Gustave Le Clézio, 1940—　）23 岁发表处女作《笔录》（1963）一举成名。然而他对名利十分淡漠，远离文学界，像社会的局外人。他喜欢到地中海边冥思遐想或生活在巴拿马和危地马拉的印第安人之中。他著作等身，却很神秘，处于不断的"躲避"之中。《笔录》的主人公住在海边房子中，没有工作，有时到充满魅力和恐怖的城市中闲逛，或跟着一条狗游荡，最后被关进疯人院。以后的作品，如《发烧》（1965）、《洪水》（1966）、《逃循录》（1969）写的也是生活中找不到位置的边缘人。为制造真实感，作者喜欢细致描写主人公看到的物品，喜欢写石头、蜘蛛、水龙头、女人头发等。他对词语抱有拜物教般的感情，对城市文明恐惧和反感。在《战争》（1970）中，一位年轻姑娘在幻景的宫殿中（现代超级市场）发了狂，希望消失在灯泡的灯丝中。十年后他发表了同一主题的另一代表作《沙漠》（1980）。女主人公是蓝种人后代，生活在非洲沙漠中，与一聋哑牧羊人相爱。后来她离开家乡到马赛，遍尝城市之苦，体会到孤独和冷漠，情人也被轧死。最后她回到了沙漠，回到自然的怀抱中。2008 年他被授予诺贝尔文学奖。

乔治·贝雷克（Georges Perec, 1936—1982）小说创作上像技师，孜孜以求形式创新，开辟出令人眼花缭乱的新天地。他视写作为游戏，舍弃作品的教谕功能。他努力变换游戏规则，增加难度，每部作品都有形式创新。在《消失》（1969）中，他不用元音字母 e，很多必用 e 的词被禁，给创作增加形式限制，来摆脱主题和内容的负担。他认为作家如过多考虑内容，就会影响才华施展，而形式的技巧和幽默可使作品避免思想内容严肃刻板。

他小说的另一特点是对物的详尽甚至着魔的描写。《东西》（1965）写吉罗姆和西尔薇房里的各种摆设，《沉睡的人》（1967）列举主人公无聊时读的各种报纸、文章、广告，《收藏橱》（1979）列举并描写每一幅画。最后也是最重要的作品《生活使用说明》（1978）把这种描写推到极致。这部洋洋洒洒的小说写巴黎一幢住宅楼内发生的故事，详细描写从地下室到顶楼的全部物品，还讲述每个套间住着或曾住过的所有人物及他们的经历和命运。这种详尽描写隐含深层意义：在现代社会中，物是财富的象征，权力、地位已浸入日常的每件物品中。《东西》的主人公疯狂地追求豪华物品，希望通过占有物品来确定身份和地位，实现自己的价值，结果物质淹没了人，人失去了自我。

米歇尔·图尼埃（Michel Tournier，1924—2016）70 年代评论界大谈取消作品的主题和思想意义，大力进行形式创新，而图尼埃却以完全传统的小说形式表达深刻的哲理。他在大学时读哲学，后去德国学习，他的作品深受诺瓦利斯和黑塞时期德国哲理小说影响。他专门对古代神话和传说改写和再创造。《礼拜五，或太平洋上的灵薄境》（1967）改写笛福的《鲁滨孙飘流记》，写鲁滨孙摆脱文明习性，回归自然。《流星》（1975）改写柏拉图《会饮篇》中人被神分为两半渴望再结合的神话，写一对孪生兄弟在外界影响下痛苦分离。《加斯帕、梅尔基奥尔和巴尔塔扎尔》（1980）改写《圣经》中三王朝拜耶稣的传说。《大松鸡》（1978）改写《圣经》的《创世记》和柏拉图的两性畸形人的神话。《桤木王》（1970）借用中世纪"吃人妖"的传说写一个法国士兵被俘后如何成为希特勒的帮凶、成为现代的吃人妖。他改写神话和传说为的是给人启示，阐发深刻的哲理。但作品的寓意并非清晰稳定，有多种阐释可能。他认为文学和生活一样没有确定意义，意义由读者来确定。

帕特里克·莫迪亚诺（Patrick Modiano，1945—　）战后出生，虽没经历二战，但喜欢以占领时期为故事背景。他意不在写实，而是通过追溯过去，来反映人随境遇和时间的变化在生活中扮演不同的角色。《星形广场》（1968）中的犹太人先充当德军的合作分子，后成为犹太人的复仇者。《夜巡》（1969）的主人公受盖世太保派遣打入抵抗组织，他不愿当叛徒，又无法成英雄，左右为难。《环城大道》（1972）写叙述者寻找神秘的父亲，不能确定他是黑市走私犯还是被追捕的犹太人。在其最著名的小说《暗店街》（1978）中，侦探得过遗忘症，在调查过去踪迹的过程中，发现几个不同的陌生人都是过去的自己。《青春》（1980）写一对幸福的夫妇经营着一家茶馆，但15年前他们曾与走私分子合作，茶馆就是从他们手中骗来的。角色的变化、身份的寻求构成他小说的主题。

戏剧　二战中法国戏剧取得了可观的成就。巴黎的舞台上不断推出新剧目。这种状况的原因较复杂。简单地说，在占领期，到剧场看戏成了巴黎民众唯一合法享受的娱乐，人们在戏院聚会，得到情绪的排遣。虽然德国占领当局进行严格审查，但政治意义不强或较隐蔽的作品常能上演。战前以《没有行李的旅客》等剧本出名的年轻剧作家阿努伊，1941年上演了《桑利的聚会》。1942年蒙泰朗的剧本《皇后之死》演出，获得欢迎。以这部剧为契机，他从小说转向戏剧。同年，阿努伊的剧本《欧律迪刻》上演。1943年萨特在巴黎上演他的剧本《苍蝇》，克洛代尔的名剧《缎子鞋》在发表20年后由作者与著名导演让－路易·巴洛（1910—1994）合作搬上舞台，轰动巴黎。吉罗杜的名剧《索多姆和戈莫尔》也在这年与观众见面。

　　战争结束，法国进入新时代，但戏剧形成一个过渡期。战后的经济困难并没阻碍戏剧发展，战前及战时著名戏剧家的名字是法兰西民族的骄傲，他们的作品继续赢得青睐。吉罗杜1943年发表的《夏约的疯婆》，1945年年底由著名导演搬上舞台。他去世前完成的《鲁克丽斯赞》也在1953年上演。蒙泰朗此期也大受欢迎，他的《圣地亚哥团的首领》（1947）以悲壮赢得赞誉。著名小说家贝尔纳诺斯的作品《卡尔默罗修女的对话》（1949）原是电影脚本，1951年先在德国上演，翌年在法国上演。作品讲大革命时期一个修女舍生取义，反映了作者的天主教立场。但对暴力的抗议，对修女克服恐惧、坦然受死的勇敢精神的赞美，无疑受到二战和法国人民抗击法西斯斗争的启示。这部作品后来在法国和许多国家常演不衰。存在主义文学的优秀剧作如萨特的《禁闭》《死无葬身之地》、加缪的《戒严》《正义者》也都在此期问世。

　　此期戏剧的一个显著倾向是抒情性比较强烈，如蒙泰朗的《圣地亚哥团的首领》和重新上演的克洛代尔几十年前的《正午的分界》。后者的抒情色彩和宗教情结受到刚从战争与法西斯占领的阴影下挣脱出来的法国公众欢迎。此外，抒情性倾向在**雅克·奥迪贝尔狄**（Jacques Audiberti，1899—1966）的作品里也很明显。这位以诗名和小说创作蜚声文坛的作家此期创作了《考阿特－考阿特》（1946）、《邪恶横行》（1947）《黑暗的节日》（1948）等剧作。最为成功的《邪恶横行》是双关语，既谓邪恶四处散布，又谓邪恶必不长久。剧本讲述塞莱斯提南克（意谓天上的人）国王把女儿嫁给西方国王帕尔费（意谓完美），天真的公主在这西方国家备受欺骗和污辱，最后走上邪恶之路。剧本质疑西方的道德和价值观，在荒诞剧里得到回应。但作者匠心还在于以抒情笔法处理严肃主题。在表现以公主为代表的理想主义与残酷的现实冲突时，情节结构冲淡主题带来的沉重，加上语言幽默、抒情，常有双关意味，更像抒情性的情节剧。

此期，荒诞成为内容上的一个特点。在蒙泰朗、阿努伊、奥迪贝尔狄的部分作品里，观众已或多或少感到世界和生活的荒诞，而在存在主义作家的作品，如《禁闭》和《卡里古拉》里，荒诞更成为中心。为了适应内容需要，此期的戏剧在语言和手法上出现许多大胆革新，但没构成对传统的全面否定。50 年代后，随着荒诞剧登上舞台，情况发生了变化。荒诞剧的名称来自 1961 年英国戏剧理论家马丁·艾斯林的论著《论荒诞剧》。但荒诞剧的重要作家尤奈斯库和阿达莫夫对这名称不以为然，他们不愿自己的作品与存在主义哲学挂钩。至今许多法国人仍习惯用"新戏剧"这个名称。

法国最早的荒诞剧作品当推热奈 1947 年上演的《女仆》和次年他的作品《死牢看守》。不过，文学史上通常把 1950 年尤奈斯库的剧本《秃头歌女》看作荒诞剧的滥觞。此剧在巴黎演出后引发批评界争论，荒诞剧开始引起注意。以后几年，上演了多个相似的剧作，其中贝克特的《等待戈多》获得很大成功。历史地说，荒诞剧的源头可追溯到雅里的《乌布王》系列剧和阿波里奈的"超现实主义"戏剧《特雷齐亚的乳房》。这些作品情节荒诞，表演夸张，带有后来被称为"黑色幽默"的凄凉喜剧性。阿尔托的"残酷剧"理论在戏剧的作用、语言、戏剧与观众的关系等基本理论问题上对荒诞剧的影响也显而易见。1958 年英国人肯尼斯·泰南著文批评尤奈斯库作品的反现实主义倾向，引发争论。1961 年艾斯林的专著为荒诞剧最终正名，60 年代到 70 年代初荒诞剧得到广泛的承认和赞扬。荒诞剧的代表作除已列举的，还有尤奈斯库的《椅子》《阿梅黛或如何逃脱》《犀牛》《国王之死》、贝克特的《美好的日子》《终局》、热奈的《阳台》《黑人》、阿达莫夫的《塔拉纳教授》《弹子球机器》。这些作品虽面貌各异，却有明显的共同点。首先，它们都表现人类生存条件的非人性、反人性特征，进而表现人的存在的无意义。荒诞剧产生的历史时代和它的基本思想倾向使人们很自然地将它置于存在主义造成的社会心态环境中。其次，它们都采取寓言方式，将人存在的荒诞性直接展示在舞台上，使观众得到精神震撼。再次，它们都以喜剧方式表现悲剧内容。人的存在具有强烈的悲剧性，但与人对自己处境的麻木不仁形成巨大反差，造成喜剧效果，使荒诞成为无奈的笑声中强咽下的苦果。

荒诞剧之后，相继出现了"新新戏剧"、"咖啡剧"（因常在咖啡馆演出而得名）等新的先锋派，但基本上昙花一现。然而，荒诞剧没有也不可能占领整个戏剧舞台。事实上，荒诞剧常在较小的剧场上演，大量的剧院，包括大剧院，仍经常上演传统或接近传统形式的作品，甚至包括古典剧目。大多剧作家在审美趣味和追求上仍与荒诞剧保持了距离。但他们不少人积极参与戏剧改革，这方面阿努伊成就最高。

让·阿努伊（Jean Anouilh，1910—1987）从小痴迷戏剧，十多岁便试写诗体剧。他进大学读法科，后辍学。1928年他做剧院经理兼导演路易·茹韦的秘书，从此进入演艺圈。1932年他的《白鼬》上演，贫苦的主人公与贵族小姐相爱，因地位悬殊，婚姻遭小姐的祖母反对。主人公杀了老人，伤害和震动了小姐，小姐拒绝与他结婚，他在绝望中自首。这一形象似陀思妥耶夫斯基《罪与罚》的主人公，但心理刻画与哲学意义要单薄得多。该剧表现了等级冲突，在他以后的剧中该主题反复出现，如《野姑娘》《洞穴》等。1937年他认识了著名导演乔治·皮托埃夫和安德烈·巴尔萨克，他对舞台时空关系有了更感性、更深入的体认。1937—1938年，他的《没有行李的旅客》《野姑娘》《窃贼舞会》分别上演。《野姑娘》主题与《白鼬》相仿，出身贫寒的女主人公是小提琴手，一个富有的作曲家真诚地爱上她。但地位的差异给她造成巨大的心理压力，最后放弃了爱情。作者也提出了人是否能割断现实与历史的联系的问题。贫寒是女主人公的历史，作曲家热烈真诚的爱不能改变历史，反而成为她更沉重的包袱。

《没有行李的旅客》是他的代表作之一。主人公雅克是大富翁的次子，自私残忍，伤害过仆人、朋友和亲人。剧本从雅克在一战中负伤失忆，在精神病院生活 17 年后开始，此时大家都叫他加斯东。加斯东与雅克判若两人，诚实善良。家人认出他就是雅克，然而得知雅克不光彩的过去后他坚决不承认是雅克。最后他故意错认是一个丧失了亲人的英国男孩的叔叔，摆脱了过去。作品启发人从哲理上思考人如何认识和对待自我，这个主题也在以后的作品中出现，使他崭露头角。

他真正成名是从 1944 年上演《安提戈涅》开始，但他塑造的安提戈涅与索福克勒斯的希腊悲剧大相径庭。希腊悲剧里，安提戈涅违抗国王克瑞翁的禁令掩埋哥哥尸体，动机是遵守必须掩埋亲人尸体的神律；而在阿努伊的作品里，安提戈涅宣称她埋葬哥哥是证明自己的自由。她不再是目标明确的反抗者，行动有很大盲目性，最后竟承认自己不知道为什么死。这部剧以象征手法将安提戈涅刻画为童心未泯的姑娘。她天真地用玩具小铲撮土覆盖哥哥的尸体，像孩童一样喜欢玩具娃娃。她代表的纯真的理想世界与克瑞翁代表的成熟、理性的现实世界的反差，构成作品象征意义的核心。因此，克瑞翁也没被刻画成暴君。他们的冲突是对世界不同认识的矛盾。克瑞翁承认现实的缺憾，但认为这是现实的一部分，只能接受，他是个悲观主义者。而安提戈涅躲藏在童年理想主义的梦中，坚定地选择了死。但当她稍稍离开自己的梦时，便茫然失去了自信。她是个存在主义者，对她来说重要的是选择本身。她的死及随后情人和他母亲的自杀没带来任何改变。克瑞翁依旧与臣下商量国事，卫兵依旧玩牌，显示出反抗无意义。该剧在法西斯占领的巴黎演出时，安提戈涅对美好理想和自由的向往鼓舞了观众。

战后，他的创作进入新时期，40年代末到80年代初写了约40部作品。其中以古代女英雄贞德的故事为题材的《云雀》（1953）最成功，贞德的形象是安提戈涅的再现。贞德也追求自由，她的理想与现实冲突。《云雀》叙述手法很有特点，深受皮兰德娄的戏剧技法和布莱希特间离理论的影响，对"戏中戏"结构情有独钟。《云雀》及其他一些作品，如《桑利的聚会》（1937）、《可怜的比托或化装晚宴》（1956）都采用这种结构。《云雀》开场是贞德受审，审讯中有人提议把贞德的历史表演出来，于是在法庭上辟出临时舞台（台上台），表演贞德一生的重要事件。戏中戏的贞德由贞德本人扮演。这样，剧本便构建了双重时间。另外，贞德的故事虽按时间顺序演出，却仅仅是支离的片断。法庭上的人物还对表演发表评论。所有这些，造成明显的间离效果。作者在戏剧手法革新上更自觉、大胆。戏的结尾颇具匠心：贞德被判火刑，柴堆架起来了，这是"现时"贞德的结局；然而法庭上的演出还在继续，轮到演出贞德在兰斯教堂行加冕礼，参加演出的演员们拆散了柴堆，贞德一手握剑，一手扶旗，昂然挺立在台上。在"戏中戏"里贞德得到了永生。作者利用超理性、超自然因素，使他的剧超越现实束缚去实现自由。

1959年上演的《贝克特或上帝的荣誉》写12世纪英王亨利二世的政治顾问托马斯·贝克特的故事。他是国王密友，拥护王权。但他接任坎特伯雷大主教后，却坚决反对王权凌驾于教权之上，结果国王派人将他刺杀。T.S.艾略特曾以这段历史创作了诗剧《大教堂凶杀案》，阿努伊对这段历史作了不同的诠释。他通过这出戏与《没有行李的旅客》、《欧律迪刻》（1941）等剧回答了一个问题，那就是人都有认识自我的需要，人在生活道路上可能会发生重大变化，但过去的自我已融入人的现时存在，永远会影响现在的生活。贝克特因职务改变后的宗教责任感而重新塑造自我，坚决拒绝回归历史的自我，结果酿成血溅教堂的悲剧。艾略特歌颂贝克特为教会的尊严而献身，而阿努伊则从人究竟怎样认识自己和自己的过去、人的自我能不能统一这些问题上来阐释这段历史。

他还写有针砭现实社会的戏剧，如《阿黛尔或雏菊》（1948）揭露上流社会爱情的虚伪；其中有些作品的政治立场引起激烈争论，如《金鱼或我父亲这个主角》（1970）被指责为他右翼立场的大暴露。他创作的高峰期正值存在主义在法国风行，人生观的灰色调弥漫此期文学作品中，他的作品也不例外。他不是荒诞剧作家，但他是最早肯定荒诞剧的人之一，与荒诞剧作家有呼应或沟通。

欧仁·尤奈斯库（Eugène Ionesco，1912—1994）父亲是罗马尼亚人，母亲是法国人。他在法国度过童年，1925年回罗马尼亚上学，后又回法国准备读博士学位。战前他返回罗马尼亚，后定居巴黎。1950年他的第一部剧作《秃头歌女》在巴黎上演。这部怪诞剧作原名《简明英语》，源于一本英语会话小册子。他发觉按语法、句式、词汇练习编写的会话毫无意义。由此，他联想到实际生活中充塞着这种废话，触发了创作灵感，写了剧本《简明英语》。排练时一个演员把"金发歌女"误念成"秃头歌女"，观看排练的尤奈斯库当即决定更名《秃头歌女》。既然全剧都在表现语言是什么也不说明的符号，一个莫名其妙的剧名更符合剧本的荒诞。全剧分为两场，第一场史密斯夫妻坐在客厅里对话，前言不搭后语，毫无逻辑和理性。第二场客人马丁夫妇来访，进门后彼此好像素昧平生，颇有绅士风度地寒暄起来。马丁夫妇的对话是连贯的、合逻辑的，但荒唐的是，逻辑推理不过是证明他们原来是夫妇。正当他们为这个结果兴高采烈时，史密斯的女仆登台宣布，刚才证明他俩是夫妇的证据是他们都有一个红眼睛的孩子。然而这证据站不住脚，因为马丁先生的孩子左眼是红的，而马丁太太的孩子右眼是红的，所以不是同一个孩子。此时闯进来一个消防队长，语无伦次地讲了个故事。女仆突然说队长是她的恋人，史密斯夫妇大怒，将他们赶走。之后灯光熄灭，当灯光重亮时，物是人非，台上仍是史密斯家客厅，但坐着的却是马丁夫妇，两人开始重复史密斯夫妇刚才的废话。该剧包含了荒诞剧的几个重要特点：1）作家从生活中体验到的荒诞不再像萨特或加缪的小说那样包孕在作品的深层，而是以直观的手法呈现，即直接利用形式的荒诞来隐喻生活的荒诞。2）作品在表现生活荒诞时，凸现人与人的陌生和隔绝。语言丧失了交流功能，成为毫无意义的声音外壳。3）在表演上，用人物重复的机械动作表现生活的单调与机械。4）调动布景、灯光等戏剧语言表现世界的混乱和人生无意义，如剧中的大钟胡乱报时，暗示人类理性建立的重要概念"时间"，也远不是理性能参透的。

他的早期作品，如《课》（1951）、《责任的受害者》（1953），都围绕语言功能丧失这个主题，显示此期他对语言与事实的分离抱有深切的忧虑。但他的荒诞感并不止于此，1952年上演的《椅子》表现失去目的的行为的荒诞。剧本讲一对年过九旬的老夫妇好像居住在海滨灯塔。老头像儿童一样哭闹，叹息孤独和青春永逝，要向全人类宣布人生奥秘的信息。不过他要说清楚自己的意思非常困难，所以聘请一个演说家来代替自己发布信息。参加发布会的客人陆续到达，从老夫妇颠三倒四的答谢中可以知道客人中有美夫人、上校、雕塑家各色人等。但舞台上却看不见客人身影，只有不断增加的椅子表示客人越来越多，以至于把老夫妇挤得无立足之地。最后，皇帝御驾亲临，老夫妇朝着象征皇帝的空椅子，语无伦次地表达感激。演说家终于到了，老人向演说家作最后的嘱托，然后与老夫人同时跃出窗户，投海自尽。演说家开始发布信息，可他是哑巴，呜呜哇哇谁也不懂，随后便心满意足地离开。全剧在看不见的听众的议论和笑声中结束。这出独幕剧开场暗示观众，他们对戏剧情节的期待能得到一定的满足，然而情节空洞无物。空着的椅子、哑巴演说家、老夫妇的自杀，象征生活空虚无益，粉碎了观众对情节的期待，也粉碎了他们对生活的期待。这台戏的主题是空虚：语言的空虚、行为的空虚、人生的空虚。满台的空椅子把老夫妻挤压到舞台底部的两侧，象征人在物的挤压下失去了生存空间，是人被异化的隐喻。这类隐喻在他的其他作品中也常出现。

他最成功的剧本《犀牛》（1960）很难说是荒诞剧，似乎更接近象征主义，有相对完整的故事情节。某省一个小城的街头突然出现犀牛。媒体大肆炒作，逻辑学家在独角犀和双角犀的定义上大作文章，自认为博学的理性主义者对这消息嗤之以鼻。但不久，居民们相继变成犀牛。主角贝朗瑞是职员，厌倦机械、单调、孤独的生活。他的朋友、上司、同事先后都变成犀牛，最后连女友也耐不住孤独，投入犀牛队伍。他被围困在房间里，墙壁四处伸进犀牛的头和角。在他"我是最后一个人，我将坚持到底。我绝不投降！"的喊叫声中，全剧结束。许多评论认为成群结队的犀牛在镇里狂奔象征二战前猖獗一时的法西斯主义。作者本人对此未加否认。事实上，这些疯狂地奔跑、冲到哪里便将哪里的人裹挟而去的犀牛群，象征一种巨大的、超越个人意愿的力量。它可以是盲目的群体信仰，也可以是蛊惑人心的理论或思想。这种超越具体历史情境、更具普遍意义的哲学和人类学阐释，也许更能揭示该作品的深刻蕴藉。贝朗瑞的名字还出现在《不拿钱的杀手》（1957）和《国王之死》（1962）两剧中。他的身份在这几出戏里各不相同，但共同点就是既厌倦生活又执着于生活，对生活抱着最简单也最顺乎人性的看法。

让·热奈（Jean Genet，1910—1986）遭到很多非议，有"罪恶诗人"恶名。他是弃儿，从小在儿童救济院，后由贫苦农民收养。10岁那年他被诬告偷窃，送进教养所，释放后在法国和西班牙流浪。1942年因盗窃入狱，在狱中写了第一首诗《判处死刑》，1948年再次被捕，萨特等文化名人联名上书要求释放他。他犯过盗窃罪，还是同性恋者，长期生活在社会边缘。萨特著有专著《圣热奈》，深入剖析他的人与作品。

热奈的文学生涯始于1947年，此年他的剧作《女仆》由著名导演路易·茹韦执导上演，同年发表，为他的文学生涯奠定了基础，后来被归入荒诞剧，比尤奈斯库的《秃头歌女》与贝克特的《等待戈多》要早好几年。以后他又写了《阳台》（1956）、《黑人》（1959）、《屏风》（1961）等剧作。他写有诗作，也写过小说、自传。某些作品，如《布莱斯特之争》（1947）、《一个小偷的日记》（1949），得过好评。他主要以剧作闻名。成名作《女仆》题材源于一宗女仆杀主人的命案，然而他的作品剧情与命案出入很大，立意不在讲述曲折离奇的谋杀。开场时，一个女仆为女主人梳妆，主仆话不投机，主人训斥，仆人讥讽。冲突渐趋激烈，仆人暗生杀机。这时，闹钟铃声大作，原来，刚才主仆的冲突是"戏中戏"，两个女仆趁主人不在家，以扮演主仆取乐。她们每天玩这游戏，闹钟是停止游戏的信号。真的女主人回家，两个女仆为主人冲了杯放有过量安眠药的茶，然而主人闻知情人获假释，急忙去会面，没喝茶。两个女仆非常紧张，因为是她们写信诬告主人的情人，她们预感阴谋即将暴露。她们互相埋怨、攻击。一个重又装扮成女主人，叫另一个把茶端给她，一饮而尽。

这出戏的叙事手法有两个特点，一是"戏中戏"，另一个是身份的错置。两个女仆与主人的仇恨，两个女仆之间的怨恨，在戏中戏里犬牙交错。最后，两人似乎陷入迷狂，分不清对方身份，连自己是谁也昏昏然了。于是命案发生了，戏也戛然而止。两个女仆是姐妹，她们在舞台上演给观众看，在戏里演给自己的姐姐（或妹妹）看，造成了舞台与观众的间隔和莫名的荒诞感。这种手法，与德国表现主义戏剧和皮兰德娄的戏剧一脉相承。作品的荒诞还来自暴力话语与主要人物柔弱胆怯的性格极端不协和。它通过人物的道白着意揭示人性中的暴力倾向，既可看到热奈本人经历的烙印，也可觉察弗洛伊德学说对西方社会与人性的所谓新发现。作品着眼揭示暴力的根源，即人之间的互相排斥。剧中三个人物的关系，可用后来萨特《禁闭》中的名言"他人即地狱"来概括。

《阳台》是另一部代表作。全剧九个场景，地点是某妓院。前三个场景中，作为权力代表的主教、法官、将军先后来嫖妓，此时妓院外发生暴动。第五、六、七、八场景围绕妓院老鸨、男妓及他的情人展开。他的情人过去在这妓院当过妓女，现在是暴动队伍的参谋。老鸨受女王之命，伪装成女王。妓女被打死，暴动平息。最后一个场景中，主教、法官、将军又回妓院。男妓自我阉割，伪装成女王的老鸨重现本来面目，关掉所有灯，全剧结束。《阳台》典型地反映了热奈戏剧的祭礼式风格。在结构上，九个场景并无连贯情节。无论是残酷的场面，暗含讥讽的场面，或意义隐晦的场面，都显示出典礼的庄严，同时又让观众意识到这庄严是表演。皮兰德娄"戏中戏"手法在这里得到运用。进一步说，全剧九个场景，究竟是真实事件，还是九场表演？主教、法官、将军、老鸨、男妓这些人物，究竟是真实人物，还是"戏中戏"里的人物？换句话说，这九个场景或许是某剧团九个排练场面而已？发生在妓院（或剧院）外的暴动是否真实？观众看到的是多次折射的镜像。作品辛辣地讽刺主教等权力代表。

第一场中，主教一面嫖妓，一面宽恕妓女的罪愆。第二场，法官在对妓女进行性虐待的同时逼迫妓女承认自己是小偷。这些尖刻的讽刺说明作者对社会权力及权力维护的主流社会深切痛恨。他对社会边缘人群的认同无疑来源于他本人长期的社会边缘生活经历。他以审美的态度对待为主流社会的道德眼光所不齿的"恶"，如卖淫、偷盗、同性恋，以挑战姿态夸张地表现。

热奈的作品没有荒诞剧使用的喜剧性夸张。他的作品在内容上与萨德、波德莱尔一脉相承，在手法上与德国表现主义和皮兰德娄的戏剧相通。他的作品是两次大战间的戏剧延续，不完全属于新兴的荒诞剧。

文学批评　19世纪文学批评已专门化，文学批评家作为文学家的地位已肯定，如圣勃夫、泰纳。进入20世纪，出现了一批杰出的文学批评家：朗松、布吕纳蒂埃、勒麦特尔、蒂波代、李维埃尔。他们的地位也得到历史承认。但直至50年代前，文学批评主要局限在大学，与文学本体没太多联系，而且对文学本体的影响也甚微。50年代后情况变化。文学批评成为一门"显学"，对文学创作活动的影响越来越大，甚至某些文学创作以文学批评为轴转动。这种情况延续到70、80年代，形成文学批评的黄金时代，出现的批评被称为"新批评"。30年代后与新批评有具体联系或纯粹精神联系的批评著作被重新发现，受到重视，都被归入了新批评范畴。

30年代之前，法国文学批评局限于实证的历史主义批评，代表是朗松、布吕纳蒂埃和蒂波代。他们继承了圣勃夫与泰纳的批评观和方法，但更注意作品分析。他们的批评有扎实的实证研究，又有相当大的灵活性。而且因有深厚的人文修养，他们的批评著作大多文笔优美。二战后，法国文化进入转型期，哲学、语言学、心理学、精神分析学、人类学等学科迅速发展，以前所未有的广度和深度渗透进文学批评，影响到文学批评的理论和方法。究其缘由，或是因为有的学科本身就与文学有传统的联系，如语言学；或是因为有的学科有拿文学作品作为研究对象或论证材料的传统，如精神分析学；或是因为有的学科在泛文化的层次上与文学相联系，如人类学。学科间互相参照和渗透是此期自然科学和人文社会科学发展的趋势，文学批评当然也不例外。不过批评家们虽吸收相关学科的理论和方法，但他们依旧十分关注批评的个性。因此，要对文学批评进行流派划分很困难。战后代表性的批评流派是存在主义批评（萨特为代表）、结构主义批评（包括符号学，代表有巴尔特、热奈特等）、意识批评（即日内瓦学派）和社会学批评。

罗兰·巴尔特（Roland Barthes，1915—1980）父亲在一次海战中牺牲，他成为"国家孤儿"，生活和教育由国家负担，进入巴黎大学，获文学学士。二战爆发后，他在结核病疗养院治疗，直到1946年。战后，他在报刊上发表文学评论，1947年到罗马尼亚法语学院工作，后赴埃及，结识了格雷马斯，两人在巴黎与其他一些学者合作，创立了符号学。1953年，巴尔特发表《写作的零度》，为他的文学批评家生涯奠定了基础。这部著作把"写作"当作符号系统研究，提出建立"文学的符号史"，这就在语言层面统一了话语、符号、意指，强调文学作品时空的有限性和独立性，又明确阐述了文学作品的意识形态性质。此后他的声望逐渐提高，1960年担任了社会科学高等实验研究院的研究职务，1976年入选法兰西学士院，主持"文学符号学"讲座。

他在《巴尔特自画像》（1975）里把自己的学术活动分为四阶段。1）社会神学阶段。此阶段他的文学（包括社会文化学）研究定位于文本的生成，代表作品是《写作的零度》（1953）和《神话集》（1957）。

2）符号学阶段。他的研究重心偏向符号学，以索绪尔的结构语言学为基础，参与符号学和结构主义文学批评的建设，代表作是《拉辛论》（1963）、《符号学原理》（1964）和《时装系统》（1967）。这阶段发生了所谓的"拉辛之争"。1965年巴黎大学拉辛专家雷蒙·皮卡尔发表《新批评还是新骗局》，尖锐批评巴尔特的《拉辛论》。巴尔特感到学院派实证主义的文学研究对新批评的敌视，便在次年发表《批评与真理》，猛烈反击皮卡尔，不少新批评学者发表论著为他辩护。这场争论使巴尔特成新批评代表。《拉辛论》是他的三篇评论组成的论文集，他运用结构主义，从时空、人物关系等方面发现有特殊意指功能的结构。他力图避免传统学院派从作品推导出作者或从作者推导出作品。他把自己的批评称为"有意识的封闭的分析"，就是不理睬历史资料和传记资料这些"外围"因素。他的分析揭示了拉辛作品被忽视的方面，但没有实证材料支持，阐释有随意性。

3）文本阶段。他从前一阶段研究出发，更深入文本深层结构"科学"的揭示，代表作是《符号帝国》（1970）、《S／Z》（1970）。《S／Z》将结构主义理论和符号学用于分析巴尔扎克的中篇小说《萨拉金》。他力图证实，通常赋予作品的意义不一定就是作品的意义，更与作者的意图不相干。他把这部小说分解为561个词汇单位（lexies），并在5种代码，即阐释码、义素码、象征码、行动码、文化码层面上对词汇单位进行繁琐的分析。他指出，这部小说在情节推进中不断提出令人茫然的谜，例如萨拉金是什么，"是普通名词？专有名词？一件东西？一个男人？一个女人？"作品中的义素码、象征码和文化码都与谜的提出有关。小说采取层层剥笋的手法，将谜一一揭晓，最后集中到阉割及阉割对人的心理影响。他在本书第一节中就指出他的意图在于"了解它（文体）具有怎样的多重意义"。

他的文本结构分析，是要消解传统的社会历史研究为文学文本建立的语境。文本的能指和所指间并无确定关系。现代资本主义文化就建立在能指和所指的确定关系的幻想上。所以破除这种幻想，进行意义的解构具有文化类型研究意义。

4）道德阶段。代表作是《爱情絮语》和《文本的愉悦》（当然也包括他最后一部著作《转绘仪》）。这里"道德"二字不能从一般意义理解。他在"道德"标题下讨论的是享乐、快感、欲望，而都是密切联系话语和文本探究的。

巴尔特是开拓型理论家。他的研究广泛涉及文学、音乐、摄影、绘画、服装等方面，可以说是文化学者。他把结构主义理论和符号学原理用于对经典作品研究，更注重对现实文化现象和文化信息的分析。他一直密切关注先锋文化，把先锋文化放在动荡多变的法国社会大视域中观察，力图对它的产生、存在和作用做出有价值的解释。诸如他对罗布－格里耶代表的新小说、布莱兹代表的音乐新潮、时装文化及抽象画等现象与整个资本主义社会文化结构的关系的分析，至今仍有启发意义。

结构主义批评因受俄国形式主义批评对民间故事叙事结构类型研究的启发，一开始就对叙事作品的结构表现出浓厚兴趣。因此，研究叙事作品结构的理论，即叙事学，应运而生。巴尔特的《符号学原理》和《叙事作品结构分析导论》为叙事学的建立做出了重要贡献。此外，格雷玛斯、托多罗夫等人也都参与了构建叙事学，格雷玛斯的《结构语义学》、托多罗夫的《〈十日谈〉语法》都是叙事学重要著作。不过，使叙事学得到最系统的理论形式和最完备的方法的当推**杰拉尔·热奈特**（Gérard Genette，1930—　）。热奈特就读巴黎高师，最终就任巴黎第八大学教授，同时担任社会科学高等研究院教授。他的论文集，三部《修辞格》（1966、1969、1972，其中包括收入第三卷的专著《叙事话语》)、《文本构建》(1979)、《隐迹本》(1982)和《再论叙事话语》(1983)，构成他叙事学的整个理论大厦。以后他的视点投向与叙事文本相关的问题，如对相关话语(书名、作者名、书评)的研究(《门槛》，1987)，并进而投向关于文学性的研究(《虚构与言传》，1991)。

　　叙事学经典《叙事话语》和《再论叙事话语》阐述叙事学基本原理和方法，适用于史诗、小说、戏剧、电影等不同类属，但关注点主要在小说。托多罗夫曾将叙事分为"故事"(histoire)和"话语"(discours)，而热奈特则进一步将"话语"分为"叙事(话语)"(récit)和"叙事行为"(narration)，从而建立了故事、话语、叙事行为这三层面的叙事学理论。三分法强调"叙事行为"的时间性，对理解作品的叙事结构有一定意义。他偏重文本功能分析，最感兴趣的是托多罗夫所谓"放大的句子"的文本，即从形式结构来进行类似句子语法分析的叙事分析。这种分析从顺序、时距、频率、语式、语态入手。"顺序"包括倒叙、插叙、预叙等，"时距"包括故事发展的时间和叙事行为的时间，"频率"指事件展开的快慢，"语态"研究叙事人与故事的关系。最重要也是最有价值的部分是"语式"，指叙事方式，讨论了"聚焦"，即叙事角度问题。他把叙事"聚焦"分为零聚焦、外聚焦和内聚焦，概括了从古代史诗到现代小说的全部叙事角度。

　　结构主义叙事学是对文学史上叙事作品产生以来叙事方法的理论总结，其产生直接得益于20世纪现代小说的叙事技巧革新。尽管它有形式主义特点，但它深化了人们对小说的认识，有助于把小说研究从内容与形式、素材与技巧等传统的二元论中解放出来，丰富了文本分析方法，并拓展了文学史，尤其小说史研究的视野。

　　被称为"日内瓦学派"的"意识批评"产生于30年代，战后最活跃，60—70 年代进入新批评行列。这个批评流派被称为"日内瓦学派"，因为它的代表人物大都是瑞士人，并曾在日内瓦大学任教。意识批评又称现象学批评，建立在德国哲学家胡塞尔的现象学基本理论上。胡塞尔的现象学认为现代哲学应研究现象在人意识中的反映，而不必深究本体问题。因为任何意识都是对现象的意识，所以"意向性"是意识的重要特征。意识批评以此作为基本理念，把文学批评的任务定在对作者意识意向的追寻或再现。"日内瓦学派"的代表都是法语作家，以研究法国文学为主，所以影响主要在法国。普莱是其代表，另外，还有马塞尔·莱蒙（1897—1981）、让·鲁塞（1910—2002）等人也都很有建树。

乔治·普莱（Georges Poulet，1902—1991）生于比利时，长期在大学任教，先后就职英国爱丁堡大学、美国巴尔的摩大学、瑞士苏黎世大学和法国尼斯大学。1949 年他的重要论著《人类时间研究》第一部分问世（最后一部分 1968 年发表），开始了他的批评家生涯。这部四卷本著作研究了数十位古典和当代作家，多数是法国作家。他通过不同时代不同的时间意识对这些作家进行主题研究，认为时间的概念和意识是人类实践活动的产物，和人类的存在密切相关，是人感觉和思考世界与自身的重要切入点，是重大哲学问题。他指出，不同历史时期人类关于时间的概念与意识有不同内涵。在中世纪，人类相信自己是上帝的造物，人的存在受上帝呵护，作为上帝的子民人能达永恒。到了文艺复兴时期，人类既叹息生命短暂，又为能享受生命的欢乐而满足。时间观念的这种变化在文艺复兴时期作品里得到充分体现。《人类时间研究》现象学色彩浓厚，作者站在哲学家立场上，以文学作品为研究材料，因为它们能为他的论题提供最丰富的文本依据。

他的另一部著作《圈的演变》（1961）研究人类意识的另一范畴：

"空间"。该著作讨论帕斯卡尔、巴尔扎克、福楼拜、波德莱尔、马拉美，重点放在他们对内部与外部关系的感觉，对时空的意识。《批评意识》（1971）讨论了近20位批评家，包括斯塔尔夫人、《新法兰西评论》的批评家、日内瓦学派，及写有批评著作的波德莱尔、普鲁斯特、萨特等，是对意识批评的总结。他把意识批评推向宽泛的概念，认为广义地说意识批评并非新创造，瑞士的博德默尔、德国的施莱格尔兄弟、英国的柯尔律治和哈兹利特、法国的斯塔尔夫人等都用过。德国的赫尔德提出"活阅读"，更接近日内瓦学派的思想。这样，意识批评就淡化成阅读原则，成为对阅读机制的分析。与巴尔特不同，《批评意识》不强调意识批评是新的批评体系，而且竭力在意识批评与传统批评间建立联系。意识批评与其他一些新批评流派例如结构主义批评不同，它没有严密的理论体系和方法，在按照现象学的原理探寻作者意识时，它更多依靠批评家个体的文化和生活经验。意识批评大多从主题切入，又被称为主题批评，但对主题的挖掘、阐释、比较、归纳、建立意指系统，在很大程度上仍靠批评家的主观认识和直觉。他的重要著作还有《普鲁斯特的空间》（1963）、《我与我之间》（1977）、《不确定的思想》（1985，1987，1989）等。

结构主义批评和意识批评都在对社会学批评的否定中构建自身的理论。这里的社会学批评，指包括马克思主义批评在内的注重社会意义阐释的历史哲学批评。它的理论和方法在普鲁斯特的《驳圣勃夫》中已遭怀疑，30年代起又不断被人诟病，及至战后更是遭到猛烈攻击。人们指责它过分关注社会环境与文学作品的关系，忽略了文学文本本身的意义和价值，对真正的"文学性"视而不见。社会学批评还常被指责为机械唯物论、机械反映论，或陈旧的实证论，机械地、教条地在社会存在与文学价值间寻找对应关系。虽然大半个世纪以来社会学批评不断遭诘难和非议，但并没偃旗息鼓。

　　战后法国文学批评中，社会学批评一直占有一席之地，而且取得了可观的成就，其中**吕西安·戈德曼**（Lucien Goldmann，1913—1970）无疑最具影响。戈德曼原籍罗马尼亚，在罗马尼亚、奥地利、法国和瑞士学习过，战后到巴黎，进国家高等研究院工作，后任巴黎高等实验研究学院研究员。他在布鲁塞尔自由大学创立了文学社会学研究中心并任主任。他受马克思主义和卢卡契影响。他的《辩证唯物主义和文学史》（1947）赞成历史唯物主义，提出了文学表达"世界观"。后来他在《文学社会学的发生结构主义》（1964）里，对"世界观"作了解释。他认为，任何一个群体或集团，都能经由整合对现实意义达到大体一致的认识，构成这个群体或集团的"集体意识"，亦即"世界观"。他在《小说社会学》（1965）里指出文学创作"真正的主体是社会集团，而不是个人"。因此，研究文学作品的意义就离不开对这群体或集团的"世界观"的认识。他的这些基本观点都包含在1955年发表的博士论文《隐蔽的上帝》中。这部论著对法国17世纪思想家帕斯卡尔和悲剧作家拉辛，及同他们有密切关系的冉森教派做了深入研究，成为当代法国文学批评社会学学派的开山之作。

　　戈德曼将他的研究方法归结为两个步骤，即"理解"（有时也称作"阐释"）和"解释"。"理解"是寻找作品"意指结构"。"意指结构"是文本内部的结构，虽其构成因素较简单，却有传达整个文本的功能。比如《隐蔽的上帝》考察了拉辛的九部悲剧，发现这些作品中都存在上帝、世界、人这三个"组成要素"。"人"指"悲剧人"，即"有真正意识"、追求至善和绝对真理的人。"世界"指与"悲剧人"对立的若干人物组成的群体。他所谓的"悲剧人"不一定是悲剧主人公。"上帝"有时指神，有时指象征上帝的人物或群体。"上帝"不直接向世人说话，因而总是"隐蔽的"。这样的关系决定了"悲剧人"

拒绝接受充斥着人类各种罪恶和缺陷的"世界"，他（或她）必然孤立无援，在多数情况下必然走向死亡。戈德曼承认，如此这般的"意指结构"会有若干个，批评家必须善于从中选择那个使文本整体得到最充分传达的结构。他认为批评家的阐释不应超越文本，而且不赞成对文本进行象征的解读，不然会把超出文本自身的文化意义赋予文本。他认为"解释"是寻找作品与产生作品的外部条件间的关系。在这点上，他继承了传统的反映论，但他有自己的特点。首先，他力图解释其生成原因，即意指结构，而不是传统反映论关注的作品思想内容。其次，他不仅从政治制度、经济水平、文化背景等方面找答案，而且力图勾画某一社会群体或阶层的"世界观"，寻找其结构特点，进而在这种"世界观"的结构与作品意指结构的对照中寻找答案。

戈德曼提出一个重要概念"功能关联"，用这个概念来划清与传统反映论的界限。功能关联指那些能体现作品与社会群体或阶层的集体意识之间"结构同一性"的关系。他从"意义结构"的角度分析拉辛的悲剧与帕斯卡尔及冉森派思想的共同点，丰富了社会学批评，将之提高到新层次。但他的批评仍暴露出简单生硬的缺点，例如他认为拉辛的悲剧可以看作冉森派"实际经验的移植"，忽略了构成文学作品的其他复杂因素。戈德曼开始文学批评时，结构主义已出现并正形成潮流。他在坚持对文学作品做历史社会学阐释的同时，吸收了结构主义及其他新批评流派的方法，构成自己独特的社会学批评体系。他的批评实践说明，"新批评"和社会学批评可互补。批评的多极化是 20 世纪后半期的显著趋势，多极共存、对立与融合并举成为法国文学批评的基本格局。

第四节　苏联文学

二战中苏联付出了巨大牺牲，取得了伟大胜利，战后复兴国民经济，取得重大成就。战后初期苏联文学界思想活跃，出现一批描绘苏联人民对战争感受的抒情叙事作品。巴甫连科（1899—1951）的长篇小说《幸福》（1947）写复员军人投入恢复生产的忘我斗争。1946—1948年间，联共（布）指导文艺创作出现"左"倾，在《关于〈星〉和〈列宁格勒〉两杂志》（1946）等决议中，粗暴地批评著名诗人阿赫玛托娃、讽刺作家左琴科、著名作曲家肖斯塔科维奇等人的创作；1949年又开展反对崇拜西方文化的反"世界主义"运动。此期，粉饰现实、掩盖社会矛盾的"无冲突"作品流行。

1952年苏共十九大后，出现了社会改革和文学革新新气象。1953年4月，著名女诗人别尔戈利茨发表《谈谈抒情诗》一文，主张写反映矛盾的斗争的诗歌，强调爱情诗的意义，批评无冲突论和无个性论。同年12月，批评家波麦朗采夫发表《论文学的真诚》，批评文学粉饰现实、公式化、概念化，强调写内心感情。文坛开始出现构思新颖、富于批判性的特写和小说。爱伦堡的中篇小说《解冻》（1954）成为这种变化的标志。

1954年12月召开的苏联作家第二次代表大会提出文学要"积极干预生活"，要创造性地发展社会主义现实主义，提倡探讨各种流派。1956年2月，苏共二十大后，如何批判"个人崇拜"和评价斯大林的功过，成为政治与文化生活的重大课题。重新审视历史和尖锐抨击现实生活中的矛盾，成为此后苏联文学的中心内容。1958年发生了《日瓦戈医生》小说事件，苏联文坛继20年代后走向艺术流派多样化，出现作品审美追求迥异的局面，也激化了批评界的论争。

1961 年 10 月苏共二十二大再度批判斯大林后，文学界的分歧深化。从 50 和 60 年代之交开始，自由派的《新世界》杂志和正统派的《十月》杂志的争论愈演愈烈。前者主张文学揭露阴暗面和描写普通人的复杂内心世界，后者则强调写光明面和时代的英雄人物。《真理报》于 1967 年 1 月发表社论《当落后于时代的时候》，认为两者都有片面性，缓和了矛盾。

戈尔巴乔夫上台后于 1986 年 2 月苏共二十七大上提出"重建"社会"新思维"和"公开性"的方针。苏联文学界急剧分裂成自由派、正统派和传统派等多个营垒。1986 年 6 月苏联作家第八次代表大会后，出现了"回归文学"热潮，"回归文学"指 20 至 70 年代未被当时苏联文学界接受而在国外发表的作品。这些作品在 1987—1990 年间相继刊登在苏联文学杂志上。1988 年起以纳博科夫为代表的"侨民文学"也陆续出现在苏联刊物上。上述种种文学，在苏联读者中和评论界引起不同反响。此期，老一代作家邦达列夫、拉斯普京等也发表新作，而年轻作家则描写日常生活中的琐事及反常行为，其创作被称为"另一种文学"。1991 年"八·一九"事件之后苏联解体。

诗歌诸流派　50 年代下半期至 60 年代苏联诗坛群星荟萃。活跃于诗坛的有老一辈诗人阿赫玛托娃、帕斯捷尔纳克、阿谢耶夫、扎鲍洛茨基等；也有以特瓦尔多夫斯基为代表的 30 和 40 年代的诗人，包括马尔夏克、伊萨科夫斯基、普罗科菲耶夫、吉洪诺夫、别尔戈利茨、西蒙诺夫等。前线一代诗人如奥尔洛夫、万申金、伊萨耶夫、德鲁尼娜等都在继续创作。还有以叶夫图申科为代表的响派（大声疾呼派）诗人登场。此外，苏联是多民族国家，加盟共和国的诗人在本地区和全苏范围内享有声誉。

阿赫玛托娃与**帕斯捷尔纳克**的坎坷命运有相似处，但他们的创作却大相径庭。悲剧是前者诗歌的指南，而美好却是后者写诗的原则。阿赫玛托娃有一首《回声》（1960），说往事是血腥的墓穴上的石板，或是紧闭的牢房的门，或是未能沉寂下来的回声。帕斯捷尔纳克的诗《一切都应验了》（1958）也有回声一词，但往事是遥远的逐渐衰减的回音。50年代后期帕斯捷尔纳克将他最重要的诗作结集为《雨霁》，其中的诗仍保持了把个人融入大自然的特点，但一反早期的晦涩，各种比喻和联想都可以理解。阿赫玛托娃晚期写作在技巧、语调和韵律等方面更成熟，题材扩大了，写一代人和国家的命运。历经22年而于1966年定稿的《没有主人公的长诗》结合个人感受、富于哲理思考，是她回忆俄罗斯半个世纪历史的反思性作品。

亚罗斯拉夫·斯麦利亚科夫（Ярослав Васильевич Смеляков，1913—1972）生在乌克兰铁路工人家庭，中学毕业后到印刷厂附属学校学习，当排字工。他为第一个五年计划中共青团活动的气氛陶醉，著名的诗体中篇小说《严峻的爱情》（1956）就以这段生活为背景。1932年他出版了第一本诗集《工作与爱情》，以后又有《诗集》（1932）和《幸福》（1934）。1934年他被捕，三年后平反出狱，卫国战争中参战，1941年秋当了俘虏，1944年停战交换俘虏回国，在矿井工作。1945年他调到乌克兰一个地方报社，后回莫斯科定居。

遭受战争磨难后他的诗歌风格与战前明显不同。战前的诗幽默，语气轻松而略带嘲讽；战后的诗严肃凝重。他著名的诗篇《克里姆林宫的枞树》通过描写树木和景致，赞颂高尚的品格和崇高的精神境界。50年代以来，他的诗越来越受读者和评论界重视。晚年两部重要诗集是《俄罗斯的一天》（1962）和《年轻的人们》（1968）。深受读者喜爱的诗体中篇小说《严峻的爱情》共五章，约一千行，倾注了诗人对30年代火红岁月的深厚感情和对那一代青年的爱。他不赞成共青团积极分子简单化的工作方式，却又十分爱护他们天真稚气的纯朴革命热情。诗中共青团员们指责一个女共青团员织毛线是小市民气，结果发现她是在完成母亲一直想给当红军的丈夫织条围巾的遗愿。"严峻的爱情"表露对过去年代的怀念，包括那时使用的粗木桌子、板凳，蹩脚的煤油炉；也调侃第一个五年计划期间青年们不屑谈爱情，工业化是第一位，但这些"禁欲主义者"毕竟产生了爱情。在他的几部长诗中，《严峻的爱情》最有影响。

奥尔加·费奥多罗夫娜·别尔戈利茨（Ольга Фёдорвна Берггольц，1910—1975）生在医生家庭，从小结识了阿赫玛托娃，她们的友谊保持终生。她还聆听过高尔基的教导并与他长期保持通信联系。1934年她发表第一本诗集《诗钞》，柔弱，言犹未尽。卫国战争时她的诗歌更成熟，感情真挚。列宁格勒被围困期间她在该市电台工作，用诗歌参加战斗。长诗《二月日记》（1942）就是此期代表作。50年代初她就无冲突论对抒情诗的危害发表议论，提出"自我表现"的论点，引起争论。她后期的诗更深沉，如50年代的诗《摘自途中来信》写爱情，也阐明她"自我表现"的论点。她还写了记述卫国战争时塞瓦斯托波尔人功勋的诗体悲剧《忠诚》（1954）、自传体散文集《白天的星星》（1959）。

随着50、60年代苏联国内外政治生活动荡和变化，一批年轻诗人登上游艺舞台，在大厅、广场、电台朗读自己的诗作。这些诗反映现实迅速，争辩性强，能激发共鸣。他们被称为"响派"（"大声疾呼派"），要清算父辈的过错，重新安排这个世界，但他们的思想也不同。响派诗人有叶夫图申科、沃兹涅先斯基、罗日杰斯特文斯基等。

罗伯特·罗日杰斯特文斯基（Роберт Иванович Рождественский，1932—1994）在响派诗歌兴起时脱颖而出。响派衰落后，他的诗仍保持政论性特色，始终反映现实和实际生活的迫切问题。他生在阿尔泰边区职业军人家庭，卫国战争中父母上了前线，他在保育院度过

童年，战后曾在高尔基文学院学习。第一本诗集是《春天的旗帜》
（1955），一生著有 40 多册诗集。响派诗歌热情奔放，鲜明易懂，但
缺乏深度，像押韵的散文。

他的诗歌题材包括国内外政治生活和日常生活大小事，揭露社
会不良现象，歌颂急公好义。他的诗大多粗犷，但也不乏耐人寻味
的形象和奇特的比喻，例如形容时钟指针移动"如同剪刀，/ 很快就
要刃合锋交，/ 于是，我活过的 / 永不复返的 / 一个钟头 / 就被剪掉"
（《二百一十步》）。有些想象富于浪漫色彩，如在《云》这首诗中要
割下一块蓬松可爱的云彩来。长诗《二百一十步》（1978）是代表作，
具有马雅可夫斯基那种公民立场和创新精神，构思新颖，共十四章，
二千余行。诗人午夜在莫斯科红场上听着克里姆林宫塔楼上的钟声
和哨兵从塔楼门内迈正步到列宁墓换岗的二百一十步回响，浮想联
翩：从国内到国外，从个人到全世界都做评述，讲革命传统、共和
国的艰苦劳动及浴血战斗。长诗既叙事，也抒情，有政论性议论，
也有哲理思考。

当响派朗读诗歌博得掌声时，另一些诗人，如索科洛夫、鲁勃
佐夫等则不太引人注目地写大自然，写农村景色。如弗拉季米尔·索
科洛夫（1928—1997）的诗集《途中之晨》（1953）、《雪下的草地》
（1956）、《在向阳处》（1961）、《不同的年代》（1966）、《谢谢音乐》
（1978）等。他的诗着重写对自然、艺术和生活的感怀与思考，笔
触细腻。这类诗人被称为静派（"悄声细语派"）。"静派"和"响派"
都因诗歌风格得名。但这派诗人也写出不同风格的诗，如前线一代
诗人尼古拉·斯达尔申诺夫（1924—1998）也被称为静派。前线一
代诗人的代表谢尔盖·奥尔洛夫（1921—1977）后来也写哲理诗。
70 年代末，"响派"或"静派"的称谓逐渐消亡。

与静派最相近的是怀乡诗歌，注重写农村。该派诗人阿纳托利·

日古林（1930—　　）也被称为静派。他作为"北方歌手"进入诗坛，主要诗集有《路轨集》（1963）、《极地之花》（1964）、《明朗的日子》（1970）、《闪烁的桦树皮》（1977）等。他是哀伤诗人，但是灿烂的悲愁。他写北方草原的农村、战争和战时童年的回忆，如《路轨》（1959）写战时饥饿的痛苦，在零下40度的严寒中筑路。如《红莓》（1976）既讲家乡景色，又讲战争记忆，写人民的命运。诗人把雪地中耀眼欲燃的红莓果比为血滴，而把黑莓果比为累累弹痕。日古林和其他怀乡诗人常用"记忆"这词对个人走过的道路、人民的经历和祖国的命运予以哲理性概括。"心灵"这个词也为怀乡诗人使用，它也指记忆。怀乡诗人还有阿纳托利·佩列德列耶夫（1932—1987）、女诗人奥莉加·福基娜（1937—　　）及当过矿工和农民的弗拉季米尔·齐宾（1932—2001）。

"弹唱诗歌"始于60年代，70年代达到高潮。它由歌手弹着吉他演唱，内容大多根据现实生活编撰，鞭挞丑恶现象，表达普通人心声，以录音形式流传。这类诗人中，有曾是前线一代又是响派诗人的布拉特·奥库扎瓦（1924—1997）等，而**弗拉季米尔·维索茨基**（Владимир Семёнович Высоцкий，1938—1980）则是他们的代表。他逝世前16年是剧院演员，每年要在一两个剧中扮演角色，还要在一两部电影中当演员。此外，他还经常录制唱片和广播剧，并在音乐会上演唱。他自编自唱，平均每月写三四首歌曲，一生创作了六百多首诗和歌。逝世一年后第一本诗集《神经》出版，收入了不到他全部作品四分之一的诗歌。他的诗和歌切中时弊，有时不规范，用语有时粗俗，但赢得普通听众欢迎。

60、70年代出现了新的侨民诗人。他们有的是主动流亡，有些是被驱逐出境，分散在世界各地。他们诗作表达在异国他乡的处境，抒发怀念故土之情，但有不同政见。最著名的是**约瑟夫·亚历**

山大罗维奇·布罗茨基（Иосив Александрович Бродский，1940—1996），1987 年获诺贝尔文学奖。他生于列宁格勒犹太家庭，很早辍学，干各种杂活。由于写不合时宜的诗，他两次被送入疯人院，1964 年因"游手好闲"被流放北部边疆，70 年代被驱逐出境，后加入美国国籍。60 年代以来他出版了《长短诗集》（1965）、《荒野中的停留》（1970）、《美好时代的终结》（1977）等诗集，描写时间、空间、死亡、衰老，展现生命这一主题。1990 年他在莫斯科出版了诗集《语言的部分》（初版 1977）。

50—70 年代长诗有很大发展，大都联系现实和历史，并加以思考。弗拉季米尔·卢戈夫斯科伊（1901—1957）的长诗《世纪的中叶》（1942—1957）讲一个无知的孩子成长为布尔什维克。这部诗作由 25 篇长诗组成，被称为"长诗之书"。70 年代中期，阿纳托利·普列洛夫斯基（1934—2008）将描述西伯利亚历史和现实的六部长诗组成《世纪之路》，称为"长诗总汇"。在瓦西里·费奥多罗夫（1918—1984）的长诗《唐璜的结婚》（1973）中，传说中放荡不羁的唐璜在新社会结了婚并得到改造。此期的长诗倾向各章互不相关，用一个主题思想统一起来。重要长诗还有叶戈尔·伊萨耶夫（1926—2013）1980 年获列宁奖的《记忆的审判》（1962）和《记忆的远方》（1976）。前者写三个被苏军俘虏的德国士兵，其中的霍尔斯特顽固不化，在梦中受到以弱小的赤脚妇女形象出现的"战争的记忆"的审判。这部作品是俄国文学中个人与历史主题的继续与发展。后一部没情节，探讨俄罗斯人民的历史道路及力量泉源。全诗十章都有标题和对日常场景的描述，渗透着对历史的思考。《记忆的审判》讲罪恶的根源所在，而《记忆的远方》则探讨崇高道德的源泉。诗人于 1984 年又发表了长诗《我的秋天的田野》和《第二十五小时》。

爱德华达斯·梅热拉伊蒂斯（Эдуардас Межелайтис，1919—

1997）生于立陶宛，父亲是磨坊工人，母亲务农。他曾在大学法律系就读，1943 年加入共产党，卫国战争时任立陶宛随军记者，1935 年开始发表作品，1974 年获社会主义劳动英雄和立陶宛共和国人民诗人称号。诗集有《抒情诗》（1943）、《祖国的风》（1946）、《复活的土地》（1951）、《异国的石子》（1957）、《旋转木马》（1967）、《叙事小诗》（1975）、《哑剧》（1980）等。

　　他的代表作是诗集《人》（1961），由 31 首以人为主题的哲理抒情诗组成，于 1962 年获列宁奖。高尔基写过散文诗《人》，马雅可夫斯基有长诗《人》。但他们是诅咒资本主义对人的压抑，向往解放，歌颂人的伟大。梅热拉伊蒂斯在继承传统的基础上写赢得了反法西斯战争胜利、摆脱了个人迷信时代的困惑并在征服宇宙方面取得突破性进展时期的人。50、60 年代，苏联诗坛涌现反对写千人一面诗歌的浪潮，是对个人迷信盛行期诗歌程式化的反拨。他的诗作《人》在这种背景下写成，其中有的篇章与人身相关，如手、血、心、眼睛、声音、头发、嘴唇、思想、名字等。它们有生理上或物理上的意义，也有社会意义，可以联想到人的命运及使命，感到人是自然的一部分，又是自然的主宰。如血液是滚动的江河瀑布；心是劳动人民的旗帜，是承受一切痛苦的处所；眼睛是打中敌人心脏的子弹；手是劳动的自由的手，可以钳住敌人血腥的手，也可握紧同志和朋友的手。与人体没直接关联的篇章也都离不开人的参与，如《音乐》一诗中说，要提高声音，用歌声征服乌云。他诗歌中的人平凡又伟大，有崇高理想和道德情操，有伟大的人格力量。诗集中献给第一位宇航员加加林的诗很有意义。

　　尼古拉·米哈伊洛维奇·鲁勃佐夫（Николай Михайлович Рубцов，1936—1971）是静派主要代表之一，生在农民家，父亲在卫国战争中牺牲。他在保育院度过幼年，后毕业于技校，曾在渔轮上当司炉，做过浆纱工。1954 年他开始发表作品，1962 年入高尔基文学院学习。1965 年他的第一本诗集《抒情诗》问世，接着 1967 年的诗集《田野上的星》引起广泛关注。生前还有诗集《心灵的保留者》(1969)《松涛回荡》(1970)。死后出版《绿色的花》(1971)、《最后的轮船》(1973)、《抒情诗选》(1974)、《车前草》(1976)。他是具有叶赛宁风格的农村歌手，但最倾心于勃洛克，认为没有生活的隐秘就没有诗。他笔下的田园景色宁静，水潭深邃，小河雾茫茫，乌鸦悠闲。他的俄罗斯农村虽优美、宁静，却悲戚，如诗里提到埋葬母亲的坟场和"父亲饮弹疆场"时的悲戚。他的诗较低沉，但富于哲理。

叶夫盖尼·亚历山德罗维奇·叶夫图申科（Евгений Александрович Евтушенко，1933—2017）卫国战争开始后被疏散到伊尔库茨克州，战后返回莫斯科，1951—1954 年在高尔基文学院学习。他 16 岁就在报刊上发表诗作，1952 年出版第一本诗集《探察未来的人们》，共有诗集四十余种。抒情诗集主要有《第三场雪》(1955)、《历年诗钞》(1959)、《苹果》(1960)、《联络艇》(1966)、《白雪纷飞》(1969)、《歌唱的堤坝》(1972)，叙事诗主要有《勃拉茨克水电站》(1965)、《在自由女神的表皮下》(1971)、《妈妈与中子弹》(1986)。除了诗歌创作和诗歌翻译，他还写了不少诗歌评论，写了长篇小说《浆果之乡》(1981)、电影剧本《我是古巴》(1963)、自传体电影剧本《幼儿园》(1982)。他自导自演了《幼儿园》，并在电影《起飞》中扮演主角（此片获 1979 年第 11 届莫斯科电影节银质奖）。他还爱好摄影，举办摄影展。他有几十首诗被谱成流行歌曲，如《俄罗斯人要不要战争》(1961)等。肖斯塔科维奇根据他的诗写了《第十三交响曲》(1963)。

叶夫图申科是使诗歌登上舞台、进入广场的响派带头人之一。

他拥有广泛的读者和听众，十万多册他的诗集一上市就被抢购一空。他自称代表苏共二十大后谴责个人迷信的一代年轻人，要在急剧变化的时代充当变革的号手。他抨击时事、揭露和批评社会弊端的诗很多，如《等等》（1956）、《会有怎样的清新》（1956）、《请把我当作一名共产党员》（1960）等。1963年他在法国《快报》发表自传《苏维埃政权下的一个时代儿的自白》，提出"父与子"两代的矛盾，在国内受到批评。作为回答，他写了《惩罚营之歌》（1963），说他虽受罚，但仍爱国。之后，他到极艰苦的北方旅行，开阔了眼界，丰富了内心世界。《长久的呼唤》（1963）这首诗讲他出行的一次遭遇，说过去自视很高，面对众多听众朗读他的诗，现在隔河喊不到摆渡人，被雨水打成落汤鸡。由此，他感到自己的语言苍白无力（《啊，我的语言，你多么软弱！》，1963），又怀疑人民是否需要他的诗（《公民们，请你们听听我哪！》，1963）。生存的意义是什么？诗人的使命是什么？他在《在佩乔拉河上》（1963）中提出这样的问题，后来在一艘给岛上居民运送生活必需品和传递信息的联络艇上找到了答案。诗像联络艇。很平常，却必不可少，对人民有益。

　　另外，战争的苦难在他幼小的心灵中留下了深深的烙印。他描写了战争时期后方人民艰辛的生活。如《婚礼》（1955）通过小男孩的眼睛写战时后方的一场婚礼，《蜂蜜》（1960）讲饥寒交迫的1941年，还有《同行的女伴》（1954）、《香肠之歌》（1968）等。《娘子谷》（1961）则记录希特勒分子在基辅郊区娘子谷杀害数万居民的罪行。他也写了大量爱情诗，有的庸俗直露，有的真挚深沉。诗集《挥手》（1962）中有访问欧洲、非洲及古巴等地的诗。他关注国外重大事件，用主人公独白表现在国外捕捉的事件及当事人心理，如《一位美国作家的独白》（1960）、《一位西班牙导游的独白》（1968）等。

　　诗歌口语化与风格散文化是他创作的特点，这在他的长诗中尤为突出。50 年代中期到 80 年代中期他创作长诗 16 部，如评论资产阶级社会所谓民主和自由的《自由女神的表皮下》，章节中还杂以报道性散文。以保卫和平为主题的《妈妈与中子弹》是无韵散文诗。他较好的长诗《勃拉茨克水电站》共 26 章，讲的问题广泛，由独立的、有故事情节的诗体短篇小说组成。除历史人物，他还塑造普通劳动者和共产党员形象，讴歌创造性劳动和崇高的感情，展现心灵的美。

安德烈·安德烈耶维奇·沃兹涅先斯基（Андрей Андреевич Вознесенский，1933—2010）从小喜欢建筑、绘画和诗歌，最终选择了诗歌创作。从十三四岁起他就与帕斯捷尔纳克交往，最早的习作很像这位前辈的作品，到 1957 年他才写出具有自己风格的诗《戈雅》。他历年出版的抒情诗集主要有《镶嵌画》（1960）、《长诗〈三角梨〉中的三十首离题抒情诗》（1962，后增为四十首）、《反世界》（1964）、《声音的影子》（1970）、《大提琴似的柞树叶片》（1975）、《玻璃镂花工匠》（1976，1977 年获苏联国家奖）、《诱惑》（1978）等，长诗有《工匠们》（1959）、《隆茹莫》（1963）、《奥扎》（1964）等。

他善用联想和比喻来反映各种现象的相互联系和转化。他爱用奇特的比喻，比如把飞行的海鸥比作神的白色游泳裤叉；把摩天大楼比作头朝下插在地球里的叉子；把天上的繁星看作麇集的细菌等。有些深奥曲折的隐喻很费解。他追求形式优美和独创性，比如用电报式的语言写诗，使用外来语，生造一些词，因此他的诗歌晦涩，朦胧。《长诗〈三角梨〉中的三十首离题抒情诗》表现诗歌有自己的独立生命、性格，它不顾作者的意志，不遵循语法规则，引起极大争论。这也是他作为响派代表的特点：强调争辩性，以引起读者或听众注意，产生反响。他极大地丰富了诗歌语言，高雅或低俗的词汇无不可入诗。他的题材很广泛，既抨击时事、鞭挞社会腐败现象，也写身边琐事，如《挑拨是非者颂》（1958）、《精神上的淫秽》

（1974）、《殴打妇女》（1960）等。因诗风独特，有人称他时髦诗人，但他的作品有传统的继续，如他与马雅可夫斯基作品的共同点。在西方，他被推崇为俄罗斯先锋派诗的代表，受到帕斯捷尔纳克、肖斯塔科维奇、聂鲁达、毕加索等的高度评价。但对他的作品，如《戈雅》也引来不同的意见。该诗以西班牙画家戈雅（1746—1828）的自白讲述，称自己"是战争的声音"，"是饥馑"。这首诗充分利用比喻和联想，描述卫国战争全过程。诗行长短不一，节奏紧张，一气呵成，并大量使用俄语元音"a"和"o"构成的音节，读起来如悲号、怒吼和欢呼。这首诗发表后受到不少指责，但却受到读者喜爱，被收入各种选本，并被谱成歌曲，制成唱片发行。

小说新潮流 苏联文学向来具有强烈的社会使命感，50年代初起表现生活中的矛盾和冲突，积极干预生活，成为文学新课题。奥维奇金（1904—1986）率先在《新世界》杂志上发表特写集《区里的日常生活》（1952—1956），尖锐地暴露集体农庄的众多问题和领导的官僚主义、行政命令作风，开拓了批判性问题小说潮流。这股新潮流还深化为道德良心问题探讨，并从农村问题扩及城市社会生活各领域。1956年批判个人崇拜后，这潮流又同对历史和现实的思考结合，形成各种反映不同社会政治观点的小说思潮。女作家尼古拉耶娃（1911—1963）的长篇小说《途中的战斗》（1957）以克服前进中的困难为主旋律，描绘此期动荡的社会生活。杜金采夫（1918—1998）的长篇小说《不仅为了面包》（1956）则写一个物理教师的发明屡遭官僚主义者刁难。

战后，苏联反法西斯战争的小说持续涌现，形成多种流派。1946年维克多·涅克拉索夫（1911—1987）的中篇《在斯大林格勒的战壕里》引起文坛轰动，标志战争小说新流派萌发。肖洛霍夫的短篇《一个人的遭遇》（1957）以传统手法塑造主人公的英雄性格，突出人道主义，描绘战争中的悲欢离合，战争小说进入崭新阶段。50 年代中后期到 60 年代中期，邦达列夫、巴克兰诺夫、贝科夫、阿纳尼耶夫（1925—2001）等以写实主义手法描绘战场或战役，继承了战时文学的英雄主义，突出普通战士，表达了对战争的人道主义思考。这小说流派被称为"战壕真实派"，后来向探索战争的伦理方向发展。

另一方面，以邦达列夫的小说《热的雪》和西蒙诺夫的三部曲《生者与死者》为标志的战争"全景小说"兴起，将"战壕真实"的描写与"司令部真实"的描写结合，以史诗的视野严肃思考战争进程，客观评价战时领导者的历史作用。此期，相继出现了恰科夫斯基（1913—1994）的长篇小说《围困》（1968—1979）、斯坦德纽克（1920—1995）的三部曲《战争》（1970,1974,1980）和《莫斯科——41 年》（1984—1989）等著名的史诗性小说。

与此同时，形成了"农村散文派"，探索和表现传统民俗、道德伦理和农民纯朴、刚强的性格。代表作家有阿勃拉莫夫、阿斯塔菲耶夫、舒克申、拉斯普京等，他们探讨人与自然、生态保护，或描绘城乡生活差别与道德联系，或塑造纯朴农妇的美德，并在叙述模式、艺术结构、性格塑造多样性、民间语言的吸收等方面取得显著成就。

抒情叙事小说也成为战后小说新潮流。卡扎科夫（1927—1982）的短篇小说集《在小站上》（1958）和《拖网》（1959）在美丽大自然的背景下抒发人与人感情的珍贵。瓦西里耶夫（1924—2013）以浓厚的抒情笔调描绘战时英勇女战士的名篇《这里的黎明静悄悄》（1969）享誉国内外。特罗耶波利斯基（1905—1995）的中篇《白比姆黑耳朵》（1971）通过一只狗的悲惨遭遇，以动物人格化、细致的心理刻画和抒情写意，大胆针砭现实生活中冷酷、欺诈、残暴和自私，阐释弃恶扬善主题，受评论界大力推崇。著名的吉尔吉斯小说家艾特玛托夫的作品既有抒情叙事特色，又有"农村散文派"特征。

60 年代末到 80 年代，苏联小说中反映社会生产和科技革新的传统题材复苏，形成将历史和现实、国内和国际、宇宙和人类交汇进行哲理思考的综合性小说创作倾向。如阿纳尼耶夫的长篇《没有战争的年代》（1975—1984）、格拉宁的长篇《一幅画》（1980）、冈察尔的长篇《你的霞光》（1980）。50 年代末到 60 年代初，"青年散文"派的小说一度风行。其代表作家维·阿克肖诺夫（1932—2009）采取同西方"垮掉一代"类似的思想立场和艺术趣味创作，如中篇小说《带星星的旅行券》（1961）、《前往月球的半路上》（1962）、《摩洛哥的橙子》（1963），反映社会生活和青少年心理。

1962 年，**亚历山大·伊萨耶维奇·索尔仁尼琴**（Александр Исаевич Солженицын，1918—2008）发表短篇小说《伊凡·杰尼索维奇的一天》，描绘集中营生活，引起激烈争议。他写集中营的代表作《古拉格群岛》（写于 1958—1968 年，1973 年在巴黎开始出版）带有反苏色彩，未能在苏联发表，他也于 1974 年被驱逐出境，苏联解体后 1994 年回国。这类主题的小说大多在 80 年代后期的"回归文学"热潮中出版，但作者的政治倾向不尽相同。东布罗夫斯基（1909—1978）在描绘自己蒙冤受难的长篇《无用之物系》（1988）中批判肃反扩大化，也描绘苏联人的高尚品德。雷巴科夫（1911—1998）的长篇《阿尔巴特街的儿女》（1988）涉及 30 年代后期的政治事件和历史人物，颇有争议。此外，还出现了焦点集中于 30 年代初农业集体化过火行为的小说，如扎雷金（1913—2000）的中篇《在额尔齐斯河上》（1964）和莫扎耶夫（1923—1996）的长篇《农夫和农妇》（1976，1987）。70 年代起，皮库利（1928—1987）以描绘俄国历史发展为目标，先后发表《以笔和剑》（1970）、《铁腕首相们的战斗》（1977）等系列小说，语言通俗，内容丰富，十分畅销。巴拉

肖夫（1927—2000）的历史小说《伟大诺夫哥罗德的公民》（1970）
大量吸收民间语言，并富于哲理性。

维拉·费奥多罗夫娜·潘诺娃（Вера Фёдоровна Панова，
1905—1973）思想敏锐，善写日常生活，富于同情心和抒情风味。
她自幼家境贫寒，1922年在《顿河劳动报》编辑部工作，开始尝试
写小品文、短篇小说和电影小说。1937年后她移居乌克兰、列宁格
勒、莫斯科等地，并发表两部剧本：《伊里亚·科索戈尔》（1939）
和《在旧城莫斯科》（1940）。卫国战争期间，她采访列宁格勒一列
救护列车的英雄业绩，以清新、纯朴的散文写成她的成名作中篇《旅
伴》（1946）。小说用电影蒙太奇手法，描绘救护列车的政委、女护士、
老军医等人战前的生活、战时的活动和他们的思想感情，也揭露了
一个军医的自私。

作者的长篇《一年四季》（1953）对照过去与现在来写战后苏
联生活。小说围绕三个家庭展开。女主人公是某市苏维埃执委会副
主席，与胡作非为的儿子决裂。工人出身的商业局长侵吞公款，事
发后开枪自杀。目光敏锐的青年工人萨沙，母亲因战争守寡走上了
堕落道路。作者揭示了50年代苏联的崇高理想、纯洁情操与败坏的
道德风气的矛盾。50年代后半期她发表了描绘20年代苏联生活的回
忆性长篇小说《感伤的罗曼史》（1958）、以孩子的眼光审视世界的中
篇小说《谢廖沙》（1955）等。后者被译成多种外文，1960年拍成电
影，获国家电影奖。60年代她创作了剧本和电影剧本，如《送别白夜》
（1960）、《久别重逢》（1966）。她的遗作是回忆录《关于我的生活、
书籍和读者》（1975）。

弗谢沃罗德·阿尼西莫维奇·柯切托夫（Всеволод Анисимович
Кочетов，1912—1973）种过地，打过鱼，当过造船工人。在农业
技术学校毕业后他曾在国营农场当农艺师，卫国战争时在前线采访。

50 年代他先后担任苏联作协列宁格勒分会书记和苏联《文学报》主
编。他于 1934 年开始创作，战后发表了战争题材的《在涅瓦河平原
上》（1946）、写战时集体农庄庄员忘我劳动的《市郊》（1947）和探
讨俄罗斯民族性格的《涅瓦湖》（1948）等中篇。他擅长写工人生活，
长篇《茹尔宾一家》（1952）是成名作。小说以某造船厂的技术改造
为线索，描绘茹尔宾一家三代优秀的造船工人和工程师与造船厂同
命运共呼吸的生活激情。另一部长篇《青春常在》（1954）写冶金研
究所的新任所长为改变该所的停滞落后而斗争。

　　他的长篇《叶尔绍夫兄弟》（1958）表现了苏联社会思想动荡，
有强烈的论战性。小说以 1956 年苏共二十大前后为背景，围绕某
一滨海城市大型炼钢厂的生产和一个剧院的演出来展现矛盾和冲突。
他仍以工人世家为主人公，写深受战争创伤的叶尔绍夫兄弟既是拥
有科学知识的新一代工人，又具有崇高情操和忘我精神。小说成功
地塑造了纯朴的年轻女工程师、画家、演员、市委书记及其女儿等
人物，成为 50 年代中后期苏联生活的画卷。长篇《州委书记》（1961）
暴露某州委书记弄虚作假、专横跋扈和官僚主义，歌颂新书记实事
求是、为群众利益着想，并反映了对个人崇拜的思考。以国内战争
为题材的长篇《落角》（1967）献给十月革命 50 周年，再现了列宁
格勒遭白卫军进攻，歌颂在列宁领导下的红军和工人武装粉碎白卫
军的英雄事迹。长篇《你到底要什么？》（1969）揭露 60 年代西方势
力以艺术活动为掩护，在苏联搞间谍活动和思想文化渗透。

　　弗拉基米尔·费奥多罗维奇·田德里亚科夫（Владимир
Фёдорович Тендряков, 1924—1984）卫国战争时期入伍，因伤退役。
1946 年他进入莫斯科电影学院艺术系学习，次年转入高尔基文学院。
他从 1947 年开始发表作品，回忆卫国战争经历和见闻。50 年代初，
文坛崛起了揭露集体农庄矛盾和冲突的奥维奇金流派。田德里亚科

夫追随奥维奇金的特写文学，在十个月内接连发表三篇引起社会反响的作品。中篇《伊万·楚普罗夫的堕落》（1953）揭露一个集体农庄主席由诚实、积极工作到独断专行、营私舞弊、腐化堕落。特写《阴雨天》（1954）抨击某区委书记的官僚主义，他不顾当地的实际条件和连绵的阴雨天，强迫庄员春播，导致颗粒无收。中篇《不称心的女婿》（1954）写浓厚的私有化观念引发农民家庭矛盾。这些作品尖锐地暴露现实问题，使他驰名文坛。中篇《结》（1956）写某区委更换了几任领导，他们有的勤勤恳恳，有的雄心勃勃，都想扭转农业落后的面貌，但都因官僚主义和命令主义积重难返，解不开摆脱困境的"死结"。50年代下半期起，社会道德和个人道德的主题逐渐在苏联文学中占显著地位。他的中篇《路上的坑洼》（1956）是最早表现该主题的作品之一。小说写一辆卡车在去车站取货的路上翻车，一个小伙子受重伤。乘客中有位拖拉机站站长死抱僵硬教条，不肯派拖拉机送伤员去医院，说不能把国家财物派不正当用途。因耽搁，伤员死去。作品严厉鞭挞了官僚主义者。他还有中篇《审判》（1961）、《短路》（1962）等名著，也引起批评界争议。70年代后他的创作逐渐扩展到学校和家庭教育，发表了《毕业典礼后的夜晚》（1974）、《月蚀》（1977）等中篇。《六十支蜡烛》（1980）写一个老教师在60岁生日时陷入沉思，发现他一生没教给学生思考能力和"爱惜人"的伦理，培养出一些"鹦鹉学舌的人""像冷血动物似的人"。作者早期多创作写实主义的"问题小说"，晚期则以幻想色彩和心理分析的反思小说为主。

　　尤里·瓦西里耶维奇·邦达列夫（Юрий Васильевич Бондарев，1924—　）1942年应征入伍，在炮兵部队两次负伤。1946—1951年他在高尔基文学院学习，1949年开始发表短篇作品。第一部中篇小说《指挥员的青春》（1956）受到评论界重视。接着他又发表了《营请求火力支援》（1957）和《最后的炮轰》（1959）。这两部中篇体现了"前线一代"作家描绘"战壕真实"，他成为该派代表，1972年获列宁文学奖。

《营请求火力支援》写1943年秋苏军反攻，去解放第聂伯河对岸城市，但遭德寇拼死抵抗。苏军两个营渡河，被敌人围住，等待师部火力支援和进攻。此时，师部突然接到命令与另一个师会合，从城北发动总攻，城南这两个营牵制和迷惑敌人。他们形势危急，许多官兵牺牲。步兵营长坚定地与士兵同生死，炮兵连长在仅有的两门炮被击毁后，参加了步兵战斗，与敌人坦克搏斗，最终突围，带领四名士兵返回司令部。这部小说描绘苏军的英雄主义，也显示出作者对人道主义的探求。《最后的炮轰》写1944年苏军一个炮兵连在波、捷交界处阻击德寇。小说以炮兵连长为中心，战壕里的战斗十分逼真。激战两昼夜后苏军损失惨重，战士一个个牺牲，大炮一门门被摧毁。赶来增援的苏军以为官兵全部阵亡了，便一阵猛轰，坚持到底的连长死于自己人的炮火。这里作者再次提出战争的悲剧问题。作品中还有爱情，进一步展开战争的善与恶主题。

此期苏联文坛涌现一批"战壕真实"与"司令部真实"结合的作品。邦达列夫的长篇《热的雪》（1969）具有代表性。它取材斯大林格勒大会战中关系全局的一次阻击战。小说沿两条线展开：以炮兵排长为中心的前沿阵地浴血奋战和以集团军司令为中心的运筹帷幄。两条线时分时合，以集团军司令亲临前线为交汇点，形成完整结构。小说采用严峻的纪实笔法，洋溢着乐观的英雄主义，塑造出精神饱满、富于人情的主人公。

1975年，作者发表了著名长篇《岸》，故事如下：1945年5月苏德战争临近尾声，苏军某炮兵连进驻柏林附近小镇，排长与镇上姑娘发生恋情，但战后的冷战使他们天各一方。70年代初，他作为苏联作家应汉堡文学俱乐部邀请到联邦德国访问，请他的正是当年的爱人。几十年来她一直等他，两人相逢沉浸在苦涩又甜蜜的回忆中。他悟出了人类出于本性都在期待幸福的彼岸。小说中战时与战后、东方与西方、往昔与未来交织，叙事与抒情、纪实与梦幻、思辨与论争、回忆与沉思交替。其他长篇还有《寂静》（1962—1964）、《选择》（1980）、《演戏》（1985）、《诱惑》（1991），大型史诗电影剧本《解放》（与别人合写），抒情短篇集《瞬间》（1976—1982）等。

格里高利·雅科夫列维奇·巴克兰诺夫（Григорий Яковлевич Бакланов, 1923—2009）卫国战争爆发时从学校报名入伍，曾任炮兵营上尉侦察队长等职，到过乌克兰、摩尔达维亚、匈牙利、奥地利等地，经历了多次战役，对前线枪林弹雨下的出生入死有刻骨铭心的记忆。战后他曾就读高尔基文学院，50年代开始文学创作，成为"战壕真实派"著名小说家。除了成名作《一寸土》（1959），他还有《四一年七月》（1964）、《永远19岁》（1979）和《小兄弟》（1981）等作品。《一寸土》写1944年苏军在解放摩尔达维亚首都的战役中，与德寇争夺德涅斯特河对岸一个据点的战斗。战斗十分激烈，苏军以巨大牺牲夺回了这个方圆不到两公里的据点。小说无连贯情节，通过炮兵连长的经历和感受，以第一人称从一个侧面揭示战斗情景。除浴血奋战，还讲述战士和下级军官忍受饥渴和疾病的痛苦。小说将"战壕真实"发挥得淋漓尽致，其战争惨景引起争议。小说洋溢着"不能把祖国的一寸土地交给敌人"的英雄主义，用戏剧性心理描写揭露战场上的懦夫行为给战友带来的严重后果。

70年代末战争题材作品更突出爱国主义、英雄主义和国际主义，并渗透哲理性，艺术深度加强。此时发表的《永远19岁》在主题、人物性格刻画和艺术风格上都有许多拓展和创新。作者没有着重写战斗中的非凡业绩，而是通过19岁的中尉对待自己的职责、军人荣

誉和爱情的态度，以及对战争、人类命运、历史动力的深思，还有
对未来幸福的憧憬，来表现他的纯洁、正直、充满朝气、富于同情
心和自我牺牲的高尚品格。当他所在的部队向敖德萨挺进，他母亲
和未婚妻已提前捎来对他 20 岁生日的祝贺时，他不幸牺牲。小说是
在战争胜利 35 周年时对永远留在战场上的战友们的深沉怀念。

瓦西里·弗拉基米罗维奇·贝科夫（Василий Владимирович
Быков，1924—2003）是白俄罗斯作家，卫国战争期间他先后在步
兵和炮兵部队服役，任排长、营长，战后又服役十年，1955 年转业
到报社工作。他于 1949 年开始发表短篇小说，于 60 年代初作为"战
壕真实派"作家，文名鹊起，发表了中篇《鹤唳》（1960）、《第三颗
信号弹》（1962）、《阿尔卑斯山颂歌》（1964）、《死者不痛苦》（1966）
等。成名作《第三颗信号弹》是该派代表作之一。作者以刚劲的笔
力描写 1944 年苏军一个反坦克炮班浴血奋战一昼夜，堵截了敌军坦
克部队。他擅长刻画人物在紧急时刻表现出的道德品质。尽管敌人
的前锋已冲到炮兵阵地后面，但班长在没接到撤退命令前，仍坚守
阵地，直到以身殉职。战士鲁基扬诺夫曾是中尉工兵排长，因当过
俘虏而被降职为列兵。在这场战斗中他表现坚强，在受重伤临死前
还忏悔地说起曾在被包围时主动投降。而轻浮的士兵廖什卡却抛下
战友逃出战壕。女卫生员柳霞冒枪林弹雨送来撤退命令，当她爬进
战壕时看到鲁基扬诺夫和因浑身烧伤而爬进战壕来的一个年轻德国
士兵。为了给他们弄水喝，她中弹牺牲。唯一生存下来的战士洛兹
尼亚克用柳霞身上的两颗信号弹击溃了德寇最后一次进攻，用第三
颗信号弹处决了战场平静时回来的逃兵廖什卡。小说具有悲壮的史
诗风格。

70 年代他更集中地探讨战争中的道德品质和精神力量。主要作
品有中篇《索特尼科夫》（1970）、《方尖碑》（1972）、《活到黎明》

（1973）、《狼群》（1975）和《一去不复返》（1978.）。其中《方尖碑》
和《活到黎明》获 1974 年全苏国家奖金，而《索特尼科夫》曾被搬
上银幕。进入 80 年代，他又完成了中篇《灾难的标志》（1983）、《雾
茫茫》（1987）和《围捕》（1990）等。《灾难的标志》讲一对白俄罗
斯农家夫妇在德寇占领期间与敌人斗争而双双壮烈牺牲，概括了人
民在战时的深重苦难和真正的人民性格。小说有近三分之一篇幅回
顾十月革命前后农村生活的变化，特别是农业集体化过程中的社会
情况。因此，它具有深广的历史内涵，表达了民族精神和意志。

尤里·瓦连季诺维奇·特里丰诺夫（Юрий Валентинович
Трифонов，1925—1981）25 岁时以长篇小说《大学生》（1950）一
举成名，之后每一部作品都引起强烈反响，褒贬不一。特别是他的
一组描绘莫斯科知识分子日常生活、刻画现代人性格的城市文学作
品，主题鲜明、内容深刻，被称为"莫斯科故事"，如中篇《交换》
（1969）、《初步总结》（1970）、《长别离》（1971）、《另一种生活》
（1975）、《滨河街公寓》（1976）。他生于高级将领家，其父 1938 年
"肃反"遭镇压，50 年代得到平反。卫国战争初期，他被疏散到中
亚地区，1942 年返莫斯科当钳工、车间调度员、厂报编辑。1944 年
他到高尔基文学院学习，最后一年开始写《大学生》。小说写卫国战
争后苏联大学生火热的学习生活，深受好评。此后，他完成了短篇
小说集《在阳光下》（1959）、描绘中亚地区水利建设的长篇《解渴》
（1963）、缅怀父亲的纪实小说《篝火的反光》（1965）等。这些作品
激情洋溢，揭示人性复杂，鞭挞自私自利。

60 年代末到 70 年代初的《莫斯科故事》向"社会道德"主题
拓展，以莫斯科现代中层知识分子日常生活为题材，塑造精神道德
沦丧的市侩形象，有"反世俗小说"之称。《交换》写一对夫妇与男
主人公生病的母亲交换住宅，揭示女主人公卑俗无耻的市侩嘴脸。《初

步总结》以第一人称反思，剖析主人公在市侩包围中，对贪图享乐、虚伪势利的妻儿无可奈何。《滨河街公寓》的主人公出身小职员，从小羡慕滨河街高干、高知的豪华住宅。上大学后他追求教授的女儿，靠投机取巧成为学界显赫人物，拥有了豪华公寓。小说在 30 年时间流程中勾画住宅、服饰、地位代表的虚幻影像，及与其对立的思想道德面貌代表的真正价值。长篇小说《老人》（1978）以历经苏联历史沧桑的老人为主人公，将当代现实和历史结合，进行道德伦理审视。最后一部长篇《时间与地点》（1981）分 13 个章节，跳跃地描绘主人公如何走上文学道路，揭示错综复杂的社会和人际关系。作者奉契诃夫为偶像，写复杂的生活，在质朴和自然中显示平实和厚重。

瓦西里·马卡洛维奇·舒克申（Василий Макарович Шукшин，1929—1974）是小说家、剧作家、演员和电影导演。他生于西伯利亚农村，父亲在他三岁时在"肃反"中被捕，去世后 1956 年平反。从七年制学校毕业后，他进入汽车技术学校。卫国战争后，他做过学徒、小工，40 年代末入伍里海舰队。1954 年他考入莫斯科电影学院导演系，1958 年发表第一篇作品，短篇小说《马车上的两个人》。此后 15 个春秋中，他创作了一百多篇短篇小说、两部长篇、若干中篇和电影剧本。他的创作分两阶段：1）50 年代末到 60 年代；2）60 年代末到 70 年代中期。第一阶段，他主要描写广袤无垠、富饶而又贫困、传统而又现代的俄罗斯乡村生活和纯朴善良，普通却又过着"怪异"、可笑、近乎荒唐生活的人。如《斯捷潘的爱情》（1961）中按旧习俗去向城里来的女大学生求婚的乡下小伙子；《怪人》（1967）中在城里商店买糖果时掉了钱却不好意思捡回，总是干傻事的瓦西里；《格林卡·马柳金》（1961）中傻气的格林卡；《晶莹的心灵》（1961）中对汽车着迷的米哈伊尔等。虽然笔调带有淡淡的嘲弄，但尽力挖掘寻常人渴望真挚感情、崇尚善良美好的纯洁心灵。

第二阶段小说中越来越多激愤的嘲讽和犀利的讽刺。《我的女婿偷了一车木柴》（1971）淋漓尽致地鞭挞乡下人的贪婪、自私、刁钻；《附言》（1972）、《妻子送丈夫去巴黎》（1971）等小说多方面、多层次地观察和展示脚踩两条船的乡村人处境。他探索为什么随着当代俄罗斯生活方式变革，乡村失去了古朴和谐，城里人和乡村人的精神道德都陷入危机。随着深入发掘城乡人们的生活品性，他打破了城乡分割观念，综合地揭露社会上各种敏感的精神丑恶现象，讴歌传统美德。他的短篇小说《玩乐朋友》（1973—1974）、中篇《在那遥远的地方》（1966）、童话中篇《鸡叫三遍之前》（1975）、电影剧本《红莓》（1973）都很成功。《鸡叫三遍之前》通过荒诞的寓言传说，刻画了"老妖婆""三条巨龙"和"智者"的形象，有极强的政治指向。情节怪诞，手法独特。

早在1964年，他自编自导的影片《有这样一个小伙子》获得第16届威尼斯国际电影节"圣马克金狮奖"，而《红莓》则充分展示了他的艺术才华，1973年由他自导并担任主角的影片上演后引起巨大轰动，获1974年第七届全苏电影节主奖。《红莓》中的劳改犯刑满出狱后宁死也要过新生活，却遭遇不幸。影片表明了罪犯对俄罗斯田野、对劳动的家园和老母亲的热爱，更表明了人心向善的永恒。

他还有两部长篇小说：《柳巴温一家》（1965—1987）和《我来给你们自由》（1971）。前者分上下两卷，上卷1965年出版后拍成电影，下卷于1987年面世。两卷内容相对独立，但统一于西伯利亚农村一个普通人家20—60年代的命运变迁。后者是历史长篇，以对17世纪俄国农民战争的描写、对起义领袖成功的塑造引人注目。

费奥多尔·亚历山德洛维奇·阿勃拉莫夫（Фёдор Александрович Абрамов，1920—1983）卫国战争爆发时在列宁格勒大学语文系三年级，志愿参加列宁格勒保卫战。1942年冬他受重伤，返回故乡。1945 年秋他回列宁格勒大学继续学习，毕业后进入研究生班。
1956—1960 年他担任该校苏联文学教研室主任，1954 年在《新世界》
杂志上发表《战后散文中的集体农庄的人们》一文，批评粉饰现实、
掩盖问题的"无冲突论"在文学中的表现，强调只有真实地描写人
物的性格和思想感情才能揭示现实生活的丰富性。他倾注 20 多年精
力创作了长篇小说四部曲《兄弟姐妹》(《兄弟姐妹》，1958；《两冬
三夏》，1968；《十字路口》，1973；《房子》，1978)。前三部发表后，
曾结集定名为三部曲《普里亚斯林一家》，并获 1975 年苏联国家奖。
后来，他又写了《房子》，成为四部曲。作者以深厚的感情描绘苏联
北方农村从战争年代、战后的经济复兴到 60、70 年代的历史变迁，
有编年史风格。小说以他故乡为原型，虚构了名叫佩卡西诺的村庄，
并参照大量资料，以普里亚斯林一家兄弟姐妹为中心，刻画众多人
物，探讨俄罗斯民族性格。前两部小说描绘苏联人民克服艰难困苦
的坚强毅力，同时表现此时农村物质匮乏，道德结构瓦解，带有政
论和思辨性。第三部《十字路口》写战争结束六年后农村中善与恶、
进步与落后的斗争。第四部《房子》写 70 年代中期该村改建为国营
农场，但一年损失惨重，受国家补助。小说尖锐地批判了单纯追求
物质利益和道德沦丧的现象。这四部曲再现农村的艰难生活，是苏
联妇女劳动功勋的赞歌，也是对官僚主义、命令主义和道德败坏现
象的深刻揭露。

　　作者还发表过中篇《绕来绕去》(1963)、《木马》(1969)、《佩
拉格娅》(1969)等。他还写有 27 部短篇小说。

　　钦吉斯·托列库洛维奇·艾特玛托夫（Чингиз Терекулович
Айтматов，1928—2008）生于吉尔吉斯农牧民家，战争年代当过村
苏维埃秘书、区税收员和拖拉机站统计员。战后他毕业于吉尔吉斯
农学院，到畜牧研究所实验场工作。第一部作品短篇小说《报童玖

伊达》（1952）写为保卫世界和平征集斯德哥尔摩宣言签名奔走的日本小报童。1958年他从高尔基文学院毕业，曾任《文学的吉尔吉斯》杂志编辑、《真理报》在中亚特约通讯员和苏联作协书记，1974年被选为吉尔吉斯科学院院士，1982年当选欧洲科学、艺术、文学院院士。

他早期创作包括《阿什姆》（1953）等近十部短篇小说，散发着浓郁的吉尔吉斯乡土气息，富有生活情趣。第一部中篇小说《面对面》（1957）是他第一部由吉尔吉斯文译成俄语的作品。之后的中篇《查密莉雅》（1958）是成名作，展示一个年轻女性爱情的苏醒过程，肯定和讴歌争取人格独立和妇女尊严的精神。这部小说情节简洁紧凑，人物心理细腻，行文流畅优美，自然景物富有民族特色。全文抒情情调浓郁，洋溢着浪漫激情，赢得国内外赞誉。60年代他继续以现实生活为基础，揭示普通人崇高的理想、美好的感情和朴实的人际关系，表达自己的道德理想。他的一组抒情作品被称为"人的赞歌"，其中《我的包着红头巾的小白杨》（1961）、《骆驼眼》（1962）、《我的第一位老师》（1962）同《查密莉雅》结集成《群山和草原的故事》，获列宁文学奖。中篇小说《永别了，古利萨雷!》（1966）标志他的创作新时期。该小说较早地在苏联文学的动物题材领域开拓了社会道德探索主题。小说中一人一马，个性相似，命运相通，一生交织着光辉灿烂和蒙冤凄惨、甜蜜欢乐和苦涩悲凉。人和马的悲剧是那个历史时期的缩影。作者已从早期歌颂、赞美转向探讨吉尔吉斯民族生活的独特，注重伦理道德及社会矛盾冲突。

70年代起，他将假定性和写实手法融为一体，探求人生的目的和永恒，加重了哲理性，悲剧色彩浓重。《白轮船》（1970）、《早来的仙鹤》（1975）和《花狗崖》（1977）都表现了这一新倾向。《白轮船》的原标题是《童话外的故事》。从此在他的作品中神话和传说已不是写作手法和技巧，而是构成了作品内容本身。偏僻护林所里三户人家之间激烈的善恶冲突构成小说骨架，一个七岁孩子所拥有的"两个故事"——长角母鹿的故事和白轮船的故事是小说主体。在纯洁、善良的童心世界里，梦幻亦即现实。长角母鹿的故事是他对爱的向往和精神支柱，因此当森林中的长角母鹿被杀死，而且还是被向他讲母鹿故事的莫蒙爷爷枪杀的，这时童心碎了，爱的梦破灭了。他无法忍受和饶恕这一罪恶，于是跳进水里，把自己幻想为一条鱼，去追寻白轮船代表的理想和希望。《花狗崖》强化了《白轮船》的哲理，从道德转向对人的生死乃至永恒的探讨。小说充满梦幻传奇，讴歌博大的人间之爱和人的精神的极高境界。

　　苏联文学发展到70年代后期，作品向哲理思考深层开掘，拓宽艺术表现手段，相继出现一批结构庞大、具有史诗规模的全景作品和采用系列结构的纪实作品。传统小说模式受到强有力的冲击和挑战。艾特玛托夫另辟蹊径，试图摆脱直线说教方式。1980年他推出第一部长篇小说《一日长于百年》（又名《风雪小站》）。铁路小站的老员工坚持按死去的同事遗愿将其安葬在草原上的神圣墓地，但发现墓地已被铁丝网圈入苏美联合宇宙发射场。原来，被天外人接走的两个苏美宇航员发现：天外人的星球高度发达，是没战争、没武器、没国家的文明社会。苏美双方获讯后，惧怕造成地球意识崩溃，宣布禁止两个宇航员返回地球，并实施代号为"箍"的反卫星计划，一枚枚火箭飞向天际，在地球周围形成火箭警戒线，恰如给地球带上头箍。此时老员工突然觉得旁边出现了白色的杜拜鸟（那是传说中乃曼－阿纳被儿子用箭射中时，她的白手帕中飞出的鸟），它疾飞，哀叫，象征对地球人类潜在危机的忧虑。小说置于历史、现实和未来的立体画面中，神话、现实和宇宙三条线交错，又对应了三个历史时期的悲剧：传说中乃曼族关于"曼库特"的古老悲剧；苏联现实社会和个人的悲剧；幻想中人类自我封闭、毁灭的悲剧。三大悲剧相通，相互映照，交织成多主题、多层次、多线索、多种文体，具有史诗规模的哲理"交响乐式"小说。小说的叙事时序也由时间自然承接转向空间的并列运行和主人公心理意识的自由流动。故事情节发生只有一天，但在操持丧事，特别是送葬路上，老员工思绪万千，回忆起战争年代和战后的艰难、"个人崇拜"带来的不幸、小站内生活的苦乐、几户人家的坎坷，回溯古老的民族悲剧，同时并列叙述对宇宙未来的幻想，在正常时序中不断插入假定时间，形成时空的多层次交错和情节交织的复合结构。

长篇小说《断头台》（1986）是他又一部哲理小说。全书三部分，以一对狼的悲剧遭遇贯穿始终，在广阔丰富的现实生活图景上，重点叙说曾在神学校读过书的青年阿夫季精神道德探索的悲剧和牧羊人鲍斯顿生存的现实悲剧。州里为完成肉类生产计划，大规模围猎草原羚羊。老狼生养的三只小狼都被打死。两只老狼死里逃生到了阿尔达什湖畔，又生了五只狼崽。可这里为开发稀有矿藏，放火焚烧沿湖芦苇。大火中两只老狼只得各叼一只狼崽，逃向河对岸，上岸后发现狼崽已淹死。老狼到处流浪，最后到了伊塞克湖畔盆地，又生下四只小狼。一天老狼觅食回来，发现小狼都被人掏走。老狼同人展开殊死争斗，公狼饮弹而死，母狼奄奄一息。狼的命运将小说的三部分连在一起。开篇呈现狼的生活，随情节展开阿夫季的故事成为第一、二部分的主要内容。

阿夫季是共青团州报编外人员，靠写文章和变卖父亲的旧书生活。为引起全社会对贩毒、吸毒的重视，他去大麻产地中亚，混入贩毒团伙，弄清并揭露内幕。与贩毒者一同采大麻时，他首次同老狼一家相遇。而后他因劝阻贩毒者吸毒，遭毒打，被扔出车厢。他的表现很像受难死去的耶稣，小说接下去是根据《圣经》改编的彼拉多审判耶稣的故事和阿夫季想象自己到了耶路撒冷的情景。清晨他被搭救，在医院结识了研究消灭大麻的女科技人员英加。回报社后他写了一组反映贩毒的特写，但报社不敢发稿。不久，他第二次到中亚准备同英加结婚，可英加前夫作梗，她被迫离去。阿夫季为摆脱孤独，参加了围猎羚羊。目睹羚羊惨遭屠杀，他要求停止杀戮，结果遭捆打，被吊在一株盐木上。第二天，老狼回窝时发现并认出了一息尚存的阿夫季。小说第三部分同第一、二部分既统一，又独立。故事仍靠狼来串联，但主线却是鲍斯顿的故事。一个酒鬼从狼窝掏走小狼后，躲藏到鲍斯顿家，然后把小狼卖掉。从此鲍斯顿家门外彻夜响着一对老狼的哀嚎。鲍斯顿无法说服酒鬼送回小狼。老狼开始伤害畜群和牧人。他只好冒险诱杀老狼，打死了公狼。母狼仍来附近转悠，终于有一天母狼拖走了鲍斯顿的小儿子。鲍斯顿向狼开枪，母狼倒下，小儿子却被子弹打死。鲍斯顿悲痛万分，杀死了那个酒鬼后投案自首。

《断头台》发表后始终处于争论中。它涉及人与宗教信仰、与自然、与自身等抽象问题，以及现实社会的管理政策、青少年教育等具体问题，并首次在苏联文学中暴露和提出了贩毒、吸毒问题。小说情节曲折、复杂、枝蔓繁多，但采用倒叙、插叙、夹叙夹议等手法，使故事散而不乱。又因作者成功地运用象征、虚拟、梦幻和变形等手法，读者跳跃于现实和虚幻、人类世界和动物世界之间，有与历史同步、物我同一之感。

瓦连京·格里戈利耶维奇·拉斯普京（Валентин Григорьевич Распутин，1937—2015）生于西伯利亚农民家庭，祖母是善良的农妇，他的几部作品中都有老人身影。他毕业于伊尔库茨克大学语文系，进入西伯利亚地方报社当记者。他采访过几个大工地，积累生活素材，1966年发表了《天涯海角》和《新城的篝火堆》两个特写集。他还

发表了短篇小说《我忘了问廖什卡……》（1961）。他在写作讲习班
得到作家契维利欣（1928—1984）赏识，走上创作道路。成名作《为
玛丽娅借钱》（1967）引起广泛反响。《为玛丽娅借钱》故事发生在
西伯利亚偏僻农村，该村商店女售货员玛丽娅因缺少文化，不熟悉
会计业务，在上级来清查账目时，被发现有一千卢布亏空。查账人
出于同情，答应如果玛丽娅五天内将欠款补上就可既往不咎，于是
她丈夫四处奔走借钱。小说就以借钱为线索展开，有一毛不拔的人，
支吾搪塞的人，幸灾乐祸的人，力不从心的人。最后她丈夫进城去
找久不往来的弟弟，并没有把握能借到钱。作者显露了独特的观察力，
善于在日常生活、人际交往中揭示各种人的性格和心理。

　　他十分注意当代人的感情教育，如两部中篇《最后的期限》
（1970）和《告别马焦拉村》（1976）。前者写饱经艰辛的农村老妇中
年丧夫，含辛茹苦地养大一群孩子，三个在卫国战争中牺牲，三个
住在城里，身边只剩最小的儿子。她病危，子女们虽都回来了，但
都在她死亡前夕借故离开。小说谴责子女们忘恩负义和他们对亲人、
故土、家园的淡漠。后者通过更广阔的社会背景和激烈的矛盾冲突，
提出对养育自己的故土、家园及祖先的感情问题。小说中的马焦拉
村位于安加拉河一座岛上，因河下游要筑坝建水电站，坝内河道水
位将升高，该岛将沉入河底。故事发生在岛沉没前岛上居民的搬迁
过程中。村民世代在岛上耕作，形成了村史、文化和传统，岛上还
葬有他们的祖先和亲人。面对岛将沉没，老一辈与村庄难舍难分，
同上级派来清除的工人发生尖锐冲突。年轻一代毫无眷恋之情，向
往热火朝天的电站工地、现代城市生活和物质文明。小说揭示了当
代人道德水准的差异，反映出作者对俄罗斯农村及传统和道德在科
技革命大潮中消失的忧虑。

　　另一部中篇《活着，可要记住》（1974）写一个人对祖国应承担

什么样的义务，背弃义务、苟且偷生会堕落到什么程度，他的亲人将承受什么样的痛苦、不幸和惩罚。故事讲一个卫国战争后期的逃兵偷偷回家，在荒郊野外过半人半鬼的生活。他怀有身孕的妻子也无法在众人面前抬起头来，最后投河。中篇小说《失火记》(1985)通过西伯利亚某伐木区移民小镇的火灾，揭示了一群离开故土、失去"根基"的人在火灾中的各种表现：有人救火，保护国家财产；有人漠不关心；有人甚至趁火打劫。这场火灾是对道德品格的检验。1989年发表的特写《贝加尔》呼吁保护湖区美丽、富饶的生态环境。

维克多·彼得罗维奇·阿斯塔菲耶夫（Виктор Петрович Астафьев，1924—2001）在孤儿院中长大，18岁入伍，受过重伤。战后他复员到乌拉尔工作，50年代初开始创作，出版了一部短篇小说集。1959年他到莫斯科苏联作协高级文学进修班学习。60年代他的创作成熟，以写精神道德闻名。论年龄和经历，他属文坛的"前线一代"，但他没投入写"战壕真实"的热潮。他从另一角度写战争，《战事隆隆在远方》(1957)写法西斯侵略战争给远离战场的西伯利亚农民带来的灾难和痛苦，处处感到远方战争的威胁。另一部中篇《流星》(1960)里，战争只是主人公生活的环境，而不是直接表现对象，但它左右主人公命运。小说以抒情笔调写后方医院的爱情，赞美男女主人公对待爱情和人生的严肃态度，把他们纯洁的心灵和高尚的情操比作瞬间发出灿烂光芒的流星。中篇《牧童与牧女》(1971)是独特的战争小说，它和《流星》合称"青春二部曲"。作品关于爱情与死亡，既有诗意又含哲理。虽然小说写了战斗的激烈场面，但重点是从战争的日常生活探求和发掘道德内涵，并对人生价值进行哲理思考。小说写三对牧童与牧女，有如三重唱中的三个音部。鲍里斯对舞台上牧童和牧女故事的回忆是感伤的音部；村庄被法西斯炮火击中，年老的牧人夫妇临死时互以身体掩护对方，这是悲剧性音部；柳霞和鲍里斯一见倾心是抒情的戏剧性音部。现实是战火纷飞的战场，男女主人公却在憧憬和平、宁静的田园诗，烘托出他们的悲剧命运和战争对美的摧残。这种写法强烈地控诉法西斯侵略战争是反人性、反自然的。

70年代他转向"人与自然"这个俄罗斯文学的传统主题。他从历史进程中人在处理与自然的关系时表现的思想和行为入手，体现道德面貌和品格。这个独特的角度令《鱼王》（1972—1975）别具一格。《鱼王》由12篇作品组成，不是传统的长篇小说，也不是各自独立没联系的中短篇小说集。作者说它是"用短篇小说组成的叙事故事"。12篇作品情节不连续，人物有异同，主题各不相同，但都围绕人在自然怀抱中表现的道德。《鱼王》提出了爱护自然、保护自然是有道德和人性的表现；爱护自然的人善良，而破坏自然的人必然残忍。阿基姆热爱大自然，为人善良，他在大自然中如鱼得水。《鲍加尼达村的鱼汤》描述他的童年，而《白色群山的梦》则写他冒着生命危险从严冬的大森林中救出一个快死的陌生姑娘。相反，戈加极端自私，对人、对自然界都毫不怜惜，恣意胡为，最后死在大森林里。贪得无厌的伊格纳齐依奇违禁捕到一条特大的鳇鱼（当地称为"鱼王"），为独吞这笔财富，他独自与"鱼王"搏斗。结果受伤的"鱼王"逃脱，而他遍体鳞伤，险些丧命。《鱼王》题材新颖，形式别具一格，打破了传统小说的结构和写法，夹叙夹议，状物抒情，写人议事，继承了现实主义文学的传统，又借鉴了现代主义文学。

80年代，他的道德批判对准了社会丑恶现象。篇幅不大的长篇小说《令人悲哀的侦探故事》（1986）通过一位因伤致残而退职的民警军官的叙述，展示一桩桩骇人听闻的犯罪案件。小说尖锐地抨击了道德沦丧、人性扭曲的社会现象。

剧作家　50年代中期起，随着苏联社会政治生活变化，戏剧创作进入新时期。揭露社会生活中的矛盾，关注道德伦理问题，真实地表现当代人的现实生活和内心世界，成为许多剧作家的追求。革命历史题材得到新开拓，生产题材仍占重要地位。剧作家大都探求手法革新。老一代剧作家包戈廷此期完成了以列宁为题材的三部曲的最后一部《悲壮的颂歌》。亚·考涅楚克（1905—1972）的新作《翅膀》（1954）涉及农业管理，揭露某州执委会主席严重的官僚主义，赞扬勇于斗争、大胆改革的新任州委书记。德·佐林（1905—1967）倾注多年心血的剧本《永恒的源泉》（1957）描绘列宁最后几年的生活。

此期，较年轻的剧作家陆续登上剧坛。亚·沃洛金（1919—2001）的剧本《工厂姑娘》（1956）反响广泛。沃洛金的《秋天的马拉松赛跑》（1979）被搬上银幕，闻名国内外。阿·萨伦斯基（1920—1993）多产，以剧本《女鼓手》（1958）闻名。他的另一部剧作《传闻》（1980）反映苏联早期建设的艰难，展现不同的道德风貌。剧作家伊·德沃列茨基（1919—1987）50年代开始发表剧本，《外来人》（1971）最著名，曾引起热烈争论。列·佐林（1924—　）40年代起发表了40多部剧本，著名的有纪念他父亲的《朋友与岁月》（1962）、《十二月党人》（1966）、写叶卡捷琳娜时代政治斗争的《沙皇的狩猎》（1974）等。米·沙特罗夫（1932—2010）以《革命的名义》（1958）闻名，该剧描绘1918年国内战争艰苦年代莫斯科一些因战争失去家园的少年流浪儿为政府收养，但渴望参加战斗，决心"以革命的名义"记住父辈和同伴所进行的斗争，受到列宁称赞。他还写了许多革命历史剧本，如《红茵蓝马》（1979）以1920年秋国内战争即将结束时期为背景，表现列宁的观点，即革命的最终胜利要靠青年一代在建设中的表现，要掌握全人类的文化遗产，根除官僚主义。

70 年代末、80 年代初一批新人涌上剧坛，大都写普通人、平凡事物，力求展示个性化的内心世界，探讨生活目标和道德价值。他们的创作被称为苏联戏剧的"新浪潮"。代表作家是阿·加林、维·阿罗、彼得鲁舍夫斯卡娅等。

阿历克赛·尼古拉耶维奇·阿尔布卓夫（Алексей Николаевич Арбузов，1908—1986）是苏联家庭心理剧流派代表。他 1923 年在盖杰布罗夫剧院附属戏剧学校毕业后留剧院当演员。1928 年他调到列宁格勒综合剧院和中央戏剧学院附设的剧院执导，1930 年迁居莫斯科，曾任莫斯科无产阶级文化协会小型剧院文学部主任。1938 年他与导演普鲁切科创立新型剧院"莫斯科戏剧工作室"，上演的剧本由演员集体创作。1931 年他的第一部剧作《阶级》问世，其后他创作了反映青年生活的多幕剧《六个恋人》（1934）和《路漫漫》（1935），写现代青年人成长的历程，但戏剧冲突过于简单。第一部代表作是《塔尼娅》（1938），以后作品的主题均是这部剧的继续。塔尼娅是天真、美丽、善良而幼稚的医学院学生，认为幸福就是把自己奉献给爱人。在同工程师盖尔曼结婚后，她沉醉于小家庭的幸福，但丈夫却移情别恋。她怀着身孕离家出走，孩子夭折。残酷的生活现实使她重新审视人生，做出新抉择，到西伯利亚矿区做医生。该剧表现了女主人公人生观转变的心路历程，反映了苏联社会主义建设的时代精神，上演后轰动全国，作家一举成名。四幕八场剧本《漂泊的岁月》（1954）有争议。有着严重利己主义倾向的主人公对社会和周围人缺少责任感，只想凭自身力量获得成功。后来，女友使他从狭隘的个人天地里走出来。他发明了救治伤员的新药，把发明新药的荣誉让给在战斗中牺牲的战友。又一部力作《伊尔库茨克故事》（1959）写50 年代西伯利亚的水电站建设，借用希腊悲剧的歌队形式，加了朗诵组引导剧情发展。舞台时空转换自由灵活，抒情浪漫，得到评论界一致赞扬。

60 年代影响较广的剧是《我可怜的马拉特》（1964），写三角恋。三位主人公都在不同程度上表现出牺牲自己、成全他人的美德。该剧探讨友情和爱情、事业和爱情、人生和爱情的关系。70 年代他继续探索艺术形式，开拓主题内容。《老式喜剧》（1975）探讨老年人黄昏恋，始终只有两个老人对话，但手法精湛，引人入胜，语言含蓄、幽默。《残酷的游戏》（1978）剧名具有象征意义，除主人公米沙，剧中几乎所有人都玩弄人生。米沙对生活的态度是本剧的焦点，也是其他人物人生观转变的契机。80 年代他发表了《女强人》（1983）、《罪人》（1984）等剧作。《女强人》以主人公内心独白为剧情依据，不分场次，以音乐、音响划分剧情段落。作品表现妇女对爱情、婚姻和家庭的功利态度带来的不幸。1980 年他获得苏联国家文学奖。

维克多·谢尔盖耶维奇·罗佐夫（Виктор Сергеевич Розов，1913—2004）自幼喜爱戏剧，中学时就是剧院业余演员。1931 年他在科斯特罗马市青少年剧院任演员，1934 年考入莫斯科革命剧院附属戏剧学校，1938 年毕业，留剧院任演员。卫国战争爆发后他参加民兵，同年 10 月在莫斯科外围战斗中受重伤。伤愈后在前线流动剧团工作，也曾在外省各剧院任演员。战争结束后他返回莫斯科，1952 年毕业于高尔基文学院。他将冈察洛夫的小说《平凡的故事》改编成剧本，获 1967 年苏联国家奖。

1949 年他第一次上演剧作《她的朋友们》，接着上演的有《祝你顺利！》（1954）、《永远活着的人》（1956）、《尴尬处境》（1973）、《四滴水》（1974）、《聋人之家》（1979）等。《祝你顺利！》写名教授的小儿子中学毕业，为让儿子上大学，母亲凭借丈夫的关系，到处走后门。儿子淘气贪玩，但诚实正直，拒绝这样做。他决心到西伯利亚去做工，靠自己的劳动过真正的生活。剧本在莫斯科上演后，引起轰动，作者一举成名。《永远活着的人》以卫国战争为背景，揭示在前线或后方的青年一代经受的严峻考验。剧本提醒幸存者牢记牺牲的人们，建设美好的未来。这个剧本开创了战争题材道德化的创作，以它为基础改编的电影《雁南飞》曾风靡影坛，1958 年获戛纳电影节最高奖。《尴尬处境》写青年工人发明家获得一项技术革新专利，有四千卢布奖金。然而班长却开出一份大家均分的单子。他本人毫不在意，埋头钻研，又搞出一项发明。最后班长认识到自己的错误。《四滴水》由四个情节不相干的短剧组成，由作者的抒情旁白联结起来。剧本揭露、讽刺现实中各种扭曲的人际关系。两幕家庭剧《聋人之家》写一个高级外交官贪腐，庸碌无能，也不问家事和亲人的痛苦，反映了上层社会的弊端。

亚历山大·瓦连季诺维奇·万比洛夫（Александр Валентинович Вампилов，1937—1972）1955 年就读伊尔库茨克大学，毕业后在当地报社任记者、编辑。1962 年他出过幽默短篇小说集，1963 年进入高尔基文学院所属高级文学班学习。他的主要作品有多幕剧《六月的离别》（1966）、《长子》（1968）、《打野鸭》（1970）、《去年夏天在丘里木斯克》（1972）、独幕剧《窗子朝田野的房子》（1964）、《和天使在一起的二十分钟》（1970）、《密特朗巴什事件》（1971）。后两部独幕剧于 1974 年合成一个剧本，定名为《外省轶事》。此外他还著有游记《库杜里克漫游记》（1979）。《窗子朝田野的房子》写一个青年大学毕业后在农村当了三年小学老师，和当地奶牛场年轻女场长情愫暗生。青年返城前到她家告别，两人进行了意味深长、幽默风趣的谈话，最后他决定留下。该剧短小朴实，洋溢着浓郁的生活气息。《六月的离别》中，大学生主人公面临被学校开除的危险。此时他和校长的女儿相爱，校长以不处罚为条件要求他们断绝来往，他接受了。在毕业晚会上，两人旧情复燃，校长以接收他为研究生为条件再次要他断绝关系。他又牺牲了感情。最后，他在悔恨中撕毁了文凭，希望与女孩重归于好，被断然拒绝。

他的剧作反映了很宽阔的社会生活。《长子》写两个青年无处栖身，在寒冷的夜里徘徊街上。一个谎称自己是一位老人从未谋面的儿子，后来被老人的真诚和信任感动而自愿留下陪伴他。剧本探讨了老有所养的社会问题。代表作《打野鸭》采用倒叙手法，通过六段回忆刻画庸俗乏味的小市民生活，塑造了有才华却无所作为、不甘心沉沦却无力自拔的20世纪"多余人"的形象。《外省轶事》中的《密特朗巴什事件》立意和手法均类似果戈理的《钦差大臣》，辛辣讽刺某旅馆经理媚上欺下。《和天使在一起的二十分钟》批判人们彼此戒备，怀疑无私援助的热心人别有用心。另一部代表作《去年夏天在丘里木斯克》中西伯利亚小镇一个茶点铺的女服务员纯洁、善良、美丽、多情，是作者道德理想的体现者。她始终都在反复修整人们走近路时破坏的花园栅栏，象征她在修补人们道德上的缺陷。青年审判员坚持要给某要员之子判刑，因而被剥夺了审理权而心灰意懒。女服务员的纯真爱情和遭受的屈辱使审判员重新振奋，回到法庭去伸张正义。《去年夏天在丘里木斯克》发展了前几个剧的道德选择主题，是作者思想的总结，人物间关系不很紧密，情节也不扣人心弦。作者以细致入微的手法刻画人物心理活动，暴露人性缺点，针砭社会弊端，使观众深入思考造成不幸的社会、道德根源。

第五节　德国文学

德国在二战中的失败比一战更惨重。由于盟国飞机轰炸，纳粹撤退时又毁坏桥梁、道路和公共建筑，德国几乎成废墟，没有商店，没有运输，饥饿的居民扒开瓦砾，企图在被毁的食品店找充饥的残物。而 1945 年战胜国波茨坦会议确认的措施又使德国发生了大规模民族迁徙和社会结构大变动。这场战争中，德国约有 400 万士兵和 200 万平民死亡。因割让东部疆土使德国居民被驱逐，200 万人在迁移中丧生。由于饥饿和疾病，当时德国的死亡率是世界平均数的一倍。百姓惊慌失措，对这场灾难毫无心理准备，外国军队入驻更加剧了他们的紧张。德国也没有一个具有权威的党派或人士能承担这阶段的历史任务。最终造成德国严重的道德崩溃和价值观念丧失。

文化的决定权也掌握在战胜国手中。占领国当局接管了电台、报纸、出版社和剧院，再逐步交给所信任的德国人，但出版物和演出节目都得审查。在战后的两年，剧院主要上演娱乐性剧目，也有世界经典剧目和当代剧目，例如莱辛的《智者纳旦》、沃尔夫的《马门教授》等。它们重新唤起隔绝了 12 年之久的文学兴趣，以及对生活意义的寻求。战后最初几年纸张短缺，但占领当局为宣传民主、自由，清除纳粹余毒，还是出了苏联和英美的一些报纸和杂志。此期高尔基、奥斯特洛夫斯基、海明威、福克纳、肖伯纳及法国存在主义的作品流传很广，形成多样化局面。但此时并没出现一战末那样的文学浪潮，青年作家暂时沉默。老一代作家中有两位出版了战争结束前完成的小说，即伊丽莎白·朗盖瑟（1899—1950）的《磨灭不了的印记》（1946）和台奥多·普利菲尔（1892—1955）的《斯大林格勒》（1946）。前者是犹太人，小说共三册，写于纳粹统治时，描述犹太主人公 1914—1945 年间的遭遇。小说采用了超现实手法，空间与时间交织，幻觉与现实交替，象征、内心独白比比皆是。作品不正视但论及了现实，还描绘了战争，把世界的混乱视作永恒的善与恶斗争。后者的作品写于在苏联流亡期间，作者调查了参加过斯大林格勒战役的德国士兵及军官，加上战地报道和士兵的信件等，写了德国第六兵团毁灭的全过程。小说应用了电影剪辑手法描绘人物对残酷战争的切身体验，展示了这场战争的残忍和无意义，也反映出一部分军人对现实的思考，如罪责问题。小说 1945 年在柏林报纸上连载，并以墙报形式发表，后出版成书，在四个占领区引起巨大反响。

　　法西斯崩溃后的最初几年，德国的罪责问题最尖锐。盟国的报纸、电台对纽伦堡审判的报道，电影院放映的集中营恐怖暴行，以及战争造成的难民和物质毁坏，都对德国人构成巨大压力。此期的文学界，黑塞和恩斯特·维歇特（1887—1950）地位显著。前者虽已去瑞士，但一再呼吁道德复兴。后者因一贯反纳粹而出名并受尊重。他以优美的文字号召战后一代要认识德国的罪行，并实现精神和道德复兴，要求青年从恨的瓦砾堆下挖出爱。海德堡哲学家卡尔·雅斯贝尔斯（1883—1969）把罪行分成四种：1）刑事罪行；2）政治罪行；3）道德罪行；4）抽象罪行。法律只能用于前两种。他认为犯罪是个人行为，不能指控一国的国民。他的这种提法更符合历史事实，多少使德国人存有一定的希望和自尊。要对后两种罪行有所认识就得依靠良心和反省。这问题的探讨始终是战后德国文学的重要主题。随着东西方在政治及意识形态上分裂的加深，占领区内的文学发展也随民主德国及联邦德国的成立走上不同道路。

　　民主德国文学　二战后，很多流亡在外的作家回国时来到苏占区，如西格斯、贝希尔、布莱希特、阿诺尔德·茨威格、弗里德里希·沃尔夫等，其中一些人成为文化领域领导人。为团结一切反纳粹的知识分子，经苏联同意，1945 年 7 月在柏林组成了"德国民主改革文化联盟"，贝希尔任主席。在一定时期里它集合了许多重要的知识分子，如维歇特、法拉达、亨利希·曼等，还出版了刊物《建设》。但因苏联的文艺政策日益狭隘，东西方分裂更为严重，一些非共产党作家逐渐退出。

最初出版的文学作品大多暴露法西斯罪行，探索这场灾难的原因，批判法西斯主义在人们思想中的流毒。民主德国建立后还出现一些反映工厂、农村建设的作品，展示普通德国人在不同岗位上的努力和牺牲，也反映了个人与社会体制、人与人的新关系及产生的矛盾。50 年代文学体裁多样，题材也更广。除小说，诗歌领域也涌现了新人，如保尔·维也斯（1922—1982）、约翰内斯·博布罗夫斯基（1917—1965）及贡特·库纳尔特（1929—　）等。戏剧方面，布莱希特组建的柏林剧团对叙事剧理论进行的实验演出引起世界瞩目。施特里特马特的《猫儿沟》首次把农村题材搬上舞台。但此时，文学创作中的公式化、概念化和形式主义倾向也日益明显。1951 年成立国家艺术事业管理局，提出反对艺术的形式主义，提倡社会主义民族文学。1956 年后，随着对个人迷信、教条主义的否定和批判，思想重新活跃，加之 1957—1958 年对卢卡契和汉斯·迈耶的批判，民主德国的作家不再思想一致。他们的视野开阔了，在作品选材和艺术方法上都有很大变化。1959 年和 1964 年在比特菲尔德举行会议，不再提社会主义民族文学，而强调探讨文学与社会、作家与群众的关系。会议要求文艺工作者到生产第一线，去体会劳动人民的思想情感，也要求劳动人民书写自己的生活。并要求用社会主义现实主义方法写"社会主义的人"。

60 年代以来，文学题材和手法多样，呈现繁荣局面。因 1961 年柏林墙建立，较多作品涉及德国分裂造成的不同制度和不同人生道路的矛盾。这类作品深入到家庭、婚姻、爱情等领域。另一主题是社会变化带来的伦理道德观念变化。但此期的文学最令人注意的是作家对时弊的揭露和批判，诸如压制民主、思想僵化、因循守旧、瞎指挥、官僚主义。这类作品往往引起争论，因而最受关注。在艺术方法上，此期作品突破了单一的现实主义。各种现代派的表现手法出现在各种体裁的作品中，尤其人物塑造不再简单化，反映了人的复杂、丰富的内心世界。70 年代以来，作家更致力创造个人的独特风格。

汉斯·马尔希维察（Hans Marchwitza，1890—1965）1910 年在鲁尔区当矿工，因罢工被开除，1915 年应征入伍，1919 年及 1920 年先后参加德国独立社会民主党及德共。20 年代起他在报纸上发文章，自学成为作家，为德国无产阶级革命作家联盟成员。1933 年他流亡瑞士，后赴西班牙参加反法西斯国际纵队。1939 年他在法国因二战爆发被拘押，后逃往美国，二战后回德国东部。他是著名的工人作家，三次获民主德国国家奖。

他的作品主要写德国工人，第一部报告文学《埃森的袭击》（1930）叙述 1920 年鲁尔区工人起义。1931 年的《煤矿上的战役》写资本主义高强度剥削下，矿工的灾难及罢工。《轧钢厂》（1932）写 1924—1928 年资本主义相对稳定期的工人、小资产阶级、技术知识分子的生活和思想。1934—1959 年写的三部曲的第一部《库密阿克一家》（1934）讲 20 年代雇农主人公离开农村，全家到矿区求生仍不得温饱，又率全家去荷兰矿区，但那里的矿主并不比德国好。第二部《库密阿克一家的归来》（1952）讲同一主人公全家从荷兰重返原矿区，但德国经济不景气，生活更艰苦。此后，德国政局动荡不安，纳粹猖獗，他投入斗争，成为德共干部。希特勒上台，他被捕入狱。第三部《库密阿克一家及其孩子们》（1959）写 1942 年他从集中营回来，家人已各奔东西，生死不明。但子女们在逆境中磨炼成长，战后怀抱信心加入复兴祖国的艰苦斗争。这部作品包含作者亲身经验，深刻地刻画了矿工的劳动和生活，是德国无产阶级文学重要作品之一。他的自传体小说《我的青年时代》（1947）描写一战前矿工生活。他还写有报告文学《在美国》（1961）、短篇小说《在我们之间——新旧时代的故事》（1958）等。他的作品没有公式化毛病，也没口号标语，反映各种社会力量的真实面貌，如工人的英勇顽强，无政府主义的蛊惑宣传，社会民主独立工党的妥协调和，更有法西斯势力的疯狂。作品简洁明快，质朴。

彼特·哈克斯（Peter Hacks，1928—2003）1946 年后住在联邦德国，曾在慕尼黑读社会学、日耳曼语言文学和戏剧。1955 年他应布莱希特之邀到东柏林，在布莱希特剧团工作。1960—1963 年他任东柏林德国剧院顾问，从事选剧、编剧工作。1963 年起他成为职业作家，是国际笔会民主德国理事会成员。他早期创作受布莱希特叙事剧理论影响，常用陌生化手法。剧本《恩斯特公爵的民间话本》（1953）取材民间话本和 10 世纪寓言剧，写一位封建时代英雄。《印度纪元的开始》（1954）通过哥伦布发现新大陆展开情节，揭示科技与政治经济的关系。此期重要作品还有七年战争为背景的《洛博歹茨战役》（1956）和以弗里德里希大帝传说为题材嘲讽普鲁士军国主义的《无忧宫的米勒》（1958）。他此期多半以古代历史事件和民间传说为题材，用历史隐含对现存社会的批评。这种倾向在 60 年代以现实生活为题材的剧本《忧虑和权力》（1960 年首演，1965 年出版）和《莫里茨·塔索》（1965）里更明显。它们揭露民主德国社会主义建设的阴暗面，引起剧烈争论，没能上演。这时他开始抛弃布莱希特的叙事剧手法，在内容上以古希腊神话传说和古典剧本为蓝本改编或创作，如以阿里斯托芬的同名剧本改编的《和平》（1962）、以作曲家奥芬巴赫（1819—1880）的轻歌剧改编的《美丽的海伦》（1964）等。剧作《玛格蕾特在艾克斯》（1966）写法国玛格蕾特女王和路易十一的权力之争。他还有无韵诗三幕剧《安菲特律翁》（1970）、《在施泰因府上谈论不在场的歌德先生》（1976）及《缪斯》

（1979）等。

博多·乌泽（Bodo Uhse，1904—1963）生在普鲁士军官家庭，自幼接受军国主义教育，1920 年参加反动军官和大地主保皇派组织企图推翻共和国的卡普暴动，要建立军事专政。过后他加入纳粹党，1927 年在一家纳粹报纸当编辑，次年任纳粹报主编。当时该州发生农民革命，对他的思想影响很大，开始改变政治观点，于 1930 年与纳粹决裂投身反法西斯活动，随后加入德共。1933 年纳粹上台，他流亡巴黎，1934 年被剥夺德国国籍。1936 年他赴西班牙参加反法西斯国际纵队，并任纵队政委，1938 年因病回巴黎，同年发表西班牙内战切身经历的小说《第一次战役》。1939 年他去美国，次年去墨西哥任杂志《自由德国》文学栏编辑，1949 年回德国，任东柏林《建设》和《思想与形式》杂志主编。1950—1952 年他任民主德国作协主席，人民议会成员，1955 年当选民主德国艺术科学院院士。处女作《雇佣兵与士兵》（1935）写他与纳粹决裂的过程。他最著名的长篇小说《贝特拉姆少尉》（1947）及《爱国者》（1954）都以反法西斯为主题。前者写出身贫寒的空军少尉充当当局屠杀百姓的工具，又被派到西班牙支持佛朗哥而被反法西斯战士俘获，受到另一种思想教育，决心开始新生活。后者打算写成三部曲，但只完成了第一部《告别与归来》（1954）。小说写斯大林格勒战役时，在苏联的德国反法西斯组织用空降派遣四名战士去德国执行任务。其中工人领袖的女儿、工人领袖和一个年轻人不顾危险在法西斯德国建立电台、发展党组织。逃离法西斯部队的神甫跳伞时受重伤自杀。这部小说很有特色，极具纪实性，有回忆录，有盖世太保的卷宗和报告。情节相互穿插，场面变化频繁。

他的短篇有《雪地的圣库尼贡德》（1949）、《桥》（1952）和《任务》（1958）等。1954 年他曾访中国，回国后写有《中国旅行日记》

（1956）。1957 年创作了电影剧本《中国的昨天与明天》。他写有艺术评论集《问题与昨天》（1959），60 年代出版了中篇小说《在阿拉梅达的周日梦想》（1961）、电视剧本《死者和他的将军》等。

福尔克尔·布劳恩（Volker Braun，1939—　）做过印刷工、矿工和机车司机，1960—1964 年在莱比锡大学读哲学，之后在柏林剧团当顾问。他从事文学创作后获多项奖，1972 年开始在德意志剧院工作。60 年代他开始写诗，受马雅可夫斯基影响，用自由体无韵长句诗，并用夸张和讽刺揭露现实生活的矛盾。《向自己挑战》（1965）写建筑工地的劳动和自己的感受，引起青年读者共鸣。颂歌《我们，而不是他们》（1970）歌颂民主德国的制度，显示了在两个德国间的抉择。他的诗集还有《迎向对称的世界》（1974）、《操练正步走》（1979）等。他也写戏剧和小说，戏剧受布莱希特影响，有叙事剧倾向。第一部剧本《翻斗车工人》（1967）写作业组长想改善笨重的劳动，进行提高效率的试验，失败后为集体抛弃。《辛策和孔策》（1973）是他的著名剧本，用浮士德与魔鬼订条约反映个性发展在新历史条件下的问题。这样的主题也出现在他的小说中，如《卡斯特的无拘无束的生活》（1972）。中篇小说《没有完的故事》（1977）讲机修工弗兰克一直背着父亲曾贩卖外汇受过刑事处分的包袱，自己也曾因小偷小摸被当局拘留。更严重的是他居住在联邦德国的老朋友邀他去"那边"。为此他成为怀疑对象，一个内部控制使用的人员。但他在报社工作的女友相信他已改邪归正，每封从"西方"的来信他都让女友交给党组织。女友的父亲，县议会的主席不赞成这门婚事，报社党组也认为应划清界限。这种压力促使他自杀，但获救未死。女友宁愿被报社解雇也要和他在一起，但不断的波折还等着他们。小说的矛头直指阴森的密探制度。他还有剧作《施米滕》（1981）、《简单的德语》（1981）等。

约翰内斯·贝希尔（Johannes Becher，1891—1958）生于高级法官家庭，从小反感家庭对他的忠于现存制度的教育。1911年起他在柏林、慕尼黑和耶拿大学读医学、哲学和语言学。同时开始创作。1913年他任《新艺术》杂志编辑，一战爆发时他是为数很少的反战的人，拒绝入伍，由此和家人及许多熟人决裂。1918年他参加斯巴达克同盟，次年加入德共。因参加秘密组织和发表作品，如剧本《工农兵》（1919）、散文集《前进，红色战线！》（1924）和诗集《宝座上的死尸》（1925）辱骂魏玛政权、亵渎上帝，他1925年8月被捕。五天后在国内外进步人士舆论压力下获释。但1927年8月因长篇小说《莱维西特，又名唯一的正义战争》（1926）揭露军国主义正在策划的侵略战争，他再次被提起诉讼。这次招致世界著名作家，包括罗曼·罗兰、托马斯·曼、高尔基等人的强烈抗议，当局不得不再次停止对他审讯。1928年他参与创立了德国无产阶级革命作家联盟并当选主席，同时编辑联盟机关刊物《左翼》。1933年纳粹上台，他流亡欧洲多国。1935年他到苏联，在莫斯科主编反法西斯杂志德文版《国际文学》，1945年回国。回到苏军占领区后，他建立了德国民主改革文化联盟并任主席，同时创办机关刊物《建设》及周报《星期日》。1953—1956年他担任民主德国艺术科学院院长，1954年出任文化部长。

贝希尔年轻时对传统文化抱否定态度，曾把歌德的名字看作德国小市民和枢密顾问的同义词，把巴赫的音乐视为宗教骗局。随着生活经历丰富，他的思想逐渐成熟，体现在创作中。最初他的作品反映的反叛思想有无政府主义倾向，表达个人感受，采用表现主义手法。他最早的诗集《搏斗着的人》（1911）是纪念克莱斯特逝世一百周年的赞美诗。1912年他结交了许多表现主义作家，并在表现主义刊物《行动》上发表作品，对他民主思想形成影响很大。此后他连续发表小说《大地》(1912)、诗集《春天的恩惠》(1912)等作品。此期最具代表性的是两卷集《没落和胜利》(1914),第一卷为诗歌,第二卷是短篇小说和散文断片,是他早期创作的总结。他用了怪诞的象征手法描绘大都市中所有生物的灭亡。而就在这废墟上,在昏暗中迷路的主人公正"祈望着不知来自何处的拯救",这是作者本人在精神危机中寻求出路的写照。

一战的爆发使他从抽象的人道主义理想转而认识到作家对社会应有的义务,要用实际行动反对这场战争。他拒绝服兵役,并写反战作品,汇编成《致欧洲》(1916)、《友爱》(1916)及《反时代的凯歌》(1918)三个诗集及1916年完成但因审查拖延到1919年问世的《新诗集》。就在这时他先后参加了工人运动、德国独立社会党、斯巴达克同盟和共产党。但在创作上他还未摆脱表现主义,他打破规范语言的程度超过其他表现主义作家。他不遵守语法,破坏构词法和标点符号准则,在句首使用冒号、感叹号。词汇的组成随心所欲,罕见的词语比比皆是。他的比喻奇特,形象夸张,不为一般读者理解。直到诗集《永恒的反叛》(1920),他才转而追求和谐、有序的诗歌美。诗集《机器旋律》(1926)说明他在艺术上已趋成熟,思想内容也大有变化,真实地描绘了大战后德国的情况,诸如通货膨胀、贫困、失业和挣扎在饥饿线上的下层百姓、残废的伤兵等。在过去的作品里他把思想家和艺术家看作领导社会改革的"神圣战士",而这部作品中的许多诗篇,如《布尔什维克进行曲》《无产者的摇篮曲》都预示了即将来到的无产阶级革命。1927—1932年间他六次到苏联,结识了马雅可夫斯基、肖洛霍夫、法捷耶夫。这几年的作品,如《在群山的阴影中》(1928)、《走在队伍中的人》(1932),主题都是无产阶级的生活和斗争,也涉及自传内容,称自己为浪子走向了无产阶级作家的道路。

流亡年代是他创作的成熟期，最好的诗篇都写于此期，祖国是中心主题。作者对被法西斯分子奴役的祖国爱恨交加，羞愧又悲愤。《追求幸福的人和七大重负》（1938）、《1935年至1938年十四行诗》（1939）、《德国在呼唤》（1942）等诗集表述对祖国的复杂情绪，被称为"德国的诗"。《告别》（1940）是自传性小说，时间从20世纪初到一战前夕。通过主人公的觉醒，跟家庭的决裂，以及与周围世界的碰撞，作者描绘了德国广阔的社会画面，一定程度上反映了德国当时部分青年的思想。50年代发表的诗集《新德国民歌》（1951）、《德国十四行诗》（1952）等大多涉及重建家园和德国发展前途。他还写有诗歌理论，如《诗的信仰》（1954）、《诗的力量》（1955）、《诗的原则》（1956）。

威利·布雷德尔（Willi Bredel，1901—1964）生于工人家庭，家人都是社会民主党人，从小感染到强烈的政治气氛。一战开始后，父亲因反战与一些亲人断绝往来。此时与父亲来往的有后来的德共领导人恩斯特·台尔曼（1886—1944），父亲也是汉堡共产党组织的创建人之一。小学毕业后他当了工人，1918年加入斯巴达克同盟，随即成为共产党人。1923年因参加汉堡十月起义他被捕入狱两年。在牢里他研究法国革命家马拉（1743—1793）的生平和事迹，写了小册子《马拉是人民之友》（1924）献给汉堡起义者。出狱后，他在轮船上做工，跑遍西、葡、意和北非。一年半后他回汉堡当车工，但因捍卫工人利益被解雇。此期他为多种报刊写文章，表露革命思想。1930年他又被当局以"文艺叛国罪"判处两年监禁，在狱中写了反映工人生活的长篇小说《N和K机器厂》（1930），被工人国际出版社出版。之后，他还有《罗森霍夫街》（1931）、《财产保护条款》（1933），显示了叙事才华，以事实为基础，有新闻报道性，易为工人接受。

1933 年他再次被捕 13 个月，在没有纸笔的情况下，他用脑子写书,把写好的章节反复记诵直到几乎能背出来。这就是长篇小说《考验》（1934），在伦敦出版后被译成 17 种文字。它真实地描绘了纳粹党徒对犯人的凶残，讴歌了反法西斯志士英勇不屈，通过众多人物反映了法西斯政权下德国的面貌。小说涉及产生法西斯主义的社会根源，揭示追求名利、升官欲望、等级偏见和民族主义教育把人推进法西斯主义泥沼。小说结构严谨。书中的纳粹分子均用真名。15年后小说成了审判这些党徒的"调查报告书"。这是德国文学史上最早揭露集中营真相的作品。

1936 年他居住在苏联，次年完成《你不相识的兄弟》，讲述恶劣环境中反法西斯战士顽强战斗的故事。1937 年他参加了西班牙国际纵队，任营政委。他根据这段经历，写了《相逢在埃布罗河——一个部队政委的札记》（1939）。二战期间，他发表了长篇小说《父亲们》（1941）。这是三部曲《亲戚和朋友》的第一部。第二部《儿子们》及第三部《孙子们》发表于 1949 年及 1953 年。三部曲通过一个工人家庭的演变反映 19 世纪中叶到 1948 年德国广阔的社会画面，突出了德国工人运动发展史。1941 年他和魏纳特一起在苏联前线向德军散发传单，用扩音器喊话。之后他写了中篇小说《一个德国兵的遗嘱》（1942）及《特派员》（1944），回国后又写了中篇小说《沉默的村庄》（1949），反映战后一些德国人以沉默来忘掉自己在纳粹执政期助纣为虐的行为。报告文学《五十天》（1950）记述德国人民在 50 天内重建被洪水冲毁的村庄的感人事迹。1955 年春天，他到中国访问，次年写成《枣园的宴会》（1956）。1959—1964 年他以民主建设的艰难历程为题材写了《新的一章》。1962 年他被选为民主德国艺术学院院长。

史推方·赫尔姆林（Stephan Hermlin，1915—1997）即鲁道夫·莱

德。生于犹太银行家家庭，文学上受马拉美和荷尔德林影响。1931
年他加入共产主义青年联盟，1933—1936 年作为印刷工人留在德国
从事反法西斯地下活动，1936 年流亡埃及、巴勒斯坦，后到英国，
又到西班牙参加反法西斯国际纵队。1939 年他参加法国军队抵抗德
国法西斯，法国陷落后被捕，后逃到瑞士，在杂志工作，开始用这
个笔名。1945 年他和艺术史家汉斯·迈耶（1907—2001）到联邦德
国法兰克福广播电台任编辑，1947 年移居东柏林，成职业作家。他
加入了德国统一社会党，成为东柏林艺术科学院院士、国际笔会民
主德国中心主席团成员。但他不能与当局合拍，屡遭批评，被要求
检查，不再入选作协理事，70 年代再度活跃。1976 年开除作家比尔
曼民主德国国籍时，他第一个在请愿书上签名，要求撤回这决定。

　　他的第一部诗集《大城市的十二首叙事谣曲》（1945）写反法西
斯斗争。1945—1951 年间他发表了七部诗集和四部散文作品。其中
有《二十二首谣曲》（1947）、纪念曼斯菲尔特铜矿建立 750 周年的
《曼斯菲尔特颂歌》（1950）。《前列》（1951）包括三十篇故事，讲
德国青年的反法西斯斗争。他们出身不同，但反法西斯的意志坚定，
都被杀害。《赫尔姆林短篇小说集》（1966）包括过去发表过的《瓦
尔登堡的约克少尉》（1946）和颂扬华沙犹太人隔离区反抗斗争的《共
同的时代》（1949）等作品。此后他的作品一直围绕反法西斯主题，
还批评新纳粹思潮。他写有大量政治和文学杂文，如《1954—1959
年的经历》（1960）、《1960—1970 年的读书札记》（1973）等。《夕
照集》（1979）带有很强的自传性。80、90 年代完成的作品有包括
诗歌、议论文、短篇小说的《共同的梦想》（1985）及《诗歌和仿作
诗》（1990）等。他还翻译世界多国作品。他的语言含蓄但简洁明快，
幻觉和现实交错，喜欢引用文献，但不枯燥，有很强的感染力。

　　埃尔温·施特里特马特（Erwin Strittmatter, 1912—1994）当

过饭店服务员、饲养员、司机和工人，熟悉百姓生活，1934 年因反纳粹被捕过。二战爆发后他应征入伍，战争快结束时逃离军队，1945 年回家乡务农，兼做记者。1951 年起他任地方报纸编辑，不久成为职业作家，1959 年为民主德国作协第一书记。1953—1976 年间他多次获各种文学奖。他的作品以农村为题材，第一部长篇小说《赶牛车的人》（1950）通过父子两代牛车夫的故事反映从 20 世纪初到法西斯夺得政权这期间农村中各种尖锐的社会政治矛盾和贫困生活。喜剧《猫儿沟》（1953）写 1947—1949 年土改时，政府要修通往城市的公路，而富农则作梗，当局教育贫农，争取中农，才克服重重困难得以完成。该剧由布莱希特的柏林剧团上演并获好评。长篇小说《丁柯》（1954）也写土改时的农村。主人公主张合作劳动，与祖父母发生严重分歧。最后祖父孤独地劳累而死。小说出版后反响强烈。

剧本《荷兰人的未婚妻》1960 年演出，涉及人际关系、阶级关系及私生活与政治的复杂问题，引起文艺界争论。三部曲长篇小说《创造奇迹的人》（第一部 1957，第二部 1973，第三部 1980）有成长小说性质。主人公是玻璃工的儿子，聪明异常，长大后当了面包师的徒弟，不久开始漫游生活。1933 年法西斯上台，他自愿入伍，但发现自己和纳粹格格不入，开小差未成功而受处罚。二战爆发，他随军到波兰，目睹了法西斯罪行，精神失常。病愈后他回到已调往巴黎的部队，之后到苏联，继而去希腊，到处都看到德军的暴行，使他认识到不能再同流合污。1943 年他与好友一起倒戈，参加了希腊人民的反法西斯斗争。1946 年他回德国，在工厂工作，1947 年回到苏占区家乡，深入生活，终于成为记者和作家，不断暴露社会主义发展中的问题。作品的第三部对现存社会强烈的批评再次激起文艺界争论。他还著有长篇小说《奥勒·毕恩科普》（1963），描绘民主德国 50 年代农业合作化运动中的复杂斗争，出版后反响强烈。其他作品还有《商店》（1983），1992 年完成了该小说第三卷。他的作品生活气息浓，语言形象生动，比喻巧妙。他还创造词汇，利用方言，结构上使用多种形式，有直叙、回忆、逸事等。

克里丝塔·沃尔夫（Christa Wolf，1929—2011）大学毕业后曾在作协工作，后任青年读物出版社《新生活》刊物总主编及《新德意志文学》编辑。1962 年起她成为职业作家，1955—1977 年任德国作家协会理事，1963—1967 年成为德国统一社会党的候补中央委员。1955 年她首次访苏后常在东西欧旅行，跟许多国家的大学来往并接受过国内外许多文学奖。1974 年及 1983 年她逗留美国，1983 年和 1985 年先后成为美国哥伦比亚大学及联邦德国汉堡大学名誉博士。她主要写小说，还写散文及评论文，也有电影剧本。最先引起注意的作品是短篇小说《莫斯科的故事》（1961），讲一位苏军上尉 1945 年在德国结识了一位德国姑娘，15 年后他们在莫斯科重新相遇，但只能按照社会主义道德标准处理他们的关系。《分裂的天空》（1963）引起强烈反响，它首次提出两个德国的问题，以柏林墙为背景，揭示一个民族分为两个国家的后果。两位主人公从相遇、相爱，到终于一起生活经历了痛苦的适应和反复。柏林墙是个象征，它制造了无数德国家庭、婚姻和爱情的不幸，在心灵上给东西德国人投下了阴影。小说显示民主德国、联邦德国两种社会制度的对立及人们做出的痛苦选择。作者用现实主义手法叙述故事，但不断用意识流表现思想和内心世界。小说在 60 年代引起热烈讨论，被译成多种文字。1968 年她完成了长篇《回忆克里斯塔·T》，进一步探讨民主德国的人的个性发展问题。主人公不满足现状，不愿人云亦云地生活，与僵化的环境处于不可调和的矛盾中。小说用回忆讲一个人的遭遇，没有连贯情节，实践了她叙事"主观真实性"的艺术主张。

自传性长篇小说《童年的典范》（1976）描绘法西斯强权下小

人物的精神状态，他们思想受禁锢，生活压抑。该书涉及法西斯取得政权的原因和作为顺民的人们应负的责任。她还发表了许多短篇小说，如《自我实验》（1973）、《菩提树下》（1974）、《一只公猫的新生活观》（1974）。这些短篇有时显离奇，但反映了现实生活的一些问题，如人在社会制约中如何发展个性，走上歧途的科技研究使人失去本性等。她也写有不少评论、随笔、散文。《读和写》（1972）反对文学创作公式化，主张不回避矛盾，要显示发现和认识自我的过程。她在创作手法上极力创新，采用意识流、蒙太奇、时空颠倒、引用文献等手法。二卷本《作家的尺度》（1986）包括1959—1985年写的随笔、论文、演说和谈话。

安娜·西格斯（Anna Seghers，1900—1983）原名内蒂·雷林，在海德堡大学接触到荷兰画家赫尔库勒斯·西格斯（约1589—1638）的作品，改名为安娜·西格斯。她1925年结婚。丈夫任柏林马克思工人学校校长，她移居柏林，1928年加入德共及无产阶级革命作家联盟。1927年她在《法兰克福报》上连载短篇小说《格鲁贝奇》，通过对一座破败大院的描绘显示了静物写生式的才能。这座陈旧、悲凉的大院是时代的象征，衣冠楚楚、神秘的格鲁贝奇的出现，给这里招来了不幸和悲剧。小说令人压抑，可看出陀思妥耶夫斯基的影响。成名作《圣巴巴拉的渔民起义》（1928）用现实主义手法描绘穷苦渔民的悲惨生活。几笔就勾画出"被贫困啃光了肉的"男人、临死前只求能吃顿饱饭的老太婆以及奄奄一息的虚弱的孩子，震撼人心。渔民对船主的起义在这时只是自发的行动，对百姓的塑造比领袖人物成功，被德国《红旗》杂志批评没有重视共产党领导。这部作品获得了克莱斯特奖。《战友们》（1932）写1919—1929年间在匈牙利、保加利亚、波兰、意大利和中国革命战士们的事迹。全书情节分五条平行线发展，突出主人公们的共同战斗目标。作品还采用电影手法，场面转换、衔接非常快速，显示出她小说的特色。

　　1933 年法西斯上台后，西格斯逃到法国，后来到墨西哥，参加《自由德国》杂志的编辑工作。流亡期间，她的创作全部是反法西斯主题。她揭露法西斯，也分析法西斯胜利的原因，其中涉及社会民主党的背叛。她的作品反映了此期德国历史各阶段。1933 年在美国出版的长篇小说《人头悬赏》的故事发生在 1932 年深秋。青年工人舒尔茨在莱比锡参加失业工人示威，打死一名警察，受到通缉，告发或抓获者可获 500 马克。他躲在一个亲戚家。这个村里的农民生活贫困，纳粹在这里用威胁加利诱使许多人站到纳粹一边，甚至参加冲锋队。舒尔茨有一次和农民柯斯林进城，发现了通缉令，柯斯林告发了他，当舒尔茨被抓住，纳粹残酷折磨他时，一些村民竟也参加对他毒打。作者在这里反映了法西斯主义像传染病蔓延到德国农村，农民落后愚昧，很容易为法西斯控制。1937 年在阿姆斯特丹出版的长篇小说《拯救》写世界经济危机时德国矿工的生活。七个矿工因发生事故深埋在地下，历尽千辛万苦，克服恐惧和绝望，终被拯救。但经济危机却让他们失业，开始了痛苦、贫困的生活。他们对政治没兴趣，对阶级斗争没概念。但生活却在缓慢影响他们的意识和信念。

　　《第七个十字架》是她最成功、影响最大的长篇小说。1941 年在《十月》杂志上用俄文登载了大部分，首版用英文于 1942 年在美国出版。小说通过七个法西斯集中营囚徒的逃亡反映德国广阔的社会画面，各阶层百姓在法西斯暴政下的生活和各种思想。集中营司令官下令在七天内把七个犯人全抓回，把营中场地上的七棵树改成七个十字架，以便执行死刑。不久，犯人一个个不论死活被抓回后绑上了十字架，他们其中有杂技演员、农民，也有共产党员。他们的逃亡经历也不一样，最后有的被出卖，有的被打死，有的累死，

有的自首。但第七个十字架却始终空着。原来第七个逃犯在许多同
志及普通德国人帮助下于第八天逃离了德国。这个空十字架显示了
反法西斯力量的存在，给集中营的囚徒带来勇气和曙光。作者没有
描绘集中营的恐怖，没有着重写法西斯刽子手的残忍和受害者的苦
难，而是集中写逃亡。这次逃亡牵涉德国百姓、工人、牧人、医生
等等。他们不得不在逃亡者面前做出政治和道德抉择。作者极细腻
地描写了他们的心理，道出是哪些因素促使他们做出了最后决定。
故事由集中营里一位没姓名的叙述人讲述，平静而客观，开端和结
尾还阐明了深刻思想。全书情节紧张，空着的十字架带来悬念。七
个逃亡者的经历平行发展又紧密联系，充分利用了蒙太奇手法。作
品中处处出现作者家乡美因茨的景色，抒情气息强烈，情调忧伤和
悲痛。小说使作者具有了国际声誉。《过境》（1943）也是她流亡期
重要作品，是自白式的，有自传性。巴黎沦陷后，她在法国马赛度
过了最后几周，不得不办理各种屈辱的、繁琐的手续，以便得到签证。
小说展示主人公在这种境遇下的复杂矛盾心态和成熟过程。1946 年
她发表了唯一用第一人称写的自传性小说《已故少女的远游》，回忆
过去纯真的年代、少年同窗的情谊，跟后来出卖人格尊严、尔虞我诈、
残酷无情的现实形成鲜明对比。

　　1947 年西格斯回德国，参加创建了德国艺术科学院，当选为民
主德国作协第一任主席。长篇巨著《死者青春长在》（1949）展示从
1918 年十一月革命到二战结束的德国历史。《抉择》（1959）则描绘
战后民主德国面临的个人与集体、社会主义与资本主义的选择。《在
新中国》（1951）是访问中国的游记。《他们从哪儿来，到哪儿去》
（1980）是文艺论著。早在 30 年代她就写了许多文艺理论作品并参
加了与卢卡契有关现实主义的论争。她反对卢卡契对现实主义的教
条理解。她在 60、70 年代还写了许多小说，诸如《信任》（1968）、《石

器时代——重逢》（1977）等。

海纳尔·米勒（Heiner Müller，1929—1995）年幼时目睹了法西斯的种种暴行，父亲屡次被捕，全家生活无保障。他16岁就被迫参加"帝国劳动服务队"，这一切使他一生对法西斯主义深恶痛绝。他中学毕业后当过职员、记者，1954—1955年在民主德国作协工作。之后是月刊《青年艺术》的编辑。1958—1959年他在柏林高尔基剧院工作，成为职业作家。他的妻子英格·米勒（1925—1966）是报纸通讯员和儿童文学作家。最初的两个剧本《改正》（1957）及《压制工资的人》（1958）由两人合作完成。1961年他发表《女移民》，然后是《农民》（1964）、《建设》（1965）等戏剧，激起巨大反响和争论。当时统一社会党第一书记乌布利希对他的作品时而赞赏，时而批评。1961年他被开除出作协，1966年妻子自杀。到1971年昂纳克执政后，他遭到的依然是表扬和批评双重评价。从60年代末开始，他的作品不仅在联邦德国，也在法国、瑞士等国受到重视。

他的创作经历了三阶段。最早的作品多半写民主德国社会主义建设的问题，受布莱希特影响很大。《压制工资的人》以建国初期的劳动英雄汉斯·伽尔伯在高温下抢修高炉的事迹为蓝本。剧中主人公在做出惊天动地的贡献后，获得劳动英雄称号，并得到一笔不小的奖金，但他的伙伴却把他的作为看作是对他们的背叛，因为他创造的生产定额会提高大家的劳动强度。于是有人破坏他的工作，有人揍他，骂他。此外，作者没有把他写成十全十美，他在希特勒时曾在工厂干过不光彩的事。在《改正》（1958）一剧里，主人公1918年就入党，1945年曾被关在集中营里。出于对法西斯的仇恨，他打了在民族阵线任职的原纳粹分子的耳光，对国家的用人政策不理解。当他在一个企业里当作业队长时，他同谎报产量、弄虚作假展开坚决斗争。但在一次事故中，他又错怪了工程师并拒绝道歉。

他认为一个久经考验的老革命不能向知识分子低头。这两部剧揭露了新体制下的各类矛盾，引起广泛注意。类似的剧作还有《农民》《建设》等。后者导致统一社会党中央十一次全会对它进行讨论，不准公演。

在经受了这些挫折后，作者转向改编古希腊、罗马悲剧，大部分用韵文，语言简洁优美。最为引人注目的是根据索福克勒斯的剧本改编创作的《菲罗克忒特》（1966）。该剧艺术手法高超。民主德国有评论家认为其主题是反战，但也有人认为作品有反党倾向。联邦德国有评论家认为剧中的勇士是斯大林时代被放逐、受迫害的干部形象，作者对此不置可否。根据高乃依的《贺拉斯》改编创作的诗剧《贺拉梯》（1973）约四百行诗，探索英雄人物的功过。该剧讲古罗马城和阿尔巴城面临共同敌人的进攻，但却因谁当两城之统帅争论不休，最后两城各出一代表决斗，胜者为帅。结果胜者成为杀死妹妹未婚夫和妹妹的凶手，罗马人一派认为他是英雄，另一派认为他应上断头台，争论不休。最后人民作判决：让我们赠他以月桂冠，然后送他上断头台。这剧本被西方认为是对斯大林功过的评论。此期重要剧本还有《赫拉克勒斯》（1966）、《普罗米修斯》（1968）等。

这之后，他转向德国历史，在艺术手法上采用"拼贴式"（collage）。米勒受布莱希特影响很大。1974年起他就在布莱希特创建的柏林剧团任首席剧编。他不追求情节，不让观众失去理智，但他进一步将有内在联系而在情节上没有紧密关系的事件同时搬上舞台。他在70年代大胆采用拼贴式形式，语言上则尽量简洁，并大量使用比喻、隐喻、象征，总体上给人极度夸张和荒诞的感觉。例如写为权力之争而互相残杀的《马克白》（1972），反映知识分子的处境、不甘心变成"无思想，无痛苦的机器"的《哈姆莱特机器》（1977）等。最具拼贴式戏剧特点的是《贡德林的一生，普鲁士的弗

里德里希、莱辛的睡眠、梦幻、喊叫》，其副标题是《一个可恶的童
话》。从该剧的题目就可看出是拼贴式。剧本写普鲁士军国主义统治
下知识分子的遭遇，采用的史料真实，但手法夸张、荒诞，语言简洁、
锐利，讽刺性很强。全剧分六幕。第一幕写威廉一世当着王子弗里
德里希的面，令普鲁士军官们将宫廷枢密顾问、教授、普鲁士科学
院主席贡德林灌醉，然后牵一头狗熊追他，以此取乐。当他倒在地
上时，又令军官们在他身上撒尿侮辱他。他要王子这样做，王子不肯，
他告诫王子对待学者就该这样。第二幕到第五幕讲威廉一世用鲜血
及仇恨将原本喜欢文学、哲学、音乐，性格温和的王子培养成铁血
冷酷的君主。即位后的弗里德里希二世看打仗就像看游戏。他将男
人送上战场，又向做寡妇的女人表示哀悼。他将普鲁士变成疯人院，
把百姓变成呆子或关入笼子。他邀请法国的伏尔泰做客，历史上他
确实和伏尔泰交了朋友，主张"哲学家和君主联盟"。第五幕他把伏
尔泰带到田间，强迫农民把胡萝卜叫柑橘。他吹笛子就要百姓按他
的调子跳舞。第六幕以睡眠、梦幻和喊叫三个层次描述德国启蒙运
动代表莱辛的一生追求及最后的绝望。剧中还穿插有木偶戏和哑剧，
丰富多彩。除了拼贴式，他还将象征主义与现实主义结合。例如《德
国女神在柏林之死》(1977) 涉及德国的过去、现在和未来。1990
年他完成了《一个幽灵离开欧洲》，1992 年发表了《1949—1991 年
的五十首诗》。他的戏剧情节夸张、荒诞，寓意丰富，以深刻的哲理
和尖刻的讽刺而博得愈来愈多读者和观众的青睐。

联邦德国文学　　战后有些坚定反纳粹并主张社会主义制度的作
家并没去东部占领区，例如阿尔弗雷德·安德施 (1914—1980) 等。
他们来到西部，率先于 1946 年初创办了杂志《呼声》，副标题是
《青年一代的独立刊物》，宣传"在欧洲开展社会主义实践和人道主
义自由互相统一的运动"，1947 年 3 月被美国占领当局撤销了许可证。

9 月这些编辑和一些志同道合者聚会商讨筹办文学杂志《蝎子》。刊
物没有获批准出版,但这种聚会却保留下来。第二次聚会后就按成
立年代命名为"四七社",成为没有纲领的、松散的文学团体。大家
可在会上朗读自己的作品,进行讨论。1950 年起设立"四七社文学
奖"后,聚会成了推荐作家和作品的场所,是年轻作家交往和文学
活动的天地。"四七社"活动到 1967 年停止,20 年中发掘了许多人才,
促进了联邦德国文学的繁荣和发展,发现了伯尔、格拉斯等重要作家。

战争刚结束时,出版受西方盟国限制,但联邦德国成立后,限
制大多被撤销,创作自由受宪法保护。这给作家充当"舆论的警告者"
开了绿灯,从此作家或作家团体常向民众或社会发出呼吁、公开信、
宣言或批评、警告。阿登纳上台后,联邦德国的经济发生了巨大变
化,农业改组,企业推行劳资双方共决权,政府对教育、养老金等
制度实行改革,致使民众在 50 年代末过上富裕生活,此期(1952—
1956)为联邦德国的经济奇迹期。但大多数知识分子保持了清醒头
脑,他们对由物质决定的生活方式抱"不顺从"态度。由于实行联邦
制,各州拥有文化和教育主权。各州有广播台、电视、报纸、杂志,
也有私人经营的媒体,它们促进了文学发展。在那些年代的文学活
动中,联邦德国和奥地利、瑞士形成共同的文学舆论和市场。民主
德国未参加。

诗歌方面,在艾希等人的"废墟文学"诗歌后,诗歌已不停留
在对人对事的描绘上。把诗歌看作情绪的语言、个人心灵的语言的
传统观念淡化。诗歌变得"昏暗"和"封闭",变成"反思的艺术"。
50、60 年代以单词或字母排列组成形象或声音的"具体派诗"曾风行。
而在 1961 年柏林墙建立,1963 年阿登纳辞职,1965—1966 年发生
经济危机一系列事变后,诗歌开始政治化。70 年代末 80 年代初又
出现了没有形式与主题的诗歌,如罗尔夫·迪特尔·布林克曼(1940—

1975）的诗集《向西一、二》（1975）。诗人不想通过诗产生有意义的联系，不想提示背景与原因，只把诗写出来，像照片展示在读者面前。此期许多诗歌表达对物质消费的厌倦以及无聊和空虚。它们往往没韵脚，没节奏和音节，是诗歌形式的散文，只有拼装，一切风格可以组合。因此，1975 年起联邦德国出现了大量诗歌，但多半放弃灵感，忽视形式和风格。在这种形势下，老一代作家汉斯·马格努斯·恩岑斯贝尔格（1929—　）发表了长诗《泰坦尼克的沉没》（1978），以反讽口气谈论今天人类面临的灾难。这艘巨轮是多种意义的象征。另一位作家沃尔夫·比尔曼（1936—　）则用歌曲道出四分五裂给德国带来的痛苦。80 年代初女诗人乌拉·哈恩（1946—　）试图用传统诗歌表达对现代世界的体验。

　　戏剧方面，广播剧日渐确立为独立的文学形式。它不像一般戏剧那样依赖冲突，全部由语言组成世界。它依靠听众自己的联想来创造想象的环境。这种文学形式最适合表达人物内心深处，因而称为"内心舞台"，如博歇尔特的《大门之外》反响巨大。

　　小说和其他叙事散文方面，因工业化、技术化和科学的迅速发展，社会关系变化，"个性危机"和"个人命运"的主题日显狭隘。反之，"集体命运"更能反映社会现实。为此分析和反思替代了理想社会的建造。此时的小说几乎不提倡明确肯定的东西，而是怀疑它们。这在格拉斯、瓦尔泽、伯尔等人的 50、60 年代的作品中反映得很清楚。而形式方面，60 年代曾兴起工人文学和纪实文学。随着工业发达，写工人文学的十位作家在多特蒙德市成立了以反映当代工业劳动及存在的问题为宗旨的"六一社"，1970 年又建立"劳工界文学社"，提倡报告文学。此外 70、80 年代，联邦德国还兴起了自传性长篇小说及日记或书信方式的记录性作品，女作家在这方面尤为突出。

　　沃尔夫冈·博歇尔特（Wolfgang Borchert，1921—1947）曾做

书店学徒，还短期当过演员，1941年应征入伍。他在前线受伤，被怀疑自我致伤而被交付纽伦堡监狱，三个月后获释。但接着因言谈及信件中犯有"反国家和反党"罪行他被判四个月监禁。1942—1943年冬他作为通讯兵在前线服役，后因肝病离开军队，但又因开政治玩笑再次被捕，判刑九个月。战后，他又当了演员，后任助理导演，终因战时得的病26岁在瑞士疗养院去世。他非常喜欢荷尔德林和里尔克的诗歌，17岁开始写表现主义诗作，最早发表的诗集《灯、夜、星》（1946）包括14首抒情诗，反响不大。之后他转向散文，写的短篇小说都是佳作。例如《面包》（1947）写战后饥荒时期，一个结婚已39年的老妇有天夜晚突然醒来，听见厨房里有声音就去看，发现老头偷吃面包，她装没看见。第二天晚上，她多分给他一片面包，说自己消化不了。老头把头埋在盘子上。这篇小说平静、简练，没有多余的话。截取的面很窄小，却有深度。饥饿使老头39年来首次撒谎，而第二天他表现的羞愧又如此令人感动。他的短篇小说还有《蒲公英》（1947）、《在这个星期二》（1947）等。

他最为成功而且影响巨大的作品是剧本《大门之外》（1947）。剧中主人公的遭遇以及他的思想感受，正是当时战后千百万青年人的镜子。从战场回来的士兵贝克曼失去了一条腿，回家发现妻子已属别人，他想自杀，但没成功。他找在部队时的上校，要和他清算战争罪责，但被嘲笑。他找剧场经理要求一份工作，但被告知当前的观众不需要反映真实的演出。他来到父母家，但父母因反对过犹太人，纳粹失败后父亲失业，拿不到养老金，双双以煤气自杀。至此所有的大门都对他关上，他只能留在"大门之外"。贝克曼这一代人是牺牲者，也是犯罪者，战后站在门外边。他们深感被老一辈人出卖了。剧本采用分段形式，每段有独立性，由主人公把各段穿在一起。作者用了表现主义、超现实主义、象征主义等各种手法。主人公始终神思恍惚，常从心底发出呐喊。作者把现实与梦幻交织在一起，使一个回家了又无家可归的受骗青年，在雨夜中的街上发出震撼人心的控诉和抗议。1945 年战争结束后一年半时间里德国青年沉默不言。而现在作者代表年轻人发出悲愤的喊声。《大门之外》激起了强烈反响，国内几乎所有剧院都改编演出，还拍成电影（改名《四七年的爱》），成为战后废墟文学的重要代表作。

君特·艾希（Günter Eich，1907—1972）1932 年开始专事文学创作，住在柏林、德累斯顿和巴黎。1939 年他被征入伍，不久被美军俘虏，1946 年获释回国，定居巴伐利亚州。1947 年他参与"四七社"的创建，并获得"四七社"第一届文学奖。60 年代他曾游历印度、日本、加拿大、美国及非洲，1963 年移居奥地利，夫人是奥地利女作家艾兴格（1921—2016）。艾希是诗人、剧作家，最早用笔名艾里希·贡特，1930 年才用本名，早年诗散见于文学杂志。纳粹一上台，他就停止写作。1948 年才出版第一部诗集《偏僻的农庄》，次年又发表《地铁》。1955 年出版《雨的讯息》后创作风格变化。之前，他的诗歌语言朴实，形象生动，言简意赅，接近传统诗，大多押韵，用抑扬格，很规范，从中可感受德国浪漫派诗人影响。有些诗作还可看到中国古诗风格。1949—1951 年间他翻译了 90 首中国唐宋诗词。随着经历变化，他的诗风变化，最先引起注意的是 1946 年在美国战俘营里写的以实在物品为内容的《盘点》。全诗共七段，每段四行，不押韵，每段由一个战俘数出他仅有的少得可怜的财产。其中他最心爱的是一段铅笔芯，因为用它可以在白天记下夜晚想好的诗句。而最令人垂涎的是一枚钉子，他藏起来用它刻字。这首诗简单之极，没有可省略的词，更难找到形容词。让读者想象出战俘的全部生活内容和体验，有人称之为纯现实主义。经过纳粹十多年统治，德国语言充塞了谎话、大话、黑话，急需清理。这首诗不折不扣地做到了这一点，成为当时"废墟文学"在诗歌方面的代表作。

在创作《雨的讯息》时，他称自己为"迟到的表现主义者和自然抒情诗人"。这里的自然抒情不是寓情于景，而是怀着对世界文明的深层危机意识，在诗歌语言中拯救已失去的现实世界，即视自然为统一完整的，人仅是自然的某种造物而已。在这类诗中，自然是神奇的，诗人常聆听自然的"原语言"（Ursprache）的秘密。《夏日的结束》这首诗最具代表性。全诗12行，形式上属现代诗，没有韵，没有诗格和音步，音节不等。它表达瞬间即逝的生活。自然界中的树木、果实都逃不脱死亡法则，但它们却泰然处之，没有死亡意识。一些因死亡而感绝望的人可从中得到安慰。艾希此期作品常凸现这种对自然界的认同，把自然界看作残破的现实世界的对立面。在《雨的讯息》之后，他的诗风又有变化，不再带有忧郁和神秘，不仅传统诗风愈来愈少，诗韵、诗格、音步不复存在，音律不和谐，而且使用新造的语言密码和符号，想象超越现实，不再认同自然界。1968—1972年陆续出版的《燕泥集》是他后期最重要的作品，由许多简短但内涵颇深的格言体文句组成，是采用蒙太奇手法的语言素描。很难将它归入某种文类，因此他得到了"文学无政府主义"的雅号。

艾希也是杰出的广播剧作家，他的广播剧常跨越时空，将现实和梦幻交织起来。例如《维泰波的少女们》（1953），主人公是70岁的犹太首饰工和他17岁的孙女，两人躲在柏林一所公寓里三年，如同生活在墓穴里。一日报载来自维泰波的一群少女误入古罗马地下墓穴，正待救援。他们见到这新闻后就进入梦幻：孙女成了其中一个少女，而爷爷则成了少女们的教师，他们一旦被发现就能获救。而现实中，祖孙俩若被发现就有生命危险，于是希望的梦和恐惧的梦交织。1957年的《真主有一百个名字》叙述一个商人从平凡的小

事开始领悟生活真理。他还写有《我的七个年轻朋友》（1960）等广
播剧。这种二战后兴起的广播剧反映的都是人物内心世界，不适合
舞台。

君特·魏森博恩（Günther Weisenborn，1902—1969）1935年
流亡美国，在纽约任记者，1937年回柏林，任剧院顾问并从事地下
反法西斯斗争。1941—1942年他任大德意志电台撰稿人，1942年以
"叛国罪"被捕并判终身监禁。1945年他被苏军解放，不久回柏林，
参与创建黑勃尔剧院，后任戏剧顾问。1951年他迁居汉堡并任汉堡
剧院顾问。1956年、1961年他两次访亚洲，来过中国，1964年移
居西柏林。

他最初发表的剧本《潜水艇S4》（1928）以表现主义手法描述
六名美国士兵在潜水艇里窒息死亡，获得很大成功。1930年起他成
专业作家，1931年和布莱希特合作把高尔基的《母亲》改编成剧本。
法西斯上台后，他的作品被焚烧，他就改用克里斯蒂安·蒙克的笔
名继续写作。剧本《诺依贝尔夫人》（1935）主人公是德国女演员卡
洛琳娜·诺依贝尔（1697—1760），她曾为建立不同于高特舍德的戏
剧流派努力。同年长篇小说《法诺姑娘》写渔民的爱情。战后他以
自己的经历写出《地下工作者》（1945）。剧本写法西斯统治时，青
年瓦尔特加入地下小组，但与女介绍人的爱情引起小组成员怀疑。
他们以为他是纳粹密探而威胁他。一次他被盖世太保发现，为保全
组织，他选择了自我牺牲，被敌人追赶时打死。《回忆录》（1948）
和根据里卡达·胡赫收集的资料撰写的《无声的起义》（1953），都
反映德国人民反法西斯的艰难斗争。而《两个天使下车》（1955）则
借两个火星人对地球上的扩军备战和战争的观察表达了作者的反战
立场。1958年的歌舞剧《哥廷根大合唱》歌颂18位科学家反对原
子备战。次年出版的剧本《马卡巴一家》写一个演员全家遭原子实

验场危害的故事。

　　作者在访问中国后，创作了广播剧《扬子江》（1958）和散文集《扬子江畔的巨人站起来了》（1958）。他还曾改编中国古典戏曲《十五贯》（1959），在汉堡上演。

　　马丁·瓦尔泽（Martin Walser，1927—　　）17岁应征入伍，战后在大学读文艺理论、哲学和历史，获博士学位。毕业后他在电台、电视台任导演，1947年开始发表作品，1957年起成为专业作家。1958—1977年间他去美、苏、英、日等国访问，在美国多所大学讲课。他的作品获得多种文学奖。他的早期作品受卡夫卡影响，如广播剧《外面》（1953）、短篇小说集《屋上一飞机》（1955）等，情节离奇，语言简单。但首次显示他独特写作风格的是长篇小说《菲利普斯堡的几桩婚姻》（1957）和《间歇》（1960）。前者写战后"经济奇迹"期，上流社会人欲横流。主人公出身低微，是新闻系毕业生。他一心想进入上流社会，在女友帮助下结识了上流社会许多人和家庭。其中的妇科医生因有情妇而使妻子自杀身亡，律师因对妇科医生的情妇想入非非而出了车祸，就连主人公也瞒着女友和杂志社女秘书同居。全书通过不同家庭的婚姻爱情展示此期德国上流社会的道德危机。《间歇》有九百页，资本主义经济制度的"代理人"是主人公。他介绍人购买产品，从中获回扣。若逢竞争激烈，他就更重要。他必须面对变化的形势，不断变换角色，不能保持自己的个性。他得的胃病说明"代理"身份在他心灵和精神上造成的压力。小说情节简单：主人公因胃肿瘤开刀后回家，虽曾因推销走遍全国，而老板却撤销了他的代理权。通过私人关系，他在一家国际大公司找到推销专家职位，不久被派往纽约总公司，被培养成"商品人为老化"专家。因为商品"老化"得快，新商品就销得更快，于是他青云直上。但三个季度后，他再次开刀。整部小说通过他的观察、感受、联想和回忆，展示了"经济奇迹"期的社会风貌。人们就像他一样愿意成为这个富裕社会的一员，也善于在这舞台上扮演各种角色。《间歇》的标题指主人公处在生活的中间阶段，前景已确定但尚未走完全程。语言中的矛盾、反讽和视角的断裂是小说的重要特点。发表后，它的篇幅之长和作者对细节的热衷引起争论，但主人公的内心视野解释了当时整个社会的全景。

此后的长篇小说《克里斯特莱茵三部曲》，包括《半生》（1960）、《独角兽》（1966）及《堕落》（1973），反映资本主义福利社会的竞争法则下，一个知识分子的大起大落，及最后走向自我毁灭的残酷现实。《爱的彼岸》（1976）写资本主义社会小人物的悲惨命运。中篇小说《一匹在逃的马》（1978）最成熟。主人公是两个分离23年的朋友，他们偶遇。一个性格孤僻，态度消极，另一个看起来乐观开朗，实际也是失意人。小说充分展示了知识分子的内心思想活动、他们感受到的苦闷。

他也写剧本，代表作有《橡树与安哥拉》（1962）、《黑天鹅》（1964）等。他采用布莱希特的叙事剧方式，有时情节荒诞，造成陌生化效果，引读者思考。如《超过常人大小的克洛特先生》（1963）讲一位大富翁厌倦了富裕生活，要求别人将他杀死。但连清贫的旅店仆人也不愿干这事。《爱的表白》（1983）是散文集，寻求爱情在他所有作品中都既严肃又有趣，行文热情。他诙谐却没有玩世不恭，使人感动却不叫人落泪。他被公认有深刻洞察力和非凡艺术才华。

乌维·约翰逊（Uwe Johnson，1934—1984）1959年移居西柏林并成为职业作家。他参加"四七社"活动，曾获多种文学奖。约翰逊在民主德国时已开始创作，但未能出版，移居联邦德国后发表第一部作品《对雅各布的各种揣测》（1959）。主人公在民主德国一个车站工作，是有经验的、可靠的调度员，但一天他却被火车压死。

是不小心，还是自杀，成了谜。作者让最熟悉死者的人提出不同推测。于是围绕死者的谈话、内心独白或直述构成错综复杂的网络，包括发生"匈牙利事件"时的情况。读者获悉主人公有个从民主德国去联邦德国的女友；民主德国有个知识分子组成的反对派组织；民主德国安全部人员的活动和主人公有关系等。但主人公不关心政治，对工作极端负责。他虽热爱在西部的女友，却对那里的生活失望。他去了西部，不久又回东部，而且就在回来的那天神秘地死去。他的死最后仍是个谜。这是"结尾开放"的"非亚里士多德小说"，像布莱希特的叙事剧那样有重大意义。小说涉及德国的分裂及分裂对生活在东西两边的人造成的后果。

长篇小说《关于阿希姆的第三本书》(1961)的主人公是人民议会议员，是民主德国著名的自行车运动员，关于他的生活已出了两本书。联邦德国一个体育记者通过女友结识了他，准备为他写第三本书。但因两个德国意识上的分歧，记者的采访无法进行下去，放弃了写书。小说再次描写了两个德国的现状及造成的问题。长篇小说《两种观点》(1965)写联邦德国的摄影记者与民主德国的女护士在柏林相识、相爱。1961年柏林墙的建立阻碍了他们交往，但却增强了一起生活的决心。护士在记者帮助下逃奔西区。但因对生活、工作、世界的看法不同，终于分手。作者追寻的既不是民主德国，也不是联邦德国。比如长篇小说《周年纪念日》(1970—1983)的女主人公50年代由民主德国到纽约，在银行当译员。她常向十岁的女儿讲德国历史，一直寻求自己的国家。它不是民主德国，也不是联邦德国，更不是美国。作者本人最后十年在孤独和精神危机中度过。

君特·格拉斯(Günter Grass, 1927—2015)出名的作品首推长篇小说《铁皮鼓》(1959)，但他从写诗开始。1955年他写的诗歌获南德意志电台创作奖，而后获"四七社"奖。他早期诗歌的结集

《风信鸡的长处》（1956），富于激情，颇多文字游戏。他的诗歌深受里尔克、林格尔纳茨（1883—1934）和洛尔卡的影响。1960年他出版了诗集《三角轨道》，接着是政治题材的《盘问》（1967）。诗集中均有他自绘的插图。虽说没赢得很多读者，但他一直坚持诗歌创作。70年代后期开始他还尝试把诗歌和小说结合起来，在小说《比目鱼》（1977）和《母老鼠》（1986）中均有很长篇幅的诗歌。

他还有许多剧本，主要有《洪水》（1957）、《恶厨师》（1961）和《平民试验起义》（1966）。他早期剧作受荒诞派戏剧影响，以《铁皮鼓》为小说创作发端，又发表了《猫与鼠》（1961）和《非人的岁月》（1963）。这三部小说后来通称"但泽三部曲"，因故事均发生在他故乡但泽。该城市起初为斯拉夫人的城镇，1793年被普鲁士占领改名但泽，1919—1939年按《凡尔赛和约》规定为自由市，由波兰管辖。二战为德国占领，战后重归波兰又改名格但斯克，世代居住在那里的德国人被驱逐回德国。他父亲是德籍商人，他的家庭和上述历史、地域背景对三部曲颇为重要。

他的成名作叫《铁皮鼓》，主人公终生与一只儿童铁皮鼓形影不离。他于1924年降生在但泽一市民家，用敲鼓表达感情和思想。他唱歌能震碎玻璃，还拥有特异功能；出生后智力超常，能像成人观察、分析世界。为了不与成人沆瀣一气，他凭借意志使自己三岁停止成长，成了侏儒。小说分三部46章，大部分是第一人称倒叙，通过他不平凡的经历反映1924—1954年以但泽为中心的德国社会现实。主人公亲眼看见法西斯在但泽兴起、猖狂发展，经历了二战和战后最初年头。对现实中他憎恨的种种事，他击鼓抗议。当然，作者塑造的是"反英雄"，一个弄臣式人的侏儒，而且他通过阅读歌德等作家洞悉社会，知晓了性的神奇。对母亲去世他难逃其咎，他使两个男人离开人世，其中有一个可能是他父亲，并与后来成为他岳母的人生了个孩子。在战争期间他是前线杂技团演员，战后当石匠、裸体模特儿、爵士乐队鼓手。成为富翁后他感到无聊，最后甘愿被指控为杀人犯进精神病院。侏儒形象既借鉴德国文学史上流浪汉小说的传统又不受其局限。通过这形象作者创造了叙述的独特视角。在荒谬的框架内，侏儒既是又不是这个社会的成员，这使他处在局外人地位上。这样，作者惊世骇俗地描绘了那时期德国的社会真实。小说获得很大成功，1979 年被改编成电影，获戛纳电影节金棕榈奖。

中篇小说《猫与鼠》的主人公是二战时但泽中学的学生，喉结特大，像老鼠跳动，遭人嘲笑。小说开始在球场，同学把一只猫放在昏昏欲睡的主人公那大喉结上，猫把喉结当成老鼠。小说由此得名，"老鼠"更成了主人公的代称，并象征有各式特征或缺陷的人。而猫生来捕杀老鼠，永远凌驾于老鼠之上，比喻当时的社会。该小说通过 13 个独立又相互关联的章节描述主人公如何再三试图掩盖缺陷。他身体很弱，为赢得社会承认，处处勉为其难。为获得社会承认，他以"自我异化"为代价。但直到最后，他也没得到社会承认，满口纳粹套话的中学校长拒绝他在学校作报告，导致他悲惨的结局。

《非人的岁月》分三部，由主人公阿姆塞尔、布鲁尼斯和马特恩三人讲述。阿姆塞尔和马特恩是同学，拜为兄弟。布鲁尼斯是中学的青年教师，三人成为好友。阿姆塞尔有一半犹太血统，有艺术才能；马特恩身强力壮、头脑简单却有正义感；布鲁尼斯则是思想进步的知识分子，因他收养吉卜赛小姑娘，纳粹占领但泽后他受迫害，在集中营中被折磨死。阿姆塞尔和小姑娘则因血统受到酷刑和侮辱。马特恩曾参加党卫军，看到朋友受迫害强烈不满，被投入苦役营，后在前线投奔盟军。战后，马特恩决心为朋友报仇，而当时社会对纳粹网开一面，他就走上个人复仇的道路。小说以多侧面揭露了"非人的岁月"中法西斯的罪恶，表达了对联邦德国姑息纳粹的不满。

西格弗里德·伦茨（Siegfried Lenz，1926—2014）二战末在纳粹海军服役，战后在汉堡上大学。他以撰写充满幽默、情节发生在二战前后并带有浓郁地域特色的小说著称。他还写剧本和广播剧，最有名的是长篇小说《德语课》（1968）。他的故乡吕克位于东普鲁士马祖里地区，因而最具代表性的乡土短篇小说集《苏莱肯村曾经如此多情》（1955）被称为马祖里小说集。作者称之为对他故乡的爱情宣言，讲述他听到的伐木工、农民、渔夫、小手工业工人的平淡或离奇的故事。小说刻画马祖里人机智、狡黠却又木讷的特点。作者强调他们与世无争、和睦相处、心宁不躁等品格，突出这种品格的静穆之美。但时光仍然影响了他们，书中写的窄轨铁路的铺设就是明证。

《德语课》故事发生在1954年，汉堡一教养所的少年犯西吉上德语课被罚写题为《履行义务的喜悦》的作文。他回忆起他在穷乡僻壤当警察的父亲在纳粹时期如何严格执行命令，监视当地一个画家，禁止他作画，没收销毁他的作品。而画家本人曾是警察的好友并有救命之恩。战后，英军把他父亲抓走，三个月后他回村里任原职。但他不能适应时代变化，仍继续烧画。与父亲不同，西吉以前力图保护画家的画稿，曾把画稿藏起来。因父亲一再烧画，他藏画的磨坊也着过火，西吉处在病态恐惧中。他也适应不了新变化，但表现相反。他继续偷藏画家的画，被送进教养所。

伦茨多产，还创作了十余部作品，重要的有《空中群鹰》（1951）、《满城风雨》（1963）、《家乡博物馆》（1978）、《损失》（1981）和《练兵场》（1985）等。

亨利希·伯尔（Heinrich Böll，1917—1985）曾做书店学徒。1939年在科隆大学读日耳曼语文学，不久入伍，1945年被美军俘虏，年底获释回科隆，继续大学课程。他1947年开始发表小说，1951

年成职业作家，1970—1974 年先后任国际笔会联邦德国中心主席及国际笔会主席，1972 年获诺贝尔文学奖。他是小说家、剧作家、翻译家，尤其擅长写小说，大多涉及战争。战后初期的中篇小说《列车正点到达》（1949）、短篇小说《流浪人，你若来斯巴……》（1950）和长篇小说《亚当，你在哪里》（1951）等都写小人物。他深深体会到战争给人民带来的物质及精神灾难，战后最初几年城市被毁坏，供应极端紧张，许多人干黑市交易，有时偷窃。法西斯战争也毁了文学，德语已改变。为此他参加了"四七社"。

《列车正点到达》为"废墟文学"作了贡献。小说写一个德国士兵在军车上与两个士兵闲谈，流露出对战争的真实看法。几天后，主人公在波兰妓院里认识了探听德军秘密的波兰女地下工作者，两人一见钟情。她为救他，翌晨带他上了德军将领来接她的汽车，想一起逃走。但汽车为游击队炸毁，女子死去，主人公幸免。小说用第一人称叙述，笼罩着天命观和神秘宗教感。主人公对和平的向往令人心碎，爱情也毫无希望。

作者常把战争、战争的恶果与整个社会结合起来批判或抨击，如长篇小说《九点半钟的台球》（1959）通过一个建筑师家史反映从威廉帝国到魏玛共和国，以及"第三帝国"到联邦德国的历史演变。1958 年 9 月 6 日是老建筑师菲梅尔的生日，晚上全家聚集庆祝，通过成员的谈话、内心独白、回忆，多角度地展现了家庭史，主线是圣安东修道院。1903 年菲梅尔以天才的、具有创造性的设计得到建造该修道院的委任。1907 年修道院建成，他一举成名，娶了大家闺秀。儿子罗伯特也读建筑，是纳粹期静力学办公室主任。二战最后几天，为遵照军令给大炮射击腾地盘，修道院根据罗伯特的静力计算被炸毁。罗伯特战后过着隐居生活，常内疚因为修道院修士与法西斯同流合污而没拒绝执行炸毁修道院的命令。重建该修道院的任务落到了孙子约瑟夫身上，落成典礼那天，祖孙三代都受到邀请。但罗伯特无法向父亲和儿子坦白参与过炸毁修道院。小说充满了基督教象征，如"水牛圣餐"和"羔羊圣餐"。

伯尔的创作基本像传统作品，但采用多种手法，有对话、叙述、插入语，还有暗示、隐喻、意识流和心理描绘。他喜欢狄更斯、巴尔扎克、弗洛伊德，深受陀思妥耶夫斯基影响。他喜欢让人物行动代替叙述描写，不太写环境和气氛，喜欢白描和速写。他还善用讽刺和夸张来凸现事物实质。他喜欢第一人称，以便与人物保持距离。他以极有限的篇幅反映广阔的社会历史画面。例如《干粮袋历险记》（1950）讲一只军用干粮袋几易主人，时间跨一战到二战，涉及波兰、德、英、俄。主人公不论国籍都是小人物，身份、性格和对战争的态度不同，命运也不同。结尾处，几经沧桑的干粮袋回到它那已死的第一个主人年迈的母亲手里。

《一个妇女周围的群像》（1971，又译《莱尼和他们》或《女士及众生相》）写一个快50岁的德国妇女承担了1922—1970年全部历史重担，引起很大反响。小说由第一人称作者叙述，为了解这沉默寡言、遭人辱骂的妇女，作者拜访了众多的人。作者把一大堆琐事和众多人物变成具有广阔社会内容的油画。女主人公显得孤傲，满不在乎，而四周的人物有各色脸面，对她的态度各不相同。女主人公生在建筑公司老板家，继承了父亲独立不羁的性格和母亲的多才多艺。她爱上表哥，但表哥和她哥哥一起入伍，因反战而被处决。她与一个军士结婚，三天后他开赴前线后阵亡。她父亲因破产入狱，她去花场干活，结识了苏联战俘，生下一个儿子后战俘死于战俘营。战后她生活艰难，不久与一个土耳其人同居，被人们骂"破鞋""婊子""俄国佬的姘妇"，但她充耳不闻，毫不在乎。作品反映了德国50年的历史：一战、二战，战后困难期、经济奇迹期、各政党大联合期，直到 1969 年社会民主党、自由民主党政府执政。涉及的领域有吃、睡、玩、爱，还有饥饿、正义、赎罪、死亡、迷失等日常生活及普通情感，批判地剖析了德国的政治、经济、宗教、文化各方面。

他的文章、讲话汇集成册的有多种。他晚年出版了中篇小说《丧失了名誉的卡塔琳娜·勃罗姆》（1974），反映新闻界以造谣毁坏了一个善良女子的一生。长篇小说《监护》（1979）引起强烈争论。他对复兴德国文学做出了贡献。

联邦德国值得提的还有**马克斯·封·台尔·格吕恩**（Max von der Grün, 1926—2005）、**汉斯·君特·瓦尔拉夫**（Hans Günter Wallraff, 1942—　）。前者二战入伍，为美军所俘，1947 年回国后当过工人、矿工和火车司机。他是"六一社"的创建人之一，是国际笔会联邦德国的中心成员。他善写工人小说，也写广播剧、电视剧，作品大多取材亲身经历。最初的长篇小说《鬼火和火》（1963）以"经济奇迹"期为背景，写工人受的剥削，人际关系的毁坏。它的出版使工人文学在文学市场上取得突破。长篇小说《坎坷人生》（1973）也写劳资矛盾。他的作品立足现实主义，但有意识地接近文献文学，很重视夸张和添枝加叶，引起广泛的社会反响。后者做过书店学徒，后当工人。他是"六一社"成员，以写报告文学著称。报告文学集《我们需要你》（1966）揭露企业主对工人的剥削，剖析所谓的富裕社会，反响极大。报告文学集《十三篇不受欢迎的报道》（1970）反映现实中非人道现象和民主问题，甚至包括康采恩内部建立秘密部队及科研机关研制化学细菌武器等内幕。1974 年他到希腊参加反军事独裁斗争，曾被捕。次年根据这段经历他写成报告文学《我们邻国的法西斯》。1976 年他伪装成军火商代理人与葡萄牙前总统秘密接触，根据录音记录等材料写出报告文学《揭露一个阴谋》（1976），使葡萄牙避免了右派政变。他改变容貌及姓名，伪装混入工厂、企业、报社、社团，把所见的与掌握的文献材料结合起来写纪实性极强的作品。揭露报社耸人听闻内幕的《伪装者——在〈图片报〉工作的汉斯·艾塞》（1977）和报道土耳其人在工厂遭不公平待遇的《最底层》（1985）都是用该手段获取材料写的。

第六节　奥地利文学和瑞士德语文学

奥地利文学　1938 年 3 月奥地利成为第三帝国的一部分，许多作家流亡海外，也有些参加了欢呼元首的行列。二战结束后，奥地利政府把自己说成是纳粹的牺牲品，未对历史深刻反省。同时，它未对流亡作家发出回国邀请。因此，奥地利文坛 60 年代中期前主要"恢复旧观"。老一辈作家中，托贝格（1908—1979）以传统风格继续创作，并写评论反对布莱希特的新式戏剧；居特斯洛（1887—1973）以表现主义及象征手法创作鸿篇巨制，有一定独创性。

"恢复旧观"的主将**海米托·封·多德乐**（Heimito von Doderer，1896—1966）19 岁入伍，开往一战前线，不久被俄军俘虏，四年后从西伯利亚战俘营逃回维也纳。他在维也纳读历史和心理学，为文学创作做准备。1933 年他加入奥地利尚禁止的纳粹党，后退出并承认"犯了理论错误"。二战中，他任德国空军上尉，被英军俘虏。战后他专心创作，成为奥地利 50、60 年代主要长篇小说作家。他开始创作时，恰逢俄国十月革命。1918 年奥匈帝国崩溃，之后建立的奥地利第一共和国经济危机、政治动荡。多德乐不认为重大历史事件会真正改变人的命运，更不主张人以意志和行动改变世界。他赞同中世纪神学家托马斯·阿奎那的观点，认为世界按最高神性发展而成，是完美和谐的整体，恶只存在于这整体之外的"第二现实"中。

人可以进入罪恶的"第二现实",也可置身完美整体,不对第一现实作任何改变。在文学创作上,他要恢复19世纪小说注重叙述和情节。他的小说篇幅浩繁,人物众多,不同情节平行发展。《漩涡院阶梯》(1951)细致、真实地反映一战前后维也纳芸芸众生的喜怒哀乐。军官梅尔策一战前订婚,迫于社会压力解除婚约。战后,他成平民,过独身生活,通过反省走上真正的人生道路。他救助遭遇车祸的原未婚妻,并决定与一起救人的姑娘结婚。除他之外众多的小说人物盘根错节,交叉又独立,不胜枚举。作者用近乎自然主义的笔调绘制了一战前后维也纳的万象图。另外,小说故意不涉足当时历史,重笔描绘百姓的日常琐事,刻意在寻常事中寻觅永恒。

多德乐小说工程巨大,人物和故事不够生动。《群魔》是代表作,故意借用陀思妥耶夫斯基的小说题目,细致入微、广袤无垠。小说写于1930—1936年,后来随着作者对纳粹认识的转变几易其稿,1956年出版。小说中性格鲜明、故事独立的人物达50多个,故事中有故事,小说中有小说。《漩涡院阶梯》中的一些人物也粉墨登场,获得新发展。人物分三组:1)资产者,即银行商、阔佬及家小(多是犹太人);2)其对立面,被叙述者称为"自己人",即叙述者、一个作家及历史学家(作者的化身);3)小说修改过程中加入的工人。《群魔》的高潮是1927年7月15日维也纳司法大厦的大火。作者以这一历史事件为直接背景,人物纷纷脱离丑恶的"第二现实",重新做人。但他的描述带有讽刺性,暴露人物丑恶的一面,在"自己人"身上已预示纳粹特征。书中出身工人的人物不走激进的阶级斗争之路,而是通过学习,用专业知识充实自己,保有"第一现实"。系列长篇小说《第七长篇》(1963—1967)呼应贝多芬的《第七交响乐》,去世前没完成。

与多德乐不同,大部分作家仍认为讲故事幼稚、虚假,看不到世界支离破碎的真面目。故事流畅使人只看事物华丽的表面，而不深入思考生活本质。他们有意通过故事不顺畅暴露人生不合逻辑，努力接近生活的内在真实。这样的作家主要有**英格博格·巴赫曼**（Ingeborg Bachmann，1926—1973）和**依尔泽·艾兴格**（Ilse Aichinger，1921—2016）。前者是多面手，1953年的第一部诗集《时不我待》（又译《缓付的时间》）反响热烈。此后，她写广播剧（《曼哈顿的善神》，1958，最为著名）、歌剧脚本，还写长、中、短篇小说和文艺理论文章，并翻译英、意文学作品。她曾在多地学哲学并获哲学博士学位，对维特根斯坦的语言哲学研究精深并有发展。在诗集及小说集《第三十个年头》（1961）、《同步》（1972）中，她处处表现出对语言的疑虑和不信任。她的诗不表现美好与希望，小说没有完整的情节，只注重辨析，凸现作家的反思。她的长篇小说集《死亡方式》第一部《马利纳》（1971），写自传式人物"我"与匈牙利男子伊万及学者马利纳的恋情、同居及爱恨交加的关系。小说更多是对男女关系和女人角色、心理的剖析，展现充溢着绝望和死亡的世界。该小说是70年代妇女解放运动的热门读物。艾兴格同样不信任语言的准确性和表现力，反对首尾连贯、歌舞升平的叙述。小说集《绞刑架下的讲话》（1952）前言集中阐述了作者对叙述及语言的基本态度，是20世纪叙事文学理论的重要文献。长篇小说《更大的希望》（1948）是一个犹太少女在二战中的生活片断，从少女的角度用诗意语言将生活浓缩为密码和象征，现实成为互不连接、荒诞不经的残片。读者有恍入云雾之中的感觉。

鲍尔·策兰（Paul Celan，1920—1970）生在长期为奥地利哈布斯堡王朝统治的切尔诺维茨（今属乌克兰），是说德语的犹太人。二战中他父母死在集中营，自己也一度被抓。二战后他在布加勒斯特当编辑和翻译，后移居维也纳，再迁往巴黎，后投塞纳河自杀。

他生前出版了七部诗集，后又有三部遗作印行。第一部诗集中的《死亡赋格曲》（1952）和后来的《杨树，你的叶子惨白地盯着黑暗》（1955）家喻户晓。他被推崇为德语现代诗经典作家，他翻译的英、法、美、意、俄、罗马尼亚和希伯来诗同样不可忽视。诗集尤以《罂粟与记忆》（1952）、《语言栅栏》（1959）和《阳光丝线》（1968）著名。他的早期诗歌中有象征派和超现实主义的影子并受特拉克尔、里尔克、荷尔德林影响。策兰以悲哀、绝望的基调表明，在经历了法西斯集中营生活后无法继续表现希望和欢笑。他专注于以全新的语言表述独特的思想，抛弃日常用语，强调以多重意义的词语"最准确"地表达内心和外在世界。他的诗自成一体，新奇难懂。他起初使用较传统的长诗句格律，从《语言栅栏》起，诗和诗句都越写越短，常出现单字句。诗歌内容也融汇了犹太神秘主义和马丁·布伯（1878—1965）的存在哲学成分。

艾里阿斯·卡内提（Elias Canetti，1905—1994）生于今属保加利亚的鲁斯丘克，父母是犹太人。他六岁随父母迁往英国，父亲病故后随母亲迁往维也纳，获化学博士学位。他很早就用德语开始文学创作，奥地利并入德国后他流亡巴黎、伦敦，二战后住在伦敦和苏黎世。

《眩晕》（一译《迷惘》）写于1930—1931年，是他唯一的长篇小说，分三部分：1）没有世界的头脑；2）没有头脑的世界；3）世界在头脑中。这小说是荒诞悲喜剧，主人公汉学家以知识渊博著称，生活在书本中，失去与现实世界的联系。女佣大字不识半斗，骗得他信任后与他结婚，接着便折磨他，将他赶出家门。在外面的世界里，他结识了各色人物，受到狡诈侏儒的盘剥。他的心理医生弟弟从巴黎赶来，驱逐贪婪的女佣，他重入家门。最后，汉学家将书房付之一炬，自己也同归于尽。小说外景是维也纳，但作者对它加以漫画式的夸张。他要写一个相互不沟通、人人作茧自缚的荒诞群体，要创作一部"人间疯子喜剧"。《眩晕》1935 年出版后并未引起重视，1948 年再版后仍寥无反响，到 1963 年第三版时评论界才认识到它实际开了贝克特荒诞剧的先河。它一跃成为现代派经典，作者也获得一系列奖，包括诺贝尔奖。小说注重夸张和嘲讽，每个人物都有独特的声调、用词、节奏和速度，其内心世界和性格特征均反映在这"音响面具"上。他的戏剧也体现这些特色。《婚礼》（1932）讽刺小市民强烈的占有欲，婚庆场所房倒屋塌象征作者对整个社会的挞伐。《虚荣闹剧》（1950）写政府命令销毁所有镜子，引起大众歇斯底里的反对，最后以暴动告终。《死亡有期》（1964）写一个地方的所有人都以为知道自己的确切死期，当发现并非如此后就乱作一团，惶惶不可终日。

1922 年魏玛共和国外长拉腾纳遇害，引起大规模群众游行；1927 年 7 月 15 日，维也纳工人与警察对峙，引起司法大厦大火，同样有浩大的群众场面。作者目睹这两大事件后长期潜心研究群众聚散这一社会现象，并于 1960 年发表哲学、社会学著作《大众与权力》（1960），将大众分为"歇斯底里型""逃跑型"和"有组织型"几种，用人类学、社会学例证分析比较，指出大众与权力的内在关系，并对权力、死亡等人类社会现象追本求源，在马克思、列维－施特劳斯的哲学、人类学说之外独树一帜。

卡内提晚年创作了自传三部曲：《获救的舌头》（1977）、《火炬在耳》（1980）、《大开眼界》（1985）。他以古典的笔调描述自己从童年到两次大战间在维也纳成为职业作家的经历，体现生活与写作、知识与创造间的密切关系。

维也纳派　1952—1953 年间，以阿特曼为首的吕姆、维纳、拜尔和阿赫莱特纳等几位年轻作家在维也纳结成团体，以语言实验为最高信条，独辟蹊径。维也纳派是自发、松散的团体。1958年随着阿特曼的诗集《黑墨水》（1958）发表，该派成员各奔前程。但解散后他们反而驰名遐迩，下面介绍几位主要成员。

汉斯·卡尔·阿特曼（Hans Carl Artmann，1921—2000）二战时参加国防军，从美军战俘营回维也纳后开始诗歌创作。早期诗歌有超现实主义的影子，但已具个人特色。《关于诗意活动的八点声明》（1953）阐述他的美学观点，强调艺术和自然对立、为艺术而艺术，以及创作的独立、新奇、非逻辑和无目的。他打破传统，向外国学习，向民间学习。他不把语言看作载体和表达内容的工具，认为词汇"极富性感"，可以"随意交配"。他和该派的一大发现是方言土语，1958年发表的维也纳方言诗集《黑墨水》使他名声大振。

不同于乡土文学家，他以方言特有的表现力勾勒黑色幽默的画面。比如《黑墨水》注重诗的声调和音响效果，强调诗是听觉和视觉艺术。诗集配有维也纳方言字典和留声唱片，以便所有人体会到韵味。1959年他与阿赫莱特纳、吕姆发表《玫瑰、裤子和腿》，进一步发掘方言的表现力。60、70年代不少作家纷起效法他们，包括瑞士的库尔特·玛蒂（1921—2017）和德国的库茨，方言诗顿成风尚。60年代起，阿特曼重新以标准德语创作，写诗、戏剧、小说和散文。他打破文体界限，从不同侧面开发语言表现力。

格哈特·吕姆（Gerhard Rühm，1930—   ）从钢琴和作曲专业毕业后，在德国艺术院校任教。他出版了《拜尔全集》和《维也纳派》，系统记录了五位新先锋作家的创作和美学探索，成为该派的记录者和理论家。他也强调语言实验和翻新，创作了视觉诗、听觉诗和可以演出的诗。他和具象诗主将瑞士诗人戈姆灵格尔（1925—   ）有交往，但创作领域比具象诗更广。他认为传统文学体裁早已过时，反映现实也已过时。他要打破文体界限以及文学与音乐、美术、戏剧的界限,创造涵盖一切的整体艺术。在诗歌创作中他大量采用音乐、美术和戏剧手段,其"文字图像"不仅以书籍形式出版,还像绘画作品一样巡回展出。他强调文学创作绝对独立,认为文学即现实。

康拉德·拜尔(Konrad Bayer,1932—1964)本是银行职员,认识阿特曼后成为职业作家。他也反对把语言作为表达思想的媒介,认为语言既不能也不该成为人际交流工具。语言是自在之物,作家只能通过语言实验从声响和图像上开发语言。他认为除语言外,文学没有其他目的和内容。他在创作中也不分体裁,而是用音乐、美术和数学等不同方法设计语言,像马赛克一样拼装。他的作品不再有情节和思想,小说《维多·白令的头》(1965)有这样令人瞠目的句子:"皇诗无帝极人度手措悲足只伤好,排列起国歌歌词的字母来。"这句话可以复原为:"皇帝极度悲伤,诗人手足无措,只好排列起国歌歌词的字母来。"但这种排列只是一种可能。拜尔否定语言逻辑后,转向神秘和非理性,最后自杀。

奥斯瓦尔德·维纳(Oswald Wiener,1935—　)是该派极端者。1959年他在维特根斯坦及茅特纳(1849—1923)影响下,将自己所有作品付之一炬并与维也纳派分道扬镳。他多才多艺,放荡不羁,崇尚叛逆,是数学家、电脑软件专家,又是爵士乐队号手,还在柏林开了餐馆。他认为人的感觉和思维都离不开语言,语言充斥生活各方面,决定一切;我们眼里的"现实"是语言的伪造品,文学也是。他把语言视为人类社会的万恶之源。《改良中欧》(1962—1967)名为"长篇小说",却无确定人物和情节,由议论、箴言、序言、人名、文献索引和脚注组成。他取消科学与文学的界限,用控制论和信息论设计文学作品。他对语言无处不在、歪曲、伪造现实忍无可忍,要通过对情景的凝神专注取消语言。可他知道根本离不开语言,于是他在作品中用控制论设计一个"生物调节器",来体会事物的特性并脱离语言控制。这个调节器固然有趣，但《改良中欧》仍是语言作品。

恩斯特·严德尔（Ernst Jandl，1925—2000）不是维也纳派，在创作上与该派相似。他也受达达派影响，但以诙谐的语言游戏代替了该派的激情。目前他的声望超过维也纳派和德国具象诗派，是德语区最著名的实验诗人。到 20 世纪 90 年代他出版了近 30 本诗集，以《语音和露易丝》（1968）、《荷西－安娜》（1966）、《黄狗》（1980）最著名。他不只写视觉诗、听觉诗、朗诵诗、少儿德语诗和洋泾浜德语诗，还以传统形式和日常用语创作。他重视诗歌表现形式，其变化无穷是诗人的用武之地。《加工帽子》（1978）是洋泾浜诗集，因为洋泾浜德语在实际生活中早已存在，却被排斥在诗歌大门外。其次，这种语言可表达传统语言无法表达的东西。他强调艺术需要自由，于是他将单词打散，随意删减、重复、排列组合字母，让读者在似曾相识中发现语言深处的大千世界。他的诗常要亲自朗诵，读者才会顿悟。他灌制了许多唱片、录音带和录像带，他的现场朗诵会总是听众如云。他还创作广播剧，《蒙娜丽莎打呼噜》（1970）十分著名。1970 年他创作《空间，写给灯光和音响设计师的剧情诗》，演出时不需演员。从《人文主义者》（1976）开始他逐渐创作有实验性又适合舞台演出的剧。《陌生》（1980）写共同生活的一对男女作家一天的生活片断，反映作家的孤独和创作的艰辛，有浓重的自传色彩，获巨大成功。

奥地利文坛 60 年代中期前以恢复旧观为主。奥地利笔会一再拒绝维也纳派及严德尔等实验作家加入。1972 年国际笔会主席德国作家伯尔获诺贝尔文学奖，奥地利笔会主席愤而辞职。严德尔利用此机会，号召成立"格拉茨作家联合会"，与奥地利笔会分庭抗礼。格拉茨气氛宽松，逐渐成为奥地利新文学的中心。当地"城市公园论坛"

大胆维护作家权益，扩大文学作品在广播、电视中的比重，促进文化政策自由化。当地杂志《手稿》不拘一格地出版各类风格的创新作品，维也纳派作家均得以一展才华。他们从格拉茨进军德国图书市场，影响遍及德语区。80 年代中期后，该联合会逐渐暴露官僚弊端，许多作家退出。但整个 70 年代，该联合会为大批作家提供了精神和组织后盾。

沃尔夫冈·鲍尔（Wolfgang Bauer，1941—1997）是"城市公园论坛"和"格拉茨作家联合会"成员。他学习维也纳派运用方言和语言游戏，在戏剧舞台上获巨大成功。使他成名的《魔力下午》（1968）记录了格拉茨四青年一个下午的生活。他们空虚、无聊，靠色情、毒品和暴力打发时间，反映西欧学生运动前的社会状况。《改变》（1960）、《电影和女人》（1971）、《除夕，又名萨赫尔饭店大屠杀》（1971）写艺术家的失望、堕落，影剧界的哗众取宠及玩世不恭。他还受尤内斯库影响，写了荒诞的《微型剧》（1964）和小说《昏头昏脑》（1967），明确强调精神病与艺术创作的共性。精神病也是**格哈德·罗特**（Gerhard Roth，1942—　　　）创作的一大主题。处女作《阿尔伯特·爱因斯坦自传》（1972）以第一人称描述精神病发作的全过程，语言新奇，极富表现力。《决心生病》（1973）和《常见死亡》（1984）也围绕该主题。罗特于 1972—1981 年去美国旅行，写了《视野开阔》（1974）和《新的一天》（1976），重新采用传统叙述。他在 80—90 年代初创作了七卷长篇小说集，写奥地利社会不同侧面，以《太平洋》（1980）最著名。写出 1988 年度最优秀德语小说的**克里斯多夫·兰斯迈尔**（Christoph Ransmayr，1954—　　　）是 80 年代初才发表作品的年轻作家。第一部长篇《坚冰与黑暗的恐惧》（1984）写奥匈帝国 19 世纪末的北极探险。他将史实与想象合一，对他从未见过的北极风光写得细致入微，是冰雪景物佳作。《世界末日》（1988）

以《变形记》及其作者奥维德被奥古斯都大帝流放到黑海之滨蛮荒之地为题材，将史实与想象、古代与现代、艺术与生活糅在一起，扑朔迷离，神奇动人。奥维德的《变形记》叙述世界从诞生到奥古斯都大帝的历史，兰斯迈尔则续写到"世界末日"。

二战后，奥地利政治家和保守作家对历史采取鸵鸟政策，使敏感作家不以为然。汉斯·雷伯特（1919—1993）、格哈德·弗里契（1924—1969）、伯恩哈德、盖尔克·永克（1946—2009）、因内霍夫（1944—2002）等大批作家以不同方式反省和揭露奥地利历史。家乡不再美好，自然不再媚人，偏狭、仇恨和杀气取代了乡土文学的泥土芳香和温情脉脉。雷伯特的《狼皮》（1960）、弗里契的《石上青苔》（1956）、《狂欢节》（1967）和伯恩哈德的作品是这股强劲、持久的反乡土文学的硕果。它们揭露奥地利的法西斯倾向，还把矛头指向教会势力。

奥地利战后文坛女作家活跃。除专门讲到的女作家，克莉斯汀·布斯塔（1915—1987）和拉万特（1915—1973）的作品中宗教情绪鲜明，巴巴拉·弗里施姆特（1941—　）和布里吉塔·施威格（1949—2010）被视为妇女文学的代表，玛丽亚娜·弗里兹（1948—2007）的小说篇幅巨大，她1985年发表的《他的语言你不懂》长达3500页，却只占整部小说的四分之一。在维也纳派和严德尔强调艺术独立、至上的同时，许多作家以文学反思历史，反映社会现状。随着60年代左翼思潮、学运兴起和反越战情绪高涨，还出现了数位左翼作家。

艾里希·弗里德（Erich Fried, 1921—1988）是60年代学运时最受欢迎的诗人。他的诗直抒胸臆，密切结合生活和社会现实。1938年奥地利并入德国后，他在维也纳建立了中学生抵抗组织。父亲被纳粹杀害后，他流亡伦敦，建立流亡者青年团，加入共产党组织的奥地利青年流亡阵线并参加BBC对德广播。他不顾个人安危，拯救了 73 位受纳粹迫害的奥地利人。他此时写的诗集《德国》（1944）、《奥地利》（1945）充满反纳粹情绪。二战后他关注世界局势，尤其德国政局。《警告诗》（1964）标志其政治抒情诗成熟。他以诗为武器，反对战后德国社会的黑暗和不公；他通过暴露新闻媒体语言的不真实揭露政治虚伪。诗集《越南等等》（1966）更以观察的敏锐，语言的独特，思想的尖刻、犀利成为反越战青年的热门读物。作为犹太人，他站在纳粹对立面；当以色列与巴勒斯坦冲突时，他又写《听，以色列》（1974），抨击以色列的阿拉伯政策。他的诗贴近时事，充满正义感。虽为左派诗人，他对极左派的不宽容和教条也深恶痛绝。他的诗水平参差，但开了政治抒情诗新风，是 1945 年之后最重要的抒情诗人之一。

彼得·突里尼（Peter Turrini, 1944—　　）曾是炼钢工人，发表剧作《打老鼠》（1973）、《杀猪》（1972）后闻名，成有争议作家。《打老鼠》的剧情发生在现代垃圾堆上，作者对现代文明的厌恶暴露无遗。男主人公"他"先是发泄自己的愤怒和压抑，把垃圾堆附近的老鼠打死，但在和"她"春情缠绵时却被别人当老鼠打死。接着，打老鼠的人把枪指向台下，朝观众乱射。《杀猪》写农民之子拒绝说话，只学猪叫，被村里人戏弄后像猪一样杀掉。后来作者改变玩世不恭的态度，逐渐靠拢马克思观点，作品不再惊世骇俗，具有批判和教育意义。70 年代中后期，他创作六集电视连续剧。《阿尔卑斯山传奇》（1976），通过上奥地利州农民一家三代的变迁，反映奥地利 19 世纪末到二战结束的沧桑，为严肃电视剧揭开了新一页。剧本《低效率工人》（1988）写钢厂裁员，暴露现代资本主义社会工人的境遇。独幕剧《格里尔帕策逛性商店》（1993）以性用品商店为外景，再次引起轰动。

艾尔弗里德·叶里内克（Elfried Jelinek, 1946—　　）60 年代起

发表小说和戏剧。她早期创作受维也纳派影响，后来接受马克思的阶级观点，用现代手法发展布莱希特的叙事剧传统。她的不少作品，如剧作《情妇们》（1975）、《克拉拉·舒曼》（1982），有明显女权主义倾向，常被当作妇女文学代表作家。但她只反对传统男权社会压迫妇女，出发点和女权运动大相径庭。1977年的剧作《娜拉离家出走之后的际遇，又名社会支柱》以易卜生的《娜拉，又名玩偶之家》及《社会支柱》为起点，先让娜拉去纺织厂当工人，后成为大资本家的色情诱饵，最后重新回到丈夫和孩子身边。她打破了把娜拉看作妇女解放代表的幻想，揭示妇女受支配的实际地位。她着重表现资本对人的言语意识、思想行为的支配。她以传统男权社会和战后奥地利存在的民族主义和法西斯倾向为敌。小说《原野，你可要当心》（1985）及戏剧《皇宫剧院》（1985）继承奥地利作家的反乡土文学传统，嘲讽所谓"家乡""乡土"。长篇小说《我们是诱饵，孩子！》（1970）及《女钢琴家》（1983）重新排列日常惯用语，揭露大众媒介和通俗文学的语言文过饰非，为虎作伥。戏剧《体育》（1998）暴露体育与权力及法西斯倾向的关系，长达七个多小时，观众褒贬不一。

奥地利当代文学中，否定精神最彻底、也最有争议的作家是**托马斯·伯恩哈德**（Thomas Bernhard，1931—1989）。他是奥地利作家约翰内斯·弗罗伊比喜勒（1881—1949）女儿的私生子，小学时问题多，转入难管教儿童的专门学校。后来去商校，因肺结核长期住院。50年代起他半工半读，学音乐和戏剧，后成为职业作家。他早期创作多为诗歌，诗集《在地球上和地狱中》（1957）、《月色铁幕下》（1958）以死亡和绝望为题，形式和内容与特拉克尔和策兰相似。他的小说和戏剧数量甚丰，主要小说有《精神恍惚》（1967）、《缘由》（1975）、《呼吸》（1978）、《古典大师》（1985）、《灭亡》（1986），主要戏剧有《习惯的力量》（1974）、《名人》（1976）、《德国午餐会》（1978）、《里特，丹纳，福斯》（1984）和《英雄广场》（1989）。他不重情节，第一部长篇小说《寒流》写一个画家隐居萨尔茨堡的翁村，他弟弟委托一个医科大学生观察他。他们进行海阔天空的谈话，后来画家失踪。作者着眼点在谈话内容和翁村令人作呕的社会状况。他的作品总离不开疯狂、自杀、疾病和死亡，通过人物充满否定、类似癫狂的长篇大论把世界骂得狗血喷头。

他的戏剧常使评论家不知所措。《里特，丹纳，福斯》得名于皇宫剧院的三名演员。剧本的许多地方都可看到哲学家维特根斯坦的生活历程，但若想通过此剧得到维特根斯坦或三位演员的具体知识，就会大失所望。该剧剧情平淡，作者只想借舞台嬉笑怒骂，向世界发动攻势。而且他的作品无体裁之分：小说《一笔勾销》（1986）以"悲剧"为副标题，《古典大师》冠以"喜剧"，《伊丽莎白二世》（1987）则注明"不是喜剧"。他的各部作品之间无明确界限，拿手好戏是一再重复。他将各种体裁的各部作品融为一体，反复玩世不恭和夸张、冷峻地攻击世界，尤其是奥地利。从《政治早祷》（1966）起，他攻击奥地利，如奥地利的纳粹倾向和天主教势力。他认为学校教室摘掉希特勒像换上十字架恰好说明二者一脉相承。他的谩骂带着诗人的狂放，高屋建瓴，切中要害。他临死时立遗嘱禁止在奥地利出版、朗诵、演出他的作品。

彼得·汉德克（Peter Handke，1942—　）学法律，小说《马蜂》（1966）的成功使他走上文学之路。他力求创新，尖锐批评60年代的名作家，并在1966年秋"四七社"的普林斯顿会议上和该社的现实主义文学决裂，引起轰动。在《我住在象牙塔里》（1972）一文中，他指出世界由表述物体的语言组成。他的《马蜂》像讨论小说创作困境的论文。第二部小说《小贩》（1967）同样摈弃叙述，采用评

说，句子均是现在时和完成时。事实上，德语文学从 20 世纪初出现
通常的叙述时态受排挤，说明叙事文学出现了危机。《小贩》与传统
文学体裁决裂，并要清算叙述这一文学时态，因为首尾连贯的故事
中世界很完整，这是假象。他要摈弃叙述来戳穿假象。他强烈反传统、
反现状，与所有政治运动和团体保持距离，表现文学及作家的绝对
独立，因而遭左派知识分子非议。小说《短信长离别》（1972）既不
像左派那样抨击美国，又不把美国看成人类的希望，而是表现一个
人饱受折磨的内心世界。1971 年他母亲自杀，次年他发表《心满意
足的不幸》，重新采用叙述，讲母亲的一生。但他并没回到传统叙述
老路上，而是夹叙夹议，并取消叙述中的因果，否定日常理性和逻辑，
使作品具有神秘性。

　　真正引起轰动的是他的戏剧。1966 年《骂观众》搬上舞台，
获好评。这部剧也取消了情节，演员间的对话变成对观众的咒骂。
它与传统戏剧的冲突和结构不同，也异于布莱希特的叙事剧。他认
为传统戏剧制造假象世界，布莱希特使观众成为演出的组成部分，
制造的仍是半假象世界。他要使观众成为演出内容和评论对象，和
演员的角色对调，消除假象。取材真实故事的《卡斯帕尔》（1968）
以学习语言来体验世界为主题，同样获得巨大成功。他的成就使他
成为 60 年代新一代作家代表。他是极有争议的人物，但谁都无法否
认《骂观众》和《马蜂》的独到之处。70 年代，他的美学观点和
创作方法有了新发展。《心满意足的不幸》（1972）表明他重新重视
叙述，《世界的重量》（1977）则表明他不同意维也纳派把艺术当作
自然对立面的观点和做法，他要重新相信并依靠自然。同时，他也
不再极端怀疑语言。他渐渐表现出肯定精神，由早期追随维特根斯
坦怀疑语言转向肯定存在的海德格尔哲学。他要依靠语言，重树自
然的尊严。

　　瑞士德语文学　　战后至 50 年代末瑞士文学保持和发展传统文化价值，如罗伯特·法艾西（1883—1972）的长篇三部曲《父亲之城》（1941）、《自由之城》（1944）和《和平之城》（1952）。他认为瑞士人肩负维护欧洲精神遗产的委托。库尔特·古根海姆（1896—1983）的四卷集长篇小说《总而言之》（1952—1955）表现促使社会持续发展的社会、政治和文化条件。他认为不管社会地位及民族，每个人都应为社会集体服务，遵循理智规定的行为准则。他的《颗颗沙粒》（1959）强调传统的世界观有效。50 年代中期开始，文学作品出现了反思历史的内容，如汉斯·阿尔布莱希特·莫泽尔（1882—1978）的小说《沉城维尼塔》（1955）在写历史发展时不着意美化与歌颂，也揭露消极、反面的事物。称它为小说甚至勉强，作品用了各种体裁，以此表明现实已无法用唯一的某种形式去把握和再现了。

　　诗歌发展与小说类似，战后几年基本还是传统形式和价值观内容，也有诗人直接表现战争，如阿尔贝特·埃利斯曼（1908—1998）的《林荫道》（1960）。女诗人艾丽卡·布尔卡特（1922—2010）的诗作《黑鸟》（1953）、《原野的精灵》（1958）等表现自然与文明的关系。50 年代在瑞士出现的"具象诗"强调作为物质材料的语言本身，其创作原则是把单词或句子从视觉或听觉两方面进行不寻常的排列，在词句的外观或语音上寻求意义。50 年代初瑞士人欧根·戈姆林格尔（1925—　　）探索诗歌的新表现方法，1953 年发表了第一批"具象诗"，成为这种新形式的创始人之一。具象诗出现在 50 年代并非偶然。战后的西方全力发展经济，关注技术。戈姆林格尔在技术中看到构造现实特点的可能，从技术推导出美学结论，找到诗歌新形式。他将诗歌缩减为句子和词，将诗行变成星座似的个别词的排列。借鉴达达主义对文学、音乐及造型艺术重叠的可能性的认识，具象诗打破了诗歌、绘画和音乐的界限，让读者同时通过读、听、看来欣赏和理解，如他的"沉默"：

> 沉默　　沉默　　沉默
>
> 沉默　　　　　沉默
>
> 沉默　　沉默　　沉默

通过中间一行中间的停顿及围绕中间空白的清一色的"沉默"，形成了视觉上张着的口，出现了张口无言的效果。

60 年代瑞士文坛比较活跃。50 年代中期弗里施的小说《施蒂勒》（1954）和迪伦马特的戏剧《老妇还乡》（1956）引起争论。60 年代初前者的《安道尔》（1961）、后者的《物理学家》（1962）在苏黎世剧院上演，将他们推向世界，使他们成了论战中心。对文坛的活跃状况持不同看法的是老一代强调传统的作家。1961 年古根海姆表示对当时瑞士文化状况的忧虑。经济迅速发展使瑞士越来越多地雇用外籍工人，外国艺术正瓦解瑞士传统文化。他看到瑞士上演萨特、布莱希特和贝克特的无政府主义作品令各阶层，特别是知识分子拍手叫好。他认为这些演出破坏西方基督教世界，抱怨历来让人热爱和感到自豪的瑞士国家在文学中消失了。但也有作家反驳他，认为瑞士文学要向世界开放，无论是 50 年代的盲目反共还是 60 年代神经质的排外都将导致瑞士精神与文化狭隘。

文学史家**埃米尔·施泰格尔**（Emil Staiger，1908—1987）否定新文学倾向，认为当代文学离开了社会集体意识，持社会批判态度的作品充斥着令人厌恶的同性恋、性反常等。讲话发表后引起激烈争论。与此同时还有围绕小说《遗产》（1965）的争论。作者瓦尔特·马蒂阿斯·迪格尔曼（1927—1979）根据文献资料，以虚构情节写二战中瑞士的避难者政策，把当时泛法西斯力量的活动与战后歇斯底里的反共政策联系起来。作者明确指出自己是瑞士人，小说写的是瑞士事。这部小说出版困难，联邦德国 1965 年首先出版了它。

1968 年西欧的反越战运动和学生运动导致极端主义，不少知名作家同情或参加运动。苏黎世青年学生同警察冲突，极右势力抬头。战后持社会批判观点的作家认识到政府反共是抵制一切社会改革的借口，作家队伍在 60 年代末分化。1970 年 22 位作家退出瑞士作协，导火线是作协主席参与撰写民兵卫国手册，手册怀疑作家和知识分子在国家危难之际会站在敌人一边。退出来的作家于 1971 年建立"奥尔腾社"，不久会员增到 100 多名。1974 年该社制定章程，其宗旨体现了希望社会主义和民主联合起来的理想。

70 年代中期以后西欧社会右转，60 年代期望变革的群众性运动变成少数人的事。作家关心的课题有所变化，注意的社会问题是：修建道路和建造原子能发电站带来的环境问题；1971 年妇女获得选举权及 1981 年将男女平等写进宪法引起的对妇女问题的关注；1980 年苏黎世青年起来造反引发的对青年问题的关注。80 年代初西欧发生和平运动，在瑞士则由作家发起了 1983 年伯尔尼五万人的争取和平大游行。作家们强烈反军备竞赛，要求瑞士解散军队。"奥尔腾社"将保护世界免遭军事和民间两方面的破坏补充进章程。创作上反映出越发关注强烈的自我主体意识，日记体文学因此盛行，如弗里施的小说《蒙陶克》（1975）、格特露德·洛腾埃格尔的处女作《前夜》（1975）、胡戈·洛埃切尔的小说《免疫者》（1975）、艾·约·迈耶尔的《归途》（1977）等。瓦尔特·福格特的《忘却和回忆》（1980）和《衰老》（1981）有意识地将自我用作感知社会现状的地震仪。70 年代中期开始作家队伍的分歧渐趋缓和，1974 年奥托·伯尼担任作协书记后，作协和奥尔腾社开始合作，1977 年发表共同声明支持一名因采用迪格尔曼的小说作阅读材料而被解雇的中学教员。作协的新作朗诵会听众大多是"奥尔腾社"成员。两个协会与瑞士文化基金会合作共同举办每年一度的索洛图恩文学节。

　　二战后瑞士德语文学出现马克思·弗里施和弗里德里希·迪伦马特两位作家，他们享誉德语国家，使瑞士德语文学再次走向世界。

　　马克思·弗里施（Max Frisch, 1911—1991）1933 年父病故，他中断大学学业，不定期为《新苏黎世报》当记者，开始国外旅行。1934 年他发表第一本小说《尤尔根·莱因哈特，一次决定命运的夏日旅行》。他开办建筑事务所，但无法抛开写作。1943—1945 年他连续发表小说《我喜欢折磨我的东西，又名难以相处的人》、《彬，又名北京之行》（1945）和剧本《他们又唱了》（1945）。此后他又发表《中国长城》（1947）、《厄德兰伯爵》（1951）和《唐璜，又名对几何学的热爱》（1953）等剧作。1954—1964 年的十年是他创作的顶峰，1955 年终于专事创作。此间他写有小说《施蒂勒》（1954）《技术人法贝尔》（1957）、《我从此取名为甘腾拜因》（1964）、《蒙陶克》（1975）和《蓝髯骑士》（1982），剧本《毕德曼先生与纵火犯》（1958）和《安道尔》（1961），还有《1966—1971 的日记》（1972）。

　　他的一个主题是表现个人在人生道路上的渴望与追求，反对环境束缚人，担心生活停滞、重复。如第一部小说的主人公是自信负有艺术家使命的年轻记者，纠缠在三个女人的生活中，无法摆脱既定角色。1945 年后，他把这一主题与社会变革联系起来，作品批评的内容包括：以冷战为目的的意识形态，以生活水准代替生活意义的观念，在一切都可以复制的社会中个体意识的削弱，以及西方世界的真理标准如何裂变社会、肢解个体。标志这一转变的作品是剧本《他们又唱了》，描写二战中德国军官赫伯特下令枪杀了 21 名人质后还要杀掉埋葬他们的教堂管事。他的昔日同学、士兵卡尔对枪杀人质深感痛苦，拒绝执行后开了小差。在家乡他质问他的教师父亲，对青年一代充当法西斯刽子手应负什么责任，因赫伯特是父亲的得意门生。当卡尔了解到父亲因对法西斯畏惧而没勇气向学生说真话时，卡尔自杀了。该剧本及时探讨了人们对这场劫难应负的责任，并把自我审视同分析社会政治原因联系起来。剧本《毕德曼先生和纵火犯》《安道尔》、小说《技术人法贝尔》《蓝髯骑士》都围绕探讨罪责的主题。《安道尔》的主人公安德烈是虚拟的安道尔国教师与邻国女子的私生子，父亲谎称安德烈是他在邻国救出的犹太孩子。国人把对犹太人的偏见及他们自身的弱点与恶习都加在他身上。安德烈向教师女儿求婚遭拒，尽管教师最后说出自己是他父亲，但安德烈已不愿抗争，最后被当作犹太杀人犯处死。剧情以法庭审讯框架展开，穿插安道尔人为自己开脱罪责的发言。观众从头就知道安德烈的命运，他们的注意力集中在这种遭遇的形成过程。剧情可以发生在二战中，也可发生在战后或将来。该剧引起争论，剧场连续三天爆满。《技术人法贝尔》和《蓝髯骑士》的主人公也都在苦苦地检讨自己的罪责。使他世界闻名的是剧本《毕德曼先生和纵火犯》。毕德曼这位生发水制造厂老板待职工心狠手辣，为强占发明者的利益可置其生死于不顾，但面对闯进家里来的纵火犯却胆怯得丧失了正常判断力，最终葬身火海，并使全城化为灰烬。这出寓意剧揭示了随波逐流者的行为及心态。合诵队形式的消防队讲明灾难本可避免，指出称灾难为命运是开脱自身的责任。

　　他的另一主题是表现个人实现自我与社会的矛盾，代表作是《施蒂勒》（1954）。来自美国的怀特先生在入瑞士边境时被怀疑是七年前失踪的瑞士人施蒂勒，并可能与间谍案牵连，因此被拘留审查。此人确实是施蒂勒，他作为艺术家和西班牙内战的志愿者都告失败，为逃避现实，重建形象，化名怀特。拘留期间亲人和朋友都作证他就是施蒂勒，致使他不得不承认。小说另一部分以"检查官后记"形式叙述他获释后的生活。他仍旧是他，带着他的弱点和他的失意，试图在日内瓦湖畔同妻子做陶工谋生，不料妻子病故，于是他在自我意识与责任意识的矛盾中陷入绝望，冷漠、昏然地打发日子。作品将实现自我与社会批评相交织，反映瑞士社会的保守、扼杀艺术家个性。

小说《技术人法贝尔》从另一角度探讨实现自我的主题，主人公法贝尔对已实现了自我的人生道路开始怀疑和动摇。作为高级技术人员，他认为一切都可计划、设计和计算，不信偶然和命运。但一次旅行中他遇到接二连三的偶然事件，受到沉重打击。小说的副标题是"一篇报道"，作者让主人公叙述一个自我辩解的故事，说明他开始怀疑已经认同的自我形象。战后西欧经济迅速恢复、发展，人们迷信技术可以解决一切问题，"技术人"就是生活的主人，代表时代精神。主人公从美国回欧洲，最后在欧洲文化发源地希腊这个悲剧之乡反省和感悟一生走过的道路，意义深刻。小说《我从此取名为甘腾拜因》的主人公为逃脱充满成见和停滞的现实，在一次车祸后说自己双目失明，并像盲人那样生活，扮演各种角色。他希望以这种方式将自己从固定不变的生活牢狱中解脱出来。

弗里德里希·迪伦马特（Friedrich Dürrenmatt，1921—1990）40年代末开始集中写作，50年代初成为知名戏剧家，1956年上演的《老妇还乡》使他蜚声世界。他在犯罪小说、广播剧等方面都有力作，但主要成就是戏剧。他的剧作怀疑传统价值观，尖锐地讽刺资本主义弊端，这一点与布莱希特戏剧相同。分歧在于他不相信世界可改变，只相信个体在这世上能保持自己的人道本质。比如《罗慕路斯大帝》（1949）中西罗马帝国末代皇帝罗慕路斯和入侵西罗马帝国的日耳曼大军将领鄂多亚克试图让历史的进程人道些，但他们都失败了。这出历史剧借用西罗马帝国灭亡的历史，批判强权政治和狭隘的爱国主义，探讨人道与正义怎样推动历史进程。这是他较早反思二战的作品，上演后反响强烈，使他成名。

作者认为世界混乱不堪，要表现它、解释它只能用怪诞、扭曲和悖论，在情节上运用如同自然科学中"极限值"的方法，以反讽和幽默将现实事物推向极端，以显露其实质。但要实现这样的效果，就得靠偶然事件，而偶然事件的产生就要有怪诞又合理的"即兴奇想"。这个特点尤其体现在《天使来到巴比伦》（1953）、《老妇还乡》（1956）和《物理学家》（1962）这些代表作中。《天使来到巴比伦》中，天使受上帝派遣将象征天主仁慈的美女带到巴比伦，交给这国最卑贱的人。恰逢装扮成乞丐的国王与乞丐比赛乞讨本事。如国王得胜，乞丐必须放弃乞讨，去国家供职，因为福利社会不允许乞丐存在。结果乞丐赢了，天使以为失败的国王最卑微、贫穷，于是把美女给了他。美女发现乞丐原来是国王而失望，劝他一起逃走当乞丐，而国王竟然要绞死她，并要建造高塔直插天庭。最后乞丐救了美女，逃到荒漠里去寻找新的、幸福的国度。他的"即兴奇想"在《老妇还乡》一剧中尤为突出。主人公老妇年轻时不得不离乡，因为情人抛弃了她，不承认是她孩子的父亲并为此提供假证，几乎毁掉她的一生。她曾沦为妓女，幸亏后来嫁给美国石油大王。于是亿万富婆老妇45年后重回故乡，随身带了口棺材。她要向故乡捐赠十亿巨资，五亿给市政府，五亿由居民均分，条件是换取旧情人的性命。全城上下一开始断然拒绝了这非人道要求。但十亿巨资的诱惑太大。最后该城以正义和人道的名义将那人处死。所有的人，包括那人的妻子、子女，都衷心颂扬富婆。作品着重展示群体在诱惑下堕落。老妇的报复是怪诞的即兴奇想，可观察极端条件下人的思想和行为变化。

1962年首演的《物理学家》写60年代人们最关心的人类毁灭问题。作者早在《中国长城》一剧中就指出：原子是可以分裂的，淹没尘世的大洪水是可以制造的。《物理学家》的奇想也很怪诞。物理学家主人公发现了制造空前巨大能量的方法，但这种科学技术可使世界毁灭，于是他决定收回发明。为此他装疯住进疯人院，焚毁了发明手稿。但另两名物理学家分别受东、西方情报机关派遣也装疯来到这里伺机窃取他的发明。垄断托拉斯大股东、疯人院女院长早就看穿了三人的意图，并偷拍了发明手稿，已在利用这些资料开工生产。更可怕的是，女院长本人是真疯子。于是物理学家的自我牺牲变成徒劳。这出严格按照"三一律"创作的戏剧体现了作者的戏剧结构特点，即在故事中出现突转，并最有效地运用偶然转折。装疯的科学家遇到妄想统治世界的真疯子，于是周密的、有计划的行动在事变面前失效。世界发展到如此荒诞的地步，个人的任何努力都无济于事。

作者接近荒诞派戏剧家，但没采用"反戏剧"方式。他的戏剧有故事、有情节、有人物刻画、有精彩的语言，还探讨极不寻常条件下人性变化的各种可能。他的戏剧让观众在怪诞、惊骇、可笑和荒唐中受震动，进行思考与联想。后来的剧本还有《弗兰克五世》（1960）、《流星》（1966）等。

他的小说，特别是推理小说很有特色。《法官和他的刽子手》（1952）的主人公是与政界、工业界有密切关系，利用法律空隙公开犯罪的狂徒。而探长40年前就见他杀人，因无证据，只能让他逍遥法外。如今老探长终于等到时机：他的助手因忌妒另一下属将其杀死，于是老探长设计让这位助手打了早该受法律制裁的罪犯。当探长揭露了助手的全部罪行，但并不准备起诉他时，助手明白探长利用他去对付另一名大刽子手，结果他自杀身亡。这种推理小说与传统侦探小说不同，罪犯是谁、作案动机和方式一开始就清楚，另一部小说《嫌疑》（1953）也这样。小说中的探长们对破案狂热，单枪匹马办案，伸张正义像宗教信仰。这是反侦探小说，是对传统侦探小说的讽刺性模仿。它表明在物化、商品化时代，伸张正义已使传统侦探小说无能为力。社会的混乱及矛盾的价值观使犯罪概念模糊，继而使罪犯逃脱法律惩罚。正义的实现只能通过意外或古怪的方式。

奥托·佛·瓦尔特（Otto Friedrich Walter，1928—1994）曾在印刷厂、出版社工作，后任大出版社的文学部负责人。他写剧本，主要写小说，作品在战后，尤其70、80年代对瑞士文学影响很大。第一部小说《哑人》（1959）是代表作。主人公小时候目睹父亲醉酒后殴打母亲吓成哑人。母亲遭打后去世，父亲因此被判刑入狱。他长大后在筑路工地干活，认出新来的工人是父亲，父亲对他十分冷淡。工地丢了一桶汽油，当怀疑新来的人时，主人公站出来承认偷了汽油。于是他被罚去炸山岩，父亲暗中跟随，不料碎岩石滚落击中父亲，惊骇使哑巴恢复了说话能力，他自首对父亲的死负责。小说用调查报告结构，用第三人称分12个部分叙述，中间穿插虚拟对话作为内心独白。父亲的死是事故还是谋害，没有交代。这部小说表现传统的在战后特别具有现实意义的父子冲突问题，并且放在一个荒漠般的、丧失了交流能力的世界里，在这里所有的人归根到底都是"哑人"。第二部小说《图雷尔先生》（1962）也探讨个人罪责问题，主人公被排斥在以"我们"这第一人称多数标志的社会之外。《最初的骚动》（1972）更关注社会现实，所描写的"我们"是以群体出现的居民区、工厂和党派，听不到个人的语言和想法。在千篇一律的套话掩盖下，没有了个人的意志和责任。接下来两部小说《混凝土怎样变成草》（1979）和《雏鸟时代》（1988）写暴力、暴力的由来和发展。

胡戈·洛埃切尔（Hugo Loetscher，1929—2009）的第一本小说《一份废水鉴定书》（1963）就引起国内外注意。主人公是城市地下废水管道巡视员。小说从下面来观察社会，看到社会的牺牲品，被排斥于社会之外的人，被忽视和遭不公正对待的人。主人公在生活中不是胜利者，也不是牺牲品，通过他的目光展示了管道设施、下层生活和社会的衰败。这种视角使作品对福利和消费社会的批评更深刻。第二部小说《编花圈的女人》（1964）再次显示独特视角。女主人公编织销售花圈为生，但她把死者的故事编进花圈，并编得圆满、生动、真实地反映出在世界经济危机、二战及纳粹统治德国半个多世纪的瑞士社会状况，小说在表现无产者命运方面尤为出色。《挪亚——经济繁荣时期的小说》（1967）对瑞士社会的探讨和讽喻达到高峰。50、60年代初期，中欧因经济奇迹而兴奋，不久前的世界性灾难似乎被忘记。经济奇迹改变了生活，传统道德准则沦为典当品。但只追求繁荣和富裕的社会一开始就呈现扭曲。带有明显自传色彩的小说《免疫者》（1975）将情节关联的故事松散地编织起来，构成展示世界的万花筒。主人公"免疫者"想要免疫力，以便在世上不被毁掉也不变得冷酷无情。免疫者要确切了解自身的承受力和容忍程度，企图在紧张关系中找合适的立足点。作者显然参考了加缪的《局外人》和穆西尔的《无个性之人》，这些主人公都遵循积极的被动原则，厌恶固定不变的事物及所谓永恒不变的真理。

瓦尔特·福格特（Walter Vogt, 1927—1988）是医生，也是作家。他对政治不感兴趣。战后他反省这一立场，积极参加创建"奥尔腾社"，于1976—1980年任该社主席。医生和患者是他的主要人物，疾病、痛苦和死亡及人与之抗争是主题。短篇小说集《咳嗽》（1965）和《桌子上的鸟》（1968）以及长篇小说《乌特里希，一位垂死医生的自我对话》（1966）和《威斯巴登学术大会》（1972）使他成为瑞士战后最重要的讽刺小说家。《乌特里希》的教授主人公临死前还去医院查房，在停止呼吸前，他将病人都作为病愈者打发出院。《威斯巴登学术大会》讽刺精神病医疗领域的腐败，讲医学院中受人尊敬、享有崇高社会地位的学者争名夺利、争权夺势、惴惴不安。他前期作品用近于漫画的讽刺，如短篇小说《咳嗽》中有位外科大夫因工作沉重患病。精神病医生给他开的处方是今后只给顺序排列为偶数的病人手术，而且给病人身体右面或左面手术要交替进行，不管患者病情如何。他 70 年代后的作品带有悲伤和忧郁的情调。比如《疯子和他的医生》（1974）讲一个年老医生因诊断错误使年轻患者的病永远无法治愈，为补救过失，老医生决定永远陪伴这位患者。

阿道夫·穆世克（Adolf Muschg，1934—　　）的小说《兔年夏天》（1965）构思不俗、语言精彩、故事生动。情节是瑞士一家公司为征集公司成立纪念文章选出六名青年到日本半年，由日本的该公司广告部主任负责验收他们的文章，并从中物色自己的接班人。半年的最后一周，七人聚在一起，每天由一位年轻人谈他的文章并讲一个故事助兴，最后唯一没写出文章的被主任选为接班人。这青年是手工工匠，不会写作，只能当场放他口述的录音带。小说多次变换叙述角度，穿插不少日本和瑞士的背景，还能从容地讲些难忘的故事。手工匠不会写作是作家对他首部小说持的谦逊态度。小说《抵抗的魔术》（1967）和《阿尔比塞尔的理由》（1974）写知识分子。前者批评知识分子的反抗并非建立在责任感和可靠的思想基础上；后者从心理分析角度透视 1968 年大学生运动。后者的主人公中学教师兼作家朝他的心理医生开了枪，小说调查这桩杀人案，特别是动机。教师无法排遣害怕和负疚而变得精神忧郁，便请心理医生治疗。不久受学运影响，他挑战社会。由于医生要他痛苦地认识自己，他朝医生开了枪。

1980 年的小说《白云，或名友好协会》仍关注知识分子。一个由从事各种不同职业的瑞士知识分子组成的旅游团到中国不久团长就莫名其妙地死了。突然的变故使人际关系紧张，陌生的东亚文化使成员间出现争论和矛盾。最后查明团长的死是各种因素阴差阳错造成的。小说包含精彩的心理描写，主要是期望人们相互有更多真正的交流和责任感，不要让工业高度发展带来的个体化和异化吞噬人间真情。长篇巨著《红衣骑士》（1993）是形象的世界史，演绎800年前埃森巴赫史诗《帕齐伐尔》的故事，还把历史和今天联系起来。剧本《凯勒的晚上》（1975）是根据流传的凯勒逸事写的。凯勒与政府官员、流亡者和革命者一起度过了他作为作家最后一个自由的晚上，喝着葡萄酒一言未发。剧中凯勒始终背对观众沉默地坐着。作者要求观众用凯勒的耳朵去听周围人对话，并思考他当时的想法：一方面他对这些改变世界的夸夸其谈愤慨，另一方面对明天要到苏黎世州政府上班还在犹豫。作者也要求观众听懂对话中包含的许多暗示并看清讲话者的真面目。该剧展现语言与沉默间的紧张关系，描写知识分子在70年代末学运后的各种心态。作者在小说、戏剧、政论、散文随笔、文学理论、作家评传等方面都有佳作。他是弗里施和迪伦马特之后瑞士最有影响的作家。

彼得·毕克塞尔（Peter Bichsel, 1935—　）1964年，一本页数不到七十、字数不过一万的小书使十几年来教书的毕克塞尔一夜间成为名作家。同年他应邀在"四七社"朗读作品，1965年获"四七社"文学奖。这本小书有个很长的名字：《布鲁姆太太原本很想认识一下送牛奶的人》，由21篇故事组成，语句富有韵律，表达精练通俗，介于散文与诗歌之间。一篇篇没有故事的故事令人深思，回味无穷。开卷篇《楼层》勾画出高楼居民间的陌生与冷清。楼梯连接着、割裂着楼层，每层居室门都装着毛玻璃，窗户挂着窗帘。故事没人名，只有"人们""有人"和"没有人"。4月春天到，四楼的小姑娘敲三楼的门，客气又胆怯地请求这家太太让她取回掉在三楼阳台上的皮球。另一篇《十一月》写潮湿、寒冷的11月寒冬，主人公"他"害怕，因为冬天里什么都会发生：被解雇、生病，甚至战争。他常跟人寒暄："天气冷起来了。"他期望一句慰藉的回答。可回答是：“是啊，11 月了。”作为书名的那篇故事里，因长期订奶和送奶的双方没见过面，只用纸条打交道。送奶人只知道太太订 2 公升牛奶和 100 克奶油，太太仅知道送奶人每天清晨 4 点来，见过他的纸条。这本故事集意在唤起人们对人间温情和友谊的渴望。第二本书《季节》(1967)想在第一本书的故事《楼层》基础上扩展个长篇故事，用话语建造一栋楼，找到安全和庇护，反响不大。随后问世的《儿童故事》(1969)再次获成功。第一人称讲述者多半是上年纪的人，讲述生活中不平常的事。一个老人讲他想证明地球是否是圆的，另一老者能背诵整本行车时刻表，再有位老者发明了自己的语言。然而他们不考虑社会现实需要，在他们的世界里只有自己。作者希望人物得到读者理解和同情，他们虽古怪，但出发点是要使生活有意义，反对物化和异化，该引起同情和思考。

60 年代末的学运进一步加强了作家的社会责任感。然而学生运动影响深远，虽其改变社会的目标失败了，但不该低估它要求解放思想、释放感情、重视个体发展和民主等意义。它对瑞士文学的影响很大。70 年代后转向内心世界的文学与 60 年代积极干预社会的文学并非对立，而是干预现实的方式起了变化。现实有了更广泛的内容：比如保卫个性，反对陈词滥调；保卫生活的意义，反对技术和物质至上，保卫自然环境和世界和平，反对混凝土化和将高科技用于冷战和发展毁灭性武器等。

70 年代中期后瑞士文学在诗歌和戏剧方面也有发展，但再没出现弗里施和迪伦马特那一类戏剧作品。最常上演的要数**赫伯特·迈耶尔**(Herbert Meier, 1928—　　)的剧作，他也是翻译家、小说家。此期上演的主要戏剧是《施陶弗尔——伯尼尔》(1975)和《布莱克尔》(1978)，都尝试用文献式来表现历史题材。前者以 19 世纪苏黎世的特大丑闻为题材，写著名画家施陶弗尔因与铁路大王的女儿、联邦议员的儿媳相爱,招致上流社会的残酷报复。这个形象令人着迷、光彩照人,体现人的创造力和对新天地的热烈向往,但同时无法抵御荣誉的诱惑,不愿放弃借助金钱来实现事业的目标。

　　诗歌的成就比戏剧好<u>些</u>。50 年代的"具象诗"和 60 年代的政治诗歌之后,70 年代诗歌风格多样化。此期有影响的诗人有库尔特·马尔蒂、彼得·雷纳(1922—1987)、海因里希·维斯讷(1925—　　)等。70 年代以后诗歌开始突出在充满矛盾冲突的世界里对实现自我的追求、对个体发展的渴望,尤其是反映青年价值观的变化。从发型、衣着和两性关系可看到他们反抗权威,厌恶以平静、安全和整齐清洁为特点,只注重勤奋、能干和节俭的日常生活。诗歌中的"我"与诗人的关系紧密,强调感官和享受,与社会环境发生冲突,对某些社会现象提出疑问和批评。主要瑞士德语诗歌作者是**库尔特·马尔蒂**(Kurt Marti,1921—2017)。他从 50 年代起担任牧师并从事诗歌创作,1983 年辞去牧师职务。因他作品尖锐批评社会,冷战期间曾被怀疑是马克思主义者和颠覆国家分子。他具有强烈的批评精神,爱国并富于实验和改革精神。他的短篇故事也很好,如《农村的故事》(1960)。他强调诗人的幻想能力,尝试各种表现方法,如押韵诗、巴罗克风格诗、文字游戏体诗、方言诗、散文体诗。60 年代他的政治诗歌对瑞士德语诗歌影响很大,《民主模式》以"投票"作为基本词,以图解方式让"赞成"和"反对"的两方在结尾处走到一起,使全诗构成"V"图形,表示怀疑表决权的决定能力。70 年代以后他的诗着重批评只追求财富和只讲实用的社会对人全面发展的阻碍。80 年代以来,特别因切尔诺贝利核电站的事故,他忧虑社会前景,担心科技高度发展的工业社会里人的能力停滞不前。

　　喜欢运用讽刺和怪诞作表现手段的作者还有**于尔克·费德施皮尔**(Jürg Federspiel,1931—2007)、**格洛尔德·施佩特**(Gerold

Späth, 1939—　）、**乌尔斯·维德默尔**（Urs Widmer, 1938—2014）
和**弗兰茨·霍勒尔**（Franz Höller, 1943—　）。

　　费德施皮尔60年代开始发表短篇小说，《橘子和死亡》（1961）
写死亡是人生只追求名利和成就的必然结果，橘子象征着人间真情
和合乎人道的生活。手法上他受海明威、伯尔影响，叙述中常用现
实生活的对话，情节有怪诞转折。长篇小说《月亮上的屠杀》（1963）
揭露光明和繁荣背后的唯利是图和欺诈。他较成功的长篇小说《伤
寒病女人麦瑞》（1982）很快被译成英文，以真实细节和讥讽笔调
写恐怖故事。19世纪欧洲人向美国移民，年轻女主人公到纽约后被
港口检疫医生奸污，医生不久死去，原来姑娘不知她携带伤寒病菌。
她烧得一手好菜，被许多富有家庭雇为厨师，让享受她烹饪的人染
病而死。而将她当作发泄性欲对象的人没人敢向卫生当局告发，因
为当时伤寒被认为是性病的后果。最能体现文笔机智、风趣和讽刺
特点的是第三部小说《情欲地理》（1989）。第一部分写身材令人着
迷的女主人公让人将自己的臀部刺上世界地图两半球图案。第二部
分写她到美国展示文身，那臀部成为皮肤拜物教徒猎获的对象。她
在她的保护神帮助下逃到意大利，同一位双目失明的男子结婚，建
立了幸福家庭。这个故事讽刺了人和艺术都被利润原则支配的时代。
施佩特在写了几部类似流浪汉小说的作品后，1980年发表长篇小
说《喜剧》。其第一部分《人们》，是虚拟的203位活着或死去的当
代人应邀写的生平，表现个体的孤独、失望和悲伤。第二部分《博
物馆》，写一个国际旅行团参观一家奇特的博物馆，最后进入没有窗
户的地牢，喻指展品中的历史令人窒息。维德默尔认为虚构的旅行
能主动地、轻而易举地批评现实。他的小说《瑞士故事》（1975）的
构思很奇特，第一人称主人公"我"陪两位朋友乘气球到他的故乡
旅游。最后三人旅游了瑞士22个州中13个，印象是为追求利润建

立的混凝土工程破坏了瑞士的风光，古老优雅的外表后面是不断地
美国化。小说中作者的爱憎以幻想姿态出现，忧虑国家的目前和将
来。作品主题是现实问题，形式新颖，讽刺幽默怪诞，反响强烈。
霍勒尔先以卡巴雷（讽刺短剧）演员闻名，60 年代末开始写作，发
表短篇集《田园》（1970）、《47+1 个看完就扔的故事》（1974）、《何
处》（1976）和《奇特的一天》（1983）等。短篇小说集《重新占领》
（1982）中作为书名的这篇故事发生在当今苏黎世。一只突然飞到
这城市并留下来的金雕，使大量野兽出现，使植物势不可挡地猛长，
重新夺回了文明所掠走的一切。故事揭示了一些正常的事物实际上
很荒谬，比如儿童死于车祸似乎不可避免，但若被狼吃了却绝不可以。
小说用寓言让人思考人类生存的环境。

赫尔曼·布格尔（Hermann Burger，1942—1989）主要写小说。
他的文学成就在德语国家中颇有影响，80 年代多次获奖。他属于少
见的天才，能够从理论上冷静、清晰地反思自己的写作，又能随时
将文学理论扔在一边投入无序的创作中。第一部长篇小说《希尔腾，
致督学会议的教学报告》（1976）写死神无所不在。学校校舍紧挨公
墓，学校的钟声也为葬礼而鸣，体操馆也举行葬礼仪式。学校本是
培养学生迎接人生的地方，而学生目睹的却都是死亡。一位教师无
法忍受这种状况，精神渐呈病态。小说也对教师职业疑惑。教师的
一生可压缩成较短期的学习和较长期的教学，而没人真正知道传授
的内容是否值得传授。《人造母亲》（1982）则讲近乎清教徒式的童
年教育使孩子得不到母爱。大学讲师主人公自幼得不到母爱，母亲
教育他严格控制情感，他十分痛苦，长期的压抑使他的身体出了毛病。
他来到爱神诊所接受"人造母亲疗法"，被诊断为"胎痣覆盖了全身"，
胎痣是母亲造成独生子精神抑郁的象征。"人造母亲疗法"让患者在
花岗岩怀抱里，在冰冷的摇篮里重新诞生。经过治疗的主人公来到

温暖的南方，赶跑了可怕的回忆、身体的疼痛和精神的抑郁，变得彻底的自由和空虚，像个"物体"，如同死了一样。在发挥和运用幻想力，在语言的表现力、心理分析的穿透力及对社会、历史和文学经典的理解力诸方面，这部小说不同寻常。它充满奇特经历，类似流浪汉小说，却有极真实的细节。小说的叙述像独白，语言很新奇，有大胆构造的新复合词，大量地引经据典，如瑞士神话传说、文学名家作品等，有一定文学修养的读者才能理解书中的奥妙。

还有三个作家值得提及。**E.Y. 迈耶尔**（E.Y.Meyer, 1946——　），原名彼得·迈耶尔。他的长篇小说《归途》（1977）是哲理性发展小说。主人公在一次车祸后失去记忆，直到第三部分，当他与护士一起去拜访护士的母亲时，才开始回忆事故前的情形和自己的成长过程。在医生、文物保护专家和女艺术家陪同下，他扬弃了通常的时代概念，通过新的启蒙，学会早已被遗忘的、对自然和人本能行为状态的高度尊重。**洛腾埃格尔**（Gertrud Leutenegger, 1948——　）的小说则尝试在主人公第一人称"我"的内部和外部世界中寻找平衡。第一部长篇《前夜》（1975）由第一人称讲述者"我"在声援越南的群众集会前夜到第二天游行的大街上散步，触动"我"反思童年经历，回忆对父亲之死感到的痛苦，以及最初对非正义事物的愤怒。作者将幻想与现实、过去与今天编织起来，展示主人公对社会僵化和冷漠的不满，反映当今社会的物质富裕不能带来内心安宁。她十年后的小说《大陆》（1985）讲一个偏僻的，因铝制品厂建立、生态环境遭破坏的山村。主人公深入地了解了在这里保护和破坏自然的斗争，并通过回忆到中国旅行中经历的一次没有希望的爱情，对比家乡与东方世界。小说中种葡萄的农民为求富裕，情愿被铝厂收买，为这个厂的利益左右，生活变得毫无意义。**克里斯托夫·盖泽尔**（Christoph Geiser, 1949——　）的小说《休耕地》（1980）结构巧妙，现实和回忆随意交替，联系的纽带是贯穿两个层面的叙述者看望父亲的旅行，父与子设法接近与和解。途中叙述者绕道巴塞尔重访父母住过的房子，通过回忆认识到父母对他们自己的社会角色也有过疑问，他们的生平和他一样都是逃避。小说《荒野之旅》（1984）和《隐蔽的热情》（1987）也探索相关问题。

70年代中期开始女作家陆续登上文坛，她们大多出生在30年代，40岁左右发表处女作。她们的作品表现妇女在职业和家庭中的状况、个人和社会对待离婚的态度、有孩子的单身女性遇到的困难、寻找两性平等的共同生活形式，及女性老龄问题等。如劳拉·维斯（1913—2002）的小说《母亲的生日》（1978）、玛格丽特·施利伯尔（1939—　）的小说《窗中风景》（1976）、黑迪·维斯（1940—　）的《手不拾闻》（1980）、伊丽莎白·麦兰（1937—　）的《不带家具的房间》（1972）、《外表难为久》（1975）和《直到破晓》（1980）等。

瑞士女作家中，比较特别的**埃丽卡·佩德莱蒂**（Erica Pedretti，1930—　）生在捷克，后因操德语而成了德国人。二战后成立捷克斯洛伐克共和国时她成了无国籍的人，之后又随父亲成了奥地利人。父母移居美国十年后，她成了美国人。她在纽约待了两年返回瑞士，结婚后又成为瑞士人。她的作品反映了她复杂的生活经历。她的小说《圣徒塞巴斯蒂安》（1973）叙述一个女人的一生，内容分为"这里"和"那里"，"现在"和"那时"。回忆是叙述的主要方式，梦想与现实交织。女主人公不愿回忆，但每当听到"你还记得吗?"，本来似乎早就忘了的事情又都浮现眼前。于是本来没有关联的事会聚拢，形成新的、令人激动的经历，而且越聚越大，像雪崩，以越来越快的速度滑过生平经历中的各个阶段——摩拉维亚、恩卡丁、纽约、伦敦、巴黎和希腊。《改变》（1977）近于记录报告体文学，描写一位女作家通过长期努力从依赖状态中解脱出来。

第七节　西、葡文学

西班牙文学　1939 年 4 月 1 日西班牙内战以佛朗哥的民族阵线获胜，从此他掌握军政大权，开始了 36 年（1939—1975）的独裁统治。二战期间佛朗哥公开宣布不参战，实际与德、意法西斯沆瀣一气。二战后联合国对西班牙采取外交孤立，各国大使撤离马德里。后美国出于冷战需要，与西班牙签订马德里条约，并给予经济援助，1955 年西班牙被批准加入联合国。此期西班牙经济十分困难，特别是农村，大量农民涌入城市，大批居民移居国外。为维持独裁，佛朗哥利用天主教、长枪党和军警实行高压统治，也切断与欧洲其他国家的文化联系。战后实行经济管制，国家控制价格、物资和对外贸易，抵制外国资本和商品入境，国家干预工业。1959 年西欧一体化，在国内外舆论压力下佛朗哥政权依靠国际组织贷款，开始制定"稳定发展计划"，开放边境，开放贸易，实现了向自由市场经济转轨，旅游业大发展，创外汇收入。西班牙逐步走出困境，外国的各种新思潮也传入。1963—1973 年西班牙实现了工农业现代化，人民生活改善，社会比较稳定。经济现代化后，人民要求与之适应的政治改革。1975 年 11 月 22 日佛朗哥死后第二天，卡洛斯国王宣布与佛朗哥决裂，开始民主化进程，推动建立自由体制。

小说　佛朗哥统治期的文学被称为战后文学，内战对西班牙文化和艺术影响重大。20、30 年代对各种小说流派的探索都被迫中止；三年内战盛行为交战双方服务的文学，缺乏艺术价值。内战结束后佛朗哥政权实行严格的新闻审查，禁止创作自由。许多共和派作家流亡国外，社会政治动荡造成西班牙文学史上的严重断代和分裂。但沉寂若干年后，西班牙文坛为迎接 40 年代西班牙小说新浪潮做了准备。新浪潮小说指内战结束后涌现的一批小说，它经历了 40 年代的复苏、50 年代揭露社会弊端的社会现实主义及 60 年代到 1975 年加强艺术技巧的结构现实主义。40 年代活跃于西班牙的作家被称为"36 年一代"或"战争中的一代"，也因内战在他们身上产生的后果，被称为"分裂的一代"或"被摧毁的一代"。这批作家内战爆发时年约 25 岁，经历不同，缺乏共性，但 50、60 年代仍不断奉献内容新颖、手法别致的新著。由于内战影响，40 年代为佛朗哥政权歌功颂德、粉饰太平的作品占主流。官方扶植的文化脱离西班牙传统，也与丰富的现代艺术潮流脱节。小说技巧局限于过时的地方主义和自然主义，而 20 世纪最有影响的文学都很难在西班牙流传。内战后政局骤变使作家们迷失方向，加上大批文人流亡国外，小说创作一度出现空白。直到卡米洛·何塞·塞拉的《帕斯库亚尔·杜阿尔特一家》和卡门·拉福雷特的《一无所获》出版才打破了沉寂，重新开辟了反映社会现实的道路，开创了自然主义的，描绘暴力、流血、社会黑暗的"可怕主义"流派。

卡米洛·何塞·塞拉（Camilo José Cela, 1916—2002）是 20 世纪西班牙语世界最负盛名的作家之一。第一部长篇小说《帕斯库亚尔·杜阿尔特一家》（1942）拉开战后小说序幕。该小说讲西班牙 30 年代偏僻农村一家人在特定的社会历史条件下演绎的充满血腥暴力和丑态的悲剧。作品一问世即被评论界贴上"可怕主义"标签。在塑造主人公这个反英雄时，塞拉采取了西班牙特有的流浪汉小说形式，以第一人称"我"来讲他一生的遭遇。作者试图通过这样的底层人物揭示人类的野蛮、无知，反映生存的无意义、无出路，显然受二战后欧洲存在主义思潮影响。主人公枉活一辈子，不知受什么驱使一次次地杀人犯罪，可怜又可悲。同时，塞拉有意使用写实主义白描手法，赤裸裸地暴露西班牙30年代农村落后闭塞的面貌。社会阴暗面的夸张、恐怖引起强烈反响，对顺从官方旨意的正统文学冲击巨大，创造了"暴力美学"，显示了作家的不凡。

1951年因新闻审检刁难，他被迫在阿根廷发表《蜂房》，标志战后小说的美学方向转变。小说写战后马德里中下层居民生活，使用"蜂房"作为当时马德里社会的象征。小说以罗莎太太的咖啡馆为舞台，写三天在这里的各色人物和各种事件。作品没有情节主线，也没有贯穿全书的主人公，是群体人物小说。在它交响曲式的结构中，饥饿、性、恐怖成为三大主旋律。这些灰色人物终日为日常生活的最基本需求奔波，没落的中产阶层和贫困的下层都对前途毫无幻想和希望，只求在性爱中获得短暂解脱。通过对160多个群像的塑造，塞拉展示了在官方夸耀的歌舞升平的西班牙背后的另一个西班牙，而作者对性爱游戏的渲染旨在抨击西班牙天主教社会虚伪的道德伦理，相当大胆新颖。

塞拉开新现实主义之先河，成为同辈及50年代作家的榜样。他的创作风格千变万化，随后一部小说《考德威尔太太和儿子谈话》（1953）试图摆脱传统叙事文学模式。全书以女主人公独白的方式描写精神不正常的考德威尔太太因陷于乱伦臆想而借书信抒发对死去的儿子的爱恋。小说没有连贯的叙述，可从任何一页开始阅读。作品完全靠人物的语言刻画太太复杂和令人费解的心理。这一特征同样体现在《小癞子新传》（又译《托尔梅斯河的拉萨路新历险和不幸记》，1944）里。《圣卡米洛，1936》（1969）是自传性小说，以纪实手法大量引用报纸和广播原文，再现1936年内战爆发前后马德里动荡的局势，也使用"一分钟素描"，像电影镜头将人物一个个亮相。这一技巧在反映加利西亚地区进步与落后矛盾冲突的《为两位死者弹奏的马祖卡舞曲》（1983）中更成熟完善，为他赢得 1984 年西班牙国家文学奖。

塞拉的小说是悲观的现实主义，作家刻画现实功底深厚，语言技巧高超，擅长场景变换和动态描写。他还出版过游记，如《阿尔卡里亚之行》（1948），文笔清新自然，对风土人情、自然景观和社会历史环境的描述生动。其他还有《秘密字典》（1968—1971）、《复活节早祷式 5》（1973）和《圣安德烈斯的十字架》（1994）。1957 年他当选西班牙皇家语言学院院士，1989 年获诺贝尔文学奖。

另一位"36 年一代"小说家**米格尔·德利维斯**（Miguel Delibes，1920—2010）的成名作是《柏树的影子伸长了》（1948）。在 50 年中从运用传统写作手法的这部小说到采用新潮技巧的《海上遇难者的谶语》（1969），他经历了漫长的自我超越和完善过程。他的创作可分三阶段：1）包括《柏树的影子伸长了》和《现在还是白天》（1949），基本采用 19 世纪现实主义的传统情节，探讨存在主义哲学问题，如死亡与孤独。小说主人公生性孤僻，悲剧色彩浓厚。2）从《道路》（1950）起开始农村小说系列，写卡斯蒂利亚农村在工业文明侵蚀下的重大变化，反映农村与城市、落后与文明的对立，写作技巧更成熟。《道路》写一个儿童艰难的成长，《我宠爱的儿子西西》（1953）分析平庸保守的中产阶级夫妻、父子关系。《红叶》（1959）反映小资产阶级的孤独与社会的隔阂，《老鼠》（1962）则写抓鼠人和一个孩子的日常生活，首次体现了社会批判意识。3）以《和马里奥在一起的五个小时》（1966）为代表，由主人公的遗孀在为丈夫守灵时的内心独白构成，展现思想观念不同的夫妻对现实的态度和立场的分歧与冲突，互不理解和冷漠。

《海上遇难者的谶语》是 60 年代中后期西班牙实验小说盛行时作者向欧洲先锋小说靠拢的尝试。小说情节类似卡夫卡的《变形记》，主人公厌倦公司里单调刻板的工作，感到生活无意义，怀疑生存的必要，因而受惩罚，变成一头绵羊，在野外找到出路。小说有深刻隐喻，表达现代人在异化的社会里恐惧会被取消做人的权利。其他作品还有表现失宠顽童恶作剧的《被废黜的王子》（1973），讲述农民从天真孩童变成罪犯的《我们先辈的战争》（1975），而《无邪的人们》（1981）则演绎了战后被阶级社会扭曲的农民的不幸遭遇。他于 1993 年获塞万提斯奖。

贡萨洛·托伦特·巴列斯特尔（Gónzalo Torrente Ballester，1910—1998）是文学评论家和散文家，1943 年发表第一部小说《哈维尔·马里尼奥》，但确立小说家地位的是 1972 年的《J.B. 的神话传说与消逝》，尽管 50 年代末至 60 年代初他推出的现实主义三部曲《快乐和忧伤》（《老爷光临》，1958；《风儿转向的地方》，1960；《凄凉的圣诞节》，1962）已获好评。早期创作中除《哈维尔·马里尼奥》有浓厚的存在主义色彩，涉及宗教、政治和爱情，其他作品如《瓜达卢佩·利蒙的政变》（1946）及后来的《堂胡安》（1963）虽影射现实，都围绕神话传说展开。现实主义风格的《快乐和忧伤》获得极大成功。作品以 19 世纪北欧神话为模式，结合现实主义叙事，描写加利西亚一个小镇医生和船厂主两大家族的个人和社会冲突。小说塑造了一系列矛盾和痛苦的人物，体现两种不同生活方式、政治立场和文化价值观，呈现并揭露西班牙当时的矛盾，也探讨深层人性问题。

他的每一部作品包容的世界都不同。1972 年推出"幻想三部曲"第一部《J.B. 的神话传说与消逝》是史诗小说，结构复杂，类似复调音乐。作品仍以加利西亚为背景，想象丰富地虚构了一个充满象征和神话的天地，与现实在不同层次上关联。主人公 J.B. 代表有多重化身、舍身救世的凯尔特族神话人物。第二、三部为《启示录的片段》（1977）和《被砍掉风信子的岛屿》（1980）。这三部曲模仿实验小说的新潮技巧，反击西班牙60年代中后期小说追求形式和技巧的极端，是战后该国小说史上划时代的作品。又一部力作《菲洛梅诺，我不情愿的这个名字》（1988）以富家子弟回顾从少年到成年在爱情、文学、政治等方面的不凡经历，再现西班牙30年代内战爆发到战后佛朗哥独裁的历史风云。它以引人入胜的情节、幽默和调侃的口语化语言、强烈的时代感赢得了广大读者。

90年代他著有《受惊的国王逸事》（1990）、《奇妙的岛屿》（1991）和《佩佩·安苏雷斯的小说》（1994）。他的文学评论有《西班牙当代文学概况》（1961）和《作为游戏的堂吉诃德》（1975）等。1977年他被选为西班牙皇家语言学院院士。

卡门·拉福雷特（Carmen Laforet，1921—2004）是"36年一代"中唯一的女性，处女作《一无所获》（1945）获当年纳达尔文学奖，是她的最佳作品，也是战后最有代表性的小说之一。它写一个外省女孩战后幻想来巴塞罗那求学，寄居家道中落的外祖母家。家庭和学校关系复杂、环境令人窒息，她意识到太平盛世下道德没落、经济贫困的生存危机。她对解体中的西班牙传统社会强烈不满，走向成熟。小说运用传统技巧，结构和语言简单，以真实取胜。其他作品还有《岛屿和魔鬼》（1952）及《新女性》（1955）。

西班牙战后小说从50年代开始。1952年联合国取消了对西班牙的制裁，恢复了它的外交关系，国内社会政治环境也有松动。这时涌现一批文坛新人，大多生于1924—1936年间，被称为"内战时的孩子"，与"36年一代"相比，他们不再直接关注内战，只作为作品背景。他们首先关注战后西班牙经济、政治、文化，以临摹现实为小说目标。另外有条件地接受一些国内遭禁的思想和小说的影响后，他们的艺术视野拓宽。苏联现实主义、萨特的介入文学、美国"垮掉的一代"、意大利新现实主义电影和文学、法国注重客观描述的流派都影响了他们。塞拉的《蜂房》也提供了观察现实的视角，尤其它表面纯客观的叙事技巧为 50 年代许多作家效仿。这批文学新人认为艺术有实用性，应该用来伸张正义、针砭时弊。他们聚在马德里和巴塞罗那的文学社团里，50 年代初起陆续推出直接反映、批判现实的作品，形成被称为"半个世纪派"的文学主流。但在小说介入社会现实的程度及政治与艺术的关系上，他们仍有很大差别。一派是尚能注意艺术技巧的"新现实主义"，另一派则写"社会小说"。前者不把小说视为解决社会政治问题或唤起爱国意识的工具，更多从人道而非政治的角度描写。作家们揭露社会不公，探讨普通人的孤独、屈辱、失落和无力改变自己的现状，但没有归结为社会斗争。

"半个世纪派"中新现实主义的代表作家有**安娜·马利亚·马图特**（Ana Maria Matute，1926—2014）、**卡门·马丁·盖特**（Carmen Martin Gaite，1925—2000）、**伊格纳西奥·阿尔德科亚**（Ignacio Aldecoa，1925—1969）、**赫苏斯·费尔南德斯·桑托斯**（Jesús Fernández Santos，1926—1988）和**拉费尔·桑切斯·费洛西奥**（Rafael Sánchez Ferlosio，1927—　）。马图特的小说大都以青少年为主人公，反映他们单纯的世界与成年人的背叛和丑恶的冲突，暗示他们不适应社会。处女作《阿贝尔一家》（1948）写这家七兄弟间该隐式的复杂关系。短篇小说《小剧场》（1954）讲主人公受走私犯欺骗的悲惨经历，有明显象征色彩。从《在这片土地上》（1955）起主题开始接近现实，想象成分减少。该小说写内战后果，而主人公两兄弟的冲突象征内战中交战双方。《死去的孩子》（1958）也揭示参与内战的人无法和平共处的悲剧。在三部曲《商人》（《初忆》，1960；《战士在夜晚哭泣》，1964；《陷井》，1969）中，《初忆》从儿童视角刻画内战造成的仇视与隔阂，是她最成功的作品。此后她沉寂多年，小说《被遗忘的国王古度》90年代问世。卡门·马丁·盖特是"半个世纪派"中另一位著名女作家。批判现实构成她所有小说的背景，第一部作品是《温泉疗养地》（1954）。但使她成名的是1958年获纳达尔文学奖的《窗纱之间》，以她故乡萨拉曼卡为背景，写一群禁锢在保守环境里的中产阶层年轻女子的生活。她们没前途，没自由，被传统习俗束缚，反映了人类普遍面临的生存危机和对生活意义的寻求。她还有短篇小说集《系列集》（1974）、《后屋》（1978）等，其中代表作《系列集》写祖母病危时姨妈和外甥的对话，表现了两人的孤独和不满。《后屋》转向幻想，将梦想作为人物发展的自由空间。她还有不少散文集，如《西班牙战后爱情习俗》（1987）、《永不完结的故事》（1982），1988年获阿斯图里亚斯王子奖。

阿尔德科亚英年早逝，作品不多，但在西班牙战后文学史上占据重要地位。他是优秀的短篇小说家，创作的短篇小说如《沉默的黄昏》、《心和其他苦果》（1959）、《洛伦萨·里奥斯的思念》都写普通人生活的片段，情节简单，充满人情味。他的长篇小说《光芒与鲜血》（1954）、《沙拉拿风》（1956）和《大太阳》（1957）分别写一个小农村治安警察所的生活、吉卜赛人的世界和远洋渔民的海上生活。人物的辛劳、遭受的贫穷和苦难，是对下层生活的真实写照。费尔南德斯·桑托斯的处女作《野蛮的人》（1954）真实地再现了西班牙北部阿斯图里亚斯偏僻农村在族长统治下无知、冷漠、停滞的生活，是"新现实主义"力作。后两部小说《在篝火里》（1957）和《光头》（1958），社会意义更明显。此后他转向社会道德，如《圣徒们的仆人》（1969）和《事实回忆录》（1970）。他的《将夫人的军》获1982年的行星奖。桑切斯·费洛西奥的经典之作《哈拉马河》（1955）影响深刻。小说围绕两组人物一天的活动展开，一组是11名马德里年轻工人假日去哈拉马河郊游，另一组是哈拉马河附近居民的活动。作品情节平缓、简单，写这两组人物单调、乏味的日常琐事，结尾时一个姑娘溺水而死添加了几分紧张。作者要表现那个时代年轻人缺乏生活动力和希望，反映战后西班牙社会停滞和呆板。他用客观白描，隐去叙述者，靠人物对话和行为推动情节。他对西班牙社会的含蓄批评及纯客观的描写技巧是对 50 年代"新现实主义"小说的一大贡献。他的作品还有《阿尔凡威历险记》（1951）、《牙齿，火药，二月》（1961）、《花园的星期》（1974）和《亚尔福斯的证据》（1986）。

　　"半个世纪派"的另一些"社会小说"作家揭露中上层社会的自私、无聊和苛刻，反映劳动人民为生计奔波、遭受种种不公。这类小说主题雷同，结构简单，更注重政治效应。这派的代表作家是**赫苏斯·洛佩斯·帕切科**（Jesús López Pacheco，1930—1997）和**胡安·戈伊蒂索洛**（Juan Goytisolo，1931—1999）。洛佩斯·帕切科的《电站》（1958）写一群农民被迫放弃土地建造水电站的伤心历史。该小说没有轻视艺术风格，作品很讲究结构和语言，对农民修电站的描述有史诗气势，也提出了技术进步伴随着高昂的社会代价。另一部小说《葡萄藤叶》（1973）辛辣而尖锐地触及了西班牙社会宗教和性这两大敏感问题。戈伊蒂索洛是该派最重要的小说家、理论家和文学评论家。第一时期的创作，如《变戏法》（1954）和《天堂中的决斗》（1955），叙事主观，对现实采取清醒、逃避的解释。第二时期的小说批判性和政治性加强，艺术手法倾向全盘客观描写。主要作品是系列小说《短暂的明天》，包括《马戏团》（1957）、《节日》（1958）和《酒后不适》（1958）。代表作是《身份特征》（1966）、《堂胡利安伯爵的复辟》（1970）和《没有土地的胡安》（1975）。《身份特征》是西班牙战后小说中最独特的作品之一，写男主人公（带有作家本人的影子）旅居国外多年后返西班牙，寻找能使自己与故土认同的身份特征，失败后感到自己是陌生人。这种无根的失落感，对整个西班牙社会和它的历史、文化的否定也是《堂胡利安伯爵的复辟》的主题。在《没有土地的胡安》中，作者与祖国唯一的母语联系也中断了，小说结尾用阿拉伯语写完。

50年代还有两位红极一时的小说家**伊格纳西奥·阿古斯蒂**（Ignacio Aguistí，1913—1974）和**何塞·马利亚·希罗内利亚**（José María Gironella，1917—2003）。希罗内利亚的成名作是《一个男人》（1946），代表作是反映战前西班牙现实的三部曲：《柏树相信上帝》（1953年获国家文学奖）、描写内战时交战双方残酷厮杀的《一百万死者》（1961）及再现战后社会凋零的《出现了和平》（1966）。而阿古斯蒂的代表作是创作近30年的五部头巨作《灰烬原来是树木》：《马里奥娜·雷武利》（1944）、《鳏夫里乌斯》（1945）、《德西德里奥》（1957）、《七月十九号》（1965）及《内战》（1972）。这是西班牙当代文学史上最宏大的小说之一，采用传统现实主义技巧，写1865年到20世纪20年代加泰罗尼亚手工纺织业主里乌斯从家庭作坊起家，在经历了磨难后成为赫赫有名的企业家，并培养他的孙子继承家业。里乌斯家族发迹史是巴塞罗那民族资产阶级从19世纪末到西班牙内战结束后的缩影。

1960年开始，西班牙小说创作中想象成分增强，反对"录音机式的文学"引发的僵化，担心"作家忽视语言作用"。过去极力推行现实主义的名作家如戈伊蒂索洛也加入了革新行列。此期西班牙作家十分重视国外著名作家的贡献，拉美新小说也带来强劲的冲击波。为适应读者提出的"丰富的艺术性""新的方向"和"广泛的现实主义"等要求，作品与传统手法决裂，追求新颖，挖掘内心世界，不仅小说的时空观念变化很大，而且作者喜欢选择反英雄为主人公或塑造群体形象。有些小说利用不同章节、段落、句子，各种人称交替叙述等手段，以及运用内心独白、想象、幻觉、记忆、梦呓的交错或重叠来表现潜意识，反映现代人复杂多变的思想与生活。

战后承上启下锐意革新的小说家**路易斯·马丁·桑托斯**（Luis Martín Santos, 1924—1964）早年曾从事精神病研究，反对佛朗哥独裁统治，加入了社会党。他的立场和精神分析理论属于马克思主义范畴，他的艺术审美观是现实主义的，这些均与"半个世纪派"一致。他唯一的一部小说《沉默时代》（1962）揭露西班牙内战后 1949 年左右的马德里社会，但风格是华丽的巴罗克式。它不局限于报道式介绍孤立事件，而是从历史和哲学角度分析生活，借比喻和讽刺愚弄当局的审查。他也继承了克维多和巴列－因克兰的传统，并融合了 20 世纪欧洲小说革新的技巧，试图协调萨特与马克思。小说主线描述一个巴罗哈式的青年研究人员的失败历程。他出于情面去为一个姑娘做非法人工流产。病人因流血过多死去，他因此入狱，在弄清真相后获释，不得不到乡村当医生。作品不捍卫某一具体的政治倾向或意识形态，而是传递了绝望的虚无主义。它力图质疑一系列官方神话，揭露当局在科研方面的无能和轻视。他使用极端的夸张，如以大量贫民窟讽刺当局的"创造能力"。小说的叙事丰富多样，大量采用意识流和内心独白，并以第二人称"你"指代自己，进行反思，也用心理分析挖掘潜意识。他用复杂的句式、华丽的辞藻，力求形式完美。他在小说里添加文化的题外话，不断出现历史和文学参照。该小说为 60、70 年代西班牙小说开辟了新方向。

胡安·马尔塞（Juan Marsé，1933—　）被视为西班牙文坛最有潜力和前途的作家之一。他的创作摆脱并超越了"半个世纪派"的美学追求。早期作品《关起门来玩同一个玩具》（1960）和《月亮的这一面》（1962）涉及一代年轻人在无法实现自我的社会里的失败。小说反映了未直接参加内战的那一代人承受的战争苦果。代表作

《和特雷莎度过的最后几个晚上》（1966）是60年代的最佳作品之一。作者剖析了一群反抗社会的大学生的肤浅生活，从侧面触及了劳动阶层和巴塞罗那底层。艺术上，小说是对现实主义文学不注重艺术性的批评。作品充满幽默，叙事性强。《难以启齿的蒙特塞表妹的故事》（1970）对加泰罗尼亚地区资产阶级的思维方式和行为举止做了入木三分的揭露，充满嘲弄和戏谑。他的《如果别人对你说我倒下了》因审检的刁难，1973年在国外发行，1977年才在国内出版。晦涩在该小说中达到顶峰：叙事隐晦，情节纵横，直到尾声才显现一个充满激情的故事，描写了无政府主义者反当局的种种暴力活动及战后西班牙各阶层的贫困没落。

"半个世纪派"的另一重要成员**胡安·贝内特**（Juan Benet，1927—1993）近年来在西班牙文化圈地位迅速上升。第一部长篇小说《你将重返雷希翁》（1967）是以虚构的雷希翁地区为舞台的系列小说的开端。第二部作品《沉思》（1970）获"小图书馆奖"。他的小说为此后20年的西班牙作家提供了抒情小说模式。他有意打破小说人物、情节和时空的连贯性，构筑充满象征的世界，富于智慧和情感。以后的小说，像《一个坟墓》（1971）、《冬之旅》（1972）、《马松的另一个家》（1973）都发生在这个内战遗留下苦涩后遗症的地区。"雷希翁"的故事就是西班牙的历史。这个系列小说语言晦涩深奥，大量的象征和比喻让作品神秘莫测，因而读者限于较窄的文化圈。《一起犯罪的迹象》（1980）则是他风格变化的尝试，采用了现实主义手法，情节曲折，以写风俗见长。

60年代末一批生于1937—1950年间、在佛朗哥独裁统治下成长并接受教育的年轻人成为战后第三代小说家。1968年5月法国红色风潮掀起时，这批正在大学学习的作家受其影响，积极投身反佛朗哥专制的"68年学生民主运动"。他们经历了学运、劳资纠纷、工人罢工，在他们的思想和文学创作上留下深刻烙印，被称为"68年一代"。他们最初的作品问世于 1968—1975 年间佛朗哥统治末期，是实验小说及结构现实主义盛行之时，古典叙事也正在逐渐恢复。创作初期他们深受欧美其他小说和拉美"爆炸文学"的影响：拒绝作家的社会义务，认为小说应基于对自身结构和语言的艺术探索，倾向将人作为独立的、与周围现实隔离的个体探讨。这批作家 60 年代末的作品大都为实验小说，如**何塞·马利亚·格本苏**（José Maria Guelbenzu，1944—　）1968 年以技巧复杂新颖的《水银》闻名文坛。该作品采用蒙太奇、故事套故事、违反常规地使用标点符号等手法，反映青年知识分子的失落。还有写电影脚本的**赫尔曼·桑切斯·埃斯佩索**（Germán Sánchez Espeso，1940—　），其作品展现当代人缺乏沟通，孤独，难于适应环境。最初的作品从《摩西五书》得到启迪，用以说明人世间缺乏和谐与意义，如《在〈创世记〉里的实验》（1967）、《迁徙的征候》（1969）、《〈创世记〉的迷宫》（1973）。《那喀索斯》（1979）标志他转换创作手法，该书获该年度纳达尔文学奖。他有强烈实验风格，与此后崭露头角的马努埃尔·巴斯克斯·蒙塔尔万（1939—　）、何塞·马利亚·巴斯·德·索托（1938—　）构成实验小说主力军。**路易斯·戈伊蒂索洛**（Luis Goytisolo，1935—　）系胡安·戈伊蒂索洛之弟，是驰名西班牙当代文坛的诗人、小说家。处女作为短篇小说集《郊外》（1957），最重要的作品为四部曲《对抗》，包括《清单》（1975）、《五月的绿色延伸到海边》（1976）、《阿基里斯的愤怒》（1979）和《知识理论》（1981）。1994 年他当选西班牙皇家语言学院院士。

在经历了几年艺术手法实验后，"68 年一代"作家开始思考。他们的实力派，在不摈弃新潮技巧的基础上，努力恢复传统小说的情节悬念及叙事，比如**爱德华多·门多萨**（Eduardo Mendoza，

1943—　）的成名作《萨沃尔塔案件真相》（又译《一桩疑案》，1975）。他在 1973—1982 年侨居纽约，1975 年发表此处女作，立即在西班牙引起轰动，获当年"批评奖"。他是"68 年一代"中第一个被评论界承认的作家。作者娴熟地将情节与连载小说和侦探小说的不同叙述技巧融合，恢复了小说叙事功能，标志先锋手法与传统技巧完美结合。他还著有《奇迹之城》（1986）、《中邪的地下室之谜》（1979）及《油橄榄之谜》（1982）等。

　　1975 年佛朗哥去世，西班牙恢复君主立宪，结束了 36 年的独裁，取缔了新闻审查。作家从此享受创作自由，对欧洲其他国家文化艺术的了解更全面、及时。西班牙文学日益受到国际注目，一些曾被划为禁书的小说终于能在国内出版。作家可以尝试各种流派、风格，小说在题材、形式上都得到发展，如抒情小说、解构小说、历史小说、侦探小说、神怪小说等。80 年代西班牙文坛上，除了"36 年一代""半个世纪派"和"68 年一代"外，又涌现了"80 年一代"作家。这批新秀生于 50—60 年代，他们个人及艺术的发展正赶上佛朗哥政权衰败，西班牙向民主社会过渡的转折关头。在他们的作品中，情节的背景和外国影响都显示国际化倾向。"80 年一代"作家各自都有生活和文学的独特视角，很难将他们囊括在一个倾向和流派中。

　　到 80 年代积极主张文学实验的作家已为数不多，初露锋芒的小说家大部分都采取更传统的叙述形式。70 年代出现的某些创作倾向此期得到巩固，有的形成流行风格。比如用小说表述内心哀怨、个人私生活问题、人类生存问题。但不管写严肃问题还是只供消遣，作品都追求故事性。不少作家在杜撰神奇的小说时回到现实主义，但不再佐证社会弊端。此外，小说家们大多抒发个人有限的经验体会，甚至区区小事，或使读者度过一个轻松时刻，因此被讽刺地称为轻松文学。**安东尼奥·穆尼奥斯·莫利纳**（Antonio Muñoz Molina,

1956—　　）是"80年一代"作家的佼佼者。处女作《这块福地》（1986）引起注意，紧随的《里斯本的冬天》（1987）更是好评如潮，连摘1988年西班牙国家文学奖和批评奖。小说以充满异国情调的国际大都市为舞台，写一桩爱情与凶杀的曲折故事。作者借鉴美国黑色电影技巧和爵士乐氛围，悬念扑朔迷离。第三部作品《贝尔特内布鲁思》（1989）则演绎间谍历险。自传性小说《波兰骑士》（1991）获该年度行星文学奖及翌年国家小说家奖。《满月》（1997）是最新力作。1995年他成为最年轻的西班牙皇家语言学院院士，作品被译成17种语言。他还有散文集《城市鲁滨孙》（1984）和《鹦鹉螺的日记》（1985）。

诗歌　西班牙内战后文化艺术都不景气，诗歌的出版数却超过此期其他文学，出现了社会诗歌和政治抗议诗歌。这可能是因为诗歌更能抒发愤恨、忧郁、痛苦和渴望改变现状的愿望。出生于1910年左右的诗人是40年代诗歌创作主力军，习惯上将他们称为"36年一代"或"分裂的一代"。内战后活跃于诗坛上的两大流派是"扎根派"诗歌和"失根派"诗歌。前者以"士兵诗人"加尔西拉索的十四行诗为楷模，聚集在1943年创刊的《加尔西拉索》刊物周围，也称他们为"加尔西拉索派"。他们修辞考究，效仿古典诗作，追求形式完美。内容可分：宗教诗、怀念帝国时代荣耀的史诗、鼓吹建立欧洲新秩序的诗、情诗和消遣娱乐诗。代表诗人有帕内罗（1909—1962）、比万科（1907—1975）、罗萨莱斯（1916—1998）等。内战后他们一部分人积极参政，支持佛朗哥，认为自己已牢牢地扎根，依附在新政权上并为新权贵大唱赞歌，被称为"官方诗人"。而失根派深受欧洲存在主义诗歌影响，认为世界一片混乱和痛苦，诗歌是他们疯狂呼吁秩序和安宁的表现。

　　1944年**达马索·阿隆索**（Dámaso Alonso, 1898—1990）发表《愤

怒的儿女们》，揭示了世界混乱无序。诗人通过对上帝和人的观察与思考，产生了疑虑和不安，要求解答。该诗集辛辣地讽刺一些社会现象，发出愤怒的呼声。死亡、孤独、冷漠、残酷、逃避是其基调。广大民众的痛苦和不幸，直接或间接得到反映。诗集中那首题为《失眠》的名诗写道："马德里是有一百万具尸体的城市（根据最新的统计）。／在这个墓窟里有时候夜间我辗转反侧，在这里我已经腐烂了四十五年"，受到国内外读者欢迎。诗人谴责纯诗歌，摈弃占支配地位的仿古典诗歌形式，诗句修长，使用日常用语，重视内容，力图反映历史的与当代人关注的问题。这部诗作标志失根派出现。不少团结在《钟楼》杂志周围的莱昂地区诗人加入了这一行列。

失根派作品也涉及宗教，以绝望怀疑的态度甚至谴责的口吻质问上帝，探索人类遭苦难的原因。这种带有存在主义色彩的诗作为50年代的社会诗歌做了铺垫。奥特罗的《我要求和平和要求话语》（1955）和塞拉亚的《伊比利亚之歌》（1955）为巩固50年代社会诗歌起到举足轻重的作用。这两部诗作超越了存在主义创作阶段，转向关注社会问题。克雷梅尔、诺拉、奥特罗、塞拉亚等人坚持恢复诗歌与大众沟通和进行道德说教，甚至为某一政治主张服务。他们对内容的关注超过形式。诗作语言明快，甚至有意写得平庸以示质朴，还从新民俗韵律得到启迪。虽然有些人因极端地忽视形式美而使作品平庸甚至粗鄙，但这派的杰出诗人却揭示了日常语言中的诗意。

60年代社会诗歌将视野转向世界其他领域，形成对世道持怀疑态度与不同政见的诗人群体。他们50年代开始发表著作、60年代成熟，被称为"半个世纪派"，以希尔·德·别德马（1929—1990）、巴伦特（1929—2000）、克劳迪奥·罗德里格斯（1934—   ）等为代表。他们没形成集团，但诗作有不少共同处，如从存在主义角度关心人类生活，怀疑诗歌"改造世界"的作用，远离社会诗歌。爱情、骇人听闻的俗世、对丢失人格的复原、对真理认识的关注等成为他们的新主题。他们的诗歌充满幽默、讽刺，抒情诗则表现形式不同，如奥特罗曾使用印象派的拼贴手法。他们按自己的方式表述个人认识的事物，痛苦的怀疑态度使他们将自己关闭在个人内心深处。

1970 年何·马·卡斯特耶斯编选的《西班牙九位最新诗人》诗集问世后，评论界就把与 1968 年社会运动有关的一群诗人称为"最新派"，有 P. 希姆费雷尔（1945—　）、G. 卡内罗（1947—　）等。他们都在内战后出生，对这场争斗没有切身感受，又生活在对个人自由极为敏感的战后西方；加之受到卡通画、电视、唱片、电影、电视等传媒和高科技信息的熏陶，因此与之前的诗人截然不同。最新派诗人强调诗歌自身的绝对价值，轻主题，重风格。采用超现实主义技巧、追求做作的形式美、喜好描述异国的颓废的事物是他们的特色，甚至表现轻佻的逆反心态。

"牧羊诗人"米格尔·埃尔南德斯（Miguel Hernández，1910—1942）是"36 年一代"中最引人注目的作家之一。他深思熟虑、充满激情，融浪漫与古典、独创与继承于一体。他把对现实生活的感受倾泻进诗中，特别是《永不消逝的光束》可看出他为爱情、正义及自由绝望地奋斗着，捍卫人类权利。他父亲是羊倌，他整天伴随羊群，观赏西班牙东南地区的自然景观。这为他提供了对人生思索的机会。他很早就进行创作，自学成才。他参加了穆尔西亚大学学生何塞·马林（在当地以笔名拉蒙·希黑著称）和面包房主费诺尔兄弟组织的文学团体后，更热爱文学。1931 年 11 月他带着几首诗和几封推荐信第一次到马德里，饱尝艰辛，翌年 5 月重返故里。但这次与马德里文人们的短暂相会，使他对贡戈拉诗作有更深的了解，并写了《镜子巧匠》（1933），模仿 17 世纪贡戈拉风格，平庸的事物

经他加工放射出奇光异彩。1934 年 4 月他带着出版的《镜子巧匠》
再次到马德里，与"27 年一代"诗人，特别是阿莱桑德雷和聂鲁达
相识，结为莫逆之交。这两位诺贝尔文学奖获得者言传身教地对他
的创作，甚至人生道路施加了重大影响。内战爆发后他投入保卫马
德里的战斗，进入由共产党控制的第五旅，从事文化事务。1937 年
他被派往前线，负责领导《前线广播》，捍卫共和国，撰写充满政治
热情、与社会紧密结合的诗，他还出席了第二届国际反法西斯作家
代表大会，并赴苏联参加第五届戏剧节。1939 年初共和派战线大崩
溃，他试图离开西班牙，但被引渡回国。后来他被有条件释放，但
回故乡不久便被捕。1940 年 7 月他被判死刑，后改判 30 年监禁，
开始了马德里、阿利坎特、奥卡尼亚之间的"狱中旅游"。最后他被
送成人教养所，染病死去。

　　他的诗作都是内心情感的自然流露，是大自然引发灵感后一蹴
而就的。《镜子巧匠》42 首诗，用具有象征意义的镜子将它们联系
起来。书中充满各种形象，从公牛的尖角、公鸡、水车、水井、棕
榈树到西瓜、羊群、鸡蛋、折刀、农友们，犹如一幅幅多彩的画卷，
抒情意味浓郁，但令人费解。读者必须揣测诗人原意。《永不消逝的
光束》（1934—1935 年写就，1936 年出版）是阅读贡戈拉及加尔西
拉索等人的作品后，从中获灵感而写的。诗集中 30 首诗歌，其中
27 首是十四行诗，开头的第一首是序言。从第 2 首到第 14 首及第
16 首到第 28 首组成运用十四行诗韵律的两大核心板块，用以表达诗
人恋爱的苦楚。最后又以十四行诗（第 30 首）为结尾。逐步升级的
炽热恋情从对往昔交往的回忆到描述犹如火山岩浆喷射的激情，得
到充分而清晰的体现。其中一首诗中诗人用超现实主义手法将自己
喻为泥土，概括了他的宇宙观。悼念拉蒙·希黑的哀歌则洋溢着对
故去挚友的怀念和敬仰，并表现自己从信仰天主教向泛神论的演变。

整个诗集表现生命、死亡及社会压力与个人欲望的冲突形成的残酷现实。

《人民的风》（1937）是斗争诗歌集。30年代西班牙的悲惨时局、被压迫的人民及自视为救世狂风的诗人，是诗集的三个支撑点，囊括了哀歌、英雄赞、具有战斗性的挖苦讽刺诗及具有深邃社会意义的诗。他的诗中不少有史诗特点，便于吟唱、朗诵。他是"前线广播之声"成员，在战斗间歇时为共和国士兵朗读他的诗，或在两军对垒的前线面对扩音器朗诵他的诗，瓦解敌军军心。献给聂鲁达的诗集《枕戈待旦的人》（1939）中部分诗歌可看出他对这场战争的态度。除赞扬、歌颂对敌斗争，还有不少诗篇写战争恐怖场面（《男人》《伤员》《牢狱》《运伤员的火车》）。他看到战火给人民带来的灾难，不再乐观，信念动摇。诗集中大部分采用亚历山大体韵律，庄严肃穆、凄凉悲惨。《相思谣曲集》（1938—1941）是他最后的诗作，痛苦、悲观在这里更突出。在他看来，这场战争带来的只有仇恨与毁坏，除了全民性灾难，还有他个人的丧子之痛及长期监禁无法与亲人团聚。这里的诗歌变得缓和，摈弃了过去咬文嚼字的修辞和丰富的形象比喻，也避免闪光的词汇，以白描直捣事物本质。

他作为剧作家远远逊色于他的诗人地位。他写过宗教圣理剧、反映斗牛士爱情冲突的悲剧《最勇敢的斗牛士》（1934）。还有受到洛佩·德·维加启迪而写的捍卫劳动阶层名誉问题、与当时政局（1934年10月阿斯图里亚斯革命事件）紧密结合的《石头之子》（1935）和《最有风度的农夫》（1937）。内战时他还写了"应急戏剧"（或叫"战时戏剧"），如《尾巴》《逃难的人》《小人物》等鼓舞士气、拯救西班牙的短剧。

诗人布拉斯·德·奥特罗（Blas de Otero，1916—1979）1950年出第一本诗集。他的诗歌轨迹脉络清晰：从早期格律完美和宗教色彩浓厚的存在主义诗嬗变为 50 年代语言朴素、有明显意识形态倾向的社会诗歌。1968 年以来他的诗歌形式更自由，死亡、孤独、爱情、人与上帝等一贯的主题再次深化。诗人对西班牙历史现状和 20 世纪人类的态度越来越悲观，对西班牙事物冷嘲热讽，并揶揄诗中假设的对话者。第一本重要诗集《酷肖人类的天使》（1950）用十四行诗体，技巧纯熟，形式完美，语言强烈紧张，意象搭配富有想象力，是优秀的抒情诗。诗集探讨人与上帝的关系，人寻求上帝的艰难历程，信仰最终失落后转而以人性和世俗之爱替代宗教，而人间之爱也不能使人摆脱孤独，最终人在绝望中反抗并杀死上帝。这些主题清楚地反映了他的精神危机。他的上帝是旧约中严厉而暴戾的神，不是新约里的救世主。他的诗是愤怒、绝望的存在主义反抗之声。这些诗歌的精神气质与阿隆索的《愤怒的儿女们》相通，阿隆索把两人的诗歌称为"失根的诗歌"。

《良知的擂鼓》（或译为《信念倍增》，1951）形式多样，格律诗占多数，但也出现长句子的自由体。主题上诗集是《酷肖人类的天使》的延续：上帝已死，爱情无助，理智虚妄，存在空洞、虚无。诗人埋葬了一切美好的事物，但不是彻底的虚无主义和悲观主义者，他终究需要一个或几个神，也从没放弃被拯救的可能。他不再与上帝对话，而是用诗歌言说的方式来倾诉、质问，以期获读者的反响和同情。这一全新的诗歌模式给濒临绝境的抒情诗带来了新希望。

1958 年他将上述两诗集合为一卷，将第一本诗集标题中的"天使"（angel）一词第一个音节与第二部诗集标题中的"良知"（conciencia）作为书名《安西阿》（Ancia），并按主题的相似性和叙述线索分列三部分。这本书有旧诗新编（41 首），还加进新作（48 首）。新诗强调诗人从形而上学的疑惑向意识形态信念转变，即从社会诗歌的批评立场到拥抱马克思主义信仰。第一部分是旧作，第二部分收入两篇散文和若干实验性很强的诗。第三部分的许多诗包含散文化、口语化的长句，有时还像塞拉亚一样采用书信形式。最后，诗集以《我说生活》和《与我同行》两篇作为结语。

　　诗歌三部曲《我要求和平和要求话语》、《讲卡斯蒂利亚语》（又译《明明白白地说》，1959，法文版）和《关于西班牙》是成熟期诗作，也是"社会诗歌"派重要作品。诗人走出孤独，开始想念祖国、人类及和平。这些诗篇像说话那样直截明了，诗人仿佛来到大街上传播他新信仰的福音。头两部不再按主题或思想分编，而是形成一个整体。一行诗可短到一个音节或长到十六个音节以上。一首诗短则两行，长则一二页。诗的内容有社会批评、呼吁团结、文人答酬、挑战、忏悔、挽歌等。这些诗常用日常用语。他明确宣称以说话的方式写作。但语言中多有含蓄的引申或多重语义，具有很强的诗歌质地。

　　加夫列尔·塞拉亚（Gabriel Celaya，1911—1991）生于富裕的巴斯克人家庭，是战后西班牙最重要的诗人之一，也是"社会诗歌派"的灵魂。他大学期间深受洛尔卡、纪廉等"27年一代"诗人影响，毕业后回家族企业工作，同年出版诗集《封闭的孤独》（1935）。不久，该诗集获一项大奖，他决心专事写作。但内战爆发改变了他的生活和诗歌理念。他采取自我流放，不与政权合作，后身患重疾，卧病半载。肉体痛苦和精神苦闷使他陷入极大的危机，甚至想自杀。此时他认识了日后的终身伴侣安帕罗·加斯东，获得新生。他们一起办了《北方》文学杂志，并在上面发表了他十年来的诗作，还发表了重要诗集《娓娓道来》（1945—1946）和《物如原状》（1946）。此后，他在西班牙诗坛活跃了几十年，留下了大量作品，影响很大。

　　他的早期诗作篇章和意象工整，有雕塑感，诗歌语言雅致精练，带神秘主义色彩。体现诗人鲜明个人风格的是40年代中后期以来撰写的"社会诗歌"。他采用书信体诗歌形式在诗中呼吁国内志同道合的诗人、艺术家在精神上团结起来,共同寻求西班牙的出路。他的诗歌和精神轨迹经历了从寻求文艺界同行的团结,到追求全社会精神大团结,再到倾向马克思主义思想,晚年上升到总结性思考人类的存在本质。他的诗不效忠某一政党,也不是简单的口号。他特别善于通过排比句一唱三叹地重复,使诗雄辩有力。尤其在中后期的长诗里,语气为某种特定效果随时变动,借此传达他微妙的态度和对事物的评论。形式上他偏爱自由体诗,句子随内在节奏流动,但这些貌似散漫的诗篇实际有自己的格律和韵式。例如《西班牙在前进》每节由两个八音节短句和一个十六音节长句组成,但长句也可分为两个八音节句子,使每节成为四句偶行押韵的传统谣曲体。他喜用对话、书信体,加强交流感。有些诗篇貌似独白,实际隐含明确的读者群体。诗人自觉地把自己的诗歌风格和抒情诗对立起来。这类诗歌多是寓言体长篇巨著,特点是:语言庞杂,主要是象征性的,也糅合了口语、俗语和成语,可谓众声喧哗;对话人物多是抽象概念,或全体人类的化身;构成各种声音、各派思想激烈交锋,还有诗人对自己艺术和思想历程的梳理与反思。

他一生写了 60 多部诗文集,最重要的除已提到的,还有《口朝上的书信》(1951)、《伊比利亚之歌》、《钻石的抵抗》(1957)、《巴斯克歌谣集》(1965)、《沉没的伊比利亚》(1978)及长诗《两首歌词》(1963)和《美好生活》(1961)等诗集。他还写有小说、戏剧、散文和文学研究著作,翻译出版过里尔克、布莱克、兰波、艾吕雅等诗人的作品。

戏剧　战后西班牙戏剧格外冷清,加之报刊检查对戏剧的干涉与限制更严厉,戏剧创作雪上加霜。此期除了为赢利的"可见戏剧",严肃作品在商业戏剧冲击下步履维艰。这类剧作只能转入"地下",

在实验性质的剧团排练或进行非商业性演出，被称为"独立戏剧"（或"地下戏剧"），但这种戏剧满足了青年观众的社会、美学和文化需求。40—50 年代初三种戏剧形式并存。1）撰写贝纳文特流派式的"高雅喜剧"，即"从未中断过的继承性喜剧"。它们以"沙龙喜剧"或"伦理正剧"为主，对社会陋习有不痛不痒的触及，虽适当加进新技巧，但捍卫传统价值观。作者十分重视剧本的结构安排与精彩的对话，来加强效果。较为著名的剧作家有路卡·德·特纳（1897—1975）、华金·卡尔沃·索特罗（1904—　　）等，后者的代表作是向战后胜利者提出伦理道德问题的《高墙》。2）"革新喜剧"，杰出作家有哈尔迭尔·庞塞拉（1901—1952）、米格尔·米乌拉（1905—1977）。庞塞拉战前已将非真实成分置于喜剧里，但他大胆和奇情异想的革新与西班牙观众的口味相悖，没多大影响。米乌拉剧作也同样。为了抵制盛行于舞台上的廉价喜剧，他们提出"革新笑声"的建议，但戏剧界追随者寥寥无几，且良莠不齐。他们两个人为引进荒诞戏剧的先行者，使西班牙喜剧增添了诗情画意的韵味又充满荒谬的诙谐。3）属于存在主义思潮的、关注时政并与统治当局永庆升平大唱反调的"严肃戏剧"。1949 年首演的布埃罗·巴耶霍的《一座楼梯的故事》与 1953 年大学生剧团首演的阿方索·萨斯特雷的《走向死亡的小分队》是戏剧界大事，在西班牙平庸的戏剧舞台上吹进标新立异的清风，为 1955 年社会戏剧的开端做了准备。

　　社会戏剧 50 年代兴起，1955—1960 年是西班牙社会现实主义戏剧全盛期。社会戏剧的杰出代表是安东尼奥·布埃罗·巴耶霍和**阿方索·萨斯特雷**（Alfonso Sastre, 1926—　　）。后者希望通过剧作展现他的理想主张，如《陋区死神》（1955）和《顶伤》（1960），但未如愿。他献身社会现实主义戏剧事业，把自己的作品视为对不公正社会的抗议，绝大部分作品都通不过审查，而少数得以上演的都由业余剧团或大学生剧团演出。1953 年由大学生剧团上演的《走向死亡的小分队》讲述发生在想象的第三次世界大战的故事。而《陋区死神》写因一位西班牙医生不负责，导致一个穷苦工人的儿子夭折。剧本矛头所指不仅是西班牙医疗制度，更是草菅人命的大问题，故而遭查禁。他毫不掩饰改造社会的立场。

继萨斯特雷、巴耶霍之后，还有些生在 1925 年左右的剧作家，他们的剧作使社会戏剧在舞台上站住脚跟。如卡洛斯·穆尼斯的《墨水瓶》（1961）揭露毫无人性的官僚作风与对劳动者的欺压、奴役；罗德里戈·门德斯的《蒙克洛阿的无辜的人们》（1960）写一群求职应试青年的不幸遭遇；劳洛·奥尔莫的《衬衣》（1962）反映被迫到国外求生或走上靠赌博赢得生活的工人们的不幸；马丁·雷库埃尔达的《圣希尔大桥上的粗野女人》（1963）谴责反动保守势力挑拨村民干的种种暴行。上述剧作反映社会的不公，将不公记录在案或表现作者抗议的心声。

70 年代学习国外戏剧实验派，并试图超越现实主义，从荒诞派戏剧向更深层过渡，出现了新型的先锋派戏剧。60、70 年代的戏剧介入生活，进行革新，常在"地下"进行，但 1975 年后民主化进程为戏剧发展带来有利条件与希望。报刊审查被废除，官方也为戏剧发展提供了广阔天地，但宽松的环境与措施并没培养出优秀的作家或好作品。此期的新生力量阿方索·巴耶霍（1943— ）继续尝试荒诞实验，如《透明的零》《硫酸》。但也出现转向传统戏剧的趋势，如演员兼剧作家费尔南多·费尔南·戈麦斯的现实主义剧作《为夏季准备的自行车》（1982）赢得观众和评论界好评。戏剧创作涉及的主题都是当时西班牙急待处理的社会问题，更深邃，如披露青年人社会处境和吸毒、犯罪等问题。沿着这条路走下去并获巨大成就的有何塞·路易斯·阿隆索·德·桑托斯（1942— ）的《贩毒》（1985）

及费尔明·卡瓦尔（1948—　）的《布里奥内斯，你疯了》（1978）、
《今晚，盛大晚会》（1983）等。1987年何塞·桑奇斯·西尼斯特拉
反映内战时两个演员诗情画意故事的《唉，卡梅拉！》首演，使他
名垂戏剧史。

剧作家**安东尼奥·布埃罗·巴耶霍**（Antonio Buero Vallejo，
1916—2000）是西班牙战后戏剧真正的开创者，曾学绘画。他的《侍
女图》（1960）和《理性的梦想》（1970）分别以西班牙两位最有名
的画家委拉斯开兹和戈雅为主人公，剧名也分别取自他们的作品。
学画期间他开始和左派进步人士接触，1936年内战爆发后他参加了
共和派军队，搞宣传。他和民族主义者父亲持不同政见，后来父亲
被共和派枪决，他没停止为共和国而战。内战结束后他因继续参加
反佛朗哥的活动被逮捕并处死刑，后改为30年有期徒刑，最终服刑
六年半。出狱后他从事文学创作，最终选择了戏剧，取得了极大成
就，多次获奖。1949年"洛佩·德·维加戏剧奖"恢复，得奖的作
品就是这位新手的第一个多幕剧《一座楼梯的故事》，演出效果出人
意料，以至剧院几乎用了一年的时间连续上演此剧。同年上演的另
一部独幕悲剧《沙土上的词语》也获奖，1956—1958年他分别以《今
天过节》（1950）、《守口如瓶》（1957）和《一个为了民族的幻想者》
（1958）获当年全国戏剧奖。1971年他当选西班牙皇家语言学院院士。
1980年，他因对西班牙戏剧的贡献再次获全国戏剧奖，1986年又被
授予塞万提斯奖。他还改编过莎士比亚、易卜生和布莱希特等的剧目。
他的剧作在欧美多国和日本上演，受到欢迎。到1994年，他共创作
了28个剧本。

《一座楼梯的故事》以马德里中产阶级下层小人物为主人公，地
点是一栋破旧居民楼的一段楼梯，写楼里几家人三代的故事，时间
跨度从1919年到1949年。剧中塑造了两个青年人：一个积极向上，

是推动剧情发展的斗士；另一个焦虑不安、谨小慎微、犹豫不决。剧作演绎了他们与邻居女友们的成长、恩怨与遭遇。该剧写出了普通西班牙人对自由、幸福的追求及实际生活中不断受挫和失望的经历，是西班牙战后第一部社会现实主义剧作，也是战后戏剧真正的开山之作。它有个开放的结尾。最后一幕小费尔南多和小卡米娜在楼梯上的对话与 30 年前他们同名父母的对话一字不差，这种安排暗示他们未来的命运和父母一样，是死胡同。但暗示的不确定性也提供了想象和思考的空间：也许小一辈能打破楼梯象征的封闭生活。因此，他的悲剧被称为"有希望的悲剧"。他的开放的辩证悲剧观也可解释他作品的社会性，他更强调命运里人的因素、人的行为和人际关系。早期作品里这种社会性有很强的象征色彩，被称为象征现实主义。这和欧洲现实主义戏剧传统密不可分。他从易卜生那里借鉴了严谨的戏剧结构，学会了如何从现实提取司空见惯、不为人注意的因素，赋予它们深刻的象征含义。如这部剧里楼梯是生活中常见的，但在剧中它象征封闭的循环空间。因佛朗哥政府的审查制度，象征手法可有效地减少与官方冲突。他创作的后期没有审查制度，作品变得直截了当，如《夜间法官》（1979）里的恐怖主义、《鳄鱼》（1980）里的乞丐、《易懂的音乐》（1987）里的贩毒，都是直接反映西班牙的现实问题，没有太多迂回。

他还利用一些其他手段，如参与手法，提倡心理参与。和布莱希特提倡的疏离效果相反，心理参与力求缩短观众和作品的距离，使观众与人物的体验或命运发生心理共鸣。这种参与还借助打破时空观念，如讲盲人学院学生事情的《炙热的黑暗》（1950）有几分钟全场关灯，使观众体验失明的主人公们生活的黑暗。另外，受类似奥尼尔《琼斯皇帝》的影响，他也用心理外化手法。《灰色的冒险》（1963）有一个集体梦幻的场景；《几乎一个童话》（1953）有两个演员表现同一个人的分裂性格；在《伊雷内或财宝之间取其一》（1954）里舞台上有个小精灵，并同时可听到画外音，来表现主人公混乱的意识。

历史透视也被称为未来主义透视，是他对战后戏剧的另一重要贡献，最典型的例子是《天窗》（1967）。它讲述两个来自25世纪（或30世纪）的调查者对过去一件事的调查研究。剧中表现了西班牙战后一个家庭"上了火车的人"（追随佛朗哥而社会地位上升的人）与"没上火车的人"（拒绝与佛朗哥合作而社会地位下降的人）之间的矛盾与后果。这种科幻手法打破了过去、未来和现在的时间概念，反映作者的历史乐观主义，相信成者王、败者寇是暂时的，未来对今天的历史会有不同结论。

他认为作家应追求作品的社会性和美学性。这在他的历史剧里获得充分体现。1958年他开始写历史剧，主要作品有《为人民的幻想者》（1958）、《侍女图》、《圣奥维迪奥音乐会》（1962）及《理性的梦幻》（1970）。这些作品讲国王、首相、政府和言论自由，都是政治主题。因借用历史题材，形式更完整，情节更具故事性，艺术手法独特新颖。《圣奥维迪奥音乐会》讲18世纪巴黎一所济贫院里一群盲人的故事，作者又采用了会场陷入黑暗的手法来加强剧情的力量。《理性的梦幻》的主人公是晚年失聪后的戈雅。该剧上演时观众只能看到戈雅周围的人做各样手势、在大声说话，却听不到他们的声音。这种手法让观众分担几乎已发疯的主人公的不安和他潜意识里的幻觉，来深刻理解折磨主人公的政治历史环境。这些先锋派手法，使观众有机会感性地体验人物的感思，拉近与作品的距离，有效地与作品交流。

流亡文学　西班牙内战爆发后大批作家流亡国外，集聚在文化团体或重要刊物、出版单位周围。分散各地的流亡者在各自岗位上

为西班牙文化积累做出贡献。但有些人害怕丢失卡斯蒂利亚语言，
牢牢地维护原有传统文化，不求革新，从而陷入故步自封的泥潭。
作家们总是单干，没形成文学流派群体。虽然他们大多政治观点一
致，但每人有各自的文体，所以流亡文学尽管作家多，但缺乏共
性。他们之中，"27年一代"年龄最大的**本哈明·哈内斯**（Benjamin
Jarnés, 1888—1949）流亡到墨西哥后，发表了《埃乌夫罗西纳或恩
惠》（1940）、第二版的《风中的女友》（1948）和深入反思内战的《他
的火线阵地》（1980）。同为"27年一代"的小说家、散文家、女诗
人**罗莎·查塞尔**（Rosa Chacel, 1898—1994）1939年流亡前已发表
了两部小说：《季节，流逝又回还》（1927）、《特雷莎，爱情的小说》
（1929），完全按照当时盛行的"非人性化"艺术手法写就。后者讲
述西班牙浪漫主义诗人埃斯普龙塞达的情妇特雷莎·曼查的一生，
借以探讨成年妇女心理，特别是爱情心态。她流亡阿根廷撰写的小
说《莱蒂西亚·巴列的回忆》（1945）则探讨儿童心态。她自认为最
好的小说是《缺乏理性》（1960）、《献给一位疯狂圣女的布施》（1961）。
原计划的三部曲的第一部《马拉维利亚斯街区》（1976）回国定居后
面世。

小说家、散文作家**弗朗西斯科·阿亚拉**（Francisco Ayala,
1906—2009）中学已表现文艺才华，如绘画和文学创作，1925年发
表了长篇小说《一个缺少魄力的人的悲喜剧》，次年发表第二部小说
《清晨的故事》。此后他的文章常在著名刊物上发表。1930年他发表
了第四部作品《清晨的猎人》，在文学界的威望已牢牢树起。1929
年秋他赴柏林读社会学与宪法学，获法学博士学位，谋到法律顾问
职务和马德里大学教授席位。1936年7月西班牙发生军事政变时，
他在西班牙语美洲讲学。回国后，他站在共和国政府一边，积极工
作，作为西班牙代表团的秘书曾被派往捷克布拉格工作数月。内战

后期他在巴塞罗那，1939 年春季进入法国，开始了数十年流亡。到 1976 年退休他曾在阿根廷、波多黎各及美国的纽约大学、芝加哥大学担任社会学、政治学教授。1960 年他携家属回国，为西班牙不少报刊撰稿，在大学、文化机构作学术报告，但直到 1969 年才被允许在本土出版作品。他在国外发表的小说诸如《杯子底部》《惨死如狗》等传到西班牙后恢复了他应享有的荣誉和地位。1971 年他在西班牙出版的《令人陶醉的花园》获西班牙批评奖。他被视为西班牙语国家中最为重要的作家之一，1991 年获塞万提斯奖。

阿亚拉集教授、学者、小说家于一身，早期创作从非人性化的实验美学开始，19 年后他断然转向社会现实，但保留了高雅、深邃，表现出对周围人们命运的关注。他的主题围绕三方面：西班牙、当今世界的知识分子及流亡中的西班牙文人。短篇小说集《羊头》（1949 年在阿根廷首次出版，1972 年在西班牙印行），中心主题是内战，有的以直陈方式如《塔霍河》《回归》《摆脱不掉人言可畏的生活》，有的是写实与象征寓意相间，如《羊头》，而《信函》则通过间接手法体现主题。其中故事较短的《摆脱不掉人言可畏的生活》是在西班牙文版集子出版时增加的，讲述两个流亡者的故事。他们两个人殷切地盼望佛朗哥垮台，但等到二战结束后还没盼到，只得流亡。其中一人是高级中学教授，内战爆发时刚谋得这职位，尚处在新婚之际，为躲避进驻的佛朗哥军队迫害，不得不在岳母家偷偷挖掘的、窄小的地沟里过了九年与世人隔绝的生活。每天靠撰写一篇奇怪的、让人难以捉摸的作品打发时光。看到佛朗哥政权垮台无望时，他决定偷偷出走流亡。这时他夫人忽然怀孕，他甘冒被捕的危险，走上街头，以正视听，不让夫人背黑锅。这个短篇反映了寄希望于二战里民主派获胜、佛朗哥垮台的人们的失落感。主人公不让夫人背黑锅，甘冒生命危险露面，触及了西班牙传统文学中捍卫荣誉的永恒主题。《塔霍河》则表现内战轻易造成死亡的愚蠢，以失败者的观点描述内战带来的敌视与难以克服和弥补的隔阂，基调十分悲伤。

另两部小说《杯子底部》（1958）和《惨死如狗》（1962）揭露人类的腐朽和堕落，可视为辽阔历史的两个侧面，第一部具有更浓厚的政治色彩，第二部从社会学角度剖析人类弊端。两部作品文体优美，词汇丰富，用了滑稽模仿、讽刺幽默、漫画式的描绘等文体。他的小说有血有肉，充满激情，戏剧性强，用各种技巧手法，叙述路子极广阔。

马努埃尔·安杜哈尔（Manuel Andújar，1913—1994）的全部作品都是在国外写的，因此很长时间他在国内鲜为人知。战前他在西班牙内地省城担任机关管理人员，后被关进法国集中营，出来后他从西班牙语美洲的几个国家辗转到墨西哥定居。他曾在墨西哥和委内瑞拉的出版社工作。他与另一位流亡文人何塞·拉蒙·阿拉纳（1906—1974）共同创办了流亡文人在国外的著名刊物之一《两个西班牙》。1967年回国后他在马德里联盟出版社工作。他以短篇小说集《沮丧》（1945）步入文坛。三部曲《前夕》由《平原》（1947）、《被战胜的人》（1949）、《拉萨罗的命运》（1959）组成，再现了战前卡斯蒂利亚农村、作者家乡拉卡罗利纳的矿山及海港城市马拉加的社会现实，勾勒战前的西班牙。

《平原》描绘拉曼查地区虚构小村圣栎，代表卡斯蒂利亚平原任何村庄，是几个世纪昏睡、与世隔绝、保持陈规陋习的领主领地。书中贪婪成性的领主设置圈套、制造陷阱，随心所欲统治着顺从的农民。他掌握地方政权，控制选举，决定议员人选。书中另一人物是受尊敬的庄园主儿子，在马德里受过教育，品德高贵，慷慨大方。他受到有社会主义思想的马具匠影响与支持，为穷人代言，但在竞选中被击败，痛苦地离去。作者揭示了无力自卫的西班牙农村的停滞落后，几个世纪以来农民认为不平等是一种自然现象，理应如此。庄园主儿子的母亲是西班牙品德高尚女性的象征。领主通过制造意外害死庄园主，她挑起了保护自家遗产和培育孩子的重担。马具匠正直俭朴，善辨别良莠，支持能改变村民现状、摆脱领主压迫的候选人。他的三部曲用现实主义手法，是 19 世纪著名小说家加尔多斯的最佳传人。1967 年他回西班牙后陆续出版关于战争和流亡内容的短篇小说，与阔别多年的西班牙接触的感受见于《空荡荡的地方》（1971）。酝酿多年的关于内战的著名小说《故事里的故事》（1973）文体上向具有象征含义内容的《光明灿烂的地带》（1973）转化。他与森德尔和马克·奥普是西班牙流亡叙事体文学作家的杰出代表。

小说家**拉蒙·森德尔**（Ramón Sender，1901—1982）在内战中妻亡子散，战后开始了漫长的政治流亡，逃到墨西哥城，继续文学事业，1942 年到美国定居，在美国大学里教书、写作。他和马克·奥普是战后流亡文学最引人注目的人物，也是有影响的世界性作家。他的书 1966 年开始在国内出版、发行，获得好几项文学奖。他还是极有个性的批评家，最崇敬西班牙作家巴列－因克兰、皮奥·巴罗哈，还有费尔南多·德·罗哈斯及克维多，作品里可找到他们的影响。流亡前的重要小说有《磁铁》（1930）、《七个红色星期日》（1932）和《在地方割据兵营里的威特先生》（1936）。

《磁铁》的青年战士主人公在摩洛哥战场经历了西班牙军队的失败。他穿越撒哈拉沙漠，吃尽难以想象的苦头，想找到另一支西班牙部队，不料被敌人活捉，遭到折磨。后来他得以逃脱回乡，而村庄已被新建的水库淹没，搬迁到新住处的人根本不在乎他为国战斗的光荣历史，他一无所有，在绝望中想自杀。《磁铁》揭示普通西班牙人被剥夺了人的尊严，关注的焦点是人在极端条件下的生存本能、思想和希望。《七个红色星期日》写30年代马德里一次大罢工，七个星期日都有流血事件发生，工运的内讧导致了罢工失败。《在地方割据兵营里的威特先生》是他第一本重要的历史小说，背景是第一共和国时代（1873）穆尔西亚省反对中央政府而欲独立的叛乱。风度儒雅的英国医生和他活泼的西班牙妻子生活在起义的城市，小说以他的角度冷静地记载大街上发生的革命。其妻受起义者感染也积极参加护理伤员。医生怀疑热情的妻子和其中一个伤兵（她的侄子）有情，因为嫉妒而没及时抢救他，酿成悲剧。此后他良心不安，带着自责和对革命的复杂心情回到英国。小说叙述形式完美，语言精当，有很高艺术成就。

《人的位置》（1939）、《黎明纪事》（1942—1966）和《一个西班牙农民的安魂弥撒》（1953）是三部关于内战前后阿拉贡地区生活的小说。其中九卷本的《黎明纪事》是最著名的小说之一，有很强的自传色彩。主人公是西班牙共和国的年轻军官，被囚禁在法国监狱里，共和国的事业成了他活下去的唯一支柱。当听到内战失败后，他决定自杀。小说以他死前写的自传形式讲述他的一生。《一个西班牙农民的安魂弥撒》通过神甫的回忆讲农民巴科遇害的故事。农会领导巴科搞土改，分了贵族的土地。地主势力反攻倒算，杀了许多农会成员，但巴科却逃脱了。神甫从巴科父亲处得知他的下落，出卖了他。巴科被处死。故事在神甫为巴科作安魂弥撒时的回忆中展开。上述作品展示了20、30年代西班牙的政治和社会现实，但关注的是人物实现自我理想和价值。

《星球》（1969）是他最重要的代表作。内战结束后，流亡在法国的西班牙人塞伊拉被迫再次乘船逃到美洲，故事就发生在船上。从作品塑造的众多的人物名字，诸如"然而教授""什么先生"，即可看出这是充满哲理象征和道德探索的寓言体小说。星球是芸芸众生之上的一元性的终极现实的隐喻。书中涉及的主题是死亡的力量和作家独特的道德理论，也有政治的幻灭。小说融合了现实主义、幻想、哲理抒情、象征主义等多种风格，情节紧张，充满戏剧性，是他最雄心勃勃的尝试。他还写过八本短篇故事集、八个剧本、一本诗集、十一本报章和批评文集。

小说家和戏剧家**马克·奥普**（Max Aub，1902—1972）的父母亲分别是德国和法国的犹太人。一战爆发后，德法为敌。为了躲避战乱和迫害，12 岁的奥普随家迁往西班牙巴伦西亚定居，之后他选择了西班牙国籍。1939 年内战结束后他逃到法国，被关进难民营。后来他又被转到北非阿尔及利亚的集中营，经历了 20 世纪历史中最恐怖的事件。1942 年他设法逃离法西斯魔掌，在墨西哥安顿下来，从此一直在那里生活、工作。70 年代开始，他的文学地位得到国内文坛肯定。他一辈子都自认是西班牙人，墨西哥是他的第二祖国。

内战前，他的文学思想和创作实践有很强的先锋派色彩，处女作在最负盛名的《西方杂志》上发表。早期的抒情中篇小说《地理》(1921)、《绿色寓言》(1934)给他带来了文名。后者是他的第一本虚构传记，几经增删修改，成佳作。该书使用书信体形式写一位诗人的生活挫折，以诗人自杀告终。这些作品有强烈的抒情、生动的想象和语言的感染力。小说代表作是描写内战及其悲剧后果的系列小说《神奇的迷宫》，规模宏大，小说的题目里都有一词多义的 campo（田野、战场，或者营地，包括集中营）。文学史家把这部巨著誉为描写西班牙内战的第一部小说，也把奥普奉为最重要的当代西班牙小说家之一。迷宫一词是他对西班牙也是对 20 世纪人类生活历史的定义。他的系列小说题材广泛，包括各种意识形态的交锋、西班牙内战、集中营生活、流亡生涯等时代生活的重大方面。其文学特点也同样多样：详尽的描写，快速的情节，闪回，独白，文件书信形式，道德审视，长篇沉思，生动的对话等。有些作品的情节由众多故事片段组成，可分成各自独立的中短篇。他的文学能力，特别是讽刺和幽默才能，使他避免了说教，没有沦为简单露骨的抗议或谴责。真实的历史人物和虚构形象并置的手法也使这些小说增色。《封闭的战场》（1943）从写内战前十年的西班牙社会冲突开始，以战争开始时巴塞罗那街头混乱的巷战结束。小说通过主要人物的生活和思想，批判、揭示了战前政界的骚动、思想界的混乱和社会的不义等潜伏的危机导致内战发生的历史必然性。《血沃战场》（1945）和《开放的战场》（1951）从交战双方的角度讲战场和城市里的情况。但很少正面战斗场面，而是对准大后方的人群，刻画诸色人等对战争的心理反应。《摩尔人的田野》（1963）写马德里保卫战的最后日子，书名既指佛朗哥的摩洛哥雇佣军，又指马德里城内的同名公园。《法国营地》（1965）写西班牙难民逃离家园又落入法国集中营的悲剧，以亲身经历为基础。《杏树园》（1968）讲共和国最后日子里的另一悲剧。一群包括官员、平民、士兵的共和派的逃亡者等待接应他们的船只将他们载往流放地，结果发现他们上的是佛朗哥长枪党人的船。这部系列巨篇里的许多主题也反复出现在短篇故事集《并非故事》（1944）、《惨死故事》（1965）、《西班牙战争最新故事》（1969）中。

小说《好心好意》（1954）和《瓦尔维德大街》（1961）体现加尔多斯式的现实主义风格。作者以怀旧的笔触描写19世纪末到内战爆发前西班牙和首都马德里的社会生活，重点是文艺圈，是今天了解30年代马德里文化生活的宝贵材料。传记体小说《约塞·托雷斯·康帕兰斯》（1958）被认为是他最新颖、文学价值最高的小说。小说中的人物之一是奥普在墨西哥一次学术会议上认识的、隐居在墨西哥一个土著村落的加泰罗尼亚立体派画家康帕兰斯。奥普搜集了关于他的大量资料,以此写了画家的传记。康帕兰斯是个独特的艺术家,生活放荡不羁,性格粗暴,是天主教徒和无政府主义者,极有艺术天才,但蔑视包括自己的一切绘画作品。他是毕加索的老朋友,两人一起推动了画坛革新。但他不卖画,不搞展览,也不注意保存自己的作品,时隔不久他被人们彻底忘记。内战爆发迫使他离开祖国前往墨西哥,画家的朋友阿方索·雷耶斯从法国给国内的胡利奥·铎利写信,请他帮画家安家落户(以上二人都是真实的历史人物)。画家在印第安人部落过上离群索居的生活,生了许多子女。此书人物虚虚实实,故事情节真真假假。作家虚构了有关主人公的大量貌似可信的档案文件,提到了一大批真人真事,书中又加上画家的许多“作品真迹”为插页,成功地重建了世纪初巴黎和巴塞罗那两地知识界和艺术界的文化生活氛围。小说得到好评,被认为是他最好的作品。

　　奥普写有约 50 部剧本。战后的主要剧作包括 10 出长剧和 23 出独幕剧,题材比小说更广,但中心思想仍是我们时代的生活经验及欧洲和世界的命运。这些剧本采用记录性语言。《夫妻生活》(1942)写里维拉独裁时期对无政府主义者的迫害。《回归》(1947—1964)写流亡者归来的故事。《“圣·胡安”号》(1942)讲欧洲人逃离极权政府的苦难经历。《瞑目而死》(1944)写法西斯主义对法国的威胁。《不》(1949)表现战后柏林墙两边人民的精神悲剧。《包围》重演切·格瓦拉之死。《将军的半身肖像》讲越战。他还是严谨的文艺学者和批评家,著有关于西班牙当代文学、文学史和墨西哥文学研究著作多种。

　　流亡诗歌情况如下:内战中,1936 年“98 年一代”的乌纳穆诺谢世,马查多流亡出走,离开西班牙数日后客死异邦。在“14 年一代”“哭泣的流亡”的西班牙文人中,有属于后现代主义不同流派的诗人,或革新派诗人,如恩里克·迭斯·卡内多(1879—1945)、胡安·

何塞·多门奇纳、何塞·莫雷诺·维亚（1887—1955）、莱昂·费利佩，还有不属任何流派的胡安·拉蒙·希梅内斯。"27年一代"的十个重要诗人中，加西亚·洛尔卡被杀害，阿莱克桑德雷、赫拉尔多·迭戈和达马索·阿隆索留在国内，其他的诗人均流亡出走。而属于"36年一代"的杰出诗人米格尔·埃尔南德斯1942年死于狱中。内战与流亡使诗歌创作进入低谷，一度中断。流亡诗歌的永恒主题是怀念失去的祖国，到1945年这种怀念发展到表现绝望心情和对内战中胜利者的辱骂、谴责。这种忧伤、凄楚在莱昂·费利佩的诗歌中表现尤为突出。与该主题并存的还有：悼念亲人之死，感叹战争的失败，感慨集中营的苦难，游子他乡寻觅立锥之地的艰辛等。随时间推移，上述内容逐渐让位于痛苦的思乡，对遥远故土的美好回忆，回归故里的殷切心态，也有表达对周围环境和新事物关注的内容。

值得提及的流亡诗人有**莱昂·费利佩**（León Felipe，1884—1968，原名费利佩·卡米诺·加利西亚）、**路易斯·塞尔努达**（Luis Cernuda，1904—1963）和**胡安·何塞·多门奇纳**（Juan José Domenchina，1898—1959）。费利佩从西班牙语美洲等地最后到美国和墨西哥，在大学教西班牙语，在墨西哥逝世。他属于"新世纪派"，即"14年一代"，但与这流派主张非人性化、从事纯诗歌创作相反，他的诗歌具有明显的社会内涵，流亡诗作尤其如此。他的诗不仅是西班牙三年内战的有力见证，而且许多是投向佛朗哥独裁统治的巨型炸弹，振聋发聩，如《分配》。《一节教义课及一出劝世短剧》是为悼念死在流亡路上的"98年一代"诗人A.马查多写的，爱国情鲜明，满腔愤怒地讽刺和控诉佛朗哥与长枪党徒。塞尔努达也是"27年一代"的诗人，1938年流亡出走，最后病死墨西哥。他以诗集《云》（1937—1940）表达身居异国犹如飘浮的云烟，倾吐了对佛朗哥政权的切齿仇恨，抒发对祖国的怀念。诗中吸收了当代英国诗歌的有益成分，通篇客观深沉。他最后一部诗集《吉梅拉的绝望悲哀》(或译为《怪兽的悲哀》)的大部分是近 60 岁写的，老诗人以此诀别之作展现四个主题：怀念失去的童年天堂；哀叹无能为力的爱情；环顾流亡的处境与思念祖国及对艺术家命运的感触。多门奇纳是文学评论家、诗人、小说家，很年轻时就为著名的报刊撰稿，以笔名"赫拉多·里维拉"写文学评论文章，笔锋犀利，见解深邃。内战前他发表了《寂静的提问》(1918)、《抽象的形体》(1929)、《迷宫》(1932)。他是个巴罗克式诗人，讲究修饰，冷冰冰。早期诗作有胡安·拉蒙·希梅内斯的纯诗歌影响，成熟作品突出了瓦雷里的影响。1942 年发表了流亡后第一部诗集《流放》，随后出版了《阴影的激情》(1944)。他是西班牙抒情诗人中从纯诗歌向强调人性化转变的典范。宗教性诗歌《吃惊的事》(1958)为他的最佳之作。

西班牙战后戏剧中相当大一部分是在境外写就与上演的。谈到流亡戏剧时，不能忘记 20 年代就开始的戏剧革新，而这种改革在第二共和国及内战时更深入。此时著名演员马格丽塔·希古和里瓦斯·切里夫上演巴列-因克兰、加西亚·洛尔卡的革新戏剧。1936 年巴列-因克兰、洛尔卡相继离开西班牙，内战结束前"27 年一代"的剧作家又纷纷出走，结果流亡戏剧按照四个方向发展：1)巴列-因克兰、加西亚·洛尔卡开创的诗剧在亚历杭德罗·卡索纳手中得到发扬光大；2)马克·奥普及何塞·里卡多·莫拉雷斯写存在主义倾向的戏剧；3)亚历杭德罗·卡索纳的部分消遣娱乐性戏剧；4)马克·奥普大量见证历史的现实主义戏剧。

在流亡作家中"27 年一代"的阿尔维蒂、萨利纳斯都写过戏剧，还有一些剧作家像阿尔托亚吉雷那样从事电影工作。此外还有莱昂·费利佩、何塞·本哈明、拉斐尔·迭斯特(1899—1981)和保利诺·马西普。莱昂·费利佩和本哈明创作追求韵律铿锵的诗剧，如前者的

《祸根》是再现希腊神话帕里斯故事的优美诗剧，后者则有涉及内战的《上帝的女儿》、《小游击队员》（1945）等剧作。拉斐尔·迭斯特和保利诺·马西普创作当时时兴的、具有讽刺意味的现实主义戏剧。迭斯特涉及内战主题的戏剧有《美妙的新组画》，而马西普在流亡中写的闹剧有《制造奇迹的人》和讽刺行政官员的《提审人》等。

亚历杭德罗·卡索纳（Alejandro Casona，1903—1965）原名叫亚历杭德罗·罗德里格斯·阿尔瓦雷斯，第二共和国期间曾任人民剧院负责人，并改写古典戏剧搬上舞台，战前就展现戏剧才能。他试图以反自然主义模式改革西班牙戏剧，1933 年获戏剧大奖的佳作《搁浅的美人鱼》将奇异的情节、含义深邃的象征和优美铿锵的语言和谐地糅在一起。1936 年他以《我们的那大恰》获轰动效应，主要出于政治原因。这部作品也标志他在创作上与诗剧决裂，转向抨击弊端。他 1937 年离开西班牙，1941 年到阿根廷定居，大部分剧作在阿根廷创作。1945 年上演的《没有渔夫的小船》，从主题到结构与《搁浅的美人鱼》及后来的《魔鬼再次来临》都极为相近，在阿根廷赢得声誉。

他上演的诸多剧目还有《阿尔克斯的女磨坊主》（1947，实为 19 世纪著名小说家佩德罗·阿拉尔孔的小说《三角帽》的改编）和《晨曦夫人》（1944）。《晨曦夫人》讲偏僻村庄的安赫利卡婚后不久便"溺水"而亡之时，象征常到村里来"物色"狩猎对象的死神佩雷格里娜忽然造访。在她对付安赫利卡的丈夫、强悍骑手马丁时，因疏忽睡着了，未能捕获猎物，只能悻悻而别。一天马丁从河里救出一个企图自杀的女孩并将她带回家。因为大家依旧怀念安赫利卡，开始这女孩遭全家白眼，但不久女孩以其人品赢得全家喜爱。实际上马丁爱上了她，但藏匿情感。因为他知道安赫利卡并没死，而是婚后第三天夜里与情人私奔了。圣胡安节的晚上全村载歌载舞，佩雷格里娜再次出现。但当她了解到苦闷的女孩有轻生念头和马丁对她的感情后，她选中私奔后被情人遗弃、又回家请求宽恕的安赫利卡，诱导她跳河自杀。与《晨曦夫人》相似的戏剧还有《带有七个阳台的房子》（1957）。他还出版了演绎黄金世纪作家克维多形象的作品《脚踏金马镫的骑士》（1964）。他一生写了22出正剧、5出闹剧、2出儿童剧和4部改编剧。他的戏剧抒情性极强，充满奇异的幻想、温情脉脉的活力以及诗情画意的人物与剧情，被译为数种外语。

葡萄牙文学　二战中葡萄牙奉行中立政策，直到美国参战，同盟国已胜利在望，葡萄牙才向盟国提供亚速尔群岛的基地。整个大战中葡萄牙向交战双方提供原料，大量出口钨，大获其利，国家财政状况大为好转，个体经济蓬勃发展。60年代葡萄牙镇压其非洲殖民地独立运动耗费了大部分财政收入。反对进行非洲殖民战争的呼声成为反政府的主要话题。在葡萄牙长期进行独裁统治的萨莫拉1970年逝世后，其家族统治发生分裂。广大民众对临时政府的反动政策日益不满，军队出现"军队运动"组织，1974年4月25日发动政变成功，开始了第三共和国。1976年经普选产生社会党政府，试图推动"民主化进程"，国内秩序迅速恢复，但经济问题成堆，国内形势依然严峻。

战后文学最具代表性的人物是**阿古斯蒂娜·贝萨·路易斯**（Maria Agustina Bessa Luis，1922—　　）。她出身名门，处女作长篇小说《封闭的世界》（1948）一举震动葡萄牙文坛，随后创作了长篇小说《女预言家》（1954）。这两部作品是当代葡萄牙文学最具革新精神的范例。它们都取材葡萄牙北部一个农村贵族世家的变化，对一系列旧贵族形象做了认真细致的心理和社会分析。作品用崭新的思辨语言表现浓郁的乡土氛围，开创了一种新巴罗克风格。她采纳了普鲁斯特的技巧处理时空结构，在人物和情节上接受了柏格森思想，仔细地解剖心理。她善写性格狂妄和固执的人物，角色带有希腊悲剧的神话含义。她还善于揭示人性中的盲目力量，认为这一力量导致人类犯错误。随时间推移，她对人类的种种表现进行了更深刻的思考，艺术更成熟。长篇小说《修道院》（1980）捡起农村题材，揭示母权社会残留的影响压抑人性。

1994 年的长篇小说《佛兰德协奏曲》描绘两种社会情绪的冲突：1）无论社会存在多少丑恶，人们都无忧无虑地生活；2）抓住丑恶并与之斗争。前者认为后者"狗拿耗子"；后者认为前者"醉生梦死"，而生活在丑恶中的人则"坐山观虎斗"。这小说没有贯穿始终的主线，每个人物是一个时空载体，由行动把过去、现在和将来交叉起来，形成一种"存在"。作者还认为现实之外别无他物，有的只是无尽头的永恒。其他重要作品还有长篇小说《不可救药的人们》（1956）、《惊吓》（1958）、三部曲《人际关系》（1964—1966）、《穷人的〈圣经〉》（1967—1970）、《幸福的人们》（1975）。"4·25"革命发生后，她创作了记录这一重大事件的作品《克鲁萨多纪事》和《怒潮》，可看出她强烈的社会责任感和使命感。她不接受新现实主义，也不接受存在主义，独树一帜。

若热·德·塞纳（Jorge de Sena，1919—1978）大学开始诗歌创作，第一本诗集《迫害》（1942）表现了极强的个性。他大胆地肢解逻辑和句法，追求超现实主义的梦幻和潜意识，又企图通过理性达到理性之外的境界。诗集《地上的冠冕》（1946）通过充满痛苦的形象或腐烂的垃圾强烈谴责人类的恶劣处境。《点金石》（1950）、《无可置疑》（1955）和《忠实》（1958）这三部诗集揭示他内心矛盾：既要讽刺现实、走现实主义之路，又要通过不断否定去追求抽象、超现实主义提倡的梦幻。他还偏爱某些传统的艺术风格，如意大利的彼特拉克和西班牙的贡戈拉风格。在 20 世纪葡萄牙诗坛上，他是唯一"通过感觉进行思考"的诗人，粉碎了浪漫主义无冲突的梦幻，把历史和个人的经验加以概括、思考、论证并公之于众。他还在《变形》（1963）和《音乐艺术》（1968）中阐述了独特的美学思想。此外，他写了不少小说，如《魔鬼的游记》（1960）、《魔鬼新游记》（1966）和《大将军们》（1976）。他还在巴西和美国的大学教文学并撰写了大量文学评论文章。

索菲娅·德·梅洛·布雷内尔·安德雷森（Sophia de Melo Breyner Andresen，1919—2004）1944年出版第一部诗集，表现女诗人与自己的住宅、花园、和风、月夜等景物的交流，营造优美、明快的诗歌世界。第二部诗集《海洋日》（1947）表现她对多神教的崇拜和对古典人物的追忆。此后她的诗集《珊瑚》（1950）、《分裂的时代》（1954）和《新海》（1958）等都贯彻这一创作方向。诗集《二重唱》（1972）、《航行》（1983）和《群岛》通过葡萄牙和地中海国家的古代人物表现伟人们的丰功伟绩和她对上帝的敬畏。作者还创作过许多短篇小说。

埃乌热尼奥·德·安德拉德（Eugénio de Andrade，1923—2005）1948年发表处女作《手和水果》，赞美地上的天堂。这源于亲身感受，望着肥沃土地上的作物和累累硕果、湍急的河水、浩瀚的海洋、清新的空气、灿烂的星空，诗人浮想联翩，感到这是构成神话的因素，赞美用双手创造美好人间。他继承了西班牙"27年一代"诗人的传统，即扎根本土、为现实作证、参与社会斗争、强调艺术个性。同时，他又吸收了超现实主义，追求"纯精神的自动反应"。他还吸收葡萄牙民间口语，提炼民谣精华，特别是强烈的音乐感。他的诗纯美，熔百家所长于一炉。50、60年代主要作品有《没有金钱的情侣》（1950）、《明天见》（1956）、《白天的心脏》（1958）、《奥斯迪那托·里戈莱》（1964）等。70年代他进入徘徊阶段，80年代起恢复了高峰期活力和优美风格，为葡萄牙青年诗人效仿。

50 年代葡萄牙文学处于新现实主义和存在主义交会期。以诗歌创作为例，1950—1954 年发行的诗刊《圆棋子》共出版 20 期，高举萨特和加缪的存在主义大旗与社会现实主义对抗。其代表人物有科多·韦亚纳、费雷拉、波特里奥等人。

安东尼奥·曼努埃尔·科多·韦亚纳（Antonio Manuel Cóto Veana, 1923—2010）1948 年发表长诗《抒情的鸵鸟》，表现对社会和文学的怀疑，凸现内心的空虚和疲倦。他坚持传统的押韵，来保持诗歌的纯洁，是 40 年代兴起的新现实主义诗歌先驱之一，作品对一代诗人的艺术修养起到特殊作用。重要作品有《寂静时刻》（1949）、《心与剑》（1953）、《太阳黑子》（1959）、《秘密报告》（1963）、《令人绝望的监视》（1968）、《精疲力竭的祖国》（1971）、《国内飞行》（1978）、《一次，一次》（1948—1983 年诗歌全集）。他还写下大量散文和儿童文学作品。

大卫·摩拉·费雷伊拉（David Mourâo Ferreira，1927—1996）是诗人、小说家和文学评论家，曾任流动图书馆服务部主任、杂志主编，在里斯本大学文学系任教。他涉猎极广，善于创造性地吸收欧洲重要作家和作品的营养。但从他早期作品可看出，他不盲从任何一家，而是进行开创性实验。他的作品常表现唐璜式的初恋激情与对世界末日的忧虑。第一部短篇小说集《地上的海鸥》（1959）出色地塑造了几个妇女形象。第二部短篇小说集《情人们》（1968）叙述几对恋人的爱情体验，故事动人，剪裁得体，很受欢迎。其他重要作品还有《影子和身体之间》（1980）、《发光的肉体》（1987）、《床上音乐》（1994）等。小说有《夏日风暴》（1954）、《四季》（1980）、《幸福的爱情》（1986，获葡萄牙作协小说奖）。散文有《当代 20 位诗人》（1960）、《文学暴动》（1962）、《论批评和文学史》（1969）、

《关于人》（1976）、《葡萄牙语作家研究》（1989）等。

费尔南达·波特里奥（Maria Fernanda Botelho，1926—2007）是女诗人和小说家，翻译过但丁、斯丹达尔和波德莱尔。她参加过发起葡萄牙作协的工作，曾为许多报刊撰稿。第一部诗集《抒情的坐标》（1951）表现激情破灭后的冷酷及疲倦和空虚。之后她转入小说创作，主要作品有《七个段落之谜》（1956）、《私人日历》（1958）、《母猫和寓言》（1960）、《没有音乐的土地》（1969）、《夜里我梦见了布鲁埃尔》（1987，获国际文学评论协会葡萄牙中心的文学批评奖）、《戏剧性地穿上了黑礼服》（1994，获国际笔会小说奖）。这些作品摇摆在为生存绝望或给真实日常生活以评价之间。她常冷嘲热讽和挖苦，反映对社会现实不满，也说明她内心苦闷，其作品表现了社会转型期传统价值观解体的影响。

新现实主义文学的发展对前葡属殖民地国家和地区，如巴西、佛得角等产生了积极影响。50年代末，这一流派与存在主义汇合，出现了一位转折期的代表**乌尔巴诺·塔瓦雷斯·罗德里格斯**（Urbano Tavares Rodrigues，1923—2013）。他1949—1955年先后在法国三所大学教葡萄牙语，1957—1959年在里斯本大学文学系任教，后因政治原因辞职，1975年4月25日革命胜利后返校。50年代末起他遵循存在主义思想创作了大量短篇、中篇和长篇小说。他还写下许多散文、评论、纪事和游记。作品可分对童年的回忆、青年时在国外的体验和在首都里斯本的生活。主要作品有长篇小说《太阳的私生子》（1959）、《解体》（1974）、《热浪》（1986）、《香堇菜与黑夜》（1991）、《漂流》（1993）。

新现实主义与存在主义汇合后，葡萄牙不断派生出新流派，这阶段文学逐渐走向多元，如与现实主义对抗、主张精神上"皈依上帝"、艺术上要用"话语"建造可供上帝和天使居住的天堂的"玄学派"；

再如主张"介入社会"、密切注视社会矛盾变化、为社会民主化斗争的"人民社会现实主义",但阵营都不稳定、界限不分明。

路易斯·韦卡·雷道（Louis Veiga Redol，1915—1987）是"人民社会现实主义"代表,以为民主而战闻名葡萄牙文坛。主要作品有《石头的夜晚》（1955）、《石头组诗》（1964）、《走和看》（1976）、《长路短行》（1985）等。这些作品反映了他在独裁政权的监狱中及流放巴西（1967—1976）的经历。他的狱中诗作因直率和纯真极富感染力,在读者中很有影响。

埃希托·贡萨韦斯（Egito Gonçalves，1920—2001）曾在文化单位任领导,如葡萄牙作协、波尔图记者协会、波尔图实验话剧社。50年代他创办和领导了杂志《蛇》（1951）、《树》（1952）和《封锁的消息》（1957）。前三部诗集是《献给岛上同志的诗》（1950）、《可能越狱》（1952）、《失望的流浪汉》（1957）。《伴随你的面孔旅行》（1958）通过幽默和理性的表达,把超现实主义思想原则与生或死的现实选择,特别是与城市中的严酷现实结合起来,同时也谴责社会生活中的荒谬现象。《寂静的档案室》（1963）已经发展到讽刺与抒情结合。《稻草里的火柴》（1970）通过他参加反独裁统治斗争的经历讲述思想变化。《森林之光》（1975）有对"4·25"革命事件的目击记录和思想分析,组诗节奏明快,充满激情。他是60、70年代新现实主义走向成熟的代表。

卡斯米洛·德·布里托（Casimiro de Brito，1938— ）的处女作《不完美的孤独》（1958）歌颂他长久迷恋的风化岩石、海滩风光、沙土、贝壳等,同时抒发对社会民主化的渴望。1961—1981年出版的十部诗集反映了艺术形式上极力追求多样化,如《电报》营造有规则的结构,而《迷宫》则最大限度地夸张错乱对意境的重要性。他在艺术上的花样翻新一直影响着葡萄牙诗坛。70年代末,他转向长篇小说创作。《模仿快感》（1977）反映他对性爱的思考，揭示孤独和社会偏见对人性特别是对性欲的压抑，出版后反响强烈。《敏感的祖国》（1983）表现民主主义思想和爱国热情。这些作品还反映了他在哲学上的多元，涉猎了东方的禅宗、西方的虚无主义、神秘主义和反神学的实证主义。

若泽·萨拉马戈（José Saramago，1922—2010）1959年开始在出版社工作，酷爱读书，涉猎甚广。1947年他发表第一篇小说《罪孽之地》，60、70年代主要从事诗歌、散文和戏剧创作，如：诗集《可能的诗歌》（1966）、《或许是欢乐》（1970）；散文《旅行者的行李》（1973）、《〈里斯本日报〉曾这样认为》（1974）、《札记》（1976）；剧本《夜晚》。1980年他开始写长篇小说，第一部《从地上站起来》叙述阿连特如地区的农业危机与革命，描写农民受的痛苦、压迫和贫穷，以及对土地的眷恋，还有劳动的智慧和激情。该书问世后获两项文学奖。第二部长篇小说《修道院纪事》（1982）由两个故事组成：一个是国王动用五万工匠、花费十年、以牺牲1383条人命为代价，建造长250米、宽220米、设有4500扇门窗、安装114口大钟的修道院的故事；另一个是洛伦索神甫在一对恋人（士兵和农村姑娘）的帮助下发明和制造"大鸟"的故事。书中写了两种"意志"：国王凭借权力建造修道院的"意志"和神甫运用智慧与民众支持实现发明"大鸟"的"意志"。修道院和"大鸟"，一个代表独裁专制和对真理、权力的垄断，另一个歌颂人类的创造精神和纯洁爱情。小说1982年获葡萄牙笔会奖和里斯本市文学奖。另一部轰动文学界的长篇小说是《失明症漫记》（1995），故事令人不安：葡萄牙某地突发一种奇怪的流行病，让人们迅速失明。虽然疫病很快消失了，可后遗症非常可怕，所有的人类文明财富都变成了废墟。1996年1月巴西总统授予作者巴西最高的卡蒙斯奖。他的其他重要作品还有《里卡多·雷伊斯死亡之年》(1984)、《耶稣基督眼中的福音书》(1992)、剧本《以上帝的名义》(1993)。这些作品都获得了不同奖项，1998年他荣获诺贝尔文学奖。

第八节　意大利文学

　　20世纪下半叶意大利经历了战后重建期、工业化和"后工业化"三个阶段，文学也相应展现了不同风姿，40年代末至60年代先后出现了新现实主义、工业题材文学、新先锋派这些文学流派，70年代之后不再有统一的文学运动，呈多元化格局。

　　1943年世界反法西斯战争迎来历史性转折，7月美、英、加盟军在西西里登陆，意大利国王于7月25日逮捕墨索里尼，9月3日与同盟军签订投降书，10月13日对德宣战。人民群众在法西斯统治下积压了20年的怒火爆发出来，抵抗运动风起云涌，震撼了文坛。原来在高压下明哲保身的文学艺术家们同人民一起投身火热的斗争。首先，电影工作者拍出一批以抵抗运动为题材的影片，如《罗马，不设防的城市》(1944—1945)、《太阳刚刚升起》(1945—1946)等，称为新现实主义影片；稍后大批类似的文学作品问世，如《基督不到的地方》(1945)、《苦难情侣》(1947)、《安妮丝之死》(1949)等。新现实主义在国内外流行起来。新现实主义文学历经10余年，一度成为意大利文学主流。早期新现实主义作家都参加过抵抗运动，从正面描写反法西斯斗争和南方农民与地主的冲突，展示优秀的精神品质。他们的作品充满浓厚的生活气息和民主精神。战后意大利进行艰苦的经济恢复，绝大部分作家从50年代起转向描绘劳动人民平凡、辛酸的生活，暴露社会阴暗面。这样便产生了有名的影片《偷自行车的人》《警察与小偷》、长篇小说《灭亡》（1954）、特写集《南方的农民》（1954）、短篇小说集《海水洗不净那波里》（1953）等。它们集中反映战后意大利的贫穷、饥馑、失业和不平等，表现对小人物的深切同情。人道主义是此期文学的基本特征，新现实主义只是继承了19世纪欧洲批判现实主义文学传统和19世纪末意大利真实主义文学特点。"新"的含义是摈弃20—30年代在意大利占上风的法西斯反动文学和浮华文风，回到现实主义道路上来。

　　50年代末意大利出现所谓"经济奇迹"，工业迅速发展，形成工业化社会，工人阶级壮大。现代化生产方式增加了劳动强度与紧张度，迫使工人承担更重的体力与精神负荷。高速度生产带来快节奏生活方式，将人们的适应力逼到极限。工人创造的剩余价值超过以往任何时期，但得到的好处甚微，与资本家的冲突日益加剧。60年代工运高涨，罢工浪潮此起彼伏，不时和激进的学运相呼应支持。文学创作开始揭露现代工业文明的残酷，作品分两类。1）工业题材文学：以传统的写实方法描写工厂生活；2）新先锋派文学：进行各种表现形式实验，试图以新语言表现人在工业社会里的处境与心态。工业题材文学写现代工人阶级的劳动、生活和工会活动，反映资本主义社会劳动者被异化和工人阶级的反抗与斗争。工业题材作品代表了文学内容的变革，是现实主义文学激进的支流，后来有些作品的描写对象扩大，以厂主、职员为主人公，生活素材仍采自工厂。乔万尼·斯特托利（1923—　）的系列短篇小说《米兰的秘密》（1954—1962）是这类文学的先声。奥蒂耶利、比安恰尔迪、沃尔波尼都是这一题材优秀作家。新先锋派标榜与传统文学决裂、力图改变艺术技巧来反映发达资本主义社会的新面貌，一定程度上是20年代先锋派文学的回潮，诗人桑圭内蒂的诗集《迷宫》（1956）的出版及他本人对诗集的评介在杂志《维利》上发表是新先锋派诞生的标志。1960年起新先锋派形成活动小组，出版自己的作品。1963年春该派作家聚集巴勒莫市召开第一次大会，结成"六三社"。60年代该派的形式主义实验几乎统治文学。他们企图通过语言的对抗否定资本主义社会虚伪价值和思想体系。但这样做将语言功能缩减到几乎不能交流和无语义的程度，没产生特别有意义的作品。但他们从理论上提出的一些主张，对传统文学的反思具有开拓意义。

　　1964年意大利经济发生危机，1974—1975年危机极为严重，由快速发展走向停滞通胀，接着是1980年春开始的持续三年多的经济危机。为了遏制危机深化，国家调整经济结构，开发新技术，从重工业向"科研－高技术工业－先进服务一体化"转变，具有了后工业社会的某些特征。1987年后经济状况改善，但高失业率、高财政赤字依然困扰意大利。长期经济危机激化阶级矛盾，造成社会动荡。70年代恐怖组织猖獗，暴力事件层出，连政府总理莫罗在1978年也遭绑架杀害。统治阶级内部矛盾加剧，党派斗争激烈，政府更迭频繁。因此描写政治危机和社会问题的文学作品在70年代较为突出。1978年以后天主教民主党失去在政府中的核心地位，几大政党轮番上台，推行不同的改良方针。80、90年代生活在高科技社会里的人们福利待遇改善，视野开阔，信息灵通。群众参与社会生活的意识更强，关心社会问题，如妇女处境、环境保护、裁军与和平、新宗教等，为文学创作提供了多样题材。

　　意大利文学概貌在20世纪最后30年改观。1968年学运的政治与社会主张给了脱离现实的新先锋派致命一击，使它一蹶不振，同时振兴了现实主义传统，对70、80年代的文学发展有利。由于新先锋派对传统的破坏和对自身否定，作家得以摆脱流行模式，可以广泛选择，自由创新。因此，不同水平、不同方向的作家相继奉献作品。这些作品无共同来源，有的值得重视，但没有明显流派，形成异彩纷呈的局面。具体地说，现实主义得到恢复和发展，实验主义在继续，独辟蹊径的作品时时出现，消费小说也泛滥。老作家莫拉维亚的"论述性"新小说，夏侠的侦探推理小说，卡尔维诺的寓言小说，埃科的仿历史小说，达里奥·福的政治喜剧，各有一定代表意义。

卡尔洛·莱维（Carlo Levi，1902—1975）供职于出版社，积极投身反法西斯地下斗争，参加过"自由党"，创办进步刊物《正义与自由》，几度被捕。1935—1937年他被流放到南方偏僻山区，1939年流亡法国，1942年回国，1943年再次入狱。获释后他被推选为民族解放委员会委员，领导抵抗运动。解放后他先后任佛罗伦萨《人民国家日报》、罗马《自由意大利报》主编。1963年他作为意共代表当选参议院议员。作为政治活动家和新闻工作者，他以敏锐的眼光及时报道各种社会问题，贫困落后的南方是关注焦点，而特写是他得心应手的体裁。他的作品有政治家的理性剖析，也有画家精细的白描，深刻又形象，风格独特，行文简洁，语言自然纯净。成名作《基督不到的地方》（1945）写于狱中，在记忆里重游30年代的流放地，描绘那里长期被饥馑、瘟疫、灾荒、悲哀和死亡阴影笼罩的惨烈，以及恶劣的自然环境与统治者的横征暴敛使农民处于赤贫而绝望的境地。这里与外面的文明和进步隔绝，被历史遗忘。莱维尖锐地指出，意大利资本主义的发展在南北方两极分化，而法西斯统治使"南方问题"进一步恶化。文章夹叙夹议，真实性、抒情性、政论性兼备，是新现实主义文学早期代表作之一。小说《钟》（1950）带有巴罗克艺术特征，以大量象征和比喻写1946年罗马社会的种种腐败，表达他对战后危机四伏的社会现实的失望。《铁证如山》（1955）由三篇特写组成，记叙他三次去西西里岛旅行的见闻，展现硫黄矿工和农民被压迫被剥削的贫困生活，揭露黑手党猖獗的活动。《蜜流干了》（1964）写撒丁岛牧民的艰苦，他们深受自然灾害肆虐，又遭强盗土匪骚扰。作家深切同情下层人民的悲惨命运，对他们朴实的自尊和高尚的人格由衷赞美。其他作品还有政论文集《惧怕自由》（1946）、旅苏游记《未来有一颗古老的心》（1956）、旅德游记《椴树之双夜》（1959）。

瓦斯科·普拉托利尼（Vasco Pratolini，1913—1991）早年当过印刷工人、餐厅侍者、推销员。1937年他开始在《文学》杂志任编辑，1938年与人合作创办诗刊《校场》，1943年参加抵抗运动。二战结束后他在《米兰晚报》当记者，1951年定居罗马，在教育部供职。他一生创作12部中、长篇小说，均以故乡佛罗伦萨中下层社会为背景，写普通劳动者的命运。他热爱故土，熟悉市井生活，作品文情并茂，亲切感人，有浓郁的生活气息和强烈的地方特色，是佛罗伦萨乡土文学精品。早期的《绿色的地毯》（1941）、《马戛志尼大街》（1942）、《家庭纪事》（1947）是抒情自传体小说。第一部长篇小说《街区》（1944）写佛罗伦萨工人住宅区四位青年的不同命运，赞颂友谊、爱情和团结互助，以街区人民与法西斯的街垒战结尾。《当代英雄》（1949）的主角法西斯分子出卖朋友，背叛爱人，十恶不赦却没受惩罚。作者集中表现战后意大利社会的弊病，揭露阴暗面。《永恒的理性》（1963）以知识分子的自述，写意大利1940—1960年的社会变迁，说明知识分子应力戒思想幼稚病，反映了作家的自省。《幼稚病》（1976）写美国的意大利侨民生活，写新旧大陆文化冲突和新老侨民两代的隔阂。新现实主义文学名著《苦难情侣》（1947）是他的成名作。它通过1925年佛罗伦萨一条街上几对聚散离合的情侣的故事，展现意大利从一战结束至法西斯反动统治确立这一时期的政治风云变幻，交织个人情感发展与民族生死存亡搏斗，以广阔的画面描写青年一代在灾难深重的岁月里艰苦的生活与英勇的反法西斯斗争。这条小街是意大利的缩影。作品表达了人民必胜、正义必胜的坚强信念，热情讴歌以共产党员铁匠为首的反法西斯英雄群体，是宏伟的英雄史诗。

《麦泰洛》（1955）、《奢华》（1960）、《讥讽与嘲弄》（1966）组成《意大利历史》三部曲，如巨型画卷再现了19世纪末至20世纪60年代意大利的社会发展。第一部通过泥瓦匠主人公在政治上的成长反映19世纪末至20世纪初的意大利工运；第二部写一战结束至法西斯专政，资产阶级的腐朽堕落和知识分子的精神危机；第三部以一个从信仰法西斯主义转变为信仰共产主义的知识分子的日记形式，回顾1935—1945年意大利社会的剧变，用讥讽嘲弄的口吻对自己的表现进行自白与自责，代表了一代人的经历与体验。三部中第一部最优秀，塑造了思想成熟、政治觉悟高的工人阶级代表，真实地描写了早期工运的悲壮。丰满的人物与广阔的历史背景结合，突破了新现实主义文学故事平面化与人物简单化的倾向，具有历史纵深感和人物性格立体感。三部曲是作者现实主义文学创作的高峰。

普里莫·莱维（Primo Levi，1919—1987）是医生，犹太人。1943年他参加抵抗运动游击队，不久被捕，投入意大利北部集中营，1944年转移至波兰奥斯维辛集中营，历经折磨，侥幸熬到1945年苏联红军来到。他根据这段亲身经历写出第一部日记体纪实小说《既然这是一个人》（1947）。小说内容真实准确，记叙了犹太难民肉体上遭摧残，精神和道德上被践踏和毁灭，是对法西斯的有力控诉。作品文字冷峻，有穿透力，不刻意追求刺激，不夸张和矫饰，再现了集中营惨无人道的野蛮，极具震撼力。小说对犹太难民的刻画真切感人，他们在被虐待折磨得失去了人的风貌的情形下，依然顽强地争取生存，具有坚韧不拔的求生意志。小说没渲染死亡的恐惧，而是赞颂生命的伟大，嘲笑暴力的荒谬，维护人类尊严。这是意大利新现实主义杰作，是世界反法西斯文学经典。《停战期间》（1963）

是上一部作品的续集,写主人公回家后的生活及缓慢的心理恢复。《自然的故事》(1966)和《形式缺陷》(1971)是科幻故事集,以讽刺荒诞的描写抨击现代资本主义社会。《定时习惯》(1975)、《星球上的钥匙》(1979)、《寻根》是三部带自传性的短篇集。

贝培·费诺利奥(Beppe Fenoglio,1922—1963)二战中参加反法西斯游击队,战后曾在酿酒厂工作。成名作短篇小说集《阿尔巴城的 23 天》(1952)写游击队占据的阿尔巴城在法西斯围攻下失陷的经过,真实地记述了该事件,新闻报道式的文风极具新现实主义文学特色。第一部长篇小说《灭亡》(1954)是新现实主义文学有影响的代表作,描写阿尔巴农村劳动人民的处境。长工、佃农在封建势力盘剥和资本主义势力压迫下,走投无路,诉诸暴力,冲突不断。作品继承了 19 世纪真实主义传统,着力描述乡村文明的解体,农民经济上与精神上承受的沉重负荷,成为工业文明的牺牲品。作品准确生动地讲述这一不可逆转的历史趋势,是意大利 20 世纪小说佳作。第二部长篇小说《美丽的春天》(1959)记述 1943 年末法西斯政权崩溃前夜的社会危机,表达青年一代对现实的强烈不满及对胜利的向往。短篇小说集《激战的一天》(1963)写游击队抗击法西斯军队的斗争和他们的友谊、爱情,深入地刻画艰苦复杂环境中丰富的内心世界。作者去世后日益引起评论界重视,因此一些遗作陆续出版,如长篇小说《游击队员约尼》(1968)、短篇集《游击队员的故事》(1976)。后者是写游击战争的杰出作品,对战斗的描摹精彩,将双方力量悬殊的残酷较量写得淋漓酣畅,浓墨重彩地描绘游击队员为正义事业慷慨捐躯的悲壮。他不刻意塑造高大完美的英雄,而是刻画众多平凡人物,说明群众创造历史。他的语言通俗流畅,明快简洁,方言、俚语引用自然,体现了新现实主义文学语言大众化特点。

奥蒂耶洛·奥蒂耶利(Ottiero Ottieri,1924—2002)擅长写工

业化社会里人的异化。他起初用写实方法写工厂生活,代表作品是《紧
迫的时间》(1957)和《冲锋陷阵的多纳鲁马》(1959)。前者写米兰
郊外一家工厂的罢工,技术员主人公对老板恶劣的家长式作风忍气
吞声,后在工人影响下认清老板唯利是图的本质,与工人一起抵制。
后者讲那波里郊区一家新建的现代化电器工厂招工,工厂需几百名
工人,而报名四千余人。厂主用心理测试挑选高素质工人,激怒了
广大失业者。他们围攻工厂,袭击厂方人员。被选中的工人进厂不久,
提出修改劳资合同和提高工资待遇,并罢工威胁。厂主在内外交困下,
求助警察。通过这两部小说可看出,意大利从北到南工人运动如火
如荼。第二部小说的主人公是测试心理的医生,他以日记形式记下
耳闻目睹事实。这两部小说还详尽地描写了现代化生产方式使工人
身心遭受的摧残,是早期"工业题材文学"佳作。

　　作者后来对小说形式做新探索,或用日记体裁,如《哥特线条》
(1963),或用诗歌体裁,如《短尾巴》(1978),或用对话,如《谁
之过错?》(1979)。这些作品描述事件经过和人物心理,而且发表了
社会学、哲学和文学的见解,是一种笔记小说。其他作品还有小说《日
常的非现实》(1966)、《思想历程》(1971)、《精神集中营》(1972)。

　　保罗·沃尔波尼(Paolo Volponi,1924—1994)是意大利"工
业题材文学"主将,1943年投身民族解放阵线,参加反法西斯游击
战。1947年他从大学法律系毕业后,在大企业做行政管理工作多年,
熟悉工业界情况。他从社会学角度对企业内部的人员状况和人际关
系调查研究,成为工业社会问题的权威发言人。1983年他被选为参
议员。

　　他先发表了几部诗集:《绿蜥蜴》(1947)、《古老的钱币》(1955)、
《亚平宁山之门》(1960),后转向小说创作。他认为小说应写资本主
义现代社会中人的异化,反思工业文明社会的政治制度和结构。他

着力写人对职业劳动的不适应、人与工作及生存环境的冲突，表现人在现代社会里的生存危机。第一部小说《回忆录》（1962）展示一个普通工人无法适应高效率生产的病态精神状况。紧张的生产节奏，五花八门的社团组织，营私舞弊、贪污行贿，都令他头晕目眩、无所适从。最后他因参加反对厂主的游行被开除，回乡下种田，但农村也失去了平静和谐。这部小说是"工业题材文学"代表作，发表后被译成多种语言。第二部小说《世界机器》（1965）的主人公设计了一部机器，企图用秩序和光明消除人类的痛苦。他的机器未能奏效，乌托邦理想破灭，于是引爆雷管自杀。小说通过一个荒诞的故事，说明人与社会已对立到不可调和。另两部小说《血肉之躯》（1974）和《愤怒的星球》（1979）描写人类对世界末日的恐惧，主人公患有不同程度的疯狂症。灾难与疯狂是他描写的主题，旨在说明过度开发与制造核武器势必导致物质世界毁灭，异化极易引起人的精神世界崩溃，这些都是工业文明的恶果。他的作品还有历史小说《公爵府的帷幕》（1975）、自传小说《掷标枪手》（1981）。

卢奇亚诺·比安恰尔迪（Luciano Bianciardi, 1922—1971）擅长社会问题小说，工业题材作品占很大分量。《合并》（1960）写工业"繁荣"带来的城市人口急剧膨胀和消费主义盛行的弊病。《艰辛的生活》（1962）写矿工的生活与斗争，是该题材代表作品。一位矿工在矿山发生爆炸事故后，为向资本家报复只身赴米兰，想炸毁公司的办公大楼，没成功。迫于生计，他最后还是当工人，被工业社会吞没。小说反映了恐怖活动出现的意大利的现实：少数人以暴力相拼，无政府主义的极端行为屡见不鲜，却不能改变工人处境。大多数人只能听任人性被机器绞灭，沦为奴隶般的劳工。另一部小说《开火》（1969）也写工业文明造成的人性异化和无政府主义的反抗斗争。他还有反映二战后意大利普遍失望和沮丧的小说《文化工作》

（1957），描写民族复兴运动的历史小说《从瓜尔多到都灵》（1960）和《达凯拉前进一步！》（1969）。

戈弗雷多·帕里塞（Goffredo Parise，1929—1986）是新闻记者、小说家。早期两部超现实主义小说《死去的男孩和彗星》（1951）、《长长的假期》（1953）发表后反响不大。成名作是新现实主义小说《漂亮的教士》（1954），揭露宗教界黑幕。《订婚》（1956）和《爱情与狂热》（1959）展现劳动人民的凄苦，刻画错综的家庭关系。这三部小说均以作家故乡维内托大区为背景，组成"维内托三部曲"，显示对乡土的眷恋与对故乡社会阴暗面的厌恶，爱憎交织。此后，他停笔四年，研读达尔文和弗洛伊德，给他许多启迪。他接连发表第二组三部曲长篇小说《老板》（1965）、《绝对自然》（1967）和短篇小说集《维也纳的焚尸炉》（1969）。他再次启用超现实主义，写现代人被异化的各种表现：人被物化，像厂房、机器一样沦为老板的占有物；人的理性与本能分裂，失去自然性；人的日益非个性化演变等。批判的立场、跳跃的情节、象征性形象是这些作品的特色。《老板》被认为是"工业题材文学"晚期代表作品，后两部是该题材的深化。

作者晚年发表两部短篇小说集《识字课本第一册》（1972）、《识字课本第二册》（1982），以超现实主义手法将梦幻与现实混为一体，让现代社会不同地位和年龄的人物，以抒情口吻诉说内心的体验与幻觉，犹如抒情散文，新颖独特又自然真实。

埃多阿尔多·桑圭内蒂（Edoardo Sanguinetti，1930—2010）任热那亚大学意大利文学史教授，曾当选众议员。他涉猎文学、戏剧、音乐、绘画等各类艺术，集理论家、诗人、小说家于一身。他是新先锋派主要代表，"六三社"重要成员。他的文艺理论全盘否定工业化社会，将语言作为与新资本主义决裂的唯一武器，首先在诗歌创作上颠覆传统语言。第一部诗集的名字《内在劳作》（Laborintus，

1956）用两个拉丁单词连成。其中诗作违反传统格律、推倒语言规范，将意大利语、拉丁语、希腊语掺杂起来。语言支离破碎，修辞古怪异常，作品像哈哈镜反照出扭曲的现实和变态人格。他后来倡导明白如话的诗体，写生活琐事、亲友对话，简短流畅、通俗易懂，具有明信片风格。这种诗贴近现实，富有怪诞的幽默，失去传统意义的"诗意"，有意以杂乱无章的诗句和平庸的内容象征消费主义社会人们思想贫乏和混乱。该风格代表作是诗集《地狱中的炼狱》（1961—1963）。

他的诗作还有《押韵诗》（1960）、《三比一》（1964）、《日落，1951—1971》（1974）、《明信片》（1978）、《碎纸片，1977—1979年的诗》（1980）等。他还提出"试验小说"理论，主张"技巧小说"，即单纯在艺术形式上翻新，反对自然主义的写实，取消心理描写，将人物还原到生理状态的极端。他的两部长篇小说《意大利人的恋情》（1963）和《跳鹅游戏》（1967）实践这种主张，用梦幻形式，像电影放映出来，无时空顺序和情节逻辑。前者通过一个男人在婚姻危机时，以梦游方式述说夫妻恩怨。后者是"反小说"，没故事，没人物，只有些代号，活页式章节可任意插置，倒换顺序。

路易吉·马莱尔巴（Luigi Malerba，1927—2008）是新先锋派小说家，"六三社"成员。他学法律，毕业后却从事文艺工作。1950年他进入罗马影视界当编剧，曾独立编导新现实主义风格历史片《女人与士兵》。第一部短篇小说集《字母表的发现》（1963）是黑色幽默作品，用喜剧方式描绘乡村悲惨生活。新先锋派重要作品长篇小说《蛇》（1965）、《翻跟斗》（1968）、《主角》（1973）以破案侦探为线索，侦破案件却不是目的，也不探究犯罪动机，而是设置许多悬念用新先锋派的存在观念去解释，荒诞的情节表现了现代人的孤独和人性异化。这些小说结构标新立异，而后来的作品则在语言上花样翻新。如《废弃的语言》（1977）企图用农村方言土语重现已消失的古老乡村文明,充斥着种庄稼养牲口的术语、行话和农民的俚语、谚语。赞美农业文明和语言上返朴归真是新先锋派的追求。

　　他晚期小说随新先锋派退潮而减少了非逻辑与非理性因素。《一个梦者的日记》(1981)记叙他在1979年做的365个梦。他不追随弗洛伊德精神分析,而认为梦是人的正常精神活动,是日常情绪的曲折反映,是"第二现实世界"。这365个梦是心灵的自白和生活片断,充分展示了现实生活中的喜怒哀乐和现代人的精神面貌。长篇小说《蔚蓝色的行星》(1986)围绕避暑地租用公寓的房客失踪展开,写潜意识和下意识反应,说明人格分裂是有时代特色的人性悲剧。他的小说还有《皇帝的玫瑰》(1974)、《碰上鲨鱼之后》(1979)和短篇小说集《银头》。

　　他也是出色的儿童文学作家,著有《1000年的故事》(1972)、《狗怎样成为人的朋友》(1973)、《烟蒂历险记》(1975)、《小故事集》(1977)、《忧心忡忡的母鸡》(1980)等寓言、童话,深受读者喜爱。

　　其他新先锋派作家还有**焦尔焦·曼加内利**(Giorgio Manganelli,1922—1991)和**安东尼奥·波尔塔**(Antonio Porta, 1935—1989)。曼加内利的《作为谎言的文学》(1967)是他的理论代表作,指出文学因与现实脱节而落后于时代,已成为谎言,必须寻求新语言形式和表现手段来反映动荡不安的原子时代和高度紧张的工业化社会。《木偶奇遇记:比较一本书》(1977)则从接受美学谈文学,理论作品还有《新评论》(1969)。他的第一部长篇小说作品《悲喜剧》(1964)是该派杰作。作品恣意发挥,夹叙夹议,用反常修辞手段,以奇怪的词组、独特的句型,描写现代人在狂乱的世界中痛苦挣扎而无出路,绝望且自暴自弃。代表作《小小说一百篇》(1979)每篇译成汉语不足千字,通过夸张、反讽、悖论、暗喻、转喻,写怪诞的情节和场面,充满幻觉、狂想,立意新颖,见解独特。他还有小说《致另一些神

NFEF5》（1972）、《A 与 B》（1975）等，较晦涩难懂。波尔塔是小说家、诗人，"六三社"重要成员，当过电台播音员。他认为人类历史毫无意义，一团乱麻，世界不具有外部的实在和形态。因而他在作品中抽去生活的历史性，将现实分解为零碎的事实与细节，用摄影手法机械和表面地详尽描述。他常分隔主语与动词，取消动词时态，只用绝对现在时，通过语言形态改变来表达静止、机械的客观唯物主义世界观和"不可知论"。长篇小说《角逐》（1967）写具有象征意义的猎场、情场和剧场的三种竞争，揭露资本主义社会的残酷生存状态。诗集《都市》（1971）通过揭露事实，来反对虚伪的道德和混乱的当代文明，反对毁灭自然环境的城市无止境扩张。诗集《我要对你们说》（1977）收集了1958—1975年间的作品，笔锋冷峻犀利，刻画出一个破碎世界和痛苦、扭曲的生活。此期作品远离历史事件，有些是"视觉诗歌"试验品。后来他对社会生活的介入增多，较多用讽刺，惩恶扬善，吸收俚语、俗语和成语，如小说《傻子伊万》（1974）、《百货公司之王》（1978）。他的诗放弃了语言形式实验，博采众家之长，写出了抒情诗集《周末》（1975）、象征主义诗集《白鹭》（1981）和日本俳句式短诗集《侵入》（1983）。

阿尔贝托·莫拉维亚（Alberto Moravia，1907—1990）生于富裕犹太家庭，九岁患骨结核，进行了九年治疗，自学成才。1925年他开始写第一部长篇小说《冷漠的人们》，1929年自费出版，一举成名。他从此专事写作，60年内发表了17部长篇小说，12部短篇小说集，10个剧本，10部评论集和游记，被推为国际笔会主席，并当选欧洲议会议员。

他的创作分三阶段。1）二战结束前，作品反映法西斯统治的黑暗。处女作《冷漠的人们》写一个资产阶级家庭的堕落，展现1920—1936年法西斯主义形成和发展的社会背景。主人公发现姐姐

的未婚夫竟然是母亲多年的情人并榨干了家里的钱财，将母女两人
玩弄于股掌之上。他一气之下向恶棍开火，没击中。他逐渐听之任之，
贪图安逸，成了冷漠的人。作者指出，这种虚伪自私的冷漠人生态
度是滋生法西斯的精神土壤和道德基础。类似主题还有长篇小说
《未曾实现的抱负》（1935）、《阿戈斯蒂诺》（1944）、《违抗》（1948）、
《随波逐流的人》（1950）。这些作品反映了资产阶级在法西斯蛊惑下
丧失良知、道德堕落的特定历史事实，记载了意大利历史上可悲的
一页。他还大胆采用讽刺手法，抨击法西斯政权和针砭时弊。剧本《假
面舞会》（1941）用假想的某南美专制国家的独裁者做替身，嘲笑挖
苦墨索里尼，对其痛加挞伐。短篇小说集《瘟疫集》（1944）通过童
话式的"超现实"故事，写现实生活中的畸形丑态，予以辛辣讽刺。
1936—1943年作者生活极不安定，小说《冷漠的人们》《未曾实现
的抱负》遭反动当局查禁，他被迫多次出走国外。墨索里尼亲自下
令禁止《假面舞会》，警察局将他列入"颠覆分子"黑名单，迫使他
四处潜藏。1943年德军占领罗马后，他逃出城，过着颠沛流离的难
民生活。

2）战后，他过着清苦生活，贴近劳苦大众。在新现实主义文学
运动影响下，他写出一批反映下层生活的作品。如长篇小说《罗马
女人》（1947）、短篇小说集《罗马故事》（1954）、《罗马故事新编》
（1959）、长篇小说《乔恰拉》（1957）等均以罗马城里普通劳动者
为主人公，记叙他们战争中的苦难和战后恢复期的贫困艰辛。《罗马
女人》是法西斯专政时期罗马妓女的自叙。她因家境贫穷沦落风尘，
遭到从汽车司机到保安局头子各色人物的欺骗和凌辱，倾心相爱的
大学生在法西斯迫害下自杀。她的梦想一再幻灭，最终认识到万恶
的社会是个人悲剧的根源。《乔恰拉》写一对罗马平民母女逃难的悲
惨经历，说明战争给人们留下永远不能平复的精神创伤。小说随着

难民足迹，从侧面描写了抵抗运动，歌颂共产党人。《罗马故事》和《罗马故事新编》共一百多个短篇，充分展示罗马下层清道夫、洗衣妇、理发匠、仆役、听差、失业者、流浪汉、窃贼都在生存线上挣扎，真实地记录了停战初期经济凋敝、民不聊生的艰难。

3）60—80年代，他又重新关注熟悉的资产阶级，着力写"福利社会"里生活优裕的人们的精神危机。在他笔下，意大利资产阶级已从过去的麻木进入"烦闷"的焦虑；从过去用物质享受填补心灵空虚，变为无所适从，惶惶不可终日；从"冷漠的人"变成"不由自主者"。他们失去了自我，惊恐地意识到被异化为"非人"。这阶段时间跨度大，创作数量也大。长篇小说有《愁闷》（1960）、《我和它》（1971）、《内心生活》（1978）、《1934年》（1982），短篇小说集有《不由自主》（1962）、《天堂》（1970）、《嘿》（1976）、《东西》（1983）。它们集中描写"异化"，即人性的迷失，说明物质享受的满足并没带来精神愉悦。《愁闷》里的青年画家以自杀解脱精神苦闷，《我和它》中代表现代人的"我"和拟人化的男性生殖器"它"进行对话，讨论在"性开放"的社会中，性乱的根源来自人们心情苦闷和对前途悲观失望，是颓废的表现。《内心生活》以1968年的学运为背景，写一位资产阶级出身的女大学生的叛逆，她空喊革命口号，堕落、纵欲，参与抢劫、绑架，呈现病态狂热。小说揭示动荡年代青年一代的内心，说明火爆的革命运动冲垮传统观念后，没带来新思想，造成年轻人思想混乱，陷入更严重的精神危机。《1934年》写希特勒1934年8月自称元首兼总理，实行法西斯专政时，一个在意大利的德国人因与纳粹的关系恶化而痛苦不安，企图自杀。自杀成为小说探讨的主题。作家试图为自杀者辩护，认为自杀者有超出常规的奇思异想。这是西方社会高自杀率引发的思考。

作者在短篇小说中力图再现异化社会的特点，短篇集《不由自

第八章 二十世纪二战后文学 **1093**

主》中一些奇形怪状的现代生活故事很典型。如《机器》的主人公生活像机器一样靠外力牵引，失去了主观意志主宰。而在《里面与外面》《头脑与身躯》中，人分裂为"思想"与"声音"、"头脑"与"身躯"，两者尖锐对立，不断冲突，甚至互相欺骗，总是"声音"击败"思想"，"身躯"压制"头脑"。人分裂为"内在的自我"与"外在的自我"，成为自我的异己。另外，人无法同他人建立明确、真实的关系，互相难以确认。如《房间与街道》中的新婚夫妇离开教堂乘火车蜜月旅行，在车上的对话像是陌路旅客。

作者观察力敏锐，心理刻画精细。他基本遵循写实主义传统，30、40年代以冷静客观的态度陈述事实，为避开法西斯检查，手法比较隐晦曲折。50年代，他轻松自如地描写平民百姓的生活，爱憎鲜明，不乏幽默诙谐。60年代后适当借鉴现代派技巧，如突破时空限制，描写意识流动，表现有所深化。另外，情节描写不时夹进哲理评述，突出对现实的批判，被称为"论述性小说"或"哲理小说"。

莱奥那多·夏侠（Leonardo Sciascia，1921—1989）专写西西里黑手党和政治题材小说，国际知名度很高。他生在西西里岛硫黄矿工世家，在家乡粮食收购公司当职员八年，后来在当地中学教书七年。1956年他调往省教育局，次年迁居西西里首府。他也是著名的政治活动家，先后当选西西里大区议员、意大利众议院议员、欧洲议会议员，还是意大利反黑手党委员会成员。他特别推崇西西里籍作家维尔加、皮兰德娄等，他们对西西里岛的描写加深了他对故乡的认识。他也继承了他们乡土文学从真实主义到新现实主义的写实主义。夏侠从40年代末开始创作，起初写诗歌、童话和评论，长篇小说《雷加佩特拉教区》（1956）使他成名，接着是中、短篇小说集《西西里大叔》（1958）。这些写西西里历史和现实状况的作品，将各阶层人物刻画得栩栩如生，西西里人的性格描绘得鲜明生动，

同时进行检讨和剖析，追溯社会弊病根源。这两部作品包含他一生
创作的全部主题。60 年代起他发表一系列以黑手党和西西里政治为
题材的小说：《白天的猫头鹰》（1961）、《各得其所》（1966）、《前因
后果》（1971）、《千方百计》（1974）。

　　《白天的猫头鹰》是他第一部黑手党题材小说。一名建筑合作
社经理因不听黑手党摆布被杀。宪兵上尉受命侦案，他打破罪犯们
的攻守同盟，获取凶手及背后主使者的罪证和供词，案情水落石出。
可当他回故乡休假时，黑手党制造伪证，翻案得逞，使他前功尽弃。
知情人恐惧，周围人冷漠，政府官员同黑手党狼狈为奸，案情真相
就永无见光之日了。另一部黑手党题材力作《各得其所》写一位中
学教员无意中发现一起黑手党谋杀案线索，出于正义和好奇就跟踪
追击，结果惨遭杀害。主人公不是司法人员，情节不按侦探和破案
模式进行，更多是写主人公在侦查过程中同社会的关系，进行了一
次社会调查。他触动了黑手党赖以滋长生根、猖狂肆虐的社会。他
周围的人早已明白就里，但保持沉默，或统一口径，只有他糊涂。
他死后被人骂白痴，当地上流社会和教区恢复了被他搅动而失去的
平静，因凶案而解体的家庭重新组合，人们"各得其所"。《千方百计》
是一个艺术家看到的犯罪事实的记录。一位颇负盛名的中年画家外
出度假，住进了西西里豪华旅馆。这里聚集了当地头面人物，他们
名义上是聚在一起按宗教礼仪默想和反省，其实是进行秘密政治交
易和权力再分配。画家来时正是关键时刻，目睹了接连发生的三桩
凶杀案。他冷眼旁观只当消遣，后来惊慌，做下记录以备不测。

　　这三部小说的叙述视角由正直热情的宪兵上尉变为幼稚单纯的
教员，最后是玩世不恭的艺术家，语调由高昂激烈变为紧张惊奇，
最后冷静从容。作品风格渐趋深沉苍凉，作家态度也更悲观哀伤。
案件不了了之，罪犯逍遥法外。这些作品是用破案推理手法写的社

会问题小说，真实反映 60 年代后该岛的社会状况。西西里比北方落后，60 年代才迎来工业起飞。在紊乱的急速发展中，黑手党从农村打入城市金融、工业、政治领域，在一些地方窃取了政权，成为要害部位的毒瘤，并恶性扩散，成为世界奇观。他的小说像侦探故事紧张诡谲，情节起伏，悬念丛生，可读性很强。但对恶势力的揭露和谴责深刻有力，包蕴着破案小说没有的真实性和哲理思辨，以及对风土人情充满眷恋的描述。

他的政治小说还有长篇《马约拉纳的失踪》（1975）、《刺客》（1976）、《康迪多》（1977）、《莫罗事件》（1978），中篇小说《骑士之死》（1988）、《一个简单的故事》（1989）。《马约拉纳的失踪》与《莫罗事件》均以真人真事为基础。权威的原子能专家马约拉纳教授是西西里人，有"现代伽利略"之称。1938 年 4 月他在开往那波里的邮轮上失踪，举国震惊。科学家是自杀了，还是被害？夏侠通过小说证明他隐退了，因为他预见到自己的科研成果，即原子的裂变，将被政客利用，制造巨大灾难。作家提出了一个严峻的问题：科学给人类带来死亡威胁时，应该怎么办？《莫罗事件》以调查报告形式，对恐怖组织"红色旅"绑架和谋杀意大利前总理莫罗做了详尽记述和有力谴责，是战斗檄文。《刺客》写司法机构与犯罪的当权者不可告人的关系。

他还写过几部借古喻今的历史小说，大多以西西里历史为题材。如《埃及卷宗》（1963）、《检察官之死》（1964）、《在背信弃义者那一边》（1979）、《1912+1》（1986）等。作品夹叙夹议，揭示西西里政治和文化的历史渊源，类似启蒙哲理小说。他较重要的小说还有写西西里生活的短篇小说集《葡萄酒色的大海》（1973），表现皮兰德娄的相对主义人生哲学的长篇小说《记忆的戏剧》（1981）。他也是杰出的评论家，他的论文有对西西里作家皮兰德娄、迪·兰佩杜萨（1896—1957）的研究，有对西西里文化的探索和对政治时事的评说。主要有《皮兰德娄和皮兰德娄主义》（1953）、《皮兰德娄和西西里》（1965）、《西西里的宗教节日》（1965）、《魔绳》（1970）、《黑纸上的黑字》（1979）等。

意大洛·卡尔维诺（Italo Calvino，1923—1985）生于古巴哈瓦那，父亲是意大利北方利古里亚人，因从事热带农艺学在拉丁美洲生活。他两岁随父母回国，父亲领导一个花卉实验站。他在那里度过了少年时代，掌握了丰富的自然科学知识，热爱大自然。他爱读吉卜林、涅沃（1831—1861）、斯蒂文森，特别是康拉德的小说。1941年他报考了都灵大学农学系，1943年德国纳粹入侵意大利，他带着弟弟参加游击队，双亲因此被德寇扣押数月。他在抵抗运动中加入意共，战后进都灵大学文学系，大学期间他作为共产党积极分子，在学生中做政治工作，尤其热心党的新闻工作，为《团结报》写了许多时政文章；同时开始文学创作。1945年他在报刊上发表最初的几个短篇小说，1946年12月他仅用20天，根据参加抵抗运动的经历写成长篇小说《蛛巢小径》，一举成名。1947年他进入都灵著名的埃依纳乌迪出版社工作，结识了一批进步作家、哲学家，迅速成熟。1957年苏共二十大后，他退出意共。1957—1965年，他与维托里尼合作主编大型文艺刊物《梅那波》，组织过关于"文学与工业""先锋派的文艺观点"等文学讨论。他从未间断过新闻工作，为许多报刊撰写文章。1964年他婚后迁居巴黎，频繁往来于巴黎和都灵之间，坚持出版社工作。1980年他迁回意大利，后突发脑溢血离世。他在欧美影响广泛，被称为"最富魅力的后现代派大师""意大利最独出心裁、最富有创作才能、最有趣的寓言式作家"。

他的创作分三个时期。1）二战结束时他开始创作，受新现实主义运动影响，题材是反法西斯抵抗运动和战后劳动群众生活状况两类。成名作《蛛巢小径》、长篇小说《波河两岸的青年》（1951）、短篇小说集《最后飞来的是乌鸦》（1949）、《进入战争》（1954）等属第一类型；短篇小说集《马可瓦多，或者说城市四季》（1952—1960）、《困苦的生活》（1960）属后一种。《蛛巢小径》是抵抗运动题材代表作，少年主人公生活在德军占领的小城，他偷了一个德国兵的手枪藏在蜘蛛用泥筑的巢穴里，后来去投奔山上的游击队。通过少年的眼睛把游击队生活描写得像森林童话，引人入胜。作品不同于新现实主义小说，没刻意塑造英雄，而是描写游击战士群像，着眼人与战争的关系。短篇小说集《马可瓦多》写小人物的境遇。同名主人公的遭遇分 20 则故事，以工业化大城市都灵为背景。他是个穷小工，家庭负担沉重，在贫富悬殊的社会里异常可怜。比如《高速公路上的树林》写寒冬腊月他无钱买柴，一家人围着要灭的炉火发愁，而室外高速公路上的广告牌像树林，两者形成鲜明对照。作者的夸张幽默使主人公的生存状态荒谬可笑，仿佛他是童话里的小丑。但作者又不断提醒，这是眼前现实，强烈讽刺了"福利社会"。

2）真正的寓言式小说从《我们的祖先》（1960）三部曲开始，与其后的科幻小说《宇宙奇趣》（1965）、《你和零》（1967）是作者现代寓言和神话创作期的主要作品。1956 年发表的《意大利童话故事》搜集了 200 篇采自各地的民间故事和童话，用了两年整理而成。编写传统民间故事为他创作现代寓言做好了准备。其实，第一部《分成两半的子爵》（1952）在之前已完成，第二部《在树上攀援的男爵》（1957）、第三部《不存在的骑士》（1959）随后相继推出。童话、寓言更能发挥想象的特长，他对这种体裁情有独钟。这个三部曲从不同角度写人的"异化"。书中子爵被分成两半，并且相互为敌，正是现代资本主义社会人格分裂的写照；男爵生活在树上，表现人与社会的疏离；骑士是一副中空的铠甲，已被异化为机器人。"异化"是西方现代派文学常谈的问题，作者没把人在资本主义社会里的荒谬处境夸大为普遍生存形式，从而诅咒人生，否定生存价值，而是看成可超越的暂时状态。因而他走出了现代派消极、悲观的死胡同。《宇宙奇趣》和《你和零》是写宇宙体系、人类起源和社会形成的现代神话，在幻想中寄寓广博的新宇宙学与天文学知识，加以深刻的哲学思想。70 年代后期他的寓言式小说进一步发展，仍充满想象地超越现实，但结构更复杂奇特，有意探索小说形式，作品扑朔迷离又怪诞。

长篇小说《命运交叉的城堡》（1969）、《看不见的城市》（1972）、《如果在冬夜，有一位旅人》（1979）属于后现代风格。在符号学影响下，作者把文学看成封闭的"符号系统"，因此任意组合装配。该小说的结构像一副 15 世纪的塔罗纸牌。从四面八方而来的旅客相聚在古堡旁小饭馆，他们用纸牌的拼配勾画出各自要讲的故事的视觉形象，依照玩牌规则顺序讲自己的经历和见闻。这些旅客是古代的农民、水手和工匠，他们的故事大多是中世纪古堡里和文艺复兴时宫廷的奇闻逸事，展现一幅善恶兼蓄并存的世态图，而不以善恶二元论简单地判断。《看不见的城市》是虚构的中国元代皇帝忽必烈和宠臣马可·波罗的故事。马可·波罗向皇帝报告巡察帝国各地兴建大城市的情况，他分别视察 11 座城市五次，象征人体的五个感觉器官的体验。11 个城市的名字是"记忆中的城市""理想中的城市""贸易的城市""死亡的城市""天国里的城市""隐秘的城市"等。作者用这些"看不见的城市"影射现代城市，触及当今社会问题，好似中国的"镜花缘"，讽刺和批判商品化的现实生活。

3)《如果在冬夜，有一位旅人》是他晚期代表作。主人公是两位读者，读的正是这部小说。小说以装订中页码装错为起因，将属于不同国家的不同类型和形式的文学作品穿插起来，而且每个故事刚开头就煞了尾。作者很想写一部实质是"引言"的小说，自始至终保持着作品开始部分具有的潜力，以及始终未能落到实处的那种期待。这部小说力图沟通作者与读者，不同作品内容的混杂打破了传统线性结构模式，立意巧妙。诡异的形式是为了更恰当地反映迷乱的现实。这部实验主义作品引起世界关注。最后一部长篇小说《帕洛马尔》（1983）的书名是一座天文观测站的名称，通过描写一位现代知识分子的日常生活和奇思遐想，探讨人类与宇宙、人类与自然、单一的个体与多重的现实的关系，表达孤独感和失落感。1986 年 5 月出版了他的未竟之作《在太阳之下的美洲豹》，收集了他最后几年拟以《五种感觉》为题而写的系列短篇中已完成的三篇。

达里奥·福（Dario Fo，1926—2016）是喜剧作家、演员和讽刺作家，1997 年荣获诺贝尔文学奖。福的父亲是铁路工人，外祖父是著名的民间说唱艺人。二战期间他跟父亲参加反法西斯抵抗运动，战后勤工俭学学建筑与绘画。大学期间他开始为餐馆和小型剧场写作和演出，毕业后起初在广播电台编导系列独白广播剧，接着在剧场登台表演。1953—1954 年福与他人合作成立"权利"剧团，1956—1957 年在罗马"电影城"当编剧。1959 年他与妻子创建自己的剧团，妻子任女主演，福担任编剧、导演、男主演和丑角。1968 年他们彻底脱离商业剧场，曾在意共的文化和娱乐部支持之下成立剧团"新舞台"，后解散。1970 年福夫妇再次组织剧团"公社"，巡回演出，工作地点是工棚。1973 年福起诉诬蔑他与恐怖组织"红色旅"有牵连的法官获胜，摘除了"极左分子"帽子。1974 年他率团占据米兰一座公园的废弃"自由宫"，获固定演出剧场。1977 年意大利电视二台播放他的七部喜剧，他成为家喻户晓的喜剧明星。

福自写自演。剧本起初是雏形，通过演出不断丰富和完善，即使在剧本定型后，登台时仍会结合时事和现场情景即兴发挥。他的作品包括书面文本和口头文本，口头创作不断为作品添加活力，是文学创作与口头创作的有机结合。福主要创作政治性极强的讽刺喜剧，包括讽刺时事的活报剧，进行宣传鼓动的广场剧，揭露黑暗统治的政治讽刺剧，向社会问题挑战的风俗喜剧。国际政治风云的变幻、意大利政治斗争的刀光剑影及时再现于他的舞台，百姓关心的热门话题也会在他的舞台上讨论。他的戏剧是向反动腐朽势力开战的犀利武器，又在思想和精神上引导人民。除了贴近现实生活的作品，他还写借古讽今的古典题材喜剧，以"滑稽神秘剧"系列为代表。这些从中世纪民间喜剧中发掘整理的杰作，是他探寻讽刺剧源头的成功尝试，是他恢复和光大民间文学的功绩。

"滑稽神秘剧"（1969）是福的系列剧的名称，也是一种独特的表演形式。演出时只有一个丑角，饰演所有角色，并经常脱离角色去解释剧情和点评时事。它从内容到形式都是福的创造，几乎成了新剧种，但它是意大利失传的故事和表演形式的恢复和改造。福做了大量收集、发掘、考证工作，发现从10世纪以来流浪艺人转悠于城镇，在广场上表演滑稽戏，怪诞化地抨击统治者。这种戏剧是交流手段，也是煽动和表现思想骚动的工具。后来统治者以表面文雅而并非不粗暴的方式兼并或阉割了这种形式。流浪艺人被召进王宫，变成宫廷弄臣。福研究了这种遭扼杀、被出卖的剧种，选定它作为整理出来的古代民间故事的艺术载体。"滑稽神秘剧"的内容有的是史书古籍中的素材，有的根据古代剧目改编。比如从古代威尼托地方编年史中看到有关教皇的一段故事，说教皇如何加冕，后遇上帝，令上帝生气而挨了脚踢。他据此写成揶揄教皇的《朋尼法乔八世》。《流浪艺人诞生》是他从中世纪的杂谈趣闻记载中发现的，采用农家说书人的寓言方式写成。流浪艺人原是农夫，开垦了一座荒山，地主逼他搬走。他不肯，地主就当着孩子们奸污他妻子。农夫受到羞辱，上吊自杀，幸亏过路人相救，这人就是上帝。上帝亲吻农夫的嘴，奇迹产生了。上帝给他一个新的舌头，"像刀一样锋利"，可以"对付一切地主并且斗倒他们"，就这样上帝把农夫变成了流浪艺人。另一些作品则是古代即兴喜剧的演出提纲，去粗取精后改编而成。例如《瞎子和瘸子的道德》原是 15 世纪作家的作品，讲瞎子与瘸子取长补短、互相帮助的滑稽故事，福将其改编成对不劳而获者的批评。瞎子和瘸子遇见背着十字架前往受难地的耶稣，赶紧逃走，不愿被施以奇迹恢复健康，而失去不必干活的乞讨生活。瞎子背着瘸子跑时摔了跤，正好滚到耶稣脚边。耶稣显奇迹，他们变成健全人，可垂头丧气，懊悔不已。他后来写的"神秘剧"中有的题材选自公元前后两个世纪出现的《伪经》，如《圣婴》；有些取自 17、18 世纪流行于民间的假面喜剧。

"滑稽神秘剧"在故事内容和表现形式上都扩大了中世纪流浪艺人戏剧的历史跨度，是意大利古今民间戏剧艺术的综合。"滑稽神秘剧"还有一部分是他在台上的即兴发挥。这又包含两方面内容。一是对时政的评论，取笑和嘲讽现今新闻人物。他惟妙惟肖地模仿政界要人或工商巨头的言论动作，并巧妙地将古人和今人联系起来。二是结合演出现场情景或偶发事件，插科打诨，同观众对话，破除舞台无形的"第四堵墙"。

福将戏剧视为革命工具，将讽刺作为揭露现实的手段，全力以赴地写作和导演政治讽刺剧，并常出演主角。他的政治喜剧主题和形式多样，常演常新。最为成熟的作品是从《一个无政府主义者的意外死亡》（1970）开始，主要有以下几个类型。

一、政治教育剧。如《一个无政府主义者的意外死亡》，其情节是悲剧：一位无政府主义者因涉嫌参与爆炸而被捕，在严刑逼供中丧生，被抛尸楼下，而法庭宣布他是跳楼自杀。福把它演成喜剧，主角是小丑，"疯子"，他偶然钻进了内政部的机密室，翻到了无政

府主义者的案件卷宗，发现了秘密。"疯子"乔装最高法院代表复审
此案，使真相大白于天下。戏于1970年12月5日在米兰上演后震
动全社会。因为戏中的悲剧正是当时舆论关注的几个月前发生于米
兰的司法丑闻。作品锋芒直指资产阶级国家机器，谴责法院欺骗公众、
内政部官员隐瞒证据，揭露部分国家机关被新法西斯分子污染。

二、政治史诗剧。如《大家团结起来！大家在一起！》（1971），
写意大利早期工运从形成到与社会党的改良主义决裂进而成立共产
党的全过程。这个剧分几个场景，演出时打出说明牌，标明事件发
生的年代和地点，用不同时期的政治歌曲将它们串起来。每个场景
都有一个独立事件，但也能共同组成一个典型的戏剧故事。都灵市
的女裁缝爱上了意大利社会党的革命派积极分子，自己也成长为革
命者。当她的爱人被法西斯分子杀害后，她成功地在一次省行政公
署首脑会议上将凶手击毙，但有孕的她在逃往国外途中死在边境上。
这部喜剧是喧闹的史诗，与宏大的史诗正剧相比，少了些理性与逻辑。
但它热情讴歌无产阶级革命事业，振奋人心、激扬斗志。

三、政治运动剧。如《智利的人民战争》（1973）是一出报道
1973年9月11日智利人民联合政府被军事独裁取代的时事剧，经
过台上台下呼应的特技处理，诱使观众误以为就在当时意大利发生
了政变。最后由演员向惊魂未定的观众拆穿假象，同时提醒人们军
事政变在意大利不是不可能发生。此剧调动群众情绪的能量和宣传
鼓动作用，令地方当局恐惧。1973年在撒丁岛萨萨里市排演时，市
政府派警察将福铐走，关押了19个小时。为了声援他，所有左派力
量动员起来，掀起一场民主运动。福用一场戏把拉美的政治风暴引
入意大利，在社会大舞台上导演了一场群众运动。

四、政治趣剧。如《不付钱！不付钱！》（1974）是笑料百出的
滑稽戏，夸张地描写老百姓对物价飞涨的抵制。某一工人妻子参加

超市门口举行的抗议物价上涨的游行时，抢了一大堆食品罐头，而丈夫是意共党员，不赞成过激行动。这位妇女起初在丈夫面前隐藏货物，后来又要应付警察，历尽风险，靠误会走出难关。最后，守法的丈夫在自家窗下目睹警察粗暴驱赶无住房者，他再也不能忍受意共的退让政策，便参加到反抗行列。群众哄抢货物，与警察的周旋十分紧张有趣。福以热闹的说笑道出劳动大众在经济危机时承受力的脆弱，这是在社会富裕表象下的可悲现实。

五、形势宣传剧。1975 年意大利大选日前，福用八天时间写成剧本《范范尼被绑架》（1975），于 6 月 2 日在自由宫上演。范范尼是当时意大利天主教民主党书记，竞选中风头正劲。戏以怪诞的形式讽刺挖苦他，刻画天民党的竞选丑态。剧中范范尼为多拉选票，设下苦肉计，指使同党派刺客假装把他劫持走，以赚取选民同情。后来他做梦进了天堂，受到女游击战士式的圣母、革命者型的基督和保守派的上帝的审判，他的劣迹大白于天下。这种密切配合时事、针对重大人物和事件迅速推出的讽刺剧，使艺术直接介入政治。当时该剧中范范尼侏儒式的造型，被拍成剧照，印满意大利报刊。

福的剧作还有《总是魔鬼的错》（1965）、《工人识字三百个，老板认字一千个，所以他是老板》（1969）、《喇叭、小号和口哨》（1980），还与妻子合写了系列女性独白剧《全部的家，床和教堂》（1977）。他的《演员基本手册》（1987）总结了戏剧创作理论。

翁贝尔托·埃科（Umberto Eco，1932—2016）哲学系毕业后，从事美学研究，后来专攻符号学，在大学任符号学教授，成为该学科权威学者。他是新先锋派组织"六三社"成员，他的《开放性著作》（1962）是意大利新先锋派的代表性理论著作之一。该书通过跨学科研究，加深对现代文学艺术的理解，认为真正的新先锋派艺术作品是没有结尾的，无止境的，它本身可容纳各种理解，又对其他社会制度和文艺价值具有预见性，包含着对未来进一步的理解和启示。60 年代末他与激进作家同学生造反运动联合，组织各种社会活动。1967 年春他与人合办政治、文艺半月刊《十五》，1969 年年初他们看到一些学生与工人合作，就宣称革命已临近，编辑部停刊转入革命行动，实际宣告了新先锋派运动结束。

1980 年埃科首次发表文学作品，即长篇小说《玫瑰的名字》，引起轰动，成为畅销书，获 1981 年斯特雷加小说奖，后又在美国拍成电影，享誉世界。小说围绕 14 世纪教会为争夺一部珍贵历史手稿而连续发生的几起谋杀案展开。它是根据史实改编的，既是历史小说，又是侦探故事，引人入胜。但它的深奥神学辩论、哲理分析和象征意义，又超出通俗读物。第二部长篇小说《弗科的摆钟》（1988）内容与结构极复杂，讲 70 年代米兰一家出版社的三位编辑伪造了一份古代秘密社团征服世界的计划书，流传出去后有些人信以为真，按计划所说时间夜赴巴黎某博物馆内陈列的弗科的摆钟下聚会。书中充满现代生活的复杂、古代黑社会的神秘、宇宙空间的奇妙，但不易读懂。

第九节　东欧文学

波兰文学　二战后波兰文学发展经历了三个时期：1）1944—1948 年，主要描写反法西斯战争，如纳乌科夫斯卡揭露希特勒战争罪行的报告文学《颈饰》（1946），沃依切赫·茹克罗夫斯基反映波兰军队反法西斯抵抗运动的短篇小说集《来自沉默的国度》（1946），塔杜施·波罗夫斯基描绘战争时普通波兰人生活和心态的小说《同玛丽娅告别》（1948）和《石头世界》（1948）等。二战后影响较大的有耶·安杰耶夫斯基的《夜》（1945）、卡齐米日·布兰迪斯的《木马》（1946）、《战争之间》（1948—1951），斯坦尼斯瓦夫·狄加特的《波登湖》等。反映国内阶级斗争也是重要题材，安杰耶夫斯基的长篇小说《灰烬和钻石》写旧军人战后进行暗杀和破坏活动。另外，此期还涌现出不少历史小说，如塔杜施·布列扎的《耶赫雷的城墙》（1946）和《天和地》（1949），纳乌科夫斯卡的《生活的交点》（1948），卢齐杨·鲁德尼茨基的《旧的和新的》（1948）等。这时期的诗歌主要有布罗涅夫斯基怀念死在集中营里的妻子和战友，赞颂社会主义建设的《爱情之歌》《五月的歌》《波尼亚托夫斯基桥》，密齐斯瓦夫·雅斯特隆为反法西斯战争胜利和社会主义建设欢呼的短诗等。

2）1949—1956 年，波兰作协确定社会主义现实主义创作原则，要求作家及时反映阶级矛盾，歌颂社会主义建设，教育人民，因此公式化、概念化作品甚多。但有的作家还是写出了较好的作品。如耶日·普特拉门特评议萨纳齐亚政府政策的长篇小说《九月》（1952），茹克罗夫斯基揭露贪生怕死的军官在战场上丑态百出的《失败的日子》（1952），伊戈尔·内维尔利写两次大战间波兰共产党人斗争生活的《一个人的道路》等。战后波兰文学第一次发生变化是 1954 年，6 月召开的作家代表大会号召扩大创作题材，报刊相继提出创作自由的要求，出现了观点新颖的作品。如斯坦尼斯瓦夫·斯塔文斯基写不同政治派别的人团结一致抗击德国法西斯的《下水道》（1955）和东布罗夫斯卡展示农民在合作化运动中不同态度的《乡村婚礼》等。

诗歌方面，布罗涅夫斯基写了歌颂工农和知识分子投入建设的忘我精神的诗篇《职工联盟》《希望》和《我们的五月》。高尔钦斯基写了对牺牲的英雄表达敬仰的《结婚戒指》（1949）、《歌》

（1953）、《纽贝》（1951）等。杜维姆出版了批评形式主义的诗集
《玫瑰》。瓦日克写了批评虚假现象和空洞口号的《给成年人的长诗》
（1955）。戏剧方面，安娜·希维尔什钦斯卡描写工人运动的话剧《对
着墙壁呼唤》（1951），耶日·卢托夫斯基表现如何对待历史出身问
题的《急诊值班》（1955）颇受欢迎。

3）1956年后，波兰文学界肯定了20世纪欧美现代派文学，出
版界开始大量翻译、出版欧美20世纪现代派作品。文坛上以马列
克·赫瓦斯科（1934—1969）、斯坦尼斯瓦夫·格罗霍维亚克（1934—
1976）为代表的青年作家崛起，以清算1956年前波兰的阴暗面为主
题，被称为"清算文学"。宣扬个人与群体对立是许多作品的思想，
反传统的荒诞派戏剧，否定一切的"新浪潮"派发展起来。这类作
家心中只有一个腐朽堕落的社会，津津乐道地写流氓、小偷、醉鬼
和妓女，被称为"黑色文学"。

值得提及的小说有**伊瓦什凯维奇**（Jaroslaw Iwaszkiewicz, 1894—
1980）的长史诗性巨著《名望和光荣》（1956—1962），是战后波兰
文学最高成就。小说围绕居住在乌克兰的三个波兰家庭三代人的道
路展开，从广阔的背景上再现一战到1947年波兰社会的千姿百态。
如十月革命爆发时各派势力的角逐，各阶层思想和政治面貌的再现，
反法西斯战争中士兵的英雄业绩和爱国精神。罗曼·布拉特内描写
英勇的波兰青年同占领者展开生死搏斗的小说《哥伦布们，即二十
岁的一代》（1957）也享有盛誉。普特拉门特的系列政治小说《不
忠实的人们》（1967）、《年轻的一代》（1963）提出尖锐的政治问
题。还有安杰耶夫斯基反映60年代华沙文艺界与政府斗争的《渣
滓》（1981）等小说。反法西斯战争的文学作品半个世纪未间断。此
期的小说有塔杜施·霍乌伊写犹太人遭屠杀的《我们世界的末日》
（1951）和揭露希特勒法西斯做杀人实验的《天堂》（1972）等。

在诗坛上，1956 年以后成就最大的是侨居国外的**切斯瓦夫·米沃什**（Czeslaw Milosz，1911—2004）。他在四十多年里出版了二十多部诗集和小说，主要有诗集《白昼之光》（1953）、《诗的论文》（1957）、《波别尔王和其他的诗》（1962）、《中了魔的古乔》（1964）、《无名之城》（1969）、《日出日落之地》（1974）及长篇小说《权力的攫取》（1955）和《伊斯塞谷》（1955）等。他于 1980 年获诺贝尔文学奖。

　　捷克文学和斯洛伐克文学　1945—1989 年，捷克斯洛伐克一直未能平静，文学上也风雨不止，很长时间里公式化、概念化作品比比皆是。但一些生活经验丰富、艺术素质较高的作家还是创作出不少好作品。比如**博·日哈**（Bohumil Říha，1907—1987）写儿童文学（1980 年曾获安徒生文学奖）和农村小说，主要有《敞开地面》《两个春天》《老乡》，描绘农村多彩的生活，塑造个性鲜明的人物形象，反映他们思想感情的变化。他还写有三部曲的历史小说《跪在我面前》《等候国王》及《仅仅剩下一把剑》，多次获国家奖，并获人民艺术家称号。又比如**杨·科扎克**（Jan Kozák，1921—1995）60 年代初步入文坛，自 1972 年连续 17 年担任捷克斯洛伐克全国作协主席。他 60 年代初发表的中篇小说《玛琳娜·拉德沃科娃》触及农村错综复杂的矛盾，是该题材小说的重大突破；接着又出版两部长篇小说《粗壮的手》和《圣米哈尔》（1971），以及获国家奖的《鹳巢》（1976），90 年代他发表了散文集《在西伯利亚原始森林的狩猎》、中篇小说《白牧马》《虎区之秋》，关注伦理道德。长篇小说《亚当和夏娃》（1982）则赞美劳动女性。

　　值得提及的还有获 1984 年诺贝尔文学奖的诗人**雅·塞弗尔特**（Jaroslav Seifert，1901—1986），他最初出版了诗集《泪城》，20 年代中期成"纯诗派"代表之一，代表作是《全是爱》。30 年代出版的诗集《裙兜里的苹果》《维纳斯的手臂》等表达对真正爱情的向往，对真、善、美的追求。1936 年后德国法西斯对捷克的威胁加剧，他写了《别了，春天》《披上白昼的光》《石桥》等著名诗集。战后的《泥盔》《穷画家到世间》是深受欢迎的爱国主义抒情诗集。代表作《母亲》获 1954 年的国家奖。之后他受批判，被解除作协主席职务。苏共二十大后，他在捷克第二次作家代表大会上激烈批评捷共在文艺政策上的错误和个人崇拜，但为此受到公开批判。因政治和健康原因他辍笔 10 年，重返文坛后有《孤岛上的音乐会》《哈雷彗星》《铸钟》等多部诗集问世。1967 年他再受批判，被迫搁笔 12 年。之后的诗集有《皮卡迪利之伞》《避疫柱》《身为诗人》等。

其他作家有**米兰·昆德拉**（Milan Kundera, 1929—   ），1975 年流亡法国，在巴黎大学执教，是有争议的名诗人。主要作品有诗集《人，一座广阔的花园》《最后的五月》《独白》、随笔集《小说的艺术》、小说《玩笑》《可笑的爱情》《为了告别的聚会》《生活不在这里》及《不朽》。**鲁·瓦楚列克**（Ludvik Vaculik, 1926—2015）深受现代派影响，作品常有卡夫卡式的"寓意"。主要作品有长篇小说《斧子》《豚鼠》和《实验室的老鼠》。他积极参与政治活动，是政治宣言《两千字》《七七宪章》的起草人之一。他坚决反对苏联 1968 年出兵捷克，作品一直被查禁。**瓦·哈韦尔**（Václav Havel, 1936—2011）是捷克有名的剧作家、政治活动家。1963 年发表剧本《花园盛会》，一举成名，后被捕三次，坐牢五年。在地下或他国出版的剧本有《乞丐的歌剧》《展览会的开幕典礼》《抗议》《过失》等。80 年代末政局激变后，他当上共和国总统。**巴·科胡特**（Pavel Kohout, 1928—   ）是流亡国外的剧作家，主要作品有诗剧《动听的歌儿》、话剧《九月的夜晚》《不幸的凶手》等。代表作《如此爱情》（1958）引起轰动和争议。

　　20世纪下半叶斯洛伐克文学情况与捷克相似，社会主义现实主义占统治地位。著名诗人有拉·诺沃麦斯基，主要诗集是《星期四》《长菱形》《西班牙的天空》；安·普拉弗卡，主要诗集是《夜与晨曦》《利普托夫的芦笛》《遍山的火焰》；米·瓦列克，主要诗集是《接触》《吸引力》《激动不安》及长诗《千言万语》。著名小说家有弗·米纳奇，主要小说是多卷本历史小说《一代人》（《久等》《生者与死者》《钟声》）；拉·姆尼亚奇科，主要作品是短篇小说集《迟写的报道》、长篇小说《权力的滋味多么美》；温·希库拉，主要作品是短篇小说集《没有掌声的音乐会》及三部曲《木匠师傅》《玫瑰香葡萄》《维尔玛》；杨·索洛维奇，主要剧作是广播剧《卓越的天才》、话剧《再过五分钟就是午夜》《渐暗的太阳》《子午线》《银色的美洲豹》《金鱼》《犯错误的权利》。

　　匈牙利文学　1945年流亡作家陆续回国，由共产党员作家带头组成社会主义文学队伍。但资产阶级人道主义文学和"民粹派"文学依然存在。当时有多派政党，各有自己的文学政策和体现党派主张的作家与艺术家。各政党创办的文学刊物反映了此期匈牙利文学发展新态势。二战后，作家把写反法西斯战争、揭露其罪行、歌颂人民英勇斗争当作神圣任务，涌现大批反法西斯佳作。小说方面有纳吉·劳约什的《地窖日记》、德里·蒂波尔的《地府游戏》、科萨克·劳约什的《纪念死亡挣扎的一本小书》和达尔瓦什·尤若夫的《沼泽地中的城市》等。诗歌有科萨克·劳约什的《沉思》、伊叶什·久拉的《布达，1945年1月》、弗多尔·尤若夫的《永恒的三月》、泽尔克·佐尔坦的《在一个红军战士的墓前》、隆波·雷林茨的《出狱》和《幽灵奏鸣曲》等。

　　此期围绕重要政治和艺术问题，文坛上曾热烈争论。理论家**卢卡契·久尔吉**（Lukács György，1885—1971）和列瓦依·尤若夫（1898—

1959）发表了有见地的论文，影响颇大。1948年后涌现一批重大历史题材的现实主义小说。影响较大的有萨波·巴尔写土改和合作化运动的《春风》和《新土地》、维莱什·彼得的《养路工》和《考验》、沙尔考迪·伊姆雷的《戛尔·扬诺什的道路》、切莱什·蒂波尔的《霍德草原上的大火》。还有考林蒂·费伦茨反映工人当家作主、建设社会主义新生活的《泥瓦工》，赛拜列尼·莱海尔的《移山》和巴拉尼·陶马什的《二十年》等。此外还有维莱什·彼得写农村生活的三部曲《三代人》，德里·蒂波尔展示20世纪30年代匈牙利社会状况和政治运动的长篇《回答》，伊列什·贝拉的匈牙利解放三部曲《歌唱武器和勇士》《喜剧院的战斗》《炮声沉寂》和三卷本长篇《祖国的光复》等。

1954年作协大会提出要写生活中的真正冲突，要写困难，克服公式化。创作发生了很大变化，不少作家对写社会中的错误、缺点和阴暗面产生了浓厚兴趣，报告文学、社会志、讽刺小说和历史小说有所发展。考林蒂·费伦茨的《祖国通讯》、沙尔考迪·伊姆雷的《被取消的会见》、切莱什·蒂波尔的《游手好闲的爵爷》、维莱什·彼得的讽刺小说《苹果园》、德里·蒂波尔的《在砖墙后面》等小说就是这方面代表作。

众所周知的1956年历史事件使匈牙利文学受到不利影响。此后五六年，文坛只出版老作家的历史小说和作家流亡时的作品。1961年后小说创作再度繁荣，内容大大拓宽，农民、工人和其他阶层的生活都得到广泛而细致的描绘。如费叶什·安德莱反映工人阶级状况的《铁锈坟场》、法比扬·卡塔琳写流氓无产阶级生活的《马可尔迪一家》。另外还有乌尔本·埃尔塔的《大冒险》、莫尔多瓦·久尔吉的《煤气灯下》、戛尔·依斯特万的《陷阱》和萨空尼·卡罗伊的《在城市那边》。反映农村发展新矛盾和问题的作品有维莱什·彼得的《蒂萨河那边的故事》、萨波·巴尔的《蒂萨河这边，多瑙河那边》、乌尔本·埃尔诺的《金色的烟雾》、高尔戈茨·伊丽莎白的《半途》及维格·安陶尔的《早虹》等。还有反映知识分子道路和道德面貌的小说，如罗纳依·久尔吉的《夜间车》、比尔卡什·安德莱的《被忘却的人》、奥特里克·格若的《黎明时的房顶》等。

60、70 年代老中青作家都活跃，优秀作品大量问世。著名的作品有内迈特·拉斯洛的小说《恐惧》、豪特尼克·劳约什的《老爷和人们》、巴拉尼·陶马什的《没有父亲的一辈》、莱迈尼克·日格蒙德的《流浪之书》及《原始森林》等。另外，一些名作家还写了具有历史文献价值的回忆录。70 年代，匈牙利文学界完成了新老两代作家更替和知识结构更新，受外来文艺思想影响的新领导占据了重要岗位，很多作家借鉴现代派表现手法，奥什派尔扬·久尔吉的《安全的进出口》、鲍拉日·尤若夫的《匈牙利人》、拜莱梅尼·格若的《传说集》等新颖的作品增添奇异的景观。纪实小说、回忆录、寓言式和荒诞派作品也为文坛增加了色彩。同时还出现了一大批历史小说，如费雅·格若的《维赛格德之夜》、萨波·玛格达的《旧式故事》等。

罗马尼亚文学 小说家马林·普列达（Marin Preda，1922—1980）是 20 世纪下半叶小说领域的代表，1952 年起他担任《罗马尼亚生活》杂志编辑、副主编，1968 年当选作联副主席。第一部小说集《四方来相会》（1948）中的 8 个短篇均以乡村生活为背景，塑造了系列农民形象。长篇小说《莫洛米特一家》（第一卷 1955 年，第二卷 1967 年）展现罗马尼亚各历史时期农民的心态，作者因此成名。之后他涉足工业、历史、知识分子题材，创作了《不速之客》（1968）、《呓语》（1975）、《伟大的孤独者》（1972）等长篇。《呓语》发表后，遭苏联《文学报》猛烈抨击，使他声名大振。1980 年春，三卷本巨著《世上最亲爱的人》出版。小说通过普通人的悲剧揭示民族悲剧，讲大学哲学助教倾心于一个已婚妇女的美貌和气质，共坠爱河。经过周折两人结成夫妻后，他却发现妻子爱慕虚荣、自私狭隘。为求解脱，他潜心研究哲学，深得启发，写了《卑鄙者时代》一文，发表对人生处世的新见解。这篇文章在学校遭严厉批判，夫妻关系恶化，警察以参与反革命活动罪名将他逮捕，他开始了劳改生涯。三年后，他刑满释放，但已永远铸上劳改犯烙印，进了灭鼠队，妻子早已弃他而去。又是几番风雨后，他在一家企业当上会计，与女出纳，一个资本家女儿走到一起。但他意外地发现妻子已有丈夫。他被迫与其丈夫格斗，对方掉进山谷身亡，主人公再次入狱。小说展现了50年代罗马尼亚社会全景，被公认为杰作。小说涉及各领域、各阶层，成功地塑造了主人公形象。他身上具有海明威推崇的你可以消灭他，但却不能令他屈服的精神。

50年代后，政治空气浓厚，优秀剧作难得一见。70年代后，多个作家创作了颇具深度的作品，为戏剧发展做出重大贡献。作家**杜·拉·波佩斯库**（Dumitriu Radu Popescu, 1935—　）是著名小说家和剧作家，1970年起担任《论坛》杂志主编，80年代后曾担任作联主席。他的文学创作始于诗歌、小说，60年代起致力长篇小说和戏剧创作，他的长篇小说《F》（1969）、《过时的雨》（1973）曾轰动一时。主要剧作有《无望的爱之夏》（1966）、《这些悲哀的天使》（1969）、《除夕夜之猫》（1970）、《飞鸟萨士比亚》（1973）。他的剧作存在主义色彩浓重，题材和手法都走出了传统套路。他善于以心理描写、荒诞与象征表现社会矛盾、内心冲突，揭示真、善、美与假、恶、丑的对立。《除夕夜之猫》是代表作。奥雷尔一家正欢度除夕，刑满出狱的父亲突然出现。20年前，父亲以反革命叛国罪被控入狱。奥雷尔的舅舅对他归来大惊失色，他是诬告者。父亲当众揭露了舅舅，而妹妹也控诉舅舅令她堕落。舅舅在众人的唾弃和恐慌中上吊。因父亲的原因，奥雷尔从小遭人白眼，如今刚混进上流社会，父亲的出现给他的前程蒙上阴影。他将父亲赶出门，最后竟杀死父亲。这出家庭悲剧展现了极权时期民族的苦难，有很强的时代感。

　　教条主义盛行的 50 年代，革命诗大行其道，阿尔盖济、布拉加等优秀诗人被否定，诗歌处于停滞状态。60 年代后抒情诗的传统恢复，一批新人将诗歌提到新水平，诗坛欣欣向荣。此期活跃的诗人有斯特内斯库、索雷斯库、勃朗迪亚娜等。**尼基塔·斯特内斯库**（Nichita Stănescu，1933—1983）曾任编辑、记者和副主编，出版的诗集有《爱的意义》（1960）、《感情的幻觉》（1964）、《时间的权利》（1965）、《严寒》（1972）、《绳结和符号》（1982）等。他作诗强调用视觉调动想象和感觉。这样就使抽象的概念、数字变得形象，美感自然而升。**马林·索雷斯库**（Marin Sorescu，1936—1996）1978年起任《枝丛》杂志主编，1964 年已出版十几部诗集，代表作有《时钟之死》（1966）、《万能的灵魂》（1976）等。他善于在叙述中引发哲理；语言和手法不拘一格，颇具现代诗风；诗中讽刺醒目，因此得到"哲理诗人""现代派诗人"和"讽刺诗人"称号。**安娜·勃朗迪亚娜**（Ana Blandiana，1942—　　）是罗马尼亚当代最活跃的女诗人之一。她 17 岁开始写诗，已著有《脆弱的足跟》（1976）等十余部诗集。她大多写爱情、人生、自然、生死，但以女性的柔美和细腻，赋予古老主题新视角和诠释。

　　保加利亚文学　1956 年 4 月召开保共五届四中全会批判契尔文科夫的个人迷信及错误路线，之后 30 多年文学艺术获发展和繁荣。作家和文艺批评家一代代成长，涌现大批较高艺术质量的作品，创作题材有很大拓展。40、50 年代侧重反法西斯和社会主义建设题材，60、70 年代后扩展到社会道德、历史，及科技革命对社会生活的影响。

1956 年后诗坛上加戛罗夫、马特夫、麦托迪耶夫的政治抒情诗占重要地位。加戛罗夫在发表《早春》后，出版了诗集《在沉默的时刻》（1958），抒发对违反社会主义准则的不满和对革命的热爱。他的诗真纯炽烈，刚健挺拔。**帕维尔·马特夫**（Павел Матев，1924—2006）60、70 年代有《海燕在浪头休息》（1963）和《未被伤害的世界》（1970）问世，表达对现实重要问题的关注和强烈的社会责任感。他也率真地批评教条主义。**迪米特尔·麦托迪耶夫**（Димитър Методиев, 1922— ）50 年代以长诗《季米特洛夫的后代》一举成名，之后陆续发表了歌颂祖国、社会主义和党的诗集，如《为了时代与自己》（1963）、《巨大的变迁》（1971），表现了对革命事业和社会主义祖国的忠诚。

60、70 年代，诗坛涌现大批新人，散发出工业文明的时代气息。**柳波米尔·列夫切夫**（Любомир Левчеь，1935— ）以诗集《星星是我的》（1957）崛起于诗坛，以豪迈的诗句表达继承革命传统的情怀。后来他的题材扩大，如《新纪元》由牧羊人夏夜仰望天空，看到一颗人造卫星的惊叹；再如对马尼查河水电站建设工地上劳动者精神面貌的描绘，都显示了他诗歌的新天地。**丽梁娜·斯特凡诺娃**（Липяна Стефанова，1929— ）敏锐地洞察社会矛盾，关注原子时代物质文明的进步。诗集《未来的声音》（1969）、《太阳吻我》（1970）、《磁场》（1979）满腔热情地歌颂奇迹般的世界，惊呼腾飞的高速度已深入人们灵魂。同时她也忧虑时代的发展与人的自然本性不和谐。她的诗时代精神鲜明，优美动人，抒情深挚。80、90 年代保加利亚诗坛也被晦涩朦胧笼罩，引起争议。

独立后 50 多年的小说创作空前繁荣，作品显著增多。30、40 年代开始的作家是二战前后社会变迁的历史见证人，创作许多反映各时期重大社会问题的小说，成为文坛的中坚。著名作家有塔列夫、古里亚什基、达斯卡洛夫、曼诺夫、巴尔丁诺夫等。他们的作品代表传统小说的思想和风貌。60年代第二代作家，如彼得罗夫、拉迪契科夫、弗切吉耶夫，在艺术上探索，善用现代小说手法，艺术水平明显提高。70年代后第三代作家，如马尔科夫斯基、苏加列夫、斯特拉蒂耶夫，更注重开掘心理深度，题材范围不断扩大，反映深广度也有拓展。60、70年代，不少作家转向社会道德和科技时代的种种问题，创作出不少传世之作，如维任诺夫的《夜驰白马》《障碍》《白蜥蜴》、古里亚什基的《桃花心木架起的房子》、弗加吉耶夫的《荒园绿草》、拉迪契科夫的《最后的夏天》。

近50年中取得突出成就的小说家有迪米特尔·迪莫夫、卡门·卡尔切夫、安·古里亚什基、帕·维任诺夫、约·拉迪契科夫等。**迪莫夫**（Димитьр Димов，1909—1966）最重要的作品是长篇小说《烟草》（1951），以尼古丁烟草公司总经理的兴衰，描写金钱的腐蚀和毒害，揭露资产阶级的堕落和腐朽，歌颂工人群众的英勇斗争，社会反响强烈。**卡尔切夫**（Камен Калчев，1914—1988）50、60年代声誉很高。50年代的作品主要有表现季米特洛夫一生的传记小说《工人阶级的儿子》和反映反法西斯斗争的长篇小说《生者的回忆》（1950）。60年代最成功的是长篇小说《新城奇缘》（1964），主人公原是政工干部，农业合作化时不同意县委的"左倾"冒进，被开除党籍，下放到汽车修配厂当工人。后因一场意外火灾遭诬陷，他被关进监狱，妻子也与他离了婚。1956年他平反昭雪，恢复了党籍。他不愿恢复原职，去工地当了司机，又与前妻相遇，暗中保护帮助她。小说描绘现代保加利亚人的生活，批判社会的丑恶，歌颂普通劳动者的高尚，是保加利亚当代文学的闪光之作。

安德烈·古里亚什基（Андрей Гуляцıки，1914—1995）的小

说题材较广泛。50年代写了好几部反映农村现实的作品，长篇小说《金羊毛》（1958）最发人深省。主人公是农业合作社主席，革命斗争和农业合作化高潮时做过些过"左"的事，可他却享有荣光。然而，以往的错事却引他反省，令他感到十分惭愧，最后他精神崩溃而自杀。小说震撼人心，人物个性鲜明，摆脱了公式化。另一部长篇《桃花心木架起的房子》（1975）写布尔斯基一家的变迁及三个儿子的命运。一个儿子忠诚老实，安分守己。一个儿子有超常才干，但名利思想严重，社会地位令人羡慕，生活条件优越，但灵魂空虚、庸俗。他建造的桃花心木住宅舒适、宁静，可心里却不安宁，最后遭不幸。另一个儿子在某地建设现代化工厂，破坏当地生态而受到舆论责备。长篇小说《怪人》（1983）鞭挞现代市侩，颂扬正面人物的斗争精神。主人公创新、敬业，而周围人却墨守成规、懒惰并投机取巧。作者描写了这两种人的心灵碰撞，揭露了阴暗面，展示了创业的艰难。

帕维尔·维任诺夫（Павел Вежинов，1914—1983）40、50年代创作了《第二连》（1949）、《在原野》（1950）、《远离海岸》等反法西斯的军事题材小说，前两部中篇荣获季米特洛夫文学奖。60年代他转向对道德的深层开掘，如中、短篇小说集《持小提琴的少年》和《扁桃的气息》描绘各色人物心态。此期长篇小说《星星在我们顶空》通过农民老爹落入法西斯监狱，九死一生逃出虎口，后随游击队转移时为掩护同伴英勇牺牲的经历，歌颂了保加利亚人民高尚的道德情操。70、80年代，他的创作领域扩大，一系列新颖奇幻的作品展现现代精神文明受到巨大挑战，提出人类的历史命运与人性健全发展等问题。长篇小说《夜驰白马》（1975）从科学工作者、院士与其外甥的关系入手，表现两代人在道德观念和内心世界方面的差异，荣获季米特洛夫文学奖。他还有哲理性中篇小说《障碍》（1976），讲精神上受过创伤但却保持内心和谐的年轻姑娘与被世俗偏见束缚手脚的作曲家邂逅，产生真挚热烈的感情，但最后以悲剧结束。女方为爱情献出生命，以死构成富有寓意的"障碍"，启迪人们大胆消除人与人的精神壁障。中篇小说《白色蜥蜴》（1977）以超现实主义手法表现现代人理智与感情的矛盾，阐释智能片面发展又缺乏健全的情感必然导致人的异化。长篇小说《天平》（1982）构思新颖独特，写一个工程师在工伤事故中丧失记忆。恢复过程中，他陷入市侩泥坑，最后通过反思走向新生。

约尔丹·拉迪契科夫（Йордан Радичков，1929—2004）50 年代后期走上文坛，作品很多。60 年代中期开始，他作品的现代主义色彩日渐明显，故事和人物显露现实与虚幻、正常与扭曲、严肃与荒诞的结合。他取材于农村生活，善写工业化进程中农民的复杂心态。《愤怒的情绪》（1965）表现农民面对科技发展的惊诧、疑虑及他们在维护民族优良传统的斗争中具有的矜持与傲慢。中篇小说《最近的夏天》（1966）细致地描写老农对故土的留恋。故乡大地上要修水库，他不熟悉的故土改变容颜，对日新月异的大千世界无动于衷。《温和的风》（1963）写农民的坎坷，主人公历尽沧桑，在山村大地上寻找到和谐与幸福。作者幽默、和善地描绘农民在变革中的保守和心理嬗变。他的另一些作品描写了农民在革命战争中的果敢。他喜爱写平凡人物的丰功伟绩，如《火药识字本》（1969），和共产党人在严峻时刻的高尚道德与献身精神，如《所有的人与无人》（1975）。

60 年代以来较有影响的戏剧有伊凡·拉多耶夫的《天下如此狭小》（1960）、迪米特尔·迪莫夫的《有罪的人》（1960）、德拉戈米尔·阿森诺夫的《可靠的后盾》（1974）、约·拉迪契科夫的《拉扎尔的困境》（1977）和《起飞的试验》（1979）、斯坦尼斯拉夫·斯特拉蒂耶夫的《皮外套》（1976）、卡拉斯拉沃夫的《我们的母亲》（1973）、尼古拉·鲁塞夫的《从大地到天空》（1978）等。

南斯拉夫文学 1960 年后南斯拉夫涌现大批优秀作品。诗歌方面，戴·马克西莫维奇、伊·乌·拉里奇等都有新诗问世。小说方面，米·拉里奇、安·伊萨科维奇等也取得令人瞩目的成就。一些青年作家和文学评论家认真复兴南斯拉夫各民族文学的优秀传统。贝尔格莱德一些初露锋芒的青年作家、文学评论家做了卓有成效的工作。60 年代青年作家和诗人掀起过魔幻和黑色幽默热，如米·布拉多维奇、茂·米兰科夫和鲍·乔西奇的小说。此期戏剧较发达，50 年代兴起了荒诞派戏剧。进入 60 年代戏剧发生新变化，部分剧作家坚持现实主义；另一大批剧作家标新立异，用唯智论、沉思体、杜撰等方法创作，呈现多元。

50、60 年代，现代主义各流派滋生，作家特别崇拜和效仿西欧超现实主义和法国存在主义。但现实主义并没消亡，70 年代它重新复兴。当然，现实主义也不封闭，它不断增加新内容，形态也更完美。70、80 年代，现代派作家对历史兴趣浓厚，想在表现个人命运与历史发展的关系方面突破。这类作品中，地点再不是异国他乡，或神话世界，而是本国。人物的言行带有浓厚民族色彩，心理活动细腻真切，社会生活丰富多彩。此期，现代派作品发生了质变。作品多、影响大的有鲍·贝基奇的《如何叫吸血鬼安静》、米·科瓦奇的《大肚子的门》等，现实主义艺术地位得到巩固和加强。70 年代后半期掀起了讨论现实主义本质及价值的热潮。

70、80 年代南斯拉夫文学从题材方面可分四大类：民族解放斗争，社会主义建设，历史事件及人物，当代道德、伦理及社会问题。尤·弗兰尼契维奇－普洛恰尔的小说《和平》《旋涡》、米·鲍日奇的小说《炮弹》、安·伊萨科维奇的系列短篇小说描写日常军旅生活，获得了可喜成果。他们不再简单地表现敌我军事冲突，而是尽力阐述道德伦理观念，展示人民在解放斗争中的心路历程和道德情操。特殊的推理手法被广泛用在历史小说中，令人耳目一新。历史小说一方面保存了传统的叙述形式，如恰·西亚里奇（1913—1989）的小说《皇帝的军队》（1976）；另一方面现代派形式常占主导地位。这些作品中，故事讲述者在过去和现在、新与旧之间架起无形桥梁。斯·库莱诺维奇的小说《阴河》和米·科瓦奇的小说《大肚子的门》都是今日的讲述者回忆往事，倾诉历史旋涡中家庭的命运。同样，埃·科什的小说《寻找救世主》也由讲故事人复现17世纪犹太人改革运动的历史，展示了沦为叛徒的领袖的命运。

　　历史题材小说在南斯拉夫70、80年代文学中质量最高，犹如史诗，表现了历史发展的本质。米·克拉涅茨、米·拉里奇、奥·达维乔的诸多小说，以及米·科尔莱扎的五卷集长篇巨著《旗帜》为这类作品中的精华。古老的塞尔维亚、克罗地亚文学赋予众多作家富有生命力的素材。比如**拉里奇**的优秀作品《战斗的幸福》（1973）、《保卫者》（1976）、《山岭何时变葱绿》（1982），描绘门的内哥罗人民争取自由与解放进行的英勇斗争。小说触及该民族现代史、巴尔干战争、一战、1918年建立塞尔维亚－克罗地亚－斯洛文尼亚王国等重大历史事件。小说通过一个人物的回忆展示近50年的历史面貌，显示了20、30年代的民主解放运动与民族解放斗争的联系。**安·伊萨科维奇**70、80年代完成了三卷本的历史长篇小说《瞬间》。主人公是作者自己，一个征战南北的老游击队员。他一边钓鱼，一边向一个哑人讲战争年代的经历。第一、二卷由钓鱼人讲的十个故事组成，第十个故事单独构成一卷，讲1948年共产党情报局的决定。作品用语尖刻并带讽刺，人物和景物平淡无奇，却蕴意无穷。**道·乔西奇**（Dobrica Čosić，1921—2014）此期完成了《分化》（1961）和《死亡的时代》（1972—1975）两部巨制。《分化》是南斯拉夫当代文学重要作品，分三卷，内容广泛、深刻，富有戏剧性。但人物有病态心理，伤痕累累，忧思重重，反映了人民在革命风暴中分化，反革命营垒也发生巨变。小说被誉为南斯拉夫的《静静的顿河》。作者对民族解放斗争期间塞尔维亚的反动武装切特尼克分子作了历史、社会和心理的分析，是悲壮的现实主义作品。《死亡的时代》共四卷，描绘塞尔维亚在一战中的苦难，阐释人民思想观念的形成、发展和演变，被誉为心理分析小说。它形象地说明塞尔维亚赢得反法西斯斗争胜利是因为人民英勇顽强、不畏强暴和渴望独立自由。

其他社会和历史内容的小说还有**德·米哈依洛维奇**（Dragoslav Mihailović，1928—　）的长篇小说《南瓜开花的时候》（1968）和《彼得丽娅的花环》（1975），以及犹太族作家**亚·迪斯玛**（Aleksandar Tišma，1924—2003）的九部作品：短篇小说集《暴虐》（1968）、《死角》（1973）、《转向平静》（1977）、《不信教的学校》（1978）、《没有叫声》（1980），长篇小说《布拉姆的故事》（1972）、《人的使用》（1976）、《在黑姑娘后面》（1969），以及游记《在他乡》（1969）。

这一时期戏剧创作呈现新、多、奇、杂的态势，政治戏、历史戏、哲理戏、现实戏的剧目都比50年代多，艺术表现形式更丰富多彩。政治戏有克罗地亚剧作家兰·马林科维奇的《是政治还是监察官的阴谋》（1977）、斯洛文尼亚剧作家普·科萨克的《代表大会》等。历史戏有克罗地亚剧作家米·科尔莱扎的《苦渊》（1982）、马其顿剧作家尼·马依斯基的《伊林丹》。哲理戏有塞尔维亚剧作家约·赫里斯蒂奇的《沙沃纳罗拉和他的朋友们》（1965）、科尔莱扎的《阿莱戴依》（1959）。现实戏有马其顿剧作家日·琴戈的《袋鼠的蹦跳》（1979）、瓦·伊辽斯基的《名誉》。

同历史题材小说相比，反映当今生活的作品少得多，质量也差。在批评中发展起来的自然主义文学数量可观，城郊的和颓废的现代居民的生活，青年，特别是放荡不羁的大学生生活成了吸引人的题材。这类作品有现实主义特征，揭露丑恶和道德沦丧，常流露悲观。南斯拉夫当代文学还有赞美高尚新人的作品，影响较大的有德·米哈依洛维奇的《彼得丽娅的花环》（1975）、穆·萨鲍洛维奇的《伤疤》等。到80年代中期，有些作家和诗人经过30多年的艰苦探索后又转向现实主义，甚至转向社会主义现实主义。例如50年代诗歌界现代派的代表人物瓦·鲍巴于80年代又开始写社会主义现实主义诗歌。50、60年代深受联邦德国和美国文学影响的亚·迪斯玛此期创作了许多干预生活、关心现实的小说，如《住房》（1961）。现代派诗歌（特别是"具体派诗歌"）越来越没有读者，有影响受欢迎的还是戴·马克西莫维奇、米·阿莱契科维奇等人富有人情味的浪漫主义诗歌。在戏剧方面，反映现实生活的剧目也增多。

阿尔巴尼亚文学　民族解放战争结束后，阿尔巴尼亚当代文学经历了两个发展阶段：1）1944年新政权建立到50年代末；2）60年代初到80年代末政情发生巨变前。这两个阶段里社会主义现实主义始终占据高位。这是阿尔巴尼亚当代文学不同于东欧其他国家最为显著的特点。

第一阶段文学作品多方面反映了人民革命的胜利和社会主义社会全新的人际关系。许多作品描绘广大军民在反法西斯斗争中的生活和命运，讴歌人民群众在社会主义建设中的革命英雄主义和乐观精神。民族解放战争中一大批游击队作家和诗人是此期文学创作主力，著名的有荻米特尔·斯·舒泰里奇、法·加塔、齐·萨科、阿里·阿布迪霍扎、雅·佐泽、阿·恰奇、拉·西里奇、科·雅科瓦等。此期活跃的还有30年代开始创作的进步作家，如依·布尔卡、哈基·斯特尔米里、斯泰里奥·斯巴塞等。

反映民族解放战争的小说主要有舒泰里奇的长篇《解放者》（第一卷于1952年出版，第二卷于1955年出版）、阿·阿布迪霍扎的长

篇《一个暴风雨的秋天》（1959）、彼·马尔科的长篇《再见》（1958）
和《最后一座城市》（1960）等。

反映社会主义建设的小说有斯巴塞的长篇《他们不是孤立的》
（1953）和《阿莫尔蒂塔重返农村》（1955）、加塔的中篇《塔娜》
（1955）和长篇《沼泽地》等。

反映、讴歌民族解放战争的诗歌作品主要有西里奇的长诗《普
里希蒂纳》（1949）、雅科瓦的长诗《维果的英雄们》（1953）等。反
映社会主义建设的优秀诗歌有恰奇的长诗《如此米寨娇！》（1947）、
西里奇的长诗《教师》和《新生》（1959）、伊斯玛依尔·卡达莱的
长诗《工业之梦》。

戏剧作品主要有舒莱曼·皮塔尔卡的话剧《渔人之家》、雅科瓦
的话剧《哈利利和哈依丽亚》（1949）和《我们的土地》等。

第二阶段是人民群众革命精神最振奋的 30 年，文学作品开始深
入挖掘与细致描写人物丰富而复杂的内心世界，作品的审美价值比 50
年代大大增强。炽烈的爱国主义感情激荡在诗歌、小说和戏剧作品中。
优秀作品中长诗有卡达莱的《群山为何而沉思默想》（1963）、**德
里特洛·阿果里**（Dritëro Agoli, 1931—2017）的《德沃利,德沃利！》
（1964）、法道斯·阿拉比的《血的警报》（1966），长篇小说有穆萨
拉依的《黎明之前》（1965, 1966）、阿果里的《麦茂政委》（1970）
和《驾炮的人》（1975）、**伊·卡达莱**（Ismail Kadare, 1936—   ）
的《亡军的将领》（1964 年初版, 1967 年修订再版）、祝万尼的《重
新站起来》（1970）,话剧有辽尼·巴巴写妇女解放的《山姑娘》（1967）
等。阿尔巴尼亚当代文学走上了逐渐成熟的道路，广大作家为实现
文学民族化付出了艰苦努力，取得了丰硕成果。人民群众的形象在
作品中仍占据中心位置，作家开始注意表现人物丰富、细腻的内心
世界。叙述方式由单一转向多样，叙述与沉思相结合，分析与概括

交映，妥当运用夸张和讽刺幽默，借鉴意识流表现手法。这些都给作品带来革新色彩，而且情节更曲折，语言更丰富、纯洁，减少了方言土语障碍。

诗歌仍然站在前列，叙事性和抒情性完美结合，战斗性增强。代表60年代至80年代末阿尔巴尼亚诗歌成就的是**阿果里**、**卡达莱**的充满爱国激情的长篇抒情诗。阿果里的长诗有《德沃利，德沃利！》、《父辈》（1969）、《母亲，阿尔巴尼亚》（1974），其中《德沃利，德沃利！》最有名。卡达莱的长诗有《群山为何而沉思默想》、《山鹰在高高飞翔》（1966）和《六十年代》（1969），其中《群山为何而沉思默想》代表阿尔巴尼亚当代诗歌最高成就。

小说创作比50年代更丰盈多姿，涌现了像《死河》（1965）那样全景式描绘农民历史与时代命运的历史－社会小说，如描绘劳动者美好心灵的社会－心理小说《重新站起来》，耳目一新的诗化－哲理小说《亡军的将领》，历史大写真的纪实小说《黎明之前》，具有强烈批判意识的讽刺幽默小说《居辽同志兴衰记》（1973）等。多样的小说五彩缤纷，是阿尔巴尼亚文学史上的奇观。70、80年代，作家在"紧密联系现实，联系劳动者，联系祖国大地"的号召下，创作了大批反映工农业生产的小说，如荻·祝万尼的《范·斯玛依里》（1972）、科·布留希的《一夜之死》（1971）、阿采尔加的《时代的脚印》（1971）和《兄弟们》（1978）、雅·佐泽的《幸福之风》（1971）、拉乔的《胜利》和《坚硬的土地》（1971）等。此期还涌现一批反映家庭及道德问题的小说，瓦·科莱希的《三月》（1975）和艾·卡达莱的《一次难产》（1968）是代表作。60年代开始到80年代末，阿尔巴尼亚涌现出不少优秀代表作品。谢·穆萨拉依的长篇小说《黎明之前》以民族解放战争中地拉那地区的革命活动和武装斗争为背景，再现了共产党领导人民开展的惊心动魄、可歌可泣的卫国行动。

小说气魄宏大，画面广阔，概览了"国民阵线"分子、地主、资产阶级、富商、动摇的知识分子在特定历史时期里的真实面貌，也揭露、控诉纳粹法西斯在阿尔巴尼亚的滔天罪行。伊·卡达莱的长篇小说《亡军的将领》为军事题材小说开辟了新天地。作者以一名意大利将军战后赴阿尔巴尼亚搜寻阵亡者遗骸的情节线，将有趣的故事轻松地串联起来。他不写战场刀光剑影，而是全力展示各种人物对战争的思考及复杂心态。小说赞颂人民，揭露与嘲讽敌人的种种罪恶及内部的复杂关系，并展示古老传统、文化品格、解放后社会的变迁、多彩的民俗风情、人民深厚的人道主义感情和坦荡胸怀。这部小说具有广泛的世界影响，被译成 35 种语言。德·阿果里的长篇小说《麦茂政委》以朴素生动的语言、喜闻乐见的民族形式和强烈的艺术感染力，描绘民族解放战争中人民战斗和生活的壮丽画卷，反映了当时的社会矛盾，烘托出烽火连天的时代气氛，再现了共产党引导和组织人民群众由不觉悟的个体，变成有觉悟有组织的革命队伍的过程。小说发表当年被搬上银幕，取名《第八个是铜像》。优秀作品还有**雅·佐泽**（Jakov Xoxa，1923—1979）的长篇小说《死河》，写解放前农民的苦难，深刻地反映了法西斯反动统治下，无地农民、小商贩、地主、神甫及来自农村的革命者等不同阶级、阶层的生活景况和心理状态。他们团结友爱、奋发向上的精神也得到成功的描写与展示。

解放 50 年来，阿尔巴尼亚戏剧事业大发展，60 年代后的著名剧作有辽尼·巴巴的《山姑娘》（1967）和《玛尔嘉》（1971）、法·巴奇拉米的《路旁人家》、祝万尼的《两年以后》（1969）、皮塔尔卡的《里纳斯的英雄》（1970）、雅科瓦的《光荣属于战士》（1971）、穆·玛尔卡依的《乔治·卡斯特辽蒂》（1973）等。

第十节　北欧文学

二战期间北欧五国的遭遇和处境不同。挪威和丹麦被德国法西斯占领、践踏和蹂躏；瑞典中立，没遭受占领之苦；芬兰在法西斯德国支持下同苏联作战，成为战败国；冰岛则被英、美占领。二战后，随冷战和扩军备战加剧，爵士音乐和可口可乐象征的美国文化涌入北欧，冲击他们的民族文化传统，一些知识分子悲观、害怕、不安。在这种情况下相当多作家信仰存在主义，现代主义成为北欧文坛主流，现实主义作品也用了不少现代主义表现形式。二战结束至今，北欧现代主义作品很多，佳作也不少，如瑞典哈里·马丁逊写核战争造成世界毁灭的诗剧《阿尼阿拉》（1956）在世界文坛上引人瞩目。

另外，北欧战后仍有揭露法西斯、歌颂抵抗运动和反映战争残酷的现实主义作品，作者大都是二战目击者或参加者，有的坐过牢或在集中营里服过苦役。他们的作品经过长时期酝酿和构思，比战争期间作品成熟，深度和广度也进一步。挪威作家约翰·博尔根的《在格里民监狱的日子》（1945）、达格·苏尔斯德的战争三部曲（1977—1980）和丹麦作家汉斯·基尔克的《魔鬼的金钱》（1951）是典型的反法西斯作品。它们揭露了法西斯的残暴，深入刻画了被占领的挪威和丹麦的工人、家庭妇女、资本家、政府官员和挪奸、丹奸等的心理和表现，详尽描写了共产党人在民族危难关头挺身而出、领导人民向法西斯展开的斗争。这些作品是挪威和丹麦二战的历史总结，是对法西斯罪恶的清算。芬兰现实主义作家万伊诺·林纳的小说《无名战士》（1954）细腻和具体地描绘了1941—1944年苏芬战争中一个芬兰小分队的经历和士兵对战争的痛恨，批判了战争狂人。

60、70年代北欧诸国随经济发展先后进入"福利社会"。在中

国的政治形势、越南战争及英国煤矿工人大罢工和法国大学生示威
等影响下，北欧知识分子出现左倾。现实主义作品大行其道，纪实
文学和政治诗受极大欢迎。出身工人阶级、描写工人生活和劳动的
作品在北欧再次涌现，芬兰、丹麦和瑞典尤为突出，如芬兰的汉·萨
拉玛和丹麦的奥盖·汉森等。但这批工人作家的作品在数量、质量
及影响方面都比 30、40 年代工人作家逊色。

80 年代以来，现代主义、现实主义和"奇幻文学"都活跃于北
欧，但与 60、70 年代不同，此时各种流派从技巧上、内容上相互影
响、学习和借鉴。

丹麦文学 20 世纪初至 80、90 年代，丹麦一直存在现实主义
文学和奇幻文学，不时交替或同时主宰文坛。20 世纪初期至 80 年代，
现实主义三次成为丹麦文坛主流，第一次于 1900 年左右，以约翰·舍
尔德堡和耶普·阿克耶尔为代表。第二次以尼克索为代表，产生于
20、30 年代。二战后，随西方经济发展和"福利"国家出现，丹麦
于 60 年代中期出现第三次现实主义高潮，又称"新现实主义"运
动，代表作家为安德斯·博迪尔森和克里斯蒂安·坎普曼（1939—
1988）。70 年代这一运动一分为二：1）以工人作家等为代表的现实
主义文学，主要反映工业高度发达、生产效率高度发展的社会恶果；
2）女作家们对二战后妇女问题的描述（妇女进入劳动市场、离婚率
上升、新家庭组成及两性关系等）。

80 年代至今丹麦文坛以奇幻文学为主导，现实主义和存在主义
也十分活跃，各种倾向、传统和流派混杂，呈现后现代主义局面。
奇幻文学打破形式束缚、因果关系不受理性拘束，可追溯到安徒生
作品。19 世纪末期雅科布森和后来的延森都有这类作品。20 世纪
30 年代女作家卡伦·布利克森发表了《七个神奇的故事》（1934），
二战后有一批作家推崇她。马丁·汉森从民间故事中吸取营养，创

作虚幻想象作品,如《尤纳坦的旅行》(1941)和《幸运的克里斯托弗》(1945)等。50、60年代,随着欧洲现代主义文学传入,丹麦出现更多这类作品,主要作家有继承安徒生写童话故事、又受卡夫卡影响的维列·舍伦森和斯文·霍尔姆(1940—)等。80年代主要作家是斯文德森和伊勃·米凯尔(1945—)等。现实主义作家除上面提到的,还有索若普、玛塔·克里斯登森等。存在主义作家有享里克·斯坦格若普(1937—)。诗歌方面主要作家有里夫贝里、英格尔·克里斯登森(1935—)、享里克·诺德布朗特(1945—)和玛丽安娜·拉森(1951—)。

卡尔·埃里克·索亚(Carl Erik Soya, 1896—1983)是丹麦现代重要作家、戏剧家,1923年发表处女作散文集《波斯的妇女》,作品有舞台剧、广播剧、短篇小说、长篇小说和散文等,全面又多产。散文《一位不速客》(1941)写一条大虫子厚着脸皮住在一个丹麦家庭中吃白食,来影射德国法西斯对丹麦的占领,为此作者被纳粹关押了两个月。长篇小说《我的祖母的屋子》(1943)是半自传体,描写典型的资产阶级家庭生活及犯罪案件。主人公是五岁男孩,作品充满幻想。《十七岁》(1953—1954)是自传体长篇小说,写一个十七岁的少年在变幻的社会中的心理和精神状态。

他的主要成就在戏剧,写了20余部大型剧,在丹麦上演率最高,在北欧各国历演不衰。"自由意志还是命中注定"是他的重要主题。他的剧作分三类:1)现实主义作品,以传统写实手法针砭时弊,揭露社会问题,大都是讽刺喜剧。主要有《寄生虫》(1929),写哥本哈根中产阶级的庸俗无聊和尔虞我诈;《查斯》(1938),揭露体育界将运动员当商品买卖。2)弗洛伊德心理实验剧,以非传统和非理性眼光探索内心世界,寻求和超越自我,如喜剧《我是谁?》(1932)、《尼尔逊伯爵抛弃遮羞布》(1934)和《穿紧身衣的狮子》(1950)。

3）新现实主义戏剧，手法与易卜生相悖，描写事物的偶然性。这类代表作是 1940—1948 年上演的三部悲剧和一部讽刺剧四部曲：《模式中的几个部分》（1940）、《两条线》（1943）、《三十年缓刑》（1944）和《自由选择》（1948）。后期作品有电视剧《被遗弃的底层人物》（1965）和《一封信》（1966）等。

汉斯·克里斯蒂安·布兰诺（Hans Christian Branner，1903—1966）年轻时曾随巡回演出队在各省演出，1923—1932 年在哥本哈根一家书店工作，业余为报纸写短篇小说，为电台写广播剧。第一部长篇小说《玩具》（1936）写一家玩具厂的兴衰，隐晦又尖锐地抨击在德、意开始得势的法西斯独裁政权，以及独裁者把人当玩具的变态心理。第二部长篇小说《在海岸上玩耍的孩子》（1937）剖析了人类心理。长篇《梦想一个女人》（1941）用当时丹麦少见的内心长篇独白，写不同阶层的四种生活、日常生活危机和二战共同危机。二战期间，他写了大量短篇小说，有名的短篇小说集有《不久我们就要离去》（1939）、《瞬间集》（1941）和《二分钟静默》（1944）等。长篇小说《骑士》（1949）使他成为丹麦公众最喜爱的文学家之一。此后，他每隔多年才发表一部长篇小说，如《没有人知道夜晚》（1955）。除小说，他还有剧本《兄弟姐妹》（1952）和论文集《沿着河边漫步》（1956）等。他的作品大多写行动软弱无力的人类同强暴的大自然的冲突，以及人类遭失败后陷入痛苦和失望的心理。

马丁·阿尔弗莱德·汉森（Martin Alfred Hansen，1909—1955）出身农民，1931 年师范学校毕业后当教员，1945 年在哥本哈根教育局任职并开始文学创作，1949—1951 年担任著名杂志《海莱蒂尔》编辑。长篇小说《现在他放弃了》（1935）和《殖民地》（1937）以青年时代生活为背景，描述农村生产改革。前者讲反对改革的保守农民；后者写改革后农业情况。这两部作品展现了社会发展和人类的命运，探讨了应如何对待新生活方式。二战期间法西斯德国占领丹麦，他积极参加抵抗运动，是地下报刊领导人。此期他出版了《尤纳坦的旅行》（1941）和《幸运的克里斯托弗》（1945），隐晦、暗讽地抨击德国。前者是童话，讲一个铁匠把魔鬼关进瓶子后不知如何处置。后者是历史小说，写16世纪上半叶一个年轻人濒临毁灭之际对生和死的探求。一战后，作为"毁灭的一代"成员，他在作品中流露悲观厌世的情绪。二战后他因经受过锻炼，作品思想大为改变，以探讨善与恶为主，主要有《荆棘丛》（1946）、《鸥鹕》（1947）和《说谎的人》（1950）。《蛇和公牛》（1952）赞美北欧神话精神。

　　吐凡·蒂特兰夫森（Tove Ditlevsen，1918—1976）工人出身，自学成才，在哥本哈根做职员，业余写诗。1937年她的散文诗《散文与诗歌》和长诗《写给我夭折的孩子》在《野火》杂志发表，名噪丹麦。与《野火》杂志主编、作家维·默勒结婚后她变为专业作家。她多半以妇女生活为题材，主人公也是妇女。她对女性心理和感情洞察入微，描绘得淋漓尽致。她的诗集有《女孩子的心》（1939）、《小小的世界》（1942）、《闪烁的灯光》（1947）和《妇女的心》（1955）等。第一部长篇小说《大人使一个小孩受害》（1941）大胆地揭露了丹麦成年人对幼女的性侵，引起轰动。女主人公童年遭凌辱的回忆追踪着她，毁了她的正常生活，直到成年后辨认出施暴者并将他绳之以法，才得以过正常生活。回忆不幸的童年也是她的重要题材。她如实地描绘了20世纪20、30年代哥本哈根贫民区生活、天壤悬殊的贫富差别以及最底层的城市无产者和平民百姓。他们生性善良，正直又乐观豁达，为糊口辛劳终日，如《童年的街道》（1943）和《保护儿童》（1946）。长篇小说《两个互相爱恋的人》（1961）被拍成电影，写妇女不幸婚姻的自传体小说《结婚》（1971）和《维尔海姆的房间》（1975）在北欧获极大好评。她还有不少短篇小说，如

《完全自由》（1944）、《法官》（1948）和《雨伞》（1952）等。

彼得·西伯格（Peter Seeberg，1925—1999）1960 年以来出任维堡市博物馆馆长，1981—1984 年出任丹麦作协主席。他抱着少而求精、宁缺毋滥的原则，在创作中不断探索，发表了一些深受丹麦和北欧读者欢迎的作品。长篇小说《低人一等的人》（1956）通过一名丹麦苦役犯的观察，写二战时外国战俘在柏林电影厂恶劣的待遇、从事的繁重劳役，以及成为活道具、活牲畜的遭遇。长篇小说《鸟食》（1957）充满象征，探讨逃避主义。小说写一位富翁捐赠给作家汤姆一笔巨额奖金，条件是作家能真实地写出周围人的内心想法和隐私。结果汤姆完全失败，因为人们言行不一，表里相悖。小说有许多寓意深远但隐涩的比喻和象征，如作家的名字汤姆，丹麦语原义为"空洞"。短篇小说集《探求》（1962）收了 17 个短篇，阐述必须从人类特性中去探索纯正、统一、真理和现实等问题，表现手法也极抽象和荒诞。长篇小说《牧羊人》（1970）讲人人都对自己的问题束手无策，但却可以相互帮助来克服困难。短篇小说集《恐龙的午后》（1974）论述个人与社会的关系，认为打破现行社会结构不利于社会进化。《缓期执行的争辩》（1976）串联大量寓言、神话及民间故事和真实文献，写人的虚弱和渺小，但通过相互怜悯和容忍，有可能克服生活的荒诞。长篇小说《在海边》（1978）是轻松作品，写人们夏季周末在海岛上度假，提出人们在享受假日欢乐之时，是否真正自由自在的问题。长篇小说《十四天之后》（1981）由许多独立又连贯的故事和散文组成，以 1927 年 11 月日德兰半岛上一个车站小村为中心，追溯到百年和千年前的社会。这部作品确立了他在北欧文学中的地位，于 1983 年获北欧理事会文学奖。

维列·舍伦森（Villy Sørense，1929—2001）1959—1963 年任《风中玫瑰》诗刊编辑，1965 年选为丹麦学院院士，1962 年获丹麦学院文学奖，1974 年获北欧理事会文学奖，1986 年获瑞典学院颁发的北欧特别文学奖。他是丹麦战后最杰出的作家，也是影响最大的文学评论家。他 24 岁发表处女作短篇小说集《奇怪的故事》（1953），打破了当时文坛上抒情诗占主导的局面。此后他又发表了短篇小说集《无害的故事》（1955）和《监护者的故事》（1964）等，包括童话、传说、神话、圣经故事和其他小故事。在存在主义哲学影响和安徒生童话启迪下，这些作品叙事巧妙，不少采用传统的萨迦形式，以口头文学讲述，幽默、诙谐，深入浅出，抨击和嘲讽社会不良倾向。他的论文集主要有《诗与魔鬼》（1959）、《过去和未来之间》（1969）、《没有目标——有目标》（1973）和《来自中心的反叛》（1978），探讨文学、哲学及社会、教育和政治各方面的问题。他信奉尼采，却自诩为马克思主义者。他的作品反映激进的政治观点，也掺杂尼采的哲学。其他作品还有学术著作《论尼采》（1963）和故事集《众神的毁灭》（1982）、《阿波罗的叛逆：不朽人的故事》（1989）等。

　　克拉斯·里夫贝里（Klaus Rifbjerg，1931—2015）曾任《信息与政策》杂志新闻记者和《风中玫瑰》诗刊编辑。他多产多艺，写抒情诗、小说、散文、戏剧、电影和文学评论，从 1936 年发表处女作到 90 年代初出版了 100 余部作品。他是杰出的新闻记者和文学评论家，但以现代主义诗歌著称。第一部诗集《我行我素集》（1956）讴歌醇酒和美女。同年出版的第二本诗集《战后集》写战后年轻一代焦躁紧张的心理和性欲追求，然而在《冲突集》（1960）中他唾弃了放浪形骸的生活，开始斥责当代的物质享受主义，并严肃地探索时代发展方向。《伪装集》（1961）歌颂生的喜悦，此后出版了诗集《沃利埃莱》（1962）和《肖像集》（1963）等。他的长篇小说《安娜，我安娜》（1969）荣获北欧理事会文学奖，其他长篇还有《恒久的童贞》（1958）、《歌剧爱好者》（1966）、以妇女解放为主题的《一张背转过去的脸》（1977）以及短篇小说集《其他的故事》（1964）等。他还有戏剧《我们为什么活？》（1963）、《发展》（1965）和电影《周末》（1962）。

凯什婷·索若普（Kirsten Thorup, 1942—　）是丹麦当代现实主义文学的代表。她中学辍学，做各种零工，对劳苦大众的生活和困境了解和体会深刻。处女作是诗集《内部——外部》（1967），深受女诗人英格尔·克里斯登森影响。次年发表短篇小说集《今天的原因》（1968）。诗集《来自特里雅斯特的爱》（1969）和《今天是第一流的》（1971）及长篇小说《宝贝儿》（1973）被称为后现代主义作品。《宝贝儿》着重探讨性和金钱的关系，显示暴力是邪恶社会的症状，获国际佩加萨斯奖。70年代末起，她转向写实主义，作品更直接地批评社会，主要有长篇小说《小约娜》（1977）和《长夏》（1979），通过对乡村姑娘约娜十岁到二十岁生活的描写，反映丹麦50、60年代农村的生活及年轻人为摆脱乡村狭隘生活寻找自己道路、努力奋发的坚强性格。这两部作品是70年代丹麦典型的纪实性作品。80年代她又发表了两部以约娜为中心的续篇：《天堂与地狱》（1982）和《最大限度》（1987）。这四部小说是她最重要的现实主义作品。她的创作从抽象到具体，从实验到写实，主题都是描述妇女变化多端的生活及她们的反抗。她准确而细腻地表达普通人的各种感情与转换，继承了丹麦优秀工人作家尼克索的传统，但技巧更精巧大胆。

哈内·马丽亚·斯文德森（Hanne Marie Svendsen, 1933—　）毕业于哥本哈根大学斯堪的纳维亚语言文学系，在那里执教五年。1960年起她在国家广播公司戏剧文学部工作，后任该部副主任。她是丹麦奇幻文学代表，继承了安徒生的说故事人传统。如她最著名的小说《金球》（1985）写环境污染将毁灭世界。主人公是寻根访祖的讲故事的妇女，通过她同颈上挂着一只魔球的曾曾曾祖母谈话，描写虚幻的丹麦小岛上的居民 400 年的历史。这部小说继承了丹麦民间故事的奇幻文学传统，并深受拉美魔幻现实主义影响。之前，她发表过三部长篇小说《玛蒂尔达的梦想之书》（1977）、《雾月下的舞蹈》（1979）和《狗鱼》（1980）及一部短篇小说集《同上帝和魔鬼的曾祖母的谈话》（1982）。她还有长篇小说《火堆上的卡伊拉》（1987）和《太阳底下》（1991）、短篇小说集《凯什婷的事以及鬼怪幽灵的故事》（1992）、儿童读物《这块红石头》（1990），以及有关文学技巧的论文集和剧本。

瑞典文学 二战中瑞典中立，没直接遭受战争苦难，但战争空前的残酷和破坏使瑞典作家惊愕不已，痛心疾首又无能为力，开始感觉自己渺小。二战后作家们看到东西方冷战对峙，新的大战威胁又笼罩头上。他们陷入了比 19 世纪末更深的疑惧和苦闷，转向对存在问题的探讨。40 年代瑞典文学以现代主义为主，作品大多悲观厌世。主要作家有拉斯·阿林、斯蒂格·达格曼、卡尔·凡恩贝里（1910—1995）等。50 年代诗歌繁荣，现代主义大师帕尔·拉格克维斯特于 1953 年发表诗集《黄昏的土地》，哈里·马丁逊著名的叙事长诗《阿尼阿拉》1957 年问世。此外涌现一批有才华的新诗人。老一辈现实主义作家也发表了不少重要著作，如威廉·莫贝里的代表作移民四部曲中的三部和伊瓦尔·鲁 - 约翰逊的八部自传体小说。

60 年代，瑞典政治平静，社会民主党长期执政，垄断资本为主体的"混合经济"体制发展，国际形势也有所缓和。此期瑞典出现一种新报道文学，一批作家到亚非拉国家调查，写出真实反映这些地区状况的报告体裁作品。这批作家大都是 50、60 年代有建树的人物。国际笔会中心主席彼尔·魏斯特贝的小说《在黑名单上》（1960）、女作家萨拉·李德曼的小说《我和我的儿子》（1961）等都揭露南非种族主义统治，谴责种族隔离政策。中国的崛起也使瑞典作家受鼓舞。扬·米尔达尔的《来自中国农村的报道》等长篇报告文学、剧作家吐尔·柴特霍尔姆写中国妇女翻身的剧本《上海的妇女》（1967）都成为有名的佳作。中国的古老文化也成为他们发掘的题材。哈里·马丁逊1964年写了关于我国唐朝的历史剧《魏朝三刀》，斯文·林德克维斯特的《吴道子的故事》（1967）则探讨中国哲学。60年代末在欧洲群众运动浪潮影响下，瑞典作家深入工厂、学校体验生活，写了一批"非虚构性"的报道或小说，例如萨拉·李德曼的《矿山》（1968）记录矿工对自己的生活和问题的看法。彼尔·乌洛夫·恩奎斯特用四年时间实地调查，查阅了大量文献档案，写了反映瑞典和苏联政府战后在遣返波罗的海国家国籍的雇佣士兵问题上的交涉和这些士兵到瑞典后头八个月生活状况的《军团成员》（1968）。彼尔·乌洛夫·松德曼的《安德烈工程师的空中之行》（1967）记载三个瑞典人1897年首次乘热气球飞往北极。作家们还发表了不少反对官僚主义的作品，以真人真事的素材摘录成篇，如P.C.耶舍尔德的《我们相见在湄公河上》（1970）。

70年代后期，"愤怒派""抗议派"的报告文学盛极一时，揭露瑞典国内的社会问题，针砭时弊，或报道第三世界的革命斗争和民族解放运动。70年代末这类作品衰落，纯文学深受欢迎。享有盛誉的伊瓦尔·鲁－约翰逊连续发表了长篇小说《青春期》（1978）和《沥青》（1979）。新秀辈起，出现了不少佳作。

拉斯·阿林（Lars Ahlin，1915—1997）40年代步入文坛。他作品中的主人公大多是社会底层小人物，这同他出身贫寒、亲戚中不少人在30年代经济危机中失业有关。处女作长篇小说《身上带着宣言的托伯》（1943）是根据自己失业经历写的。主人公是30年代信仰马克思主义的流浪汉，带着一本《共产党宣言》流浪，按《宣言》

所说，工人做工才能表明自己存在，而他却找不到工作，不能表明他的存在，极其苦闷。后来他对马列主义淡漠了，参加了社会民主党。作者还写有长篇小说《我的死是我的》（1945）、《如果》（1946）、《市场帐篷之夜》（1957）、《树皮和树叶》等，短篇小说集《没有人理睬我》（1944）、《囚犯的欢乐》（1947）和《房屋没有附属建筑》（1949）等。1961年发表《树皮和树叶》后他沉默了20年，1982年同夫人合作发表了他最杰出的长篇《胜利者汉尼巴》。此后他又发表了长篇小说《第六个口》（1985）、《看守人之火》（1986）和《你生活的果实》（1987）等。

斯蒂格·达格曼（Stig Dagerman，1923—1954）和**托马斯·特朗斯特罗姆**（Tomas Tranströmer，1931—2015）是40年代瑞典象征主义代表。达格曼受卡夫卡影响较深，生于古城乌普萨拉以北的村子，童年生活记述在几个短篇和最后的长篇小说《婚姻的烦恼》（1949）里。30年代初他到斯德哥尔摩同父亲住在贫穷的工人区，长篇小说《烧伤的孩子》（1948）就写此期生活。1943年他应召服兵役，开始创作长篇小说。处女作《蛇》（1945）写部队生活，是瑞典40年代文坛代表作，分上、下两册（《伊蕾娜》和《我们睡不了觉》）。作品描述伊蕾娜的男友抓到一条蛇，藏在背包里，使她心惊肉跳，后来这蛇在兵营里逃掉，引起士兵和市民的恐惧。对"蛇"的恐惧象征人们在恐惧、烦恼和不安中生活。《蛇》的发表确立了他在瑞典文学史上的地位，于1966年拍成电影。其他作品还有长篇小说《囚徒之岛》（1946）、短篇小说集《夜间的游戏》（1947）及剧本《被判死刑者》（1947）、《马特的影子》（1947）和《末日》（1952）等。他去世后，别人收集整理出版了他的广播剧《一个音乐家的帽子》（1955）和诗集《我们需要安慰》（1955）。特朗斯特罗姆是象征主义诗人，50年代开始写诗，创作风格受纪德影响很深。他的主题多样，音韵铮锵，比喻生动优美。早期作品注重精神与内心分析，探索灵魂的奥秘，如诗集《十七首诗》(1954)、《路上的秘密》(1958)、《半完成的天空》(1962)、《看见黑暗》(1970)和《波罗的海》(1974)。后来的作品较多反映生活、社会和政治现实，如《真实障碍》(1980)、《乱哄哄的市场》(1983)和《为了生者和死者》(1989)。他的诗作被译成多种文字，在国际上，尤其在美国知名度较高。他曾获贝尔曼诗歌奖(1966)、瑞典文学大奖(1979)和文学促进大奖(1982)。

扬·米尔达尔（Jan Myrdal，1927—　）父亲是经济学家，曾任政府贸易大臣，母亲曾任驻美国、印度等国大使和裁军大臣。他青年时接受马克思主义，积极投身进步事业和人民运动。50年代初他担任过世界民主青年联合会瑞典代表，后来当记者，1968年当选为瑞典－中国友好联合会主席，后任名誉主席。他多产，作品有小说、杂文、游记和剧本。他的杂文题材广泛，内容深刻，笔锋犀利，从揭露帝国主义争霸的重大问题，到探讨巴尔扎克的现实主义的文学问题，无不谈及。他曾去过几十个国家，欧美、中亚草原、吴哥石窟都留下他的足迹。他的游记生动流畅，描述风光景色、社会状况和政治动向。1963年他的名著《来自中国农村的报告》问世，长达四百多页，材料详尽，内容真实、细腻，被译成十几种文字，成研究中国的必读材料。他本人也以新兴的报道文学创始人活跃于瑞典文坛。这类作品促进了瑞典人民对发展中国家的了解。报道和游记还有关于柬埔寨古城吴哥的《石脸》(1968)、《阿尔巴尼亚的挑战》(1976)、《丝绸之路》(1977)、《印度在期待》(1980)和《二十年后的中国农村》(1984)。他的主要长篇小说有《回家》(1954)、《欢悦的春天》(1955)、《变化和存在》(1956)、《洗澡间的水龙头》(1957)、《一个欧洲知识分子的自白》(1964)、《童年》(1982)、《另一个世界》(1984)和《十二之后是十三》(1989)等。

彼尔·魏斯特贝（Per Wästberg, 1933—　　）14 岁起就开始文学创作，被誉为瑞典文坛"神童"。处女作短篇小说集《吹肥皂泡的男孩》（1949）以优美洒脱的文笔描写各种男孩的性格，引起轰动。早期作品浪漫，追求美和人之间的爱，如追忆自己欢乐童年的中篇小说《前尘影事》（1952），从不同侧面写一个男孩发育成长时性格变化的短篇小说集《个人私事》（1952），描述一对青年几经悲欢离合、终成眷属的长篇小说《半个王国》（1955）及叙述一个青年将巨额遗产救济战争幸存者的长篇小说《遗产继承者》（1958）等。1959年他到罗得西亚和南非长时间采访，严峻冷酷的现实改变了他的风格，写出不少反对南非种族隔离、揭露种族压迫和赞颂民族解放运动的优秀报告文学，如《禁区》（1960）和《在黑名单上》（1960）等。代表作是长篇小说三部曲《水宫》（1968）、《飞行指挥塔》（1969）和《土壤》（1972）。小说通过斯德哥尔摩阿兰达国际机场的飞行调度员同表妹及另一个女科学家的恋爱纠葛揭露瑞典中上层奢侈颓废的生活、精神上的空虚和性苦闷，是社会问题文学的代表作。他还发表了描述瑞典外交官在喀麦隆活动的长篇小说《火影》（1986）和《山泉》（1987）。他还有赞颂大自然、赞颂斯德哥尔摩风光的作品，如《东玛尔姆区》（1962）、《夏天的岛屿》（1973）、《光之心》（1991）和《风之火焰》（1993）。他也写过诗歌，抒发情思乡愁，或追忆童年。

斯文·台尔勃朗克（Sven Delblanc, 1931—1992）是 70 年代瑞典重要的历史小说作家之一。《赫德比村小说》包括《记忆》（1970）、《石鸟》（1973）、《冬骑》（1974）和《城门》（1976）。这四部作品写瑞典中小城镇赫德比 1937—1945 年的变化，由不同家庭的遭遇组成瑞典农业社会解体、宗教和封建主义衰亡及工业化兴起发展的缤纷画面。80 年代他发表了以自己家庭历史为背景的小说

《沙米尔之书》（1981）、《沙米尔之女》（1982）和《孤单的玛利亚》（1985）。他还著有长篇小说《传教士的外衣》（1963）、《笨人难过的桥》（1969）、《生命之落穗》（1991）以及他去世后发表的《谷壳》（1993）等。

阿斯特里德·林德格伦（Astrid Lindgren，1907—2002）是瑞典当代最著名的儿童文学作家，曾当过秘书、教员，1946—1970年任斯德哥尔摩拉本和舍格伦出版社儿童读物编辑。她多次获各种国内和国际文学奖，长期担任瑞典文学奖九人颁发委员会成员。第一部重要作品《长袜子皮皮》（1945）描述名叫长袜子皮皮的九岁小姑娘独自生活，到处漫游，力气很大，心地善良，治过坏人，但十分顽皮淘气。它一出版就引起广泛争论，教育工作者和家长曾担心皮皮的恶作剧会影响孩子。但这个童话人物是少年儿童被压抑的最狂野的幻想的化身，受到广大小读者欢迎，很快被成人理解、喜爱。该书已在四十多国出版，并被改编成剧本在欧美等地上演。《米奥，我的儿子》（1954）是她另一部重要作品，把社会中孤儿不幸的遭遇与童话的大胆幻想结合起来，教育性和趣味性都很强。它出版不久，作者就把它改成剧本，受小观众，甚至成人的欢迎。作者一生创作了作品80种左右，有童话、儿童侦探小说、图画故事、写城乡儿童生活的小说，很多作品被搬上舞台和银幕，有的拍成电视连续剧。主要作品还有《大侦探布罗姆克维斯特》（1946）、《我们比莱尔村的孩子们》（1947）《卡尔松三部曲》（1955—1968）、《玛迪琴》（1960）、《狮心兄弟》（1973）和《强盗的女儿——朗娅》（1981）。

谢什婷·埃克曼（Kerstin Ekman，1933—　）是当代重要女作家、文学评论家，当过成人学校教员，50年代末开始创作，发表了引人注目的侦探小说，如《三十公尺谋杀》（1959）、《燃烧着的火炉》（1962）和《死钟》（1963）等。1967年以后她转写传统小说，第一部作品为《鼓角》（1967）。她的成名作《巫婆舞圈》（1974）是四部曲第一部，其他三部为《源泉》（1976）、《天使之屋》（1979）和《一座光明的城市》（1983）。作品描述 20 世纪初一个瑞典小镇的变迁，主要人物是妇女，因而被称作妇女史诗。最后一部深刻地揭露了资本主义社会存在的各种问题，是瑞典当代小说佳作。其他小说有《黑暗和越橘树枝》（1972）、《斯科拉林中的强盗》（1988）、《狗》（1986）和《水边事件》（1993）等。她于 1978 年被选为瑞典科学院院士，被誉为瑞典 70 年代最杰出的现实主义作家之一。

挪威文学　1940—1945 年德国占领挪威，在经济上掠夺剥削，在文化上实行严格的审查，使大多数作家不敢写作。大战后挪威文学在相当长一段时间内都反映二战和被占领期间挪威人民的苦难和地下斗争。战后出版四种文学刊物：代表激进思想的《窗口》、代表保守观点的《光谱》（1946—1954）、反映社会主义者思想的《接触》（1947—1954）和《工人杂志》（1927—1970）。进入 50 年代，作家们长期搁笔后开始积极创作，诗歌主题以世界、死亡、爱情为主，有的反映当时对核战争的恐惧，对挪威参加北大西洋公约的看法，对超级大国的不信任等。50 年代中期后国际局势趋于平稳，生活水平提高，写作主题转向个人和心理分析，长篇小说和系列小说较流行。60 年代中期一部分作家左转，发表主张通过革命和无产阶级专政创造社会主义社会的作品，如埃斯本·哈瓦尔兹霍尔姆和达格·苏尔斯德等。1964 年以来，挪威议会每年都指令挪威文化委员会为各地图书馆购买 1000 册挪威作家当年的新作，这一政策鼓励了创作。70 年代现实主义报告文学甚为流行。

约翰·博尔根（Johan Borgen，1902—1979）长期任奥斯陆《日报》记者，以"嘟囔的鹅蛋"为笔名写文艺漫谈，并出版了《嘟囔的鹅蛋随感录》（1936），他也在报刊上发表短篇小说。第一部是短篇小说集《走向黑暗》（1925），次年出版第一部长篇小说《归根结底》，讽刺资产阶级的虚伪庸俗，呼吁冲破陈规旧俗。他还以同样主题发表了剧本《办公室主任赖伊先生》（1936）、《我们在等候》（1938）和《安德森一家》（1940）等。德国法西斯占领挪威后，他利用《日报》的文艺漫笔专栏，隐蔽地号召反法西斯，为抵抗运动宣传。1941年秋他被德国法西斯逮捕，1943年保释后逃至瑞典。在瑞典他出版了长篇小说《没有夏天》（1944），写一个人生道路上的彷徨者，在祖国被占领后明确了自己的道路。《在格里民监狱的日子》（1945）记录了狱中生活。他于1945年出任挪威驻丹麦大使馆新闻专员。他对战后挪威社会问题严重、贫富悬殊、旧势力回潮等不满和失望，便投身共产党的新闻与出版业。此期他发表了长篇小说《爱情之路》（1946）和短篇小说集《吃面包的日子》（1948）、《爱情短篇小说集》（1952）和《新短篇集》（1965）等，在挪威文坛获得很大声誉。他的代表作是三部曲《小贵族》（1955）、《阴暗的泉水》（1956）和《我们抓住他》（1957），写出身上层的主人公自幼被宠坏，成为骄恣蛮横的肇事青年，成为纳粹后他更是无恶不作，最后得到惩处。此后，他着重写回忆录和自传体小说，如《我》（1959）、《蓝山》（1964）、《红霭》（1967）和《例子》（1974）。

苏尔维格·克里斯托弗（Solveig Christov，1918—1984），原名苏尔维格·弗莱德列克森，她试验用不同风格创作。1949年她描写奥斯陆下层社会的小说《死胡同里鲜花怒放》未引起反响。两年后的长篇小说《来去之路》（1951）富有新意，写挪威摆脱法西斯占领获得解放的年代的动荡。象征主义长篇小说《托尔苏》（1952）引起挪威文学界很大兴趣。这部讽喻小说描绘一个与世隔绝的洞穴居民社会的矛盾和冲突。此后她交替使用现实主义和象征主义手法写取材挪威人民生活的广泛题材。长篇小说《冬月之下》（1954）写北部地区人民在法西斯占领期的悲欢离合。《大坝》（1957）用象征手法，以当地政府用大量财力、人力兴建毫无必要的大坝，揭示盲目追求功利的灾祸。她最擅长的是写妇女问题。长篇小说《七个昼夜》（1955）描写女主人公为摆脱婚姻桎梏甘冒风险。她短暂地放纵情欲，但在接踵而来的社会风波和家庭报复面前，她反躬自问这样的个性解放是否值得。《林莽中的岔路口》（1959）是成功佳作，女主人公不断剖析自己和总结教训。她在恋人和感情淡薄的丈夫间难以抉择。长篇小说《情人归来》（1961）写一个男人20年后回故乡，发现过去曾短暂钟情后抛弃的那些女性竟如此可爱。而妇女们已看透了他。她还出版过短篇小说集《猎人和野兽》（1962）和剧本《在红色的小路上》（1958）等。

值得提及的还有以下六位作家：

1）女作家**贝里尤特·霍贝克·哈夫**（Bergljot Hobæk Haff，1925—2016），笔锋犀利，主要写妇女的命运、社会作用及不平等待遇，如《崩塌》（1956）、《婊子之书》（1965）。其他长篇还有《黑色大衣》（1969）、《儿子》（1971）、《老女巫》（1974）、《教母》（1977）和《神圣的悲剧》（1989）等。2）作家**阿格纳·米克莱**（Agnar Mykle，1915—1994）有短篇小说集《绳梯》（1948），写青年人热中追求女性，生活放荡，对前途没信心，动摇、彷徨。长篇小说还有《小偷，你应该叫小偷》（1951）《围着吕娜夫人转的拉赛》（1954），及短篇小说集《男孩说：我也很高兴》（1952）。他的长篇小说《红宝石之歌》（1956）激烈攻击清教主义，因违反挪威习俗1957年受指控，引发大辩论。他的名声因此大振，而这部小说在北欧也成为畅销书。此后他还发表过长篇小说《罗宾康》（1965）等。3）**玛格蕾特·约翰森**（Margaret Johansen，1923—2013）48岁发表第一部长篇小说《你不能一走了之》（1981），写妇女在资本主义社会中得不到教育、找不到职业、受歧视。因真实、深刻，引起挪威文坛轰动，被改编成话剧和电视剧，成为 1984 年最受欢迎的剧目之一。短篇小说集《星期一的孩子》（1985）揭露儿童受虐待、摧残。她的作品被译成俄、英、德等多种文字。4）**贡纳尔·布尔·贡德尔森**（Gunnar Bull Gundersen, 1929—1993）曾任海员报刊文化编辑、远洋船长，十分熟悉海上生活，作品以航海和海员生活为背景，生活气息浓郁。长篇小说《马丁》（1959）写海员马丁几经颠沛，来到天堂般的岛屿，然而只能在妓院弹钢琴糊口。落魄多年后，他在返回本国途中丧生。作者早期作品用现实主义手法，60 年代后受表现主义影响，大量运用幻觉和梦魇。长篇小说《尤迪斯》（1963）写一个船长受魔鬼派来的幽灵控制，与之同归于尽。其他长篇还有《亲爱的埃马纽埃尔》（1965）、《他想画大海》（1968）、《我到埃及的旅行》（1970）和《无家可归的人们》（1977）等。5）**爱娃·西伯格**（Eva Seeberg, 1931—　）18 岁发表小品文集《惊讶》（1949），轰动挪威。1961 年以来她定居瑞典，用挪威语和瑞典语创作，长篇小说《他在我身边》（1952）被译成好几国文字，并拍成电影。接着她发表了反映了当代妇女问题的《再也不孤独了》（1953）、《多情年代》（1966）、《又得到了》（1985）和《我看不见你》（1986）。两次访问中国西藏后，她发表了宣扬佛教的作品，如《她没有死》（1972）和《是的》（1973）等。80 年代她的长篇包括《死之后的三天》（1981）、《再来一遍》（1985）、《我看不见你》（1986）和《奇迹的时代》（1989），在挪威和北欧引起轰动。1990 年的小说《旅行可以开始》风格变化，情节曲折、悬念强，点出环境污染问题。她还著有短篇小说集《爱情的兰色之花》（1983）等。她曾多次荣获挪威和瑞典文学奖。6）**达格·苏尔斯德**（Dag Solstad, 1941—　）的第一部短篇小说集《螺旋》（1965）受卡夫卡影响，写人的孤独和与世隔绝。长篇小说《九月广场二十五周年》（1974）写工党领袖抛弃社会主义同美国资本家合作，背叛了工人阶级。70 年代末 80 年代初发表的战争三部曲《叛卖，战前的年代》（1977）、《战争，1940 年》（1978）和《面包和武器》（1980）说明挪威国内的纳粹、德国占领者和挪威资产阶级有共同利益，也写挪威人民战后经历的困苦和迷惘。他还著有散文集《旋转的椅子》（1967）、长篇小说《对不可测知的事物的描述》（1984）、《一九八七年小说》（1987）和《无缝的一边》（1990）等。

冰岛文学　1940 年冰岛被英国占领，一年后由美国接管。1944 年冰岛议会宣布脱离同丹麦的联盟，同年 6 月 17 日建立冰岛共和国。美军占领冰岛给冰岛带来就业机会，人民生活水平提高，但也出现了严重的通货膨胀。1945 年二战结束，美军撤走，次年冰岛成联合国成员国，1949 年加入北大西洋公约，1952 年成为北欧理事会成员。冰岛从附属国变成独立的主权国家，政治、经济和文化、文学都出现较大变化。

战后冰岛文学分两个阶段：1950 年出现的现代主义和 1970 年出现的通俗叙事体的新现实主义。二战后，世界作家尤其是英美作家的作品在冰岛出版，输入新思潮。这种变化首先见于诗歌，一种新型、晦涩的现代派诗歌似要取代冰岛传统诗歌。但几百年来传统诗歌已扎根于人民群众之中，因此变化缓慢。不少诗人创作时传统与现代结合、用传统形式表现当代内容。例如奥拉夫·约翰·西古尔德松 1972—1974 年发表了题名为《你记得一口井》的抒情诗集，用传统古典诗的形式描述当代城市生活和对农村生活的回忆。斯诺里·雅尔塔尔松于 1981 年获北欧理事会文学奖。他原本住在挪威，是画家。他的第一部小说用挪威语创作，在挪威发表。1936 年他回冰岛，到 1979 年共发表四部诗集，以优美、精练的语言表达对祖国、人民和大自然的热爱，深受冰岛人民喜爱。冰岛最重要的现代主义诗人斯坦恩·斯坦纳尔（1908—1958）积极推动诗歌改革，提倡现代主义，对50年代的"原子诗人"影响很大。他的第一部诗集《红色火焰在燃烧》（1934）写30年代冰岛失业、贫穷、饥饿、住房紧张等，严厉批评社会，类似诗作还有《诗集》（1937）、《沙中足迹》（1940）、《旅行的目标》（1942）、《时间和水》（1948）等。

1946—1953年有五位诗人发表处女诗作，他们是斯坦芬·霍尔德尔·格里姆松、哈内斯·西格福松、埃纳尔·勃拉格、西格福斯·达达松和永·奥斯卡尔，被称为"原子诗人"，因为他们出现在原子时代，除了反映过去严酷的生活还描述当代的沉闷和原子时代人的前途。60年代末和70年代初又出现一批新诗人。二战以来诗的主题同以往一样，多写生死、爱恨、生长与衰退、农村与城市的对比等。自1951年美国军事力量长久驻扎冰岛，绝大部分知识分子和作家痛心疾首，抒发对此的感受成为他们持久不变的主题。

冰岛从战后到60年代中期的小说以现实主义的萨迦风格为主。具有世界声誉的、冰岛当代最重要的作家拉克斯内斯仍笔耕不辍，发表了不少重要作品，有抨击冰岛上层出卖冰岛、把它变成美国原子站的小说《原子站》（1948）及其他现实主义小说《鱼会歌唱》（1957）、《冰川旁的基督教徒》（1969）和《一个农村的编年史》（1970）等。1975年以后，他致力写自己童年和青年的回忆录。战后现代主义的重要作家是吐尔·维尔雅姆松和古德贝古尔·贝格松。60年代中期，冰岛出现了两位杰出女作家，雅科比娜·西古达多蒂和斯瓦瓦·雅科布斯多蒂，风格各异，写作技巧娴熟。

奥拉夫·约翰·西古尔德松（Ólafur Jóhann Sigurdsson，1918—1988）是诗人、小说家，1943—1944年在纽约读文学。他16岁开始发表作品，同时担任校对和编辑。第一部长篇小说《农场的影子》

（1936）描述自己饥寒交迫及参加激进组织的经历，长篇小说《登高与梦想》（1944）记述家乡人民的甘苦祸福。诗集《你记得一口井》（1972—1974）1976年获北欧理事会文学奖，他由此成为冰岛第一位获此荣誉的作家。其他作品还有长篇小说《这条路通得到那里吗？》（1940）、《鸟巢》（1972），短篇小说集《骰子》（1945）、《在十字路口》（1955）以及诗集《关于天气和其他的几句诗》（1952）等。他的主人公多是贫苦农民和失业工人，他们对生活充满美好幻想，但总是被残酷的现实击碎。

斯瓦瓦·雅科布斯多蒂（Svava Jakobsdóttir，1930—2004）五岁随父母移居加拿大，1940年回国上学，中学毕业后到美国麻省学文学，获学位后去英国牛津和瑞典的乌普隆拉读研究生，1971—1979年任冰岛议会议员。她以短篇小说步入文坛，《十二位妇女》（1965）和《石墙下的联欢》（1967）写妇女，把现代社会中妇女的操劳、辛苦和困境写得入木三分。她的短篇《一个给孩子们的故事》用象征手法写母亲对子女的爱，有求必应、无微不至，甚至子女们想观察人脑是什么样，她也心甘情愿把脑子献出来，可是子女长大后对她一点不在乎。她是冰岛第一位以当代妇女为中心人物的作家。长篇小说《寄宿者》（1969）是她最著名的作品，被译成北欧其他几国和英、德等语言。作品用象征手法揭露美国在冰岛建军事基地给冰岛带来的危害，发表后在国内引起大辩论。

其他值得提及的作家还有**吐尔·维尔雅姆松**（Thor Vilhjálmsson，1925—2011），他是冰岛战后现代主义文学先驱，曾任杂志编辑。他到处游历、居住，曾在格陵兰拖网渔船上当渔民，在地中海各地当导游，到世界各地参加国际作家会议。他多以外国背景和事件作素材，较长时间住在巴黎，深受法国文学影响。他25岁发表小说《人总是孤独的》（1950），1957年又发表小说《映在一滴水珠之中》，描述原子弹对人类安全的新威胁及其阴影下的爱情。其他小说还有《鸟说赶快呀赶快呀》（1968）和《大槌捶打声》（1970）等。**古德贝古尔·贝格松**（Gudbergur Bergsson, 1932—　）曾在巴塞罗那学习艺术和文学史，长期居住西班牙。他擅长写长篇小说，诗歌和散文也极出色。长篇小说《偷偷摸摸行动的老鼠》（1961）是处女作，同年还发表诗集《重复的话》。小说《畅销书作者托马斯·荣松》（1966）引起冰岛文坛轰动，被译成多种文字，使他一举成名。**雅科比娜·西古达多蒂**（Jakobína Sigurdardóttir, 1918—1994）生于西部偏僻乡村，迁到首都后自学成才。1949 年她同农民结婚，成为农家主妇，并习作。作品有短篇、长篇小说和诗歌。处女作《贫农斯纳培特·爱尔斯多蒂和凯蒂尔里德的故事》（1959）写冰岛农民和外国军事基地的矛盾，较早揭露外国军事基地带来的灾难。其他还有短篇小说集《打错地方的句点》（1961）、长篇小说《活着的水》（1976）等。**约翰内斯·赫尔吉**（Johannes Helgi, 1926—　）50 年代在冰岛文坛崭露头角，擅长写海洋和渔民生活。短篇小说集《殷切盼望》（1957）被誉为描写当代冰岛渔民生活的最佳作品。长篇小说《黑色的弥撒》（1963）以一个海岛为背景，抨击岛上掌权者巧取豪夺和腐败无能，写岛民终于团结起来、为民主权利斗争。这部小说剖析了当代冰岛社会的种种现实问题，曾在冰岛和挪威电台连播，并改编电视剧。

芬兰文学　芬兰在两次大战中同苏联进行过两次战争，均失利，损失严重，伤亡近 15 万人，还失去了卡累利亚省，该省占总人口 12% 的 42 万人民被迫迁到其他地方，此外还要负担 5 亿多美元的战争赔款。二战后芬兰在经济和政治上都十分困难，为摆脱困境积极发展工业，扩大对外贸易，经过艰苦努力终于走出低谷。60、70 年代，芬兰已建成先进工业国，80 年代成为世界最富的 13 国之一。

从文学上看，战后芬兰文学分四个时期。1）40 年代末文学的犹豫彷徨但积极探索期，主要作家有用瑞典语创作的优秀儿童文学女作家吐凡·扬森。2）50年代在英、法诗人，尤其是40年代瑞典诗人凡恩贝里等影响下，开始出现摆脱传统格式、韵律，没有标点、题目，内容晦涩的现代主义诗歌。女诗人较多，如海尔维·万沃宁（1919—1959）、爱娃－莉莎·玛内尔等。小说方面有坚持战前传统写作的作家，也有采取心理分析、新旧手法结合的作家。主题大多是战争，主要作家有万伊诺·林纳和爱娃·约恩彼尔托等。3）60年代前期到70年代，人们逐渐适应了和平环境，经济发展、科技进步，世界信息通过电视迅速传到芬兰各地。新一代步入社会，对政治十分感兴趣，产生了新的"参与文学"，首先见于诗歌。1962年本蒂·萨里科斯基（1937—1983）发表了诗集《究竟发生了什么？》，放弃了50年代精雕细镂和形象比喻的语言，直接用日常口语、报纸标题、街头对话写政治诗。1966年阿尔沃·萨洛斯（1932—　）发表了以30年代反暴力为主题的音乐剧《春天的冬天》。在他们影响下，芬兰文坛经常出现政治诗、政治剧。小说也出现了纪实和报告文学。4）70、80年代以来作家摆脱"政治参与"，从自然和文化遗产中吸取养分，致力于更自由化、个人化和国际化的创作。

　　战后芬兰文学发展迅速，书籍畅销，图书馆不断增多，1939年有近2000个图书馆，1950年增至2300个，到1960年猛增至3400个。二战后芬兰的剧院和剧团由国家和地方当局经营。70年代中期全国有40个国家和地方的固定和巡回剧团，还有不少业余剧团。国家为繁荣文学，采取各种措施改善创作条件。1948年国家为作家设奖学金制度，并于1970年扩大发放范围。国家文学委员会每年向约100位作家发放为期十五年、五年、三年或一年的奖学金，还设有项目奖学金、图书馆补助；不少私人基金会也为作家提供资助。过去绝大部分作家集中在赫尔辛基、坦佩雷和奥堡三处，60年代兴起反对文学"赫尔辛基中心论"的辩论，各地纷纷建立本地区作家团体和小型出版社，到 70 年代写农村和大自然题材的作品昌盛。

吐凡·扬森（Tove Jansson，1914—2001）曾在赫尔辛基、斯德哥尔摩和巴黎学艺术，1943 年后多次办画展。1945 年她开始发表小说，头两部《小矮子精和大洪水》（1945）和《彗星搜索》（1946）并未引起注意，第三部《魔法师的帽子》（1948）引起轰动。扬森在作品中创造了童话人物"木明一家人"，有爸爸、妈妈和孩子小木明。她制造一个童话世界，创作出一本又一本童话故事：《木明爸爸的牛皮》（1950）、《后来怎样了？》（1952）、《危险的仲夏》（1954）、《魔幻的冬天》（1957）、《谁来解开心结》（1960）、《看不见的孩子》（1962）、《爸爸和海洋》（1965）、《深秋十二月》（1970）和《危险的旅行》（1977）等。木明一家人都是人形兽头，像直立的微型小河马。他们坎坷的命运和冒险经历是社会现实的写照。作者亲自为作品配上精美、有趣的插图，使作品更富趣味性。60 年代后期起，她以创作成人读物为主，有反映成人与儿童关系的长篇小说《雕刻师的女儿》（1968）、《夏之书》（1972）和《太阳城》（1974）等。短篇小说集《娃娃柜》（1978）和长篇小说《诚实的骗子》（1982）则反映人类要求自由的愿望。

爱娃－莉莎·玛内尔（Eeva-Liisa Manner，1921—1995）当过保险公司职员和出版社编辑，1946 年开始职业作家生涯。她的作品有诗歌、小说和剧本。诗集简洁、清丽，写人类的孤独和失落感。处女作诗集《黑与红》（1944）和第二部诗集《似风或云》（1949）十分出色，但未引起重视。50 年代中期，当芬兰文坛就现代主义文学辩论时，她出版了第三部诗集《这次旅行》（1956），冲破了芬兰传统诗歌形式，概念上是非逻辑的，但十分优美，富有音乐感，获得极大成功。60 年代她不满国际上出现的把核物理科技同外交政策结合的强权政治，发表了诗集《俄耳甫斯之歌》（1960）。1968年她又发表了不满苏军出兵捷克的诗集《假如悲伤消散》。剧本《新年之夜》（1965）和《五月雪》（1967）以人在文明社会中悲惨命运为主题。长篇小说《马伊纳盖的狗》（1972）写政治生活中的暴行。其他作品还有诗集《可怕的猫》（1976）和《死水》（1977）、长篇小说《当心胜利者》（1972）和具有中国道家哲学色彩的散文集《小河马的路边音乐》（1957）等。

　　万伊诺·林纳（Väiö Linna，1920—　　）是芬兰当代最重要的现实主义作家之一，出身贫苦，自幼在田里劳动，或当小工，1938年当梳棉工。他当过兵，上过成人学校，自学成才，二战结束后他回纺织厂并开始写作。处女作《目标》（1947）是自传体小说，写佃农的独生子刻苦学习成为作家。第二部长篇小说《黑色的爱情》（1948）写爱情悲剧，人物描写有很大进步。描写1941—1944年战争的小说《无名战士》（1954）谴责军官和领导阶层，以理解和幽默的笔法描绘普通士兵，获极大成功，成为北欧畅销书，被拍成电影，搬上舞台，并译成多种文字。《北极星下》（1959—1962）由三部长篇小说组成。第一部写1880—1910年芬兰北部佃农在艰苦和动荡环境下的痛苦生活。第二部写1918年国内战争，以大量史料和事实展示由于当时的经济状况，赤卫队员们起义是社会的必然，但结果白卫军获胜。他愤怒地描写白卫军对被俘的赤卫队员的残酷报复。作品的发表引起芬兰广泛争论，因为他对赤卫队员的描写违背了资产阶级观点。第三部写内战和二战间芬兰国内政治冲突、外交政策及二战时芬兰同苏联的两次战争。小说通过佃农父子两代人的经历，反映19世纪80年代至20世纪50年代芬兰社会的变革、村民的命运和各阶层对变革的态度。这部史诗般的巨著获得巨大成功，1962年获北欧理事会文学奖。

爱娃·约恩彼尔托（1921—　　）原名爱娃·赫勒曼，当过记者，并在芬兰广告部门工作，1950 年成为专业作家，1977 年任芬兰国家文学委员会委员，1980 年出任艺术教授，多次获芬兰国家文学奖。长篇小说《少女在水上走》（1957）写农村两代人的矛盾和冲突，一举成名。《鸟在那里歌唱》（1958）和《闪烁的年月》（1961）写对美和幸福的追求。最重要的作品是长篇系列小说《家奴和敌人》（1974）、《撞击中的播种》（1976）、《似大海中的沙》（1978）和《一切都有时间》（1980）。作品通过商人海尼宁一家勾勒芬兰 1918—1930 年间不同阶层的兴旺和衰落，包括 20 年代经济和文化高潮、政治分裂、社会民主党和共产党的尖锐斗争。其他作品还有长篇小说《只有约翰内斯》（1952）和《格拉德夫人，与生活联姻》（1982）等。她突出两代人和两性的矛盾，女性形象生气勃勃、有理想又能干，而男人往往无能且意志薄弱又不切实际。

索 引

出版后记

　　《欧洲文学简史》是在李赋宁先生主编的三卷四册《欧洲文学史》（商务印书馆 1999 年出版）的基础上进行节缩而成，有些章节做了大幅度的改写。具体情况相关章节下均有脚注说明。

　　本书能够出版，首先感谢刘意青教授和陈大明教授的大力支持和辛苦付出，同时真诚地感谢《欧洲文学史》的各卷主编和所有作者。没有他们默默的辛勤奉献，就不可能有那四册厚重的《欧洲文学史》，也就不可能有今天这部集其精华的《欧洲文学简史》。

　　在此，谨向《欧洲文学史》的所有编写者致敬！

《欧洲文学史》编委会

编委会主任：李赋宁

编　　委：（以姓氏笔画为序）

孙凤城　刘意青　沈石岩　罗芃　罗经国　彭克巽

第一卷：古代至十八世纪欧洲文学

主　　编：刘意青　罗经国

执笔者名单：（以执笔章节先后为序）

辜正坤　覃学岚　吴　芬　刘意青　王继辉　孙凤城　井　苗

陈燕萍　沈石岩　罗　芃　吴正仪　田德望　彭克巽　孙静云
任光宣　陈九瑛　石琴娥　罗经国　杨国政　夏　玟　郭宏安
赵德明　孙成敖　胡家峦　刘建华　程朝翔　赵桂莲　魏　玲
孟　华　韩加明　马文韬　冯国庆

第二卷：十九世纪欧洲文学

主　　编：彭克巽
执笔者名单：（以执笔章节先后为序）

刘意青　孙凤城　刁承俊　丁宏为　韩敏中　罗　芃　郭宏安
程曾厚　刘自强　陈燕萍　桂裕芳　彭克巽　徐稚芳　查晓燕
吴正仪　沈石岩　丁文林　林洪亮　石琴娥　王文融　夏　玟
顾蕴璞　陈松岩　任光宣　李明滨　张秋华　魏　玲　魏荒弩
孙成敖　冯国庆　马文韬　田庆生　周小仪　刘　敏　井　茁
谢　芳　陈思红　赵桂莲　郑恩波

第三卷：二十世纪欧洲文学

主　　编：罗　芃　孙凤城　沈石岩
执笔者名单：（以执笔章节先后为序）

罗　芃　罗经国　陈大明　张中载　周小仪　童庆生　覃学岚
王守仁　陆建德　黄　梅　韩敏中　陈音颐　王敬惠　周允程
陈　恕　傅　浩　桂裕芳　蔡鸿滨　胡玉龙　王文融　余中先
杨国政　彭克巽　席亚斌　顾蕴璞　孙静云　岳凤麟　曾予平
张变革　李毓臻　冯华英　孙凤城　郜积意　叶　青　冯国庆
马文韬　沈石岩　赵德明　孙成敖　吴正仪　郑恩波　石琴娥
阮　炜　徐文博　曹亚军　杜小真　郭宏安　李文峰　刘自强
张有福　林明虎　张　冰　刘　涛　金海明　赵振江　王　军
王菊平　戴永沪

商务印书馆编辑部
2017 年 12 月